CLARÍN
DIE PRÄSIDENTIN

Roman

Aus dem Spanischen
von Egon Hartmann

Mit einem Nachwort
von F. R. Fries

Insel Verlag

Die Originalausgabe
unter dem Titel *La Regenta*
erschien in zwei Bänden
1884 und 1885
in Barcelona

Dritte Auflage 1986
Übersetzung mit freundlicher Genehmigung
des Buchverlags Der Morgen, Berlin DDR 1971

Druck: Röck, Weinsberg
Printed in Germany

DIE PRÄSIDENTIN

Die heldenhafte Stadt hielt Mittagsruhe. Der warme, träge Südwind blies die weißlichen Wolken vor sich her, die auf ihrer Fahrt nach Norden zerflatterten. In den Straßen war es totenstill, bis auf das Rascheln der Wirbel aus Staub, Lumpen, Strohhalmen und Papierfetzen, die von Rinnstein zu Rinnstein, von Gehsteig zu Gehsteig, von Ecke zu Ecke tanzten, kreisten und hintereinander hertaumelten wie Schmetterlinge, die sich suchen, voreinander fliehen und die die Luft auf unsichtbaren Schwingen trägt. Gleich Rudeln kleiner Gassenjungen sammelten sich diese Abfälle von allen möglichen Kehrichthaufen, verhielten einen Augenblick wie vom Schlaf übermannt, fuhren aufgeschreckt wieder hoch, stoben auseinander, wobei manche an den Mauern bis zu den schwankenden Glaszylindern der Straßenlaternen, andere zu den liederlich an die Ecken geklebten Plakaten emporkletterten. Eine Feder gelangte bis hinauf zum dritten Stock, und ein Sandkorn setzte sich, an die Bleifassung geklammert, für Tage oder Jahre an der Scheibe eines Schaufensters fest.

Vetusta, die altehrwürdige, königstreue Stadt, in fernen Jahrhunderten Sitz des Hofes, verdaute ihren *Cocido,* ihre *Olla podrida,* ruhte und vernahm dabei im Halbschlaf das eintönige, vertraute Schlagen der Chorglocke, die hoch oben auf dem schlanken Turm der heiligen Basilika dröhnte.

Der Turm, ein romantisches Poem aus Stein, eine liebliche Hymne zarter Linien von stummer, unvergänglicher Schönheit, war, wiewohl früher begonnen, ein Werk des 16. Jahrhunderts im gotischen Stil, jedoch durch Sinn für Maß und Harmonie gemildert, der die vulgären Überspitzungen dieser Architektur abgewandelt hatte. Ohne daß der Blick ermüdete, konnte man stundenlang diesen steinernen Zeigefinger betrachten, der gen Himmel wies. Es war keiner jener Türme, deren Spitzen, eher schwächlich als schlank und geziert wie überelegante junge Damen, die sich zu eng schnüren, vor Zartheit wegzuknicken scheinen. Er war wuchtig, ohne dadurch etwas von seiner Erhabenheit einzubüßen. Bis zur zweiten Plattform, einer feingliedrigen Balustrade, stieg er wie eine wehrhafte Feste empor. Von dort setzte er sich in einer anmutigen, in Maßen und Proportionen unnachahmlichen Pyramide fort. Wie ein Bündel von Muskeln und Nerven wanden sich die Steine, immer weiter zurücktretend, in die Höhe, balancierten wie Seilkünstler in der Luft, und auf einer Kalksteinspitze saß, ein Wunder an Jonglierkunst gleichsam, wie von einem Magneten gehalten, eine große, vergoldete Bronzekugel, darauf eine zweite, kleinere und auf dieser ein Kreuz aus Eisen, das in einen Blitzableiter auslief.

Wenn das Kapitel zu den großen Kirchenfesten den Turm mit Lampions und bunten Laternen beleuchten ließ, bot diese große, schwarze Masse, wie sie so aus der Finsternis hervortrat, einen herrlichen Anblick. Das Bauwerk aber verlor durch diesen Aufputz die unvergleichliche Eleganz seiner Formen und nahm die Umrisse einer gewaltigen Champagnerflasche an.

Man hatte mehr davon, den Turm in einer hellen Mondnacht zu betrachten, wenn er sich vom klaren Himmel abhob und die Sterne ihn wie eine Aureole krönten. Dann schmiegte er sich, ein riesiges Phantasiegebilde, in ein Gewand aus Licht und Schatten und wachte über der kleinen, schwärzlichen Stadt, die zu seinen Füßen schlief.

Bismarck, ein in Vetusta stadtbekannter Taugenichts, der aus unbekannten Gründen unter seinesgleichen mit diesem Spitznamen gerufen wurde, faßte das abgegriffene Seil am gewaltigen Schwengel der Wamba, der großen Glocke, die die ehrwürdigen Domherren in den Chor rief. Sie gehörten einem Domkapitel von hervorragender Bedeutung an, das weitreichende Privilegien genoß.

Bismarck war von Beruf Vorreiter der Postkutsche. Er war Peitschenknaller, wie man in Vetusta die Leute seines Standes nannte. Aber er stieg gern auf die Glockentürme, und im Auftrag Celedonios, eines Kirchenmanns und Akoluthen in der ebenfalls nicht amtlichen Funktion eines Glöckners, wurde dem diplomatischen Peitschenknaller an manchen Tagen die Ehre zuteil, das hochehrwürdige Kapitel aus seinem beseligenden Mittagsschlummer zu reißen und es zu seiner eigentlichen Obliegenheit, den Gebeten und Gesängen, zusammenzurufen.

Der Vorreiter, im allgemeinen ein fröhlicher, übermütiger, zu Späßen aufgelegter Bursche, handhabte den Klöppel der Wamba mit dem Ernst eines von seinem Glauben durchdrungenen Haruspex. Wenn er zur Stunde des Chores zog, wie man es nannte, spürte Bismarck in sich etwas von der Würde und Verantwortung einer Uhr.

Celedonio saß in der schwarzen, schmutzigen und zerrissenen Soutane rittlings auf einer Fensterbrüstung und spuckte geringschätzig durch die Zähne auf den kleinen Platz hinunter. Und wenn's ihm gerade einfiel, warf er mit Steinchen nach irgendeinem der seltenen Passanten, der von hier aus die Größe und Bedeutung eines Mäuschens hatte.

Die Höhe stieg den Bengels in den Kopf und flößte ihnen eine tiefe Verachtung für alles Irdische ein.

»Nun sieh dir mal deinen Chiripa an, der behauptet, er kann mehr als ich!« sagte der Meßdiener und zischte die Worte giftig hervor. Er schoß eine halbverfaulte Kartoffel auf einen Kanonikus auf der Straße ab, war aber sicher, ihn nicht zu treffen.

»Was soll er schon groß können!« entgegnete Bismarck, der Celedonio auf dem Glockenturm um den Bart ging, ihn aber dafür auf der Straße mit Fußtritten traktierte und ihm mit roher Gewalt die Schlüssel entriß, um auf den Turm zu steigen und zum Gebet zu läuten. »Du kannst mehr als alle Vorreiter, mich ausgenommen.«

»Weil du einem Beine stellst und größer bist. Schau her, Kleiner, soll ich dem Herrn Generalvikar, der eben eintritt, eine aufbrennen?«

»Erkennst du ihn denn von hier aus?«

»Klar, du Dummkopf! Ich erkenn' ihn daran, wie er seinen Mantel schwenkt. Da, schau! Komm mal her! Siehst du, wie die Kleider beim Gehn vor- und zurückschwingen? So'n Getue kann ich grade leiden. Señor Custodio, der Pfründner, hat's neulich auch zu Don Pedro, dem Glöckner, gesagt: ‚Dieser Don Fermín ist hochmütiger als Don Rodrigo am Galgen', und Don Pedro hat dazu gelacht. Und siehst du, der andere sagte darauf, als Don Fermín schon vorbei war: ‚Geh nur, geh, mein Bester, man sieht dir die Schminke nur zu gut an.' Hältst du's für möglich, Kleiner? Er malt sich das Gesicht an.«

Das mit dem Schminken bestritt Bismarck. Don Custodio war

bloß neidisch. Wenn er, Bismarck, Kanonikus wäre und Eminenz – er glaubte, der Generalvikar sei es – statt Vorreiter, würde er sich von den Zündholzschachteln einen Wahlspruch zulegen und damit noch toller angeben als ein Postillon. Und wenn er Glöckner wäre, der wirkliche, Don Pedro ... mein Gott! Dann spräche man nur noch mit dem Bischof und Sẽnor Roque, dem Gespannführer der Post.

»Oje, Kleiner, du weißt nicht, was du dir da aufbuckelst. Der Benefiziat hat nämlich gesagt, daß man in der Kirche demütig sein, sich sozusagen vor den Leuten erniedrigen, den Rücken krumm machen, 'ne Maulschelle runterschlucken muß, wenn sich's gerade trifft. Und sonst ist da der Papst, der ist – ich weiß nicht mehr genau, wie er sich ausdrückte – so ... so was wie der unterste aller Diener.«

»Daß ich nicht lache!« erwiderte Bismarck. »Wo der Papst mehr zu sagen hat als der König! Und wo ich ihn gemalt gesehen habe, auf einem mächtigen Heiligenbild, in seiner Kutsche, die wie'n Sessel aussah und vor die statt der Maultiere ein Zug *Carcas«* – womit Bismarck Priester meinte – »gespannt war, die ihm die Fliegen mit 'nem Regenschirm verscheuchten, so'n Ding wie vom Theater ... Mann, ich weiß Bescheid!«

Die Auseinandersetzung wurde hitziger. Celedonio verteidigte die Sitten der Urkirche, Bismarck war für den ganzen Pomp des Kults. Celedonio drohte dem Aushilfsglöckner, ihm den Abschied zu geben. Der Peitschenknaller ließ verhüllt etwas von gewissen Ohrfeigen durchblicken, die es wahrscheinlich setzen werde, wenn sie erst wieder unten seien. Aber ein Glöckchen, das auf dem Dach der Kathedrale ertönte, rief sie zur Ordnung.

»Die *Laudes!«* rief Celedonio. »Läute, sie geben das Zeichen!«

Und Bismarck ergriff das Seil und drosch auf das Metall mit der gewaltigen Keule des Klöppels los.

Die Luft erzitterte, und der Vorreiter schloß die Augen, während Celedonio mit seinem unerschütterlichen Gleichmut angab und wie aus meilenweiter Entfernung auf die schweren, mächtigen Glockenschläge horchte, die der Wind vom Turm entführte, um ihre Schwingungen über Vetusta zu den nahen Bergen und weiten Feldern zu tragen, die, allesamt grün, in hundert Abtönungen in der Ferne glänzten.

Der Herbst begann. Die Wiesen lebten auf. Das Gras war durch die letzten Septemberregen frisch und saftig hochgeschossen. Die Kastanienhaine, Eichenwälder und Obstgärten, die sich in den Niederungen und auf den Hängen durch das schmale Tal zogen, hoben sich von den Wiesen und Maisfeldern mit ihren dunkleren Tönen ab. Gelb leuchteten die Halme des spärlichen Weizens zwischen soviel Grün. Die Meierhöfe und ein paar Landhäuser, die, allesamt weiß getüncht, über Berg und Tal verstreut lagen, warfen das Licht wie Spiegel zurück. Dieses leuchtende Grün mit dem goldenen und silbernen Abglanz erlosch im Gebirge, als bedecke der Schatten einer unsichtbaren Wolke Fuß und Gipfel, und ein rötlicher Schein glomm auf den kahlen Hängen, denn die Vegetation war hier nicht so üppig und mannigfaltig wie im Tal.

Das Gebirge lag im Nordwesten. Im Süden, der frei vor den Blicken lag, wich der Horizont in die Ferne zurück. Die Silhouetten im Nebel verschwimmender Berge bestimmten ihn hier. Sie blendeten das Auge wie eine leuchtende Wolke aus Staub. Im Norden ahnte man hinter dem glatten Bogen des Horizonts das Meer unter einem blanken Himmel, über den wie Schiffe leichte Wölkchen von blassem Goldgelb segelten. Der bleiche Mond sah wie ein hauchzartes Spitzengewebe aus, das zwischen ihnen in dem weißlichen Blau schwamm.

In der unmittelbaren Umgebung der Stadt verliehen die mannigfaltigen intensiv bewirtschafteten Kulturen dem Boden unbestimmbare Farbtönungen, die sich von dem dunkelbraunen Untergrund der umgeackerten und gut bewässerten Erde abhoben.

Jemand kam die Wendeltreppe herauf. Die beiden Lausebengel sahen sich bestürzt an. Wer war dieser Verwegene?

»Ob das Chiripa ist?« fragte Celedonio halb zornig, halb ängstlich.

»Nein, es ist ein Carca. Hörst du den Priestermantel nicht?«

Bismarck hatte recht. Der Stoff glitt über die Steine und rief ein zischendes Geräusch hervor, wie eine gedämpfte Stimme, die Schweigen gebietet. Der Priestermantel erschien in der Falltür: Er gehörte Don Fermín de Pas, dem Generalvikar der heiligen Domkirche und rechten Hand des Bischofs. Dem Vorreiter lief es kalt den Rücken hinunter.

Ob's jetzt was setzt? schoß es ihm durch den Kopf.

Dafür gab es keinen Grund, aber das spielte keine Rolle. Bismarck war es gewöhnt, Ohrfeigen und Fußtritte zu bekommen, ohne zu wissen, weshalb. Er stellte sich jeden Mächtigen dieser Erde – und für ihn war Don Fermín eine der hochmögendsten Persönlichkeiten – als einen Menschen vor, der seine Befugnis, Nasenstüber auszuteilen, unbedenklich ge- und mißbrauchte. Er bestritt die Rechtmäßigkeit dieses Privilegs nicht, er mied lediglich die Großen dieser Welt, zu denen die Sakristane und die Polizisten zählten. Er unterwarf sich diesem Gesetz, dessen Auswirkungen er abzuwenden suchte. Wäre er ein Herr gewesen, Schulze zum Beispiel oder Kanonikus, Brunnenmeister, Aufseher im botanischen Garten, Schrankenwärter, Nachtwächter, kurz und gut, irgendwas Großes, hätte er's genauso gemacht. Jedem einen Fußtritt! Er war aber nur Bismarck, ein Vorreiter, und fuhr am besten, wenn er die Großen Vetustas floh.

Aber hier gab es keine Möglichkeit zu entwischen. Er hatte nur die Wahl, aus einem Fenster zu springen oder dem Donnerwetter standzuhalten. Die Wendeltreppe war durch den Domherrn versperrt. Dem Bürschchen blieb nichts weiter übrig, als sich, auf einem Balken zusammengekauert, hinter der Wamba zu verstecken und so die Dinge, die da kommen sollten, über sich ergehen zu lassen.

Celedonio wunderte der Besuch nicht. Er entsann sich, daß er den Herrn Generalvikar an vielen Nachmittagen vor oder nach dem Chor auf den Turm hatte steigen sehen.

Was mochte dieser ehrwürdige Herr hier oben suchen? Das fragten die Augen des Vorreiters diejenigen des Meßdieners. Celedonio wußte es, aber er schwieg und grinste schadenfroh über die Angst seines Freundes.

Die Hochnäsigkeit des Meßjungen hatte einer unterwürfigen Haltung Platz gemacht. Er hatte plötzlich seine Amtsmiene aufgesetzt. Celedonio war zwölf oder dreizehn Jahre alt, und er verstand es schon, die Muskeln seines stupsnasigen Gesichts den Erfordernissen der Liturgie anzupassen. Seine Augen waren groß, von einem verschwommenen Braun, und wenn der Galgenstrick bei seinen kirchlichen Dienstverrichtungen einherging, als hätte er einen Stock verschluckt, bewegte er sie geziert von oben nach unten, von unten nach oben: Dabei ahmte er zahlreiche Priester und Betschwestern nach, die er kannte und mit denen er zu tun hatte.

Aber er legte ungewollt etwas Obszönes und Zynisches in seinen Blick, wie eine Straßendirne, die ihr Gewerbe mit den Augen anzeigt, und Celedonio überschritt mit diesem Ausdruck seelenvoller Demut die Grenze vom erträglich Häßlichen zum widerwärtig Häßlichen.

Wie sich bei Mädchen seines Alters durch die Andeutung schwellender Konturen die anmutigen Linien des Geschlechts ankündigen, so konnte man bei dem Meßgehilfen ohne weiteres die nahe bevorstehende Verkehrung aller natürlichen Triebe vorausahnen, wie sie eine abwegige, verkehrte Erziehung bewirkt. Wenn er in seiner mit Wachsflecken beschmutzten Soutane die gemessenen, wiegenden Bewegungen Don Anacletos, eines Hausprälaten des Bischofs, nachahmte, im guten Glauben, auf diese Art seine Berufung darzutun, bewegte und gebärdete sich Celedonio wie ein leichtfertiges Frauenzimmer, wie eine jener dreisten Huren vor den Kasernentoren. Palomo, ein in der Kathedrale beschäftigter Laie, der Hundevogt, um die unfeine Bezeichnung seines Amtes zu gebrauchen, hatte dies längst gemerkt. Aber er hatte es nicht gewagt, seine Besorgnisse irgendeinem der Oberen mitzuteilen. Er blieb dabei einem Standpunkt treu, dank dessen er dreißig Jahre hindurch sein schwieriges Reinigungs- und Wachamt mit Würde und Anstand versah.

In Gegenwart des Generalvikars stand Celedonio, nachdem er von der Fensterbrüstung herabgestiegen war, mit verschränkten Armen und gesenktem Kopf da. Wie gewaltig erschien dieser Don Fermín, der sich da unten in der Calle de la Rúa wie ein Käfer ausgenommen hatte, jetzt den verschüchterten Augen des Meßdieners und den entsetzten seines Gefährten! Celedonio reichte dem Domherrn kaum bis zum Gürtel. Er sah die glänzende Soutane vor sich mit den wie gemeißelten, senkrechten, symmetrischen Falten, eine Übergangssoutane aus teurem, feinem Tuch. Darüber fiel in vielen Falten und Schwüngen der weiße Seidenüberwurf.

Bismarck hinter der Wamba sah nur die unteren Regionen des Domherrn und bewunderte sie. Ja, das war wirkliche Vornehmheit! Nicht ein Fleck! Füße wie eine Dame! An den Beinen violette Strümpfe wie ein Bischof! Der Schuh von erlesenster Arbeit und aus feinstem Leder mit einer einfachen, aber eleganten Silberschnalle darauf, die wunderbar zu der Farbe der Strümpfe paßte!

Hätten es die Bengel gewagt, Don Fermín in die Augen zu blicken, dann hätten sie ihn ernsten Gesichts, mit gerunzelten Brauen auf dem Glockenturm erscheinen sehen. Als er die Anwesenheit der Glöckner bemerkte, zeigte er sich zunächst leicht verwirrt, lächelte aber gleich darauf, unverbindliche Milde im Blick und stereotypes Wohlwollen auf den Lippen.

Der Vorreiter hatte recht: De Pas schminkte sich nicht. Sein Gesicht wirkte eher gipsern. Sein weißer Teint schimmerte tatsächlich wie Gips. Auf den Backenknochen, die ein wenig hervortraten – gerade genug, um den Zügen Willensstärke und Charakterfestigkeit zu verleihen, ohne sie abstoßend zu machen –, lag eine leichte Röte, die zuweilen in die Farbe des Priesterkragens und der Strümpfe hinüberspielte. Es war keine Schminke, aber auch keine gesunde Farbe oder das verräterische Mal des Alkohols. Es war die Röte, die auf den Wangen bei heißen Worten der Liebe oder der Scham aufflammt und die wie Magnete das Eisen des Bluts anzuziehen scheinen. Aber dieselben brennenden Flecke ruft auch schon die innerliche Erregung durch Gedanken solcher Art hervor. Das bemerkenswerteste an den grünen, wie von Schnupftabaksstäubchen schwarz gesprenkelten Augen des Domherrn war ihre moosige Sanftheit. Aber mitunter schoß aus dieser schwammigen Weichheit ein stechender Glanz hervor. Man war davon unangenehm überrascht, wie von einer Nadel in einem Federkissen. Die wenigsten hielten diesem Blick stand. Manchen flößte er Furcht ein, anderen Abscheu. Ertrug ihn aber irgendein Verwegener, so senkte ihn der Domherr und verbarg ihn unter dem fleischigen Vorhang dicker, plumper, unschöner Lider, ausdruckslos wie alles unförmige Fleisch. Die lange gerade Nase ohne Ebenmaß und Würde war gegen das Ende zu ebenfalls zu fleischig und hing herab wie ein Baum unter zu großer Früchtelast. Die Nase war das tote Beiwerk in diesem Gesicht mit dem geheimnisvollen Ausdruck, denn es fiel nicht leicht zu erraten, was der Domherr fühlte und dachte. Die langen, schmalen, bleichen Lippen schienen durch das Kinn zusammengepreßt, das nach oben strebte und für das – wenn auch noch ferne – Alter eine Berührung mit der nicht eben standfesten Nase androhte. Für den Augenblick machte dieser Schönheitsfehler das Gesicht aber nicht alt, sondern verlieh ihm einen Ausdruck von Klugheit, einer Klugheit, die von feiger Heuchelei nicht weit entfernt ist und kalten, berechnenden Egoismus verrät. Es sah aus, als bewahrten diese Lippen ein großes Wort, das nie gesprochen wurde, wie einen Schatz. Das spitze, aufwärtsstrebende Kinn mutete wie das Vorhängeschloß vor diesem Schatz an. Der kleine, wohlgeformte Kopf mit dem dichten, schwarzen, kurzgeschnittenen Haar saß auf einem kräftigen, weißen, muskulösen Hals, dem Hals eines Athleten, der zu dem Körper und den Gliedmaßen des stämmigen Domherrn paßte, der in seinem Dorf den besten Kegelschieber und draufgängerischsten Burschen, in einem gutsitzenden Gehrock hingegen den elegantesten Flaneur Vetustas abgegeben hätte.

Der Domherr begrüßte Celedonio wie eine Person von Stand mit einer formvollendeten Verbeugung und streckte ihm die zierliche weiße Rechte mit den überschlanken Fingern hin, die nicht weniger gepflegt war als die Hand einer Dame von der Aristokratie. Celedonio erwiderte mit einer Kniebeuge wie beim Meßdienst.

Bismarck in seinem Versteck gewahrte mit Schrecken, daß der Domherr aus einer Innentasche seiner Soutane ein Rohr hervorholte, das er für golden hielt. Er sah, daß sich das Rohr langziehen ließ wie ein Gummischlauch und daß nacheinander ein zweites und ein drittes aus ihm hervorkam. Zweifellos war das eine Taschenkanone, ausreichend, einen kleinen Vorreiter wie ihn zu erledigen. Aber nein, es war ein Gewehr, denn der Domherr hob es vors Gesicht und zielte. Bismarck atmete auf: Der Schuß galt nicht ihm. Der Carca lenkte ihn, aus einem Fenster gebeugt, auf die Straße. Der Meßdiener hatte sich geräuschlos auf Zehenspitzen von hinten an den Generalvikar herangeschlichen und versuchte der Richtung des Fernrohrs zu folgen. Celedonio war ein Chorknabe von Welt. Er ging als vertrauter Freund in den besten Häusern Vetustas aus und ein, und wenn er gewußt hätte, daß Bismarck ein Fernglas für ein Gewehr hielt, hätte er ihm ins Gesicht gelacht.

Eine der einsamen Zerstreuungen von Don Fermín de Pas war es, auf Höhen zu steigen. Er war Gebirgler und suchte instinktiv die Gipfel der Berge und die Glockentürme der Kirchen. Überall, wo er gewesen war, hatte er den höchsten Berg, und wo es keine Berge gab, den stolzesten Kirchturm erstiegen. Kein Ding, das er nicht aus der Vogelperspektive gesehen, das er nicht auch von oben ganz mit dem Blick umfangen hatte, hielt er für wirklich erkannt und durchschaut. Wenn er den Bischof bei dessen Visitationsreisen aufs Land begleitete, versäumte er nie, zu Fuß oder zu Pferd, wie es sich eben einrichten ließ, einen Abstecher auf den höchsten Gipfel zu unternehmen. In der Provinz, deren Hauptstadt Vetusta war, gab es allerorten viele Berge, deren Häupter sich in den Wolken verloren, und der Generalvikar erklomm die steilsten und höchsten, wobei er die rüstigsten

Fußgänger und erfahrensten Bergsteiger hinter sich ließ. Je höher er kam, desto heftiger wurde seine Begierde, noch höher hinauf zu gelangen. Statt Müdigkeit verspürte er ein Fieber, das den Beinen die Zähigkeit von Stahl und seiner Lunge den Atem einer Schmiedeesse verlieh. Den höchsten Punkt zu erreichen war für de Pas ein wollüstiger Triumph. Viele Meilen Landes zu überblicken, das ferne Meer zu erspähen, die Dörfer zu seinen Füßen zu betrachten, als seien sie Spielzeug, sich die Menschen als winzige Tierchen vorzustellen, je nach der Gegend einen Adler oder einen Habicht, der ihm seine von der Sonne vergoldete Oberseite zukehrte, unter sich vorbeifliegen zu sehen, von oben auf die Wolken zu blicken – das waren erhebende Freuden seines hochfliegenden Geistes, die sich de Pas verschaffte, sooft er konnte. Dann, ja dann brannte auf seinen Wangen Feuer und schossen seine Augen Speere.

In Vetusta konnte er diese Leidenschaft nicht stillen. Dort mußte er sich begnügen, hin und wieder auf den Turm der Kathedrale zu steigen. Er tat das meistens zur Stunde des Chors, frühmorgens oder am Nachmittag, wie es ihm einfiel. Celedonio hatte schon manchmal, wenn der Generalvikar gerade nicht aufpaßte, durch dessen Fernrohr geschaut und wußte, wie nahe das Instrument die Gegenstände heranholte. Vom oberen Turmgeschoß aus, das viel höher lag als der Glockenstuhl, hatte er ganz deutlich die Präsidentin gesehen, eine wunderschöne Dame, wie sie, ein Buch in der Hand, in ihrem Garten, dem sogenannten Park der Ozores, spazierenging. Jawohl, Señor, er hatte sie gesehen, als hätte er sie mit der Hand berühren können, und das, obwohl ihr Palast an der Ecke der Plaza Nueva stand, also ziemlich weit weg vom Kirchturm, denn es lagen noch der Kathedralenvorplatz, die Calle de la Rúa und die Calle de San Pelayo dazwischen. Nicht zu glauben! Mit diesem Fernrohr sah man eine Ecke vom Billardtisch im Kasino, das neben der Kirche Santa María stand, und er, Celedonio, hatte die Elfenbeinkugeln über das grüne Tuch rollen sehen. Ohne das Glas aber – meiner Seel! – sah man gerade den Balkon wie das Fenster eines Grillenkäfigs.

Indes der Meßdiener dies flüsternd Bismarck erzählte, der sich in der Überzeugung, daß keine Gefahr drohte, näher gewagt hatte, ließ der Generalvikar, der die Anwesenheit der Glöckner vergessen hatte, seine Blicke langsam über die Stadt schweifen: Er durchforschte alle Winkel, hob im Geist die Dächer ab und gab sich ganz dieser eingehenden Untersuchung hin wie ein Naturforscher, der unter einem starken Mikroskop kleinste Körper studiert. Er schaute nicht auf die Felder, betrachtete auch nicht die fernen Berge und Wolken: Seine Blicke gingen nicht über die Stadt hinaus.

Vetusta war seine Leidenschaft und seine Beute. Während ihn die andern für einen gelehrten Theologen, Philosophen und Juristen hielten, schätzte er selbst sein Wissen um Vetusta höher als alles andere ein. Er kannte diese Stadt Stück für Stück, von innen und von außen, ihre Seele und ihren Körper, er hatte die Gewissen und die Häuser bis in den letzten Winkel erforscht. Was er aber beim Anblick der heldenhaften Stadt empfand, war ein wilder Heißhunger. Er zergliederte sie nicht wie ein Philosoph, der bloß Studien treibt, sondern wie ein Feinschmecker, der die besten Bissen sucht. Er legte nicht das Skalpell, sondern das Tranchiermesser an.

Und es bedeutete schon genug Selbstbescheidung, daß er sich für den Augenblick mit Vetusta begnügte. De Pas hatte von höheren Ämtern geträumt, und er hatte auf sie auch noch nicht verzichtet. Wie Erinnerungen an ein in der Jugend voll Begeisterung gelesenes Heldengedicht bewahrte er in seinem Gedächtnis glänzende Bilder, die ihm der Ehrgeiz in seiner Phantasie ausgemalt hatte. In diesen Phantasien sah er sich als Kardinalerzbischof in Toledo residieren und in Rom an einem Kardinalskonklave teilnehmen. Selbst die Tiara erschien ihm nicht zu weit für seinen Kopf. Alles lag auf dem Wege, es kam nur darauf an, weiterzuschreiten. Doch wurden diese Träume im Verlaufe der Zeit immer nebelhafter, als wichen sie in die Ferne zurück.

Das ist die Perspektive der Hoffnung, dachte der Generalvikar. Je näher wir dem Ziel unseres Ehrgeizes kommen, um so ferner scheint uns das Begehrte, denn es liegt nicht in der Zukunft, sondern in der Vergangenheit. Was wir vor uns sehen, ist ein Spiegel, der das Traumbild reflektiert, das im fernen Tag des Träumens zurückbleibt.

Er verzichtete nicht darauf, emporzuklettern, so hoch hinauf wie möglich zu gelangen, aber mit jedem Tag dachte er weniger an diese verschwommenen ehrgeizigen Pläne auf lange Sicht, die der Jugend eigen sind. Fünfunddreißig Jahre zählte er nun, und die Machtgier war ungestümer und nicht mehr so ideell. Er gab sich mit weniger zufrieden, begehrte es aber um so heftiger, wollte es mit Händen greifen. Es war der Hunger, der keinen

Aufschub duldet, der Durst in der Wüste, der den Leib ausdörrt und in einer schmutzigen Lache gestillt wird, ohne daß man erst abwartet, bis die klare Quelle gefunden ist, die an einem fernen, unbekannten Ort liegt.

Ohne es sich einzugestehen, fühlte er mitunter, wie sein Wille und der Glaube an sich selber an Stärke verloren, und es überlief ihn kalt. In solchen Augenblicken dachte er, er würde vielleicht nie werden, was er erstrebt hatte, daß vielleicht sein jetziger Rang oder allenfalls – welch blutiger Hohn! – ein schäbiges Bistum im Alter das Ende seiner Laufbahn sei. Wenn ihn solche Vorstellungen anwandelten, gab er sich, um sie zu unterdrücken und zu vergessen, ingrimmiger Freude an der Gegenwart, an der Macht, die er in Händen hielt, hin. Er schlang seine Beute, das bigotte Vetusta, hinunter wie ein Löwe im Käfig die erbärmlichen Fleischstücke, die ihm der Wärter hinwirft.

Richtete er dann seinen Ehrgeiz auf ein bestimmtes, greifbares Ziel, war er nicht mehr zu halten. In der ganzen Diözese war nichts imstande, der Stärke seines Willens zu widerstehen. Er war der Herr des Herrn. Er hatte den Bischof in der Hand, einen freiwilligen Gefangenen, der seine Gefangenschaft nicht einmal merkte. An solchen Tagen war der Generalvikar mit Seiner Bischöflichen Gnaden Billigung ein Sturmwind, der durch die Kirche fuhr, ein biblisches Strafgericht, eine Geißel Gottes.

Für gewöhnlich riefen Personalnachrichten diese Geisteskrisen hervor: die Ernennung eines jungen Bischofs zum Beispiel. Dann rechnete er nach: Er war weit zurückgeblieben und konnte gewisse Höhen der Hierarchie nie mehr erklimmen. Solche Überlegungen stellte er an, indes ihn der Benefiziat Don Custodio vornehmlich deshalb haßte, weil er schon mit dreißig Generalvikar geworden war.

Don Fermín betrachtete die Stadt. Es war eine Beute, die man ihm streitig machte, die aber doch ganz allein ihm zufallen würde. Wie? Selbst dieses armselige Reich wollte man ihm entreißen? Nein, das gehörte ihm. Er hatte es in ehrlichem Kampf gewonnen. Weshalb waren sie so dumm?

Auch dem Generalvikar stieg die Höhe zu Kopfe. Auch er sah die Vetustenser als krabbelndes Getier. Die selbstgefälligen Bürger hielten ihre alten, rauchgeschwärzten, baufälligen Häuser für Paläste, und es waren doch nur Höhlen, Erdhaufen, Maulwurfshügel. Was hatten denn die Besitzer dieser alten, verfallenen Paläste in der Encimada, der Oberstadt, die da zu seinen

Füßen lag, getan? Geerbt! Und er, was hatte er getan? Erobert! Als noch jugendlicher Ehrgeiz in seiner Seele sprühte, hatte Don Fermín die Grenzen, die ihm Vetusta steckte, zu eng gefunden. Er, der in Rom gepredigt, der in höchsten Regionen für kurze Zeit den Weihrauch des Lobes gerochen und ausgekostet hatte, glaubte sich in der Kathedrale von Vetusta zurückgesetzt. Zumeist aber überfielen ihn die Erinnerungen an die frühreifen, ehrgeizigen Träume seiner Kindheit, und dann erblickte er in dieser Stadt, die sich ringsum zu seinen Füßen demütigte, die Erfüllung seiner verwegensten Wünsche. Es war eine Art körperliches Freudengefühl, was er empfand, wenn er die Illusionen seiner Jugend mit der gegenwärtigen Realität verglich. Hatte er als junger Mann von viel höheren Dingen geträumt, so erschien ihm seine jetzige Macht als das gelobte Land der Phantasien seiner Kindheit, die voll einsamer, schwermütiger Nachmittage auf den Wiesenhängen der Berge gewesen war. Der Generalvikar begann die Jahre seiner eben verflossenen Jugend ein bißchen zu verachten, er fand seine Träumereien mitunter ein wenig lächerlich, und er verspürte Unbehagen, wenn er im Geist alle Geschehnisse dieser Epoche geballter, selten und ungenügend befriedigter Leidenschaften an sich vorbeiziehen ließ. Meistens zog er es vor, das Gemüt mit Betrachtungen der am weitesten zurückliegenden Erinnerungen zu erquicken. Seine Kindheit rührte ihn, seine Jugend stieß ihn ab wie die Erinnerung an eine Frau, die man einst sehr geliebt, um derentwillen man tausend Torheiten begangen hat und die heute nur noch Vergessen und Abscheu verdient. Was er ein körperliches Freudengefühl nannte und was viel Knabenhaftes an sich hatte, war sein Seelentrost in den häufigen Anfällen von Mutlosigkeit.

Der Generalvikar war Hütejunge auf den Bergwiesen von Tarsa gewesen, und jetzt war er es, kein anderer als er, der auf seine Art Vetusta regierte. In diesem Sprung seiner Phantasie lag der Kern jenes tiefgehenden, kindlichen, wie körperlichen Freudengefühls, das de Pas wie eine Sünde der Unzucht genoß.

Wie oft hatte er auf der Kanzel, das blendendweiße, gefältelte Chorhemd unter der feinen Mozetta auf dem kräftigen, wohlgebauten Körper, den Flug seiner Beredsamkeit unterbrechen müssen, wenn er auf den Gesichtern der Gläubigen da unten zu seinen Füßen Bewunderung und Verzückung sah, weil ihm der Triumph den Atem verschlug und ihm die Worte in der Kehle steckenblieben! Während die Zuhörer in völliger Stille mit angehaltenem Atem warteten, daß die religiöse Bewegung dem Redner fortzufahren gestatte, vernahm er wie in einer Ekstase der Selbstentrückung das Knistern der Altarkerzen und Lichter, atmete er mit einer seltsamen Wollust die vom Weihrauch aus der Hauptkapelle und von den heißen, wohlriechenden Ausdünstungen, die von den Damen rings um ihn aufstiegen, gesättigte Luft ein, vernahm er wie das Flüstern eines Windhauchs in den Blättern eines Waldes das sachte Rascheln der Seide, das Wedeln der Fächer. Er glaubte, in dieser gespannten, erwartungsvollen, fiebrigen Stille eine stumme Anbetung zu spüren und zu schmecken, die zu ihm emporschlug. Und er war sicher, daß die Gläubigen in solchen Augenblicken an den schlanken, eleganten Redner mit der klangvollen Stimme und den gemessenen Gebärden dachten, den sie hörten und sahen, und nicht an den Gott, von dem er sprach. Dann erschien vor seinen Augen, ohne daß er diese Erinnerung verdrängen konnte, seine Kindheit auf den Bergwiesen, jene Nachmittage eines melancholischen, grüblerischen Hirtenlebens.

Stundenlang, bis zum Einbruch der Dämmerung, hatte er mit offenen Augen auf einer Höhe geträumt und den Schellen des Viehs gelauscht, das über den Hang verstreut war. Und was träumte er da? Daß dort unten, in der weiten Welt, in grauer Ferne eine riesige Stadt lag, hundertmal größer als sein Dorf Tarsa. Diese Stadt hieß Vetusta und war viel, viel größer noch als San Gil de la Llana, die Kreisstadt, die er ebenfalls noch nicht gesehen hatte. Diese große Stadt stattete er mit Wundern aus, die die Sinne entzückten und die Einsamkeit seines unruhigen Geistes erfüllten. Zwischen dieser unwissenden, schwärmerischen Kindheit und dem Augenblick, da der Prediger Rückschau hielt, lag keine Zeit: Er sah sich als Kind und dann gleich als Generalvikar. Die Gegenwart war der Wirklichkeit gewordene Traum seiner Kindheit, und das kostete er aus.

Solcherlei Gemütsregungen bewegten seine Seele, indes das Fernrohr, mit hellem Aufblitzen die Sonnenstrahlen zurückwerfend, langsam von Dach zu Dach, von Fenster zu Fenster, von Garten zu Garten schwenkte.

Rings um die Kathedrale lag auf engem Raum die Altstadt Vetustas. Sie umfaßte, was man die Encimada, das Oberviertel, nannte, und beherrschte den ganzen Ort, der sich nach Nordwesten und Südosten ausgedehnt hatte. Vom Turm aus sah man in einigen Innenhöfen und Gärten alter, baufälliger Häuser Reste der ehemaligen Stadtmauer, die zu Terrassen oder Trennwänden zwischen Höfen und Obstgärten geworden waren. Die Encimada war das Adligen- und das Armenviertel Vetustas. Die Blaublütigsten und die Zerlumptesten lebten dort nebeneinander, die einen auf großem Fuße, die andern wie die Heringe im Faß. Der echte Vetustenser stammte aus der Oberstadt. Mancher aufgeblasene Narr hielt sich viel darauf zugute, ein Haus, und mochte es noch so erbärmlich sein, im oberen Teil der Stadt zu besitzen, im Schatten der Kathedrale oder von Santa María la Mayor oder San Pedro, den beiden altertümlichen Kirchen in der Nähe der Basilika, deren Sprengel sich in das vornehme Gebiet der Oberstadt teilten. Der Generalvikar sah zu seinen Füßen das altadlige Viertel der wuchtigen Steinhäuser mit einzelnen Palästen dazwischen, weitläufige Klöster, groß wie Dörfer, und Elendsbehausungen, in denen sich das einfache Volk Vetustas zusammendrängte, das zu arm war für eine Wohnung in den neuen Stadtteilen da unten am Campo del Sol, dem Sonnenfeld, im Südosten, wo die stolzen Schlote der alten Fabrik in den Himmel ragten, in deren Umkreis eine Arbeitersiedlung entstanden war. Fast sämtliche Gassen der Oberstadt waren eng, winklig, feucht, sonnenlos. In einigen wuchs Gras. In den Straßen, wo die vornehmen Leute, oder was dafür gelten wollte, vorherrschten, stand es traurig um die Sauberkeit, genau wie in den elenden Armenküchen. Es sah aus, als hätten die Besen der Stadtreinigung und die des sonst so weißwestigen Adels auf den engbrüstigen Plätzen und schmalen Gassen Spuren hinterlassen wie eine Bürste auf abgeschabtem Tuch. In dieser Gegend gab es nur wenige und nicht eben prächtige Geschäfte. Vom Turm aus sah man die Geschichte der privilegierten Klassen in der Altstadt Vetustas in Stein und Ziegeln geschrieben. Allen voran die Kirche: Die Klöster besaßen etwa die Hälfte des ganzen Gebiets. Allein Santo Domingo umfaßte ein Fünftel der gesamten Oberstadt. Es folgte der Größe nach das Rekollektionskloster, wo sich in der Septemberrevolution zwei Nonnengemeinschaften zusammengeschlossen hatten, insgesamt zehn Schwestern an der Zahl, die mit Kloster und Garten ein Sechstel des Oberviertels innehatten. Aus San Vicente hatte man freilich eine Kaserne gemacht, und in seinen Mauern ertönte das aufdringliche Horn, eine ständige Entweihung der jahrhundertealten, geheiligten Stille. In dem pompösen Klarissinnenkloster im Platereskstil hatte der Staat alle möglichen Behörden untergebracht, und was San Benito betraf, so war ein düsteres Gefängnis für allerlei Gelichter daraus geworden. Das alles war traurig. Aber der Generalvikar, der diese Verheerungen, von denen ihm das Fernrohr eine beredte Vorstellung gab, mit einem bitteren Lächeln auf den Lippen sah, fand Trost und Hoffnung, wenn er den Blick über das adlige Viertel hinaus nach Norden und Westen richtete und greifbare Anzeichen des wiedererstarkten Glaubens in der Umgebung Vetustas entdeckte, wo die Frömmigkeit dem Klosterleben neue Heimstätten erbaute, luxuriösere und modernere als die alten, wenn auch nicht so solide und nicht so große. Die Revolution hatte zerstört und geraubt. Doch die Restauration, die nichts zurückgeben konnte, ermutigte den Geist des Wiederaufbaus. Und schon hatten die Schwestern ihr eigenes Gebäude fertiggestellt, ein Schmuckkästchen, das im Westen neben dem Espolón hervorleuchtete, ganz in der Nähe der Paläste und Chalets der Kolonie, des neuen Viertels, wo die reichen Rückwanderer aus Südamerika und die einheimischen Geschäftsleute wohnten. Nach Norden zu erhob sich zwischen dichtsamtigen Wiesen von kräftigem, dunklem Grün das weiße Bauwerk, das die Salesianerinnen mit märchenhaften Summen errichteten. Für den Augenblick waren sie noch in Vetusta, dicht bei den Müllabladeplätzen der Encimada und vom Unrat fast begraben, notdürftig in einem alten Haus untergekommen, das statt einer Kirche nur eine kümmerliche Kapelle hatte. Dort lebten die Erbinnen vieler reicher Adelsfamilien wie in Grüften. Sie hatten dem Gekreuzigten zuliebe die Annehmlichkeit ihres weiten, bequemen Palastes dort oben mit der ungesunden Enge dieses Lochs vertauscht, indes ihre Eltern, Geschwister und Verwandten ihren trägen Wanst in den Zimmerfluchten der traurigen, aber geräumigen Steinkästen der Encimada pflegten.

Doch es war nicht nur die Kirche, die im Bereich des oberen Vetusta die Glieder recken und strecken durfte, sondern auch die Erben von Adelsbriefen und Stammhäusern hatten sich weite Gevierte angeeignet mit Gärten und Baumbeständen, die, am Stadtgebiet gemessen, als Wälder hingehen konnten und die auch tatsächlich in leichter Übertreibung Parks genannt wurden, wenn sie so weitläufig waren wie der Besitz der Ozores oder der Vegallanas. Und während man nicht nur den Klöstern und Palästen, sondern auch den Bäumen freien Raum ließ, sich nach Herzenslust auszubreiten und auszuweiten, lebte das einfache Volk, das wegen seiner Armut die Ellenbogenstöße der adligen oder bürgerlichen Eigensucht nicht parieren konnte, zusammengepfercht in Lehmhütten, die sich auf Anordnung der Stadtverwaltung unter einer Kalktünche verstecken mußten. Es war sehenswert, wie sich diese verschachtelten Katen aneinanderdrängten, übereinandersprangen, wie sich die Dächer ineinander verzahnten und die Fenster gegenseitig anstarrten. Sie muteten wie eine ausgelassene Herde von Rindern an, die in der Enge eines Weges hochsteigen und die Vorderbeine den vorangehenden auf den Rücken stemmen.

Trotz dieser ungerechten Besitzverteilung, die Don Fermín vor Augen hatte, ohne daß er daran Anstoß genommen hätte, liebte der brave Domherr das Kathedralenviertel, dieses Lieblingskind der Basilika, vor allen anderen. Die Encimada war sein natürliches Reich, die Hochburg der geistlichen Macht, die er ausübte. Der Rauch und das Pfeifen der Fabrik ließen ihn besorgte Blicke zum Campo del Sol richten. Dort wohnten die Aufsässigen, die schmutzigen, verschwitzten, kohlen- und eisenstaubgeschwärzten Arbeiter, die offenen Mundes den Besessenen lauschten, die ihnen von Gleichheit, Zusammenschluß, Enteignung und tausend Widersinnigkeiten predigten, ihn aber nicht anhören wollten, wenn er ihnen von himmlischem Lohn und Vergeltung nach dem Tode sprach. Nicht, daß er dort keinerlei Einfluß gehabt hätte, aber er besaß ihn nur bei den wenigsten. Gewiß, wenn dort der reine Glauben, die katholische Lehre Wurzeln schlug, dann waren es starke, zähe Wurzeln, wie Eisenketten. Doch wenn ein guter, gläubiger Arbeiter starb, wurden zwei, drei geboren, die niemals mehr von Ergebung, Treue, Glauben und Gehorsam sprechen hören würden. Der Generalvikar machte sich keine Illusionen. Der Campo del Sol entglitt ihnen. Die Frauen hielten dort die letzten Stellungen. Wenige Tage bevor de Pas diesen Betrachtungen nachging, hatten mehrere Einwohner des Arbeiterviertels einen Fremden, der sich protestantischer Pastor nannte, steinigen wollen. Aber diese Ausschreitungen, diese letzten Zuckungen eines todgeweihten Glaubens, betrübten den Generalvikar eher, als daß sie ihn ermutigten.

Nein, dieser Rauch rührte nicht von Weihrauch her. Er stieg in die Höhe, gelangte aber nicht in den Himmel. Das Pfeifen der Maschinen hörte sich spöttisch an. Es klang wie Hohn und Peitschenknall. Selbst die hohen, schlanken Schornsteine muteten wie Parodien der spitzen Kirchtürme an, Denkmälern eines Götzenkultes gleich.

Der Generalvikar richtete das Fernglas nach Nordwesten. Dort lag die *Kolonie,* das allerneueste Vetusta, schnurgerade, blendend von schreienden Farben und stahlblauen Reflexen. Sie sah wie ein Vogel aus den Wäldern Südamerikas, wie eine mit grellbunten Federn und Schnüren geschmückte Wilde aus. Geometrische Regelmäßigkeit, gepaart mit wilder Anarchie der Farben. Auf den Dächern alle Schattierungen des Regenbogens wie in den Mauern von Ekbatana: Verglaste Balkons brachten die Gebäude um ihre architektonische Ausgewogenheit. Unangebrachter Prunk mit kostbarem Gestein, gesuchte Solidität, marktschreierischer Luxus. Die Traumstadt eines Amerikaners, vermischt mit den Vorstellungen eines Geldverleihers, eines Tuch- oder Getreidehändlers, der nicht auswandert, sondern baut, ohne zu träumen. Für eine eingesparte Brandmauer nehmen sie gern eine mögliche Lungenentzündung in Kauf, für lächerlichen Prunk sichere Unbequemlichkeit.

Doch gleichviel, der Generalvikar achtet auf keins dieser Dinge. Er sieht dort nur den Reichtum, ein Miniatur-Peru, dessen geistlicher Pizarro er sein möchte. Und schon ist er auf dem Weg dazu. Die reichen Rückwanderer der Kolonie, die in Amerika selten die Messe gehört haben, finden in Vetusta zur Frömmigkeit ihrer Vorfahren wie in eine alte Heimat zurück: Die Religion mit ihren in der Kindheit gelernten Formeln ist ihnen eine der süßen Verheißungen jenes Spaniens, das sie auf der anderen Seite des Ozeans in ihren Träumen gesehen haben. Überdies hegen diese Leute eine Abneigung gegen alles, was gegen den guten Ton verstößt und einen Anhauch von Plebejertum hat oder was an ihre niedrige Herkunft erinnern könnte. Die Ungläubigen machen in Vetusta nicht mehr als eine Handvoll Hungerleider aus, die nicht die Schütte Stroh ihr eigen nennen, auf der sie in Ruhe sterben können. Alle wohlhabenden Leute sind gläubig, praktizierende Christen, wie das jetzt heißt. Die Páez', Don Frutos Redondos, die Jacas, Antolínez', Argumosas und viele andere illustre Amerigo Vespuccis der Kolonie ahmen, soweit es im Bereich ihrer Möglichkeiten liegt, ängstlich die »feinen« Sitten der Corujedos, Vegallanas, Membibres, Ozores', Carraspiques und der anderen adligen Familien der Encimada nach, die sich etwas darauf zugute halten, seit eh und je die allerbesten Christen zu sein. Und wenn es die Páez', Redondos, und wie sie alle heißen, nicht aus eigenem Antrieb täten, würden ihre Ehefrauen, Töchter und sonstigen weiblichen Familienangehörigen sie nötigen, es der beneideten Aristokratie in der Religion wie in allen übrigen Dingen, im Betragen, Denken und Reden, gleichzutun. Aus all diesen Gründen betrachtet der Generalvikar das Viertel im Nordwesten eher voll Gier als voll Abneigung. Wenn es dort auch viele Seelen gibt, die er noch nicht ausgeforscht hat, wenn es in diesem Klein-Amerika noch viel unentdecktes Land gibt, so haben doch die angestellten Erkundungen ausgezeichnete Ergebnisse gezeitigt, und Don Fermín zweifelte nicht daran, daß er das Licht des lautersten Glaubens und damit seinen natürlichen Einfluß in alle Winkel der schnurgeraden Häuserreihen der Kolonie tragen würde, deren Dächer von der Stadtverwaltung wie mit dem Abstreichholz auf die gleiche Höhe gebracht worden waren.

Inzwischen hatte de Pas sein Fernrohr wieder voller Zuneigung auf seine geliebte Oberstadt gerichtet, das vornehme, alte, rings um den stolzen Turm zusammengedrängte Viertel. Da unten lagen, eine im Osten und eine im Westen, wie eine Ehrenwache der Kathedrale die beiden altertümlichen Kirchen, die den Dom vielleicht entstehen oder zumindest zu Größe und Glanz aufsteigen gesehen hatten, was ihnen selbst nie beschieden ward. Sie hießen, wie schon erwähnt, Santa María und San Pedro. Ihre Geschichte steht in den Chroniken der Reconquista verzeichnet, und nun verwittern sie ruhmvoll nach und nach, von den Jahrhunderten zu Staub zermahlen, als Opfer der Nässe. Rings um Santa María und San Pedro lagen in modrigen Gassen, auf kleinen Plätzen die Stammhäuser des Adels, deren größter Stolz es wäre, sich Altersgenossen der baufälligen Gotteshäuser nennen zu können. Aber sie können es nicht, weil die schwerfällige oder überladene Architektur, die den schlechten, dekadenten Geschmack viel späterer Jahrhunderte offenbart, die verhältnismäßige Jugendlichkeit dieser Steinkästen verrät. Die Steine all dieser Gebäude waren von den Unbilden der Witterung geschwärzt, die in dem feuchten Vetusta nichts lange hell bleiben läßt und keinem lichten Farbton Beständigkeit zugesteht.

Don Saturnino Bermúdez, welcher schwor, im Besitz von Urkunden zu sein, die einem in der Heraldik Bewanderten unwiderleglich bewiesen, daß die Bermúdez' direkt vom König Bermudo abstammten, verstand sich am besten darauf, die Geschichte jedes einzelnen dieser alten Kästen zu erzählen, in denen er ebenso viele nationale Heiligtümer erblickte. Jedesmal, wenn irgendeine radikale Stadtverwaltung daranging oder auch nur mit dem Gedanken spielte, ein paar Ruinen abzureißen oder zum allgemeinen Wohl ein Grundstück zu enteignen, erhob Don Saturnino ein lautes Zetergeschrei und veröffentlichte in der »Kreuzfahne«, dem Blatt der Ultramontanen von Vetusta, lange Artikel, die niemand las und die der Bürgermeister, wenn er sie gelesen hätte, gar nicht verstanden hätte. Darin hob er den archäologischen Wert jedes Mauerrests in den Himmel, und wenn es gar eine ganze Wand war, erklärte er sie für ein regelrechtes Denkmal. Es unterliegt keinem Zweifel, daß Señor Don Saturnino, wenn auch zum Wohle der Kunst, nicht wenig log und mit »Romanik« und »Mudéjarstil« nur so um sich warf. Für ihn war alles Mudéjar oder romanisch, und mehr als einmal gingen seiner Darstellung zufolge die Fundamente einer Mauer, die irgendein biederer, noch lebender Steinmetz errichtet hatte, auf Fruelas Zeiten zurück. Diese Irrtümer beeinträchtigten den Ruf des Gelehrten indes nicht, denn die paar Leute, die sie hätten entdekken können, betrachteten sie als pietätvolle Übertreibungen und verdienstliche Anachronismen. Die übrigen Vetustenser lasen diese Dinge nicht. Das entmutigte den Gelehrten jedoch keineswegs, weiterhin seine Beredsamkeit leuchten zu lassen, an die er glaubte. Er gefiel sich in gewagten Bildern, kühnen Redefiguren, unter denen die waghalsigsten Personifikationen und die abgewogensten Metaphern besondere Erwähnung verdienen. Die Mauern redeten wie Bücher und sagten etwa: »Meine Grundfesten zittern, und es beben meine Zinnen.« Und es gab sogar eine Stalltür, die er in seinen pathetischen Abhandlungen weinen ließ. Deshalb schlossen die Artikel des Kunsthistorikers für gewöhnlich mit den Worten: *»Sunt lacrimae rerum!«*

Über eine halbe Stunde verbrachte der Generalvikar an diesem Nachmittag auf seiner Beobachtungsstation. Des Schauens müde und weil er nicht finden konnte, was er dort hinten, gegen die Plaza Nueva zu, suchte, wohin er sein Fernrohr immer wieder richtete, trat er vom Fenster zurück, schob das optische Gerät zusammen, verwahrte es sorgfältig in der Tasche, grüßte mit einer Handbewegung und einem Kopfnicken die Glöckner und stieg mit dem majestätischen Schritt von zuvor die steinerne Wendeltreppe hinab. Sowie er die Turmtür öffnete und sich im Nordschiff der Kirche befand, gewann der Generalvikar das starre Lächeln, seinen gewohnheitsmäßigen Gesichtsausdruck, wieder, legte er die Hände auf dem Bauch übereinander, neigte den wohlgeformten Kopf mit einer gewissen, halb mystischen, halb romantischen Mattheit leicht nach vorn und glitt mehr, als daß er schritt, über den schachbrettartig schwarz und weiß gemusterten Marmorfußboden. Durch die hohen Fenster, die Rosette des Hauptportals und die der Seitenportale fielen buntfarbige Lichtbündel, die im Innern der Kirchenschiffe wie Stücke eines Regenbogens leuchteten. Der Mantel, der den Domherrn im Rhythmus seiner Schritte und seines sachten Hüftenwiegens umschwang, fing in seinen weiten, dicht über dem Boden dahinschwebenden Falten das Schillern von Fasanenfedern auf. An anderen Stellen glich er dem Rad eines Pfaus. Ein paar Lichtstreifen kletterten sogar bis zum Gesicht des Generalvikars empor und färbten es einmal mit einem fahlen, weißlichen Grün wie dem eines Schattengewächses, dann wieder verliehen sie ihm das schleimige Aussehn einer Wasserpflanze oder die Totenblässe eines Leichnams.

In dem großen Mittelschiff vor dem Chor befanden sich nur vereinzelte Gläubige. In den Seitenkapellen, die, von Schatten verhüllt, in die dicken Mauern eingelassen waren, erahnte man rings um die Beichtstühle verschwommene Gruppen kniender oder auf den Fersen hockender Frauen. Hier und da vernahm man das gedämpfte Murmeln der geheimen Zwiesprache eines Priesters mit einer Beichtenden beim Bußgericht. In der zweiten Nordkapelle, der düstersten, nahm Don Fermín zwei Damen wahr, die leise miteinander sprachen. Er ging vorbei. Sie wollten ihm folgen, ihn anrufen, wagten es aber nicht. Sie hatten auf ihn gewartet, und nun war er vorbeigegangen.

»Er geht in den Chor«, sagte die eine. Sie setzten sich auf die Wandbank, die, in Dunkelheit getaucht, um den Beichtstuhl lief. Es war die Kapelle des Generalvikars. Auf dem Altar standen zwei Bronzeleuchter ohne Kerzen, mit Eisenketten befestigt. Vor dem Altaraufsatz befand sich ein geschnitzter Jesus von Nazareth, dessen traurige gläserne Augen in der Dunkelheit glänzten. Das Glas glitzerte wie zwei kalte Wasserlachen. Es war das Gesicht eines Blutarmen. Der manierierte Ausdruck kündete von einer auf den feinen Lippen und den glatten, wie von frommen Küssen abgenutzten Wangen versteinerten Wahnvorstellung.

Ohne sich aufzuhalten, schritt der Generalvikar am Ausgangspförtlein des Chors vorbei und gelangte in das Querschiff. Die Chorschranken, die vom Chor zur Hauptkapelle liefen, waren geschlossen. Don Fermín, der in die Sakristei wollte, umschritt den Chorumgang, der ebenfalls von einigen Kapellen flankiert war. Vor jeder dieser in die Mauer der Apsis eingelassenen Kapellen strebten Säulenbündel in die Höhe, zwischen denen Beichtstühle versteckt lagen, die man nicht sah, bis man unmittelbar davorstand. Hier banden und lösten für gewöhnlich die Präbendare Sünden. Aus einem dieser Verstecke schoß, als de Pas vorbeiging, wie ein von Hunden aufgestöbertes Rebhuhn der Benefiziat Señor Don Custodio hervor, bleichen Gesichts, mit Ausnahme der Wangen, auf denen blaurote Flecke brannten. Er schwitzte wie eine feuchte Wand. Der Generalvikar blickte den Benefiziat ohne Lächeln an und spießte ihn mit dem stechenden Blick auf, der aus dem qualligen Weiß seiner Augen schoß. Don Custodio senkte die seinen und ging hängenden Kopfes, verlegen und bestürzt zum Chor. Er war dicklich, weibisch und hatte etwas von einem französischen Handelsreisenden, der in einem tadellosen, hocheleganten Talar steckte. Unter dem weiten Mantel lag ein Chorhemd, das sich wie ein weibliches Kleidungsstück ausnahm, eng um den rundfülligen Körper. Darüber prangte die dünne seidene Mozetta, das Wahrzeichen seines Benefiziats. Dieser Don Custodio war ein Hausfeind, ein Benefiziat von der Opposition. Er glaubte oder verbreitete zumindest alle Lügen, mit denen man den Generalvikar zu Fall bringen wollte, und beneidete ihn um das, was so viele Verleumdungen im Kern an Wahrheiten enthalten mochten. De Pas verachtete ihn. Der Neid dieses armseligen Klerikers diente ihm nur dazu, wie in einem Spiegel seine eigenen Vorzüge zu sehen. Der Benefiziat bewunderte den Generalvikar, er glaubte an dessen Zukunft, sah ihn schon als Bischof, Kardinal, Günstling bei Hofe, voll Einfluß in Ministerien und Salons, von Damen und Magnaten verwöhnt. Der Neid des Benefiziats erträumte für Don Fermín höhere Würden, als sie sich der Generalvikar selbst erhoffte. Dessen Blick huschte sofort flink und forschend zu dem Beichtstuhl, aus dem der Verhaßte gekommen war. Vor einem Gitter sah er ein blasses Mädchen in Karmelitertracht knien.

Es war keine Señorita. Ein Dienstmädchen, eine Näherin oder irgend so was! dachte der Generalvikar. Ihre Augen blickten voll boshafter, eher erregter als befriedigter Neugier. Sie schlug inbrünstig ein Kreuz und hockte sich dann unbeweglich dicht neben dem Beichtstuhl nieder, der noch immer von der Wärme und dem Geruch Don Custodios erfüllt war, um die Einzelheiten der Beichte noch einmal nachzugenießen.

Der Generalvikar setzte seinen Weg fort, durchschritt die Apsis und trat in die Sakristei. Es war eine große, kalte Kapelle in Form eines lateinischen Kreuzes mit vier Gewölben. Um alle Wände zogen sich die Laden und Truhen aus Kastanienholz hin, in denen die Gewänder und Gegenstände des Kults aufbewahrt wurden. Über den Schränken hingen Bilder, Dutzendware mittelmäßiger Maler, die meisten recht alt, und ein paar nicht üble Kopien guter Künstler. Zwischen den Bildern schimmerte die alte Vergoldung einiger Rahmenleuchter, deren Spiegelflächen wegen des Staubs und der Fliegen die Gegenstände kaum noch zurückwarfen. In der Mitte der Sakristei stand, viel Platz beanspruchend, ein langer Tisch aus schwarzem, einheimischem Marmor. Zwei Meßdiener in roten Chorhemden legten Kaseln und Pluviale in die Schränke zurück. In einer schmutzigen, zipfelnden Soutane, eine gewaltige, nach hinten geschobene Perücke auf dem Kopf, kehrte Palomo gerade in einer Ecke den Unrat irgendeines Katzentiers zusammen, das – niemand wußte, wie – in die Kathedrale eingedrungen war und alles entweiht hatte. Der Hundevogt war wütend. Die beiden Meßdiener überhörten sein Schimpfen, aber er zielte, ohne sie anzusehen, auf sie und drohte ihnen fürchterliche, wenn auch nur hypothetische Strafen an, die vornehmlich die Magennerven auf ekelerregende Art strapazierten.

Der Generalvikar ging vorbei und tat, als achte er nicht auf diese abstoßenden Einzelheiten, die so gar nichts mit der Heiligkeit des Gottesdienstes gemein hatten. Er trat zu einer Gruppe, die sich am anderen Ende der Sakristei mit dem gedämpften Wispern profanen Gesprächs unterhielt, das auf den geheiligten Ort Rücksicht nehmen möchte. Es waren zwei Damen und zwei Herren. Alle vier hatten den Kopf in den Nacken gelegt und betrachteten ein Bild. Das Licht fand lediglich durch schmale Fenster in den Bögen Zutritt und fiel nur sehr gebrochen und abgeschwächt auf das Gemälde, das die vier betrachteten. Es hing fast im Schatten und sah wie ein großer, mattschwarzer Fleck aus. Von anderen Farben gewahrte man nichts als das Stirnbein eines Totenschädels und die Fußwurzel eines nackten, fleischlosen Beins. Dennoch war Don Saturnino Bermúdez schon volle fünf Minuten dabei, den beiden Damen und dem Herrn, die voller Glauben und offenen Mundes dem Kunsthistoriker zuhörten, den Wert des Bildes zu erklären. Der Generalvikar traf Don Saturnino fast tagtäglich bei dieser Beschäftigung an.

Sowie ein Fremder von einiger Bedeutung nach Vetusta kam, suchte man auf diese oder jene Art eine Empfehlung aufzutreiben, damit Bermúdez so freundlich sei, ihm die Altertümer der Kathedrale und andere Sehenswürdigkeiten der Encimada zu zeigen. Don Saturnino war den ganzen Tag sehr beschäftigt, aber von drei bis halb fünf stand er, wie er sagte, allen Personen von Anstand zur Verfügung, die seine kunsthistorischen Kenntnisse und seine eingewurzelte Höflichkeit auf die Probe stellen wollten. Denn er hielt sich nicht nur für den ersten Kunstkenner der Provinz, sondern auch – und das stimmte – für den wohlerzogensten und höflichsten Mann Spaniens. Er war kein Geistlicher, sondern ein Zwitterwesen. Sein eleganter, von Kopf bis Fuß schwarzer Anzug hatte etwas an sich, was Frígilis, ein Darwinist, dem wir später begegnen werden, die Anpassung an die Soutane, den Einfluß der Umwelt nannte. Und wenn Don Saturnino die Verwegenheit besessen hätte, die Erzeugung eines kleinen Bermúdez ins Werk zu setzen, so wäre dieser, nach Frígilis' Meinung, zumindest als Diakon auf die Welt gekommen.

Der Kunsthistoriker war klein von Wuchs und trug das Haar kurzgeschoren wie eine Bürste aus schwarzen Borsten. Dabei ließ er es sich angelegen sein, große Geheimratsecken auszusparen, und man wußte, daß ihm eine vorzeitige Glatzenbildung nicht wenig geschmeichelt hätte. Er war noch ziemlich jung. »Das Alter unseres Herrn Jesus Christus«, sagte er und glaubte, einen respektvollen, aber doch ein wenig weltlichen Scherz gewagt zu haben. Da seine Ähnlichkeit mit einem Geistlichen nicht seiner Absicht, sondern dem Walten der Natur entsprang, ließ sich Don Saturno, wie er genannt wurde, nachdem ihn ein Abenteuer, bei dem man ihn tatsächlich für einen Priester gehalten, gewisser Illusionen beraubt hatte, einen pechschwarzen Bart stehen, aber er stutzte ihn wie die Buchsbäume in seinem Garten. Er hatte einen riesigen Mund, und wenn er gefällig lächeln wollte, zogen sich die Lippen von einem Ohr zum anderen. Aus irgendeinem Grund verriet dies Lächeln am deutlichsten, daß Bermúdez nicht nur daherredete, wenn er über seinen verwünschten Magen, über Verdauungsbeschwerden und insbesondere über dauernde Verstopfungen klagte. Es war ein Lächeln voller Falten, das eher einer durch Leibschmerzen hervorgerufenen Grimasse glich, mit dem sich Bermúdez als der vergeistigteste Mensch Vetustas aufspielte, der einer tiefen, geläuterten Leidenschaft am ehesten fähig war. Es muß nämlich bemerkt werden, daß sein hochfliegender Geist die ernste Lektüre von Chroniken und anderen alten Büchern mit den raffiniertesten psychologischen Romanen abwechselte, die seinerzeit in Paris geschrieben wurden. Daß er wie ein Geistlicher aussah, verdroß ihn gewaltig. Er ließ sich einen taillierten Gehrock machen wie ein Stutzer, aber der Schneider gewahrte mit Entsetzen, daß Don Saturno das Kleidungsstück nur anzulegen brauchte, und schon war eine Soutane daraus geworden. Stets sah er aus, als trüge er Trauer, auch wenn es nicht an dem war. Allerdings verschwand der Trauerflor nur selten von seinem Hut, denn er glaubte sich mit dem ganzen Adel Vetustas verwandt, und jedesmal, wenn ein Aristokrat starb, trug er Trauer. Im tiefsten Grunde seiner Seele glaubte er, für die Liebe geboren zu sein, und seine Leidenschaft für die Kunstgeschichte war nur ein Ersatz dafür. Wenn er in den erfolgreichsten französischen und spanischen Romanen sah, daß die Leute der besten Gesellschaft mehr oder weniger von derselben inneren Unrast und Begier gequält wurden, deren Opfer er selbst war, so nahm er nicht länger Anstand zu glauben, daß es ihm nur an dem rechten Schauplatz gefehlt habe. Die Mädchen Vetustas waren unfähig, ihn zu verstehen, wie er sich andererseits im stillen eingestand, daß er es nie gewagt hatte, sich einer jungen Dame zu nähern, um ihr etwas Bedeutsameres in Sachen Liebe zu sagen.

Vielleicht hätten ihn verheiratete Frauen, einige wenigstens, besser begreifen können. Als ihm das zum erstenmal durch den Kopf ging, hatte er eine Woche lang Gewissensbisse. Aber der Gedanke bot sich ihm verführerisch immer wieder dar, und da die Heldinnen in den Romanen, die er genießerisch las, fast immer verheiratet waren, Sünderinnen somit, aber am Ende durch die Liebe und ihren innigen Glauben erlöst und geläutert, kam er zu dem Ergebnis und hielt es für ausgemacht, daß man eine verheiratete Frau lieben und es ihr sogar sagen durfte, sofern sich die Liebe in den Grenzen des lautersten Idealismus hielt. Tatsächlich verliebte sich Don Saturno auch in eine verheiratete Dame, aber es erging ihm dabei wie bei den unverheirateten: Er wagte nicht, es ihr zusagen. Mit den Augen gab er ihr's freilich zu verstehen und selbst mit gewissen Gleichnissen und Allegorien aus der Bibel und anderen orientalischen Büchern. Die Dame seines Herzens jedoch übersah Don Saturnos Blicke und verstand seine Allegorien und Gleichnisse nicht. Sie äußerte lediglich hinter seinem Rücken:

»Ich begreife nicht, woher dieser Don Saturno soviel wissen kann. Er muß im Oberstübchen nicht ganz richtig sein.«

Diese Dame, die in Vetusta die Präsidentin genannt wurde, weil ihr jetzt in den Ruhestand versetzter Mann Gerichtspräsident gewesen war, erfuhr nie etwas von der brennenden Leidenschaft des Kunsthistorikers. Der sentimentale, wissensbeflissene junge Mann ward es müde, diese einzige Liebe von weitem mit den Blicken zu verschlingen, und kehrte den Flatterhaften hervor. Er suchte sich zu betäuben, was ihn wenig Mühe kostete, denn nie war ein Mann betäubter als er, wenn es eine Frau darauf anlegte, ihm mit einem oder zwei Blicken den Kopf zu verdrehen. Seit vier Jahren fehlte er auf keinem Ball, keiner Abendgesellschaft, keiner Theatervorstellung, keiner Landpartie, und immer noch meinten die Damen, wenn sie ihn einen Rigaudon tanzen sahen (denn an einen Walzer oder eine Polka wagte er sich nicht heran):

»Dieser Bermúdez ist ja nicht wiederzuerkennen!«

Sie ließen sich alle miteinander nicht davon abbringen, daß er ein Duckmäuser war. Das brachte ihn zur Verzweiflung. Freilich hatte er niemals die groben, sinnlichen Freuden der fleischlichen Liebe erfahren. Aber wußten das die Leute? Freilich blieb eher die Sonne aus als Don Saturno bei der Acht-Uhr-Messe. Aber diese Frömmigkeit und daß er zweimal im Monat das Abendmahl nahm, tat, wie er meinte, seinem Anspruch auf die Bezeichnung eines Mannes von Welt keinen Abbruch. Wenn die Leute wüßten! Wer schlich nachts, zur Stunde der Mägde, wie man in Vetusta sagte, vermummt durch die Calle del Rosario, huschte dann durch die Calle de la Quintana, gelangte so von Straße zu Straße zu den Laubengängen der Plaza del Pan, ließ die Encimada hinter sich und streifte wagemutig durch die zu dieser Stunde vereinsamte Kolonie? Niemand anderes als Don Saturnino Bermúdez, Doktor der Theologie und beider Rechte, des zivilen und des kirchlichen, Lizentiat der Philosophie und Literatur und Bakkalaureus der Naturwissenschaften, kein geringerer als der Verfasser von »Vetusta zur Römerzeit«, »Vetusta unter den Goten«, »Das feudale Vetusta«, »Das christliche Vetusta« und »Vetusta in der Wandlung«. Er war's, der, mit Umhang und weichem Hut verkleidet, auf die Straße ging. Befürchtungen, daß ihn jemand in diesem Aufzug erkennen könnte, hegte er nicht. Und was wollte er draußen? Unter freiem Himmel mit der Versuchung kämpfen, das Fleisch durch endloses Wandern ermüden und auch ein bißchen den Geruch des Lasters, des Verbrechens einatmen, des Verbrechens, dem nicht zu verfallen er die sichere Gewißheit hatte, wenn auch weniger auf Grund tugendhafter Selbstbeherrschung, sondern weil eine unüberwindliche Angst es ihm verwehrte, den letzten, entscheidenden Schritt auf dem Weg in den Abgrund zu tun. Dicht daran kam er alle Abende, und zwar bei einer schief in den Angeln hängenden schwarzen Tür in einem finsteren, verrufenen Gäßchen. Manchmal rief ihn vom Grunde des oben erwähnten Abgrunds die Versuchung an. Dann trat der Gelehrte schleunigst den Rückzug an, gewann den verlorenen Boden wieder, kehrte in die breiten Straßen zurück und sog voll Wohlbehagen die reine Luft ein, eine Luft, rein wie sein Körper. Um so rasch wie möglich in die Regionen des Schöngeistigen, die sein eigentliches Element waren, zurückzufinden, sang er »Sproß des Himmels« oder »Du hehrer Geist« oder »Du mein starkes Heil« und dachte an die Schwärmereien seiner Kindheit oder an eine Heldin aus seinen Romanen.

Oh, welche Glückseligkeit lag in diesen Siegen der Tugend! Wie klar und einleuchtend erschien ihm dann die Idee einer Vorsehung! So etwas Ähnliches mußte die Ekstase der Mystiker sein! Und Don Saturno kehrte beschleunigten Schrittes nach Hause zurück, trunken von erhabenen Gedanken, den Umschlag der Pelerine mit Tränen nässend. Seine Rührung war überaus fromm, besonders in Mondnächten.

Zu Haus in seinem Arbeitszimmer schrieb er dann nach dem Abendessen beim Licht der Petroleumlampe Verse oder blätterte in seinen Wälzern. Schließlich ging er schlafen, zufrieden mit sich selbst, mit dem Leben, glücklich in dieser verleumdeten Welt, in der es, man mochte sagen, was man wollte, noch immer gute Menschen und starke Seelen gab. Diese innige Freude über seine Standhaftigkeit, die sich dem angenehmen Sinnenreiz durch die behagliche Wärme des glatten, weichen Bettes beimengte, verwandelte Don Saturno allmählich in einen anderen Menschen. Dann malte sich der Weltmann in ihm romantische Liebesabenteuer in Paris, der Stadt seiner Träume, aus. In den Romanen, die er vor dem Einschlafen las, erstand ihm dann das Bild der Präsidentin wieder, und er begann mit ihr oder mit einer anderen nicht minder hübschen Dame anmutige Gespräche, in denen er den weiblichen Geist gegen seinen ernsten, männlichen Verstand ankämpfen ließ. Und bei diesem ganz auf geistige Dinge beschränkten Geplänkel, das höchstens auf unbestimmte Verheißungen künftiger Gunstbeweise hinauslief, überkam den Kunsthistoriker langsam der Schlaf, seine Logik geriet durcheinander, und selbst das moralische Gefühl verkehrte sich, die Macht jener Angst, die kurz zuvor den Doktor der Theologie gerettet hatte, kam ins Wanken.

Am Tage darauf erwachte Don Saturno übelgelaunt mit Magenschmerzen, die Seele von verzweifeltem Weltschmerz erfüllt und den Leib voll versetzter Winde. »Gehe in dich, Sünder!«, sagte der Unglückliche, wälzte sich widerwillig aus dem Bett und suchte durch scharfe, qualvolle Gewissensbisse und gute Vorsätze in seinem Gemüt eine Gegenwirkung herbeizuführen, die er durch Wassergüsse ins Genick und Waschungen mit großen Schwämmen unterstützte. Vielleicht war die Reinlichkeit, diese große Tugend, die Mohammed so sehr empfiehlt, die einzige, die der berühmte Autor von »Vetusta in der Wandlung« wirklich besaß.

Nachdem er sich gründlich gewaschen hatte, ging er unfehlbar in die Messe, um den neuen Menschen zu suchen, der nach dem Evangelium verlangt. Nach und nach stellte dieser neue Mensch sich ein. Aus Einbildung und Frömmigkeit glaubte dieser Verehrer des Herzens Jesu allmorgendlich an seine Läuterung. Deshalb blieb der Geist jung. Es war der Magen, der verwünschte Magen, der sich nicht um die inbrünstige Reue scherte. Und da wollte man Don Saturno einreden, die Materie sei nicht gemein und roh!

An diesem Tag hatte er vor dem Essen von seiner lieben Freundin Obdulia Fandiño, der verwitweten Pomares, ein parfümiertes Billettchen erhalten. Wie hatte es ihn aufgewühlt! Er wollte den geheimnisvollen Umschlag nicht vor der Suppe aufbrechen. Weshalb nicht ein wenig träumen? Was mochte es sein? »O. F.« stand in zwei ineinander verschlungenen Buchstaben auf dem Wappen des Umschlags. »Von Doña Obdulia«, hatte der Diener gesagt. Diese Dame war, ganz Vetusta wußte es, eine vorurteilslose Frau, vielleicht sogar ein wenig zu vorurteilslos. Sie fiel aus dem Rahmen. Alsdann! Wer weiß! Weshalb nicht? Ein Rendezvous? Schließlich verstanden sie sich ganz gut, nicht so gut, wie manche böse Zungen behaupteten, aber sie verstanden sich. In der Kirche sah sie ihn an und seufzte. Sie hatte ihm einmal gesagt, er wisse mehr als el Tostado, ein Lob, das er in seinem vollen Wert wohl zu schätzen wußte, denn er hatte den illustren Sohn Avilas gelesen. Einmal hatte sie ihr Taschentuch fallen lassen, ein Taschentuch, das wie dieser Brief roch. Er hatte es aufgehoben, und als er es ihr überreichte, hatten sich ihre Finger berührt, und sie hatte gesagt: »Danke, Saturno.« Einfach Saturno, ohne Don.

Eines Abends hatte Obdulia bei einer Gesellschaft von Visitación Olías de Cuervo mit ihrem Knie sein Bein berührt. Er hatte das Bein nicht weggenommen und sie ihr Knie nicht zurückgezogen. Dann hatte er mit seinem Fuß den der Schönen gestreift, und sie war nicht zur Seite gerückt.

Ein Löffel Suppe geriet ihm in die falsche Kehle. Er trank einen Schluck Wein und riß den Brief auf:

Saturnillo!

Sie sind immer so lieb! Wollen Sie mir den Gefallen tun und um drei Uhr zu mir kommen? Ich erwarte Sie mit ...

Er mußte das Blatt umdrehen. ‚Ungeduld', dachte der Gelehrte. Aber es hieß:

... Ich erwarte Sie mit ein paar Freunden aus Palomares, die in Begleitung eines Kunstkenners die Kathedrale besichtigen möchten ...

Don Saturno wurde rot, als habe er sich vor einer ganzen Versammlung lächerlich gemacht.

Tut nichts, sagte er sich dann. Die Besichtigung der Kathedrale ist nur ein Vorwand.

Und fügte hinzu:

Gott weiß, wie sehr ich die Tempelschändung bedaure, zu der sie mich da einlädt.

Er zog sich mit aller denkbaren Korrektheit an, und nachdem er sich im Spiegel als ein Lovelace gesehen hatte, der in seinen Mußestunden kunsthistorische Studien treibt, begab er sich zu Doña Obdulia.

Dies war also der Mann, der zwei Damen und einem Herrn den Wert eines völlig schwarzen Bildes erklärte, auf dem man mit Mühe und Not einen olivfarbenen Totenschädel und die Fußwurzel eines fleischlosen Beins erkannte. Das Gemälde stellte Sankt Paul, den ersten Eremiten, dar. Der Maler war ein Vetustenser aus dem 17. Jahrhundert, den nur Fachgelehrte auf dem Gebiet der Altertümer Vetustas und seiner Provinz kannten. Deshalb fand Bermúdez Bild und Maler so bedeutend.

Der Herr aus Palomares trug einen sehr langen, rosinenfarbenen Sommerüberzieher und hielt einen Panamahut in der

Rechten, der nicht recht zu der Jahreszeit paßte, der aber schon in La Habana seine vier oder fünf Unzen gekostet haben mochte, und deshalb meinte sein Besitzer wohl, er könne ihn den ganzen Herbst über tragen. Señor Infanzón glaubte sich imstande, die Kunstbegeisterung des Gelehrten besser begreifen zu können als die Damen, die durch ihre natürliche Unwissenheit eine Entschuldigung hatten, wenn sie sich vor einem Bild, auf dem man nichts sah, nicht überwältigt zeigten. Er suchte nach ein paar passenden Worten und fand auch schließlich etwas:

»Oh, sehr! Offensichtlich! Ganz Ihrer Meinung!«

Dann senkte er den Kopf auf die Brust, wie um nachzudenken, tatsächlich und in Wahrheit aber – wie Bermúdez sagte –, um sich durch eine entsprechende Gegenbewegung von der unbequemen Haltung auszuruhen, zu der ihn der Gelehrte über eine Viertelstunde lang genötigt hatte. Schließlich äußerte der Herr mit dem Panamahut:

»Mir scheint, Señor Bermúdez, dieses großartige Bild des berühmten ...«

»Cenceño.«

»Also, dieser berühmte Cenceño käme besser zur Geltung, wenn ...«

»Wenn man ihn sehen könnte!« warf die Gattin des Herrn Infanzón ein.

Dieser blitzte sie mit einem fürchterlichen Blick ehelichen Verweises an und berichtigte:

»Es käme besser zur Geltung, wenn es nicht ein bißchen verräuchert wäre. Vielleicht das Wachs, der Weihrauch ...«

»Nein, Señor! Woher denn!« erwiderte der Gelehrte und lächelte von einem Ohr zum anderen. »Was Sie für die Spuren des Rauches halten, ist die Patina. Sie macht den besonderen Reiz alter Bilder aus.«

»Die Patina!« rief der Provinzler überzeugt. »Ja, das wird es sein!« Und er nahm sich vor, bei seiner Rückkehr nach Palomares im Lexikon nachzusehen, was man unter Patina versteht.

In diesem Augenblick trat der Generalvikar hinzu, um Don Saturno zu begrüßen. Er erkannte Obdulia und verbeugte sich lächelnd, doch weniger lächelnd als bei der Begrüßung Don Saturnos. Danach machte er eine knappe Verbeugung vor denen aus Palomares, die ihm der Gelehrte vorstellte.

»Señor Don Fermín de Pas, Generalvikar der Diözese.«

»Oh, oh! Ah, ah!« stammelte Infanzón, der den Herrn Generalvikar schon seit langem aus der Ferne bewunderte. Die Gattin des Provinzlers machte Anstalten, dem Generalvikar die Hand zu küssen, aber der Blick des Gatten hielt sie wiederum zurück, und so knickte sie bloß in den Knien ein, als wolle sie hinfallen. Der Generalvikar sprach mit lauter Stimme, so daß seine Worte von den Gewölben widerhallten, und das ermutigte die anderen, ebenfalls ihr Flüstern aufzugeben. Bald erfüllte Obdulia Fandiños frisches, perlendes Lachen, wie Don Saturno es nannte, den Raum, der schon durch den weltlichen Geruch entweiht war, mit dem sie die Sakristei gleich bei ihrem Eintritt verseucht hatte. Es war der Geruch des Briefchens, des Taschentuchs, der Geruch Obdulias, von dem der Gelehrte zuweilen träumte. Dem des Wachses und des Weihrauchs beigemischt, fand ihn der Kunsthistoriker berauschend, dessen Wunschbild es war, solcherart mystische und erotische Düfte miteinander zu verschmelzen, was seines Dafürhaltens in einer anderen, besseren Welt der Lohn für alle diejenigen sein mußte, die auf Erden sämtlichen Versuchungen zu widerstehen gewußt hatten.

Obdulia, die ihre Langeweile schlecht verhehlte, solange man von Bildern, Spitzbögen, Gewölbekappen, Schlußsteinen und ähnlichen Dummheiten sprach, die sie nie verstanden hatte, lebte durch die Gegenwart des Generalvikars auf, dessen Beichtkind sie war, sosehr er auch schon zu verschiedenen Malen versucht hatte, sie zu Don Custodio abzuschieben, der nach solcher Beute gierte. Diese Frau ging Don Fermín auf die Nerven. Sie war ein wandelnder Skandal. Man brauchte nur zu sehen, in was für einem Kleid sie in die Kathedrale kam. Solche Damen bringen die Religion in Verruf, dachte er.

Sie trug einen Kapotthut, unter dem in reicher Fülle, wie ein goldener Wasserfall, Löckchen über Löckchen von einem schmutzigen, metallischen, künstlichen Blond hervorquollen. Vor acht Tagen hatte der Generalvikar diesen Kopf durch das Gitter des Beichtstuhls gesehen, und da waren die Haare schwarz gewesen! Der schwarze Atlasrock des Kleides hatte nichts Besonderes an sich, solange sich die Dame nicht bewegte. Aber das schlimmste von allem war ein Mieder aus scharlachroter Seide, das zum Himmel schrie. Dieses Mieder saß straffgespannt auf einem Gesparre – was anderes konnte es nicht sein –, das die Formen einer von der Natur überreichlich mit den Attributen ihres Geschlechts bedachten Frau nachbildete. Was für Arme! Was für eine Brust! Und alles schien jeden Augenblick die

Hüllen sprengen zu wollen. Don Saturno entzückte das, während es den Generalvikar aufbrachte, der solche Ärgernisse in der Kirche nicht mochte. Die Dame verstand die Frömmigkeit auf eine Art, die anderswo, in einer Großstadt, in Madrid, Paris oder Rom, hingehen mochte, aber nicht in Vetusta. Sie beichtete die ungeheuerlichsten Dinge in einem vertraulichen Ton, wie sie sie in ihrem Boudoir einer Freundin ihres Schlages erzählen mochte. Dauernd führte sie ihren Freund, den Patriarchen, und den umgänglichen Bischof von Nauplia im Munde. Sie schlug katholische Tombolas vor, organisierte Wohltätigkeitsbälle, Novenen und Ablaßandachten bei verschlossenen Türen für die feinen Leute – lauter Abgeschmacktheiten. Der Generalvikar bremste sie, sooft er konnte, aber es gelang ihm nicht immer. Seine fast absolute Autorität vermochte diese quecksilbrige Person nicht zu bändigen, die wie ein Aal seinen Fingern entglitt. Doña Obdulia quälte ihn und strapazierte seine Nerven. Dabei wollte sie ihn verführen, ihn sich gefügig machen wie den Bischof von Nauplia, diesen feingebildeten Prälaten, der nicht von ihrer Seite wich, wenn sie zusammen – Wand an Wand! – in Madrid im Hotel de la Paix wohnten. Die brennendsten, schwärzesten Blicke aus diesen schwarzen, großen, glutvollen Augen galten de Pas. Die Verehrer der Witwe wußten das und beneideten ihn. Aber er verwünschte diese Belagerung.

Dumme Gans! Glaubt sie etwa, daß man mich erobert wie Don Saturno? dachte er.

Trotz dieser von Herzen kommenden Antipathie war er stets höflich zu der Witwe, denn darin machte er keinen Unterschied zwischen Freund und Feind. Don Fermín mußte jemanden schon unter seine Füße getreten haben, um sich ihm gegenüber nicht der untadeligsten Umgangsformen zu bedienen. Weltmännische Höflichkeit war für den Generalvikar, genau wie für Bermúdez, ein Grundsatz, doch zogen sie daraus sehr unterschiedlichen Nutzen.

Während man von den vielen Kostbarkeiten der Kathedrale sprach, der Provinzler sich in Ausrufen der Bewunderung erging und seine Gattin die Ausrufe wiederholte, betrachtete sich Obdulia, so gut es ging, in den hohen Leuchterspiegeln.

Der Generalvikar verabschiedete sich. Er könne die Damen nicht begleiten, er bedaure sehr, aber die Pflicht rufe, der Chor ...

Alle verneigten sich.

»Das Höchste geht vor«, sagte der aus Palomares, womit er das Göttliche meinte, und beugte das Knie. Es war nicht festzustellen, ob vor dem Göttlichen oder dem Generalvikar.

Zum Glück könne ihnen seine Unwissenheit zu nichts dienen, meinte der Generalvikar, während Bermúdez eine lebende Chronik der Altertümer Vetustas sei.

Don Saturno wölbte die Brauen und schien drauf und dran, den Boden küssen zu wollen. Danach sah er Obdulia mit einem ernsten, durchdringenden Blick an, als wolle er sagen: Da hörst du's. Ich, der nach Ansicht des besten Theologen erste Altertumskenner Vetustas, habe mich zu deinem Sklaven erklärt.

Das alles wollte er mit den Augen sagen. Aber sie hatte es wohl nicht verstanden, denn sie verabschiedete sich gerade mit einem heißen, seelenvollen Blick vom Generalvikar. Nachdem Don Fermín zu einem Schrank getreten war, legte er seinen Mantel ab und zog feierlich das gutsitzende Chorhemd, die herrschaftliche Mozetta und den Chorrock an.

»Wie schön er ist!« sagte Obdulia von weitem, indes die Provinzler mit gläubigem Staunen ein anderes Bild betrachteten, das Don Saturnino pries.

Sie gingen um die ganze Sakristei herum. Bei der Tür hingen ein paar neue Bilder, nicht schlecht nachempfundene Kopien berühmter Maler. Señora Infanzón mußten sie besser gefallen als die Wunderwerke Cenceños, zweifellos, weil man sie besser sah. Aber ihr kluger Gatte, der bemerkte hatte, daß Bermúdez diese leuchtenden, lebhaften Farben mit gespielter Geringschätzung links liegen ließ, stieß ihr den Ellenbogen in die Rippen, um ihr begreiflich zu machen, daß man hieran ohne viel Aufhebens vorüberging. Unter diesen Bildern befand sich eine getreue und klug erfaßte Kopie von Murillos heiligem Johannes aus dem Hospital für Unheilbare in Sevilla. Der Kopf des Heiligen, den man nicht mehr vergißt, wenn man ihn einmal gesehen hat, zog die Aufmerksamkeit der Dame auf sich.

»Oh, wie schön!« rief sie, ohne sich zurückhalten zu können.

Don Saturno blickte sie mit einem mitleidigen Lächeln an und sagte:

»Ja, ganz hübsch! Aber sehr bekannt.«

Und er wandte dem heiligen Johannes, der den kranken Bettler im Dunklen auf den Schultern trägt, den Rücken zu.

Señor Infanzón versetzte seiner Gattin einen Knuff. Er war feuerrot geworden und rüffelte sie leise:

»Immer mußt du mich blamieren. Siehst du nicht, daß das keine ... Patina hat?« Sie verließen die Sakristei.

»Hier entlang, bitte!« sagte Bermúdez und deutete nach rechts. Sie gingen durch die Vierung, nicht ohne bei einigen frommen Damen Anstoß zu erregen, die ihre Gebete unterbrachen und Obdulias Feuerküraß mit den Blicken auftrennten und wieder zunähten. Der Atlasrock, der nichts Auffälliges hatte, solange er nicht bewegt wurde, war das Aufreizendste an dem ganzen Kleid, sobald die Witwe ein paar Schritte machte. Er schmiegte sich so eng an ihren Körper an, daß er wie eine enganliegende Hose wirkte, die herrliche Formen umschloß, und auf solche Art zur Schau gestellt, schickten sie sich nicht für die Heiligkeit des Ortes.

»Meine Herrschaften, jetzt kommen wir zur Königsgruft«, murmelte der Kunsthistoriker leise, weil er im stillen schon die jeweiligen Abschnitte aus seinem »Vetusta unter den Goten« und aus dem »Christlichen Vetusta« rekapitulierte. Um der Wahrheit die Ehre zu geben, muß allerdings gesagt werden, daß die Könige in seinem Kopf nur so herumtanzten, das heißt, er warf sie durcheinander und verwechselte sie. Die Ursache dieser Verwirrung war Obdulias Rock, denn der Gelehrte konnte nicht umhin, diese äußerst gewagte, für Vetusta neue Erfindung zu bewundern, durch die sich seinen Augen anmutige und bedeutungsvolle Rundungen darboten, die er bis jetzt nur in seinen Träumen geschaut hatte. Bekümmert stellte der fromme Kunsthistoriker fest, daß die Unvereinbarkeit des geheiligten Ortes mit dem Kleid der Fandiño, das soviel ahnen ließ, sein inneres Feuer nicht erstickte, sondern dem von ihm beklagten Brand nur neue Nahrung zuführte, als gösse man Petroleum auf einen Scheiterhaufen.

Sie traten in die Grabkapelle, ein enges, dunkles, kaltes Gelaß aus rohem Mauerwerk, aber von majestätischer, eindrucksvoller Schlichtheit. Das respektlose Klappern der bronzefarbenen Stiefeletten Obdulias, die unter dem kurzen, engen Rock hervorschauten, das Froufrou der Seide und der Unterröcke, das Knistern der Stärke in den schneeweißen zarten Dessous, denn so standen sie Don Saturno vor Augen, der sie zu anderen Malen schon gesehen hatte – das alles hätte genügen müssen, die Könige aus ihrem jahrhundertelangen Schlaf zu erwecken, falls die Angaben des Kunsthistorikers über den ewigen Schlummer dieser hochachtbaren Herren stimmten.

»Hier ruhen seit dem achten Jahrhundert die Könige Don ...« Und er schnurrte die Namen von sechs oder sieben Herrschern herunter, wobei er nach dem Gefühl des Provinzlers die Vokale vertauschte, denn Señor Infanzón sagte in der unkorrekten Umgangssprache »ue« statt »oi« und andere Ungeheuerlichkeiten.

Der Herr aus der Provinz war voll tiefer Bewunderung für Don Saturninos Wissen und Beredsamkeit.

In einer Mauernische befand sich ein mit Reliefs und unlesbaren Inschriften bedecktes steinernes Grabmal von beträchtlichen Ausmaßen. Zwischen Grab und Mauer war ein schmaler Gang von einem Fuß Breite und auf der anderen Seite in der gleichen Entfernung ein Eisengitter. Im hinteren Teil herrschte völlige Finsternis. Die vom Lande blieben auf der Seite des Gitters. Bermúdez und in seinem Gefolge Obdulia entschwanden durch den in Dunkel getauchten Umgang den Blicken.

Nach Don Saturnos Aufzählung trat ein feierliches Schweigen ein. Der Gelehrte hatte sich geräuspert. Gleich würde er sprechen.

»Zünden Sie doch bitte ein Streichholz an, Señor Infanzón!« sagte Obdulia.

»Ich habe keine bei mir, aber man könnte um eine Kerze bitten.«

»Nein, nicht nötig, Señor, ich weiß die Inschriften auswendig, und außerdem kann man sie nicht lesen.«

»Sind sie lateinisch?« wagte die Infanzón zu fragen.

»Nein, Señora, sie sind verwischt.«

Man machte kein Licht.

Der Kunsthistoriker sprach etwa eine Viertelstunde. Dabei sagte der Schelm, indem er tat als improvisiere er, das erste, zweite, dritte und vierte Kapitel aus einem seiner Vetusta-Bücher her, und er kam schon mit dem Epilog, den wir wörtlich wiedergeben werden, zu Ende, als ihn Obdulia mit den Worten unterbrach:

»Mein Gott! Gibt es hier etwa Mäuse? Ich glaube, da hat ...«

Sie stieß einen Schrei aus und klammerte sich an Don Saturno, der sich, von der Dunkelheit begünstigt, ein Herz faßte und mit beiden Händen nach der Hand Obdulias griff, die sich an seiner Schulter festhielt. Nachdem er Obdulia beruhigt hatte, indem er ihre Hand noch einmal fest drückte, schloß er folgendermaßen:

»Das waren die erlauchten Männer, die mit der Dankesgabe

reicher Kleinodien, beneidenswerter Privilegien und frommer Stiftungen die heilige Kirche von Vetusta belohnten, die ihnen für ihre sterbliche Hülle ewige Heimstatt nach dem Tode gewährte. Durch diese erhabenen Grabstätten wuchs zugleich ihr Ruhm so sehr, daß sie sich bald zu überragender Bedeutung erhoben sah und – drücken wir es so aus – den Vorrang über die nicht minder heiligen Kirchen von Tuy, Dumio, Braga, Iria, Coimbra, Viseo, Lamego, Celeres, Aguas Cálidas und so fort gewann.«

»Amen!« rief die Dame aus der Provinz unwillkürlich, während Obdulia im Dunkeln Bermúdez mit einem Händedruck beglückwünschte.

Der Chor war zu Ende. Die ehrwürdigen Domherren hatten für diesen Tag ihre Pflicht, Gott zu loben, unter ständigem Gähnen erfüllt. Einer nach dem andern betrat die Sakristei mit der gelangweilten Miene eines Beamten, der seine Amtsgeschäfte auf die stets gleiche Art erledigt, ohne an die Nützlichkeit der Verrichtungen zu glauben, mit denen er sein tägliches Brot verdient. Der Geist dieser ehrsamen Priester war von den Chorgesängen genauso abgenutzt wie die meisten Chorhemden, Mozetten und Pluviale, die sie auszogen, um die Priestermäntel wieder anzulegen. Man konnte im Domkapitel von Vetusta dasselbe feststellen, was bei so vielen anderen Gemeinschaften zum täglichen Bild gehört: Einige der Herren Präbendare sprachen nicht miteinander, andere grüßten sich nicht einmal. Aber für einen Außenstehenden war es nicht leicht, diese mangelnde Eintracht zu erkennen: Aus Klugheit verhehlten sie diese Zerwürfnisse, und wenn sie beisammen waren, herrschte die größte und jovialste Eintracht. Da drückte man sich die Hand, klopfte sich auf die Schulter, machte die ewig gleichen Späßchen und Witze, lachte, flüsterte sich Geheimnisse ins Ohr. Ein paar waren schweigsam, verabschiedeten sich bald und verließen die Kirche. Manche gingen auch ohne Gruß.

Als der Generalvikar eintrat, stand der hochehrwürdigste Señor Don Cayetano Ripamilán, ein Aragonese aus Calatayud, neben dem Marmortisch. Er hatte eine Hand auf die Platte gestützt, denn sein Ellenbogen reichte nicht bis zu solcher Höhe, und deklamierte, nachdem er ein paarmal geschnuppert hatte wie ein Hund, der einer Fährte folgt:

»Sticht mir da doch in die Nase
der Geruch von . . .«

Das Erscheinen des Generalvikars hielt den Herrn Erzpriester zurück. Er brach das Zitat ab und fuhr fort:

»Mir scheint, hier waren Weiberröcke, nicht war, Señor de Pas?«

Und ohne eine Antwort abzuwarten, machte er schalkhafte, artige, aber ein wenig anzügliche Anspielungen auf die strahlende Schönheit der jungen Witwe.

Don Cayetano war ein altes Männlein von sechsundsiebzig Jahren, munter, fröhlich, hager, dürr, mit einer Farbe wie altes Leder, runzlig wie verkohltes Pergament, und seine ganze kleine Person erinnerte, ohne daß man genau wußte, weshalb, an die Umrisse eines Geiers in natürlicher Größe, wiewohl er anderen zufolge mehr einer Elster oder verängstigten Drossel mit gesträubtem Gefieder glich. Zweifellos hatte er in Gestalt und Gehaben viel von einem Vogel an sich, ganz besonders, wenn man sein Schattenbild sah. Er war eckig und spitz, trug einen der altmodischen langen, schmalen Schaufelhüte mit steil hochgebogenen Krempen à la Don Basilio, und da er ihn ins Genick schob, sah es aus, als habe er ein Fernrohr auf dem Kopf. Er war kurzsichtig und behob dieses Gebrechen mit einer goldenen Brille, die auf seiner langen, krummen Nase saß. Hinter den Gläsern funkelten unruhige, schwarze und kreisrunde Äuglein. Er warf sich den Mantel forsch über die Schultern wie die Studenten, stemmte oft die Arme in die Seite, und wenn sich das Gespräch um theologische oder kanonische Dinge drehte, streckte er die Rechte aus und formte mit Daumen und Zeigefinger einen Ring. Da sein Gesprächspartner stets größer war, legte Ripamilán, um ihm ins Gesicht zu sehen, den Kopf auf die Schulter und blickte ihn mit einem Auge an, wie es das Federvieh tut. Wiewohl Don Cayetano Domherr war und die Würde eines Erzpriesters besaß, was ihm die Ehre eintrug, im Chor zur Rechten des Bischofs zu sitzen, hielt man ihn nicht dieser trivialen Titel wegen aller Achtung und sogar der Bewunderung für wert, auch nicht des Kreuzes wegen, das ihn zu Hochehrwürden machte, sondern wegen seiner unschätzbaren Begabung als bukolischer und epigrammatischer Dichter. Seine Götter waren Garcilaso und Martial, sein berühmter Landsmann. Meléndez Valdés schätzte er ebenfalls sehr. Mit vierzig war er als Benefiziat nach Vetusta gekommen. Sechsunddreißig Jahre hatte er am Chor dieser Kirche teilgenommen und konnte sich für einen so echten Vetustenser halten wie der älteste Einheimische. Viele wußten gar nicht, daß er aus einer anderen Provinz stammte. Außer der Poesie hatte er zwei weitere weltliche Leidenschaften: Frauen und Flinten. Letzteren hatte er entsagt, nicht so den ersteren, die er weiter genauso keusch und arglos verehrte wie mit dreißig. Kein einziger Vetustenser, die Freidenker, die in einem gewissen Restaurant am Karfreitag Fleisch aßen, nicht ausgenommen, hätte es gewagt, an Don Cayetanos fast hundertjähriger Keuschheit zu zweifeln. Seine kultische Verehrung der Frau hatte nichts mit dem Verlangen des Geschlechts zu tun. Die Frau war das »Sujet« der Poesie, wie er sagte, denn er hielt sich etwas darauf zugute, wie die Dichter der guten alten Zeit zu sprechen. Seit seiner Jugend verspürte er ein gebieterisches Bedürfnis, galant zu den Damen zu sein, ihren Umgang zu suchen und sie zum Gegenstand von Madrigalen zu machen, die ebenso harmlos in ihrer Absicht wie voll Schelmerei und Pfeffer in ihren Gedanken waren. Es gab im Kapitel Zeiten schwarzer Unduldsamkeit, in denen man diese Vorliebe Ripamiláns wie ein Verbrechen verfolgte. Man sprach von Skandal und davon, einen Gedichtband zu verbrennen, den der Erzpriester auf Kosten des Marqués des Corujedo, eines großen Förderers der Literatur, veröffentlicht hatte. Das war zur selben Zeit, als man Don Pompeyo Guimarán, eine Persönlichkeit, auf die wir im weiteren Verlauf noch stoßen werden, exkommunizieren wollte.

Der steife Nordost des Fanatismus flaute ab, und das Schifflein des Erzpriesters, der diese Würde damals übrigens noch nicht innehatte, schwamm mit seiner Fracht an bukolischen Harmlosigkeiten wieder obenauf, und er erfreute sich, außer bei den Kaninchen und Rebhühnern auf den Feldern, wieder allgemeiner Beliebtheit. Doch wie weit lagen diese Zeiten zurück! Wer erinnerte sich noch an Meléndez Valdés oder an die »Eklogen und Lieder eines Hirten aus Bilbilis«, vielmehr Don Cayetano Ripamiláns? Die Romantik und der Liberalismus hatten Verwüstungen angerichtet. Dann hatte sich die Romantik überlebt, aber die Hirtendichtung war nicht wiedergekommen, und auch die Epigramme erzielten keine Wirkung mehr, so boshaft sie auch waren. Don Cayetano gehörte nicht zu den vielen Domherren *laudatores temporis acti*, wie er sagte. Er pries die Vergangenheit nicht aus Prinzip, aber was die Poesie anlangte, so mußte man gestehen, daß die Revolution nichts Gutes gebracht hatte.

»Wir leben in einer heuchlerischen, traurigen Gesellschaft, die kein Benehmen hat«, pflegte er zu den jungen Leuten Vetustas zu sagen, die ihn sehr schätzten. »Sie zum Beispiel können nicht tanzen. Sonst erklären Sie mir einmal, wie Sie zu der Behauptung kommen, es könne von guter Kinderstube zeugen, ein Mädchen um die Hüfte zu fassen und an die Brust zu drücken?«

Er glaubte, in den Salons werde die geschlossene Polka getanzt, die er vor Jahren anläßlich einer aus Neugier unternommenen Reise in Madrid gesehen hatte.

»Zu meiner Zeit tanzte man anders.«

Der Erzpriester vergaß dabei in aller Treuherzigkeit, daß er nie anders als mit einem Stuhl getanzt hatte. Er war seinerzeit als Seminarist ein großer Flötenspieler und Tänzer ohnegleichen gewesen. Wenn er sich jedenfalls in der reichen, poetischen Phantasie, die ihm Gott geschenkt, die Rigaudons vorstellte, bei denen er Grazie und gute Figur gezeigt hatte, dann kam es wohl mitunter vor, daß er *en petit comité* – wie er sagte – den Mantel forsch über die Schulter warf, den Schaufelhut unter den Arm klemmte, die Soutane ein wenig anhob und ein paar gesteppte, zierliche Soli voller Pirouetten, Kniebeugen und sogar Sprüngen tanzte.

Die jungen Leute lachten aus vollem Herzen, und der Erzpriester war selig, daß er mit den Füßen Triumphe errang, die seiner Feder in den nunmehr angebrochenen prosaischen Zeiten versagt blieben.

Die Sache mit dem Tanzen trug sich stets bei den Abendgesellschaften zu, bei denen sich der Geistliche unfehlbar einfand, denn seitdem ihm die Ärzte das Schreiben und selbst das Lesen am Abend verboten hatten, hielt er es ohne angeregte, galante Gesellschaft nicht aus. Das Tresillo langweilte ihn, und die Winkelkonzile von Domherren und Bischöfen im Gehrock, wie er sie immer nannte, betrübten ihn. Er war weder Liberaler noch Karlist, sondern Geistlicher. Er fühlte sich zur Jugend hingezogen und schätzte den Umgang mit ihr mehr denn den mit den geistvollsten Vetustensern. Die lokalen Dichterlinge und Zeitungsschreiber hatten in ihm einen gescheiten und boshaften, wenn auch stets höflichen und liebenswürdigen Kritiker. Da begegnete ihm zum Beispiel auf der Straße Trifón Cármenes, der Poet mit dem größten dichterischen Atem Vetustas, der ewige Sieger bei den unblutigen Turnieren der edlen Dichtkunst. Er winkte ihn mit dem Finger heran, näherte seine krumme Nase dem ausladenden Ohr des Dichters und sagte zu ihm:

»Ich habe Ihre Sache da gelesen. Nicht übel. Aber denken Sie an die Klassiker, Trifoncillo, die Klassiker vor allen Dingen! Wo sonst finden Sie solche Schlichtheit:

‚Sah, wie auf dem Thymienzweige
sich ein Vöglein niederließ'?«

Und er sagte das zarte Gedicht Villegas' bis zum letzten Vers her, mit Tränen in den Augen und Speichel auf den Lippen. Die Mehrzahl des Kapitels sah dem Erzpriester diesen Mangel an Umgangsformen unter der Voraussetzung nach, daß man ihn für kindisch hielt.

»Und trotz alledem«, sagte ein Domherr, ein braver junger Mann und Verwandter des Justizministers, der noch neu in Vetusta und im Amte war, »trotz alledem kann man die Unbedachtheit, mit der er über alles spricht, nicht ruhig ertragen. Er läßt seiner Zunge freien Lauf, urteilt vorschnell und gebraucht Wörter und Anspielungen, die mit der geistlichen Würde unvereinbar sind.«

Demselben Herrn Kanonikus, der ihn wegen seiner gepfefferten Epigramme ein paarmal durch die Blume getadelt hatte, pflegte der Erzpriester mit folgenden Worten den Mund zu stopfen:

»Oh, bitte, bitte, da kann ich nur wiederholen, was mein Landsmann und Lieblingsdichter Martial für solche Fälle niedergeschrieben hat:

‚Lascivia est nobis pagina, vita proba est.'«

Womit er zu verstehen gab, daß bei ihm Saft und Kraft auf der Zunge saßen, bei anderen aber, Domherren gleich ihm, woanders. Und Don Cayetanos Ehrbarkeit in dieser Beziehung war nicht erst neueren Datums, sondern er war sein ganzes Leben lang auf diesem Gebiet ein Schwätzer und nichts als ein Schwätzer gewesen. Das war die freie Übersetzung des Verses von Martial.

An diesem Nachmittag war der Erzpriester sehr gesprächig. Obdulias Besuch in der Kathedrale hatte seine anaphroditischen Instinkte, seine interesselose Leidenschaft für die Frau, besser gesagt, die Dame, geweckt. Jenen Duft Obdulias, den niemand mehr merkte – Don Cayetano nahm ihn noch wahr.

Der Generalvikar antwortete mit einem nichtssagenden Lächeln. Aber er ging nicht. Er mußte mit dem Erzpriester sprechen. De Pas gehörte nicht zu denen, die sonst zu dem Plauderstündchen blieben, wie die gemütliche Unterhaltung in der Sakristei nach dem Chor genannt wurde. Wenn schönes Wetter war, gingen die Teilnehmer am Plauderstündchen für gewöhnlich ein Stück die Landstraße entlang spazieren oder wanderten zum Espolón. Wenn es regnete oder zu regnen drohte, dehnten sie das Geplauder aus, bis Palomo diskret mit den Kirchenschlüsseln klimperte und jeder der Domherren nach Hause ging. Doch glaube man deswegen nicht, die Liebhaber eines Plauderstündchens nach dem Chor seien innige Freunde gewesen! Es ging dort genauso zu wie in jedem Plauderzirkel. Alle zusammen klatschten über die Abwesenden, als seien sie selbst ohne jeden Fehl und würden sich zeit ihres Lebens nicht mehr trennen.

Der Erzpriester klatschte selbst auch ganz gern. Er hatte dem Herrn Archidiakon Don Restituto Mourelo den Spitznamen angehängt, den dieser jetzt trug, ohne es zu wissen. Im Kapitel nannte ihn niemand Mourelo, auch nicht Archidiakon, sondern Gloucester. Don Restitutos rechte Schulter war ein bißchen schief – ansonsten war er ein stattlicher junger Mann, beinahe so groß wie der Neffe des Justizministers –, und da dieser unheilbare Leibesschaden ihn hinderte, sich so schneidig zu geben, wie er gern gewollt hätte, beschloß er, aus der Not eine Tugend zu machen, wie man so sagt, das heißt, er suchte aus dem Gebrechen, mit dem er gezeichnet war, als Ersatz für die ihm abgehende Anmut das größtmögliche Kapital zu schlagen. Statt den körperlichen Schaden zu verdecken, unterstrich er ihn noch, indem er sich mehr und mehr nach rechts krümmte und sich wie eine Trauerweide bog. Diese seltsame Haltung hatte zur Folge, daß Mourelo wie ein Mann aussah, der ständig lauerte, den Gerüchten zuvorkam, eine Vorhut seiner selbst beim Aufspüren von Neuigkeiten und beim Aushecken von Heimtückereien, und der wohl auch an Schlüssellöchern lauschte. Ohne je etwas von Darwin gelesen zu haben, fand der Archidiakon zwischen dieser Manie, seinen Körper schief zu halten, und seinem Scharfsinn, seiner Schläue, Verstellung, geistreichen Bosheit und selbst seinem kanonischen Machiavellismus, der ihm am meisten bedeutete, eine gewisse geheimnisvolle und vielleicht kabbalistische

Beziehung. Er glaubte, sein Lächeln, das er dem Generalvikar ein bißchen abgeschaut hatte, führe alle Welt hinters Licht. Allerdings, es stimmte, Don Restituto trug zwei Gesichter: Er redete einmal so und dann wieder so. Seinen Neid verbarg er hinter einer schleimigen Liebenswürdigkeit, und er trug eine Einfalt zur Schau, die ihm nicht stand.

»Aber«, erklärte der Erzpriester, »seine Liebenswürdigkeit täuscht nicht alle, und er ist auch, mag er noch so ein ausgemachter Lebenskünstler sein, kein solcher Machiavelli, wie er glaubt.«

Wenn irgend möglich flüsterte er seinem Gesprächspartner ins Ohr, zwinkerte abwechselnd mit den Augen, gebrauchte zwei- und dreideutige Wörter, jonglierte damit wie ein Taschenspieler mit seinen Bällen und war ein Heuchler, der eine gewisse Achtlosigkeit in den äußeren Formen des Kults zur Schau trug, damit seine Frömmigkeit spontan und schlicht erschien. Aus allem machte er Geheimnisse. Jedem, der ihn anhören wollte, beteuerte er, daß er ihm als einzigem das Herz eröffne.

»Man verbrennt sich leicht den Mund, ich weiß. Ich bin keiner von denen, die vergessen, daß Reden Silber und Schweigen Gold ist. Bei Ihnen aber habe ich keine Bedenken, frei von der Leber weg zu sprechen, wenn auch vielleicht zum ersten Mal in meinem Leben. Vernehmen Sie also, was ich noch keinem gesagt habe!«

Und er sagte es ihm. Er sprach mit leiser, geheimnisumwobener Stimme. Oftmals trat er in die Sakristei und sagte so leise, daß man es kaum hörte:

»Wir haben schönes Wetter, Señores. Hoffentlich hält es an.«

Ripamilán, der vor Jahren einige seltene Male heimlich ins Theater gegangen war, sich im Dunkel der Proszeniumsloge verbergend, sah eines Abends das Schauspiel »Die Söhne Eduards« in der Bearbeitung von Bretón de los Herreros, und als Gloucester, der bucklige, krumme, verschlagene Regent, die Bühne betrat, rief er aus:

»Das ist ja der Archidiakon, wie er leibt und lebt!«

Der Ausspruch machte Furore, und von da an war Don Restituto Mourelo für das ganze gebildete Vetusta Gloucester.

Da stand er und hörte sich mit vorgespiegeltem Vergnügen die spitzbübischen Späße des Erzpriesters an, dessen Zunge er in seiner Gegenwart und Abwesenheit fürchtete. Als ihm Don Cayetano den Rücken zukehrte, denn er drehte sich beim Sprechen oft auf den Absätzen hin und her, zwinkerte Gloucester dem Dekan mit einem Auge zu und bohrte mit einem Finger an der Stirn. Er wollte auf die Narrheit des bukolischen Dichters anspielen. Der fuhr indessen fort:

»Nein, meine Herren, ich weiß, was ich sage. Ich kenne das Leben, das diese verwitwete Dame in der Hauptstadt geführt hat, denn sie war mit dem berühmten Bischof von Nauplia eng befreundet, mit dem ich dort auf sehr vertrautem Fuße stand. In einem Gasthof in der Calle del Arenal hatte ich Gelegenheit, diese Obdulia genau kennenzulernen, die ich zuvor hier kaum grüßte, obwohl wir uns von der Abendgesellschaft des Marqués de Vegallana her kannten. Jetzt sind wir gute Freunde. Sie ist eine Epikureerin und glaubt nicht an das sechste Gebot.«

Es gab ein allgemeines schallendes Gelächter. Nur der Generalvikar begnügte sich mit einem Lächeln, beugte sich vor und setzte das Gesicht eines Heiligen auf, der um Gottes willen dieses Ärgernis für die Ohren erträgt. Der Archidiakon lachte gezwungen.

Die Geschichte Obdulia Fandiños entweihte den geheiligten Bereich der Sakristei, wie es kurz zuvor ihr Lachen, ihr Kleid und ihr Parfüm getan hatten.

Der Erzpriester erzählte die Abenteuer der Dame im Stile Martials, nur daß er sich dabei nicht des Lateinischen bediente.

»Señores, mir hat Joaquinito Orgaz erzählt, daß die Kleider, in denen diese Dame auf dem Espolón auftritt . . .«

»Reichlich anstößig sind«, warf der Dekan ein.

»Aber sehr kostspielig«, meinte der Neffe des Ministers.

»Und zahlreich! Nie trägt sie zweimal dasselbe. Jeden Tag eine neue Fahne«, fügte der Archidiakon hinzu. »Ich weiß nicht, wo sie das hernimmt, denn sie ist nicht reich. Obwohl sie die Dame von Adel hervorkehrt, ist sie es nicht und hat auch nichts weiter als eine schäbige Rente und eine lächerliche Witwenpension.«

»Darauf komme ich ja gerade!« fiel ihm Don Cayetano triumphierend ins Wort. »Der junge Orgaz, der in San Carlos Medizin studiert hat, sagte mir, daß Obdulia die letzten Jahre bei ihrer Kusine Tarsila Fandiño in Madrid war, der berühmten Geliebten des berühmten . . .«

»Ja, und?«

»Daß sie bei ihr so was wie eine Trotaconventos war, sagen wir mal so. Das heißt, nicht gerade das, aber immerhin, sie hat sie begleitet, und, na ja, nun schickt ihr die andere aus Dankbarkeit ihre abgelegten Kleider, und da sie sie fast neu ablegt und so viele und teure hat . . .«

Das Kapitel, das so tat, als höre es dem Erzpriester aus bloßer Wohlerzogenheit zu, interessierte sich wirklich für das Skandalhistörchen. Ripamilán genoß nur das Witzige an der schlüpfrigen Erzählung. Die übrigen begann es zu genieren, daß sie sich diese Klatschgeschichte gemeinsam anhörten. Der Erzpriester heftete die schwarzen, stechenden Äuglein auf den Generalvikar, den Beichtvater Obdulias. Er schien seine Bestätigung zu suchen.

Der Generalvikar war lediglich da, um mit Don Cayetano unter vier Augen zu sprechen. Er ertrug dessen freche Geschichten mit Gleichmut. Er schätzte ihn und verzieh ihm diese unschuldigen Prahlereien mit einer rein rhetorischen Erotik, denn er kannte seine untadeligen Sitten und sein goldenes Herz. Sie waren sehr gute Freunde, und Ripamilán war der zuverlässigste und ergebenste Parteigänger Don Fermíns bei den internen Auseinandersetzungen im Domkapitel. Andere hielten aus Eigennutz zu ihm, viele aus Furcht. Don Cayetano, dem niemand Angst machen konnte, schätzte und unterstützte ihn, weil er seiner Ansicht nach der einzige hervorragende Mann der Kathedrale war. Der Bischof war ein gutmütiger Tropf, Gloucester ein Heimtücker mit mehr Bosheit als Talent. Der Generalvikar hingegen war Gelehrter, ein Literat, ein Redner, ein Mann des Herrschens und, was in Don Cayetanos Meinung mehr zählte als alles andere, ein Mann von Welt. Wenn man ihm von der angeblichen Bestechlichkeit des Generalvikars sprach, von seiner Tyrannei, seinen schmutzigen Geschäften, empörte sich der Alte und stritt selbst die augenscheinlichsten Fälle von Ämterschacher rundweg ab. Brachte man das Thema der amourösen Abenteuer aufs Tapet, die immer nur anonyme Gerüchte ohne beweiskräftige Grundlage blieben, lächelte der Erzpriester, während er sie leugnete, womit er zu verstehen gab, daß dies wohl möglich sei, aber nicht ins Gewicht falle.

»Die Wahrheit ist, daß Don Fermín ein hübscher Kerl ist, und wenn sich die frommen Damen in ihn verlieben, weil er so stattlich, elegant und gewandt ist und auf der Kanzel wie ein Johannes Chrysostomos spricht, dann ist es nicht seine Schuld und auch nicht wider die weisen Gesetze der Natur.«

Der Generalvikar wußte genau, wie Ripamilán über ihn dachte, und betrachtete ihn als seinen treuesten Anhänger. Darum wartete er auf ihn. Er mußte ihm ein paar Fragen stellen, die bei jedem anderen als dem Erzpriester gefährlich sein konnten.

Gloucester hatte etwas gerochen. Weshalb ging der Generalvikar bloß nicht? Wie konnte er dieses öde Geschwätz ertragen? Nein, er, Gloucester, würde ebenfalls nicht von der Stelle weichen. Señor de Mourelo war der herzinnigste Feind, den der Generalvikar hatte. Der raffinierteste Machiavellismus des Archidiakons bestand gerade darin, daß er zum Schein gute Beziehungen zu dem »Despoten« unterhielt, sich als sein Parteigänger aufspielte und ihm den Boden untergrub. Er bereitete ihm einen Sturz vor, schlimmer als der Don Rodrigo Calderóns. Gloucesters Pläne gingen sehr weit, sie waren voller Schliche, Hinterhalte und Irrgänge, Fallen und Fußangeln, ja selbst Höllenmaschinen. Der Benefiziat Don Custodio war sein Aufpasser. Der hatte ihm an jenem Nachmittag die Nachricht gebracht, daß die Präsidentin in der Kapelle des Generalvikars auf diesen warte, um zu beichten. Eine tolle Neuigkeit! Die Präsidentin, eine Dame der höchsten Gesellschaft, war die Gattin Don Víctor Quintanars, des Präsidenten verschiedener Gerichte, zuletzt bei dem von Vetusta, wo er unter dem Vorwand in den Ruhestand trat, er wolle Gerüchten über gewisse zweifelhafte Vorkommnisse die Spitze abbrechen, in Wirklichkeit jedoch, weil er seines Amtes überdrüssig war und ganz seinen Neigungen leben konnte, wenn er aus dem Dienst schied. Seine Frau nannte man weiterhin die Präsidentin. Der Nachfolger Quintanars war Junggeselle, und so gab es keine Konflikte. Ein Jahr verging, und ein neuer Gerichtspräsident kam, diesmal mit Gattin. Doch für Vetusta blieb die Frau Quintanars aus der berühmten Familie der Ozores für alle Zeit die Präsidentin. Was die »Zugereiste« betraf, so mußte sie sich abfinden und damit begnügen, die »andere« Präsidentin zu sein. Überdies konnte der Konflikt nicht lange währen: Es kam bereits die Bezeichnung »Vorsitzender« auf, und bald würde es für jede von ihnen einen eigenen Titel geben. Solange blieb die Ozores die Präsidentin.

Diese war stets Beichttochter Don Cayetanos gewesen. Schon seit einer Reihe von Jahren hatte er nur noch einigen wenigen Personen die Beichte abgenommen, fast alles Damen, und nur hochgestellten, sorgfältig ausgewählten Freunden und Freundinnen. Schließlich war er auf Grund seiner Jahre auch dieser leichten Bürde müde geworden. Entschlossen, sich gänzlich aus dem Beichtstuhl zurückzuziehen, hatte er seine Beichtkinder gebeten, ihn von dieser Mühe zu entbinden, und sogar jedem von ihnen einen Nachfolger in diesem schweren, interessanten Amt genannt. Diese Art Erbschaft oder vielmehr Nachfolge *inter vivos* war im ganzen Kapitel und bei allen Angehörigen des Domklerus äußerst begehrt. Vor der religiösen Reaktion, die in Vetusta wie in ganz Spanien auf die Exzesse wirrköpfiger Freidenker in Tavernen, Kaffeehäusern und auf Kongressen einsetzte, war der Erzpriester Beichtvater der Creme der Encimada, weil er in gewissen Dingen recht weitherzig war. Aber nun hatte sich die Mode geändert, man spann in Fragen der Sünde wieder ein feineres Garn, und der Generalvikar, der sehr genau war, wurde vorgezogen. Dennoch fanden sich, manche aus Gewohnheit, andere, um Don Cayetano nicht zu kränken, wieder andere, weil ihnen dieses laxe Verfahren nach wie vor zusagte, immer noch ein paar Damen vor dem Richterstuhl des toleranten Herrn ein, bis er es selbst müde war und sie auf gute Art abwimmelte.

Don Custodio, ein vor Ehrgeiz brennender junger Mann, glaubte allzusehr an die wunderbaren Wendungen des Glücks, die die Ohrenbeichte bewirkte, und schrieb ihnen – zu Unrecht – den Aufstieg des Generalvikars zu. Deshalb lauerte er gieriger als alle anderen mit unbesonnener Leidenschaft auf die Nachfolge des Erzpriesters. Er hatte herausbekommen, daß Doña Olvido, die hochmütige einzige Tochter von Señor Páez, einem der reichsten Amerikaner aus der Kolonie, vor einiger Zeit von Ripamiláns Beichtstuhl zu dem Don Fermíns übergewechselt war. Das war schon ein fetter Fang. Aber, o Skandal! Jetzt (Don Custodio hatte es, hinter einer Tür lauschend, erfahren), jetzt schanzte dieser alte Narr von einem bukolischen Dichter dem Generalvikar auch noch das begehrenswerteste Kleinod aus der Schar seiner Beichttöchter zu, denn dies war die ehrbare, tugendhafte und bildschöne Gemahlin Don Víctor Quintanars zweifellos. Und Don Custodio spürte, wie ihm, bildlich gesprochen, vor Neid der Geifer von den Lippen troff! Nachdem er hinter dem Altar mit dem Generalvikar zusammengetroffen war, hatte er sich in den Chorumgang begeben, wo er mit einem raschen, verstohlenen Blick in der Kapelle des »anderen« zwei Damen gesehen hatte; zweifellos »Neue«, denn sie wußten nicht, daß Don Fermín an diesem Nachmittag keine Beichte hörte. Er war noch einmal vorbeigegangen, hatte heimlich noch einmal, diesmal genauer, hingeschaut und konnte trotz der Dunkelheit in der Kapelle erkennen, daß eine der beiden Damen die Präsidentin in Person war.

Er trat in den Chor und sagte es Gloucester. Der Archidiakon reflektierte auf diese Nachfolge besonders; er meinte, auf Grund seines Ranges gebühre die Ehre, Doña Ana Ozores die Beichte abzunehmen, ihm! Der Bischof zählte nicht mit; der Dekan war ein Tattergreis, der nur noch aß und zitterte. Bei einer Bußprozession hatten ihm vier Betrunkene einen Schreck eingejagt, von dem sich nur sein Magen wieder erholt hatte; er verdaute ausgezeichnet, aber im Kopfe haperte es seitdem; er dachte nur noch gerade genug, um weiterzuvegetieren und am Chor teilzunehmen. Mit ihm brauchte man ebenfalls nicht zu rechnen. Der Erzpriester verzichtete auf die Präsidentin. Wer war also der nächste im Rang? Er. Folglich handelte es sich um einen Willkürakt, um eine Ungerechtigkeit, die zum Himmel schrie; zum Bischof konnte sie nicht schrein, denn der war Don Fermíns Sklave.

Don Custodio teilte diese Meinung Gloucesters. Der Benefiziat war nicht so vermessen, nach solch gutem Bissen für sich selbst zu haschen, aber er wollte ihn wenigstens nicht seinem Feinde gönnen. Er redete Gloucester nach dem Mund und feuerte ihn an, für die gerechte Sache seiner Ansprüche zu kämpfen.

Geschmeichelt flüsterte Gloucester, das Gesicht rot wie eine Rübe, seinem Vertrauten ins Ohr:

»Ob das die freie Wahl der Dame war?«

Dann trat er einen Schritt zurück, um die Wirkung seiner Bosheit zu beobachten, blickte den Benefiziat mit Augen voll spitzbübischer Verschlagenheit an, während er seine schwarzblauen Pausbacken aufblies, um ein Lachen anzudeuten, das schon in den Mundwinkeln saß.

»Wer weiß?« erwiderte Don Custodio mit besonderer Betonung der Worte, um anzudeuten, daß er die Hintergedanken des anderen verstanden hatte.

Indes der Erzpriester die vier Arme des lateinischen Kreuzes, das die Sakristei bildete, mit den weltlichen Geschichten von Leben und Taten Obdulia Fandiños entweihte, suchte Gloucester mit einem Lächeln auf den Lippen nach den Gründen, die der Generalvikar haben konnte, Don Cayetano zuzuhören statt in den Beichtstuhl zu laufen, vor dem die begehrteste Beichttochter des ganzen adligen Vetusta auf ihn wartete.

Der Machiavelli des Kapitels schwor sich im stillen, nicht zu weichen, bevor er wußte, was los war.

Der Generalvikar hatte beschlossen, an diesem Tag seine Kapelle nicht zu betreten. An diesem Nachmittag die Beichte zu hören wäre eine Ausnahme gewesen, die Anlaß zu Gerede gegeben hätte. Ob die beiden Damen wohl noch dort waren? Als er vom Turm herunterkam und durch den Chorumgang schritt, hatte er sie gesehen und erkannt: Es waren die Präsidentin und Visitación, er war ganz sicher. Weshalb waren sie gekommen, ohne sich anzumelden? Don Cayetano mußte es wissen. Wenn eine Dame aus den ersten Kreisen wie die Präsidentin Beichttochter des Generalvikars werden wollte, so teilte sie ihm das rechtzeitig mit und ließ sich eine Stunde nennen. Die Unbekannten, die Frauen aus dem Volk, wagten so etwas nicht, und die paar dieses Standes, die bei ihm beichteten, kamen alle auf einmal in die dunkle Kapelle, deren Geheimnisse ihm Don Custodio neidete. Dort warteten sie, bis die namenlosen Beichtkinder an die Reihe kamen. Diese frommen Frauen aus dem Volk kannten die Ruhetage des Generalvikars bereits. Heute war ein solcher, und deshalb war die Kapelle leer, bis sich die beiden Damen einfanden. Visitación beichtete alle zwei oder drei Monate, sie kannte die passenden und unpassenden Tage nicht im einzelnen, wußte nicht, wann der Generalvikar Beichte hörte und wann nicht. Die Präsidentin kam zum ersten Mal. Warum hatte sie es ihn nicht wissen lassen? Das Ereignis war feierlich genug und mußte hinlänglich Staub aufwirbeln, um förmlicherer Vorbereitungen gewürdigt zu werden. War es Stolz? Dachte diese Dame etwa, er müsse ständig auf der Lauer liegen, um herauszukriegen, wann sie ihm die Ehre ihres Besuches erweisen wolle? ... War es Demut? Wollte sie sich mit Zartgefühl und gutem, bei den Damen Vetustas nicht eben alltäglichem christlichem Sinn unters Volk michen, als Unbekannte beichten, eine unter vielen sein? Diese Annahme bereitete dem Generalvikar große Befriedigung. Er sah darin einen poetischen und wahrhaft christlichen Zug. Er hatte die Obdulias und Visitacións satt. Sie und die übrigen Damen waren allzu bescheidenen Geistes, und das machte sie dem Sakrament wie überhaupt der ganzen Religion gegenüber unehrerbietig und überheblich, jawohl, überheblich. Sie nahmen sich Vertraulichkeiten heraus, die auf eine Entweihung der Kirche hinausliefen; nur allzubald erlaubten sie sich eine unangebrachte Intimität, die zu den Verleumdungen durch die Dummköpfe und Böswilligen führte.

Er war kein Don Custodio, der den Lauf der Welt nicht kannte und ehrgeizigen Träumen auf irgendwelches kirchliches Lametta nachhing, das man vielleicht im Beichtstuhl gewann, um noch Freude an albernen Enthüllungen zu finden, die ihm nur die Seele bis obenhin mit Ekel füllten. Er erhoffte sich etwas Neues, Feinsinnigeres, Auserleseneres.

Gerüchteweise wußte er, daß der Erzpriester der Präsidentin geraten hatte, die Kapelle des Generalvikars aufzusuchen, falls er sich aus dem Beichtstuhl zurückzöge. Aber Don Cayetano hatte ihm nichts gesagt. Da überdies gute Geistliche in Beichtsachen sehr zurückhaltend sind, hatte Ripamilán, der ernste Dinge ernst zu behandeln wußte, dem Generalvikar gegenüber nie etwas verlauten lassen, was die Präsidentin, vom heiligen Beichtstuhl aus betrachtet, für eine Frau war. An diesem Nachmittag hoffte de Pas etwas zu erfahren. Aber Gloucester ging nicht. Man sprach längst nicht mehr von Obdulia und von ihrer Kusine in Madrid, ihrem Vorbild. Man sprach vom Wetter, und Gloucester rührte sich nicnt. Nach und nach hatten sich sämtliche Domherren verabschiedet; jetzt waren nur noch sie drei und Palomo geblieben, der mit Getöse Schubkästen auf- und zuschob und dabei brummelte, offensichtlich Verwünschungen.

Don Cayetano bremste seinen Redefluß, er hatte begriffen, daß ihm der Generalvikar etwas sagen wollte und daß Gloucester störte; plötzlich fiel ihm ein, daß er ebenfalls den Generalvikar sprechen wollte, und da er in solchen Fällen kein Blatt vor den Mund nahm, brach er die Unterhaltung mit den Worten ab:

»Ach, mein Gedächtnis! Auf ein Wort, Don Fermín, wenn der Herr Archidiakon gestattet ... das heißt, es ist nicht ein Wort, wir müssen lange miteinander reden. Es geht um geistliche Dinge.«

Gloucester biß sich auf die Lippen. Er grüßte mit dem verkrümmten Oberkörper, indem er einen Buckel wie eine Katze machte, verließ die Sakristei und brummte dabei in seinen weißvioletten Kragen:

»Das wird mir dieser alte, schlecht erzogene Faselhans alles noch einmal büßen!«

Der Erzpriester machte sich über die Verschlagenheit und

den Machiavellismus des Archidiakons durch anzügliche Bemerkungen und andere Sticheleien lustig.

»Wenn alle wären wie ich, wüßte Gloucester mit seiner Geschicklichkeit und Verstellung nichts anzufangen. Wehe den Füchsen, wenn die Hühner keine Hühner wären!«

Gloucester verließ die Kathedrale stets durch die Tür zum Kreuzgang am nördlichen Ende des Querschiffs; dort gelangte er schneller nach Hause. Diesmal aber wollte er durch die Turmpforte hinausgehn, weil er da an der Kapelle des Generalvikars vorbeikam. Er blickte hinein: Niemand war drin. Da blieb er stehen, sah noch einmal genauer hin, trat einen Schritt in die Kapelle. Es war niemand da, er war sicher. Also sind die Damen gegangen, ohne zu beichten, dachte er. Also erlaubt sich der Generalvikar den Luxus, niemand Geringeres als die Präsidentin vor den Kopf zu stoßen.

Vor dem Archidiakon tauchte ein Sack voll Intrigen auf, die sich auf diesem unmöglichen Benehmen des Generalvikars begründen ließen. Er nahm aus einem großen Taufstein aus schwarzem Marmor Weihwasser, und während er das Kreuz schlug und sich vor dem Altar hinter dem Chor verneigte, sagte er bei sich: Das wird deine Achillesferse. Diese Kränkung wird dich teuer zu stehen kommen. Das mach ich mir zunutze.

Und er verließ die Kathedrale, indem er etwas an den Fingern abzählte. Er phantasierte von Kabalen, Ränken, Intrigen, ja selbst Geheimtüren und unterirdischen Treppen.

Der Erzpriester riß den Mund auf, als er von de Pas vernahm, man habe ihm gesagt, die Präsidentin sei in der Kathedrale und der Generalvikar sei nicht hingeeilt, sie zu begrüßen und ihr die Beichte abzunehmen, wenn sie deshalb gekommen war, wie man annehmen durfte.

»Aber was wird dieser Engel an Güte denken?« rief Don Cayetano ehrlich erschrocken.

»Heda, Rodríguez!« (Das war Palomo.) »Lauf in die Kapelle des Herrn Generalvikars, und wenn dort eine Dame ist . . .«

Es war überflüssig. Im selben Augenblick trat Celedonio, der Meßdiener, ein, der sich in das Gespräch mischte und sagte:

»Nein, Señor. Sie sind schon gegangen. Es waren Doña Visita und die Frau Präsidentin. Sie sind gegangen. Ich habe mit ihnen gesprochen und ihnen gesagt, daß der Herr Generalvikar heute keine Beichte hört. Da nahm Doña Visita, die schon vorher gehen wollte, Doña Ana beim Arm und zog sie mit.«

»Und was haben sie gesagt?« fragte Don Cayetano.

»Doña Ana gar nichts. Doña Visita war böse, weil die Frau Präsidentin hatte kommen wollen, ohne vorher Nachricht zu schicken. Ich glaube, sie sind spazierengegangen, denn Doña Visita sagte was vom Espolón.«

»Zum Espolón!« rief Ripamilán, packte mit der einen Hand den Generalvikar beim Arm und mit der anderen seinen Schaufelhut.

»Zum Espolón!«

»Aber Don Cayetano!«

»Das ist für mich eine Frage der Ehre. Bis zu einem gewissen Grad bin ich an dieser Kränkung schuld.«

»Es war aber doch keine Kränkung«, widersprach der Generalvikar und ließ sich mitschleifen, das Gesicht von einer Art geistiger Freude verschönt, die sich darüber ausbreitete.

»Doch, Señor! Und auf jeden Fall, ob Kränkung oder nicht, will ich meiner lieben Freundin eine Erklärung geben ... Auf zum Espolón! Unterwegs reden wir weiter. Ich möchte, daß Sie diese Frau genau kennen, psychologisch durchdringen, wie die Pedanten von heute sagen. Sie ist eine großartige Frau, ein Engel an Güte, wie ich Ihnen bereits sagte, die keine Kränkung verdient.«

»Aber es war doch keine Kränkung ... Lassen Sie sich erklären, ich wußte von nichts ...«

Sie sprachen mit gedämpfter Stimme weiter, denn sie gingen bereits durch das Südschiff der Kathedrale auf den Ausgang zu. Die letzte Kapelle auf dieser Seite war die der heiligen Clementina. Sie war groß, mehrere hundert Jahre nach den anderen Kapellen gebaut, im 17. Jahrhundert. In der Mitte standen vier Altäre. Die Wände waren verschwenderisch mit Blattornamenten, Arabesken und anderem geschmacklosen Zierat geschmückt.

Der Generalvikar und der Erzpriester hörten Stimmen in der Kapelle. De Pas schenkte ihnen keine Beachtung, aber Ripamilán blieb stehen und reckte lauschend den Hals.

»So wahr mir Gott helfe, sie sind es!« sagte er überrascht.

»Wer?«

»Sie, die kleine Witwe und Don Saturno. Ich erkenne das Zirpen dieser quarrenden Grille.«

Und der Erzpriester, der es kurz zuvor noch so eilig gehabt hatte, aus der Kathedrale hinauszukommen, versteifte sich jetzt darauf, in die Kapelle der heiligen Clementina zu gehen. Der

Generalvikar folgte ihm, um sein Verlangen, so rasch wie möglich zum Espolón zu gelangen, nicht zu verraten.

Sie waren es tatsächlich.

In der Mitte der Kapelle redete Don Saturnino, reichlich schwitzend, den Gehrock mit Spinnweben und Kalkflecken bedeckt, roten Gesichts und mit glühenden Ohren, einen Arm zum Gewölbe ausgestreckt, auf seine Zuhörer ein. Allem Anschein nach war er entrüstet, und er übertrug seine Entrüstung in Güte oder mit Gewalt auf die Infanzóns.

»Da sehen Sie es, meine Herrschaften!« rief er. »Diese Kapelle ist das Mal, das häßliche Mal, besser gesagt, der Schandfleck dieses gotischen Kleinods. Sie haben die Königsgruft, erhaben in ihrer Schlichtheit, mit ihrer ernsten romanischen Architektur gesehen; Sie haben den Kreuzgang gesehen, reiner gotischer Stil; Sie sind durch die Emporen mit ihrer klaren und kein bißchen manierierten Gotik gegangen; Sie haben die Krypta, die heilige Kapelle, die Kapelle der Reliquien, gesehen und haben einen Eindruck von den ersten christlichen Kirchen bekommen; Sie standen im Chor bewegt vor Meisterwerken der Reliefkunst, wenn auch von keinem Berruguete, so doch von einem Palma Artela, einem unbekannten, aber ausgezeichneten Künstler. Auf dem Altaraufsatz in der Hauptkapelle bewunderten Sie voll Entzücken die genialen, jawohl genialen Einfälle des Schnitzmessers eines Grijalte. Mit einem Wort, Sie konnten in der ganzen heiligen Basilika den Gedanken bestätigt finden, daß diese Kirche ein Werk strenger, reiner, schlichter, einfühlsamer Kunst ist ... Hier hingegen, meine Herrschaften, man muß es wohl oder übel eingestehen, haben sich der schlechte, zügellose Geschmack, der Schwulst, der Pomp ein Stelldichein gegeben, diese Steine zu behauen, in der Manieriertes mit Überspanntem, Ungestaltes mit Überladenem Hand in Hand gehen. Diese heilige Clementina, ich meine ihre Kapelle, ist eine Schande für die Kunst, die Schmach der Kathedrale von Vetusta.«

Er schwieg einen Augenblick, um sich mit Obdulias parfümiertem Taschentuch den Schweiß von Stirn und Nacken zu wischen, denn das seine war schon seit geraumer Zeit klatschnaß von in Wasser umgesetzter Beredsamkeit.

Die Infanzóns schwitzten ebenfalls. Dem Mann summte der Kopf wie ein Bienenkorb. Er hatte in anderthalb Stunden – im Stehen und die ganze Zeit auf den Beinen! – einen peripatetischen Kurs über Kunstgeschichte und Architektur gehört und einen weiteren über pragmatische Geschichtswissenschaft. Der Unglückliche verwechselte schon die Kalifen von Córdoba mit den Säulen der Moschee; er wußte nicht mehr, waren es achthundert Säulen oder achthundert Kalifen. Den jonischen, dorischen und korinthischen Stil brachte er mit den Alfonsos von Kastilien durcheinander, und er wußte nicht mehr, ob die Gründung Vetustas auf einen Barfüßermönch oder die Erfindung des Rundbogens zurückging. Mit einem Wort, wie der Gelehrte sagte, er verspürte eine unüberwindliche Übelkeit und hörte dem Kunsthistoriker kaum noch zu, weil ihn seine Anstrengungen, den revoltierenden Magen zu bändigen, dessen Ausbruch ein Sakrileg gewesen wäre, mehr in Anspruch nahmen.

Wenn wir auf einem Schiff wären, wär's nicht so unschicklich, dachte er. Aber in einer Kathedrale!

Herrn Infanzón war schwummrig zumute wie auf hoher See, und jedesmal, wenn er »das Nordschiff, das Südschiff, das Mittelschiff« sagen hörte, glaubte er sich an der Spitze eines Geschwaders und bildete sich ein, Don Saturno stinke nach Teer. Aber der arme Provinzler sagte weiterhin zu allem ja. Ganz seiner Meinung, das war eine Kirchenschändung. Welche Schwerfälligkeit in diesen Thronhimmelchen und Mauernischen!

Und ob sie schwerfällig waren, zumal Infanzón befürchtete, sie fielen ihm auf den Kopf, denn sie schwankten hin und her, ganz ohne Zweifel. Aber guter Gott, fügte er im stillen hinzu, wenn der platereske Stil abstoßend und schwerfällig war, wo gab es denn etwas Platereskeres als diesen Señor Don Saturnino?

Ob Don Saturno sich etwa über sie lustig machte, weil sie aus einem Fischerdorf kamen, schoß es ihm durch den Kopf. Aber nein, dieses Gesicht log nicht, er sprach im Ernst. Das vom König Veremundo stimmte und auch, daß sich persische Zapfen auf den Säulen der Araber wiederfanden. Bloß, was ging das ihn, einen Makler, an!

Der würdevollen Gattin Herrn Infanzóns schmerzten ebenfalls die Füße, sie war müde, gelangweilt, aber doch nicht blind! Seit über einer Stunde hörte sie kein Wort mehr von dem, was dieser Schwätzer, Wüstling und Schürzenjäger sagte. Oh, wenn ihr Mann nur nicht alles für Unschicklichkeit und schlechte Erziehung hielte! Wenn sie nicht im Hause Gottes wären! ... Sie war empört, sie kochte. Eine hübsche Rolle, die sie und ihr Erzblödian von Mann da spielten! Sie hatte ihm Zeichen gemacht, aber umsonst. Er glaubte, sie meine die Architektur und spielte den Zerstreuten. Und Doña Obdulia? Die hatte was weg im Techtelmechteln! Keine einzige Gelegenheit hatten sie sich entgehen lassen! Es war sonnenklar. Deshalb hatten sie sie todmüde über Dachböden und durch Keller geschleppt, und wenn es dunkel war, nahmen sie sich bei der Hand, natürlich! Sie hatte es einmal gesehen und die anderen Male angenommen. Und er trat ihr auf den Fuß! Und immer waren sie beisammen. Und wenn es irgendwo eng war, wollten sie beide auf einmal durch, und sie machten's! Welche Schamlosigkeit! Aber wo rührte die Freundschaft ihres Mannes mit dieser feinen Dame her? Sogar Eifersucht verspürte die ehrbare Provinzlerin. Sie sprach kein einziges Wort, und wenn Bermúdez und Obdulia weniger mit ihrer Renaissance beschäftigt gewesen wären, hätten sie die gerunzelte Stirn und die Zugeknöpftheit der vorher so liebenswürdigen und höflichen Dame vom Lande bemerkt. Don Saturno nahm seinen Vortrag wieder auf. Er mußte seine beleidigenden Behauptungen beweisen.

»Man beachte nur«, fuhr er fort, »was jedem Menschen von Geschmack ins Auge fällt, ins Auge der Seele, meine ich. Schimpf und Schande über den hochehrwürdigen Herrn Bischof, ungeachtet des schuldigen Respekts, Schimpf und Schande über den hochehrwürdigen Bischof Don García Madrejón, der diese konfuse Anhäufung von Zierat und Blattwerk zugelassen hat, diese Quintessenz des Barocken, der hanebüchensten Verschwendung und Hohlheit. Kragsteine, Medaillons, Mauernischen« – er deutete mit dem Finger darauf –, »Kapitelle, durchbrochene Giebelfelder, Girlanden, Laubwerk, Arabesken, die ihr als Schmuck auf Türen, Fenstern, Oberlichten, Gewölberippen herumwimmelt: Im Namen der Kunst, der heiligen Idee der Einfachheit und der nicht weniger unsterblichen und reinen Idee der Harmonie gebe ich euch dem Verdammungsspruch der Geschichte anheim!«

»Aber hören Sie einmal«, erkühnte sich die Infanzón zu sagen, ohne ihren Mann anzublicken, »Sie können sagen, was Sie wollen, ich finde diese Kapelle sehr hübsch. Andererseits finde ich es sehr unschön, die Kirche zu entweihen ... indem man Gott und seine Heiligen lästert.«

Ja, jetzt hatte sie's satt! Sie wollte es dem Wüstling geben und wählte aus offenkundigem Schamgefühl den neutralen Boden der Kunst. Außerdem gefiel ihr die Kapelle wirklich, und sie hatte nun genug von den Betrachtungen.

Der Provinzler glaubte, seine Frau habe den Verstand verloren. Sicherlich war ihr genauso schwummrig wie ihm. Er wollte sprechen, brachte aber kein Wort heraus, so sehr er sich auch anstrengte. Obdulia lachte laut auf, was Don Cayetano bis von draußen hörte. Bestürzt und den Grund dieses unverhofften Widerspruchs leise ahnend, begnügte sich Don Saturno damit, eine dem Generalvikar abgeschaute Verbeugung zu machen und Mund und Brauen auf eine besondere, vor dem Spiegel eingelernte Art zu verziehen. Damit wollte er sagen, daß ein Bermúdez nicht mit Damen stritt. Er entgegnete nur:

»Señora, ich entweihe nichts . . . Die Kunst . . .«

»Doch tun Sie's!«

»Aber Frau, aber Carolina!«

»Oh, lassen Sie sie nur, Señor Infanzón. Ich respektiere jede Meinung.«

Und da er befürchtete, die Dame vom Lande habe in der Frage, ob hier die Kirche entweiht wurde oder nicht, die besseren Trümpfe in der Hand, beeilte er sich hinzuzufügen:

»Im übrigen, Sie werden es bemerkt haben, mein Freund, halte ich mich an den Kanon der klassischen Schönheit und verdamme auf das entschiedenste den barocken Geschmack . . . Das hier ist plateresk . . .«

»Churrigueresk!« rief der Makler, womit er das unsinnige Aufbegehren seiner Frau wettmachen wollte. »Churrigueresk!« wiederholte er. »Es erregt Übelkeit!« Und man sah es ihm deutlich an, daß ihm wirklich übel war.

»Churrigueresk!« stieß er ein drittes Mal hervor.

»Rokoko!« sagte Obdulia abschließend.

In diesem Augenblick verneigte sich der Erzpriester grüßend vor ihr, als wolle er ihre bronzefarbenen Schuhe küssen.

Man trat gemeinsam auf die Straße hinaus.

Don Saturno hatte es eilig, sich zu verabschieden. Auf seinen Wangen brannten feurige Flecke. Er war ohne Mantel und fror sehr. Der warme Lufthauch schien ihm der reinste Nordost.

»Das kann eine Lungenentzündung geben«, sagte er, während er sich davonmachte und seinen Gehrock bis unten zuknöpfte.

Er mußte die Gemütserregungen dieses Nachmittags im stillen Kämmerlein noch einmal nacherleben.

Er liebte und glaubte sich geliebt.

Am selben Nachmittag sprachen die Präsidentin und der Generalvikar auf dem Espolón miteinander. Der Erzpriester hatte dafür gesorgt, daß sie sich trafen, und durch seine Vertrautheit mit der Präsidentin die Unterredung herbeigeführt.

Bisher hatten die schöne Dame und der Generalvikar nur selten einmal ein paar Worte gewechselt, und nie war die Unterhaltung über die Gemeinplätze des gesellschaftlichen Verkehrs hinausgegangen.

Doña Ana Ozores gehörte keiner einzigen Laienbruderschaft an. Sie zahlte den Sonntagsschulen einen monatlichen Betrag, nahm aber weder am Unterricht noch an den Vorträgen teil. Von dem Kreis, in dem der Generalvikar den Ton angab, hielt sie sich fern. Der wiederum pflegte wenig Verkehr mit Personen, die seinen hochfliegenden Plänen nicht nützen konnten oder wollten. Als Señor Don Víctor Quintanar noch Gerichtspräsident in Vetusta war, stattete ihm der Generalvikar bei sämtlichen feierlichen Anlässen, wo die Volkssitte diesen Akt der Höflichkeit erforderte, einen Besuch ab; der erwiderte die Besuche mit der Promptheit, deren sich Señor Quintanar, der höflichste Kavalier der Stadt nach Bermúdez, in diesen Dingen befleißigte. Die Höflichkeitsbezeigungen des Generalvikars wurden seltener, ohne daß man genau wußte, weshalb, als Don Víctor in den Ruhestand trat, und schließlich hörten die Besuche ganz auf. Don Víctor und Don Fermín begegneten sich ein paarmal auf der Straße oder dem Espolón; sie grüßten sich stets mit der größten Liebenswürdigkeit und schätzten einander. Die Verleumdungen, mit denen die üble Nachrede de Pas verfolgte, prallten an Don Víctor ab. Durch ihn wurden sie nicht weiterverbreitet, und er nahm es sogar auf sich, ihrem schädlichen Einfluß entgegenzutreten. Doña Ana hatte nie allein mit dem Generalvikar gesprochen, und nachdem seine Besuche aufhörten, hatte sie ihn kaum mehr aus der Nähe gesehen. Wenigstens erinnerte sie sich nicht. Don Cayetano, der das wußte, stellte sie in dem halb scherzenden, halb ernsten Ton, von dem er nie abging, diplomatisch zum Schein einander vor. Sie beide, die Präsidentin und der Generalvikar, hatten wenig gesprochen. Ripamilán hatte das meiste gesagt und das übrige Visitación, die die Gattin Quintanars begleitete. Doña Ana ging bald nach Hause. An diesem Abend zog sie sich zeitig zurück.

Von dem kurzen Gespräch des Nachmittags war ihr nur dies im Gedächtnis geblieben: daß sie der Generalvikar am nächsten Tag nach dem Chor in seiner Kapelle erwartete. Er hatte ihr durch Andeutungen zu verstehen gegeben, daß es beim Wechsel des Beichtvaters üblich sei, eine Generalbeichte abzulegen.

Er hatte sehr zuvorkommend mit einschmeichelnder Stimme gesprochen, aber nur wenig, mit einer gewissen Kälte im Ton und etwas zerstreut, wie ihr schien. Seine Augen hatte sie nicht gesehen. Lediglich die weißen, schweren Lider, unter deren Wimpern ein seltsamer Glanz hervorschoß.

Vor dem Bett kniend, betete die Präsidentin ein paar Minuten.

Dann setzte sie sich in einen Schaukelstuhl vor dem Frisiertisch im Boudoir, in einiger Entfernung vom Bett, um nicht in die Versuchung zu geraten, sich schlafen zu legen, und las eine Viertelstunde in einem Andachtsbuch, das in Frage- und Antwortform über die Beichte handelte. Sie blätterte nicht um, hörte auf zu lesen. Ihr Blick war auf ein paar Worte geheftet, die lauteten: »Wenn du Fleisch gegessen . . .«

Im stillen wiederholte sie mechanisch diese vier Worte, die für sie jeden Sinn verloren hatten. Sie wiederholte sie wie Worte einer fremden Sprache.

Etwas später, nachdem ihre Gedanken aus irgendeinem schwarzen Schacht wieder heraufkamen, merkte sie, was sie las. Sie legte das Buch auf den Frisiertisch und faltete die Hände auf den Knien. Ihr volles Haar von einem nicht sehr dunklen Kastanienbraun fiel auf dem Rücken in Wellen bis auf den Sitz des Schaukelstuhls, vorn bedeckte es ihren Schoß. Zwischen den verschränkten Händen hatten sich ein paar Haare verfangen. Ein Schauer überlief sie, und überrascht merkte sie, daß sie die Zähne zusammenbiß und sogar einen dumpfen Schmerz verspürte. Sie strich sich mit einer Hand über die Stirn, fühlte den Puls und hielt sich dann die Finger beider Hände vor die Augen. Das war ihre Art zu prüfen, ob sie noch sehen konnte. Sie beruhigte sich. Es war nichts. Am besten wäre es, nicht daran zu denken, dachte sie.

Generalbeichte! Ja, das hatte ihr dieser geistliche Herr zu verstehen gegeben. Das Buch taugte dazu nicht. Besser war's, sich hinzulegen. Die Gewissensprüfung für ihre Sünden der letzten Zeit hatte sie schon am Abend zuvor gemacht. Die Prüfung für die Generalbeichte konnte sie im Bett vornehmen. Sie trat in den Alkoven. Er war groß, bis hoch hinauf getäfelt und stuckverziert. Ein Durchgang mit einem eleganten, granatroten Vorhang trennte ihn vom Ankleidezimmer. Die Präsidentin schlief in einem ganz gewöhnlichen vergoldeten Ehebett mit weißem Betthimmel. Auf dem Teppich vor dem Bett lag ein Tigerfell. Nirgends ein Heiligenbild, außer einem Kruzifix aus Elfenbein, das am Kopfende hing; es neigte sich nach vorn über das Bett und schien durch den Tüll des weißen Betthimmels zu schauen.

Obdulia hatte es in ihrer Taktlosigkeit ein paarmal zuwege gebracht, den Alkoven zu betreten.

Was für eine Frau, diese Anita!

Sauber war sie, das mußte man ihr lassen, alles wie geleckt. Das war schließlich auch etwas ... und vielen Damen Vetustas ein Dorn im Auge.

Doch Obdulia meinte:

»Außer der Sauberkeit und der Ordnung deutet nichts auf eine elegante Frau hin. Ob es mit dem Tigerfell was auf sich hat? Was weiß ich! Ich finde, es ist eine teure, extravagante Laune, und auch nicht eben sehr weiblich. Das Bett ist ein Greuel. Es paßt zur Frau Bürgermeister von Palomares. Ein Ehebett! Und was für eins! Einfach unmöglich! Und das übrige? Nichts. Völlig geschlechtslos. Abgesehen von der Ordnung, sieht es wie das Zimmer eines Studenten aus. Kein einziger Kunstgegenstand. Nicht ein schäbiger Bibelot. Nichts von all dem, was Komfort und guter Geschmack erheischen. Der Alkoven macht die Frau aus wie der Stil den Mann. Sage mir, wie du schläfst, und ich sage dir, wer du bist. Und die Frömmigkeit? Sie wird durch einen ordinären Christus verkörpert, der so aufgehängt ist, daß er aller Konvention ins Gesicht schlägt.«

»Schade«, schloß Obdulia, ohne wirklich Bedauern zu empfinden, »schade, daß ein so kostbares Juwel in einem so schäbigen Schmuckkasten aufbewahrt wird.«

Ach, freilich, sie mußte zugeben, daß das Bettzeug einer Prinzessin würdig gewesen wäre. Was für Laken, was für Kissen! Sie hatte mit der Hand über alles gestrichen: Wie wunderbar weich! Die Satinhaut dieses Luxuskörperchens würde sich auf diesen Laken bestimmt nicht scheuern!

Obdulia bewunderte Formen und Haut Anas aufrichtig, und im tiefsten Grunde ihres Herzens neidete sie ihr das Tigerfell. In Vetusta gab es keine Tiger; diesen Liebesbeweis konnte die Witwe von ihren Liebhabern nicht fordern. Sie hatte zu Füßen ihres Bettes eine Löwenjagd, aber aufgedruckt auf einem schäbigen Bildteppich.

Ana zog die granatroten Vorhänge mit großer Sorgfalt zu, als könnte sie jemand von ihrem Ankleidezimmer aus beobachten. Sie ließ ihren blauen Schlafrock mit den kremfarbenen Spitzen achtlos zu Boden fallen und stand nun da, weiß von Kopf bis Fuß, so, wie sie sich Don Saturno kurz vor dem Einschlafen vorstellte, aber viel schöner, als es sich Bermúdez ausmalen konnte. Nachdem sie alle Kleidungsstücke abgelegt hatte, die sie im Bett nicht anbehielt, blieb sie auf dem Tigerfell stehen, und ihre nackten, kleinen, rundlichen Füße versanken in dem dichten, braungefleckten Haar. Ein nackter Arm stützte, leicht gebogen, den Kopf, der andere hing, der anmutigen Rundung der vollen Hüften folgend, am Körper herab. Sie sah wie ein schamloses Malermodell aus, das selbstvergessen in der vom Künstler vorgeschriebenen akademischen Haltung verharrt. Niemals hatte der Erzpriester oder sonst ein Beichtvater der Präsidentin dieses wollüstige Strecken der Glieder in der Einsamkeit ihrer Kammer, dieses Genießen der über den ganzen Körper wegstreichenden kühlen Luft zur Stunde des Schlafengehens verboten. Sie war nie auf den Gedanken gekommen, solche Versunkenheit könne ein Gegenstand der Beichte sein.

Sie schlug das Bett auf. Ohne die Füße zu bewegen, ließ sie sich mit ausgestreckten Armen nach vorn auf die weiche Glätte fallen. Sie legte die Wange auf das Laken und hielt die Augen weit offen. Voll Wonne genoß sie das angenehme Gefühl, das von der Hüfte zu den Schläfen lief.

Generalbeichte, dachte sie. Das ist die Geschichte des ganzen Lebens.

Eine Träne erschien in ihren Augen, die tiefblau waren, rann über die Wange und netzte das Laken.

Ihr fiel ein, daß sie ihre Mutter nicht gekannt hatte. Vielleicht entsprangen diesem Unglück ihre größten Sünden.

Weder Mutter noch Kinder.

Diese Gewohnheit, die Wange am Laken zu reiben, hatte sie seit der Kindheit bewahrt. Eine trockene, hagere, kalte, steife Frau zwang sie Abend für Abend, ins Bett zu gehen, bevor sie schläfrig war. Dann löschte sie das Licht und ging. Anita weinte in ihr Kissen, sprang dann aus dem Bett, wagte aber nicht, in der Dunkelheit umherzugehen, und weinte, an das Bett gepreßt, vornüber auf dem Gesicht liegend, genau wie jetzt. Sie streichelte mit den Wangen das Laken, das sie ebenfalls mit ihren Tränen näßte. Diese Weichheit der Kissen war alles an Mütterlichem, was sie hatte. Mehr Zärtlichkeit gab es nicht für das arme Kind. Damals mußte sie, ihren unklaren Erinnerungen nach, vier Jahre gewesen sein. Dreiundzwanzig Jahre waren vergangen, und noch immer ergriff sie der Schmerz von damals. Auch später hatte sie fast immer große Mißhelligkeiten im Leben gehabt. Eine Handvoll Dummköpfe hatte sich gegen sie verschworen; es widerte sie an, sich all dessen zu erinnern. Aber der Kummer ihrer Kindheit, die Ungerechtigkeit, sie ohne Märchen, ohne Liebkosungen, ohne Licht ins Bett zu stecken, wenn sie noch nicht müde war, empörte sie immer noch und erregte in ihr ein wohligsüßes Selbstmitleid. Wie jemand, den man aus dem Bett holt, bevor er ausgeschlafen hat, ein merkwürdiges Gefühl hat, das man als Sehnsucht nach Weichheit und der Wärme des Schlafs bezeichnen könnte, so hatte Ana in einem ähnlichen Gefühl ihr ganzes Leben lang Sehnsucht nach dem Schoß ihrer Mutter empfunden. Nie hatte sie ihren Kinderkopf gegen eine weiche warme Brust gedrückt, und nun suchte sie, die Kleine, irgendwo einen Ersatz. Dunkel entsann sie sich eines schwarzen, edlen und schönen wolligen Hundes; es mußte ein Neufundländer gewesen sein. Was mochte aus ihm geworden sein? Der Hund dehnte sich in der Sonne, den Kopf zwischen den Pfoten, sie legte sich neben ihn, drückte die Wange an den zottigen Rücken und verbarg fast das ganze Gesicht in dem weichen, warmen Fell. Auf den Wiesen warf sie sich rücklings oder vornüber in die Heuhaufen. Da sie niemand tröstete, wenn sie weinend einschlief, suchte sie schließlich Trost in sich selbst, indem sie sich Geschichten voll Licht und Zärtlichkeiten erzählte. Ja, dann hatte sie eine Mutter, die ihr alles gab, was sie wollte, sie an die Brust drückte und sie, den Mund dicht an ihrem Ohr, in den Schlaf sang:

> Am Samstag, braunes Mädchen, ging
> auf den Leim ein kleiner Fink,
> war gefangen mit Fessel und Ring ...

Und das andere:

> Im Schatten des grünen Zitronenbaums
> hat ein bunter Vogel gesessen ...

Diese Lieder hörte sie auf einem großen Platz von den Frauen aus dem Volk, die ihre Kleinen in den Schlummer wiegten.

So schlief sie dann auch selbst mit der Vorstellung ein, das Kissen sei der Schoß ihrer erträumten Mutter und sie habe diese

Lieder, die in ihrem Hirn erklangen, wirklich gehört. Nach und nach hatte sie sich daran gewöhnt, keine anderen reinen, innigen Freunden zu haben als die ihrer Phantasie.

Wenn die Präsidentin an das kleine Mädchen dachte, das sie gewesen war, bewunderte sie es, und es wollte ihr scheinen, ihr Leben sei in zwei Hälften zerteilt, von denen die eine zu diesem Engelchen gehörte, das sie sich gestorben dachte. Das Kind, das im Dunkeln aus dem Bett sprang, war energischer als die Anita von jetzt, es besaß eine erstaunliche innere Kraft, um den Anforderungen und Ungerechtigkeiten der kaltherzigen, vertrockneten und launischen Menschen, die es aufzogen, ungebrochen zu widerstehen.

Weiß Gott, eine seltsame Art, sein Gewissen zu prüfen, dachte Doña Ana ein wenig beschämt.

Sie lief barfuß aus dem Alkoven, holte das Andachtsbuch, das auf dem Frisiertisch lag, und kehrte ins Bett zurück. Sie legte sich hin, rückte die Lampe näher und begann, den Kopf tief in den Kissen, zu lesen. »Wenn du Fleisch gegessen . . .«, lasen ihre vom Schlaf schweren Augen abermals. Sie ging weiter. Ein, zwei, drei Blätter . . . Sie las, ohne zu wissen, was. Schließlich stockte sie bei einer Zeile, die lautete:

»Die Orte, an denen du gewesen . . .«

Das verstand sie. Während sie Seite um Seite überflog, hatte sie die ganze Zeit – sie wußte selbst nicht, wieso – an Don Alvaro Mesía gedacht, den Präsidenten des Kasinos von Vetusta und Führer der liberal-dynastischen Partei. Aber als sie las: »Die Orte, an denen du gewesen . . .«, kehrten ihre Gedanken plötzlich wieder zu den fernen Zeiten zurück. Als sie noch ein Kind war, aber schon zur Beichte ging, fiel ihr jedesmal, wenn sie im Beichtspiegel auf die Worte stieß: »Laß in der Erinnerung die Orte, wo du gewesen bist, an dir vorüberziehen«, ohne daß sie wollte, die Fähre von Trébol ein, jene große Sünde, die sie begangen, ohne es zu wissen, die Nacht, die sie mit Germán, ihrem Freund, in dem Kahn verbracht hatte . . . Diese Niederträchtigen! Die Präsidentin empfand Scham und Zorn, wenn sie an jene Verleumdung dachte. Sie legte das Buch auf das Nachttischchen, ein weiteres ordinäres Möbelstück, das Obdulias guten Geschmack verletzte, löschte das Licht . . . und befand sich in der Fähre von Trébol, mitten in der Nacht, an der Seite Germáns, eines blonden Jungen von zwölf Jahren, zwei Jahre älter als sie. Er deckte sie fürsorglich mit einem Sack aus Segeltuch zu, den sie auf dem Boden des Kahns gefunden hatten. Sie hatte ihn gebeten, sich ebenfalls zuzudecken. So lagen sie beide wie unter einer Decke auf dem Lattenrost des Kahns, dessen dunkle Seitenwände ihnen den Blick auf das Land ringsum verwehrten. Nur über sich in der Höhe sahen sie Wolken, die am Gesicht des Mondes vorbeizogen.

»Frierst du?« fragte Germán.

Und Ana antwortete, die Augen weit offen auf den Mond gerichtet, der hinter den Wolken dahinrollte:

»Nein.«

»Hast du Angst?«

»I wo!«

»Jetzt sind wir Mann und Frau«, sagte er.

»Ich bin eine Mutter.«

Und sie hörte unter ihrem Kopf ein sanftes Geräusch, das sie einwiegte und in den Schlaf sang. Es war das Glucksen der Strömung.

Sie hatten einander viele Geschichten erzählt. Er hatte ihr außerdem noch von sich selbst berichtet. Er hatte einen Vater in Colondres und auch eine Mutter.

»Wie ist denn eine Mutter?«

Germán erklärte es, so gut er konnte.

»Geben Mütter viele Küsse?«

»Ja.«

»Und singen sie?«

»Ja. Ich habe eine kleine Schwester, die sie einsingen. Ich bin ja schon groß.«

»Und ich bin eine Mutter!«

Dann folgte ihre eigene Geschichte: Sie wohnte in Loreto, einem Dorf, ein Stück abseits der Ría, jedoch auf der anderen Seite, weiter oben, wo das Land an den sandigen Strand stieß. Sie wohnte bei einer Dame, die sie Aya – Kinderfrau – und Doña Camila nannte. Aber sie liebte sie nicht. Diese Señora Aya hatte Diener und Dienerinnen und einen Señor, der des Abends kam und der Doña Camila Küsse gab, aber die wehrte ihn ab und sagte: »Nicht vor ihr, sie paßt auf alles auf.«

Sie sagten ihr, daß sie einen Papa hätte, der sie sehr liebte und der die Kleider und das Geld und alles übrige schickte. Aber er könne nicht kommen, denn er müsse Mauren töten. Sie straften Ana viel, schlugen sie aber nicht, sondern sperrten sie ein, gaben ihr nichts zu essen, und die schlimmste Strafe von allen: das zeitige Zu-Bett-Bringen. Sie entwischte durch die Gartentür und lief weinend zum Meer; sie wollte auf ein Schiff, ins Maurenland und ihren Papa suchen. Dann fand sie irgendein Fischer, wie sie weinend dasaß, und streichelte sie. Sie schlug ihm die Reise vor, der Fischer lachte, stimmte zu, nahm sie auf die Arme, aber der gemeine Kerl brachte sie zurück zur Aya, und man sperrte sie wieder ein.

Eines Nachmittags hatte sie sich auf einem andern Weg davongestohlen, aber das Meer nicht gefunden. Sie war an einer Mühle vorbeigekommen. Ein Hund hatte ihr den Weg verlegt, als sie den hohlen Kastanienstamm überquerte, der als Steg über dem Mühlgraben lag. Ana hatte sich auf den Stamm geworfen, denn ihr schwindelte, als sie das weißschäumende Wasser sah, das unter ihr bellte wie der Hund vor ihr. Der Hund war über sie hinweggestiegen; er hatte sie gar nicht beißen wollen. Da rief sie ihm vom anderen Ufer zu:

»Da, nimm, das ist für dich!«

Es war ihr Vesperbrot, das sie in einer Tasche bei sich hatte, ein Stück von Tränen aufgeweichtes Butterbrot.

Fast immer aß sie ihr Vesperbrot von Tränen gesalzen. Wenn sie allein war, weinte sie vor Kummer; vor der Aya, den Dienern und dem Mann aber vor Wut. Hinter der Mühle war sie auf einen Wald gestoßen und, obwohl ihre Augen noch voll Tränen standen, singend hindurchgerannt, aus Angst. Als sie aus dem Wald herauskam, hatte sie eine Wiese mit grünem, hohem Gras gesehen.

»Und da war ich, nicht wahr?« rief Germán.

»Stimmt.«

»Und ich sagte dir, daß du mit in die Fähre steigen könntest, wenn du Lust hättest, daß der Fährmann unser Knecht sei und ich aus Colondres käme, das auf der anderen Seite der Ría liege.«

»Stimmt.«

Die Präsidentin erinnerte sich an all das so, wie es hier aufgeschrieben steht, einschließlich der Worte, die sie gewechselt hatten. Aber sie vermutete, daß sie sich, genau genommen, nicht mehr der Worte selbst entsann, sondern einer späteren Erinnerung, in der das Kind die Ereignisse dieser Nacht wieder zum Leben erweckt und in die Form eines Romans gebracht hatte.

Später waren sie eingeschlafen. Es war schon Tag, als sie geweckt wurden. Am Ufer von Colondres stand jemand und schrie etwas herüber. Das war der Fährmann, der seinen Kahn auf einer Sandbank liegen sah, die das Wasser mitten in der Ría freiließ, wenn die Ebbe einsetzte. Der Fährmann schimpfte sie gewaltig aus. Ein Sohn des Mannes brachte Ana nach Loreto. Aber unterwegs trafen sie schon einen Diener der Kinderfrau. Man suchte sie überall, weil sie glaubten, sie sei im Meer ertrunken. Doña Camila lag krank vor Schreck zu Bett. Der Mann, der die Aya küßte, packte Anita an einem Arm und preßte ihn, bis er blau wurde. Aber sie weinte nicht.

Man fragte sie, wo sie die Nacht gewesen sei, aber sie wollte nicht antworten, aus Angst, daß Germán bestraft würde, wenn es herauskam. Sie wurde eingesperrt, bekam den ganzen Tag nichts zu essen, sagte aber nichts. Am folgenden Morgen ließ die Kinderfrau den Fährmann von Trébol kommen. Seiner Darstellung nach hatten sich die Kinder verabredet, eine Nacht gemeinsam in dem Kahn zu verbringen. Wer hätte das gedacht?

Schließlich gestand Ana, daß sie miteinander geschlafen hätten, aber ohne es zu wollen. Ihre Absicht sei gewesen, sich für eine Nacht des Kahns zu bemächtigen, auch wenn sie zu Hause Schelte bekämen, sich an dem Seil von einem Ufer ans andere zu ziehen und dann nach Hause zu gehen, er nach Colondres, sie nach Loreto. Aber dann sei die Ebbe gekommen, das Wasser der Ría sei abgelaufen, der Kahn in der Mitte der Überfahrt bei den Steinen auf Grund gestoßen, und sie hätten ihn trotz aller Anstrengung nicht von der Stelle gebracht. Da hätten sie sich hingelegt und seien eingeschlafen. Wenn sie das Seil, an dem das Boot befestigt war, hätten zerreißen können, wären sie ins Maurenland gefahren, denn Germán kenne den Weg übers Meer. Sie hätte ihren Vater gesucht und Germán viele Mauren getötet; aber das Seil sei zu fest gewesen. Sie hätten es nicht zerreißen können, und so hätten sie sich hingelegt, um einander Schlummergeschichten zu erzählen.

Germán hatte dem Fährmann dasselbe berichtet, aber man glaubte ihnen die Geschichte nicht.

Welch ein Skandal! Doña Camila packte Anita an der Kehle und hätte sie um ein Haar erwürgt. Dann gebrauchte sie eine unflätige Redensart, durch die ihre Mutter und sie beleidigt wurden, wie sie viel später begriff, denn damals verstand sie diese Worte nicht.

Doña Camila schob die Schuld für die Entgleisungen des Kindes auf den Mann, der ihr die Küsse gab.

»Du hast ihr mit deiner Unvorsichtigkeit die Augen geöffnet.«

Anita begriff nicht, und der Mann sah sie mit flackernden Augen an und lächelte. Wenn Doña Camila dann das Zimmer verließ, wollte er von Ana geküßt werden, aber sie weigerte sich stets.

Ein Pfarrer kam, schloß sich mit Ana in dem Alkoven des Kindes ein und fragte sie Dinge, deren Bedeutung sie nicht verstand. Später, nachdem sie lange darüber nachgedacht, begriff sie einiges davon. Man wollte sie davon überzeugen, daß sie eine große Sünde begangen hatte, und brachte sie ins Dorf zur Kirche, wo sie beichten mußte. Sie wußte dem Pfarrer nicht zu antworten, und der erklärte der Aya, daß mit dem Kind in diesen Dingen noch nichts anzufangen sei, denn es verschweige aus Unwissenheit oder Verstocktheit seine kleinen Sünden. Die Jungen auf der Straße sahen sie an wie der Mann, der Doña Camila küßte; sie packten sie am Arm und wollten sie mitnehmen, sie wußte nicht, wohin. Ohne die Aya ging sie nicht mehr auf die Straße. Germán hatte sie nicht wiedergesehen.

»Ich habe deinem Vater geschrieben, was du für eine bist. Sowie du elf bist, kommst du ins Magdalenenstift.«

Diese Drohung Doña Camilas blieb zwar nur eine Drohung, aber Ana hätte es nicht bedauert, aus Loreto fortzukommen und wegzugehen, einerlei, wohin.

Von da an behandelte man sie wie ein frühentwickeltes Tier. Sie begriff nicht recht, was sie hörte, hatte aber doch soviel verstanden, daß die Sünden, die man ihr andichtete, auf Verfehlungen ihrer Mutter zurückgeführt wurden.

Als die Präsidentin in ihrer Erinnerung an diesem Punkt angelangt war, fühlte sie sich von Scham überflutet; ihre Wangen brannten. Sie machte Licht und schob die schwere Steppdecke weg. Unter der Decke aus feinster bunter Wolle, die sich ihrem Körper anschmiegte, zeichneten sich die Formen einer fast flämischen Venus überdeutlich ab. Die Steppdecke lag zerknüllt bei den Füßen.

Die Erinnerungen an die Kindheit verflogen, aber der Zorn, den sie entfacht, verrauchte damit nicht, obwohl alles so weit zurücklag.

Was für ein unsinniges Leben, dachte Ana, und ihre Gedanken sprangen auf andere Dinge über.

Das Bewußtsein, eine Viertelstunde der Auflehnung zu durchleben, verschlimmerte ihre schlechte Laune. Sie glaubte, ihr Leben Pflichten zu opfern, die sie sich selbst auferlegt hatte. Mitunter stellten sich ihr diese Pflichten als eine poetische Mission dar, die das Warum des Lebens erklärte. Dann dachte sie:

Die Monotonie, die Fadheit dieses Daseins ist nur scheinbar. Meine Tage sind mit großen Dingen erfüllt. Dieses Opfer, dieser Kampf ist größer als irgendein Abenteuer auf der Welt.

In anderen Augenblicken, so wie jetzt, begehrte die unterdrückte Leidenschaft auf. Dann erhob der Egoismus Einspruch, nannte sie verrückt, romantisch, dumm und sagte: Welch sinnloses Leben!

Dieses Bewußtsein der Auflehnung brachte sie zur Verzweiflung; sie wollte es zum Schweigen bringen und geriet in Zorn. Sie spürte den Stachel im Herzen. In solchen Stunden liebte sie niemanden und hatte mit niemandem Mitleid. Sie spürte in diesen Augenblicken nur das Verlangen, Musik zu hören; Worte konnten ihr nichts mehr geben. Gegen ihren Willen sah sie auf einmal im Geist das Königliche Theater in Madrid und auf der Bühne keinen geringeren als Don Alvaro Mesía, den Präsidenten des Kasinos, wie er in einem roten Umhang mit verhülltem Gesicht unter dem Balkon Rosinens sang:

Ecco ridente il ciel . . .

Die Präsidentin atmete heftig und schnell, die Nasenflügel bebten und weiteten sich, ihre Augen hatten einen fiebrigen Glanz und starrten an die Wand, auf den geschwungenen Schatten ihres Körpers unter der bunten Wolldecke.

Sie wollte an die Oper, an Lindoro, an den Barbier denken, um dieses quälende Gefühl zu dämpfen.

Wenn ich ein Kind hätte! . . . Jetzt, hier! . . . Es küßte, in den Schlaf sänge . . .

Das vage Bild des Wickelkinds entschwand, und wieder stand der schlanke Don Alvaro vor ihr, diesmal aber in einem taillierten weißen Gehrock, und er grüßte sie, wie der König Amadeus grüßte.

Dabei schlug Mesía seine liebestrunkenen Augen vor ihrem herrischen, zwingenden Blick nieder.

Sie fühlte, wie ihr Geist erschlaffte. Die Gefühlskälte und die Anspannung wandelten sich langsam in Trauer und Trostlosigkeit.

Jetzt war sie nicht mehr schlecht, jetzt empfand sie, wie sie empfinden wollte, und der Gedanke ihrer Selbstaufopferung erstand wieder vor ihr, diesmal aber groß, erhaben, wie ein Strom von Zärtlichkeit, fähig, die ganze Welt zu überschwemmen. Auch das Bild Don Alvaros verblaßte allmählich wie ein verschwimmendes Gemälde. Schon sah sie nichts mehr als den weißen Gehrock, und dahinter hoben sich, wie eine flimmernde Luftspiegelung, ein karierter schottischer Hausrock, eine grüne Kappe mit einer Quaste aus Samt und Gold, ein weißer Schnurr- und Kinnbart, zwei graue, dickbuschige Brauen ab, und schließlich erstrahlte auf einem schwarzen Hintergrund, von einem Lichtkranz umgeben, die ehrfurchtgebietende, vertraute Gestalt ihres Don Víctor Quintanar in voller Größe. Dies war das Sujet ihrer Aufopferung, wie Don Cayetano sagen würde. Ana Ozores hauchte einen keuschen Kuß auf des Caballeros Stirn.

Und sie verspürte heftiges Verlangen, ihn zu sehen, ihn wirklich zu küssen wie das verschwimmende Bild.

Sie hatte da, ohne Zweifel, eine schlimme Stunde.

Doch der Zufall kam dem Begehren der keuschen Gattin zu Hilfe. Sie prüfte ihren Puls, betrachtete ihre Hände; sie konnte die Finger nicht deutlich sehen, der Puls klopfte wild. Auf ihren Lidern sprühten Sternchen wie die Funken eines Feuerwerks. Ja, sie war krank, sie bekam einen Anfall. Sie mußte läuten, griff nach der Klingelschnur, schellte. Zwei Minuten vergingen. Hörte niemand? . . . Nichts. Abermals zerrte sie an der Schnur, klingelte. Da hörte sie hastige Schritte. Zur selben Zeit, als Petra, ihre Zofe, erschrocken und nur notdürftig bekleidet, durch eine Tapetentür hereinstürzte, ging der granatrote Vorhang auf, und in der Öffnung erschien das verschwimmende Bild, der Mann mit dem schottischen Hausrock und der grünen Mütze, einen Leuchter in der Hand.

»Was hast du, mein Kind?« rief Don Víctor und trat ans Bett.

Es sei der Anfall, wiewohl sie nicht sicher sei, daß er mit all den schweren nervösen Zuständen wie sonst auftrete. Doch die Symptome seien wie immer. Sie sehe nichts, und auf den Lidern und im Gehirn zuckten Glutfünkchen, die Hände hingen eiskalt und schwer, wie fremd an ihren Armen.

Petra lief, ohne erst Anordnungen abzuwarten, in die Küche. Sie wußte schon, was benötigt wurde: Lindenblütentee und Orangenblütenwasser.

Don Víctor beruhigte sich. Er war an die Anfälle seiner lieben Gattin gewöhnt. Die Unglückliche litt, aber es hatte nichts auf sich.

»Denk nicht daran! Du weißt doch, das ist das beste.«

»Ja, du hast recht. Komm her, erzähl mir was, setz dich zu mir!«

Don Víctor setzte sich auf den Bettrand und drückte einen väterlichen Kuß auf die Stirn seiner Gattin. Sie preßte seinen Kopf an ihre Brust und vergoß ein paar Tränen. Sowie Don Víctor sie bemerkte, rief er:

»Siehst du? Du weinst schon! Ein gutes Zeichen. Der Sturm der Nerven löst sich in Wasser auf. Der Anfall ist gebannt, du wirst sehen, er ist vorbei.«

Tatsächlich begann sich Ana besser zu fühlen. Sie sprachen miteinander, und sie war dabei von einer Zärtlichkeit, die er ihr dankte, weil er sie wohl zu schätzen wußte. Petra kam mit dem Lindenblütentee.

Don Víctor bemerkte, daß die Zofe ihre Kleidung nicht in Ordnung gebracht hatte; sie war immer noch im Nachthemd, mit einem kurzen, über die Schultern geworfenen Wolltuch und einem Rock, der, hastig festgebunden, die Reize des Mädchens ahnen ließ, vorausgesetzt, daß es welche waren, denn Don Víctor ließ sich auf keine diesbezüglichen Ermittlungen ein, sosehr er auch jedesmal unwillkürlich im stillen die Annahme wagte, ihre Haut müsse sehr weiß sein, da die Kleine safranblond war.

Mit dem Lindenblütentee und dem Orangenblütenwasser gewann Ana ihr Gleichgewicht vollends zurück. Sie atmete tief und fühlte ein Wohlbehagen, das ihre Seele mit Zuversicht erfüllte. Wie fürsorglich Petra war! Und ihr Víctor, wie gut!

Und er war einmal schön gewesen, das stand außer Zweifel. Freilich sah er mit seinen etwas über fünfzig Jahren wie ein Sechziger aus, aber wie ein Sechziger von beneidenswerter Rüstigkeit. Sein weißer Schnurrbart, das weiße Kinnbärtchen, die grauen Brauen gaben ihm das ehrwürdige, ja heroische Aussehn eines Brigadiers oder sogar Generals. Er sah nicht wie ein pensionierter Gerichtspräsident aus, sondern wie ein berühmter Heerführer im Ruhestand.

Petra zog sich, vor Kälte zitternd, mit verschränkten Armen – einem Paar schneeweißer, wohlgeformter Arme – diskret zurück, blieb aber im Nebenzimmer und wartete auf weitere Befehle.

Ana bestand darauf, daß Quintanar – fast immer nannte sie ihn so – das bißchen Lindenblütentee austrank, das in der Tasse geblieben war.

Aber er gebe doch nichts auf die Nerven, protestierte Don Víctor. Er sei ganz ruhig! Todmüde zwar, aber kein bißchen erregt!

Das täte nichts. Das bilde er sich nur ein. Er merke es zwar nicht, sei aber doch erschrocken.

»Aber nein, mein Kind; ich schwöre dir . . .«

»Aber ja, aber ja . . .«

Don Víctor trank also den Lindenblütentee und gähnte gleich darauf herzhaft.

»Frierst du?«

»Ich und frieren!«

Er dachte daran, daß er in drei Stunden, vor Tagesanbruch, in größter Heimlichkeit aus dem Parktor schleichen würde. Dann freilich würde es kalt sein, besonders, wenn sie zum Montico kamen, er und sein geliebter Frígilis, sein Pylades des Weidwerks, wie er ihn nannte. Sie gingen auf die Jagd, und das hatte ihm die Präsidentin zu solch grauer Morgenstunde verboten.

Doch Anita ließ Víctor nicht so bald weg, wie er es gewünscht hätte. Sein liebes Frauchen zeigte sich recht redselig. An tausend Episoden ihrer stets ruhigen und harmonischen Ehe erinnerte sie ihn.

»Hättest du nicht gern ein Kind gehabt, Víctor?« fragte sie, den Kopf an die Brust ihres Mannes gelehnt.

»Mit tausend Freuden!« entgegnete der ehemalige Präsident und suchte in seinem Herzen die Faser der Vaterliebe. Er fand sie nicht. Und um sich etwas Entsprechendes vorzustellen, dachte er an seinen Lockvogel, ein auserlesenes Geschenk von Frígilis.

Wenn meine Frau wüßte, daß ich nur noch zweieinhalb Stunden Schlaf vor mir habe, ließe sie mich zu Bett gehen, dachte er.

Aber die Ärmste wußte von nichts, durfte von nichts wissen. Über eine halbe Stunde brauchte die Präsidentin, ehe sie von dieser nervösen Geschwätzigkeit müde wurde. Was für Pläne! Welch rosarote Ausblicke! Und immer, immer waren sie beisammen, ihr Víctor und sie.

»Nicht wahr?«

»Ja, mein Kind, ja. Aber du mußt jetzt schlafen. Das Sprechen regt dich auf.«

»Du hast recht. Ich verspüre eine süße Müdigkeit. Ich will schlafen.«

Er beugte sich herab, um sie auf die Stirn zu küssen, aber sie warf ihm die Arme um den Hals, bog den Kopf zurück und empfing den Kuß auf die Lippen. Don Víctor wurde rot; er fühlte sein Blut aufwallen. Aber er getraute sich nicht. Überdies mußte er vor Ablauf dreier Stunden, die Büchse über der

Schulter, auf dem Weg zum Montico sein. Blieb er bei seiner Frau, dann adieu, schöne Jagd! ... Und Frígilis war in solchen Dingen unerbittlich. Alles konnte er verzeihen, nur nicht, wenn man zu spät oder gar nicht zu einer derartigen Verabredung im Morgengrauen kam.

Bleiben wir unseren Grundsätzen treu, dachte der Jäger.

»Gute Nacht, meine Turteltaube!«

Und dabei fielen ihm seine Tauben im Vogelhaus ein.

Nachdem er von sich aus einen zweiten Kuß auf Anas Stirn gehaucht hatte, verließ er den Alkoven mit dem Leuchter in der rechten Hand; mit der linken hob er den granatroten Vorhang in die Höhe. Er drehte sich um, lächelte seiner Gattin zu und begab sich majestätischen Schrittes trotz der bestickten Pantoffeln, die er trug, in seine Gemächer am anderen Ende des weitläufigen Hauses der Ozores.

Er ging durch einen großen Raum, den Empfangssalon, durch weite, lange Korridore und gelangte zu einer glasverkleideten Galerie, wo er einen Augenblick zögerte. Dann machte er kehrt, ging all die Korridore wieder zurück und klopfte an eine Tür.

Petra erschien in demselben nachlässigen Aufzug wie zuvor.

»Was gibt's? Ist es schlimmer geworden?«

»Nein, das ist es nicht, Kind«, erwiderte Don Víctor.

Welche Unverfrorenheit! Überlegte sich denn das junge Ding nicht, daß es fast nackt war?

»Es ist ... es ist ... für den Fall, daß Anselmo verschläft und das Signal von Don Tomás« – das war Frígilis – »nicht hört ... Weil doch Anselmo so eine Schlafmütze ist. Ich möchte, daß du mich rufst, wenn du es dreimal bellen hörst. Du weißt schon, Don Tomás ...«

»Ja, ich weiß. Seien Sie unbesorgt, Señor. Sowie Don Tomás bellt, komme ich Sie rufen. Ist sonst noch etwas?« fügte die Safranblonde mit herausfordernden Augen hinzu.

»Das ist alles. Nun leg dich hin! Du bist ziemlich leicht bekleidet, und es ist kalt.«

Sie fühlte eine Scham in sich hochsteigen, die ihrem Wesen sonst fern lag, und wandte ihm den nicht allzu verhüllten Rükken zu. Da hob Don Víctor den Blick und konnte feststellen, daß es tatsächlich Reize waren, die die Kleine da nicht eben sorgfältig verbarg. Die Tür zu Petras Zimmer wurde geschlossen, und Don Víctor nahm abermals seinen majestätischen Marsch durch die Gänge auf.

Doch bevor er in sein Zimmer trat, sagte er zu sich: Da ich schon einmal auf bin, will ich einen Blick auf mein Völkchen werfen.

An einem Ende der Glasgalerie lag eine Tür. Er stieß sie behutsam auf und trat in das Domizil seiner Vögel, die den Schlaf des Gerechten schliefen.

Mit der freien Hand schirmte er die Kerze ab und schlich auf Zehenspitzen zum Kanarienbauer. Alles in Ordnung. Sein ungelegener Besuch wurde nur von zwei oder drei Kanarienvögeln bemerkt, die mit den Flügeln schlugen, sich schüttelten und den Kopf wieder zwischen dem Gefieder bargen. Er ging weiter. Die Turteltauben schliefen ebenfalls. Dort wurde eine Art mißbilligendes Gurren laut, und Don Víctor entfernte sich. Er trat zum Käfig der »ohne Prahlerei musikalischsten Drossel der ganzen Provinz«. Sie saß mit angezogenen Schultern auf einer Stange, schlief aber nicht. Ihre Augen starrten auf unverschämte Art in die ihres Herrn, und sie wollte ihn nicht erkennen. Das Tierchen hätte ihn die ganze Nacht unverwandt mit herausfordernder Miene angestarrt, ohne den Blick zu senken, stolz wie ein Aragonese. Und wie es Ripamilán glich! Er setzte seinen Weg fort, wollte nach der Wachtel schauen. Aber die wilde Afrikanerin flatterte erschrocken mit dem Kopf gegen das Leinendach ihres flachen Käfigs, und er ließ von ihr ab, damit sie sich beruhigte. Verzückt stand er dann vor dem Lockvogel. Wenn vielleicht kurz zuvor irgendein unreiner Gedanke sein Gewissen befleckt hatte, so gab ihm die Betrachtung des Lockvogels, dieser Meisterschöpfung der Natur, all die überlegene Weitsicht und Geistesgröße zurück, die dem ersten Ornithologen und unübertroffenen Jäger Vetustas anstanden.

Nachdem er sein seelisches Gleichgewicht wiedererlangt hatte, kehrte Don Víctor in die Wärme der Laken zurück.

In diesem Gemach hatten sie vor Jahren als jungvermähltes Paar in Anitas vergoldetem Ehebett geschlafen. Jedoch war ihnen dann ziemlich zur gleichen Zeit derselbe Gedanke gekommen.

Er störte sie, wenn er im Morgengrauen aufstand und auf die Jagd ging. Sie störte ihn, weil er ihr das Opfer bringen und länger im Bett bleiben mußte, als er eigentlich durfte, um sie nicht zu wecken. Obendrein befanden sich die Vögel in einer Art Verbannung am anderen Ende des Hauses. Sie in seine Nähe zu bringen, solange Anita da war, wäre eine Rücksichtslosigkeit gewesen; sie hätten sie des Morgens nicht schlafen lassen. Er hingegen! Mit welchem Vergnügen hätte er das erste Flöten der Drossel, das wollüstige Gurren der Turteltauben, das eintönige Pickwiwick der Wachtel, das mißtönende, für den Jäger liebliche Tschas-tschas des scheuen Rebhuhns genossen!

Man wußte nicht mehr, wer – er glaubte, Anita – zuerst den Wunsch einer Trennung vom Bett – vielmehr einer Trennung des Schlafgemachs – zu äußern gewagt hatte. Der zaghafte Vorschlag wurde mit schlecht verhohlenem Frohlocken angenommen, und die harmonischste Ehe der Welt nahm die Trennung des Bettes vor. Sie zog ans andere Ende des geräumigen Hauses, wo es wärmer war, weil das Zimmer nach Süden lag, und er blieb in seinem Alkoven. Von nun an konnte Ana in den Vormittag hinein schlafen, ohne daß jemand sie in diesem Genuß störte. Und Quintanar konnte in aller Frühe aufstehen und sein Ohr am nahen Morgenkonzert von Wachteln, Drosseln, Rebhühnern, Turteltauben und Kanarienvögeln ergötzen. Wenn zuvor zur völligen Harmonie des Paars etwas gefehlt hatte, so war nun, was die Eintracht betraf, der Gipfel häuslichen Glücks erreicht.

In diesem Zusammenhang pflegte Don Víctor, und es sprach da der Richter aus ihm, zu sagen:

»Die Freiheit jedes einzelnen geht bis zu der Grenze, wo die Freiheit der übrigen anfängt. Weil ich mir das vor Augen hielt, bin ich in meiner Ehe immer glücklich gewesen.«

Er wollte die kurze Weile, die ihm noch dafür blieb, schlafen, konnte es aber nicht. Jedesmal, wenn er im Hinüberdämmern war, träumte er, das dreimalige Bellen von Frígilis zu hören.

Seltsam! Sonst passierte ihm das nicht; da schlief er wie ein Klotz und wachte im rechten Augenblick auf.

Das wird der Lindenblütentee sein, dachte er. Er zündete wieder Licht an und griff nach dem einzigen Buch, das auf seinem Nachttisch lag. Es war ein dickleibiger Band. »Calderón de la Barca« stand in Goldbuchstaben auf dem Rücken. Er las.

Immer hatte er eine große Schwäche fürs Theaterspielen gehabt, und besonders entzückte ihn das Drama des 17. Jahrhunderts. Er schwärmte für die Sitten jener Zeiten, in denen man noch wußte, was Ehre ist und wie man sie schützt. Nach seinem Dafürhalten verstand sich niemand so wie Calderón auf Dinge der Ehre, auch teilte kein anderer so treffende Degenstiche aus, die das Ansehen im rechten Augenblick wieder reinwuschen, und gar bei den feinen Unterscheidungen, was Liebe war und was nicht, konnte ihm kein Autor das Wasser reichen. Galt es, beleidigte Ehemänner gerechte und köstliche Rache nehmen zu lassen, fand der göttliche Don Pedro Worte wie kein anderer, und ohne der »Strafe ohne Rache« und anderen Meisterwerken Lopes ihr Verdienst absprechen zu wollen, ging Don Víctor nichts über den »Arzt seiner Ehre«.

»Wäre meine Frau imstande«, sagte er zu Frígilis, »in strafwürdige Leichtfertigkeit zu verfallen . . .«

»Was schon als bloße Annahme absurd ist . . .«

»Schön, aber setzten wir einmal diesen absurden Fall . . . Ich würde auf der Stelle blutige Rache nehmen.«

Und er erwähnte sogar den Wundarzt, den er rufen und dem er würde Sand in die Augen streuen müssen, nebst all dem anderen, was damit zusammenhing. Auch fand er es nicht schlecht, das Haus in Brand zu stecken und so in aller Heimlichkeit den vermuteten Ehebruch seiner Frau zu rächen. Träte der Fall ein, der freilich nie eintreten würde, so gedächte er nicht, in eine pretiöse Verstirade auszubrechen, denn er sei kein Dichter und wolle sich nicht an der Glut seines brennenden Hauses wärmen. In allem Sonstigen aber würde er gegebenenfalls nicht weniger hart sein als solche und andere Caballeros aus dem Spanien der guten alten Zeit.

Frígilis meinte, all dies sei wohl in Theaterstücken angängig, im Leben aber sei ein Ehemann nicht dazu da, das Publikum mit starken Gemütsbewegungen zu unterhalten, und er hätte in solch heikler Lage nichts zu tun, als den Verführer vor Gericht zu ziehen und dafür zu sorgen, daß seine Frau in ein Kloster ginge.

»Das ist ja absurd, einfach absurd!« schrie Don Víctor. »Niemals wurde etwas dergleichen in den ruhmvollen Jahrhunderten dieser vortrefflichen Dichter getan!«

»Glücklicherweise«, fügte er, sich beruhigend, hinzu, »werde ich niemals vor der schmerzlichen Entscheidung stehen, Sühnemittel für solche Vergehen auszuwählen. Aber ich schwöre bei Gott, träte der Fall ein, meine Grausamkeit wäre würdig, in Calderónsche Verse gebracht zu werden.«

Und er meinte es so, wie er es sagte.

Allabendlich tat er sich vor dem Einschlafen noch an einem gehörigen Happen Ehre nach alter Art gütlich, wie er sagte. Es war eine großsprecherische Ehre, sowohl mit dem Degen wie mit der scharfen Zunge. Quintanar wußte mit dem Florett, mit dem spanischen Degen und dem Dolch umzugehen. Diese Liebhaberei war aus seiner Leidenschaft fürs Theater erwachsen. Als er noch in Liebhabervorstellungen auftrat, hatten ihn die zahlreichen Duelle, die er auf der Bühne zu bestehen hatte, vor die Notwendigkeit gestellt, das Fechten zu erlernen, und er hatte sich mit solchem Feuereifer darangemacht und besaß solch natürliche Begabung dafür, daß er es beinahe zur Meisterschaft brachte. Freilich kam es ihm nie in den Sinn, jemanden zu töten; er war ein lyrischer Degenheld. Die größte Fertigkeit besaß er aber im Pistolenschießen: Er entzündete mit seiner Kugel ein Schwefelhölzchen auf fünfundzwanzig Schritt, tötete eine Mücke auf dreißig und tat sich noch mit anderen Kunststückchen dieser Art hervor. Doch er war kein Bramarbaseur und hielt nicht viel von seiner Geschicklichkeit; fast niemand wußte davon. Das Wesentliche war, daß man diese erhabene Vorstellung von Ehre besaß, die sich am besten in Redondillas und selbst Sonetten ausdrücken ließ. Er war ein friedfertiger Mensch; nie hatte er jemandem etwas zuleide getan. Die Todesurteile, die er als Richter unterzeichnete, hatten ihm stets Unbehagen und Kopfschmerzen verursacht, obwohl er sich der Verantwortung enthoben glaubte.

So las also Don Víctor, ohne Müdigkeit zu spüren, in seinem Calderón, und er fieberte schon der Stelle entgegen, wo zwei tapfere Caballeros, die dieselbe Dame begehrten, mit ihren Quintillas einander in die Haare gerieten, als er ein dreimaliges fernes Bellen hörte. Das war Frígilis!

Doña Ana konnte lange nicht einschlafen, aber ihr Wachsein war nicht mehr voll Unrast und Qual. Ihr Geist hatte durch die neue Wendung ihrer Gedanken Ruhe gefunden. Dieser vornehme Gatte, dem sie die Würde und Unabhängigkeit ihres Lebens verdankte, verdiente die standhafte Entsagung, zu der sie entschlossen war, nur zu sehr. Sie hatte ihm ihre Jugend geopfert; weshalb also die Selbstaufopferung nicht fortsetzen? Sie dachte nicht mehr an die beiden Kinder, deren Verleumdung imstande gewesen wäre, die reinste Unschuld zu verderben. Ihre Gedanken wandten sich der Gegenwart zu. Vielleicht war jenes Abenteuer in der Fähre von Trébol ein Werk der Vorsehung gewesen. Hatte sie am Anfang, weil sie noch so klein war, keinerlei Lehre aus diesen ungerechten Nachstellungen der Verleumdung gezogen, so lernte sie dank ihnen späterhin den Schein zu wahren. Sie machte in Erinnerung an das Vergangene die Erfahrung, daß es für die Welt keine andere Tugend als die offensichtliche und zur Schau getragene gibt. Sie empfand eine tiefinnere Freude, wenn sie in ihrer Phantasie die allgemeine Achtung und die Bewunderung, die man ihrer Schönheit zollte, als Sühneopfer betrachtete. Sagte man in Vetusta »die Präsidentin«, so meinte man die ideale Gattin. Schon sah Anita nicht mehr das eben noch sinnlose Dasein. Jetzt fiel ihr ein, daß sie die Mutter der Armen genannt wurde. Ohne daß sie eine frömmelnde Betschwester gewesen wäre, sahen die glühendsten Fanatikerinnen in ihr eine gute Katholikin. Die verwegensten, durch ihr Draufgängertum berühmten Frauenhelden senkten vor ihr die Blicke, und ihre Schönheit ward in der Stille angebetet. Vielleicht liebten sie viele, aber keiner sagte es ihr ... Auch dieser Don Alvaro, der in dem Ruf stand, alles zu wagen und alles zu erreichen, liebte sie, betete sie an, das stand fest. Seit über zwei Jahren wußte sie es, aber er hatte nur mit den Augen gesprochen, und Anita hatte getan, als merkte sie nichts von dieser frevelhaften Leidenschaft.

Freilich zeigte er sich in den letzten Monaten, insbesondere seit ein paar Wochen, kühner ... ja selbst ein bißchen unvorsichtig – er, der die Klugheit in Person war –, und allein deswegen glaubte sie, seiner infamen Absicht nicht mit Zorn begegnen zu müssen ... Aber sie würde schon verstehen, ihn im Zaum zu halten. Ja, sie würde ihn in die Schranken weisen und mit einem Blick auf der Stelle festbannen ... Und mit dem Gedanken, Don Alvaro Mesía in einen Eiszapfen zu verwandeln, indes er den Feurigen mimte, schlief sie sanft ein.

Inzwischen blickte unten im Park Don Víctor – blaß, mit tiefen Schatten unter den Augen, als käme er gerade von einem Zechgelage – zur geschlossenen Balkontür des Ankleidezimmers seiner Frau hinauf; er stampfte mit den Füßen auf, um sich zu erwärmen, und sagte zu seinem Freund Frígilis:

»Die Ärmste! Sie ahnt in ihrem sanften Schlummer nicht, daß ihr Gatte sie betrügt und zwei Stunden früher auf die Jagd geht, als sie glaubt.«

Frígilis lächelte wie ein Philosoph und setzte sich in Bewegung. Er hatte einen Jagdrock aus braunem Tuch an; auf dem Kopf trug er eine schwarze Mütze mit Ohrenklappen, und als einzigen Schutz gegen die Kälte hatte er einen riesigen karierten

Schal um den Hals geschlungen. Ansonsten hatte er nur Jagdzubehör bei sich, nichts Überflüssiges, wie es sich für einen zünftigen Jäger ziemt. Als Don Víctor das Parktor erreichte, blickte er noch einmal voller Gewissensbisse zum Erker zurück.

»Komm, komm, es ist schon spät«, brummte Frígilis.

Der Tag war noch nicht angebrochen.

Die Ozores gehörten zu den ältesten Familien Vetustas. Viele Grafen und Marqués trugen diesen Namen, und es gab kaum einen Adligen in der Stadt, der nicht um ein paar Ecken mit diesem erlauchten Geschlecht verwandt gewesen wäre.

Don Carlos, Anas Vater, war der Erstgeborene vom Zweitgeborenen des Grafen Ozores. Don Carlos hatte zwei Schwestern, Anunciación und Agueda, die lange bei ihrem Vater in dem großen, düsteren Stammhaus ihrer Vorfahren wohnten. Die Hauptlinie, die der Grafen, lebte schon seit Jahren außer Landes.

Der Erstgeborene des Zweitgeborenen wollte einen Beruf erlernen und etwas mehr sein als Erbe einiger Güter, etlicher Privilegien und eines baufälligen Palastes. So wurde er Militäringenieur. Er hielt sich wie ein Held; in vielen Schlachten bewies er große Kenntnisse in der Kunst Vaubans, baute dauerhafte und wohlangelegte Festungen an verschiedenen Küsten und stieg rasch zum Obersten im Heere und Kommandanten der Genietruppe auf. Als er von Kasematten, Kurtinen, Belagerungsgräben und Zitadellen genug hatte, verschaffte er sich einen Posten in der Hauptstadt, verlor nach und nach seine militärischen Neigungen und frönte nur noch den wissenschaftlichen: Er zog die Physik und Mathematik der Ausübung seiner früheren Kunst vor und wurde von Tag zu Tag unkriegerischer. Gleichzeitig ergab er sich dem Wohlleben, und schließlich kam nach manchen Liebeleien die große Liebe über ihn; es war die Leidenschaft eines Gelehrten (oder so etwas Ähnlichem), der nicht mehr jung ist.

Toll vor Liebe, heiratete Don Carlos Ozores mit fünfunddreißig Jahren eine italienische Putzmacherin von niederer Herkunft, die inmitten zahlloser Verlockungen ehrbar und in Armut lebte. Das war Anas Mutter, die im Wochenbett starb.

Kein Malheur, dachten Don Carlos' Schwestern in ihrer Rattenburg in Vetusta.

Die Heirat des Obersten hatte zum Bruch zwischen ihm und seiner Familie geführt. Man schrieb sich zwei kühle Briefe, und damit endeten die Beziehungen.

Wenn mein Vater noch lebte, dachte Ozores, er hätte mir die ungleiche Heirat bestimmt nachgesehn.

»Wenn Vater noch lebte, er stürbe vor Verdruß«, sagten die unversöhnlichen alten Jungfern.

Der ganze Adel Vetustas billigte das Verhalten der beiden Fräulein, die in der unglücklichen Niederkunft der italienischen Modistin eine Strafe Gottes sahen. Man konnte ihnen diese Schwägerin einfach nicht zumuten.

Der Palast der Ozores gehörte Don Carlos; seine Schwestern teilten ihm in einem zweiten frostigen, lakonischen Brief mit, sie seien bereit auszuziehen, wenn er es verlange; sie bäten ihn lediglich, zu überlegen, wie dieser letzte kostbare Besitz ihres altadligen Geschlechts erhalten werden könne.

Der Oberst antwortete, sie möchten in Gottes und aller Heiligen Namen dort wohnen bleiben, wo sie geboren seien, und er richtete diese Bitte eben dieses Besitzes wegen an sie, der ohne sie dem Verfall geweiht sei.

Die alten Jungfern blieben also im Palast wohnen, ohne ihn einer Antwort zu würdigen oder ihm die Heirat zu verzeihen, nur damit der Besitz nicht verfiele.

Don Carlos schmerzte es, daß man sich kein einziges Mal nach seiner Tochter erkundigte. Der Adel Vetustas hielt dafür, daß auch tote Hunde noch beißen, daß der vom Schicksal bestimmte Tod der Modistin kein hinreichender Grund sei, mit dem ehrvergessenen Don Carlos Frieden zu schließen oder sich nach dem Ergehen der Tochter zu erkundigen.

Es war noch Zeit genug, sich des Mädchens anzunehmen, ohne daß man sich dabei etwas vergab, wenn das verrückte Treiben ihres Vaters sie, wie anzunehmen war, in Armut stürzen würde. Außerdem munkelte man in Vetusta, Don Carlos sei Freimaurer, Republikaner und folglich Atheist geworden. Seine Schwestern kleideten sich in Schwarz und empfingen im großen Salon, dem Empfangszimmer, die ganze Aristokratie Vetustas, als handle es sich um Beileidsvisiten.

Das Gemach lag fast im Dunkeln; man ließ kaum einen Lichtstrahl durch die großen Balkontüren herein; man sprach wenig, seufzte, nur das Wedeln der Fächer war zu hören.

»Da wäre es wirklich besser, er hätte den Verstand verloren!«

rief der Marqués de Vegallana, das Oberhaupt der konservativen Partei von Vetusta.

»Um Gottes willen ... bloß das nicht!« erwiderte eine der beiden Schwestern, Doña Anunciación. »Sagen Sie das nicht, Marqués, lieber möge Gott sich seiner erbarmen, ehe es dahin kommt.«

Man drückte einhellig durch Zeichen seine Zustimmung aus. Viele Köpfe sanken resigniert auf die Brust, und wieder wurde geseufzt. Über Don Carlos' republikanische Gesinnung brauchte man sowieso kein Wort zu verlieren.

Don Carlos war tatsächlich Liberaler geworden, und zwar von der fortschrittlichen Richtung. Von den physikalisch-mathematischen Studien war er zu philosophischen übergegangen, und er war folglich ein Mann, der nur noch das glaubte, was er sah, ausgenommen die Freiheit, die er nie sah und an die er doch viele Jahre glaubte. Das Leben eines aktiven Liberalen verlief in diesen Zeiten nicht eben ruhig. Don Carlos wurde zum Philosophen und Verschwörer, weswegen er es für angebracht hielt, um seinen Abschied einzukommen.

»Als Militäringenieur könnte ich nie an Verschwörungen teilhaben.« (Er glaubte an den Korpsgeist.) »Als Privatmann dagegen kann ich die Rettung des Vaterlands mit den Mitteln betreiben, die ich für richtig halte.«

Man darf nun aber nicht etwa denken, Don Carlos sei ein Dummkopf gewesen. Nein, er war ein guter Mathematiker und auf verschiedenen Gebieten wohl bewandert. Er brachte eine Bibliothek mittleren Umfangs zusammen, in der sich nicht wenige verdammte, auf den Index gesetzte Bücher befanden. Er liebte die Literatur glühend und war, damals wenigstens, so romantisch, wie man sein mußte, um mit Fortschrittlern zu konspirieren.

Was es in Don Carlos' Charakter an Ungereimtem und Widersprüchlichem geben mochte, war das Produkt seiner Zeit. Es fehlte ihm nicht an Begabung, er war leidenschaftlich, erfaßte Gedanken rasch und eignete sie sich mit Leichtigkeit an, zeichnete sich aber weder durch Originalität noch durch Klugheit aus. Seine Eigenliebe als Freidenker hatte nicht jenen Grad von Hochmut erreicht, in dem man nur noch gelten läßt, was man selbst denkt. Wie man es auch nahm, er war ein sympathischer Mann.

Das Opfer seiner Marotten war seine Tochter. Zunächst trauerte er lange um seine Frau. Dann begann er sich wieder mit Dingen zu befassen, die ihm wichtig schienen. Zum Beispiel propagierte er in einem gewissen Kreis von Spaniern das Recht auf freie Meinungsäußerung und setzte sich für den völligen Sieg des parlamentarischen Systems ein. Damit stellte man sich damals einem vogelfreien Straßenräuber gleich, der ständig auf der Flucht leben muß.

Ein Verschwörer kann kein kleines mutterloses Mädchen bei sich haben. Man sprach von Pensionaten, aber die mochte er nicht. Er nahm eine Bonne, eine Spanierin aus England, die in nichts der von Cervantes glich, denn sie besaß keinerlei geistige Vorzüge und machte von den körperlichen, wenn sie überhaupt welche hatte, schlechten Gebrauch. Darüber sah Don Carlos hinweg, der sie als Kinderfrau anstellte, weil sie als freisinnige Katholikin galt. Man hatte ihm gesagt:

»Sie ist zwar Spanierin, aber doch eine gebildete Frau; in England erzogen, wo sie den edlen Geist der Duldsamkeit in sich aufgenommen hat.«

Im übrigen behandelte sie Verstand und Herz der Kinder mit Pillen aus der Bibel und Pastillen aus englischen Romanen für den Hausgebrauch. Kurz, sie war eine gerissene Heuchlerin von der Art, die weiß, daß die Männer allzu fromme Frauen nicht mögen, aber ebensowenig unreligöse, sondern daß sie irgendein Mittelding wollen, von dem sie, die Männer, selbst nicht wissen, wie es eigentlich beschaffen sein soll. Die Scheinheiligkeit Doña Camilas ging so weit, daß sie selbst auf ihr Temperament abfärbte, denn sah sie äußerlich wie ein zur Liebe unfähiges Standbild, wie ein Wesen ohne Geschlecht aus, so war doch die insgeheim befriedigte Sinnlichkeit ihre größte Leidenschaft; eine Sinnlichkeit, die man methodistisch nennen könnte, wenn das keine Profanation wäre.

Don Carlos mußte emigrieren, und Ana blieb in der Gewalt Doña Camilas, die durch eine unverzeihliche Unklugheit ihres Brotherrn nach Lust und Laune über den größten Teil seiner Einkünfte verfügen konnte, die allerdings immer magerer wurden, denn Verschwörungen kommen den, der sie bezahlt, teuer zu stehen.

Die Ärzte empfahlen für das Kind Land- und Seeluft, und die Kinderfrau schrieb Don Carlos, daß einer seiner Freunde, Iriarte, derselbe, der ihm Doña Camila empfohlen hatte, in einer an Vetusta angrenzenden Provinz im Norden in einem malerischen Dörfchen einen Landsitz verkaufe. Der Ort liege am Meer und habe zu allen Jahreszeiten ein heilsames Klima. Ozores gab Anweisung, die paar Besitzungen in der Provinz Vetusta, die er noch nicht verschleudert hatte, so gut es ging, loszuschlagen, und bestimmte die Hälfte des Erlöses dieser törichten Veräußerung dazu, den Landsitz seines Freundes Iriarte zu erwerben. Die andere Hälfte wurde der Unterstützung mehr oder weniger glaubwürdiger Patrioten zugedacht. In Vetusta behielt er nichts als seinen Palast, den die beiden alten Jungfern bewohnten, ohne Miete zu entrichten. Der Landsitz mit dem zugehörigen Grund und Boden war weit weniger wert, als der Verschwörer ahnen konnte, wenn er nach dem Kaufpreis urteilte, aber er machte sich über derlei Dinge keine Gedanken: ging doch nicht mehr und nicht weniger als sein Vaterland langsam zugrunde. Sosehr ihn die Krondotation schmerzte, als müsse er sie allein aus seiner eigenen Tasche bezahlen, so wenig kümmerte es ihn, wie man die Dinge in seinen Vermögensangelegenheiten treiben ließ. Es war nicht alles Selbstlosigkeit; verschwommen sah er in der Ferne eine Zukunft der Entschädigungen für Patrioten, die zwar auf dem Programm seiner Partei standen, von denen er aber nichts zu sehen bekam.

Man begab sich also auf Don Carlos' neue Besitzungen: Anita, die Kinderfrau, die Dienerschaft und in ihrem Gefolge der »Mann«, wie das Kind den Menschen nannte, der seine unschuldigen Träume nur allzuoft störte. Es war Iriarte, der Geliebte Doña Camilas und frühere Besitzer des Landhauses.

Doña Camila hatte versucht, Don Carlos zu verführen; sie wußte, daß seine verstorbene Gattin eine einfache Putzmacherin gewesen war, so daß sie, Doña Camila Portocarrero, die sich von adliger Abkunft wähnte, sehr wohl danach streben konnte, die Nachfolge der Italienerin anzutreten. Sie glaubte, Don Carlos habe aus Pflichtgefühl geheiratet, und hielt ihn für einen Mann, der seine Angestellten ehelichte. Sie kannte diese Typen und wußte, wie man sie zu nehmen hatte. Aber es war vergeblich. In der kurzen Zeit, die ihr blieb, ihr ausgeklügeltes Verführungssystem auszuprobieren, hatte Don Carlos noch nicht einmal bemerkt, daß da ein Fangnetz der Liebe nach ihm ausgeworfen wurde. In dieser Zeit war er beinahe ein Saint-Simonist. Ozores emigierte, und Doña Camila schwor dem Undankbaren ewigen Haß. Mit der Beharrlichkeit englischer Reformierter huldigte sie einem Kult postumen Neids auf die italienische Modistin, die es fertiggebracht hatte, diesen gefühllosen Klotz zu heiraten. Anita büßte für beide.

Allerorten beteuerte die Kinderfrau unter tiefen Seufzern, daß die Erziehung dieses vierjährigen Fräuleins ganz besondere Sorgfalt erheische. Durch boshafte, dunkle, in Geheimnis gehüllte Anspielungen auf den sozialen Stand der Italienerin deutete sie an, daß die Erziehungswissenschaft von diesem Sproß südlicher Fleischeslust nichts Gutes erwarte. Mit gedämpfter Stimme sagte die Kinderfrau, daß Anitas Mutter vielleicht eher Tänzerin als Putzmacherin gewesen sei.

Jedenfalls baute Doña Camila einen Wall pädagogischer Vorkehrungen auf und machte Anas Kindheit zu einem wahren Übungsfeld englischer Moralität. Sowie das zarte Pflänzchen aus der Erde brach, steckte auch schon ein Pfahl neben ihm, damit es schön gerade wachse. Die Kinderfrau versicherte, daß Anita dieses dürren Pfahls neben sich bedürfe und fest daran angebunden werden müsse. Der dürre Pfahl war Doña Camila. Einsperren und Fastenlassen waren ihre Zuchtmittel.

Ana, die niemals im Leben Fröhlichkeit, Lachen und Küsse kennenlernte, begann seit ihrem vierten Lebensjahr, sich all das zu erträumen. Sooft sie Stubenarrest bekam, verzweifelte sie, ihre Tränen trockneten jedoch bald am Feuer der Phantasie, das ihr Hirn und Wangen wärmte. Anfangs phantasierte Ana von wunderbaren Errettungen aus ihren qualvollen Gefängnissen, malte sie sich unmögliche Flügel aus.

Ich habe Flügel und fliege über die Dächer, dachte sie. Ich schwebe davon wie die Schmetterlinge. Und gesagt, getan: Schon war sie weg. Schon flog sie durch das Blau, das sie hoch oben sah.

Schlich Doña Camila herbei, um durchs Schlüsselloch zu lauschen, hörte sie nichts; stundenlang saß das Kind mit brennenden Wangen, weit offenen, glänzenden Augen da und durcheilte weite Räume, die es sich erschuf und die voll wirrer Traumbilder waren, aber erleuchtet von einem verschwimmenden Licht, das in seinem Gehirn flimmerte.

Nie bat Ana um Verzeihung; sie brauchte keine. Versonnen, hochmütig, wortlos verließ sie den Arrest; sie träumte weiter. Der Essensentzug machte es ihr leicht. Die Heldin ihrer Träume von damals war eine Mutter. Mit sechs Jahren hatte sie in ihrem dunkelblonden Krausköpfchen ein Gedicht gemacht, das aus den Tränen trauriger Stunden eines lieblos behandelten Waisenkindes und aus Bruchstücken von Erzählungen bestand, die sie von den Dienern und den Hirten in Loreto hörte. Sooft sie konnte, lief sie von zu Hause weg; einsam ging sie über Wiesen, trat in Schäferhütten, wo man sie kannte und liebkoste, vor allem die großen Hunde. Bisweilen aß sie mit den Schäfern. Von ihren Streifzügen kehrte sie mit Material für ihr Gedicht zurück wie eine Biene mit dem Saft der Blüten. Wie Poussin Gräser auf den Wiesen pflückte, um die Natur zu studieren, die er auf seine Leinwand übertrug, so kam Anita von ihren heimlichen Ausflügen heim, Augen und Phantasie voller Schätze, die das Schönste waren, was ihr das Leben je bescherte. Mit siebenundzwanzig Jahren hätte Ana Ozores dieses Gedicht noch von Anfang bis Ende aufsagen können, und das, obwohl sie in jedem neuen Lebensabschnitt einen Teil angefügt hatte. Im ersten war von einer durch eine in den Kopf gebohrte schwarze Nadel verzauberten Taube die Rede: Das war die Maurenkönigin, ihre, Anas, Mutter, die nie sichtbar ward. Alle Tauben mit schwarzen Flecken am Kopf konnten nach Anitas poetischer Logik eine Mutter sein.

Das Buch als Quelle schöner Lügen war die größte Entdeckung ihrer ganzen Kindheit. Lesen! Dieser Ehrgeiz wurde ihre erste Leidenschaft. Die Schmerzen, die Doña Camila ihr bereitete, ehe Anita das Buchstabieren erlernte, verzieh sie ihr von ganzem Herzen. Schließlich konnte sie lesen. Aber die Bücher, die sie in die Hände bekam, sprachen nicht von den Dingen, von denen sie träumte. Was lag daran; sie würde sie schon dahin bringen, ihr zu erzählen, was sie hören wollte.

Man lehrte sie Geographie. Wo langweilige Aufzählungen von Flüssen und Bergen kamen, sah sie fließende, kristallklare Gewässer und die Sierra mit ihren turmhohen Pinien und stolzen Stämmen; nie vergaß sie die Definition der Insel, denn Ana stellte sich darunter einen vom Meer umspülten Garten vor; und er war eine einzige Freude. Die biblische Geschichte wurde in der Trockenheit von Doña Camilas Lektionen zum Manna ihrer Phantasie.

Die epische Poesie herrscht in der Kindheit des Menschen ebenso vor wie in der der Völker. Ana träumte fortan nur noch von Schlachten, von einer Iliade oder einem Ramajana ohne genauen Inhalt. Sie brauchte einen Helden und fand ihn: Germán, den Jungen aus Colondres. Ohne etwas von den gefährlichen Abenteuern zu ahnen, in die ihn seine Freundin verstrickte, ließ er sich lieben und kam zu den Rendezvous, die sie ihm bei der Fähre von Trébol gab.

Kein Wort sagte sie ihm von den großen Schlachten, die er auf ihr Geheiß im fernen Osten gewinnen mußte und bei denen sie ihm in der Rolle der amazonenhaften Gemahlin zur Seite stand. Manchmal schlug sie ihm, ihren Mund an seinem Ohr, gewagte Reisen in ferne Länder vor, die er nicht einmal dem Namen nach kannte. Germán nahm auf der Stelle an und erklärte sich bereit, die Postkutsche zu machen, wenn Ana die Rolle des Maultiers übernähme oder umgekehrt. Aber das war es nicht. Das Mädchen wollte wirklich und wahrhaftig ins Maurenland, um dort Ungläubige zu töten oder zu bekehren, ganz wie Germán wollte. Germán zog es vor, sie umzubringen. Und gesagt, getan: Sie bestiegen den Kahn, während der Fährmann im Schatten eines Schuppens schlief. Es kostete sie viel Schweiß, ein leichtes Schaukeln des großen Schiffes zu erreichen, dessen Besatzung sie waren, und dann meinten sie, mit vollen Segeln nie befahrene Meere zu durchschiffen.

Germán schrie:

»Luven! ... Hart Backbord! Nach Steuerbord! Mann über Bord! ... Ein Hai!«

Jedoch das war es auch nicht, was Anita wollte. Sie wollte wirklich davonsegeln, weit weg, vor Doña Camila fliehen. Das einzige Mal, wo Germán dem Wunschbild entsprach, das sich Anita von seinem Charakter und seinen Fähigkeiten gezimmert hatte, war, als er in den nächtlichen Ausflug willigte, um zusammen vom Kahn aus den Mond zu betrachten und sich Geschichten zu erzählen. Dieses Vorhaben schien ihm leichter durchführbar als die Fahrt ins Maurenland, und es wurde ausgeführt. Man weiß ja bereits, wie die beschränkte und laszive Doña Camila das Abenteuer der Kinder auslegte. Die Bosheit dieses Frauenzimmers war so groß, daß sie die Verdrießlichkeiten gern auf sich nahm, die ihr der Vorfall bereiten konnte, weil sie ja die Verantwortung trug, wenn sie nur ihre Voraussagen durch die Tatsachen bestätigt fand.

»Wie ihre Mutter!« sagte sie zu ihren Vertrauten. *»Improper, improper!* Ich hab's ja immer gesagt! Der Instinkt ... das Blut ... Gegen die Natur kann die Erziehung nichts ausrichten.«

Von da an erzog sie das Kind ohne Hoffnung, es zu retten, so, als pflege sie eine schon vom Wurm angefressene Pflanze.

Sie erwartete nichts, tat aber ihre Pflicht. Loreto war ein Dorf, und da Doña Camila das Abenteuer jedem erzählte, der es hören wollte – wobei die Unglückliche weinte, unter der Last der Verantwortung gebeugt (und was vermochte sie schon gegen die Natur!) –, lief der Skandal von Mund zu Mund, und selbst im Kasino erfuhr man von dem Geständnis, das man der Schuldigen abgenötigt hatte. Man erörterte den Fall unter physiologischen Gesichtspunkten. Es bildeten sich Parteien. Einige meinten, es könne sehr wohl sein, und führten eine Menge Beispiele ähnlicher Frühreife an.

»Glauben Sie mir«, sagte Doña Camilas Liebhaber, »der Mann ist von Natur aus böse und die Frau desgleichen.«

Andere stritten die Wahrscheinlichkeit des Geschehnisses rundweg ab.

»Wenn Sie das in einem Buch schreiben, glaubt's Ihnen kein Mensch.«

Ana wurde zum Gegenstand allgemeiner Neugier. Man wollte sie sehen, ihren Gesichtsausdruck, ihre Bewegungen erforschen, um festzustellen, ob man's ihr in irgend etwas ansah.

»Für ihr Alter ist sie schon ganz schön entwickelt«, sagte der Kerl von Doña Camila, der im Vorgenuß künftiger Ausschweifungen schwelgte.

»Tatsächlich, sie mutet wie eine kleine Frau an.«

Und dabei verschlang man sie mit den Augen; am liebsten hätte man ein augenblickliches wunderbares Wachstum jener Formen gesehen, die nicht an dem Kind, sondern nur in der Vorstellung der Kasinomitglieder vorhanden waren.

Germán, dem Jungen, der in Loreto nie gesehen ward, gab man fünfzehn Jahre. Von dieser Seite bestand keine Schwierigkeit.

Doña Camila glaubte sich vor ihrem Gewissen verpflichtet, der Familie etwas mitzuteilen. Aber nicht dem Vater, für ihn wäre das der Todesstoß gewesen. So schrieb sie an die Tanten in Vetusta.

Das war der schwerste Schlag! Der Name der Ozores entehrt! Denn schließlich war das Kind eine Ozores, wenn auch eine unwürdige.

Da schrieb Doña Anuncia, die ältere Schwester, an Don Carlos, denn der Fall lag schwierig. Sie erzählte ihm den schmachvollen Vorgang nicht in allen Einzelheiten, denn sie wußte weder, wie es sich zugetragen, noch gehörte es sich, einem Vater derartige Anstößigkeiten zu berichten, und schon gar nicht konnte eine Señorita, eine unverheiratete Frau, auch wenn sie über die Vierzig hinaus war, auf gewisse Details eingehen. Sie schrieb Don Carlos nichts weiter, als daß er Anita zu sich nehmen müsse, denn wenn das Kind nicht an der Seite des Vaters lebe, laufe die Ehre der Ozores große Gefahr, sofern sie nicht gar schon unmittelbar bedroht sei. Aber Don Carlos erklärte, er könne zur Zeit nicht in sein Vaterland zurückkehren.

Jahre vergingen, eine Amnestie wurde erlassen, unter die auch er fiel, und er kehrte enttäuscht zurück. Doña Camila und Ana zogen nach Madrid, und die drei lebten einen Teil des Jahres dort zusammen, den Sommer und Herbst aber verbrachten sie auf dem Landsitz in Loreto.

Die Verleumdung, mit der die Kinderfrau Anitas jungfräuliche Reinheit für immer hatte beschmutzen wollen, verblaßte mehr und mehr. Die Welt vergaß diese absurde Behauptung, und als das Mädchen die Vierzehn erreichte, dachte niemand mehr an die plumpe, gemeine Unterstellung, ausgenommen die Kinderfrau, ihr Kerl, der weiter wartete, und die Tanten in Vetusta. Aber auch Ana selbst dachte noch oft daran.

Zunächst hatte die boshafte Beschuldigung sie nicht sonderlich geschmerzt; es war eine der vielen Ungerechtigkeiten Doña Camilas. Ganz allmählich aber schlich sich ein Verdacht in ihr Herz, und sie verwandte mit unglaublicher Beharrlichkeit all ihre Kraft auf die Lösung des Rätsels, das solchen Einfluß auf ihr Leben hatte und die Kinderfrau zu solchen Vorsichtsmaßnahmen nötigte. Sie wollte wissen, worin die Sünde bestand, deren man sie bezichtigte, und an Doña Camilas Bosheit und dem ungenierten Lotterleben dieser Frau schärfte sich der Argwohn des Kindes, das allmählich begreifen lernte, worin Besitz und Verlust der Ehre bestanden. Und da ihr alle zu verstehen gaben, daß ihr Abenteuer in der Fähre von Trébol eine Schande gewesen sei, nahm ihre Unschuld die Sünde für gewiß. Viel später, als ihre Unschuld den letzten Schleier verlor und sie klarer sehen konnte, lag dieses Alter schon weit zurück. Vage erinnerte sie sich ihrer Freundschaft mit dem Jungen aus Colondres, und schließlich zweifelte sie, ob sie wirklich all dessen schuldig war, dessen man sie zieh. Als schon niemand mehr an die Geschichte dachte, ging sie ihr noch immer im Kopf herum, und indem sie unschuldige Taten mit wirklichen Sünden durcheinanderbrachte, begann sie an allem zu zweifeln. Sie glaubte an eine große Ungerechtigkeit, die das Gesetz der Welt war, weil Gott es so wollte, fürchtete die Meinung der Leute über das, was sie tat, unterdrückte deshalb machtvolle Instinkte ihrer Natur, lebte in einer ständigen Schule der Verstellung und hielt die Impulse zu spontaner Fröhlichkeit zurück. Und sie, die vorher stolz gewesen war, stark genug, sich der ganzen Welt entgegenzustellen, erklärte sich für besiegt, befolgte blindlings die moralische Verhaltensweise, die man ihr aufzwang, ohne sie in Frage zu stellen, ohne an sie zu glauben, aber ohne ihr jemals untreu zu werden.

In diesem Zustand befand sie sich bereits, als ihr Vater aus der Emigration zurückkam. Ihr Wesen schockierte ihn.

Hatte man ihm nicht gesagt, daß das Kind eine Gefahr für die Ehre der Ozores war? Nun, er sah ganz im Gegenteil ein allzu schüchternes, zurückhaltendes Mädchen mit einer für seine Jahre übermäßigen Klugheit. Schon tat es ihm leid, seine Tochter der englischen Prüderie ausgeliefert zu haben. Zum Glück war er nun da, um die verfehlte Erziehung auszubügeln. Er entließ Doña Camila und widmete sich der Unterweisung seiner Tochter. Im Ausland war Don Carlos vom Politiker mehr zum Philosophen geworden. Für Spanien gab es keine Rettung. Es war ein abgewirtschaftetes Volk. Zudem verschlang Amerika Europa. Die Fleischkonserven, die aus den Vereinigten Staaten kamen, bereiteten ihm große Sorge.

»Sie fressen uns auf. Wir aber sind arm, bettelarm, lauter Jammerlappen, die nichts können, als sich die Sonne auf den Bauch scheinen zu lassen.«

Er war freilich arm und wurde es mit jedem Tag mehr, aber er schrieb seine Bedrängnis dem allgemeinen Verfall, der Rassenvermischung und anderem Unsinn zu. Es blieben ihm die Bibliothek, die besser geworden war, und seine Freunde; neue, wie zu vermuten war.

Tag für Tag wurde beim Kaffeetrinken vor Ana die Göttlichkeit Jesu in Zweifel gezogen. Einige nannten ihn den ersten Demokraten, andere ein Symbol der Sonne.

Ana suchte sich stets davonzustehlen, sobald sie es tun konnte, ohne die Empfindlichkeit des Freidenkers, der nun einmal ihr Vater war, zu verletzen. Mit welcher Trauer dachte das Kind gegen seinen Willen, daß die Freunde ihres Vaters nicht eben feine Leute waren, sondern großspurige Schaumschläger. Und ihr eigener Papa, das war das schlimmste, ihr geliebter

Papa, der ein begabter Mann war, er verlor allmählich den Verstand und wußte nicht mit einer Tochter zusammenzuleben, die von religiösen Dingen bereits mehr verstand als er.

Dieses Sichbescheiden nach außen hin, die Hinopferung eines normalen Lebens und alltäglichen Umgangs mit anderen Menschen an die Vorurteile und Ungerechtigkeiten der Welt waren bei Anita keine Heuchelei und keine Maske des Stolzes. Aber man konnte von solchen Äußerlichkeiten nicht darauf schließen, was in ihr vorging. So, wie sie sich in ihrer Kindheit vor den dummen, törichten Nachstellungen Doña Camilas in ihre Phantasie geflüchtet hatte, verschloß sie sich nun als junges Mädchen ebenfalls in sich selbst, um die Demütigungen und Kränkungen auszugleichen, die ihr Geist erfuhr. Zwar wagte sie es nicht mehr, gegen das, was sie für eine Verschwörung aller Narren der Welt hielt, aufzubegehren, aber im stillen hielt sie sich schadlos. Der Feind war stärker, ihr jedoch blieb diese uneinnahmbare Zitadelle.

Nie hatte man sie die Religion als ein Gefühl gelehrt, das Trost bringt. Doña Camila verstand das Christentum wie die Geographie oder die Fertigkeit zu nähen und zu bügeln; es war schmückendes Beiwerk zum Lehrstoff oder eine häusliche Notwendigkeit. Sie sagte nichts gegen das Dogma, versuchte aber auch niemals, ihr die Milde Jesu Christi durch einen mütterlichen Kuß nahezubringen. Die heilige Maria war tatsächlich die Mutter Gottes, als aber Anita einmal nach Hause kam und erklärte, für sie stehe es fest, daß die Jungfrau im Fluß die Windeln des Jesuskindes gewaschen habe, rief Doña Camila empört:

»*Improper!* Wer bringt der Kleinen diesen ordinären Unsinn bei?«

In diesem besonderen Fall billigte Don Carlos die Einstellung Doña Camilas. Was ihn selbst betraf, so glaubte er, das Mysterium der Fleischwerdung sei so etwas wie Jupiters Goldregen. Und noch weiter zurückgreifend, fand er dank der vergleichenden Mythologie in der Religion der Inder ähnliche Dogmen.

Ana fand im Hause ihres Vaters wenig fromme Bücher. Dafür kannte sie eine Menge Mythologie, mit Schleier und ohne.

Nur was das elementarste Schamgefühl zu verbergen befiehlt, hielt Don Carlos von seiner Tochter fern. Alles übrige durfte und sollte sie wissen. Weshalb auch nicht? Mit einer Unmenge

Aussprüche erläuterte und empfahl Ozores die »allseitige und harmonische« Erziehung, wie er sie verstand.

»Ich wünsche«, schloß er, »daß meine Tochter das Gute und das Schlechte kennt, damit sie in freier Entscheidung das Gute wählt. Denn welchen Wert hätten sonst ihre guten Werke?«

Freilich, wäre seine Tochter Seiltänzerin gewesen und hätte auf dem Draht gearbeitet, so hätte Don Carlos ein Netz daruntergespannt, auch wenn die Übung dadurch an Wert verlor.

Von den modernen Romanen verbot er ihr einige; was aber die klassische Kunst, »die wahre Kunst«, anging, da gab es keine Verbote, da durfte sie alles lesen. Der Romantiker Ozores war nach seiner Reise durch Italien zum Klassiker geworden.

»Die Kunst hat kein Geschlecht!« rief er. »Da sehen Sie! Ich gebe meiner Tochter diese Stiche in die Hand, die die antike Kunst mit allen Schönheiten des Nackten wiedergeben, die wir Modernen vergebens nachzuahmen suchen! Jetzt gibt es keine Nacktheit mehr.« Und er seufzte.

Anita lernte die Mythologie kennen wie in ihrer Kindheit die Geschichte Israels.

»Honni soit qui mal y pense!« erklärte Don Carlos immer wieder. Und traf keine weiteren Vorkehrungen.

Zum Glück war der stärkste Eindruck von der antiken Kunst und den griechischen Sagen in Anas Geist rein ästhetischer Natur. Vornehmlich reizten sie ihre Phantasie, und dank ihrer, nicht ihres Vaters, richtete das unangebrachte Studium klassischer Nacktheit kein Unheil an.

Das Mädchen beneidete die Götter Homers, die so lebten, wie sie sich das Leben in ihren Träumen vorgestellt hatte: unter freiem Himmel, mit viel Licht, vielen Abenteuern und ohne die Fuchtel einer anglophilen Kinderfrau.

Desgleichen beneidete sie die Hirten Theokrits, Bions und Moschos'. Sie träumte von der kühlen, schattigen Höhle des verliebten Zyklopen und schwelgte mit einer gewissen Melancholie in diesen Geschichten; in ihrer Phantasie versetzte sie sich auf das glutheiße Sizilien, das sie sich als ein einziges Liebesnest vorstellte. Aber da das blinde Sich-Leiten-Lassen von Gefühlen, Träumen und Hirngespinsten zu dem nebelhaften Abenteuer im Kahn von Trébol geführt hatte, das sie immer noch beschämte, blickte sie voll Mißtrauen, ja selbst mit innerem Widerwillen auf alles, was von Beziehungen zwischen Mann und Frau sprach, sofern aus ihnen irgendwelche Lust entsprang. Diese Wirrnisse, eine Mischung aus Argwohn und Unschuld, in die sie die Verleumdungen der Kinderfrau und die hämischen Kommentare des Pöbels gestürzt hatten, machten sie kalt, gleichgültig und abweisend gegen alles, was Liebe war, so wie sie sie sich vorstellte. Man hatte sie systematisch vom vertrauten Umgang mit Männern ferngehalten, wie man einen leicht brennbaren Stoff vom Feuer fernhält. Doña Camila hatte sie erzogen, als wäre sie ein Pulverfaß gewesen. Das natürliche kindliche Gefühl hatte sie getäuscht. Die Freundschaft mit Germán war eine Sünde gewesen. Wer hätte das gedacht? Das beste war, den Mann zu fliehen. Sie hatte genug von Demütigungen.

Die Umstände erleichterten ihr diese Verirrung des Geistes. Don Carlos hatte keine Freunde weiter als ein paar Müßiggänger, Afterphilosophen und Verschwörer; diese Caballeros mußten allein auf der Welt stehen. Falls sie Frau und Kinder hatten, brachten sie diese doch nie mit und erwähnten sie mit keinem Wort.

Anita hatte keine Freundinnen. Überdies behandelte sie Don Carlos so, als wäre sie die Kunst gewesen, nämlich geschlechtslos. Es war die Erziehung für ein Neutrum. Obwohl Ozores mit großem Geschrei die Emanzipation der Frau forderte und jedesmal Beifall klatschte, wenn in Paris eine Dame ihrem Geliebten das Gesicht mit Vitriol zerätzte, so hielt er im Grunde seiner Seele das Weib doch für ein niederes Wesen, für eine Art gutes Haustier. So verwandte er keinen einzigen Gedanken darauf, was Anita etwa brauchen könnte. Ihre Mutter hatte er sehr geliebt und ihr während der Flitterwochen, in denen er kein Maß kannte, die bloßen Füße geküßt. Aber ganz allmählich hatte er in ihr, ganz gegen seinen Willen, die ehemalige Putzmacherin gesehen und behandelte sie zum Schluß wie ein guter Brotherr, sanft und zufrieden. Wie dem auch sei, er glaubte, Anita gegenüber seiner Pflicht Genüge zu tun, wenn er sie in die Gemäldegalerie, ins Zeughaus, bisweilen ins Königliche Theater und beinahe täglich zum Spaziergang mit seinen Freunden mitnahm, lauter Freidenkern, die alle zehn Schritte stehenblieben, um zu diskutieren. Sie gehörten zu den Käuzen, die fast nie mit Frauen gesprochen haben. Von dieser Sorte Mannsbildern gibt es, obwohl sie selten scheint, mehr, als man denkt. Man erkennt den Mann, der nie Gespräche mit Frauen führt, daran, daß er viel von der Frau im allgemeinen spricht; aber Don Carlos' Busenfreunde taten nicht einmal das.

Wiewohl Ana in das Alter kam, wo junge Mädchen gefallen können, erregte sie kleinerlei Aufmerksamkeit. Niemand verliebte sich in sie. Don Carlos hatte im Verein mit Doña Camila die Rosen ihres Gesichts zum Welken gebracht. Die schwellenden, sprießenden Formen, die den Augen von Doña Camilas Geliebtem solches Funkeln entlockten, hatten ihr Wachstum eingestellt. Anita wandelte sich zur Frau, als sie noch sehr weit von diesem Wendepunkt entfernt schien; jetzt war sie schmal, blaß, zart. Ihre fünfzehn Jahre erwiesen sich als undankbares Alter: Mit zehn sah sie aus wie dreizehn, und mit fünfzehn wirkte sie zwei Jahre jünger.

Da es noch kein Abkommen gibt, die Philosophen auf Staatskosten zu unterhalten, sah sich Don Carlos, der sich mit nichts weiter beschäftigte, als die Welt zu verbessern und ihren gegenwärtigen Zustand zu verdammen, bald in einer bedrängten wirtschaftlichen Lage.

Er war müde. Er habe in seinem Leben genug gekämpft, meinte er, und so kam es ihm gar nicht in den Sinn, sich nach einer Arbeit umzusehen. Er wollte nicht mehr arbeiten. Darum zog er es vor, sich auf seinen Landsitz in Loreto zurückzuziehen, womit er dem inständigen Flehen Anitas willfahrte, die ihn händeringend darum bat. Das arme Mädchen langweilte sich in Madrid zu Tode. Während man ihrer Phantasie Griechenland, den Olymp, die Gemäldegalerie darbot, mußte sie, die Ana Ozores aus Fleisch und Blut, in einer engen, finsteren Gasse wohnen, in einem elenden Zwischengeschoß, wo ihr die Zimmerdecke auf den Kopf fiel. Ein paar Nachbarinnen wollten sie auf Spaziergänge, zu Abendgesellschaften, in die Schmierentheater mitnehmen, die sie besuchten. In Madrid muß die Armut entsagungsvoll oder angeberisch sein. Diese Nachbarinnen taten vornehm. Anita konnte sie nicht ausstehn. Sie selbst, ihre Abendgesellschaften und ihre Theater ödeten sie an. Bald hieß sie nur noch der hochnäsige Habenichts und der dressierte Zieraffe. Die sechs Monate auf dem Lande vergingen ihr angenehmer, obwohl es der Ort ihrer ehemaligen Gefangenschaft, des Abenteuers in der Fähre und der nachfolgenden Verleumdung war. Von allen denen jedoch, die sie an diese »Schande« erinnern konnten, sah sie nur noch Herrn Iriarte, den Kerl der Kinderfrau, der Don Carlos besuchte und das Mädchen mit den Augen eines Landwirts musterte, der sich anschickt, die Ernte einzufahren.

Als Don Carlos aus Sparsamkeitsgründen beschloß, das ganze Jahr in Loreto zu wohnen, küßte ihn Ana auf Augen und Mund und war für einen ganzen Tag das mitteilsame und fröhliche Kind, das zu knospen begonnen hatte, bevor es in das pädagogische Gewächshaus Doña Camilas verpflanzt wurde.

In anderen Jahren nahm man eine Kiste voll Bücher mit aufs Land. Dieses Jahr wurde mit dem leonesischen Fuhrmann die ganze Bibliothek, Don Carlos' legitimer Stolz, nach Loreto geschickt.

Eines sonnigen Tages im Mai säuberte Ana, die sich innerlich auf ein neues Leben einrichtete, die Regale der Bibliothek im Landhaus und sang dabei fröhlich vor sich hin. Sie klopfte den Staub von den Büchern und stellte sie in der Reihenfolge, wie sie der von Don Carlos geschriebene Katalog angab, in die Fächer.

Da fiel ihr ein Band mit gelbem Pappdeckel in die Hand. Sie hielt es für einen jener Romane, die ihr der Vater zu lesen verboten hatte, und wollte es schon weglegen, als sie auf dem Rükken den Titel las: »Bekenntnisse des heiligen Augustinus«.

Was suchte der heilige Augustin hier?

Don Carlos war Freidenker, er las keine Bücher von Heiligen oder von Geistlichen und Ultramontanen, wie er sagte. Aber Sankt Augustin war eine der wenigen Ausnahmen. Ihn betrachtete er als Philosophen.

Ana verspürte ein unwiderstehliches Verlangen; sie wollte das Buch auf der Stelle lesen. Sie wußte, daß der heilige Augustin ein freigeistiger Heide gewesen war, den unter dem Einfluß der Tränen seiner Mutter, der heiligen Monika, Stimmen vom Himmel bekehrt hatten. Mehr wußte sie nicht. Ihren Lockenkopf und das geöffnete Buch in einen Sonnenstrahl getaucht, las sie stehend die ersten Seiten. Don Carlos war nicht zu Hause. Das Buch unter dem Arm, ging Ana in den Garten. Sie trat in die dicht mit immergrünen Kletterpflanzen bewachsene Laube. Die Schatten der Blättchen in dem grünen Gewölbe spielten auf den schwarz-weißen, glänzenden Blättern des Buches. Ganz nahe hinter der Laube war das leise, muntere Raunen des Wassers zu hören, das langsam durch einen Bewässerungsgraben gluckerte und sich in der Sonne erwärmte. Außerhalb des Gartens schlugen die Zweige der hohen Pappeln mit dem sachten Knistern der jungen, hellen Blätter aneinander, die wie stählerne Lanzenspitzen glänzten.

Anas Augen flogen über die Zeilen. Wenn sie mit einer Seite fertig war, las sie im Geiste schon auf der Rückseite weiter. Ja, das war wirklich etwas Neues. Die ganze Mythologie war, dem Heiligen zufolge, Unsinn. Und diese Liebe, jene Liebe, an die sie dachte, Sünde, ein Nichts, ein Irrtum, Verblendung. Sie hatte gut daran getan, auf der Hut zu sein. Ihr fiel ein, daß ihr in Madrid zwei Studenten Briefe geschrieben hatten, auf die sie nicht antwortete. Das war ihr einziges Abenteuer nach der Schande im Kahn von Trébol. Die Kinder sind von Instinkt aus schlecht, sagte der Heilige, und nur die angeborene Gefühlsverkehrung ruft bei denen, die sie lieben, Entzücken hervor. Doch der Kinder Reize seien in Wahrheit Fehler; die Eigensucht, der Zorn, die Eitelkeit ihre eigentlichen Triebkräfte.

So ist es, dachte sie voller Reue.

Dann brauchte sie jedoch etwas anderes. Füllte sich die Leere in ihrem Herzen? Fand dieses nutzlose, von Drangsalen und Torheit rings umgebene Leben ohne Lockung, das düster hinter ihr und vor ihr lag, jetzt ein Ende? Wie einen jähen Donnerschlag vernahm sie in ihrem Kopf ein gewaltiges Ja, das im Gehirn zu blitzenden Funken zerplatzte. Dies widerfuhr ihr, während sie weiterlas. Sie war noch betäubt, fast entsetzt von dieser Stimme, die sie in ihrem Innern vernahm, als sie zu der Stelle kam, wo der Heilige erzählt, wie auch er, als er in einem Garten wandelte, eine Stimme hörte, die zu ihm sagte: *»Tolle, lege!«*, und daraufhin zur Heiligen Schrift griff und einen Vers las ... Ana schrie auf, sie spürte, wie ein Zucken über die Haut ihres ganzen Körpers lief, dazu etwas wie ein Kribbeln in den Haarwurzeln, so daß sie sich sträubten und viele Sekunden lang aufrecht in die Höhe standen.

Sie hatte Furcht vor dem Übernatürlichen und glaubte, eine Erscheinung stehe ihr bevor ... Aber dieser wilde Schreck ging vorüber, und das arme, mutterlose Mädchen spürte ein süßes Strömen, das lindernd ihre Brust durchzog, bis ihr das Wasser in die Augen stieg. Die Tränen, die sich in ihnen sammelten, nahmen ihr die Sicht.

Und sie weinte über den Bekenntnissen Sankt Augustins wie an der Brust einer Mutter. Seelisch reifte sie in diesem Augenblick zur Frau.

Am Nachmittag hatte sie das Buch durchgelesen. Die letzten Kapitel, die sie nicht verstand, ließ sie weg.

Am Abend diskutierten in der Bibliothek Don Carlos, ein

Geistlicher aus Loreto und mehrere Liebhaber der Philosophie und des guten Apfelweins, den der ruinierte Ozores freigebigst auftischte, um Widersacher für Streitgespräche zu haben. Seine Redensart war, daß das Denken im stillen Kämmerlein nur halbes Denken war. Er brauchte den Widerspruch. Der Kapellan wollte nichts auf die Kirche kommen lassen und die Abende, die sich in Loreto selbst im Frühling endlos hinzogen, angenehm verbringen.

Ana saß weit weg, fast versunken und verloren in einem tiefen Guttaperchasessel, in dem sie schon oft im Wachen geträumt hatte. Auch jetzt träumte sie mit weit offenen, reglosen Augen. Sie dachte an Sankt Augustin, den sie im Geist mit einer großen vergoldeten Mitra und einem goldbestickten Atlaspluviale durch die Wüste eines Afrika wandeln sah, das sie mit reißenden Tieren und bis zu den Wolken reichenden Palmen bevölkerte. Es war, wie in der Kindheit, ein köstliches Phantasieren, ein weiterer Gesang ihres Poems. Wenn sie bloß an die Sanftmut Sankt Augustins dachte, als er sich auf seinem Katheder mit einem Freund versöhnte, der zu seiner Predigt gekommen war und mit dem er in Feindschaft lebte, empfand Ana unaussprechliche Rührung, und sie liebte dank diesem Bischof das ganze Weltall.

Im gleichen Augenblick schwor Don Carlos, das Christentum sei aus Baktrien eingeführt worden.

Er war nicht sicher, dies gelesen zu haben, doch bei den Diskussionen auf dem Dorf nahm er es mit den geschichtlichen Angaben nicht allzu genau, weil er mit der Unwissenheit seiner Gesprächspartner rechnete.

Der Kapellan wußte nicht, was Baktrien war, und so fand er es als einen höchst lächerlichen und komischen Einfall, das Christentum von dort herzuführen.

Und halbtot vor Lachen, sagte er:

»Bakterianien, das ist gelungen! Wo haben Sie das denn gelesen, Señor Ozores?«

Der Kapellan ist kein Sankt Augustin, dachte Ana. Nein, Sankt Augustin tränke keinen Apfelwein und würde Argumente wie die ihres Vaters nicht so ungeschickt widerlegen. Doch das tut nichts, der Geistliche hat recht, und das genügt. Er spricht große Wahrheiten aus, ohne es zu wissen.

Im selben Augenblick ging Don Carlos daran, die Manichäer zu verteidigen.

»Ich finde es nicht so widersinnig, an einen guten Gott zu glauben und an einen zweiten bösen, als an Jehowa Elohim, der ein Despot war, ein Diktator, ein Wüterich.«

Ihr Vater war Manichäer! Sankt Augustin gab's den Manichäern gehörig, hatte er doch selbst solche Irrlehren geglaubt. Aber ihr Vater würde sich auch noch bekehren, genau wie sie, deren Herz voll war von Liebe zu allen und vom Glauben an Gott und den heiligen Bischof von Hippo Regius.

Danach fand sie, in der Bibliothek stöbernd, den »Geist des Christentums«, der für sie eine Offenbarung war. Die Religion mit ihrer Schönheit zu beweisen erschien ihr der beste Einfall der Welt. Ihre Vernunft widersetzte sich den Argumenten Chateaubriands, die Phantasie jedoch erklärte sich bald besiegt und mit ihr der freie Wille.

Nach Don Carlos' Meinung war Herr Chateaubriand ein Scharlatan, von dem man nur sprach, weil der Stil seiner Werke nicht übel war.

Danach las Ana »Die Märtyrer«. Sie wäre gern Cimodecea gewesen, ihr Vater mochte als ganz passabler Demodocus hingehn, besonders nach seiner Reise durch Italien, die ihn zum Heiden gemacht hatte. Aber Eudorus? Wer war Eudorus? Sie dachte an Germán. Was mochte aus ihm geworden sein?

Sie hatte es schwer, unter den Büchern ihres Vaters andere zu finden, die von Religion sprachen, zu ihrem Lobe, versteht sich. Ein Band des »Spanischen Parnaß« war der religiösen Dichtung gewidmet. Das meiste waren schwerfällige, dunkle Verse, aber sie entdeckte unter ihnen ein paar, die auf sie einen besseren Eindruck machten als selbst Chateaubriand. Ein Gedicht in Quintillen von Fray Luis de León begann so:

Willst du irgendeines Tags
preisen schönes, blondes Haar,
bei der heil'gen Jungfrau wag's.
Golden ist's und wunderbar
wie der Sonne Strahl des Mittags.

Der geistliche Dichter, der alle anderen Haare vergaß, um die Marias zu besingen, erschien ihr erhaben in seiner Zartheit. Diese fünf Zeilen weckten in Anas Herzen, was man das Jungfrau-Maria-Gefühl nennen kann, denn es ist keinem anderen Gefühl vergleichbar.

Maria wurde das Idol von Anas religiöser Liebe. Sie war

nicht nur Himmelskönigin, sie war eine Mutter, die Mutter der Betrübten. Selbst wenn sie Ana erschienen wäre, hätte sie keine Angst gehabt. Die Liebe zur Heiligen Jungfrau ergriff das Herz des Mädchens, das sich zur Frau wandelte, machtvoller als die zu Sankt Augustin oder Chateaubriand. Das Ave Maria und das Salve bekamen für sie einen neuen Sinn. Sie betete unaufhörlich. Aber das genügte ihr nicht. Sie wollte mehr, sie wollte selbst Gebete erfinden.

Don Carlos besaß auch das Hohelied Salomonis in der poetischen Version von San Juan de la Cruz. Es gehörte zu den Büchern, die Anita verboten waren.

»Mir machen sie nichts weis«, sagte Don Carlos, mit einem Augenzwinkern. »Diese ‚Geliebte' könnte auch die Kirche sein, aber . . . ich trau der Sache nicht, ich trau ihr nicht . . .«

Und er redete bedenkenlos allerlei Unsinn, denn er, der unfähig war, seinen Nächsten zu verleumden, glaubte, es ruhig tun zu können, wenn es um Heilige und Geistliche ging.

Ana las die Verse San Juans, und danach fühlte sie ihre Zunge gelöst, um Gebete aus dem Stegreif zu ersinnen; sie sagte sie in Versen bei ihren einsamen Spaziergängen auf dem Berg von Loreto her, der nach Thymian roch und steil zum Meer abfiel.

Verse à la San Juan, wie sie sagte, sprudelten ihr nur so aus der Seele; sie waren aus einem Guß, schlicht, süß und leidenschaftlich. Auf diese Weise sprach sie mit der Jungfrau.

Überreizt, nervös, bemerkte Ana – und sie spürte einen seltsamen Schmerz im Kopf, als sie das feststellte – eine mysteriöse Entsprechung zwischen den Versen San Juans und jenem Wohlgeruch des Thymians, auf den sie trat, wenn sie den Berg hinaufstieg.

Die Wahrheit war, daß ihre Gedanken seit einiger Zeit unbewußt geheime Beziehungen zwischen den Dingen suchten und fanden, und sie empfand für alles eine melancholische Liebe, aus der schließlich eine heftige Migräne wurde.

Eines Nachmittags im Herbst, nachdem Anita widerstrebend ein Gläschen Kümmel getrunken, das ihr der Vater nach dem Kaffee aufgenötigt hatte, ging sie allein aus dem Haus mit dem Vorsatz, dort oben, in der kleinen Senke mit den Pinien, die sie gut kannte, die erste Seite eines Buches zu schreiben. Es war ein »Werk«, das sie Tage zuvor ausgedacht, eine Sammlung von Gedichten »An die Jungfrau«.

Don Carlos erlaubte ihr, ohne Begleitung auszugehen, wenn sie sich durch die Gartentür zum Berg mit den Thymianhängen begab. Dort konnte sie niemand sehen; auf den Berg ging man nur Holz sammeln.

An diesem Tag dehnte sich ihr Spaziergang länger aus als sonst. Der Hang war abschüssig, der Weg eher ein Ziegenpfad. Zur Rechten fiel der Berg jäh ab zum Meer, das seine Wut mit lautem Gebrüll austobte; wie unterirdisches Grollen drang es in die Höhe. Zur Linken begleiteten die Thymianhänge den Weg bis zum Gipfel, der von Pinien gekrönt war, in deren Zweigen der Wind wie ein Echo das endlose Klagen des Ozeans wiederholte. Die Anstrengung, die der steile Anstieg Ana abverlangte, regte sie an. Auf ihren sonst eiskalten Wangen brannte es wie Feuer. Voll leidenschaftlichen Ungestüms stieg sie hinan, als führe der Weg über den Hang geradewegs in den Himmel.

Hinter einer Biegung des Pfades, dem sie folgte, bot sich Ana plötzlich ein neuer Ausblick. Loreto verschwand, vor ihr lag das Meer, das sie zuvor gehört hatte, ohne es zu sehen: das Meer, viel größer, als es sich vom Hafen aus darbot, friedlicher, feierlicher. Von hier aus nahmen sich die Wellen nicht wie das wilde Aufbäumen eines Raubtiers im Käfig aus, sondern wie der Rhythmus eines erhebenden Gesanges, wie Schwingungen tönender, gleichmäßiger, symmetrischer Platten, die von Osten nach Westen liefen. Fern im West erahnte man ein Amphitheater von Bergen, die einer Riesentreppe himmelaufwärts glichen. Wolken und Gipfel gingen ineinander über und warfen sich gegenseitig den Widerschein der Farben zu. An der höchsten Stelle einer Kumulus aus bläulichem Gestein nahm Ana einen Punkt wahr; sie wußte, es war eine Kapelle. Dort wohnte die Jungfrau. In diesem Augenblick brachen alle Wolkenmassen im Westen auf und verströmten Licht aus ihrem Innern, um der Muttergottes, die auf jenem Gipfel ihren Tempel hatte, einen Strahlenkranz zu bilden. Der Sonnenuntergang wurde zur Apotheose. Die Segel der Fischerboote aus Loreto, die da unten in den Schatten des Berges getaucht waren, schienen Tauben, die über das Wasser flogen.

Schließlich gelangte Ana zur »Piniensenke«. Es war ein Sattel zwischen zwei flachen, von Gesträuch und einigen prächtigen Exemplaren des Baumes, der ihnen den Namen gab, gekrönten Hügeln. Der weißliche Geröllgrund eines trockenen Wildbachs zog sich durch die Mitte des Einschnitts. Ein Vogel, den das Mädchen als Nachtigall ansah, sang, in den Büschen der westlichen Anhöhe versteckt. Ana setzte sich auf einen Felsblock in der Nähe des Trockenbetts. Sie glaubte sich in der Einöde. Kein Geräusch erinnerte hier an die Menschen. Das Meer, das sie nun nicht mehr sah, rauschte wieder wie unterirdisches Raunen, die Pinien rauschten wie das Meer, und der Vogel schlug wie eine Nachtigall. Sie war ihres Alleinseins sicher. Da schlug sie ein Poesiealbum auf und schrieb auf die erste Seite: »An die Jungfrau«. Sie sann in Erwartung der heiligen Inspiration.

Bevor sie schrieb, ließ sie die Gedanken sprechen.

Als sie den ersten Vers aufzeichnete, war in ihrer Seele die erste Strophe schon vollendet. Der Stift lief weiter über das Papier, aber stets eilte ihm die Seele voraus. Die Verse gebaren Verse, wie ein Kuß hundert andere nach sich zieht. Aus jeder liebeserfüllten rhythmischen Eingebung quollen Schwärme dichterischer Einfälle, die, mit allen Farben und Düften dieses poetischen, schlichten, edlen, leidenschaftlichen Redestroms angetan, ihrem Geist entsprangen.

Während die Gedanken noch immer, sich überstürzend, weiterdiktierten, mußte ihnen die Hand den Gehorsam verweigern, denn der Stift schrieb nicht mehr. Anas Augen sahen weder Buchstaben noch Papier, sie standen voll Tränen. In den Schläfen spürte sie Peitschenhiebe, und eine eiserne Hand preßte ihr die Kehle zu.

Sie stand auf, wollte sprechen, schrie; schließlich hallte ihre Stimme in der Senke wider. Die vermeintliche Nachtigall verstummte, und Anas Verse, wie ein Gebet unter Tränen aufgesagt, wurden vom Wind davongetragen und vom Widerhall des Berges nachgesprochen. Mit feurigen Worten rief sie ihre himmlische Mutter. Ihre eigene Stimme riß sie mit, sie war wie im Fieber und konnte nicht weitersprechen: Die Knie gaben nach, sie legte die Stirn an die Erde. Für einen Augenblick befiel sie mystisches Entsetzen. Sie wagte nicht, den Blick zu heben, aus Angst, das Übernatürliche sei um sie. Ein Licht, stärker als die Sonne, drang durch ihre geschlossenen Lider. Sie hörte ein Geräusch in der Nähe, schrie auf, hob entsetzt den Kopf ... Kein Zweifel, ein Dornbusch auf dem Hügel vor ihr bewegte sich ... Und mit Augen, die sich dem Wunder weit öffneten, sah sie einen dunklen Vogel aus einem Gebüsch hervorschießen und über ihre Stirn wegstreichen.

Señorita Doña Anunciación Ozores hatte die Siebenundvierzig erreicht, ohne je aus der Provinz Vetusta hinausgekommen zu sein. Infolgedessen war es eine große Belästigung, wenn nicht gar eine Gefahr, das Wagnis einer Postkutschenfahrt auf sich zu nehmen und zwanzig Stunden lang über die Küstenstraße zu holpern, die nach Loreto führte. Auf ihrer Reise begleiteten sie Don Cayetano Ripamilán, ein durch seinen Stand und seine Jahre achtbarer Domherr, und eine langjährige Dienerin der Ozores.

Don Carlos war plötzlich in der Nacht, ohne Beichte, ohne ein Sakrament zu empfangen, gestorben. Der Arzt erzählte was von einem Gehirnschlag...Purer Materialismus! Doña Anuncia sah darin die Hand Gottes, die ohne Rute und Stein straft. Das hinderte Señorita de Ozores jedoch keineswegs daran, in strenge Trauer gekleidet, einen durch christliche Ergebung kaum gedämpften Schmerz zu zeigen.

Ana, die Tochter der Modistin, hatte der Verlust aufs Bett geworfen; sie war allein, auf die Dienerschaft angewiesen. Was blieb da anderes übrig, als hinzufahren und sie zu sich zu holen? Angesichts des Todes hatte der Familienzwist ein Ende.

»Tote Hunde beißen nicht mehr«, hatte einer der Herren von Adel aus Vetusta gesagt.

Doña Anuncia und Don Cayetano fanden das Mädchen in Lebensgefahr. Es sei ein Nervenfieber, eine schreckliche Krise, erklärte der Arzt. Die Erkrankung war mit gewissen, Anas Alter eigenen Veränderungen zusammengefallen; ihrem Alter eigenen Veränderungen, gewiß, aber vor Señoritas hätte sie der Arzt nicht mit der Deutlichkeit und den Einzelheiten darzulegen brauchen, deren er sich befleißigte. Don Cayetano konnte das alles hören, aber Doña Anuncia wären Metaphern und Umschreibungen lieber gewesen. »Die verzögerte Entwicklung«, »die entscheidende, geheimnisvolle Metamorphose«, »der Schmetterling, der aus der Puppe schlüpft« – all das war gut. Aber der Arzt fügte gewisse Einzelheiten hinzu, die Doña Anuncia nicht zögerte, als ungehörig zu bezeichnen.

»Mit was für Leuten doch mein Bruder verkehrt hat!« sagte sie und verdrehte die Augen.

Zwei Wochen hatte das arme Kind allein, verwaist und krank in der Gewalt der Dienerschaft verbracht, denn Doña Anuncia entschloß sich erst, die zwanzigstündige Reise auf sich zu nehmen, als man sie im Namen der todkranken Nichte um dieses

Werk der Nächstenliebe bat. Ana war bereits krank, als die Katastrophe über sie hereinbrach. Sie litt an Melancholie, empfand Trauer, die sie sich nicht zu erklären wußte. Der Verlust ihres Vaters erschreckte sie zunächst mehr, als daß er sie betrübte. Sie weinte nicht und verbrachte den Tag, vor Kälte zitternd, in einem Traumzustand, durch den aberwitzige Gedanken geisterten. Sie bemerkte voller Gewissensbisse einen schrecklichen Egoismus an sich. Mehr als der Tod ihres Vaters schmerzte sie in diesem Augenblick ihr Verlassensein, das sie mit Entsetzen erfüllte. All ihr Mut schwand dahin, sie fühlte sich ihrer Umgebung ausgeliefert. Die Kraft, still zu leiden, genügte nicht und auch nicht, daß sie Zuflucht im Innenleben suchte; sie brauchte auch Umgang mit Menschen, ein Obdach. Sie wußte, daß sie bettelarm war. Wenige Monate vor seinem Tode hatte ihr Vater das Stammhaus in Vetusta für einen Pappenstiel an seine Schwestern verkauft. Das war der letzte Überrest seines Erbes gewesen. Der Erlös aus diesem schlechten Handel hatte zur Begleichung alter Schulden gedient. Aber es blieben noch andere. Auf dem Landsitz selbst lagen Hypotheken, und sein Wert konnte niemandem aus der Verlegenheit helfen. In den Händen des Philosophen war er nur immer weiter heruntergekommen.

Das heißt also, daß ich so gut wie im Elend sitze, dachte sie.

Bis sie ihre Waisenunterstützung bekam, eine lächerliche Hilfe, ein bißchen mehr als nichts, wie man ihr gesagt hatte, würde es noch eine Weile dauern. Sie hatte niemanden, der ihr erklärte, wie und wo man sie beantragte. Sie war allein, ganz allein. Was sollte nun aus ihr werden? Mit den Freunden des Philosophen war nichts anzufangen, die konnten nichts als diskutieren. Der Kapellan ließ sich nicht mehr blicken. Don Carlos' plötzlicher Tod roch ein bißchen nach Schwefel.

Eines Tages, drei oder vier nach der Beerdigung ihres Vaters, wollte Ana aufstehen, doch es gelang ihr nicht. Das Bett hielt sie mit unsichtbaren Armen fest. Den Abend zuvor war sie, mit zusammengepreßten Zähnen und zitternd vor Kälte, eingeschlafen. Sie hatte ihren Tanten in Vetusta schreiben wollen, aber keinen zusammenhängenden Satz zustande gebracht; sogar in der Orthographie war sie unsicher.

Sie hatte Beklemmungen, und obwohl sie sich zusammennahm, um sich die Krankheit nicht anmerken zu lassen, war das

Übel stärker, es warf sie um. Der Arzt sprach von Fieber, von sorgfältiger Pflege, die nötig sei; er stellte ihr Fragen, die sie nicht beantworten konnte und wollte. Sie war allein, und alles hatte keinen Sinn. Der Arzt sagte, er habe niemanden, mit dem er sich ins Benehmen setzen könne, und schimpfte auf die Achtlosigkeit der Diener. »Die lassen Sie hier sterben, mein Kind.«

Ana schrie auf, sie erschrak und hatte große Angst. Weinend und die Hände ringend, bat sie, ihre Tanten zu verständigen, zwei Schwestern ihres Vaters, die in Vetusta lebten und von denen sie wüßte, daß sie gute Christinnen seien.

Den Tanten schlug wegen des Hauskaufs ein wenig das Gewissen. Sie wußten genau, daß es mehr, viel mehr wert war, als sie unter Ausnutzung der bedrängten Lage Don Carlos' dafür bezahlt hatten, der obendrein stets die größte Unbekümmertheit an den Tag legte, wenn es um seine Interessen ging. Er, der vom Glauben der Ozores abgefallen war! »Um keiner Mystifikation zum Opfer zu fallen!«

Nun bot sich eine Gelegenheit, das eigene Gewissen zu beruhigen, indem man sich der unglücklichen Tochter ihres leichtfertigen Bruders annahm.

Doña Anuncia konnte die Größe ihres guten Werkes besser ermessen, als sie sah, daß Ana »auf der Straße lag« oder doch beinahe. Das Landhaus, das sie sich als standesgemäß für einen Ozores vorgestellt hatte, wenn er auch ein schwarzes Schaf war, erwies sich als ein aufgetakeltes, aber sonst wertloses Bauernhaus mit einem dazugehörigen Grundstück von mittelmäßigem Ertrag. Überdies lagen Schulden darauf, die man schwerlich mit dem, was es wert war, tilgen konnte. Anita stand schön da. Nicht einmal reich zu werden hatte der Atheist verstanden! Seele und Leib, Himmel und Erde zu verlieren! Ein glänzendes Geschäft. Aber geschehen ist geschehen.

Sie hatte sich da eine schwere Last aufgebürdet: Jedoch, wer trug nicht sein Kreuz?

Es dauerte einen Monat, ehe Ana das Bett verlassen konnte.

Doña Anuncia langweilte sich in Loreto, wo sie keine Gesellschaft hatte. So trat man die Rückreise nach Vetusta gegen den Rat des ungehobelten Bauerndoktors, der mit den durchsichtigsten Ausdrücken nur so um sich warf, viel zu früh an.

In Vetusta angelangt, trat bei der Waise eine »Verzögerung im Genesungsprozeß« ein – so der Hausarzt, der wußte, was sich gehörte und die Dinge nicht beim Namen nannte.

Die »Verzögerung« war ein neues Fieber, das Anas Leben wiederum in ernste Gefahr brachte.

Die Fräulein Ozores und der Adel Vetustas vertagten das Urteil, das die Tochter Don Carlos' und der italienischen Modistin von ihnen zu gewärtigen hatte, bis man genügend Beobachtungen gesammelt haben würde. Solange das junge Mädchen zwischen Tod und Leben schwebte, fand Doña Anuncia sein Benehmen untadelig.

Alles, was wahr ist, gegen ihre Erziehung und ihren Charakter gab es nichts einzuwenden: Sie war eine vorbildliche Kranke. Nie bat sie um etwas, nahm alles, was man ihr gab, und fragte man sie: »Wie geht es dir, Anita?«, so antwortete das junge Mädchen, sofern es die Kraft dazu hatte: »Etwas besser, Señora.«

Zu anderen Malen gab Ana keine Antwort, weil sie zu schwach zum Sprechen war. Mitunter hörte sie nicht einmal.

Während der zweiten Genesungszeit betrug sie sich nicht ungebührlich.

Sie klagte nicht, war mit allem zufrieden; sie erlaubte sich keinerlei Ungehörigkeiten.

In den Adelskreisen Vetustas, zu denen die Señoritas de Ozores natürlich gehörten, sprach man von nichts anderem als von der Selbstlosigkeit dieser frommen Frauen.

Gloucester, vielmehr Don Restituto Mourelo, zu jener Zeit noch schlichter Domherr, sagte mit honigsüßer und geheimnisvoller Stimme auf der Abendgesellschaft des Marqués de Vegallana:

»Meine Herrschaften, das ist die Tugend alter Zeiten; keine falsche, marktschreierische, moderne Philanthropie! Die Señoritas de Ozores vollenden da ein Werk der Nächstenliebe, das uns, wollten wir es in allen Einzelheiten untersuchen, eine lange Reihe guter Taten vor Augen führen würde. Es geht ja nicht bloß darum, daß sie die schwere Bürde auf sich nehmen, ein Menschenkind zu ernähren, ja, ich glaube, auch noch zu kleiden, da sie aller Voraussicht nach überleben wird, eine Bürde, die sie demnach zeit ihres Lebens, also lebenslänglich zu tragen haben, sondern daß dieses junge Mädchen überdies die Frucht einer Verirrung ist, die näher zu bezeichnen ich mir versage, der Verirrung eines Herrn Vaters . . .«

»Der verabscheuungswürdigen Verirrung«, ermannte sich ein verkrachter Baron einzuwerfen.

»Der verabscheuungswürdigen Verirrung«, ergänzte Gloucester, sich verneigend. »Sie ist das Ergebnis der unheilvollen Verbindung, bei der das durch und durch blaue Blut der Ozores sich in einer schwarzen Stunde mit Plebejerblut vermischte; und was das schlimmste ist ... wie wir alle wissen, verkörpert dieses Mädchen die nicht eben strenge Moral ihrer Mutter, ihrer unseligen ...«

»Ja, Señor«, fiel ihm die Marquesa de Vegallana, die Gloucesters Gerede nicht ausstehn konnte, ins Wort, »ja, Señor, ihre Mutter war ein leichtfertiges Frauenzimmer, zugegeben. Aber die Kleine macht sich gut, wie ihre Tanten versichern; sie ist sehr gefügig und still.«

»Das glaube ich gern, daß sie still ist; sie kann vor lauter Schwäche nicht sprechen.«

Der das sagte, war der Arzt der Aristokratie, Don Robustiano, der Anita behandelte.

An jenem Abend kam man in der geselligen Runde überein, Don Carlos' Tochter als eine Ozores, als einen Sproß von bestem Adel anzuerkennen. Von ihrer Mutter sollte um keinen Preis mehr gesprochen werden, das blieb verboten, sie aber würde man als Nichte derjenigen betrachten, die so hohes Lob verdienten.

Doña Anuncia und Doña Agueda fiel ein großer Stein vom Herzen, als sie durch den Arzt von diesem Beschluß des Vetustenser Adels erfuhren.

Ana war viele Stunden allein. Ihre Tanten hatten die Gewohnheit, im Speisezimmer zu arbeiten, sie strickten und häkelten. Der Alkoven der Nichte befand sich am anderen Ende des Hauses.

Zudem verbrachten die blaublütigen Damen viel Zeit außerhalb des düsteren Gemäuers ihrer Ahnen. Sie machten Visiten bei der Creme Vetustas, den Besuch des Allerheiligsten und die Ehrenwache nicht mitgerechnet, mit der sie einmal wöchentlich an der Reihe waren. Sie nahmen an allen Novenen, an allen Predigten, an allen Versammlungen von Laienbruderschaften, an allen feinen Gesellschaften teil. Zwei- oder dreimal die Woche speisten sie außerhalb. Die meiste Zeit verwandten sie darauf, Besuche zu erwidern. Dieser Beschäftigung maßen sie unter allen anderen ihres an Pflichten reichen Lebens die größte Bedeutung bei. Den Besuch einer Person von Stand und Rang nicht zu erwidern, galt ihnen als das schlimmste Verbrechen, das man in einer zivilisierten Gesellschaft begehen konnte. Sie liebten die Religion, denn sie war die Helmzier ihres Adels, allzu fromm jedoch waren sie nicht. Der Hauptkult ihres Herzens war der Kult um ihre Standeszugehörigkeit, und wenn der Besuch beim Marienverein mit dem der Abendgesellschaft der Vegallanas unvereinbar gewesen wäre, dann hätte die allerheiligste Jungfrau in ihrer grenzenlosen Güte verziehen, aber sie wären zu den Vegallanas gegangen.

Die Etikette, wie man sie in Vetusta verstand, war das Gesetz, nach dem die Welt regiert wurde; ihr verdankte man die Sphärenharmonie.

Schaffte man die Etikette ab, würden die Gestirne in ihrem Lauf zusammenstoßen und höchstwahrscheinlich zerschellen. Was wußte die kleine Nichte von diesen Dingen? Das war die Frage. Die Blicke der im Vergleich zu ihrer Schwester grobknochigeren, jüngeren, aber auch gütigeren Doña Agueda gingen mit diesen Fragen schwanger, wenn sie sich auf Anita hefteten, sooft sie ihr die Fleischbrühe einflößte.

Die Waise lächelte beständig, sagte immer Dankeschön. Alles war ihr recht. Voll Ungeduld sahen die Tanten, daß sich dieser Zustand in die Länge zog. Das Kind wollte nicht gesunden, doch es ging auch nicht bergab. Es zeichnete sich keine Lösung ab. Überdies konnte man so ihren wahren Charakter nicht erkennen. Diese absolute Fügsamkeit konnte eine Auswirkung der Krankheit sein. Don Robustiano erklärte, es sei an dem.

Eines Nachmittags sprachen die beiden Schwestern, vielleicht des Glaubens, die Nichte schlafe, oder weil sie nicht an ihre Anwesenheit dachten, in dem Zimmer neben dem Alkoven von einer höchst bedeutungsvollen Angelegenheit.

»Ich mache mir Gedanken und wette, daß du nicht weißt, weshalb«, sagte Doña Anuncia.

»Es wird doch nicht dasselbe sein, was auch mir Sorgen bereitet?«

»Und das wäre?«

»Wenn dieses Mädchen . . .«

»Wenn jene Schande damals . . .«

»Genau!«

»Erinnerst du dich an den Brief der Kinderfrau?«

»Ich habe ihn sogar aufgehoben.«

»Die Kleine zählte zwölf oder vierzehn Jahre, nicht wahr?«

»Etwas weniger, aber um so schlimmer.«

»Und du glaubst, daß . . .?«

»Natürlich.«

»Wenn sie nun eine kleine Obdulia wäre?«

»Oder eine kleine Tarsila. Du erinnerst dich doch an Tarsila, die die Affäre mit diesem Kadetten hatte und danach was weiß ich für Liebschaften mit Alvaro Mesía?«

»Alles sei ganz harmlos gewesen, sagten damals die hiesigen Einfaltspinsel.«

»Sieh einer die Unschuld vom Lande; ich glaube, in Madrid hat sie an jedem Finger einen.«

»Sonnenklar, wenn Charakter und Aussehn . . .«

»Wenn der feste Boden unter den Füßen fehlt . . .«

»Wenn man wüßte . . .«

»Und Obdulia? Du siehst ja, was man sich letztes Jahr von ihr erzählte; danach stritt man's ab und versicherte, es sei eine Verleumdung gewesen . . .«

»Das kann man mir doch nicht weismachen.«

»Ja, wenn man wüßte . . .«

»Wenn man nur gewollt hätte.«

Und das eine Fräulein von Ozores seufzte. Die Schwester seufzte desgleichen.

Ana, die angezogen auf ihrem ärmlichen Bett lag, war bei den ersten Worten dieses Gesprächs auf die Beine gesprungen. Totenbleich hörte sie die ganze Unterhaltung ihrer Tanten mit an.

Unter sich sprachen sie nicht so wie vor ihren Standesgenossen. Da nahmen sie sich nicht zusammen und befleißigten sich keiner gewählten Ausdrucksweise. Doña Anuncia gebrauchte Worte, die sie im Munde eines anderen empört hätten. Nur zu bald kehrte das Gespräch zu Anas Sünde zurück, zu der Schande, von der ihnen der Brief Doña Camilas berichtet hatte. Die Waise hörte von ihrem Alkoven aus Geschichten, die ihr Schamgefühl empörten, die ihr tausend Nuditäten enthüllten, wie sie sie in den mythologischen Büchern nicht gesehen hatte. Aber die beiden Frauen hatten ihre Anwesenheit völlig vergessen. Tarsila, Obdulia, Visitación, noch irgend so ein Flittchen, das mit seinem Liebhaber über den Balkon das Weite gesucht, die Marquesa de Vegallana persönlich, ihre Töchter, ihre Nichten auf dem Lande, ganz Vetusta, das von Rang und Namen nicht ausgenommen, wurde da mit der einsamen Rachsucht der beiden unermüdlichen Fräulein von Ozores durchgehechelt. Wer mochte sich in dieser Welt voller Entgleisungen und Skandale noch des schließlich wenig bekannten Abenteuers ihrer kranken Nichte erinnern? Doch kehrten die beiden alten Jungfern wieder zum Ausgangspunkt zurück. Nach ihrer Darstellung handelte es sich um einen Seemann, der die Unschuld oder Frühreife des Kindes mißbraucht hatte. Man erörterte, wie seinerzeit im Kasino von Loreto, die Wahrscheinlichkeit des Vergehens unter dem physiologischen Gesichtspunkt. Die beiden unverheirateten Damen sprachen wie staatlich geprüfte Wehmütter.

Hinsichtlich der Moral wiege der Fall auch nicht allzu schwer, meinten sie, da in Vetusta wohl niemand etwas wußte. Schlimm wäre es allerdings, wenn das Mädchen sein ungezügeltes Leben fortgesetzt hätte. Aber es gab keinen Grund zu einer solchen Annahme. Es war ihnen nichts weiter zu Ohren gekommen. Und dann, man würde ja bald sehen.

Ana, die die Kraft aufbrachte, alles bis zum letzten Wort zu ertragen, begriff, daß die Tanten ihr alles verzeihen würden, ausgenommen, sie wüßte den Schein nicht zu wahren. Unter der Voraussetzung, daß sie hinfort wäre wie sie, würde man das Vergangene vergessen, mochte es gewesen sein, wie es wollte. Und wie ihre Tanten waren, das wußte sie ja nun. Aber sie würde weiter die Augen offenhalten.

Es war ein paar Minuten still gewesen.

Doña Agueda brach das Schweigen mit den Worten:

»Ich glaube, die Kleine wird, wenn sie sich erholt, hübsch.«

»Mir scheint, sie war ein bißchen rachitisch. Zumindest war sie nicht allzu entwickelt . . .«

»Das hat nichts zu sagen. Ich war auch so, und danach . . .« – Ana fühlte ihre Wangen erglühen –, »danach fing ich an, gut zu essen, wurde voller und frisch wie eine Pfingstrose.«

Und abermals seufzte Doña Agueda in der Erinnerung daran, wie rund und gut beisammen sie gewesen war.

Doña Anuncia hatte ihre Gründe gehabt, nicht dick zu werden: eine romantische Liebe. Von dieser Liebe waren ihr ein paar Lieder an den Mond in einer Art gregorianischem Gesang geblieben, zu denen sie sich selbst auf der Gitarre begleitete. Eines der Lieder begann mit den Worten:

Der Mond, der da am Himmel glänzt,
macht mir das Herz so schwer und bang:
Ist meiner Leier letzter Ton,
die heut zum letzten Mal erklang.

Es ging um einen zum Tode Verurteilten.

Doña Anuncias Traumideal war stets eine Reise nach Venedig mit einem Geliebten gewesen. Nachdem aber das Jahrhundert nun einmal bloß noch aufs Geld schaute und es die Mädchen nicht verstanden, sich zu verlieben, wollte sie womöglich aus Anas Schönheit Kapital schlagen, denn wenn man sie gut ernährte, mußte sie hübsch werden wie ihr Vater und alle Ozores. Ja, man mußte ihr gut zu essen geben, sie rundfüttern. Danach suchte man ihr einen Bräutigam. Ein schwieriges, doch nicht unmögliches Unterfangen. An einen von Adel war nicht zu denken. Die waren zwar sehr artig zu Frauen ihrer Kreise, doch wenn sie keine Mitgift hatten, heirateten sie die Töchter der reichen Amerikaner und Grundbesitzer. Sie wußten das aus eigener schmerzlicher Erfahrung. Und die, wie man sagen konnte, nichtadligen junge Leute aus Vetusta waren keine glänzenden Partien. Doch selbst, wenn man sich mit irgendeinem Federfuchser von Advokaten bescheiden wollte, so würde es doch keiner dieser Hohlköpfe wagen, einer Ozores den Hof zu machen, selbst wenn er nach ihr verging. Die einzige Hoffnung war ein Amerikaner. Die Heimkehrer aus Übersee waren mehr hinter dem Adel her und wagten auch mehr. Sie bauten auf das Prestige ihres Geldes. Infolgedessen würde man also nach einem Amerikaner Ausschau halten. Das wichtigste war zunächst, daß die Kleine gesund wurde und zunahm.

Ana begriff ihre nächstliegende Pflicht: bald gesund zu werden. Die Genesung verzögerte sich schon über Gebühr. Deshalb wandte sie all ihre Willenskraft darauf, so bald wie nur möglich die Gesundheit wiederzuerlangen.

Von dem Tage an, als der Arzt erklärte, nun sei kräftigeres Essen bereits angebracht, stopfte sie, mit Tränen in den Augen, in sich hinein, was sie konnte. Hätte sie das Gespräch der Tanten nicht mit angehört, die arme Waise hätte sich selbst bei bestem Appetit nicht getraut, viel zu essen, um das Gewicht der Bürde, die sie war, nicht zu vergrößern. Aber nun wußte sie ja, woran sie sich zu halten hatte. Sie wollten sie mästen wie eine Kuh, die auf den Markt kommen soll. Es hieß also schlingen, auch wenn es am Anfang ein paar Tränen kostete, die Bissen hinunterzuwürgen.

Bald kam die Natur dieser gewaltigen Willensanstrengung zu Hilfe. Ana verlangte nach Kraft, Gesundheit, frischer Farbe, Fleisch, Schönheit; sie wollte ihre Tanten bald von ihrer Gegenwart befreien können. Sich in acht nehmen und gut essen erschien ihr damals als die höchste Pflicht. Ihre Gemütsverfassung widersetzte sich diesen Vorsätzen nicht.

Die Anwandlungen von Religiosität, in der sie die göttliche Offenbarung einer wahren Berufung gesehen hatte, waren verschwunden. Sie hatten die heftige Krise ausgelöst, die Anas Leben in Gefahr brachte, doch sie kamen mit der wiedererlangten Gesundheit nicht zurück.

In den schlaflosen Nächten, in den Zuständen nervöser Überreiztheit, die in ihrem Fieberwahn auftraten, waren ihr die machtvollen Glaubensoffenbarungen, die plötzlichen Anwandlungen von Rührung manchmal Trost und manchmal Qual gewesen. Bekümmert hatte sie festgestellt, daß dieser ihr Glaube zu unklar war; sie glaubte innig, wußte aber nicht genau, woran; in ihrem größten Unglück, dem Tode des Vaters, hatte sie in der Frömmigkeit, die sie, obwohl erst neu, für so fest und tief gehalten, nicht den starken Trost gefunden, den sie erhofft. Für sein Dahingehen, für ihr Bedürfnis, an ein Wiedersehen mit ihrem Vater im Jenseits zu glauben, mochte die Religion ja taugen; nicht aber zum Trost für ihr eigenes Leid, um den Ängsten des erschreckten Egoismus, den Bedrängnissen des Augenblicks abzuhelfen, die aus der Einsamkeit und der Armut entsprangen. Das wilde Entsetzen über ihr Verlassensein, ein Gefühl, das über alle anderen obsiegte, konnte der Glaube nicht dämpfen.

Die heilige Jungfrau ist bei mir, dachte Ana in ihrem Bett, fern in Loreto, brach schließlich in Tränen aus, betete inbrünstig und spürte über ihrem Haupt die sanften Liebkosungen der unsichtbaren Hand Gottes. Dann aber stellte sich wieder ein plötzlicher Nervenanfall ein, sie empfand die Beklemmung der Einsamkeit, die Kälte ringsum, das taube und stumme Verlassensein, und da kamen ihr die mystischen Bilder nicht zu Hilfe. Ihr fehlte ein sichtbarer Schutz, deshalb dachte sie an ihre Tanten, die sie nicht kannte, von denen sie auch nicht viel Gutes gehört, verlangte nach ihrer Gegenwart, glaubte fest an die Bande der Familie . . .

Während der Genesung vom ersten Fieber verbrauchte das Gehirn die ersten Kräfte, die sie gewann, zum Ersinnen von Gedichten, Romanen, Dramen und reimlosen Versen. Da begann das unentwegte Dichten, das Phantasieren ohne Rast und Ruh, weil es ein angenehmer Zeitvertreib war und ihrer Eitelkeit schmeichelte; aber zuletzt war es eine Pein. Alles, was sie ersann, erschien ihr vortrefflich, und wenn sie das geschaffene Meisterwerk betrachtete, bewunderte sie es, daß sie vor Rührung weinte, genauso, wie wenn sie an die Liebe zum Jesuskind und seine heilige Mutter dachte. In manchen Augenblicken nüchterner Überlegung prüfte sie mit Mißfallen die Ähnlichkeit dieser beiden Empfindungen. Sie fühlte sich beim Betrachten der künstlerischen Schönheit, die sie schuf, genauso tief und ehrlich bewegt, wie wenn sie sich in die Schönheit des Gottesbegriffs versenkte. Konnte es sein, daß beide Gefühle religiös waren? Oder lag die Ursache dieser Rührung in der Eitelkeit, im Egoismus? Auf alle Fälle litt sie sehr. Sie meinte, alles Leben in ihr sei hinauf in den Kopf gestiegen, der Magen sei eine stillstehende Maschine und das Gehirn ein Feuerofen, in dem alles brannte, was ihr Inneres war. Das ständige Grübeln erregte ihr schließlich Übelkeit, und sie gelangte dahin, Tiere, Pflanzen und Steine zu beneiden.

In der Genesungsperiode nach dem zweiten Fieberanfall in Vetusta quälte sie dieser unbezähmbare Betätigungsdrang ihres Denkens erneut; jedoch kurze Zeit, nachdem sie vermöge jener äußersten Willensanstrengung anfing, gut zu essen, ward sie inne, daß die Räder, die in ihrem Kopfe kreisten, sich langsamer und in ausgeglichenerem Rhythmus drehten. Schon ersann sie nicht mehr so viele Helden und Heldinnen, und die sich in ihrem Kopf behaupteten, waren nicht mehr so phantastisch, ihre Gefühle natürlicher, und sie fand ein Vergnügen darin, ihre äußere Schönheit zu beschreiben. Sie versetzte sie in liebliche, malerische Landschaften, und sämtliche Abenteuer endeten mit Schlachten oder Liebesszenen.

Morgen für Morgen ertappte sich Anita beim Erwachen mit einem Lächeln in der Seele und einer wohligen Trägheit des Körpers. Die Tanten erlaubten ihr, spät aufzustehen, und sie genoß diese Stunden mit Behagen. Für sie stand ihr Bett dann nicht mehr in dem großen Steinkasten ihrer Vorfahren, auch nicht in Vetusta oder auf der Erde; es schwebte, sie wußte nicht wo, durch die Lüfte. Sie ließ sich schaukeln in ihrem weichen Nachen bei dieser Luftfahrt ihrer Träume. Und indes sich die Gestalten ihrer Phantasie Zärtlichkeiten sagten, bereitete sie ihnen in einem Garten voll reiner, schwül-süßer Wohlgerüche ein üppiges Mahl. Ana sog mit wollüstigem Vergnügen die idealen Düfte ihrer blühenden Visionen ein.

Manchmal verwandelte sich dann unglücklicherweise der ganz

in feines Pelzwerk gekleidete russische Prinz oder schottische Edelmann, der auf runden, kräftigen Waden mit prächtigen karierten Strümpfen einherstolzierte, unversehens in einen leberkranken, gelbgesichtigen, dürren, abgelebten Kavalier mit einem Panamahut, der sich von der Dame ihrer Phantasie verabschiedete: »Adieuchen! Ich komme baldchen wieder!«, mit einem Hängematteschaukeln in der Stimme bei den Diminutiven.

Es war der Südamerikaner, den sie und ihre Tanten in der Ferne sahen.

Doña Agueda war eine ausgezeichnete Köchin. Sie besaß Erfahrung im Kochen und übte es außerdem nach allen Regeln der Kunst aus. Den »Europäischen Koch«, ein Buch, das die Kunstgriffe für die Zubereitung sämtlicher Gerichte der englischen, französischen, italienischen, spanischen und anderer Küchen verriet, kannte sie auswendig. Aber es kostete, wie Doña Agueda erklärte, ein Heidengeld, nach dem »Europäischen« zu kochen. Wenn es um ein Bankett oder Picknick der Aristokratie ging, leitete sie die Vorbereitungen in der Küche des Marqués de Vegallana, und dann hielt sie sich an den »Europäischen«. Zu Hause, wo nur wenig Geld vorhanden war, begnügte sie sich mit den von ihren Altvorderen ererbten Rezepten. Wahre Meister- und Wunderwerke der häuslichen Küche bekam Anita vorgesetzt, sobald ihr Magen sie vertrug. Doña Agueda betrachtete mit verklärten Glubschaugen, auf die niemand angebissen hatte, entzückt die Genesende, die nach Ansicht der Damen Ozores sichtlich runder wurde. Indes das junge Mädchen sich diese Speisen zu Gemüte führte und dabei der Köchin bei jedem Bissen Lob zollte, strich Doña Agueda, zutiefst in ihrer Eitelkeit befriedigt, mit ihrer kleinen, rundlichen Hand, an der die Finger wie mit Ringen vollgesteckte Würstchen saßen, ihrem, wie sie zu sagen pflegte, herzallerliebsten Nichtchen über das von Blond ins Braune spielende gelockte Haar. Der Künstler und sein Werk bedachten sich wechselseitig zwischen je zwei Gerichten mit einem Lächeln. Doña Anuncia kochte nicht, ging aber dafür mit dem Mädchen einkaufen und brachte das Beste vom Billigsten nach Hause. Zum guten Einkauf stand ihr ein ehemaliger Professor der Psychologie, Logik und Ethik hilfreich zur Seite, ein großer Anhänger der Schottischen Schule und der hausgemachten Würste. Er traute weder dem Zeugnis seiner Sinne noch den Würsten aus der Markthalle, war mit Doña Anuncia sehr befreundet und half ihr beim Feilschen.

Nach dem Markt lief die alte Jungfer beim Adel von Haus zu Haus, um das Übermaß an Nächstenliebe auszuposaunen, mit der sie und ihre Schwester der Welt ein Beispiel gaben.

»Wenn Sie sie sähen, diese Fremde«, sagte sie. »Man sieht richtig, wie sie dick und rund wird. Wie ein Pfannkuchen, der langsam aufgeht. Agueda hat ja freilich auch so geschickte Hände . . . kurz, Sie wissen ja aus eigener Erfahrung, wie meine Schwester kocht. Ich renne mir die Beine ab für das Kind. Bei uns zu Hause kennen wir keine halbe Nächstenliebe. Alle Tage sieht man, daß ein armer Verwandter ins Haus genommen wird. Und weshalb? Um einen Diener oder eine Zofe zu sparen. Man wirft ihnen einen Bissen zu und zahlt ihnen keinen Lohn. Aber wir verstehen die Nächstenliebe anders. Sie werden die Kleine ja sehen. Und hübsch wird sie auch, Sie werden sehn.«

Tatsächlich kam der Adel gewallfahrtet, um das Wunder zu bestaunen und das Kind dick werden zu sehen.

Die Männerwelt bemerkte Anitas außergewöhnliche Schönheit viel früher als die Frauen. Wenige Monate nach dem Fieber war Ana erstaunlich gewachsen, ihre Körperformen hatten eine harmonische Fülle angenommen, welche den Adel Vetustas mit Stolz erfüllte. Es war schon so, daß der aristokratische Typus dem Pöbel zum Trotz, der keine Klassenunterschiede gelten lassen wollte, nicht ausstarb. Das Mädchen hatte, sobald man sie aus dem anrüchigen Milieu herausgeholt, wo sie der Gewalt eines auf Abwegen geratenen, freisinnigen Vaters ausgeliefert war, das Gepräge ihrer Rasse wiedergewonnen. Einhellig erklärte man, daß sie bildhübsch sei. Das Volk meinte dasselbe wie der Adel, und der Mittelstand war der gleichen Ansicht. In wenigen Monaten gelangte diese Schönheit zu voller Entfaltung, und Anita Ozores wurde einstimmig zum hübschesten Mädchen der Stadt erklärt. Kam ein Fremder nach Vetusta, so wurden ihm der Turm der Kathedrale, der Paseo de Verano und, wenn möglich, die Nichte der Ozores gezeigt. Das waren die drei Wunder Vetustas.

Dankbar genoß Doña Agueda diesen Triumph, und Phidias kann die Bewunderung, die die Welt seiner Minerva zollte, nicht stolzer entgegengenommen haben.

»Sie ist wie eine griechische Statue!« hatte die Marquesa de Vegallana gesagt, die sich von griechischen Statuen eine Vorstellung machte, wie sie ihr einer ihrer Verehrer, ein Liebhaber üppiger Formen, vermittelt hatte.

»Die reinste Venus von Milo«, sagte verzückt ein Kunstbanause namens Ronzal, auch »der Student« genannt.

»Eher noch die mediceische als die von Milo«, verbesserte ihn der junge und doch schon so gelehrte Saturnino Bermúdez, der wußte, was er sagen wollte oder doch beinahe.

»Sie ist ein Phidias!« rief der Marqués de Vegallana, der viel gereist war und sich entsann, daß man ein Zurbarán, ein Murillo usw. sagte, wenn es um Gemälde ging.

Und Bermúdez wagte es wiederum zu berichtigen:

»Nach meiner Ansicht sieht sie eher wie von Praxiteles aus.«

Der Marqués zuckte die Schultern.

»Meinetwegen Praxiteles.«

Die Damen konnten das besser beurteilen, weil viele von ihnen in der Lage gewesen waren, Anita so zu sehen, wie man die Statuen sah. Sie wußten nicht, ob sie »ein« Phidias oder »ein« Praxiteles, wohl aber, daß sie ein hübsches Mädchen war. Ein Bijou, wie die abgewirtschaftete Baronin sagte, die acht Tage zur Weltausstellung in Paris gewesen war.

Ihre Schönheit rettete die Waise. Der Adel nahm sie ihrer Schönheit wegen vorbehaltlos in seinen Kreis auf. Niemand gedachte mehr der italienischen Modistin – allerdings durfte auch Ana sie, auf ausdrücklichen Befehl ihrer Tanten, nie mehr erwähnen. Alles war vergessen und verziehen, einschließlich des Republikanismus des Vaters, alles: es war ein Generalpardon. Ana gehörte zur Klasse: sie zeichnete sie mit ihrer Schönheit aus wie ein Vollblutpferd mit seidigem Fell den Marstall und selbst das Haus eines Potentaten.

Die jungen adligen Damen beneideten Ana nicht allzusehr, weil sie arm war. Für sie war Schönheit etwas Zweitrangiges; sie maßen der Mitgift und der Garderobe größeren Wert bei und meinten, daß die guten Partien, die annehmbaren Bewerber, das gleiche täten. Sie wußten, woran sie sich zu halten hatten. Bei den Abendgesellschaften, den Bällen, den Landpartien würde es der »Nichte« nicht an Verehrern fehlen. Die jungen Herren der Aristokratie waren fast alle mehr oder weniger heimliche Schürzenjäger. Die Schönheit Anas würde sie anziehen, aber heiraten würden sie sie nicht. Die Mädchen der Aristokratie brauchten nur ihrem Verlobten – dem künftigen Gatten – zu verbieten, der Waise, zumindest im Beisein ihrer Zukünftigen, den Hof zu machen; ein Mehr an Vorsicht war nicht nötig. Wenn sich Anita nicht vorsah, dachten die Erbinnen, war es um ihren guten Ruf geschehen, ohne daß sie den geringsten Nutzen davon hatte. Daß sie innerhalb des Adels heiraten würde, war unwahrscheinlich. Die reichen Edelleute nehmen die reichen Aristokratinnen, blieben bei ihresgleichen. Die armen Adligen suchten ihr Auskommen im neuen Teil Vetustas, in der Amerikanerkolonie, wie die Aristokraten das Viertel der Rückwanderer nannten. Ein plebejischer Amerikaner, ein *Vespucci,* wie sie ebenfalls hießen, ließ sich das Vergnügen, Schwiegervater eines Adligen oder zumindest eines Herrn »von« zu werden, einiges kosten.

Die Tanten hatten ihre Pläne hinsichtlich der Verheiratung Anitas trotz der großen Schönheit ihrer Nichte nicht geändert. Auf ihr hübsches Gesicht hin würde sie keinen Adligen kriegen; es galt, sich zu bescheiden und in die Heirat mit irgendeinem halbwegs begüterten Plebejer zu willigen. Inzwischen hieß es, die Augen offenhalten und der Kleinen die erforderlichen Belehrungen geben.

»In der feinen Gesellschaft Vetustas« meinte Doña Anuncia, »braucht man viel Fingerspitzengefühl, das sehr schwer zu erlernen ist.«

Obwohl die Erklärung dieses Balanceakts oder, wie sie sagte, Fingerspitzengefühls ein bißchen peinlich war, besonders für ein Fräulein, das offiziell davon überhaupt nichts wissen durfte – und in dieser Lage befand sich ja Doña Anuncia –, stimmten die beiden Schwestern darin überein, daß es unerläßlich sei, dem Kinde Instruktionen zu geben.

Nur höchst selten erlaubte sich Anita Wünsche, Zu- oder Abneigungen laut werden zu lassen, schon gar nicht hier, wo sie an die schwache Seite und Lieblingsbeschäftigung ihrer Tanten rührte. Doch als sie eines Abends allein von der Abendgesellschaft der Vegallana nach Hause kam, konnte sie sich nicht enthalten, ihrer Meinung Ausdruck zu geben.

»Hast du dich gut unterhalten?« fragte Doña Anuncia, die im Speisezimmer bei dem großen Kamin saß und das Feuilleton der »Neuesten Nachrichten« las. (In Dingen des Feuilletons war sie freisinnig.)

»Nein, Señora, ich habe mich nicht unterhalten, und ich möchte, außer in Ihrer Begleitung, auch nicht mehr dorthin gehn. Wenn ich allein bin . . .«

»Was?« rief Doña Anuncia und gab ihrer Nichte durch den schroffen Ton dieser einen Silbe zu verstehen, daß sie keinerlei kritische Äußerung über ihr Lieblingskränzchen zu hören wünsche.

»Wenn ich allein gehe … öden mich die jungen Stutzer zu sehr an.«

Das hatte sie eigentlich gar nicht sagen wollen. Ihre Tante begriff das auch sehr wohl, aber sie verlangte, es genau zu wissen, und wiederholte:

»Anöden! Anöden! Erklären Sie sich, Señorita! Soll das etwa heißen, daß Ihnen die Gesellschaft Vetustas nicht fein genug ist?«

An dem »Sie« und der Ironie merkte Ana, daß Doña Anuncia aufgebracht war.

»Das ist es nicht, Tante. Es ist nur, weil sich da ein paar … sehr viel herausnehmen. Ich weiß nicht, was sie sich einbilden. Sie wollen nicht, daß ich verschlossen, ernst, abweisend bin …«

»Natürlich nicht.«

»Dann sollen sie aber auch nicht so unverschämt sein. Wenn sich Obdulia von ihnen so dies und das gefallen läßt … Ich will es nicht.«

»Ja, denkst du denn, ich will, daß du dich mit Obdulia auf eine Stufe stellst? Die ist … irgendwas, ich weiß selbst nicht, wieso man sie in der Gesellschaft duldet; nur weil sie sich aufspielt und behauptet, daß sie mit der Marquesa und ihren Töchtern auf vertrautem Fuße steht, sieht man über alles hinweg. Du gehörst zum Adel.«

»Es ist bloß, daß nicht nur Obdulia duldet … was ich nicht dulden will. Sogar Emma, Pilar und Lola lassen sich Vertraulichkeiten gefallen …«

»Mach mir die Töchter des Marqués nicht schlecht!« schrie die Tante. Sie sprang auf und ließ den »Werther« auf den abgeschabten Teppich fallen.

Ich bin ein dummes Ding, dachte Ana. Ich hätte den Mund halten sollen.

Jedesmal, wenn sie ihrem Vorsatz, den Tanten nicht zu widersprechen, untreu wurde, empfand sie eine Art Gewissensbisse, wie ein Klaviervirtuose, der danebengreift.

Doña Agueda trat ein. Sie hatte das Gespräch vom Kabinett aus mit angehört. Jetzt war die Gelegenheit gekommen, die Sache mit dem Fingerspitzengefühl zu erklären.

»Hör zu, Anita«, sagte die perfekte Köchin mit honigsüßer Stimme. »Du bist ein Kindskopf. Und obwohl wir beide nicht viel vom Lauf der Welt wissen, haben wir nach dem, was man so sieht, einige Erfahrung.«

»Ja, so ist es; nach dem, was wir so bei anderen sehen.«

»In der Welt, in die du nun eingetreten bist und zu der du von Rechts wegen gehörst, ist ein gewisses ... Fingerspitzengefühl unerläßlich.«

»Ja, das ist es: Fingerspitzengefühl.«

»Ganz besonders im Umgang mit Männern. Du wirst bemerkt haben, daß die Männer unserer Kreise in der Öffentlichkeit nie gegen die strengste, peinlichste ... nun, Wohlanständigkeit verstoßen.«

»Was die Hauptsache ist«, echote Doña Anuncia, als sage sie die zehn Gebote her.

»Nie wirst du gesehen haben, daß sich Manolito oder Paquito oder der junge Baron oder der Vicomte oder Mesía, der zwar nicht vom Adel ist, aber mit ihnen verkehrt, den kleinsten Fauxpas zuschulden kommen ließen. Im vertraulichen Umgang aber, bei dem man ja ganz unter sich ist, da ist es etwas anderes.«

»Etwas ganz und gar anderes«, sagte Doña Anuncia, die begriff, daß es nun an ihr als der älteren war, die Erklärung dessen, was Fingerspitzengefühl hieß, weiterzuführen.

»Da wir alle nahe oder ferne Verwandte sind«, fuhr sie fort, »behandeln wir uns entsprechend. Und sollten sie ein bißchen zu nahe an dich herankommen, wenn sie mit dir sprechen, oder wenn sie pikante, aber stets geistvolle Anspielungen auf die Schönheit deiner Schultern machen oder die Wohlgeformtheit des Stückchens, des winzigen Stückchens Wade, das sie beim Aussteigen aus der Kutsche bei dir gesehen haben mögen – über all das und auch über ein bißchen mehr, sofern es nicht zu dick kommt, darfst du dich nicht entsetzen oder empören oder gar deswegen die Beleidigte spielen.«

»Auf keinen Fall«, pflichtete Doña Agueda bei.

»Das Gegenteil hieße schlechte Gedanken durchblicken lassen, die du nicht haben darfst. Deine Unschuld erlaubt dir, das alles zu tolerieren.«

»So machen es Pilar, Emma und Lola.«

»Aber ...«

»Aber Kind ...«

»Aber wenn, was nicht zu erwarten ist ...«

»Auf keinen Fall ...«

»Wenn sich einer weiter vorwagen sollte, was man so weiter

nennt, insbesondere, wenn er's ernst meint und dir die Cour macht« – ein Ausdruck aus der Jugendzeit Doña Anuncias –, »dir regelrecht die Cour macht, dann trau ihm nicht. Laß ihn reden, aber laß dich nicht anfassen. Wenn dir einer ernsthafte Liebesanträge macht, dann dulde kein Tätscheln und nichts, was nicht ganz harmlos wäre. Sich entrüsten, ist lächerlich, es ist, als wenn man nicht wüßte, womit man eine bestimmte Speise ißt.«

»Es ist in unseren Kreisen ein Mangel an Benehmen.«

»Und zuviel erlauben, heißt sich bloßstellen. Du wirst keinen von ihnen heiraten . . .«

»Wozu ich auch gar keine Lust habe, Tante«, sagte Anita, ohne sich beherrschen zu können, und es tat ihr augenblicklich leid, es gesagt zu haben.

Doña Agueda lächelte.

»Das mit dem Keine-Lust-Haben behältst du lieber für dich!« rief Doña Anuncia. Sie war abermals aufgesprungen und hatte den »Werther« wieder zu Boden fallen lassen.

»Du trägst ja die Nase mächtig hoch«, fügte sie hinzu.

»Laß sie! Wenn die Trauben zu hoch hängen . . .«

»Richtig, dann sind sie sauer. Worauf es ankommt, ist, daß du nicht vergißt, was ich dir gesagt habe. Bevor du das Haus der Marquesa betrittst, mußt du diese verdrossene Miene und den frostigen Ton ablegen, denn so etwas ist einfach ungebührlich. Dagegen wäre es gut, sehr gut – und du siehst ja, wie man das Gute an dir lobt –, wenn du in der Öffentlichkeit die strenge Zurückhaltung beibehieltest, die nicht geringeres Lob bei den Leuten verdient als dein Lärvchen und deine hübsche Figur.«

»Ja, mein Kind«, warf Doña Agueda ein. »Du mußt Vorteil aus den Gaben ziehen, die der Herr mit vollen Händen an dich verschwendet hat.«

Ana starb fast vor Scham. Diese Lobsprüche waren das schlimmste Martyrium. Sie kam sich vor wie zur öffentlichen Versteigerung ausgeboten. Doña Agueda und danach auch ihre Schwester ließen sich des langen und breiten über den mutmaßlichen Kurswert dieser Schönheit aus, die sie als ihr Werk betrachteten. Für Doña Agueda war Anas Schönheit wie eine Wurst, in die sie die allerbesten Zutaten gestopft hatte; sie war auf ihrer Nichte Gesicht so stolz wie auf eine feine Bratwurst. Was das andere, den schlanken Wuchs, betraf – das hatte die Rasse gemacht, erklärte Doña Anuncia, die gern für schlank gegolten hätte, weil sie hager war.

Bei der Erörterung von solcherlei Geschäften deutete sich bei den beiden alten Jungfern schon der Typ der Salonkupplerin an, der sich von den gewöhnlichen nur dadurch unterscheidet, daß er leise zu Werke geht und eine Vorstufe für alte Hexen ist. Der Feuerschein aus dem Kamin warf die verzerrten Silhouetten der beiden Jungfern auf die Wand, und das Flakkern der Flammen nebst ihrem Gefuchtel erzeugte im Spiel der Schatten einen wahren Hexensabbat im kleinen.

Wie die Männer, und da wieder die Amerikaner im besonderen, waren, was sie abstieß, wie man ihnen den Kopf verdrehte, was man vorher nicht gewähren, was man hinterher nicht dulden dürfe: all das wurde umständlich erörtert, wobei am Ende stets die Beteuerung folgte, daß soviel Weisheit die Frucht der Erfahrungen anderer sei.

»Im übrigen zeigten weder deine Tante Agueda noch ich jemals Neigung zum Heiraten.«

So ging es zu, als man der Waise die Sache mit dem Fingerspitzengefühl erklärte.

In dieser Nacht weinte Ana wie seinerzeit unter der Fuchtel Doña Camilas. Aber sie hatte sehr gut zu Abend gegessen. Beim Erwachen spürte sie diese wohlige Trägheit, die fast die einzige Freude in ihrem damaligen Leben ausmachte. Da es zu dieser Zeit schon keinen Grund mehr gab, nicht früh aufzustehen und in diesem Haus vom frühen Morgen an die Arbeit auf sie wartete, trachtete sie, lange vor der Zeit zu erwachen, um, bis zur Nasenspitze in die angenehme Wärme der Laken gehüllt, die Morgenträumereien zu genießen.

Jeden für sich verachtete sie alle diese Lobsprüche, die die jungen Herren von Adel, die kleinen Advokaten und alle, die sie sahen, ihrer Schönheit zollten. Beim Erwachen jedoch umhüllten diese süßen Lobgesänge so vieler Lippen, zu einem einzigen verdichtet, das wollüstige Aufdämmern ihrer Seele wie Nebelgewölk wohlriechenden Weihrauchs, und Ana sog diesen Duft mit Behagen ein. Und da der Geschichtsschreiber, wie Tacitus fordert, den Mut aufbringen muß, alles zu sagen, so wisse man denn, daß Anita, die nach Wesen und Veranlagung so Keusche, köstliches Ergötzen darin fand, sich die Berechtigung dieser Lobgesänge selbst zu bestätigen. Es stimmte, sie war schön. Sie verstand diese Liebesglut, die ihr sämtliche jungen Männer Vetustas, mit Blicken die einen, mit dunklen, halben Worten die andern, zu verstehen gaben. Aber die Liebe? War das die Liebe?

Nein, das lag noch in ferner Zukunft. Sie mußte zu gewaltig, zu schön sein, um so dicht bei diesem verlogenen Lebensstil zu weilen, der sie nicht frei atmen ließ, inmitten dieser Dummheit und Kleinlichkeit, die sie umgab. Vielleicht kam die Liebe auch nie; aber sie wollte sie lieber versäumen als entweihen. All ihre scheinbare Schicksalsergebung war nichts als ein tiefinnerer, unüberwindlicher Pessimismus. Sie hatte die Überzeugung gewonnen, daß sie dazu verdammt war, unter Beschränkten zu leben; sie glaubte an die überlegene Macht der allgemeinen Dummheit; sie hatte gegen alle recht, aber sie lag unten, sie war besiegt. Außerdem bedrückten sie ihre Armut, ihre Einsamkeit mehr als alles andere; ihr vorherrschender Gedanke war, die Tanten von dieser Bürde, von diesem Werk der Nächstenliebe, zu erlösen, das die beiden Alten mit jedem Tag großartiger ausposaunten.

Sie wollte sich auf eigene Füße stellen, aber wie? Durch Arbeit konnte sie sich den Lebensunterhalt nicht verdienen; eher hätten sie die Ozores ermordet. Es gab keinen standesgemäßen Weg, da herauszukommen, es sei denn die Ehe oder das Kloster.

Aber Anas Frömmigkeit war schon durch die zuständige Behörde beurteilt und verworfen. Die Tanten, die von ihrem zeitweiligen Mystizismus Wind bekommen, hatten ihn grausam verhöhnt. Überdies wurde die falsche Frömmigkeit des Mädchens durch den schlimmsten und lächerlichsten Fehler, den eine junge Dame in Vetusta haben konnte, noch ärger: Neigung zur Literatur.

Dies war die einzige schwerwiegende Untugend, die die Tanten an dem jungen Mädchen entdeckt und schon mit Stumpf und Stiel ausgerottet hatten.

Als Doña Anuncia in Anas Nachtschränkchen auf ein Heft mit Versen, ein Tintenfaß und eine Feder stieß, bekundete sie das gleiche Entsetzen, als hätte sie einen Revolver, ein Kartenspiel oder eine Schnapsflasche gefunden. So etwas war Männersache, eine Untugend von Männern nichtadliger Geburt. Hätte Ana geraucht, die Bestürzung der beiden alten Jungfern hätte nicht größer sein können. Eine Ozores, die schreibt!

Da kam der Pferdefuß der italienischen Modistin zum Vorschein, die wirklich Tänzerin gewesen sein mußte, wie Doña Camila in ihrem denkwürdigen Brief durchblicken ließ.

Das Heft mit den Versen war den gewichtigsten Herren der Aristokratie und des Domkapitels vorgelegt worden.

Der Marqués de Vegallana, der wegen seiner Reisen im Ruf eines gebildeten Menschen stand, erklärte, es seien freie Verse.

Doña Anuncia geriet außer sich vor Zorn.

»Also unanständige! Wer hätte das gedacht! Die Tänzerin . . .«

»Nein, Anuncita, reg dich nicht auf. Freie Verse heißt soviel wie Blankverse, ohne Assonanzen. Das verstehst du nicht. Im übrigen sind die Verse nicht schlecht. Aber besser wär's natürlich, sie schriebe keine. Ich kenne keine Literatin, die eine anständige Frau wäre.«

Der gleichen Meinung war der verkrachte Baron, der sich in Madrid von einer Dichterin hatte aushalten lassen, die Unterhaltungsbeilagen für Zeitungen übersetzte.

Señor Ripamilán, der Domherr, erklärte, die Verse seien mittelmäßig bis gut, aber von einer romantisch-religiösen Schule, die ihm nicht behage.

»Es sind Nachahmungen Lamartines in pseudoklassischem Stil. Mir gefallen sie nicht, obwohl sie Anitas große Begabung zeigen. Und dann sollen sich Frauen holderen Aufgaben widmen; die Musen schreiben nicht, sie inspirieren.«

Die Marquesa de Vegallana, die anstößige Bücher mit inniglichem Vergnügen las, verurteilte die Verse als frömmlerisch. Man solle ihr das Menschliche und Göttliche nicht vermengen. Frömmigkeit sei in der Kirche gut und schön, in der Literatur habe sie nichts zu suchen. Außerdem mochte sie die Poesie nicht. Ihr lagen Romane mehr, in denen alles ungeschminkt geschildert wurde und so wie es wirklich war.

Sie wüßte wohl, wie es in der Welt zugehe. Was das Nichtchen betreffe, so müsse man ihr zweifellos diese Anwandlungen falscher, romanhafter Frömmigkeit austreiben. Übrigens brauche man zur Literatur auch viel Talent. Hätte sie, die Marquese, in einer anderen Umgebung gelebt, aus ihr wäre eine Schriftstellerin geworden. Was hätten ihre Augen nicht alles gesehen! Und sie dachte an die »Abenteuer einer Kurtisane«, die sie seinerzeit in ihren an Erfahrungen so reichen Jugendjahren geplant hatte.

Der Protest der Gesellschaft Vetustas gegen Anas literarische Versuche war so einhellig und lebhaft, daß sie sich selbst der Lächerlichkeit preisgegeben und von der Eitelkeit getäuscht glaubte.

In der Einsamkeit ihres Alkovens schrieb sie des Nachts, wenn die Traurigkeit sie quälte, noch hin und wieder ein paar Verse, aber sie zerriß sie augenblicklich und warf die Schnipsel zum Balkon hinab, damit die Tanten nicht auf das Corpus delicti stießen. Die diesbezüglichen Nachstellungen nahmen solche Ausmaße an, die Neigung, ihre Gedanken und Qualen schriftlich auszudrücken, bereitete ihr soviel Ärger, daß sie der Feder völlig entsagen mußte. Sie schwor sich, nicht länger »die Literatin« zu sein, jenes abstoßende Zwitterwesen, von dem man in Vetusta wie von einer abscheulichen, scheußlichen Mißgeburt sprach.

Ihre lieben Freundinnen, denen etwas zu Ohren gekommen war und die Ana nie etwas am Zeuge flicken konnten, machten sich diese Schwäche zunutze, um sie vor den Männern bloßzustellen, was ihnen bisweilen auch gelang. Irgend jemand, man wußte nicht genau, wer, glaubte aber, es sei Obdulia gewesen, hatte für Ana einen Spitznamen aufgebracht. Ihre Freundinnen und die abgeblitzten jungen Männer nannten sie George Sand.

Noch lange, nachdem sie ihre dichterischen Ambitionen aufgegeben hatte, sprach man in ihrer Gegenwart mit maliziösem Vergnügen von den Literatinnen. Ana war betreten, als handle es sich um ein Verbrechen, das sie begangen und das man entdeckt hatte.

»Bei einer schönen Frau ist die Untugend des Schreibens unverzeihlich«, sagte der junge Baron, indem er sie anstarrte und glaubte, ihr damit geschmeichelt zu haben.

»Und wer heiratet schon eine Literatin?« sagte Vegallana ohne böse Absicht. »Mir würde es nicht behagen, wenn meine Frau mehr Talent hätte als ich.«

Die Marquesa zuckte die Achseln. Sie glaubte felsenfest, daß ihr Mann ein Trottel war. Was die Ehemänner schon Talent nennen, dachte sie, zufrieden über das, was sie erlebt hatte.

»Ich mag nicht, daß meine Frau die Hosen anhat«, sagte der weibische junge Baron. Und die Marquesa rächte sich an ihm für die Worte ihres Mannes und sagte:

»Dann ist Ihre Ehe wohl eine Sansculotten-Ehe, mein Lieber?«

Abgesehen von diesen schwachen Verteidigungsversuchen der Marquesa ging die Meinung einstimmig dahin, daß eine Literatin ein lebender Widersinn sei.

In diesem Punkt mögen diese dummen Tröpfe recht haben, dachte Ana. Ich werde nicht mehr schreiben. Aber sie rächte sich für den Hohn mit Verachtung und verschmähte die liebenswürdige Beflissenheit derjenigen, die ihr Stolz für aristokratische

Schafsköpfe hielt. Sie ließ sich den Kult um ihre Schönheit gefallen, aber sie verachtete wie manche berühmte, hochmütige Männer jeden einzelnen ihrer Anbeter, die sich vor dem Idol auf die Knie warfen. Die Liebe und einer dieser vorher so verwegenen, doch nun angesichts ihrer Geringschätzungen so verzagten Edelleute waren für sie unvereinbare Dinge. Sie war allzu leichtgläubig gegenüber der eitlen Hohlheit dieser Welt, in der sie lebte; in dieser Hinsicht traute sie den Ermahnungen Doña Anuncias mehr als ihrem eigenen Urteil. Ganz zu Anfang hatte sie geglaubt, sie könne mit ein bißchen Geschick einen dieser reichen jungen Adligen einfangen, die sich mit allen vergnügten und danach die mit der größten Mitgift heirateten. Doch solch ein Gedanke erschien ihr als widerliche Nichtswürdigkeit; kein einziges Mal versuchte sie, ihre Verführungskunst auf die Probe zu stellen und zog es vor, ihrer Tante zu glauben: Diese nur aufs Geld versessenen Aristokraten kamen als Ehemänner nicht in Frage.

Die jungen Herren der Aristokratie bekannten schließlich, daß Ana eine Ausnahme sei; entweder war sie berechnender als selbst ihre Tanten oder wirklich tugendhaft.

Zum Teufel! So etwas mußte es schließlich auch geben!

Die Schürzenjäger des Mittelstandes, die immer darauf aus waren, mal bei der Aristokratie zu naschen, erklärten dasselbe: Ana sei nicht beizukommen.

»Sie wird auf einen russischen Prinzen warten«, meinte Alvarito Mesía, der unter Plebejern und Adligen gleichermaßen heimisch war. Alvarito hatte nie zu Ana gesagt: Du hast hübsche Augen. Sie gaben sich in ihrem Stolz nichts nach.

Mesía begab sich nach Madrid, um das Provinzielle ein bißchen abzuschleifen. Er ließ in Vetusta schon eine ganze Reihe Opfer seiner guten Figur und Verführungskunst zurück, aber noch schlimmere Verheerungen dachte er bei seiner Rückkehr anzurichten.

An dem Tage, als Alvaro die Postkutsche bestieg, hatte Ana mit ihren Tanten einen Spaziergang auf der Straße nach Madrid unternommen. Sie begegneten der Kutsche. Alvaro gewahrte sie und grüßte aus dem Wagen. Anas und Mesías Blicke trafen sich. Sie sahen einander an, als hätten sie sich bis zu diesem Augenblick nie richtig gesehen.

Schöne Augen, dachte der Frauenheld. Bis jetzt wußte ich nicht, was dahintersteckt.

Und er fuhr in Gedanken fort: Die wird eine der ersten sein.

Mehr als eine Stunde sah er noch die Staubwolke vor sich, die einer Wolke aus Licht glich, und darin die Augen der »Nichte«.

Auch die »Nichte« trug Don Alvaros Bild im Geist mit nach Hause.

Und sie dachte: Der gehört zu den Erträglichen. Er macht einen distinguierten Eindruck. Dabei ist er nicht aufdringlich, hat eine gewisse Würde. Er ist höflich ... kühl mit Eleganz ... zweifellos noch der Gescheiteste.

In ihrer Schwarzseherei meinte sie viele Tage hintereinander immer wieder: Der Annehmbarste ist fort.

Nach einem Monat jedoch dachte sie schon nicht mehr an Don Alvaro, ebensowenig Don Alvaro an Ana, sowie er nach Madrid kam.

Ja, das Kloster, das Kloster! Das war für sie der natürlichste und standesgemäße Ausweg. Das Kloster oder aber der Amerikaner.

Der Beichtvater Anitas, Ripamilán, hörte dem Vorhaben des Mädchens nur mit halbem Ohre zu.

»Papperlappapp!« sagte er laut, ohne daran zu denken, daß er sich in der Kirche befand. »Die Bräute Jesu, meine Tochter, sind aus anderem Holz geschnitzt. Mach einen Christenmenschen glücklich, was du sehr gut kannst, und schlag dir solche über Nacht aufgekommene Berufung aus dem Kopf! Schuld daran ist die Romantik mit ihren skandalösen Dramen von kleinen Nönnlein, die von federbuschgeschmückten Troubadours und Räuberhauptleuten entführt werden. Du mußt wissen, meine Anita, daß ich einen Bräutigam für dich habe, einen Landsmann von mir. Geh nach Hause, ich komme dann hin und spreche mit dir darüber. Hier wäre es nicht schicklich.«

Der Kandidat Ripamiláns war ein Justizbeamter, aus Zaragoza gebürtig, jung für einen Obergerichtsrat, aber schon in etwas reiferen, wenn auch für einen Bräutigam keineswegs zu reifen Jahren. Damals war Señorita Doña Ana Ozores neunzehn, und Señor Don Víctor Quintanar hatte die Vierzig hinter sich. Aber er war sehr gut erhalten. Ana flehte Don Cayetano an, ihren Tanten nichts von der Partie zu sagen, bis sie Quintanar ein bißchen näher kennengelernt habe; wenn nämlich Doña Anuncia etwas erführe, würde sie ihr den Bräutigam ohne weitere Prüfung aufnötigen.

»Das ist nur recht und billig; mir ist es auch lieber, wenn in diesen Dingen das Herz entscheidet. Moratín, mein geliebter Moratín lehrt uns das so vortrefflich in seiner unsterblichen Komödie ‚Das Jawort der Mädchen'.«

Man verblieb so.

Wie hätte Doña Anuncia ahnen sollen, daß der erträumte Freier, der schon ein bißchen lange auf sich warten ließ, alle Tage auf dem Espolón, der Winterpromenade oder der von hohen, in der Ferne zusammenlaufenden Pappelreihen gesäumten Landstraße an ihnen vorbeiging!

Ana war aufgefallen, daß sie alle Nachmittage Don Tomás Crespo, dem vertrauten Freund des Hauses, und einem Herrn begegneten, der sie mit den Augen verschlang. Don Tomás war eine der wenigen Personen, die sie wirklich schätzte, weil sie an ihm in Vetusta seltene moralische Anlagen gewahrte, als da sind: Toleranz, ansteckende Fröhlichkeit und Unvoreingenommenheit in Dingen des Aberglaubens.

Der Herr betrachtete sie von ferne, indes Don Tomás stehenblieb, um sie zu begrüßen. Dieser Herr war Quintanar, der Justizbeamte. In der Tat, er sah nicht schlecht aus. Er ging sehr gewählt gekleidet und war sympathisch.

Für die Fräulein von Ozores, die ihn noch in keinem »ihrer« Kreise gesehen hatten, war er ein Fremder, ein Wort, das in Vetusta einen besonderen Sinn hatte.

»Er ist ein höherer Justizbeamter«, hatte ihnen Crespo eines Tages gesagt. »Ein Aragonese von besten Umgangsformen, ein vortrefflicher Mann, sehr auf seine Ehre bedacht, ein großer Jäger vor dem Herrn und Liebhaber des Theaters. Er spielt wie Carlos Latorre. Vor allem in unseren alten Dramen müßten Sie ihn sehen.«

Das war alles, was die Tanten über den Freier wußten, den man ihnen da in aller Stille heranzog.

Eines Nachmittags hielt Crespo, davon unterrichtet, daß die Kleine schon etwas wußte, ohne sich zuvor Gott oder dem Teufel anzubefehlen, die Damen Ozores auf der Landstraße nach Kastilien an und stellte ihnen Señor Don Víctor Quintanar, Justizrat, vor. Die beiden Herren begleiteten sie auf dem Spaziergang und brachten sie sogar bis zu dem düsteren Portal des Stammhauses der Ozores. Doña Anuncia bot Don Víctor das Haus an. Der glaubte, die Damen wüßten von seinen ehrbaren Absichten und stattete am folgenden Tag in schwarzer

Hose und Gehrock den adligen Damen einen Besuch ab. Ana behandelte ihn sehr liebenswürdig. Sie fand ihn sympathisch.

Der einzige Mensch, mit dem sie über etwas von dem, was in ihr vorging, zu sprechen wagte, war Don Tomás Crespo, der, wie er selbst sagte, frei von allen Vorurteilen war, einschließlich dem, keine zu haben, welches eines der dümmsten sei.

Ana beobachtete viel. Sie glaubte sich allen um sich herum überlegen und meinte, es müsse irgendwo anders Menschen geben, die so lebten, wie sie gern gelebt hätte, und die die gleichen Ansichten hatten wie sie. Inzwischen war Vetusta für sie ein Kerker; die dumme Gewohnheit ein Eispanzer, der sie an die Stelle bannte. Ihre Tanten, die jungen Aristokratinnen, die Betschwestern – all das war stärker als sie, sie konnte nicht dagegen ankämpfen, sie ergab sich auf Gnade und Ungnade, behielt sich indes im stillen das Recht vor, von Träumen zu leben und ihre Tyrannen zu verachten.

Don Crespo war eine Ausnahme, ein wirklicher Freund, der aus halben Worten heraushörte, was die Tanten, der Baron und all die anderen nicht aus häuserdicken Wälzern begriffen hätten.

Don Tomás wurde Frígilis genannt, denn wenn man ihm von einem jener Fehltritte berichtete, die in den kleinen Städtchen mit dem scheinheiligen Gezeter einer schreckhaften Moral verurteilt werden, so zuckte er, nicht aus Gleichgültigkeit, sondern aus Abgeklärtheit, die Schultern und rief lächelnd:

»Was wollen Sie? Wir sind allzumal *frígilis,* wie man so sagt.« *Frígilis* aber sollte *frágiles* heißen, schwach. Das war Don Tomás' Lieblingsthema: die menschliche Schwäche.

Er selbst war schwach gewesen, hatte zu sehr an das Gesetz von der Anpassung an die Umwelt geglaubt. Darüber jedoch wird zu seiner Zeit zu sprechen sein. Acht Jahre später erstrahlte seine edle Manie, alles zu verzeihen, in vollem Glanz.

Er besaß einen scharfen Blick für das Gute auf dem Grunde der Seelen und hatte in Anita reiche Geistesschätze entdeckt.

»Sehen Sie, Don Víctor«, sagte er zu seinem Freund, »dieses Mädchen verdiente einen König oder zumindest einen Justizrat, der bald Gerichtspräsident sein wird, wie Sie, zum Beispiel. Stellen Sie sich eine Goldmine in einem Land vor, wo niemand Goldminen zu erschließen versteht: Dann haben Sie Anita in meinem geliebten Vetusta. Das Beste an Vetusta ist sein Baumbestand.«

»Lassen Sie die Flora aus dem Spiel, Don Tomás.«

»Sie haben recht, ich schweife ab ... Ich sagte, daß Anita ein kapitales Frauchen ist. Sehen Sie, wie schön ihr Körper ist, der Sie schon weich wie Wachs gemacht hat? Nun, wenn Sie erst ihre Seele sehen, dann zerfließen Sie wie Butter an der Sonne. Ich muß noch bemerken, daß für mich eine schöne Seele nichts weiter ist als eine gesunde Seele: die Schönheit erwächst aus der Gesundheit.«

»Sie sind ein klein wenig Materialist, aber ich verarge es Ihnen nicht. Die Kleine, sagten Sie ...«

»Weit gefehlt, mein Herr, Sie werden verzeihen! Mich darf man in kein Schema stecken. Ich hasse alle Systeme. Was ich sage, ist, daß ich allein an die Schönheit glaube, die die Natur schenkt, bei einem Baum müssen Kraft und Saft von der Wurzel kommen ... und hier ist's dasselbe, die Seele ...«

Und er philosophierte weiter, bis zum Schluß alles darauf hinauslief, daß Anita das beste Mädchen Vetustas sei.

Crespo nahm, wie er sagte, eines Tages das Mädchen auf eigene Faust beiseite, um ihr Señor Quintanar ans Herz zu legen.

Er sei der einzige Bräutigam, der ihrer würdig sei. Seine vierzig und ein paar Jahre, die zählten soviel wie bei den Bäumen, die Jahrhunderte überdauerten, es sei die Jugend, die erste Jugend. Ein Hund von zehn Jahren sei älter als ein Rabe von hundert, falls Raben wirklich viele hundert Jahre alt würden.

Ana gab viel auf Frígilis' Ratschläge. Sie ließ sich daher Quintanars Besuche gefallen, aber mit Vorbehalt und unter den übrigen Bedingungen, die sie Don Cayetano genannt hatte: Die Tanten dürften nichts erfahren. Don Víctor nahm diese Art der Brautwerbung hin.

»Sehen Sie«, sagte Frígilis, »ein bißchen Geheimniskrämerei ist die Würze solcher Geschäfte. Die Kleine wird schneller anbeißen ... Sie werden schon sehen, wie sie anbeißt ...«

Ana verging an Quintanars Seite die Zeit unmerklich.

Er hatte reine, edle, hohe und sehr poetische Gedanken, färbte sich die grauen Haare nicht, war einfach und offen, wiewohl in seiner Sprechweise ein bißchen deklamatorisch und hochtönend. Diese Untugend kam von den vielen Versen Lopes und Calderóns, die er auswendig wußte; es kostete ihn Mühe, nicht wie Sancho Ortiz oder Don Gutierre Alfonso zu sprechen.

Doch wenn Anita allein war, fragte sie sich, ob es nicht ein großes Wagnis sei, ohne Liebe zu heiraten. Hatte man ihr nicht gesagt, daß ihre religiöse Berufung ein Irrtum sei, daß sie nicht zur Braut Jesu taugte, weil sie ihn nicht innig genug liebte? Wenn sie also Don Víctor auch nicht liebte, durfte sie sich ihm ebensowenig vermählen.

Ripamilán, zu Rate gezogen, erwiderte, daß zwischen einem Justizbeamten, der noch nicht einmal Kammerpräsident sei, und dem Erlöser der Welt doch wohl ein großer Unterschied bestehe. Habe Anita nicht gebeichtet, daß ihr Don Víctor gefalle? Ja. Nun, dann würde sie von Tag zu Tag mehr angenehme Seiten an ihm entdecken. Während jemand, der im Kloster ohne Liebe beginne, in Verzweiflung ende.

Don Cayetano, der ernst werden konnte, wenn es darauf ankam, suchte seine kleine Freundin zu überzeugen, daß ihre Frömmigkeit, mochte sie für eine ehrbare Frau im weltlichen Leben ausreichen, für die Entsagungen des Klosterlebens nicht genügte.

Alles das: daß sie vor Liebe bei der Lektüre Sankt Augustins und San Juans de la Cruz geweint habe, falle nicht ins Gewicht; das sei eine Folge des kritischen Alters gewesen, in dem sie damals gestanden. Was Chateaubriand angehe, auf den brauche man nichts zu geben. Ohne Berufung Nonne zu werden, so eine Geschichte sei gut fürs Theater. In Wirklichkeit gebe es Gott sei Dank keine Manriques und Don Juans, die Klostermauern erstiegen. Die wahre Frömmigkeit liege darin, einen so höflichen und verliebten Kavalier wie Señor Quintanar, seinen Landsmann und Freund, glücklich zu machen.

Allmählich gab Ana den Gedanken, Nonne zu werden, auf. Ihr Gewissen sagte ihr, daß sie dieses Opfer nicht bringen könne. Das Kloster war womöglich dasselbe wie Vetusta. Denn nicht mit Jesus würde sie ja dort zusammenleben, sondern mit Schwestern, die gewiß viel mehr mit ihren Tanten gemein hatten als mit Sankt Augustin und der heiligen Teresa.

In den adligen Kreisen war etwas von Anas »mystischen Anwandlungen« durchgesickert, und die ihr den Namen George Sand gegeben hatten, wetzten fleißig ihre Zungen und bekrittelten diese neue Laune unbarmherzig.

Man gab zu, daß sie tugendhaft sei, insofern man bei ihr nichts von einem Liebeshandel wußte, aber das war ein bißchen zuwenig, um sich zur Heiligen berufen zu fühlen.

Waren die anderen vielleicht irgendwelche liederlichen Frauenzimmer?

»Sie ist hübsch, aber hochnäsig«, sagte die verkrachte Baronin, deren Mann und Sohn erfolglos in das »Nichtchen« verliebt waren.

Es war aber nicht Ana, die eine schnelle Entscheidung herbeiführte, wie es Frígilis erhofft hatte; es waren die Tanten, die einen Bräutigam für die Kleine entdeckt hatten. Der neue Bewerber war der ersehnte und gefürchtete Amerikaner, Don Frutos Redondo, der millionenschwer aus Matanzas zurückgekommen war. Er kam mit dem festen Vorsatz, sich das prächtigste Chalet Vetustas zu bauen, die elegantesten Equipagen Vetustas zu halten, Abgeordneter für Vetusta zu werden und die schönste Frau Vetustas zu ehelichen. Er sah Anita, man sagte ihm, sie sei die Schönheit der Stadt, und schon spürte er den Stachel der Liebe. Man machte ihn darauf aufmerksam, daß seine Goldfüchse allein nicht genügten, diese Feste zu erobern. Da verliebte er sich noch viel mehr. Er ließ sich bei den Damen Ozores einführen und bat Doña Anuncia um die Hand ihrer Nichte.

Daraufhin schloß sich Doña Anuncia mit Doña Agueda im Eßzimmer ein, und nachdem die Konferenz beendet war, wurde Anita herbeizitiert. Doña Anuncia stellte sich neben den pseudofeudalen Kamin, ließ die »Etelvina«, einen Roman, der ihre Jugend mit Zauber erfüllt hatte, auf den Teppich fallen und rief? »Señorita, mein liebes Kind! Ein Augenblick ist gekommen, der für dein ganzes Leben entscheidend sein kann.« (Das war der Stil der »Etelvina«.) »Deine Tante und ich, wir haben dir alle erdenklichen Opfer gebracht. Weder unsere Armut noch harte, den Augen der Welt verheimlichte Not hat uns abhalten können, dich mit allen wünschenswerten Annehmlichkeiten zu umgeben. Die Barmherzigkeit ist unerschöpflich, nicht aber unsere Mittel.

Nie haben wir dir vorgehalten, was du uns verdankst« – sie taten es alltäglich beim Mittag- und Abendessen –, »wir haben dir deine Herkunft nachgesehen, will sagen, die deiner unseligen Mutter. Alles, alles ward hier vergessen und verziehen. Also gut: All das würdest du uns mit schwärzestem, ja geradezu sträflichem Undank vergelten, wenn du den Vorschlag, den wir dir gleich unterbreiten werden, mit einem . . . schnöden Nein beantworten würdest.«

»Jawohl, schnöden«, echote Doña Agueda. »Aber ich halte jede Ermahnung für überflüssig«, fuhr sie fort, »denn das Kind wird vor Freude einen Luftsprung machen, sobald sie erfährt, worum es geht.«

»Gerade das möchte ich: Erfahren, womit ich Ihnen dienen kann, denen ich so viel verdanke.«

»Alles.«

»Ja, alles, liebe Tante.«

»Wie ich annehme«, fuhr Doña Anuncia fort, »hast du dir diese Torheit mit dem Nonnewerden völlig aus dem Kopf geschlagen.«

»Völlig, Señora.«

»In diesem Fall«, mischte sich Doña Agueda ein, »da du ja sicherlich nicht allein in der Welt stehen willst, wenn wir eines Tages nicht mehr sind . . .«

»Und auch keine ungehörige heimliche Liebschaft haben wirst . . .«

»Und da wir beide nicht mehr in der Lage sind . . .«

»Und weil es deine Pflicht ist, das Glück nicht auszuschlagen, das sich dir bietet . . .«

»Wirst du vor Freude vergehen, wenn du erfährst, daß Don Frutos Redondo, der reichste Mann vom Espolón, heute um deine Hand angehalten hat.«

Gegen den ausdrücklichen Befehl ihrer Tanten verging Ana nicht vor Freude. Sie schwieg, weil sie nicht wagte, mit einem glatten Nein zu antworten.

Aber mehr brauchte Doña Anuncia nicht, um ihrer Wut die Zügel schießen zu lassen. Ihre Silhouette in den Schattenspielen an der Wand glich einmal der einer gigantischen Hexe, dann wieder stellte sie, durch das Flackern der Flammen und die Sprünge und Verrenkungen der Alten vervielfacht, einen ganzen losgelassenen Höllentanz dar; es gab Augenblicke, in denen der Schatten der Señorita de Ozores drei Köpfe an der Wand und drei oder vier an der Decke hatte und so, wie Doña Anuncia allein tobte, hätte man meinen können, daß sie alle zusammen schrien und brüllten.

Doña Agueda war einfach entsetzt.

Nach dieser Szene wurde die Nichte acht Tage in ihrem Alkoven eingesperrt. Als der neunte Tag der Klausur, die einem Arrest nicht unähnlich war, zur Neige ging, erschien Doña Anuncia ruhig, würdig, ernst, um das Urteil zu verlesen: Der Tochter der Tänzerin – und wer mochte noch zweifeln, daß die Modistin getanzt hatte? – würde es im Palast ihrer Vorfahren nie an einem Bett fehlen. Doch auf den Tisch hätten sie, die Tanten, nichts mehr zu bringen: Die Nichte habe alles aufgezehrt.

Ana schrieb an Frígilis.

Und am Tage darauf trat Don Víctor Quintanar in großer Gala wie am Tage seines ersten Besuchs in den Empfangssalon der Ozores. Er kam um die Hand derjenigen zu bitten, »der er nicht gleichgültig zu sein glaube«.

Er täte diesen Schritt früher als ursprünglich vorgehabt, da er soeben befördert worden sei; er gehe als Gerichtspräsident nach Granada und möchte seine Gattin mitnehmen, falls sein sehnlicher Wunsch erfüllt werde. Er verfüge über ein Gehalt, ein paar Weinberge und nicht unerhebliche Viehherden in La Almunia de Don Godino. Nie wäre er so kühn gewesen, um die Hand einer so vortrefflichen, wohlgeborenen und schönen jungen Dame anzuhalten, ohne ihr, wenn auch nicht den Überfluß, so doch eine *aurea mediocritas* bieten zu können, wie der lateinische Dichter gesagt habe.

Doña Anuncia war geblendet ... Don Godino ... Das Kreuz von Isabella der Katholischen ... *mediocritas!* Es war eine große Versuchung.

Frígilis hatte Don Víctor, als er ihm das Kreuz an die Brust heftete, darauf hingewiesen, daß Doña Anuncia durch Reden, die sie nicht verstand, und Orden am leichtesten zu betören sei.

Quintanar kam sich, solange er sprach, lächerlich vor; aber die Alte war fasziniert.

Don Frutos, dachte sie, hat vor zwölf Jahren in den Außenvierteln Vetustas Erde geschaufelt; sie entsann sich, ihn in Hemdsärmeln gesehen zu haben.

Die Ozores erwiderte, daß sie nicht über die Hand ihrer Nichte verfügen könne, auch wenn das Mädchen ja sage, ohne erst den Adel zu Rate zu ziehen und dessen Erlaubnis einzuholen.

Die Herren von der Justiz waren die zweite Aristokratie in Vetusta, wiewohl sie keine so große Rolle mehr wie früher spielten.

Vor der Justiz hegte man heilige, durch viele Jahrhunderte überkommene Furcht. Die radikalsten Liberalen Vetustas, die von Anarchie und Niederbrennen sprachen, fuhren vor der Stimme eines Justizwachtmeisters in der Strafkammer zusammen, wenn der jemanden, der auf der Zeugenbank die Beine übereinanderschlug, anschrie:

»Wahren Sie die Würde des Gerichts!«

Die Hocharistokratie meinte, Ana schließe eine törichte Ehe.

Sie schloß sie.

Don Frutos kehrte nach Matanzas zurück und versprach, gerächt, das heißt, noch viel millionenschwerer, wiederzukommen. Er hielt sein Versprechen.

Ein Monat verging, und Ana de Ozores de Quintanar fuhr mit ihrem ritterlichen Gemahl auf der Straße nach Kastilien in derselben Postkutsche davon, in der sie Don Alvaro Mesía auf demselben Weg einst hatte entschwinden sehen.

Ganz Vetusta, der Adel und der Mittelstand, kam, um sie zu verabschieden. Frígilis hatte Tränen in den Augen.

»Kommen Sie zurück, sobald Sie können«, sagte er mit einem Fuß auf dem Trittbrett, den Kopf im Wagen. »Dann wären Sie die Präsidentin von Vetusta, Anita.«

»Das Gesetz läßt das wegen der Tanten nicht zu«, erwiderte Don Víctor.

»Ach was, es wird sich schon regeln lassen ... Sie werden die Präsidentin.«

Don Cayetano wollte ebenfalls aufs Trittbrett steigen, es gelang ihm aber nicht.

Doña Anuncia und Doña Agueda waren, fast im Dunkeln, im Empfangssalon geblieben und seufzten, umringt von ein paar Freunden und Freundinnen, vielleicht denselben, die ihnen bei anderer Gelegenheit, damals bei Don Carlos' schmählichem Heidentod, ihr Beileid ausgedrückt hatten.

»Und sie ist froh, daß sie fort kann ...« sagte der Baron.

»Ja, ich glaube es auch.«

»Die Jugend ist undankbar ...«

»Herrschaften, wir fahren ab, zurücktreten!« schrie der Maultiertreiber der Postkutsche.

Und die Kutsche fuhr an. Don Víctor preßte die Hände der Gattin, um die ihn eine ganze Stadt beneidete, zwischen den seinen.

Ein »Adieu!« ertönte, das den ganzen Umkreis der Plaza Nueva erfüllte; es war allerdings ein trauriges Lebewohl, es war der Abschied von einem Wunder ihrer Stadt. In hellen Haufen sah Vetusta die neue Kammergerichtspräsidentin davonfahren, wie es dem Abtransport des Kathedralenturms, seines anderen Wunders, zugeschaut hätte.

Inzwischen dachte Ana daran, daß es in dieser ganzen Menschenmenge, die ihrer Schönheit huldigte, vielleicht keinen Würdigeren gab, sie zu besitzen, als diesen Don Víctor Quintanar, trotz seiner vierzig und ein paar Jährchen, jener mysteriösen »paar Jährchen«.

Als der neugebackene Kammergerichtspräsident – die Nacht war schon nicht mehr fern, und sie fuhren einen Berg hinan, den die Tiere im Schritt nahmen – sie fragte, ob er etwa der erste Mann sei, den sie geliebt habe, da senkte Ana den Kopf und sagte mit einer Schwermut, die dem Ehemann wie wollüstiges Selbstvergessen im Ohr klang:

»Ja, der erste, der einzige.«

Nein, sie liebte ihn nicht, aber sie würde sich Mühe geben, ihn liebzugewinnen.

Die Nacht brach herein. Den Kopf gegen die abgewetzten Kissen des alten Rumpelkastens gelehnt, schloß Ana die Augen, tat, als schliefe sie, und horchte auf die ohrenbetäubenden, verworrenen Geräusche von schepperndem Glas, klapperndem Eisen und ächzendem Holz in der ausgeleierten Postkutsche, und ihr war, als vernehme sie in diesem Getöse die letzten Abschiedsrufe.

Kein einziger von den Männern, die da unten zurückblieben, hatte ihr von Liebe gesprochen, von wirklicher Liebe, oder hatte ihr welche eingeflößt. Wenn sie all die Jahre ihrer nutzlos vertanen Jugend an sich vorüberziehen ließ, entsann sie sich als der höchsten Wonne, die man vielleicht auf das Kapitel Liebe buchen konnte, eines Blicks von irgendeinem Fremden bei einem der Spaziergänge auf den Landstraßen mit ihren beiden Baumreihen rechts und links, die von Spatzen und Stieglitzen bevölkert waren.

Zwischen ihr und den jungen Männern der Gesellschaft, in der sie leben mußte, hatte Anas Stolz und die Dummheit der anderen bald eine eisige Mauer aufgerichtet.

Sie würden sie nicht heiraten, weil sie arm war, hatte Doña Anuncia gesagt. Aber sie kam ihnen zuvor und verachtete sie als Laffen und Dutzendmenschen.

Hatte einer versucht, ihr wie Obdulia zu kommen, war er augenblicklich auf hochmütige Abweisung und beißende Ironie gestoßen, die imstande gewesen wären, die wildeste Glut in Eis zu verwandeln.

Vielleicht gab es unter den Männern, die sie von ferne bewunderten und mit den Augen verschlangen, einen, der es wert gewesen wäre, geliebt zu werden, obwohl sie dessen keineswegs sicher war ... aber die Tanten hatten ihr auf die Seele gebunden, den geziemenden Abstand zu wahren, und die armen jungen Rechtsanwälte, oder was sie sonst waren, mochten vielleicht in der Theorie Demokraten sein, respektierten und teilten aber dessenungeachtet die Vorurteile. Sie machten keine Annäherungsversuche.

Alle, die auf Ana mit ihren vielsagenden Blicken einen, wenn auch nur geringen Eindruck gemacht hatten, waren alles andere als eine gute Partie. In Vetusta vermag die unbemittelte Jugend nicht ihren Lebensunterhalt zu verdienen, allerhöchstens reicht es zum Hungerleiden. Junge Mädchen und junge Männer verschlingen einander mit den Augen, sie lieben sich, sagen sich's sogar ... aber sie »lassen es«. Sie haben keine Position. Die Mädchen verblühen und enden als Betschwestern. Die jungen Männer legen den glänzenden Zylinderhut ab, hüllen sich in den Radmantel und werden Spieler.

Wer es zu etwas bringen will, verläßt die Stadt; dort gibt es keine reichen Leute außer denen, die etwas erben oder ihr Glück fern von dem verträumten Vetusta machen.

Zwischen Amerikanern, Gutsbesitzern und aufgeblasenen, ungehobelten, wunderlichen Majoratsherren hätte ich wählen können, spann Ana ihre Gedanken weiter. Das hatte Don Frutos Redondo gezeigt ... Aber sonst? Weshalb sich selbst etwas vormachen? In Vetusta, in diesem armen Erdenwinkel, konnte sie die Verwirklichung des Traums nicht finden, den Helden des Poems, der zuerst Germán geheißen, danach Sankt Augustin, Bischof von Hippo Regius, danach Chauteaubriand und danach hundert verschiedene andere Namen gehabt, die ganz Größe, Glanz, zarte, einmalige, erlesene Süße gewesen ...

Und jetzt war sie verheiratet. Es war ein Verbrechen, aber ein wirkliches Verbrechen, nicht wie das in der Fähre von Trébol, an andere Männer zu denken. Don Víctor war die Chinesische Mauer gegen ihre Träume. Jedes Phantasiegebilde, das dieses fünf Fuß und etliche Zoll von Mann an ihrer Seite da überragte, war ein Vergehen. Alles war vorbei ... bevor es begonnen hatte.

Ana schlug die Augen auf und musterte ihren Don Víctor, der beim Licht einer Reiselampe, eine Seidenmütze bis zu den Ohren herabgezogen, seelenruhig mit einer leichten Falte über der Nasenwurzel »Die Eifersucht, das größte Ungeheuer oder der Tetrarch von Jerusalem« des unsterblichen Calderón de la Barca las.

Das Kasino von Vetusta war ein alleinstehender, von den Schandmalen der Feuchtigkeit geschwärzter alter Steinkasten auf einem schmutzigen, düsteren, kleinen Platz nahe San Pedro, der uralten Kirche in der Nähe der Kathedrale. Die jungen Mitglieder wären gern umgezogen, aber ein Wechsel des Domizils hätte dem gesetzten und gewichtigeren Element zufolge den Tod des Klubs bedeutet. So zog das Kasino nicht um und besserte weiter an seinen Dachrinnen und sonstigen überkommenen Gebrechen herum, so gut es ging. Drei Generationen hatten in diesen kahlen, finsteren Räumen gegähnt; an diese Feierlichkeit der ererbten Langeweile durfte nicht den Wechselfällen einer zweifelhaften Zukunft im neuen Viertel der Stadt, in der Kolonie, zuliebe gerührt werden. Überdies, meinten die Alten, wenn das Kasino seinen Sitz nicht mehr in der Oberstadt hatte, dann ade, Kasino! Es war ein Aristokrat.

Gewöhnlich wurde Fremden der Ballsaal mit Stolz gezeigt; vom übrigen gab man zu, daß es nicht viel taugte.

Das Personal des Hauses trug eine Uniform, ähnlich der der städtischen Polizei. Wenn ein Fremder einen Kellner rief, konnte er bei diesem ungewohnten Anblick glauben, man käme ihn verhaften. Die Kellner hatten, ebenfalls ererbte, schlechte Manieren. In die Uniform hatte man sie gesteckt, damit man sie als Diener erkannte.

In der Vorhalle saßen zwei Portiers an einem Tisch aus Fichtenholz. Es war ein eingewurzelter Brauch, daß diese Herren die aus- und eingehenden Mitglieder nicht grüßten. Aber seit Ronzal, der auf seinen kurzen Reisen andere Sitten kennengelernt hatte, zum Vorstand gehörte, verneigten sich die Portiers, wenn ein Mitglied ohne Bedeutung vorbeiging, und ließen sogar ein Grunzen vernehmen, das, richtig ausgelegt, für einen Gruß genommen werden konnte. War es jemand vom Vorstand, erhoben sie sich etwa eine Handbreit vom Stuhl, war es Ronzal, erhoben sie sich eine ganze Handbreit, und wenn Don Alvaro Mesía, der Vorsitzende des Klubs, vorüberkam, standen sie auf und nahmen Haltung an wie Rekruten.

Hinter der Vorhalle befanden sich drei oder vier Korridore, die man ganz nach Lust und Laune als Warte-, Ruhe-, Konversations- oder Dominospielzimmer benutzen konnte. Danach folgte ein weiterer, luxuriöserer Saal mit großen Kaminen, die viel Holz verzehrten, wenn auch nicht so viel, wie das Personal behauptete. Dieses Brennholz beschwor in den Generalversammlungen am Ende des Jahres hitzige Debatten herauf. In diesem Saal war das klappernde Dominospiel verboten, und hier trafen sich die ernsthaftesten und bedeutendsten Persönlichkeiten von Vetusta. Hier durfte nicht gelärmt werden, denn an der Ostseite befand sich, hinter einer majestätischen Portiere aus karmesinrotem Samt, das Tresillozimmer, der sogenannte Rote Salon. Hier, und wenn möglich auch im Nebenraum, hatte Ruhe zu herrschen. Früher wurde neben dem Billardzimmer Tresillo gespielt, aber das Klappern der Kugeln und Queues hatte die Tresillospieler gestört, und sie waren in den Roten Salon umgezogen, wo sich damals das Lesezimmer befand. Das Lesezimmer kam dafür in die Nähe der Billardtische. Das Tresillozimmer empfing niemals Tageslicht; es verblieb stets in muffigem Düster, das die traurigen Flammen der Leuchter, die sich wie Grubenlampen von Bergleuten unter Tage ausnahmen, fast greifbar erscheinen ließ.

Don Pompeyo Guimarán, ein Philosoph, der das Tresillo haßte, nannte die vom Roten Salon die Falschmünzer. Er meinte, daß man in dieser Höhle, die man mit mysteriösem Schweigen betrat, aus der jede Fröhlichkeit, jede Gefühlsäußerung verbannt war, nichts Erlaubtes tun konnte. Die lärmendsten jungen Männer legten eine frühreife Ernsthaftigkeit an den Tag, sowie sie das Tresillozimmer betraten; sie glichen jungen Priestern eines seltsamen Kults. Dort einzutreten war für die Vetustenser, als legten sie die *Toga praetexta* ab und die *Toga virilis* an. Stets fand sich da ein spielender oder kiebitzender, in sich versunkener bleicher Jüngling, der vorgab, die eitlen Vergnügungen zu verachten und das ernste Geschäft von Solo und Codille vorzuziehen. Die Gewohnheitspriester dieses zeremoniösen und ernsthaften Kults von Treff und Pik mit einiger Aufmerksamkeit zu beobachten, hieß, das geistige Vetusta in einer seiner charakteristischsten Erscheinungsformen kennenzulernen.

In der Tat, wenn auch der Stadtkämmerer versicherte, daß alle Vetustenser Pfuscher im Kartenspiel seien, so war das nichts weiter als ein Vorwand, um auf der Suche nach ergiebigeren und rascheren Einkünften in die »Lasterhöhle« hinaufzusteigen; denn was das Spielen betraf, so widmete man sich ihm im Kasino von Vetusta mit einer Vollendung, die schon sprichwörtlich war. Es fehlte zwar nicht an Unerfahrenen, und selbst die waren nötig, denn irgendwer mußte ja verlieren. Aber der Behauptung des Stadtkämmerers widersprachen die Tatsachen. Aus Vetusta, und nur aus Vetusta, kamen jene hervorragenden Tresillospieler, die, einmal in höheren Sphären, rasch aufstiegen und zu guter Letzt hohe Posten in der Verwaltung des Staates einnahmen, was sie alles der Wissenschaft von den Karten verdankten.

In jeder der vier Ecken stand ein Tisch, vier weitere in der Mitte. Von den acht Tischen war die Hälfte besetzt. Darum herum saßen oder standen mehrere Kiebitze, die meisten von ihnen Sklaven ihrer Leidenschaft. Basilio Méndez, ein Angestellter im Rathaus, war der größte Champion unter den Anwesenden. Er war blaß und schwächlich. Das Gehalt langte für seine Bedürfnisse nicht; er hatte eine Frau und fünf Kinder; er half sich mit dem Tresillo; man respektierte ihn. Er spielte wie jemand, der lustlos arbeitet, übellaunig. Er war kurz angebunden und antwortete kaum, wenn man ihn ansprach. Er ging seinem Geschäft nach: Beim Espolón baute er mit Hilfe des Tresillo ein dreistöckiges Haus.

Ihm zur Seite saß Don Matías, der Anwalt; er spielte Tresillo, um dem Monte zu entfliehen. Wenn ihm das Glück oben zuwider war, kam er herunter und setzte alles daran, um beim Tresillo möglichst viel zu gewinnen und möglichst wenig zu verlieren, denn wenn er verlor, hörte er auf. Der im Augenblick pausierte, weil er eben gegeben hatte und man zu viert spielte, war die »Henne mit den goldenen Eiern« des Anwalts und Don Basilios. Sie schlachteten ihn ab, aber mit Bedacht. Er war ein Majoratsherr vom Lande, und sie nannten ihn Vinculete, das Majoratsherrchen. Anfangs kam er zu den Markttagen aus seinem Dorf, um Tresillo zu spielen; danach wurde er Landtagsabgeordneter, um ebenfalls Tresillo spielen zu kommen, und schließlich ließ er sich ganz in Vetusta nieder, um sich nie mehr von diesen Kanonen zu trennen, die er bewunderte und solcherart reich machte, ohne es zu ahnen. Das Tresillo bei ihm zu Hause auf dem Lande zerstreute ihn nicht. Vinculete spielte, ohne eine längere Pause als nötig war, um zum Abendessen ein paar Bissen hinunterzuschlingen, von drei Uhr nachmittags bis um zwei in der Früh. Don Basilio und der Anwalt rupften ihn abwechselnd; sie lösten sich ab, aber zuweilen rupften ihn beide gleichzeitig. Der vierte Spieler war irgendwer. An den übrigen Tischen waren die Partien ausgeglichener. Es spielten viele Fremde, fast alles Angestellte.

Es ist eine alte Erfahrung, daß man beim Spiel die gute Kinderstube erkennt. Es gab dort viele Personen von besten Umgangsformen, aber weil größte Vertraulichkeit herrschte, kam es nicht selten zu heftigen Wortwechseln.

Damit die Eintracht erhalten bleiben konnte, ergab eine Art Gleichgewicht, das die Natur zwischen den Temperamenten herstellte, daß einige der Tresillospieler Hitzköpfe und von wilder Gemütsart waren und andere wieder, zum Beispiel Vinculete, friedfertig wie Lämmer und furchtsam wie Tauben.

Don Basilio behauptete, der Majoratsherr spiele nicht mit aller notwendigen Ehrlichkeit.

Vinculete verteidigte seine Ehre, und dann schrie der vom Rathaus:

»Mir soll ja keiner unverschämt kommen!«

Dazu donnerte er mit der Faust auf den Tisch.

Vinculete schwieg und verlor weiter.

Diese keineswegs häufigen Wortwechsel unterbrachen das Schweigen nur für wenige Augenblicke und die Ruhe kehrte rasch zurück.

Das Lesezimmer, das auch als Bibliothek diente, war schmal und nicht sehr lang. In der Mitte stand ein mit grünem Flanell bezogener länglicher Tisch mit Sesseln aus Utrechter Samt darum herum. Die Bibliothek befand sich in einem nicht sehr großen Bücherschrank aus Nußbaum, der in die Wand eingelassen war. Dort standen, die Gelehrsamkeit des Klubs repräsentierend, das Wörterbuch und die Grammatik der Akademie. Diese Bücher waren wegen der wiederholten Streitigkeiten einiger Mitglieder angeschafft worden, die sich hinsichtlich der Bedeutung und selbst der Schreibweise gewisser Wörter nicht einig waren. Es gab ferner einige unvollständige Jahrgänge der »Revue de deux mondes« und verschiedene andere Illustrierte. Die »Französische Illustrierte« hatte man in einem Anfall von Patriotismus abbestellt. Schuld war ein Stich, auf dem weiß der Kukkuck was für spanische Könige beim Stieretöten gezeigt wurden. Anläßlich dieser radikalen und patriotischen Maßnahme wurden auf der Generalversammlung viele vortreffliche Reden gehalten, in denen die Helden von Sagunt, von Covadonga und schließlich die von achtzehnhundertacht angeführt wurden. In den unteren Fächern des Schranks standen ein paar Bücher gediegeneren Inhalts, aber der Schlüssel zu dieser Abteilung war verlorengegangen.

Wenn ein Mitglied eins dieser Bücher verlangte, trat der Portier übellaunig zu dem Bittsteller und ließ ihn sein Anliegen wiederholen.

»Ja, Señor, die Chronik von Vetusta . . .«

»Wissen Sie denn, ob sie da ist?«

»Ja, Señor, sie ist da.«

»Es ist nämlich so . . .« Und der Herr Portier kratzte sich hinter dem Ohr. »Weil das so ungewöhnlich ist . . .«

»Was ist ungewöhnlich?«

»Ich kann ja schließlich den Schlüssel suchen.«

Und der Portier machte kehrt und schlich im Schneckentempo davon.

Der Gast, der, um solche Ansprüche zu stellen, unbedingt ein Neuling sein mußte, konnte sich inzwischen die Zeit vertreiben, indem er die Karte von Rußland und der Türkei und das Vaterunser in Kupferstichen betrachtete, die die Wände dieses Zentrums der Bildung und Erholung schmückten. Der Portier kam mit den Händen in den Taschen und einem boshaften Lächeln auf den Lippen zurück.

»Wie ich schon sagte, Señorito . . . der Schlüssel ist weg.«

Die alten Mitglieder betrachteten die Bibliothek wie etwas, was bloß an die Wand gemalt ist.

Von den Zeitungen und Illustrierten wurde regerer Gebrauch gemacht; ein so reger, daß sie fast Abend für Abend verschwanden oder die Illustrationen von einigem Wert sorgfältig herausgerissen waren. Diese Frage des Zeitungsdiebstahls gehörte zu den schwierigen Problemen, die auf den Vorstandssitzungen behandelt werden mußten. Was war da zu tun? Sollte man die Zeitungen anketten? Die Mitglieder rissen die Blätter heraus oder nahmen die Zeitung samt Kette mit. Man beschloß zu guter Letzt, die Zeitungen frei herumliegen zulassen, aber äußerst wachsam zu sein. Es war alles umsonst. Don Frutos Redondo, der reichste Amerikaner, konnte nicht einschlafen, ohne im Bett den »Unparteiischen« aus dem Kasino zu lesen. Und man konnte schließlich nicht verlangen, daß er sein Bett ins Lesezimmer schaffte. Er nahm die Zeitung mit. Die fünf Céntimos, die er auf diese Weise sparte, hoben ihn in den siebenten Himmel. Was das Briefpapier betraf, das ebenfalls verschwand und teurer war, so wurde der Beschluß gefaßt, dem Mitglied, das dringend welches brauchte, ein Blatt und nicht mehr auszuhändigen. Der Portier hatte durch diese Vorkommnisse das

Gebaren eines Kerkermeisters angenommen. Er sah auf die Klubmitglieder, die lasen, wie auf Leute zweifelhaften Rufs herab und brachte ihnen nur geringe Achtung entgegen. Nicht immer, wenn man ihn rief, kam er, und er weigerte sich regelmäßig, die verrosteten Schreibfedern auszutauschen.

Um den Tisch hatten zwölf Personen Platz. Doch nur selten fanden sich so viele Leser zusammen, es sei denn um die Stunde, da die Post kam. Der größte Teil der wissensdurstigen Klubmitglieder las ausschließlich die Nachrichten.

Der bemerkenwerteste unter den Stammgästen des Lesekabinetts war ein apoplektischer Herr, der früher einmal Getreide nach England exportiert hatte und sich verpflichtet glaubte, die ausländische Presse zu lesen. Er erschien unfehlbar um neun Uhr abends, nahm den »Figaro«, danach die »Times«, legte sie obenauf, setzte die goldgeränderte Brille auf die Nase, und entschlief, von dem sanften Zischen der Gasflammen eingelullt, selig über der führenden Zeitung der Welt. Es war ein Recht, das ihm niemand streitig machte. Kurz nachdem dieser Herr gestorben war, am Schlagfluß über der »Times«, kam man dahinter, daß er gar nicht Englisch konnte.

Ein anderer eifriger Leser war ein junger Mann, der sich um eine Anstellung bei der staatlichen Vermögensverwaltung bewerben wollte und das Regierungsbulletin verschlang, ohne eine einzige Ausschreibung auszulassen. Er war ein Alcubilla in einem Band und konnte aus dem Kopf hersagen, was in unserer öffentlichen Verwaltung getan, wieder umgestoßen, geregelt und wieder durcheinandergebracht worden war.

Ihm zur Seite saß gewöhnlich ein Herr, der eine heimliche Unart hatte: an die Zeitungen der Hauptstadt Briefe mit den widersprechendsten Nachrichten zu schreiben. Er zeichnete mit »Der Korrespondent«, und stets, wenn ein Madrider Blatt etwas unter der Überschrift »Aus Vetusta« brachte, stammte es von ihm. Am Tage darauf dementierte er seine Nachricht in einem anderen Blatt, und es erwies sich, daß die Meldung aus Vetusta eine Ente gewesen war. So war er in Dingen der Presse zum ausgemachten Skeptiker geworden. Er wußte Bescheid, wie Zeitungen zustande kamen! Als Franzosen und Deutsche handgemein wurden, äußerte »Der Korrespondent« Zweifel an dem Krieg. Womöglich war es nur ein Dreh der Börsianer. Bis zur Kapitulation von Metz ließ er sich nicht überzeugen, daß etwas vorging.

Der Poet Trifón Cármenes stellte sich ebenfalls unfehlbar zur Stunde der Post ein. In fiebriger Hast durchflog er verschiedene Blätter und entfernte sich sogleich wieder, die Seele um eine Enttäuschung reicher, und zwar, weil »man es nicht gebracht hatte«. Es handelte sich um ein Gedicht oder eine phantastische Geschichte, die er an irgendeine Zeitung gesandt und die wieder einmal nicht erschienen war. Cármenes, der bei den literarischen Wettstreiten Vetustas allen heimischen Lorbeer einheimste, schaffte es einfach nicht, daß seine Verse in der Madrider Presse Eingang fanden, und das, obwohl er in den Briefen, mit denen er seine Schöpfungen empfahl, einen weltmännisch feinen Ton anschlug. Die Formel pflegte folgendermaßen zu lauten: *»Sehr geehrte, hochgeschätzte Herren! Beiliegend übersende ich Ihnen ein paar Verse, damit sie, falls sie von Ihnen solch hoher Ehre für würdig befunden werden, in den Spalten Ihres Blattes das Licht der Welt erblicken. Ohne Prätentionen geschrieben, sind sie . . .«* Aber nichts – sie erschienen nicht. Nach Ablauf eines Jahres erbat er sie zurück. Aber: unverlangt eingeschickte Manuskripte werden nicht zurückgesandt. Da kramte er das Konzept vor und veröffentlichte alles in der »Kreuzfahne«, der reaktionären Zeitung Vetustas.

Ein anderer ständiger Leser war ein halbverblödetes altes Männchen, das nie zu Bett ging, ohne sämtliche Leitartikel der Presse, die ins Kasino gelangte, zu lesen. Ganz außergewöhnlich ergötzte ihn die schwerfällige Prosa einer Zeitung, die als seriös und gutunterrichtet galt. Die Ausführungen waren in solche Euphemismen und weitschweifige Umschreibungen gehüllt, überschlugen sich derart vor spitzfindigen Geistreicheleien, daß der Alte dastand wie der Ochs vor dem neuen Tor.

»Welche Gedankentiefe!« sagte er, ohne ein Wort zu verstehen.

Er glaubte aus einem bestimmten Grund an diese Gedankentiefe: Wenn er nämlich aus etwas schlau wurde, konnte es damit nicht weit her sein.

Eines Nachts weckte der Leitartikelleser seine Frau mit den Worten:

»Hör mal, Paca, ich kann einfach nicht schlafen . . . Mal schaun, ob du verstehst, was ich heute in der Zeitung gelesen habe: ‚Wir können nicht umhin, es nicht verwerflich zu finden . . .‘ Verstehst du das, Paca? Finden sie es nun verwerflich oder nicht? Bis ich das nicht heraus habe, kann ich nicht einschlafen.«

Diese und andere eifrige Leser reichten sich die Zeitungen

schweigend von Hand zu Hand weiter, verschlangen in acht oder zehn Blättern dieselben Meldungen. Das war die geistige Nahrung der Leute, die vor elf Uhr abends zufrieden in die Federn krochen, überzeugt, daß der Kassierer Soundso mit den Geldern durchgebrannt war. Sie hatten es in acht oder zehn verschiedenen Quellen gelesen. Alle diese ehrenwerten und hochachtbaren Caballeros waren Sklaven der hauptstädtischen Sucht nach Neuigkeiten. Weit mehr als die Hälfte ihres flüchtigen Wissensschatzes bestand aus Ausschnitten aus der »Correspondencia«, die die unbemittelten Zeitungen einander wie Bälle von Schere zu Schere zuspielten.

Oft, wenn diese Bibliotheksstille herrschte, in der man den Geist dieser gesammelten Leser arbeiten zu hören vermeinte, ließ plötzlich das Getöse eines Erdbebens den Fußboden und die Fensterscheiben erzittern. Die alten Klubmitglieder beachteten es gar nicht, sie hoben nicht einmal den Kopf; die neuen aber blickten erschrocken zur Decke und auf die Wände, weil sie erwarteten, das Gebäude einstürzen zu sehen ... Doch das war es nicht. Es waren die Herren vom Billard, die mit den Enden ihrer Queues auf den Boden klopften. Der einfallsreiche Humor der Herren war sprichwörtlich.

Um elf Uhr abends befand sich niemand mehr im Lesezimmer. Der Portier faltete schlaftrunken die Zeitungen zusammen, drehte den Gashahn herab, daß es in dem Zimmer fast finster wurde, und kehrte in seine Loge zurück, um weiterzuschlafen.

Um diese Zeit schlich sich Don Amadeo Bedoya, Hauptmann der Artillerie, in Zivil, einen Garrick mit weitem Schulterkragen umgeworfen, in die Bibliothek. Er sah sich um ... niemand war in der Nähe ... die Dunkelheit begünstigte ihn. Vorsichtig trat er zum Bücherschrank, holte einen Schlüssel hervor, schloß das unterste Fach auf, nahm ein Buch heraus, stellte ein anderes, das er unter dem Schulterkragen verborgen hatte, hinein, versteckte das neue in seinem Garrick und verschloß das Fach wieder. Nachdem er hörbar aufgeatmet hatte, trat er an den Tisch, pfiff den Königsmarsch und tat, als werfe er einen Blick in die Zeitungen. Er und Zeitungen! Um zu tun, als ob, blieb er fünf Minuten und zog triumphierend ab. Er war kein Dieb, er war Bibliophile. Bedoyas Schlüssel war der, den der Portier vermißte. Don Amadeo war der Don Saturnino Bermúdez der Truppe. Er war ein braver Soldat gewesen; doch da ihm vor Jahren die Ehre zuteil geworden war, zum Präsidenten eines »Athenäums der Infanterie« gewählt zu werden und er sich genötigt sah, eine Rede auszuarbeiten und zu halten, entdeckte er mit großer Überraschung, daß er nach seiner und seiner vorgesetzten Meinung ein ausgezeichneter Redner war, und über Nacht wurde aus ihm ein Mann der Bücher, ja, er verstieg sich so weit, daß er sich feierlich und mit der Energie, welche die Verteidiger des Vaterlandes so gut kleidet, schwor, ein Gelehrter zu werden. Der Militär, der von Literatur soviel mehr verstand als mancher Zivilist, begann Aufmerksamkeit zu erregen. Nach und nach wurde er erst korrespondierendes, dann ordentliches Mitglied zahlreicher wissenschaftlicher, künstlerischer und literarischer Gesellschaften. Er tat sich hervor in der Archäologie und in der Botanik, hier besonders im Gartenbau, war Spezialist für Kartoffelkrankheiten und hatte über dieses Thema eine Abhandlung verfaßt, für die er von der Regierung ausgezeichnet worden war. Auch in militärischen Biographien war er beschlagen, und er kannte verschiedene Generalleutnants, die ebenso viele Farnesios und Spinolas gewesen waren, ohne daß die Welt es geahnt hatte. Er grub die Geschichte irgendeines Brigadiers aus, der, hätte er die Operation von da und da so geleitet, wie er sie nicht geleitet hatte, den Ruhm eines Napoleon erworben hätte, statt die Schlacht zu verlieren, wie es dem unfähigen General in Wirklichkeit widerfahren war.

Die Quellen für diese Biographien von Personen, die hätten bedeutend sein können, waren jene Bücher, die im untersten Fach des Bücherschranks im Kasino standen. Es mochte von ihnen noch mehr Exemplare auf der Welt geben, aber man wußte nichts von ihnen, und Bedoya gehörte zu der Art Gelehrten, deren Verdienst im Abschreiben dessen bestand, was niemand hatte lesen wollen. Sowie er die Abschnitte, die er da mit seiner zierlichen, feinen Kursivschrift abschrieb, auf eigenem Papier sah, hielt er schon alles für sein eigenes Werk. Aber seine starke Seite waren die Antiquitäten. Kein Kunstgegenstand besaß für ihn Wert, und mochte er auch aus Noahs Zeiten stammen, wenn er ihn nicht besaß. Wenn Bermúdez das Altertümliche um seiner selbst willen liebte, den Staub des Staubes wegen, so war Bedoya subjektiver, wie er sagte: Er mußte den geliebten Gegenstand besitzen. Wenn er hätte reden können! Sooo klein würden Bermúdez, der Generalvikar und *tutti quanti*. Aber er konnte nicht reden. Womöglich kam er ins Gefängnis, wenn er redete. Kurz und gut, er besaß – im

Vertrauen! und er blickte sich bei seinen Worten nach allen Seiten um –, also, er besaß ein wertvolles Schriftstück Philipps II., ein politisches Dokument von großer Bedeutung. Er hatte es im Archiv von Simancas gestohlen. Wie? Das sei sein Geheimnis. Und so kam es, daß Bedoya, seiner Überlegenheit sicher, alle übrigen Raritätensammler über die Schulter ansah und schwieg. Er schwieg aus Angst vor dem Gefängnis.

Die »Lasterhöhle«, der Saal für die Hasardspiele, genauer, für das Roulette und Monte, lag im zweiten Stock. Man gelangte dahin, nachdem man viele dunkle, enge Gänge durchschritten hatte. Nie hatten die Behörden die Ruhe dieser entlegenen, verborgenen Zufluchtsstätte der zufallsabhängigen Kunst gestört, nicht einmal in Zeiten strengster öffentlicher Moral. Auf Drängen der Lokalredakteure, insbesondere von der »Kreuzfahne«, wurde die Prostitution unerbittlich verfolgt, aber das Spiel konnte man doch nicht unterbinden! Was diese Verworfenen betraf, die ihren Körper feilboten, wie Cármenes sagte, der unter Pseudonym die Leitartikel der »Kreuzfahne« schrieb: Wie sollten sie nicht verfolgt werden, wenn in der Lokalpresse tagtäglich Hetzartikel gegen sie erschienen?

Fast jeden Tag wurden Leserbriefe veröffentlicht, und sie trugen Überschriften wie: »Diese Straßenmädchen!« oder »Auf den Scheiterhaufen mit ihnen!« Und einmal schrieb Don Saturnino Bermúdez höchstpersönlich einen entsprechenden Leserbrief, der mit den Worten »diese schamlosen Buhldirnen« schloß.

Doch kehren wir zum Spiel zurück! Drohte einmal ein energischer Gouverneur den Klubmitgliedern, durchzugreifen, so sagten ihm die einflußreichsten Spieler seine Amtsenthebung voraus. Der Normalfall war stets, daß er beide Augen zudrückte, und es fehlte auch nicht an Zuwendungen in der denkbar diskretesten Form, wie sich die vertragschließenden Parteien ausdrückten. Die Spieler Vetustas hatten eine Tugend: Sie saßen nicht die Nächte durch. Sie waren vielbeschäftigte Leute, die zeitig aufstehen mußten. Da ging der Doktor Soundso um zehn nach Hause, nachdem er seine Tageseinnahmen verspielt hatte: Um sechs Uhr morgens stand er wieder auf, lief durch Pfützen und Schmutz die ganze Stadt ab, bot Schnee, Regen, Hagel und Kälte Trotz und kehrte nach einem mühsamen Arbeitstag, wie mit einer Opfergabe zum Altar, zurück, um die verdienten Peseten auf das grüne Tuch zu legen. Anwälte, Notare, Kaufleute, Industrielle, Beamte, Gutsbesitzer – alle taten dasselbe. Beim Tresillo, im Leseraum, beim Billard, in den Gesellschafts-, Domino- und Schachzimmern fand man stets die gleichen Leute. Aber die »Lasterhöhle« war der Ort, wo sich sämtliche Berufe, alle Altersklassen, alle Gesinnungen, Geschmacksrichtungen und Temperamente zusammenfanden.

Nicht umsonst hieß es, daß sich Vetusta durch seinen glühenden Patriotismus, seine Frömmigkeit und seine Vorliebe für verbotene Spiele auszeichnete. Die Frömmigkeit und der Patriotismus erklärten sich aus der Geschichte; die Vorliebe fürs Spiel durch den vielen Regen in Vetusta. Was sollten die Klubmitglieder tun, wenn man nicht spazierengehen konnte? Deshalb hatte Don Pompeyo Guimarán, der Philosoph, vorgeschlagen, die Kathedrale in eine überdachte Wandelhalle umzuwandeln. »Das ist ja hanebüchen!« erwiderte Cármenes unter dem Strich in der »Kreuzfahne«.

Die Frömmigkeit, wiewohl sie in der bedauerlichen Form des Aberglaubens auftrat, äußerte sich auch beim Laster des Glücksspiels. Man erzählte sich im Kasino die tollsten Dinge vom Aberglauben der vollendetsten Spieler. Ein Kaufmann, liberal und kein bißchen bigott, hatte am Eingang dieses Erholungszentrums ein Paar alte Schuhe hinterlegt. Er kam ins Kasino, zog die Schuhe mit den zerrissenen Sohlen an und ging hinauf, sein Glück zu versuchen. Er schwor, nie sei ihm das Glück hold gewesen, wenn er neue Stiefel trug. So wurde er zu einem Spieler aus dem Barfüßerorden. Sein Glauben, verbunden mit einer gewissen anrüchigen Erfahrung, brachte ihm sicheren Gewinn. Eines Jahres widmete er dem heiligen Franziskus eine pompöse Novene, an der das ganze »erbaute Vetusta« teilnahm, wie Bermúdez sagte.

Nachdem Bedoya, unbemerkt an den beiden sanft schlafenden Portiers vorbeischlüpfend, das Kasino verlassen hatte, war niemand mehr dort außer acht oder zehn eingeschworenen Nachtschwärmern: wenige und stets dieselben. Einige waren aus der Bahn geworfene Menschen, die sich das Nächtedurchbummeln in Madrid angewöhnt hatten, andere Eleganten und Leichtfüße aus Vetusta, die sie nachahmten. Aber von dieser Runde der letzten Stunde wird später zu reden sein, weil zu ihr Personen gehörten, die in dieser Geschichte eine wichtige Rolle spielen.

Es war halb vier Uhr nachmittags. Es regnete. Im Saal neben

dem ehemaligen Lesezimmer saßen die üblichen Klubmitglieder: die, die überhaupt nicht spielten, und die sechs, die sich dem Schach widmeten. Die letzteren hatten ihre Bretter an eine Balkontür gerückt, um mehr Licht zu haben. In der Tiefe des Saales schien sich schon die Nacht auszubreiten. Auf einem Marmortisch leuchtete zwischen dichtem Tabaksqualm wie ein Stern durch den Nebel die Flamme einer Kerze, die zum Zigarrenanzünden diente. Verborgen im Schatten eines Winkels, saßen rings um diesen Tisch, teils bequem auf einem Diwan zurückgelehnt, teils in Schaukelstühlchen aus Korbgeflecht, ein halbes Dutzend Gründungsmitglieder, die sich seit undenklichen Zeiten Punkt drei Uhr dort einstellten, um ihren Kaffee mit Schuß zu trinken. Sie sprachen wenig. Niemand erlaubte sich das Wagnis einer Äußerung, die möglicherweise nicht einstimmig gebilligt werden könnte. Dort fällte man das Urteil über die Männer und Ereignisse des Tages, doch ohne Leidenschaft. Man verdammte, ohne seine Ehre zu kränken, jeden Neuerer, jeden, der etwas getan, was aus der gewohnten Ordnung fiel. Man lobte ohne sonderlichen Enthusiasmus die Mitbürger, die höflich und zurückhaltend zu sein wußten, unfähig, eine Sache auf die Spitze zu treiben. Lieber lügen als das. Don Saturnino Bermúdez hatte in diesem Kreis respektabler Herren mehr als einmal die Huldigungen einer vorsichtigen Bewunderung empfangen. Im allgemeinen jedoch zogen sie es vor, von Tieren zu sprechen, etwa vom Instinkt des Hundes und des Elefanten, wiewohl sie ihnen selbstverständlich die Vernunft absprachen. »Der Biber legt heute seinen Bau wie zu Adams Zeiten an; er hat keine Vernunft, es ist Instinkt.« Desgleichen sprachen sie von der Nützlichkeit mancher Tiere, vom Schwein zum Beispiel, bei dem alles zu verwerten war, von der Kuh, der Katze ... Und noch interessanter fanden sie das Gespräch, wenn es sich um unbelebte Dinge drehte. Das Zivilrecht fesselte sie desgleichen, soweit es Verwandtschaftsverhältnisse und Erbfolge berührte. Ging irgendein Klubmitglied vorbei, und einer dieser Gründer kannte es nicht, so fragte er:

»Wer ist denn das?«

»Das ist der Sohn von ... der Enkel von ... verheiratet mit ... der Schwester ...«

Und wie die Perlen an der Schnur marschierte, durch verwandtschaftliche Bande verknüpft, fast ganz Vetusta auf. Solch eine Erklärung schloß immer mit demselben Satz:

»Wenn man genau hinsieht, sind wir hier alle um ein paar Ecken miteinander verwandt.«

Die Meteorologie fehlte ebenfalls nie in den Banalitäten dieser Plauderstunden. Der Wind, der gerade wehte, beunruhigte die verdienstvollen Herren stets aufs äußerste. Der gegenwärtige Winter war immer der kälteste von allen, deren sie sich erinnerten, einer ausgenommen.

Hin und wieder wurde auch ein bißchen geklatscht, doch mit größter Zurückhaltung, insbesondere, wenn man von Geistlichen, Damen und Amtspersonen sprach.

Ungeachtet der Gemütlichkeit solcher Unterhaltung, zog die Gruppe der ehrwürdigen Alten, unter denen sich ein einziger junger Mann befand – und der wahr kahlköpfig –, das Schweigen dem angenehmsten Geplauder vor. Und ersterem ward vornehmlich diese Art von Mittagsschlaf geweiht, den man mit offenen Augen hielt: Fast immer saßen sie schweigend da.

Nicht weit von ihnen saßen zwei oder drei Gruppen, bei denen es recht laut zuging und die sie bisweilen nicht wenig störten; in der Ferne hörte man das widerliche Klappern der Dominospieler, die von den Ehrwürdigen aus ihrem Saal verbannt worden waren. Die beim Domino waren fast immer dieselben: ein Professor, zwei Ingenieure und ein Justizbeamter. Sie lachten und schrien viel und warfen sich, doch stets im Scherz, Grobheiten an den Kopf. Diese vier durch die doppelte Sechs verbundenen Freunde hätten Wissenschaft, Recht und öffentliche Bauten verraten, um eine Partie zu retten. Im Ballsaal, wo das Spielen und Kaffeetrinken verboten war, wandelten die Herren vom Gericht und andere Persönlichkeiten von Bedeutung, zum Beispiel der Marqués de Vegallana, wenn dieser an den Regentagen seinen gewohnten Spaziergang nicht machen konnte, auf und ab.

Lebhaft ging es nur in den Gruppen der obenerwähnten Ruhestörer zu.

»Denen ist nichts und niemand heilig«, meinten die Alten im Winkel. Obwohl sie nur zwei Schritte von ihnen entfernt saßen, kam man nur selten miteinander ins Gespräch. Die Alten schwiegen und richteten.

»Welch leichtfertiges Geschwätz!« sagte einer der Ehrwürdigen leise.

»Haben Sie bemerkt«, wurde ihm erwidert, »daß sie selten von wirklichen Anliegen der Provinz sprechen?«

»Einzig, wenn Señor Mesía kommt . . .«

»O ja, mit Señor Mesía . . . das ist etwas anderes.«

»Ja, er ist ein ganzer Mann. Versteht eine Menge von Finanzen und dem, was man Volkswirtschaft nennt.«

»Ich gebe nichts darauf, aber ich ehre das Andenken von Flórez Estrada, den ich gekannt habe, sehr.«

Alles, nur keinen Streit. Sowie eine Diskussion aufflackerte, warf man Erde darüber und versank wieder in Schweigen.

Am Tisch gegenüber äußerte sich lautstark ein Herr, der liberaler Bürgermeister gewesen und unter sämtlichen politischen Systemen Wucherer war, dazu boshaft und ein Feind der Priester, weil er so seinen Liberalismus mit geringer Mühe zu beweisen dachte.

»Nun wollen wir doch mal sehen!« rief er. »Wer hat Ihnen gesagt, daß der Generalvikar der Präsidentin nicht die Beichte abnehmen wollte?«

»Ich habe es von jemandem, der Doña Anita mit eigenen Augen die Kapelle Don Fermíns betreten und ihn vorbeigehen sah, ohne die Präsidentin zu begrüßen.«

»Nun, ich habe gesehen, wie sie sich auf dem Espolón begrüßten und miteinander sprachen.«

»Stimmt!« rief ein dritter. »Ich habe sie auch gesehen. De Pas ging mit dem Erzpriester und die Präsidentin mit Visitación. Mehr noch: Der Generalvikar wurde feuerrot.«

»Allerhand, allerhand!« rief der ehemalige Bürgermeister und tat empört.

»Ich weiß mehr als Sie alle zusammen!« überschrie sie ein junges Bürschchen, das Zamacois, Luján, Romea (den Neffen) und alle Schauspieler Madrids nachahmte, wo er soeben das medizinische Staatsexamen abgelegt hatte.

Er dämpfte die Stimme, gebot mit einem Zeichen Schweigen; die ganze Runde steckte die Köpfe zusammen, er hielt die Hand an den Mund, ließ den Stuhl, auf dem er rittlings saß, vornüberkippen, bis die Rückenlehne die Tischkante berührte, und sagte:

»Paquito Vegallana hat's mir erzählt. Der Erzpriester, der berühmte Don Cayetano, hat Anita gebeten, den Beichtvater zu wechseln, weil . . .«

»Holla, holla!« fiel ihm der Feind des Klerus in die Rede. »Woher willst du wissen, weshalb? Das Beichtgeheimnis!«

»Schön, schön. Ich weiß es aus guter Quelle. Paquito hat's mir gesagt. Mesía« – und er dämpfte die Stimme noch mehr –, »Mesía macht der Präsidentin schöne Augen.«

Allgemeiner Aufruhr. Gebrummel in der finsteren Ecke.

Das war denn doch zuviel!

Man durfte klatschen und unbegründetes Zeug reden, aber das ging zu weit. Das mit dem Generalvikar und dem Beichtgeheimnis mochte noch hingehn, aber die Präsidentin beleidigen! Dieser Milchbart war nicht bei Troste!

»Meine Herren, ich habe nicht gesagt, daß die Präsidentin darauf eingeht, sondern nur, daß es Mesía versucht, das ist ein großer Unterschied.«

Alle bestritten die Wahrscheinlichkeit der Behauptung.

»Mein Lieber! ... Die Präsidentin! Das ist stark!«

Das Bürschchen zuckte die Achseln. Er wisse es genau, und zwar vom jungen Marqués, Mesías Intimus.

»Na, schön und gut«, sagte Señor Foja, der einstige Bürgermeister, »aber was hat die Sache, daß Mesía mit der Präsidentin anbändeln will, mit dem Generalvikar und der Beichte zu tun?«

Er wollte seine Beute nicht loslassen. Nicht immer konnte man im Kasino schlecht von der Geistlichkeit reden.

»Sehr viel; der Erzpriester hat nämlich den anderen um Beistand gebeten. Er will ihm die Gewissenslast der Dame aufbürden.«

»Junge, Junge, du wirst dir den Mund verbrennen«, bemerkte der Vater des Herrn Naseweis, der dabei war und die Dreistigkeit des Jungen bewunderte, die dieser gewiß in Madrid auf seine Kosten erworben hatte.

»Ich will sagen, daß Anita, wie wir alle wissen, zum Grübeln neigt« – und er senkte die Stimme noch mehr, und die anderen rückten noch näher, bis sie eine Traube von Köpfen bildeten, einer zweiten Glocke von Huesca gleich –, »sie neigt zum Grübeln und hat die Blicke vielleicht bemerkt ... und dann, nicht wahr ... sie wird eben beizeiten vorsorgen ... Schwierige Gewissensfragen sind nicht des Erzpriesters Fall, dafür versteht der Generalvikar eine Menge davon.«

Die Runde konnte nicht umhin, verständnisinnig zu lächeln.

Der Papa des Lästermauls staunte offenen Mundes und zwinkerte einem Freund zu. Es war schon so, daß die Jungen nur in Madrid gescheit wurden. Teuer zu stehen kam's ja, aber zum Schluß zahlte es sich aus.

Die ungenierte Art des Jungen rief zunächst Widerspruch hervor, bald jedoch siegte seine boshafte Spötterei und das schnoddrig Madriderische seines Mienenspiels und Tonfalls.

Damals begann in gewissen Künstler- und Gesellschaftskreisen gerade die sogenannte Flamenco-Mode guter Ton zu werden. Das Arztkücken trug eine enge Hose und wußte die Zotteln, die man sich seinerzeit in die Stirn strich, raffiniert mit den Strähnen zu kombinieren, wie sie sich die Toreros in die Schläfen kämmen. Seine Frisur glich einer Perücke in Laubsägearbeit.

Er hieß Joaquín Orgaz und machte allen heiratsfähigen Mädchen der Stadt schöne Augen, was besagen will, daß er sie beharrlich anstarrte und zu seiner Freude von ihnen wieder angeschaut wurde. Er hatte das Studium in diesem Jahr beendet, und es war seine Absicht, sobald wie möglich ein reiches Mädchen zu heiraten. Sie würde die Mitgift, er sein Aussehen, den Doktortitel und seine Flamenco-Allüren mit in die Ehe bringen. Er war nicht dumm, aber seine sklavische Befolgung der Mode ließ ihn alltäglicher erscheinen, als er vielleicht war. Doch war er in Madrid einer von vielen gewesen, so hatte er in Vetusta nicht mehr als fünf oder sechs Rivalen zu fürchten, die gleich ihm solche Manieren einführten. In den Semesterferien nutzte er die Zeit, Zugang zu den reichen oder adligen Familien Vetustas zu suchen. Er war ein intimer Freund von Paquito Vegallana geworden, und es fiel, wenn auch von fern, ein wenig von dem Glanz auf ihn, der von dem berühmten Mesía, dem tonangebenden Elegant Vetustas, ausging. Orgaz nannte ihn Alvaro wegen der großen Vertraulichkeit, die zwischen Paco und Mesía herrschte, und da er, Orgaz, Paquito duzte ...

Joaquín belebte sich durch den Anklang, den seine Klatschereien gefunden hatten, und verstieg sich zu der Behauptung, daß die Achtung und Bewunderung, die jedermann der Präsidentin entgegenbringe, spießig sei.

»Sie ist eine schöne, eine sehr schöne Frau; eine Frau von Geist, wenn Sie wollen, eines anderen Rahmens, höheren Fluges würdig ... Wenn Sie in mich dringen, will ich sogar zugeben, daß sie eine außergewöhnliche Frau ist – falls es solche Frauen überhaupt gibt –, aber schließlich ist sie eben eine Frau, *et nihil humani ...*« Er wußte nicht, was dieses lateinische Zitat hieß, nicht wie es weiterging, auch nicht, von wem es war, aber er führte es immer im Munde, wenn es um mögliche menschliche Schwächen ging.

Die Herren am Tisch lachten schallend.

Sogar lateinisch kann der Schlingel lästern! dachte der Vater und fand sich für die Opfer, die ihn dieser Teufelskerl kostete, mit jedem Mal besser entschädigt.

Joaquinito, dessen Gesicht vor Freude und auch ein wenig vom Anisbranntwein, den er getrunken, gerötet war, hielt es für angebracht, das Gebäude seines Ruhms durch ein neues Lied zu krönen. Er stand auf, streckte ein Bein vor, drehte sich auf einem Absatz und sang:

»Mach mir die Türe auf,
das kleine Hintertürchen . . .«

Man muß mit der vorgefaßten Meinung der Stadt Schluß machen! Die Präsidentin! Als ob sie nicht auch aus Fleisch und Blut wäre! Und Alvaro ist immer unwiderstehlich gewesen . . . Orgaz junior unterbrach den Indianertanz, den er während dieser Überlegungen begonnen hatte. Im Nachbarzimmer hatten Tritte gedröhnt, die den Fußboden erzittern ließen.

»Da kommt der Engländer«, knirschte Joaquín und wurde ein bißchen blaß.

In der Tat, es war Ronzal.

Pepe Ronzal, auch Trabuco, das Donnerrohr, genannt – weshalb, wußte man nicht –, stammte aus Pernueces, einem Dorf in der Provinz. Als Sohn eines reichen Herdenbesitzers konnte er in der Hauptstadt seinen Studien nachgehen, was für welchen, wird man gleich sehen. Schon als junger Mann leidenschaftlich dem Monte ergeben wie Vinculete dem Tresillo, hatte er nicht einmal in den Ferien Lust, nach Pernueces zurückzukehren, um sich kein Spiel entgehen zu lassen. Sein Studium konnte er nicht abschließen. Das traditionelle Wohlwollen der Professoren genügte bei Trabuco nicht, das Lizentiat beider Rechte zu erwerben. Einmal wurde er bei einer Prüfung gefragt:

»Was ist ein Testament, Herr Kandidat?«

»Ein Testament . . . ist, wie der Name sagt, was die Verstorbenen machen.«

Außer Trabuco nannte man ihn noch mit einer ironischen Anspielung, die er nicht verstand, den »Studenten«.

Die Zeit ging dahin, der Herdenbesitzer starb, Pepe Ronzal hörte auf, der »Student« zu sein, verkaufte seine Ländereien, zog in die Hauptstadt und stieg in die Politik ein, wie und weshalb, weiß man nicht genau.

Feststeht, daß er vom Tisch eines Wahlausschusses ins Rathaus hinüberwechselte und vom Ratsherrn zum Landtagsabgeordneten für Pernueces. Wenn er auch nie seine überkommene Unwissenheit ablegen konnte, machte er doch in der Art, sich zu bewegen und zu kleiden, ja selbst im Grüßen mit der Zeit allmählich Fortschritte, und man mußte schon ein wenig länger in Vetusta leben, um sich der bäurisch-ungehobelten Anfänge dieses Mannes noch zu erinnern. Seit dem Jahre der Restauration galt Ronzal schon als unternehmender Mann, der eine glückliche Hand in Liebesabenteuern bestimmter Art und in Schiebungen bei den Rekrutenaushebungen hatte. Er war ein entschiedener Anhänger der bestehenden Institutionen. Das Haar trug er nach dem Vorbild der Männer auf den Briefmarken und Pesetenstücken, und was sein Schuhwerk betraf, so trug er allerfestestes, eisenbeschlagenes. Er meinte, das verliehe ihm das Aussehen eines vornehmen Engländers.

»Ich bin in allen Dingen sehr englisch gesonnen«, erklärte er emphatisch, »insbesondere in puncto Schuhen.«

Er »kämpfte« in der reaktionärsten der Parteien, die sich an der Macht abwechselten.

»Gebt mir ein Volk wie die Angelsachsen, und ich werde Liberaler.«

Späterhin wurde er Liberaler, ohne daß man ihm das Volk der Angelsachsen gab, sondern etwas anderes, was aber nicht in diese Geschichte gehört.

Er war groß, wuchtig und nicht schlecht gebaut, hatte einen kleinen runden Kopf mit einer schmalen Stirn und die ausdruckslosen, scheuen Augen eines wilden Tiers. Mit Ronzal sprechen, ihn angeregt, gesprächig, mit großem Nachdruck und mit Begeisterung ungereimtes Zeug daherreden sehen, um gleichzeitig zu bemerken, daß seine Augen sich nicht bewegten und nichts von alldem ausdrückten, sondern mit dem Staunen und Mißtrauen der Tiere aus dem Walde starr geradeaus blickten – das jagte einem kalte Schauer über den Rücken.

Er hatte eine gesunde braune Gesichtsfarbe und wohlgeformte Waden. Worin er seiner Zeit voraus war, das waren die Beinkleider, denn er trug die Pantalons sehr kurz. Stets trug er, war es nun warm oder kalt, passend oder nicht, Handschuhe. Für ihn war der Handschuh stets das Kennzeichen der Vornehmheit gewesen, wie er sagte, des Herrschaftlichen, wie er ebenfalls erklärte. Überdies schwitzte er an den Händen.

Er verabscheute alles, was nach Plebs roch. Die »lächerlichen Republikaner« hatten in ihm einen unerbittlichen Feind. An einem San-Francisco-Tag hatte der Klubdiener an den Balkons des Kasinos keine Teppichbehänge angebracht. Ronzal, der damals schon zum Vorstand gehörte, wollte den unseligen Angestellten von einem dieser Balkons hinunterstürzen.

»Señor!« jammerte der Diener. »Heute ist doch nur San Francisco de Paula!«

»Was hat das zu sagen, du Schafskopf!« entgegnete Trabuco rasend. »Paula hin, Paula her, wenn San Francisco ist, ist Galatag, und da wird rausgehängt!«

So verstand er den Dienst an der bestehenden Ordnung.

Mit Ausbrüchen wie diesem verschaffte er sich nach und nach Respekt.

Das heißt, es lachte ihn niemand mehr ins Gesicht hinein aus. Er war scharfsinnig genug, um zu begreifen, daß die Welt viel auf den äußeren Schein gab und daß im Kasino die als die Gescheitesten galten, die am lautesten schrien, am starrköpfigsten waren und die meisten Tageszeitungen lasen. Da sagte er sich: Die Bildung ist ein notwendiges Zubehör. Ich werde also gebildet sein. Glücklicherweise bin ich energisch – er hatte sehr kräftige Fäuste –, an Dickschädligkeit kann ich's mit jedermann aufnehmen. Damit, und dann noch die »Correspondencia« gelesen, werde ich der Hippokrates der Provinz.

Hippokrates war für ihn der Lehrer Platos.

Von da an las er Zeitungen und Romane von Pigault-Lebrun und Paul de Kock, die einzigen Bücher, die er ansehen konnte, ohne auf der Stelle einzuschlafen. Aufmerksam verfolgte er sämtliche Gespräche, die sich nach Bildung anhörten. Vor allem jedoch suchte er sich durch großen Stimmaufwand durchzusetzen, womit er stets die Oberhand behielt.

Trieben ihn die Argumente des Gegners ein wenig in die Enge, ließ er alle Minen springen, vielmehr sein Stöckchen aus spanischem Rohr, mit dem er herumfuchtelte, und schrie:

»Lassen Sie sich gesagt sein, daß ich dazu überall und jederzeit stehe! Überall und jederzeit!«

Und dieses »Überall und jederzeit« wiederholte er fünf-, sechsmal, damit des anderen Aufmerksamkeit auf Redewendung und Stock gelenkt werde und er sich besiegt gab.

Er bekam spitz, daß die ungefährlichsten Diskussionen die über ganz allgemeine oder weit abliegende Dinge waren, und so wurde die Außenpolitik seine starke Seite. Je ferner das Land war, desesn Probleme erörtert wurden, desto mehr behagte es ihm. In diesem Fall lag die Gefahr in den geographischen Irrtümern. Er pflegte die Länder mit den kommandierenden Generalen der Invasionsheere zu verwechseln. Anläßlich eines unglücklichen Wortwechsels sah er sich genötigt, mit dem Hauptmann Bedoya handgemein zu werden, der die Existenz des Generals Sewastopol bestritt.

Desgleichen glaubte er, seinen Ruf als Mann von großen Geistesgaben festigen zu können, indem er seine Kräfte im Schach erprobte, und verwandte viel Energie auf dieses Spiel. Als er eines Nachmittags im Beisein mehrerer Klubmitglieder spielte und schon viele Figuren verloren hatte, sah er seine Rettung in der Umwandlung eines Bauern zur Dame.

»Der marschiert runter!« rief er und bohrte seinen Blick in den des Gegenspielers.

»Das ist doch unmöglich!«

»Wieso ist das unmöglich?«

Und der Gegner zog instinktiv einen Stein zurück, der dem Bauern, aus dem eine Dame werden sollte, im Wege stand.

»Das wird eine Dame, und ich setze meine Ehre darein«, fügte Trabuco ermutigt hinzu und schlug sich mit der Faust auf die Brust.

Da räumte der Gegner unwillkürlich ein weiteres Feld.

Und so verwandelte der energische Landtagsabgeordnete von Pernueces Zug um Zug, wobei er bei jedem einzelnen sein Leben einsetzte, den Bauern in eine Königin und gewann das Spiel.

Diese und andere Eigenschaften zeichneten Pepe Ronzal aus, vor dem Joaquinito Orgaz so große Angst hatte. Vielleicht wußte der aus Pernueces, daß Joaquinito seine Dummheiten und die Art, sie herauszubringen, vollendet nachahmte. Überdies war Ronzal Don Alvaro Mesía und allen, die sein Loblied sangen und seine Freunde waren, spinnefeind. Joaquín war mit dem jungen Marqués, dem Sohn des Marqués de Vegallana, ein Herz und eine Seele und dieser wiederum der vertraute Freund Don Alvaros.

»Guten Abend, meine Herren«, sagte Ronzal und setzte sich zu der Runde.

Er legte seine Handschuhe auf den Tisch, bestellte Kaffee und fixierte Joaquín, der sich am liebsten unsichtbar gemacht hätte.

»Über wen geht's denn her, junger Herr?« fragte der Deputierte und klatschte dem Gecklein mit der flachen Hand auf den nicht eben strammen Schenkel.

Wollte man Beine sehen, dann nur bei Ronzal. Tatsächlich streckte er sie neben denen des jungen Mannes aus, um den Herren Gelegenheit für Vergleiche zu geben.

»Über niemanden«, antwortete Joaquín und zuckte die Achseln.

»Das glaube ich nicht. Die jungen Herren aus Madrid haben immer etwas über die armen Provinzler zu bemerken.«

»So ist es in Wahrheit«, sagte der frühere Bürgermeister. »Ihr Freund, der Generalvikar, war heute das Opfer.«

Ronzal wurde ernst.

»Holla!« sagte er. »Auch ein *Espifor?« (Esprit fort* in Trabucos Französisch).

»Es ging«, fuhr Foja fort, »um die Blicke, die eine gewisse, bis heute hochgeachtete Dame erwidert oder nicht, und um den geistlichen Zuspruch, den ihr gepeinigtes Gewissen in der geistlichen Führung Don Fermíns sucht oder nicht ... Hehehe!«

Ronzal begriff nicht.

»Was soll das? Ich fordere, daß man sich deutlich ausdrückt.«

Joaquinito sandte einen hilfesuchenden Blick zum Papa.

Señor Orgaz ermannte sich denn auch und brummte:

»Na, na, fordern ...«

»Jawohl, Señor: fordern! Und ich setze meine Ehre darein.«

»Ja, aber was fordern Sie denn nun eigentlich?« fragte der junge Mann und raffte für dieses forsche Auftreten all seinen Mut zusammen.

»Ich fordere, was ich das Recht habe zu fordern, jawohl. Und wiederhole, daß ich meine Ehre dareinsetze.«

»Aber worein denn?«

»Darein!«

Joaquinito zuckte, totenblaß, wieder die Achseln. Er hatte begriffen, daß es hier gar nicht mehr aufs Rechtbehalten ankam. Ronzals Waldkateraugen sprühten schon Funken. Er hatte sich verrannt, und in einem Streit womöglich den Faden zu verlieren brachte ihn stets in höchste Wut.

»Jawohl, Señor, in diese Frage! Und ich wünsche, daß man sich deutlich ausdrückt.«

Er wußte selbst nicht mehr, was er eigentlich forderte.

Foja nahm es auf sich, die Dinge klarzustellen.

»Señor Ronzal wünscht eine Erklärung, ob man glaubt, daß er es sei, der die erwähnten Blicke wirft.«

»So ist es«, sagte Ronzal, der nicht an dergleichen gedacht hatte, sich aber durch die Unterstellung geschmeichelt fühlte.

»Ich wünsche zu wissen«, fuhr er fort, »ob man glaubt, daß ich imstande sei, die Tugendhaftigkeit dieser hochachtbaren Dame ins Gerede zu bringen.«

»Aber welcher Dame denn?«

»Dieser, Don Joaquinito, dieser. Und ich lasse nicht mit mir spaßen.«

Der Streit wurde hitziger. Die ehrwürdigen Herren aus der dunklen Ecke mußten eingreifen, so schwer war der Zwischenfall. Sie stellten sich einmütig auf die Seite Señor Ronzals, wenn sie auch sahen, daß er sich zu sehr erregte. Sie legten ihm den Fall dar, denn er hatte noch niemandem Zeit gelassen, ihm die Sachlage zu erklären. Es gehe nicht um ihn, Ronzal. Man habe dort, mit mehr oder weniger Besonnenheit, erklärt, daß der Herr Generalvikar von nun an Beichtvater von Señora Doña Ana de Ozores de Quintanar sein werde, weil diese angesehene und äußerst tugendhafte Dame, vor den Nachstellungen eines Galans fliehend, der nicht Señor Ronzal sei . . .

»Mesía ist's«, warf Joaquín ein.

»Wer das sagt, lügt!« schrie Trabuco, aufs höchste aufgebracht über diese Erklärung. »Dieser Señor Don Juan Tenorio soll woanders anklopfen! Die Präsidentin ist eine uneinnehmbare Festung. Und was den betrifft, der solche Geschichten in ein öffentliches Lokal trägt . . .«

»Das Kasino ist kein öffentliches Lokal«, fiel im Foja ins Wort.

»Und man sprach vertraulich, unter Freunden«, fügte Orgaz senior hinzu.

»Und das mit dem Juan Tenorio, das lassen Sie mal Mesía hören!« rief Orgaz junior von der Tür aus, bereit davonzulaufen, falls die Anzüglichkeit den Wüterich aus Pernueces außer Rand und Band bringen sollte.

Nichts dergleichen geschah. Trabuco wurde rot wie eine Tomate, rührte sich nicht und sagte:

»Mich schreckt kein Mesía noch sonst wer! Was ich sage, sage ich jedem ins Gesicht, *surbicesorbi!« (Urbi et orbi* in Ronzalschem Latein.) »Es sieht ja fast aus, als ob Don Alvarito kleine

Kinder fräße und alle Frauen bei ihm . . .« Und er sagte etwas Unflätiges, das die Herren im dunklen Winkel empörte.

»Ruhe!« erdreistete sich Joaquinito mit gesenkter Stimme zu sagen, ohne die Tür zu verlassen . . .

»Wie bitte? Ruhe? Mir soll ja keiner . . . Junger Herr!«

Man hörte ein klangvolles, dröhnendes Lachen, das das Blut des hitzigen Ronzal gefrieren ließ. Kein Zweifel, es war das Lachen Mesías. Er sprach gerade mit den Herren am Dominotisch im Nebenzimmer. In seiner Begleitung befanden sich Paco Vegallana und Don Frutos Redondo. Sie kamen an den Tisch Ronzals. Der hatte sich wieder gesetzt und beklagte sich, daß sein Kaffee, den er nun in kleinen Schlucken trank, kalt geworden sei.

Der Runde hatte er mit einem Zeichen angedeutet, daß er aus purer Diskretion schwieg.

Don Alvaro Mesía war größer als Ronzal und viel schlanker. Er kleidete sich in Paris und fuhr selbst hin, um sich Maß nehmen zu lassen. Ronzal bestellte seine Sachen in Madrid, mußte für jeden Anzug den dreifachen Preis bezahlen, und nie saßen seine Gehröcke richtig. Immer trug er sich nach der vorletzten Mode. Mesía fuhr oft nach Madrid und ins Ausland. Obwohl er aus Vetusta stammte, sprach er ohne heimischen Akzent. Wenn Ronzal ein korrektes Spanisch sprechen wollte, klang es wie bei einem Galizier. Mesía sprach Französisch, Italienisch und ein bißchen Englisch. Der Abgeordnete für Pernueces beneidete den Klubvorsitzenden glühend.

Keinen Vetustenser fand er dem Sohne seiner Mutter überlegen, weder was Mut, Eleganz, Glück bei den Damen noch was das politische Ansehen betraf, ausgenommen Don Alvaro. Trabuco mußte sich eingestehen, daß er an ihn, sein Schönheitsideal, nicht heranreichte. Seiner Phantasie erschien der Klubvorsitzende ganz wie ein Held aus dem Roman, ja aus dem Epos. Er hielt ihn für kühner als den Cid, für waffengeübter als einen Zuaven. Er fand, daß er aussah wie ein Bild aus dem Modejournal. Seine Anzüge waren ihm ewiges Vorbild aller Kleidung. Und was den Ruf anlangte, den Don Alvaro als verwegener und unwiderstehlicher Herzensbrecher genoß, so erachtete er ihn für verbürgt und für das beneidenswerteste Gut, das ein Lebemann in dieser vertrackten Welt begehren konnte. Obwohl er tagtäglich die boshaften Gerüchte weitertratschte, die über den Ursprung des mittleren Vermögens umliefen, das man dem

Klubvorsitzenden zuschrieb, glaubte er, Ronzal, nicht, daß Mesía auch nur einen einzigen Céntimo unredlich erworben habe.

Ronzal gehörte innerhalb der Königstreuen zum reaktionären Flügel, und Mesía, Monarchist auch er, trat in Vetusta als Oberhaupt der liberalen Partei auf, welche die bestehende Ordnung respektierte. Überall sah sich ihm Ronzal gegenüber, aber als der Unterlegene. Ronzals Partei war am Ruder, er selbst saß als Abgeordneter in der Ständigen Kommission, betrat aber Don Alvaro die Kammer, so stellte er ihn sofort in den Schatten. Mesía gehörte nicht zum Haus, er verfügte dort über eine winzige Minderheit, dennoch zogen vom Pförtner bis zum Präsidenten alle den Hut vor ihm, und alles drehte sich nur noch um Don Alvaro. Es gab keinen von Don Alvaro lancierten Bürgermeister, dessen Rechenschaftslegung nicht in bester Ordnung befunden worden wäre, keinen von Mesía protegierten Rekruten, der nicht todkrank gewesen wäre, keine von ihm vorgelegte Eingabe, die den Instanzenweg nicht durchflog.

Und erst die Frauen!

Wenn im Theater das ganze Publikum seine Aufmerksamkeit auf die Bühne richtete, starrte ein Zuschauer, Ronzal nämlich, oft von seinem Sperrsitz auf den eleganten Mesía, diesen blonden, blassen Hahn im Korbe, und seine braunen, fast immer unbeteiligten, doch brennenden Augen, wenn er eine Frau verzaubern wollte. Dieses Chemisett, dieser unnachahmliche »Plaston«, wie Ronzal sagte, von einem Glanz, den man in Vetusta nicht hervorzurufen verstand, der auf den Hemden aus Madrid einfach nicht erscheinen wollte, zog die Augen des Landtagsabgeordneten an wie das Licht die Motten. Abergläubischerweise maß er dem »Plaston« einen großen Anteil an den amourösen Siegen seines Feindes bei.

Er, Ronzal, trug ebenfalls oft ein Vorhemd, fühlte sich aber allmählich immer wieder zur geschlossenen Weste und gestreiften Krawatte hingezogen. Dann sah er das Vorhemd des anderen und kehrte wieder zur offenen Weste zurück. Ronzal beobachtete Mesía, und wenn sein verhaßtes Vorbild applaudierte, applaudierte auch er, aber gemessen und leise wie der andere. Doch legte dieser Don Alvaro auf so einmalige Art die Ellenbogen auf die Logenbrüstung und wandte sich dann zurück, um mit seinen Freunden zu sprechen, daß es Trabuco im Leben nicht nachzuahmen vermochte. Wenn Mesía sein Theaterglas über Logen und Sperrsitze streichen ließ, verfolgte Ronzal die Bewegungen des Glases, das ihm vorkam wie zwei Kanonenrohre, geladen mit todbringenden Kartätschen. Wehe der Frau, auf die dieser Herzensbrecher zielte! Verheiratet oder ledig – in Ronzals Augen war sie schon sterblich verliebt oder zumindest entehrt.

Besser als alle anderen kannte er die Opfer dieses Don Juan von Vetusta. Er belauerte ihn, verfolgte seine Blicke wie seine Schritte, deutete sein Lächeln aus, und mehr als einmal – eher sterben, als es zugeben! –, mehr als einmal wartete er die Zeit ab, bis der andere einer Dame müde war, um dann zu versuchen, sie in den plumpen, ungeschickten Netzen Ronzalscher Verführungskunst zu fangen. In solchen Fällen stand er gewöhnlich vor der Tatsache, daß Paco Vegallana, der junge Marqués, die Überbleibsel vom Tische verzehrte.

Das alles wußte Trabuco, aber er sagte es niemandem.

Er leugnete die Eroberungen Mesías.

»Er wird schon alt«, pflegte er zu sagen. »Ich will nicht behaupten, daß er seinerzeit in seiner Jugend, als die Sitten verdorben waren, dank der glorreichen . . . Ich will nicht behaupten, daß er damals nicht das eine oder andere kleine Abenteuer hatte. Aber heutigentags, im gegenwärtigen historischen Moment« – der aus Pernueces glaubte es selbst, wenn er das sagte – »ist die Sittenstrenge unserer Familien der beste Schild.«

Diese Gespräche wiederholten sich tagtäglich. Der Gegenstand der Verleumdung wechselte selten, die Kommentare noch seltener und die Redensarten genaugenommen gar nicht. Man konnte fast im voraus ankündigen, was jeder sagen werde und wann.

Don Alvaro merkte, daß man bei seinem Erscheinen ein Gespräch abgebrochen hatte. Das war er gewöhnt. Er kannte den Haß, den ihm der aus Pernueces entgegenbrachte, und die Bewunderung, die sich diesem Haß beimischte. Ihn ergötzte und amüsierte der Groll Ronzals, des eifrigen Verbreiters der Legende, deren Held Mesía war. Und diese Legende war äußerst nützlich, für vielerlei Dinge. Er hatte auch die groteske Nachäfferei des »Studenten« – Mesía nannte ihn immer noch so – durchschaut und hatte seine Freude daran, ihn zu beobachten, als betrachte er sich in einem Zerrspiegel. Er war ihm nicht übel gesonnen und hätte ihm einen Gefallen getan, wenn es nicht viel Mühe gekostet hätte. Manchen hatte er ihm vielleicht schon erwiesen, ohne daß es der andere wußte.

Obwohl man nicht mehr ausdrücklich auf die Präsidentin anspielte, sprach man wieder von verheirateten Frauen.

Ronzal verteidigte wie immer ganz allgemein die gegenwärtige Sittlichkeit, die man der Restauration verdanke.

»Na, na, gerade wo Sie, mein lieber Ronzal, in diesen Zeiten so strenger Sittlichkeit...«, sagte der Bürgermeister mit seiner gewohnten Bosheit.

Trabuco lächelte einen Augenblick, wurde aber sogleich wieder ernst und rief:

»Weder ich noch sonstwer! Glauben Sie mir! In Vetusta bietet das Leben der Unmoral keinen Anreiz. Ich behaupte nicht, daß alles Tugend sei, aber es fehlt an Gelegenheiten. Und der heilsame Einfluß des Klerus, insbesondere des Domkapitels, bewirkt viel. Wir haben einen Bischof, der ein Heiliger ist, einen Generalvikar...«

»Oje, der Generalvikar! Erzählen Sie mir doch keine Geschichten! Wenn ich reden wollte... Überdies wissen Sie ja alle...«

Es war Foja, der diese Andeutungen von sich gab.

»Der Herr Generalvikar«, sagte Mesía und richtete damit zum erstenmal das Wort an die Runde, »der Herr Generalvikar ist nun zwar nicht gerade ein Heiliger, aber ich glaube auch nicht, daß er geradezu hinterher ist.«

»Was heißt das?« fragte Joaquinito Orgaz.

Foja erklärte es ihm.

Man diskutierte, ob der Generalvikar hinter den Frauen her sei. Ronzal, Orgaz senior, der junge Marqués, Mesía und vier weitere verneinten es, während Foja, Joaquinito und noch zwei es bejahten.

Nachdem man die Abstimmung gewonnen hatte, erklärte der Klubvorsitzende, um der Minderheit entgegenzukommen, unparteiisch, daß der eigentliche Fehler des Generalvikars die Simonie sei.

Der junge Marqués, Lizentiat des kanonischen und des Zivilrechts, ließ sich das Wort erklären.

Don Alvaro zufolge waren Ehrgeiz und Habsucht die Hauptfehler des Generalvikars, besonders die Habsucht. Ansonsten sei er ein Gelehrter, vielleicht der einzige wirkliche Gelehrte Vetustas, ein unvergleichlich besserer Redner als der Bischof.

»Er ist kein Heiliger«, fuhr er fort, »aber was man da von Doña Obdulia und ihm und auch von ihm und Visitación erzählt, darf man nicht glauben. Und was gar seine Beziehungen zum Hause Páez angeht, so verwahre ich mich, der ich Don Manuels enger Freund bin und seine Tochter schon kannte, als sie noch so klein war« – seine Hand zeigt eine halbe Elle –, »gegen alle diese verleumderischen Unterstellungen.«

Ronzal merkte sich das Wort, er glaubte, es heiße »Hinterstellungen«.

»Was für Unterstellungen?« fragte der junge Marqués, der nur aus Fragen zu bestehen schien.

»Das weißt du nicht? Nun, es heißt, Olvidito sei Don Fermín willenlos ergeben, daß sie nicht heirate und nicht heiraten werde, weil er eine Nonne aus ihr machen will, daß Don Manuel dies billige und ...«

»Und ich schwöre Ihnen, daß es stimmt, Señor Don Alvaro!« rief Foja.

»Glauben Sie denn auch, daß der Generalvikar der Kleinen den Hof macht?«

»Ja, das ist es, was ich nicht weiß.«

»Und das andere wissen Sie auch nicht«, sagte Ronzal.

Mesía sah ihn an und pflichtete seinen Worten mit einem Kopfnicken und einem liebenswürdigen Lächeln bei.

»Señores«, fuhr Trabuco, mutiger werdend, fort, »das ist ein Skandal! Hier wird alles politisiert. Der Herr Generalvikar ist in jeder Hinsicht eine hochachtbare Persönlichkeit.«

»Das will ich meinen!«

»Larifari!«

»Dummes Gewäsch!«

Ein kurzes Schweigen trat ein. Der ehemalige Bürgermeister war kein Joaquinito Orgaz.

Das mit dem Gewäsch schrie nach Blut. Ronzal war das klar, aber er wußte nicht, wie er dem frechen Liberalen antworten sollte.

Schließlich sagte er:

»Sie sind ein Flegel.«

Foja, der zu beleidigen verstand, aber auch selbst Beleidigungen einsteckte, gab sich nicht gekränkt.

»Was ich sage, kann ich beweisen«, entgegnete er. »Der Generalvikar ist eine Landplage für die Provinz: Den Bischof hat er um den Finger gewickelt, den Klerus in die Tasche gesteckt. In den fünf oder sechs Jahren, die er Generalvikar ist, ist er Millionär geworden. Vom Beichtstuhl will ich gar nicht erst reden, und der Marienverein ... Lassen wir das! Aber man kann ihn nirgends fassen. Das ist die Wahrheit, die reine Wahrheit. Und an dem Tage, wo es in Spanien eine auch nur halbwegs liberale Regierung gibt, wird dieser Mensch hier mit wehender Soutane davonlaufen. Verlassen Sie sich drauf!«

Daran maß der ehemalige Bürgermeister die Freiheit: ob man den Klerus verfolgte oder nicht. Diese Verfolgung und die Freiheit des Handels waren das Wesentliche. Und die Freiheit des Handels beschränkte sich für ihn auf die Freiheit des Zinssatzes. Er war immer noch mehr Wucherer als Pfaffenhasser.

Obwohl ein Klatschmaul, wagte er für gewöhnlich nicht, die Geistlichkeit auf so freche Weise zu beleidigen, und seine Äußerungen riefen Erstaunen hervor.

Wie hatte sich dieser durchtriebene, stets vorsichtige Duckmäuser zu solchen Ausfällen hinreißen lassen können? Aber dem war nicht so. Er war ganz ruhig und kannte seine Rolle genau. Seine Absicht war, sich bei Don Alvaro aus bestimmten Gründen einzukratzen. Obwohl der Klubvorsitzende so tat, als nähme er den Domherrn in Schutz, stand es für Foja fest, daß er ihm alles andere als wohlgesonnen war.

»Señor Foja«, erwiderte Mesía in der Gewißheit, daß alle erwarteten, er würde sprechen, »alles, was Sie da gesagt haben, ist zumindest gehörig übertrieben.«

»Vox populi ...«

»Das Volk ist dumm!« rief Ronzal. »Das Volk hat unsern Herrn Jesus Christus gekreuzigt und Hippokrates den Schierlingsbecher gegeben.«

»Sokrates«, verbesserte Orgaz junior und rächte sich so unter dem sicheren Schutz Don Alvaros.

»Das Volk«, fuhr der andere unbeirrt fort, »brachte Ludwig XVI. aufs Schafott.«

»Auf Wiedersehn«, warf Foja ein, »nun ist er nicht mehr zu bremsen.«

Er langte nach seinem Hut und fügte hinzu: »Gott befohlen, meine Herren. Wo die Gelehrten reden, haben die Unwissenden nichts mehr verloren.« Und damit ging er zur Tür.

»Übrigens, weil wir gerade von Gelehrten sprechen«, warf Don Frutos Redondo, der Amerikaner, ein, der bis dahin kein Wort gesagt hatte. »Wir haben da noch eine Wette laufen, Señor Ronzal ... Sie werden sich sicher erinnern ... Wegen dieses Wortes.«

»Welches?«

»Das Wort ‚Hafer'. Sie sagten, man schreibe es mit b.«

»Und ich bleibe dabei und setze meine Ehre darein.«

»Nein, nein, bei mir können Sie nicht drum herumreden. Sie hatten um ein Gericht Kuttelflecke gewettet.«

»Es bleibt dabei.«

»Also gut! Ahahahaha! Man bringe den Calepino aus der Bibliothek!«

»Man bringe ihn!«

Ein Kellner brachte das Wörterbuch. Solche Konsultationen waren häufig.

»Suchen Sie zuerst mit b«, sagte Ronzal mit Donnerstimme zu Joaquinito, der es mit Wonne auf sich genommen hatte, dem aus Pernueces eins auszuwischen.

Don Frutos schwamm in Seligkeit. Eine Million von den vielen, die er besaß, hätte er für so einen Sieg dahingegeben. Jetzt würde sich herausstellen, wer dümmer war. Er zwinkerte allen zu, lachte zufrieden und rieb sich die Hände.

»Welch herrliche Kuttelflecke!«

Orgaz suchte feierlich »Hafer« mit b. Er fand es nicht.

»Sie suchen es sicherlich mit v. Suchen Sie unter b, weiches b!«

»Nichts, Señor Ronzal, es steht nicht da.«

»Jetzt suchen Sie's mit f!« rief Don Frutos, nunmehr ernst. Er wollte im Augenblick des Sieges eine würdige Haltung zeigen.

Ronzal war rot wie eine Tomate. Er blickte auf Mesía, der den Zerstreuten spielte.

Schließlich sprang Trabuco auf, entschlossen, alles auf eine Karte zu setzen, stellte sich mitten in den Saal und riß Orgaz das Buch grob aus den Händen, so daß dieser meinte, er werde es ihm an den Kopf werfen. Aber nein, er warf es auf einen Diwan und schrie:

»Señores, diese Schwarte mag behaupten, was sie will, ich versichere Ihnen auf Ehrenwort: das Wörterbuch, das ich zu Hause habe, schreibt Hafer mit b.«

Don Frutos schickte sich an zu protestieren, aber Ronzal fuhr, ohne ihm dafür Zeit zu lassen, fort:

»Wer das bestreitet, zeiht mich einer Lüge, zweifelt an meiner Ehre, wirft mir den Handschuh ins Gesicht, und in so einem Falle stehe ich zu seiner Verfügung. Man weiß ja, wie solche Dinge bereinigt werden.«

Don Frutos sperrte den Mund auf.

Foja war so kühn, von der Tür aus einzuwerfen:

»Señor Ronzal, ich glaube nicht, daß Señor Redondo oder sonstwer es wagen würde, an Ihrem Wort zu zweifeln. Wenn Sie ein Wörterbuch haben, in dem Hafer mit b geschrieben wird, dann können wir Ihnen nichts am Zeuge flicken. Lassen Sie ihn sich gut bekommen! Ich kann mir schon denken, was für ein Wörterbuch das ist . . . Sicherlich das amtliche.«

»Jawohl, Señor, es ist das Wörterbuch der Regierung.«

»Nun, das hat das letzte Wort.«

Don Frutos gab sich zufrieden. Er hatte den Witz mit dem Hafer, der dem anderen gut bekommen sollte, begriffen und tat, als gebe er sich besiegt.

»Einverstanden, Señores«, sagte er. »Reden wir nicht mehr davon! Ich bezahle die Kuttelflecke.«

Fast immer galt er in diesem Kreis als der Ungebildetste, und Ronzal als Zielscheibe des allgemeinen Spottes zu sehen bereitete ihm ein Heidenvergnügen.

Man einigte sich dahingehend, daß Don Frutos die ganze Runde zum Abendessen einlud. Wahrlich, eine seltene Großzügigkeit bei diesem so sparsamen Mann! Ronzal glaubte, sich kraft seiner Energie einmal mehr durchgesetzt zu haben. Und noch dazu gerade jetzt, vor Don Alvaro! Er nahm Abendessen und Siegerrolle an, so sicher er auch sein mochte, daß es bei ihm zu Hause kein Wörterbuch gab. Aber wo es Foja sagte . . .

Der Regen hatte aufgehört. Die Versammlung ging auseinander, und man verabschiedete sich bis zum Abend. Das waren, Orgaz senior ausgenommen, die ständigen Nachtschwärmer.

Das Essen sollte zu später Stunde stattfinden. Ungeachtet seiner vielen Verpflichtungen erklärte sich Mesía bereit, daran teilzunehmen.

Wie beneidete ihn Ronzal um diesen Satz! Er sah, daß alle Anwesenden diese »Verpflichtungen« auf dieselbe Art gedeutet hatten. Ach, es waren Verabredungen mit Damen! Vielleicht mit der Präsidentin! dachte der aus Pernueces und nahm sich vor, ihm nachzuspionieren.

Don Alvaro Mesía, Paco Vegallana und Joaquinito Orgaz gingen zusammen weg. Der junge Marqués merkte, daß Orgaz Don Alvaro störte.

»Hör mal, Joaquín, eben fällt mir ein . . . weißt du nicht, was los ist?«

»So rede schon!«

»Du hast einen ernstzunehmenden Rivalen.«

»In welcher . . . Arena?«

»Du hast recht, ich vergaß, daß du mehrere Eisen im Feuer hast. Es handelt sich um Obdulia.«

»Holla!« sagte Mesía und lächelte aus purem Mitleid. »Soll das heißen, daß Sie die kleine Witwe sturmreif schießen?«

»Ja«, sagte Paco. »Es ist die . . . große Belagerung Wiens.«

Joaquinito geriet trotz seiner Flamencomanieren in Verlegenheit, er fühlte sich halb beschämt und halb geschmeichelt. Er wußte zuverlässig, daß Don Alvaro der Geliebte Obdulias gewesen war, denn sie hatte es ihm selbst gestanden. Der einzige, nach den Worten der Dame. Orgaz jedoch vermutete, daß Paco das Erbe dieser Liebschaft angetreten hatte. Obdulia schwor, es sei nicht an dem.

»Ja, dein Rivale ist Don Saturnino Bermúdez, der Nachfahre von hundert Königen, du weißt schon, mein Vetter, wie er behauptet. Ich glaube, gestern hat es in der Kathedrale einen kleinen Skandal gegeben, denn Palomo hat sie fast mit dem Besenstiel hinaustreiben müssen. Ja, dachtest du denn, Obdulia hat nur Rendezvous in Kohlenkellern? O nein, auch in Palästen und Tempeln. *Pauperum tabernas, regumque turres.*«

Mit schlecht gespielter Munterkeit fragte Joaquinito:

»Aber woher weißt du denn das alles?«

»Ganz einfach! Die Señora de Infanzón. Hier, Don Alvaro weiß, wer sie ist.«

»Ja«, sagte Mesía, »die aus Palomares.«

»Ja, die. Also, die war mit Obdulia in der Kathedrale. Der Kunsthistoriker begleitete sie, und ich glaube, sie haben sich in der Reliquienkapelle, in der Krypta und der Königsgruft, kurz überall herzhaft . . . Händchen gedrückt. Die Infanzón erzählte es Mama, die sich totlachen wollte. Die Dame vom Lande war schrecklich aufgebracht. Heute wollte nun meine Mutter zum Spaß – du weißt ja, was die Arme an solchen Dingen für Vergnügen findet – Obdulia und Don Saturno zusammen zu sich bitten, um zu sehen, was sie für Gesichter machen würden, wenn sie auf die Vorgänge von gestern anspielte. Sie schickte eine Einladung, aber Obdulia ließ sich entschuldigen: Sie müsse am Nachmittag bei Visitación sein, um das Gebäck für das Picknick zu bereiten. Du weißt schon, das Picknick ihres Kränzchens.«

»Ja, ich weiß.«

»Nun findest du sie also dort, mit bloßen Armen, und na ja, schließlich ist der Ofen zum Backen da.«

»Um der Wahrheit die Ehre zu geben«, bemerkte Mesía, »die Witwe ist bei solcher Beschäftigung zum Anbeißen. Ich habe sie mal bei Paco gesehen, eine große weiße Schürze vorgebunden, im enganliegenden Unterkleid, die Waden sahen ein Stückchen hervor, die Arme waren ganz frei, das Gesicht gerötet von geschäftigem Eifer.«

Joaquín schluckte.

»Sie ist eine tolle Frau«, sagte er, ohne sich beherrschen zu können. »Und er?« fügte er hinzu.

»Wer?«

»Dieser Klugschwätzer.«

»Ah! Don Saturnino? Nun, der kam ebenfalls nicht. Er antwortete mit einem parfümierten Billettchen, wie es alle seine Briefe sind, daß man meint, sie kommen von einer Edelkokotte.«

»Was antwortete er?«

»Daß er bettlägrig sei und Mama doch so freundlich sein solle, ihm das Rezept von dem wirkungsvollen Abführmittel zu schikken, das sie kenne. Der arme Bermúdez könnte glücklich sein – vorausgesetzt, er sticht dich aus –, wenn diese Unregelmäßigkeiten seiner Verdauungswege nicht wären.«

Joaquín erging sich noch ein paar Minuten in solchen Späßen, dann verabschiedete er sich.

»Armer Teufel!« sagte Mesía.

»Er ist schwerfällig wie ein Bleiklotz.«

Sie schwiegen. Vegallana warf seinem Freund dann und wann einen schrägen Blick zu. Don Alvaro schien nachdenklich. Das war die Stille, wie sie interessanten Eröffnungen vertrauter Freunde vorangeht.

Ihre Freundschaft war wie die zwischen einem jungen Vater und einem Sohn, der zu ihm wie zu einem achtenswerten, klügeren Kameraden steht. Doch darüber hinaus sah Paco in seinem Mesía einen Helden. Weder daß er Erbe des beneidenswertesten Titels in Vetusta war noch sein gutes Aussehen oder sein Glück bei Frauen machten Paco so stolz wie seine Vertrautheit mit Don Alvaro. Vierzig Jahre und ein paar darüber zählte der Klubvorsitzende, zwischen fünfundzwanzig und sechsundzwanzig der künftige Marqués, aber trotz dieses Altersunterschiedes verstanden sie sich gut, hatten sie den gleichen Geschmack, dieselben Ansichten, weil Vegallana darin seinem Idol nachzueifern trachtete. Er ahmte ihn nicht in Kleidung oder Manieren nach, weil Don Alvaro, als er Ansätze dazu bemerkte, diskret darauf hingewiesen hatte, daß derlei Nachahmungen lächerlich und albern seien. Indem er sich über Trabuco mokierte, hatte er Paco, der den Instinkt des wirklichen Elegants besaß, davon abgebracht. So wahrte also der junge Marqués seine eigene Note, kleidete sich nach der Mode, so, wie sie sein Schneider in Madrid verstand, der ihn ernst nahm und ihn sich als intelligenten, lohnenden Kunden warmhielt. Er übertrieb in keiner Richtung, trug die Anzüge nicht zu eng und nicht zu lose, überschritt weder in Kragenecken noch Hutkrempen Maß und Ziel.

Er achtete darauf, daß seine Kleidung Stil hatte, um nicht einer Modepuppe zu gleichen. An die Schneider Vetustas glaubte er nicht und kaufte in seiner Heimat nicht einen Hosensteg. Im Sommer gab er weißen Hüten, hellen Jacketts und lustigen Krawatten den Vorzug. Das Wesen guter Kleidung lag in der Gewähltheit und Korrektheit, die Gefahr in der Übertreibung des Dutzendgeschmacks. Er war weiß und rosig, doch ohne eine Spur von Verweichlichung, denn er hatte einen schönen Teint, gutes Blut und strotzte vor Gesundheit. Die Frauen lobten an ihm vor allem den Mund, die Zähne inbegriffen, die Hände und Füße. Selbst an den Orten, wo der Mensch alle Illusionen verliert, weil Liebe dort Beruf ist, machte er wirkliche Eroberungen, und darauf bildete sich der junge Marqués nicht wenig ein, der die in ehrlichem Kampf gewonnenen Geliebten mit Verachtung behandelte, mit großer Rücksicht, ja selbst Liebe hingegen diejenigen, die ihn sein Geld kosteten. Seine Lektüre beschränkte sich auf die »Geschichte der Prostitution« von Dufour, auf die »Kameliendame«, ihre Nachkömmlinge und noch ein paar weitere Lobreden auf die gefallene Frau in Romanform. Er glaubte an das gute Herz derer, die Bermúdez Dirnen nannte, und an die absolute Verkommenheit der oberen Klassen. Er war sicher, daß die Welt verfaulen würde, wenn kein neuer Barbareneinfall käme. Er bedauerte das, fand es aber sehr unterhaltsam.

Zudem glaubte er, ein guter Ehemann müsse zuvor viele Abenteuer erlebt haben. Er war für eine ebenso magere wie tugendhafte reiche Erbin ausersehen und hatte, ehe er seine Hand vergab, zur Bedingung gestellt, daß man ihm noch viele Jahre der Freiheit lasse, in denen er sich darauf vorbereiten wollte, ein Mustergatte zu werden. Der Zweifel, der ihn plagte und den er Mesía mitteilte, war der folgende:

»Muß ich nun bald heiraten, damit ich meine Frau nicht als alte Schachtel in die Arme schließe, oder soll ich sie lieber als alte Schachtel nehmen, um länger frei zu bleiben und andere Freuden zu genießen?«

Er dachte selbstverständlich nicht daran, einmal verheiratet, sich der ehebrecherischen Liebe zu enthalten. Aber die Bequemlichkeit? Das verstohlene Davonschleichen und sich wie ein Verbrecher verbergen müssen?

Er zog es vor, sich weiter auf den guten Ehemann vorzubereiten.

Nach Mesía gab es wenig so erfolgreiche Frauenverführer wie den jungen Marqués. Die Eitelkeit half ihm mitunter bei seinen Eroberungen: Nicht wenige Frauen ergaben sich dem künftigen Marqués de Vegallana. Andere Male aber, und das schätzte er mehr, siegten seine sanften, zärtlichen blauen Augen und seine Liebeskünste.

»Zum Genießen«, sagte er, »die zwischen dreißig und vierzig. Die wissen besser Bescheid und lieben einen seiner persönlichen Qualitäten willen.«

Wie eine reiche, elegante Dame ihren Zofen fast neue Kleider schenkt, so vermachte Mesía seinem Freund oft kaum gebrauchte Geliebte. Und weil es Mesía war, nahm er sie gern. So sehr bewunderte er ihn.

Paco war von mittlerem Wuchs, und Arm in Arm mit seinem Freund wirkte er klein, denn Mesía war noch größer als der Muskelprotz aus Pernueces.

»Wo gehen wir hin?« fragte Vegallana, um die erwartete vertrauliche Mitteilung herauszukitzeln.

Don Alvaro zuckte die Achseln.

»Vielleicht ist sie bei uns zu Hause.«

»Wer?«

»Anita, wer sonst?«

Don Alvaro lächelte und musterte Paco mit väterlicher Liebe.

Er nahm ihn bei den Schultern, zog ihn zu sich heran und sagte:

»Junge, du bist ein Enfant terrible! Welch treuherzige Offenheit! Aber wer hat dir's denn gesagt?«

»Die da.«

Paco legte zwei Finger auf die Augen.

»Was hast du gesehen? Das ist nicht möglich. Ich bin sicher, daß ich nicht unvorsichtig war.«

»Und sie?«

»Sie ... Ich bin mir nicht einmal im klaren, ob sie weiß, daß sie mir gefällt.«

»Pah! Ich bin da ganz sicher. Mehr noch: Ich bin sicher, daß auch du ihr gefällst.«

Mesías Hand zitterte leicht auf der Schulter Vegallanas.

Der junge Marqués spürte es und sah dem Gesicht seines Freundes an, was für Anstrengungen er unternahm, seine Freude zu verbergen. In die kalten Augen des Dandys kam Leben. Er zog an der Zigarre und stieß den Rauch aus, um seine Erregung dahinter zu verbergen.

Ein paar Schritte gingen sie schweigend nebeneinander.

»Was hast du bei ihr gesehen?«

»Holla! Das scheint ja tief zu sitzen!«

»Das will ich meinen. Und wo meinst du, daß es sitzt?«

Vegallana sah Mesía an.

Der deutete mit einer halb ernsten, halb scherzhaften Handbewegung aufs Herz.

»Pff!« machte Paco durch die Lippen.

»Du bezweifelst es?«

»Ich bestreite es.«

»Sei nicht dumm! Du glaubst nicht an die Möglichkeit, sich zu verlieben?«

»Ich verliebe mich sehr leicht.«

»Das ist es nicht.«

»Du wirst ja rot!«

»Ja, ich schäme mich. Was willst du? Das muß das Alter machen.«

»Na, laß mal sehen, was fühlst du denn?«

Mesía erklärte Paco seine Gefühle. Er belog ihn, wie er gewisse Frauen belog, die eine ähnliche Erziehung und Gefühlswelt hatten wie der junge Marqués. Pacos Phantasie, seine Gewohnheiten, die eigentümliche Verkehrung seiner Moralbegriffe hatten ihn seelisch verweichlicht, so daß er soundso vielen, stets gut gelaunten Frauen und jungen Mädchen glich, die, in Müßiggang und Überfluß aufgewachsen, inmitten des leicht zugänglichen, geläufigen Lasters bei bestem Appetit unbekümmert in den Tag hineinlebten.

Er verfiel leicht in eine verschwommene Gefühlsduselei, die

er wie diese Frauen für eine hochentwickelte Empfindsamkeit, ja fast für eine Tugend hielt. Aber diese Damentugend richtete sich nach den Gesetzen einer privilegierten Moral, die bei weitem nicht so streng ist wie die langweilige Moral der gemeinen Menge. Ohne sich darüber viel Gedanken zu machen und ohne überhaupt klar zu denken, erhoffte sich Paco noch immer eine reine, große Liebe wie die Liebe in den Romanen und Theaterstücken. Er sah ein, daß es lächerlich war, sie zu suchen, und erklärte sich in diesen Dingen zum Skeptiker. Aber tief im Innern, in Gefilden seines Geistes, die er selten betrat, sah er undeutlich »etwas Besseres« als die üblichen Flirts, etwas Ernsthafteres als befriedigte fleischliche Gelüste und zufriedengestellte Eitelkeit. Damit dies alles an die Oberfläche kam und er dessen inneward, mußte eine kraftvollere Phantasie als die seine die Tätigkeit seines Hirns anregen. Mesías einschmeichelnde, betörende Beredsamkeit war da der geeignetste Anreiz. In der Viertelstunde, da sie durch Gassen und über kleine Plätze schlenderten, ließ Don Alvaro den anderen dieses unbestimmte Etwas der geistigen Liebe fühlen, und das war das Höchste, zu dem sich der Geist des jungen Marqués emporzuschwingen vermochte.

Ja, alles das war rein. Freilich, es handelte sich um eine verheiratete Frau; aber die ideelle Liebe, die Liebe feiner, auserwählter Seelen, schreckt vor keiner Schranke zurück. In Paris, ja selbst in Mardrid liebte man verheiratete Damen unbedenklich. Darin gab es keinen Unterschied zwischen der reinen und gewöhnlichen Liebe.

Dem Haupt der liberal-monarchistischen Partei Vetustas lag viel daran, daß Paco glaubte, er sei auf solche zarte und verfeinerte Art verliebt. Wenn er ihn von der Reinheit und Stärke dieser Leidenschaft überzeugte, würde er ihm nicht wenig helfen. Die Vegallanas waren mit der Präsidentin eng befreundet. Paco hatte zu seiner Freundin Anita nie ein Wort von Liebe gesagt, und sie schätzte ihn sehr. So verschlossen sie sonst war, Paco gegenüber war sie mitteilsamer. Außerdem konnte man sie im Hause des Marqués oft sehen, in anderen dagegen höchst selten. Wenn Mesía etwas erreichen wollte, konnte er Paco nicht entbehren. Einmal angenommen, Ana erklärte sich bereit, ganz allein mit ihm zu sprechen. Wo konnte das geschehen? Im Hause des Präsidenten? Unmöglich, dachte der Verführer. Das wäre bereits ein regelrechter Verrat, wie er die Frauen am meisten schreckt. Auf derlei Heimlichkeiten konnte sich die Präsidentin nicht einlassen, wenigstens am Anfang nicht. Pacos Haus war neutrales Gebiet, der geeignetste Ort, eine Belagerung nach allen Regeln der Kunst ins Werk zu setzen und die weiteren Ereignisse abzuwarten. Don Alvaro wußte das aus langer Erfahrung. Im Hause Vegallana hatte er seine größten Liebessiege errungen. Sein Stolz gebot ihm, Ana Ozores zuliebe nicht die Ausnahme zu machen, die ganz Vetusta für unerläßlich halten mußte.

Eben deswegen wollte er dort siegen, damit sie es sahen.

Im Gelben Salon mußte es geschehen, im berühmten Gelben Salon. Was verstand schon Vetusta von diesen Dingen? Die Präsidentin war auch nur eine Frau wie alle übrigen. Weshalb waren sie dann alle miteinander nicht davon abzubringen, sie für unverwundbar zu halten? Was für einen Panzer trug sie um ihr Herz? Mit welch einzigartiger, wundertätiger Salbe machte diese Frau das schwache Fleisch feuerfest? Mesía glaubte nicht an die absolute Tugend der Frau; darin, meinte er, bestünde seine Überlegenheit, die ihm alle bescheinigten. Ein schöner Mann, der er zweifellos war, mit solchen Überzeugungen mußte unwiderstehlich sein.

»Ich glaube an mich und an sie nicht.« Das war seine Devise.

Der abergläubische Respekt, den die Tugendhaftigkeit der Präsidentin ganz Vetusta einflößte, diente nur dazu – er wußte es wohl –, sein Begehren anzustacheln, sich mehr und mehr darein zu verbohren, so daß, was er jetzt seinem jungen Freund von seiner Verliebtheit erzählte, nicht weit hinter der Wahrheit zurückblieb.

Er sei, vor allen anderen Dingen, Politiker, ein Politiker, der Liebe und sonstige Leidenschaften für sein persönliches Vorwärtskommen ausnutzt.

Dies war seit über sechs Jahren sein Glaubenssatz. Zuvor hatte er erobert um des Eroberns willen. Jetzt tat er es mit Überlegung und Verstand, für ein bestimmtes Ziel. Er hatte da einen umfassenden Plan, in dem die Gattin eines Politikers, die er in den Bädern von Palomares kennengelernt, eine große Rolle spielte. Auch so eine Tugendhafte. Eine bombenfeste Tugend aus der großen Welt. Nun gut, er hatte begonnen, diese Festung zu unterminieren. Es war ein Prachtplan. Er baute auf einen guten Ausgang, überstürzte aber nichts. In schwierigen Dingen brach er nie etwas übers Knie. Er, der stürmische Draufgänger, der die Keuschheit eines drallen Bauernmädchens in zweistündigem Kampf zu Fall gebracht, der in einer Nacht ein Hochzeitspaar entzweit, um an die Stelle des Bräutigams zu treten, der Stegreif-Don-Juan, ging in schwierigen Fällen mit der Geduld eines schüchternen Studenten zu Werke, der platonisch liebt. Es gab Frauen, die nur so erlagen, es sei denn, daß sich unter verbürgter Geheimhaltung ausreichend Gelegenheiten für direkte Angriffe boten. Dann verkürzten sich die Fristen bis zur Kapitulation beträchtlich. Die Gattin des großen Tiers aus Madrid gehörte zu denen, wo man Jahre brauchte. Aber in diesem Fall verbürgte der Triumph einen großen Sprung nach vorn in der Karriere, und das war für Mesía, den Politiker, die Hauptsache. Jetzt begann man in Vetusta darüber zu reden, ob er ein Auge auf die Präsidentin geworfen habe oder nicht. Er schämte sich geradezu, es sich selbst einzugestehen! Seit zwei Jahren mußte sie glauben, er sei in ihre Schönheit verliebt. Ja, zwei ganze Jahre schon verehrte er sie insgeheim und klug von ferne, fast immer stumm, ohne mehr sprechen zu lassen als die Augen, die Art, wie er um sie herumschlich, und bestimmte Posen, die Trauer oder Ungeduld, vielleicht sogar Verzweiflung ausdrückten. Und – noch ärgere Schmach! – genausolange warb auch der Poet Trifón Cármenes, der in die Präsidentin lyrisch verliebt war. Don Alvaro hatte es wohl gemerkt, und obgleich ihm der Rivale nicht sonderlich gefährlich erschien, war es doch lächerlich, mit so einer traurigen Figur Operationsplan und Angriffstaktik gemein zu haben. Aber am Anfang blieb nichts anderes übrig, er mußte so vorgehen. Freilich hatte er den Poeten weit zurückgelassen; der war nicht über die keineswegs schmeichelhafte Anfangssituation hinausgekommen: Die Präsidentin wußte nicht einmal, daß dieses Kerlchen in sie verliebt war. Ana sah, wie er sie manchmal anstarrte, und dachte: Wie zerstreut doch dieser Dichterling von der »Kreuzfahne« ist! Seine Reime müssen ihn schwer beschäftigen. Und augenblicklich vergaß sie wieder, daß es auf der Welt einen Cármenes gab.

Dann hatte der Poet keinen Zeugen seiner Schmerzen mehr als Mesía, den einzigen Menschen auf der Welt, der den tiefen, verborgenen Sinn der erotischen Verse Cármenes' begriff. Diese Elegien muteten wie Scharaden an, die nur Don Alvaro, der Besitzer des Schlüssels, lösen konnte. Diese, wie er meinte, lächerliche Seite seines Vorhabens brachte den wackeren Mesía einmal in Wut und versetzte ihn dann wieder in heiterste Laune. Es war grotesk! Er Trifóns Nebenbuhler! Man mußte einen Sturmangriff wagen. Es mußte nun schon genügend vorbereitet sein. »Es« war das Herz der Präsidentin.

Der Klubvorsitzende maß die Fortschritte der Kultur daran, wie langsam oder schnell derlei Geschichten von der Stelle kamen. Vetusta war ein primitives Nest. Man sah es schon daran, wie es ihm mit Anita Ozores erging. Es stimmte, er hatte in diesen zwei Jahren andere Festen erobert. Aber keines seiner Abenteuer hatte Staub aufgewirbelt. Nichts, gar nichts konnte die Präsidentin mit Bestimmtheit wissen, und die Liebe und Beständigkeit des zurückhaltenden Verehrers mußten für sie so gut wie ausgemacht sein. Don Alvaro bewahrte in solchen Dingen eine anerkennenswerte Verschwiegenheit. Von seinen derzeitigen Abenteuern wußten die wenigsten etwas. Was sich herumgesprochen hatte und was er sogar selbst erzählte, waren alte Geschichten. Durch diesen Umstand und die natürliche Eitelkeit, die eine Frau dahin bringt, sich wirklich geliebt zu glauben, konnte die Präsidentin, wenn ihr daran lag, meinen, der Don Juan Vetustas habe seinen lockeren Lebenswandel aufgegeben, um zu einem treuen, beständigen und platonischen Liebhaber ihrer Anmut zu werden. Das war es, was er genau wissen wollte. Glaubte sie an ihn? Würde sie ihm die Ruhe ihres Gewissens und andere Annehmlichkeiten, die sie jetzt in ihrem ehrbaren Heim genoß, opfern?

Durch ein paar vielleicht etwas zu gewagte Andeutungen hatte er an Boden verloren, und zur gleichen Zeit hatte die Präsidentin ihren Beichtvater gewechselt.

Jetzt kann alles verloren sein, hatte Don Alvaro gedacht. Die Frömmigkeit ist ein gefährlicherer Rivale als Cármenes, der Generalvikar ein ernster zu nehmender Zerberus als Don Víctor Quintanar, mein guter Freund.

So blieb also nichts weiter übrig, als alles auf eine Karte zu setzen. Die Zeit der Ernte war gekommen. Würde sie ihn abblitzen lassen? Er hoffte es nicht; die Vorzeichen standen nicht übel. Jedoch er schwebte, obwohl er sich's nicht eingestand, in tausend Ängsten. Deshalb verdroß ihn das abergläubische Vertrauen in die Tugendhaftigkeit dieser Dame noch mehr. Es verdroß ihn deshalb so sehr, weil er diesen dummen Glauben wider Willen teilte.

Bei alledem liegen mir Zeugnisse vor, die das Gegenteil besagen, dachte er, gewisse Indizien. Außerdem glaubte er nicht an die standhafte Frau. Herr im Himmel! Wo das selbst in der Bibel stand! Wo gäbe es wohl ein standhaftes Weib?

Hätte Paco Vegallana diese Gedanken seines Freundes gekannt, er hätte ihm seine wirksame Unterstützung bei der Eroberung der Präsidentin versagt. Nur die heftige, unüberwindliche Liebe konnte alles entschuldigen. Jedenfalls dachte Pacos Moral so. Wenn Don Alvaro so heftig und wahrhaftig liebte, vergab sich die Präsidentin nichts, wenn sie ihn erhörte. Eine verheiratete Frau sündigte nicht so sehr wie eine ledige, wenn sie einen Fehltritt beging, weil ja, das leuchtete ein, sich die verheiratete nicht bloßstellt.

»Das ist die positive Moral!« erklärte der junge Marqués allen Ernstes, wenn ihm jemand irgendwelche Gegengründe dawiderhielt. »Ja, Señor, das ist die moderne, wissenschaftliche Moral. Und was sich Positivismus nennt, verkündet nichts anderes. Unmoralisch ist, was irgendwem effektiven Schaden zufügt. Welchen Schaden fügt man aber einem Ehemann zu, der nichts davon weiß?«

Paco glaubte, daß dies die Philosophie der letzten Mode besagte, und er fand sie für solche Nutzanwendungen vortrefflich geeignet, wiewohl er sie als guter Konservativer nicht auf den Universitäten gelehrt sehen wollte.

Weshalb? Weil das Wissen um diese Dinge nichts für kleine Jungen ist.

Als sie am Tor des Palastes der Vegallana anlangten, hatte dessen künftiger Herr Tränen in den Augen. So sehr hatte ihm Mesías Beredsamkeit an die Seele gerührt! Wie groß stand jetzt sein Don Alvaro vor ihm! Größer denn je. Somit verbarg sich also hinter dem ausgemachten Skeptiker, dem desillusionierten Dandy ein anderer Mensch? Wer hätte das gedacht? Hätte Paquito anstelle der »Geschichte der Prostitution« gewisse Moderomane gelesen, hätte er gewußt, daß Don Alvaro nichts weiter tat, als die Helden dieser eleganten Bücher nachzuahmen, und zwar recht stümperhaft, denn er war ja in erster Linie Politiker. Dennoch, einiges, was Mesía glich, fand Paco in seiner Lektüre. Don Alvaro war eine Marguerite Gauthier des starken Geschlechts, ein Mann, fähig, durch Liebe erlöst zu werden. Es galt, ihn zu erlösen, ihm um jeden Preis zu helfen.

Don Víctor Quintanar, der unfähig war, äußerlich skeptisch, kalt und prosaisch, im Innern aber romantisch und weich zu sein, mußte schon entschuldigen!

Als sie die Treppen hinaufstiegen, war Paco Vegallana, die beste Partie für die Mädchen der Stadt, zu zweierlei entschlossen:

1. die Liebe zwischen der Präsidentin und Mesía, die er für ausgemacht hielt, nach besten Kräften zu fördern, und

2. für den eigenen Gebrauch eine neuromantische Liaison, eine wahre Leidenschaft zu suchen, die im Einklang stand mit seiner Vorliebe für füllige Formen und volle Rundungen, was er, versteht sich, nicht so bezeichnete.

»Wer ist oben?« fragte er einen Diener in der Gewißheit, daß es die Präsidentin sei.

»Zwei Damen.«

»Wer?«

Der Diener überlegte.

»Die eine ist, glaube ich, Doña Visita, obwohl ich sie nicht gesehen habe. Aber man hört sie von weitem. Wer die andere ist, weiß ich nicht.«

»Gut, gut«, sagte Paco und wandte sich zu Mesía um. »Sie sind es. In den letzten Tagen weicht Visita nicht von Anas Seite.«

Mesía zitterten, sehr gegen seinen Willen, ein wenig die Beine.

»Höre«, sagte er, »gehen wir erst einmal in dein Zimmer. Dort wirst du mir, als lägst du auf dem Sterbebett, die Wahrheit und nichts als die reine Wahrheit darüber sagen, was du an ihr bemerkt hast und was für mich günstig sein könnte.«

»Schön, gehen wir hinauf.«

Paco war bestürzt. Die Wahrheit darüber, was er bemerkt hatte, nun, das war nicht eben viel. Aber ach was, mit ein bißchen Phantasie . . . und er war in diesem Augenblick gerade so schön in Fahrt.

Die Räume des jungen Marqués lagen im zweiten Stock. Als sie in die Vorhalle des ersten Stockwerks traten, hörten sie lautes Gelächter. Es kam aus der Küche. Visitas ewiges Lachen.

»Sie sind in der Küche!« sagte Mesía erstaunt und dachte an andere Zeiten.

»Hör mal«, bemerkte Paco, »erwartete Visita heute nicht Obdulia bei sich zu Hause, um Kuchen zu backen oder was weiß ich?«

»Ja, das hat sie gesagt.«

»Wieso ist dann Visitación hier?«

»Und was machen sie in der Küche?«

Ein hübscher Frauenkopf mit einer weißen Phantasiemütze erschien in einem Fenster auf der anderen Seite des Hofes, der mitten im Haus lag. Unter der weißen Mütze quollen anmutige, üppige schwarze Locken hervor, ein fröhlicher, frischer Mund lächelte ihnen zu, zwei große, sprechende Augen gaben Zeichen, ein Paar kräftige, wohlgerundete weiße und feste Arme, an denen kleine Puppenpatschhändchen saßen, hielten ein geschlachtetes Huhn in die Höhe, das in Todeskrämpfen zuckte. Aus dem Schnabel tropfte Blut.

Obdulia wandte sich an die verblüfften Herren, machte eine Bewegung, als drehe sie ihrem Opfer den Hals um, und rief triumphierend:

»Das war ich, ich hab's selbst gemacht! Und so sollte es allen Männern ergehen!«

Es war Obdulia. Obdulia! Folglich war Ana nicht da.

Der Marqués de Vegallana war in Vetusta das Oberhaupt der reaktionärsten unter den monarchistischen Parteien. Aber er hatte für Politik nicht viel übrig und diente mehr als Aushängeschild. Immer hatte er einen Günstling, und der war dann der wirkliche Drahtzieher. Sein derzeitiger Vertrauter war – o Hohn auf das natürliche Spiel der Kräfte und die friedliche Ordnung! – kein anderer als Don Alvaro Mesía, das Oberhaupt der liberal-monarchistischen Partei. Der Reaktionär glaubte, seine Entscheidungen selbst zu treffen, und gehorchte in Wirklichkeit den Einflüsterungen Mesías. Der jedoch mißbrauchte seine geheime Macht nicht. Wie ein Schachspieler, der mit sich selbst spielt und dem Schwarz und Weiß gleichermaßen am Herzen liegt, kümmerte sich Don Alvaro um die Geschäfte der Konservativen genauso wie um die der Liberalen. Er zog aus beiden Seiten Nutzen. Waren die Leute des Marqués an der Macht, verteilte Don Alvaro Konzessionen für Monopolläden, Aufträge, Jagdgenehmigungen, dann und wann auch fettere Bissen, ganz so, als ob die Seinen am Ruder gewesen wären. Kamen dann die Liberalen dran, sprach der Marqués de Vegallana dank Mesía weiterhin oft das letzte Wort und verteilte seinerseits Monopolläden, Ämter und selbst Pfründen. So sah die friedliche Ordnung in Vetusta trotz des äußeren Scheins erbitterter Fehden aus. Das gemeine Fußvolk, wie man es nannte, raufte sich draußen in den Dörfern, die Chefs jedoch verstanden sich, sie waren ein Herz und eine Seele. Die Gewecktesten ahnten zwar etwas, aber man ging nicht dagegen an, versuchte vielmehr, das Geheimnis ausnützend, auf beiden Seiten seinen Schnitt zu machen.

Vegallana hatte eine große Leidenschaft: das Kilometerfressen, das heißt, lange Wanderungen zu unternehmen.

Die Intrigen der Kirchturmspolitik ödeten ihn an.

Er war der Ehrenhäuptling. Der amtierende Kopf war Mesía, seine rechte Hand. Don Alvaro war für den Marqués in der Politik, was er für Paquito in Liebesdingen war: sein Mentor, seine Nymphe Egeria. Vater und Sohn sahen sich auf dem jeweiligen Gebiet außerstande, ohne die Hilfe ihrer Pythia einen Gedanken zu fassen. Darin lag das Geheimnis von Vegallanas Klugheit, das nur wenige kannten.

Die meisten riefen, wenn sie von einer Sitzung im Antikensalon kamen:

»Was für ein Kopf, dieser Marqués! Der geborene Mann für Wahlmanöver. Er weiß die Leute zu nehmen.«

»Ja, und die Jahre haben ihm nichts an. Immer ist er der gleiche.«

Doch alles, was sie da lobten, war das Werk eines anderen, Mesías.

Wenn dieser einen von seinen Leuten bestrafen wollte, stellte er ihn gegen einen reaktionären Kandidaten auf, dem er den Sieg überlassen mußte. Der Marqués dankte Don Alvaro seine Selbstlosigkeit und zeigte sich ihm dafür erkenntlich, indem er beispielsweise sagte:

»Hören Sie, mein Parteifreund, der Dingsda, will etwas von mir, aber mir ist der Mensch lästig. Drehn Sie's doch so, daß der liberale Anwärter gewinnt.«

Dann belohnte Mesía die Dienste irgendeines treu ergebenen Anhängers.

Wer Ronzal gesagt hätte, daß er seine Benennung zum Ausschußmitglied einem dieser Schachzüge verdankte!

Der Marqués erklärte, daß es ihm vom Schicksal bestimmt sei, in den Reihen der reaktionären Partei zu kämpfen: die Geburt, die Standesrücksichten. Seinem Temperament nach sei er liberal. Er hatte viele »persönliche Freunde« auf den Dörfern und verteilte im Distrikt Umarmungen auf viele Meilen in der Runde. Während der Wahlen, wo viele, ja fast alle meinten, er steuere die komplizierte Maschinerie der Einflußnahmen, war der einzige wirkliche und unmittelbare Dienst, den er leistete, der eines Wahlagenten. Er ließ sich von Mesía eine Handvoll Kandidaten geben und verteilte sie auf die Wahlkreise, die er auf seinen Wanderungen besuchte.

Befand er sich auf unbekannten Wegen, zählte er die Schritte, auch wenn es offizielle Messungen gab, denn er traute den Kilometerangaben der Regierung nicht. Er notierte die vollen Tausender durch kleine Steinchen, die er in seine Rocktasche steckte. Kam er dann nach Hause, entleerte er die Säcke auf einen Tisch, um mit größter Befriedigung die Steine zu zählen. An solchen Abenden sprach man in der geselligen Runde vornehmlich von Vegallanas Spaziergang.

»Nun, wohin des Weges, Marqués?« fragte ihn wohl ein Freund, der ihm auf freiem Feld begegnete.

»Nach Cardona durch die Carbayeda, tausendhunderteins, tausendhundertzwei, drei, vier ...« Und er zählte weiter die Schritte, wobei er sich auf einen rauchgeschwärzten Knotenstock stützte, wie ihn die Bauern der Gegend trugen.

Dieser Knüttel, das schlichte Jackett und der weiche Hut mit der weiten Krempe waren die Bürgen seiner Popularität auf dem Lande. Er besaß den ganzen Stolz und alle Vorurteile seiner Vetustenser Adelsgenossen, trug aber eine Einfachheit zur Schau, die das Entzücken der schlichten Gemüter war.

Er hatte noch ein Steckenpferd, eine Folge seiner Wanderungen: eine Schrulle für Maße und Gewichte. Bis auf die Stelle hinter dem Komma kannte er den Rauminhalt aller Theater, Kongreßhallen, Kirchen, Börsen, Zirkusse und sonstiger bemerkenswerter Bauwerke Europas. »Convent Garden ist soundsoviel Meter lang, soundsoviel breit, soundso hoch.« Und er fand den Kubikinhalt im Handumdrehen. »Das Real hat soundso viele Kubikmeter weniger als die Gran Opéra.« Er schwindelte, wenn er seine Zuhörer verblüffen wollte, aber er konnte auch exakt, erstaunlich exakt sein, wenn es ihm einfiel. »Ich brauche Tatsachen, Daten, Zahlen«, sagte er. »Alles andere ist deutsche Philosophie.«

Bei der Architektur beschäftigten ihn die Proportionen außerordentlich. Damit Kathedrale und Kirchenvorplatz im rechten Verhältnis zueinander ständen, hätte man die Kathedrale drei oder vier Meter zurückversetzen müssen. Und er hätte auch am liebsten einen entsprechenden Vorschlag eingebracht. Er war der natürliche Feind von Don Saturnino Bermúdez in Sachen historischer Denkmäler und öffentlicher Anlagen. Alles sollte bei ihm gerade ausgerichtet sein. Er träumte von den Straßen New Yorks, das er nie gesehen hatte, und wenn man ihm dann entgegenhielt, daß sich der Adel schon seinem Wesen nach dieser Gleichmacherei widersetzen müsse, so entgegnete er:

»Mein Herr, *distingue tempora* . . .« (Das meinte er gar nicht.) »Wir wollen diese Dinge nicht auf den Kopf stellen und durcheinanderbringen, *post hoc, ergo propter hoc.*« (Auch das wollte er eigentlich nicht sagen.) »Die wahre Ungleichheit liegt im Blut, die Dächer hingegen müssen wie mit dem Abstreichholz gemessen werden. So macht man's in Amerika, wo sie uns weit voraus sind.«

Die Kolonie, der neue Teil Vetustas, war dann auch, dank des Marqués mächtigem Einfluß, mit dem Abstreichholz gemessen worden.

Alle Häuser waren gleich hoch.

Ein paar Amerikaner, die sich achtstöckige Paläste errichten wollten, um von den Dachfenstern aus den Glockenturm ihres Heimatdörfchens zu sehen, protestierten. Aber die Stadtverwaltung brachte unter dem Druck des Marqués sämtliche Dächer auf gleiche Höhe, um »die natürlichen Ungleichheiten der Gesellschaft, in der wir leben, anderen Sphären vorzubehalten«, wie der Marqués in einem anonymen Artikel in der »Kreuzfahne« schrieb.

Die Marquesa hielt ihren Gemahl für einen ausgemachten Schafskopf, was sie übrigens so gut wie von allen Ehemännern glaubte. Ja, sie war wirklich freisinnig. Sehr fromm, aber sehr freisinnig, denn das eine schloß das andere nicht aus. Ihre Frömmigkeit bestand darin, daß sie zahlreichen Laienbruderschaften vorstand, höchst unverschämt vor den Kirchenportalen Spenden heischte, wobei sie eine Münze von fünf Duros auf dem Opferteller tanzen ließ, den Domherren Schüsseln mit Konfekt schenkte und sie zum Essen einlud, dem Bischof Kapaune und den Nonnen Obst zum Einkochen schickte. Die Freisinnigkeit bezog sich, nach Ansicht dieser Dame, hauptsächlich auf das sechste Gebot. Sie sei weder böse noch gut gewesen, sondern eben wie alle, die nicht völlig schlecht sind. Doch sie besaß die Tugend weitestgehender Toleranz. Sie meinte, das einzig Vernünftige, das die Aristokratie von heute tun könne, sei: sich zu amüsieren. Sie könne den Tugenden des Adels früherer Zeiten nicht nacheifern? Nun, dann eifere sie eben seinen Untugenden nach! Die Marquesa ließ nur Louis XV. und die Régence gelten. Die Möbel ihres Gelben Salons und der Kamin in ihrem Kabinett waren Nachbildungen eines Saals von Versailles, wie Tapezierer und Architekt versicherten. Aber die Vorliebe der Marquesa für das Weiche und Gepolsterte hatten nach und nach beträchtliche Veränderungen im Régencesalon herbeigeführt.

Hauptmann Bedoya, der große Antiquitätenkenner, äußerte sich abfällig über den Gelben Salon und sagte:

»Die Marquesa läßt sich nicht davon abbringen, das hier Régencestil zu nennen. Wieso bloß? Es sei denn, sie meint die Regentschaft Esparteros.«

Die Möbel waren luxuriös, aber arg verschandelt, und, was vom kunstgeschichtlichen Standpunkt noch schlimmer war, in himmelschreiende Anachronismen verwandelt.

Sie hatte sie verschiedenen Wandlungen unterworfen, wenn auch stets auf der Grundlage von Gelb, indem sie sie zuerst mit Damast, danach mit Brokat und schließlich mit gesteppten Atlas, Capitonné, wie sie sagte, beziehen ließ, mit prall gefüllten kleinen Polstern, die Don Saturnino anstößig fand. Der Tapezierer erhob rechtzeitig Einspruch, der Atlas paßte seiner Ansicht nach nicht in den Salon, aber die Marquesa tat solche Handwerkereinwände lachend ab. In der übrigen Ausstattung des Salons, den Spiegeln, Konsolen, Tapeten, war aus dem, was der Möbeltischler unter Régence verstand, allmählich das schauderhafteste Sammelsurium entstanden, wie es der Marquesa Laune und Bequemlichkeit gerade eingaben. Sprach man ihr von schlechtem Geschmack, so entgegnete sie, die moderne Mode sei das »Komfortable« und die Ungebundenheit. Die alten Bilder, zweifellos aus der Schule des Cenceño, doch ehrwürdig als Familienandenken, hatte sie in den zweiten Stock verbannt und brachte an ihrer Stelle heitere Aquarelle an, viele Toreros, viele kesse Mädchen aus dem Volk, und hie und da einen verschmitzten Mönch. Und zur Empörung Bedoyas und Bermúdez' hatte sie sogar ein wenig schlüpfrige und völlig unkünstlerische Farbdrucke an die Wände gehängt. Im anstoßenden Kabinett, wo die Marquesa den Tag verbrachte, war die Anarchie der Möbel vollständig. Alle dienten sie der Bequemlichkeit, befanden sich hier doch fast ausschließlich Sitz- und Liegemöbel: Chaiselongues, Schaukelstühle, Lehnstühle, Plaudersofas, runde Hocker – eine einzige Beschwörung der Faulheit. Wer dort eintrat, den wandelte die Versuchung an, sich lang auszustrecken. Das weit ausladende, schwellende Sofa mit seinen im Atlas wie die Stempel gelber Rosen versteckten Knöpfen war ein anakreontisches Vogelnest, dem die erregenden Düfte der hundert Essenzen entsrömten, welche die Marquesa in alle Windrichtungen versprühte.

Die hochwohlgeborene Señora Doña Rufina de Robledo, Marquesa de Vegallana, erhob sich um zwölf, nahm das Frühstück ein und las dann bis zum Mittagessen Romane oder häkelte, auf irgendeinem Möbelstück des Kabinetts sitzend oder liegend. In dem großen Kamin brannte von Oktober bis Mai ein Feuer. Abends ging die Marquesa, sooft Vorstellung war, ins Theater, es mochte schneien oder blitzen, dafür hatte man Wagen. Wenn kein Theater war, und das kam in Vetusta sehr häufig vor, blieb sie in ihrem Kabinett, wo sie Freunde und Freundinnen empfing, die von ihren eigenen Angelegenheiten sprachen, während sie Witzblätter mit Karikaturen, Zeitschriften und Romane las. Sie griff nur in die Unterhaltung ein, um eine Bemerkung von der Art der Epigramme des Erzpriesters, ihres guten Freundes, hinzuwerfen. In diesen kurzen Zwischenbemerkungen bewies Doña Rufina große Weltkenntnis und eine zum guten Ton gehörende Skepsis bezüglich der Tugend. Für sie gab es keine Todsünde außer der Heuchelei. Und sie nannte alle Heuchler, die keine erotischen Neigungen durchblicken ließen, auch wenn sie keine hatten. Aber da kam man bei ihr schlecht an. Wenn jemand für eine Tugend »die Hand ins Feuer legte«, wiegte die Marquesa, ohne von ihren Karikaturen aufzublicken, den Kopf und brummelte hinter falschen Zähnen wie im Selbstgespräch. Mitunter sprach sie dann auch deutlich vernehmbar aus:

»Kommen Sie mir doch nicht mit so was! Ich bin doch kein heuriger Hase.«

Das war sie nicht, und sie wollte zu verstehen geben, daß sie den Sitten der Régence treuer geblieben war als deren Möbeln. Ihre historischen Zitate bezogen sich meistens auf Mätressen Heinrichs VIII. und Ludwigs XIV.

Waren nur wenige Besucher zugegen, so lag der Gelbe Salon indes in diskretem Dunkel. Überstieg ihre Zahl das halbe Dutzend, so wurde ein Leuchter aus geschliffenem Kristall angezündet, der in der Mitte des Salons hing. Nur Mesía, der stattlichste Mann, reichte an den Gashahn. Die übrigen führten Klage: Es sei eine Ungerechtigkeit.

»Weshalb hängt die Lampe so hoch?« fragten einige, leicht pikiert.

Doña Rufina zuckte die Achseln.

»Dessen Marotten«, erwiderte sie, womit sie auf ihren Gatten anspielte.

Der Marqués nahm es mit den Dingen der privaten Moral nicht eben sehr genau. Aber eines Nachts hatte er sich an den Wänden durch den Salon zum Kabinett getastet, dessen Tür angelehnt war. Seine Hand stieß im Dunkeln an eine Nase, er hörte den Aufschrei einer Frau, dessen war er sicher, und vernahm das Rücken von Stühlen und durch den Teppich gedämpfte Schritte. Er schwieg aus Diskretion, befahl aber den Dienern, die Lampe höher zu hängen. So konnte niemand mehr das Licht auslöschen oder kleinschrauben. Aber das führte zu einer ärgerlichen einseitigen Benachteiligung: Wenn sich Mesía auf die Zehenspitzen stellte, konnte er immer noch den Gashahn erreichen.

Von den drei Töchtern der Marquesa hatten zwei, Pilar und Lola, geheiratet und lebten in Madrid. Emma, die zweite, war an Schwindsucht gestorben. Das bißchen Wachsamkeit, zu dem sich die Marquesa verpflichtet glaubte, solange ihre Töchter im Hause wohnten, fiel nun weg. Das war ihr einziger Trost für soviel Einsamkeit. Zur Fiesta lud Doña Rufina eine der zahlreichen Nichten ein, die sie in den Dörfern der Provinz hatte. Diese adligen Bauernmädchen sehnten ängstlich die Zeit der Fiesta herbei, da sie an der Reihe waren, nach Vetusta zu gehen. Von Kind auf hatten sie sich daran gewöhnt, die Zeit, die man bei der Tante in den »feinsten Kreisen« der Provinzhauptstadt verbrachte, als eine Zeit außergewöhnlicher Vergnügungen zu betrachten. Einige überängstliche Eltern erhoben ein paar Einwände wegen der privaten Moral, auf die der Marqués nichts hielt, aber am Ende siegte die Eitelkeit, und so hatte die Señora Marquesa de Vegallana zur Fiesta immer ihre Nichte. Die Nichtchen nahmen die Zimmer der abwesenden Töchter ein – dasjenige Emmas wurde nicht mehr bewohnt, doch nahm man es in Benutzung, wenn man es brauchte.

Die Mädchen belebten für ein paar Wochen die Säle und Gänge, Alkoven und Kabinette, die zu groß und traurig waren, wenn sie verlassen lagen, mit dem Lärm besserer Tage. Des Abends freilich ging es im Hauptgeschoß laut zu, ob nun Nichten da waren oder nicht. Im zweiten gab es Tag und Nacht Abenteuer, aber leise. Einer der daran Beteiligten war stets Paquito. Wenn er gut aufgelegt war, schwor er, daß es nichts Übleres gäbe, als der weiblichen Dienerschaft des eigenen Hauses nachzustellen. Aber er konnte nicht dagegen an.

In der geselligen Runde der Marquesa herrschte mit oder ohne Nichten die Jugend vor. Die Mädchen aus den besten Familien kamen oft, um der armen Marquesa Gesellschaft zu leisten, da sie keine von ihren Töchtern mehr hatte. Zuvor bestellte man sich noch den jeweiligen Bräutigam hin, und wenn nicht das, überließ man sich dem Zufall. Dort wurden die Verlobungen eingefädelt, und aus dem Gelben Salon waren viele Ehen *in extremis* hervorgegangen, wie Paquito sagte. Er glaubte, daß *in extremis* etwas sehr Vergnügliches bedeute. Was aber meistens herauskam, das waren Geschichten für die *Cronique scandaleuse*. Man achtete das Haus des Marqués, ließ aber an seinen Gästen kein gutes Haar. Da erzählte man sich irgendein kleines Abenteuer und fügte zum Schluß hinzu:

»Das abscheulichste ist, daß sich diese ... na ja, für ihre, nun ja, ein solch achtbares, angesehenes Haus ausgesucht haben.«

Die radikaleren Liberalen, die nicht um die Sache herumredeten, behaupteten, das Haus sei das schlimmere Übel.

Dennoch trachteten die Lästermäuler eifrig danach, in diesem Haus, wo es so viele Abenteuer gab, vorgestellt zu werden.

Obwohl sich die Sitten etwas gelockert hatten und der Kreis derjenigen, die zur »Klasse« gehörten, nicht mehr so eng gefaßt war wie zu den Zeiten Doña Anuncias und Doña Aguedas, so hatten doch nicht alle Zutritt zur vertrauten Runde der Vegallanas. Die Teilnehmer selbst hielten auf geschlossene Türen, weil sie sich damit ein Ansehn gaben und auch keine Zeugen brauchen konnten.

Die Marquesa wußte, daß sich die jungen Leute in ihrem Haus ein bißchen unbekümmert verliebten. Wenn sie las, bemerkte sie manchmal, daß jemand ganz behutsam und geräuschlos die Tür aufmachte, um sie nicht abzulenken. Sie blickte auf: Der junge Herr Sowieso fehlte, na schön. Bald darauf noch einmal dasselbe; wieder blickte sie auf: Jetzt fehlte auch Fräulein Sowieso, na schön. Was weiter? Sie fuhr in ihrer Lektüre fort und dachte: Sie sind alle gesittete Leute, die wissen, was sie meinem Hause schuldig sind. Und was die *peccata minuta* betraf, nun, das war Sache derer, die es anging. Und sie zuckte die Achseln. Diesen Standpunkt hatte sie schon eingenommen, als ihre Töchter noch im Hause waren. Damals dachte sie auch: Meine Mädchen sind brav. Wenn einer zu weit geht, ich kenne sie doch, dann lassen sie mich das schon durch eine schallende Ohrfeige wissen. Alles übrige sind Kindereien. Solange sie nichts sagen, sind's Kindereien. Tatsächlich hatten ja auch ihre Töchter geheiratet, und keiner hatte sie ihr zurückgebracht und über schwerere Läsionen geklagt. Wenn etwas gewesen wäre, waren es höchstens Kindereien. Und die andere Tochter war gestorben, weil es Gott so gefallen hatte. An Tuberkulose, der Modekrankheit. Wenn es um ihre Töchter gegangen war und sie hatte irgendein Gefahrensymptom bemerkt, hatte sie ohne großes Aufsehn, aber auch ohne Umstände, geradeheraus und geschickt die angebrachten Mittel angewandt.

Bei den jungen Freundinnen aber, die ihr jetzt des Abends Gesellschaft leisteten, ließ sie alle Vorsicht außer acht.

Sie haben Mütter, sagte sie sich. Oder: Schließlich ist es ihre Sache.

Einer von denen, der den größten Nutzen aus diesen Ansichten der Marquesa und ihrer Gesellschaft gezogen hatten, war Mesía.

Aber diesem Menschen konnte man alles nachsehn! Welcher Takt, welche Klugheit und Diskretion!

Unter Nonnen hätte dieser Mann leben können, ohne daß sie Angst vor einem Skandal gehabt hätte.

Paco, ihrem vergötterten Paco, hatte sie die Geschicklichkeit und Verschwiegenheit Mesías hundertmal als Vorbild hingestellt, wenn sie ihren Herzenssohn in den Armen einer Näherin, Büglerin oder Zofe aus dem Hause überraschte.

Ihr Paco war ein Tölpel, er verstand's nicht.

»Es gehört sich nicht, daß ich dich bei deinen Ausschweifungen ertappe, Junge! Nicht einfach zu Tisch setzen und drauflosstopfen. Lerne zuerst, vorsichtig zu sein, danach mach das übrige mit dir aus!«

Und da sie glaubte, zu nachsichtig gewesen zu sein, fügte sie hinzu:

»Übrigens, diese Abenteuer gehören nicht ins Haus. Frag Mesía!«

Es war seine Mutter, die in dem jungen Marqués die abgöttische Verehrung für den Tenorio Vetustas geweckt hatte.

Da die Marquesa ihren Sohn unverbesserlich fand, entschloß sie sich, jedesmal zu husten und laut zu reden, wenn sie ins zweite Stockwerk stieg.

In der Zeit, da die Nichten kamen, gab es außer der geselligen Runde am Abend noch Konzerte, Gastmähler, Landpartien, alles wie in den guten alten Zeiten. Wieder sprang die Freude durch das ganze Haus; vor der Keckheit der vertrauten Freunde gab es keinen sicheren Winkel. In den Kabinetten, ja selbst in den Alkoven, wo noch die jungfräulichen Betten der Vegallanatöchter standen, ertönten Gelächter, unterdrückte Schreie – Verräter der Spiele, die das Leben in diesem häuslichen Arkadien ausmachten.

Don Alvaro sah dieses Arkadien mit wohlwollendem Auge; dieses Haus war der Schauplatz seiner schönsten Siege; jedes Möbelstück erzählte ihm eine Geschichte von heimlichen Tête-à-têtes. In der Verläßlichkeit der dickbäuchigen Stühle und feierlichen Sessel mit Armlehnen aus orientalischen Götzenfiguren fand er die Gewähr ewigen Schweigens, das sie so empfahl. Das Holz mit dem feinen weißen Lack schien zu sagen: Keine Angst! Von uns erfährt keiner ein Wort.

Der Marqués sah über alles hinweg. Das war Sache seiner Frau.

Wenn es ihm nicht gelungen war, seiner Frau Moral beizubringen, konnte er nicht gut seinen Gästen welche predigen. Er wohnte im zweiten Stock.

Er hatte gemerkt, wie der Gelbe Salon nach und nach die strenge Würde eines Empfangszimmers eingebüßt hatte, und deshalb den Salon in der zweiten Etage, der über dem Régencezimmer lag, zum Empfangssalon bestimmt.

Die Marquesa begab sich nie in den neuen Empfangssalon hinauf. Sie empfing jeden Besuch, wer immer es war, unten. Wer zum Marqués kam, um ihm einen Höflichkeitsbesuch abzustatten, erfror bald im Antikensalon. Dieser und das Arbeitszimmer des Marqués bildeten, wie er sagte, den »ernsthafteren Teil des Hauses«. Im Arbeitszimmer war alles aus matter Eiche; nichts, absolut nichts aus Gold. Holz, nur Holz. Vegallana machte von der Strenge seines Arbeitszimmers viel Rühmens. Für solche Dinge gab es nichts Ernsteres als Eiche. Die Nüchternheit der Möbel grenzte an Armut.

»Meine Zelle!« sagte der Marqués geziert.

Es fröstelte einen, wenn man eintrat. Darum betrat es der Marqués auch selten. Von den Wänden des Antikensalons hingen mehr oder weniger echte Teppiche, doch alle von verbürgtem Alter.

Das war das einzige, was der Hauptmann Bedoya in diesem Schwindelmuseum, wie er sich ausdrückte, der Beachtung würdig fand. Der Marqués besaß auf Grund seines Geldes den Ehrgeiz, Antikensammler zu sein. Aber was ihn da einen Haufen Geld kostete, stellte sich am Ende – nach einem Wort des Hauptmanns – als Werk der *Truqueurs* heraus. Der unerbittliche Bedoya, ein Stammgast in der Gesellschaft der Marquesa, bedauerte Vegallana und verachtete ihn sogar. Um ihm aber nicht zu nahe zu treten, hatte er sich's versagt, ihm unwiderlegliche Beweise der traurigen Wahrheit zu geben, nämlich der, daß seine Henri-deux-Möbel im Antikensalon nicht so alt waren wie der Marqués selbst. Der hielt sie für echt, hatte er sie doch selbst in Paris gekauft! Bedoya indes rief den, der ihm diese Begründung im Hause der Vegallana entgegenhielt, ohne daß es jemand merkte, beiseite, stieg mit ihm in die zweite Etage, wo sie sich im Antikensalon mit derselben Diebsheimlichkeit einschlossen, mit der Bedoya im Kasino Bücher holte, wandte sich dann einem Henri-deux-Stuhl zu, drehte ihn halb um und suchte eine bestimmte versteckte Stelle am Bein des Möbelstücks. Dort hatte er mit einem Taschenmesser mehrere Löcher gebohrt und sie mit Wachs von der Farbe des Stuhls zugestopft. Er holt das Wachs mit dem Taschenmesser heraus, kratzte am Holz, und – o Triumph! – es zerfiel nicht zu Staub. Es löste sich in kleine Spänchen, aber nicht zu Staub.

»Sehen Sie?« sagte Bedoya.

»Was?«

»Das Holz ist neu. Wäre es so alt, wie der Marqués glaubt, würde es zu Staub zerfallen. Aus altem Holz rieselt immer das Mehl der Holzwürmer: So etwas wissen wir und nicht die Sammler, die nichts als ihr Geld und ihre Leichtgläubigkeit haben. Das hier ist *Trucage,* reiner *Trucage.*«

Er stopfte das Wachs in die Löcher zurück, stellte den Stuhl auf seinen Platz und stieg triumphierend wieder hinunter, wobei er auf der Treppe sagte: »Da sehen Sie's also! Aber zu dem armen Marqués natürlich kein Wort!«

Paco bedauerte es an diesem Nachmittag im ersten Moment sehr, Obdulia bei sich zu Hause anzutreffen. Er war nicht zum Scherzen aufgelegt. Die vertraulichen Eröffnungen Don Alvaros hatten ihn bewegt, und sein Geist flog durch ideale Sphären. Jener Hauch von Romantik rief in seinem Innern ein angenehmes Kribbeln hervor, das durch die Ungewöhnlichkeit noch erregender wurde. Selten befand er sich in solcher Gemütsverfassung.

Obdulia und Visitación schrien vom Küchenfenster aus, das auf den Hof hinausging, zu ihnen herüber und lachten dabei wie toll.

»Hierher! Alle Mann an die Arbeit!« schrie Visita und lutschte die mit Sirup beschmierten Finger ab.

»Aber was hat denn das zu bedeuten, Señoras? Waren Sie nicht bei Visita und bereiteten das Picknick vor?«

Visita errötete leicht.

Man lachte laut und voll Schadenfreude darüber, wie Joaquinito Orgaz, der zu Obdulia gegangen war, mit langer Nase abziehn würde.

Obdulia erklärte alles. Bei Visita fehlten die Backformen für eine bestimmte Sahnentorte, eine Erfindung der verstorbenen Doña Agueda Ozores. Zudem faßte die Backröhre nicht soviel wie die in der Küche der Marquesa, und schließlich zierten sie auch nicht andere technische Finessen, von denen die Herren doch nichts verstünden. Kurz und gut, weder die belegten Brötchen noch die Kremtorten oder der Sirup hätten in Visitas Küche bereitet werden können, und da hatten sie ohne viel Federlesens ihr Feldlager ins Haus Vegallana verlegt. Obdulia und Visita hatten den Gedanken ungeheuer lustig gefunden. Sie hatten die Marquesa beim Mittagsschlaf in ihrem Kabinett überfallen. Außer, daß man sie geweckt hatte, war sie mit allem einverstanden. Und ohne sich zu rühren, erteilte sie ihre Anweisungen.

»Pedro, Colás und die Mädchen sollen den Damen hier helfen und alles holen, was sie benötigen.«

Dann hatte sich Doña Rufina wieder den Damen zugewandt und lächelnd gesagt:

»So, nun raus, ihr verrückten Hühner! Marsch in die Küche, und mich laßt in Ruhe!«

Und sie hatte sich in die Lektüre der »Mohikaner« von Dumas versenkt.

Visita fiel oft auf solche Art bei irgendeiner Freundin ein. So verstand sie die Freundschaft eben. Aber wo doch ihre Küche so ein Höllenloch war! Der Schornstein drückte den Rauch zurück; man konnte sie nicht betreten, ohne zu ersticken, und dasselbe galt für das Speisezimmer, das neben der Küche lag. Wenige Vetustenser konnten sich rühmen, je Visitas Speisezimmer oder Küche gesehen zu haben.

Sie sprach viel und laut und lachte in jedem Satz zehnmal. Als sie fünfzehn war, hatte jemand einmal ihre anmutige Ausgelassenheit gelobt, und nun war sie, schon nahe der Fünfunddreißig, immer noch ein Wirbelwind, ein Wasserfall von Fröhlichkeit, wie der Poet Cármenes in ihr Album geschrieben hatte. Was nach den Worten Doña Paulas, der Mutter des Generalvikars, die Visitas Besuche nie hatte erwidern wollen, nichts als ausgemachte Unerzogenheit bedeutete. Aber Wasserfall, Wirbelwind: alles war sie mit Berechnung und Bedacht. Ihre Ausgelassenheit war das Ergebnis tiefen, eingehenden Studiums. Sie trieb Mutwillen, während ihr spähendes Auge eine Beute suchte, irgendein Schmuckstück, eine Nascherei, alles mögliche, nur kein Geld. Sie glaubte, oder tat vielmehr so, als glaube sie, daß Dinge nichts wert seien, daß nur gemünztes Geld Wert habe.

»Señora, ich schulde Ihnen noch zwei Cuartos für das Almosen, das Sie neulich für mich auslegten.«

»Lassen Sie doch, Visita, so eine Kleinigkeit! Beschämen Sie mich nicht!«

»Das wäre ja noch schöner! Hier, nehmen Sie! Was Sie da für eine entzückende Nadelbüchse haben!«

»Die hat doch keinen Wert.«

»Sie ist wunderhübsch!«

»Sie gehört Ihnen.«

»Sagen Sie mir das nicht zweimal!«

»Sie gehört Ihnen.«

»Ja? Nun, dann nehme ich sie mir. Sehen Sie, ich bin eine Elster.«

Sie war tatsächlich eine Elster, und so nannte sie auch Doña Paula: Diebische Elster.

Wirkliche Verheerungen richtete sie unter Eßsachen an.

Aus vollem Halse lachend, fiel sie bei einer Nachbarin ein.

»Weißt du, was mir passiert ist? Du wirst's nicht glauben. Wir haben den Schlüssel zum Küchenbufett verbummelt. Und jetzt bin ich halb verhungert hier. Los, los, gib mir was, kleine Schelmin! Ich muß was zu essen kriegen, oder ich falle vor Hunger um.«

Zweimal in der Woche spielte man bei ihr Lotto oder Aduana. Man ließ einen Fonds für ein Picknick im Freien und benannte eine Kommission, die alles vorbereiten sollte. Ihre Mitglieder waren stets Visita und ein Vetter von ihr. Visita stellte aus Sparsamkeit und weil sie gegen Bäcker und Konditor einen Widerwillen hegte, auf eigene Rechnung und unter ihrer Oberaufsicht das Blätterteiggebäck, die Fruchtsäfte und alles, was sich in ihrer

Küche machen ließ, zu Hause her. Hinterher stellte sich dann heraus, daß sich da gar nichts machen ließ. Der verwünschte Rauch! Der Hausbesitzer, der den Herd nicht richten ließ. Pech und Schwefel! Gott möge ihr verzeihen.

Dann nahm sie in ihrer Bedrängnis zu der Küche der Vegallanas oder eines anderen großen Hauses Zuflucht, meist aber zu ersterem. Dort ließ sich alles machen. Visita verfügte über die Dienerschaft des Marqués. Nach vorheriger Zustimmung des Kochs, was die Küche betraf, entnahm sie der Speisekammer einige Vorräte, schickte dann, wenn Señor Pedro – Pech und Schwefel! – die Kästen seiner Schränke nicht öffnen wollte, in den Laden nach Zucker, Rosinen, Salz und Pfeffer. Geld? Lassen Sie nur, ich kaufe dort auf Rechnung. Hinterher erschien alles auf der Rechnung des Marqués. Ein Versehen. Da doch seine Diener einkaufen gekommen waren. Man ließ sich das Picknick schmecken. Bei der ersten abendlichen Plauderstunde äußerte man sich darüber.

»Visita, wie sieht's aus, stehen wir bei Ihnen in der Kreide?«

»Nicht der Rede wert! Eine Kleinigkeit!«

»Heraus mit der Sprache, heraus mit der Sprache, damit es bezahlt wird!«

»Das ist nur recht und billig.«

»Jeder seinen Teil.«

»Lassen Sie doch! Wollen Sie wohl still sein? Reden wir nicht davon, es lohnt nicht die Mühe.«

Visita hatte das Hauptgericht für ein paar Wochen und den Nachtisch auf Monate hinaus sicher. Ihr Gatte war ein kleiner Bankangestellter, aber aus sehr gutem Hause, verwandt mit hochtitulierten Herrschaften. Wenn sich Visita nicht was einfallen ließ, wie sollte man dann die angemessene Lebenshaltung aufrechterhalten, die unerläßlich war, um weiter zur Verwandtschaft des Adels zu zählen?

Als Visita noch ledig war, hatte man darüber geredet – und über wen wird nicht geredet! –, ob sie nun wirklich von einem Balkon gesprungen war oder nicht ... und zwar nicht etwa, weil es gebrannt hätte, sondern wegen eines Liebhabers, von dem einige annahmen, es sei Mesía gewesen. Alles war Vermutung, nichts gewiß. Da sie ein wenig leichtfertig war, da sie den Schein nicht wahrte ...

Jetzt dachte niemand mehr daran. Sie war weiterhin ausgelassen, stand im Rufe einer Naschkatze und Schmarotzerin, wie man in Vetusta wie allerorts sagte, aber nicht mehr. Ihre unangebrachte Fröhlichkeit ging einem auf die Nerven. Schwerwiegenderer Dinge jedoch, die sich nicht verniedlichen ließen, zieh sie niemand, wenigstens nicht öffentlich. Versteht sich, wenn man diesen und jenen kleinen Ausrutscher nicht mitzählte.

Sie war groß, schlank, blond, anmutig, wenngleich nicht so sehr, wie sie selbst dachte. Ihre kleinen Äuglein, die sie mit halb gesenkten Lidern zukniff, bis sie fast nicht mehr zu sehen waren, hatten eher etwas Argwöhnisches und keineswegs prickelnden sinnlichen Zauber, wie sie meinte. Berührte man ihre Hand, wenn sie keinen Handschuh trug, spürte man die Klebrigkeit von irgendeiner Näscherei, die Visita soeben verspeist hatte.

Don Alvaro sprach in vertrautem Kreise abfällig von Visitación und machte schlecht verhohlene Gebärden des Ekels. Er versicherte, daß sie einen hübschen Fuß und viel bessere Waden habe, als man erwarten könne. Aber sie trage schlechtes Schuhwerk, und Unterröcke und Strümpfe ließen viel zu wünschen übrig. Man verstehe ihn schon. Und nach diesen Worten pflegte er sich die Lippen mit dem Taschentuch abzuwischen.

Paco Vegallana schwor, die Dame benutze Strumpfbänder aus Aktenschnur und er habe sogar mal eins aus Bindfaden erlebt. Dies alles erzählte man sich natürlich nur unter Männern, und sie mußten verschwiegen sein.

Die Unterwäsche Obdulias hingegen war untadelig, weniger ihr Lebenswandel; aber darüber sprach man nicht, weil jedermann Bescheid wußte. Sie indes stritt bei jedem ihrer Liebhaber alle früheren Verhältnisse ab, ausgenommen das mit Mesía. Das war ihr Stolz. Dieser Mann hatte sie fasziniert, weshalb es leugnen? Aber nur er. Sie war Witwe und erwähnte ihren Seligen nie. Es hörte sich an, als sei sie die Witwe Alvaritos. Er war ihr einziger Verflossener!

An diesem Nachmittag sahen die beiden hübsch aus, man mußte es zugeben. Zumindest Paco Vegallana gab es treuherzig zu. Ohne daß er darauf verzichtet hätte, den Rest des Tages dem Schöngeistigen zu weihen, wozu ihn die Erzählungen seines Freundes angeregt hatten, fand sich der junge Marqués doch bereit, einmal in der Küche seines Hauses vorbeizuschauen, um zu schnuppern, was die beiden Damen da zusammenbrauten.

In der Küche der Vegallanas spiegelte sich deren wirkliche Größe. Nein, sie waren keine abgewirtschafteten Adligen: Überfluß, Sauberkeit, Hülle und Fülle, Raffinement in der kulinarischen Kunst – all dies und noch mehr gewahrte man vom Augenblick des Eintritts an.

Pedro, der Koch, und Colás, der Küchenjunge, bereiteten das alltägliche Mahl, und man meinte, es handle sich um ein Bankett. Über die ganze Provinz waren die Domänen des Marqués in Form von Pachtgütern verstreut, dortzulande schlicht Gehöfte genannt, und neben dem Pachtzins, der niedrig war, weil seine Generosität in diesen Dingen sich darin äußerte, daß er ihn nie erhöhte, zahlten die Pächter den Tribut der besten Früchte des Hofes, des Fischfangs im nahen Bach, der Jagd in den Wäldern. Hasen, Kaninchen, Rebhühner, Lachse, Forellen, Kapaune, Hühner trafen in der Küche des Marqués ein, wie für eine neue Arche Noah am Vorabend einer allgemeinen Sintflut herbeizitiert. Zu jeder Tages- und Nachtzeit wurden irgendwo in der Provinz Vorräte für die Tafel des Marqués versandfertig gemacht, des durfte er gewiß sein.

Zu nachtschlafender Zeit, wenn die Herde kalt waren und Pedro schlief und sein Herr desgleichen und niemand ans Essen dachte, saß zwei, drei Meilen von Vetusta auf dem Río Celonio ein armer Bauer allein in einem elenden, morschen Kahn, der stark leckte. Unter dem düsteren Felsblock, der wie ein schiefer Turm übers Wasser ragte, als wolle er jeden Augenblick in den Fluß stürzen, und der die Finsternis im Stauwasser noch finsterer machte, lauerte er dem vorbeiziehenden Lachs auf, in der Faust einen brennenden Strohwisch, dessen Flamme sich in den Wellen wie eine feurige Kielspur spiegelte. Der Lachs, den der Pächter des Grundherrn beim Schein eines tragbaren Feuerbekkens noch fangen würde, war der nämliche, der jetzt blutend, in Scheiben geschnitten, auf einem weißen, peinlich sauberen Tisch aus Fichtenholz lag und darauf wartete, auf den Rost geschoben zu werden.

Ebenfalls bei Nacht, kurz vor dem Morgengrauen, brach der Pächter auf, dessen Ehrgeiz es war, seinem Herrn die ersten Schnepfen, die besten Rebhühner zu schenken. Da lagen nun die Rebhühner auf dem Fichtentisch und bildeten mit ihren braunen Federn den farblichen Kontrast zum Rot und Silber des zerstückelten Fisches. Gleich daneben in der Speisekammer lagen in scheinbarer Unordnung zu Bergen getürmt oder hingen, je nach Beschaffenheit, an gebogenen Eisenhaken Hühner, Täubchen, ungeheure Aale, monumentale Schinken, weiße und bräunliche Bratwürste, rötliche Paprikawürste.

Diese Speisekammer verschlang das Erlesenste des eßbaren Tier- und Pflanzenreichs der Provinz. Die lebhaften Farben vollreifer Früchte von ausgewählter Größe belebten das Bild, das ein wenig melancholisch angemutet hätte, wären jene blassen Töne des teils in Würste gestopften, teils eingepökelten Stilllebens allein gewesen. Gelbliche Birnen und andere, fast rote, zum Backen, goldene und tiefrote Äpfel, Berge von Nüssen, Haselnüssen und Kastanien gaben dem Gesamtbild, dessen bloßer Anblick schon nahrhaft war, Fröhlichkeit, Farbenpracht und eine harmonische Verteilung von Licht und Schatten, während zugleich die scharfen Gerüche der Küchenchemie, vermischt mit dem zarten, unaufdringlichen Duft von Orangen, Zitronen, Äpfeln und Heu, welches das weiche Lager des Obstes abgab, in die Nase stiegen.

Und all das war in Auen, Wiesen, Flüssen und Bergen Bewegung, Licht, Leben, Lärm gewesen, als es noch im Walde sang, durch den blauen Himmel flog, sich durch klares Gewässer schlängelte und auf den Bäumen in der Sonne in allen Farbtönen des Regenbogens prangte.

Ja, Vegallana versteht es zweifellos, ein großer Herr zu sein, dachte Visita seufzend, die blaß vor Neid von dieser Speisekammer träumte, dieser Dauerausstellung der herrlichsten Dinge, die die Provinz hervorbrachte.

Der Marqués lächelte nur, wenn man ihm davon sprach, das Stimmrecht zu erweitern. »Ja, was denn? Fahren nicht alle für mich die Ernte ein? Bringen sie mir nicht ihre besten Früchte? Die mir die feinsten Bissen geben, sollen mir die immaterielle Stimme, den *flatus vocis* verweigern?«

Der vielfältige, kostbare, prächtige Hausrat der Küche funkelte an den Wänden, auf dem Herd, auf Tischen und Kästen. Er war der Speisekammer würdig. Pedro, hochmütig und mürrisch, regierte das alles mit herrischer Stimme. Er befahl dort wie ein Tyrann. Das Beste aß er selbst, er hielt auf die Traditionen der kulinarischen Ordensregeln. Er überwachte auch von fern das Servieren bei Tisch, denn er war kein gewöhnlicher Koch, nicht nur Schirmherr von Töpfen und Pfannen, sondern ein Generalkapitän in vorderster Feuerlinie und auf die Tafel bedacht. Alt war er noch nicht. Er war ein Vierziger, sehr gut erhalten, liebte viel und hielt sich, wenn er die Schürze ablegte und sich als feiner Herr kleidete, unter seinesgleichen für einen eleganten Stutzer.

Colaś war ein Küchenjunge von entschiedener Berufung, rotgesichtig und lebhaft, mit schalkhaften Augen und geschickten Händen. Diese beiden halfen neben der robusten Gebirglerin, die Visita in ihrem Dienst hielt, den beiden Damen bei ihrem Vorhaben. Pedro ging ihnen, ohne seine Hauptaufgabe – das Essen für die Herrschaft – zu vernachlässigen, erfahren zur Hand. Es hatte damit angefangen, daß er diesen Einfall in sein Reich bloß duldete. Die Küche bot Raum für alle. Das bißchen da zählte gar nicht, und der Küchenchef gab seine unerläßliche Zustimmung mit kaum verhohlener Geringschätzung. Nach und nach ging er vom Stadium der Duldung zu dem der Begönnerung über. Zunächst ließ er sich soweit herab, der Gebirglerin ein paar Ratschläge zu geben, danach kniff er sie. Es kam Leben in die Sache.

»Colás, halte dich zur Verfügung der Damen!« sagte Pedro mit feierlicher Stimme.

Denn der Befehl der Marquesa hatte dafür noch nicht ausgereicht. Der Küchenjunge gehorchte Pedro und Pedro seiner Pflicht. Hätte die Marquesa etwas von ihm verlangt, was gegen seine Künstlerüberzeugungen ging, sie hätte nichts weiter erreicht als seine Demission. Dies war seine Redeweise. Er las viele Zeitungen, bevor er Tüten daraus machte.

Als Obdulia, pikiert über die Kälte des hochnäsigen Kochs, ihn mit langen Blicken und einem gelegentlichen, wie zufälligen Anstreifen zu bezirzen begann, gab sich Pedro besiegt und rührte dann und wann mit Meisterhand in Visitas Schüsseln.

Ja, er ging noch weiter: Er wollte Doña Obdulia mit Beweisen seines Könnens verliebt machen und eilte stets herbei, wenn sich eine theoretische Frage oder praktische Schwierigkeit ergab.

Auf alles gab Pedros Verstand und Geschicklichkeit erschöpfende Antwort. Reichte eine Erklärung nicht aus, legte er selbst mit Hand an, und die Sache war gemacht.

Obdulia, die von ihrer Cousine Tarsila in Madrid gelernt hatte, mit ihren Gunstbeweisen große Geister, berühmte Künstler und Wissenschaftler zu belohnen, hielt es nun – nicht anders als am Nachmittag zuvor, wo sie Señor Bermúdez zum Lohne seiner archäologischen Gelehrsamkeit vor Wonne und Wollust ganz aus dem Häuschen gebracht hatte – für angebracht, dem Koch der Vegallanas mit brennenden, wie unabsichtlichen Blikken zufällige, heimliche Gunstbezeigungen zu gewähren, wenn sie seiner einleuchtenden Theorie über das Schweinefett zuhörte;

ein scheinbar zufälliges Berühren seiner Hand beim Teigrühren oder wenn sie gleichzeitig in dasselbe Gefäß langten. Der Koch war nahe daran, vor Wonne rückwärts hinzuschlagen, als Obdulia mit der Frage, ob die Pfirsichkonfitüre jetzt richtig sei, auf den würdevollen Pedro zutrat und ihm lächelnd denselben Löffel in den Mund schob, den sie eben mit ihren Rubinlippen berührt hatte. (»Rubinlippen« stammte vom Koch.)

Dem Schürzenmenschen gaukelte es in der Ferne die Eroberung dieser Dame als letzten Lohn für ein Leben vor, das ausschließlich dem Würzen von Speisen so vieler Herren und Damen geweiht war, die dank seiner den Weg der süßen handgreiflichen Liebe leichter und ungezwungener gefunden hatten.

Mit Pedro kam es, wohin es nur selten mit ihm kam: Er gab seine Zustimmung, daß die Dienstmädchen des Hauses in die Geschäfte der schwarzen Eisentöpfe eingreifen durften. Er liebte die Frau, alle Frauen, glaubte aber nicht an ihre kulinarischen Fähigkeiten. Ihre Bestimmung war eine andere. Küche und Frau seien einander ausschließende Begriffe; Worte, die er von seinen Tüten aus bedrucktem Papier gelernt hatte. Freiheit und Regierung sind einander ausschließende Begriffe, hatte er in einem roten Blatt gelesen und wandte nun den Satz auf Küche und Frau an. Was ganz Vetusta von Literatinnen dachte, das dachte Pedro von Köchinnen. Er hielt sie für Blaustrümpfe.

Hielt man ihm entgegen, daß Köche teurer waren und mehr verbrauchten, so entgegnete er:

»Lieber Freund, wer nicht reich ist, soll auch nicht essen.«

Im übrigen war er, aber auf anderem Gebiet, Sozialist.

Als die beiden Herren in die Küche traten, fand Pedro zu seiner gewohnten Haltung, dem mürrischen Gehaben zurück, das er den Dienstmädchen gegenüber an den Tag legte und bei den Pächtern, die von ihren mitunter weit entfernten Dörfern Vorräte brachten. Der Herd war sein Gott und er der Pontifex maximus. Die anderen opferten auf den Altarsteinen des Herds, und Pedro zelebrierte geheimnisvoll und in der Stille. Er setzte seine herablassende Miene wieder auf, denn so verstand er die Achtung vor der Herrschaft. Kaum, daß er eine Antwort gab, wenn ihn die Herren ansprachen. Und nicht lange, da mußte er's mit eignen Augen sehen: *la donna è mobile,* wie er oft sang. Sowie die anderen eintraten, vergaß ihn Obdulia völlig. Zuvor schon hatte sie Don Saturnino vergessen, der, auf jeder Schläfe ein Talgpflaster, auf seinem »Schmerzenslager« ruhte und sich dem Vergnügen hingab, den süßen Erinnerungen an jenen kunstgeschichtlichen Nachmittag nachzuhängen.

Das Gespräch über erotische Metaphysik, das Mesía und Paco soeben beendeten, verwehrte es ihnen am Anfang, an der gastronomischen und kulinarischen Begeisterung der Damen teilzunehmen. Allerdings nahte die Essenszeit, und die Düfte reizten den Appetit an. Aber ein Schöngeist ist darüber erhaben. Mesía beherrschte die hohe Kunst, in Kohlenkeller, Küchen, ja selbst in Mühlen einzutreten, ohne Ruß-, Fett- oder Mehlflecke davonzutragen. Er bewegte sich in der Küche des Marqués wie im Gelben Salon völlig ungezwungen und ohne irgendwo anzustoßen. Zu anderen, weit zurückliegenden Zeiten hatte er hierselbst Küsse ausgeteilt. Vielleicht gab es im ganzen Haus keinen Winkel, der für Don Alvaro frei von solchen Erinnerungen gewesen wäre. Von Paquito ganz zu schweigen. Seine erste Liebe war ein Dienstmädchen gewesen, das seine Kammer dort gehabt hatte, wo jetzt die Speisekammer war. Der junge Marqués fand sich in der Küche auf Zehenspitzen im Dunkeln zurecht und hatte sich auch schon durch den provisorischen Kohlenbunker neben dem Herd getastet.

Nicht lange, und die jungen Herren nahmen trotz aller schöngeistigen Schwärmerei höchst aktiven Anteil an der fröhlichen, ansteckenden Begeisterung der beiden Künstlerinnen. Sie waren ebenfalls Künstler. Ungeachtet der beinahe respektlosen Spöttereien des Küchenjungen und Pedros beleidigenden Lächelns, wollten die Herren ihre Fähigkeiten beweisen, indem sie ihre Hände in den Teig, die Konfitüren und alles, was sonst noch bereitet wurde, steckten. Paco hatte völlig den Kopf verloren. Mesía betrug sich wie ein in einen Küchenjungen verwandelter Monarch.

Obdulia hatte den jungen Marqués unzählige Male gestreift; ihre Arme, ihre Knie, vor allem aber ihre Hände berührten sich minutenlang, und sie taten, als achteten sie nicht darauf. Eine jähe Bewegung der Dame, die einen kurzen, aufgeschürzten und durch die Bänder der Schürze eng an den Körper gepreßten Rock trug, ließ Paco einen Teil, einen großen Teil eines Strumpfes mit Schottenmustern von neuem Geschmack sehen. Stets hatte der junge Aristokrat einen inneren Widerspruch der Liebe darin erblickt, daß er die Skulptur des Menschen mit Hülle dem reinen Akt vorzog. Wieso reizte ihn das Verhüllte mehr als das Nackte? Das konnte er sich nicht erklären. Er sah die wohlgerundete

Wade eines Bauernmädchens ohne Schuh und Strümpfe und – nichts! Dann wieder sah er einen Strumpf nur acht Fingerbreit bis über den Knöchel und – adieu, erhabene Schöngeistigkeit! So geschah es auch diesmal. Mehr noch: Hätte der Strumpf Obdulias kein Schottenmuster getragen, dann hätte der junge Mann vielleicht nicht die Ruhe seiner schöngeistigen Erhabenheit verloren. Aber diese roten, schwarzen und grünen Karos mit Streifen aus anderen Farben brachten ihn in die häßliche, rohe Wirklichkeit zurück, und Obdulia merkte sofort, daß sie gewonnenes Spiel hatte.

Für die Witwe gehörte eine fröhliche »Session« mit einem ihrer ehemaligen Liebhaber zu den raffiniertesten Vergnügungen. Daß man nicht erst mit den Präliminarien beginnen mußte, fand sie köstlich. Und dann besaßen die Erinnerungen einen Reiz! Eine Erinnerung als etwas Gegenwärtiges auskosten! Gab es ein größeres Glück? Paco war ihr Liebhaber gewesen. Sie hätte Mesía vorgezogen, auf den dasselbe zutraf und der viel länger zurücklag. Aber aus Alvaro war ein Barbar geworden. Er behandelte sie wie Don Saturnino, ehe er sich ein bißchen vorgewagt hatte: mit weltmännischer Liebenswürdigkeit. Und dabei sah er sie mit der kalten, ehrbaren Gleichgültigkeit an, mit der sie der Herr Bischof ansah. Sie war sicher, daß ihre Gegenwart im Bischof ebensowenig wie in Mesía je ein fleischliches Begehren erweckt hatte. Dieser Don Alvaro war unausstehlich. Der Bischof übrigens auch. Und dennoch – Gott im Himmel konnte es bezeugen! – war sie ihm treu gewesen, Mesía, versteht sich, empfand sie für ihn noch immer Liebe oder so etwas Ähnliches. Sie hätte ihn jederzeit allen anderen vorgezogen. Aber er liebte sie nicht mehr. Das war vorbei.

Inzwischen waren sie es müde geworden, Koch zu spielen. Visita allein fand noch Vergnügen daran, Töpfe zu untersuchen und allerlei Schränke zu durchstöbern. Immer sprach sie mit irgendeiner Leckerei im Mund. Pedro bemerkte, daß sie in einer Tasche ihres Rocks Zuckerklumpen und Tütchen reinen Safrans verschwinden ließ, wie er zum großen Neid der diebischen Elster in der Küche des Marqués verwendet wurde. Desgleichen verstaute sie ein Päckchen feinsten Tees zwischen den Röcken. Aus jeder einzelnen dieser Diebereien machte sie durch Lachen und humorige Erklärungen, die schon keinen mehr belustigten, ein anmutiges Spiel. Alle wußten, daß dies Doña Visitas üble Angewohnheit war.

Die Damen überließen die weitere Sorge für die Picknickvorbereitungen der Dienerschaft und gingen Hände waschen und Frisur und Kleidung ordnen. Sie wußten schon, wo die Toilette für solche Fälle war. Es war das Zimmer, in dem die zweite Tochter der Vegallanas gestorben war. Daran dachte schon niemand mehr. Das Bett stand noch drin, aber es fand sich kein Kleidungsstück, nicht die geringste Erinnerung mehr an sie.

Mesía und Paco traten mit den Damen ein. Weshalb auch nicht? Man kannte sich zu gut, um falsche Zurückhaltung zu zeigen. Überdies »werde man ihnen wohl nichts abgucken«, wie Obdulia sagte. Paco und die Witwe wuschen sich zusammen in einer Schüssel die Hände. Im Wasser verflochten sich ihre Finger. Das war nach den Worten der Witwe ein ungemein prikkelndes Vergnügen. Es erinnerte sie beide an bessere Tage. Die Sonne stand schon tief, ihre Strahlen fielen auf die Beine des Bettes und hüllte das leichtsinnige Pärchen in einen Strahlenkranz. Die Hitze des Herdes, die Scherze und die Arbeit hatten auf Obdulias Wangen Glutflecken entzündet. Ihr eines Ohr brannte. Sie war angeregt, wollte etwas und wußte nicht, was. Zum Essen war es bestimmt nichts, denn sie hatte von hundert Leckereien und zum Spaß sogar von des Marqués Abendessen gekostet.

Visitación und Mesía, beide ruhiger, unterhielten sich, an das kalte Eisen der Brüstung gelehnt, auf dem Balkon. Sie würden sich nicht umdrehen, dessen war Obdulia gewiß. Unter dergleichen Freunden verstieß man nie gegen gewisse stillschweigende Abmachungen.

Der junge Marqués lachte laut heraus.

»Worüber lachst du?« fragte Obdulia.

»Über Joaquinito Orgaz, den Bohemien, der dich überall suchen wird. Zu drollig, was?«

Obdulia überlegte und lachte schließlich ebenfalls. Es war in der Tat drollig. Sie hatte sich auf das Bett der Verstorbenen gesetzt. Die Beine der Witwe baumelten wie ein Pendel. Wieder schaute ein schottischer Strumpf heraus. Jetzt sah man beide.

Obdulia seufzte. Man sprach von Vergangenem. Streng genommen, hatten sie sich immer geliebt. Es war etwas da, was sie für immer verband, ob sie's nun wollten oder nicht. Der Bruch war gekommen, weil Beständigkeit unmöglich ist und am Ende öde wird. Langwährende Beziehungen waren einfach lächerlich, das hatten die beiden in Madrid gelernt. Eheleute müssen einander nach längsten zwei Jahren langweilen. Ein Verhältnis kann etwas länger dauern, aber nicht viel.

»Doch, nicht wahr«, sagte Obdulia und verschönte sich, »wenn man sich hin und wieder mal trifft, dann ist das wie ein schöner Sonnentag im Winter in dieser verwünschten Nebel- und Regengegend.«

»Großartig!« rief Paco. »So ist es! Ich fühlte immer was und konnte es mir nicht erklären. Dabei war es das.«

Und da er dieses Gefühl raffiniert und poetisch fand, nahm er sich vor, der Witwe an diesem Nachmittag völlig den Kopf zu verdrehen.

Das war, was sie das Schwelgen in Erinnerungen nannte.

Visitación hatte ebenfalls rote Flecken auf den Wangen. Die Hitze in der Küche und die anregenden Späße hatten ihre kleinen Augen verschönt und entlockten ihnen Reflexe einer gespielten Leidenschaft. Ihr dunkelblondes Haar fiel in widerspenstigen Löckchen in die Stirn. Don Alvaro und sie sprachen wie zärtliche Geschwister miteinander. Er war ihre erste ernste Liebe gewesen, das heißt, der erste, der sie zu Unüberlegtheiten hingerissen hatte, zum Beispiel zu einem nächtlichen Sprung vom Balkon. Aber das alles lag so weit zurück! Dazwischen lag das Leben mit all seinen prosaischen Sorgen.

Die Notwendigkeit, immer wieder auf Mittel und Wege zu sinnen, um die erforderlichen Geldmittel aufzutreiben, hatte das »verrückte Ding« dem trivialsten Positivismus zugewandt und dem erotischen Überschwang ihrer jugendlichen Phantasie die Flügel gestutzt.

Sie war, in der Meinung der Leute, eine sehr gute Ehefrau. Das heißt, sie kümmerte sich mit viel Fleiß und Sorgfalt um die Wirtschaft und die häuslichen Pflichten.

Visita und Mesía hatten im Winter ihrer Liebe keine solchen Sonnentage, von denen Obdulia sprach. Sahen sie sich aber einmal allein und einer von ihnen hatte Sorgen oder einen Kummer von der Art, die vertraute Ratgeber erheischt, dann sagten sie einander alles oder doch fast alles. Sie sprachen mit leiser Stimme, einer nahe beim anderen, und kehrten wieder zum früheren Du zurück. Sie muteten wie ein abgeklärtes Ehepaar an, das sich, wenn auch nicht aus Liebe, so doch durch die Gewöhnung der Jahre verträgt.

»Pah!« sagte Visitación mit ein wenig echter Trauer, die ihrer verblühenden Schönheit Reiz verlieh. »Pah, diesmal hat's dich wirklich gepackt. Ich sehe es dir an. Aber ich will dir auch eins sagen: Es wird dich redliche Mühe kosten.«

Mesía sprach mit Visita offener über die Präsidentin als mit Paco. Seine Taktik mußte verschieden sein. Zum jungen Marqués mußte er aus den schon dargelegten Gründen von reiner Liebe sprechen, zu Visita von einer weiteren Eroberung. Er begriff, daß Visitación die Präsidentin in denselben Abgrund stoßen wollte, wohinein sie und so viele andere gefallen waren. Visita war Anas Freundin, seit diese mit ihrer Tante Doña Anunciación und Ripamilán, dem heutigen Erzpriester, nach Vetusta gekommen war. Sie bewunderte ihre kleine Freundin, pries ihre Schönheit und Tugend. Aber deren Schönheit war ihr, wie allen, ein Dorn im Auge, und ihre Tugend brachte sie fast um den Verstand. Sie wollte diese blütenweiße Unschuld im Schlamm sehen. Soviel Rühmens ödete sie an. Ganz Vetusta sagte: »Die Präsidentin, ja, die Präsidentin, die ist nicht herumzukriegen.« Am Ende ermüdete einen dieses ewig gleiche Lied. Selbst wie man sie nannte, war albern. Die Präsidentin! Weshalb bloß? Gab es nicht eine andere? Sie war es ja in Vetusta nur ganz kurze Zeit gewesen. Ihr Mann hatte sich sehr bald pensionieren lassen, was sollte also diese Titulierung?

Der Frau des Bankangestellten blieb nicht viel Zeit für diese aus reiner Eitelkeit und übler Absicht geborenen bösen Gedanken. Sie brauchte ihre ganze Aufmerksamkeit für die Prosa des Lebens, das nicht eben leicht war. Aber irgendeine Entschädigung mußte sie haben. Na schön, dann also die: dafür zu sorgen, daß Ana zu guter Letzt nicht anders dastand als alle andern. Sie wich ihr, wenn irgend möglich, nicht von der Seite. In die Kirche, zum Spaziergang, ins Theater gingen sie fast immer zusammen, obwohl Ana nicht oft das Haus verließ. Seit Visita bei ihrer Freundin einiges Interesse für Don Alvaro und bei Mesía den Wunsch entdeckt hatte, diese Tugendsame zu besiegen, dachte sie an nichts anderes mehr als daran, zu beschleunigen, was ihrer Ansicht nach unausbleiblich war. Sie hielt keine für fähig, ihrem ehemaligen Liebhaber zu widerstehen.

Sowie sie allein waren, sprachen sie miteinander über diese Angelegenheit.

Alvaro bestritt, daß von seiner Seite Liebe im Spiel sei. Es war eine heftige Laune, die sich durch die Schwierigkeiten tief in ihm eingewurzelt hatte.

Visita tat, als wäre ihr's lieber, wenn es eine wirkliche Leidenschaft gewesen wäre. Sie verbarg das innige Vergnügen, das sie in den Versicherungen Mesías fand.

»Du weißt es ja, Visita: Lieben kann man nicht in jedem Lebensalter.«

»Reden wir nicht davon!«

»Man liebt einmal, und danach richtet man sich's halt ein, wie man kann.«

Bei diesen Worten zuckte Mesía die Achseln mit einer Miene humoristischer Verzweiflung, die ihm und seinen Verehrerinnen ungeheuer interessant erschien.

»Und sie ist schön, Alvarín, wirklich schön. Das kann ich dir schwören.«

»Ja, nach dem, was man so sieht, ist sie's.«

»Nein, man sieht ja nicht alles, wie du verstehen wirst. Und da sie es nicht macht wie die da ...« Sie zeigte mit dem Daumen nach hinten, wo man das Gewisper Pacos und Obdulias hörte. »... da sich Ana nie die Unterröcke und Kleider mit Bändern und Riemen straffzieht und sich auch nicht schnürt ... Wenn du sie sähest!«

»Ich stelle sie mir vor.«

»Das ist nicht dasselbe.«

Ein kurzes Schweigen. Dann fuhr Visita fort:

»Siehst du dieses liebliche, sanfte Gesicht vor dir, das nur in den Augen etwas wie Leidenschaft hat, und auch die nur verhalten, wie im Schatten unter den Wimpern?«

»Stimmt es, was Frígilis behauptet?«

»Was sagt denn dieser Nachtwandler?«

»Daß die Präsidentin der Madonna della Sedia sehr ähnlich sieht.«

»Es stimmt, im Gesicht schon.«

»Und im Ausdruck. Die Art, wie sie den Kopf neigt, wenn sie mit ihren Gedanken woanders ist. Man meint, sie liebkose mit dem runden, reinen Kinn ein Kind.«

»Holla, der Maler!«

Aus den Augen der rundlichen Mittdreißigerin sprühten die Funken wie aus einem angefachten Kohlenbecken.

»Da sagt er, er sei nicht verliebt, und vergleicht sie mit der Madonna!«

»Ich glaube, die Ärmste leidet sehr darunter, daß sie kein Kind hat.«

Visita zuckte die Schultern, und nachdem sie etwas Bitteres, das ihr in der Kehle saß, hinuntergeschluckt hatte, sagte sie mit rascher, rauher Stimme:

»Mach ihr doch eins!«

Mesía ließ sich nicht anmerken, wie unangenehm ihn dieser Satz berührte.

»Aber, ach Alvarín, wenn du sie in ihrem Zimmer sehen könntest, vor allem, wenn sie einen dieser Anfälle hat, bei denen sie sich dreht und windet! Wie es sie da auf ihrem Bett hin und her wirft! Man erkennt sie nicht wieder. Dann kann ich mir so ungefähr die Laune mit dem Tigerfell erklären, das ihr, wie es heißt, ein Amerikaner aus den Staaten geschenkt haben soll. Erinnerst du dich an den phantastischen Tanz der Truppe, die letztes Jahr hier war?«

»Ja. Weshalb?«

»Erinnerst du dich an den Tanz der Bacchantinnen? Ja also, so ähnlich ist es, nur viel besser. Eine Bacchantin, wie sie in Wirklichkeit gewesen sein müssen, wenn es sie in den Ländern da unten gegeben hat. So sieht es aus, wenn sie sich dreht und windet. Und wie sie lacht, wenn sie ihren Anfall hat! Sie hat Tränen in den Augen, verführerische Falten um den Mund, und aus der wunderhübschen Kehle vernimmt man Laute, Jammertöne, unterirdisches Wehklagen. Man meint, da drinnen wimmere die stets verschwiegene, in Kerkern gehaltene Liebe, was weiß ich! Man möchte sagen, daß sie bei den Anfällen Angstträume hat oder vor Eifersucht wütet oder vor Liebesverlangen vergeht. Dieser Schafskopf von einem Don Víctor mit seinen Vögeln und Komödien und seinem Frígilis mit den gepfropften Hähnen ist ja kein Mann. Das ganze ist eine schreiende Ungerechtigkeit; so dürfte die Welt nicht sein. Und so ist sie auch nicht. Ihr Männer habt diesen ganzen Schwindel erfunden.«

Sie schwieg einen Augenblick, weil sie den Faden verloren hatte, und fügte hinzu:

»Ich weiß Bescheid.«

Nachdem sie sich beruhigt hatte, kehrte sie zum Thema zurück.

»Wenn du sie sähest! Sie ist ganz anders, als man glaubt. Hör zu! Arme hat sie!«

Und sie beschrieb mit allen Einzelheiten, die sie einem Manne geben konnte, der ihr Liebhaber gewesen und jetzt ihr Kamerad war, ausführlich sämtliche Rundungen Anas, ihre plastische Vollkommenheit, die verborgenen Reize, wie Cármenes in der

»Kreuzfahne« sagte. Doch sie gab ihnen mitunter ihren richtigen Namen, und wenn sie keinen hatten oder sie ihn nicht kannte, gebrauchte sie wunderliche Kosewörtchen, wie sie Alvaro zu anderen Zeiten im Entzücken der süßesten Vertraulichkeiten erfunden hatte. Diese zärtlichen Namen waren in Visitas Gedächtnis wie mit Feuer eingebrannt. Sie kamen nur von ihren Lippen, wenn sie mit Alvaro sprach, und da nur selten. Die Bankangestelltengattin fand sie einfach wunderbar. Aber hinterher blieb immer ein bitterer Nachgeschmack. Das alles war dahin, als wäre es nie gewesen: Ehemann, Kinder, Markthalle, Dienerschaft, Hauswirt ... Pech und Schwefel!

Visita zeigte der Reihe nach ohne Koketterie, ja ohne zu überlegen, was sie tat, an ihrem Körper die entsprechenden Körperteile der Präsidentin, die sie überschwenglich schilderte. Und am Ende ihrer Beschreibung sagte sie, nach hinten deutend:

»Und die da bildet sich etwas auf ihre gute Figur ein. Aber gar kein Vergleich!«

Die Bemerkung war durchaus angebracht. Visitacíon hielt es für ausgemacht, daß Don Alvaro wußte, wie »die da« war.

Wer jetzt, rot wie eine Klatschrose, Speichel schluckte, war der Klubvorsitzende. Nun sprühten in seinen fast immer erloschenen Augen die Funken, die zuvor in denen Visitas gefunkelt hatten.

»Aber es wird dich saure Mühe kosten.«

»Vielleicht gar nicht so sehr viel«, sagte Mesía, ohne sich beherrschen zu können.

»Und von wegen anbeißen. Sie hat schon angebissen.«

»Glaubst du?«

»Ja, ich bin sicher. Aber verlaß dich nicht darauf: Du kannst auch mit langer Nase abziehn und den Fisch im Wasser lassen.«

»Wenn ich den Augenblick für gekommen sehe, die Schnur einzuholen ...«

»Du überlegst es dir schon recht lange.«

»Wer hat dir das gesagt?«

»Die da.«

Sie deutete auf ihre Augen.

»Und von ihr, woher weißt du das?«

»So was von Neugier! Und der will nicht verliebt sein!«

»Verliebt? Keine Gedanke! Aber es ist nur natürlich, daß ich wissen möchte, wie's um sie steht, um mich danach zu richten.«

»Sie trägt das Herz nicht auf der Zunge, aber innen drin wird's anders aussehn. Die Nervenanfälle häufen sich. Du weißt, daß sie aufhörten, als sie heiratete, und dann wiederkamen, aber nicht mit der Häufigkeit wie jetzt. Ihre Stimmung ist schwankend. Sie beurteilt die anderen mit übertriebener Strenge; alles langweilt sie. Ganze Nachmittage schließt sie sich in ihrem Zimmer ein.«

»Papperlappapp! Das will nichts besagen.«

»Es ist schon viel.«

»Nichts, was zu meinen Gunsten spräche.«

»Was weißt denn du? Schau, wenn man ihr von dir erzählt, wird sie blaß oder rot wie eine Tomate. Sie verstummt und wechselt das Thema, sobald sie die Sprache wiederfindet. Im Theater starrt sie dich an, sowie du das Gesicht abwendest, und wenn das Publikum mehr auf die Bühnen achtet und sie sich unbeobachtet glaubt, richtet sie ihr Glas auf dich. Aber ich behalte sie im Auge, aus Neugier bloß, versteht sich, denn was geht's mich schließlich an? Das ist ihre Sache.«

»Bist du nicht ihre vertraute Freundin?«

»Ihre Freundin schon. Aber vertraut? Sie kennt keine Vertraulichkeiten und behält alles für sich. Das ist ein kleiner Schönheitsfehler, zugegeben. Sie ist sehr grüblerisch und verschlossen. Von ihr werde ich nie etwas erfahren.«

Ein Augenblick Stille.

»Hoffentlich erzählt sie jetzt nicht alles dem Generalvikar. Du wirst ja wissen, daß sie ihn zum Beichtvater genommen hat.«

»Ja, man sagt es. Ich glaube, da steckt der Erzpriester dahinter, der es müde ist, im Beichtstuhl zu sitzen.«

»Nein, sie tut es von sich aus. Sie hat wieder ihre Anwandlungen von Mystizismus.«

Visita nannte jede Frömmigkeit, die nicht der ihren glich und die eigentlich keine war, Mystizismus.

»Ana hatte, wie ich herausbekommen habe, schon als Kind dort oben in Loreto solche Anfälle, wie von Irrsinn, sie hatte Visionen ... Nun ja, kleine Unregelmäßigkeiten. Jetzt kommt das wieder, aber aus anderer Ursache.« Und sie zeigte aufs Herz. »Sie ist verliebt, Alvaro, glaube mir's!«

Don Alvaro empfand tiefe, zärtliche Dankbarkeit. Diese Worte gaben ihm Selbstvertrauen.

Mehr wollte er nicht wissen, oder besser, er sah ein, daß Visita nichts Bestimmtes mehr hinzufügen konnte.

Er gewahrte im Gesicht der Frau eine Bitterkeit, die sie vergebens zu verbergen suchte. Ihre Stimme zitterte leicht. Sie flößte Mitleid ein. Wenigstens empfand Mesía welches.

»Laß das!« sagte er und trat nahe an seine Freundin heran. »Sprechen wir nicht von anderen, sprechen wir von uns! Du bist wunderhübsch.«

»Jetzt kommst du mir so?« Ihre Stimme klang rauh und spröde.

»Dummerchen, wenn du nicht so mißtrauisch wärst!«

»Was sind denn das für neue Töne?« fragte die klanglose Stimme.

»Neue Töne? Das nennst du neue Töne? Undankbare!«

Mesía brachte sein Gesicht näher an das der naschhaften Dame heran. Auf der Straße war niemand. Es war eine der einsamen Gassen. Zwischen den Steinen wuchs Gras. Das war die Stille, die Don Saturnino feierlich und aristokratisch nannte.

Die hinter ihnen, Obdulia und Paco, schauten sicherlich nicht her, des war Don Alvaro gewiß. Er näherte sich Visita noch mehr.

Eine schallende Ohrfeige und darauf das laute Lachen Visitas, die vor Don Alvaro einen Schritt zurückwich.

»Närrin! Verrückte!« schrie Don Alvaro und wischte sich die Wange ab, die feucht und klebrig war.

»Komm, hol dir noch eine! Das mir, wo ich ein alter Hase bin, wie die Marquesa sagt.«

Völlig ruhig und lächelnd steckte sich die Dame ein Stück Zucker in den Mund.

Das war ihr System. Sie versagte sich weislich die süßen Täuschungen der Liebe und hielt sich dafür an Naschwerk schadlos.

Voll Trauer, in die sich Gewissensbisse mischten, entsann sich Mesía der Nacht, in der diese Frau vertrauensvoll und verliebt vom Balkon gesprungen war.

An der Straßenecke bei der Kathedrale erschien eine Dame, die man vom Balkon aus sofort erkannte. Es war die Präsidentin. Sie ging in Schwarz, mit der Mantilla. Petra, ihre Zofe, begleitete sie. Bald waren sie unter ihnen. Ana war in Gedanken versunken. Sie hob den Kopf nicht.

»Anita!« schrie Visitación.

Da konnte Mesía das Gesicht der Präsidentin sehen, die heraufgrüßte und lächelte. Nie hatte er sie so schön gesehen. Ihre Wangen waren gerötet, das übrige Gesicht bleich. Sie schien, genau wie Visita und Obdulia, neben einer Herdflamme gestanden zu haben. In ihren Augen war ein trockener Glanz, ein

Leuchten der Freude, dessen Widerschein über dem ganzen Antlitz ausgebreitet lag. Ihr Gesicht sah aus, als lächle sie ihren eigenen Gedanken zu.

Zudem hatte Mesía bemerkt, daß sie ihn ohne jede Bewegung, ohne die geringste Verwirrung angesehen hatte, nicht anders als Visita: Selbst in ihrem Gruß, der ungezwungener und offener als sonst gewesen war, hatte er eine Art Geringschätzung, den Ausdruck einer alarmierenden Gleichgültigkeit gewahrt. Es war, als hätte sie gesagt: Kleiner Kläffer, du beißt nicht, ich fürchte dich nicht. Man würde ja sehen. Einstweilen war diese Freundlichkeit reine Verachtung. Was mochte in der Kathedrale vorgegangen sein? Was war dieser Don Fermín für ein Mann, daß er in einer einzigen Aussprache diese Frau so verwandelt hatte?

Diese Gedanken schossen ihm in einem einzigen Augenblick durch den Kopf. Er war betroffen und hatte das ungestüme Verlangen, aus Zweifel und Ungewißheit erlöst zu werden. Aber seinem Gesicht war nichts davon anzusehen. Er grüßte mit steifer Miene, mit jener Haltung des Gentlemans, um die ihn Trabuco, sein Bewunderer und Todfeind, so sehr beneidete.

»Hast du gebeichtet?«

»Ja, eben jetzt.«

»Wohl beim Generalvikar?«

»Ja, bei ihm.«

»Na und? Ausgezeichnet, nicht? Was habe ich dir gesagt? Kommst du nicht herauf?«

»Nein, ich kann jetzt nicht.«

Obdulia hatte Anas Stimme gehört und lief auf den Balkon, ohne sich lange damit aufzuhalten, ihre verrutschte Kleidung und Frisur zu ordnen.

»Ana, komm herauf, los, stell dich nicht so an!« rief die Witwe, während sie die Präsidentin von Kopf bis Fuß mit den Blicken verschlang.

Für Obdulia besaßen alle anderen Frauen nur den Wert von Schneiderpuppen. An ihnen interessierten sie nur die Fahnen, für alles andere waren die Männer da.

Ana entschuldigte sich ein zweites Mal. Sie habe zu tun. Sie grüßte mit anmutigem Lächeln und setzte ihren Weg fort. Einen Moment lang waren ihre Blicke denen Don Alvaros begegnet, ohne ihnen jedoch wie sonst verwirrt auszuweichen. Ihre Augen hatten ihn zerstreut angesehen, aber sie hatte nicht versucht, seinen Blick zu vermeiden, aus dem sinnliches Begehren und gekränkte Eigenliebe leuchtete.

Alle auf dem Balkon schwiegen, während sich die Präsidentin entfernte und in der menschenleeren Gasse verschwand. Sie blickten ihr nach, bis sie um die Ecke bog. Mit dem Versuch, einen geringschätzigen Ton vorzutäuschen, sagte Obdulia:

»Sie ist sehr einfach angezogen.«

Damit wandte sie sich ins Kabinett zurück.

»Friß sie auf!« rief Visita mit einer Stimme, aus der ein wenig Spott klang, Alvaro ins Ohr. Und fügte sehr ernst hinzu:

»Vorsicht mit dem Generalvikar! Er versteht es mit den Frauen.«

An einer schon in den Schatten getauchten Ecke der Plaza Nueva lag der Palast der Ozores mit seiner prunkvollen, überladenen, geschmacklosen Quadersteinfassade, die gleich der des Kasinos von der an den Mauern bis unters Dach emporkletternden Feuchtigkeit geschwärzt war.

Vor dem Tor angekommen, erschauerte Ana, als fröstle sie. Sie blickte zur nächsten Straßeneinmündung, wo sich der glanzübergossene Horizont öffnete. Die Calle del Aguila fiel steil ab, so daß man in der Ferne die Berge mit ihren grünen, in der Abendsonne leuchtenden Wiesen sehen konnte. Über den Platz und die Dächer schwirrten geschwätzige, ruhelose Schwalben, als machten sie kurz vor der Winterreise ihre Abschiedsbesuche.

»Höre, Petra, klopfe noch nicht! Wir wollen einen Spaziergang machen.«

»Wir beide allein?«

»Ja, nur wir beide. Durch die Wiesen, querfeldein.«

»Aber gnädige Frau, die Wiesen werden sehr naß sein.«

»Auf irgendeinem einsamen Weg, wo es keine Menschen gibt. Du bist doch hier aus der Gegend und kennst das alles. Weißt du nicht, wo wir gehen könnten, ohne jemandem zu begegnen?«

»Aber es ist doch bestimmt alles noch naß.«

»Jetzt nicht mehr. Die Sonne hat den Boden sicherlich schon getrocknet. Ich habe feste Schuhe an. Los, komm, Petra!«

Ana bettelte mit einer Stimme wie ein launisches Kind.

Petra blickte ihre Herrin erstaunt an. So hatte sie sie noch nie gesehen. Wo war ihre gewohnte Kälte hin, ihre Gelassenheit, die wie verhohlener Argwohn und Mißtrauen anmutete?

Die Zofe mochte etwas über fünfundzwanzig sein, sie war von einem safrangelben Blond, hatte einen sehr weißen Teint und regelmäßige Züge; ihre Schönheit konnte Begehren erregen, aber schwerlich Sympathie erwecken. Sie versuchte, ihren häßlichen ländlichen Akzent zu unterdrücken, und sprach mit unerträglicher Geziertheit. Sie hatte schon in vielen vornehmen Häusern gedient. Sie war aufgeweckt und langweilte sich im Hause Quintanar, wo es keine Abenteuer, weder fremde noch eigene, gab. Herrschaft und Diener schienen aus Holz. Don Víctor war ein alter Herr und vielleicht kein Kostverächter, doch nie hatte sich seine Kühnheit zu einem langen, eindringlichen Blick verstiegen oder gar zu einer galanten Schmeichelei, in umständlich gewundene Rede verpackt, so daß sie ihn nicht bloßstellte. Die Herrin war sehr schweigsam und zugeknöpft. Sie hatte nichts zu verbergen, oder sie verbarg es sehr geschickt. Dennoch hatte Petra die Überzeugung gewonnen, daß sich diese Dame ungemein langweilte. Die Zofe nutzte die wenigen Gelegenheiten, die sich ihr boten, um sich das Vertrauen der Präsidentin zu gewinnen. Sie war beflissen, verschwiegen und heuchelte Bescheidenheit, die nach ihrer Meinung schwerste aller Tugenden.

Ein Spaziergang durch die Felder, nach der Beichte, sie beide allein, an einem feuchten Nachmittag – das alles gab Petra viel zu denken. Sie hatte gar nichts gegen den Spaziergang, blieb aber bei ihrem Widerspruch, um zu sehen, wie weit die Launen ihrer Herrin gehen würde. Bei anderen hatte es auch so angefangen.

Sie gingen die Calle del Aguila hinunter. Quer zu ihrem Ende verlief die Landstraße nach Madrid.

»Nicht hier entlang!« sagte die Herrin. »Da herum! Gehen wir zur Mari-Pepa-Quelle!«

»Um diese Zeit ist da kein Mensch, und der Boden wird schon trocken sein. Die Sonne scheint noch. Sehen Sie, dort drüben stehen die Bäume.«

Petra zeigte ihrer Herrin unten in der Aue einen Saum von Pappeln, der jetzt in den schrägen Strahlen der untergehenden Sonne wie aus Silber und Gold schien. Der Weg war schmal, aber fest und eben. Rechts und links zogen sich Wiesen mit hohem, dichtem Gras und Gemüsefelder hin. Plantagen und Wiesen wurden mit den Abwässern der Stadt berieselt und waren fruchtbarer als das übrige Land. Die saftiggrünen Wiesen mit ihrem bläulichen, fast schwarzen Schimmer waren wie aus dichtem Samt. Sie warfen die Strahlen der untergehenden Sonne zurück und blendeten. Ana schloß mit Wohlbehagen halb die Augen, als badete sie in dem von der Frische des Bodens fein gesiebten Licht.

Geißblatt und Brombeersträucher säumten den Weg, und ab und an erhob sich kräftig und untersetzt der Stamm einer Schwarzpappel mit gewaltigen Knorren wie ein Treffas, ein paar junge Triebe im kahlen Geäst, dünne Gerten, die der leichte Windhauch zauste, wobei die vereinzelten Blättchen an ihren Enden wie Kastagnetten rasselten.

»Sehen Sie nur, gnädige Frau, wie seltsam! Keiner dieser Zweige hat ein Blatt außer dem letzten an der Spitze.«

Nach diesen und anderen ähnlichen Bemerkungen blieb Petra stehen, um im Gesträuch Blumen zu pflücken, stach sich dabei in die Finger, blieb mit dem Kleid an den Brombeeren hängen, schrie und lachte. Sie faßte ein wenig Zutrauen, so allein mit der Herrin mitten in den Feldern, auf einsamen, übel beleumdeten Wegen, die von ihr so einiges wußten, was man besser verschwieg.

Petra traute der plötzlichen Frömmigkeit der Präsidentin nicht.

Über eine Stunde gebeichtet! Das Gesichtchen wie verklärt, als sie sich nach empfangener Absolution erhob. Und jetzt dieser Spaziergang durch die Felder, lachen, ihr gewisse Freiheiten zugestehen... Nein, dachte Petra, ich trau dem Frieden nicht. Warten wir's ab.

Anas Zofe liebte es, bei ihren Überlegungen und Phantastereien bis zu den letzten Folgerungen vorzustoßen. Schon sah sie in der Ferne klingende Goldmünzen als Trinkgelder. Aber die religiöse Wendung, die die Sache nahm – sie hielt es für ausgemacht, daß da etwas war –, zog Komplikationen nach sich, die Petra vor eine völlig neue Situation stellten, und sie hatte Dinge erlebt, die nur sie, Gott und diese einsamen Wege wußten.

Sie kamen zur Mari-Pepa-Quelle. Sie lag im Schatten mächtiger Kastanien, deren Rinde von Narben in Form von Initialen übersät war, die mitunter ganze Namen bildeten. Der Pappelstreif, den man aus der Ferne sah, diente als Schutzwall, der den Ort noch heimlicher machte und ihm zur Stunde des Sonnenuntergangs Schatten spendete. Östlich erhob sich eine sanfte Anhöhe, die den anheimelnden Zufluchtsort, welche die Natur rings um die Quelle gebildet hatte, abschirmte. Obwohl in einer Senke gelegen, sah man von hier aus eine herrliche Landschaft, weil nach dem Westen zu andere Bodenwellen, die einem grünen Gewoge glichen, den Blick auf die fernsten Grenzen freigaben. Da hinten lag, verschwommen im leichten Dunst, der Corfín, ein Gebirge, dessen Kamm sich in den Wolken verbarg und jäh zu verborgenen Tälern abfiel, die sich hinter näher gelegenen Bergen und Hügeln hinzogen. Die Sonnenstrahlen zerteilten schräg die Luft, in der Lichtstäubchen zu schweben schienen, und dahinter erhob sich der Corfín in schwarzblauer Glasur.

Ana setzte sich auf die Wurzeln einer Kastanie, die der Quelle Schatten gab. Sie betrachtete die wie mit bengalischem Licht beleuchteten Berghänge und vernahm fast wie im Schlaf neben sich das leise Glucksen der Quelle und des Bächleins, das flink davoneilte, die Wiesen zu erfrischen. Eine Bachstelze pickte auf dem Boden und hüpfte im Vertrauen auf die Flinkheit ihrer Flügel furchtlos vor Anas Füßen herum. Sie sprang hin und her, fegte mit dem Schwänzchen den Staub auf, näherte sich dem Wasser, trank, war mit einem Satz im Gebüsch. Aus purer Neugier tauchte sie wieder hervor, immer fröhlich und quecksilbrig, stand dann einen Augenblick still, als dächte sie nach, und plötzlich breitete sie ohne jeden Grund, wie vor einer Angstvorstellung erschrocken, die Flügel aus, schoß am Anfang schnell in die Höhe und verlor sich dann wiegend und gemächlich in den Lüften, die die schräge Sonne purpurn färbte. Ana verfolgte den Flug der Bachstelze mit dem Blick. Diese Tierchen, dachte sie, fühlen, lieben und können sogar denken. Dieses Vögelchen hat plötzlich einen Einfall gehabt. Es war des Schattens hier überdrüssig und flog davon, um Licht, Wärme und Weite zu suchen. Daß man einer Sache überdrüssig wird, ist doch so natürlich.

Sie selbst, die Präsidentin, war des Schattens, in dem sie ständig gelebt hatte, mehr als überdrüssig. Würde es etwas Neues, etwas ihrer Liebe Wertes sein, was ihr der Generalvikar verheißen hatte? Was hatte ihr der Generalvikar zur Antwort gegeben, als sie zu ihm gesagt hatte, daß sie in ihrer Jugend mystische Anwandlungen gehabt und daß später ihre Tanten und sämtliche Freundinnen aus Vetusta ihr diese fromme Eitelkeit ausgetrieben hatten? Sie entsann sich genau. Noch immer summte ihr die milde Stimme, die abgerissen, wie durch ein Sieb aus den kleinen Vierecken des Beichtstuhls drang, in den Ohren.

Er hatte ihr in sehr beredten Worten, die sie nicht wortwörtlich wiederholen konnte, etwas Ähnliches gesagt wie: »Meine Tochter, weder war ihre Begier, Gott zu suchen, bevor sie ihn kannten, lautere Frömmigkeit, noch enthielt die Verachtung, mit der Sie sie später abtaten, ein Krümelchen Vernunft.« Krümelchen hatte er gesagt, sie war sicher. Die Beredsamkeit des Generalvikars war im Beichtstuhl eine andere als auf der Kanzel, jetzt merkte sie es. Im Beichtstuhl gebrauchte er familiäre Ausdrücke, die gewisse Dinge so treffend wiedergaben, von denen sie nie etwas in den Büchern voll schöner Redensarten gelesen hatte. Und er hatte ihr einen Vergleich gegeben: »Wenn Sie, meine Tochter, in einem Fluß baden, dabei das Wasser im Spiel, wie wir's zu tun pflegen, beim Schwimmen aufrühren und Sie finden dann im Sand ein Goldkörnchen, ein ganz winziges, das keine Peseta wert ist, würden Sie sich dann schon für eine Millionärin halten? Würden Sie glauben, diese Entdeckung werde Sie reich machen? Daß der ganze Fluß Fünfduromünzen mit dem Konterfei des Königs heranschwemmen wird und daß alles nur für Sie sei? Das wäre doch töricht. Doch würden Sie deswegen das Körnchen verachtungsvoll wegwerfen, sich weiter im Wasser tummeln und nie mehr an das winzige Klümpchen Gold denken, das Sie im Sand gefunden haben?« Der Vergleich war gut gewählt. Sie hatte sich in dem ärmellosen Badeanzug gesehen, im Schatten von Hasel- und Walnüssen mit den Armen im Wasser rudernd, und am Ufer kniete der Generalvikar in seinem schneeweißen Rochett und flehte sie mit gefalteten Händen an, das Körnchen Gold nicht wegzuwerfen. Das war wahre Beredsamkeit: so zu sprechen, daß man vor Augen sah, was man hörte. Der Fluß dieser süßen, neuen Worte mit ihrer himmlischen Heiterkeit hatte sie entzückt. Sie hatte vor diesem Loch mit den gekreuzten Gitterstäben ihr Herz geöffnet. Auch sie hatte viele Worte gesagt, die sie bei Gesprächen mit anderen noch nie gebraucht hatte. Solange schwieg der Generalvikar in seinem Gehäuse. Und als sie fertig war, bebte die Stimme des Beichtigers, als er sagte: »Meine Tochter, die Geschichte Ihrer Kümmernisse, Träume und Besorgnisse verdient, reiflich überdacht zu werden. Ihre Seele ist edel, und nur weil ich an dieser Stelle den Beichtkindern kein Lob zollen kann, versage ich mir's, Ihnen zu zeigen, wo das Gold ist, wo der Schlamm, und öffne Ihnen auch nicht die Augen, daß mehr Gold da ist, als es scheint. Dennoch sind Sie krank. Jede Seele, die hierher kommt, ist krank.

Ich begreife nicht, wie manche Leute abfällig über die Beichte sprechen können. Selbst wenn wir sie, ganz abgesehen davon, daß sie von Gott eingesetzt ist, bloß als nützliche Einrichtung für die Menschen betrachten, so müssen Sie wie jedermann doch einsehn, daß dieses Seelenhospital für die am Geiste Kranken unentbehrlich ist.« Der Generalvikar hatte von den Leserecken gesprochen, die die protestantischen Zeitungen zur Beratung in Gewissensfragen einrichteten. »Die protestantischen Damen, die keinen Seelsorger haben, wenden sich an die Presse. Ist das nicht zum Lachen?« Der Generalvikar hatte mit der Stimme gelächelt.

Er war fortgefahren und hatte im Kern etwa noch das folgende gesagt: Sie dürfe nicht nur hierher kommen, um Absolution für ihre Sünden zu erbitten. Die Seele habe, wie der Körper, ihre Therapie und Gesundheitspflege nötig. Der Beichtiger sei ein Hygienearzt. Aber so wie der Kranke, der die Arznei nicht nehme oder seine Krankheit verschweige, oder der Gesunde, der sich nicht an die Lebensweise halte, die man ihm zur Erhaltung der Gesundheit angegeben, sich selbst betrüge, genauso betrüge und schade der Sünder sich selbst, der seine Sünden verheimliche oder sie nicht so beichte, wie sie seien oder sein Gewissen nur hastig und ungenau prüfe oder gegen das geistige Regime verstoße, welches man ihm auferlegt. Eine Unterredung genüge nicht, um eine Seele zu heilen; auch hieße es, nicht wirklich gesund werden zu wollen, wenn man sich mit alten, verschleppten Krankheiten einfinde. Aus all dem ergebe sich, abgesehen von jeder religiösen Vorschrift, vernünftigerweise die Notwendigkeit, oft zu beichten. Es gehe nicht darum, einer Formalität zu genügen: Beichten sei etwas anderes. Unerläßlich sei es, den Beichtvater mit Sorgfalt auszuwählen, wenn man sich zur Kur begebe. Doch habe man seine Wahl einmal getroffen, müsse man ihn als das betrachten, was er in Wirklichkeit sei: der Seelsorger. Man müsse mit ihm wie mit einem älteren Seelenbruder sprechen – jeden religiösen Sinn einmal beiseite gelassen –, dem man bei Kümmernissen das Herz ausschütte, dem man seine Sehnsüchte mitteile, der einen in seinen Hoffnungen bestärke und Zweifel zerstreue. Verfügte das alles nicht unsere Religion, so geböte es der gesunde Menschenverstand. Die Religion sei ganz Vernunft, vom höchsten Dogma bis zur unbedeutendsten Einzelheit des Ritus.

Diese Übereinstimmung von Glauben und Vernunft bezauberte die Präsidentin. Wie hatte sie sechsundzwanzig Jahre werden können, ohne je so etwas zu hören? Sie hatte nicht gewagt, den Seelsorger zu fragen, aber dafür war ja noch Zeit.

Ein Sperling mit einem Weizenkorn im Schnabel ließ sich vor Ana nieder und sah sie frech an. In diesem Augenblick fiel der Dame der Erzpriester ein, der die Gabe hatte, den Vögeln ähnlich zu sehen.

Ripamilán war ein lieber Herr, aber welche Art, die Beichte zu hören! Reine Routine, gewonnen hatte sie dabei nichts. Außer ihrer Heirat war bei diesen Beichten rein gar nichts herausgekommen. Sagte doch der arme Tropf, daß er die Sünden der Präsidentin auswendig wisse, und unterbrach sie immerzu mit seinem ewigen: »Gut, gut. Weiter! Was noch? Beten Sie drei Vaterunser, ein Salve und verteilen Sie Almosen!« Welch ungewöhnlicher Mann! Wann hatte ihr Don Cayetano jemals etwas über ihr Temperament gesagt? Der Generalvikar hingegen hatte augenblicklich erklärt, sie habe ein besonderes Temperament und daß man dies und jenes bedenken müsse. Das war etwas völlig Neues.

Außerdem hatte es ihr sehr geschmeichelt, als sie merkte, daß Don Fermín mit ihr wie mit jemand Gebildetem sprach, wie mit einem belesenen Mann: Er hatte Autoren zitiert und vorausgesetzt, daß sie sie kannte, und als er wie selbstverständlich Fachausdrücke gebrauchte, hatte er sich gehütet, sie ihr zu erklären.

Und welcher Geistesflug! Was war Tugend? Was Heiligkeit? Das war das Beste gewesen. Tugend war Schönheit der Seele – Reinheit die einfachste Sache der Welt für edle, lautere Geister. Für einen Faulpelz, der Wasser und sauberer Wäsche feind, sei Reinheit eine Qual, etwas Unmögliches. Für eine Person von guter Sitte, so hatte er gesagt, jedoch eine der dringlichsten Notwendigkeiten des Lebens. Die Religion weise den Pfad der Tugend nicht als einen Dornenweg, es sei denn für solche, die bis zum Hals in Sünde steckten. Aber der neue Mensch sei stets wach in uns; man brauche ihn nur zu rufen, und er komme herbei. Die Tugendhaftigkeit beginne mit einer ganz leichten, wenn auch gegen die angenommene Gewohnheit gerichteten Anstrengung. Am nächsten Tag schon koste das Bemühen weniger Überwindung und zeitige größere Wirkung wegen der »erreichten Beschleunigung« und des »Beharrungsvermögens des Guten«, das sei ein mechanischer Vorgang. So hatte es Señor de Pas gesagt. Man könne die Tugend als ein stabiles Gleichgewicht der Seele definieren. Überdies sei sie eine innere Freude, wie ein schöner Sonnentag, wie ein Windstoß frischer, balsamischer Luft. Die tugendhafte Seele verwandle sich in ein Vogelhaus, wo die Gaben des heiligen Geistes fröhlich tirilierten und dem Herzen in den Trübsalen des Lebens neuen Mut gaben. Die Schwermut, über die sie klage, sei die Sehnsucht nach der Tugend, die sie gewißlich erreichen werde und nach der ihr Geist sich wie nach seiner Heimat sehne, Tugend sei eine Frage der Fertigkeit, des Geschicks. Man erlange sie nicht allein durch Fasten und Askese; dies sei ein sehr heiliges Mittel, doch gebe es andere. Auch im lärmenden Leben unserer Städte könne man nach Vollkommenheit streben. – In diesem Augenblick stellte sich die Präsidentin dieses Vetusta, das ihr immer so klein, eintönig und trostlos erschienen war, als ein Babel vor. – Sie habe doch den heiligen Augustin gelesen; entsinne sie sich nicht mehr, daß der fromme Bischof die geistliche Musik geliebt habe? Nicht zum Ergötzen der Sinne, sondern weil sie die Seele erhebe? Und so könnten alle Künste, so könne die Betrachtung der Natur, die Lektüre geschichtlicher und philosophischer Werke, sofern sie nicht unsittlich seien, die Seele erheben und sie durch die Stimmgabel der Heiligkeit mit der Tugend in Einklang setzen. Weshalb auch nicht? Ja, und danach, wenn man höher hinaufgelangt, seiner selbst sicherer sei, wenn man die Versuchung nur noch aus kluger Vorsicht fürchte, fände man manchen Anblick erbaulich, der zuvor gefährlich gewesen. So sei beispielsweise die Lektüre verbotener Bücher zwar Gift für die Schwachen, doch Läuterung für die Starken. Wer einen gewissen Grad der Festigkeit erreicht habe, den erbaue das Vorhandensein des Bösen auf seine Art: durch den Gegensatz. Der Generalvikar hatte nicht gesagt, ob er selbst so gefestigt sei, doch sie hatte es angenommen. Auf jeden Fall war Tugend und Frömmigkeit sehr wohl verschieden von dem, was ihre Tanten und die landläufige Frömmigkeit – so nannte sie es bei sich – sie als bloße Routine gelehrt hatten. Ja, die wahre Religion glich am Ende den Träumen ihrer Jugendzeit, ihren Visionen auf dem Berg von Loreto eher als dem faden, albernen Formelkram, den man ihr als ernste und wahre Frömmigkeit eingetrichtert hatte. Und wieviel mehr Unterweisung hatte ihr der Generalvikar für den nächsten Tag verheißen! Wie viele neue Dinge würde sie erfahren und fühlen! Und welches Glück, eine brüderliche Seele, die Seele eines älteren Bruders zu haben, mit der man über diese zweifellos höchst interessanten und erhabenen Gegenstände sprechen konnte.

Über das Persönliche, das heißt über Anas Sünden, hatte man wenig gesprochen. Der Generalvikar kam gleich zum Allgemeinen. Er brauchte keine Einzelheiten, er mußte ihr Wesen kennenlernen.

Als die Präsidentin daran dachte, kamen ihr Bedenken. Er hatte ihr die Absolution erteilt, und sie hatte ihm nichts von ihrer Neigung zu Don Alvaro gesagt. Jawohl, Neigung. Nun, wo sie diese sündhafte Regung als überwunden betrachtete, wollte sie ihr offen ins Gesicht sehen. Sie hatte, ohne zu präzisieren, von argen Gedanken gesprochen, aber es war ihr unziemlich und ungerecht gegen sich selbst, ja unfein erschienen, diesen Versuchungen Gestalt und Namen zu geben, zu erklären, daß es sich um einen bestimmten Mann handle, und auf die Gefahren hinzuweisen, die darin lagen. Oder hätte sie es doch tun sollen? Vielleicht. Freilich hätte das bedeutet, Don Víctor wegen nichts und wieder nichts bloßzustellen, da sie ihm doch in Wirklichkeit und aus freiem Willen treu gewesen und es in alle Ewigkeit bleiben würde? Und trotzdem hätte sie in diesem Teil der Beichte genauer sein müssen. War sie richtig absolviert? Konnte sie am nächsten Tag ruhigen Gewissens kommunizieren gehen? Nein, das nicht, das auf keinen Fall. Sie würde es nicht tun. Im Bett würde sie bleiben und eine Migräne vorschützen. Am Nachmittag würde sie erneut zur Beichte gehen und übermorgen zur Kommunion. Das war der beste Plan. Der Entschluß, am nächsten Tag nicht zur Kommunion zu gehen, bereitete ihr eine kindliche Freude. Es war wie ein schulfreier Tag. So konnte sie den Abend damit verbringen, nach diesem neuen Lehrsystem an die Religion und die Tugend im allgemeinen zu denken, ohne sich schon mit der Sorge herumzuquälen, den Leib des Herrn würdig zu empfangen. Es war ein Aufschub, eine Atempause. Nun fand sie es nicht mehr ungehörig, ihrer Freude die Zügel schießen zu lassen, dieser allein durch Kräfte der Moral hervorgerufenen Freude, die vielleicht schon die Morgenröte des strahlenden Tages der Tugendhaftigkeit war.

Wie glücklich mochte der Generalvikar sein, überflutet vom Licht tugendhafter Freude! Daher hatte er dieses ewige Lächeln. Und welch gesunde Farbe!

Vetusta, Vetusta beherbergte diesen Schatz! Warum war der Generalvikar nicht Bischof? Wer weiß? Weshalb war sie, obwohl eines anderen Rahmens würdig, nichts als die Frau eines ehemaligen Gerichtspräsidenten von Vetusta? Der Schauplatz war das geringste. Die Vielfalt, die Schönheit lag in den Seelen. Dieses Vögelchen da hat keine Seele und fliegt mit Flügeln aus Federn, dachte sie, ich aber habe eine und werde mit den unsichtbaren Flügeln des Herzens durch die reine strahlende Weite der Tugend fliegen.

Sie erschauerte vor Kälte und kehrte in die Wirklichkeit zurück. Alles lag nun im Schatten. Hinter dem Vorhang der Pappeln sah zwischen den dichten grauen Wolken wie ein purpurner Zipfel nur noch der letzte Rest der Glut hervor, den die Sonne zurückgelassen. Jäh breiteten sich Dämmerung und Kühle aus. Ein schriller Froschchor quakte aus einem Tümpel auf der nahen Wiese der untergehenden Sonne nach. Es mutete wie eine Hymne heidnischer Wilder an die Dunkelheit an, die im Osten emporstieg. Die Präsidentin mußte an die Ratschen in der Karwoche denken, wenn das Licht im Heiligenwinkel gelöscht wird und der kindliche Begeisterungssturm mit mißtönendem Radau losbricht.

»Petra!« rief sie.

Sie war allein. Wo war ihre Zofe geblieben?

Auf einer dicken Wurzel, die wie eine Kralle aus der Erde ragte, hockte eine Kröte und starrte die Präsidentin an.

»Petra!«

Die Zofe gab keine Antwort. Die Kröte starrte Ana mit einer Unverschämtheit an, die sie anwiderte und ihr eine dumme Furcht einflößte.

Petra kam herbei. Schwitzend, hochrot im Gesicht und schwer atmend. Bis in die Augen ringelten sich ihr kleine blonde Löckchen. Da sie die gnädige Frau so in Gedanken versunken gesehen habe, sei sie mal schnell zur Mühle ihres Vetters Antonio gegangen, die da ganz in der Nähe, einen Flintenschuß weit, liege.

Ana sah ihr gerade in die Augen, aber sie hielt diesem forschenden Blick stand. Vetter Antonio, der Müller, war in die Zofe verliebt, der gnädige Herr wußte es. Petra gedachte ihn zu heiraten, aber später, wenn er reicher und sie älter war. Von Zeit zu Zeit ging sie ihn besuchen, damit das Feuer nicht verlosch, an dem sie sich im Alter wärmen wollte. Sie betrachtete die Mühle als eine Sparbüchse, in die sie die Spargroschen ihrer Liebe steckte. Ohne zu wissen, weshalb, empfand Ana ein wenig

Zorn. Wie mochte diese Liebschaft zwischen Petra und dem Müller aussehn? Was kümmerte sie das? Aber die Art, wie sie Petra ansah, alle Einzelheiten ihrer ein wenig in Unordnung geratenen Kleidung musterte, die Ermattung, die sie nicht verbergen konnte, den Schweiß, die Röte ihrer Wangen, verriet eine Neugier, die die Präsidentin vergebens zu verhehlen suchte. Was mochte dieses Frauenzimmer in der Mühle getrieben haben? Dieser läppische Gedanke, der sie fast schmerzhaft verfolgte, fesselte zu Anas Ärger ihre ganze Aufmerksamkeit.

»Gehen wir, es ist spät.«

»Ja, gnädige Frau, es ist spät. Wir werden erst zu Hause sein, wenn sie schon die Straßenlaternen anzünden.«

»Nein, ganz so spät nicht.«

»Sie werden sehen.«

»Wenn du dich nicht so lange in der Schmiede deines Vetters aufgehalten hättest . . .«

»Wieso Schmiede? Es ist eine Mühle, gnädige Frau.«

Petra argwöhnte eine Bosheit, wo eine Verwechslung vorlag.

Als sie die ersten Häuser Vetustas erreichten, brach die Dunkelheit herein. Das gelbliche Gaslicht der dünngesäten Laternen schimmerte durch die verstaubten Äste der kümmerlichen Akazien, die den »Boulevard« zierten, wie die Straße im Volksmund hieß, durch die sie die Stadt betraten.

»Wieso hast du diesen Weg genommen?«

»Ist es nicht gleich?«

Petra zuckte die Achseln. Statt die Calle del Aguila hinaufzugehen, hatten sie einen Umweg gemacht und betraten die Stadt durch eine der wenigen neuen Straßen, die es in Vetusta gab. Hier standen dreistöckige, gleich hohe Häuser, überladen mit glasüberdachten Balkons in schreienden, sich beißenden Farben. Der drei Meter breite Bürgersteig, für Vetusta eine lächerliche Großspurigkeit, war von einer Reihe Straßenlaternen auf grüngestrichenen Eisensäulen und einer Reihe Bäume gesäumt, die in engen, ebenfalls grünen Holzkästen steckten. Deshalb nannte man die Straße den »Boulevard«. Eigentlich hieß sie »Straße des Sieges von 1836«. Bei Einbruch der Dunkelheit, wenn die Arbeiter heimkehrten, wurde dieser Bürgersteig zur Promenade, wo man schwerlich weiterkam, ohne alle drei Schritte stehenzubleiben. Im großen und ganzen bewegte sich diese Menge in einer gewissen Ordnung. Man promenierte in zwei Reihen, eine ging abwärts, die andere aufwärts. Ein paar junge Herren mischten sich unter die Arbeiter. Die Mädchen ließen sich die zugerufenen Komplimente von einem Studenten oder Ladenschwengel gern gefallen, aber wenn ein »Gehrock« zu weit ging, war der sittsame Protest mit Sarkasmus gepaart.

Ana sah sich unversehens in diese Menge eingekeilt. Man konnte nicht vom Bürgersteig herabtreten. Auf dem Fahrdamm war viel Schmutz, auch fuhren unaufhörlich Kutschen und Fuhrwerke vorbei. Es war die Stunde des Postverkehrs, und die Straße führte zur Poststation.

Die Gruppen traten auseinander, um der Präsidentin den Weg freizugeben. Die dreistesten jungen Burschen sahen ihr mit einer gewissen Unverschämtheit ins Gesicht, aber die gütige Schönheit dieses Madonnenantlitzes nötigte ihnen Bewunderung und Achtung ab.

»Olé, meine Hübsche! Hoch lebe deine Mutter!« erkühnte sich ein Vorlauter mit galicischem Akzent zu rufen.

Seine Begeisterung trug ihm von seinem respektvolleren Freund einen Rüffel ein.

»Du Esel, 's is doch die Präsidentin.«

Ihre Schönheit war populär.

Petra sagten die Poussierstengel ebenfalls, daß sie schön wie ein Erzengel sei. Sie war zufrieden. Ana lächelte und beschleunigte den Schritt.

»Wo sind wir denn da hingeraten!«

»Was ist schon dabei? Sie sehn doch, daß man Sie nicht auffrißt. Von diesen armen Schluckern könnte manches feine Fräulein Lebensart lernen.«

Die Präsidentin war um diese Stunde schon das eine oder andere Mal hier vorbeigekommen, aber jetzt glaubte sie, im Geschrei der Menschenmenge eine Form der Lebensfreude herauszuhören und -zusehen, der Liebe, die offenbar eine universelle Notwendigkeit war. Es gab in diesem Lärm auch heimliches Geflüster, schmachtende Gesichter, finster gerunzelte Stirnen eifersüchtiger Liebhaber, Blicke, die leidenschaftliche Blitze schossen.

Ana ließ sich einen Augenblick von dieser Sinnlichkeit in schäbiger Kleidung mitreißen. Sie dachte an sich selbst, an ihr der Entsagung geweihtes Leben, an das absolute Verbot jeglicher Freude und empfand das tiefe Selbstmitleid des Egoismus, das das eigene Unglück erregt. Ich bin ärmer als alle diese zusammen, dachte sie. Meine Zofe hat ihren Müller, der ihr Worte ins Ohr flüstert, von denen ihr die Röte ins Gesicht steigt.

Ich höre hier das Lachen der Lust, das mir unbekannte Empfindungen hervorruft.

In diesem Augenblick mußten sie in der Menge stehenbleiben. Auf dem Gehweg spielte sich ein Drama ab. Ein hochgewachsener junger Mann mit schwarzem, lockigem Haar und tiefbraunem Gesicht in einer blauen Bluse schrie:

»Ich bring sie um! Ich bring sie um! Laßt mich los, ich will sie umbringen!«

Seine Kameraden hielten ihn fest. Sie wollten ihn mit fortziehen. Die Augen des jungen Menschen funkelten wild.

»Was ist denn los?« fragte Petra.

»Nichts«, sagte einer. »Kleine Eifersüchteleien.«

»Ja!« rief ein junges Mädchen. »Aber wenn sie sich nicht vorsieht, erwürgt er sie.«

»Geschieht ihm ganz recht, diesem ...«

Der junge Mann in der blauen Bluse wurde von seinen Freunden fast mit Gewalt von der Promenade geschleift. Als er bei der Präsidentin vorbeikam, sah er sie zerstreut, auf Rache sinnend, an. Sie aber empfand seinen Blick wie eine heftige Berührung. So blickte die Eifersucht. Es war zweifellos eine höllische Schönheit, die Schönheit dieser Augen, und doch: wie stark, wie menschlich!

Schließlich verließen Herrin und Zofe den Boulevard und bogen in die Calle del Comercio ein. Aus den Läden fielen Lichtbündel auf den Fahrdamm und beleuchteten das nasse, schmutzbedeckte Pflaster. Vor den Schaufenstern einer neuen Konditorei, der luxuriösesten Vetustas, erörterte eine Gruppe von Straßenjungen zwischen acht und zwölf Beschaffenheit und Namen jener Köstlichkeiten, die nicht für sie bestimmt waren und deren Vortrefflichkeit sie nur vermutungsweise beurteilen konnten.

Der kleinste leckte mit geschlossenen Augen in wonnesamer Verzückung an der Fensterscheibe.

»Das da heißt Windbeutel«, sagte einer in dogmatischem Ton.

»So ein Angeber! Wo das ein Liebesknochen ist, ich werd's doch wissen.«

Auch diese Szene rührte die Präsidentin. Immer war ihr die Kehle wie zugeschnürt, und die Tränen traten ihr in die Augen, wenn sie Kinder von Armen die Süßigkeiten und das Spielzeug in den Schaufenstern anstaunen sah. Die waren nicht für sie da, und das erschien ihr als die grausamste aller Ungerechtigkeiten.

Doch außerdem sah sie, ohne daß sie gewußt hätte, weshalb, in diesen Gassenjungen, die sich da über die Namen von Dingen stritten, die sie nie essen würden, ihre Leidensgefährten, ihre kleinen Brüder. Sie wollte rasch nach Hause. Diese Rührung wegen jeder Kleinigkeit erschreckte sie. Sie fürchtete einen Anfall, so nervös war sie.

»Schneller, Petra, schneller!« sagte sie mit schwacher Stimme.

»Warten Sie, gnädige Frau, mir scheint, man macht uns dort Zeichen! Ja, es gilt uns. Ach, sie sind es, ja.«

»Wer?«

»Der junge Herr Paco und Don Alvaro.«

Petra bemerkte, daß ihre Herrin am ganzen Leibe zitterte und blaß wurde.

»Wo sind sie? Mal sehn, ob wir noch, bevor sie . . .«

Es gab kein Entrinnen mehr. Don Alvaro und Paco standen vor ihnen. Der junge Marqués hielt sie mit einer übertrieben tiefen Verbeugung an. Das war eine seiner Arten, »Esprit zu zeigen«, wie kein Geringerer als Ronzal sagte. Mesía grüßte sehr förmlich.

Aus der neuen Konditorei fiel das Gaslicht in heller Fülle, was die Vetustenser blendete, die eine solche Verschwendung an Gas nicht gewohnt waren. Don Alvaro sah die Präsidentin in dieses Licht wie in den Kegel eines Theaterscheinwerfers getaucht und bemerkte auf den ersten Blick, daß sie nicht mehr die geistesabwesende Frau vom Nachmittag war. Ohne daß er gewußt hätte, weshalb, hatte ihn der gelassene, offene, ruhige Blick von vorhin entmutigt, und in dem scheuen, raschen, ängstlichen von jetzt sah er ebenso unbegründet eine Hoffnung mehr auf Anas Unterwerfung, auf den Sieg. Ganz soweit würde es wohl noch nicht sein, aber er freute sich, daß er Auftrieb hatte. Ohne Selbstvertrauen würde er keinen Schritt tun. Dabei mußte er viele tun, und das bald.

In Vetusta regnet es fast das ganze Jahr, und man nutzt die wenigen schönen Tage aus, um an die Luft zu gehen. Aber die Promenaden sind nur an Feiertagen belebt. Die armen jungen Damen, und das sind hier die meisten, können sich nicht damit abfinden, Tag für Tag dasselbe Kleid auszuführen. Abends ist es etwas anderes, da geht man im Hauskleid aus, schlendert durch den neuen Stadtteil, die Calle del Comercio, die Plaza del Pan, wo es, wenn auch sehr schmale, Laubengänge gibt, und ein wenig später über den Boulevard. Als Vorwand dient ein Einkauf. In einem Haushalt braucht man ja so vielerlei Dinge! Man tritt in die Geschäfte, aber es wird wenig gekauft. Die Calle del Comercio ist der Knotenpunkt dieser verschämten abendlichen Spaziergänge. Die Kavaliere gehen auf dem breiten Bürgersteig auf und ab und werfen den vor dem Ladentisch sitzenden Damen mehr oder weniger unverfrorene Blicke zu. Ein Auge auf den Neuheiten der Saison und eins auf der Straße, feilschen diese um die Preise und haschen nebenbei nach Schmeicheleien und heimlichen Zeichen. Die Verkäufer sind fast lauter Katalanen, sprechen aber das Kastilische mit ausreichender Korrektheit. Sie sind liebenswürdig und fast ausnahmslos hübsch. Die meisten tragen einen Christusbart. Sie neigen den Kopf mit halb romantischem, halb phlegmatischem Schmachten. Das kann ebensowohl heißen: »Señorita, ich hege eine heimliche Leidenschaft, die ...« wie auch: »Señorita, selbst eine Hiobsgeduld ... aber ich werde sie aufbringen.«

Die Schönen Vetustas, wie der Lokalredakteur der »Kreuzfahne« schreibt, finden aus den Modegeschäften nicht wieder heraus. Alles sehen sie sich an, alles durchwühlen sie, und dabei bleibt ihnen immer noch Zeit, die Verkäufer fast um den Verstand zu bringen und klammheimlich – ein Ausdruck von Orgaz – die Blicke der jungen Herren zu erwidern, die laut schwatzend auf dem Bürgersteig flanieren, um ihre Anwesenheit anzuzeigen. Es ist dies eine Stunde des Stelldicheins, das sich die Vetustenser ganz unbewußt geben, um das Bedürfnis, einander zu sehen, Tuchfühlung zu nehmen und Menschenlärm zu hören, zu befriedigen. Es muß festgestellt werden, daß die Vetustenser einander lieben und hassen, daß sie sich brauchen und verachten. Jeden für sich wünscht der Vetustenser seine Mitbürger zum Teufel, nimmt aber den Volkscharakter als Ganzes in Schutz, und wenn man ihn aus Vetusta fortholt, sehnt er sich zurück. Dieser abendliche Spaziergang, den man sich da erschummelt – wenigstens nennt es Don Saturnino so –, besitzt außerdem noch den Reiz, den ihm die Phantasie verleiht. Eine bis an den Hals verschuldete Stadtverwaltung kann kein Gas verschwenden, und eine Straßenlaterne hier, die nächste fünfzig Schritt weiter – sofern kein Mond scheint, denn in romantischen Nächten wird das Gas ganz gespart – blendet das Auge nicht und nimmt der Nacht nicht ihr Geheimnis. Man sieht, was nicht da ist. Je nach Phantasie verleiht jeder den Vorübergehenden die Gestalt, die er sich wünscht.

»Die Mädchen sehen ganz anders aus«, meinen die jungen Burschen.

Die Vetustenser genießen die Illusion, sich woanders zu wähnen, ohne ihre Stadt zu verlassen.

Ana erschienen alle Gesichter poetisch verklärt. Die Vetustenserinnen kamen ihr hübscher, eleganter, verführerischer als an anderen Tagen vor. Bei den Männern glaubte sie, mehr Vornehmheit, entschlossene Gebärden, einen romantischen Anflug zu bemerken. In der Phantasie tat sie die Männer und Frauen, wie sie so vorbeipromenierten, paarweise zusammen, und schon meinte sie, in einer Stadt zu leben, wo Dienstmädchen, Näherinnen und Señoritas liebten und von Müllern, Arbeitern, Studenten und Reserveoffizieren wiedergeliebt wurden.

Sie allein hatte keine Liebe. Sie und die armen Kinder, die an den Scheiben der Konditoreien leckten, waren die Enterbten.

Eine Woge des Aufbegehrens wallte in ihrem Blute auf und stieg zum Gehirn. Wieder fürchtete sie den Anfall.

Was war das? Herr im Himmel, was war das? Warum stellte sich an solch einem Tag, da ihr Geist eben in ein neues Leben getreten war, in ein Leben der Entsagung, aber nicht fruchtloser Selbstaufopferung ohne Zeugen, sondern begleitet von der aufmunternden Stimme einer Bruderseele – warum stellte sich zu so ungelegener Zeit dieses innerliche Sehnen ein, das sie für eine Nervensache hielt, um sie zu quälen und in ihrem Kopfe das Oberste zuunterst kehrte? Hatte sie sich bei der Mari-Pepa-Quelle nicht in der Hoffnung auf Tugendhaftigkeit gewiegt? Hatten sich ihrer Seele nicht neue Horizonte eröffnet? Wußte sie nicht, wofür sie hinfort leben würde? Oh, wer ihr jetzt den Herrn Generalvikar zur Stelle geschafft hätte!

Ihre Hand berührte die eines Mannes. Sie spürte eine süße Wärme und einen Kontakt, der durch und durch ging. Es war nicht der Generalvikar. Don Alvaro war es, der neben ihr ging und von irgend etwas Belanglosem sprach. Sie hörte ihm kaum zu und sträubte sich auch, seiner Gegenwart diese Veränderung ihrer moralischen Wetterlage zuzuschreiben, die sie in ihrem Innern beklagte, während sie die jungen Mädchen und reifen Frauen Vetustas auf dem Trottoir und in den von Gaslicht erhellten Läden kokettieren sah.

Don Alvaro hingegen meinte, daß seine bloße Gegenwart, seine Nähe genügte, die Ereignisse zu beschleunigen. Um sich eine Vorstellung zu machen, was Mesía von der Wirkung seiner körperlichen Erscheinung dachte, muß man sich eine Elektrisiermaschine mit dem Bewußtsein, daß sie Funken sprühen kann, vorstellen. Er hielt sich für eine Liebeselektrisiermaschine. Es ging nur darum, daß die Maschine einsatzbereit war. Er war tatsächlich so eingebildet und dumm, doch sei zu seiner Entschuldigung gesagt, daß niemand davon wußte und er zahlreiche Tatsachen anführen konnte, die solch ungeheuerliche Eitelkeit rechtfertigten. Er hielt sich für einen Mann von großen Geistesgaben und verließ sich auf seine Erfahrungen eines Mannes von Welt und seine Verführungskünste, gestand sich aber bescheiden ein, daß alles dieses nichts war im Vergleich zur Wirkung seiner körperlichen Schönheit. Um verlebte, liebesübersättigte, verwöhnte Frauen mit verrückten Launen zu verführen, genügt das gute Aussehn allein vielleicht nicht und ist auch nicht die Hauptsache; aber die »ehrbaren« Jungfrauen – er kannte auch einen anderen Schlag – und die ehrbaren Ehefrauen ergeben sich dem hübschen Jungen.

»Ich kenne weder bucklige noch zwerghafte Verführer«, sagte er achselzuckend die seltenen Male, da er mit seinen intimen Freunden über diese Dinge sprach. Meist geschah dies, nachdem man am Abend ausgiebig getafelt hatte. »Sie erwähnen Verirrungen des Geschmacks? Das ist die Ausnahme. Aber niemand möchte in der Liebe sein, was der Stinkasant unter den Gerüchen ist. Freilich, die römischen Damen zur Verfallszeit . . .«

Dann sprang ihm Paco mit den Beweisen seiner technisch-skandalösen Lektüre bei. Er schilderte alle Abirrungen weiblicher Lüsternheit in der Antike, dem Mittelalter und der Moderne. Es gab nichts Neues. Was die pervertiertesten Pariserinnen machten, wußten und machten schon die Huren in Babylon und Cerbatana.

Wenn Paco die antike Geschichte bemühte, unterliefen ihm unweigerlich Verwechslungen. Dieses Cerbatana war Ekbatana, aber er nannte es, bestimmt irrtümlich, so. Er wußte schon, welche Stadt er meinte. Es war eine Stadt, in der es viele Mauern in verschiedenen Farben gab. Das hatte er in der »Geschichte der Prostitution« gelesen; nicht in der von Defour, in einer anderen, die er ebenfalls kannte. Er war ein Gelehrter.

»Ich habe gelesen«, ergänzte Don Alvaro in solchen Fällen, »daß es Prinzessinnen und Königinnen gab, die ganz scharf auf Affen waren und sich auch mit ihnen einließen. Ja, Sie haben richtig gehört: Affen.«

»Ja, Señor«, beeilte sich Paco zu sagen, »das bestätigt auch Victor Hugo in seinem Roman ‚Die lachende Maske', der im Spanischen ‚Im Namen des Königs' heißt.«

»Doch abgesehen davon, was ja die Ausnahme ist«, fuhr Mesía fort, »darf man sich keiner Täuschung hingeben: Was die Frauen suchen, ist ein wohlgebauter Körper.«

»Das will ich meinen«, bekräftigte Ronzal. »So ist die Frau *urbicesorbi.«* In Trabucos Latein: Auf der ganzen Welt.

Überdies war Don Alvaro eingefleischter Materialist, aber das bekannte er niemandem. Da er im Kern seines Wesens Politiker war, nahm er auf die Religion von Pacos Vorfahren Rücksicht und lachte über die Trennung von Kirche und Staat. Mehr noch: Er hielt es für schlechten Ton, gutgläubigen Katholiken zu widersprechen. Schon 1867, als er in Paris zur Weltausstellung war, hatte er gelernt, daß der Köhlerglaube das eigentlich Schicke war. Sport und Katholizismus, das war weiterhin die herrschende Mode. Versteht sich, daß glauben weiter nichts hieß als zu sagen, daß man glaube. Er hatte keinerlei Glauben und brauchte zum Glück auch keinen: es sei denn, wenn ihn Todesnöte befielen. Wenn er einmal krank wurde und allein, ohne wirklich liebevolle Pflege, in seinem Gasthof lag, da bedauerte er es, obgleich er so weit herumgekommen war, aufrichtig, kein gläubiger Christ zu sein. Aber er genas und sagte sich: Pah, das war alles nur eine Folge der Schwäche! Dennoch war es wohl nicht verkehrt, sich zu unterrichten, diesen Materialismus, der so gut zu seinen übrigen Vorstellungen über die Welt und die Art, sie für sich auszunutzen, paßte, auf irgend etwas zu gründen. Er hatte einen Freund um Bücher gebeten, die ihm den Materialismus in wenigen Worten bewiesen. Als erstes lernte er, daß es die sogenannte Metaphysik nicht gab, ein Gedanke, den er ausgezeichnet fand, denn er sparte ihm viel Kopfzerbrechen. Er las »Kraft und Stoff« von Büchner und ein paar Bücher von Flammarion, aber die gefielen ihm nicht. Der sprach schlecht von der Kirche und gut vom Himmel und von Gott, und er verlangte genau das Umgekehrte. Flammarion gehörte nicht zum guten Ton. Desgleichen las er Moleschott und Virchow in safrangelb gebundenen Übersetzungen. Viel verstand er nicht, aber er stieß zum Kern der Sache vor: Alles war eine graue Masse. Einverstanden, genau das wollte er. Die Hauptsache war, daß es keine Hölle gab. Auch las er in Französisch Lukrez' Gedicht »De rerum natura«. Er kam bis zur Mitte.

Der Dichter sprach wahr, aber das Gedicht war zu lang. Mesía sah überall nur noch Atome, und seine gute Figur war nichts als ein glückliches Gefüge von Molekülen in Form einer Angel, um alle hübschen Frauen einzufangen, die ihm über den Weg liefen. So sah es in puncto Glauben in Mesía aus, aber in diese unterirdischen Gefilde hatte er Paco nicht vordringen lassen, der nach Mesías Ansicht ein guter Katholik war. Das blieb ihm allein vorbehalten, solange er in Vetusta weilte. Auf seinen Reisen nach Paris packte er seinen Koffer und seinen Materialismus aus. Seinen Geliebten versuchte er, wenn sie nicht allzu fromm und gerade sehr verliebt waren, seine Ideen über Atom und Kraft beizubringen. Mesías Materialismus war leicht zu begreifen; er setzte ihn in zwei Gesprächen auseinander. Gewann die Frau die Überzeugung, daß es keine Metaphysik gab, kam Don Alvaro viel besser voran.

Gedachte er einer Frau, die sich zum Epikurismus bekehrt, pflegte er mit leuchtenden, weit offenen Augen zu sagen: »Was für ein Weib!« Und seufzte. Diese Frau war in keinem Falle eine Vetustenserin gewesen. Die Vetustenserinnen glaubten ebenfalls nicht an die Metaphysik, sie wußten nichts von ihr, überschritten aber nie gewisse Grenzen.

Don Alvaro ging an Anas Seite, überzeugt, seine Gegenwart genüge, um auf diese Tugend, an die er selbst glaubte, eine tödliche Wirkung auszuüben. Für den Augenblick konnte er, ohne Nachteile zu befürchten, auf Worte verzichten. Er sprach auch mit großer Beredsamkeit zur Seele, und ob!, aber unter anderen Umständen, später.

Paco ging hinterher, ohne die Gesellschaft Petras zu verachten, die ihre Nase mächtig hoch trug, während sie mit dem jungen Marqués sprach. In Liebesdingen glaubte die Zofe nicht an Klassenunterschiede und konnte sich sehr gut vorstellen, daß ein Edelmann seiner Laune folgte und sie beispielsweise heiratete. Sie bildete sich nicht ein, daß es mit Don Paquito schon soweit sei, beileibe nicht; aber er sagte ihr Angenehmes über ihr goldenes Haar und ihre weiße Haut, irgendwo muß man ja anfangen.

»Sie müssen sich in Vetusta schrecklich langweilen, Ana«, sagte Don Alvaro. Vergeblich suchte er auf unverfängliche Art das Gespräch auf einen Punkt zu lenken, der wenigstens in der Nähe des Themas lag, das er in aller Ausführlichkeit abzuhandeln gedachte, war erst die geeignete Gelegenheit gekommen.

»Ja, manchmal langweile ich mich. Es regnet so viel.«

»Auch wenn es nicht regnet. Sie gehen nirgends hin.«

»Sie werden bloß nicht auf mich achten. Ich gehe recht häufig aus.«

Kaum gesprochen, erschienen ihr diese Worte töricht. War sie es, die das gesagt hatte? So sprach Obdulia mit den Männern, aber sie, Ana?

Don Alvaro sah sich in einer Verlegenheit. Worauf wollte diese Dame hinaus? Ein Gespräch über das herbeiführen, was zwischen ihnen beiden war? Genaugenommen war es ja nichts, was eine Erörterung verdiente. Sollte er diese Unterstellung von der Hand weisen? Daß er nicht auf sie achtete! War das gewöhnliche Koketterie oder etwas Hintergründigeres, das er sich nicht zu erklären wußte? Wollte sie alles einfach abtun, was sie beide wußten: die nicht verabredeten Begegnungen in irgendeiner Kirche, im Theater, beim Spaziergang? Wollte sie den tiefen, langen Blicken, die sie ihm mitunter als himmlische Gnade gewährte, mit der man nicht verschwenderisch umgehen darf, jede Bedeutung nehmen?

Anas erste Reaktion war unbewußt gewesen. Sie hatte geantwortet wie jemand, der eine stehende Redensart gedankenlos wiederholt. Danach jedoch überlegte sie, daß diese Antwort Mesía entmutigen konnte, gab sie ihm doch damit zu verstehen, daß sie diesem stummen Pakt nicht beigetreten war. Aber auch das war unangebracht. Es hieß, zuviel ableugen, es hieß, das Offensichtliche bestreiten.

Don Alvaro fürchtete, an diesem Abend zuviel zu wagen, und fand es am wenigsten lächerlich, sich interessant zu machen, wie die Vetustenser dazu sagten. So äußerte er im Ton einer platten, obligaten Galanterie:

»Señora, Sie müssen, wo Sie auch seien, die Aufmerksamkeit selbst des Zerstreutesten erregen.«

Und da ihm dies geschwollen und auch ein bißchen zweideutig erschien, fügte er ein paar nicht weniger platte, kalte Worte hinzu.

Er hatte noch nicht begriffen, daß dieses Sich-interessant-Machen, mochte es auch bei anderen Frauen lächerlich sein, die beste Waffe gegen die Präsidentin war. Mit einem Schlag hatte Ana alles andere vergessen und dachte nur noch an den Schmerz, den sie bei diesen Worten empfand. Habe ich Gespenster gesehen? Hat mich dieser Mann nie verliebt angeschaut? War es

Zufall, wenn ich ihm überall begegnete? War er mit den Gedanken woanders, wenn er mich ansah? Existierten diese Schwermut, diese schlecht verhohlenen Anfälle von Ungeduld, ja von Verzweiflung, die ich aus dem Augenwinkel beobachtete – ach ja, da gibt es nichts zu deuteln: aus dem Augenwinkel! –, nur in meiner Einbildung? Nichts als leere Einbildung? Aber das konnte doch nicht wahr sein!

Sie fühlte, wie ihr bei dieser Vorstellung der Schweiß ausbrach und sie ein Schauer überlief. Nie, nie würde sie sich bereit finden, die Sehnsucht zu stillen, die ihr diese Blicke so beredt enthüllten. Stets würde sie tugendhaft bleiben, das Opfer auf sich nehmen: ihren Don Víctor und weiter nichts. Also nichts. Aber dieses Nichts war ihre Liebesmitgift. Doch auf die Versuchung selbst verzichten? Das war zuviel verlangt! Die Versuchung gehörte ihr, sie war ihr einziges Vergnügen. Sie tat schon genug, wenn sie sich nicht verführen ließ, aber sie wollte sich versuchen lassen!

Der Gedanke, daß Mesía nichts von ihr erhoffte und nichts begehrte, erfüllte sie mit dumpfer Trauer.

Nein, nein, die Versuchung gehörte ihr, sie war ihr einziges Vergnügen. Was blieb ihr zu tun, wenn sie nicht rang? Und mehr, mehr noch: sie durfte, sie konnte nicht lieben, aber geliebt werden – warum nicht? Oh, wie schrecklich ging dieser Tag zu Ende, den sie für glücklich gehalten, der Tag, an dem sich ihr ein Seelenfreund gezeigt, der Generalvikar, der Beichtiger, der ihr gesagt hatte, daß die Tugend so leicht sei. Ja, sie war leicht, sie wußte es wohl; nahm man ihr aber die Versuchung, so lag kein Verdienst darin, dann war es graue Alltäglichkeit, etwas Vetustensisches, was sie am tiefsten verabscheute.

War Don Alvaro auch kein so guter Politiker, wie er meinte, von der Diplomatie des Liebeswerbens verstand er doch einiges, und so begriff er rasch, daß er, ohne zu wissen wie, das Rechte getroffen hatte.

An der Präsidentin Stimme, an ihren verwirrten Antworten merkte er, daß die Kälte seiner platten Galanterie gewirkt hatte. Erwartete sie schon eine Erklärung? Aber sie wollte doch am nächsten Tag zur Kommunion gehen! Was war das für eine Frau? Eine wunderschöne Frau! fügte der Materialist im stillen hinzu, als er sie mit glänzenden Augen und geröteten Wangen neben sich sah.

Sie waren am Tor des Palasts der Ozores angelangt und blieben stehen. Die vergoldete Laterne, die von der Decke hing, warf nur ein trübes Licht in die weite Toreinfahrt. Sie standen fast im Finstern. Seit ein paar Minuten schwiegen sie.

»Und Petra? Und Paco?« fragte die Präsidentin beunruhigt.

»Dort kommen sie, eben biegen sie um die Ecke.«

Anitas Mund war trocken. Um zu sprechen, mußte sie sich die Lippen mit der Zunge anfeuchten. Mesía, der diese Geste bei der Präsidentin über alles liebte, sah es und rief *natura naturans,* ohne sich zurückhalten zu können und ganz gegen seine Absicht:

»Wie allerliebst! Wie allerliebst!«

Aber er sprach es mit heiserer Stimme, ganz leise, ohne sich bewußt zu sein, daß er sprach, ohne prahlerische Keckheit. Es war ihm aus Leidenschaft entschlüpft; eben deswegen hatte es mehr zu bedeuten als eine schale Schmeichelei und war doch keine Frechheit. Es konnte für eine Liebeserklärung genommen werden, für einen jähen Ausbruch der erregten Natur, für alles, nur nicht für eine ungebührliche Dreistigkeit, die bei solch vollendetem Kavalier gar nicht möglich war.

Ana tat, als habe sie nichts gehört, doch ihre Augen verrieten sie. Im Schatten funkelnd, suchten sie Don Alvaro, der in der Dunkelheit einen Schritt zurückgetreten war, und lohnten ihm mit Zins und Zinseszins die Wonnen, die sie bei diesen Worten durchschauerten.

Sie ist mein! dachte Don Alvaro mit einem höheren Entzücken, als er selbst für den Tag des endgültigen Sieges erwartet hatte.

»Wollen Sie mit heraufkommen und ein wenig ausruhn?« fragte die Dame die beiden Kavaliere, als Paco herankam.

»Nein, danke. Ich komme ja gleich mit Mama wieder, um dich abzuholen.«

»Mich abzuholen?«

»Ja. Hat dir denn Mesía nichts gesagt? Du kommst heute mit uns ins Theater. Zu einer Erstaufführung, genauer gesagt, einer Erstaufführung von Don Pedro Calderón de la Barca, dem Abgott deines Mannes. Weißt du es nicht? Es ist eigens ein Schauspieler aus Madrid gekommen, Perales, ein guter Freund von mir, der Calvo ausgezeichnet nachmacht. Heut wird ‚Das Leben ein Traum' gegeben. Das wäre ja noch schöner! Du mußt mitkommen! Ein festliches Ereignis. Mama besteht darauf. Erwarte uns in Theatertoilette.«

»Aber du Kindskopf, wo ich morgen zur Kommunion gehe.«

»Was hat das zu sagen?«

»Und ob das was zu sagen hat!«

»Dann verschiebe es doch auf einen andern Tag! Na, das wirst du mit Mama regeln. Sie kommt dich abholen.«

Und ohne eine Antwort abzuwarten, lief der leichtfertige junge Marqués aus der Toreinfahrt.

Petra war schon drin, im Patio, und tat, als höre sie nichts. Sie wußte schon, woran sie war. Der war's. Zumindest war es einer. Der junge Marqués hatte sich mit ihr beschäftigt, um die beiden allein zu lassen. Sie hatte es daran erkannt, daß er so kühl gewesen war. Nicht mal eine kümmerliche Umarmung im Finstern. Sie lauschte und hörte, daß sich Don Alvaro mit bebender, sehr demütiger Stimme verabschiedete.

»Gehen Sie ins Theater?«

»Nein, bestimmt nicht«, erwiderte die Präsidentin, schloß die Tür hinter sich und trat in den Patio.

Punkt acht Uhr rollte die Kalesche der Marquesa funkenstäubend durch die schlechtgepflasterten Straßen der Oberstadt. Sie erreichte die Plaza Nueva und hielt vor dem unfreundlichen Eckhaus.

Die Marquesa, in Blau und Gold, kokett trotz ihrer verblühten Schönheit, die grauen Haare schwarz gefärbt und die Schwärze weiß überpudert, trat in den Speisesaal der Präsidentin, wobei sie die Türen mit Getöse aufriß.

»Was denn? Was soll das heißen? Du bist noch nicht angezogen?«

»Welch ein Eigensinn!« rief Paquito, der seine Mutter begleitete.

Don Víctor legte den Kopf schief und zuckte die Achseln, womit er zu verstehen gab, daß er nichts für diese Starrköpfigkeit könne. Er ja, er sei fertig. In der Tat, er knöpfte seine Handschuhe zu und hatte seinen tadellos sitzenden neuen Gehrock an.

Ana lächelte der Marquesa zu.

»Warum bemühen Sie sich erst, Señora, wo es doch ganz zwecklos ist?«

»Wieso zwecklos? Auf der Stelle ziehst du dich an! Da ich mich schon bemüht habe, wie du sagst, soll es wenigstens nicht umsonst gewesen sein. Marsch hinauf, oder ich frisiere und ziehe dich hier im Salon an, vor diesen Herren.«

»So ist es«, sagte Paco. »Wir ziehen dich an und frisieren dich.«

Don Víctor drang ebenfalls in sie.

»,Das Leben ein Traum', mein Kind, ist das Drama aller Dramen. Es ist ein symbolisches Stück, ein philosophisches.«

»Jaja, ich weiß schon, Quintanar.«

»Und Perales, der so glänzend spielt, mein Freund Perales . . .«

»Und es werden so viele Leute da sein«, fügte die Marquesa hinzu.

»Bei Gott, Señora, mit tausend Freuden, wenn nicht . . . Komme ich denn sonst nicht mit? Wo ich aber morgen kommunizieren gehen muß!«

»Papperlappapp! Was hat das zu sagen? Wissen das die Leute? Gehst du ins Theater, um zu sündigen?«

»Die Kunst ist eine Religion«, bemerkte Don Víctor und blickte auf die Uhr, weil er fürchtete, das

Ungestümer Hippogryph,
der du hinstürmst wie der Wind

zu verpassen. Hinterher stellte er fest, daß man das weggelassen hatte. Welch ein Skandal!

»Aber Kind«, fuhr er fort, »die Marquesa erweist uns schon zuviel Ehre.«

»Ach was, Ehre! Aber sie hat mitzukommen.«

»Nein, Señora, es ist sinnlos, darauf zu bestehen.«

Sie stritten lange hin und her, aber schließlich gab es Doña Rufina, die ebenfalls den Anfang noch sehen wollte, auf und nahm Don Víctor mit, der sich ein bißchen sträubte.

»Wenn sie so dickköpfig ist, bleibe ich auch zu Hause.«

»Das fehlte gerade noch!« rief Ana erschrocken. »Gehst du an anderen Abenden nicht auch allein?«

Don Víctor bestand noch ein Weilchen darauf, zu bleiben und das Drama aller Dramen zu verpassen.

Zu guter Letzt sah sich Ana aber allein im Speisezimmer neben dem schnörkligen, mit Reliefs und Gips überladenen, eidechsengrünen Mantelkamin, jenem Kamin, an dessen Feuer einst Señorita Doña Anunciación Ozores, die in Frieden ruhe, so viele Unterhaltungsbeilagen gelesen hatte. Jetzt brannte kein Feuer drin. Die offene Feuerstelle war ein Loch, das Traurigkeit ausstrahlte.

Petra räumte das Kaffeegeschirr ab. Sie bewegte sich träge, kam und ging viele Male. Ihre Herrin bemerkte sie nicht einmal. Sie blickte, ohne die Lider zu bewegen, in das kalte, schwarze Feuerloch. Das Mädchen verschlang die Herrin mit den Augen. Sie geht nicht ins Theater, dachte sie, hier stimmt etwas nicht. Soll ich sie stören? Wird sie mich brauchen?

»Wünschen die gnädige Frau noch etwas?« fragte sie.

Aus ihren Gedanken geschreckt, antwortete die Präsidentin: »Ich? Was? Nein, geh!«

Nach all dem war es eine Torheit gewesen, die Marquesa vor den Kopf zu stoßen, wo sie bereits entschlossen war, am nächsten Tag nicht zur Kommunion zu gehen. Warum sollte sie es eigentlich nicht? War sie eine Frömmlerin mit albernen Skrupeln? Was hatte sie sich vorzuwerfen? Worin hatte sie gefehlt? In diesem Augenblick vergnügte sich ganz Vetusta bei Licht, Lärm, Musik und Fröhlichkeit, und sie saß mutterseelenallein hier in dem düsteren, traurigen, kalten Speisezimmer voll verhaßter oder dummer Erinnerungen, nur, um einer Leidenschaft keine Nahrung zu geben, die der eingebildetsten Frau geschmeichelt hätte. Hieß das sündigen? Sie hatte mit Don Alvaro nichts zu schaffen. Er konnte so verliebt sein, wie er wollte, sie würde ihm nie auch nur die geringste Gunst gewähren. Von jetzt an würde sie ihn nicht einmal mehr anschaun. Das stand für sie fest. Was hatte sie zu beichten? Nichts. Warum also beichten? Sie konnte das Abendmahl ohne Furcht nehmen. Ja, sie würde früh aufstehn und kommunizieren gehen. Aber genug jetzt! Sie hatte fürwahr genug darüber nachgedacht und war nahe daran, den Verstand zu verlieren. Diese ständige Gewissenserforschung, diese Selbstanklagen wegen unschuldiger Gedanken, in denen sie eine Sünde sah, das war eine Quälerei. Eine Quälerei, die sie denen hinzufügte, die das Leben sowieso mit sich gebracht hatte und weiterhin mit sich brachte, ohne daß sie sie noch eigens zu suchen brauchte. Aber was konnte eine Frau wie sie anderes tun als grübeln? Womit sollte sie sich zerstreuen? Etwa wie ihr Mann mit Leimruten und Lockvögeln auf die Jagd gehen? Oder wie Frígilis Eukalyptusbäume pflanzen, wo sie nicht gedeihen wollten?

In diesem Augenblick sah sie alle Vetustenser auf ihre Art glücklich, manche dem Laster fröhnend, andere irgendeiner Schrulle, aber alle zufrieden. Nur sie lebte hier wie in der Verbannung. Aber, oh, sie war ja eine Verbannte. Sie hatte keine

Heimat, in die sie zurückkehren und nach der sie sich sehnen konnte! Sie hatte in Granada gelebt, in Zaragoza, wieder in Granada und dann in Valladolid – Don Víctor immer an ihrer Seite. Was hatte sie an den Ufern des Ebro, am Flusse des »Troubadours«, und an denen des Genil und des Darro zurückgelassen? Nichts! Höchstens ein angesponnenes, lächerliches Abenteuer. Sie erinnerte sich an den Engländer, der ein Landhaus in der Nähe der Alhambra besaß, sich in sie verliebte und ihr das Fell des Tigers schenkte, den seine Diener in Indien erlegt hatten. Später hatte sie erfahren, daß dieser Herr, der ihr in einem Brief, den sie zerriß, geschworen hatte, sich an einem der alten Bäume in den Gärten des Generalife »neben dem Born ewiger Poesie und wollüstiger Kühle« aufzuhängen, daß dieser armselige Mr. Brooke eine Zigeunerin aus dem Albaicín geheiratet hatte. Wohl bekomm's. Auf jeden Fall war es ein dummes Abenteuer gewesen. Das Tigerfell hatte sie aufgehoben, des Tigers wegen, nicht dem Engländer zuliebe. Diese Geschichte kannte Obdulia nicht genau, sie glaubte, es handle sich um einen Nordamerikaner. Visitación hatte es ihr erzählt.

Warum war sie nicht mit ins Theater gegangen? Vielleicht hätte sie dort ihre trübsinnigen Gedanken verscheuchen können, die sich in ihr Gehirn bohrten wie Stecknadeln in ein Nadelkissen. Wenn sie so dumm war, zu Hause zu bleiben! Weshalb sollte sie nicht tun, was alle anderen Frauen taten?

In diesem Augenblick dachte sie, es gäbe in der ganzen Stadt keine tugendhafte Frau außer ihr. Sie stand auf, ungeduldig, fast zornig. Sie blickte in die Flamme der Lampe, die über dem Tisch hing. Das Licht tat ihr weh. Sie verließ den Speisesaal, trat in das Kabinett, öffnete die Balkontür, stützte die Ellenbogen auf das Eisengeländer und den Kopf in die Hände. Der Mond leuchtete gerade vor ihr, hinter dem Park mit den stolzen Eukalyptusbäumen, die Frígilis gepflanzt hatte. Der sanfte, laue, träge Südwind hielt an. Zuweilen bewegte eine lebhaftere Brise die Blätter, die bereits dürr wurden und metallisch raschelten, wie Tamburinschellen. Es war, als überliefe ein Schauer die Natur, die bald in ihren Winterschlaf verfallen würde.

Ana vernahm aus der Stadt wirre Geräusche, die lang und melancholisch nachhallten: Schreie, Bruchstücke ferner Lieder, Gebell, alles in der Luft zerfließend wie das weißliche Licht, das durch den feinen Dunst gebrochen wurde, der über Vetusta schwebte und der Körper des sanften, warmen Windes zu sein schien. Sie blickte zum Himmel, in das große Licht, das gerade vor ihr stand, ohne wahrzunehmen, was sie sah. Sie bemerkte vor ihren Augen einen feinen Schleier von silberner Durchsichtigkeit, einen Silberfaden, der von hoch oben in ihre Augen fiel wie Spinnweb. So warfen die Tränen das Mondlicht zurück.

Warum weinte sie? Wohin führte das? Sie war reichlich töricht. Sie hatte Angst vor diesen Anfällen von Rührung, die zu nichts gut waren.

Der Mond betrachtete sie mit einem einzigen Auge, das andere im Abgrund der Unendlichkeit verbergend. Frígilis' Eukalyptusbäume neigten leicht und majestätisch ihre Wipfel, näherten sich flüsternd einander, als wisperten sie sich ihre Meinung von dieser Verrückten zu, von dieser Frau ohne Mutter, ohne Kinder, ohne Liebe, die einem Mann ewige Treue geschworen hatte, dem ein gutes Rebhuhn lieber war als alle ehelichen Liebkosungen.

Dieser Frígilis, der mit seinen Eukalyptusbäumen, war schuld gewesen. Er hatte ihn ihr geradezu aufgeschwatzt. Acht Jahre war es her, und immer noch dachte sie an diesen üblen Streich Frígilis', als wäre die Kränkung erst gestern geschehen. Und wenn sie Don Frutos Redondo geheiratet hätte? Vielleicht wäre sie ihm untreu geworden. Aber dieser Don Víctor war so gut, so ritterlich! Er war wie ein Vater, und abgesehen von der geschworenen Treue, wäre es eine Niedertracht, eine Undankbarkeit, ihn zu betrügen. Mit Don Frutos wäre es vermutlich etwas anderes gewesen. Da wäre ihr nichts anderes übriggeblieben. Er würde so grob, so brutal sein! Dann hätte sie Don Alvaro entführt, jawohl, und zu dieser Stunde wären sie bereits am Ende der Welt. Und wenn Redondo aufmuckste, würde er sich mit Mesía schlagen müssen.

Ana sah den unglücklichen Don Frutos ausgestreckt im Sande liegen, in einer Lache Blut verröchelnd, wie sie es in der Stierkampfarena gesehen hatte, fast schwarzes, dickflüssiges Blut und mit Schaumblasen.

Wie schrecklich! Sie empfand Abscheu vor diesem Bild und vor den Gedanken, die es hervorgerufen hatten.

Wie abgrundschlecht bin ich doch in solchen Stunden der Niedergeschlagenheit! Was für Gemeinheiten ich mir da ausdenke!

Es wurde ihr zu eng auf dem Balkon. Sie wollte in den Garten hinunter, in den Park. Ohne Licht zu verlangen oder welches anzuzünden, durchschritt sie im Schein des Mondes mehrere

Zimmer und tappte nach der Treppe zum Erdgeschoß. Als sie aber an Quintanars Arbeitszimmer vorbeikam, änderte sie ihren Entschluß und sagte sich: Ich will da hineinschaun. Er muß Streichhölzer auf dem Tisch haben. Ich werde dem Generalvikar schreiben und ihm mitteilen, er soll mich morgen nachmittag erwarten, ich muß beichten. So kann ich das Abendmahl nicht nehmen. Ich will ihm alles, alles erzählen, das Innerste, auch das Allerinnerste.

Sie betrat das Arbeitszimmer im Finstern. Dorthinein schien der Mond nicht. Ana tastete sich an der Wand vorwärts. Bei jedem Schritt stieß sie an ein Möbelstück. Sie bereute es, sich ohne Licht in diesen Raum gewagt zu haben, wo einem überall etwas in die Quere kam. Aber nun war es zum Umkehren bereits zu spät. Sie tat einen Schritt von der Wand weg und ging, um nicht wieder an etwas anzustoßen, mit vorgestreckten Armen geradeaus weiter.

»Au! Mein Gott! Wer kommt da? Wer ist das? Wer hält mich da fest?« schrie sie entsetzt.

Ihre Hand hatte einen kalten, metallischen Gegenstand berührt, der dem Druck nachgegeben hatte, und unmittelbar darauf hörte sie ein Knacken und spürte zwei gleichzeitige Schläge gegen den Arm, der zwischen zwei starren Zangenhebeln eingeklemmt wurde, die das Fleisch zusammenpreßten. Mit aller Kraft, die ihr die Angst verlieh, schüttelte sie den Arm, um sich aus dieser Klammer zu befreien, während sie in einem fort schrie:

»Petra! Licht! Wer ist das?«

Die Klammern ließen ihre Beute nicht los, sie folgten der Bewegung des Armes. Ana spürte ein Gewicht und hörte das Geklirr von Glas, das am Boden zerschellte, als es zusammen mit anderen Gegenständen herunterfiel, die laut dröhnten, als sie auf die Dielen aufschlugen. Sie wagte nicht, mit der anderen Hand die Zange zu berühren und konnte sich auch nicht von ihr befreien, obwohl sie den Arm weiter schüttelte. Sie suchte die Tür, stieß tausendmal an und warf, nun schon völlig kopflos, alles zu Boden. Ohne Unterlaß vernahm man das Getöse von Dingen, die zerbrachen oder polternd über den Boden rollten. Petra kam mit einem Licht.

»Gnädige Frau! Gnädige Frau! Was ist? Einbrecher?«

»Nein, sei still! Komm her, nimm mir das da ab! Es hält mich wie ein Schraubstock fest.«

Ana war rot vor Scham und Zorn. Sie spürte eine Wut in sich, so groß wie der Zorn des Achilles.

Petra versuchte den Arm ihrer Herrin aus der Falle, in die er geraten war, herauszuzerren.

Es war ein Mechanismus, der Frígilis und Quintanar, seinen Erfindern, zufolge dazu dienen sollte, in den Hühnerställen Füchse zu fangen, sobald gewisse technische Schwierigkeiten überwunden sein würden, die die Anwendung des Apparats verzögerten. Die Schnauze des Tieres mußte eine bestimmte Stelle berühren. Tat sie das, sauste augenblicklich eine Eisenstange auf seinen Kopf herab, und eine zweite hielt es von unten am Unterkiefer fest. Die Gewalt der Feder reichte nicht aus, den Hühnerdieb zu töten, wohl aber, ihn mit Hilfe gewisser kunstvoll angebrachter Widerhaken festzuhalten. Weder Frígilis noch Quintanar wollten Blut, sie erstrebten nichts weiter, als den auf frischer Tat ertappten Missetäter hübsch festzuhalten. Hätten es die beiden Erfinder nicht verstanden, die Interessen des Gewerbefleißes mit den Satzungen des Tierschutzvereins in Einklang zu bringen, wäre es der Präsidentin in dieser Nacht übel ergangen. Zum Glück war Quintanar Korrektionalist: Er wollte die Besserung des Schuldigen, nicht seine Vernichtung. Die Füchse, die er jagte, würden es überleben. An der Vollkommenheit des Mechanismus fehlte nichts weiter, als daß die Hühnerdiebe gezwungen wurden, den Knopf der verteufelten Feder zu berühren, so wie es die Präsidentin eben getan hatte.

Weder Petra noch ihre Herrin wußten mit dem Mechanismus umzugehen, sie mußten ihn zerbrechen – was sie reichlich Schweiß kostete –, um den Arm aus der Klammer zu befreien.

Petra verbiß sich mit Mühe und Not das Lachen und meinte bloß schadenfroh:

»Was für ein Polterabend!« Dabei zeigte sie auf die Scherben von Porzellan, Glas und anderen undefinierbaren Dingen, die auf dem Boden lagen. »Wenn ich das gewesen wäre, würde mich Don Víctor an die Luft setzen. O weh, gnädige Frau! Sie haben drei von diesen neuen Blumentöpfen zerschlagen. Und der Rahmen mit den Schmetterlingen ist in Stücken! Auch ein Glaskasten vom Herbarium ist hin und . . .«

»Genug! Laß das Licht hier und geh!« unterbrach sie die Präsidentin.

Petra genoß die verhohlene Wut ihrer Herrin und wich nicht von der Stelle.

»Soll ich Ihnen Arnika bringen, gnädige Frau? Schauen Sie, Ihr Arm ist voll blauer Flecke! Allerdings wird die Teufelsguillotine kaum allzu kräftig zugebissen haben. Aber was mag das sein? Wissen Sie es?«

»Ich? Nein. Laß mich allein! Bring mir ein bißchen Wasser!«

»Gewiß, und Lindenblütentee, Sie sind totenblaß. Warum sind Sie auch im Finstern gegangen, gnädige Frau? So ein Schreck! Nein, so ein Schreck! Was mag das für ein Satansding sein? Zum Spatzenfangen ist es nicht. Und wir haben's kaputt gemacht, schaun Sie nur! Aber es blieb uns ja nichts anderes übrig.«

Petra ging hinaus und kam mit Arnika wieder, die die Präsidentin nicht auflegen wollte. Dann brachte sie Lindenblütentee, las die Scherben auf und legte sie auf Tische und Schränke, als seien es heilige Reliquien. Sie empfand unbeschreiblichen Jubel beim Anblick dieser zerstörten Dinge, die sie als geheiligte Gefäße eines unbekannten Kults zu betrachten hatte.

»Wenn ich das gewesen wäre!« wiederholte sie zwischen den Zähnen, während sie, am Boden kauernd, die letzten Stücke einsammelte. Sie kostete diese Katastrophe lustvoll aus, sie war ja nicht dafür verantwortlich.

Ana ging in den Garten hinunter. Den Brief, den sie schreiben wollte, hatte sie bereits vergessen. Ihr Arm schmerzte. Er schmerzte mit dem innerlichen Brennen der Ohrfeige, die entehrt. Alles erschien ihr als eine Schmach und lächerliche Demütigung. Sie raste. Ihr Don Víctor, dieser Idiot! Ja, Idiot! In diesem Augenblick nahm sie nichts zurück. Was würde Petra im stillen sagen? Was war das für ein Ehemann, der seine Frau in einer Falle fing?!

Ob Quintanar wohl glaubte, eine Frau sei aus Erz und könne, ohne in Versuchung zu geraten, Marotten eines Ehemanns ertragen, der absurde Maschinen erfand, um die Arme seiner Frau zu zerquetschen? Ihr Mann war Botaniker, Ornithologe, Blumenzüchter, Jäger, Theaterkritiker, Schauspieler, Jurist, alles, nur kein Ehemann. Frígilis bedeutete ihm mehr als seine Frau. Und wer war Frígilis? Ein Verrückter. Vor Jahren einmal sympathisch, jetzt aber völlig übergeschnappt, unausstehlich. Ein Mann, von der fixen Idee der Akklimatisierung besessen, der alles miteinander in Einklang bringen, vermengen und vermischen wollllte, der Birnenreiser auf Apfelbäume pfropfte und davon faselte, es käme darauf an, »sich der Umwelt anzupassen«. Ein Mann, der seine Verrücktheit so weit trieb, Teile von englischen Hähnen auf spanische zu verpflanzen! Sie hatte es selbst gesehen! Arme Tiere mit zerfetzten Kämmen und darüber, mit Lappen festgehalten, ein Zipfel rohen, blutenden Fleisches. Wie ekelhaft! Und dieser Herodes war der unzertrennliche Freund ihres Mannes! Seit drei Jahren lebte sie zwischen diesem Zweigespann von Nachtwandlern ohne anderen vertrauten Umgang. Nun reichte es. Sie konnte nicht mehr: Das war der Tropfen, der das Glas zum Überlaufen brachte. In eine Falle zu geraten, die der eigene Mann in seinem Arbeitszimmer aufstellt, als wäre es im Wald! Das war doch der Gipfel der Lächerlichkeit!

Die Hemmungslosigkeit dieses ungerechten, kindischen Wutausbruches brachte ihr ihren Irrtum zum Bewußtsein. Sie war es doch, die sich da lächerlich machte. Wegen eines alltäglichen, bedeutungslosen Zwischenfalls derart außer sich zu geraten! Und sie kehrte nun alle Verachtung gegen sich selbst. Was kann er denn dafür, dachte sie, daß ich zu nächtlicher Stunde ohne Licht sein Arbeitszimmer betrete? Was hatte sie für einen vernünftigen Grund, sich zu beschweren? Gar keinen. Nein, sie hatte nicht den geringsten Vorwand zum Undank.

Aber das spielte keine Rolle. Sie starb vor Langeweile. Siebenundzwanzig Jahre war sie nun. Die Jugend entfloh. Siebenundzwanzig Jahre waren für eine Frau die Tür zum Alter, und sie hatte noch kein einziges Mal die Wonne der Liebe genossen, von denen alle Welt sprach und um die sich Theaterstücke, Romane, selbst die Geschichte drehten. Die Liebe sei das einzige, um das zu leben es sich lohnte, hatte sie viele Male gelesen. Aber welche Liebe denn? Wo war diese Liebe? Sie kannte sie nicht. In einer Mischung aus Zorn und Beschämung dachte sie daran, daß ihr Honigmond eine sinnlose Erregung, eine bloße Aufreizung der Sinne, im Grunde genommen blutiger Hohn gewesen war. Weshalb es vor sich selbst verbergen, wenn es ihr die Erinnerung laut in die Ohren schrie: Als sie nach der ersten Nacht in ihrem Ehebett erwachte, spürte sie den Atem eines Justizbeamten neben sich. Es erschien ihr als eine Abgeschmacktheit und Unverschämtheit, daß dieser Señor Quintanar, wenn er schon mit hier drin war, nicht seinen langen Gehrock und seine schwarze Pfeffer-und-Salz-Hose trug. Sie dachte daran, daß die unvermeidlichen körperlichen Freuden sie beschämten und sie gleichzeitig verhöhnten und verwirrten. Mit diesem Mann genießen, ohne ihn zu mögen, das klang ihr wie der Aschermittwochsspruch in den Ohren: *Quia pulvis es!* Staub bist du, Erde bist du. Doch im selben Augenblick klärte sich ihr der Sinn all dessen auf, was sie in den Mythologien gelesen, wovon sie Diener und Schafhirten augenzwinkernd hatte reden hören. Was war es gewesen, und was hätte es sein können! Und ihr blieb in diesem Kerker der Keuschheit nicht einmal der Trost, für eine Märtyrerin und Heldin gehalten zu werden. Sie entsann sich auch der neidischen Worte, der neugierigen Blicke Doña Aguedas – sie ruhe in Frieden! – in den ersten Tagen ihrer Ehe. Sie entsann sich, daß sie, die zu ihren Tanten nie ein unehrerbietiges Wort sagte, sich hatte zusammennehmen müssen, um nicht »Idiotin!« zu schreien, wenn sie bemerkte, daß ihre Tante sie so ansah. Und so ging es fort. Das war in Granada so gewesen, in Zaragoza, wieder in Granada und dann in Valladolid. Man bedauerte sie nicht einmal. Kinder kamen auch nicht. Don Víctor war nicht aufdringlich, das stimmte schon. Er war es bald müde geworden, den Liebhaber zu spielen, und war in die Rolle des Heldenvaters hinübergewechselt, die ihm besser zusagte. Oh, und als Vater, da hatte er ihre Liebe zu gewinnen gewußt, das ja. Sie konnte ohne einen Kuß ihres Gatten auf die Stirn nicht einschlafen. Aber dann kam der Frühling, und sie, sie selbst suchte dann die Küsse auf den Mund. Sie hatte Gewissensbisse, daß sie ihn als Gatten nicht liebte, seine Liebkosungen nicht begehrte. Überdies fürchtete sie die nutzlos erregten Sinne. Das alles war eine große Ungerechtigkeit, ein unstillbarer Schmerz, der nicht einmal den Reiz der dichterischen Wehen hatte. Es war ein schimpflicher Schmerz, ähnlich den Krankheiten, vor denen in Madrid mit grünen und roten Laternen gewarnt wurde, wie sie gesehen hatte. Wie sollte sie das beichten, besonders so, wie sie es dachte? Und anders war es nicht gebeichtet.

Und die Jugend entfloh wie diese gekräuselten Silberwölkchen, die mit behenden Schwingen vor dem Mond dahinzogen ... jetzt waren sie noch übersilbert, aber sie wanderten, flogen, entschwanden aus diesem Bad silbernen Lichts und fielen in das Dunkel, welches das Alter war, das trostlose Alter ohne Hoffnung auf Liebe. Hinter diesen Silbervliesen, die wie Vogelschwärme über den Himmel zogen, kam eine große schwarze Wolkenwand, die bis zum Horizont reichte. Da verkehrten sich die Bilder. Ana sah, daß nun der Mond davonlief, um sich in diesen Schlund von Finsternis zu stürzen, sein Licht in diesem Meer aus Dunkel auszulöschen.

Bei ihr war es dasselbe. Wie der Mond lief sie einsam durch die Welt, um im Abgrund des Alters zu versinken, in der Dunkelheit der Seele, ohne Liebe, ohne Hoffnung darauf ... Oh, nein, nein! Das nicht!

Sie vernahm in ihrem Innern Schreie des Aufbegehrens, die, vom Sinn für Gerechtigkeit aufgepeitscht, laut Rechte des Fleisches, Rechte der Schönheit zu fordern schienen. Und der Mond lief, wie auf abschüssiger Bahn ins Rollen gekommen, weiter, um in den Abgrund der schwarzen Wolke zu stürzen, die ihn wie ein Meer von Pech verschlingen würde. Ana sah fast wie im Fieberwahn in diesen nächtlichen Erscheinungen am Himmel ein Gleichnis ihres Schicksals. Der Mond war sie, die Wolken das Alter, das schreckliche Alter, ohne Hoffnung, geliebt zu werden. Sie reckte die Arme zum Himmel, lief über die Wege des Parks, als wollte sie emporfliegen und die Bahn des ewig romantischen Gestirns ablenken. Aber der Mond ertrank im dichten Dunst der Atmosphäre, und Vetusta ward in Schatten getaucht. Der Umriß der Kathedrale, der sich beim Licht der hellen Nacht mit seinen vergeistigten Konturen abgezeichnet hatte, den Himmel mit seinen steinernen Klöppelspitzen durchstoßend, in der Dunkelheit von Sternen bekränzt wie die heilige Jungfrau auf den Gemälden, war jetzt nichts als ein spitz zulaufendes Phantasiegebilde, ein Schatten mehr in den Schatten.

Ermattet, verzagten Muts lehnte Ana den Kopf an die kalten Gitterstäbe des großen Eisentors, durch das man von der Calle de Traslacerca in den Park gelangte. So blieb sie lange stehen, starrte, ganz ihrem Schmerz hingegeben, in die Finsternis draußen und ließ ihrem Willen und ihren Gedanken die Zügel schießen.

Da huschte, an die Parkmauer gedrückt, Anas zwischen zwei Eisenstäbe gepreßte Stirn fast berührend, auf der einsamen Straße eine schwarze Gestalt vorbei.

Er ist es! dachte die Präsidentin, die Don Alvaro erkannt hatte, obwohl es nur eine Erscheinung von einem Augenblick gewesen war, und wich erschrocken zurück. Sie zweifelte, ob die Gestalt in Wirklichkeit vorbeigegangen oder nur durch ihr Gehirn gegeistert war.

Es war tatsächlich Don Alvaro. Er war im Theater gewesen, aber in einer Pause weggegangen, um eine heftige Neugier zu befriedigen, die ihn plagte. Wenn sie nun zufällig auf dem Balkon wäre? dachte er. Sie wird nicht da sein, das ist so gut wie sicher, aber wenn sie nun da wäre? War sein Leben nicht voll glücklicher Zufälle dieser Art? Verdankte er nicht dem Glück, der Chance, wie Don Alvaro sagte, ein gut Teil seiner Siege? Ich und die Gelegenheit! war eine seiner Devisen. Oh, wenn er sie sähe, mit ihr spräche, ihr sagte, daß er ohne sie nicht mehr leben könne, daß er wie ein platonisch verliebter, romantischer Jüngling von zwanzig Jahren um ihr Haus schlich und sich damit begnügte, das Paradies von außen zu sehen? Ja, diese Trivialitäten würde er ihr mit der Beredsamkeit, die sich zur gegebenen Zeit schon einstellen würde, sagen. Alles hing davon ab, daß sie zufällig auf dem Balkon stand.

Er verließ das Theater, stieg die Calle de Roma hinan, schritt über die Plaza del Pan und bog in die Calle del Aguila ein. Als er die Plaza Nueva erreichte, blieb er stehen und blickte von fern zu dem Eckhaus hinüber. Auf dem Balkon war niemand ... Er hatte es ja gleich gedacht ... Nicht immer gehen solche Ahnungen in Erfüllung. Einerlei! Er schlenderte ein Weilchen auf dem um diese Zeit menschenleeren Platz umher. Niemand. Nicht einmal eine Katze ließ sich sehen. Doch weshalb sollte er, einmal hier, die romantische Belagerung nicht fortsetzen? Er lachte über sich selbst. Wieviel Jahre mußte er in der Geschichte seiner Liebschaften zurückgreifen, um auf Spaziergänge dieser Art zu stoßen? – Trotz der Selbstverspottung und ohne Furcht vor dem Schmutz in der ungepflasterten Calle de Traslacerca durchschritt er einen Bogen der Plaza Nueva, schwenkte in ein Gäßchen ein, danach in ein zweites und gelangte schließlich in die Straße, auf die das Tor des Parks führte. Hier gab es weder Häuser noch Trottoirs, noch Straßenlaternen. Es war nur dem Namen nach eine Straße, in Wirklichkeit jedoch ein verkommener Fahrweg mit holprigem, morastigem Boden zwischen zwei langen Mauern, von denen die eine zum Gefängnis gehörte und die andere zum Garten der Ozores. Als er sich, eng an die Mauer gedrückt, um dem Morast auszuweichen, dem Tor näherte, glaubte Mesía, die wahre Eingebung zu haben, das, was er so nannte, denn es war wie eine plötzliche Ahnung, so etwas wie ein zweites Gesicht. Seine größten Erfolge aller Art waren so gekommen, durch die wahre Eingebung, indem er unversehens kurz vor dem Sieg einen ungewöhnlichen Mut, eine absolute Sicherheit verspürte. Klopfen in den Schläfen, Blut in den Wangen, eine zugeschnürte Kehle ... Er blieb stehen. Die Präsidentin war da, hier im Park. Das unbestimmte Gefühl sagte es ihm. Was würde er tun, wenn ihn sein Herz nicht trog? Das Übliche in solchen Fällen: Alles auf eine Karte setzen. In den Morast knien und sie anflehen, daß sie öffnete. Und wenn sie sich weigerte, über das Gitter springen, wenn das auch so gut wie unmöglich war. Aber ja, er würde darübersetzen. Wenn doch der Mond wieder hervorkäme! Aber es sah nicht so aus. Die Wolke war riesig und sehr dick. Vor einer halben Stunde würde es nicht wieder hell werden.

Da war das Gitter. Er sah die Präsidentin eher als sie ihn. Er erkannte sie, erahnte sie vielmehr.

Sie ist dein! rief ihm der Teufel der Verführung zu. Sie vergöttert dich, erwartet dich!

Aber er konnte nicht sprechen, konnte nicht stehenbleiben. Er hatte Angst vor seinem Opfer. Vetustas Aberglauben hinsichtlich Anas Tugendhaftigkeit saß auch in ihm. Diese Tugendhaftigkeit schlug wie der Cid die Feinde in die Flucht, nachdem sie vielleicht schon längst gestorben war. Er fliehen! Was er noch nie getan! Er hatte Angst ... zum ersten Mal!

Er ging weiter, tat noch drei oder vier Schritte, ohne sich zur Umkehr entschließen zu können, sosehr ihn auch der Verführungsteufel an den Armen festhielt, ihn zum Tor zurückzog und ihm brennende, höhnische Worte ins Ohr flüsterte. »Feigling!« nannte er ihn. »Verführer von Dirnen! Wag's doch! Wage dich an die echte Tugend heran! Jetzt oder nie!«

»Jetzt, jetzt!« rief Mesía mit dem einzigartigen, großen Mut, der ihm eigen war. Und zehn Schritte hinter dem Gitter machte er rasend kehrt und schrie:

»Ana! Ana!«

Nur das Schweigen antwortete ihm. In der Dunkelheit des Parks sah er nur noch die Schatten der Eukalyptusbäume, Akazien und Kastanien und weiter hinten wie eine schwarze Pyramide den Umriß der Washingtoniana, Frígilis' einziger Liebe, die er gepflanzt hatte und deren Blätter, Stamm und Zweige er wachsen sah.

Er wartete vergebens.

»Ana, Ana«, sagte er noch einmal leise, ganz leise. Aber nur die dürren Blätter, die von dem sanften Wind über den Kies der Wege geschleift wurden, gaben ihm Antwort.

Ana war geflohen. Als sie die geliebte Versuchung so nahe sah, erfaßte sie Entsetzen, die panische Furcht der ehrbaren Frau, und sie rannte davon, um sich in ihrem Alkoven zu verstecken, wobei sie die Türen hinter sich verschloß, als könne dieser verwegene Wüstling über die Parkmauer springen und ihr folgen.

Ob es der Teufel ist, der solche Zufälle herbeiführt? dachte Ana, die nicht abergläubisch war, ernsthaft.

Wie leicht war das Vergehen! Das Tor... die Nacht, die Finsternis... Alle wurden zu Komplicen. Aber sie würde widerstehen. O ja, diese starke Versuchung, die ihr unbekannte Wonnen und Freuden versprach, war ein Feind, der ihrer würdig.

Don Víctor kam aus dem Theater nach Hause und begab sich ins Kabinett seiner Frau. Ana warf sich ihm an die Brust, schlang die Arme um seinen Hals und weinte ausgiebig auf den Aufschlägen des schwarzen Gehrocks.

Die Nervenkrise löste sich wie am Abend zuvor in Tränen auf, in einem Sturm frommer Vorsätze ehelicher Treue. Ihr Don Víctor war, trotz seiner Höllenmaschinen, die Pflicht. Und der Generalvikar würde der Schild sein, der sie vor allen Angriffen der machtvollen Versuchung schützte.

Aber Quintanar war nicht im Bilde. Er kam todmüde – hatte er doch die Nacht zuvor nicht geschlafen! – und voll lyrisch-dramatischer Begeisterung aus dem Theater. Offen herausgesagt, fand er diese periodischen Anfälle von rührseliger Zärtlichkeit übertrieben und auf die Dauer lästig. Was, zum Teufel, hatte seine Frau?

»Aber, Kind, was ist denn los? Du bist krank.«

»Nein, Víctor, nein. Laß mich, laß mich um Gottes willen gewähren! Weißt du nicht, daß ich nervös bin? Ich brauche das und muß dich viel liebhaben und liebkosen... und du mußt es auch tun.«

»Mit tausend Freuden, mein Herz, aber, das ist doch nicht natürlich... ich meine, es ist ganz in der Ordnung, aber um diese Zeit... das heißt, so spät in der Nacht... Komm! Wenn wir uns gestritten hätten, könnte man sich's eher erklären... aber so, aus heiterem Himmel... Ich liebe dich grenzenlos, das weißt du, aber du bist krank, und deshalb gerätst du so außer dich. Ja, mein Kind, diese Maßlosigkeiten...«

»Es sind keine Maßlosigkeiten, Quintanar«, sagte Ana schluchzend und gab sich äußerste Mühe, Don Víctor, dem die Krawattenschleife unter dem einen Ohr hing, zu idealisieren.

»Schön, mein Kind, vielleicht sind's keine. Aber du bist krank.

Gestern kündigte sich der Anfall an. Du warst schon recht nervös. Und wie es heute um dich steht, siehst du ja. Du hast etwas.« Ana schüttelte den Kopf.

»Doch, mein Kind! Ich habe mit Don Robustiano in der Loge der Marquesa darüber gesprochen. Der Doktor meint, das Leben, das du jetzt führst, sei dir nicht zuträglich, du mußt dich ablenken und dir Bewegung verschaffen, das heißt, Zerstreuungen und Spaziergänge. Die Marquesa sagt, du bist zu still, zu gut und du brauchst ein bißchen frische Luft, ein bißchen Umgang ... und ich bin schließlich derselben Ansicht und entschlossen« – dies sprach er mit großem Nachdruck –, »ich bin entschlossen, mit diesem abgeschiedenen Leben ein Ende zu machen. Dich scheint alles zu langweilen, du lebst weit weg in deinen Träumen. Genug jetzt, mein Kind, genug geträumt! Weißt du noch, was mit dir in Granada war? Monatelang wolltest du nichts von Leuten und Theaterbesuchen wissen, nichts als diese verstohlenen Spaziergänge zur Alhambra und zum Generalife, wo du lesend und vor dich hinstarrend deine müßigen Stunden verbrachtest. Ergebnis: Du wurdest krank, und wenn man mich nicht nach Valladolid versetzt hätte, wärst du mir gestorben. Und in Valladolid? Dort hast du dank der kräftigen Kost die Gesundheit zurückerlangt, aber die schlecht verhohlene Schwermut blieb, und du warst ein einziges Nervenbündel ... Wir kehrten, beinah unter Umgehung des Gesetzes, nach Vetusta zurück, da kommt der Trauerfall mit deiner armen Tante Agueda dazwischen, die zu der anderen heimging, und unter diesem Vorwand schließt du dich in diesem finsteren Kasten hier ein, und ein ganzes Jahr lang kriegt dich kein Mensch an die Sonne. Lesen und sticken, als ständest du im Akkord ... Unterbrich mich nicht, du weißt, daß ich nur selten schelte. Aber jetzt ist es an der Zeit, jetzt muß alles gesagt werden, jawohl, alles. Frígilis liegt mir unaufhörlich in den Ohren: ‚Ana ist nicht glücklich.'«

»Was weiß denn der!«

»Du weißt sehr wohl, daß er dich gern hat und daß er unser bester Freund ist.«

»Aber wieso sagt er denn, daß ich nicht glücklich bin? Woran will er das sehen?«

»Ich weiß es nicht. Mir war nichts aufgefallen, ich muß es gestehen, aber ich neige immer mehr zu seiner Ansicht. Diese nächtlichen Szenen ...«

»Das sind die Nerven, Quintanar.«

»Dann eben Krieg den Nerven, zum Donnerwetter!«

»Ja.«

»Nichts da. Es wird für Recht erkannt: Das Leben, das du führst, ist zu verurteilen und wird verurteilt, und gleich morgen beginnt ein neues. Wir werden überall hingehn, und wenn du mich zum äußersten treibst, ersuche ich Paco oder Mesía, den Don Juan, den sympathischen Don Juan höchstselbst, daß sie dir den Kopf verdrehen.«

»Das ist unerhört!«

»Es ist ein Programm!« schrie Don Víctor. »Ins Theater wenigstens zweimal die Woche, zur Abendgesellschaft der Marquesa alle fünf oder sechs Tage, auf den Espolón jeden Nachmittag, wenn schönes Wetter ist, ins Kasino zu den geschlossenen Geselligkeiten, sobald dieses Jahr die Saison beginnt, zu den Picknicks der Marquesa und den Landpartien des High life Vetustas, und jedesmal, wenn Don Fermín zu hohen Feiertagen predigt, in die Kathedrale! Ja, und im Sommer nach Palomares zum Baden, und dann werden weite Gewänder angezogen, die der Seeluft freien Zutritt zum Körper lassen ... So, nun kennst du dein Leben! Und das ist kein Regierungsprogramm, sondern es wird Punkt für Punkt erfüllt. Die Marquesa, Don Robustiano und Paquito haben versprochen, mir zu helfen, und Visitación, die in der Parterreloge der Páez' war, hat mir auch gesagt, ich könne auf sie zählen, um dir die Grillen zu vertreiben. Jawohl, meine Gnädigste, jetzt ist Schluß mit dem Trübsalblasen. Ich will nichts mehr von Nerven hören, und Frígilis soll nicht mehr sagen, du seist nicht glücklich.«

»Was weiß denn der?«

»Ich will keine Tränen mehr, die mich um meinen Schlaf bringen. Wenn du weinst, ohne zu wissen, weshalb, mein Kind, dann wird mir ganz anders, dann befällt mich abergläubische Furcht. Mir ist dann, als kündetest du ein Unglück an.«

Ana erbebte, als liefe ein kalter Schauer über sie hin.

»Siehst du, du zitterst. Ins Bett, ins Bett, mein Engel! Alle zu Bett! Ich falle fast um vor Müdigkeit.«

Don Víctor gähnte und verließ, nachdem er seiner Frau einen keuschen Kuß auf die Stirn gehaucht hatte, das Kabinett.

Er trat übellaunig in sein Arbeitszimmer. Diese geheimnisvolle Krankheit Anas – denn es war eine Krankheit, des war er sicher – machte ihm Sorgen und belästigte ihn. Es lag ihm nicht, den Tröster zu spielen. Die Nerven waren ihm zuwider. Dieses Gejammer ohne erkennbare Ursache flößte ihm kein Mitleid ein, es verdroß ihn nur. Er hielt es für wehleidiges Getue einer Kranken. Er liebte seine Frau sehr, aber die Nerven haßte er. Außerdem hatte er im Theater eine hitzige Auseinandersetzung gehabt. Ein dummer Junge, ein Grünschnabel, der in Madrid studierte, hatte erklärt, man dürfe das Theater Lopes und Calderóns in unseren Tagen nicht mehr nachahmen, der Vers wirke auf der Bühne unnatürlich, für die zeitgenössischen Dramen sei die Prosa geeigneter. Dieser Narr! dachte er. Der Vers sei unnatürlich! Wo es das Allernatürlichste der Welt wäre, daß wir alle, ohne Unterschied der Klassen, in klangvolle Quintillen ausbrächen, wenn man uns beleidigt! Stets wird die Poesie die Sprache der Begeisterung bleiben, wie der unsterbliche Jovellanos sagte. Setzen wir einmal den Fall, ich heiße Benavides und Carvajal wolle mir die Ehre nehmen:

einem Diebe gleich im Dunkeln
und das Herz voll argen Trachtens,

was gäbe es dann wohl Natürlicheres, als daß ich mich empörte und mit Tirso de Molina ausriefe:

Meine Ehr zu rächen komm ich,
die Ihr schnöde mir gestohlen.
Meine Schmach brüllt wie ein Löwe,
einen Löwen zeigt mein Wappen.
Benavides ist sein Name.
Euer ständig Liebesbuhlen
meinen Zorn zu stillen, rächt er,
führt der Nachwelt vor die Augen
eines roten Löwen Adel
in dem Blut zweier Verräter ...?

Don Víctor hatte einen Leuchtertisch ins Auge gefaßt, der Carvajal war, und wollte ihm schon das Wort erteilen, damit er in entschuldigendem Ton sagte:

Seit mein Schwager Ihr geworden,
nicht einmal mit Worten fehlt ich ...

als er auf dem Möbelstück entsetzt die Reste seines Herbariums, seiner Blumentöpfe, seiner Schmetterlingssammlung erblickte und dazu die Trümmer eines Dutzends anderer empfindlicher

Apparate, deren er sich bei seinen vielfältigen Basteleien als Hersteller von Vogel- und Grillenkäfigen, Laubsägekünstler, Insekten- und Pflanzensammler und anderer nicht weniger achtbarer Liebhabereien bediente.

»Mein Gott, was ist das?« rief er in schlichter Prosa. »Wer hat diese Verwüstungen angerichtet? Petra! Anselmo!« Und er hängte sich an die Klingelschnur.

Lächelnd trat Petra ein.

»Was hat sich hier abgespielt?«

»Ich war's nicht, gnädiger Herr ... Sicherlich sind Katzen reingekommen.«

»Katzen! Für was hältst du mich?«

Don Víctor tobte selten, aber wenn es um den Krimskrams seines Museums ging, wie er diese Dauerausstellung seiner Marotten nannte, wurde er zu einem Segismundo. Er begann tatsächlich ganz unbewußt, Perales nachzuahmen, den er soeben wie einen Tobsüchtigen auf der Bühne hatte stampfen und schreien hören.

»Anselmo her! Anselmo soll kommen! Ich werfe ihn zum Balkon hinunter, wenn er mir das nicht erklärt!«

Anselmo erschien. Er war es auch nicht gewesen.

Im besten Wüten erblickte Quintanar in einem Winkel die zerbrochene, unbrauchbare Fuchsfalle.

»Auch das noch! Gott im Himmel! Wo ich sie gerade Frígilis präsentieren wollte ... Aber, lieber Gott, wer ist bloß hier drin gewesen?«

Ana eilte herbei. Der Lärm war bis in ihr Zimmer gedrungen.

Sie erklärte alles.

»Aber wieso hast du«, fuhr sie fort, »dem gnädigen Herrn nicht die Wahrheit gesagt, Petra?«

»Gnädige Frau, ich wußte nicht ... ob ich durfte ...«

»Ob du was durftest?« fragte Don Víctor mit verständnislosem Ausdruck.

»Ob ich ...«

»Vor dem Herrn darf man nie etwas verbergen«, sagte die Präsidentin und heftete die hochmütigen Augen auf die Zofe.

Petra lächelte mit verzogenem Mund und senkte den Kopf.

Don Víctor sah alle mit dem Stirnrunzeln geistiger Umnachtung an. Er blieb allein in seinem Arbeitszimmer und grübelte über den Trümmern seiner Erfindungen, Maschinen und Sammlungen.

»Mein Gott! Wenn die Ärmste nun verrückt wäre?« sagte Quintanar unter Seufzern, den Kopf zwischen den Händen. Er legte sich mit dem festen Entschluß zu Bett, wegen seiner Frau ernsthaft einen Arzt zu Rate zu ziehen.

Bald schliefen alle im Hause, nur Petra stand mit einem Leuchter in der Hand in einem Gang und durchspähte lauernden Blickes die Stille des ehrbaren Hauses.

Sie hatte in ihrer Dienstzeit viele Dinge gesehen ... In diesem Hause braute sich etwas zusammen. Was mochte die gnädige Frau im Garten gemacht haben? War ihr nicht so gewesen, als hätte sie hinten, gegen das Parktor zu, eine Stimme gehört? Es mochte Einbildung gewesen sein, aber etwas, irgend etwas ging da vor. Welche Rolle mochten sie ihr zugedacht haben? Zählten sie auf sie? Wehe ihnen, wenn nicht!

Und mit krankhaftem Behagen witterte die begehrliche Blondine schon die Schande dieses Hauses, wobei sie in der Ferne Anselmos Schnarchen hörte. Noch so ein Esel, der nie in der Verschwiegenheit der Nacht zu ihr gekommen war.

Der Generalvikar war ein großer Frühaufsteher. Sein mit vielerlei Verpflichtungen angefülltes Leben ließ ihm für seine Studien nur die ersten Morgen- und die späten Nachtstunden. Er schlief sehr wenig. Sein doppeltes Amt als Verwaltungsmann in der Diözese und Gelehrter in der Kathedrale bürdete ihm ein erdrückendes Arbeitspensum auf. Überdies war er ein Geistlicher von Welt. Er empfing und erwiderte viele Besuche, und diese Verpflichtung, eine der lästigsten, aber auch wichtigsten, raubte ihm viel Zeit. Des Morgens studierte er Philosophie und Theologie, las die wissenschaftlichen Zeitschriften der Jesuiten, schrieb seine Predigten und erledigte andere literarische Arbeiten. Er bereitete eine »Geschichte der Diözese von Vetusta« vor, ein ernstes, grundlegendes Werk, das auf gewisse dunkle Punkte der spanischen Kirchenannalen ein helles Licht werfen würde. Von diesem Buch sprach Don Saturnino Bermúdez, ohne es zu kennen, sehr schlecht, wenn sich nach dem Essen seine Stimmung etwas hob. Eine seiner geheimen Überzeugungen war, daß der Generalvikar zwar den Namen eines Gelehrten verdiente, aber nicht gerade den eines Altertumskundlers. Niemand tauge für alles.

Don Fermín schrieb beim zarten, weißen Licht des Tagesanbruchs. Der Morgen war kühl, und de Pas legte von Zeit zu Zeit eine kleine Ruhepause ein und blies sich in die Finger. Er meditierte. Die Füße hatte er in ein altes Schultertuch seiner Mutter gehüllt. Eine abgeschabte schwarze Samtkappe bedeckte seinen Kopf. Die an den Rändern gestopfte Soutane spielte vor lauter Alter ins Bräunliche, und die Ärmel des Jacketts, das er unter der Soutane trug, schimmerten im traurigen Glanz stark abgewetzten Tuches. Dieser schäbige Aufzug, der so stark von der Eleganz und Gewähltheit abstach, die der Generalvikar vor der Welt zur Schau trug, verschwand, wenn die Arbeit beendet war und die Stunde möglicher Besuche näherrückte. Dann zog Don Fermín einen bequemen, brandneuen, gutgeschnittenen Hausrock an und versteckte die Flickenpantoffeln und die abgegriffene Kappe in einer Ecke des Alkovens. Der Schuh, den Bismarck, der Vorreiter, so sehr bewunderte, und das Scheitelkäppchen, das wie eine schwarze Sonne glänzte, nahmen ihren Platz auf den entsprechenden Extremitäten des mächtigen Mannes ein.

In seinem Arbeitszimmer empfing er nur die Besucher, die er mit seiner Gelehrsamkeit blenden wollte, und da in Vetusta wie in der ganzen Provinz die Gelehrsamkeit so gut wie niemanden blendete, wurden die meisten Besucher in den anstoßenden Salon geführt.

Wenige konnten sich rühmen, das Haus des Generalvikars von oben bis unten zu kennen. Fast niemand hatte mehr gesehen als das Vestibül, die Treppe, einen Gang, das Vorzimmer und den Salon mit den grünen Draperien und den grau bezogenen Sesseln. Und selbst den Salon sah man nur zur Hälfte, weil er so gut wie im Finstern lag.

Eines der Argumente, die die Verteidiger von Don Fermíns Rechtschaffenheit ins Feld führten, war der Hinweis auf die Bescheidenheit seiner Einrichtung und seines häuslichen Lebens.

Just davon hatte man gerade am Nachmittag zuvor auf der Promenade in einem Kreis von Klatschmäulern aus Geistlichen und Laien gesprochen.

»Mit seiner Mutter zusammen verbraucht er im Jahr womöglich keine zwölftausend Realen«, sagte Ripamilán, der ehrwürdige Erzpriester, allen Ernstes. »Er zieht sich gut an, zugegeben, elegant, sogar mit einem gewissen Aufwand, aber er hält seine Kleidung lange, pflegt und bürstet sie, so daß dieser Posten auf dem Anschlag geringfügig wird. Denken Sie daran, meine Herren, wie lange bei uns in den ominösen Zeiten, da wir von der Regierung kein Geld bekamen, ein Schaufelhut hielt. Und sonst, was verbrauchen sie da schon? Doña Paula ist mit ihrem schwarzen Santa-Rita-Kleid aus Etamin, ihrem über den Rücken geworfenen Umschlagtuch und dem seidenen Kopftuch fürs ganze Jahr angezogen. Und das Essen? Ich habe ihnen beim Essen noch nicht zugesehen, aber man weiß alles. Der Professor für Psychologie, Logik und Ethik, der, wie Sie wissen, ein guter Freund von mir ist, wenn er auch irgend so einer verteufelten Schottischen Schule abhängt, und der sein Leben in der Markthalle verbringt, als wär's die Stoa oder die Akademie, dieser Philosoph also erzählt, daß er die Dienerin des Generalvikars nie habe Lachs kaufen sehen und Brassen nur, wenn sie billig, sehr billig sind. Nun, und das Haus? Das Haus, Sie wissen es alle, ist eine saubere Hütte, das Haus eines wahren Priesters Jesu. Das Beste darin ist, was wir alle kennen: der Salon. Aber Gott bewahr mich vor so einem Salon! Nach der Mode von Olims Zeiten: feierlich und peinlich sauber, das schon, aber was für Mängel mag dieses Dunkel verbergen! Wer sagt uns, daß aus den grünen Damaststühlen nicht die Eingeweide quellen? Haben Sie sie je ohne Überzug gesehen? Und das uralte, bauchige Wandtischchen, dessen Vergoldung längst dahin ist, mit der Spieluhr drauf, die nicht mehr spielt und keine Feder hat? Meine Herren, man kann sagen, was man will, ich bleibe dabei: der Generalvikar ist arm, und alles, was man von Bestechungen und Ämterschacher redet, ist infame Verleumdung.«

»Das alles stimmt«, entgegnete Foja, der wuchernde Exbürgermeister, der bei Gesprächen dieser Art stets zur Stelle war. Er schien bei Klatschereien allgegenwärtig. »Man kann nicht leugnen, daß sie wie Arme leben. Aber das tut auch Señor Carraspique, und der ist Millionär. Die Geizigsten sind immer die Reichsten. Um Geld zu haben, muß man es zusammenhalten. Doña Paula versteckt ihren Sparstrumpf, einen Riesenstrumpf! Und die Häuser, die der Generalvikar hier in den Dörfern kauft? Und die Güter, die Doña Paula in Matalerejo, in Toraces, in Canedo, in Somieda erworben hat? Und die Bankaktien?«

»Verleumdung, pure Verleumdung! Sie haben die Urkunden nicht gesehen, Sie haben die Policen nicht gesehen, gar nichts haben Sie gesehen . . .«

»Aber ich weiß, wer sie gesehen hat.«

»Wer denn?«

»Alle Welt!« rief Don Santos Barinaga, der sich stets einfand, wenn es galt, seinen Todfeind, den Generalvikar, zu verlästern. »Alle Welt! Ich ... ich ... wenn ich reden würde! Aber ich werde schon noch reden!«

»Na, na, na, Don Santos! Sie können in diesem Prozeß weder Richter noch Zeuge sein.«

»Wieso?«

»Weil Sie den Generalvikar hassen.«

»Natürlich hasse ich ihn!« Und er hob die geballten Fäuste. »Und er wird es mir büßen!«

»Aber Sie hassen ihn nach dem Sprichwort, das da sagt: Dein ärgster Feind ist, wer deines Gewerbes. Sie verkaufen Kultgegenstände: Kelche, Hostienteller, Meßkännchen, Lampen, Sakramentshäuschen, Meßgewänder, Wachs und selbst Hostien ...«

»Ja, Señor. Und ich bin stolz darauf, Herr Erzpriester.«

»Das weiß ich doch, mein Lieber, aber Sie handeln nun einmal damit und ...«

»Halt mal, halt mal!« fiel ihm Foja ins Wort. »Ein wertvolles Eingeständnis! Eine wichtige Angabe! Don Cayetano gibt zu, daß Don Santos und Don Fermín Feinde sind, weil sie dasselbe Gewerbe betreiben. Somit bestätigt der hochwürdige Ripamilán, was alle Welt sagt: daß der Generalvikar wider die göttlichen und menschlichen Gesetze Geschäftsmann ist, daß er der Besitzer, der eigentliche Besitzer des ‚Roten Kreuzes' ist, der Devotionalienhandlung, wo, Recht hin, Recht her, die Pfarrer sämtlicher Pfarreien des Bistums *volens nolens* einkaufen müssen, was sie brauchen oder auch nicht brauchen.«

»Gestatten Sie, Señor Foja, aber Sie sind der reinste ...«

»Und die breite Masse, versteht sich, ist mißtrauisch, und da es der verflixte Zufall will, daß das ‚Rote Kreuz' das Kellergeschoß des Hauses einnimmt, das an das des Generalvikars stößt, und wie es der verflixe Zufall ferner will, wissen wir alle, daß im Keller eine Verbindung von Haus zu Haus besteht ...«

»Mann, verbreiten Sie doch keine Lügenmärchen!«

»Gemach, gemach, Herr Kanonikus, ich verbreite keine Märchen und bin auch kein Lügner und kein Dunkelmann, und ich lasse mir von niemandem was gefallen, schon gar nicht von einem Geistlichen.«

»Sie mögen kein Dunkelmann sein, aber in Ihrem Oberstübchen sieht's dunkel aus, wenn es nicht gerade um Spitzbübereien geht. Was will es besagen, wenn sich's Señor Barinaga, der gute Don Santos, in den Kopf gesetzt hat, daß sein Handel mit dem Klimperkram und Wachs wegen einer eingebildeten Konkurrenz zurückgeht, die ihm der Generalvikar macht, wie er behauptet? Heiliger Strohsack, wenn das Gewölbe, wie er's nennt, des ‚Roten Kreuzes' Keller hat, so besagt das doch nicht, daß der Generalvikar Geschäftsmann ist, was Kirchenrecht und Handelsgesetzbuch verbieten! Das hat doch gar nichts miteinander zu tun! Seien Sie meinetwegen freisinnig, das ist noch keine Beleidigung Gottes, aber schwätzen Sie nicht einfach daher und überlegen Sie sich besser, was Sie sagen!«

»Hören Sie, Don Cayetano: Weder Ihr Alter, noch daß Sie Aragonese sind, gibt Ihnen das Recht, unverschämt zu werden!«

»Sachte, sachte, Herr Fierabras«, versetzte der Domherr und warf den Priestermantel schwungvoll über die Schulter.

Es muß bemerkt werden, daß der scherzhafte Ton, in dem das gesagt wurde, den scharfen Worten jedes Gewicht und den beleidigenden Beiklang nahm. In Vetusta besteht der rechte Humor darin, sich das ganze Jahr über wie in einem immerwährenden Karneval aufzuziehen und einander Grobheiten an den Kopf zu werfen, und wer darüber böse wird, vergreift sich im Ton, und man hält ihn für schlecht erzogen.

»Ich erledige nämlich«, fuhr der ehemalige Bürgermeister fort, »einen Domherrn wie eine Fliege!«

»Das kann ich mir denken: mit irgendeiner Verleumdung. Kommen Sie doch her, Sie freigeistige Natter, Sie Dorfschulzen-Voltaire, Sie schellenklingelnder Luther! Nach Ihren Haßgesängen könnte man auch das Gerede der Leute glauben, daß der Generalvikar Geld zu zwanzig Prozent verleiht.«

»Non capisco«, erwiderte der Bürgermeister, der aus der Oper ein paar Brocken Italienisch konnte.

»Und ob Sie mich verstehen! Aber ich will mich deutlicher ausdrücken. Sind Sie nicht eins der vielen Klatschmäuler, die dem Generalvikar die Ehre abschneiden? Wenn ihn nun Don Santos verwünscht, weil er ihm die Kundschaft seines Klimperkramladens abspenstig macht, so hassen Sie ihn wegen des Wuchers. Wer ist dein ärgster Feind?«

»Gemach, gemach, Señor Ripamilán, langsam steigt mir der Dampf in den Kopf!«

»Sagen Sie ihm, er soll wieder runterkommen. Er verdrängt bei Ihnen das Gehirn.«

»Sie haben mich einen Wucherer genannt.«

»Genau das, natürlich.«

»Ich nutze mein Kapital rechtschaffen, helfe dem Unternehmer, dem Arbeiter. Ich bin eine der Triebkräfte von Handel und Gewerbe und streiche den natürlichen Gewinn ein. Das sind doch altbekannte Sachen. Und wenn diese unbedarften Geistlichen, die sich heutzutage breitmachen, von irgendwas eine Ahnung hätten, wüßten sie, daß mich die Volkswirtschaftslehre berechtigt, die Vorauszahlung, die Risiko- und gegebenenfalls die Versicherungsprämie einzubehalten.«

»Sie gehen ganz schön auf Nummer Sicher, Sie Möchte-gern-Volkswirtschaftler.«

»Ich trage zum Umlauf des Reichtums bei.«

»Wie ein Schwamm zum Kreislauf des Wassers.«

»Und die Geistlichen sind die Drohnen im Bienenstock der Gesellschaft.«

»Mein Lieber, wenn wir von Drohnen reden wollen . . .«

»Die Geistlichen sind die Schmarotzer . . .«

»Wenn wir von Schmarotzern reden wollen, da habe ich zu Zeiten der *Glorreichen* einen Bürgermeister gekannt . . .«

»Was haben Sie sich über die Glorreiche zu beschweren? Mir scheint, sie hat Sie zum hochwürdigsten Herrn gemacht.«

»Einen Dreck hat sie mich gemacht. Durch meine Verdienste bin ich's geworden . . . meine Schriften, durch meine . . . Sie Klugschwätzer!«

»Lassen Sie die Beleidigungen und erklären Sie mir lieber, wieso ich ein persönlicher Feind des Generalvikars sein soll? Leihe ich auf den Dörfern Geld zu dreißig Prozent aus? Und stammt das Geld, das ich ausleihe, aus Kaplanspfründen, deren Verwalter ich bloß bin, ohne das Recht, aus dem Zins des Hinterlegten Gewinn zu schlagen? Stammen meine Renten von den einfältigen Christenseelen, die was mit der kirchlichen Kurie zu schaffen haben? Treibe ich in dieser Räuberhöhle mein Wesen, die sich Bischofspalais nennt?«

»Also, wenn Sie anfangen, Humbug zu reden, und ausfällig werden, lassc ich Sie einfach stehen.«

»Sie sind ja damit nicht gemeint, Don Cayetano, Sie alter Hitzkopf. Sie mögen ein lebenslustiges Alterchen sein, aber Sie sind kein Generalvikar, kein kirchlicher Candelas.«

Alle Anwesenden, Don Santos ausgenommen, stimmten darin überein, daß dies zu stark war.

»Na, na, ein Candelas!«

Don Santos Barinaga schrie:

»Nein, meine Herren, er ist kein Candelas, denn dieses Muster eines ritterlichen Räubers war äußerst großmütig und raubte unter Einsatz seines Lebens!«

»Übrigens beraubte er auch nur die Reichen und gab den Armen.«

»Aus anderer Leute Leder ist gut Riemen schneiden.«

»Nun, der Generalvikar schneidet aus aller Leute Leder Riemen für sich selbst. Er ist, auf Barinagas Ehre, ein Spitzbube, und ich weiß schon, was es mit ihm für ein Ende nehmen wird.«

Barinaga roch nach Schnaps. Wenn er so roch, war er gallig.

Don Cayetano zuckte die Schultern und drehte ihm den Rükken zu. Im Weggehen sagte er:

»Das sind nun die Liberalen, die uns glücklich machen wollen. Jetzt wüten sie, weil sie diese Schurkereien nicht in den Zeitungen sagen dürfen.«

Gespräche dieser Art fanden in Vetusta tagtäglich statt: beim Spaziergang, in den Straßen, im Kasino und selbst in der Sakristei der Kathedrale.

De Pas wußte alles, was geklatscht wurde. Er hatte verschiedene Spione, wahre Sbirren in Soutanen. Der regste, scharfsinnigste und verschlagenste war der zweite Organist der Kathedrale, der schon auf dem Seminar ein Denunziant gewesen war. Damals war er ins Theater gegangen, um auf dem Olymp die Pfarrerslehrlinge zu ertappen, die eine Schwäche für Thalia oder sonstwen hatten. Er war ein junger stupsnasiger Priester, ein Günstling Doña Paulas, der Mutter des Generalvikars. Mit Familiennamen hieß er Campillo.

Don Fermín kümmerte nicht viel, was geredet wurde, aber er wollte wissen, worüber man klatschte und wie weit die Schmähungen gingen.

An nichts von all dem dachte der Generalvikar an diesem kalten Oktobermorgen, während er sich nachdenklich in die Finger blies. Aber er dachte nicht an das, woran er hätte denken sollen. Er suchte religiöse Inbrunst, glühenden Glauben in seinem Innern, die er brauchte, um sich zu inspirieren, um mit der Kraft der Überzeugung einen tönenden, abgerundeten, beredten Artikel zu schreiben. Aber der Wille gehorchte ihm nicht und ließ den Gedanken freien Lauf, sich mit den Erinnerungen zu beschäftigen, die ihn belagerten. Die feine, aristokratische Hand zeichnete parallele Strichlein auf den Rand eines Manuskriptblattes, danach obendrüber andere, die rechtwinklig zu den ersten verliefen. Das ganze glich einem Beichtstuhlgitter. Hinter dem Gitter vermeinte er, eine schwarze Mantilla zu sehen und hinter der Mantilla zwei funkelnde Augen, die im Dunkeln glänzten. Und wenn es nur die Augen gewesen wären!

Aber diese Stimme! Diese von religiöser Ergriffenheit, von sittsamer Keuschheit verwandelte Stimme, die sich ohne Gewissensskrupel, aber nicht ohne Scham vor einem Beichtstuhl entblößt.

Was war das für eine Frau? Gab es in Vetusta wirklich solch einen Schatz geistiger Begnadung, der nur darauf wartete, für die Kirche gehoben zu werden, und er, der geistliche Oberhirte der Provinz, hatte es nicht früher gewußt?

Der arme Don Cayetano war ein Mann von einiger Begabung für gewisse Dinge, für das Formale, für die Oberflächlichkeiten des weltlichen Lebens. Was aber verstand er davon, eine Seele wie die dieser Dame zu lenken?

Don Fermín verzieh es dem Erzpriester nicht, daß er ihm dieses Kleinod nicht früher überantwortet hatte, das er, Ripamilán, gar nicht in seinem ganzen Wert zu schätzen wußte. Ein Glück, daß er sich aus Faulheit entschlossen hatte, ihm diesen Schatz zu überlassen.

Don Cayetano hatte ihm mit großem Ernst von der Präsidentin gesprochen.

»Don Fermín«, hatte er zu ihm gesagt, »Sie sind der einzige, der mit dieser meiner lieben Tochter zurechtkommen kann, die mich noch um den Verstand gebracht hätte, wenn sie mir noch länger von ihren moralischen Bedrängnissen erzählt hätte. Für diesen Trott bin ich schon zu alt. Ich verstehe sie ja nicht einmal. Ich frage sie, ob sie sich eines Fehls beschuldigt, und sie verneint es. Was also dann? Und trotzdem geht's immer munter weiter. Kurz und gut, ich tauge nicht für solche Sachen. Ich übergebe sie Ihnen. Als ich ihr mitteilte, daß es für sie wohl zweckmäßiger wäre, bei Ihnen zu beichten, willigte sie ein. Sie hat wohl eingesehen, daß ich mit meinem Latein am Ende war. Nein, ich kann's nicht. Ich verstehe Religion und Moral auf meine Art, eine sehr, sehr schlichte Art. Mir will scheinen, Frömmigkeit sei kein Rätselspiel ... Kurz, Anita – sie wissen, daß sie Verse geschrieben hat – ist ein bißchen romantisch. Das schließt ja nicht aus, daß sie sehr fromm ist. Aber sie will die

Romantik in die Religion hineintragen, und ich fühle mich bei Gott nicht stark genug, sie aus dieser Gefahr zu befreien. Für Sie wird es ein leichtes sein.«

Der Erzpriester war noch näher an den Generalvikar herangetreten und hatte gereckten Halses, auf Zehenspitzen, so, als versuchte er, wenn auch vergeblich, ihm ins Ohr zu flüstern, noch gesagt:

»Sie hat pseudomystische Visionen gehabt, damals in Loreto, als sie in das gewisse Alter kam, eine Sache des Blutes, als sie eine kleine Frau wurde, wo sie das Fieber hatte und ich sie mit ihrer Tante Doña Anuncia herholte. Danach ging das vorüber, und sie wurde Literatin, na, Sie werden ja sehn. Sie ist nicht wie unsere landläufigen Damen. Hat einen kleinen Dickkopf. Aussehn tut sie wie eine Mimose, aber sie hat's in sich. Will sagen, daß sie sich in alles schickt, aber innerlich ständig aufbegehrt. Sie hat sich dessen vor mir selbst angeklagt, weil sie meinte, es sei Hochmut. Bloße Einbildung. Es ist kein Hochmut. Aber aus all diesen Dingen ergibt sich, daß sie unglücklich ist, obwohl es keiner ahnt. Na, Sie werden ja sehn. Don Víctor kann auch nicht aus seiner Haut heraus. Er versteht nichts von solchen Feinheiten. Es geht ihm wie mir. Und da wir ihr nicht gut einen Liebhaber suchen können, bei dem sie sich Luft macht« – hier lachte Don Cayetano schon wieder –, »wär's das beste, Sie beide kämen sich näher.«

Als der Generalvikar an diese Worte des Erzpriesters dachte, fiel ihm auch ein, daß er rot wie eine Klatschrose geworden war.

Das beste wär's, Sie beide kämen sich näher! Dieser Satz, den Don Cayetano ohne jeden Hintergedanken gesagt hatte, gab Don Fermín Grund zu stundenlangem Nachdenken.

Die ganze Nacht hatte er daran gedacht. Würden sie sich eines Tages näher kommen? Würde ihm Doña Ana ihr Herz weit öffnen wollen?

Der Generalvikar kannte eine Art untergründigen Vetustas: die unsichtbare Stadt der Gewissen. Er kannte das Innere aller bedeutenden Häuser und aller Seelen, die ihm irgendwie nützen konnten. Scharfen Geistes wie kein anderer Vetustenser, ob Geistlicher oder Laie, hatte er es nach und nach verstanden, die einflußreichsten Gläubigen der Stadt an seinen Beichtstuhl zu ziehen. Die etwas anspruchsvolleren Damen waren dahin gekommen, im Generalvikar den einzigen akzeptablen Beichtiger zu sehen. Aber er suchte sich seine Beichtkinder aus. Ihm war die einzigartige Fähigkeit eigen, die Unwillkommenen abzuwimmeln, ohne sie vor den Kopf zu stoßen. Er hatte es so weit gebracht, daß er wem er wollte und wann er wollte die Beichte hören konnte. Sein Gedächtnis für fremde Sünden grenzte ans Wunderbare.

Selbst des Lebenswandels und der Schwächen der Säumigen, die sechs Monate oder auch ein ganzes Jahr ausblieben, ehe sie sich wieder vor dem Richterstuhl des Beichtigers einfanden, entsann er sich. Er verknüpfte die Geständnisse der einen mit denen von anderen, und so hatte er sich nach und nach einen geistigen Stadtplan Vetustas, des vornehmen Vetusta, gemacht. Die Plebejer verachtete er, wenn sie nicht reich und mächtig, das heißt, auf ihre Art vornehm waren. Die Encimada gehörte ihm ganz. Er war dabei, sich allmählich die Kolonie zu erobern. Wie die Wetterwarten Zyklone vorhersagen, so hätte er in Vetusta viele Stürme, Familiendramen, Skandale und Abenteuer aller Art voraussagen können. Er wußte, daß eine fromme Frau, wenn sie ihre Zunge nicht außerordentlich gut im Zaume hielt, beim Beichten die Schwächen all ihrer Angehörigen ausplaudert.

So kannte der Generalvikar die Entgleisungen, Schrullen, Fehler und mitunter selbst die Freveltaten vieler Männer Vetustas, die nicht bei ihm oder überhaupt nicht beichteten.

Mehr als einem Liberalen, der die Ohrenbeichte verwünschte, hätte er aufzählen können, wie oft er sich betrunken, wieviel Geld er verspielt, ob er Dreck an den Händen hatte oder seine Frau prügelte nebst anderen intimen Geheimnissen. Oft hörte er in den Häusern, wo man ihn als guten Freund empfing, schweigend dem Familiengezänk zu, die Augen diskret zu Boden geschlagen. Und während seine Miene zu verstehen gab, daß ihn das alles nicht berührte und er es gar nicht verstand, war er vielleicht der einzige, der Bescheid wußte, der einzige, der den Anfang dieses Knäuls von Zwietracht in der Hand hielt. Im Grund seiner Seele verachtete er die Vetustenser. Alles ein einziger Misthaufen. Aber eben deswegen ein ausgezeichneter Dünger: er verwendete ihn in seinem Garten. All der Schlamm, den er aufrührte, trug ihm schöne und reiche Frucht.

Die Präsidentin erschien ihm jetzt als ein auf eigenem Grund und Boden entdeckter Schatz.

Sie war sein, sein Eigentum.

Wer würde es wagen, sie ihm streitig zu machen?

Jede einzelne Minute dieser Stunde – und etwas darüber –, die Ana gebeichtet hatte, stand vor seinem Gedächtnis.

Eine lange Stunde! Das Kapitel würde an diesem Morgen, wenn sich die Herren Kanonizi zum Plauderstündchen nach dem Chor versammelten, von nichts anderem sprechen.

Don Custodio, der Benefiziat, hatte den Nachmittag zuvor keine Ruhe gefunden. Zuerst aus Angst, die Ankunft der Präsidentin zu verpassen, danach, weil er die Beichte beobachtete, die sich hinzog, skandalös lange hinzog. Er lief, Geschäftigkeit vortäuschend, im rechten Seitenschiff hin und her, strich, einmal fern, einmal nahe, an der Kapelle des Generalvikars vorbei. Zuerst hatte er andere Frauen am Beichtstuhlgitter gesehen, und Ana kniete im Gebet vor dem Altar. Als er das nächste Mal vorbeikam, sah er schon die Präsidentin, in die Mantilla gehüllt, den Kopf zum Beichtstuhl neigen. Und noch einmal vorbeigehuscht – sie saß unbeweglich – und noch einmal . . . sie war immer noch da. Stets das gleiche Bild.

»Was gibt's, Don Custodio?« fragte ihn Gloucester, der hochwürdige Archidiakon, der sein Hin- und Herlaufen bemerkt hatte. »Ist die Dame gekommen?«

»Eine Stunde! Eine Stunde!«

»Generalbeichte. Sie sehen ja.«

Und später:

»Was gibt's?«

»Anderthalb Stunden!«

»Sie wird ihm die Sünden ihrer Vorfahren seit Adam und Eva erzählen.«

Gloucester hatte in der Sakristei das »Ende des Skandals« abgewartet.

Der Archidiakon und der Benefiziat sahen die Präsidentin aus der Kathedrale gehen und entfernten sich gemeinsam, den Vorfall besprechend, um solch ungeheuerliche Nachricht in der Stadt zu verbreiten.

Sie hatten nicht vor, sich dazu zu äußern. Die Tatsache, die bloße Tatsache! Zwei Stunden!

Es war tatsächlich lange gewesen. Der Generalvikar hatte nicht gemerkt, wie die Zeit verging, Ana ebensowenig. Ihre Lebensgeschichte hatte lange gedauert. Und außerdem hatten sie über so viele Dinge gesprochen. Don Fermín war mit seiner Beredsamkeit zufrieden. Er war sicher, daß er Wirkung erzielt hatte. Ana hatte noch nie jemanden so reden hören.

Die Ungeduld, die de Pas verspürt hatte, bevor er mit dieser Dame unter vier Augen gesprochen, war ein Vorgeschmack der Wirklichkeit gewesen. Ja, das war etwas Neues, etwas Neues für seinen Geist, der es müde war, nur eigenem Ehrgeiz und fremder Habsucht – der seiner Mutter – zu leben. Seine Seele brauchte ein wenig Freundlichkeit, ein wenig Herzenswärme zum Ausgleich für so viele Widrigkeiten. Mußte man sich denn stets nur verstellen, hassen, herrschen, erobern, betrügen?

Er dachte an seine Jahre als Theologiestudent in San Marcos de León, als er sich voll reinen Glaubens darauf vorbereitete, in die Gesellschaft Jesu einzutreten. Dort hatte er eine Zeitlang süßes Herzklopfen verspürt. Er hatte inbrünstig gebetet, voll inniger Verzückung meditiert, bereit, sich in Jesu darzubringen. Das alles lag weit zurück! Aber war es nicht etwas Ähnliches, was er seit dem gestrigen Nachmittag zu fühlen glaubte? Hatten damals, an den Ufern des Beruesga, nicht dieselben Saiten geschwungen, die jetzt mit einer der Seele wohlgefälligen Musik ertönten? Auf den Lippen des Generalvikars erschien ein bitteres Lächeln. Selbst wenn dies alles eine Illusion, ein Traum war: Weshalb nicht träumen? Und wer weiß, dachte er, ob dieser Ehrgeiz, der mich verzehrt, nicht nur eine unziemliche Erscheinungsform einer anderen, edleren Leidenschaft ist! Kann dieses Feuer nicht für eine höhere, der Seele würdigeren Gemütsregung brennen? Könnte ich mich nicht in einer reineren Flamme als der dieses Ehrgeizes verzehren? Und was für eines Ehrgeizes! Eines nur allzu armseligen und erbärmlichen. Wog die Eroberung der Seele dieser Dame nicht schwerer als die Erringung einer Mitra, des Kardinalshutes, ja selbst der Tiara?

Der Generalvikar ertappte sich dabei, wie er die Tiara auf den Papierrand malte.

Er seufzte, warf die Feder weg, als sei sie an diesen Gedanken schuld, die ihm nun eitel erschienen, und begann kopfschüttelnd zu schreiben.

Der letzte Absatz lautete:

»Das von der katholischen Welt so sehnsüchtig erwartete Ereignis, die Verkündigung des Dogmas von der Unfehlbarkeit des Papstes, war endlich an dem glorreichen Tag ewigen Gedenkens, dem 18. Juli 1870, eingetreten: *haec dies quam fecit Dominus . . .*«

Der Generalvikar fuhr fort:

»Endlich wurde in aller Feierlichkeit die Lehre des vierten

Konzils zu Konstantinopel bestätigt, welches sagte: *Prima, salus est rectae fidei regulam custodire.* Es wurde die Lehre bestätigt, zu der sich die Griechen mit Billigung der zweiten Lyoner Synode bekannten, und es wurde *approbante concilio* erklärt und verkündet, daß der Papst zu Rom, *quam ex cathedra loquitur* voll und ganz *per assistentiam divinam* jener Unfehlbarkeit teilhaftig ist, mit welcher der göttliche Erlöser seine Kirche versehen wollte.«

Don Fermín legte die Feder weg und ließ den Kopf auf die Hände sinken.

Er wußte nicht, was er hatte, aber er konnte nicht schreiben. Ob es an dem Gegenstand lag? Vielleicht war er an diesem Morgen nicht in der Verfassung, solch erhabenen Stoff abzuhandeln? Die Unfehlbarkeit! Ein furchtbares, aber ungemein kühnes Dogma. Eine gewaltige Herausforderung des Glaubens, der sich von der Ungläubigkeit eines Jahrhunderts umringt sieht, das ihn verlacht. Es war, als befände man sich im Zirkus unter Raubtieren, die man mit Zurufen reizte und anstachelte. Um so besser, so mußte es sein! Der Generalvikar war von Beginn der Schlacht an ein begeisterter Anhänger der Verkündigung. Das war Mut, entschlossener Wille, Bestätigung der Herrschaft, ein theologisches Abenteuer, vergleichbar denen Alexanders des Großen im Kriege und denen des Kolumbus auf dem Meer.

Er hatte das heroische Dogma in Rom verteidigt, auf der Kanzel, mit einer damals noch spontanen Beredsamkeit, mit einer Leidenschaft, als sei er selbst der Unfehlbare. Dupanloup hatte er einen Feigling genannt. In Madrid hatte er, als er mit dem guten Bischof von Vetusta aus Rom zurückkehrte, bei einer Predigt in den Calatravas großes Aufsehen erregt. Das Thema war ebenfalls die Unfehlbarkeit des Papstes gewesen. Die Zeitungen hatten ihn mit den besten Rednern des Katholizismus verglichen, mit Monescillo, Manterola, Kirchenmännern gleich ihm, mit Nocedal, Vinader, Estrada, den Laien.

Und nichts, er war ein kleiner Pinscher geblieben. So ist die Kirche, dachte de Pas, den Kopf auf die Hände gelegt und die Ellenbogen auf dem Tisch. Den unfehlbaren Papst hatte er bereits vergessen. Die Kirche predigt Demut und ist als abstraktes, kollektives Wesen in der Hierarchie demütig, um die Ungeduld des Ehrgeizes niederzuhalten, der unten hofft. Ich habe mich in Rom ausgezeichnet, nötigte den Gläubigen in Madrid Bewunderung ab, ich blende die Vetustenser und werde

Bischof sein, wenn ich die Sechzig erreicht habe. Dann werde aber ich die Komödie von der Demut spielen und das Almosen zurückweisen. Die Intriganten kommen vorwärts. Die guten Freunde, die Speichellecker und Lakaien werden fett und brauchen dazu gar nicht predigen zu können. Aber wir, die wir durch unser apostolisches Verdienst aufsteigen müssen, wir dürfen keine Ungeduld zeigen, wir haben in unterwürfiger, respektvoller Haltung zu warten. Farce, reine Farce! Oh, wenn ich mein Geld springen ließe!... Aber mein Geld gehört meiner Mutter, und überdies habe ich keine Lust zu kaufen, was mir gehört, was mir auf Grund meines Kopfes, nicht auf Grund meines Geldsacks gebührt. War man sich nicht einig, daß ich eine Leuchte sei? Hieß es nicht, man habe in mir eine feste Säule? Warum bürdet man mir dann nicht die Last auf, die mir zukommt? Bin ich eine Säule, Herr Kardinal, oder ein Zahnstocher? Wie verbleiben wir nun?

Der Generalvikar, der allein war und sich dessen sicher glaubte, schlug mit der Faust auf den Tisch.

»Ich komme, Señorito!« rief eine helle, frische Stimme aus einem Nebenzimmer.

Der Generalvikar hörte sie nicht einmal. Gleich darauf trat ein junges Mädchen von zwanzig Jahren in das Arbeitszimmer, großgewachsen, schlank, blaß, aber nicht zu mager, sondern von weicher weiblicher Fülle. Die Blässe war von einer zarten, delikaten Tönung, die einen schönen Gegensatz zu den tiefschwarzen, verträumten Augen bildete. Sie schlug die Augen mit dem mystischen Schmachten einer zur Hälfte unechten und vorgetäuschten mechanischen Frömmigkeit auf, zu der sie hier bei Tag und Nacht genötigt war. Die Züge dieses Antlitzes kamen dem griechischen Kanon nahe, womit der holde Ernst des Gesichtsausdrucks wunderbar harmonierte. An dieser hochgewachsenen, doch nicht anmutlosen, verinnerlichten, straffen, feierlichen, ernsten Gestalt war alles stumm außer den Augen und der Lieblichkeit, die wie ein beredter Duft des ganzen Körpers wirkte.

Es war Teresina, die Zofe Doña Paulas. Sie schlief neben dem Arbeitszimmer und Alkoven des *Señorito.* Darauf hatte Doña Paula immer bestanden. Sie selbst bewohnte den zweiten Stock, wo sie nach ihrem Sinn schaltete und waltete. Den Lärm aus- und eingehender Priester und Mönche mochte sie nicht hören, wollte aber ebensowenig dulden, daß ihr Sohn, ihr armer

Fermín, der für sie stets ein Kind blieb, das man umhegen mußte, fern von jeder Christenseele schlief. Die Zofe mußte ihr Bett in der Nähe des Señorito haben, damit sie, falls er rief, die Mutter benachrichtigen konnte, die dann augenblicklich herunterkam.

Im Hause war der Generalvikar der Señorito, der junge Herr. So nannte ihn Doña Paula vor den Dienern, und so hatten auch sie ihn anzusprechen.

Für Doña Paula, die nicht immer »Señora« gewesen war, klang Señorito besser als Hochwürden.

Die Mädchen Doña Paulas kamen stets aus deren Heimatdorf. Sie suchte sie aus, wenn sie im Sommer aufs Land fuhr, und sie blieben lange bei ihr. Die Bedingung, in der Nähe des jungen Herrn zu schlafen, falls er rief, wurde ihnen mit größter Selbstverständlichkeit auferlegt. Weder die Mädchen noch der Generalvikar hatten jemals den geringsten Einwand vorgebracht. Die hellen, blauen, weit offenen, ausdruckslosen Augen Doña Paulas wiesen die Möglichkeit jeden Verdachts weit zurück. Ihren Augen sah man an, daß sie keinen Zweifel an der Sittenreinheit ihres Sohnes und der Unschuld seines Schlafs duldete. Nicht einmal dem Generalvikar selbst hätte sie auch nur ein schüchternes Wort des Widerspruchs, nicht den leisesten Einwand unter Hinweis auf das Gerede der Leute gestattet. Was sollten sie schon reden? Man würde ihre Keuschheit, da sie Witwe war, und die ihres Sohnes, des Priesters, für unbestreitbar halten. Daran gab es absolut nichts zu deuteln. Über so etwas konnte man nicht einmal sprechen. Don Fermín blieb weiterhin ein Kind, das nie älter wurde und gegen jeden Argwohn geschützt blieb. Das war in diesem Haus ein Dogma.

Teresina trat ein und schloß dabei die obersten Häkchen am Leibchen ihres schwarzen Kleides. Gleich darauf knüpfte sie in der Nähe der Taille auf dem Rücken das ebenfalls schwarze Seidentuch, das ihre Brust bedeckte.

»Was wünscht der Señorito? Ist Ihnen nicht wohl? Soll ich schon den Kaffee bringen?«

»Ich? . . . Meine Tochter . . . Nein, ich habe nicht gerufen.«

Teresina lächelte. Sie fuhr sich mit ihrer weichen, feinen Hand über die Augen, öffnete ein wenig den Mund und fügte hinzu:

»Ich möchte wetten, daß ich etwas gehört habe.«

»Nein, ich war es nicht. Wie spät ist es?«

Teresina sah auf die Uhr, die über dem Kopf des Generalvikars hing, sagte ihm die Zeit und bot ihm abermals den Kaffee an. Dabei lächelte sie mit einer gewissen Koketterie, die durch den Ausdruck der Frömmigkeit gemildert wurde, die in diesem Haus die Livree ersetzte.

»Und Mutter?«

»Sie schläft. Sie ist sehr spät zu Bett gegangen. Da sie über den Vierteljahresabrechnungen sitzt . . .«

»Gut, bring mir den Kaffee, meine Tochter.«

Bevor Teresina hinausging, machte sie auf Schränken und Tischen Ordnung, wo jedoch noch alles so lag, wie sie es am Tag zuvor verlassen hatte. Auch die Bücher auf dem Arbeitstisch schob sie hin und her, doch wagte sie es nicht bei denen, die auf Stühlen und auf dem Boden lagen. Sie durften nicht angefaßt werden. Solange Teresina im Arbeitszimmer war, verfolgte sie der Generalvikar ungeduldig mit dem Blick, die Stirn leicht gerunzelt, als warte er darauf, daß sie ginge, damit er seine Arbeit oder die Meditationen fortsetzen konnte.

Bis er den Kaffee vor sich stehen hatte, dachte er nicht daran, daß er ja auch zuweilen die Messe las, daß er ein Geistlicher war. War er an der Reihe? Hatte er versprochen, die Messe zu lesen? Er wußte es nicht. Aber die Sicherheit, mit der Teresina zu Werke ging, beruhigte ihn.

Weder Doña Paula noch Teresina vergaßen jemals diese Einzelheiten. Sie waren beauftragt, auf die Chorglocke zu achten, die Messen zu notieren, sich um alles zu kümmern, was mit den Dingen des Ritus zusammenhing. De Pas erfüllte diese Routinepflichten, aber man mußte ihn daran erinnern. Er hatte so viele Dinge im Kopf! Vergeßlich war er nur zu Hause, denn außerhalb hielt er sich viel darauf zugute, die Synodalvorschriften peinlich genau einzuhalten, und erteilte sogar dem Zeremonienmeister häufig Lektionen.

Er trank den Kaffee und stand auf, um ein paarmal durch das Arbeitszimmer zu wandern. Er wollte sich ablenken, diese lästigen Gedanken abschütteln, die ihn daran hinderten, in seiner Arbeit voranzukommen.

Teresina ging aus und ein, ohne um Erlaubnis zu bitten, aber sie bewegte sich wie die Geräuschlosigkeit in Person. Sie trug das Kaffeegeschirr ab, kam zurück, um einen Zinnkrug und den Eimer vom Waschtisch zu holen, kehrte mit beidem und einem sauberen Handtuch wieder. Sie trat in den Alkoven, ließ dabei die Glastür offen und begann das Bett zu machen, ein Vorgang, der das Aufschütteln der Kissen und des Unterbetts, das Zusammenlegen der Laken und der Bettdecke sowie deren Verwahrung zwischen Unterbett und Matratze umfaßte. Danach wurde noch eine Wolldecke über das Bett gebreitet und die aufgeschüttelten und abgezogenen Kissen übereinandergelegt. Der Generalvikar hielt an manchen Tagen Mittagsschlaf, und Doña Paula ließ ihm aus Sparsamkeit das Bett auf diese Weise herrichten. Es richtig aufzubetten hätte eine Verschwendung an Wäsche bedeutet.

Don Fermín setzte sich wieder in seinen Armsessel. Von dort aus sah er zerstreut das rasche Wippen von Teresinas schwarzem Rock, die die Beine gegen das Bett stemmte, um beim Hantieren mit den schweren Unterbetten mehr Kraft zu haben. Sie schlug kräftig auf die Wolle ein, und der Rock schwang bei jedem Schlag mit jähem Ruck auf und nieder, wobei er den unteren Rand des bestickten und sauberen Unterrocks und ein Stückchen der Wade freigab. Der Generalvikar verfolgte ihr Tun mit den Augen, aber seine Gedanken waren weit weg. Bei einer ihrer Bewegungen ließ Teresina, fast bäuchlings auf dem Bett liegend, mehr als die halbe Wade und viel weißes Leinen sehen. De Pas nahm all dieses Weiß auf der Netzhaut wahr, als habe er einen Blitz gesehen, und er erhob sich diskret und nahm seine Wanderung wieder auf. Keuchend, einen Arm in der Falte des zusammengelegten Unterbetts verborgen, drehte sich die Zofe plötzlich um. Sie lag beinahe auf dem Rücken im Bett. Sie lächelte, und ihre Wangen zeigten eine leichte rosa Färbung.

»Stört Sie der Lärm, Señorito?«

Der Generalvikar blickte die schöne Fromme an, die in diesem Augenblick jede Heuchelei abgelegt hatte. Eine Hand an den Türrahmen zum Alkoven gestützt, sagte der Herr, ebenso lächelnd wie die Dienerin:

»Ehrlich gesagt, Teresina ... die heutige Arbeit ist sehr wichtig. Wenn dir's gleich ist, komm nachher wieder und mach das Zimmer fertig, wenn ich nicht mehr da bin.«

»Es ist gut, Señorito, es ist gut«, erwiderte das Dienstmädchen ernst.

Sie machte in großer Eile das Bett fertig, wobei sie die Laken fast bis zur Zimmerdecke schwang, und verließ die Räume des Señorito.

Der ging drei oder vier Minuten zwischen den auf dem Boden herumliegenden Büchern hin und her, auf den Pfaden, die diese Rabatten aus Theologie und Kirchenrecht frei ließen. Nachdem er drei Zigaretten geraucht hatte, setzte er sich wieder und schrieb pausenlos bis zehn. Als die Sonne auf die Spitze seiner Feder fiel, hob er, befriedigt über das Vollbrachte, den Kopf.

Er blickte zum Himmel. Der war heiter und wolkenlos. In Vetusta ist schönes Wetter seiner Seltenheit wegen doppelt wertvoll. Der Generalvikar rieb sich still die Hände. Er war zufrieden .Während er fast mechanisch *calamo currente* eine Verteidigung der Unfehlbarkeit für eine gewisse katholische Zeitschrift, die nur überzeugte Katholiken lasen, geschrieben hatte, war unmerklich sein Angriffsplan herangereift.

Er dachte dasselbe wie die Präsidentin: Daß er einen Fund gemacht, daß er eine Schwesterseele haben werde.

Er, der gegnerische wie eigene Autoren las, entsann sich einer poetischen Erzählung des gottlosen Renan, in der ein Mönch irgendwo da oben aus Norwegen oder Schweden und ein frommes junges Mädchen vorkamen, eine Deutsche, wenn ihn sein Gedächtnis nicht trog. Auf jeden Fall waren es zwei Seelen, die sich über große Entfernungen hinweg in Jesu liebten. Es gab in diesen Beziehungen keine falsche, pseudoreligiöse Empfindelei. Es war reine Zuneigung, die nichts mit der Liebschaft eines Luther oder der eines Abälard gemein hatte. Es war die ernste, edle, unbefleckte Wahrheit der mystischen Liebe, eine anaphroditische Liebe, unfähig, sich mit dem Morast des Fleisches zu beschmutzen, nicht einmal im Traum. Weshalb fiel ihm jetzt diese fromme, romanhafte Legende ein? Was hatte er mit einem romantischen, fanatischen, mystischen und verliebten Klosterbruder aus dem Mittelalter gemein, einem Schweden noch dazu. Er war der Generalvikar von Vetusta, ein Priester des 19. Jahrhunderts, ein *Carca,* ein Dunkelmann, eine Drohne im Bienenstock der Gesellschaft, wie Foja, der Wucherer, sagte.

Trotzdem lächelte de Pas bitter, als er sich beim Waschen und Kämmen im Spiegel betrachtete, doch wurde diese Bitterkeit von einem Rest Optimismus gedämpft, der von seinen vorhergegangenen Überlegungen herrührte.

Er war nackt vom Gürtel aufwärts. Der stämmige Hals wirkte jetzt durch die Spannung, zu der ihn die unbequeme Haltung beim Hinabbeugen über den Waschtisch aus weißem Marmor nötigte, noch kräftiger. Die gleich der gewölbten, mächtigen

Brust mit krausen schwarzen Haaren bedeckten Arme schienen einem Athleten zu gehören. Voll Bedauern betrachtete der Generalvikar seine stählernen Muskeln mit ihrer nutzlosen Kraft. Weiß und fein war die Gesichtshaut, die von jeglicher Gemütserregung mit einem zarten Rosa getönt wurde. Auf Anraten Don Robustianos, des Arztes, machte de Pas Übungen mit vielen Pfund schweren Gewichten. Er war ein Herkules. Während der Revolution hatte ihm eines Tages kurz vor Einbruch der Nacht in der Umgebung der Stadt ein Patriot sein »Wer da?« zugerufen. De Pas zerbrach die Feuersteinflinte auf dem Rücken des kriegslüsternen Postens, der seine Absicht kundtat, ihn mit Bajonettstichen zu durchlöchern, weil er sich nicht auf Gnade oder Ungnade ergeben wollte. Niemand erfuhr von dieser Waffentat, nicht einmal Don Santos Barinaga, der ständig hinter den Verleumdungen und Wahrheiten herjagte, die über das »Rote Kreuz« umliefen, wie er den Generalvikar und seine Mutter zusammenfassend nannte. Was den Landwehrmann betraf, der hatte den Mund gehalten, doch Klerus und Feuersteingewehren ewigen Haß geschworen. Er war einer von denen, die, wenn über den Generalvikar hergezogen wurde, hinzufügten:

»Wenn ich reden wollte!«

Während sich Don Fermín mit nacktem Oberkörper wusch, entsann er sich seiner Großtaten beim Kegelspiel daheim auf dem Dorf, wenn er die Seminarferien ausnutzte, um als Halbwilder durch Felsgestrüpp über Stock und Stein zu springen. Der kräftige, behaarte Bursche, der da im Spiegel vor ihm stand, erschien ihm als ein anderes Ich, das verloren gegangen, das nackt und bepelzt wie der König von Babylonien, aber frei und glücklich in den Bergen zurückgeblieben war. Der Anblick erschreckte ihn, führte ihn weit ab von seinen jetzigen Gedanken, und er beeilte sich, in die Kleider zu kommen. Sowie er sich den Kragen zuknöpfte, wurde der Generalvikar wieder zum Ebenbild christlicher Sanftmut, stark, doch vergeistigt und demütig. Er war immer noch wohlgebaut, aber nicht mehr furchteinflößend. Er ähnelte ein wenig seinem geliebten Kathedralenturm, der ebenfalls stämmig, ebenfalls wohlproportioniert, schlank und stattlich war: vergeistigt, doch aus Stein.

Er fühlte sich zufrieden im Bewußtsein seines starken Körpers unter dem geschlechtslosen Priesterrock und der wallenden, eleganten Soutane.

Er war im Begriff wegzugehen.

Teresina erschien in der Tür, ernst, gesenkten Blickes, mit einem Ausdruck wie die Heiligen auf den Farbdrucken.

»Was gibt's?«

»Ein junges Mädchen fragt, ob sie den Señorito sprechen könne.«

»Mich?« Don Fermín zuckte die Schultern. »Wer ist es?«

»Petra, die Zofe der Frau Präsidentin.«

Bei diesen Worten blickte Teresina ihrem Herrn furchtlos in die Augen.

»Hat sie nicht gesagt, was sie will?«

»Sie hat nichts weiter gesagt.«

»Dann laß sie herein!«

Petra erschien allein im Arbeitszimmer, im schwarzen Kleid, das safrangelbe Haar ohne Locken und Wellen in die Stirn gekämmt, mit niedergeschlagenen Augen und einem süßen, unbefangenen Lächeln auf den Lippen.

Der Generalvikar erkannte sie wieder. Ein junges Mädchen, das sich in den Kopf gesetzt hatte, bei ihm zu beichten und es durch Zähigkeit und Geduld auch erreicht hatte. Später hatte er sie aber mehrere Male abweisen müssen, damit sie ihn nicht länger behelligte. Sie gehörte zu den Törinnen, die all den Unsinn glauben, wie ihn die Verleumdung verbreitet, um die Geistlichen in Verruf zu bringen. Sie beichtete Schlafkammergeschichten, entblößte sich vor dem Beichtstuhlgitter unter Tränen falscher Reue. Als der Generalvikar aber erfuhr, daß sie von Doña Ana kam, regte sich in ihm sanfte Nachsicht, und er verzieh diesem verirrten Geschöpf mit einemmal die eitlen, verdorbenen Andeutungen von früher. Auch tat er, als erkenne er sie nicht wieder.

Teresina belauerte sie aus dem Dunkel des anstoßenden Ganges. Der Generalvikar dachte es sich und sprach daher wie vor Zeugen.

»Sie sind bei der Señora de Quintanar im Dienst?«

»Ja, Señor, ihre Zofe.«

»Kommen Sie in ihrem Auftrag?«

»Ja, Señor. Ich habe einen Brief für Hochwürden.«

Dieses »Hochwürden« nötigte dem Generalvikar ein Lächeln ab.

»Und weiter ist es nichts?«

»Nein, Señor.«

»Dann ...«

»Die gnädige Frau hat gesagt, daß ich diesen Brief Hochwürden persönlich übergeben soll, daß er dringlich sei und die Diener ihn vielleicht verlieren oder Hochwürden nicht gleich aushändigen könnten.«

Teresina bewegte sich im Gang. Der Generalvikar hörte es und sagte:

»In meinem Haus gehen keine Briefe verloren. Wenn Sie wieder einmal mit einer schriftlichen Bestellung kommen, können Sie sie bedenkenlos draußen abgeben.«

Petra lächelte auf eine Art, die sie für diskret hielt, und wikkelte einen Schürzenzipfel um den Finger.

»Verzeihen Sie, Hochwürden«, sagte sie mit zitternder Stimme und wurde rot.

»Kein Grund, meine Tochter. Ich erkenne Ihren Eifer dankbar an.«

Don Fermín dachte die ganze Zeit daran, daß dieses Mädchen ihm vielleicht einmal nützlich sein könnte, wenn er auch noch nicht wußte, wofür. Er spürte das Verlangen, sie auf seine Seite zu ziehen, ohne zu wissen, weshalb ihm daran gelegen sein konnte. Auch schoß ihm der Gedanke durch den Kopf, der Präsidentin zu sagen, daß das Benehmen dieses Mädchens nicht eben erbaulich sei. Aber für all das war es noch zu früh. Für den Augenblick begnügte er sich, sie mit einem herablassenden, höflichen, doch kalten Gruß zu verabschieden. Als Petra gerade die Schwelle überschreiten wollte, wurde die Tür von einer Frau ausgefüllt, die ebenso groß wie der Generalvikar war, aber noch breitschultriger als er wirkte. Ihre Gestalt war wie mit der Axt gehauen, die Kleider hingen an ihr wie an einem Garderobenständer. Es war Doña Paula, die Mutter des Generalvikars. Sie war sechzig Jahre, sah aber wie wenig über fünfzig aus. Unter einem am Kinn gebundenen schwarzen Seidentuch, das den Kopf bedeckte, kamen dicke Zöpfe von einem schmutzigen, glänzenden Grau zum Vorschein. Die Stirn war schmal, knochig und blaß wie das ganze Gesicht. Die Augen von einem sehr hellen Blau zeigten keinerlei Ausdruck, es ging nur so etwas wie ein kaltes Strahlen von ihnen aus. Es waren stumme Augen. Durch sie würde niemand etwas von dieser Frau erfahren. Nase, Mund und Kinn ähnelten sehr denen des Generalvikars. Ein schwarzes Schultertuch aus Merinowolle, straff über den eckigen Rücken gespannt, fiel ohne Anmut über ihr ebenfalls schwarzes Etaminkleid mit weißen Borten. In Gesicht und Gewand glich Doña Paula einer ins Totenkleid gehüllten Leiche.

Petra grüßte, leicht verwirrt. Doña Paula maß sie unverhohlen mit den Augen.

»Was wollten Sie?« fragte sie, als richtete sie ihre Frage an die Wand.

Petra faßte sich und entgegnete beinahe hoheitsvoll:

»Es war eine Bestellung für den Herrn Generalvikar.«

Damit verließ sie das Arbeitszimmer.

An der Tür zur Treppe empfing sie Teresina mit einem freundlichen Lächeln, und sie verabschiedeten sich mit einem Kuß auf die Wange, wie es die Señoritas von Vetusta taten. Sie waren Freundinnen, gehörten beide zur Aristokratie der Dienerschaft. Sie respektierten einander, ungeachtet, daß sie sich gegenseitig beneideten. Petra neidete Teresina die Figur, die Augen und die Stellung im Hause des Generalvikars. Teresina beneidete Petra um ihre Unbefangenheit, ihre Anmut, ihre Kenntnisse der feinen Umgangsformen und des städtischen Lebens.

»Was wollte diese Dame von dir?« fragte Doña Paula, sowie sie mit ihrem Sohn allein war.

»Ich weiß nicht. Ich habe den Brief noch nicht aufgemacht.«

»Ein Brief?«

»Ja, der hier.«

Don Fermín hätte seine Mutter hundert Meilen weit weg gewünscht. Er konnte seine Ungeduld trotz aller Selbstbeherrschung, die eine seiner stärksten Seiten war, nicht verhehlen. Er brannte darauf, den Brief zu lesen, und fürchtete, vor seiner Mutter zu erröten. Erröten? Ja, völlig grundlos, ohne zu wissen, weshalb. Aber er war sicher, daß er rot wie eine Kirsche werden würde, wenn er den Umschlag vor ihr öffnete.

Doña Paula setzte sich auf den Rand eines Stuhls, stemmte die Ellenbogen auf den Tisch, einen sogenannten Diplomatenschreibtisch, und machte sich an das schwierige Werk, sich eine fingerdicke Zigarette zu drehen. Doña Paula rauchte. Aber seit sie »zur Kathedrale gehörten«, rauchte sie heimlich, nur vor der Familie und ein paar vertrauten Freunden.

Der Generalvikar durchmaß zweimal das Arbeitszimmer, nahm wie nebenbei den Brief der Präsidentin und steckte ihn in eine Innentasche unter der Soutane.

»Auf Wiedersehn, Mutter! Ich will Señor de Carraspique guten Tag sagen gehn.«

»So zeitig?«

»Ja. Nachher füllt es sich bei ihm mit Besuchern, und ich muß ihn allein sprechen.«

»Liest du ihn nicht?«

»Was soll ich lesen?«

»Den Brief.«

»Nachher, auf der Straße. So dringend wird es nicht sein.«

»Lies ihn auf alle Fälle hier! Vielleicht mußt du sofort antworten oder etwas ausrichten lassen. Verstehst du nicht?«

De Pas machte eine Gebärde der Gleichgültigkeit und las den Brief. Er las ihn laut. Etwas anderes hätte Argwohn erregt. Seine Mutter war nicht gewohnt, daß er Geheimnisse vor ihr hatte. Was konnte die Präsidentin schon schreiben? Nichts Besonderes.

»Mein lieber Freund!

Ich konnte heute nicht zur Kommunion kommen. Ich muß Sie vorher sprechen und noch einmal beichten. Glauben Sie nicht, daß es Bedenken wie jene sind, gegen die Sie mich gewappnet haben! Ich glaube, daß es um eine ernste Sache geht. Wenn Sie so liebenswürdig sein wollten, mich heute nachmittag einen Augenblick anzuhören, wäre Ihnen sehr dankbar Ihre Beichttochter und geneigte Freundin, welche verbleibt als Ihre sehr ergebene

Ana de Ozores de Quintanar.«

»Mein Gott, was für ein Brief!« rief Doña Paula, die Augen auf ihren Sohn geheftet.

»Was ist denn da dran?« fragte der Generalvikar und kehrte ihr den Rücken zu.

»Findest du diese Art, seinem Beichtvater zu schreiben, richtig? So benimmt sich Doña Obdulia. Sagtest du nicht, die Präsidentin sei so klug? Nun, das ist der Brief einer dummen Person oder einer Verrückten.«

»Sie ist weder dumm noch verrückt, Mutter. Sie versteht bloß von diesen Dingen noch nichts ... Sie schreibt mir wie einem beliebigen anderen Freund.«

»Na, na, das ist eine Heidin, die sich bekehren will.«

Der Generalvikar schwieg. Mit seiner Mutter stritt er nicht.

»Du hast gestern nachmittag Señor Ronzal nicht besucht.«

»Es war zu spät geworden.«

»Ich weiß schon. Zweieinhalb Stunden warst du im Beichtstuhl. Da wurde es Señor Ronzal müde zu warten, und er wußte nicht, was er Señor Pablo für eine Antwort bringen soll, und der ist mit der Überzeugung aufs Dorf zurückgekehrt, daß du und Ronzal und ich, daß wir allesamt wortbrüchige Windbeutel sind, daß wir sie ausnutzen, wenn wir sie brauchen, und sie in der Tinte sitzen lassen, wenn sie uns brauchen.«

»Aber Mutter, es ist doch noch Zeit. Der Junge ist in der Kaserne. Man hat sie noch nicht fortgebracht. Vor Samstag brechen sie nicht nach Valladolid auf. Es ist noch Zeit.«

»Ja, es ist noch Zeit, damit er im Loch verfault. Und was wird Ronzal sagen? Wenn du, der du an der Sache am meisten interessiert bist, einfach nicht daran denkst, was wird er dann tun?«

»Aber Señora, die Pflicht geht vor.«

»Die Pflicht, die Pflicht! Deine Pflicht ist es, Wort zu halten, Fermo. Und was ist dieser Vogelscheuche von Don Cayetano eingefallen, dir jetzt diese Erbschaft aufzuhalsen?«

»Welche Erbschaft?«

De Pas drehte den Schaufelhut mit der losen Krempe in der einen Hand und lehnte sich an den Türrahmen, womit er zu verstehen gab, daß er es eilig hatte.

»Welche Erbschaft?« wiederholte er.

»Diese Señora. Die mit dem Brief, die anscheinend glaubt, mein Sohn habe nichts weiter zu tun als sie zu empfangen.«

»Mutter, jetzt sind Sie ungerecht.«

»Ich weiß genau, was ich sage, Fermo. Du bist . . . zu gut. Du vergißt alles um dich herum und siehst und hörst nichts. Der Archidiakon und Don Custodio«, fuhr sie fort, »haben gestern bei der Abendgesellschaft von Doña Visitación, diesem Drachen, die Beichte zum Stadtgespräch gemacht. Jawohl, Señor, die Beichte dieser Dame und die Frage, ob sie zwei Stunden gedauert hat oder nicht, ist Stadtgespräch.«

Der Generalvikar schlug ein Kreuz und sagte:

»Sie klatschen schon? Diese Nichtswürdigen!«

»Jawohl, sie tun's! Deshalb rede ich: Diesen Dingen muß man beizeiten begegnen. Erinnerst du dich an die Frau des Brigadegenerals? Weißt du noch, was mir diese gemeine Verleumdung damals zu schaffen machte, weil du edelmütig und allzu vertrauensselig warst? Fermo, ich habe es dir tausendmal gesagt: Tugend allein genügt nicht, man muß sie auch nach außen zeigen.«

»Ich verachte die Verleumdung, Mutter.«

»Ich nicht, mein Junge.«

»Sehen Sie nicht, daß ich sie trotz ihrer Unflätigkeiten alle unter mich trete?«

»Ja, bis jetzt. Aber wer garantiert dir, daß es so bleibt? Der Krug geht solange zum Brunnen ... Don Fortunato ist ein gutmütiger Trottel, zugegeben. Er ist kein Bischof, sondern ein Waschlappen, aber ...«

»Ich habe ihn in der Hand.«

»Ich weiß, und ich auch. Aber dir ist bekannt, daß er nicht rechts und nicht links sieht, wenn er sich was in den Kopf gesetzt hat. Und wenn der hochwürdigste Hampelmann zum zweiten Mal auf die fixe Idee verfällt, daß deine Verleumder die Wahrheit sprechen, bist du geliefert.«

»Don Fortunato rührt keinen Finger ohne meinen Befehl.«

»Verlaß dich nicht drauf! Es ist nur, weil er dich für ohne Fehl hält. Aber an dem Tag, da man ihn dahin bringt, deine Affären zu glauben ...«

»Wie kann er glauben, was nicht ist, Mutter?«

»Na, schön, du verstehst mich schon: An sie zu glauben, als gäbe es sie wirklich – an diesem Tag sind wir verloren. Dann wird der gutmütige Trottel, der Hampelmann, der Waschlappen, zum Tiger und wirft dich aus deiner Pfründe direkt ins Gefängnis der Krone.«

»Mutter! Sie sind erregt. Sie sehen Gespenster.«

»Schön, schön! Ich weiß schon, was ich sage.«

Doña Paula stand auf und warf den Zigarettenstummel weg. Sie sprach weiter:

»Ich will nichts mehr von Briefchen und Unterredungen in der Kathedrale hören. Die Frau Präsidentin soll zur Predigt gehen, wenn sie gute Ratschläge braucht. Dort sprichst du zu allen Christen. Sie soll sich deine Predigten anhören und mich in Ruhe lassen.«

»Also hat Gloucester ...?«

»Ja, und Don Custodio.«

»Und wer hat es Ihnen gesagt?«

»Stupsnase.«

»Campillo?«

»Ja.«

»Aber was haben sie denn gesehen? Was können denn diese Elenden sagen? Wie kann man über diese Dinge in einer Damengesellschaft reden? Wie versteht dieses Volk die Ehrfurcht vor den heiligen Dingen?«

»Larifari! Nein, purer Neid. Ehrfurcht? Schön wär's. Der Archidiakon möchte gern der Quintanar die Beichte abnehmen, das ist natürlich, er spielt sich gern auf und ist ein Freund von Klatschgeschichten ... Gott verzeih's mir, aber ich glaube, er hat es gern, wenn man über ihn redet und darüber spricht, ob er den frommen Damen den Kopf verdreht oder nicht. Er ist ein Wichtigtuer und ein ... Bösewicht.«

»Mutter, Sie übertreiben! Wie kann ein Priester ...«

»Fermo, du bist ein Dummkopf. Die Welt ist verworfen. Deshalb denken alle schlecht, und deshalb muß man hundert Augen offenhalten. Man muß nach außen hin mehr Tugendhaftigkeit zeigen, als man hat, und wenn man ein Engel wäre. Weißt du, daß man uns tausend Lumpereien nachsagt? Gloucester, Don Custodio, Foja, Don Santos und kein Geringerer als Don Alvaro Mesía mit all seiner Diplomatie tun den lieben langen Tag nichts anderes als deinen Ruf zu untergraben: Daß wir im Bischofspalais schalten und walten« – Doña Paula begann an den Fingern aufzuzählen –, »daß wir die Diözese kahlgefressen, daß wir ohne ein Hemd auf dem Leibe das Generalvikariat angetreten haben und jetzt die größten Aktionäre der Bank sind, daß du überall Einnahmen beziehst, daß unsere Günstlinge wie die Schwämme umhergehen und aufsaugen, was nicht niet- und nagelfest ist, um es bei uns abzuladen, daß der Bischof eine Marionette in unseren Händen ist, daß wir mit Wachs und Altären handeln, daß du die Altäre in allen Gemeinden des Bistums hast auswechseln lassen, damit sie bei dir die neuen kaufen, daß Don Santos durch unsere Schuld und nicht durch den Schnaps ruiniert wird, daß du denen, die um einen Dispens einkommen, das Fell über die Ohren ziehst, daß du Kaplaneien schluckst, daß ich den Zehnten und die Erstlingsfrüchte in der ganzen Diözese einheimse, daß ...«

»Genug, Mutter, genug, um Gottes willen!«

»Und schließlich noch deine Liebschaften, deinen Mißbrauch des geistlichen Zuspruchs. Du hast« – wieder zählte sie an den Fingern her, klopfte aber dazu noch mit dem Fuß auf den Boden, als schlüge sie den Takt – »die halbe Stadt fanatisiert, die Carraspique-Töchter sind durch deine Schuld Nonnen geworden, und eine von ihnen stirbt jetzt, ebenfalls durch deine Schuld, an der Schwindsucht, als wärst du die Feuchtigkeit und der Schmutz in diesem Schweinestall von Kloster, du bist schuld, daß die junge Pácz, die reichste Millionenerbin Vetustas, nicht heiratet, daß sie keinen Bräutigam nach ihrem Geschmack findet ... alles durch deine Schuld.«

»Mutter!«

»Was noch? Sie finden es sogar verwerflich, daß du die Töchter vom heiligen Katechesewerk in der Lehre unterweist.«

»Die Elenden!«

»Ja, Elende! Aber es werden allmählich immer mehr, und eines Tages werden sie dich stürzen.«

»Das nicht, Mutter!« rief der Generalvikar, zum erstenmal unsicher, mit hochroten Wangen, und ein stechender Glanz kam in seine Augen. »Das nicht, Mutter! Ich habe sie alle unter dem Schuh und zerquetsche sie, wenn ich Lust habe. Ich bin der Stärkste. Alle, alle ohne eine Ausnahme, sind sie Dummköpfe. Selbst zur Tücke sind sie zu dumm!«

Doña Paula lächelte, ohne daß es ihr Sohn bemerkte. So gefällst du mir, dachte sie und fuhr fort:

»Die einzige schwache Stelle, die wir ihnen bieten können, ist diese, Fermo. Du weißt es nur zu gut. Denke an das erste Mal!«

»Das war eine . . . verworfene Frau.«

»Aber sie hat dich hinters Licht geführt, stimmt's?«

»Nein, Mutter, sie hat mich nicht hinters Licht geführt. Was wissen denn Sie?«

Doña Paula musterte forschend ihren Sohn. Die Geschichte mit der Brigadiersgattin hatte sie nicht aufklären können. Sie wußte zu ihrem Leidwesen nur, daß es ein Skandal gewesen war, den man nur mit Mühe hatte vertuschen können, bevor es zu spät war. De Pas waren solche Erinnerungen zuwider. Das waren Jugendstreiche. Welche Torheit, zu fürchten, er würde sich jetzt, mit fünfunddreißig Jahren, wiederum nicht vorsehen! Damals, zur Zeit der Brigadiersgattin, hatte er keine Erfahrung, kitzelte ihn die Ruhmsucht, verführte und berauschte ihn der Weihrauch der Lobhudelei.

Wenn meine Mutter in mich hineinblicken könnte, dachte er, hegte sie nicht die Befürchtungen, mit denen sie mich jetzt belästigt.

Doña Paula ließ sich nicht davon abbringen, ihm die Gefahren der Verleumdung auszumalen. Sie wußte, daß es ihn in der Seele schmerzte, aber nach ihrem Dafürhalten war es ein notwendiger Schmerz, weil sie für ihren Sohn den Sturz Salomonis befürchtete.

Die Mutter Don Fermíns glaubte an die Allmacht der Frau. Sie selbst war ein gutes Beispiel dafür. Sie fürchtete nicht, daß die Intrigen des Kapitels viel gegen das Ansehen ihres Sohnes ausrichten konnten, dessen sie, Doña Paula, sich bediente, um das Bistum zu schröpfen. Fermín war der Ehrgeiz, die Gier zu herrschen, seine Mutter die Habsucht, die Gier zu besitzen. Doña Paula stellte sich die Diözese wie eine Fruchtweinkelter vor, so eine, wie es sie bei ihr zu Hause auf dem Dorfe gab: Ihr Sohn war die Kraft, der Preßbalken und das Gewicht, das mit seinem Druck, langsam tiefer sinkend, das Obst ausquetschte. Sie war die Spindel, die es niederdrückte. An der stählernen Schraube ihres Willens glitt der Wille ihres Sohnes, der vor ihr weich war wie Wachs, abwärts. Die Schraube griff in das Gewinde. Es war ganz natürlich. Ein mechanischer Vorgang, wie Don Fermín sagte, wenn er die Religion erklärte. Aber gegen eine Frau eine andere Frau, dachte die Spindel. Ihr Sohn war noch jung, man konnte ihn ihr verführen, wie man es schon einmal versucht und vielleicht auch erreicht hatte. Sie glaubte an den Einfluß der Frau, aber ihrer Tugend traute sie nicht. Die Präsidentin, die Präsidentin! Es hieß, sie sei eine Dame, unfähig zur Sünde. Aber wer weiß? Sie hatte einiges von dem gehört, was gemunkelt wurde. Sie war mit ein paar von den Betschwestern befreundet, die mit einem Bein in der Kirche, mit dem anderen in der Welt standen. Diese Damen hörten das Gras wachsen, auch wenn es mitunter gar nichts zu hören gab. Die hatten ihr in großen Zügen, wenn auch nicht in Orgaz' bohemienhafter Ausdrucksweise dasselbe gesagt, was dieser zwei Tage zuvor im Kasino erzählt hatte: Daß Don Alvaro in die Präsidentin verliebt war oder ihr zumindest wie so vielen anderen den Kopf verdrehen wollte. Dieser Don Alvaro war ein Feind ihres Sohnes, das wußte sie. Nicht einmal Don Fermín selbst hielt ihn für einen Feind, sosehr er auch zu mehreren Malen in ihm einen Rivalen um die Herrschaft über Vetusta geahnt hatte. Aber Doña Paula hatte einen feineren Instinkt. Wenn es um die Machtstellung ihres Sohnes ging, sah sie schärfer als jeder andere. Dieser Don Alvaro war genauso ein hübscher Bursche, ebenfalls gescheit, forsch, ein Mann von Welt. Er besaß den Nimbus des Herzensbrechers, konnte auf die Frauen vieler Persönlichkeiten Vetustas zählen und mitunter, dank der Frauen, auf die Persönlichkeiten selbst. Er war Chef einer Partei, die rechte Hand und vielleicht der Kopf der Vegallanas ... Er konnte, womöglich mit gleich starken Kräften, Fermín die Herrschaft über Vetusta streitig machen, über jenes Vetusta, das immer einen Herrn brauchte und sich über »Mangel an Charakter«

der führenden Leute beklagte, wenn es keinen hatte. Und weshalb sollte Mesía nicht schon darangegangen sein, ihm die Herrschaft streitig zu machen? Lag es nicht im Bereich der Möglichkeiten, daß die Präsidentin, diese Heilige, und Don Alvarito unter einer Decke steckten und ihrem armen Fermo eine Falle stellen wollten? Solche Heimtückereien durchschaute Doña Paula in jedem Fall mit Leichtigkeit, so fein gesponnen und raffiniert sie auch sein mochten, da sie sich selbst tagaus, tagein mit ähnlichen Ränken befaßte. Von diesen Vermutungen teilte sie ihrem Sohn nur soviel mit, wie nötig war, ihn vor der Präsidentin und ihren zweistündigen Beichten zu warnen. Mesías Namen erwähnte sie nicht. Eine Frage lag ihr auf den Lippen:

Aber wovon, zum Teufel, habt ihr zwei geschlagene Stunden gesprochen?

Doch so weit wagte sie sich nicht vor. Schließlich und endlich war ihr Sohn Priester und sie eine Christin. Danach zu fragen, erschien ihr als eine Unehrerbietigkeit, als ein Sakrileg, das Fermo außer sich gebracht hätte, und das wollte sie nicht.

»Auf Wiedersehn, Mutter«, sagte Don Fermín, als Doña Paula schwieg, weil sie nicht wagte, die frevelhafte Frage zu stellen.

Der Generalvikar war schon auf der Treppe, als er seine Mutter sagen hörte:

»Du gehst also heute wieder nicht zum Chor?«

»Er ist bestimmt schon zu Ende, Señora.«

»Schön, schön«, brummelte sie weiter. »Wir verdienen unser Geld nicht, um es für Bußzahlungen hinauszuwerfen.«

Schließlich befand sich der Generalvikar auf der Straße mit dem innigen Vergnügen eines Studenten, der der Zuchtrute eines unnachgiebigen Schulmeisters entronnen ist.

Die Sonne näherte sich gleißend dem Zenit. Über Vetusta kein einziges Wölkchen. Ein Himmel wie in Andalusien.

Ja, aber die gute Laune des Generalvikars hatte sich umwölkt. Seine Mutter hatte ihn nervös gemacht, er war zornig, er wußte nicht, auf wen.

Dies war sein Tyrann: ein verwöhnter, geliebter, inniggeliebter Tyrann, aber unausstehlich zuzeiten. Und wie sollte er die Ketten brechen? Ihr verdankte er alles. Was wäre aus ihm ohne die Beharrlichkeit dieser Frau geworden, ohne ihren eisernen Willen, der geradewegs auf ein Ziel losging und jeden Widerstand brach? Ein Schäfer in den Bergen oder ein Häuer im Bergwerk. Er taugte mehr als alle, aber seine Mutter taugte mehr als er. Doña Paulas Instinkt war allen Vernunftschlüssen überlegen. Ohne sie wäre er im Lebenskampf ein paarmal unter die Räder geraten. Vor allem: Wer sollte ihn befreien, wenn sich seine Füße in feinen Netzen verfingen, die ihm ein Feind gelegt? Seine Mutter. Sie war sein Schutz und sein Schirm. Ja, sie eher als alles andere. Ihr Despotismus war die Rettung, das Joch heilsam. Überdies sagte ihm eine innere Stimme, daß das Beste seiner Seele die Sohnesliebe und die Achtung vor seiner Mutter war. Wenn er in den Stunden der Selbstverachtung in sich etwas Reines suchte, das eine Steigerung des Weltschmerzes zur Verzweiflung verhinderte, dachte er an dies eine: daß er ein guter, fügsamer, bescheidener Sohn war ... ein Kind, das nie zum Manne heranwuchs. Er, der anderen gegenüber ein Mann war, der gefährlich werden konnte.

Jetzt aber rebellierte seine Seele. Dieser Argwohn seiner Mutter war eine Ungerechtigkeit. Ganz Vetusta glaubte an die Tugendhaftigkeit der Präsidentin, und sie war tatsächlich ein Engel.

In diesem Augenblick wurde ihm die Ursache seiner plötzlichen Verstimmung klar. Seine Mutter hatte von den Verleumdungen gesprochen, durch die man ihn zu Fall bringen wollte ... von dem übermäßigen Ehrgeiz und Stolz, der schäbigen Habgier, die man ihm andichtete, von dem verderblichen Einfluß auf das Leben vieler Familien, den man ihm nachsagte ... aber: War das alles Verleumdung? Oh, wenn die Präsidentin wüßte, wer er war, sie würde ihm ihre Herzensgeheimnisse nicht anvertrauen! Durch eine Tat des Vertrauens hatte diese Dame alle Schmähungen, mit denen ihn seine Feinde verfolgten, von sich gewiesen, sie hatte nichts davon geglaubt und sich seinem Beichtstuhl genähert, um von ihm Licht in der Dunkelheit ihres Gewissens zu erbitten, ihn um ein rettendes Seil für die Abgründe anzuflehen, die sich bei jedem Schritt im Leben vor uns auftun. Wäre er ein ehrlicher Mann gewesen, er hätte gleich zu ihr gesagt: »Schweigen Sie, Señora! Ich bin nicht würdig, daß Ihr erhabenes Geheimnis in meine arme Behausung tritt. Ich bin ein Mann, der gelernt hat, zwei Worte des Trostes zu den schwachen Sündern und zwei Worte finsterer Drohung zu den fanatisierten Armen im Geiste zu sagen. Ich bin sanft zu denen, die den Köder schlucken kommen, aber hart zu denen, die ihn geschluckt haben. Die Lockspeise ist aus Zucker, die Nahrung, die ich meinen Gefangenen gebe, aus Aloe ... Ich bin ein Ehrgeizling, und was schlimmer ist, tausendmal schlimmer: Ich bin habgierig, ich sitze auf unredlich erworbenen Reichtümern, jawohl: unredlich erworbenen. Ich bin ein Despot und kein Hirte. Ich verkaufe die Gnade Gottes. Ich bin ein Nichtswürdiger, Señora, ich bin nicht wert, Ihr Vertrauter, Ihr Beichtvater zu sein. Die Beredsamkeit von gestern war falsch, sie kam mir nicht aus dem Herzen. Ich bin nicht der *vir bonus,* ich bin so, wie mich die Welt und meine Feinde hinstellen.«

Da er über das Ziel hinausschoß, regte sich im Gewissen des Generalvikars eine Gegenwirkung, die seinem Ruf günstiger war.

Seien wir gerechter gegen uns, dachte er unwillkürlich mit dem der Selbstliebe eigenen Selbsterhaltungstrieb.

Und da fiel ihm ein, daß es seine Mutter war, die ihn zu all diesen Raffereien aufhetzte, von denen ihm jetzt die Schamröte ins Gesicht stieg.

Seine Mutter war es, die Schätze anhäufte. Ihretwegen, der er alles verdankte, war er dahin gekommen, im Schmutz dieser bedenkenlosen Raffgier zu wühlen. Seine eigene Leidenschaft, die jähe Verheerungen in ihm anrichtete, war der Ehrgeiz zu herrschen. Aber war dies im Grunde nicht edel, ja war es schließlich und endlich nicht sogar gerechtfertigt? Verdiente er es nicht, der Erste in der Diözese zu sein? Erkannte der Bischof nicht freiwillig seine geistige Überlegenheit an? Er tat genug, wenn er sich für den Augenblick begnügte, nur in Vetusta zu befehlen.

Oh, er war sicher! Wenn seine Freundschaft mit Ana Ozores eines Tages einen Punkt erreichte, wo er vor ihr ebenfalls beichten und ihr sagen konnte, wohin sein Ehrgeiz führte, würde sie, die gewiß eine große Seele hatte, ihn bestimmt von seinen begangenen Sünden freisprechen. Die seiner Mutter, die, zu denen ihn die Habsucht seiner Mutter verleitete, das waren die häßlichen, die schändlichen, die man nicht beichten konnte, für die es keine Entschuldigung gab.

Während ihn solche Gedanken peinigten und allmählich auch wieder trösteten, ging der Generalvikar über die schmalen, ausgetretenen Trottoirs der gewundenen, wenig begangenen Gassen der Oberstadt. Er ging mit geröteten Wangen, demütigen Augen, den Kopf nach seiner Gewohnheit ein wenig zur Seite geneigt, den geschmeidigen Körper straff aufgerichtet, majestätisch und rhythmisch der Schritt. Der weite Priestermantel, auf dem nicht der Schatten eines Flecks zu sehen war, schwang um seine Beine.

Er erwiderte die Grüße, indem er sich verneigte und den Hut zog, als ginge ein König vorbei, und mitunter sah er nicht einmal, wen er grüßte.

Diese Verstellung war ihm zur zweiten Natur geworden. Er besaß die Gabe, mit großer Eindringlichkeit zu reden, während er an etwas anderes dachte.

Doña Paula war wieder in das Arbeitszimmer ihres Sohnes getreten. Sie unterzog den Alkoven einer Prüfung, betrachtete das gemachte Bett, verließ den Alkoven wieder, musterte im Arbeitszimmer das blaue Ripssofa, die Sessel, die korrekten Reihen der überall auf Stühlen und Tischen aufgestapelten Bücher, sah die Ordnung auf dem Arbeitstisch, den Armstuhl, die Stühle. Sie schien mit den Augen zu schnuppern, rief dann Teresina, fragte sie etwas, grub ihren Blick in des Mädchens Gesicht wie jemand, der nach Erz schürft. Er glitt über die Falten des Gewandes, das korrekt war wie die Ordnung der Bücher, der Stühle. Sie ließ Teresina etwas sagen, um den Ton der Stimme zu prüfen wie den Klang einer Münze. Dann entließ sie das Mädchen.

»Hör mal«, hob sie abermals an. »Ach, nichts, geh!«

Sie zuckte die Schultern.

»Es ist unmöglich«, murmelte sie vor sich hin. »Man kann nichts herauskriegen.«

Und als sie das Arbeitszimmer verließ, sagte sie noch:

»Diese Männer mit ihren Launen!«

Und als sie schon die Treppe zum zweiten Stock hinaufstieg, fügte sie noch hinzu:

»Er ist wie alle, wie alle andern. Immer unterwegs!«

Don Francisco de Asís Carraspique gehörte zu den führenden Persönlichkeiten der Karlistenjunta von Vetusta und hatte zur gegebenen Zeit die meisten »pekuniären Opfer« gebracht. Er war Politiker, weil man ihn überzeugt hatte, daß die Sache der Religion nicht gedeihen könne, wenn die guten Christen nicht die Regierung übernahmen. Er wurde völlig von seiner Frau beherrscht, einer glühenden Fanatikerin, die die Liberalen haßte, weil die Cristinos seinerzeit im vorletzten Krieg ihren Vater an einen Baum geknüpft hatten, ohne ihm Zeit zum Beichten zu lassen. Carraspique war nahe an die Sechzig und zeichnete sich weder durch Mut noch durch Führereigenschaften aus. Was ihn auszeichnete, waren seine Millionen. Er war der größte Geldgeber der Provinz für die angemaßten Herrschaftsansprüche Carlos' VII. Seine – Carraspiques – aufrichtige, tiefe, blinde Religiosität war bei ihm reine Tugend, aber die Schwäche seines Charakters, seine geringen Geistesgaben und die Einflüsterungen seiner Umgebung machten seine Frömmigkeit zu einem Quell von Ärgernissen für Don Francisco de Asís selbst, für seine Familie und viele Außenstehende.

Doña Lucía, seine Gattin, beichtete beim Generalvikar. Er war in diesem ehrbaren Haus der unfehlbare Pontifex. Die Carraspique hatten vier Töchter: Allesamt hatten sie bei Don Fermín ihre erste Beichte abgelegt. Sie waren in dem Kloster erzogen worden, das Don Fermín für sie ausgewählt hatte, und die beiden ältesten hatten den Schleier genommen, eine bei den Salesianerinnen, die andere bei den Klarissinnen.

Der Palast der Carraspiques, beim Bankrott eines liberalen Adligen, der an dem Verdruß starb, für einen Pappenstiel erworben, lag, alt und morsch, dem Steinkasten der Ozores auf der Plaza Nueva gegenüber.

Der Generalvikar ließ sich von einer Dienerin um die Sechzig, dle die Armen anbellte wie ein böser Hofhund – den Geistlichen hätte sie mit größter Wonne die Füße geleckt –, in den Empfangssalon führen.

»Warten Sie einen Augenblick, Herr Generalvikar! Haben Sie die Güte, sich zu setzen. Der gnädige Herr ist nebenan und wird sofort erscheinen.« Und mit geheimnisvoller und säuerlicher Stimme fügte sie hinzu: »Der Arzt ist da, dieser gottverlassene Neffe der gnädigen Frau.«

»Ja, ich weiß, Don Robustiano. Was ist denn los, Fulgencia?«

»Ich glaube, Schwester Teresa geht es etwas schlechter. Aber es wird wohl nicht so schlimm sein, um die arme Herrschaft gleich so zu erschrecken. Nicht wahr, Herr Generalvikar, das arme gnädige Fräulein ist nicht so schwer krank?«

»Ich glaube nicht, Fulgencia. Aber was sagt denn der Arzt? Kommt er von dort?«

»Ja, er kommt von dort. Und da drin hat er herumgeschrien ... und getobt ... wie ein Verrückter. Ich begreife nicht, daß sie ihn kommen lassen. Die Verwandtschaft, nur wegen der Verwandtschaft.«

Der Salon war rechteckig, sehr geräumig, mit strengem Geschmack ausgestattet, ohne Luxus, doch mit einer gewissen Eleganz, eine Folge des ehrwürdigen Alters, der ausgesuchten Stilreinheit, der Zurückhaltung und Strenge. Das einzige neue Möbelstück war ein Erard-Flügel.

Don Robustiano trat in den Salon und Fulgencia ging, vor sich hin brabbelnd, hinaus.

Der Arzt war großgewachsen, kräftig und trug einen langen weißen Bart. Er kleidete sich mit dem großsprecherischen Aufwand gewisser Persönlichkeiten aus der Provinz, die mit ihrem äußeren Aufzug ihre gute soziale Stellung dartun wollen. Er machte eine gute Figur und wehrte sich mit noch gutem Erfolg gegen die Angriffe der Zeit. Don Robustiano war seit vielen Jahren der Arzt des Adels. Wenn er aber in der Politik als reaktionär galt und über die Fortschrittler spottete, so galt er in religiöser Hinsicht als Voltairianer oder das, was er und andere Vetustenser darunter verstanden. Er hatte Voltaire nie gelesen, bewunderte ihn aber ebensosehr, wie ihn Gloucester, der Archidiakon, verabscheute, der ihn gleichfalls nicht gelesen hatte. In puncto Literatur, die seiner eigenen Wissenschaft nicht ausgenommen, konnte Don Robustiano keinem der modernen jungen Ärzte, die in Vetusta langsam verhungerten, das Wasser reichen. Er hatte wenig gelernt, aber viel verdient. Er war ein Arzt von Welt, ein Doktor mit guten Umgangsformen. Vor Jahren waren für ihn alles »versetzte Winde« gewesen. Jetzt war alles eine »Nervensache«. Er heilte mit guten Worten. Von ihm erfuhr niemand, daß er im Sterben lag. Seine Freunde pflegte er umsonst zu behandeln. Verschlimmerte sich jedoch die Krankheit, zog er sich zurück und ließ nach einem anderen Arzt schikken. Er sei nicht dafür geschaffen, einen geliebten Menschen sterben zu sehen.

Am Bett seiner Patienten scherzte er:

»Aber Sie werden uns doch nicht sterben wollen, Herr Sowieso? So wahr Gott lebt, das wollen wir doch erst mal sehen.«

Das war eine seiner üblichen Redensarten. Aber er hatte noch viele andere auf Lager. So war er reich geworden. Er gebrauchte nicht viele Fachausdrücke, weil man seiner Ansicht nach die Laien nicht mit Griechisch und Latein erschrecken sollte. Auch war er nicht kleinlich oder rechthaberisch, aber wenn man ihm ein bißchen auf den Zahn fühlte, wenn man ihm widersprach, rief er den sakrosankten Namen der Wissenschaft an, als rufe er den Polizeikommissar herbei.

»Die Wissenschaft befiehlt dies, die Wissenschaft verordnet das.«

Und er duldete keinen Einwand.

Doch lassen wir die Wissenschaft, die nicht sein eigentliches Feld war, beiseite! Ansonsten konnte es Don Robustiano an Umgänglichkeit, Fröhlichkeit, gewinnendem Wesen, ja auch als Mann von gesundem Menschenverstand und nicht geringem Scharfsinn mit jedem anderen aufnehmen. Er redete nur ein bißchen zuviel.

Den Generalvikar konnte er nicht ausstehn, fürchtete aber seinen Einfluß in den vornehmen Häusern und behandelte ihn mit verstellter Offenheit und hinterhältiger Liebenswürdigkeit.

De Pas hielt ihn für einen ausgemachten Schafskopf, zollte ihm aber die Höflichkeit, deren er sich im Umgang stets befleißigte, ohne zwischen Dummköpfen und gescheiten Leuten zu unterscheiden.

»Oh, mein lieber Señor Don Fermín! Wie gut sich das trifft! Sie kommen wie gerufen, mein Freund. Mein Vetter ist untröstlich. Ein schöner Namenstag für ihn! Ich habe ihm die Wahrheit, die ganze Wahrheit gesagt! Und jetzt, wo kein Mittel mehr hilft, verzweifelt er natürlich. Doch was heißt, kein Mittel mehr ... ich glaube, es gibt noch eins. Aber diese überspannten Ansichten ... na, mit Ihnen kann ich ja offen reden, Sie sind ein aufgeklärter Mann ...«

»Was ist denn, Don Robustiano? Kommen Sie von den Salesianerinnen?«

»Ja, Señor, ich komme aus diesem dreckigen Loch.«

»Wie geht es Rosita?«

»Welcher Rosita? Es gibt keine Rosita mehr! Rosita war einmal. Jetzt ist sie Schwester Teresa und hat weder im Namen noch auf den Wangen mehr Rosen.«

Don Robustiano trat nahe an den Generalvikar heran. Er blickte sich nach allen Seiten um und sagte mit der Hand vor dem Mund:

»Das ist das Ende!«

Dem Generalvikar lief es kalt den Rücken hinunter.

»Glauben Sie?«

»Ja, ich glaube an eine baldige Katastrophe. Das heißt, ich stelle fest, im Namen der Wissenschaft. Ich, Somoza, kann nichts

Gutes erwarten. Ich, ein Mann der Wissenschaft, muß erklären: Erstens: Wenn die Kleine weiter in diesem Milieu bleibt, gibt es keine Rettung mehr. Aber wenn man sie dort herausholt ... wäre vielleicht noch Hoffnung. Zweitens: Es ist ein Verbrechen, ein Verbrechen gegen die Menschlichkeit, die Mittel, zu denen die Wissenschaft rät, nicht anzuwenden. Herr Generalvikar, glauben Sie, der Sie ein aufgeklärter Mann sind, die Religion bestehe darin, daß man neben einem Abwässerkanal dahinsiecht? Denn das dort ist eine Latrine, jawohl, Señor, die reinste Kloake.«

»Sie wissen doch, daß es nur ein zeitweiliger Wohnsitz ist. Die Salesianerinnen sind, wie Sie wissen, dabei, neben der Pulverfabrik ein neues Kloster zu bauen.«

»Ja, das weiß ich, aber bis das Kloster fertig ist und die Frauen dorthin umziehen können, wird unsere Rosita gestorben sein.«

»Señor Somoza, die Liebe läßt Sie die Gefahr vielleicht größer sehen, als sie ist.«

»Wieso größer, Señor de Pas? Wollen Sie mehr wissen als die Wissenschaft? Ich habe Ihnen schon gesagt, was die Wissenschaft meint und daß es zweitens ein Verbrechen gegen die Menschlichkeit ist ... Oh! Wenn ich das Pfäfflein zu fassen kriegte, das daran schuld ist! Denn da hat ein Geistlicher die Hand im Spiel, davon bin ich überzeugt. Sie werden verzeihen, aber Sie wissen ja, daß ich zwischen Klerus und Klerus unterscheide. Wenn alle wären wie Sie ... Würden Sie etwa, Señor Don Fermín, irgendeinem Vater, der vier blühende Töchter hat, dazu raten, eine nach der anderen zur Nonne zu machen, als wären sie Panurgs Hammel?«

Der Generalvikar mußte bei dem Gedanken lächeln, daß Panurgs Hammel weder Nonnen noch Mönche gewesen waren. Aber Don Robustiano redete das von den Hammeln Panurgs nach, ohne zu wissen, was das für Tiere gewesen waren, wie er so viele andere Dinge nicht wußte. Es wurde schon gesagt, daß er keine Bücher las: Ihm fehlte die Zeit.

Don Fermín dachte: Ob dieser Hohlkopf mit seinem Gefasel auf mich zielt?

»Ich vermute«, fuhr der Doktor fort, »daß mein armer Carraspique dem Willen irgendeines Fanatikers blind ergeben ist, dem Rektor des Seminars beispielsweise. Finden Sie nicht, daß es Señor Escosura sein könnte, dieser Torquemada *pour rire*, der soviel Unglück über dieses Haus gebracht hat?«

»Nein, Señor, ich glaube nicht, daß er es ist, und auch nicht, daß es in diesem Haus soviel Unglück gibt, wie Sie meinen.«

»Zwei Töchter fahren schon in die Grube!«

»Wieso Grube?«

»Oder ins Kloster, nehmen Sie's, wie Sie wollen.«

»Aber das Kloster ist nicht der Tod. Sie werden verstehen, daß ich in diesem Punkt keine andere Meinung haben kann.«

»Ja, ja, ich verstehe, und Sie werden verzeihen. Aber wenn schließlich schon Klöster bestehen, Señor, dann soll man sie wenigstens nach hygienischen Gesichtspunkten bauen. Wenn ich was zu sagen hätte, würde ich alle schließen, die nicht wissenschaftlich überprüft worden sind. Die öffentliche Gesundheitspflege schreibt vor ...«

Señor Somoza legte umständlich verschiedene Gemeinplätze über die Erneuerung der Luft, über Heizung, Luftheilverfahren und anderes halbwissenschaftliches Zeitungsgeschwätz dar. Dann wandte er sich wieder dem Unglück des Hauses zu.

»Vier Töchter und zwei schon Nonnen! Das ist absurd!«

»Nein, Señor, es ist nicht absurd, weil sie ihre Wahl nach freiem Willen treffen.«

»Nach freiem Willen! Nach freiem Willen! Daß ich nicht lache, Herr Generalvikar, daß ich nicht lache! Sie, der Sie ein so aufgeklärter Mann sind, kommen mir mit dieser vorgeblichen Willensfreiheit! Kann es Freiheit geben, wo keine Wahl ist? Kann es freie Wahl geben, wo man nur eine der Möglichkeiten kennt, der man zustimmen soll?«

Don Robustiano redete beinahe wie ein Philosoph, wenn er sich ereiferte.

»Mir macht man nichts vor«, fuhr er fort. »Ich kenne diese Komödie zu gut. Bedenken Sie, daß ich sie alle habe zur Welt kommen und aufwachsen sehen, daß ich Schritt für Schritt alle Wechselfälle ihres Daseins verfolgt habe! Sie werden gleich das System erkennen.«

Don Robustiano setzte sich und sprach weiter:

»Bevor sie fünfzehn oder sechzehn sind, sehen die Töchter meines Vetters nichts von der Welt. Mit zehn oder elf kommen sie ins Kloster. Was dort mit ihnen geschieht, weiß Gott allein. Sie können es nicht sagen, denn die Briefe, die sie schreiben, bekommen sie von den Nonnen diktiert, und die sind immer über denselben Leisten geschlagen. Da heißt es dann stets, daß sie dort »das Paradies« hätten. Mit fünfzehn kommen sie wieder nach

Hause. Ein Willen bringen sie nicht mit, diese Seeleneigenschaft, oder was es sonst sein mag, bleibt wie irgendein nutzloser Plunder im Kloster zurück. Um der öffentlichen Meinung Genüge zu tun, führt man zwischen ihrem fünfzehnten und achtzehnten oder neunzehnten Jahr die fromme Farce auf, daß man ihnen die Welt zeigt ... durch ein Schlüsselloch. Diese Art, die Welt zu sehen, hat ihre besonderen Reize, mein lieber Señor Don Fermín. Kennen Sie die Fabel von der Einladung des Storches beim Fuchs? Sehen Sie, so ist das auch. Die Mädchen sehen die Welt im Glaskasten, aber mal kosten dürfen sie nicht. Zum Ball? Gott behüte! Ins Theater? Ein Greuel! Zur Novene, zur Predigt! Und alle Jubeljahre mal ein Spaziergänglein mit der Mama über den Espolón oder den Paseo de Verano, die Äuglein fein niedergeschlagen, bloß mit niemandem sprechen und dann geschwind wieder nach Hause. Danach kommt die Generalprobe: die Reise nach Madrid. Dort werden die Raubtiere im Retiro besichtigt, die Gemäldegalerie, das Marinemuseum, das Zeughaus. Nichts da von Theatern oder Bällen, die dort ja noch gefährlicher sind als in Vetusta. Pflaster treten, viele fremde Menschen sehn, sich die Füße wundlaufen und wieder nach Hause. Die Mädchen kehren in ihre Heimat zurück und erklären aus voller Überzeugung, sie hätten sich in der Hauptstadt gelangweilt und sich in ihrem inniggeliebten Kloster mit den Müttern und ihren Gefährtinnen viel besser die Zeit vertrieben. Rückkehr nach Vetusta. Ein junges Bürschchen verliebt sich in eins der Mädchen ... Weiche von hinnen! Man setzt ihm den Stuhl vor die Tür. Im Hause werden zu jeder Stunde Kanons, Frühmetten, Vespergottesdienste hergebetet ... Danach der Rosenkranz mit seinem ganzen Rattenschwanz und einem Vaterunser für jeden Heiligen des himmlischen Hofstaats. Fasten, Vigilien, aber nichts von Gesellschaften oder Freundinnen. Die sind gefährlich. Freilich, Klavier spielen dürfen sie und nähen, soviel sie Lust haben. Wie einen Luxus gestattet man den Mädchen, nach Herzenslust über die Witze des Archidiakons, des durchtriebenen Señor Mourelo alias Gloucester, zu lachen. Läßt der schmucke verwachsene Bursche einen seiner albernen Späße vom Stapel, dann lachen die Mädchen darüber. Dem Papa bleibt vor Bewunderung ebenfalls der Mund offenstehen – armer Carraspique! –, und *tutti contenti*. Aber der Archidiakon ist nicht der Priester, der hier seine Hand im Spiele hat, o nein, der vertritt die Kehrseite, den Satan oder die Welt, aber den Mädchen erscheint – was ja nur natürlich ist – die auf Mourelos Witzigkeit beschränkte weltliche Verlockung nicht eben begehrenswert. Dagegen bietet das Kloster eitel Freude und eine gewisse Freiheit, jawohl, Señor, eine gewisse Freiheit, wenn man es mit dem erzklösterlichen Leben dessen vergleicht, was ich die Ordensregel Doña Lucías, meiner leiblichen Cousine, nenne. O Señor de Pas, die Kirche hat einen leichten Sieg! Angesichts dessen, daß sie in Vetusta nur mit niedergeschlagenen Augen von Kirche zu Kirche gehen, in Madrid von Museum zu Museum laufen, sich dabei die Füße wundscheuern und an Leute anrennen, angesichts dessen, daß ihr Zuhause eine mystische Kaserne mit den Witzen eines Pfarrers als höchstes Ergötzen ist, entschließen sich die Mädchen ‚aus freien Stücken' Nonnen zu werden, um ein bißchen ... Selbstbestimmung zu besitzen, wie diese Liberalen sagen, die uns eine Freiheit bescheren ähnlich der, die Carraspiques Töchter genießen.«

Der Generalvikar hörte sich die Rede des Arztes geduldig an und sagte, nur, um etwas zu sagen:

»Sie können doch nicht leugnen, daß die Umgangsformen in diesem Haus frei und ungezwungen sind, meilenweit von jeder Scheinheiligkeit entfernt.«

»Noch so eine Farce! Ich weiß nicht, wer zum Teufel meine Cousine diese Komödie gelehrt hat! Wer hier eintritt, hält, was man sich von der klösterlichen Strenge dieses ehrbaren, aber langweiligen Heims erzählt, für Verleumdung. Der Schein trügt! Diese grundlose Fröhlichkeit, diese Pfaffenscherzchen und, Sie verzeihen, diese formelle, rein äußerliche Duldsamkeit sind Verstellung, um dem Uneingeweihten Sand in die Augen zu streuen.«

Der Generalvikar sah den Arzt neugierig und ein wenig erstaunt an. Wie konnte dieser Mann mit seinen bescheidenen Geistesgaben so über diesen Gegenstand reden? Wußte Somoza, daß er, der Generalvikar, und niemand sonst der »Priester im Hintergrund«, das geistliche Oberhaupt dieses Hauses war? Wenn er es wußte, wie konnte er dann so zu ihm sprechen? Kannten auch die Dummen die Kunst der Verstellung?

Carraspique betrat den Salon. Seine Augen waren feucht von frischen Tränen. Er umarmte den Generalvikar und flehte ihn an, zu den Salesianerinnen zu gehen, um nachzusehen, wie sich seine Tochter befinde. Er besäße nicht das Herz, selbst hinzugehen. Don Fermín versprach, es noch am gleichen Tag zu tun.

Somoza begann erneut, den Mangel an hygienischen Einrichtungen im Kloster zu beschreiben.

»Aber was verlangst du denn, daß ich tun soll, lieber Vetter?«

»Nichts, ich verlange gar nichts, denn ich weiß, wie ihr seid. Aber was ich sage, ist folgendes: Das Mädchen ist sehr krank, und nicht durch ihre Schuld. Ihre Natur war kräftig, in ihrer Konstitution gab es keine Schwäche. Aber nie trifft sie ein Sonnenstrahl, und die Feuchtigkeit frißt sie auf. Sie braucht Wärme und hat keine, Licht, und das fehlt ihr dort, frische Luft, und sie atmet dort Pestilenzgestank, sie braucht Bewegung, und dort rührt sie sich nicht vom Fleck, Zerstreuungen, und die hat sie dort nicht, gutes Essen, und dort ißt sie wenig und schlecht ... Aber das hat ja alles nichts zu sagen. Gott ist ja offensichtlich zufrieden. Was ist denn die Vollkommenheit? Ein Leben zwischen zwei Kloakengräben? Ist die Welt verloren? Nun gut, dann lassen wir uns doch häuslich in einem – Wasserklosett nieder!«

Und da dieses Wort, wiewohl es ihm gebildet schien, nicht das ausdrückte, was er meinte, sondern das Gegenteil, fügte er hinzu:

»Das heißt, in einem Wasserklosett, das die Antithese« – so sagte er wörtlich – »von einem Wasserklosett ist.«

»Kurzum, meine Herren«, fuhr er fort, »Sie verteidigen das Widersinnige, und so weit reicht meine Geduld nicht. Zusammenfassend: Die Wissenschaft verheißt Rositas Genesung durch Landluft irgendwo am Meer, durch ein fröhliches Leben, gute Ernährung – Fleisch und Milch vor allem. Ohne das lehne ich jede Verantwortung ab.«

Er griff nach dem Hut und dem Stock mit dem Goldknauf. Mit einem Kopfnicken zum Generalvikar hin verließ er den Salon und brummte:

»Simeon, der Säulenheilige, stand wenigstens auf einer Säule, aber keiner Säule von dieser Art ... Es war keine Jauchegrube.«

Doña Lucía erschien und tat die Worte ihres Vetters, die sie von weitem gehört hatte, mit einer mißfälligen Handbewegung ab.

»Er ist ein Narr, man darf nichts auf ihn geben.«

»Aber er ist uns sehr zugetan«, warf Carraspique ein.

»Aber er ist ein Narr, gelinde gesagt.«

Der Generalvikar äußerte mit höflichen Worten dasselbe.

Man dürfe nicht auf Somoza hören, er sei ein Sektierer. Gewiß, das provisorische Kloster der Salesianerinnen sei keine gute Wohnstatt, es liege in einem Unterviertel, an der tiefsten Stelle einer Bodensenke, ohne Sonne. Dort mündeten die schlecht konstruierten Abwässerkanäle eines großen Teils der Oberstadt ein, und in einigen Zellen dringe die Feuchtigkeit tatsächlich durch die Mauern und sie hätten Risse. Man könne nicht leugnen, daß der Geruch mitunter unerträglich sei. Solche Miasmen könnten der Gesundheit nicht zuträglich sein. Aber all das werde nicht lange dauern, und Rosita sei nicht so krank, wie der Arzt behaupte. Der Arzt der Nonnen versichere das Gegenteil. Sie dort herauszuholen, von ihren geliebten Gefährtinnen zu trennen, aus ihrem gewohnten Leben zu reißen hieße, sie zu töten.

Danach betrachtete Don Fermín die Frage vom religiösen Gesichtspunkt. Es gebe noch etwas mehr als den Körper. Diese rein menschlichen, weltlichen Gründe, die man Somoza und anderen wie ihm entgegenhalten könne, seien das Wenigste. Die Hauptsache sei, zu bedenken, ob es einen Skandal gäbe, wenn man überstürzt handle und Maßnahmen ergreife, die die öffentliche Meinung alarmieren mußten. Durch ihre Schuld, durch eine übermäßige Liebe, eine übertriebene Besorgnis könnten sie dem bösen Gerede Vorschub leisten. Worauf warteten die Feinde der Kirche denn, wenn nicht gerade darauf? Man würde sagen, das Salesianerinnenkloster sei ein Todeshaus und daß die Religion die Jugend in der Blüte ihres Lebens in diese Latrine bringe, damit sie dort verfaule ... Man würde soviel reden! Nein, es sei unmöglich, schon eine radikale Maßnahme zu ergreifen. Man müsse abwarten. Überdies werde er selbst nach Schwester Teresa sehen gehn.

»Ja, Don Fermín, bei Gottes Barmherzigkeit!« rief Doña Lucía und faltete die Hände. »Ich bin sicher, das liebe Kind wird seine Gesundheit zurückerlangen, wenn Sie ihm den Trost Ihres Wortes bringen.«

Sie wagte es nicht, Rosita ihre Tochter zu nennen. Gott gehörte sie nach ihrer Meinung, Gott allein.

Dann sprach man von etwas anderem. Obwohl man die Angelegenheit nie direkt erörtert hatte, war man stillschweigend übereingekommen, daß die beiden jüngsten Töchter keine Nonnen werden sollten, falls sie keine jeden vernünftigen und gemäßigten Widerstand überwindende Berufung in sich fühlten. Zu diesem stillschweigenden Abkommen zwang sie ihr Gewissen oder die Angst vor der öffentlichen Meinung. Um die ältere dieser beiden Töchter hatte schon jemand geworben. Der Generalvikar kam und trieb ihn aus dem Haus. Er sei ein Gottloser.

»Ronzal ein Gottloser? Ihr Freund?« wagte Carraspique einzuwerfen.

»Ja, Don Francisco, mein Freund. Aber das Wichtigere geht vor. Ich opfere meinen Freund auf, wenn es um das Glück Ihrer Tochter geht.«

Eine der wenigen Tränen, die sie besaß, rollte über Doña Lucías Wange.

Es war eine Träne der Dankbarkeit. Der Generalvikar opferte ihnen den guten Namen und selbst den Vorteil eines Freundes, eines Verteidigers, eines Parteigängers, keines geringeren als des Abgeordneten Ronzal! Sie hatte wohl daran getan, die Schlüssel zu ihrem Herzen und ihrem Gewissen so einem Mann auszuhändigen, so einem Heiligen, besser gesagt.

Ronzal, alias Trabuco, spekulierte auf die Hand einer Carraspique, einerlei welcher, denn seine Ausgaben stiegen und seine Einnahmen sanken. Und Don Francisco de Asís war ein Millionär, der seinen Töchtern eine ausgezeichnete Erziehung angedeihen ließ. Aber der Generalvikar verfolgte ganz andere Pläne.

»Ronzal ein Gottloser?« wiederholte Carraspique erschrocken.

»Ja, ein Gottloser . . . bis zu einem gewissen Grad. Es genügt nicht, daß man die Religion im Munde führt, daß man die Kirche achtet und sogar fördert. In der Politik und im gesellschaftlichen Verkehr muß man sich in den traurigen Zeiten, in denen wir leben, damit oft zufriedengeben, aber das hier ist etwas anderes. Mit anderen verglichen, mit Mesía beispielsweise, ist Ronzal ein guter Christ, und selbst Mesía, der sich schließlich und endlich nicht von der Kirche losgesagt hat, ist im Vergleich zu dem Atheisten Don Pompeyo Guimarán religiös und ein Katholik. Aber weder Mesía noch Ronzal sind Männer des Glaubens und erst recht nicht von genügender Frömmigkeit . . . Würden Sie Don Alvaro eine Tochter geben?«

»Eher wünsche ich ihr den Tod!«

»Nun, obwohl sich Ronzal konservativ nennt und die katholische Einheit und andere Prinzipien unserer Politik verficht, ist er kein guter Christ, jedenfalls nicht in dem Maße, wie es der Gatte einer Carraspique sein müßte.«

Die Wärme, mit der er die geistlichen Interessen der Familie verteidigte, ging den Carraspiques zu Herzen.

Ronzal wurde die kalte Schulter gezeigt.

Der Generalvikar sprach auch noch von anderen Dingen. Es galt, wieder in die Tasche zu greifen. Spenden, große Spenden für Rom, Spenden für die Schwestern der Armen, die sich ein Haus kaufen wollten, Spenden für das heilige Katechesewerk, Opfer für die Novene der Empfängnis Mariä, denn man mußte viel Geld für einen Prediger, einen Jesuiten, bezahlen, der von weither käme. Gewiß, es sei viel, aber wenn die guten Katholiken, die noch etwas besaßen, keine Opfer brächten, was sollte dann aus dem Glauben werden? Wenn andere könnten!

Doña Lucía seufzte bei diesen Worten. Sie hatte verstanden. Der Generalvikar wollte sagen, daß sein Geld, wenn er reich wäre, Sankt Peter und den frommen Institutionen gehörte. Wenn man dachte, daß es Leute gab, die diesen Heiligen verleumdeten und ihm das Gold säckeweise andichteten!

Bevor Don Fermín dieses Haus verließ, wo seine Macht keine Grenzen hatte, versprach er erneut einen Besuch bei den Salesianerinnen.

Aber man dürfe sich nicht beunruhigen und auch nicht die Geduld verlieren.

»Im schlimmsten Falle« – zum Schluß, als er die Zeit für gekommen hielt, wagte er diese Äußerung –, »im schlimmsten Falle geschehe Gottes Wille. Wenn es nötig ist, zum Wohle des Glaubens eine schwere Prüfung zu bestehen, wird man sie bestehen. Der Name eines Christen verpflichtet uns dazu und zu noch viel mehr.«

Hier sagte Don Fermín nicht, daß die Tugend leicht sei.

Im Gegenteil, sie war so gut wie unmöglich. Man gewann das Heil auf Kosten vielen Leidens, und nur wenige erreichten es. Die Stimme des Generalvikars war bei solch finsteren Drohungen nicht weniger sanft, als wenn auch seine Worte süß und mild waren. (Seine Worte vom Seelenheil klangen wie die Flöte des Gottes Pan, und wenn er sagte: »Gott ist barmherzig, aber gerecht«, ahmte seine Zunge das Säuseln des Morgenwinds in den Blumen nach.)

Nie sprach er zu den Carraspiques vom Höllenfeuer. Es waren Gewissensqualen, die ihnen für den wahrscheinlichen Fall bevorstanden, daß sie das Heil trotz so vieler Prüfungen nicht gewannen.

Doña Lucía fand den Generalvikar an diesem Morgen etwas schwunglos. Er sprach nicht mit der feierlichen Salbung wie sonst. Sein frommer Pessimismus wollte ihm nicht recht von den Lippen. Die gute Dame bemerkte, daß ihr Seelsorger wie jemand sprach, der an etwas anderes denkt.

Der Generalvikar ging.

Als er sich allein in der Vorhalle sah, schlug er unbeherrscht mit der Faust auf das marmorne Geländer der prächtigen Treppe.

»Es bleibt kein Ausweg, nein, es bleibt kein Ausweg«, brummte er zwischen den Zähnen. »Ich werde doch jetzt kein neues Leben beginnen. Ich muß bleiben, wie ich bin.«

Wenn er an anderen Tagen dieses Haus verließ, hatte er das innige, prickelnde Vergnügen des befriedigten Stolzes genossen. Die Herrschaft über die Seelen, die er dort unumschränkt ausübte, bereitete seiner Eigenliebe süßes Wohlgefallen. Aber jetzt empfand er nichts von alldem. Er war verstimmt. Er hatte den Besuch abzukürzen gesucht, indem er einiges von seinem frommen Redeschwall unterdrückte.

Dieser Idiot von Don Robustiano hatte ihm die Stimmung verdorben. Das mußte es sein.

Er mußte die Maske abwerfen, seiner schlechten Laune irgendwo die Zügel schießen lassen, sich irgendwo austoben ... Er lenkte seine Schritte zum Palais.

So wurde das Bischofspalais kurzweg genannt. In den Schatten der Kathedrale getaucht, nahm es eine ganze Seite des engen, feuchten La-Corralada-Platzes ein. Das Palais war ein Anbau der Basilika, aus derselben Zeit wie der Turm, aber von viel schlechterem Geschmack, weil das vergangene und das gegenwärtige Jahrhundert an ihm herumgebessert hatten. Mit seinen Kalkpflastern und Lehmverbänden sah es wie ein Invalide der Architektur aus, und die renovierte, mit churrigueresken Verzierungen – vor allem über der Tür und dem Balkon darüber – überladenen Vorderfront gab ihm das Aussehen eines Jubelgreises.

Der Generalvikar ließ die große, kalte, kahle, nicht sehr saubere Toreinfahrt hinter sich, durchschritt einen viereckigen Hof mit rachitischen Akazien und welken Blumenbeeten, stieg eine Treppe hinauf, deren erster Abschnitt aus Stein war, die folgenden aber aus fast morschem Kastanienbohlen, und gelangte durch einen roh gemauerten Gang mit schmalen Fenstern in ein

Vorzimmer, wo die Hausgeistlichen des Bischofs Tute spielten. Das Erscheinen des Generalvikars unterbrach das Spiel. Sie standen auf, und einer von ihnen, ein schöner, blonder Mann mit sanften, fließenden Bewegungen in einem tadellosen, parfümierten Talar öffnete eine mit kirschrotem Damast bespannte Pendeltür. Mit demselben Stoff war der ganze Raum tapeziert, den man dahinter sah und den de Pas durchschritt, ohne sich aufzuhalten.

»Wo mag Don Fortunato sein?«

»Ich glaube, er hat Besuch«, antwortete der Novize. »Ein paar Damen . . .«

»Was für Damen?«

Don Anacleto zuckte mit viel Anmut die Schultern und lächelte.

Don Fermín zögerte einen Augenblick und trat einen Schritt zurück. Er setzte den Fuß aber gleich wieder vor und öffnete eine Tapetentür, durch die er verschwand.

Nachdem er durch mehrere Säle und Korridore gegangen war, gelangte er in den »Hellen Salon«, wie im Palais das Zimmer genannt wurde, das der Bischof seinen Privatbesuchern vorbehalten hatte. Es war ein viereckiges Gemach, dreißig Fuß lang und zwanzig breit, mit einer sehr hohen plateresken Felderdecke aus dunklem Nußbaum. Die leuchtend weiß gestrichenen Wände mit den schmalen, vergoldeten quadratischen Einkehlungen warfen die Ströme von Licht zurück, die durch die sperrangelweit geöffneten Balkontüren auf all diese Heiterkeit fielen. Die mit gelbem Damast bezogenen, ebenfalls weiß lackierten Möbel von einem altertümlichen, gutmütigen und sympathischen Luxus lachten freundlich mit ihren bauchigen Kurven und gedrehten Säulen. Die Sessel schienen die Armlehnen in die Seiten zu stemmen, die Beine der Wandtische drehten Pirouetten. Nirgends eine Matte oder ein Teppich, wenn man von der Brücke absah, die vor dem Sofa lag. Sie war aus Mokett und wies als Muster ein Blumenkörbchen mit roten, grünen und blauen Rosen auf. Das war der Geschmack Seiner Bischöflichen Gnaden. An der Nord- und der Südwand hing je ein Bild von Cenceño, aber mit so schreienden Farben aufgefrischt, daß einem das Herz im Leibe lachte. Die anderen Wände zierten englische Kupferstiche in Ebenholzrahmen. Da waren Judith, Esther, Dalila und Rebekka in den entscheidenden Augenblicken ihres Lebens zu sehen. Ein gekreuzigter Christus aus Elfenbein auf einer Konsole vor einem Spiegel, der seine Rückansicht wiedergab, blickte unverwandt auf seine heilige Mutter aus Marmor in doppelter Größe wie ER, die auf der Konsole gegenüber stand. Mehr Heiligenbilder waren nicht in dem Salon, und auch sonst wies nichts auf die Wohnung eines Trägers der Mitra hin.

Der hochwürdigste Señor Don Fortunato Camoirán, Bischof von Vetusta, ließ den Generalvikar die Diözese nach dessen Lust und Laune regieren, aber an seinen Salon durfte er nicht rühren. Deshalb hatten Don Fermíns Vorhaltungen Don Fortunato auch nicht davon abbringen können, die Balkons mit billigen, aber fröhlichen Käfigen zu zieren, in denen Stieglitze und Kanarienvögel herumsprangen, die, um der Wahrheit die Ehre zu geben, wie verrückt waren und ohrenbetäubend lärmten.

»Genug, daß ich meine Vögel nicht mit in die Kathedrale nehme, damit sie das Gloria singen, wenn ich das Hochamt zelebriere. Als ich in Veguellinas Pfarrer war, sangen und zwitscherten Stieglitze und Lerchen, ja selbst Spatzen im Chor, und es war eine Freude, sie zu hören.«

Fortunato war ein heiterer Heiliger, der keine Unehrerbietigkeit sah, wo man eine Schöpfung Gottes bewundern und lieben konnte.

Gloucester, der machiavellistische Archidiakon, »hielt dafür, daß der Bischof – aber das war ein Geheimnis – seinem Amte nicht gewachsen war«.

»Es genügt nicht, gut zu sein«, sagte er, »um eine Diözese zu verwalten. Weder taugen Dichter zu Ministern noch Mystiker zu Bischöfen.«

Das war die geläufigste Meinung beim Klerus des Bistums. Die Herren von der Karlistenjunta glaubten dasselbe. Nie hatten sie bei irgend etwas auf den Bischof zählen können!

Was kam bei solch übermäßiger Frömmigkeit heraus? Daß sich Seine Bischöfliche Gnaden in allem, was die Verwaltung der Diözese anging, völlig vom Generalvikar leiten ließ. Das war nach Ansicht einiger der Untergang des Klerus und der Religion, nach der Meinung anderer ein großes Glück, aber alle stimmten darin überein, daß der gute Camoirán nicht Herr seiner Entschlüsse war.

Freilich hatte er die Mitra unter der Bedingung angenommen, daß er sich, ohne auf Empfehlungen hören zu müssen, eine Person seines Vertrauens aussuchen durfte, der er die Sorge um die Kirchenverwaltung überantworten konnte. Der Generalvikar war zweifellos der fähigste Mann, den er kannte. Außerdem hatte Doña Paula, als ihr Sohn noch ein bescheidener Seminarist war, bei Camoirán – damals Domherr in Astorga – als Wirtschafterin gedient. Von da an hatte diese eisenharte Frau den armen, wachsweichen Heiligen beherrscht. Der Sohn, von der Mutter unterstützt, setzte die Tyrannei fort, und sie hatten ihn, wie sie sagten, »in der Hand«. Er war es so sehr zufrieden.

Wie hatte er es aber zum Bischof gebracht? In einer Zeit, da Ernennungen durch Intrigen, durch wechselseitige Gefälligkeiten des Palastklüngels erfolgten, hatte man, um die öffentliche Meinung zu beschwichtigen, nach einem Heiligen gesucht, dem man eine Mitra geben könne, und war auf den Domherrn Camoirán gestoßen.

Er kam nach Vetusta, teilte nach allen Seiten seinen Segen aus und empfing ihn seinerseits vom Volke. Zum großen Ärgernis seines schlichten, demütigen Herzens erzählte man sich die erstaunlichsten Dinge von seiner Tugend und schrieb ihm beinahe Wunder zu. Einmal, als er den Sprengeln im tiefsten, unzugänglichsten Teil des Gebirges seinen Besuch abstattete und im Schnee auf einem Esel am Rande wilder Abgründe entlangritt, trat ihm eine verzweifelte Mutter mit ihrem Kind auf dem Arm entgegen. Eine Schlange hatte es gebissen.

»Rette es mir! Rette es mir!« schrie die Mutter auf Knien und versperrte ihm den Weg.

»Ich kann es aber doch nicht!« schrie verzweifelt der Bischof, der für das Leben des Kindes fürchtete.

»Doch, doch, du bist ein Heiliger, du kannst es!« entgegnete die Mutter unter Zetergeschrei.

»Ausbrennen, ausbrennen! Aber ich kann es nicht . . .«

»Ein Wunder! Ein Wunder!« flehte die Mutter immer wieder.

Vier große Anliegen füllten Fortunatos Leben aus: der Marienkult, die Armen, die Kanzel und der Beichtstuhl.

Er war fünfzig Jahre. Auf seinem Haupt lag Schnee, doch das Herz brannte noch immer im Feuer der Liebe zur allerheiligsten Jungfrau. Seit dem Seminar, und seitdem war viel Wasser ins Meer geflossen, war sein Leben eine einzige dem Lobe der Muttergottes geweihte Ode gewesen. Er wußte in der Theologie gut Bescheid, aber seine Lieblingswissenschaft war die Lehre von den Mysterien um die Frau *sine labe concepta.* Aus dem Kopf hätte er alles hersagen können, was die Kirchenväter und die Mystiker der Jungfrau zu Ehren gesagt hatten, und er lobte sie in blumig orientalischem Stil mit Metaphern von der Wüste, dem Meer, den malerischen Tälern und den Zedernwäldern, in romantischer Weise – was den Erzpriester nicht wenig verdroß – und in vertraulicher Art mit Ausdrücken väterlicher, kindlicher und brüderlicher Liebe.

Er hatte fünf Bücher geschrieben, die zunächst für je eine Peseta verkauft, dann aber verschenkt wurden. Sie trugen folgende Titel: »Mariä Rosenstrauch«, »Blumen Mariä«, »Die Anbetung der Unbefleckten«, »Romancero Unserer lieben Frau«, »Die Jungfrau und das Dogma«.

Nie war ihm die Himmelskönigin erschienen, aber Tröstungen wurden ihm durch sie mit vollen Händen zuteil, und sein Geist war überflutet von Licht und Heiterkeit, die alles Unglück der Welt, am wenigsten das, das ihm selbst widerfahren war, nicht verdunkeln oder trüben konnten.

Fast das ganze Geld, das er vom Staat bekam, und viel von dem, das er geerbt hatte, ging für Almosen dahin. Aber wehe dem Schneider, wenn er ihn beim Ausbessern seiner Hosen betrügen wollte und zuviel verlangte! Wußte er, Don Fortunato, etwa nicht, was Ausbessern hieß? Hatte Seine Hochwürden nicht oft genug seine Wäsche gestopft und Knöpfe angenäht? Was den Schuster betraf, einen der bescheidensten seines Gewerbes, so gab er sich die größte Mühe, damit die Flecken und halben Sohlen, die er auf den Schuhen des Bischofs anbrachte, so unaufällig wie möglich blieben.

»Aber Señor!« schrie die Beschließerin Doña Ursula, die Nachfolgerin Doña Paulas im Amte. »Wenn Sie Wunder verlangen! Wie soll man denn die Nähte nicht sehen? Kaufen Sie sich neue Schuhe, wie es Gott befiehlt, das wäre gescheiter.«

»Und wer sagt dir, du Schwätzerin, daß uns Gott befiehlt, neue Schuhe zu kaufen, während unser Nächster barfuß geht? Wenn dieser Flickschuster sein Handwerk verstände, wären diese hier noch eine Pracht.«

Der Bischof hatte seine Gründe zu verlangen, daß man die Ausbesserungen an seinem Schuhwerk nicht sah. Der Generalvikar unterzog ihn Tag für Tag wie einen Rekruten einer Musterung, indem er ihn prüfend ansah, wenn er ihn mit seinen Gedanken woanders glaubte, und falls er in der Kleidung irgendeine Nachlässigkeit bemerkte, die eine für einen Bischof unwürdige Armut verriet, tadelte er ihn scharf.

»Das ist absurd«, sagte de Pas. »Wollen Sie den Bischof aus den

‚Elenden' spielen, den Bischof eines verbotenen Buches? Tun Sie das, um uns glühende Kohlen aufs Haupt zu sammeln, weil wir uns kleiden wie gesittete Menschen und wie es die Würde der Kirche verlangt? Glauben Sie, die Kirche könnte in den Kreisen herrschen, wo die Macht zu Hause ist, wenn wir alle wie die Scherenschleifer oder Schornsteinfeger in geflickten Hosen herumliefen?«

»Nein, das nicht, mein Sohn, das nicht«, erwiderte der Bischof beschämt und hätte sich am liebsten in die Erde verkrochen. »Es ist mir eine Wonne, euch in den neuen Sachen zu sehen. So muß es sein, ich weiß es wohl. Glaubst du, ich hätte nicht meine helle Freude, wenn ich euch so sehe, dich und Don Custodio und den Neffen des Ministers, so stramme Burschen, so schick und geschniegelt mit euren hübschen samtenen Schaufelhüten ... Ich glaube es schon, so muß es auch sein. Es ist ein Segen Gottes. Aber kennst du Rosendo? Er ist ein Erzgauner, der mir für ein Paar Halbsohlen drei Pesetas abverlangt und dann noch nicht einmal ein winziges Löchlein zunäht, das vielleicht im Oberleder entsteht. Die da sind neu, Ehrenwort, aber sie lachen. Was will man machen, wenn sie guter Dinge sind?«

Ein paar Jahre lang war Fortunato der Modeprediger Vetustas gewesen. Sein Vorgänger hatte die Kanzel selten bestiegen, und daß er nun fast Tag für Tag auf dem Katheder des heiligen Geistes stand, erweckte zunächst die Neugier, danach das Interesse und selbst das Entzücken der Gläubigen. Seine Beredsamkeit war glühend, spontan. Er improvisierte. Er war ein wirklicher Redner. Seine Stärke lag auf der Kanzel, in der Augenblickseingebung, nicht so sehr in seinen Büchern. Er sprach aus dem Stegreif. Flammen mystischer Liebe schlugen aus seinem Herzen in sein Hirn, und die Kanzel verwandelte sich in eine Räucherpfanne religiöser Poesie, deren Wohlgerüche das Gotteshaus durchzogen und in die Seelen drangen. Ohne sich dessen bewußt zu sein, beherrschte Fortunato die höchste Kunst, Schauer hervorzurufen. Ja, die Zuhörer spürten sie, wenn sie das heilige, beredte Wort der göttlichen Eingebung vernahmen. Auf seinen Lippen war die Nächstenliebe die höchste Notwendigkeit, die äußerste Schönheit, die größte Wonne. Wenn Fortunato von der Kanzel stieg und allen die Seligkeit von Ewigkeit zu Ewigkeit wünschte, durchlief die Inbrunst des Prälaten das ganze Gotteshaus wie ein magnetischer Strom. Es war, als müßten die Körper, wenn sie sich berührten, Funken elektrischer Nächstenliebe sprühen. Verzückung und Bekehrung standen in den Blicken und auf den trunken lächelnden Lippen geschrieben. In solchen Augenblicken nahmen die Vetustenser den Satz, daß sie alle Brüder seien, ernst.

Aber das war nur am Anfang so gewesen. Später begann das Publikum müde zu werden. Man sagte, der Bischof »verausgabe« sich zu sehr. Der Generalvikar verausgabte sich nicht.

»Er studiert seine Predigten besser ein«, meinten manche.

»Er ist tiefer, wenn auch nicht so glühend.«

»Und eleganter im Ausdruck.«

»Und er macht auf der Kanzel eine bessere Figur.«

»Der Generalvikar ist ein Künstler, der andere ein Apostel.«

Lange Zeit konnte sich Gloucester, der Archidiakon, nicht erklären, warum der Bischof als Prediger gefiel. Er gestehe, sagte er, daß er das nicht begreife. Er sei zu blumig. Für Gloucester ging dieses Sichverzehren in Nächstenliebe nicht über reine Rhetorik hinaus. Es klang ihm hohl.

»Und das Dogma? Der Glaubensstreit? Nie zieht der Bischof über jemanden her, als gäbe es für ihn keinen groben Materialismus, keine revolutionäre Hydra, keine satanische, freigeistige Auflehnung.«

Nach Gloucesters Ansicht hatte Camoirán bei den »Gerichtspredigten« seinen Ruf zu zerstören begonnen. An jedem Freitag während der großen Fasten bezahlte das Königliche Oberlandesgericht eine Predigt, die einer der Vetustenser Kanzelredner in der uralten Kirche Santa María hielt, und hörte ihr mit religiöser Sammlung oder frommer Verschlafenheit zu.

»Ja, also schön«, sagte Gloucester, »dort spricht man nicht nur so dahin und sagt nicht, was einem gerade in den Sinn kommt. Dort genügt es nicht, sich in göttlichem Feuer zu verzehren. Dort muß man etwas mehr bieten, falls man nicht Gefahr laufen will, die gebildeten Herren zu beleidigen. Man spricht da vor Rechtsgelehrten, vor Männern der Wissenschaft, Señor, und muß ein bißchen auf seine Kleidung achten, bevor man auf die Kanzel steigt. Der Bischof hat zu den Herren vom Oberlandesgericht nicht anders gesprochen als zu gewöhnlichen Gläubigen.«

Der damalige Gerichtspräsident – es war nicht Quintanar – hatte zu einem Obergerichtsrat im Vertrauen gesagt, die Predigt habe keine rechte »Substanz«. Der Obergerichtsrat hatte das weitererzählt, und der Staatsanwalt hatte die Behauptung gewagt, der Bischof stoße nicht zum Kern der Sache vor.

Um zum Kern der Sache vorzustoßen, war Gloucester der richtige Mann. Im selben Jahr, da Fortunato nach Ansicht der Herren vom Gericht seine Sache so schlecht gemacht hatte, vollbrachte der verwachsene Archidiakon in seiner Freitagspredigt eine Glanzleistung. Er verkündete es schon viele Tage vorher.

»Lassen Sie sich nicht täuschen, Señores! Bei mir muß man zwischen den Zeilen lesen. Ich spreche nicht für Dienstmädchen und Soldaten, ich spreche für ein Publikum, das versteht, zwischen den Zeilen zu lesen.«

Gloucesters Muse war die Ironie. An jenem denkwürdigen Freitag erschien Mourelo lächelnd wie immer auf der Kanzel – acht Tage zuvor hatte sich der Bischof um seinen guten Ruf geredet –, verneigte sich vor dem Altar, verbeugte sich vor dem Gericht und ließ sich herab, auch das fromme Publikum zu grüßen. Sein Blick durchforschte alle Winkel der Kirche, um zu sehen, ob ihm, wie man ihm angekündigt hatte, irgend so ein lächerlicher kleiner Wicht von Freidenker aus Vetusta zuhörte, einer von denen, die in Madrid studieren und angefault zurückkommen. Er sah zwei oder drei, die er kannte, und dachte: Sehr schön, jetzt werdet ihr mal sehen, was gut ist.

Der Gerichtspräsident – es war nicht Quintanar – saß mit gerunzelter Stirn und glänzendem Talar auf einem Sessel aus Samt und Gold in der Mitte des Kirchenschiffs, betrachtete den Prediger und rüstete sich, die Spreu vom Weizen zu scheiden, denn er nahm an, es werde sich von beidem etwas finden. Andere, weniger kritische Justizbeamte setzten sich zurecht, um heimlich ein Nickerchen zu machen. Sie bedienten sich dabei der im Gerichtssaal erworbenen Erfahrung.

Mourelo stieß gleich zum Kern der Sache vor. Alle Geschosse seiner Rhetorik, die er für verschlagen und geschickt hielt, feuerte er auf den gottlosen Arouet, wie er Voltaire immer nannte. Denn Mourelo lag sich noch immer mit dem armen Voltaire in den Haaren. Von den modernen Gottlosen wußte er wenig. Ein bißchen was von Renan und ein paar spanischen Abtrünnigen, aber sonst nichts. Eigennamen nannte er fast keine: Der grobe Materialismus, der ekelhafte Sensualismus, die Schweine aus dem Stalle Epikurs und andere Verallgemeinerungen dieser Art bestritten die Kosten. Aber kein Wort von Strauß oder den Exegesekämpfen in Tübingen und Göttingen. Das blieb, zu Gloucesters nicht geringem Neid, dem Generalvikar vorbehalten.

Voltaire und mitunter der »abgeirrte Genfer Philosoph« mußten herhalten. Aber der Archidiakon hatte noch ein anderes Steckenpferd: das Heidentum, den Götzendienst des Altertums. An diesem Freitag war er bei seiner Verspottung der Ägypter witzig wie selten. Den Gerichtspräsidenten kostete es Mühe, das Lachen zu verbeißen, das Gloucester hervorrufen wollte.

Diese Erzschweine, die Katzen, Zwiebeln und Porree anbeteten, bereiteten dem ehrwürdigen Redner ein inniges Vergnügen. »Wie der die alten Ägypter hochnimmt, einfach umwerfend!« Soweit ein Ausspruch von Joaquinito Orgaz, der religiös war, weil es zum guten Ton gehörte und außerdem auch ehrlich glaubte, daß die Götzendienerei ein Unsinn sei.

»Jawohl, Exzellenz, jawohl, meine katholischen Zuhörer, die Bewohner vom Ufer des Nil, diese Verblendeten, deren Gelehrsamkeit wir nach dem Willen der gottlosen Autoren bewundern sollen, beteten den Knoblauch, den Porree, die Zwiebel an!« rief er und starrte dabei Sankt Rochus' Hund an, der mit aufgerissener Schnauze auf dem Altar gegenüber stand.

Fast eine halbe Stunde lang übergoß er die Pharaonen und ihre Untertanen mit solchen Hohnreden. Wo hatten diese Leute, die solchen Unrat anbeteten, ihren Kopf!

Ronzal – Trabuco –, der diese Predigt bewunderte, zog zwei Monate später bei einer Debatte im Kasino aus Gloucesters Zitaten Nutzen und sagte:

»Señores, ich bleibe dabei, hier und wo Sie wollen: Wenn wir die Freiheit der Religionsausübung und die Zivilehe einführen, kehren wir bald zur Götzendienerei zurück und werden wie die alten Ägypter, die Isis und Busiris anbeteten – eine Katze und einen Hund, wenn ich nicht irre.«

Der Gerichtspräsident, und mit ihm das ganze Oberlandesgericht, war der Meinung, daß Señor Mourelo, der Archidiakon, ein viel höheres Niveau gehabt habe als der Herr Bischof. Dies wurde überall weitererzählt, und wer als gebildeter Mensch gelten wollte, bedauerte, daß die Predigten des Prälaten nicht mehr Tiefe hatten, daß er sich nicht vorbereitete und »zu sehr verausgabte«.

Zu guter Letzt gelangte die öffentliche Meinung – was nun allerdings Gloucester gar nicht mehr recht war – zu folgender Ansicht: Man dürfe sich nichts vormachen, der wahre Prediger Vetustas sei der Generalvikar.

Bald wurde diese Ansicht zu einem Gemeinplatz, zu einem

Schlagwort, und von da an ging es mit dem Ruf des Bischofs als Redner unaufhaltsam bergab. Wenn man in Vetusta einmal etwas aus Gewohnheit sagte, war es ein Ding der Unmöglichkeit, daß sich eine andere Ansicht dagegen durchsetzte.

So strengte sich Fortunato vergebens an, als er in einer Predigt zur Karwoche bei der Schilderung der Kreuzigung Christi ein Glanzstück lieferte.

Es war in der Pfarrkirche San Isidro, einem ernsten, großen Gotteshaus. Der Raum lag fast im Dunkeln, einem Dunkel, das von den schwarzen Tüchern auf Altären, an Säulen und Wänden zurückgeworfen und vervielfältigt zu werden schien. Nur hinten, beim Tabernakel, brannten ein paar lange, dünne Kerzen in mattem Glanz und leckten mit ihren Flammen beinahe an den Füßen der Christusfigur, von denen Blut tropfte. Der aufgemalte Schweiß warf das Licht in schwermütigen Farbtönen zurück. Der Bischof sprach, in den Schatten der Kanzel getaucht, mit einer Stimme wie ferner Donner. Man sah von ihm nur dann und wann einen violetten Widerschein und eine Hand, die sich über die Zuhörer reckte. Er schilderte das Knirschen der Knochen in der Brust des Herrn, als die Henker die Beine des Märtyrers zurechtgebogen, damit die Füße den Balken berührten, wo sie angenagelt werden sollten. Jesus krümmte sich zusammen, sein ganzer Körper bäumte sich auf, aber die Henkersknechte stemmten sich mit aller Gewalt dagegen. Sie mußten die Stärkeren bleiben. »Mein Gott! Mein Gott!« rief der Gerechte, während sein gemarterter Körper innerlich mit dumpfem Knirschen zerriß. Die Henkersknechte gerieten ob ihres eigenen Ungeschicks in Zorn: Sie bekamen die Füße nicht an das Holz. Sie schwitzten unter Keuchen und Gefluche. Ihr schmutziger Atem schlug Jesu ins Gesicht. »Und er war ein Gott! Der einzige Gott! Ihr Gott, unser Gott, aller Gott! Er war Gott!« rief Fortunato entsetzt mit verkrampften Händen und wich zurück, bis er an den kalten Stein der Säule stieß. Er zitterte vor einer Vision, als habe der Atem der Henker seine Stirn berührt, als stünde das Kreuz mit Christus hier im Schatten unter den Zuhörern mitten im Kirchenschiff. In diesem Augenblick empfand Fortunato ungeheure Trauer, grenzenloses Entsetzen über die Undankbarkeit der Menschen, die Gott, eine Wahnsinnstat, töteten. Er empfand es mit unaussprechlicher Betrübnis, als laste eine Welt von Schmerz auf seinem Herzen. Und seine Gebärde, seine Stimme, sein Wort wußten das Unsagbare, diese Pein, zu sagen. Er selbst begriff, wenn auch von fern, als handle es sich um einen anderen, daß er ganz groß war. Aber dieser Gedanke schoß wie ein Blitz vorbei, er vergaß sich selbst, und es blieb niemand mehr in der Kirche, der die Beredsamkeit des Apostels erfaßt und gefühlt hätte, es sei denn irgendein Kind mit starker, unverbildeter Phantasie, das zum erstenmal eine Schilderung der Szene am Kalvarienberge hörte.

Auf die wortgewaltigen, vor innerer Erregung mit Pathos geladenen Ausführungen antworteten von unten die üblichen Seufzer der frommen Frauen aus dem Volke und vom Lande, die die Mehrheit der Zuhörerschaft ausmachten. Es waren die unerläßlichen Seufzer der Passionstage, die gleichen, die sie bei der Predigt ihres Dorfpfarrers ausgestoßen hätten, zur Hälfte Seufzer, zur Hälfte Aufstoßen nach den Fastenspeisen.

Die Damen seufzten nicht. Sie schauten in die aufgeschlagenen Gebetbücher, und manche blätterten sogar darin. Die Kenner meinten, der Prälat habe anscheinend den Faden verloren. Das hieß denn doch, die Dinge auf die Spitze treiben. Dafür war die Kanzel nicht da. Gloucester empörte sich in seiner Ecke innerlich. Aber der ist ja ein Schauspieler, dachte er. Und er nahm sich vor, diesen Satz beim Hinausgehen zu wiederholen. Er glaubte, ein Schlagwort gefunden zu haben: Aber der ist ja ein Schauspieler!

Der Generalvikar war kein Schauspieler, weder ein komischer noch ein epischer. Er trieb die Dinge nicht gern auf die Spitze. Der Generalvikar verzichtete in seinen Predigten auf das christliche Epos und predigte selten zur Karwoche. Er verschmähte Gemeinplätze – so Don Saturnino Bermúdez. Die Wahrheit war, daß de Pas' Phantasie nicht die notwendige plastische Kraft besaß, um die Szenen des Neuen Testaments eindringlich und mit einiger Originalität auszumalen. Jedesmal, wenn er zu der Stelle kam »Und das Wort ward Fleisch«, sah er statt der Krippe des Christkindleins in seinem Kopf die roten Buchstaben des Johannesevangeliums in einem Holzrahmen mitten auf einem Altar: *Et verbum caro factum est.*

In einem bestimmten Zeitabschnitt seiner Jugend hatte ihn, wenn er an diese Dinge dachte, der Zweifel viele Male mit stechenden Gewissensbissen gequält, sobald er versuchte, sich das Leben Jesu vorzustellen, denn er hatte Angst vor solchen Bildern. Er floh sie, er wollte sich nicht den Kopf zerbrechen. Es gab genug anderes, an das er denken mußte. Im Innern war er ein Bilderstürmer. An den Bildenden Künsten fand er keinen Gefallen, und er meinte, ohne daß er es gewagt hätte, diese Ansicht zu äußern, daß Bilder, selbst wenn sie von großen Malern stammten, die Kirche entweihten. Von der Dogmatik gefiel ihm die reine Theologie, die Abstraktion, und der Dogmatik zog er die Moral vor. Die Berufung zur theologischen Philosophie und die prickelnde Freude am Glaubensstreit waren schon im Seminar erwacht. Sein Geist hatte sich dort mit der Leidenschaft für das Lehrgebäude vollgesogen, die oft den Enthusiasmus des wahren Glaubens ersetzt. Die Lebenserfahrung hatte seine Vorliebe für Moralstudien geweckt. Er las mit Vergnügen La Bruyeres »Charaktere«. Von den Büchern Balmes' bewunderte er nur das »Kriterium«, und – wer das Señor Carraspique gesagt hätte! – in den womöglich verbotenen zeitgenössischen Romanen studierte er Sitten und Temperamente, suchte er Beobachtungen und verglich die eigene Erfahrung mit der anderer.

Wie oft lächelte der Generalvikar mit einem gewissen Mitleid, wenn er bei einem gottlosen Autor die erdachten Abenteuer eines Priesters las. Was für Skrupel! Wie sie sich wanden! Wie viele Umschweife, bevor sie sündigten! Und danach diese Gewissensbisse! Diese Liberalen, fügte er im stillen hinzu, sind nicht einmal imstande, richtig böse zu sein. Ihre Pfarrer gleichen den meinen wie die Theaterkönige den wirklichen.

Don Fermíns Predigten hatten fast immer den Kampf gegen die moderne Gottlosigkeit, den aktuellen Glaubensstreit, zum Inhalt oder die Laster und Tugenden und ihre Folgen. Das letztere Thema lag ihm mehr. Um bei den »gebildeten Personen« Vetustas seinen Ruf als Gelehrter zu behaupten, legte er sich von Zeit zu Zeit mit den Ungläubigen und Ketzern an. Aber er ritt nicht auf den alten Ägyptern herum, auch nicht auf Voltaire. Die Ketzer, die der Generalvikar vierteilte, waren neueren Datums. Er griff die Protestanten an, machte sich geistvoll über ihre Zwistigkeiten lustig, suchte mit Geschick die schwachen Stellen ihrer Lehren und Kirchensatzungen. Wenn er manchmal die Konsistorien in Berlin schilderte, mußten seine Zuhörer denken: Aber diese Unglücklichen haben ja den Verstand verloren!

Es war nicht seine Absicht, die Feinde als Verbrecher hinzustellen, die bis zum Halse im Unrat des Irrtums steckten, sondern als Verbohrte. Die Eitelkeit des Predigers klang dann zusammen mit der seiner Zuhörer und wurde eins mit ihr. Sie gebar die ansteckende Begeisterung zweier gleichgestimmter Eitelkeiten. Ein Jammer, daß soundsoviele Millionen von Menschen, die in der Finsternis des Götzendienstes und der Ketzerei lebten, nicht den gesunden Menschenverstand der im Mittelschiff rings um die Kanzel versammelten Vetustenser hatten! Die Erlösung der Welt wäre Wirklichkeit!

Das ständige Bestreben des Generalvikars auf der Kanzel war, die Wahrheit des Dogmas »mathematisch« darzulegen. »Verzichten wir einmal einen Augenblick auf die Hilfe des Glaubens! Behelfen wir uns allein mit unserer Vernunft! Sie genügt, um zu beweisen ...« Er verwandte großen Eifer darauf zu erläutern, daß die Vernunft genügte. »Die Vernunft kann die Mysterien nicht erklären, das stimmt, aber sie erklärt, daß sie nicht zu erklären sind.« – »Das ist ein mechanischer Vorgang«, sagte er immer wieder und griff mit einem gewissen Behagen zum familiären Ton. In solchen Augenblicken war seine Beredsamkeit echt. Wenn er ein Argument im Kopfe wälzte, wenn er sich bemühte, mit seiner rational-theologischen Mathematik irgendeinen Glaubensartikel zu beweisen, sprach er mit Wärme und Begeisterung. Dann und nur dann geriet er ein bißchen aus der Fassung, dann verzichtete er auf die gemessenen, sanften, akademischen Gebärden, klopfte mit der flachen Hand schnell, unbeherrscht, auf die Kanzel, runzelte die Stirn, in seine Augen kam ein stechender Glanz, und seine Stimme ward zur mißtönenden, etwas heiseren Trompete. Aber halt, das hieß sich gehenlassen! *Sein* Publikum verstand das nicht ... und de Pas wurde wieder, der er war, der stechende Blick verschwand aus seinen Augen, und er schleuderte wieder Zitate auf die benommenen Vetustenser nieder, die mit brummendem Schädel aus der Kirche gingen und sagten:

»Was für ein Mann! Welches Wissen! Wann mag er das alles lernen? Seine Tage müssen achtundvierzig Stunden haben.«

Obwohl die Damen auch seine Reden bewunderten, in denen er erklärte, daß Renan in den Fußstapfen der Deutschen wandelte und es außer Pater Sechi und fünf oder sechs weiteren Jesuiten keine wirklichen Gelehrten auf der Welt gebe, mitsamt dem ganzen übrigen Gerede von Tübingen und Göttingen, dem Orientalisten Oppert und vielem anderen mehr, so hörten sie den Generalvikar doch lieber in den »Sittenpredigten«, und er zog es auch vor, den Damen zu gefallen.

Rief er bei Ausführungen über das Dogma den gesunden Menschenverstand zu Hilfe, so endeten seine Predigten über die

Moral stets beim persönlichen Nutzen. Das Seelenheil war ein Geschäft, das große Geschäft des Lebens. Er schien ein Bastiat der Kanzel. »Vorteil und Nächstenliebe sind ein und dasselbe. Gut sein heißt, *sich auf seinen Vorteil verstehen.*« Die vielen Amerikaner, die den Generalvikar hörten, schmunzelten vor Vergnügen bei diesen Erlösungsformeln.

Wer hätte das gedacht! Nachdem man in Amerika ein Vermögen erworben hatte, konnte man jetzt in der Heimat, ohne sich aus dem Haus zu rühren, mit Leichtigkeit das Himmelreich gewinnen. Sie waren doch Glückspilze!

De Pas zufolge waren die Bösewichter nur eine Art Dummköpfe wie die Ketzer. Und auch das war eine mathematische Gleichung. Mitunter zeichnete er mit Strichen, die Molières oder Balzacs würdig gewesen wären, den Typ des Geizhalses, des Trunkenboldes, des Betrügers, des Spielers, des Hochmütigen, des Neidlings, und am Ende erwies es sich immer, daß es mit ihnen nach den Wechselfällen eines erbärmlichen Lebens das schlimmste Ende nahm.

Seine vollendetste Studie war die des jungen Mannes, der sich der Ausschweifung ergab. Zuerst stellte er ihn frisch, rotwangig, heiter, anmutig wie eine Blume hin, voll Träumen von Größe, als die Hoffnung der Seinen und des Vaterlands ... danach verdorrt, kalt, übersättigt, welk, verbraucht.

Fast immer vergaß er zu sagen, was die Opfer des Lasters im Jenseits erwartete. Diese utilitaristische Moral verstanden die Damen und die Amerikaner ausgezeichnet. Das Resümee, das sie im stillen daraus zogen, lautete:

»Aufgepaßt, mein Lieber!«

Wie recht er hat, dachten die Damen, wenn sie ihn vom Ehebruch sprechen hörten. Die meisten von ihnen waren »ehrbare Frauen«, die nie die Ehe gebrochen hatten, die weiter nichts getan hatten als, wie alle andern, »ein bißchen mit dem Feuer zu spielen«. Mitunter wollte es den Verehrerinnen Don Fermíns scheinen, daß der Unbedachte von der Kanzel aus erzählte, was sie ihm im Beichtstuhl gestanden hatten.

Auch auf dem Richterstuhl des Beichtigers hatte er den Bischof ausgestochen.

Als Camoirán nach Vetusta kam, sah er sich vom schönen Geschlecht aller Klassen überlaufen. Alle wollten beim Bischof beichten. Aber im Beichtstuhl verscherzte er sich seinen Ruf noch früher als auf der Kanzel. Er war so fad! Dazu sehr engherzig und ohne Witz. Er fragte wenig und ungeschickt. Auch sprach er viel und sagte fast allen dasselbe. Überdies stand er so schrecklich zeitig auf und nahm nicht einmal Rücksicht auf Damen von zarter Gesundheit ... Schon bei Tagesanbruch setzte er sich in den Beichtstuhl.

Man kam allmählich wieder von ihm ab. Daß man sich in der Magdalenenkapelle hinter dem Altar unter einen Schwarm von Dienstmädchen und armen Betschwestern mischen mußte, war wirklich nicht eben angenehm. Und der Bischof rief alle mit altertümlicher Strenge auf wie im Frisörladen, ohne darauf zu achten, ob es eine gnädige Frau oder ein Dienstmädchen war. Das hieß denn doch zu sehr »den Apostel spielen«. Man kam von ihm ab.

Bald sah er sich nur noch von frühaufstehendem geringem Volk umgeben. Steinmetze, Maurer, Schuster, karlistische Waffenschieber, fromme arme Frauen, von mehr oder weniger echtem Mystizismus angehauchte Dienstmädchen, Näherinnen, Stickerinnen – das war nur zu bald das Publikum, das bei ihm beichtete. Deshalb klagte er so bekümmert über den Sittenverfall und die vielen unehelichen Kinder, die es nach seiner Berechnung geben mußte. Ja, wenn er es mit Señoritas zu tun gehabt hätte!

Bei einer Gelegenheit sagte er sogar zum Zivilgouverneur:

»Sagen Sie mal, läge es nicht in Ihrer Macht, den Pantoffelkorso zu verbieten?«

Der Bischof spielte auf den Korso der Handwerker im abendlichen Dämmerlicht auf dem Boulevard an.

Er glaubte, von dort und von den Fiakerbällen im Theater gehe der zunehmende Sittenverfall in Vetusta aus.

So war der gute Fortunato Camoirán, Bischof der privilegierten Diözese von Vetusta, der altehrwürdigen ehemaligen Hauptstadt, jener bescheidene Bischof, den der Generalvikar, sowie er den Salon betrat, mit einem blitzartigen Blick herunterputzte.

Der Bischof saß in einem Sessel, die beiden Damen auf dem Sofa.

Es waren Visita, die Gattin des Bankangestellten, und Olvido Páez, die Tochter des Amerikaners Páez, dem zweitreichsten Millionär der Kolonie.

Als der Bischof den Generalvikar erblickte, errötete er wie ein Lateinschüler, der von seinem Lehrer mit der ersten Stinkadores erwischt wird.

Was hat das zu bedeuten? wollte der Blick des Generalvikars fragen, der die Damen mit einer eleganten Verbeugung begrüßte. Damen beim Bischof! Und kein Caballero begleitete sie. Das waren neue Sitten.

Ein Einfall Visitacións. Es ging darum, Seine Bischöfliche Gnaden zu überreden, daß er mit seiner Anwesenheit die feierliche Verteilung von Tugendpreisen ehrte, die von einem gewissen philanthropischen Verein »organisiert« worden war. Der Verein hieß die »Freie Bruderschaft«, ein häßlicher, ganz und gar unspanischer Name von unheiligem Geruch. In dieser Gesellschaft gab es einen Ausschuß von Herren und einen zweiten, »beigeordneten«, von »Schirmherrinnen«. So die Grammatik des Vereinspräsidenten.

Die Freie Bruderschaft war mit dem Statut einer »von jedem religiösen Joch unabhängigen« Institution gegründet worden, und ihr erster Präsident war Señor Don Pompeyo Guimarán, der nur wie durch ein Wunder nicht exkommuniziert worden war und der nie mehr zur Kommunion ging.

Der Verein war etwas wie ein Konkurrenzunternehmen zu den Schwestern der Armen, dem Heiligen Katechesewerk und den Sonntagsschulen. Augenblicklich wurde ihm vom religiösen Element Vetustas der Krieg erklärt, und nach wenigen Monaten gab es im ganzen Stadtgebiet keinen Armen mehr, der von der Freien Bruderschaft ein Almosen, einen Preis oder Unterricht angenommen hätte.

Die Mädchen von den Sonntagsschulen und die Jungen der Katechese, die auf den Straßen statt Gassenhauern

»Heiliger Gott, heiliger Allmächtiger,
heiliger Unsterblicher«

oder das schöne Lied

»Kommt, wir wollen alle
mit Blumen zu Maria gehn«

sangen, erfanden einen Gesang gegen den Verein. Er lautete:

Die armen Kinder wollen lieber
zur Freien Bruderschaft gehn.
»Die armen Kinder wollen nicht
das christliche Liebeswerk sehn.«

Das »christliche Liebeswerk« und der vollkommene Reim offenbarten den Stil Don Custodios, des Benefiziats, der – so weit hatte er es gebracht – Direktor der Sonntagsschulen für arme Kinder war.

Die Freie Bruderschaft wäre ohne die mutige Selbstaufopferung ihres Präsidenten an der Auszehrung gestorben. Señor Guimarán begriff, daß die Zeiten nicht danach waren, die Nächstenliebe und den Grundunterricht zu säkularisieren, und bot seinen Rücktritt an. »Ich opfere mich«, erklärte er, »nicht dem Druck des Fanatismus, sondern dem Wohle der verwahrlosten Kinder.« Mit dem Rücktritt Don Pompeyos und dem glücklichen Gedanken, den beigeordneten Ausschuß der Schirmherrinnen zu gründen, gewann der Wohltätigkeitsverein ein bißchen an Boden, und man lieferte ihm keinen Krieg bis aufs Messer mehr. Aber noch hatte er seine Erbsünde, die er im Namen trug, nicht abgewaschen.

Der Generalvikar mochte den Verein nicht.

Visitación war wegen ihres Fimmels, überall dabeisein zu müssen, die erste »beigeordnete« Dame. Zur Zeit war sie die Schatzmeisterin der Schirmherrinnen.

Nun galt es, die letzten Spuren von Ketzerei oder was es sonst sein mochte, zu tilgen, indem man sich bei der Kathedrale lieb Kind machte und den Herrn Bischof bat, der feierlichen Preisverteilung in diesem Jahre vorzusitzen. Aber wer sollte bei ihm vorfühlen? Visitación, die Gattin des Bankangestellten! Sie war für solche Wagnisse die geeignetste Person. Anstandshalber bat sie, daß eine zweite Dame von Stand sie bei ihrem Besuch begleitete. Keine wollte mitgehn, niemand wagte es. Man stimmte ab und benannte Olvido Páez wegen des Ansehens ihres Herrn Papa und weil das junge Mädchen im Bischofspalais gern gesehen war.

»Ja«, sagte Visitación im Ausschuß. »Olvido soll mitkommen. So wird der Generalvikar nicht denken, daß der Schuß auf ihn gezielt ist, denn mich kann er nicht leiden.«

Es stimmte, der Generalvikar war der Bankangestelltengattin nicht grün. Sie war eine der wenigen Damen, die den Archidiakon bei seinem Intrigenspiel gegen den Generalvikar unterstützten.

Doch ungeachtet seines abschätzigen Betragens beichtete Visitación hin und wieder bei Don Fermín. Er wußte schon, weshalb dies abgefeimte Weibsstück zu ihm kam. Aber da hatten sie sich geschnitten. Er nahm ihr die Beichte nach den zehn Geboten ab, und fertig.

»Was noch? Weiter! Was noch?« Im Stil Ripamiláns. Da kam die Zuträgerin Gloucesters schlecht an.

Fortunato hatte schon sein Wort gegeben, zu der feierlichen Sitzung der Freien Bruderschaft zu kommen. Dies und daß er die Páez, sein getreuestes Beichtkind, bei ihm fand, verschlimmerte die schlechte Laune des Generalvikars. Es fiel ihm schwer, höflich und artig zu sein, und er brachte es nur über sich, weil er es gewohnt war, sich zu beherrschen und zu verstellen. Visitación malte sich mit innigem Vergnügen den Zorn des Generalvikars aus, überschüttete ihn mit Scherzen und fiel ihm mit ihrem Mutwillen auf die Nerven.

»Aber meine Damen«, sagte der Generalvikar, »reden wir doch einen Augenblick vernünftig!«

»Was? Wie soll ich das verstehen? Wollen Sie einen Rückzieher machen? Soll Seine Bischöfliche Gnaden sein Wort zurücknehmen?«

»Ich glaube, daß . . .«

»Nichts da, nichts da! Wort bleibt Wort! Wir gehen. Reden Sie nur, ich höre nichts mehr. Komm, Olvido, ich höre nichts mehr . . .«

Durch eine Art akustischen Wunders klang jedes Wort Visitacións wie sieben, es hörte sich an, als redete der ganze Ausschuß der Schirmherrinnen.

Sie stand auf, ging zur Tür und zog die Páez im Schlepptau hinter sich her.

Der Generalvikar protestierte umsonst. Dieser Verein sei von einem Gottlosen gegründet worden, er sei der Kirche feindlich gesonnen.

»Kein Gedanke!« rief Visitación von der Tür aus. »Wenn es so wäre, würden wir nicht als beigeordnete Damen fungieren.«

»Ich bin auf ihr Betreiben da. Sie hat Papa herumgekriegt«, bemerkte die Páez.

»Aber Señores, wo die Freie Bruderschaft schon zu Kreuze gekrochen ist und es seit unserem Beitritt mit der Freiheit und dem ganzen Lärm vorbei ist.«

»Sie hat recht«, wagte der Bischof einzuwerfen, der auf die künstliche Munterkeit Visitacións noch hereinfiel. »Die kleine Närrin hat recht.«

»Nein, das hat sie nicht!« rief der Generalvikar und verlor wenigstens teilweise die Beherrschung. »Das hat sie nicht, und Ihr Verhalten ist . . . unklug gewesen.«

Visita drehte sich um und streckte ihm die Zunge heraus. Wie er mit ihm umspringt, dachte sie und beneidete den Mann, der es wagte, den Bischof unklug zu nennen.

Die Damen gingen hinaus. Seine Bischöfliche Gnaden waren verlegen. Nachdem der Bischof dem Generalvikar bedeutet hatte, er möge die Damen durch die engen, verworrenen Gänge hinausbegleiten, brachte er sich in Sicherheit und schloß sich in seiner Hauskapelle ein, um Erklärungen aus dem Wege zu gehen.

Der Generalvikar dachte nicht daran, ihn aufzusuchen.

Die Páez ging gesenkten Kopfes dahin. Sie fürchtete ebenfalls eine Rüge Don Fermíns. Der machte sich einen Augenblick zunutze, wo Visita stehenblieb, um eine Familie zu begrüßen, die sie dem Bischof empfohlen hatte, näherte sich dem Ohr des jungen Mädchens und sagte im Ton väterlicher Autorität:

»Sie haben schlecht daran getan, sehr schlecht, diese . . . Närrin zu begleiten.«

»Aber wenn man mich doch gewählt hat!«

»Wenn Sie diesem Ausschuß nicht angehörten . . .«

»Papa erwartet Sie heute zum Essen. Ich wollte Ihnen schreiben, aber betrachten Sie sich hiermit als eingeladen!«

»Schön, schön! Hören Sie nicht gern die Wahrheit?«

»Ich sagte schon, daß Papa . . .«

»Nun, ich kann heute nicht zum Essen kommen. Ich bin seit Tagen bei einem anderen Francisco zum Namenstag eingeladen. Aber wir sehen uns dann in einer Stunde dort. Ich will hier nur noch schnell einiges erledigen.«

Sie verabschiedeten sich. Die Damen gingen auf die Straße hinaus, und der Generalvikar betrat, nachdem er Gänge, Galerien, Zimmer durchschritten hatte, die Amtsräume der Kirchenverwaltung.

De Pas gelangte in sein Büro und setzte sich, ohne die dort auf ihn Wartenden zu begrüßen, in einen Sessel aus karmesinrotem Samt hinter einem mit Aktenbündeln beladenen Diplomatenschreibtisch. Er stützte die Ellenbogen auf die Tischplatte und verbarg sein Gesicht zwischen den Händen. Er wußte, daß man auf ihn wartete, daß man mit ihm sprechen wollte, tat aber, als bemerkte er es nicht. Das war eine der Arten, auf die er sie seine Tyrannei spüren ließ. Er demütigte seine Untergebenen, indem er sie so weit herabwürdigte, daß er auf zwei Schritt durch sie hindurchsah. Seine schlechte Laune ging vor. Die Galle lief ihm über. Weshalb? Wegen nichts. Man hatte ihm keinen ernsthaften Verdruß bereitet. Aber so viele Kleinigkeiten zusammen hatten ihm den Tag vergällt, den er für glücklich gehalten hatte, als er die funkelnde Sonne scheinen sah und sich vergnügt vor dem Spiegel wusch. Da war zuerst seine Mutter, die ihn wie einen kleinen Jungen behandelte und ihn an das böse Gerede erinnerte, mit dem man ihn verfolgte. Danach die alarmierenden Nachrichten und albernen Scherze des Arztes, dann die Geschichte mit Visitación und der Freien Bruderschaft, Olvido, die ihm ungehorsam war ... und vor allem dieser Narr von einem Bischof, der ihn mit seiner Demut niederdrückte. Er führte ihm durch seine bloße Gegenwart eines verschüchterten Kaninchens ein ganzes Leben voll Heiligkeit vor Augen, von geistiger Größe, vor dem sein eigenes, Don Fermíns, recht unvorteilhaft abstand, das – weshalb es sich selbst verheimlichen? – nicht eben erbaulich war. Diese ewige Parallele, die Fortunato unbewußt zog, brachte den Generalvikar in Harnisch. Und jetzt mehr denn je. Jetzt erschien ihm die intellektuelle Überlegenheit des Vikars nichtig vor der moralischen Größe des Bischofs. Er war der einzige, der Fortunatos ganzen Wert ermessen konnte. Wie poetisch, wie vornehm und vergeistigt erschien ihm jetzt die Tugendhaftigkeit des anderen, seine Beredsamkeit, sein romantischer Marienkult. Und wie gering und prosaisch seine eigenen Fähigkeiten! Sein starker, herrschsüchtiger Charakter! Wie lächerlich war er im Grunde! Wen beherrschte er denn? Käfer!

»Was gibt's?« rief er mit scharfer Stimme, hob den Kopf und blickte auf die beiden Käfer, die vor ihm standen.

Es waren ein Geistlicher, der wie ein Laie aussah, und ein Laie, der wie ein Geistlicher aussah. Beide schlecht rasiert, der Geistliche schlechter. Sein Gesicht starrte vor schwarzen, harten Stacheln. Beide trugen sie Zivil wie Pfarrer vom Lande. Der weiße Priesterkragen des Geistlichen wies Flecke von Rotwein und fettigem Schweiß auf. Der Hemdkragen des anderen wirkte ebenfalls wie ein Priesterkragen. Sie trugen beide im Genick zugehakte Halsbinden.

Der Kirchennotar, Don Carlos Peláez, der im Bischofspalais noch zwei oder drei andere nicht miteinander vereinbare Ämter innehatte, rühmte sich, eine der einflußreichsten Personen der bischöflichen Kurie, ja selbst die rechte Hand des Herrn Generalvikars zu sein. Dies wollte er nun beweisen, indem er für den unseligen Pfarrer aus Contracayes, einem Gebirgsdorf, ein gutes Wort einlegte, um ihn den Klauen der Kirchenzucht zu entreißen. Es war eine Zuträgerei gewesen, das Werk von Neidern, und der Generalvikar wußte, daß Contracayes – der Pfarrer – schwach genug gewesen war, den Beichtstuhl in eine Schule der Verführung zu verwandeln. De Pas hatte das volle Gewicht des kirchlichen Tadels und die schwersten Strafen gegen Contracayes schleudern wollen, aber dank der Bitten des Notars hatte er sich bereit erklärt, mit dem Pfarrer aus den Bergen eine Aussprache herbeizuführen, bevor er handelte, und sich, wenn er bei ihm echte Reue bemerkte, mit einer milderen Strafe zu begnügen, die dem Ruf des Geistlichen, eines braven Wählers und wackeren Parteigängers der guten Sache, nicht schadete.

»Was gibt's?« wiederholte der Generalvikar und lächelte dem Notar mechanisch zu.

Peláez wies auf seinen Begleiter, einen strammen, braunen Burschen mit buschigen Brauen, finsterer Miene, haselnußbraunen Augen, die Feuer sprühten, großem Mund, spitz zulaufenden Ohren, stämmigem Nacken und vorspringendem Adamsapfel. Er schien von oben bis unten mit Ruß beschmiert. Er hatte ebensoviel von einem Köhler wie von einem Pfarrer an sich. Man konnte meinen, daß sein ganzer Körper von ebensolchen schwarzen Stacheln bedeckt war wie das blauviolette Fleisch der Wangen. Dem Generalvikar hatte er noch nie gegenübergestanden, und er fürchtete ihn, aber nicht mehr, als ein wilder Rübezahl aus den Bergen jemanden fürchten kann, den er schlimmstenfalls mit einem einzigen Faustschlag niederzustrecken vermag. Don Fermín merkte, daß Contracayes eher benommen als eingeschüchtert war. Der Pfarrer grüßte mit einem Grunzen, das der Generalvikar gar nicht beantwortete.

Der Notar zerriß sich vor Zuvorkommenheit. Er lümmelte sich auf den Stuhl, um dem Pfarrer anzudeuten, daß er hier wie zu Hause sei. Er sprach in vertraulichem Ton, ohne es aber dabei an der nötigen Achtung fehlen zu lassen. Selbst kleine Scherzchen erlaubte er sich und war drauf und dran zu erklären, daß die Sünde der Fleischeslust nicht zu den häßlichsten gehöre und daß man die Geschichte leicht begraben könne. Da aber der Generalvikar die Stirn runzelte, wechselte Peláez das Thema, sprach mit gespielter Einfalt von den letzten Wahlen und spielte sogar auf die Heldentaten eines gewissen Pfarrers aus den Bergen an, den er kenne und der einer Doppelstreife der Gendarmen ganz gehörig heimgeleuchtet habe. Contracayes lächelte wie ein Bär, wenn Bären lächeln könnten.

Der Generalvikar dachte daran, wie dieser Wilde seinen Beichtkindern unzüchtige Anträge machen mochte... Es war einen Augenblick lang still. Über die »Angelegenheit« war noch kein Wort gesprochen worden, und selbst Peláez begriff, daß er das heiße Eisen nun anfassen müsse.

Don Fermín, dem plötzlich seine Verstimmung und die Ärgernisse des Tages einfielen, stand auf, stieß den Kopf gegen den Pfarrer vor, der ebenfalls wie zur Verteidigung aufstand, und sagte mit rauher Stimme:

»Mein Herr, ich bin über alles unterrichtet und muß Ihnen zu meinem Bedauern sagen, daß sich Ihre Sache nicht so leicht aus der Welt schaffen läßt. Das Tridentinische Konzil setzt das Delikt, das Sie begangen haben, der Ketzerei gleich. Ich weiß nicht, ob Ihnen bekannt ist, daß die Bulle ‚Universi Domini' Seiner Heiligkeit Gregors XV. aus dem Jahre 1622 Sie und Ihresgleichen verabscheuenswerte Verräter nennt, und die Strafe für das Verbrechen, den Beichtkindern schimpfliche Anträge zu machen, ist sehr schwer. Außerdem befiehlt er, daß sie ihres Amtes enthoben und dem Arm der weltlichen Gerechtigkeit überliefert werden.«

Der Pfarrer riß die Augen weit auf und sah entsetzt den Notar an, der ihm hinter dem Rücken des Generalvikars beruhigende Zeichen machte.

»Benedikt XIV.«, fuhr der Generalvikar fort, »bestätigt in bezug auf die Frauenverführer die von Sixtus V. und Gregor XV. festgelegten Strafen ... Kurz und gut, wie man die Sache auch ansieht, Sie sind verloren.«

»Ich dachte ...«

»Da haben Sie falsch gedacht, Señor! Und wenn Sie an meinen Worten zweifeln, dort auf dem Regal steht Giraldis ‚Expositio juris pontificii', die in Band II, Teil 1, die Frage mit zahlreichen Belegen behandelt.«

Señor Peláez war an den Stil des Generalvikars gewöhnt, der nie gelehrter war, als wenn er über ein Opfer herfiel.

»Señor«, erkühnte sich Contracayes einzuwerfen, der langsam in Harnisch geriet und einen großen Teil der Furcht verloren hatte, »das Wort Euer Gnaden genügt mir, und ich beschwere mich ja auch nicht über die geheiligten Kirchengesetze, sondern über mein Mißgeschick, das mich ausgleiten und fallen ließ, wo viele, sehr viele andere, die ich kenne, straucheln, aber nicht fallen.«

Der Generalvikar fuhr herum, als habe man ihn in den Rükken gebissen.

»Hinaus mit Ihnen, Sie unverschämter Wicht! Und unterstehn Sie sich nicht, die Nacht in Vetusta zu verbringen!« schrie er.

»Aber, Señor . . .«

»Ruhe, sage ich! Ruhe und Gehorsam! Oder Sie schlafen heute nacht im Gefängnis der Krone!«

Und der Generalvikar hieb mit der Faust auf den Schreibtisch.

»Da hätte ich mir ja die Reise sparen können!« schrie Contracayes nicht minder wütend den verdatterten Peláez an, der diesen Zusammenstoß zweier Jähzorniger nicht vorausgesehen hatte.

»Aber, Señores, beruhigen Sie sich!«

»Hinaus, Sie Halunke!« schrie der Generalvikar und raffte, ganz gegen seine Gewohnheit völlig aus dem Häuschen geraten, seinen Priestermantel. »Du Unseliger! Gib dich verloren, verworfener Priester!«

»Aber was habe ich denn gesagt, Señor?« rief der Pfarrer, der von der Haltung des Mannes, in dem er die moralische Überlegenheit eines kirchlichen Jupiters anerkannte, ein bißchen erschrak.

Sowie de Pas merkte, daß es mit seiner Autorität zu Ende ging, besänftigte er die Wogen seines Zorns, und schließlich sagte er blaß, aber mit ernster Stimme:

»Gehen Sie!« Er wies auf die Tür. »Gehen Sie! Sie können gehen, weil Sie nicht bei Verstande sind . . . Aber bleiben Sie keine zwei Stunden hier in der Stadt und sprechen Sie mit keiner Menschenseele über das, was hier vorgefallen ist! Was Ihr abscheuliches Vergehen betrifft, so verständige ich mich darüber, ohne daß ich Sie noch einmal sehen müßte, mit Señor Peláez. Er wird Ihnen dann unsere Entscheidung mitteilen.«

Der Geistliche wollte auf die Knie fallen, um Verzeihung bitten.

»Gehen Sie auf der Stelle!«

Contracayes ging.

Zitternd und bleich ermannte sich Peláez zu sagen:

»Wie sehr ich es bedaure . . . Herr Generalvikar . . .«

»Sie brauchen nichts zu bedauern. Sie sind an einem schlechten Tag gekommen. Meine Nerven. Ich wollte ihn einschüchtern, ihm durch Schreck Respekt einflößen ... und habe dabei nicht an meine schlechte Laune gedacht. Ich habe mich wirklich erregt und von meinem Zorn hinreißen lassen.«

»O nein, das nicht. Er ist ein grober, ungehobelter Klotz, ein Wilder.«

»Ja, das ist er. Aber eben deshalb hätte ich ihn anders anfassen müssen.«

»Was ich mir nicht verzeihen kann, ist der Ärger ...«

»Lassen Sie's gut sein! Wir sprechen ein andermal über diesen ... Spitzbuben. Heute kann ich nicht, heute wäre es mir unmöglich, Ihnen zu versprechen, die Strenge des Gesetzes, das eindeutig ist, zu mildern.«

»Ja, ich weiß. Aber da es nie angewandt wird ...«

»Weil wir keine Beweise haben, wie in diesem Fall. Und einmal muß man anfangen. Kurzum, ich sagte ja schon, wir sprechen noch darüber. Ich muß jetzt allein sein.«

Peláez ging ebenfalls hinaus, und nachdem de Pas mit seinen Gedanken allein geblieben war, ließ er sich gehen, und das Blut stieg ihm ins Gesicht.

Welche Unbeherrschtheit, dachte er und begann in seinem Büro wie ein Raubtier im Käfig auf und ab zu gehen.

Als er sich etwas ruhiger fühlte, drückte er auf eine Klingel.

Ein hochgewachsener, blasser und trauriger, allem Anschein nach schwindsüchtiger junger Mann in einer Soutane trat ein. Es war ein Vetter des Generalvikars, der das Amt eines Sekretärs versah.

»Was war draußen zu hören?«

»Stimmen, sonst nichts.«

»Der Pfarrer aus Contracayes, dieser Wilde ...«

»Ja, ich weiß.«

»Was gibt es?«

»Nichts Dringendes.«

»So kann ich also gehen? Ihr braucht mich nicht?«

»Nein, heute nicht.«

»Schön, dann gehe ich. Mir tut der Kopf weh. Ich bin heute zu nichts zu gebrauchen. Aber nichts davon zu meiner Mutter! Wenn sie erfährt, daß ich so früh aus dem Büro gegangen bin, denkt sie, ich sei krank.«

»Ja, ja, das tut sie.«

»Ach, übrigens. Ist die Bewilligung für die Hauskapelle der Páez' schon gekommen?«

»Ja.«

»Hast du sie zur Hand? Kann ich sie gleich mitnehmen?«

»Dort liegt sie, in dem Aktendeckel.«

»Hier sehe ich eine Visitenkarte von Don Saturno Bermúdez. Was wollte er?«

»Das Übliche. Wir sollen nichts auf den armen Don Segundo, den Pfarrer von Tamaza, geben, der das Geld für die Sankt-Gregor-Messen reklamiert, die Don Saturno bei ihm bestellt hat.«

»Und die er nicht bezahlen will.«

»Das macht er immer. Er steht beim ganzen Klerus in der Kreide. Auf Kosten seiner Gläubiger hat er sich schon ein halbes Fegefeuer« – der junge Mann mit der Tonsur hustete heftig, um das Lachen zu unterdrücken –, »hat er sich schon ein halbes Fegefeuer erspart.«

»Der Pfarrer von Tamaza ist ein Querulant.«

»Aber er verlangt, was ihm zusteht.«

»Man kann aber nichts machen. Soll ich mich seinetwegen mit dem Bischöflein im Gehrock überwerfen?«

»Bloß nicht! Wir würden es in der ‚Kreuzfahne' büßen, die er beeinflußt und bei der du jetzt gut angeschrieben bist. Apropos, Zeitungen: Gestern brachte die ‚Caridad' in Madrid eine Leserzuschrift aus Vetusta, und ich müßte mich sehr täuschen, wenn da nicht Gloucester dahintersteckt.«

»Was stand denn drin?«

»Dummheiten. Die Karlisten hätten in einigen Diözesen die Macht an sich gerissen. Dort seien wider alles Recht Leute Generalvikar, die es nicht sein dürften, es sei denn vorübergehend, daß aber die Kirchenoberen wegen gewisser, dem Thronprätendenten geleisteter Dienste ein Auge zudrückten.«

»Das heißt also, daß ich nicht Generalvikar sein dürfte.«

»Offenbar nicht, denn sie erwähnen unter den Ausnahmen die ‚Präbendare im Amt' und zitieren irgendwelche Verfügungen der Päpste.«

»Ja, ich weiß schon, ein Breve Pauls V. und zwei oder drei von Gregor XV.! Schafsköpfe! Es würde mich nicht wundern, wenn sie auch noch damit kämen, daß man in der Diözese beheimatet sein muß. Idioten! Wie wenig praktischen Sinn doch diese Pseudokatholiken haben. Gloucester muß der Einsender von dem Wisch sein. Diese Spitzfindigkeiten stammen von ihm. Überall Feinde, Herr, überall Feinde! Esel, nichts als Esel!«

Der Generalvikar atmete schwer, als müsse er in dieser Umgebung von Dummheit ersticken.

Er wollte gehen, ohne einen der Geistlichen oder Laien zu sehen, die im Vorzimmer oder im anstoßenden Schreibersaal warteten. Aber er konnte dem Ansturm nicht entgehen. Señor Carraspique steckt die Nase zur Tür herein.

»Darf man?«

Es war immerhin Carraspique. Er mußte »Herein« sagen.

Er kam, um die schnelle Erledigung einer Eingabe an die Dispenskommission zu empfehlen. Dazu noch ein paar Fragen wegen einiger Kaplanstellen ... Man mußte in den Registern nachsehen, die Angestellten befragen. Zerstreut wagte sich der Generalvikar aus seinem Arbeitszimmer in den Schreibersaal hinüber und sah sich dort sogleich von Prozessierenden und Bittstellern umringt, fast alle gut rasiert und sämtlich schwarz gekleidet: Soutane oder Gehrock. Der Schreibersaal wies nicht den Luxus des Arbeitszimmers auf, ganz im Gegenteil. Er war groß, kalt, schmutzig, das Mobiliar schäbig, dazu ein Geruch nach Sakristei, vermischt mit dem eigentümlichen Dunst einer Wachstube. Die Angestellten waren von der Blässe der Enthaltsamkeit und Kontemplation gezeichnet, aber sie rührte von den Miasmen in dem elenden, dumpfen, ungesunden Loch her und wurde bei ihnen noch durch die typische Gelbsüchtigkeit von Küstern verstärkt.

In jeder Ecke stand ein Tisch, um die Tische herum Geistliche und Laien, die redeten, gestikulierten, hin und her liefen und aus Angst vor einer Abweisung immer wieder dasselbe sagten. Die Angestellten, von ruhigerem Gehaben, rauchten oder schrieben, gaben einsilbige Antworten und manchmal überhaupt keine. Es war ein Amtszimmer wie jedes andere, nur mit etwas weniger schlechten Manieren und etwas mehr gleichgültiger, grausamer Heuchelei.

Als der Generalvikar eintrat, schwoll der Lärm ab. Die meisen wandten sich ihm zu. Aber der »Chef« legte nur eine Hand vors Gesicht, wie um alle diese Zudringlichen abzuweisen, und trat an einen Tisch, um nach den Akten eines Kirchenguts zu fragen. Er hatte es ja immer gesagt: Die Ämter der staatlichen Vermögensverwaltung ließen die Akten einfach liegen. Sie schliefen dort, von Staub bedeckt, den ewigen Schlaf.

Señor Carraspique klopfte mit dem Fuß nervös auf den Boden.

»Diese Liberalen!« brummte er hinter dem Generalvikar. »Die Restauration ist ein totgeborenes Kind. Überall sitzen die alten Leute, nur in anderem Gewand. Der Staat treibt mit der Kirche Hohn, jawohl, Señor, das sieht ein Blinder. Da hilft auch kein Konkordat. Alles wird versprochen und nichts getan.«

De Pas sah sich von dem Rad erfaßt, das ihn Tag für Tag in die kanonisch-bürokratische Maschinerie zog. Gegen seine Absicht vertiefte er sich wie jeden Tag in die komplizierten Fragen der Kirchenverwaltung, die bis ins kleinste mit seinen eigenen Interessen und denen seiner Frau Mutter verquickt waren. Nie hatte Doña Paula ihren Fuß da hineingesetzt, aber ihr Geist schien diesen einzigartigen Markt der Kirchenkurie zu beherrschen. Sie war der unsichtbare General, der die täglichen Schlachten lenkte, der Generalvikar nur ihr kluges Werkzeug.

Wie alle Tage traten auch an diesem Morgen verwickelte Fragen auf, die der Generalvikar – stets den eigenen Vorteil im Auge – für gewöhnlich mit erstaunlichem Geschick in äußerst korrekter Form und scheinbarer Sorgfalt ganz mechanisch entschied. Dennoch zögerte er mehr als einmal, wenn er eine nicht ganz einwandfreie Entscheidung traf – er war nervös und wußte selbst nicht, was für eine Laus ihm über die Leber gelaufen war –, aber der Gedanke an seine Mutter und nicht zuletzt das Beharrungsvermögen, die Gewohnheit, hielten ihn auf seinem Posten. Außerdem brauchte er sich dann keine Geschichte zu ersinnen, um seine Mutter zu belügen. Doña Paula konnte mit ihrem Sohn zufrieden sein. Er war nicht mehr der törichte, kopflose Träumer, der am Morgen beim Lesen eines bedeutungslosen Briefes die Fassung verloren und sich, ohne selbst zu wissen weshalb, über eine glänzende Sonne an einem strahlenden Himmel gefreut hatte. Die Sonne, der Himmel! Was gingen sie den Generalvikar von Vetusta an? War er nicht ein Mann der Kurie, der Millionen raffte, um seiner Mutter heilige Schulden zurückzuzahlen und durch die Habsucht den Durst gescheiterter ehrgeiziger Pläne zu stillen?

Jawohl, so stand es um ihn. Er durfte sich keinen Illusionen hingeben und auch kein neues Leben anfangen wollen. Er mußte zufrieden sein und war es.

Anderthalb Stunden im Büro! sagte er sich halb beschämt und halb befriedigt, als er das Bischofspalais verließ. Und dabei hatte er geglaubt, keine zwanzig Minuten dort verbracht zu haben.

Als er wieder an der frischen Luft, auf der Corralada war, atmete de Pas tief ein. An diesem Tag war ihm beim Verlassen des Palais zumute, als trete er aus einer dumpfen Höhle. Von dem vielen Sprechen da drin war sein Mund trocken und bitter, und er bildete sich ein, einen leichten Geschmack nach Kupfer auf seiner Zunge zu spüren. Die reinste Falschmünzeratmosphäre. Er beeilte sich, den kleinen Platz, der im Schatten der Kathedrale lag, zu verlassen. Er floh in die breiten Straßen. Die Encimada mit ihren hallenden, schmalen, ausgetretenen Gehsteigen, ihrer traurigen, feierlichen Einsamkeit, mit dem Gras zwischen den Pflastersteinen, den rauchgeschwärzten großen Häusern mit ihren verbogenen Eisengittern ließ er hinter sich und strebte über die Plaza del Pan, die Calle del Comercio und den Boulevard, von dessen Bäumen dürre Blätter auf breite Pflasterplatten fielen, zur Kolonie. Der lange Priestermantel des Generalvikars fegte die Blätter zusammen und schleifte sie mit dem rhythmischen Rauschen brandender Wogen hinter sich her.

Hier sah man schon ein großes Stück des blauen Himmels. Geradeaus die ebenfalls bläuliche Silhouette des Corfín. Das war Freude, das war Leben! Kaplanstellen, Dispense, Annaten – was hatte die Welt, die schöne, weite Welt mit all dem zu tun? Wußte dieser Steinriese, der wuchtige, majestätische, ruhige Corfín, was Kommissionen waren und wieso es welche für Dispense gab oder warum die Bewilligung irgendwelcher Dinge Geld kostete?

Der Generalvikar schritt, nach rechts und links grüßend, über den Boulevard, erschrocken, daß ihn solche Gedanken einer religiösen Bukolik anwandelten. Er war doch gerade immer ein Feind eines kirchlichen Arkadien gewesen und bekundete im Hinblick auf die zeitlichen Bedürfnisse der Kirche eine Art prosaischen Positivismus. Ob er krank war? Ob er langsam durchdrehte? Während die frische Luft – der Wind hatte von Süden nach Nordwesten gedreht – wohltuend seine Lungen füllte, schweifte seine Phantasie, die keinen Befehlen gehorchte, in die ersten Jahrhunderte der Kirche zurück, und der Generalvikar sah sich mit einem Korb am Arm auf dem Boulevard und dem Espolón von Tür zu Tür die Früchte einsammeln, die Páez, Don Frutos Redondo und andere Vespuccis der Kolonie mit eigenen

Händen in den Gärten gepflückt hatten, die er zu beiden Seiten hinter vergoldeten Gittern zwischen glänzendem Laubwerk sah.

Páez' Villa war die erste der sechs, die die Calle Principal zierten, und stand an ihrer südlichen Flanke. Es war ein großer Steinwürfel, den Warttürmen ähnlich, die in der Provinz Vetusta längs der Küste stehen, eine Erinnerung, wie es heißt, an die Verteidigungsanlagen gegen die Normannen.

Señor Páez fürchtete keinerlei Landung von Seeräubern, denn das Meer lag einige Meilen von seinem Haus entfernt, glaubte aber, die »solide Eleganz« bestehe in der Aufführung dicker Mauern, in einer Verschwendung von Marmor und schließlich in *zyklopäischen* Anlagen, wie er sich fälschlich ausdrückte. Im Giebelfeld der Vorderfront befand sich an Stelle eines Wappens, das Señor Páez nicht besaß, ein großer Halbkreis aus schwarzem Jaspis und darin in vergoldeten Lettern die vielsagende Inschrift 1868, die nichts weiter als das Baujahr des Zyklopenbaus angab. An den vier Ecken des Altans mit der mächtigen Balustrade, der die Burg krönte, versuchte je ein grün angestrichener Eisenadler sich in die Lüfte zu schwingen. Diese Adler paßten nach einer Äußerung von Señor Páez genau zu zwei anderen, die in den Teppich seines Arbeitszimmers eingewebt waren. Der gute Don Francisco war nicht der reichste Amerikaner der Kolonie, Don Frutos Redondo hatte ein paar Millionen mehr, aber dem Adlervespucci konnte kein »Don Frutos noch sonstwer in puncto Aufwand was vormachen«, und er war der einzige Vetustenser, der im Wagen Besuche machte und ständige Diener in betreßten Livreen hielt, wiewohl er diese Lakaien nie dahin bringen konnte, sich mit der Sorgfalt, Korrektheit und Strenge zu kleiden, die er an ihren Artgenossen in der Hauptstadt gesehen hatte.

Fünfundzwanzig Jahre hatte Páez in Kuba gelebt, ohne zur Messe zu gehen, und das einzige religiöse Buch, das er aus Amerika mitbrachte, war das »Evangelium für das Volk« von Señor Henao y Muñoz, nicht, weil Páez Demokrat gewesen wäre, Gott bewahre!, sondern weil ihm der knappe Stil gefiel. Er glaubte fest, daß der liebe Gott eine Erfindung der Pfaffen sei, auf der Insel zumindest gab es keinen. Ein paar Jahre lebte er in Vetusta, ohne seine Meinung zu ändern, wenn er sich auch wohlweislich hütete, sie laut werden zu lassen. Allmählich aber überzeugte ihn seine Tochter im Verein mit dem Generalvikar davon, daß die Religion eine Bremse für den Sozialismus und ein untrügliches Merkmal guten Tons sei. Zum Schluß wurde Páez ein glühender Anhänger der Religion seiner Vorfahren. »Die Bischofsstadt muß religiös sein«, erklärte er. »Das steht über jedem Zweifel.« Und so wurde er religiös. Er gab Geld, sooft man von ihm welches für die Kirche verlangte, und wenn er oft allerlei Unsinn zum Schaden des Glaubens redete, so war er doch stets bereit, zu widerrufen und sein unüberlegtes Geschwätz durch harmlosere Torheiten zu ersetzen.

Durch zwei Breschen war es der Religion in Gestalt des Generalvikars gelungen, in die Festung dieses freidenkerischen, einfältigen Geistes einzudringen: Die beiden schwachen Seiten Páez' waren die Liebe zu seiner Tochter und sein Faible für den guten Ton.

Sagte Olvido mit scharfer Stimme in tadelndem Ton: »Papa, das ist geschmacklos!«, so verabscheute Don Francisco im selben Augenblick, was er eben noch ausgezeichnet gefunden hatte.

Der Generalvikar beherrschte Olvido völlig, und Olvido beherrschte ihren Vater, weil sie wußte, was man in Vetusta unter gutem Ton verstand und weil er in sie vernarrt war.

Olvido war ein schlankes, großgewachsenes, blasses junges Mädchen mit braunen, hochmütigen Augen. Sie hatte keine Mutter mehr und führte etwa das Leben eines Götzenfigürchens, wenn wir dem Götzen einmal Lebendigkeit und Gewissen unterstellen wollen. Ihr dienten Neger und Negerinnen und ein Weißer, ihr Vater, der ergebenste Sklave. Nicht eine Laune hatte sich das Mädchen je in ihrem Leben versagt. Mit achtzehn kam sie auf den Einfall, unglücklich sein zu wollen wie die Heldinnen ihrer Romane, und so erfand sie schließlich eine sehr romantische und unterhaltsame Marter. Sie bestand darin, daß sie sich einredete, so etwas wie ein König Midas der Liebe zu sein, daß niemand sie um ihrer selbst willen lieben könne, sondern nur ihres Geldes wegen, woraus ihr tatsächlich großer Kummer erwuchs. All die eleganten, gutgestellten, adligen oder verhältnismäßig begabten jungen Leute, die sich Olvido zu erklären wagten, bekamen den unumgänglichen Korb, den sie allen mit einer unveränderlichen Formel zu geben sich geschworen hatte: Die Liebe sei nicht ihre Bestimmung. Sie glaube nicht an die Liebe. Allmählich setzte sich diese von ihr selbst erfundene Farce in ihrem Geist fest, und das Mädchen begann ihre Rolle als Königin Midas ernst zu nehmen. Sie entsagte der Liebe, bevor sie sie kennengelernt, und warf sich mit ganzer Seele auf den Luxus. Sie liebte die Kunst um der Kunst willen. Sie war es, die bei Spaziergängen, auf Bällen und im Theater den größten Reichtum zur Schau trug. Die Garderobe wurde für Olvido zur Religion. Nie zog sie ein Kleid zweimal an. Sie kam spät zum Korso, ging drei- oder viermal auf und ab und begab sich, wenn sie sich genugsam beneidet fühlte, wieder nach Hause, ohne sich jemals herabzulassen, ein lediges männliches Wesen mit einem Blick zu streifen. Die Vetustenser kamen dahin, sie als eine mit Modeartikeln behängte Schneiderpuppe zu betrachten, die nur den Señoritas Vergnügen machte. Sie war eine große Partie, an die man nicht denken durfte.

»Olvido wartet auf einen russischen Prinzen«, war die stehende Redensart. Wenn ein unbedachter Fremder es wagte, sein Glück zu versuchen, nannte man ihn ironisch den »russischen Prinzen«, bis er mit langer Nase abzog.

Danach wurde es die Páez müde, nichts als Kleider im Herzen zu tragen, und verfiel darauf, fromm zu werden. Sie suchte mit guten Manieren, so wie es der Generalvikar liebte, Zugang zu ihm und fand ihn. Die beiden verstanden sich. Für Don Fermín war dieses schlanke, kalte, abweisende Mädchen nur der Weg zu Don Francisco, der seine Millionen verwandte, um Einfluß zu kaufen. Aber Olvido hatte den dummen Einfall, sich mystisch, wie sie sagte, in den Generalvikar zu verlieben. Der spielte den Ahnungslosen, machte sich die neuerliche Torheit des Mädchens zunutze, um den Vater desto eher zu gewinnen, und da er in der imaginären Leidenschaft der launischen kleinen Amerikanerin für niemanden eine Gefahr sah, wies er sie nicht von sich, wie er es bei anderen nicht so furchtsamen und dem Fleische gefährlicheren Frauen getan hatte. De Pas hatte einen Plan: Er wollte Olvido nach eigenem Gutdünken verheiraten. Er glaubte, es erreichen zu können, hatte aber noch keinen Kandidaten. Diese Partie sollte der Lohn für einen sehr großen Dienst sein, den man ihm irgendwann einmal in einer prekären Lage erwies.

An diesem Vormittag empfing man ihn in der Villa Páez mit allem Pomp, wie Don Francisco sagte.

Wenn er auf die Teppiche trat, sich in den hohen Wandspiegeln sah, den Körper wollüstig in das Behagen des bequemen, großsprecherischen, unverhüllt wahnwitzigen, verschwenderischen und blendenden Luxus tauchte, fühlte sich der Generalvikar in Regionen versetzt, die er seinem großen Geist angemessen glaubte. Das war – er dachte es voll Stolz – sein eigentliches Element. Aber seine habgierige Mutter, das eigene für soviel Glanz unzureichende Vermögen, der geistliche Stand, die Notwendigkeit, Bescheidenheit, ja selbst Dürftigkeit zu heucheln, verwehrten ihm das natürliche Milieu, nämlich dieses hier. Beim Betreten dieses Salons und Kabinetts glättete der Generalvikar seine ohnehin glatten Manieren noch mehr, trug er seinen Priestermantel mit selbstverständlicher Eleganz und bewegte Hände, Augen und Hals mit weltlicher Distinktion, doch ohne die Aufdringlichkeit mancher Geistlicher, die beim Betreten der Paläste der großen Welt oder der Neureichen die Würde des Priesters vergessen. De Pas blieb stets der Generalvikar, aber er demonstrierte durch sein Benehmen, daß der Geistliche ein Mann der Gesellschaft sein kann wie jeder andere auch, ohne deshalb aufzuhören, ein Geistlicher zu sein. Fügt man diesem gewandten Auftreten noch sein gutes Aussehen, seinen Ruf als wortgewaltiger Redner von großem Einfluß hinzu, so war er, wie die Marquesa de Vegallana sagte, »ein sehr präsentabler Geistlicher«.

Don Francisco Páez und seine Tochter bestürmten Don Fermín, doch mit ihnen zu speisen. Es sei niemand weiter da, es wäre ein Essen *en famille*, nur sie drei.

»Nur wir drei!« sagte Olvido und war einen Augenblick lang kein Eisberg.

Der Generalvikar stand auf einer Türschwelle, seine weiße Hand in einen Samtvorhang vergraben. Er verneigte sich elegant, lächelte, schüttelte den kleinen, wohlgeformten Kopf und sein Gesicht drückte mit einer gewissen geschlechtslosen Koketterie ein Nein aus.

»Los, Papa, halt ihn fest!« sagte Olvido gedehnt und näselnd mit flehender Stimme.

»Es geht wirklich nicht.«

»Er ist eigensinnig, Kind, laß ihn! Er will nicht, daß wir uns für die Genehmigung der Hauskapelle bedanken.«

»Danken Sie es Seiner Heiligkeit!«

»Ja, weil mir Seine Heiligkeit auf mein hübsches Gesicht hin diese Gnade gewährt.«

Der Generalvikar lächelte, bereit zu entweichen, falls man ihn mit Gewalt festzuhalten versuchen sollte.

»Aber nennen Sie uns einen Grund, wenigstens einen Grund!« rief Olvido, die wieder zu ihrer natürlichen Eiseskälte zurückgefunden hatte.

Der Generalvikar wurde ein bißchen rot.

Er mußte lügen.

»Ich bin seit drei Tagen schon bei einem anderen Francisco eingeladen und muß hingehen, es wäre sonst eine Beleidigung. Sie wissen doch, wie diese kleinen Nester sind. Was man alles reden würde.«

Nichts davon stimmte. Er war nirgends eingeladen. Seine Mutter erwartete ihn wie alle Tage.

Dennoch folgte er einem Vorgefühl, als er diese spontane, herzliche Einladung, die ihn bei anderer Gelegenheit gefreut hätte, ausschlug. Er wußte selbst nicht, warum er glaubte, man werde ihn bei den Vegallanas zum Essen dabehalten, bei denen er seinen letzten Besuch für diesen Tag machen wollte. Weshalb sollten sie ihn einladen? Überdies aß man dort nach französischer Sitte, wenn auch Doña Rufina die Zeiten nach Lust und Laune änderte und speiste, wann es ihr einfiel. Jedenfalls feierte man Paquito Vegallanas Namenstag ohne viel Trara, und eingeladen war er auch nicht. Trotzdem hob er sich diesen Besuch für zuletzt auf. Und wieso sollte er die Tafel des Marqués der nicht minder prächtigen bei Páez vorziehen? Obwohl er der Beantwortung dieser verfänglichen Frage ausweichen wollte, donnerte sie ihm sein Gewissen in die Ohren, bevor er eine Lüge ausdenken konnte. Es war, weil die Präsidentin mitunter beim Marqués speiste, besonders an Tagen wie diesem, denn sie gehörte fast zur Familie.

Aber was ging ihn die Familie, die Präsidentin und das Essen des Marqués an?

Nachdem der Generalvikar noch zwei andere Franciscos von Bedeutung und eine fromme Francisca besucht hatte, bog er mit einem gesunden Hunger durch die Laubengänge der Plaza Nueva in die Calle de los Canónigos ein, durchschritt die Calle de Recoletos, gelangte so in die Calle de la Rúa und fragte den Türsteher des Marqués de Vegallana, einen in eine ausgefallene Livree gesteckten Zwerg, mit unsicherer Stimme:

»Ist der junge Herr zu Hause?«

In diesem Augenblick wurde die Tür zum Patio geräuschvoll aufgerissen, und dahinter ertönte lautes Gelächter.

Der Generalvikar erkannte die Stimme Visitas, die schrie:

»Aber nein, Señor! Er ist nicht blau.«

»Doch, Señora, blau mit weißen Streifen«, erwiderte Paco und klatschte in die Hände.

»Wetten, daß nicht?«

»Dummerchen!« sagte eine sanftere Stimme aus einem Fenster im ersten Stock. »Glaub ihm doch nicht! Es war gar nichts zu sehen. Ich stand tiefer als er und habe gar nichts gesehen!«

Diese Stimme gehörte Ana Ozores.

Dem Generalvikar summten die Ohren, und er trat in den Patio.

Die Sonne fiel durch die weit offenen breiten Balkontüren in den Gelben Salon und das Kabinett der Marquesa. Die Creme Vetustas füllte Salon und Kabinett. Doña Rufina, ganz in elektrisierendes Blau gekleidet, den mit natürlichen Blumen – die aber aus irgendeinem Grund wie künstliche aussahen – geschmückten Kopf überpudert, herrschte wie eine Königin in dieser Gesellschaft, wo Domherren lachten, geckenhafte Aristokraten das Rad schlugen, junge Mädchen kokettierten, reife Frauen weißes, festes Fleisch zur Schau trugen, Abgeordnete aus der Provinz das Vaterland retteten und Dandys vom Lande das manierierte Gehaben ihrer Madrider Artgenossen nachahmten.

Die Marquesa lag auf einer satinbezogenen Chaiselongue auf der Estrade ihres Kabinetts und sog mit Behagen die frische Luft von der Straße ein. Man debattierte schreiend. Neben ihr stand strahlend, einen Perlmuttfächer in der rechten Hand, Gloucester, rückte sich behaglich in Pose und ließ seinen verwachsenen Körper bewundern. Mit der Linken raffte er die Falten seines Priestermantels, der elegant abwärts fiel und sich in einem glänzenden Haufen schwarzen Stoffs auf dem kirschroten Kleid der stets auffallenden Obdulia Fandiño staute, die zu Füßen der Marquesa und des Archidiakons auf einem historischen – dem Antikensaal des Marqués entwendeten – Rundhocker saß und sich mehr anmutig als züchtig über den Schoß ihrer adligen Freundin beugte. Die drei Personen bildeten auf dem Auftritt des Erkers eine Gruppe, und im Kabinett saßen oder standen noch drei weitere Domherren, der Hauskaplan Don Aniceto, drei Damen von Adel, die Gattin des Zivilgouverneurs und Joaquinito Orgaz nebst zwei weiteren Grünschnäbeln, die in Madrid studierten.

Man diskutierte mit viel Stimmaufwand, lachte, machte Witze, die von Generation zu Generation und von Stadt zu Stadt weitererzählt wurden, gebrauchte die ewiggleichen Redensarten. Es ging darum, ob die Frau in der Welt Gott ebenso dienen könne wie im Kloster und ob man mehr Tugendhaftigkeit benötige, um den Versuchungen zu widerstehen, die eine gute Mutter und treue Gattin im weltlichen Leben umlagern, als wenn sie sich in ein Kloster einsperrte.

Alle Damen, mit Ausnahme einer großen, dicken in einem Karmeliterkleid – eine Dame, die wie ein Mönch aussah –, vertraten die Meinung, der guten Ehefrau im weltlichen Leben komme größeres Verdienst zu als einer Braut Jesu.

Die Gattin des Gouverneurs ereiferte sich, fuchtelte mit dem geschlossenen, auf den Kopf gestellten Fächer in der Luft herum und nannte den Archidiakon »mein Bester«.

Gloucester verteidigte das Kloster, trat aber lächelnd und sich fächernd aus Galanterie den Rückzug an.

Im Salon sprach man über Lokalpolitik. Nach Meinung aller Anwesenden hatten der Oberbürgermeister und die Witwe des Marqués de Corujedo die Regierung vor eine schwere Entscheidung gestellt, weil sie beide denselben Monopolwarenladen, den lukrativen Laden auf dem Espolón, für ihren Protegé verlangten.

Der Stadtkämmerer hatte erklärt, das möge der Gouverneur entscheiden. Er erzählte es gerade den Anwesenden. Der Gouverneur hatte telegraphisch die Regierung um Rat gefragt – das hatte soeben seine Frau verraten –, und nun mußte die Regierung entscheiden, ob sie die konservative Dame vor den Kopf stoßen wollte, die über die meisten Stimmen in Vetusta verfügte, oder eine der festesten Stützen der Sache der Ordnung, den Herrn Bürgermeister.

Die Meinungen gingen auseinander. Der Marqués de Vegallana und Ripamilán, der mitten in der Gruppe stand und sich nach allen Seiten wandte, erklärten, daß sie den Laden der Witwe zusprechen würden. Damen hätten den Vortritt.

Trabuco, vielmehr Pepe Ronzal aus der Provinzialkommission, glaubte mit der Mehrheit der Anwesenden, den Stadtkämmerer nicht ausgenommen, daß die Staatsraison gebiete, dem Verlangen des Bürgermeisters den Vorzug zu geben, obwohl dieser, wie böse Zungen behaupteten, den Laden für eine seiner ehemaligen Konkubinen haben wollte.

»Da sehen Sie es, es ist ein Skandal«, sagte der Marqués, der seine sämtlichen unehelichen Kinder auf dem Lande hatte, »dieser Mensch sieht sich nicht ein bißchen vor.«

»Das könnte ich noch verstehen«, erklärte der Erzpriester. »Das schlimme ist nicht, daß er Ehrenschulden bezahlen will, sondern daß er sie eingegangen ist. Aber die andere ist eine Dame.«

Während man im Salon und im Kabinett über dies und vieles andere diskutierte, liefen Paco Vegallana, der seinen Namenstag feierte, Visitación, Edelmira, eine Nichte der Marquesa – ein Mädchen von fünfzehn Jahren, das wie zwanzig aussah –, Don Saturnino Bermúdez und Señor de Quintanar fröhlich und ausgelassen durch die Räume des ersten Stocks, den Speisesaal, die Gänge und die Treppe, die zum Garten und zum Patio führte. Die Präsidentin und Don Alvaro Mesía sahen den unschuldigen Spielen der anderen von einem Fenster des Speisezimmers aus zu, das auf den Patio ging.

Quintanar hatte Paco um einen kurzen Hausrock gebeten, da sich seine Beine in dem schwarzen Gehrock verhedderten. Der Hausrock war ihm zu weit und zu kurz. Er war aus sehr hellem Alpaka.

Der Generalvikar stieß auf der Treppe auf Visitación und Quintanar, die in allen Winkeln die Zigarrentasche des pensionierten Gerichtspräsidenten suchten, die Edelmira und Paco versteckt hatten. Don Saturnino Bermúdez kam bleich, mit tiefen Schatten unter den Augen und einem höflichen Lächeln, das von einem Ohr bis zum anderen reichte, allein hinterher und spielte auf die unglücklichste Art der Welt ebenfalls den Ausgelassenen. Es griff einem ans Herz, ihn sich vergnügen und springen, die lärmende Fröhlichkeit der anderen nachmachen zu sehen. Aber, mein Lieber, das war seine Pflicht. Er gehörte zur Verwandtschaft, zum engen Freundeskreis des Hauses, zu denen, die zum Essen blieben, und so mußte er tun, was die andern taten: laufen, Unsinn treiben und selbst die Damen zwicken, wenn es sich gerade traf. Immer blieb er allein. Wenn er der Präsidentin, Visitación oder Edelmira etwas sagen wollte, ließen ihn die Damen zerstreut mitten im Satz einfach stehen. Sie konnten nicht anders. Es war kein Mangel an guter Erziehung, es lag vielmehr daran, daß Bermúdez' Sätze so kompliziert waren, aus so vielen Einschachtelungen und Einschüben bestanden, daß es einer Lammsgeduld bedurft hätte, sich einen zu Ende anzuhören. Als er den Generalvikar erblickte, fiel ihm ein Stein vom Herzen. Nun hatte er einen Vorwand, wieder ernst zu werden. Er begrüßte ihn mit der ihm eigenen Artigkeit und schickte sich an, ihn in den Salon zu begleiten. Paco hatte ihn kurz und flüchtig von fern gegrüßt, weil er gerade, von Edelmira, seiner rundlichsten, muntersten und rotbackigsten Kusine, gefolgt, mit Quintanars Zigarrentasche in den Garten lief, um sie dort zu verstecken.

»Wenn der Junge anfängt, Unsinn zu treiben, gerät er ganz aus dem Häuschen«, sagte Bermúdez zu Pacos Entschuldigung, gerade, als mache er in seiner Eigenschaft als Verwandter des Marqués dem Herrn Generalvikar die Honneurs.

Don Fermín blickte verstohlen auf die Präsidentin und Don Alvaro, die am Fenster des Eßzimmers miteinander sprachen. Er tat, als sehe er sie nicht, und ließ sich, rote Flecken auf den Wangen, von Don Saturnino in den Salon führen.

Die gewichtigen Herren empfingen ihn mit den schmeichelhaftesten Zeichen von Achtung und Wertschätzung.

»Oh, Herr Generalvikar!«

»Oh, wie schön!«

»Da kommt der Antonelli von Vetusta!«

Der Marqués umarmte ihn, worum ihn ein kleiner Geistlicher, ein enger Freund des Hauses, beneidete.

Ripamilán drückte Don Fermín mit überströmender Herzlichkeit die Hand. Dann gingen sie zusammen ins Kabinett hinüber.

Die drei Domherren erhoben sich. Die Dame, die wie ein Mönch aussah, lächelte beglückt und säuselte:

»Oh, Herr Generalvikar!«

»Gott sei Dank, der verlorene Sohn!« rief die Marquesa, richtete sich ein wenig auf und streckte eine Hand aus, die der Generalvikar dank seiner Länge elegant von weitem ergreifen konnte, indem er sich über den kirschroten, anmutigen Körper Obdulias hinwegbeugte, die den stattlichen Mann von unten in die Abgründe ihrer großen schwarzen Augen ziehen zu wollen schien.

Der Archidiakon saß regungslos mit offenem Fächer da wie ein Windmühlenflügel bei Windstille. Er begriff plötzlich, daß er soeben abserviert worden war. Von einem Hauptdarsteller sank er zu einem Komparsen hinab. Tatsächlich versickerte seine Rede, der Geistliche wie Damen mit Vergnügen zugehört hatten, ohne daß jemand etwas vermißte. Gloucester fühlte sich derart in den Schatten gestellt, daß es ihn sogar zu frösteln schien, als habe sich soeben die Sonne verborgen.

Immer geschah dasselbe. Er hatte allen Grund, diesen Menschen zu hassen. Dennoch verbarg Mourelo als Domherr von Welt einmal mehr seine Gefühle und hielt seinem Feind die Hand hin, was er mit einem Wasserfall kehliger Ausrufe begleitete, die seine unsagbare Freude ausdrückten.

»Holla, holla, holla!« Und dabei klopfte er de Pas ein paarmal leicht auf die Schulter.

Der Generalvikar konnte diesen derben, trivialen Triumph nicht in Ruhe auskosten, denn er mußte an die Gruppe beim Eßzimmerfenster denken. Während er bescheiden und taktvoll die Grüße erwiderte, war er mit seinen Gedanken woanders.

Eine Minute nach der anderen verging, und die beiden aus dem Eßzimmer kamen nicht.

Ob Anita bei der Marquesa zum Essen blieb? Dann würde sie am Nachmittag nicht zur Beichte kommen, wie sie in ihrem Brief angekündigt hatte.

Hinter der scheinbaren Herzlichkeit und überströmenden Fröhlichkeit der Anwesenden verbargen sich im Grunde Groll und Neid. Die Damen, die geistlichen und die weltlichen Herren waren in diesem Augenblick in zwei feindliche Parteien gespalten: die Partei der Beneideten und die der Neider, die der geladenen Gäste, derer nicht viele waren, und die der Nichtgeladenen. Obwohl man von vielerlei Dingen sprach, beschäftigte doch alle der Gedanke an die Einladung. Man erwähnte sie mit keinem Wort und dachte an nichts anderes. Man begann sich zu verabschieden, und die, die gingen, ließen sich ihre Erbitterung und eine gewisse Scham nicht anmerken. Sie glaubten sich gedemütigt, beinahe lächerlich gemacht. Da gab es junge Männer, die linkisch grüßten und sich wie begossene Pudel trollten. Die Damen heuchelten am schlechtesten Ruhe und Gleichgültigkeit. Manche gingen mit rotem Kopf hinaus. Gloucester gehörte zu den Nichtgeladenen. Ein einziger Zweifel quälte ihn: Und er? Ist de Pas eingeladen? Er wußte es nicht und wollte nicht gehen, ohne sich Gewißheit verschafft zu haben. Als die Zeit verging und Salon wie Kabinett sich allmählich leerten, glaubte der Generalvikar gehen zu müssen. Er trat zur Marquesa, fand aber nicht den Mut sich zu verabschieden und redete irgend etwas Belangloses. In diesem Augenblick trat Visitación mit funkelnden Augen und geröteten Wangen in das Kabinett, murmelte etwas vor sich hin und flüsterte – »mit Erlaubnis der Herren« – der Marquesa und Obdulia etwas ins Ohr. Die drei umringten den Generalvikar und hielten – »mit Erlaubnis der Herren«, auch wenn nur noch der Archidiakon und zwei nichtssagende Grünschnäbel aus Vetusta da waren – mit ihm ein kleines Geheimkonzil ab, bei dem es Gelächter und von weichen, eleganten Gesten begleitete Proteste des Generalvikars gab. Gloucester, der tat, als höre er dem Geschwätz der faden Grünschnäbel zu, verschlang die Gruppe heimlich mit den Augen. Kein Zweifel, sie bestürmten ihn, daß er zum Essen bleibe. Die Beratung ging zu Ende, Obdulia und Visitación liefen lärmend hinaus, zeigten dabei, wie stolz sie auf ihre Vertrautheit mit der Marquesa waren, und die beiden jungen Leute verabschiedeten sich. Im Kabinett blieben die Marquesa, der Generalvikar und Gloucester zurück.

Ein kurzes Schweigen trat ein. Der Archidiakon gestand sich noch eine Minute Aufschub zu, um zu sehen, ob sich de Pas ebenfalls verabschiedete. Im Salon hörte man die Stimmen einiger Leute, die dem Marqués Lebewohl sagten. Jetzt waren nur noch die geladenen Gäste im Haus.

Gloucester raffte sich auf, erhob sich, gab Doña Rufina die Hand und ging unter Scherzen hinaus, verbeugte sich dabei nach allen Seiten und lachte gezwungen. Er war blind, blind vor Scham und Zorn. Den anderen einzuladen und ihm den Stuhl vor die Tür zu setzen! Immer triumphierte der Feind! Aber er würde ihm alles auf einmal heimzahlen!

Während er sich im Torweg trotz der Hitze den Mantel umwarf, dachte er: Diese Frau Marquesa ist eine Trotaconventos, eine Celestina! Man will die junge Frau ins Verderben stürzen, man will sie ihm geradezu auf dem Präsentierteller darbieten ... Und er trat auf die Straße, dachte Gemeinheiten und suchte nach einer »schicklichen« Formulierung, um seinen Mitmenschen mitzuteilen, was er dachte.

Die geladenen Gäste waren: Quintanar mit Gattin, Obdulia Fandiño, Visitación, Doña Petronila Rianzares – die Dame, die wie ein Mönch aussah –, Ripamilán, Alvaro Mesía, Saturnino Bermúdez, Joaquín Orgaz und in letzter Stunde der Generalvikar nebst einigen anderen illustren Vetustensern, dem Arzt Somoza zum Beispiel. Edelmira zählte mit zum Hause, denn sie war dort zu Besuch.

In anderen Jahren feierte man Pacos Namenstag nicht auf diese Weise. Da beging er ihn außerhalb des Hauses. Dieses Mal jedoch hatte man diese kleine Feier im vertrauten Kreise improvisiert und aß ausnahmsweise nach spanischer Sitte, um am Nachmittag mit den Wagen des Hauses auf den Landsitz El Vivero zu fahren, wo der Marqués inmitten ausgedehnter Wälder ein Gut und eine altertümlich eingerichtete Gerberei besaß. Man wollte sich die Jagdhunde ansehen und einen Bernhardiner, den Paco ein paar Tage zuvor gekauft hatte. Die Hunde waren sein Stolz. Neben den käuflichen Frauen liebte der junge Marqués die Tiere, vor allem Hunde und Pferde.

Die Einladung des Generalvikars war ein Komplott Quintanars, Pacos und Visitacións gewesen. Die Idee stammte von Visitación. Sie wollte sich mit Mesía einen Scherz erlauben, den Beichtiger und den Teufel, den Versucher, einander gegenüberstellen. Quintanar wurde erklärt, daß man de Pas einlade, um Obdulia mit dem Geistlichen kokettieren und den armen, in die Witwe verliebten Bermúdez im stillen rasen zu sehen. Quintanar fand den Einfall gut, erklärte aber, daß er sich die Hände in Unschuld wasche. Übrigens wisse man ja, daß er die Geistlichen als Männer wie andere auch betrachte.

»Andererseits«, fügte der Präsident im Ruhestand hinzu, »freue ich mich, daß Don Fermín mit uns essen soll. Auf diese Art wird sich meine Frau die verrückte Idee aus dem Kopf schlagen, heute nachmittag zur Beichte zu gehen. Sie soll sich daran gewöhnen, ihren neuen Beichtvater aus der Nähe zu sehen, und sich überzeugen, daß er ein Mann ist wie jeder andere, das heißt, ob sie es vielleicht, unbeschadet des schuldigen Respekts, fertigbringen, ihn beschwipst zu machen.«

Paco wollte Mesías Plänen nicht schaden, für die das Fest dieses Tages zum Teil arrangiert worden war, aber er fand es lustig und pikant, den Herrn Generalvikar zu ärgern, wenn es, wie Visitación vermutete, den ehrwürdigen Domherrn verdroß, die Präsidentin am weltlichen Arm Mesías zu sehen.

Visitación hatte Paco auf den Kopf zugesagt, daß sie alles wisse, denn auch vor ihr hatte Alvaro keine Geheimnisse.

»Aber Ana? Hat sie dir was gesagt?«

»Ana? Nie im Leben! Sie brächte das nie fertig. Aber laß dir . . .«

»Ich nehme an, die Geschichte ist rein . . . geistiger Natur.«

»Das will ich meinen! Hochgeistig.«

»Sonst könnten wir das nämlich nicht unterstützen. Du siehst ja, der arme Don Víctor . . .«

»Natürlich. Ein Scherz, Junge, nichts als ein Scherz. Aber du wirst sehn, wie es dem Generalvikar sauer aufstoßen wird.« So sprach Visitación mit ihren vertrauten Freunden.

»Obdulia wird ihn trösten. Sie stellt ihm nach und mag ihn lieber als Don Saturno, den Bischof und meinen Freund Joaquín.«

»Aber er kann sie nicht verknusen. Sie ist ihm zu anstößig. Solche Frauen sind ihm ein Greuel.«

»Du haßt ihn wohl geradezu?«

»Ich kann die Heuchler nicht leiden, mein Junge. Und hör mal: Für dich ist es nur gut, wenn der Generalvikar dableibt.«

»Weshalb?«

»Weil dich dann Obdulia in Frieden läßt und du dich mit dem Cousinchen beschäftigen kannst. Oh, das werde ich dir nicht durchgehn lassen. Ich beschütze die Unschuld und werde aufpassen . . .«

»Sei doch nicht dumm! Es genügt, daß sie unser Gast ist, damit ich sie respektiere.«

»Hoho, das ist gut! Schau einer an, wie etepetete! Ich traue dir nicht.«

Edelmira hatte das Gespräch unterbrochen, und man kam kurz entschlossen überein, die Marquesa zu bitten, den Generalvikar, notfalls mit sanfter Gewalt, dazubehalten.

Visitación regelte alles in einer Minute. Wie immer. Wo sie war, erreichte niemand mehr als sie. Sie weihte ihr Leben der großen Leidenschaft, anderer Leute Angelegenheiten in die Hand zu nehmen, fremde Naschereien zu lutschen und außerhalb des Hauses zu essen. Dort blieb der bescheidene Gatte zurück, der kleine Bankangestellte, klein auch von Wuchs, mit dem Gesicht eines gealterten Engels, drehte sein graues Schnurrbärtchen und hütete die Nachkommenschaft. Visitación verlangte es so. Sie könne schließlich nicht alles selbst machen. Wer führe den Haushalt? Wer rette die Familie bei Geldverlegenheiten? Wer bannte die immer wieder drohende Entlassung? Wer wendete die Schwierigkeiten im Haushaltsbudget ab? Wer jonglierte und lavierte hier mit den Einkünften? Visitación. Also sollte man ihr gefälligst auch ihr Vergnügen lassen. Sie konnte nicht den ganzen Tag zu Hause hocken. Außerdem ging ihr alles so flink von der Hand, daß ihr Haushalt für den ganzen Tag in Schuß war, die Zimmer sauber, das Essen gekocht, bevor man anderswo einen Besenstrich getan und Feuer angezündet hatte. Ein bißchen schmuddlig war ja alles, doch beruhigten Gewissens zog die Gattin des Bankangestellten, die überall zugleich und immer mittendrin war, auf Jagd nach Neuigkeiten, Klatschereien, Zuckerstückchen und Empfehlungen aus.

Ihre neueste Kampagne, die vielleicht bedeutendste ihres Lebens, ging darum, »sie ihm mundgerecht zu servieren«. »Sie« war Anita. Nach dem Gespräch mit Mesía am Nachmittag zuvor dachte sie an nichts anderes mehr. Am Vormittag war sie bei Quintanar gewesen, der in Hemdsärmeln in seinem Arbeitszimmer auf und ab ging, mit herunterhängenden Hosenträgern: Sie zeigten in bunter Seidenstickerei alle Etappen der Jagd auf einen märchenhaften Hirsch mit unwahrscheinlichem Geweih. Don Víctor war damit beschäftigt, einen Kragenknopf zuzuknöpfen, biß sich dabei auf die Unterlippe und reckte den Kopf in die Höhe, als suche er beim Übernatürlichen und Göttlichen Hilfe. Aus Versehen trat Visitación bei ihm ein.

»Oh, entschuldigen Sie«, sagte sie. »Störe ich?«

»Nein, mein Kind, im Gegenteil. Sie kommen wie gerufen. Dieser verwünschte Knopf . . .«

Und während ihm die Dame, ohne sich die Handschuhe auszuziehen, den Kragenknopf zuknöpfte, begann ihr Don Víctor seinen unwiderruflichen Vorsatz darzulegen, seine Frau auf Vergnügungen zu führen.

»Mein Programm sieht so aus . . .«

Und er erläuterte es ihr haarklein.

Visitación billigte es in allen Punkten, und sie begaben sich gemeinsam in das Ankleidezimmer Anas, die in diesem Augenblick hastig, als wollte sie etwas verbergen, den Brief zuklebte, den Don Fermín wenig später seiner Mutter vorlas.

Fast mit Gewalt hatten Visitación und Quintanar sie bewogen, sich anzuziehen und mit ihnen auszugehen. Visita hatte sich auf dem Kathedralenvorplatz von ihnen verabschiedet, um wegen der Freien Bruderschaft beim Bischof vorzusprechen. Man werde sich ja bei den Vegallanas wiedersehen. Die Marquesa hatte dem Ehepaar Quintanar schon zeitig geschrieben, sie zum Essen eingeladen und ihnen das Tagesprogramm mitgeteilt. Ana stritt sich mit ihrem Mann: Sie wolle beichten gehen, habe es den Generalvikar schon in einem Brief wissen lassen, und das sei keine Sache, die man auf die leichte Schulter nehmen könne. Aber Don Víctor war entschlossen, unnachgiebig zu sein.

»Du gehst beichten, wenn du dich dafür gestärkt hast, das heißt, nachdem wir beim Marqués gegessen haben. Und mach rasch, wir wollen gleich danach aufs Landgut fahren! Ich lasse nicht locker.«

Und sie gingen, um allen möglichen Franciscos und Franciscas zum Namenstag zu gratulieren.

Um Viertel zwei waren sie beim Marqués.

Das erste, was Ana sah, war Don Alvaro.

Sie hatte Angst, rot zu werden, und fürchtete, daß ihre Stimme zittern könnte, wenn sie Mesías höflichen Gruß erwiderte. Sie blickte ein wenig erschrocken ihren Mann an, aber Quintanar schüttelte Don Alvaros Hand mit überströmender Herzlichkeit. Er war ihm sehr sympathisch, und obwohl sie kaum miteinander verkehrten, schlangen sie jedesmal, wenn sie miteinander sprachen, die Bande einer beginnenden Freundschaft enger, die intim und dauerhaft zu werden *drohte*. Don Alvaro hatte in Quintanars Augen das seltene Verdienst, nicht rechthaberisch zu sein, und das waren dem guten Aragonesen zufolge in Vetusta alle. Aber dieses Muster eines eleganten Kavaliers bestand nicht darauf, an einer törichten Meinung festzuhalten, stets gab er zum Schluß Quintanar recht, der hinter dem Rücken des schönen Mannes sagte: »Der würde Karriere machen, wenn er nach Madrid ginge, mit dieser Figur, diesem Aussehen und diesen Umgangsformen! Oh, aus dem könnte was Großes werden!«

Ana faßte den plötzlichen Entschluß, sich zusammenzunehmen, Don Alvaro wie jeden anderen ohne verdächtige Zurückhaltung zu behandeln, und sie dachte dabei daran, daß es ja genaugenommen zwischen ihnen beiden nichts gab, auch nichts geben konnte und durfte.

Als er sie wenige Minuten später, während Don Víctor mit Paco in dessen Räume ging, um sich den zu weiten, kurzen Hausrock anzuziehen, geschickt an ein Fenster des Eßzimmers manövrierte, mußte sich die Präsidentin, um kalt und gefaßt zu bleiben, vor Augen halten, daß es zwischen ihr und diesem Mann nichts Ernsthaftes gegeben hatte, daß die Blicke, die ihn vielleicht ermutigt hatten, keine Versprechen waren, die einem ein Mann von Welt vorhalten konnte. Ana sprach von Männern von Welt nach dem, was sie in Romanen gelesen hatte. Auf dem Felde der Bewährung hatte sie mit ihnen noch nichts zu tun gehabt.

Don Alvaro hütete sich, auf die Begegnung am Vorabend anzuspielen, er erwähnte kein Wort von der kurzen Szene im Park, aber er sprach selbstsicherer, in einem vertraulichen Ton, den er ihr gegenüber noch nie angeschlagen hatte. Sie hatten noch nicht oft miteinander gesprochen und dann stets in Gegenwart vieler Menschen. Ana verkehrte mit ganz Vetusta, aber ihre Beziehungen zu den Männern waren stets kühl und ohne Dauer gewesen. Nur Paco und Frígilis waren vertraute Freunde. Sie war nicht mitteilsam. Ihre stets gleichbleibende Liebenswürdigkeit ermutigte nicht, sie bremste. Visita versicherte, daß dieses Herzchen keine Tür habe. Sie zumindest habe den Schlüssel nicht gefunden.

Don Alvaro sprach viel und gewandt, einfach und natürlich. Er legte es mehr darauf an, sich der Präsidentin durch die Tiefe seines Gefühls als durch den Glanz und die Originalität seiner Gedanken angenehm zu machen. Man sah deutlich, daß er um Sympathie, um Zuneigung warb und daß er sich als ein Mann mit ehrlichem Herzen, ohne Rückhalt und Nebengedanken gab. Er lachte offen und jovial, machte dabei den Mund ziemlich weit auf und zeigte ein vollkommenes Gebiß. Ana fand die Wendung, die Mesía ihrer seltsamen Situation gab, sehr geschmackvoll. Als Don Alvaro schwieg, kehrten ihre Ängste zurück. Sie bildete sich ein, daß der Mann dann ebenfalls wieder an das dachte, was zwischen ihnen stand, an die teuflische Erscheinung der vergangenen Nacht, den Spaziergang durch die Straßen und an so viele stillschweigende, gesuchte, aufgespürte, von ihm herbeigeführte Begegnungen, die sie feige und sträflich gewährt hatte.

Don Víctor war nicht viel größer als Ana. Don Alvaro hingegen mußte sich herabbeugen, damit sein Atem beim Sprechen sacht über den anmutigen Kopf der Dame strich. Er schien ein beschützender Schatten, ein Schirm, eine Stütze. Man fühlte sich wohl neben diesem Mann, der wie ein Festungsturm war. Während Ana mit geneigter Stirn, den Blick auf das Pflaster im Patio gerichtet, zuhörte, konnte sie den hellen, eleganten Gehrock des schönen Mannes nur aus den Augenwinkeln wahrnehmen. Wenn Don Alvaro eine lebhaftere Bewegung machte, ließ er in der Luft einen Duft zurück, den Ana erst köstlich, dann aber gefährlich fand, einen Duft, von dem einem bald schwindlig werden mußte. Sie kannte ihn nicht, aber es mußte etwas von gutem Tabak und anderen rein männlichen, doch nur dem eleganten Mann eigenen Dingen darin sein. Mitunter stützte sich die Hand ihres Gesprächspartners auf die Fensterbrüstung. Ana sah, ohne es vermeiden zu können, lange, feine, weißhäutige

Finger, blaue Venen und glänzende, ovale, gutgeschnittene Nägel. Und wenn sie die Augen noch weiter niederschlug, damit der andere nicht glaubte, sie betrachte seine Hände, dann sah sie die Hose, die in schönem Schwung auf einen langen, schmalen, mit übervetustensischer Eleganz beschuhten Fuß fiel. Es konnte doch keine Sünde sein, wenn sie sich eingestand, daß dies alles gefällig war, gut aussah und gerade so und nicht anders sein mußte.

Ana hörte verschwommen den Lärm aus der Küche, wo Pedro mit Kommandostimme die Vorbereitungen des Mahles leitete. Sie hörte das Plätschern der Springbrunnen im Patio, das Lachen und Schreien ihres Mannes, Visitas, Edelmiras und Pacos, die über die Treppen, durch die Gänge, den Garten und das ganze Haus liefen.

Sie hatte den Generalvikar nicht kommen sehen. Visita trat zum Fenster, um ihr ins Ohr zu flüstern:

»Kindchen, wenn du willst, kannst du gleich hier auf der Stelle beichten. Dein Beichtvater ist da und wird mit dir zu Mittag essen.«

Ana zuckte zusammen und trat von Mesía weg, ohne ihn anzusehen.

»Holla, holla, mein Frauchen!« rief Don Víctor, der mit der drallen, geröteten Edelmira am Arm eintrat. »Sie plaudern also mit diesem Herrn? Nun, dafür sehen Sie mich hier mit meiner kleinen Begleiterin. Es ist nur eine gerechte Rache.«

Nur Edelmira lachte über den Scherz, der für sie etwas Neues war. Dann gingen sie gemeinsam in den Salon zu den übrigen Gästen hinüber. Obdulia sprach mit dem Generalvikar und Joaquinito Orgaz. Der Marqués diskutierte mit Bermúdez, der den Kopf nach rechts legte, den Mund in einem Lächeln bis zu den Ohren aufriß und mit der größten Höflichkeit der Welt den Behauptungen des Marqués widersprach.

»Ja, Señor, ich würde San Pedro, ohne mit der Wimper zu zukken, abreißen und dafür eine Markthalle hinsetzen.«

»Oh, um Gottes willen, Herr Marqués! Ich glaube nicht, daß Sie das fertigbrächten. Ihre Ideen . . .«

»Meine Ideen stehen auf einem anderen Blatt. Der Gemüsemarkt kann nicht weiter, Unwetter und Regen ausgesetzt, unter freiem Himmel abgehalten werden.«

»Aber San Pedro ist ein Baudenkmal und eine heilige Reliquie.«

»Es ist eine Ruine.«

»So schlimm ist es auch wieder nicht.«

Der Generalvikar mischte sich in das Gespräch, auf der Flucht vor Obdulia, die ihm schon nachstellte, wie es Paco und Visita vorausgesehen hatten.

Als die Präsidentin in den Salon trat, brach de Pas einen langen, eleganten Satz ab und verneigte sich grüßend, doch ohne besondere Vertraulichkeit.

Hinter Ana erschien Mesía, dessen linke Wange leicht gerötet war und der sich den seidigen, blonden Schnurrbart strich. Der Generalvikar hielt ihm die Hand hin, die Mesía mit den Worten ergriff:

»Herr Generalvikar, es ist mir ein großes Vergnügen.«

Sie verkehrten wenig und sehr förmlich miteinander. Ana sah sie nebeneinander stehen, beide groß, Mesía etwas größer, beide schlank und jeder auf seine Art elegant. Der Generalvikar stämmiger. Edler in den Formen Don Alvaro. In Gesten und Blick intelligenter der Geistliche. Von regelmäßigeren Zügen der Stutzer.

Don Alvaro war vor dem Generalvikar auf der Hut, er fürchtete ihn bereits. Der Generalvikar ahnte nicht, daß Don Alvaro der böse Versucher der Präsidentin war. Wenn er ihm nicht eben grün war, dann, weil er den Einfluß des anderen in Vetusta für seinen eigenen gefährlich fand und weil er wußte, daß er die Kirche, ohne ihr erklärter Gegner zu sein, nicht mochte. Als er ihn mit Anita so abgesondert von den anderen am Fenster sprechen sah, empfand Don Fermín ein Unbehagen, das immer stärker wurde, je länger er auf ihr Erscheinen warten mußte.

Ana lächelte ihm offen und mit bescheidener Verschämtheit zu. Ein leichtes Erröten spielte auf die am Nachmittag zuvor gebeichteten Geheimnisse an. Sie dachte an alles, was sie einander gesagt, an die Dinge, über die sie wie mit noch keinem sonst auf der Welt mit diesem Mann gesprochen hatte, der ihr Ohr und Seele mit Worten des Trostes und der Hoffnung erquickt hatte, mit Verheißungen von Licht und Poesie, von einem erfüllten, auf ein großes, gutes Ziel gerichteten Leben. In den Büchern hatte sie mitunter etwas dergleichen gelesen, aber wer in Vetusta konnte so sprechen? Und es war ein großer Unterschied, ob man solch schöne, gute Gedanken las oder sie von einem Manne aus Fleisch und Blut hörte. Auch an den Brief dachte Ana, den sie ihm vor wenigen Stunden geschrieben, und das war ein weiteres geheimes Band zwischen ihnen, das auch seinen prickelnden Reiz hatte. Der Brief war harmlos, jedermann konnte ihn lesen. Dennoch war es ein Brief, über den sie mit einem Manne, der nicht ihr Gatte war, sprechen konnte, den dieser Mann womöglich bei sich trug und der ihn vielleicht beschäftigte.

Ana versuchte nicht, sich zu erklären, wie sich diese leicht sinnliche Regung mit der klaren Vorstellung von der Freundschaft vertrug, die zwischen ihr und dem Generalvikar aufkeimte. Was sie genau wußte, war, daß in Don Fermín die Rettung lag, die Verheißung eines tugendhaften Lebens ohne Langeweile, voll edler, poetischer Betätigung, die Anstrengungen und Opfer verlangte, die aber dem toten, öden, unerträglichen Dasein, das ihr Vetusta bis an ihr Ende zu bieten hatte, Würde und Größe verlieh. Und eben weil sie sicher war, der geradezu sträflichen Versuchung durch Don Mesía zu entgehen, wenn sie sich Don Fermín anvertraute, wollte sie die Gefahr herausfordern, indem sie sich von diesen grauen, durchsichtigen, fast immer kalten Augen ohne bestimmbare Farbe anblicken ließ, die plötzlich wie das Feuer eines Leuchtturms aufflammten und mit ihrem Flakkern Schamlosigkeiten sagten, über die sie kein Recht hatte, sich zu empören. Wenn Ana dann erschrocken vor den Augen Mesías floh und wieder Schutz bei denen des Generalvikars suchte, traf sie nur auf den Vorhang der nichtssagenden Lider, die nicht einmal Diskretion ausdrückten, wenn sie sich mit routinierter Zurückhaltung senkten.

Im Gespräch jedoch scheute sich Don Fermín nicht, die Frauen anzusehen. Er blickte auch die Präsidentin an, denn hierbei waren seine Augen bloß eine Art Interpunktion zu seinen Worten. Schwieg er jedoch, so sah er die Frauen nicht an, wenn Zeugen zugegen waren.

Während die Gäste miteinander plauderten und, zumeist stehend, im Salon darauf warteten, zu Tisch gebeten zu werden, bemerkte Don Alvaro, daß sich Ana verstohlen dem Generalvikar genähert hatte und bei einer Balkontür ein wenig verwirrt und sehr leise mit ihm sprach, wobei sie errötend lächelte.

Mesía dachte an Visitacións Worte vom Nachmittag zuvor: Vorsicht mit dem Generalvikar, er versteht es mit den Frauen. Aber er hatte ohnehin eine schlechte Meinung von Geistlichen und Frauen. Man brauchte ihm da nicht erst noch einen Floh ins Ohr zu setzen. Er glaubte nicht an die Tugend. Die besondere Art Materialismus, die seine Religion war, brachte ihn zu der Überzeugung, daß niemand den natürlichen Trieben widerstehen könne, daß die Geistlichen notwendigerweise Heuchler seien und daß die schlecht gezügelte Sinnlichkeit aus ihnen hervorbrach, wo und wann sich die Gelegenheit bot. Don Alvaro, der, wenn es die Umstände erforderten, als sentimentaler Romanheld auftreten konnte, war zielbewußter Zyniker in dem Bereich, den die »Kreuzfahne« die Weihestätte des Gewissens nannte. Im allgemeinen beneidete er die Geistlichen, bei denen seine Geliebten beichteten, und fürchtete sie. Wenn er auf eine Frau großen Einfluß hatte, verbot er ihr, zur Beichte zu gehen. Er wußte zuviel. In den Augenblicken zügelloser Leidenschaft, zu denen er »das Weib« hinriß, sooft er konnte, damit sie sich demütigte und er in neuen Genüssen wahrhaft schwelgen konnte, zwang er sein Opfer, seine Seele vor ihm zu entblößen, die Verirrungen der Sinne griffen auf die Zunge über, und unter absurden Liebkosungen und unsinnigen Küssen kamen beschämende Geständnisse zu Tage, Frauengeheimnisse, die Mesía genoß und im Gedächtnis vermerkte. Wie ein lüsterner Geistlicher, der den Beichtstuhl mißbrauchte, kannte Don Alvaro komische und abstoßende Schwächen vieler Ehemänner und Liebhaber, die seine Vorgänger gewesen, und zu dieser Skandalchronik kamen noch als wichtiger Bestandteil seines Obszönitätenvorrats die galanten Anträge der unkeuschen Priester, ihre manchmal mitleiderregenden, meist aber abstoßenden Entgleisungen. Stolz auf sein Wissen, verallgemeinerte Mesía, glaubte er seiner Sache sicher zu sein, wenn er erklärte, daß die Frau beim Priester das heimliche Vergnügen und die geistige Wollust der Versuchung suche, während der Priester ausnahmslos die Vorteile mißbrauche, die ihm eine Institution biete, deren »heiligen Charakter« Don Alvaro vor den Leuten nicht bestritt, im stillen Kämmerlein eines Materialisten im Kleinformat, eines Materialisten, wie ihn ein *Commis voyageur* verstand, aber leugnete.

Er dachte – Gott behüte! – nicht daran, daß der Generalvikar bei seiner neuen Beichttochter die Befriedigung grober, vulgärer Fleischeslust suche. So weit wagte sich selbst de Pas nicht vor, auch konnte man bei einer Dame wie ihr solche Dreistigkeiten nicht versuchen ... Aber allmählich, ganz allmählich, wiederholte er in Gedanken, wird er höchstwahrscheinlich diese schöne, unbeschäftigte Frau ohne Liebe in der Blüte ihrer Jahre zu verführen trachten. Ja, dieser Geistliche will dasselbe wie ich, dachte er, nur auf anderem Wege und mit den Mitteln, die ihm sein Stand und das Beichtigeramt in die Hand geben. Oh, ich hätte früher zur Stelle sein müssen, um es zu verhindern. Jetzt kann ich es nicht mehr, habe zu so etwas auch noch kein Recht. Diese und andere ähnliche Überlegungen verdarben Mesía die Laune, und er wurde zornig auf den Generalvikar, dessen Einfluß in Vetusta, besonders auf das schwache und fromme Geschlecht, ihn seit langem ärgerte.

»Heute nachmittag geht es also nicht?« fragte Ana mit demütiger, sanfter, zitternder Stimme.

»Nein, Señora«, entgegnete der Generalvikar. »Zuallererst müssen Sie Don Víctors Willen erfüllen und ihm so weit wie möglich auch zuvorkommen. Heute nachmittag Fröhlichkeit und nichts als Fröhlichkeit. Morgen früh . . .«

»Aber Sie machen sich meinetwegen Umstände. Sie pflegen um diese Stunde sonst nicht in die Kathedrale zu gehen.«

»Das tut nichts, morgen komme ich hin, es ist meine Pflicht, und es ist mir auch eine Freude, Ihnen dienen zu können, meine Freundin.«

Die unaussprechliche Wonne, die Ana empfand, entsprang nicht diesen Worten mit ihrer trivialen Galanterie, sie kam von der Stimme, den Bewegungen, dem Duft nach »geistigem Weihrauch«, der ihr bis in die Seele zu dringen schien.

Sie verblieben so, daß Don Fermín die Präsidentin am nächsten Morgen in aller Frühe in seiner Kapelle zur Beichte erwarten werde.

»Und bis dahin an nichts Ernstes denken! Zerstreuen Sie sich! Seien Sie vergnügt, wie es Señor Quintanar befiehlt, der nicht nur ein Recht dazu hat, sondern auch etwas sehr Vernünftiges verlangt. Es ist sehr wohl möglich, daß Ihre Traurigkeit, Ihre Unruhe« – der Generalvikar errötete leicht, und seine Stimme bebte etwas, weil er auf die vertraulichen Geständnisse vom Nachmittag zuvor anspielte –, »daß diese Beklemmungen, über die Sie klagen, stark nervös bedingt sind und auch, soweit es die physische Ursache betrifft, durch diese neue Lebensweise, die man Ihnen anrät und auferlegt, geheilt werden können. Ja, Señora, weshalb nicht? Oh, meine Tochter, wenn wir uns erst besser kennen, wenn Sie erst wissen, wie ich über die weltlichen Freuden denke.« So sagte er wörtlich. »Die weltlichen Freuden können für eine gefestigte Seele ein unschuldiger, harmloser Zeitvertreib sein, eine nützliche Zerstreuung, die man als eine schwache, aber wirksame Medizin verschreibt.«

Ana begriff vollkommen. Der Generalvikar wollte sagen, daß ihr, wenn sie erst der Wonnen der Tugendhaftigkeit teilhaftig sei, die Zerstreuungen, an denen sich der Körper ergötzte, als kindische, abgeschmackte, fade Spiele erscheinen würden, die nur gut waren, weil sie dem Geist Entspannung und Ruhe gaben. Einverstanden. Schließlich war es jetzt schon so: Sie fand so wenig Vergnügen an den Bällen, Theateraufführungen, Spaziergängen, Banketten von Vetusta!

Quintanar trat zu ihnen, und als er Don Fermín bestätigen hörte, daß Bewegung hygienisch, Vergnügungen und Zerstreuungen sehr gesund seien, stimmte er dem Generalvikar enthusiastisch zu, und seine Befriedigung wuchs noch, als er erfuhr, daß Ana an diesem Nachmittag nicht mehr beichten werde.

»Nein, nein«, sagte Don Fermín. »Heute nachmittag geht es aufs Land, zum Vivero.«

»Bitte zu Tisch!« rief die Marquesa von der Tür zum Salon, wo sie soeben Bescheid bekommen hatte, daß angerichtet sei.

»Ein erlösendes Wort!« rief der Marqués.

Alle äußerten mit ein paar Worten ihre Freude über diese Nachricht und begaben sich redend, gestikulierend, ohne große Umstände, die sich bei Doña Rufina erübrigten, in das Speisezimmer. Das Ehepaar Vegallana konnte seine Gäste auch nach allen Regeln der umständlichen Etikette der Provinzaristokratie zur Tafel bitten. Bei diesen Feiern mit intimen Freunden aber, von denen die standesbewußten Verwandten, die gewisse Vertraulichkeiten nicht mochten, absichtlich ausgeschlossen waren, benahmen sie sich wie die ersten besten Neureichen, ohne allerdings selbst bei der größten Zwanglosigkeit einen Anflug von Distinktion und vetustensischer Vornehmheit zu verlieren, die ihnen angeboren war. Der Marqués beherrschte die Kunst, sich »ohne viel Gehabe« Ansehen zu geben, wie er in der ungekünsteltsten Prosa sagte, die je ein Aristokrat sprach.

Es war ein Essen im vertrauten Kreis, man wußte es. Das bedeutete, daß der Marqués und die Marquesa nicht der Gäste zuliebe auf ihre gastronomischen Extravaganzen verzichteten, sie aber dennoch fürstlich bewirteten. An dieser Tafel bedeutete Vertraulichkeit nicht Schäbigkeit oder Schlamperei. Man verzichtete auf die Livree, auf das silberne Tafelgerät, das man von einem Vegallana, einem hohen Tier in Mexiko, geerbt hatte, auf die lästigen Zeremonien, nicht aber auf die erlesenen Weine, die Aperitifs und Vorspeisen, für die diese Tafel berühmt war, noch schließlich darauf, das Beste zu essen, was Tier- und Pflanzenreich der Provinz zu Wasser, zu Lande und in der Luft zu bieten hatten. Andere Aristokraten mochten Vegallana, was den alten Adel oder den Reichtum betraf, den Vorrang streitig machen, aber keiner wagte zu leugnen, daß Küche und Keller des Marqués die ersten Vetustas waren.

Ordinärerweise ließ sich die Marquesa von hübschen, frischen, fröhlichen, gut angezogenen und blitzsauberen Mädchen von etwa zwanzig Lenzen bedienen.

»Das mag schlechter Ton sein«, erklärte sie, »Arme-Leute-Art, aber alle meine Gäste sind mit dieser Bedienung zufrieden.«

»Ich habe nämlich bemerkt«, fügte sie hinzu, »daß die Damen im allgemeinen männliche Bedienstete nicht mögen, während den Männern hübsche Mädchen immer gefallen, und wenn es bei der Suppe ist.«

Paquito hatte die Neuerung seiner Mama begeistert aufgenommen und gesagt: »So ist es! Diese Bedienung durch Mädchen heitert einen geradezu auf. Das erinnert mich an die Erfrischungshallen und manche Cafés bei der Weltausstellung.« Den Marqués ließ die Veränderung kalt. Er sündigte sowieso nicht zu Hause, nicht einmal innerhalb des Weichbildes der Stadt.

Der Speisesaal war rechteckig und gewährte durch vier große, bis nahe unter den nicht sehr hohen Plafond geöffnete Fenster einen Blick auf den Garten und den Patio. Jedes dieser Fenster hatte die Marquesa mit Blumen in Töpfen, Schalen, mehr oder weniger echten japanischen Vasen vollgestellt, und die lebhaften, leuchtenden Farben dieser Blumenausstellung kontrastierten mit den ernsten Tönen des matten Nußbaums in der Kassettierung der Decke und an den Gesimsen und Platten der wuchtigen Glasschränke, die überall, wo die Nischen und ein großes Sofa Platz ließen, an den Wänden des Speisesaals standen. Auch schmückten an jeder freien Stelle Bilder von mäßigem Geschmack die Wände, und sie standen alle irgendwie im Zusammenhang mit gutem Essen. An der einen Wand ein Jagdstück, wie sich Vegallana die Jagd in den Zeiten des Feudalismus vorstellte: die Schloßherrin auf dem Zelter, zu ihren Füßen der Page, den Falken auf der Faust emporhebend, der dottergelbe Reiher hoch oben in den Wolken, weiter zurück der Herr dieser Wälder, der Felsenburg und des Dörfchens, das sich in der Ferne verlor ... Ihm gegenüber eine Romanszene von Feuillet, ebenfalls ein Jagdstück, aber ohne Reiher, Falken und Feudalherrn: ein Waldeswinkel, eine Dame im Herrensitz und dicht hinter ihr ein Reiter, allem Anschein nach entschlossen, ihr die Hand zu küssen, sobald er sie zu fassen bekäme. An anderer Stelle eine Tafel in der Unordnung nach dem Mahl, daneben eine Garküche von einem nach dem Essen unerträglichen Realismus. Und schließlich an der Decke, genau über der Mitte der Tafel in einem Medaillon, das Bildnis von Jaime Balmes, ohne daß jemand gewußt hätte, weshalb. Was hatte der katalanische Philosoph dort zu suchen? Der Marqués hatte es niemandem erklären wollen. Bermúdez erschien es als eine Absurdität, während Ronzal es für einen »Anachronismus« hielt. Aber trotz dieser und anderer abfälliger Äußerungen ließ der Chef der konservativen Partei Vetustas Balmes in dem Medaillon und gab keinerlei Erklärungen.

Die Marquesa sah darin eine der wenigen lästigen Schrullen ihres Mannes.

Die Gäste setzen sich. Eine Tischordnung gab es nicht. Nur die Plätze zur Rechten und zur Linken des Hausherrn und der Hausherrin waren reserviert. Zur Rechten Doña Rufinas nahm Ripamilán Platz, zu ihrer Linken der Generalvikar. Rechts neben dem Marqués saß Doña Petronila Rianzares, links Don Víctor Quintanar. Die anderen setzten sich nach Belieben und wie es sich ergab. Paco saß zwischen Edelmira und Visitación, die Präsidentin zwischen Ripamilán und Don Alvaro, Obdulia zwischen dem Generalvikar und Joaquín Orgaz, Don Saturnino Bermúdez zwischen Doña Petronila und dem Hauskaplan der Vegallanas. Don Víctor hatte zu seiner Linken Don Robustiano Somoza, den selbstgefälligen Arzt des Adels, der sich die Serviette beim Essen im Nacken mit einem schwungvollen Knoten festband.

Bevor man die Suppe aß, tat sich der Marqués einen großen Teller Sardinen auf und sprach dabei mit Doña Petronila über den Abbruch von San Pedro, was die Dame schändlich fand. Die Gäste hielten sich unterdes an die verschiedenen köstlichen, erlesenen Vorspeisen. Sie wußten Bescheid. Alle gehörten zum vertrauten Freundeskreis des Hauses, und man mußte die Gewohnheiten achten, die jeder hier kannte. Vegallana fing immer mit seinen Sardinen an. Er verschlang ein paar Dutzend, stand dann sofort auf und verließ diskret den Speisesaal. Einem eingewurzelten Brauch folgend, taten alle, als bemerkten sie die Abwesenheit des Marqués nicht. Er kam zurück, und die Suppe wurde aufgetragen. Als der Hausherr sich wieder setzte, war er blaß und schwitzte.

»Wie war's?« fragte die Marquesa leise, mehr mit der Miene als mit den Lippen.

Und ihr Gatte antwortete mit einem Neigen des Kopfes, was besagen wollte: »Ausgezeichnet!« Dabei tat er sich einen großen Teller Schildkrötensuppe auf. Der Marqués hatte die Sardinen schon nicht mehr im Leibe.

Noch so ein Geheimnis wie das mit dem Balmes auf der Zimmerdecke!

Die Marquesa manschte sich seltsame Pampse zusammen, auf die ebenfalls schon niemand mehr achtete. Sie aß zu allen Gängen Salat, besprengte alles mit Essig oder bestrich es mit Senf. Ihre Tischnachbarn kannten ihre wunderlichen Gewohnheiten und bedienten sie beflissen, nicht wenig stolz auf ihre lange Erfahrung in der Zubereitung dieser essiggetränkten Gemische, bei denen sie der Dame des Hauses halfen. Während Ripamilán hitzig mit seinem lieben Freund Don Víctor diskutierte und dabei den Kopf, wie von einer Feder bewegt, hin und her drehte, bereitete er der Marquesa mit der Geschicklichkeit einer gut eingelaufenen Maschine den dritten Salat, und die Dame ließ ihn, in der Gewißheit, daß der winzige Domherr alles richtig machen werde, ruhig gewähren, verwandte aber trotzdem kein Auge von seinen Händen.

»Mein Herr!« schrie Ripamilán, während er Salz im Teller der Marquesa auflöste, indem er Essig und Öl mit einer Messerspitze schlug. »Mein Herr, ich meine, Señor de Carraspique ist vollauf im Recht! Ich weiß nicht, wie Sie auf den verrückten Gedanken kommen, ich hätte ihn in den vierzig Jahren, die wir miteinander verkehren, nicht kennengelernt.«

»Hören Sie mal, Sie loser Vogel!« rief Quintanar, der glänzender Laune war und sich verjüngt zu fühlen begann. »Ich weiß schon, was ich sage, und weder du noch sonst ein achtzigjähriges leichtfertiges Greislein darf mir Morallektionen geben. Aber ich bin liberal.«

»Schnickschnack!«

»Heute liberaler als gestern und morgen mehr als heute.«

»Bravo, bravo!« riefen Paco und Edelmira, die sich ebenfalls sehr jung fühlten, und nötigten Don Víctor, mit ihnen anzustoßen.

Das alles war Spaß. Weder war Don Víctor heute liberaler

als gestern, noch siezte er Ripamilán und hielt ihn auch nicht für einen Leichtfuß. Aber so äußerte sich in diesem Kreis eben die Fröhlichkeit, die der Wein allen vermittelte.

Pepa und Rosa, in grellbunten, aber gutgeschnittenen und gutsitzenden, luftigen, sauberen Kleidern, deren raschelnde Röcke beim Gehen schwangen, bedienten, blond die eine, dunkel wie eine Mulattin die mit dem Blumennamen, anmutig, flink, gutgelaunt und geschickt, zeigten dabei den Männern Zähne wie Perlen, beugten sich mit den Platten in koketter Bescheidenheit vor, so daß, nach Ripamiláns Worten, das köstliche Essen, auf diese Art dargeboten, zum Hochgenuß wurde.

Bis in die Küche hallte das Echo der Fröhlichkeit an der Tafel. Wenn Pepa und Rosa mit den Platten zurückkamen, lächelten sie noch über das Schauspiel da drin. Im ganzen Haus fand sich in diesem Augenblick nur eine einzige völlig ernste Person: Pedro, der Koch. Er kam schon noch zu seinem Vergnügen, hinterher. Jetzt dachte er an seine Verantwortung. Überall war er zugleich und lenkte das Ganze wie eine Schlacht. Manchmal erschien er an der Tür zum Speisesaal, berichtigte kleine Irrtümer beim Auftragen mit magnetischen Blicken, denen Pepa und Rosa trotz allen Übermuts wie Automaten gehorchten, diszipliniert wie altgediente Soldaten.

Nächst Pedro waren die stillsten der Generalvikar und die Präsidentin. Dann und wann sahen sie einander an, lächelten sich zu, von Zeit zu Zeit richtete de Pas das Wort an Anita, indem er den Oberkörper hinter der Marquesa zu ihr hinüberbeugte, um gehört zu werden. Dann beobachtete sie Don Alvaro schweigend, mit gerunzelter Stirn, ohne daran zu denken, daß ihn Visitación ansah, die neben ihm saß. Ein diskreter Tritt auf den Fuß riß ihn aus seiner Geistesabwesenheit.

»Es brennt, es brennt!« sagte Visita.

»Was?« fragte die Marquesa, die unaufhörlich aß und sich in dem Lärm sehr wohlfühlte. »Was brennt?«

»Der Pfeffer, Señora.«

Don Alvaro dankte Visitación für den Wink und mischte sich wieder in das allgemeine Palaver ein, wobei er, so gut es ging, seine ungeheure Langeweile verbarg.

Wie seltsam! Er berührte das Kleid und spürte sogar manchmal ein Knie der Präsidentin, der Frau, die er begehrte – wann würde sich ihm so bald wieder eine derartige Gelegenheit bieten? –, und dennoch langweilte er sich, kam er sich an diesem

Ort überflüssig vor, überzeugt, daß ihn dieses Essen in seinen Plänen kein bißchen voranbrachte und daß die Präsidentin keine Frau war, die sich über solche Gelegenheiten freute, wenigstens jetzt noch nicht.

Es wäre eine große Unklugheit, dachte er, noch einen Schritt weiter zu gehen. Wenn ich die gelöste Stimmung beim Essen ausnützte, hätte ich bei dieser Dame für lange ausgespielt. Ich bin sicher, daß auch sie leicht erregt ist, daß auch sie an meine Knie, meine Ellenbogen denkt. Aber es ist noch nicht an der Zeit, diese physiologischen Vorteile wahrzunehmen. Das hier ist noch keine wirkliche Gelegenheit. Draußen auf dem Landsitz werden wir weitersehen. Aber hier keinen Schritt weiter, nicht einen! Sosehr mich auch der Hafer sticht.

Und er war noch höflicher zu Ana, bediente sie mit der ihm eigenen Dinstinktion, aber nichts weiter. Visitación glaubte, nicht recht zu sehen. Was war denn das? Sie blickte erstaunt auf Mesía. Wenn es niemand merkte, machte sie große Augen und blies die Backen auf, was etwa heißen sollte:

»Du bist mir ein schöner Schlappschwanz! Ich begreife nicht, daß du jetzt nicht aufs Ganze gehst, nachdem ich dich in bester Absicht neben sie gesetzt habe!«

Mesías einzige Antwort war, daß er näher an sie heranrückte und ihr auf den Fuß trat. Aber Visitación wehrte ihn mit kleinen Tritten ab, womit sie ihm zu verstehen gab, daß sie kein heuriger Hase war und sich noch immer in der Stimmung befand, die zu der Ohrfeige vom letzten Nachmittag geführt hatte.

Paco wagte nicht, seiner neuen Kusine auf den Fuß zu treten, hatte sie aber mit seinen Scherzen eines galanten jungen Mannes, der in Madrid gelebt und es dort toll getrieben hatte, bezaubert. Außerdem roch der Vetter so gut nach frischen und zugleich so delikaten und eleganten Sachen! Zu Hause, in ihrem Dorf, hatte Edelmira viel an den jungen Marqués gedacht, den sie zwei- oder dreimal gesehen hatte, als sie noch ein kleines Mädchen und er ein junger Bursche gewesen war. Jetzt erkannte sie ihn kaum wieder, und er übertraf ihre Träume und Vorstellungen: Er war hübscher, rosiger, fröhlicher und dicker. Der junge Marqués trug an diesem Nachmittag einen Anzug aus erbsgrauem Alpaka, eine Pikeeweste von der gleichen Farbe, und an den Füßen hatte er ein Paar Sommerpantoffeln, die Edelmira für den Gipfel der Eleganz hielt, obwohl es wohl mehr etwas für Türken war. Die Uhranhänger des Vetters, sein farbiges Hemd, die Krawatte, die kostbaren, auffälligen Ringe, die Hände, die wie die einer Dame wirkten – all das entzückte Edelmira die ebenfalls viel von Sauberkeit und Gesundheit hielt.

Paco hatte ganz allmählich ein Knie an das Kleid des jungen Mädchens herangeschoben. Schließlich spürte er einen sanften Widerstand, und er wollte sein Bein schon wieder zurückziehen. Aber die Kleine hielt so still, daß der Vetter seinen Schenkel wie von ungefähr ließ, wo er war. Edelmiras Unschuld war so wenig schreckhaft, daß Paco ruhig hätte noch weiter gehen und ihr auf den Fuß treten können, ohne daß sie sich dagegen verwahrt hätte, sofern er ihr nicht weh tat. Überdies, dachte das junge Mädchen, ist das hier nun mal so üblich. Die Überlieferung erzählte noch ganz andere Dinge vom Hause ihres Onkels.

Obdulia, die ihnen gegenübersaß, warf manchmal schmachtende Blicke auf das hübsche Paar. Sie dachte an die Wintersonne vom vergangenen Nachmittag. Paco hatte sie schon vergessen! Für ihn gab es nur noch diese frische, nach Gras und Rosmarin duftende kleine Dorfschönheit. Nachdem aber die Witwe ihrer Liebelei vom Vortag ein trauriges Gedenken geweiht hatte, wandte sie sich verführerisch und herausfordernd dem Generalvikar zu. Sie wollte ihn mit ihren Parfüms, ihren verschleierten Blicken und allen sonstigen Mitteln, die sie kannte und die man gegen einen solchen Mann unter diesen Umständen anwenden konnte, den Kopf verdrehen. De Pas reagierte mit schlecht verhohlenem Widerwillen auf Obdulias Koketterien und dankte ihr nicht einmal die als Sühneopfer dargebrachten Aufmerksamkeiten von Joaquín Orgaz, dem sie unverhohlen die kalte Schulter zeigte.

Joaquinito raste im stillen. Dieses Weib war ja eine... na ja. Und er sprach das Wort für sich im Flamencojargon aus. Machte sie da nicht dem Generalvikar schöne Augen? Was die übrigen Gäste nicht sahen oder nicht zu sehen vorgaben – er sah es wohl. Aber er gab sich nicht geschlagen, er machte der Witwe weiter den Hof, indem er tat, als merke er die Anbändelei mit dem Generalvikar nicht. Für gewöhnlich verstanden sich Obdulia und Joaquinito. Herrschaften! Wo es so weit gekommen war, daß sie ihm in einem Kohlenkeller ein Stelldichein gegeben hatte! Freilich konnte er sich nicht rühmen, diese... geschleifte Festung genommen zu haben. Den letzten Gunstbeweis hatte er nicht erfahren, bis jetzt. Aber einen Vorschuß, ein

Handgeld, oder wie man es nun nennen wollte, das schon. Oh, wenn er erst einmal ganz gesiegt hätte, wie er hoffte, würde sie ihm diese launischen Zurücksetzungen, diese Stimmungsumschwünge und die Demütigung, ihm einen *Carca* vorzuziehen, büßen!

Wer gar nichts erhoffte, wer enttäuscht und zu Tode betrübt war, das war Don Saturnino Bermúdez. Nach den Vorkommnissen in der Kathedrale, wo er – zu großer Beschwer seines Gewissens – ein gutes Stück vorangekommen zu sein glaubte, hatte er Obdulia nicht wiedergesehen. Und als er sich ihr am Vormittag genähert hatte, um ihr zu sagen, was er diese Tage fern von ihr gelitten, ohne allerdings die Verstopfung zu erwähnen, die ihn ans Bett gefesselt hatte, als er ihr seine vorbereitete kleine Rede im Stil eines fromm gemilderten Feuillet ins Ohr schnurren wollte, hatte ihm Obdulia den Rücken gekehrt, und das nicht nur einmal, sondern drei- oder viermal, womit sie ihm unmißverständlich zu verstehen gab, daß *non erat hic locus,* daß sie ihn nur in der Kirche um sich dulde.

So waren die Frauen! So war besonders diese Frau! Weshalb sie lieben? Weshalb dem Ideal der Liebe nachjagen? Oder besser gesagt: Weshalb die wirklichen Frauen, die Frauen aus Fleisch und Blut, lieben? Es war besser zu träumen, weiter nur zu träumen.

Solch melancholischen Gedanken hing Bermúdez nach, den der Wein traurig machte, während er zerstreut, aber sehr kühl Doña Petronila Rianzares antwortete, die mit leiser Stimme eine Lobeshymne auf den Generalvikar, ihren Abgott, sang. Ab und zu warf Bermúdez einen Blick auf die Präsidentin, die er insgeheim geliebt, dann wieder auf Visitación, die er als junger Mann verehrt hatte, zu der Zeit, wie sie, wie die bösen Zungen erzählten, über den Balkon mit einem Liebhaber durchgegangen war. Nicht einmal Visitación hatte ihn je in ihrem Leben beachtet. Nie hatte sie ihn mit ihren zusammengekniffenen Äuglein angesehen, mit denen sie zu bezaubern glaubte. Es war keine Geringschätzung, es war nur, weil Bermúdez für die Damen Vetustas ein Gelehrter, ein Betbruder, aber kein Mann war. Obdulia hatte in ihm den Mann entdeckt, aber diese Entdeckung sofort wieder verworfen.

Der Generalvikar, Ripamilán, Don Víctor, Don Alvaro, der Marqués und der Arzt bestritten zum größten Teil die Unterhaltung. Vegallana und der Generalvikar neigten zu ernsten

Themen, Ripamilán aber und Don Víctor gaben jeder Erörterung eine scherzhafte Wendung, und so nahm man schließlich alles für Spaß. Sobald sich der Marqués dank des weisen Gleichgewichts von Flüssigem und Festem, das er mit großem Geschick in seinem Magen verstaute, wieder mutig fühlte, ritt er erneut auf seinem eingefleischten Reformertum herum. Ja, er wolle San Pedro abreißen! Und man solle seine Ideen aus dem Spiel lassen. Abgesehen davon, daß er kein Fanatiker sei und man auch die konservative Partei nicht mit gewissen ultramontanen Strömungen verwechseln dürfe, sei die Religion eine Sache und eine andere die öffentlichen Interessen. Die Markthalle für das Gemüse sei eine Notwendigkeit. Der Standort? Es käme nur ein einziger in Frage, da gebe es gar keine Diskussion: der Platz von San Pedro. Wie? Wo? Indem man die baufällige Kirche abreiße!

Doña Petronila widersprach und rief die Autorität des Generalvikars an. Der Generalvikar pflichtete ihr, allerdings ohne besonderen Nachdruck, bei. Ripamilán, dessen Äuglein wie zwei Glasperlen funkelten, rief:

»Hinaus mit dem Bilderstürmer! Das Gemüse, das Gemüse! Das heißt, daß Euer Exzellenz, Herr Marqués, die Religion, die Kunst, die Geschichte weniger bedeuten als ein Rettich!«

»Bravo, Landsmann!« schrie Don Víctor stehend, ein Glas Sekt in der Hand.

»Hier fehlt es am nötigen Ernst, so kann man nicht diskutieren«, sagte der Marqués. »Jetzt spendet dieser Quintanar dem da Beifall, und vorhin nannte er sich liberal.«

»Aber was hat denn das miteinander zu tun?«

»Sie wollen zwar nicht die Kirche wegreißen, aber die Töchter Carraspiques aus dem Kloster holen, das wollen Sie.«

»Eine einfache Säkularisierung!«

»Víctor, Víctor, red keinen Unsinn!« warf die Präsidentin lächelnd ein.

»Es ist doch nur Scherz«, bemerkte der Generalvikar.

»Wieso Scherz?« röhrte der Arzt. »Bei Somozas Ehre! Wenn Don Víctor meinen Vetter Carraspique im Scherz attackiert, so greife ich zum Schwert, ziehe wirklich gegen ihn blank, und aus Scherz wird blutiger Ernst. Meine Herrschaften, die Kleine verfault dort bei lebendigem Leibe.«

Die Diskussion brach ohne ersichtlichen Grund ab, vielmehr weil der Wein den Herren zu Kopfe gestiegen war. Jetzt redeten alle durcheinander: Paco wollte die Nonnen ebenfalls säkularisieren, Joaquinito Orgaz begann, Flamencowitze zu erzählen, die der Marquesa und Edelmira sehr gefielen. Visitación erhob sich von der Tafel, um alle mit dem offenen Fächer zu tätscheln, die ketzerische Ansichten äußerten. Pepa, Rosa und die anderen Dienstmädchen lächelten verständnisinnig. Sie wagten zwar nicht, sich bei dem allgemeinen Durcheinander gehen zu lassen, waren aber doch nicht mehr so diszipliniert wie zu Beginn des Mahles. Pedro erschien nicht mehr in der Tür. Zwei Gläser waren zerbrochen.

»Den Kaffee in den Gartenpavillon!« befahl die Marquesa.

»Fein! Fein!« schrien Don Víctor und Edelmira, die sich Arm in Arm zu den Klängen des Königsmarsches – so nannte ihn der Gerichtspräsident a. D. –, den Visitación irgendwo im Hause auf einem verstimmten Klavier klimperte, als erste in den Garten begaben, gefolgt von Paco, der sich bemühte, Don Víctor einen Kranz aus Orangenblüten auf die grauen Haare zu setzen. Er hatte ihn in einem Schrank im Alkoven seiner Schwester Emma gefunden. Dort schlief jetzt Edelmira. Alle gingen in den Garten hinaus, der so groß wie der Park der Ozores war. Hohe Bäume mit dichten Kronen standen darin und entzogen ihn zum großen Teil den Blicken der Nachbarschaft. Don Víctor, Paco und Edelmira liefen weit hinten zwischen den Bäumen über die Kieswege. Don Alvaro führte die Marquesa am Arm, und vor ihnen ging, durch Doña Rufinas Gespräch festgehalten, mit gesenkter Stirn, glänzenden Augen und brennenden Wangen Anita und kaute auf abgepflückten Buchsbaumblättern herum. Der Generalvikar war zurückgeblieben, Doña Petronila Rianzares hatte sich seiner bemächtigt. Sie sprach mit ihm über eine ernste Angelegenheit: das Haus für die Schwestern der Armen, das beim Espolón auf einem von Doña Petronila geschenkten Grundstück unter der Bewunderung und dem Beifall des ganzen katholischen Vetusta gebaut wurde. Doña Petronila Rianzares war die Witwe eines ehemaligen Heeresintendanten in La Habana, der ihr eins der ansehnlichsten Vermögen der ganzen Provinz hinterlassen hatte. Einen großen Teil ihrer Rente verwandte sie im Dienst der Kirche, vor allem für Dotationen an Nonnen, die Errichtung von Klöstern und die Unterstützung der Sache Don Carlos', solange seine Partei unter Waffen stand. Sie hielt sich beinah für eine Päpstin und hätte sich in der Gewißheit, daß der Papst ihre Entscheidung sanktionieren werde, zugetraut, jeden beliebigen Katholiken vorläufig zu exkommunizieren. Den Bischof behandelte sie wie einen ihresgleichen, und Ripamilán, der sie nicht ausstehen konnte, weil sie, wie er sagte, ein Mannweib war, hatte ihr den Spitznamen Konstantin der Große angehängt nach dem Kaiser und Beschützer der Kirche. »Die gute Dame glaubt, sie sei eine Heilige und fast soviel wie der Metropolit, weil sie es verstanden hat, ihre Witwenhaube in Ehren zu tragen und Häuser für fromme Stiftungen errichtet.« Der Erzpriester hatte recht: Doña Petronila dachte an nichts anderes als an die Förderung der katholischen Kirche und meinte, alle anderen müßten ihr ganzes Leben lang nichts weiter tun, als ihrer Freigebigkeit und ihrem keuschen Witwentum Weihrauch zu streuen.

Vom ganzen Klerus Vetustas schätzte sie den Generalvikar am höchsten, höher noch als den Bischof. Er sei ein großer Mann, der aus purer Demut in solch untergeordneter Stellung verharre. Der Generalvikar behandelte die Rianzares nach den Worten des Erzpriesters wie eine Königin oder die Bischofsmutter. Sie dankte und lohnte es ihm, indem sie allerorten als seine beredteste Fürsprecherin auftrat. In ihrer Gegenwart duldete sie keine Anwürfe gegen den Generalvikar.

Als sie den Gartenpavillon erreichten, wo man den Kaffee aufzutragen begann, neigte die Rianzares ihren dicken Mönchskopf zur Schulter des Generalvikars und flötete mit verdrehten Augen:

»Kommen Sie mit, mein Freund, ich bitte Sie darum! Begleiten Sie mich zum Vivero! Seien Sie nett, tun Sie mir die Liebe!«

Dem Generalvikar schmeichelte die Bitte der steinreichen Witwe, aber er schlug sie höflich ab.

»Mit tausend Freuden, Señora, wenn ich könnte. Aber ich habe zu tun. Um sechs muß ich . . .«

»Oh, nein, nein, ich lasse keine Ausreden gelten. Helfen Sie mir, Marquesa, den Schelm zu überzeugen!«

Die Marquesa half ihr. Aber vergeblich: Don Fermín hatte sich vorgenommen, an diesem Tag nicht mit hinauszufahren. Ihm war klar geworden, daß außer ihm alle vertraute Freunde des Hauses waren. Er hatte schon die Einladung zum Essen angenommen, weil . . . er nicht anders konnte, aus Schwäche, und nun war Schluß mit den Schwächen. Was sollte er bei diesem Ausflug? Er wußte, daß all diese Verrückten, Visitación, Obdulia, Paco, Mesía, dort hinausfuhren, um sich mehr als unbefangen zu vergnügen, kindliche Spiele nur zu naturgetreu nachzuahmen. Ripamilán hatte ihm das mehrmals gesagt. Zwar fuhr Ripamilán ohne Bedenken mit, aber man wußte ja: So war der Erzpriester nun einmal. Er, de Pas, durfte bei solchen Szenen nicht zugegen sein, die zwar nicht gerade anstößig, aber auch nicht geeignet waren, von einem seriösen Domherrn mit angesehen zu werden. Nein, man mußte sich ein wenig rar machen. Immer hatte er es durch seine Balancierkunst verstanden, als geselliger Geistlicher zu erscheinen, ohne zum verweltlichten Priester abzusinken. Er wußte seinen guten Ruf zu wahren. Allzu große Vertraulichkeit, übertrieben familiärer Umgang hätte seinem Prestige geschadet. Nein, er fuhr nicht mit aufs Landgut. Er hatte nicht übel Lust dazu, das schon, denn dieser Señor Mesía hatte sich an der Präsidentin Rockschöße gehängt, und Don Fermín begann schon Vermutungen anzustellen, ob der berühmte Don Juan Vetustas etwas unheilige Absichten hegte.

Ohne sich etwas Böses zu denken, wie es ihre Art war, rief die Marquesa Anita zu sich und sagte:

»Komm her! Mal sehn, ob dieser unliebenswürdige Herr auf dich mehr gibt als auf uns.«

»Worum geht es denn?«

»Don Fermín will nicht mit hinauskommen.«

Don Fermín, dessen Wangen schon etwas gerötet waren, weil er dem Glase häufiger zugesprochen hatte als gewöhnlich, wurde wie eine Kirsche, als ihn die Präsidentin gerade ansah und mit unverkennbarem Bedauern sagte:

»Aber seien Sie doch nicht so! Sie bereiten uns allen eine Enttäuschung. Kommen Sie mit, Herr Generalvikar!«

In der Miene und dem Blick der Präsidentin konnte jeder einen aufrichtigen Ausdruck der Enttäuschung sehen, und de Pas und Don Alvaro sahen ihn auch: Die Nachricht der Marquesa verstimmte Ana.

Don Alvaro durchlief ein Gefühl, als hätte er sich verbrannt. Er, der sich in diesen Dingen auskannte, zögerte nicht, was er soeben empfunden, als Eifersucht zu bezeichnen. Es ärgerte ihn, daß er eifersüchtig war. Das bedeutete, daß ihn diese Frau tatsächlich mehr interessierte, als er sich eingestand. Und nun plötzlich diese Hindernisse! Noch dazu welcher Art! Ein Geistlicher! Ein gutaussehender Geistlicher, das mußte er zugeben. Die erloschenen Augen des eleganten Mesía funkelten, als er sie auf den Generalvikar richtete, der den Stoß des Blickes spürte und ihm mit dem seinen standhielt. Don Fermín war vor der Wirkung, die mehr von Anas Haltung als von ihren Worten auf ihn ausging, erschrocken. Er empfand innige Dankbarkeit, eine völlige neue innerliche Wärme. Hier ging es nicht mehr um geschmeichelte Eitelkeit, hier erklangen Saiten des Herzens auf unbekannte Art. Was, zum Teufel, ist das? dachte de Pas. Und gerade in diesem Augenblick begegnete er den Augen Don Alvaros. Es war ein Blick, der sich beim Zusammenprall in eine Herausforderung verwandelte. Ein Blick, der wie eine Ohrfeige war. Niemand außer ihnen und der Präsidentin bemerkte ihn. Da standen sie, nahe beieinander. Beide stolz und schlank. Der enganliegende, korrekte, ernste Gehrock Mesías war nicht weniger feierlich als des Geistlichen weiter würdevoller Priestermantel, der bis zur Erde fiel und in der Sonne glänzte.

Beide erschienen der Präsidentin schön, interessant, etwa wie Sankt Michael und der Teufel, aber wie der Teufel, als er noch Luzifer war. Der Teufel ebenfalls ein Erzengel. Beide dachten an sie, des war sie sicher: Don Fermín als beschützender Freund, der andere als Feind ihrer Ehre, aber Verehrer ihrer Schönheit. Sie würde den Sieg dem zusprechen, der ihn verdiente: dem guten Engel, der ein bißchen kleiner war, keinen Schnurrbart trug, was immer gut aussah, aber doch stattlich und auf seine Art elegant wirkte, so elegant, wie man es eben in einer Soutane sein kann. Die Präsidentin mußte sich, obwohl sie nur einen kurzen Augenblick daran dachte, eingestehen, daß es sie freute, ihren Retter so elegant und ritterlich, so distinguiert zu sehen, wie Obdulia sagte, und darin hatte sie recht. Mehr noch. Daß diese beiden Männer sich ihretwegen so ansahen und jeder zu einem anderen Zweck ihr Wohlwollen erringen wollte, brachte ein wenig Abwechslung in das eintönige Leben Vetustas. Es versprach dramatisch zu werden und wurde es schon. Die Ehre, dieses rätselhafte Ding, das immer in den von ihrem Mann rezitierten Versen vorkam, war außer Gefahr, das stand fest, daran brauchte man nicht zu denken. Aber dennoch wäre es gut, dachte sie, wenn ein Mann von solcher Intelligenz wie der Generalvikar sie gegen die mehr oder weniger gefährlichen Angriffe des Herzensbrechers verteidigte, der ebenfalls kein Tolpatsch war, der viel Takt, große Klugheit bewies und der, was das schlimmste war, wirkliches Interesse für sie zeigte. Davon war sie nun überzeugt: Don Alvaro wollte sie nicht aus Laune, aus Eitelkeit besiegen, sondern weil er sie wirklich liebte. Bestimmt wäre es ihm lieber, wenn sie unverheiratet wäre. Don Víctor war, genaugenommen, ein ernsthaftes Hindernis. Aber sie liebte ihn, des war sie sicher, sie liebte ihn mit einer kindlichen Liebe, vermischt mit einer ehelichen Vertrautheit, die auf ihre Art wenigstens so viel zählte wie jede andere Leidenschaft. Und außerdem brauchte sie ja der Generalvikar nicht zu beschützen, wenn Don Víctor nicht wäre, und der Kampf zwischen den beiden *distinguierten* Männern, der an diesem Nachmittag begann, wäre überflüssig gewesen. Man durfte nicht vergessen, daß Don Fermín sie nicht für sich wollte und sie auch nicht für sich wollen durfte, sondern für Don Víctor.

Während sich Ana in solchen Gedanken verlor, hörte man plötzlich Obdulias Stimme, die gellend um Hilfe schrie. Alle, die friedlich ihren Kaffee im Pavillon tranken, sprangen auf und liefen ans andere Ende des Gartens.

»Wo sind sie? Wo sind sie?« fragte die Marquesa erschrocken.

»Auf der Schaukel!« erwiderte der Arzt Don Robustiano.

Es war eine Holzschaukel, wie man sie für das Volk von Madrid zum San-Isidro-Fest aufbaute, nur hübscher und solider. Auf dem einen Sitz der Schaukel, der eine Ballongondel darstellte, hockte lächelnd und bleich etwa eine Elle über der Erde unbeweglich Don Saturnino Bermúdez und machte die lächerlichste Figur der Welt. Noch lächerlicher wirkte er durch sein Bemühen, sich nichts anmerken zu lassen und seine Lage zu verharmlosen. Die Gondel am anderen Ende aber schwebte hoch in der Luft. An der Mauer dahinter war nach irgendwelchen Bauarbeiten ein Gerüst stehengeblieben, und die Gondel hatte sich an einem der vorstehenden Balken festgehakt. Darin leuchtete in ihrem schreiendroten Kleid Obdulia Fandiño und klammerte sich wie eine Schiffbrüchige der Luft an ihren Sitz, ernstlich erschrocken, doch trotz des Schreckens und der vermeintlichen Gefahr kokett und auf Anmut bedacht.

»Rühren Sie sich nicht!« schrie Don Víctor aufgeregt gestikulierend unter der Gondel und sah wahrscheinlich einiges, was Obdulia, zumindest in dieser kritischen Situation, zu verbergen nicht eben als das Vordringlichste erschien.

»Rühr dich nicht! Wenn du herunterfällst, brichst du dir das Genick!« schrie Paco, der nach etwas suchte, um die Schaukel loszuhaken.

»Dreieinhalb Meter«, sagte der Marqués, der eben zur rechten Zeit kam, um die exakte Höhe des möglichen Sturzes anzugeben, nach Augenmaß, wie er solche geometrische Berechnungen stets anstellte.

Jedenfalls fanden weder Don Víctor noch Paco oder Orgaz von sich aus eine Lösung, zu dem Balken hinaufzugelangen, um Obdulia zu befreien.

»Paco war schuld«, sagte Visitación, den Rock über den Beinen mit einer Schnur zusammengebunden. »Er gab ihnen einen zu großen Schwung, damit Saturno herausfiele, und schon flog die Schaukel bis dort hinauf und verhakte sich beim Herunterkommen an dem Balken.«

Obdulia bewegte sich nicht, schrie aber unaufhörlich.

»Schrei nicht, Kind!« sagte die Marquesa, die nicht mehr nach oben sah, weil ihr das Stehen mit zurückgebogenem Kopf zu unbequem wurde. »Sie werden dich schon herunterholen.«

Der Marqués versuchte, auf eine Handleiter mit wenigen Sprossen zu klettern, die der Gärtner beim Beschneiden des Zwergobstes und der Buchsbaumhecken benutzte. Aber obwohl der Marqués bis auf die letzte Sprosse stieg, reichte er nicht hoch genug hinauf, um die Gondel loszuhaken.

»Man rufe Diego und Bautista!« sagte die Marquesa.

»Ja, ja, Bautista soll kommen!« schrie Obdulia, die daran dachte, wie stark der Kutscher war.

»Es hat keinen Zweck«, bemerkte der Marqués. »Bautista ist stark, aber nicht größer als ich. Es bleibt nichts anderes übrig, als eine andere Leiter zu suchen.«

»Im Garten ist keine andere.«

»Weiß Gott, wo wir eine auftreiben werden.«

»Um Gottes willen! Ich werde schon schwindlig. Ich falle vor Angst hinaus.«

Da entschloß sich Don Alvaro, dem Ana einen ermutigenden und flehenden Blick zugeworfen hatte. Er war schon längst auf den Gedanken gekommen, daß er dank seiner Größe die Schaukel bequem erreichen und losmachen könne. Aber was kümmerte ihn Obdulia? Er konnte eine lächerliche Gestalt abgeben, sich den Gehrock beschmutzen. Anas Blick jedoch trieb ihn mit einem Satz auf die Leiter. Zum Glück war er beweglich. Die Präsidentin sah, daß er in der Haltung eines Laternenanzünders ebenso gelassen und elegant aussah wie bei einem Spaziergang auf dem Espolón.

»Bravo, bravo!« riefen Edelmira und Paco, als sie Don Alvaro nach den Latten der Schaukelgondel langen sahen.

»Wirf mich nicht raus!« schrie Obdulia, als sie die Hände ihres verflossenen Liebhabers an ihren Füßen spürte. Visitación kniff Edelmira, mit der sie sich schon duzte, in die Seite. Die Kleine begriff. Auch ihr war die Anrede aufgefallen. Obdulia hatte Mesía geduzt!

»Seien Sie ruhig, es passiert Ihnen nichts!« entgegnete Don Alvaro, der es schon bereute, Anitas stummer Bitte nachgegeben zu haben.

Er traf umständliche Vorbereitungen, um die Arme in die richtige Stellung zu bringen und die Schaukel freihändig hochzustemmen.

Beim ersten Versuch, der sofort fehlschlug, dachte er an das Gesicht, das der Generalvikar machen würde.

»Hau-ruck!« schrie Visitación, um die Schmach noch zu vergrößern, von unten.

»Sie schaffen es nicht! Ruckeln Sie nicht dran! Es wird nur schlimmer. Ich brech mir noch den Hals!« schrie die Fandiño.

Die anderen schwiegen.

»Sei schon still!« zischte Don Alvaro mit heiserer, wütender Stimme und hätte sie mit Wonne kopfüber hinausfallen sehen.

Er unternahm den zweiten Versuch und hatte wieder kein Glück.

Die Gondel saß fest. Er schwitzte mehr vor Scham als vor Anstrengung. Ein Mann wie er mußte so ein Gewicht doch anheben können!

»Lassen Sie! Mal sehen, ob Bautista . . .«, sagte die Marquesa. »Wo, zum Teufel, bleiben sie denn?«

»Bautista reicht nicht heran«, bemerkte der Marqués abermals. »Eine andere Leiter . . . Man soll in der Wagenremise nachsehn! Dort muß eine sein.«

Don Alvaro versuchte es zum dritten Mal. Umsonst. Er blickte unter sich, als suche er nach einer Möglichkeit, sich eines Teils der Last zu entledigen. Da sah er in der anderen Gondel regungslos, klein und lächerlich Saturnino hocken, von allen Anwesenden vergessen. Obwohl Mesía fuchsteufelswild war, mußte er doch lächeln.

Verächtlich blickte er auf Bermúdez, der ihn unentwegt anlächelte, und sagte mit erzwungener Ruhe:

»Menschenskind, Sie sind gut! Sie bleiben da einfach sitzen! Glauben Sie, ich produziere mich hier als Herkules, daß Sie sich als Ballast mit dranhängen?«

Allgemeines schallendes Gelächter.

»Ja, lachen Sie nur!« schrie Obdulia. »Die Sache ist ja auch zu lustig!«

»Ich . . .«, stammelte Bermúdez. »Sie müssen entschuldigen! Da mir niemand etwas sagte, dachte ich, ich störe nicht. Und dann dachte ich, wenn ich ausstiege, könnte ich die Lage der Dame noch verschlimmern. Eine plötzliche Erschütterung . . .«

»Nein, nein, steigen Sie nicht aus!« zeterte die Witwe entsetzt.

»Wieso denn nicht!« brüllte Don Alvaro wütend zurück. »Soll ich etwa dieses Monstrum mit allen beiden drin, noch dazu freihändig anheben?«

»Es ist nur . . . Ich sehe nicht, wie . . . Wenn man mir nicht hilft . . . Es ist so hoch!«

»Eine knappe Elle«, bemerkte der Marqués.

Paco hielt Don Saturno den Arm hin und half ihm aus dem unseligen Kasten.

»Jetzt helfen wir dir«, sagte er zu Mesía, »indem wir von hier unten nachdrücken.«

»Das wäre zwecklos«, erklärte der Generalvikar sanft. »Da sich der Balken zwischen die beiden Stangen der Lehne geschoben hat, kann man die Gondel nicht loskriegen, wenn man nicht die ganze Schaukel in die Höhe hebt.«

»Versteht sich!« schrie Don Alvaro von oben und versuchte seine Kraft noch einmal.

Aber Bermúdez wog offenbar sehr wenig, denn Don Alvaro bekam die Gondel immer noch nicht frei.

Mesía fühlte sich wie an den Schandpfahl gestellt und sprang mit einem Satz – er achtete darauf, daß er elegant ausfiel – auf die Erde. Dann klopfte er sich den Staub von den Händen, wischte sich den Schweiß von der Stirn und sagte:

»Es geht nicht. Man muß eine andere Leiter suchen.«

»Sie könnte längst da sein.«

»Ob ich vielleicht hinaufreiche?« warf der Generalvikar, Bescheidenheit in Stimme und Haltung, hin.

»Das stimmt«, sagte die Marquesa, »Sie sind ebenfalls groß.«

»Ja, Sie reichen hin!« rief Paco, der ihn auf der Leiter herumhampeln sehen wollte.

»Ja, Sie reichen hinauf«, schloß der alte Vegallana. »Da Sie kräftig sind und Sie hier niemand sieht . . .«

Die Kunst war, ans Ende der Leiter zu klettern, ohne in dem Priestermantel eine traurige Figur zu machen.

»Legen Sie doch den Mantel ab!« riet Ripamilán.

»Nicht nötig«, erwiderte de Pas, entsetzt bei dem Gedanken, man könne ihn in der Soutane sehen.

Und ohne ein Tüpfelchen von seiner Würde, seiner Gewichtigkeit und Eleganz einzubüßen, kletterte er wie ein Eichhörnchen auf die höchste Sprosse, wobei der Priestermantel um seinen Rücken wogte.

»Wie ich's mir dachte«, sagte er und streckte seine Arme durch die Öffnung, durch die kurz zuvor Mesía die seinen gesteckt hatte.

Beifall in der Menge. Obdulia unterdrückte einen unschicklichen Schrei.

Doña Petronila sagte hingerissen mit offenem Mund leise vor sich hin:

»Was für ein Mann!«

Ohne sichtbare Anstrengung hakte der Generalvikar geschickt die Schaukel los, die, aus ihrer Gefangenschaft befreit und bei ihrem Abstieg von derselben Kraft gehalten, die sie hochgehoben, majestätisch niedersank. Somoza, Paco und Joaquín Orgaz halfen Obdulia aus dem verwünschten Kasten heraus. Dem Generalvikar wurde eine wahre Ovation zuteil. Paco bewunderte ihn im stillen: Muskelkraft flößte ihm eine beinahe religiöse Furcht ein. Die seine hatte er in Liebeshändeln vertan. Er war zwar ziemlich bepackt, aber schwammig. Don Alvaro konnte seine Beschämung nur schwer verbergen. Es war kindisch, aber er fühlte sich regelrecht blamiert. Außerdem sah er, der die Geistlichen auf Grund des Priesterrocks und der Sanftmut, zu der sie die Kirchengesetze anhielten, als kraftlose Weiber betrachtete, als eine besondere Abart des schwachen Geschlechts, jetzt in dem Generalvikar einen Athleten, einen Mann, der ihn mit einem Faustschlag niederstrecken konnte, falls sich eine solche Situation ergeben sollte. Mesía dachte daran, daß er oftmals – besonders vor den Wahlen auf den Dörfern – beispielsweise etwa gesagt hatte: »Der Herr Pfarrer soll sich ja nicht mausig machen und sich zu sehr auf seine Röcke verlassen, denn wenn ich aus der Haut fahre, nehme ich ihn bei der Soutane und werfe ihn zum Balkon hinunter.« Weil er es sich nicht richtig überlegt hatte, hatte er immer gemeint, man könne die Geistlichen, nachdem man erst einmal die religiöse Scheu verloren habe, ungestraft ohrfeigen. Er vermutete bei ihnen weder Mut noch Kraft. Und da erteilte ihm jetzt dieser Domherr, der vielleicht ein wenig sein Rivale war, diese Lektion im Turnen, die sehr wohl als heilsame Warnung dienen konnte.

Obdulias Dankbarkeit kannte keine Grenzen, aber der Generalvikar glaubte, ihr die kalte Schulter zeigen zu müssen, indem er sich kühl und abweisend verhielt und ihr zu verstehen gab, daß er es nicht *ihretwegen* getan habe. Dennoch blieb die Witwe bei ihrer Behauptung, daß sie ihm das Leben verdanke.

»Zweifellos!« bekräftigte Doña Petronila, die keine Ahnung hatte, wie sich Obdulia für das Leben erkenntlich zeigen wollte, das sie ihrer Meinung nach dem Generalvikar verdankte.

Ana bewunderte im stillen die Kraft ihres Beichtvaters. Sie sah in ihr ein physisches Symbol seiner Seelenstärke, einer Stärke die ihr bestimmt einen sicheren, unüberwindlichen Schutz gegen all jene Versuchungen bot, die ihr allmählich zu schaffen machten.

Danach stieg Visita auf die Schaukel, aber mit zugebundenem Rock. Sie wollte nicht, daß man ihr darunter sehe.

Obdulia protestierte.

»Was denn? So hat man also etwas gesehen? Nein, nein! Warum hat man mir nichts gesagt? Das ist eine Gemeinheit!«

»Die Dame hat recht«, sagte Don Víctor. »Gleiches Recht für alle. Weg mit der Schnur!«

Edelmira stieg auf die Schaukel, ohne sich den Rock zuzubinden. Wozu Vorsichtsmaßnahmen? Man sah ja nichts.

Don Víctor und Ripamilán schaukelten ebenfalls, wurden aber schwindlig.

»Die Wagen sind vorgefahren!« rief die Marquesa von weitem, und alle liefen in den Patio.

Die Marquesa, Doña Petronila, die Präsidentin und Ripamilán kletterten in das offene Visavis, einst ein Luxusgefährt, ein Prachtstück, nun aber veraltet und schwerfällig. Das Gespann schwarzer Pferde wäre eines Königs würdig gewesen. Die übrigen machten es sich in einer alten, soliden, aber unansehnlichen Reisekutsche bequem, die von vier Pferden gezogen wurde. Diesen Wagen benutzte der Marqués für gewöhnlich bei seinen Fahrten durch die Provinz, einmal, um Wähler an die Urnen zu schleppen, dann aber auch, um in verbotenem Revier zu jagen. Man erzählt sich vielerlei Dinge von dem Reisewagen. Äußerlich ähnelte er den alten Postkutschen, die vom Zentralposthof in Madrid noch immer den Dienst versehen. Man nannte ihn die »Gondel« oder den »Kremser«.

Dem Generalvikar machte man zwischen Ripamilán und Anita ein wenig Platz und gab ihm das feierliche Versprechen, ihn auf dem Espolón abzusetzen. Er müsse dort jemanden aufsuchen, erklärte er, was natürlich nicht stimmte. Er nahm es nur als Vorwand, um seinem Vorsatz, nicht mit aufs Landgut zu fahren, treu zu bleiben.

»Wir entführen ihn!« rief Obdulia.

»Ja, einfach entführen, das ist das beste. Lassen Sie ihn nicht wieder hinaus!« fügte Doña Petronila hinzu.

»Nein, ich protestiere! Dann steige ich nicht ein.«

Aber er tat es doch. Und das Visavis fuhr los, daß die Funken von den kantigen Kieselsteinen auf den schmalen Straßen der Encimada flogen. Dahinter folgte die »Gondel« und betäubte die Nachbarschaft mit einem Höllenlärm von Schellengeklingel, Peitschengeknall, scheppernden Fensterscheiben, Stimmen und Gelächter, das aus ihrem Innern drang.

Die Sonne wärmte noch, und die Damen im Visavis improvisierten mit ihren Sonnenschirmen ein buntes Zeltdach, das auch den Generalvikar und den Erzpriester schützte. Ripamilán, fast in den Röcken von Doña Petronila, die ihm gegenübersaß, verschwunden, schwebte im siebenten Himmel. Nicht wegen der Tuchfühlung mit Konstantin dem Großen, sondern weil er unter Damen saß, unter Sonnenschirmen, Düfte von Frauen roch und das Wedeln der Fächer spürte. Mit Damen hinaus ins Freie fahren! Fast eine höfische Idylle. Das Schönheitsideal des siebzigjährigen Poeten, des ewigen platonischen Verehrers von Phyllis und Amaryllis im Seidenmieder erfüllte sich.

Der Generalvikar fühlte sich etwas geniert. Einerseits störte ihn der Zufall, oder was es sonst war, so dicht neben Ana zu sitzen, andererseits fand er es nicht unangenehm. Natürlich berührten sie sich nur ganz leicht, denn weder sie noch er machten eine Bewegung. Er war verwirrt, sie nicht. Sie saß zufrieden neben ihm. Immer noch stellte sie sich ihn als soliden, starken Schild vor. Sie schützte ihn vor der Sonne, er würde sie vor Don Alvaro schützen. Wenn der Herr Generalvikar mit aufs Landgut käme, dachte sie, wagte es der andere vielleicht nicht, sich ihr zu nähern. Und wenn er nicht mitkäme? Dann wagte er's bestimmt. Wo dort jeder seiner eigenen Wege geht und Víctor imstande wäre, mit Paco und Edelmira fortzulaufen, um den Hanswurst, den kleinen Jungen zu spielen. Nein, er soll nicht merken, daß ich ihn fürchte, und wenn er sich mir nähert, werde ich nicht fliehen. Wenn doch der Generalvikar mitkommen wollte!

»Don Fermín«, sagte sie kurz vor dem Espolón bescheiden und mit sanftem, stillem Respekt, wie sie immer zu ihm sprach. »Warum kommen Sie nicht mit, Don Fermín? Aber nicht nur auf ein Stündchen. Kommen Sie!«

Don Fermíns ganzen Körper überlief bei diesen Worten der Präsidentin ein Wonneschauer. Unwillkürlich neigte er sich zu ihr, als sei sie ein Magnet. Zum Glück waren die anderen Damen und der Erzpriester in eine Unterhaltung vertieft, bei der an der guten Obdulia kein gutes Haar blieb. Ripamilán erwähnte wie stets in diesem Zusammenhang den Bischof von Nauplia, das Hotel in Madrid, die Kleider von der galanten Kusine und vieles andere mehr. Es muß zugegeben werden, daß die Entschlossenheit des Generalvikars ins Wanken kam. Aber es erschien ihm seiner unwürdig, so wenig Willensstärke zu zeigen, und außerdem fürchtete er, was auf dem Gut geschehen konnte. Er durfte sich nicht wie ein Kadett benehmen. Wenn Don Alvaro Revanche für die Niederlage bei der Schaukel haben wollte und ihn zu irgendeinem anderen Wettstreit herausforderte, lief er mit seinem Priestermantel, der Soutane und seiner Domherrnwürde obendrein große Gefahr, sich der Lächerlichkeit preiszugeben. Nein, er fuhr nicht mit. Und er empfand, als er fest blieb, eine innige Befriedigung. Es war das Gefühl des Stolzes. Er wußte wohl, welche Kraft er aufwenden mußte, um der Versuchung zu widerstehen, die von diesen um so verführerischeren, weil völlig arglosen Lippen ausging. Gerade aus diesem Grunde schätzte er seine Energie, die Unbeugsamkeit seines Willens um so höher ein, war er doch »zweifellos für Größeres geboren, als sich mit Vetustenser Dunkelmännern herumzuschlagen«.

Er wandte die sanften Augen wieder seiner Freundin zu, legte in seine Stimme einen Ton freundlicher Vertrautheit, der neu war und, wie die Präsidentin bemerkte, ein wenig dem ähnelte, den Don Alvaro am Nachmittag beim Eßzimmerfenster angeschlagen hatte, und antwortete leise:

»Ich darf nicht mitkommen.«

Mit einer unbeschreiblichen Geste deutete er an, daß er es bedaure, aber da er Geistlicher sei ... und sie bei ihm gebeichtet habe ... wo es obendrein Paco, Visita und Obdulia ein bißchen arg trieben und in Vetusta die Müßiggänger – und das seien ja die meisten – über die harmlosesten Dinge gleich klatschten.

All dies verstand die Präsidentin, auch wenn es die Handbewegung nicht zum Ausdruck bringen wollte, und sie fand sich damit ab, einen neuen Strauß mit Don Alvaro Mesía ohne den Schutz des Generalvikars auszufechten.

Sie sprachen nicht mehr darüber. Der Wagen hielt, der Generalvikar erhob sich und verabschiedete sich von den Damen. Die Präsidentin lächelte ihm zu, wie sie wohl ihrer Mutter zugelächelt hätte, wenn sie sie gekannt hätte. De Pas konnte nicht so lächeln, und er antwortete mit einem Aufleuchten in den Augen, das er nicht gewahr wurde – Ana übrigens auch nicht.

Sie befanden sich am Anfang des Espolón, der Priesterpromenade, wie er früher hieß. Hier stieg Don Fermín unter dem Gejammer Doña Petronilas aus.

»Sie sind aber langweilig«, sagte die Marquesa und erlaubte sich den vertraulichen Ton, den sie bei allen Domherren mit Ausnahme Don Fermíns anschlug.

Sie ging sogar so weit, ihn mit dem geschlossenen Fächer auf die Hand zu tatschen. Auf diese Weise drückte sie ihren Wunsch aus, die etwas kühle Freundschaft zwischen dem Hause Vegallana und dem Generalvikar enger zu gestalten. De Pas begriff das wohl und dankte es ihr. Mit den Vegallanas auf vertrautem Fuße stehen hieß, mit Don Víctor und seiner Gattin auf vertrautem Fuße stehen, das wußte er wohl. Immer waren sie zusammen: im Theater, beim Spazierengehen, überall, und die Präsidentin speiste sehr oft bei den Vegallanas. Wenn er sie also sehen wollte, konnte er das dort viel besser als in der Kathedrale. Das alles schoß dem Generalvikar durch den Kopf in dem kurzen Augenblick, den er benötigte, um den Fuß vom Trittbrett zu nehmen, einen Schritt zurückzutreten und die Damen ein letztes Mal zu grüßen.

»Weiter, Bautista!« rief die Marquesa, und das Visavis setzte seine Fahrt unter den Blicken von Geistlichen, Damen und Kavalieren fort, die auf dem Espolón promenierten, unter neugierigem Gaffen von Kindern, die auf den angrenzenden Wiesen spielten, und Handwerkern, die im Freien arbeiteten.

Der Generalvikar folgte dem Wagen, solange er konnte, mit den Augen. Die Präsidentin lächelte ihm von weitem mit dem sanften, keuschen Ausdruck von eben zu und grüßte ihn unauffällig mit dem Fächer. Danach sah man nur noch die eckigen Umrisse Ripamiláns, der die Arme wie die Flügel einer Spielzeugmühle drehte.

Die zweite Kutsche preschte wie ein Blitz vorbei. De Pas sah eine behandschuhte Hand, die ihm aus einem Fenster zuwinkte. Es war die Hand Obdulias, der ewig dankbaren Witwe. Sie winkte nicht mit beiden Händen, denn die linke drückte zärtlich und verstohlen Joaquín Orgaz, der die Brosamen vom Tische anderer nicht verschmähte, wenn an den Knochen nur noch genug dran war.

Der Espolón war eine schmale Promenade ohne Bäume, die von den Nordostwinden – und das sind in Vetusta die kältesten – durch eine nicht sehr hohe, aber dicke und guterhaltene Mauer geschützt war, an deren Enden zwei monumentale Brunnen von gedrungener Architektur aus dunklem Stein standen, die ihre Herkunft durch den Ablativus absolutus *Rege Carolo III.* offenbarten, die in jede der Einfassungen wie ein Werk des durch Jahre über den Kalkstein rinnenden Wassers eingegraben war. Auf der anderen Seite begrenzten lange, ebenfalls steinerne Bänke die Promenade. Mehr Schmuck oder Anziehungspunkte hatte der Espolón nicht zu bieten, es sei denn die Sonne, die die triste Mauer wärmte, wenn sie den ganzen Nachmittag schien. Im Schutze dieser Mauer ergingen sich seit undenklichen Zeiten die zahlreichen Geistlichen, die Zier der alten Residenzstadt Vetusta. Im Winter von zwei bis vier oder fünf Uhr nachmittags, im Sommer von kurz vor Sonnenuntergang bis in die Nacht. Es war dies nicht nur ein geschützter, sondern auch ein einsamer und »abgelegener« Ort, aber nur, solange die Kolonie noch nicht existierte. Jetzt lag der beste Teil der Stadt, das moderne neue Viertel, auf dieser Seite, und wenn man auch den Espolón und seine unmittelbare Umgebung respektierte, begann doch wenige Schritte entfernt der Lärm, das Gewimmel und rege Leben auf den Baustellen des »Kolonialviertels«, das hier »wie durch Zauberhand« entstand – so die »Kreuzfahne«, für die zehn oder zwölf Jahre offenbar nur ein Atemzug waren.

Es muß erklärt werden, daß der Klerus Vetustas, wiewohl berühmt wegen seiner Unduldsamkeit in dogmatischen, moralischen, selbst disziplinarischen und, wenn man so will, auch in politischen Fragen nie mit scheelen Augen auf die Nachbarschaft des städtischen Fortschritts blickte, sondern sich eher dazu beglückwünschte, daß sich Vetusta »von Tag zu Tag wandelte«, so daß es nach Verlauf von zwanzig Jahren »niemand mehr erkennen werde«. Was beweist, daß die wohlverstandene Zivilisation weder den Klerus der Pfarrkirchen noch den der Kathedrale im »katholischen Vetusta« Bermúdez' abstieß.

Mehr noch: Obwohl das Spaziergehen auf dem Espolón traditionsgemäß ein Privileg von Geistlichen, melancholischen Justizbeamten und Familien in Trauer war, hatten einige Damen festgestellt, daß es auf der »Priesterpromenade« wärmer als auf jeder anderen war, und begannen in Kränzchen und Laienbruderschaften die Frage zu erörtern, ob man den winterlichen Korso nicht auf den Espolón verlegen solle.

Don Robustiano Somoza, der vor allem Sozialhygieniker war, schrie überall:

»Selbstverständlich! Genau dasselbe predige ich doch seit hundert Jahren. Aber hier kann man ja gegen Vorurteile und Fanatismus nicht ankämpfen! Diese gerissenen Pfaffen haben gleich von allem Anfang an die Einsamkeit und Abgeschiedenheit vorgeschoben, um sich den besten, geschütztesten und hygienischsten Erholungsort für sich zu reservieren.«

Schließlich wagten ein paar der vornehmsten Damen, mit der Tradition zu brechen, und promenierten von Oktober bis Ostern keck auf dem Espolón. Nach ihnen faßten sich auch ein paar andere ein Herz. Die jungen Dandys stellten fest, daß die Priesterpromenade kürzer und schmaler sei als der Paseo Grande, und das paßte in ihre Absichten. So verwandelte sich innerhalb eines Jahres der begehrte Espolón in die »Winterpromenade« und wurde teilweise säkularisiert.

Ein paar Geistliche, fast alle arm und alt, protestierten, blieben schließlich von »ihrem« Espolón weg und verteilten sich auf die Landstraßen.

Die Welt mit ihrer Narrheit vertrieb sie von ihrem Erholungsort. Das Weltliche überflutete alles! Und sie wandelten auf der Straße nach Kastilien und anderen staubigen Pflasterwegen zwischen den endlosen Reihen von Pappeln und Eichen dahin.

Aber das junge Element, die meisten Domherren und Benefiziate, die, die sich gewählter und eleganter kleideten, die den kurzen, schmalen Schaufelhut trugen, fanden sich damit ab und duldeten die Invasion des eleganten Vetusta. Sie nahmen keinen Anstoß daran oder ließen es sich nicht anmerken, wenn Damen und Herren sie mit dem Ellenbogen streiften. Und dann: Sie hatten ja dies Menschengewühl, den weltlichen Lärm nicht gesucht. Sie waren weiterhin »bei sich zu Hause«, in ihrem Herrschaftsbereich, und taten, als bemerkten sie die Anwesenheit der Eindringlinge nicht.

Möglicherweise verdankte man dieser neuen Lebensgewohnheit Vetustas zum Teil die große Sorgfalt, die man kurz darauf in der Kleidung vieler Geistlicher gewahrte. Was man die Jeunesse dorée der von ihren Amtsbrüdern in den Bergen, die nach ihren eigenen Worten zusehends verbauerten, glühend beneideten Geistlichkeit von Vetusta nennen kann, fand sich bei schönem Wetter alle Herbst- und Winternachmittage unfehlbar auf dem Espolón zu dem Korso der eleganten jungen Damen ein. Ein guter Beobachter konnte Liebe und Koketterie in Gesten, Bewegungen, Lächeln, Blicken und im Erröten gewahren. Aber nichts weiter.

Gleichwohl wollte der Rektor des Seminars, ein nach den Worten der Marquesa überängstlicher Mann, dieses Durcheinander von Priestern und Frauen nicht mit ansehen. Alles spazierte dort auf einem Raum, der keinen Steinwurf lang und knappe fünf Ellen breit war, in buntem Gemisch auf und ab.

»Nein, Señor«, sagte er zum Bischof, »mir will nicht in den Kopf, daß es unschuldig und harmlos sein soll, wenn ein Priester an die Ellenbogen sämtlicher geputzter Señoritas der Stadt stößt.« Der Bischof wollte nicht glauben, daß die Señoritas solcher Ellenbogenstöße fähig seien. Ja, wenn es das leichtfertige Volk vom Boulevard gewesen wäre, die Näherinnen.

Er vergaß den Einspruch des Rektors bald.

»Wer gibt schon was auf diesen Herrn?« sagte Visitación. »Ein Mann ohne Schliff. Fromm ja, aber ungehobelt. Kurzum ein Mann, der mich aus der Sakristei von Santo Domingo geworfen hat, und das, wo ich die Schatzmeisterin des Herzen Jesu bin.«

»So ein Mann«, bekräftigte Obdulia, »müßte sein Leben auf einer Säule verbringen.«

»Wie Sankt Simeon, der Stylit«, warf Trabuco ein, der ebenfalls zugegen war.

Von Ostern bis zur Herbsttagundnachtgleiche waren die Geistlichen auf dem Espolón fast allein. Im Oktober aber fanden sich ein paar Damen wieder ein, die Angst vor der Nässe und den »Ausdünstungen der Bäume« oben auf dem Paseo de Verano, der Sommerpromenade, hatten. An dem Nachmittag, als die Kutsche der Vegallanas den Generalvikar am Anfang des Espolón absetzte, promenierten dort zahlreiche Geistliche und nicht wenige ältere, wohlsituierte weltliche Herren, aber kaum

Damen. Doch ein paar genügten, um den ungewöhnlichen Umstand, daß der Generalvikar aus dem Wagen der Vegallanas stieg, lebhaft zu erörtern, hatten ihn doch soeben alle mit eigenen Augen neben der Präsidentin sitzen sehen. Um der Wahrheit die Ehre zu geben: Auch die Geistlichen besprachen den unerwarteten Vorfall, wie Mourelo sagte. Der ehemalige Bürgermeister Foja ging zwischen dem Archidiakon, dem erlauchten Gloucester, und dem Benefiziat Don Custodio, dem schleimigsten Priester Vetustas, spazieren. Der liberale Wucherer umgab sich sonst nicht mit Soutanen, aber an diesem Nachmittag hatte die Bedeutung des Vorgefallenen die drei Feinde des Generalvikars zusammengeführt.

»Welche Unverfrorenheit!« sagte Foja.

»Ein Narr! Er weiß nicht, was Diplomatie ist und versteht den Schein nicht zu wahren«, bemerkte Mourelo.

»Und ich hab's Ihnen nicht glauben wollen, als Sie mir sagten, daß er bei ihnen zum Essen geblieben ist.«

»Da sehn Sie's ja!« rief Gloucester triumphierend.

»Und wo fahren die andern hin?«

»Zum Vivero sicherlich. Um wie die Fohlen zu springen und umherzutollen.«

»Das sind nun die Stützen der Gesellschaft!«

»Nein, Señor. Das hier ist die Ausnahme.«

»Und überlegen Sie mal: Im offenen Wagen anzukommen!«

»Und neben ihr!«

»Und dann hier auszusteigen!« erkühnte sich der Benefiziat einzuwerfen.

»Genau! Er hat recht: Hier auszusteigen!«

»Herr Archidiakon, gestatten Sie mir zu sagen, daß Ihr Amtsbruder ganz von Gott verlassen sein muß.«

»Das will ich meinen. Und ich bedaure es. Aber dieser Bischof in seiner Einfalt . . . Was erwarten Sie schließlich?« meinte der Archidiakon und lächelte voll Bosheit.

In diesem Augenblick fiel ihm ein trefflicher Satz ein, und um ihn seinen Zuhörern in aller Feierlichkeit vorzutragen, blieb er stehen, streckte die Hand aus, wie um die beiden anderen voneinander zu trennen, bog den Körper zu Foja hinüber und sagte ihm laut ins Ohr:

»Mein Freund, in Gottes Kirche muß für alles Platz sein.«

Die anderen belachten den Witz, und das Gelächter hörte nicht eher auf, bis der Generalvikar an den Lästermäulern vorbeiging. Die beiden Geistlichen grüßten ihn sehr höflich, Gloucester trat sogar einen Schritt auf ihn zu und klopfte ihm freundschaftlich auf den Rücken.

Der Neid fraß in ihm, aber Gloucester war nicht der Mann, sich etwas anmerken zu lassen. Entweder war man ein Diplomat oder nicht.

Der Generalvikar begnügte sich, im stillen vor ihm auszuspucken.

Er ging ein paarmal allein die Promenade auf und ab, mit seiner gewohnten Liebenswürdigkeit mechanisch nach rechts und links grüßend, ohne die Leute, die er grüßte, überhaupt richtig zu sehen. Den Priestermantel vor dem Bauch, der sich anzudeuten begann, gerafft und eine Hand über die andere gelegt – man weiß bereits, daß er sehr schöne Hände hatte –, ging er langsamen Schrittes – was ihn gehörige Überwindung kostete, denn am liebsten wäre er hinter den Kutschen des Marqués hergerannt – eine Viertelstunde spazieren und hielt demütig den Blicken der Leute stand, überzeugt, daß alle – oder doch die meisten – von ihm und der zwei-, drei- oder vierstündigen Beichte sprachen. Gott mochte wissen, wie viele Stunden es schon waren! Dieser Gloucester und sein Don Custodio würden schon dafür gesorgt haben, daß die Kugel ins Rollen kam. Was mochten seine Feinde schon alles erzählen! Doch was kümmerte ihn das? Jetzt bedrückte ihn, daß er nicht mit aufs Landgut gefahren war. Die Übelgesinnten zerrissen sich sowieso die Mäuler, und was die anständigen Leute betraf, die, auf die es ihm ankam, die glaubten bestimmt nichts Böses, wenn er, wie es Ripamilán tat, wie es andere Geistliche getan hatten, mit auf die Besitzungen des Marqués gefahren wäre.

Ein paar wirkliche Freunde oder wenigstens erklärte Anhänger Don Fermíns gingen auf dem Espolón spazieren, aber sie wagten den mächtigen Generalvikar nicht anzusprechen. Er machte trotz des milden Lächelns, das wie festgefroren auf seinen Zügen lag, ein Gesicht wie drei Tage Regenwetter. Wie Leute mit schwachen Augen bei Tageslicht die Lider zukneifen, begann Don Fermín zu lächeln, sowie er ins Freie trat. Dieses Lächeln, das er in der Öffentlichkeit immer aufsetzte, mutete wie eine seltsame Wirkung des Lichts auf seine Gesichtsmuskeln an.

Aber das täuschte die nicht, die ihn – zumeist durch eigene böse Erfahrung – kannten. Der erste, der sich ihm zu nähern wagte, war der Dekan, der gerade auf die Promenade kam. De Pas ging ihm selbst entgegen. Der Dekan sprach fast nie und beim Spazierengehen erst recht nicht. Sie gesellten sich zueinander, und de Pas setzte seinen Weg fort, als sei er noch allein. Dann trat der Neffe des Ministers zu ihnen, und man mußte ein paar Worte wechseln. Gleich darauf gesellte sich ein Bischof im Gehrock dazu – ein Ausdruck für Betbruder, der damals gerade im Schwange war –, und das Gespräch belebte sich. Man sprach von Politik und Palastintrigen, von tausend Dingen, die der Generalvikar abgeschmackt fand, ungehörig, eines Priesters unwürdig. Aber er? Woran dachte er? An etwas wirklich Kindisches, Lächerliches und sogar Sündhaftes. Hatte er nicht tatsächlich, da er gesenkten Kopfes dahinging, auf die Priestermäntel und Soutanen seiner Kollegen und auf seine eigene Kleidung zu achten begonnen? Dachte er nicht, daß dieser Aufzug absurd war, daß sie gar nicht wie Männer aussahen? Daß in dieser Kleidung etwas karnevalistisch Weibisches lag? Tausend Torheiten! Feststand, daß es ihn in diesem Augenblick genierte, mit der Soutane gekleidet zu sein, die er sonst so majestätisch zu tragen wußte. Wenn sie wenigstens wie manche Tunikas einen seitlichen Schlitz gehabt hätte! Aber dann sähe man – wie entsetzlich! – die Beine, die lange schwarze Hose, den Mann, der verschämt unter dem Priester steckte.

»Was meinen Sie dazu?« fragte ihn in diesem Augenblick der Bischof im Gehrock. Er blieb stehen und stellte sich vor ihn hin, um ihn zur Antwort aufzufordern.

De Pas wußte nicht, wovon die Rede war. Seine Gedanken schweiften ganz woanders, beim Schnitt der Soutane.

»Ja, also, diese Frage«, sagte er, »diese Frage verdiente es, überlegt zu werden.«

»Genau das sage ich auch!« rief der andere triumphierend und gab ihm den Weg wieder frei.

»Sehen Sie, der Herr Generalvikar ist derselben Ansicht wie ich. Er sagt, die Frage verdiene es, studiert zu werden. Das will ich meinen!«

Der Generalvikar holte tief Luft. Bevor er sich jedoch einer anderen unerwarteten Frage aussetzte, verabschiedete er sich mit der Behauptung von den Herren, er habe im Palais zu tun.

Er konnte nicht mehr. An diesem Nachmittag konnte er in der Gesellschaft seiner Kollegen nicht atmen. All dieser zur Erde niederwallende schwarze Stoff ging ihm auf die Nerven.

Er könnte noch etwas Unüberlegtes sagen, wenn er länger dablieb. Deshalb entfernte er sich mit langen Schritten. Sein letzter Blick galt dem Weg zum Vivero, wo er die Kutschen in Wolken von Staub hatte verschwinden sehen.

Schön steh ich da! dachte er, während er durch die Straßen ging. Er haßte es, die Dinge beim Namen zu nennen, besonders die, die schwer zu benennen waren. Was ging da mit ihm vor? Er hatte keine Bezeichnung dafür. Liebe war es nicht. Der Generalvikar glaubte nicht an eine besondere Leidenschaft, an ein reines, edles Gefühl, das man hätte Liebe nennen können. Das war etwas für Romanschreiber und Poeten, und die Heuchelei der Sünde hatte sich dieses beschönigenden Wortes bemächtigt, um viele der tausend Formen der Ausschweifung zu bemänteln. Was er empfand, war kein sinnliches Begehren. Sein Gewissen schlug nicht. Waren es die Nerven? Somoza würde es sicherlich bejahen.

Auf jeden Fall war es eine Dummheit und vielleicht sogar eine Unhöflichkeit gewesen, die Bitte der Damen abzuschlagen. Was würden sie wohl auf dem Landgut über ihn reden?

Der Generalvikar stieg die ersten Straßen der Encimada hinauf, kam am Tor der Zivilverwaltung vorbei und sah mitten im Patio einen Springbrunnen, der, wie er wußte, verstopft war. Da fiel ihm ein, daß ihm Ripamilán zu verschiedenen Malen von einem trockenen Brunnen auf dem Gut erzählt hatte. Paco Vegallana, Obdulia, Visita und anderes närrisches Volk – so hatte der Erzpriester erzählt – vergnügten sich damit, Farnkraut, Gras, Zweige abzuschneiden und alles in den Brunnen zu werfen. Wenn dann das Laubwerk bis fast an den Rand reichte, sprangen sie hinein, zuerst einer, dann der nächste und manchmal zwei oder drei zugleich. Selbst Ripamilán mit all seiner Würde hatten sie überredet, in das Loch zu springen. Um ihn dann herauszuholen, hatten sie freilich ein Seil gebraucht. Dem Generalvikar stand dieser Brunnen, den er nie gesehen hatte, vor Augen, und er malte sich aus, wie Mesía mit ausgestreckten Armen auf dem Gras und den Zweigen stand, um Anita aufzufangen. Ob sie das verwerfliche Spiel mitmachte und sich in den Brunnen werfen ließ? Don Fermín stand wie auf Kohlen. Was ging es ihn an? Dennoch stand er wie auf Kohlen.

Er ging aufs Geratewohl, ohne bestimmtes Ziel weiter. Plötzsich stand er vor der Tür seines Hauses. Er machte kehrt, beschleunigte in der Gewißheit, daß ihn noch niemand gesehen hatte, den Schritt und eilte ein schmales Gäßchen abwärts, das auf den Platz vor dem Bischofspalais, die Corralada, führte.

Meine Mutter! durchfuhr es ihn. Den ganzen Nachmittag habe ich nicht an sie gedacht!

Er hatte außerhalb gegessen, ohne ihr Bescheid zu sagen! Doña Paula betrachtete diesen Verstoß gegen die häusliche Ordnung als schwere Sünde. Ihr Sohn beging sie nicht oft, aber eben deshalb wog sie in ihren Augen um so schwerer.

Warum habe ich bloß nicht daran gedacht, ihr Nachricht zu schicken? überlegte er. Aber durch wen? War es nicht lächerlich, zu der Marquesa zu sagen: Señora, ich muß meine Mutter wissen lassen, daß ich heute nicht zu Hause esse? Die Sklaverei, in der er – zufrieden, jawohl: zufrieden – lebte, demütigte ihn nicht, aber es war nicht nötig, daß alle Welt davon wußte. Und weshalb war er jetzt nicht nach Hause gegangen? Lange genug war er weggewesen. Ob er stehenden Fußes umkehrte und der schlechten Laune seiner Mutter die Stirn bot? Nein, er brachte den Mut nicht auf. Ihm lagen heftige Szenen nicht. Der Gedanke an eine verblümte Gardinenpredigt, an einen Diskurs über utilitaristische Moral entsetzte ihn. Bestimmt würde sie wieder von den Torheiten anfangen, die man ihr am Vormittag erzählte hatte. Und wenn er ihr sagte, daß er mit der Präsidentin beim Marqués gegessen habe – das würde erst was geben! Herr im Himmel, wie bald hatte der Pöbel Vetustas, der verächtliche Pöbel Vetustas, über diese Freundschaft zu klatschen begonnen! Innerhalb von zwei Tagen dieses ganze Gerede! Seine Mutter hatte die Ohren voll Verleumdungen und Verdächtigungen und die Seele voll Argwohn, Angst und Besorgnis. Und was war daran? Nichts, absolut nichts. Eine Dame, die die Generalbeichte abgelegt hatte und zu dieser Stunde wahrscheinlich mit dem schönsten Mann der Stadt in einem Brunnen voller Heu steckte! Was hatte er mit all dem zu schaffen? Er, der Generalvikar der Diözese! O ja, er ging jetzt nach Hause, stellte sich seiner Mutter, sagte ihr, daß es unziemlich sei, auf ihrem Verdacht zu beharren, nach Ausflüchten zu suchen, falschen Schein zu vertuschen. Weshalb? Er habe bei dieser Sache nichts zu verbergen, er sei kein Kind, verachte die Verleumdung, und was dergleichen mehr war.

Er trat in das Bischofspalais.

Der Schatten der Kathedrale, der sich über die Dächer des traurigen, hinfälligen Gemäuers legte, tauchte alles in Dunkel, während zur selben Zeit die Strahlen der untergehenden Sonne die fernen Grenzen purpurn färbten und viele Häuser der Encimada im Widerschein der lodernden Flammen in den Fensterscheiben brannten.

Der Generalvikar gelangte in das Kabinett, wo der Bischof die Korrekturen eines Hirtenbriefes las.

Fortunato hob den Kopf und lächelte.

»Holla, du bist es?«

Don Fermín setzte sich auf ein Sofa. Ihm war leicht schwindlig, der Kopf tat ihm weh, im Hals spürte er ein Brennen und qualvolle Trockenheit. In diesem engen geschlossenen Raum erstickte er. Der Alkohol machte ihm zu schaffen. Er trank nie Liköre, aber an diesem Nachmittag hatte er zerstreut und ohne recht zu wissen, was er tat, das Glas Chartreuse, oder was sonst war, geleert, das ihm die Marquesa angeboten hatte.

Fortunato las seine Korrekturen und lächelte weiter. Er schien den Generalvikar nicht mehr zu fürchten. Vor ein paar Stunden noch hatte er es vermieden, mit ihm allein zu bleiben, weil er Angst vor einem Rüffel wegen seiner Nachgiebigkeit gegenüber den Schirmherrinnen der Freien Bruderschaft gehabt hatte. De Pas merkte den Wandel.

»Bist du mal so gut zu lesen, was die verwischten Buchstaben hier heißen? Meine Augen lassen nach.«

De Pas trat zu ihm und las es ihm vor.

»Junge, du stinkst ja! Was hast du denn getrunken?«

Don Fermín hob den Kopf und sah den Bischof überrascht und mit gerunzelter Stirn an.

»Wieso stinken? Wonach?«

»Nach Alkohol riechst du. Ich weiß nicht wonach, nach Rum oder so was.«

De Pas zuckte die Achseln und gab dadurch zu verstehen, daß er diese Bemerkung unverschämt und überflüssig fand. Er trat vom Tisch zurück.

»Übrigens: Warum hast du deiner Mutter nicht Bescheid gesagt?«

»Weswegen?«

»Daß du außerhalb essen wolltest.«

»Das wissen Sie?«

»Und ob, mein Junge. Zweimal hat Doña Paula Teresina hergeschickt, wo der Señorito sei und ob er hier gegessen habe. Nein, meine Tochter, nein. Ich mußte selbst hinausgehen und es ihr sagen. Und eine halbe Stunde später war sie schon wieder da. Ob wohl dem Señorito was passiert sei, die Señora ängstige sich sehr, und ich müßte doch was wissen.«

Der Generalvikar wanderte durch das Kabinett und trat kräftig auf. Er verbarg seine Ungeduld, seine Verstimmung nur schlecht und wollte sie vielleicht gar nicht verbergen.

»Ich habe ihnen gesagt«, fuhr Fortunato fort, »sie sollten sich keine Sorgen machen, du hättest sicherlich bei Carraspique oder Páez gegessen. Da sie beide Namenstag haben. Und so war es doch wohl, nicht wahr? Du hast sicherlich bei Carraspique gegessen?«

»Nein, Señor.«

»Dann bei Páez?«

»Auch nicht. Meine Mutter ... meine Mutter behandelt mich wie ein kleines Kind!«

»Sie hat dich so gern, die Arme.«

»Aber das geht zu weit!«

»Hör mal!« rief der Bischof und legte die Korrekturen weg. »Bist du etwa immer noch nicht zu Hause gewesen?«

Der Generalvikar antwortete nicht. Er war schon draußen auf dem Gang. Er hatte »Bis morgen!« gesagt und die Tür heftiger hinter sich zugezogen, als nötig gewesen wäre.

Der Junge hat recht, dachte der Bischof, der den Generalvikar behandelte wie ein schwacher Vater einen verwöhnten Sohn. Diese Paula läßt uns alle wie die Puppen tanzen.

Und dann las er seine Korrekturen zum Hirtenbrief weiter.

De Pas schritt durch die Gasse aufwärts. Er ging denselben Weg zurück. Als er aber kurz vor seinem Haus angelangt war, blieb er stehen. Er wußte nicht, was er tun sollte. Der Chartreuse, oder was es war – womöglich gar Kognak! –, machte ihm noch zu schaffen, und er merkte nun selbst, daß er aus dem Mund roch.

Wenn ich jetzt Gloucester über den Weg liefe, wüßte morgen ganz Vetusta, daß ich ein Säufer bin, dachte er.

Nein, ich gehe nicht hinauf! Meine Mutter wird schön toben! Und ich habe keine Lust, mir Predigten anzuhören, Sticheleien über mich ergehen zu lassen und Anspielungen zu enträtseln. Selbst Teresa hängt sich schon mit rein! Zweimal beim Bischof! Der verlorene Sohn!

Es ist unerträglich!

Die Uhr am Kathedralenturm schlug die Stunde mit langsamen Schlägen: zuerst vier helle, danach mehrere schwere, dumpf schwingende.

Als hinge sein Wille vom Schlagwerk der Uhr ab, faßte de Pas plötzlich einen Entschluß und bog in die Straße zur Rechten ein, die bergab führte. Durch sie gelangte er am schnellsten zum Espolón zurück.

Er vergaß seine Mutter, Teresina, den Kognak, den Bischof. Er dachte nur noch an die Wagen des Marqués, die auf dem Heimweg sein mußten.

Der Generalvikar schlug schnellen Schrittes den Weg zu der Straße ein, die zum Vivero führte, nachdem er die gewundenen Straßen der Enzimada hinter sich gelassen hatte, und gelangte auf den Espolón, als die Straßenlaternen schon angezündet waren und die Promenade verlassen lag. Er dachte nicht daran, daß er sich närrisch aufführte, daß dieses Hin- und Herlaufen eines Generalvikars des Bistums unwürdig war. Daran dachte er erst später. Jetzt beherrschte ihn nur ein Gedanke: Ob sie schon durch waren? Nein, sie konnten noch nicht durch sein, es war noch zu früh. Jetzt, genau jetzt mußten sie kommen.

Jedenfalls, dachte er, wird die Brise, die jetzt weht, die Hitze, die Benommenheit und den Durst vertreiben. Das Wasser aus den monumentalen Brunnen rauschte in der Ferne mit melancholischer Eintönigkeit in der Stille der traurigen, einsamen Promenade. Als er sich dem Becken des westlichen Brunnens näherte, fühlte sich de Pas versucht, seine Lippen an die Eisenröhre zu legen, die ein Steinlöwe zwischen den Zähnen hielt, und seinen Durst an dem plätschernden, aufreizenden Strahl zu löschen. Er wagte es aber nicht, machte kehrt und setzte seinen einsamen Spaziergang fort. Als er zum anderen Brunnen kam, spürte er dieselbe Gier, dieselbe Versuchung. Kehrt und zurück! So ging er eine halbe Stunde auf und ab. Der Durst dörrte ihn aus. Weshalb ging er nicht nach Hause? Weshalb ließ er sie nicht vorbeifahren, ohne sie zu sehen? Die Kutschen, versteht sich. Ana würde natürlich im Visavis zurückkommen, und er konnte sie sehen, wenn sie an einer Straßenlaterne vorbeifuhr, ohne selbst gesehen, geschweige erkannt zu werden. Der Durst konnte warten.

Die Universitätsuhr schlug dreimal. Drei Viertelstunden! Sie mußte vorgehen. Nein, die Kathedrale, die chronometrische Autorität, bestätigte die Angabe der Universität. Soweit man etwas auf die Rathausuhr geben konnte, die die Zeit noch nicht hatte säkularisieren können, bestätigte auch sie die lakonische Aussage ihrer Kolleginnen und gab ihre Meinung mit dem schrillen Klang einer großsprecherischen Kuhglocke kund.

Was macht denn dieses Volk dort so lange? fragte sich der Generalvikar, fügte jedoch zur Beruhigung seines Gewissens sofort hinzu, daß ihn das natürlich nichts kümmere.

Bis dahin hatte er nicht auf ein paar Kinder zwischen zehn und zwölf Jahren geachtet, Straßenkinder, die da in der Nähe bei einer der Laternen spielten.

»Sag mal, mein Kind, hast du zwei Kutschen vorbeifahren sehen?« wandte er sich an ein kleines Mädchen.

»Wohin?« fragte es und stand auf.

»Runterzu. Eine mit zwei Pferden und eine mit vier schellenbehängten. Vor kurzem!«

»Nein, Señor, ich glaube nicht. Warten Sie, Herr Pfarrer, mal sehen, ob die andern ... Hierher, zu mir!« rief sie, und die Rotte der Gassenjungen kam zu der Laterne gerannt. Als sie den Generalvikar erblickten, umringten ihn alle. Die eine Mütze aufhatten, entblößten den Kopf und küßten ihm in keineswegs friedlicher Reihenfolge die Hand.

»Habt ihr zwei Kutschen hinunterfahren sehn?«

»Ja.«

»Nein.«

»Zwei.«

»Drei.«

»Aber aufwärts.«

Der Generalvikar konnte nichts Genaues erfahren. Er neigte zu der Annahme, daß sie schon durch waren. Dennoch verließ er die Promenade nicht. Er setzte seine Wanderung fort und wischte sich die vom Lumpengesindel geküßte Hand ab. Der Schmadder störte ihn, und er spülte sich in einem der Brunnenbecken die Finger ab.

Die Jungen zerstreuten sich. Don Fermín blieb allein mit einer Fledermaus, die über seinem Kopf hin und her schwirrte und ihn mit ihren dämonischen Flügeln fast berührte. Auch die Fledermaus belästigte ihn. Kaum war sie vorbei, kehrte sie schon wieder zurück. Die Kreisbahn ihres Fluges wurde immer kürzer.

Es müssen zwei sein, dachte der Generalvikar, der jedesmal ein leichtes Frösteln in den Haarwurzeln spürte, wenn er das Viehzeug über sich sah.

Die Nacht war schön. Soeben verloschen die letzten blassen

Lichter der Dämmerung. Über der Sierra, die sich gegen einen Streif zarten, leuchtenden Dunstes abzeichnete, glänzten die Sterne des Wagens, des Großen Bären, und über dem Corfín funkelte der Aldebaran einsam in einer leeren Himmelsregion, den höchsten Kamm des dunklen Gebirges fast berührend. Die Brise schlief ein, und das Quaken der Frösche erfüllte die Wiesen mit wehmütiger Trauer, wie der Chorgesang eines fatalistischen, gottergebenen Kultes. Die Geräusche von der Oberstadt drangen gedämpft und mit Intervallen tiefer Stille zu ihm. In der näheren Kolonie war alles still.

Don Fermín war kein Freund der stillen Betrachtung klarer Nächte. Er war es vor langer Zeit einmal gewesen, im Seminar, bei den Jesuiten, und in den ersten Jahren seines Priesterdaseins, als er noch zart besaitet war und sich mit diesen Anwandlungen von Schwermut und den Skrupeln herumschlug, die seine Seele verzehrten. Danach hatte ihn das Leben zum Manne gemacht, er hatte die Schule seiner Mutter durchlaufen, einer Frau vom Dorfe, die in den Fluren nur die bebaubare Erde sah. Was man in den Büchern die Poesie nannte, war in ihm schon vor Jahren gestorben, ja, vor vielen Jahren. Die Sterne! Wie selten hatte er zu ihnen emporgeschaut, seit er Domherr war.

De Pas blieb stehen, nahm den Hut ab, wischte den Schweiß von der Stirn und blickte zu den Gestirnen auf, die, in den Abgrund der Höhe versunken, über seinem Haupte glänzten. Pytagoras hatte recht: Man meinte, sie sängen. Er hörte in dieser Stille das Blut im Kopfe pochen. Und gleichzeitig war ihm, als vernehme er noch ein anderes Geräusch, etwas wie fernes Schellengeklingel. Ob sie das waren? Kamen die Kutschen zurück? Das Visavis hatte keine Schellen, wohl aber die »Gondel«. Oder waren es Zikaden, Grillen, Frösche, irgendwelches Getier, das in der Stille der Nacht auf freiem Feld sang? Nein, das waren Schellen. Jetzt hörte er es deutlich. Das Geklingel kam näher, wurde rhythmischer.

»Das müssen sie sein! Wie spät!« sagte er laut und trat, hinter einer Straßenlaterne verborgen, an den Graben der Chaussee.

Er wartete, den Kopf lauschend zum Vivero hingereckt, ein paar Minuten. In der fernen Dunkelheit tauchten zwei Lichter auf, gleich darauf vier. Sie waren es, die beiden Kutschen! Das rhythmische Klingeln der Schellen wurde deutlich und schrill. Von Zeit zu Zeit mischten sich andere Geräusche darunter. Es hörte sich an wie Johlen, wie Bruchstücke von Liedern.

»Wie närrisch! Sie singen auf der Heimfahrt!«

Man hörte schon das dumpfe, wie unterirdische Rollen der Räder, den heißen Atem der müden Pferde ... und schließlich Ripamiláns grelle Stimme. Jetzt waren die in der großen Kutsche still. Das Visavis kam auf den Generalvikar zu, der sich hinter die Eisensäule drückte, um nicht gesehen zu werden. Es rollte langsam vorbei. Alles an de Pas war Auge. Auf dem Platz Ripamiláns sah er Don Víctor Quintanar und auf dem der Präsidentin Ripamilán. Ja, er erkannte sie ganz deutlich. Die Präsidentin kam nicht im offenen Wagen! Sie fuhr im andern! Und den Ehemann hatten sie zu dem Domherrn, der Marquesa und Doña Petronila verfrachtet. Folglich saß sie mit Don Alvaro im selben Wagen. Und womöglich waren sie allesamt betrunken, zumindest angeheitert!

Wie ungehörig! dachte er und spürte, wie ihm der Groll die Kehle zuschnürte.

Ohne sich bewußt zu sein, daß er Gloucester parodierte, fügte er hinzu: Sie wollen sie ihm in die Arme spielen! Diese Marquesa ist die reinste Amateurkupplerin!

Und sie sangen!

Die Kutschen entfernten sich. Sie fuhren die Hauptstraße der Kolonie hinauf. Die Lichter der Laternen schwankten, verschwanden, tauchten, von Mal zu Mal kleiner, wieder auf.

Jetzt sind sie still, dachte Don Fermín. Um so schlimmer!

Die Schellen erklangen wieder wie ferner Grillen- und Zikadengesang in einer Sommernacht.

Der Generalvikar hatte die Sterne vergessen. Er verließ die Promenade und ging mit langen Schritten die Hauptstraße der Kolonie hinauf, hinter den Kutschen der Vegallanas her.

Wenn er sich nicht geschämt hätte, wäre er bergauf gerannt. Weshalb? Um seine schlechte Laune abzureagieren. Um die Kraft, die er in seinen Muskeln, seiner müßigen Seele lästig wie Ameisengekribbel spürte, irgendwie loszuwerden.

Als er am Garten der Páez vorbeistürmte, erblickte er in dem Gaslicht, das hinter dem Filigrangerank des Eisengitters in einer Milchglaskugel brannte, seinen Schatten, den Schatten eines Priesters, der phantastisch verzerrt auf die staubige Straße fiel.

Er errötete, Zeuge seiner eigenen Narrheiten, und verhielt den Schritt.

Ich muß betrunken sein, dachte er. Sicher geht das vorüber. Pah, das wäre ja noch schöner! Immer habe ich mich fest in der

Hand, und jetzt fange ich an, mich wie ein Hohlkopf aufzuführen.

Seine Verabredung mit der Präsidentin fiel ihm ein. Seine dumpfe Wut ebbte ab. Bald ist morgen, dachte er. Um acht weiß ich alles. Und ob ich es wissen werde! Nach allem werde ich sie fragen. Warum auch nicht? Auf meine Art. Ich habe ein Recht dazu.

Er gelangte auf den Boulevard, der vereinsamt lag. Der Arbeiterkorso war vorbei. De Pas stieg die Calle del Comercio hinan, schritt über die Plaza del Pan, und als er auf die Plaza Nueva kam, blickte er zur Ecke hinüber. Im großen Haus der Ozores brannte kein Licht, außer der Laterne vor dem Tor.

Hat man sie nicht zu Hause abgesetzt? grübelte er. Ob sie immer noch alle beisammen sind? Ohne zu bedenken, was er tat, ging er bis zur Calle de la Rúa weiter, denselben Weg, den er zu Mittag gegangen war. Die Balkonfenster im Hause des Marqués standen wieder offen. Aber jetzt fiel das Licht nicht durch sie hinein. Es strömte aus ihnen heraus und zerschnitt die Dunkelheit in der engen, nur durch die kümmerlichen Flammen einiger ferner Gaslaternen erhellten Gasse. De Pas hörte Schreie, Gelächter und die heiseren, metallischen Klänge des verstimmten Klaviers.

»Das Treiben geht weiter!« brummte er und biß sich auf die Lippen. »Aber was mache ich hier? Was geht mich das alles an? Wenn sie ist wie alle andern . . . Morgen werde ich es wissen. Ich bin verrückt! Ich bin betrunken! Wenn mich jetzt meine Mutter sähe!« Auf der Hauswand gegenüber schnitt das Licht, das aus den Fenstern fiel, große helle Rechtecke in den Schatten, und über diese freche, grelle Helligkeit huschten wie Bilder einer Laterna magica schwarze Gestalten. Einmal der Oberkörper einer Frau, dann eine riesige Hand, ein Schnurrbart. Dies sah de Pas an der Wand, die dem Kabinett gegenüberlag. Gegenüber den Fenstern des Salons waren die Schatten an der Wand kleiner, aber zahlreicher und verworrener. Sie bewegten und vermischten sich, bis dem Domherrn schwindlig wurde.

Sie tanzen nicht, dachte er. Aber diese Vorstellung brachte ihm keinen Trost.

Der Balkon hinter dem Kabinett war geschlossen. Er gehörte zu dem Zimmer, in dem die Tochter der Vegallanas gestorben war. Der Generalvikar entsann sich, wie er darin gekniet hatte, eine Wachskerze in den Händen, während man dem armen jungen Mädchen den Herrn gab. Das war lange her. Plötzlich ging die Balkontür auf. De Pas sah eine Frauengestalt, die sich an das eiserne Gitter preßte und über die Brüstung beugte, als wolle sie sich auf die Straße werfen. Undeutlich konnte er zwei Arme ausmachen, die die Dame an der Taille festhielten. Sie wand und drehte sich, um sich loszumachen. Wer war es? Man konnte es unmöglich erkennen. Sie schien groß und wohlgeformt. Es konnte ebensogut Obdulia wie die Präsidentin sein. Das heißt, die Präsidentin kann es nicht sein, dachte der Generalvikar. Das wäre denn doch die Höhe. Und wem mochten die Arme gehören? Weshalb trat er nicht auf den Balkon? De Pas war sicher, nicht gesehen zu werden. Er stand in einer Toreinfahrt auf der anderen Straßenseite in völliger Finsternis. Die Straße war menschenleer, aber jeden Augenblick konnte jemand kommen. Was würde man denken, wenn man ihn hier um das Haus des Marqués schleichen sah? Er mußte sich entfernen, jawohl. Aber bevor die dunklen Gestalten nicht vom Balkon verschwanden, konnte er keinen Schritt tun. Die unbekannte Dame – sie stand jetzt mit dem Rücken zur Straße und neigte den Kopf gegen den unsichtbaren Partner vor – sprach ruhig und wehrte mechanisch mit leichten, katzenhaften Bewegungen die Hände ab, die sie von Zeit zu Zeit bei den Schultern fassen wollten.

Sie sind im Dunkeln! In dem Zimmer brennt kein Licht. Das ist doch ein starkes Stück! dachte Don Fermín, der regungslos stehenblieb.

Die Dame auf dem Balkon sprach, aber so leise, daß man sie unmöglich an der Stimme erkennen konnte.

Natürlich ist sie's nicht, grübelte de Pas in seinem Torweg.

Ungeachtet dieser Überlegungen war er nicht beruhigt. Die Dunkelheit auf dem Balkon benahm ihm den Atem wie ein luftleerer Raum. Der Kopf von der Silhouette der Dame verschwand für einen Augenblick. Eine tiefe Stille trat ein, und mitten darin ertönte deutlich, fast schallend, das Schnalzen eines Kusses. Danach ein Aufschrei wie der Rosinas im ersten Akt des »Barbiers«.

Der Generalvikar atmete auf: Es war Obdulia, nicht sie. Der Balkon war jetzt leer. Don Fermín trat aus dem Torweg und entfernte sich, dicht an die Wand gedrückt, mit langen Schritten. Sie ist es bestimmt nicht gewesen, dachte er. Es war die andere.

Am Ende der Treppe, auf dem Absatz beim ersten Stock, stand stumm und unbeweglich Doña Paula, einen Leuchter in der einen und die Zugschnur zur Haustür in der anderen Hand, und sah ihren Sohn langsam, geneigten Kopfes, das Gesicht unter dem breitkrempigen Hut verborgen, die Stufen heraufkommen.

Sie hatte ihm selbst geöffnet, ohne zu fragen, wer da sei, überzeugt, daß er es sein müsse. Kein Wort der Begrüßung. Der Sohn stieg die Treppe hinauf, und die Mutter regte sich nicht. Sie schien entschlossen, ihm den Weg zu vertreten. Starr, wie ein langes, schwarzes, eckiges Gespenst verharrte sie mitten auf der Treppe.

Als de Pas die letzten Stufen erreichte, verließ Doña Paula ihren Posten und trat ins Arbeitszimmer. Jetzt erst warf Don Fermín einen Blick auf sie, was sie jedoch nicht sah.

Er bemerkte, daß seine Mutter Talgpflaster auf den Schläfen trug, große, ins Auge fallende Pflaster.

Sie weiß alles, dachte der Generalvikar. Wenn seine Mutter den Mund nicht auftat und sich Talgpflaster anklebte, bedeutete das, daß sie nicht verärgerter sein konnte, daß sie fuchsteufelswild war. Als de Pas am Eßzimmer vorbeikam, sah er, daß zwei Gedecke aufgetragen waren. Fürs Abendessen war es noch zu früh. Sonst wurde der Tisch nicht vor halb zehn gedeckt, und es hatte eben erst neun geschlagen.

Doña Paula zündete die Petroleumtischlampe an, bei der ihr Sohn des Nachts saß.

Er setzte sich auf das Sofa, legte den Hut neben sich und wischte sich mit dem Taschentuch über die Stirn. Er blickte Doña Paula an.

»Haben Sie Kopfschmerzen, Mutter?«

»Ich hatte welche. – Teresina!«

»Señora.«

»Das Abendessen!«

Damit verließ sie das Arbeitszimmer. De Pas machte eine resignierte Handbewegung und folgte ihr. Es war noch nicht Essenszeit, über vierzig Minuten fehlten noch ... Aber wer mochte es ihr gesagt haben?

Doña Paula setzte sich seitlich an den Tisch wie schlechte Schauspieler auf der Bühne. Neben dem Gedeck Don Fermíns stand ein Zahnstocherbehälter und eine Menage mit Salz, Essig und Öl. Seine Serviette steckte in einem Ring, nicht jedoch die seiner Mutter.

Ernst, den Blick zu Boden geschlagen, kam Teresina mit dem ersten Gang, einem Salat, herein.

»Willst du dich nicht setzen?« fragte Doña Paula den Generalvikar.

»Ich habe keinen Appetit, dafür aber großen Durst.«

»Ist dir nicht gut?«

»Doch, doch, Señora, das ist es nicht.«

»Willst du später essen?«

»Nein, Señora, überhaupt nicht.«

Der Generalvikar nahm den Platz gegenüber Doña Paula ein, die sich schweigend bediente.

Einen Ellenbogen auf den Tisch gestemmt und den Kopf in der Hand, betrachtete de Pas seine Mutter, die hastig und zerstreut aß, blasser als sonst, die großen, hellen, blauen, kalten Augen sinnend auf den Boden geheftet.

Teresina kam und ging geräuschlos, wie eine wohlerzogene Katze. Sie rückte den Salat vor den Generalvikar.

»Ich habe schon gesagt, daß ich nicht esse.«

»Laß ihn! Er möchte nichts. Sie hat es nicht gehört, Menschenskind.«

Und sie warf dem Dienstmädchen einen freundlichen Blick zu.

Erneutes Schweigen.

De Pas wäre eine sofortige Auseinandersetzung lieber gewesen. Alles, nur nicht die Pflaster und das Schweigen! Langsam verspürte er Übelkeit und wagte nicht, um eine Tasse Tee zu bitten. Er war am Verdursten, fürchtete sich aber, Wasser zu trinken.

Doña Paula sprach mehr als gewöhnlich mit Teresina und war von einer seltenen Liebenswürdigkeit.

Sie behandelte sie, als müsse sie sie über ein Ungemach hinwegtrösten, an dem sie, Doña Paula, selbst teilweise die Schuld trug. Wenigstens glaubte der Generalvikar so etwas zu bemerken.

Don Fermín bat um Zucker. Er wollte sich welchen in sein Glas Wasser tun, und seine Mutter sagte: »Die Zuckerdose ist oben, in meinem Zimmer. Laß, ich hole sie.«

»Aber Mutter!«

»Laß nur!«

Teresina blieb mit ihrem Herrn allein, und während sie ihm Wasser eingoß, indem sie den Strahl von hoch oben in das Glas fallen ließ, seufzte sie verstohlen.

De Pas sah sie überrascht an. Sie war sehr hübsch, wie eine Madonnenfigur aus Wachs, hob aber den Blick nicht. Auf alle Fälle war sie ihm unsympathisch. Seine Mutter verwöhnte sie, und man durfte die Dienerschaft nicht übermütig werden lassen.

Doña Paula kam herunter, und als Teresina hinausgegangen war, sagte sie mit einem Blick auf die Tür:

»Ich weiß nicht, wie sich die Ärmste noch auf den Beinen halten kann.«

»Weshalb?« fragte Don Fermín, der aus diesen Worten das erste ferne Donnergrollen heraushörte.

Seine Mutter, die neben ihm stand und den Zucker in seinem Glas umrührte, blickte ihn von oben entrüstet an.

»Weshalb? Sie war heute nachmittag zweimal im Palais, einmal beim Erzpriester, einmal bei den Carraspique, einmal bei Páez, einmal bei Stumpfnase, zweimal in der Kathedrale, zweimal beim Heilswerk, einmal bei den Paulinerinnen, dann noch . . . was weiß ich! Die Ärmste ist halbtot!«

»Und was wollte sie dort?« erwiderte de Pas auf den zweiten Donnerschlag.

Feierliche Pause. Doña Paula setzte sich wieder, mimte eine Geduld, wie sie kein Heiliger aufbringt, und sagte sehr ruhig, jede Silbe einzeln betonend:

»Dich suchen, Fermo, das wollte sie dort.«

»Wie unangenehm, Mutter. Ich bin kein kleiner Junge, daß man mich von Haus zu Haus suchen geht. Was wird Carraspique sagen? Und Páez? Das ist einfach lächerlich!«

»Sie trifft keine Schuld. Sie tut, was man sie heißt. Wenn es falsch war, schilt mit mir!«

»Ein Sohn schilt nicht mit seiner Mutter.«

»Aber er bringt sie durch Verdruß um, er stellt sie bloß, stellt das Haus bloß, verschleudert Vermögen, Ehre, Stellung, alles für eine, eine . . . Wo hast du gegessen?«

Lügen war zwecklos, abgesehen davon, daß es schimpflich war. Seine Mutter wußte bestimmt alles. Stumpfnase, der ihn auf dem Espolón hatte aus dem Vis-à-Vis steigen sehen, hatte es ihr sicherlich erzählt.

»Ich habe beim Marqués de Vegallana gegessen. Paquito hatte Namenstag, sie ließen nicht locker. Ich konnte nicht anders. Und ich habe keinen Bescheid geschickt, weil es lächerlich gewesen wäre, weil ich mit ihnen nicht auf so vertrautem Fuße stehe.«

»Und wer hat alles dort gegessen?«

»Eine Menge Leute, was weiß ich.«

»Schluß jetzt, Fermo! Schluß mit der Verstellung!« schrie die mit den Pflastern heiser. Sie stand auf, schloß die Tür, blieb neben ihr stehen und fuhr fort:

»Du hast dort diese, diese Señora gesucht, hast neben ihr bei Tisch gesessen, bist mit ihr im offenen Wagen spazierengefahren. Ganz Vetusta hat dich gesehn. Auf dem Espolón bist du ausgestiegen! Da haben wir die zweite Brigadierin! Allem Anschein nach brauchst du den Skandal und willst mich ins Verderben stürzen.«

»Mutter!«

»Hör schon auf mit deinem ‚Mutter'! Hast du den ganzen Tag nur einmal an sie gedacht? Habe ich nicht allein essen müssen? Vielmehr, keinen Bissen habe ich hinuntergebracht. Bedeutet es dir gar nichts, daß deine Mutter, wie es nur natürlich ist, einen argen Schreck bekommt? Und was hast du danach bis zehn Uhr nachts getrieben?«

»Mutter, hören Sie auf! Ich bin kein Kind mehr.«

»Nein, du bist kein Kind mehr. Dir macht es nichts aus, daß deine Mutter sich vor Sorge verzehrt, vor Ungewißheit stirbt. Die Mutter ist ja nur ein Inventarstück, jemand, der auf die Wirtschaft acht gibt, so etwas wie ein Hund. Deine Mutter gäbe ihr Blut, ihr Augenlicht, ihr Seelenheil für dich hin. Aber du bist ja kein Kind, du gibst dein Blut, dein Augenlicht, deine Seligkeit hin für ein . . . Frauenzimmer.«

»Mutter!«

»Für eine leichtfertige Person!«

»Señora!«

»Hundertmal, tausendmal schlechter als die Frauen, die sich an Don Saturno heranmachen, denn sie nehmen ihr Geld und lassen ihre Kunden danach in Ruhe. Aber die feinen Damen nehmen das Leben, die Ehre, sie zerstören in einem Monat, was ich in zwanzig Jahren geschaffen habe. Fermo! Du bist undankbar! Du bist ein Narr!«

Sie setzte sich erschöpft und schlang sich das Kopftuch als Verband um die Schläfen. »Mir zerspringt fast die Stirn!«

»Um Gottes willen, Mutter, beruhigen Sie sich! So habe ich Sie noch nie erlebt! Was ist denn schon? Nichts als Verleumdung! Was soll das Gerede von Brigadierinnen und Frauenzimmern? Nichts davon ist wahr! Ich schwöre Ihnen, es ist nichts an dem, gar nichts!«

»Du hast kein Rückgrat, Fermo, du hast kein Rückgrat!«

»Señora, Sie sehen Gespenster. Ich versichere Ihnen ...«

»Was hast du bis zehn Uhr abends gemacht? Sicherlich bist du um das Haus dieses Weibsstücks herumgeschlichen.«

»Ich bitte Sie, Señora! So etwas ist Ihrer unwürdig! Sie beschimpfen eine ehrbare, unschuldige, tugendhafte Frau. Ich habe mit ihr noch keine dreimal gesprochen. Sie ist eine Heilige.«

»Sie ist eine Frau wie alle andern.«

»Wie welche andern?«

»Wie alle andern.«

»Señora! Wenn man Sie hört!«

»Papperlapapp! Wenn man mich hören könnte, hielte ich den Mund. Fermo, du weißt, was ich meine. Sieh, Fermo, du erinnerst dich nicht mehr. Wohl aber ich. Ich habe dich nämlich geboren und kenne dich. Ich kenne die Welt und ziehe alles in Betracht, alles! Aber über diese Dinge können wir beide nicht sprechen, auch nicht unter vier Augen. Du verstehst mich. Aber ich bin zu nachsichtig, ich habe lange genug geschwiegen und zuviel gesehen.«

»Gar nichts haben Sie gesehen.«

»Du hast recht, gesehen habe ich nichts, aber ich habe begriffen, und du siehst ja. Nie habe ich ein Wort über diese ... Schweinereien verloren, aber jetzt muß man ja meinen, du gefällst dir geradezu darin, daß man dich sieht. Du bist auf der schiefen Bahn.«

»Sie haben es selbst gesagt, Mutter: Es ist unschicklich und abgeschmackt, daß wir beide, selbst verschlüsselt, über bestimmte Dinge reden.«

»Ich weiß es, Fermo, aber du willst es ja nicht anders. Die Geschichte heute war ein Skandal.«

»Aber ich schwöre Ihnen doch, es ist nichts. Das hat doch alles nichts mit den Verleumdungen von damals gemein.«

»Um so schlechter, tausendmal schlechter! Was ich vor allem fürchte, ist, daß der drüben Wind davon bekommt, daß Camoirán alles glaubt, was man sich schon erzählt.«

»Was man sich schon erzählt! Nach zwei Tagen!«

»Jaja, nach zweien, nach einem halben, nach einer Stunde! Siehst du nicht, daß sie dir an den Kragen wollen, daß eins zum anderen kommt? Zwei Tage sagst du? Nun, sie werden behaupten, es sei zwei Monate her, zwei Jahre, oder so lange du willst. Es fängt erst an? Na, sie werden sagen, es sei jetzt erst herausgekommen. Sie kennen den Bischof und wissen, daß sie dir nur so beikommen können. Wenn sie Camoirán erzählen, du hättest den Hostienkelch gestohlen, glaubt er's ihnen nicht, aber das ja, das glaubt er ihnen. Denke an die Brigadierin!«

»Welche Brigadierin, Mutter? Welche Brigadierin? Wir können über diese Dinge nicht sprechen, aber wenn ich Ihnen erklärte . . .«

»Ich brauche nichts zu wissen, ich verstehe alles. Ich weiß alles auf meine Art. Fermo, war es gut für dich, daß du dich in diesen schmutzigen Dingen hinieden dein ganzes Leben lang von deiner Mutter hast leiten lassen? Bist du gut dabei gefahren?«

»Ja, Mutter, ja!«

»Habe ich dich aus der Armut errettet?«

»Ja, liebste Mutter!«

»Hat uns dein Vater nicht halb verhungert zurückgelassen? Das Wasser stand uns bis zum Halse, alles war verpfändet, alles verloren.«

»Ja, Señora, ja. Und ich werde in alle Ewigkeit . . .«

»Laß die Ewigkeit aus dem Spiel! Ich brauche keine Worte, ich will, daß du weiter an mich glaubst. Ich weiß, was ich tue. Du predigst, du blendest die Welt mit deinen schönen Worten und guten Formen. Ich spiele mein Spiel. Wenn es immer so war, Fermo: Warum entwindest du dich mir dann? Warum entziehst du dich mir?«

»Aber das tue ich doch nicht, Mutter.«

»Doch tust du es, Fermo! Du bist kein Kind, sagst du. Das stimmt. Aber noch schlimmer, wenn du ein Gimpel bist. Ja, ein Gimpel, mit all deiner Gelehrsamkeit. Kannst du jemandem hinterrücks die Ehre abschneiden? Dann sieh dir den Archidiakon an, verwachsen wie er ist: Der versteht das meisterhaft. Da siehst du einen Dummkopf, der mehr kann als du.«

Doña Paula hatte sich die Pflaster abgerissen, die dicken weißen Zöpfe fielen ihr auf Schultern und Rücken. Die fast immer erloschenen Augen sprühten jetzt Feuer, und diese grob mit dem Beil gehauene Gestalt mutete wie eine bäuerliche Plastik der Beredsamkeit an, weise und voll Erfahrung.

Der Sturm hatte sich in einen Regen von Worten und Ratschlägen aufgelöst. Man stritt sich nicht mehr, man diskutierte jetzt heftig, aber ohne Zorn. Die von Doña Paula ohne pathetische Absicht heraufbeschworenen Erinnerungen hatten Fermo gerührt. Jetzt stand eine Mutter ihrem Sohn gegenüber, und er hatte keine Angst mehr, daß verletzende Worte fielen.

Doña Paula wurde nicht weich. Diesen Vorteil hatte sie. Zärtlichkeiten nannte sie Possen und liebte ihren Sohn auf ihre Weise *par distance*. Ihre Liebe war eine herrische, tyrannische Liebe. Überdies war Fermo nicht nur ihr Sohn, sondern auch ihr Kapital. Sie hatte ihn zum Manne gemacht, unter Opfern und Demütigungen, von denen er nicht die Hälfte wußte, unter schlaflosen Nächten und Mühen, mit Berechnung, Geduld, Verschlagenheit, Energie und häßlichen Sünden. Folglich verlangte sie nicht zuviel, wenn sie vom Ergebnis ihrer Anstrengungen, dem Generalvikar von Vetusta, Zinsen forderte. Ihrem Sohn gehörte die Welt, weil er der begabteste, der wortgewaltigste, der klügste, der gelehrteste und schönste war. Aber ihr Sohn gehörte wiederum ihr, sie mußte den Ertrag ihres Kapitals einfordern, und wenn die Anlage stehenblieb oder nicht mehr funktionierte, konnte sie Schadenersatz fordern. Dann hatte sie ein Recht, von Fermo zu verlangen, daß er weiterproduzierte.

Zu Hause, in Matalerejo, hatte Paula Raíces viele Jahre im Kohlenrevier gelebt, wo ihr Vater arbeitete, ein verhungerter Landarbeiter, der sich mit dem Anbau von Mais und Kartoffeln auf einem kargen Stück Land und seinem Tagelohn durchs Leben schlug. Diese Männer, die Kohle ausschwitzend und mit vorquellenden, finsteren Augen, gotteslästerlich wie Teufel, aus den schwarzen Gruben krochen, bekamen mehr Geld in die verschmutzten Hände als die Bauern, die oben auf den Äckern die Erde umpflügten und auf den saftigen, blühenden Wiesen das Gras mähten und zu Haufen harkten. Das Geld lag in den Eingeweiden der Erde. Man mußte tief graben, um es ihr zu entreißen. Im ganzen Tal von Matalerejo herrschte die Habgier, und die gelbgesichtigen, blondhaarigen Kinder, die sich am Ufer des schwarzen Baches tummelten, der zwischen Kastanien und Farnkraut von den Bergen herabkam, sahen aus wie in wüsten Nächten von Habgier gezeugt. Paula war als Kind blond wie ein Maiskolben. Sie hatte fast weiße Augen, so hell waren sie, und seit sie ihren Verstand gebrauchen konnte, wohnte in ihrer Seele mehr Habsucht als im ganzen Dorf. In den Gruben, in den Fabriken ringsum gibt es Arbeit für Kinder, sobald sie einen Korb mit ein bißchen Erde auf dem Kopf tragen können. Die Pfennige, die sich die Kinder der Armen auf diese Art verdienen, sind in Matalerejo das Samenkorn der Habsucht, das in die zarten Herzen gesenkt wird, ein Samenkorn aus Metall, das sich im Innern abkapselt und nicht mehr herausgerissen werden kann. Paula sah das Elend zu Hause jeden Tag. Entweder fehlte das Brot zum Mittag- oder zum Abendessen. Der Vater gab das Geld, das er in der Grube verdiente, im Wirtshaus oder beim Spiel aus.

So lernte das Kind durch das Gejammer zu Hause den Wert des Geldes schätzen. Mit neun Jahren war Paula wie eine sonnengebräunte Ähre, lang und mager. Sie lachte nie. Ihre Freundinnen knuffte und zwickte sie, daß es sie schmerzte, sie arbeitete viel und vergrub kleine Münzen in einem Loch auf dem Hof. Die Habgier machte sie vorzeitig zur Frau mit frühreifem Ernst und einem starken, kalten Verstand.

Sie sprach wenig, hielt aber immer die Augen offen. Die Armut zu Hause verachtete sie und hatte nur den einen Gedanken, emporzufliegen, aus diesem Elend herauszukommen. Die Flügel dazu mußten aus Gold sein. Und wo lag das Gold? In die Grube konnte sie nicht einfahren.

Ihr beobachtender Geist entdeckte in der Kirche eine Mine, die nicht so finster und düster war wie die Stollen da unten. Der Pfarrer arbeitete nicht und war reicher als ihr Vater und alle übrigen Bergleute. Wenn sie ein Mann gewesen wäre, sie hätte nicht eher geruht und gerastet, als bis sie es zum Pfarrer gebracht hätte. Aber Wirtschafterin konnte sie werden wie Señora Rita. Von da an ging sie häufig in die Kirche. Keine Novene, keine Kreuzwoche, keine Predigt, kein Rosenkranzbeten verpaßte sie, und stets verließ sie das Gotteshaus als letzte. Die Bewohner von Matalerejo hatten die alte Frömmigkeit in der Kohle begraben. Sie waren lau im Glauben und standen bei den Nachbardörfern im Rufe der Ketzerei. Deshalb fiel Señora Rita Paulas Frömmigkeit schon bald auf. »Die Tochter von Antón Raíces«, sagte sie zum Pfarrer, »hat eine fromme Ader. Sie kommt aus der Kirche gar nicht mehr heraus.« Der Pfarrer sprach mit dem Mädchen und versicherte Rita, die Kleine sei eine angehende Teresa de Jesús. Als die Wirtschafterin einmal krank war, bat sich der Pfarrer bei Raíces dessen Tochter aus, damit sie Rita vertrete. Rita genas, aber Paula verließ das Pfarrhaus nicht. Das Erdeschleppen hatte damit ein Ende. Sie zog schwarze Kleider an und vergaß aus Liebe zu Gott ihre Eltern. Nach zwei Jahren zog Señora Rita aus dem Pfarrhaus aus. Sie drohte Paula mit der Faust und nahm in einem Koffer die Ersparnisse von zwanzig Jahren mit. Der Pfarrer starb vor Altersschwäche, und sein dreißigjähriger Nachfolger übernahm die Tochter der Raíces. Paula war damals ein großes, weißes, frisches junges Mädchen mit festem Fleisch und feiner Haut, aber von plumper Gestalt. Eines Nachts um zwölf verließ sie beim Mondenschein das Pfarrhaus, das, von Kastanien und Akazien umgeben, auf einer Anhöhe hundert Schritt unterhalb der Kirche lag. In der Hand trug sie ein schwarzes Bündel mit ihrer Wäsche. Hinter ihr huschte in Hemdsärmeln und mit der Schlafmütze auf dem Kopf ein Schatten aus der Tür. Als Paula sah, daß man sie verfolgte, lief sie das Gäßchen zum Tal hinunter. Der mit der Mütze holte sie ein, packte sie an ihrem Etaminrock, hielt sie fest und redete auf sie ein. Er breitete die Arme aus, legte die Hände aufs Herz, küßte die gekreuzten Finger. Sie schüttelte ablehnend den Kopf. Nachdem sie eine halbe Stunde miteinander gekämpft hatten, kehrten die beiden ins Pfarrhaus zurück.

Seit dieser Nacht war Paula ohne Schmälerung ihrer Ehre die Tyrannin des Pfarrers. Ein Augenblick der Schwäche in der Einsamkeit kostete den Geistlichen, ohne daß er sein Gelüst gestillt hätte, viele Jahre der Sklaverei. Er stand im Geruch der Heiligkeit. Noch jung an Jahren, predigte er, vor allem den Pfarrern des Landstrichs, Sittlichkeit, Keuschheit und ging ihnen mit eigenem Beispiel voran. Als er eines Abends beim Nachtmahl bemerkt hatte, daß Paula von schwerfälliger, eckiger Gestalt war, spürte er die unwiderstehliche, blinde Begehrlichkeit eines Wilden, erregt durch die Kanten aus Fleisch und Knochen, die reizlosen Hüften, die langen, kräftigen Beine, die wie die eines Mannes sein mußten. Auf die erste plötzliche, mehr durch Gesten als durch Worte geäußerte Andeutung seines Liebesverlangens antwortete die Wirtschafterin mit einem Knurren und tat, als verstehe sie nicht, was man von ihr wolle. Paulas Antwort auf den zweiten Versuch, den brutalen, ungeschickten Überfall eines keuschen Mannes, der vor Begier innerhalb eines Augenblicks den Verstand verliert, war ein Satz nach hinten und ein Fußtritt. Wortlos ging sie in ihre Kammer, schnürte ein Bündel Wäsche – Symbol des Abschieds, denn sie hatte noch viele Kisten und Kasten, gefüllt mit Kleidern und anderem Plunder dort – und verließ das Haus. Von der Treppe aus sagte sie:

»Ich gehe zu meinen Eltern schlafen, Herr Pfarrer.«

Um sie umzustimmen, mußte sich der Geistliche im Staube

demütigen, was ihn die völlige Unterwerfung kostete. Von da an lebten sie in Frieden miteinander, aber er sah in ihr immer seine Herrin, die im Hause den Ton angab. Sie hatte seine Ehre in der Hand und konnte ihn ins Verderben stürzen. Doch sie tat es nicht. Aber eines Abends spät, als der Geistliche nach seinen Studien zur Nacht aß, trat Paula zu ihm und bat ihn, ihr die Beichte abzunehmen.

»Um diese Stunde, meine Tochter?«

»Ja, Señor, jetzt finde ich den Mut dazu, und ich kann mich nicht verbürgen, daß ich ihn jemals wieder aufbringe.«

Sie beichtete ihm, daß sie schwanger sei.

Francisco de Pas, ein verabschiedeter Artillerist, der, entfernt mit dem Pfarrer verwandt, in seinem Hause aus und ein ging, hatte ihr Liebesanträge gemacht, die sie anfänglich mit Backpfeifen beantwortete. – Dem Pfarrer stieg, als er das hörte, die Röte ins Gesicht. Er erinnerte sich des Fußtritts, den er selbst bekommen hatte. – Aber der Ausgediente blieb hartnäckig und versprach ihr die Ehe, sobald er den kleinen Monopolwarenladen besaß, den ihm angeblich die Regierung versprochen hatte. Daraufhin beruhigte sie sich und ließ den unsicheren Kantonisten an ihr Fenster kommen. Allerdings sprach sie mit dem Artilleristen, wenn er um Mitternacht zu ihr kam, nicht durch das Fenstergitter, denn so etwas gab es in Matalerejo nicht, sondern nach Landesbrauch auf dem Vorbau der Mehlkammer, einem Bretterhäuschen, das auf Pfählen zwei oder drei Ellen über der Erde stand und in dem sie in den Sommermonaten schlief. Eines Nachts brach Francisco die Abmachung, wurde frech und drang ins Innere der Mehlkammer ein. Paula kämpfte, sie wehrte sich, bis sie überwältigt niedersank, wollte ihn aber dennoch heiraten. Vielleicht war es dieser Handstreich, dem zwei Monate, nachdem der gute Pfarrer Paula und Francisco mit unlösbaren Banden miteinander verbunden hatte, Fermín entsproß. Das ganze Dorf sagte, Fermín sei das Kind des Pfarrers, der seiner Haushälterin ein anständiges Stück Geld vermachte. Francisco de Pas war nicht aufs Geld aus. Er hatte immer die Absicht gehegt, Paula zu heiraten, aber die Nachbarn hatten ihm einen Floh ins Ohr gesetzt, und so hatte er denn im Glauben, ein Schwarzrock mache sich vielleicht im stillen über einen altgedienten Soldaten lustig, auf besagte Art gehandelt. Doch jene Nacht, die einer erbitterten Schlacht im Dunkeln gleichkam, überzeugte ihn von der Unschuld des Pfarrers und Paulas Tugendhaftigkeit.

Hier gab es keinen Zweifel. Der Artillerist kannte sich in den Listen der Welt und der falschen Jungfrauen aus. So kehrte er im Morgengrauen in der Überzeugung nach Hause zurück, daß er eine wirkliche Keuschheit besiegt hatte, und war entschlossen, die Wirtschafterin des Pfarrers zu heiraten. Das schwor er ihr auf Knien, wie er es sich von den Galanen in der weiten Welt abgeguckt hatte.

»Morgen halte ich bei deinen Eltern und beim Pfarrer um deine Hand an.«

»Nein«, entgegnete sie, »jetzt noch nicht!«

Und er kam weiter des Nachts zu ihr.

Als Paula sicher war, daß sie von dem Handstreich oder den Zugeständnissen in seiner Folge eine Frucht im Leibe trug, sagte sie zu ihrem Schatz:

»Jetzt sag ich's dem Pfarrer, und wenn er dich kommen läßt, weigerst du dich, mich zu heiraten, sagst ihm, man rede, daß du's nicht allein gewesen bist, daß schließlich . . .«

»Aha . . . Und dann?«

»Dann läßt du dir vom Pfarrer was bieten! Aber nimm nicht gleich das erste Angebot an! Treib den Preis erst ein bißchen höher! Auch beim zweiten sagst du noch nicht ja. Erst beim dritten willigst du ein!«

So geschah es. Paula entriß dem armen Pfarrer von Matalerejo, dem keuschesten des ganzen Dekanats, mit einem Schlag den Rest der für ihr Schweigen ausgesetzten Summe. Mit welcher Glut predigte der gute Mann danach die standhafte Keuschheit: »Ein Augenblick der Schwäche stürzt dich, Sünder, ins Verderben! Ein Augenblick genügt! Ein Gelüst, ein Gelüst, das du noch nicht einmal stillen kannst, kostet dich das ewige Seelenheil!« Und all deine Ersparnisse, den häuslichen Frieden und die Ruhe deines ganzen Lebens, fügte er bei sich hinzu.

Paula erstand für das Geld große Posten Wein und verkaufte ihn en gros an die Kneipwirte von Matalerejo. Der Handel ließ sich dank ihres Verstandes und ihrer Rührigkeit gut an. Sie arbeitete für beide, denn Francisco war, nach den Worten seiner Frau, ein Träumer. Er erzählte gern von seinen Heldentaten und selbst von seinen Liebesabenteuern, wenn auch nur hinter vorgehaltener Hand, nachdem er beim Bechern in Gesellschaft eines Kunden ein paar Schläuche roten Toro ausgepichelt hatte. Er war großspurig und gewährte den Schankwirten in der Hitze einer am Wirtshaustisch geschlossenen Freundschaft übermäßige Kredite. Zu Hause gab es dann heftige Auseinandersetzungen, dumpfe Drohungen und seitens des Artilleristen gefühlvolle, seitens seiner Frau jedoch frostige, kühle, unaufrichtige Versöhnungsszenen. Die Manie, auf Borg zu geben, artete bei dem verschwenderischen Ausgedienten zu einem Laster, zu einer Leidenschaft aus. Er spielte sich gern als reicher Mann auf und verachtete das Geld mit großer Geste. Was hatte er für Länder gesehen! Wieviel Frauen in der Fremde verführt! Seine Freunde, die Wirte, die nie aus ihrem Nest hinausgekommen waren, hauten ihn beim zweiten Glas übers Ohr. Während er sich in seinen Erinnerungen und vergangenen Träumen verlor, unterbrachen ihn seine Saufkumpane mit Ausrufen des Staunens und der Bewunderung und holten einen Schlauch Wein nach dem anderen ohne Bezahlung aus ihm heraus . . .

»Der Mensch ist ehrlich«, sagte der Artillerist und fuhr fort: »Wenn ich, nehmen wir mal an, einen Duro habe, und mein Freund braucht beispielsweise diesen Duro . . . Und wer einen Duro sagt, sagt zwanzig Arrobas Wein, setze ich den Fall . . .«

Ungeachtet des blühenden Anfangs, brauchte der Handel nur wenige Jahre, um an den Rand des Bankrotts zu gelangen. Ein erster Kunde hatte die Stirn, nicht zu bezahlen, andere taten es ihm gleich, und zum Schluß bezahlte fast niemand. Paula, die zwei Pfarrer unter ihrer Fuchtel gehabt hatte und entschlossen war, die Welt zu beherrschen, wurde mit ihrem Mann nicht fertig.

»Du hast ja recht«, sagte er, und eine halbe Stunde später war er wieder im alten Fahrwasser. Wurde sie dann zornig, so ging ihm, was er die Geduld nannte, aus, und auf dem Felde der Kraft blieb er stets Sieger. Paula war stark wie eine Eiche, aber Francisco war der handfesteste Kerl der ganzen Armee gewesen und hatte Muskeln wie ein Bär. Er war oben im Gebirge geboren und hatte bis zu seinem zwanzigsten Lebensjahr in den Bergtälern als Viehhirt gedient. Als die Armut an die Tür klopfte und Paula sich entschloß, ihren Weinhandel aufzugeben, beschloß de Pas, die wenigen verbliebenen Cuartos in die Viehzucht zu stecken. Er nahm Kühe in Halbpacht und kehrte mit Weib und Kind in sein Dorf zurück, um in den unwirtlichsten Gebirgswinkeln vom Viehweiden zu leben. Dort verbrachte Fermín, der nach dem Wunsch seiner Mutter Pfarrer werden sollte, die Kindheit und Jugend.

»Viehtreiber und Rinderhirte hat er zu werden wie sein Großvater und sein Vater!« schrie der Ausgediente jedesmal, wenn die Mutter davon sprach, das Kind zum Pfarrer von Matalerejo in die Lateinstunde zu schicken. Das Viehgeschäft ging nicht besser als der Weinhandel. Francisco besann sich darauf, daß er immer ein guter Schütze gewesen war, verlegte sich auf die Jägerei, jagte Rehe, Wildschweine und nahm es die seltenen Male, da ihm ein Bär über den Weg lief, sogar mit diesem auf. Eines Winternachmittags sah Paula vier Männer ins Dorf kommen, die auf einer improvisierten Tragbahre aus Eichenästen den zerfetzten Körper ihres Mannes trugen. Er war im Ringkampf mit einer angeschossenen Bärin, der die Rinderhirten seit einer Woche nachstellten, hoch oben von einem Felsen gestürzt. Der Artillerist starb rühmlich und ehrenvoll, aber seine Witwe sah sich von Schulden überhäuft und – blutiger Hohn des Schicksals! – als Eigentümerin zahlloser Außenstände, die sie niemals eintreiben konnte. Sie kehrte nach Matalerejo zurück, nachdem sie alles, was sie besaß, durch Pfändung verloren hatte. Nur die wertlosen Papiere und den Sohn, der Pfarrer werden sollte, nahm sie mit. Fermín war schon ein Bursche wie ein Baum. Mit seinen fünfzehn Jahren sah er aus wie zwanzig. Aber Paula machte mit ihm, was sie wollte. Er ließ sich leichter lenken als sein Vater. Sie ließ ihn beim Pfarrer Latein lernen, beim selben, der die von dem Verstorbenen durchgebrachte Mitgift herausgeschwitzt hatte. Es galt die verlorene Zeit aufzuholen, und Fermín holte sie auf. Er lernte für vier und half bei den häuslichen Verrichtungen im Pfarrhaus. Außerdem kümmerte er sich um den Garten und verdiente sich so sein Essen und den Unterricht. Schlafen ging er in die Hütte seiner Mutter, die beim Eingang einer Kohlengrube eine Bretterbude hingesetzt hatte und darin einen Ausschank betrieb. Das nicht sehr große Anfangskapital für den neuen Handel ging noch auf Rechnung des Pfarrers, der mehr aus Nächstenliebe denn aus Angst den Wohltäter spielte. Er hatte keine Furcht mehr vor dem, was Paula ausplaudern konnte, und auch sie glaubte nicht mehr an die Stärke der Waffe, mit der sie ihn seinerzeit rücksichtslos und kaltblütig bedroht hatte.

Die Schenke prosperierte. Sie stand den Bergleuten vor der Nase, wenn sie aus der Grube ausfuhren, und ohne einen Schritt weiter zu tun als nötig, stillten sie gleich dort Hunger, Durst und die Spielleidenschaft, die fast alle beherrschte. Hinter einer Bretterwand, durch die er das Fluchen und das Klingen des Geldes hörte, saß er in den endlosen Winternächten über seinen Büchern, der Sohn des Pfarrers, wie ihn die Bergleute zynisch in Gegenwart seiner Mutter, nicht aber im Beisein Fermíns nannten, denn er hatte schon vielen bewiesen, daß das Studieren seine Arme nicht geschwächt hatte. Der Anblick der Unwissenheit, des Lasters und der Verrohung stieß ihn ab und erregte ihm sogar Übelkeit. So warf er sich mit Inbrunst auf die schlichte Frömmigkeit, verschlang die Bücher und ersehnte dasselbe, was seine Mutter für ihn begehrte: das Seminar, die Soutane – diese Toga des freien Mannes, die allein ihn aus der Sklaverei befreien konnte, zu der er sich mit all diesen Elenden verdammt sähe, wenn ihn seine Anstrengungen nicht zu einem anderen, besseren Leben führten, einem Leben, würdig dem Höhenflug seines Ehrgeizes und der Neigungen, die in seinem Geiste erwachten. Paula stand in dieser Zeit viel durch. Ihr Verdienst war sicher und viel höher, als man annehmen konnte. Aber ihr Beruf barg die Gefahren eines Raubtierbändigers. Tag für Tag, Nacht für Nacht gab es in der Schenke Schlägereien, blitzten die Messer, flogen die Bänke durch die Luft. Paula lernte es, die Wogen brutaler Leidenschaften energisch zu beruhigen, doch wachte sie noch eifriger darüber, daß jeder, der etwas zerschlug, den Schaden bezahlte, und das zu gepfefferten Preisen. So setzte sie auf ihre Art die nachteiligen Folgen des Skandals mit auf die Rechnung. Manchmal wollte ihr Fermín beistehen, mit seinen Fäusten dazwischengehen, aber seine Mutter verbot es ihm.

»Du gehst an deine Bücher! Du wirst Pfarrer, und wenn man dich unter diesem Gesindel sieht, denkt man noch, du gehörst dazu.«

Aus Respekt und Widerwillen gehorchte Fermín, und wenn der Lärm zum Höllengetöse anschwoll, stopfte er die Finger in die Ohren und versuchte, sich in seine Arbeit zu vertiefen, bis er vergaß, was hinter der Bretterwand in der Schankstube vorging. Noch etwas anderes als die Schlägereien zwischen ihren Gästen verbarg Paula vor ihrem Sohn. Obwohl sie nicht mehr jung war, erregten ihr kräftiger Körper, ihre glatte, weiche Haut, ihre runden Arme und die üppigen Hüften die Lüsternheit ihrer Gäste. Aber Paula empfing sie mit Fußtritten, Faustschlägen und Hieben. Mehr als ein Glas zerbrach sie auf dem Kopf so eines Angreifers und besaß hinterher den Mut, es ihm auf die Rechnung zu setzen.

Alles für ihren Sohn. Sie wollte Geld machen, um sein Studium zu bezahlen. Theologe sollte er werden, nichts Halbgewalktes. Den Schmutz, der Tag für Tag durch die Tür der Spelunke hereinkam, auf die Straße zu kehren, dafür war sie da. Sie beschmutzte es, ihn nicht. Er saß mit Gott und den Heiligen in der Hinterstube und sog aus den Büchern das Wissen, das ihn zu einem Herrn machen sollte. Vorne war seine Mutter und klaubte aus dem Unrat Ochavo auf Ochavo die Zukunft ihres Sohnes heraus. Die ihre übrigens auch, denn sie war sicher, einstmals eine Señora zu werden. Als Fermín oben in den Bergen lesen und schreiben lernte, hatte er ihr sein Wissen beibringen müssen. Sie konnte ebenfalls lesen und schreiben. Unter dem Fluchen und dem Gebrüll von Betrunkenen und Spielern verschlang sie in ihrer Schenke Bücher, die sie sich vom Pfarrer holte. Mehr als einmal mußte die Guardia Civil bei ihr erscheinen, und alle paar Tage ging sie zum Gericht, um in einem Prozeß wegen Diebstahls oder Körperverletzung auszusagen.

Der Pfarrer, Fermín und selbst die Gendarmen, die sie ihrer Ehrbarkeit wegen schätzten, hatten ihr schon oft geraten, diesen abscheulichen Handel aufzugeben. Ekelte sie denn dieses Leben nicht an? Nein, nochmals nein! Man solle sie in Ruhe lassen. Sie machte gute Kasse, ohne daß jemand etwas ahnte. In keinem anderen Gewerbe konnte sie mit ihren geringen Mitteln auch nur den zehnten Teil dessen verdienen, was sie dort herausholte. Die Bergleute kamen durstig und hungrig mit vollen Taschen. Sie zahlten gut und aßen und tranken billiges Gift anstelle von Wein und guten Speisen. In Paulas Schenke war alles verfälscht, sie kaufte das Schlechteste vom Schlechten, und die Berauschten aßen und tranken es, ohne zu wissen, was sie da in sich hineinschlangen, während die Spieler, mit Leib und Seele bei ihren Karten, nicht einmal einen Blick darauf warfen.

Der Umsatz war groß, der Gewinn bei allen Waren beträchtlich. Deshalb hatte sie die Spelunke noch nicht in Brand gesteckt.

Sie gab den Handel nicht eher auf, als es Fermíns Studien und sein Alter erforderten. Man mußte die Gegend verlassen, und Paula fand auf Empfehlung des Pfarrers von Matalerejo eine Stelle als Wirtschafterin beim Pfarrer der Kapelle der Jungfrau vom Wege, die in einer Einöde in der Hochsteppe, eine Meile von León, lag. Fermín trat auf Empfehlung des Pfarrers von Matalerejo und des Geistlichen der Jungfrau vom Wege in San Marcos de León ins Kolleg der Jesuiten ein, die sich wenige Jahre zuvor am Ufer des Bernesga niedergelassen hatten. Der Junge bestand alle Prüfungen, denen ihn die Patres unterzogen.

Er verriet von Anbeginn große Begabung, Klugheit, Berufung, und der Pater Rektor erklärte alsbald, dieser Junge sei zum Jesuiten geboren. Paula schwieg dazu, war aber entschlossen, ihren Sohn zur gegebenen Zeit dort herauszuholen, sobald sie ihm nämlich außerhalb dieses heiligen Hauses eine Zukunft sichern konnte. Sie wollte keinen Jesuiten aus ihm machen. Domherr, Bischof, wer weiß, was nicht noch alles, sollte er werden. Er redete von Missionstätigkeit im Fernen Osten, von wilden Völkerstämmen, Märtyrern in Japan und davon, ihrem Beispiel nachzueifern. Mit vor Begeisterung brennenden Augen las er seiner Mutter aus den Zeitungen vor, die von den Fährnissen des Jesuitenpaters Sevillano im Lande der Wilden erzählten. Paula lächelte und schwieg. Das fehlte gerade noch, daß ihr Sohn nach so vielen Opfern zum Märtyrer wurde! Nichts da von solchen Narrheiten! Auch nicht die des Kreuzes! In der Kapelle der Jungfrau vom Wege hatte man an dem Tage, da die Schatztruhe der Jungfrau im Beisein der weltlichen Behörden geöffnet wurde, mit großen Summen zu tun. Aber der Pfarrer war arm. Paula sah die Duros und Peseten durch ihre Hände gehen, aber das war wie Meerwasser für einen Durstigen. Für sie fiel nichts ab bei diesem Wühlen im Gelde der wundertätigen Jungfrau. Ihr Ruf als perfekte Wirtschafterin lief durch die ganze Provinz. Der Pfarrer der »Jungfrau« war so unklug gewesen, ihre Kochkunst, ihre Anstelligkeit, Rechtschaffenheit, Ordnungsliebe, Frömmigkeit und sonstigen guten Eigenschaften vor anderen Geistlichen bei Tisch zu loben, nachdem er gut gegessen und noch besser getrunken hatte. Paulas Ruf verbreitete sich, und ein Domherr aus Astorga schnappte dem Pfarrer von der »Jungfrau« die Haushälterin weg. Es war ein hinterhältiger Streich, und Paula bewies puren Undank. Der Domherr freilich war ein Heiliger. Nicht er hatte den Schurkenstreich ausgeheckt. Don Fortunato Camoirán war zu so etwas nicht fähig. Man schlug ihm eine Haushälterin vor, und er nahm an, ohne zu ahnen, daß er nach wenigen Monaten ihr Sklave sein werde.

Nichts kam Paula gelegener als ein frommer Brotherr. Nach einem Jahr Dienst beim Domherrn Camoirán rühmte sie sich, ihn zu mehreren Malen vor dem Bankrott gerettet zu haben. Ohne sie hätte er das Geld mit vollen Händen zum Fenster hinausgeworfen. Alles hätten die Armen und die Spitzbuben und Tagediebe gekriegt, die ihn mit dem Hakenschlüssel der Nächstenliebe ausplünderten. Paula brachte das in Ordnung. Camoirán dankte es ihr und gab weiter verstohlen Almosen, aber wenige, soviel, wie er seiner Haushälterin unterschlagen konnte. Der Domherr war nicht imstande, für die einfachsten Bedürfnisse des Lebens selbst zu sorgen. Er verstand nichts vom Lauf der Welt und begriff nach kurzer Zeit, daß er ohne Paula nicht mehr auskommen konnte. Ohne sie hätte man ihn, wer weiß, vielleicht als mittellos und verrückt in ein Hospital gebracht.

Diese Herrschaft war die tyrannischste, die die Haushälterin je in ihrem Leben ausübte. Sie nutzte sie für Fermíns Karriere aus. Der Domherr sah ein, daß er den Studenten wie sein eigen Fleisch und Blut behüten mußte. Wenn Paula ihm, Camoirán, ihr Leben weihte, mußte er seine Sorgen, sein Geld und seinen Einfluß Paulas Sohn weihen. Außerdem betörte der Junge auch ihn: Er war ebenso klug und weitblickend wie seine Mutter, aber liebenswürdiger und geschmeidiger im Umgang. Man müsse ihn aus San Marcos herausholen, beteuerte Paula. Der junge Mann wünsche es selbst, außerdem erfordere es die geschwächte Gesundheit des Jesuitenzöglings. Und man holte ihn heraus. Er trat ins Seminar ein, um sein Theologiestudium zu Ende zu führen, wurde Priester, bekam eine gute Pfarrstelle, und man holte ihn zum Predigen nach San Isidro de León, nach Astorga, Villafranca und überallhin, wo der schon durch seine Frömmigkeit berühmte Domherr Camoirán Einfluß besaß. Als Fortunato das Bistum von Vetusta angeboten bekam, zögerte er, besser gesagt, er nahm sich vor, kniefällig zu bitten, daß man ihn in Ruhe lasse. Aber Paula drohte, ihn zu verlassen. So was habe ja die Welt noch nicht gesehen! Allein aber fand er sich nicht mehr zurecht.

»Wegen des Jungen müssen Sie annehmen, Señor!«

»Vielleicht haben Sie recht.«

Camoirán nahm dem Jungen zuliebe an, und sie zogen alle nach Vetusta. Dort jedoch suchte Paula dem Bischof eine neue Haushälterin und übte von ihrem Hause aus nur noch die Oberaufsicht aus. Fermín machte Karriere. Der Junge war tüchtig, noch tüchtiger aber war seine Mutter. Sie hatte einen Mann, vielmehr einen Pfarrer aus ihm gemacht, das Schoßkind eines Bischofs, und ihn gestoßen, bis er dort angelangt war, wo er jetzt stand. Er aber war undankbar.

Zu diesem Schluß gelangte der Generalvikar in jener Nacht, in der er sich nach einem langen Gespräch mit seiner Mutter in sein Arbeitszimmer einschloß, um im Geiste alles Revue passieren zu lassen, was er von den Opfern wußte, die diese starke

Frau seinetwegen auf sich genommen hatte, damit er emporstieg, damit er herrschte, Reichtümer und Ehren erwarb.

Ja, er war undankbar. Undankbar! Und die Kindesliebe preßte aus ihm zwei heiße Tränen, die er überrascht wegwischte, als er in diesem seit Jahren trockenen Brunnen Wasser spürte.

Wieso weinte er? Höchst seltsam! Ob das der Alkohol machte? Oder waren die Ereignisse dieses Tages der Grund? Vielleicht alles zusammen. Dazu die Liebe zu seiner Mutter.

Er öffnete weit die Balkontür seines Arbeitszimmers. Der Mond war schon aufgegangen und schien über das Dach auf der anderen Straßenseite zu rollen. Die Straße war menschenleer, die Nacht kühl. Es atmete sich leicht. Die bleichen Strahlen des Mondes und das sachte Wehen des Windes erschienen ihm wie Liebkosungen. Was für neue, oder vielmehr, was für alte und längst vergessene Gefühle ihn durchströmten! Oh, es war für ihn nichts Neues – weit entfernt! –, dieses Ziehen in der Brust zu spüren, wenn er den Mond betrachtete, der nächtlichen Stille lauschte. Damit hatte damals, bei den Jesuiten, sein Kränkeln angefangen. Damals aber waren seine Sehnsüchte unbestimmt, verschwommen, jetzt nicht. Jetzt sehnte er sich . . . Doch er wagte es nicht, seine Wünsche deutlich und präzise zu umreißen. Es war aber keine mystische Schwermut mehr und nicht die Unrast des an einen Theologen gefesselten Philosophen, was ihn quälte und diesen süßen Schmerz hervorrief. Er sah das Lächeln der Präsidentin vor sich, das um den Mund, auf den Wangen und in den Augen lag, die ihm Leben gaben, und er entsann sich ein ums andere der Male, da sie ihn angelächelt hatte. In den Büchern nannte man das platonisch verliebt, aber er glaubte nicht an Worte. Nein, er war sicher, daß dies keine Liebe war. Welch gemeine Denkart, wenn die ganze Welt, und mit ihr seine Mutter, in dieser unschuldigen Freundschaft etwas Sündhaftes sah. Wer wußte besser als er, was gut und was schlecht war! Seine Mutter liebte ihn sehr, ihr verdankte er alles, er wußte es, aber sie verstand nichts von zarten Gefühlen und edlen, erhabenen Seelenregungen. Man mußte ihr verzeihen. Ja, aber er brauchte eine sanftere Liebe als die Doña Paulas, eine verinnerlichtere, eine durch Gleichheit des Alters, der Erziehung und des Geschmacks leichter mitteilbare Liebe. Obwohl er mit seiner geliebten Mutter zusammenlebte, besaß er kein eigenes Heim, und das mußte das höchste Glück ernster Menschen sein. Ihm fehlte Gesellschaft in der Welt. Darüber gab es keinen Zweifel.

Aus einem Haus in derselben Straße drangen durch die Tür eines offenen Balkons die süßen, schmachtenden, trägen Töne einer Geige, die von kundiger Hand gespielt wurde. Es waren Motive aus dem dritten Akt des »Faust«. Der Generalvikar kannte die Musik nicht, er konnte sie nicht mit den dazugehörigen Szenen in Verbindung bringen, aber er begriff, daß sie von Liebe sprach. So genußvoll zuzuhören, wie er es tat, war bereits Schwäche, war bereits Sinnenlust und gefährlich, aber die Geige sprach die seltsamen Dinge, die er empfand, so treffend aus!

Plötzlich fielen ihm seine fünfunddreißig Jahre ein, das sterile Leben, das er geführt, fruchtbar nur an Ängsten und Gewissensbissen, die von Mal zu Mal weniger stechend waren und nur noch einschläfernd auf den Geist wirkten. Er empfand rührseliges Selbstmitleid, und während die Geige auf ihre Art

»Al palido chiaror
che vien degli astri d'or
dammi anchor contemplar il tuo viso . . .«

schluchzte, weinte der Generalvikar im stillen und blickte durch ein Spinngewebe aus Tränenfäden, die seine Augen überzogen, auf den Mond. Er sah genauso zu ihm auf wie Trifón Cármenes jeden Donnerstag und Sonntag in seinen Ergüssen auf der Unterhaltungsbeilage der »Kreuzfahne«. Eine schöne Bescherung! dachte Don Fermín, als er auf diese abwegigen Gedanken verfiel. Dann kam ihm wieder in den Sinn, daß an dieser Gefühlsduselei der letzten Stunde das Glas Kognak, oder was es sonst gewesen war, keinen geringen Anteil haben mochte.

Unten war Abrechnungstag. Oft ließ sich Doña Paula von dem guten Froilán Zapico, dem Eigentümer des »Roten Kreuzes« vor den Leuten und dem Handelsgesetz, die Bücher zeigen. Froilán war Doña Paula, der er alles verdankte, selbst, daß er nicht ins Gefängnis mußte, blind ergeben. Sie hatte ihn, wie sie sagte, fest in ihren Klauen, und deshalb ließ sie ihn ohne Furcht vor Verrat als Strohmann das Geschäft führen. Sie duzte ihn und schimpfte ihn oft Blödian und Gauner. Er lächelte, rauchte seine Pfeife, die immer in seinem Munde hing, und sagte sich mit der Ruhe eines zynischen Philosophen: »Was will man machen, so ist sie nun mal.« Er trug einen Gehrock und bei den Prozessionen sogar schwarze Handschuhe. Er mußte wie ein feiner Mann aussehen, damit sein Auftreten als Besitzer des »Roten Kreuzes« einen Anstrich von Wahrscheinlichkeit erhielt. Der Laden war das einträglichste Geschäft Vetustas, das einzige seiner Art, nachdem sich der unselige Don Santos Barinaga langsam ruiniert hatte.

Doña Paula hatte Froilán mit einem der Dienstmädchen verheiratet, die sie vom Dorfe mitbrachte, einer Vorgängerin Teresas in ihrer Eigenschaft als Kammermädchen zur Bedienung des jungen Herrn. Sie hatte, wie jetzt Teresa, vier Schritte vom Generalvikar entfernt geschlafen.

Diese Ehe war eine Belohnung für Juana, die Frau Froiláns. Zapico hörte sich den Vorschlag seiner Herrin mit verschmitztem Gesicht an. Er glaubte zu verstehen. Aber er war ein großer Philosoph und hielt sich nicht bei gewissen Äußerlichkeiten auf, die anderen so viel bedeuten. Als ihm die Herrin diese Verbindung vorschlug, hatte sie gedacht: Das ist ein bißchen viel verlangt, aber wehe ihm, wenn er aufmuckst! Froilán begehrte nicht auf. Juana war ein sehr braves Mädchen und wußte einen Mann zu versorgen. Zapico heiratete, und am Morgen nach der Hochzeitsnacht bemerkte Doña Paula, die ihn, vielleicht auch von leichter Reue befallen, sie könne den Bogen überspannt haben, verstohlen und mißtrauisch beobachtete, daß der junge Ehemann sehr zufrieden und mit seiner Frau ein Herz und eine Seele war.

Du verträgst ja allerhand, Froilán, dachte sie. Bist ein tapferer Kerl! Und sie bewunderte und verachtete ihn zugleich.

Er aber lächelte verschmitzter denn je.

Da ist sie schön reingefallen, die Señora, dachte er und rauchte seine Pfeife. Wenn sie wüßte! Aber natürlich verriet er Doña Paula nie das Geheimnis jener Nacht, in der er ganz andere Überraschungen erlebt hatte, als die Señora annahm.

Es war das einzige Geheimnis zwischen der Herrin und dem Sklaven, der einzige böse Streich, den sie ihm hatte spielen wollen. Und da er für Zapico keine schlimmen, vielmehr sehr vorteilhafte Folgen hatte, bewahrte er Doña Paula auch fürderhin seine Wertschätzung. Als sie sah, daß er so vergnügt war und ihr nicht das geringste nachtrug, hätte sie für ihr Leben gern eine Frage riskiert, und auch er, höchst zufrieden über den Betrug der Herrin, der zu seinem Vorteil ausgeschlagen war, hätte für sein Leben gern etwas gesagt. Aber beide schwiegen. Es gab nichts als gewisse wechselseitige Blicke, die beide bisweilen auffingen. Sie ertappten sich oft dabei, wie jeder die Augen ins Gesicht des anderen grub, um das Geheimnis zu lüften. Aber Worte fielen nicht. Doña Paula zuckte die Achseln, Froilán lachte und strich sich mit der Hand über den Stachelschweinbart, den er unter dem glattrasierten Kinn trug.

Was sie ernst nahmen, war das Geld. Immer strenge, saubere Rechnung. Froilán war ehrlich aus Bequemlichkeit und aus Angst. In diesem Haus war das Geldzählen ein Kult. Von Kind an hatte sich Don Fermín an den religiösen Ernst, mit dem Geldangelegenheiten behandelt wurden, und die abergläubische Scheu beim Hantieren mit Gold und Silber gewöhnt. Da unten im Hinterladen des »Roten Kreuzes«, in den man vom Hause des Generalvikars nicht durch unterirdische Gewölbe gelangte, wie die üble Nachrede wissen wollte, sondern durch eine breite, in die Zwischenwand des Erdgeschosses gebrochene Tür, saß Doña Paula auf einem Podium vor einem grünen Schreibpult, ging die Geschäftsbücher durch und zählte das Gold, das Silber und das Kupfer, das Froilán ihr in geflochtenen Körben oder schmierigen Lederbeuteln reichte, wobei er auf einer Stufe des Podiums stand, die etwas tiefer lag als der Tisch, an dem die Herrin die Bücher revidierte. Sie wirkte wie eine Priesterin und er wie ein Akoluth dieses plutonischen Kultes. Selbst Don Fermín befiel, sooft er an diesen Zeremonien teilnahm, eine unbestimmte, abergläubische Scheu, vor allem, wenn er das Gesicht seiner Mutter betrachtete, das dann noch blasser war, einer Elfenbeinplastik vergleichbar oder einer gelblichen Minerva.

An diesem Abend wollte der Generalvikar seiner Mutter nicht den Gefallen tun, in den Hinterladen hinunterzugehen. Es ekelte ihn an. Er stellte sich das da unten als einen großen Fäulnisherd vor. Er hörte das undeutliche ferne Klappern der alten Kupfercuartos, das helle Klingen von Gold und Silber. Diese durch die Entfernung gedämpften Geräusche drangen in der tiefen Stille des ganzen Hauses durch das Treppenhaus zu ihm herauf. Die Geige draußen begann die Stille wieder mit zitternden Tönen zu zerreißen, die wie die Sterne zu flimmern schienen. Es ging nicht mehr um Fausts Liebesnöte vor Margaretes keuschem, reinem Anblick: Der Spieler schleifte jetzt träge der Traviata Klagen kurz vor dem Sterben über die Saiten der Geige.

Der Generalvikar erblickte an einer Straßenecke eine dunkle Gestalt, die sich schwankenden Schrittes näherte, mal auf dem Bürgersteig, mal auf dem Fahrdamm. Es war Don Santos Barinaga. Er wohnte drei Häuser hinter dem des Generalvikars auf der anderen Straßenseite. De Pas erkannte ihn erst, als er unter seinem Balkon stand. Vor dem Haus, in dem die Geige erklang, verhielt Barinaga, der mit sich selbst sprach, seine Schritte, nahm seinen grünen Hut ab, der die Form eines Kegelstumpfes hatte, hob den Kopf und lauschte mit der Miene eines Kenners. Von Zeit zu Zeit gab er Zeichen der Zustimmung von sich. Er kannte diese Musik. Sie stammte aus »La Traviata« oder dem »Troubadour«, jedenfalls war es etwas Gutes.

»Aus-ge-zeichnet«, sagte er laut. »Du kannst dich beglückwünschen, Augustinillo. Ja, der Kunst muß man sich weihen. Hände weg von Geschäften in dieser Diebsgegend. Wie?«

»Es ist der Sohn vom Kerzenzieher«, fügte er hinzu und blickte seitwärts zu Boden, als erzähle er es einem anderen, kleineren neben sich. Die Geige schwieg, und Don Santos drehte sich auf dem Absatz herum, als suche er die Töne, die verklungen waren. Da erblickte er genau vor sich, von einer Laterne beleuchtet, ein Schild mit vergoldeten Buchstaben: »Rotes Kreuz«.

Barinaga schlug mit der flachen Hand auf den Stulp des grünen Hutes, den er wieder aufgesetzt hatte, reckte einen Arm in die Höhe und schrie mitten auf dem Fahrdamm herumtorkelnd: »Gauner! . . . Jawohl, Señor«, fuhr er leiser fort, »ich nehme nichts zurück. Gauner und Diebe sind Sie, Sie und Ihre Mutter, Herr Generalvikar.«

Barinaga sprach mit dem Ladenschild, aber der Generalvikar spürte brennende Glut auf den Wangen, und er zog sich vom Balkon zurück, bevor der Nachbar seine Anwesenheit bemerkte. Ohne das geringste Geräusch schob er die Glastüren behutsam zu und ließ nur einen schmalen Spalt offen, durch den er hören und sehen konnte, ohne selbst gesehen zu werden. Zur größeren Sicherheit schraubte er das Licht der Tischlampe herunter und trug sie in den Alkoven. Dann kehrte er auf den Balkon zurück, um die Worte dieses Betrunkenen weiter zu belauschen, für den er das ganze Jahr nur Verachtung übrig hatte, der ihn aber, ohne daß er gewußt hätte, weshalb, in dieser Nacht erschreckte und verwirrte. Schon oft hatte er ihn, während er nachts über seiner Arbeit saß, auf der Straße Verwünschungen brabbeln hören, jedoch nie das Bedürfnis verspürt, sich zu erheben und das Geschwafel dieses Trunkenbolds anzuhören. Er wußte wohl, daß Barinaga ihn und seine Mutter bezichtigte, den Ramschladen ruiniert zu haben, von dem er lebte. Aber wer gibt was auf solche Jammergestalt, ein Opfer des Branntweins?

Barinaga fuhr fort: »Ja, Herr Generalvikar, Sie sind ein Gauner, ein Simonist, wie Señor Foja Sie nennt, der ein Liberaler ist. Jawohl, ein bewährter Liberaler.«

Und da das »Rote Kreuz« keine Antwort gab, wandte sich Don Santos an seinen eigenen Schatten, der ihm bis zum Kinn entgegenwuchs, als er jetzt auf die geschlossene Tür des Geschäfts zu schwankte, nahm ihn für den Herrn de Pas in Person und sagte: »Herr Dunkelmann! Sie haben meine Familie ruiniert. Sie haben mich zum Ketzer gemacht, zum Freimaurer. Jawohl, Señor, ich bin jetzt Freimaurer, um mich zu rächen, um . . . Nieder das Pfaffengezücht!« Dies sagte er laut, damit ihn der Nachtwächter hörte, der eben um die Ecke bog. Dem Betrunkenen stach die grelle Helligkeit eines Lichtstreifs in die Augen, der aus Pepes, seines guten Freundes, Laterne fiel. Der Nachtwächter, eben dieser Pepe, erkannte Don Santos und kam näher, ohne den Schritt zu beschleunigen.

»Guten Abend, lieber Freund«, sprach ihn Barinaga an. »Du bist ein Ehrenmann, und ich achte dich. Aber dieser Schwarzrock, dieser Austernfresser, dieser Scheinheilige, dieser verwünschte Tyrann der Kirche, dieser Generalvikar ist ein Gauner, und dabei bleibe ich. Da hast du eine Zigarette!«

Pepe nahm die Zigarette, blendete die Laterne ab, lehnte die Hellebarde an die Wand und sagte gewichtig: »Don Santos, es ist schon Zeit, zu Bett zu gehen. Soll ich Ihnen die Tür aufschließen?« – »Welche Tür?«

»Die zu Ihrem Haus natürlich.«

»Ich habe kein Haus mehr, ich bin ein Bettler. Siehst du's nicht? Schau dir meine Hosen an, meinen Gehrock! Und meine Tochter ist ein verkommenes Frauenzimmer. Die haben mir auch die Pfaffen gestohlen, aber nicht der da. Der hat mich um meine Kundschaft gebracht, hat mich ruiniert, und Don Custodio stiehlt mir die Liebe meiner Tochter. Ich habe keine Familie mehr. Ich habe kein Zuhause und keinen Suppentopf auf dem Herd. Und dann sagen sie, ich trinke! Was soll ich denn machen, Pepe? Wenn du nicht wärst, du und der Schnaps – was sollte aus mir altem Mann werden.«

»Kommen Sie, Don Santos, gehn Sie nach Hause!«

»Ich sage dir doch, ich habe kein Zuhause. Laß mich! Ich habe heute hier zu tun. Geh, Pepe, geh! Es ist ein Geheimnis. Sie glauben, man wüßte nichts. Aber ich weiß es. Ich belaure sie. Ich höre sie. Geh, frag mich nicht! Geh!«

»Aber Sie dürfen nicht lärmen, Don Santos. Die Nachbarn

haben sich schon über Sie beschwert. Und ich ... Was bleibt mir übrig?«

»Ja, du. Natürlich, weil ich arm bin. Geh! Laß mich mit diesem Räubergesindel allein, oder ich zerschlag deinen Spieß auf deinem Schädel.«

Der Nachtwächter sang die Stunde und ging seiner Wege.

Don Santos lud ihn mitunter zu einem Gläschen ein. Was sollte er machen? Außerdem randalierte er nicht allzu laut.

Barinaga blieb allein auf der Straße, und oben stand der Generalvikar hinter der angelehnten Glastür und ließ Barinaga, den er im stillen schon als ein Opfer seiner Habgier bezeichnete, nicht aus den Augen.

Don Santos nahm seinen durch den streikenden Magen und die schwere Zunge abgehackten Monolog wieder auf.

»Ihr Elenden!« sagte er pathetisch in tiefem Baß. »Ihr Elenden! Ein Diener Gottes! Der Diener des Gehörnten! Der wahre Diener Gottes bin ich, Santos Barinaga, ein rechtschaffener Geschäftsmann, der niemandem Gewalt antut, der niemandem sein täglich Brot stiehlt, der nicht die Pfarrer der ganzen Diözese nötigt, jawohl, nötigt, in seinem Laden Kelche, Hostienteller, Meßkännchen, Meßgewänder, Lampen« – er zählte es an den Fingern auf, die er mit Mühe fand – »zu kaufen und noch andere Dinge, Altäre zum Beispiel. Jawohl, Señor! Alle Welt soll es hören, Herr Generalvikar! Sie haben die Altäre in sämtlichen Pfarreien des Bistums erneuern lassen. Ich erfuhr davon und kaufte einen großen Posten ein, weil ich glaubte, Sie seien ein anständiger Mensch, ein Christ. Fürwahr, ein schöner Christ! Jesus, der war ein großer Liberaler, wie Señor Foja, jawohl, ein Republikaner und verkaufte keine Altäre. Er trieb die Händler aus dem Tempel. Kurzum, ich bin verschuldet, gepfändet und kann nicht bezahlen, während Sie Hunderte Altäre zu dem Preis verkauft haben, der Ihnen genehm war. Man weiß alles, alles, Herr Leisetreter! Sehen Sie diesen Scheinheiligen? Sogar Hostien verkauft er! Und Kerzen! Den Kerzenzieher hat er auch ruiniert. Und Tapeten! Er selbst hat die Kapelle von Palomares neu bekleben lassen. Die Fischereigenossenschaft kann bestätigen, daß er ein Spitzbube ist, ein Lump, ein Philipp II.! Hören Sie, Sie Erzhalunke: Ich habe heute abend nichts zu essen. Kein Feuer im Küchenherd. Ich werde um eine Tasse Tee bitten, und meine Tochter hält mir den Rosenkranz hin. Ein sauberes Gespann sind Sie, Sie und Ihre Frau Mutter! ... Ein schönes Jahrhundert des Lichts!« Und er deutete auf die Straßenlaterne. »Ich lache über das Licht. Was nutzen mir Straßenlaternen, wenn man die Spitzbuben nicht an ihnen aufhängt? Blitz und Donner! Das nennt sich Revolution? Petroleum her!«

Der Betrunkene schwieg einen Augenblick und stolperte auf die Tür des »Roten Kreuzes« zu. Er legte das Ohr an ein Schlüsselloch, und nachdem er aufmerksam gelauscht hatte, lachte er ein sardonisches Lachen, wie es in den Theaterstücken heißt.

»Hähähä!« ertönte es kehlig und nasal. »Da wühlen sie wieder im Geld herum! Ich höre euch gut, ihr Gesindel da drin! Versteckt euch nicht! Ich höre genau, wie ihr mein Geld verteilt, ihr Diebe! Das ist mein Gold! Das Silber gehört dem Kerzenzieher. Heraus mit meinem Geld, Señora Doña Paula! Her mein Geld, Señor de Pas! Sind wir Caballeros oder nicht! Mein Geld gehört mir. Ich habe mich wohl deutlich genug ausgedrückt! Also heraus damit!«

Er schwieg und legte wieder das Ohr ans Schlüsselloch.

Der Generalvikar öffnete geräuschlos die Balkontür und beugte sich über das Geländer, um Don Santos zu sehen.

Ob er wirklich was hört? dachte er. Es ist doch fast unmöglich. Er wandte den Kopf in das stille, dunkle Haus zurück und lauschte ebenfalls mit angehaltenem Atem. Ja, er hörte etwas. Es war das Klappern der Münzen. Aber es war ein verworrenes Geräusch, und man konnte es nur erkennen, wenn man zuvor wußte, daß Geld gezählt wurde. Von der Straße aus jedoch konnte man unmöglich etwas hören. Doch der Gedanke, daß die Wahnvorstellung des Betrunkenen der Wirklichkeit entsprach, beunruhigte ihn noch mehr. Er erschreckte ihn und jagte ihm abergläubische Furcht ein.

»Diese Elenden horten da drin das ganze Geld der Diözese! Und alles gehört mir und dem Kerzenzieher. Gauner! Verstehen wir uns recht, Herr Generalvikar: Sie predigen eine Religion des Friedens. Nun gut, dann gehört dieses Geld aber mir!«

Don Santos richtete sich auf. Wieder klatschte er mit der flachen Hand auf den grünen Hut, streckte einen Arm aus, trat einen Schritt zurück und rief:

»Ich protestiere gegen diese Vergewaltigung! Man öffne der Justiz! Im Namen des Gesetzes: Nieder mit dieser Tür!«

»Nun aber ins Bett, Señor Don Santos!« sagte der Nachtwächter, der schon wieder von seiner Runde zurückkam. »Ich kann nicht zulassen, daß Sie hier weiter Krawall schlagen.«

»Öffnen Sie diese Tür! Brechen Sie sie auf, Señor Pepe! Sie repräsentieren das Gesetz. Wohlan! Da drin sind sie dabei, mein Geld zu zählen.«

»Na, na, Don Santos, jetzt aber Schluß mit dem Unsinn!« Und er zog ihn mit Gewalt fort.

»Weil ich arm bin. Undankbarer!« sagte Barinaga und verfiel in tiefe Niedergeschlagenheit. Er ließ sich mitschleifen.

Der Generalvikar folgte ihm, im Dunkel verborgen, vom Balkon aus atemlos mit dem Blick. Er hatte alles um sich herum vergessen, außer diesen Don Santos Barinaga, der ihn aus dem Sumpf seiner jämmerlichen Betrunkenheit mit Schmutz beworfen hatte. Don Fermín stand wie betäubt da. Seine Augen hingen an dem schwankenden Gang des Betrunkenen. In seinen Ohren klangen noch die Worte nach, die Barinaga mehr gerülpst als gesprochen hatte. Konnte denn ein Gläschen Kognak, ein etwas üppiges Essen, ein wenig Bordeaux diese Überreizung im Gewissen, im Gehirn oder wo sonst bewirken? Er wußte es nicht, aber noch nie hatte der Anblick eines seiner Opfer ihm solch kalte Schauer über den ganzen Körper gejagt. Er stellte sich den leeren Laden mit den ausgeräumten Regalen vor, die ihre schokoladenbraunen Rückwände zeigten wie Grabnischen, die auf ihre Toten warten. Er sah den kalten Herd. Kein Funken Glut glomm zwischen der Asche. Wenn dem armen Alten doch jemand die Tasse Tee schicken könnte, nach der er in seiner Verirrung begehrte, oder eine heiße Brühe, etwas, was Kranken und alten Leuten in ihrer Schwäche wieder auf die Beine hilft!

Nach einer guten Weile langten Don Santos und der Nachtwächter vor der Tür zu Barinagas Laden an, die zugleich der Hauseingang war. Der Generalvikar hörte die Schläge der Hellebarde gegen das Holz. Niemand öffnete. Der Generalvikar verging vor Ungeduld. Ob diese Betschwester eingeschlafen ist? dachte er. An sein Ohr drangen verworren, mit einem hohlen Nachklang die Worte Barinagas und des Nachtwächters. Sie schienen eine ausländische Sprache zu sprechen.

Pepe schlug abermals gegen die Tür, und nach zwei Minuten ging eine Balkontür auf. Eine scharfe Stimme rief von oben:

»Da ist der Schlüssel!«

Und die Balkontür wurde mit einem Krach zugeworfen. Don Santos trat in den Laden, der genauso war, wie ihn sich der Generalvikar vorgestellt hatte. Der Nachtwächter leuchtete ihm voran. Barinaga torkelte durch den traurigen Ladenraum, wo die Schritte wie in einem Gewölbe widerhallten, und stieg langsam, schwer atmend, die Treppe hinauf. Der Nachtwächter kehrte um, nachdem er dem Hausherrn den Schlüssel ausgehändigt hatte, schlug die Tür hinter sich zu und entfernte sich straßaufwärts. Dunkelheit und Stille. Da öffnete der Generalvikar weit die Balkontüren, beugte den Körper über das Geländer zu Barinagas Haus hinüber und versuchte etwas zu hören.

Zuerst hielt er für Einbildung, was er vernahm. Als er aber das Licht hinter den Fensterscheiben sah, konnte der Generalvikar mit Bestimmtheit feststellen, daß sie sich da drin stritten, etwas auf den Holzfußboden warfen.

Celestina, die Tochter Barinagas, war eine schleimige Frömmlerin. Sie beichtete bei Don Custodio und behandelte ihren Vater wie einen Aussätzigen, vor dem einem graut. Der Klüngel um den Archidiakon und den Benefiziat hatte aus der Lage des unglücklichen Don Santos Nutzen für die Bekämpfung des Generalvikars ziehen wollen. Deshalb brachten sie Celestina auf ihre Seite. Sie aber hatte ihren Vater nicht herumkriegen können. Señor Barinaga trank, und solange er das tat, konnte man die Schuld an seinem Unglück nun wirklich nicht dem Generalvikar in die Schuhe schieben. »Es liegt doch auf der Hand«, würden die Anhänger Don Fermíns sagen. »Er gibt alles für Schnaps aus, ist immer betrunken und schreckt die Kundschaft ab. Wie kann man verlangen, daß der Klerus die Waren eines Säufers kauft, der obendrein noch ein Ketzer ist?« Das war auch so eine unglückliche Geschichte. Trotz allen Zuredens und des Gekeifs seiner Tochter hatte Barinaga nicht zur Gegenpartei übergehen wollen. Er war Freidenker geworden und verwünschte die ganze Kirche und Klerisei. »Nichts da, nichts da«, sagte er immer wieder. »Alle sind sie gleich. Wie Don Pompeyo Guimarán sagt. Das Übel liegt an der Wurzel. Feuer an die Wurzel! Nieder die Pfaffen!« Und je betrunkener er war, desto radikaler wurde er. Umsonst machte ihm seine Tochter daheim das Leben zur Hölle, um ihn zu bekehren. Sie erreichte nichts weiter, als daß er verzweifelt weinte wie der unglückliche König Lear oder in Wut geriet und ihr irgend etwas an den Kopf warf. Sie spielte sich als eine Märtyrerin auf, aber in Wahrheit war der Märtyrer er.

Wie Don Santos vermutet hatte, wollte ihm Celestina weder Tee noch Lindenblüten, noch sonst etwas geben. Es sei nichts im Hause. Auch brenne kein Feuer, und gar um diese Zeit. Es gab

Geschrei, Geflenn, und Gegenstände flogen durch die Luft. Dank der nächtlichen Stille hörte der Generalvikar verworrene Geräusche des Streits, der sich in die Länge zog, als gäbe es keinen Schlaf auf der Welt. Ihm fielen die Augen zu, aber eine unbekannte Kraft hielt ihn auf dem Balkon.

In diesem Augenblick haßte er Celestina. Er entsann sich, daß sie das junge Mädchen gewesen war, das er vor ein paar Tagen zu Füßen Don Custodios neben einem Beichtstuhl im Chorumgang gesehen hatte. Damals hatte er sie nicht erkannt. Eine widerliche Person.

Das Gepolter ging weiter. Von Zeit zu Zeit hörte man das Klatschen eines kurzen Schlages. Dann und wann wankte hinter der erleuchteten Fensterscheibe eine dunkle Gestalt vorbei.

Irgendwo in der Ferne sang der Nachtwächter die zwölfte Stunde. Bald darauf verstummte das gedämpfte Stimmengewirr.

Der Generalvikar wartete. Es blieb still. Sie stritten sich nicht mehr. Plötzlich erlosch das Licht hinter der Fensterscheibe.

Der Generalvikar lauschte weiter in die Stille. Nichts. Weder Stimmen noch Licht. Wieder sang der Nachtwächter, diesmal noch weiter weg, die zwölfte Stunde.

De Pas holte tief Luft und murmelte vor sich hin:

»Jetzt wird er seinen Rausch ausschlafen.«

Und man hörte, wie eine Balkontür leise zugezogen wurde, um die nächtliche Stille nicht zu stören.

Vorsichtig trat Don Fermín in seinen Alkoven.

Hinter der Wand hörte er die Maisblätter in dem Strohsack rascheln, auf dem Teresa schlief, und danach einen lauten Seufzer. Der Generalvikar zuckte die Achseln und setzte sich auf sein Bett. Zwölf Uhr hatte der Nachtwächter gerufen. Es war schon morgen, vielmehr bereits heute. In acht Stunden würde die Präsidentin vor ihm knien und Sünden beichten, die sie neulich vergessen hatte.

»Ihre Sünden!« sagte der Generalvikar halblaut, die Augen auf die Flamme der Tischlampe geheftet. »Wenn ich ihr die meinigen beichten müßte! Welchen Abscheu würde sie empfinden!«

Und wie Hammerschläge hörte er in seinem Hirn Don Santos Geschrei: »Gauner! Diebe! Heuchler!«

Im Oktober ist es in Vetusta mit dem schönen Wetter vorbei. Um Mitte November scheint dann die Sonne für gewöhnlich noch ein paar Tage, aber es ist, als sei es eine andere Sonne, die es eilig hat und bei ihren Abschiedsbesuchen schon ganz mit den Vorbereitungen zur Winterreise beschäftigt ist. Man könnte sagen, daß der sogenannte Altweibersommer eine Parodie auf schönes Wetter ist. Die Vetustenser trauen diesen Liebkosungen von Licht und Wärme nicht. Sie ziehen sich warm an und versuchen, durch eine besondere Lebensweise die verhaßte Jahreszeit zu überstehen, die sich bis etwa Mitte April hinzieht. Sie sind wie Amphibien, die sich darauf vorbereiten, die Zeit unter Wasser zu verleben, die sie ihr Schicksal zu diesem Element verurteilt. Manche rebellieren Jahr für Jahr, indem sie sich dumm stellen und sagen: »Sehen Sie doch nur dieses Wetter!« Andere, philosophischere Naturen, trösten sich mit dem Gedanken, daß man dem vielen Regen die Fruchtbarkeit und Güte des Bodens verdankt. »Gott im Himmel, alles Gute ist nun einmal nicht beisammen.«

Ana Ozores gehörte nicht zu denen, die sich schweigend abfanden. Jahr für Jahr, wenn die Glocken am Nachmittag mit traurigem Klang Allerheiligen einläuteten, spürte sie eine nervöse Beklemmung, die in den Dingen der Umwelt Nahrung fand, vor allem aber im Gedanken an den kommenden Winter, an einen nassen, eintönigen, endlosen neuen Winter, der mit dem Geläut dieser Glocken begann.

In diesem Jahr war die Schwermut zur selben Stunde wie immer über sie gekommen. Ana war allein im Eßzimmer. Auf dem Tisch stand noch die zinnerne Kaffeekanne, die Tasse und das Likörglas, aus denen Don Víctor, der inzwischen bereits im

Kasino Schach spielte, seinen Kaffee mit Anislikör getrunken hatte. Auf der Untertasse lag eine halbe, ausgegangene Zigarre, deren Asche, von dem kalten, verschütteten Kaffee durchtränkt, einen unappetitlichen Brei bildete. Dies alles betrachtete die Präsidentin gequält, als seien es die Trümmer einer Welt. Diese nichtssagenden Gegenstände schnitten ihr ins Herz. Sie sah ein Symbol des Universums darin, das genauso war: Kälte, Asche, eine vom Raucher aus Überdruß halb aufgeraucht liegengelassene Zigarre. Außerdem dachte sie auch an ihren Gatten, der nicht imstande war, eine ganze Zigarre zu rauchen und eine Frau ganz zu lieben. Sie war genau wie diese Zigarre: etwas, womit der eine nichts hatte anfangen können und das keinem anderen mehr etwas nütze war.

Alle diese Torheiten dachte sie wider Willen, aber mit großem Ernst. Die Glocken begannen mit der schrecklichen Verheißung zu läuten, daß sie den ganzen Nachmittag und Abend nicht mehr verstummen würden. Ana schauderte. Diese Schläge waren für sie bestimmt. Diese ungestrafte, unverantwortliche, mechanische Bosheit der Bronze, die ohne jeden anderen Grund, als um die Menschen zu quälen, mit aufreizender Hartnäckigkeit dröhnte, hämmerte auf ihren Kopf ein. Diese Glockenschläge waren kein »Grabesklagen«, wie Trifón Cármenes in seinen Versen in der »Kreuzfahne« vom Tage sagte, die die Zofe soeben vor ihre Herrin gelegt hatte. Nein, es waren keine Grabesklagen, sie sprachen nicht von den Toten, sondern von der Trauer der Lebenden, der Lethargie aller Dinge. Bong! Bong! Bong! Immer mehr, immer mehr! Und wie lange das noch weiterging! Was zählten diese Glockentöne? Vielleicht die Regentropfen, die in dem neuen Winter vom Himmel fallen würden.

Die Präsidentin wollte sich ablenken, das unerbittliche Dröhnen vergessen und warf einen Blick in die »Kreuzfahne«. Sie erschien mit Trauerrand. Der Leitartikel, den sie zu lesen begann, ohne sich ihres Tuns bewußt zu werden, sprach von der Kürze unseres Erdenwallens und den lauteren katholischen Gefühlen der Redaktion. Was seien die Freuden der Welt? Was der Ruhm, der Reichtum, die Liebe? Nach Ansicht des Artikelschreibers: Nichts. Worte, Worte, Worte, wie Shakespeare gesagt. Nur die Tugend habe Bestand. Auf dieser Welt dürfe man nicht die Glückseligkeit suchen, die Erde sei nicht die endgültige Wohnung der Seelen. Nach all dem sei es das gescheiteste zu sterben. Und so beneidete der Redakteur, der mit einer Klage über die Einsamkeit der Toten begonnen hatte, sie zum Schluß um ihr glückliches Geschick. Sie wußten bereits, was »danach« kam, sie hatten das große Problem Hamlets: *To be or not to be* bereits gelöst. Was war das Jenseits? Ein Mysterium. Auf alle Fälle wünschte der Artikelschreiber den Dahingeschiedenen die ewige Seligkeit und Ruhe.

All diese in Gemeinplätze verpackten Albernheiten, all die abgestandene Rhetorik ohne ein Spur von Ehrlichkeit verstärkten die Schwermut der Präsidentin nur noch. Das war schlimmer als die Glocken, noch mechanischer und peinlicher. Peinlich, weil es dumm war. Und wie erbärmlich war es, große, vielleicht wahre Gedanken und ursprünglich erhabene Worte hier verunstaltet, mit Füßen getreten und durch das Wunder der Dummheit in seichtes Gerede, in einen Sumpf von Trivialität verwandelt und vom Schmutz der Toren befleckt zu sehen! Auch dies war ein Symbol der Welt. Die großen Dinge, die reinen, schönen Gedanken wurden mit dem Alltäglichen, mit der Unwahrheit und Gemeinheit vermengt, und es gab keine Möglichkeit, sie voneinander zu scheiden.

Danach begab sich Cármenes in Gedanken auf den Friedhof und sang eine drei Spalten lange Elegie in mit Sylven durchsetzten Terzinen. Ana betrachtete die ungleichen Zeilen, als sei es Chinesisch. Sie konnte das nicht lesen, sie verstand kein Wort. Obwohl die Augen aus bloßem Beharrungsvermögen weiter darüber hinglitten, wanderten ihre Gedanken woandershin, und sie las die ersten fünf Verse dreimal, ohne zu begreifen, was sie sagen wollten. Und plötzlich fiel ihr ein, daß sie auch Verse geschrieben hatte und daß sie vielleicht genauso schlecht gewesen waren. Wenn sie nun ein weiblicher Trifón gewesen war? Wahrscheinlich. Und wie trostlos war es, sich selbst in die Verachtung, die das alles verdiente, mit einbeziehen zu müssen. Mit welcher Begeisterung hatte sie viele dieser religiösen, mystischen Gedichte geschrieben, die ihr jetzt manieriert erschienen. Fray Luis de León und San Juan de la Cruz nachgeahmte Rhapsodien! Und das schlimmste war nicht, daß die Verse schlecht, nichtssagend, trivial und leer waren ... Aber die Gedanken, denen sie entsprangen? Hatte diese lyrische Frömmigkeit etwas getaugt? Nicht viel, wenn sie jetzt, trotz ihres Bemühens, vergebens versuchte, eine neue Religiosität in sich wachzurufen. Wenn sie nun im Grunde nichts weiter war als eine verächtliche Literatin, obwohl sie weder Verse noch Prosa mehr schrieb? Jawohl, in ihr wohnte immer noch der Ungeist der Dichterin, den der gesunde Menschenverstand nicht zu Unrecht verachtete. Wie stets ging Ana in der Selbstquälerei so weit, daß sie schließlich ins andere Extrem verfiel und die Schuld an all ihrem Leiden auf Vetusta, ihre Tanten, auf Don Víctor und Frígilis schob. Und zum Schluß empfand sie jenes rührselige, tiefe Mitleid mit sich selbst, daß sie mitunter ihren eigenen Fehlern und Sünden gegenüber so nachsichtig machte.

Sie trat auf den Balkon. Über den Platz zog die ganze Bevölkerung der Encimada zum Friedhof, der im Westen, noch hinter dem Espolón, auf einem Hügel lag. Die Vetustenser trugen ihre Kirchgangskleidung. Dienstmädchen, Ammen, Soldaten und Rudel von Kindern machten die Mehrzahl der Vorübergehenden aus. Sie unterhielten sich laut, gestikulierten unbekümmert. Bestimmt dachten sie nicht an die Toten. Kinder und Frauen aus dem Volk, mit billigen Kränzen, mageren Kerzen und anderem Grabschmuck beladen, zogen ebenfalls vorüber. Dann und wann schritt ein livrierter Lakai oder ein Dienstmann, unter der Last kolossaler Immortellenkränze und säulendicker Wachskerzen gebeugt, über den Platz. Das war die offizielle Trauer der Reichen, die keine Lust oder Zeit hatten, ihre Toten zu besuchen, und ihnen dafür diese Art Visitenkarte schickten. Die Leute mit »Gefühl für Würde« gingen nicht auf den Friedhof. Die feingemachten Señoritas besaßen nicht den Mut, dort einzutreten. Sie blieben auf dem Espolón, spazierten hin und her, trugen ihre Toiletten zur Schau und ließen sich bewundern wie an jedem anderen Tag im Jahr. Sie dachten genausowenig an die Toten, ließen sich das aber nicht anmerken. Die Kleider waren dunkel, die Unterhaltungen nicht so lärmend wie sonst, das Betragen etwas gesetzter. Man promenierte auf dem Espolón, wie man sich bei einem Beileidsbesuch bewegt, wenn gerade kein naher Angehöriger des Verstorbenen in der Nähe ist. Es herrschte eine Art verhaltener, diskreter Heiterkeit. Wenn man an etwas im Zusammenhang mit dem feierlichen Tag dachte, dann an den unleugbaren Vorteil, nicht zu den Toten zu zählen. Da ging es dem philosophischsten Vetustenser durch den Sinn, daß der Mensch nichts ist, daß viele seiner Mitbürger, die hier so seelenruhig spazierengingen, im nächsten Jahr bei denen da oben liegen würden, jeder andere, nur nicht er selbst.

Noch mehr als sonst haßte Ana an diesem Tag die Vetustenser, die traditionellen Bräuche, die ohne Glauben und Inbrunst ganz unbewußt befolgt wurden, mit mechanischer Gleichmäßigkeit wiederholt wie die rhythmische Wiederkehr von Worten und Gebärden eines Wahnsinnigen. Diese Trostlosigkeit ringsum, der keinerlei Größe innewohnte, die in keinem Zusammenhang mit dem ungewissen Schicksal der Toten, wohl aber mit der unzweifelhaften Langeweile der Lebenden stand, legte sich der Präsidentin aufs Herz, und sie glaubte zu spüren, wie die Atmosphäre mit Überdruß geladen war, mit einem ewigen, unabänderlichen Überdruß. Wenn sie ihre Empfindungen irgendeinem Vetustenser erzählte, würde er sie romantisch nennen. Ihrem Gatten durfte sie mit solcherlei Kümmernissen gar nicht erst kommen. Der brauste gleich auf und sprach von Diät, Programmen und Änderung der Lebensweise. Alles, nur keine Rücksicht auf die Nerven oder was es sonst war.

Das berühmte Zerstreuungs- und Vergnügungsprogramm, das Quintanar mit Visitación aufgestellt hatte, begann schon nach wenigen Tagen in Vergessenheit zu geraten, und kaum einer seiner Punkte wurde erfüllt. Anfangs hatte sich Ana zum Spaziergang mitnehmen lassen, zu jedem Spaziergang, ins Theater, in die Gesellschaft der Vegallanas, zu den Landpartien. Bald aber erklärte sie, es über zu haben, und setzte ihm einen passiven Widerstand entgegen, den Don Víctor und Visitación nicht zu überwinden vermochten.

Visita zuckte die Achseln. Dafür gab es keine Erklärung. Eine merkwürdige Frau, diese Ana. Sie war sicher, daß ihr Alvaro sehr gut gefiel. Alvaro stellte ihr auch weiter mit viel Geschick nach. Sie hatte es gemerkt. Sie half ihm, wenn auch widerwillig und . . . nichts! Sorgenvoll, bekümmert, gereizt, gab er widerstrebend zu, daß er keinen Schritt vorankam. Ob da der Generalvikar seine Hände im Spiel hatte? Visita machte es sich zur Pflicht, um seine Kapelle herumzuspionieren. Sie erkundigte sich genau nach den Nachmittagen, da er die Beichte hörte, ging dann wie zufällig dort vorbei und warf mit gespielter Harmlosigkeit einen Blick durch die Gitter, um zu sehen, ob die »andere« da sei. Danach bekam sie heraus, daß man Ana um sieben Uhr morgens hatte beichten sehen. Holla! Da steckte etwas dahinter. Visita mutmaßte nicht die Ungeheuerlichkeiten, die sich Mesía in seiner Phantasie ausgemalt hatte. Sie glaubte – Gott behüte – nicht, daß Ana imstande gewesen wäre, sich in einen Priester zu verlieben wie dieses skandalöse Frauenzimmer Obdulia oder die Páez, diese überspannte, dumme Gans, die die guten Partien ausschlug und in ihrer Jugend Trübsal blies. Ana war ebenfalls romantisch – alles, was nicht so war wie sie, nannte Visita romantisch –, aber auf eine andere Art. Nein, nein, eine frevelhafte Leidenschaft war bei ihr nicht zu befürchten, zumindest nicht so bald. Was sie aber befürchtete, war, daß der Generalvikar, um Mesía das Wasser abzugraben – rein moralische Gründe kamen der Gattin des Bankangestellten gar nicht erst in den Sinn –, seine große Beredsamkeit aufbieten würde, um die Präsidentin zu bekehren und eine Betschwester aus ihr zu machen. Wie entsetzlich! Das mußte verhindert werden! Sie, Visita, wollte nicht auf das Vergnügen verzichten, die andere fallen zu sehen, wo sie selbst gefallen war. Zum mindesten sollte sie unter der Versuchung leiden. Nie hätte sich Visita träumen lassen, daß dieses Schauspiel ein Quell inniger, geheimer Freuden sein könnte, heftig wie eine starke Leidenschaft. Aber nachdem sie das einmal entdeckt hatte, wollte sie den seltsamen, pikanten Geschmack dieses neuen Naschwerks auch genießen. Wenn Visitación Mesía auf dem Anstand, auf der Pirsch oder beim Netzelegen in Quintanars Gehege beobachtete, schnürte es ihr die Kehle zu, ihr Mund wurde trocken, die Lippen rauh. Er mag sagen, was er will, aber er ist verschossen, dachte sie mit heimlichem Schmerz, auf dessen Grund etwas wie Wollust schlummerte. Sie brauchte diese Nadelstiche, die ihren Stolz verletzten, wie der Süchtige das Gift, das ihn tötet, das ihm während des Genusses schadet. Es war die einzige Freude, die sich Visitación in diesem faden, trivialen Leben mit den ewiggleichen Empfindungen erlaubte. Die Süßigkeiten widerten sie zwar noch nicht an, schmeckten aber nicht mehr. Dieser neue kleine Nervenkitzel war etwas Kräftigeres. Sie wollte die Präsidentin, dieses Blümchen Rührmichnichtan, in den Armen Don Alvaros sehen, und es machte ihr auch Spaß, Don Alvaro jetzt gedemütigt zu sehen, sosehr sie auch seinen Sieg wünschte – nicht seinetwegen, sondern wegen des Sündenfalls der »anderen«. Sie tüftelte viele Gelegenheiten aus, wo die beiden sich sehen und miteinander sprechen konnten, ohne daß sie, oder doch zumindest Ana, diese Gelegenheiten gesucht hätten. Paco half Visita ohne deren böse Absichten viel bei diesem Vorhaben. Obwohl sich Don Alvaro bei der ersten passenden Gelegenheit von Quintanar selbst das Haus der Ozores hatte anbieten lassen und auch schon ein paar Besuche gewagt hatte, begriff er doch, daß dies fürs erste nicht der Schauplatz seiner Verführungsversuche sein konnte, daß man vielmehr auf dem Espolón mit Blicken und anderen Kunstgriffen von geringem Erfolg vorfühlen mußte, oder schon etwas – aber nicht viel! – kecker, wenn auch mit genausowenig Glück, im Hause der Vegallanas oder bei den Ausflügen zum Vivero. Ana setzte all ihre Willenskraft ein, Don Alvaro zu zeigen, daß sie ihn nicht fürchtete. Stets hielt sie ihm stand, trotzte seinen Listen und Tücken. Ganz nebenbei gab sie ihm zu verstehen, daß sie ihn für ungefährlich hielt.

Den ganzen Oktober über war man noch oft zum Vivero gefahren. Ana sah Edelmira und Obdulia, die sich zur Mentorin des rotbackigen, drallen Mädchens aufgeworfen hatte, wie närrisch durch den jahrhundertealten Eichenwald laufen, verfolgt von Paco Vegallana, Joaquín Orgaz und anderen engen Freunden. Ana beobachtete, wie sie sich furchtlos in den mit Heu vollgestopften Brunnen warfen, und hatte bei diesen heiteren, idyllischen, prickelnden Szenen nichts als eine derbe Versuchung gefunden, stark, wenn er sich ihr näherte und sie berührte, abstoßend, wenn sie das alles aus der Distanz betrachtet. Don Alvaro hatte bemerkt, daß er für den Augenblick auf diesem Wege bei der Präsidentin nicht viel weiterkommen könne.

Nichts Lächerlicheres gab es in Vetusta als Romantik. Und romantisch wurde alles genannt, was nicht vulgär, platt, prosaisch, gemein war. Visita war der Papst dieses antiromantischen Dogmas. Eine halbe Minute den Mond anzuschauen war pure romantische Schwärmerei. Schweigend dem Sonnenuntergang zuzusehen desgleichen. Genußvoll zur Zeit des Abendwindes die würzige Luft der Wiesen einzuatmen ebenfalls. Von den Sternen zu sprechen nicht minder. In Blicken den Ausdruck von Liebe zu finden, ohne miteinander sprechen zu müssen, genauso. Mit armen Kindern Mitleid zu haben erst recht. Wenig zu essen – oh, das war der Gipfel der Romantik!

»Die Páez ißt keine Erbsen«, erklärte Visita, »weil das nicht romantisch ist.«

Die Abneigung Anitas gegen die närrischen Spiele auf dem Landgut war nach Ansicht Visitas verfeinerte Romantik. Sie sagte zu Don Alvaro:

»Sieh mal, Junge, das heißt die Scheue, die Literatin, die Erhabene, die Platonische spielen! Daß ich aus Schaden klug geworden bin und diese Grünschnäbel, die hinterher gleich im Kasino mit ihren Frechheiten prahlen, nicht an mich heranlasse, nimmt nicht wunder, denn ich weiß Bescheid. Aber sie hat nicht den geringsten Grund, ihnen zu mißtrauen, denn weder Paco noch Joaquín würde es wagen, auch nur ihr Kleid zu berühren. Das ist nichts weiter als Romantik.«

Mesía machte diese »Romantik« der Präsidentin ungeduldig. Er war fest überzeugt, daß es nur eine Liebe gab, die körperliche, die der Sinne, und daß alles früher oder später – später, wie er befürchtete – darauf hinauslaufen werde. Die Präsidentin hatte den Kopf voller Flausen, und er durfte keinen falschen Schritt riskieren, wenn er nicht alles zerstören wollte.

Auch darf ich an dem Tage, dachte Don Alvaro weiter, da ich nach gründlicher Vorbereitung einen direkten Angriff wage, dies nicht im Freien tun, obwohl es der geeignetste Ort zu sein scheint. Mir ist schon aufgefallen, daß diese Frau angesichts der Natur, des Sternenhimmels, der fernen Berge, kurzum, im Freien, todernst und schweigsam wird. Sie ist dann wunderhübsch, aber man darf sie nicht anrühren.

Mehr als einmal war sich Don Alvaro, wenn er auf dem Vivero mit Ana allein im Wald gewesen war, lächerlich vorgekommen. Er hatte sich eingebildet, daß ihn diese Dame, der er im Salon des Marqués zweifellos gefiel, hier draußen verachtete. Er sah, wie sie ihn musterte, danach den Blick zu den Kronen der bejahrten Eichen hob, und er hatte sich gesagt: Sie schätzt mich ab, sie vergleicht mich mit den Bäumen, und da ziehe ich den kürzeren. Kein Wunder!

Was aber Don Alvaro nicht wußte, obwohl er es sich in seiner Eitelkeit zuweilen auf Grund gewisser günstiger Anzeichen einbildete, war, daß die Präsidentin fast jede Nacht von ihm träumte. Diese Beharrlichkeit ihrer Träume erbitterte sie. Was half es ihr, im Wachen zu widerstehen, den ganzen Tag mutig und standhaft zu kämpfen, sich der sündhaften Einbildung überlegen zu glauben, die Versuchung fast zu verachten, wenn das schwache Fleisch, vom Geist verlassen, auf sich allein gestellt, sich auf Gnade und Ungnade ergab und weich wie Wachs in der Hand des Feindes war? Wenn Ana dann mit dem bitteren Nachgeschmack befriedigter schlimmer Gelüste erwachte, empörte sie sich gegen Gesetze, die sie nicht kannte, und dachte entmutigt, mit Bitternis in der Seele, an die Nutzlosigkeit ihrer Anstrengungen, an die Widersprüche in ihrem Innern.

Dennoch sagte die Präsidentin weder an dem Morgen, da sie vor der Kommunion bei Don Fermín beichtete, noch acht Tage später, als sie sich abermals vor dem Beichtstuhl einfand, noch in den folgenden morgendlichen Unterredungen, bei denen sie ihrem Seelsorger Zweifel, Ängste, Bedenken, Kümmernisse gestand, ein Wort von dem, was sie sich bei ihrem Entschluß, die Generalbeichte zu berichtigen, vorgenommen hatte: Sie sprach nicht von der großen Versuchung, die sie seit langem zum Ehebruch – so hieß das ja – drängte. Sie suchte Ausflüchte, um das nicht zu beichten, belog sich selbst, und der Generalvikar erfuhr lediglich, daß sie de facto getrennt von ihrem Manne lebte, was das eheliche Bett betraf, und nicht etwa, weil sie sich überworfen hatten oder aus sonst einer schimpflichen Ursache, sondern bloß aus Mangel an Unternehmungsgeist bei ihrem Gatten und an Liebe bei ihr. Ja, das beichtete Ana: Daß sie ihren Don Víctor nicht liebte, wie eine Frau den Mann, den sie sich zum Gefährten erwählt oder den man ihr ausgesucht, lieben müsse. Noch etwas: Sie spürte ein von Tag zu Tag heftigeres Verlangen der Natur, das sie zu irgendwelchen dunklen Abgründen stieße, in die sie nicht fallen wolle. Tiefe, unerklärliche Trauer überkäme sie. Sie empfinde Zärtlichkeit, aber für nichts Bestimmtes. Unbestimmte Sehnsüchte quälten sie, und all das brächte sie um den Verstand. Sie habe Angst und wisse nicht, wovor. Sie suche den Schutz der Kirche, um mit den Gefahren dieses Zustands zu kämpfen. Das war alles, was der Generalvikar an Einzelheiten erfahren konnte. Keine einzige greifbare Selbstanklage. Er wagte ebenfalls nicht, die Präsidentin nach dem zu fragen, was bei jeder anderen unerläßlicher Bestandteil seines geschickten Verhörs gewesen wäre. Obwohl er vor Neugier brannte, widerstand er dem Drang und begnügte sich mit seinen Vermutungen. Das erste Gebot war, nicht mit Gewalt mehr wissen zu wollen, als sie freiwillig sagte. Vor allem kam es darauf an, sich diskret, unbeteiligt, über den gemeinen menschlichen Schwächen stehend zu zeigen.

Bei diesen ersten Aussprachen, sagte sich der Generalvikar, geht es noch nicht darum, sie genau zu studieren, sondern mich angenehm zu machen, ihr mit meiner Seelengröße zu imponieren. Ich muß sie mir kraft meines Geistes zu eigen machen, und dann wird sie reden. Dann erfahre ich, was im Vivero los war, und ich glaube, es ist dort nicht gerade harmlos zugegangen.

Was bei dem Ausflug am San-Francisco-Tag und bei den anderen darauffolgenden geschehen war, versuchte de Pas in den Gesprächen herauszubekommen, die er mit seiner Freundin außerhalb der Kirche führte. Innerhalb des geheiligten Bereichs gab es keine schickliche Form, eine Frau wie Ana nach gewissen Einzelheiten zu fragen.

Die Präsidentin dankte dem Generalvikar seine Zurückhaltung und Diskretion. Erfreut sah sie, daß der fromme Mann es sich angelegen sein ließ, sie durch die bewußte »geistige Hygiene« auf ein tugendhaftes Leben vorzubereiten, statt in ihrer Vergangenheit und den gegenwärtigen Wirrnissen mit mikroskopischen Fragen herumzustochern, wie er es genannt hätte.

Die Hauptsache war, dem undisziplinierten Geist der Präsidentin keine Gewalt anzutun. Man mußte sie den Berg der Buße hinansteigen lassen, ohne daß sie zunächst etwas merkte, über eine unmerkliche Steigung, die wie ein ebener Weg anmutete. Deshalb mußte man im Zickzack gehen, viele Kurven nehmen, lange wandern und wenig steigen. Aber es blieb nichts anderes übrig. Später, weiter oben, würde die Sache dann anders aussehen. Dann würde sie schon auf dem kürzesten, steilsten Weg klettern müssen. Mit solchen geometrischen Umschreibungen dachte der Generalvikar an diese für ihn so bedeutsame Angelegenheit, denn der Gedanke, diese Beichttochter, diese Freundin, verlieren zu können, machte ihm Angst.

Eines Morgens erzählte sie ihm schließlich von ihren Träumen. Jedes Wort war verschleiert, aber ein paar genügten, und er hatte verstanden. Er unterbrach sie, ersparte ihr die Qual, die wenigen gebildeten Wörter zusammenzusuchen, über die unsere reiche Sprache verfügt, um Heikles auszudrücken. So verlief die Unterredung an diesem Tag ebenso geistig und zartfühlend wie alle vorangegangenen. Aber er betrat den Chor nicht so ruhig wie sonst. In seinen Stuhl im Hochchor zurückgelehnt, an den glatten Schnitzereien der Armlehnen herumfingernd, überdachte de Pas, während die Gesänge seiner Kollegen gen Himmel stiegen, die Eröffnungen der Präsidentin.

Sie träumte! Die Festigkeit des Wachseins verschwand in der Nacht, und ohne daß sie etwas dagegen tun konnte, quälten sie lästige Visionen und Empfindungen, die, hätten sie nicht außerhalb ihrer Verantwortung gelegen, eindeutig Sünde gewesen wären. Kurz gesagt, Doña Ana träumte von einem Mann. Don Fermín rutschte auf seinem Stuhl hin und her. Er hatte das Gefühl, auf Kohlen oder Dornen zu sitzen. Und während der Zeigefinger seiner rechten Hand über die kleinen, runden Vertiefungen des kunstvollen Basreliefs fuhren, das die Töchter des

Lot in einer biblischen Szene darstellte, versuchte er, unbewußt, versteht sich, das Geheimnis, an dem ihm so viel lag, aus dem Dunkel seiner Unwissenheit zu zerren. Von wem träumte die Präsidentin? Im Halbschatten seines Sitzes in einer Ecke des Hochaltars wurde er rot wie eine Mohnblume: War ich es, der ihr im Traum erschienen ist?

Da summten ihm die Ohren, und er hörte die ernsten Stimmen des Vorsängers und der Psalmodisten nicht mehr, auch nicht das Gebrumm des Hebdomadars, der da unten lustlos seine lateinischen Strophen grunzte.

Nein, er würde nicht in die Versuchung geraten, diese entstehende, holde Freundschaft, die ihm so viele neue, erlesene Empfindungen verhieß, in einen gemeinen Skandal niedriger Leidenschaften zu verwandeln, dessen ihn seine Feinde schon zu früheren Malen geziehen hatten. In Wahrheit schmeichelte ihm der Gedanke, der Gegenstand der Träume zu sein, die die Präsidentin ihm beichtete. Er konnte es nicht leugnen. Wie sollte er sich selbst etwas vormachen? Hielt es ihn doch kaum auf dem harten Brett des Sitzes! Aber dieses Freudengefühl der befriedigten Eitelkeit hatte nichts mit dem festen Vorsatz gemein, bei Ana statt grober Sättigung der Sinne ein würdiges Betätigungsfeld für die große Aktivität seines Herzens zu suchen, für seine Willenskraft, die sich in etwas so Erbärmlichem wie dem Kampf mit den widerspenstigen Vetustensern erschöpfte. Ja, was er wollte, war eine starke, lebendige, brennende Zuneigung, imstande, den Ehrgeiz, unbestrittener Gebieter der Diözese zu sein, ein Ehrgeiz, der ihm jetzt lächerlich erschien, zu besiegen. Er herrschte bereits, wenn auch nicht unbestritten, und das mußte ihm genügen.

Warum nach einer unmöglichen absoluten Herrschaft trachten? Außerdem wollte er, daß sein Interesse an Doña Ana in seiner Seele den bevorzugten Platz vor all seinen anderen hochfliegenden Plänen einnehme, wie Bischof zu werden, Oberhirte der spanischen Kirche, Vikar Christi womöglich. Er wollte diesen albernen, knabenhaften Ehrgeiz mancher Augenblicke, diese Verrücktheit, die vorüberging, aber immer wiederkam, besiegen, um nicht so viel zu leiden, um sich besser mit dem Leben abzufinden, die Welt nicht so trostlos und fade zu finden ... Und nur durch eine edle, vergeistigte Leidenschaft, die eine große Seele begreifen würde und die nur ein erbärmlicher, armseliger, mißtrauischer Vetustenser sündhaft finden konnte, nur durch diese Leidenschaft vermochte er solch hohes, löbliches Vorhaben zu erreichen. Ja, schloß der Generalvikar seine Überlegungen, ich rette sie, und sie rettet, ohne es fürs erste zu wissen, mich.

Und der Chor unten sang: *»Deus, in adiutorem meum intende.«*

Am Nachmittag von Allerheiligen glaubte Ana, allen Boden, den sie bei ihrer moralischen Gesundung gewonnen hatte, wieder zu verlieren. Die Finsternis ihrer Seele, über die sie sich bei Don Fermín beklagt und die ihr dieser mit einem Zitat des heiligen Alfonso Liguori als allgemeine, selbst bei den Heiligen anzutreffende Schwäche und den großen Schmerz der Mystiker nachgewiesen hatte, diese Finsternis, die kein Ende zu nehmen scheint, wenn man sie fühlt, umhüllte ihren Geist wie Gewitterwolken. Kein Lichtstreif vom Himmel fiel hindurch.

Und die Glocken läuteten und läuteten! Ihr war, als dröhnten sie schon in ihrem Kopf, als seien das nicht mehr die Schläge gegen das Metall, sondern als klopfe die Neuralgie an, die sich ihres kranken Kopfes bemächtigen wollte, in dem alles durcheinanderging.

Ohne daß sie sie herbeigerufen hätte, drängten Erinnerungen aus der Kindheit in ihr Gedächtnis, Bruchstücke aus den Gesprächen ihres Vaters, des Philosophen, Sentenzen des Skeptikers, Paradoxa des Pessimisten, die in den fernen Zeiten, als sie sie hörte, keinen klaren Sinn für sie ergeben hatten, die sie aber jetzt der Beachtung wert fand.

Von einem war sie überzeugt: daß sie in Vetusta erstickte. Vielleicht war die Welt als Ganzes nicht so unerträglich, wie die weltverachtenden Philosophen und Dichter behaupteten, doch von Vetusta konnte man mit vollem Recht versichern, daß es das elendste aller möglichen Drecknester war. Vor einem Monat hatte sie gedacht, der Generalvikar werde sie aus diesem Überdruß erlösen, sie, ohne die Kathedrale zu verlassen, mit sich in höhere, lichtere Gefilde nehmen. Und er mußte imstande sein, es zu tun, wie er versprochen hatte, denn er besaß große Gaben und wußte viele Dinge zu erklären. Aber sie, sie war es, die von der Höhe in noch größere Tiefen stürzte, die in ihren Kummer zurückfiel, in die Finsternis, die ihr in diesem Augenblick die Seele verdüsterte.

Nun ging niemand mehr über die Plaza Nueva, keine Lakaien, keine Geistlichen, keine Kinder, keine Frauen aus dem Volk. Alle mußten bereits auf dem Friedhof oder dem Espolón sein.

Ana sah unter dem Bogen der Calle del Pan, die die Plaza del Pan mit der Plaza Nueva verband, die forsche Gestalt Don Alvaro Mesías erscheinen, hoch zu Roß auf einem stolzen Schimmel mit glänzendem Fell, üppiger, welliger Mähne, dickem Hals, mächtigem Nacken und langem, dichtem Schweif. Das Pferd war von reiner spanischer Rasse, und der Reiter ließ es mit großer Meisterschaft von Hand und Sporn tänzeln, sich drehen und wenden, gerade, als zeige das Pferd all diese Ungeduld aus eigenem Antrieb und nicht durch die heimlichen Kunstgriffe des Herrn. Mesía grüßte von weitem und zögerte nicht, sich dem Eckhaus zu nähern, bis er unter dem Balkon der Präsidentin hielt.

Das Hufgeklapper des Pferdes auf den Steinen, seine anmutigen Bewegungen, die gute Figur des Reiters erfüllten den Platz auf einmal mit Leben, und die Präsidentin spürte einen frischen Luftzug in der Seele. Don Alvaro kam wie gerufen! Er ahnte etwas von dieser günstigen Gelegenheit, als er in den Augen und auf den Lippen Anas ein zartes, offenes, anhaltendes Lächeln gewahrte.

Sie verwehrte ihm nicht die Wonne, sich in ihren Blick zu versenken, und versuchte auch nicht, die Wirkung zu verhehlen, die Don Alvaros Augen auf sie ausübten. Sie sprachen über das Pferd, vom Friedhof, von der Trostlosigkeit des Tages, der Dummheit, sich auf allgemeinen Beschluß gemeinsam zu langweilen und davon, wie unmöglich das Leben in Vetusta war. Ana zeigte sich gesprächig, sie wagte sogar ein paar Schmeicheleien, die zwar auf das Pferd zielten, aber den Reiter meinten.

Don Alvaro war verblüfft, und wenn er nicht schon aus Erfahrung gewußt hätte, daß diese Festung mehrere Mauern hatte und er am Tag darauf die uneinnehmbarste Stelle finden konnte, wo er eben noch eine Bresche zu sehen meinte, hätte er den Augenblick für den direkten Angriff, wie er es nannte, für gekommen gehalten. Doch er wagte nicht einmal den Versuch, sich ihr zu nähern, was ja auch in jedem Fall schwierig gewesen wäre, denn er konnte das Pferd nicht gut auf dem Platz stehen lassen. Er ritt lediglich so dicht wie möglich an den Balkon heran, stellte sich in den Steigbügeln auf, reckte den Hals in die Höhe und sprach leise, damit sie sich über das Geländer beugen mußte, wenn sie ihn verstehen wollte, und das wollte sie an diesem Nachmittag.

Seltsam! Sie waren überall derselben Ansicht. Nach so vielen

Unterhaltungen stellte es sich jetzt auf einmal heraus, daß sie eine ganze Menge Gemeinsames hatten. Im Laufe des Gesprächs gedachten sie des Tages, da Mesía Vetusta verlassen hatte und auf der Straße nach Kastilien Anita begegnet war, die mit ihren Tanten vom Spaziergang zurückkam. Man erörterte, ob es vielleicht dieselbe Kutsche und derselbe Platz gewesen sein könnte, den sie wenig später eingenommen hatte, um mit ihrem Gatten nach Granada zu reisen.

Ana glaubte, in einen Brunnen zu fallen, so tief versank sie in den Augen dieses Mannes da unten. Sie hatte das Gefühl, daß ihr alles Blut zu Kopfe stieg, daß ihre Gedanken sich vermengten und verwirrten, daß ihre Moralbegriffe sich auflösten, daß die Spannfedern des Willens erschlafften. Und obwohl sie eine Gefahr und obendrein eine Unvorsichtigkeit darin sah, so mit Don Alvaro zu sprechen, ihn so unverhohlen beseligt anzuschauen, ihm Angenehmes zu sagen, vor ihm das Geheimkästchen ihrer Wünsche und Freuden zu öffnen, bereute sie nichts davon, ließ sie sich gleiten und genoß das Fallen, als wäre dieses Vergnügen eine Rache für altes Unrecht, das ihr die Gesellschaft angetan, für derbe Späße des Schicksals und vor allem für die Dummheit Vetustas, die jedes Leben verdammte, das nicht dem eintönigen, faden, geistlosen Dasein der beschränkten Bewohner der Oberstadt und der Kolonie glich. Ana spürte, wie das Eis schmolz, die Finsternis wich. Die Krise ging vorbei, aber sie löste sich nicht in Tränen einer abstrakten Rührung auf, in Vorsätzen eines frommen Lebens, im Verlangen nach Verzicht und Aufopferung. Es war nicht die mehr oder weniger trügerische Festigkeit von sonst, die sie aus der Wüste der dürren, kalten, öden, unfruchtbaren Gedanken führte. Es war etwas Neues, ein Erschlaffen, etwas, was den Willen brach und besiegte und dabei ein tiefinnerliches Behagen hervorrief, wie ein frischer Lufthauch, der durch Adern und Knochenmark lief. Wenn dieser Mann nicht zu Pferde wäre und heraufkommen könnte, um sich mir zu Füßen zu werfen – in diesem Augenblick würde er mich besiegen. Sie dachte es und sagte es ihm beinahe auch mit den Augen. Ihr Mund wurde trocken, und sie fuhr sich mit der Zungenspitze über die Lippen. Und als überliefe bei dieser Gebärde der Dame auf dem Balkon das Pferd ein Prickeln, begann es zu tänzeln und stampfte mit seinen Eisen auf die Steine, indes die Blicke des Reiters wie Raketen zur Balkonbrüstung flogen, auf der die volle, wohlgeformte Brust der Präsidentin ruhte.

Sie schwiegen, nachdem sie sich so viele Dinge gesagt hatten. Selbstverständlich war kein Wort von Liebe gefallen, auch hätte sich Don Alvaro nie eine direkte und allzu vielsagende Galanterie erlaubt. Doch dessen ungeachtet waren sie beide überzeugt, daß sie einander durch unsichtbare Zeichen, durch Gedankenübertragung, durch Hellseherei oder wie auch immer alles gesagt hatten. Sie erkannte, daß Don Alvaro da unten die Leidenschaft bei lebendigem Leibe verbrannte, daß er in dem Gefühl, bewundert, in diesem Augenblick vielleicht sogar geliebt zu werden, verging. Und Mesía verstand und fühlte, was in Ana vorging, er sah ihre Einsamkeit und Niedergeschlagenheit. Ein Jammer, dachte der Caballero, daß mich dieser »kritische Moment« so weit von ihr und zu Pferde überrascht, ohne eine schickliche Möglichkeit, abzusteigen. Bei sich nannte er diesen kritischen Moment weniger fein »die bewußte Viertelstunde«.

Es gab keine solche Viertelstunde, oder zumindest war es nicht die Viertelstunde, die der Elegant meinte.

Ganz Vetusta langweilte sich an diesem Nachmittag. Wenigstens bildete sich Ana das ein. Es sah aus, als sollte die Welt an diesem Tage zugrunde gehen, nicht durch Wasser oder Feuer, sondern am Überdruß, an der großen Sünde der menschlichen Dummheit, als Mesía stattlich und wohlgemut zu Pferde auf dem Platz erschien und in soviel kalte, aschgraue Trübsal einen Ton von Anmut, Kraft und lebendiger Wärme brachte. Dieses Erscheinen von Roß und Reiter, das den ganzen Platz auf einmal mit Unruhe und Leben erfüllte, war etwas wie eine Auferstehung des Geistes, der Phantasie und des Gefühls. Es war wie ein Sonnenstrahl in einer dichten Nebelwand, die lebendige Zurückforderung ihrer Rechte, ein heiterer Protest gegen die konventionelle Apathie, die Todesstille in den Straßen und das hirnlose Dröhnen der Glocken.

Ana sah in ihrer Nervosität Don Alvaro erscheinen, wie ein Schiffbrüchiger das rettende Schiff auftauchen sehen mag, das ihn von einer einsamen Insel im Ozean befreit. Gedanken und Gefühle, die sie wie gefährliche Feinde gefangen hielt, sprengten die Fesseln. Es war ein allgemeiner Aufstand der Seele, und der Generalvikar wäre erschrocken gewesen, wenn er gesehen hätte, was die Präsidentin entzückt in sich fühlte.

Don Alvaro hatte nicht einmal daran gedacht, daß die Kirche an diesem Tage das Allerheiligenfest beging. Er war ausgeritten, weil ihm die Umgebung Vetustas im Herbst gefiel und weil er einen Druck und Beklemmungen spürte, die zu Pferde vergingen, wenn er das Gesicht im Winde badete, der ihm beim Galopp den Atem benahm.

Jawohl! Der unbekümmerte Mesía, der an sein Vergnügen, die Natur, die frische Luft dachte, verkörperte das Lebensgefühl des Volkes. Die anderen, die die Glocken läuteten und mechanisch der Toten gedachten, die sie längst vergessen hatten, waren die Hammelherde, das ewige Vetusta, das ihr, Anas, ganzes Dasein mit dem Gewicht ihrer absurden Vorurteile zu Boden gedrückt hatte, sie waren das Vetusta, das sie unglücklich gemacht hatte.

Aber noch war es nicht zu spät! Sie empörte sich, sie rebellierte. Mochten es ihre verstorbenen Tanten wissen! Mochte es ihr Gatte wissen! Mochte es die scheinheilige Aristokratie der Stadt wissen!

So sah Anas Viertelstunde aus und nicht, wie sie sich Don Alvaro vorstellte, der, während er behutsam weitersprach, die ganze Zeit nur daran dachte, wo er sein Pferd für eine Weile lassen könnte. Es gab keine Möglichkeit. Ohne die Sache übers Knie zu brechen, wodurch er alles verderben konnte, fand sich jetzt kein Vorwand, hinauf in die Wohnung zur Präsidentin zu gehen.

Es war für Don Víctor, der aus dem Kasino nach Hause kam, eine große Genugtuung, seine Frau in heiterem Gespräch mit dem sympathischen, chevaleresken Don Alvaro zu finden, zu dem er eine immer größere Neigung faßte, mit der er, wie er selbst sagte, »nicht verschwenderisch umging«.

»Ich möchte sagen«, erklärte er, »daß ich nach Frígilis, Ripamilán und Vegallana von allen Mitbürgern Don Alvaro am meisten schätze.«

Da er seinem Freund nicht wie sonst zur Begrüßung auf die Schulter klopfen konnte, tätschelte er das Pferd, das sich dazu herabließ, ihn anzublicken, indem es den Kopf ein wenig zu dem bescheidenen Infanteristen zurückwandte.

»Holla, holla, ungestümer Hippogryph, der du hinstürmst wie der Wind!« sagte Don Víctor, der oft seine gute Laune kundtat, indem er Verse der »Fürsten unserer Dichtergenies« oder anderer »Sterne erster Größe« deklamierte.

»Übrigens, Theater, Don Alvaro: Nun spielt uns also der gute Perales heute abend doch noch den ‚Don Juan Tenorio‘. Ein paar Frömmler haben intrigiert, damit die Vorstellung heute ausfällt.

Welcher Unsinn! Das Theater ist moralisch, wenn es wirkliches Theater ist, versteht sich. Außerdem die Tradition, die Sitte . . .«

Don Víctor sprach des langen und breiten über die Moral in der Kunst, wobei er hin und wieder vom ungestümen Hippogryphen zurücktrat, der bei dem langen akademischen Vortrag ungeduldig wurde.

Don Alvaro nutzte die erste sich bietende Gelegenheit, um Don Víctor zu bitten, seine Frau auf jeden Fall mit in den »Don Juan« zu nehmen.

»Ach, seien Sie still! Man schämt sich, es zuzugeben. Aber es ist die Wahrheit. Mein Frauchen hat durch einen der seltsamen Zufälle, die es im Leben gibt, nie den ‚Tenorio' gelesen oder gesehen. Sie kennt einzelne Verse daraus, wie alle Spanier, aber nicht die ganze Tragödie, beziehungsweise das Schauspiel, oder was es sonst sei. Denn ich weiß, mit Erlaubnis von Zorrilla, nicht, ob . . . Verdammtes Vieh! Schlägt mit dem Schwanz nach mir!«

»Treten Sie ein Stück zurück! Es ist etwas nervös! . . . Sie sagen, Anita hat den ‚Tenorio' noch nie gesehen? Das ist unverzeihlich!«

Obwohl Don Alvaro Zorrillas Drama immer unmoralisch, geschraubt, absurd, mit einem Wort, sehr schlecht gefunden hatte und stets erklärte, Molières »Don Juan« – den er nicht gelesen hatte – sei viel besser, paßte es ihm jetzt in sein Konzept, die populäre Dichtung zu rühmen, und er tat es mit den Worten eines lobhudlerischen Zeitungsschreibers.

Quintanar konnte Zorrilla den Einfall nicht verzeihen, Mejía die Arme auf den Rücken zu binden, und er fand das Abenteuer Don Juans mit Doña Inés de Pantoja eines Kavaliers unwürdig. »So kann jedermann Eroberungen machen«, pflegte er zu sagen. Aber abgesehen davon, hielt er Zorrillas Werk für eine »schöne Schöpfung«, wiewohl es im modernen spanischen Theater bessere gebe. Don Alvaro wiederum fand den Einfall, Don Luis festzuhalten und sich bei dessen Braut als ihr Verlobter einzuschleichen, sehr glaubhaft, witzig und erfolgversprechend. Abenteuer dieser Art hatte er zum glücklichen Ende geführt, und er fühlte sich dadurch keineswegs entehrt, denn die Liebe gibt sich nicht mit Ritterromanen ab. Galante Abenteuer waren eine Sache und hehre Heldentaten eine andere. Sobald es um letztere ging, wußte Don Juan mit allen Zeremonien des Ehrenmannes vorzugehen. Doch diese Ansicht behielt das Oberhaupt der liberalen Partei Vetustas ebenfalls für sich und vereinte seine Bitten mit denen Don Víctors, um Ana zu bewegen, am Abend mit ins Theater zu kommen.

»Sie ist ein kleines Faultier. Sie will wieder nicht aus dem Haus, da sie in ihre Eigenbrötelei und ihr Einsiedlerleben zurückgefallen ist. Aber heute gibt es kein Pardon!«

Schließlich redeten sie ihr so lange zu, bis Ana – und sie blickte dabei Mesía in die Augen – feierlich versprach, ins Theater zu gehen.

Und sie ging.

Um Viertel neun – die Vorstellung begann um acht – betrat sie in Begleitung der Marquesa, Edelmiras, Pacos und Quintanars die Loge der Vegallanas.

Das Theater von Vetusta, vielmehr »unser Kolosseum auf der Plaza del Pan«, wie es der Lokalredakteur und Kritiker der »Kreuzfahne« in eleganter Umschreibung nannte, war eine alte, schon fast verfallene Kunstscheune, die den Winden aller Himmelsrichtungen kostenlos Eintritt gewährte. Wenn der Nordwind wehte und es schneite, stahlen sich ein paar Flocken durch die Fenster des Oberlichts. Wenn der Vorhang aufging, drängte sich dem vernunftbegabten Zuschauer der Gedanke an eine Lungenentzündung auf, und im Sperrsitz pfiffen ein paar auf die gute Erziehung und schlugen den Kragen hoch. Es gehörte in Vetusta zu den Selbstverständlichkeiten, daß man ins Theater warm angezogen ging. Die vornehmsten Señoritas, die auf dem Espolón und dem Paseo Grande das ganze Jahr über Kleider in lustigen Farben trugen, erschienen im Kolosseum auf der Plaza del Pan, mit Ausnahme von Galatagen, nur in Grau, Schwarz und zahllosen Abstufungen von Braun. Die Schauspieler zitterten in ihren Kettenpanzern auf der Bühne vor Kälte, und die Balletteusen klapperten, blau und violett unter ihrem Reispuder, mit den Zähnen.

Die Bühnenausstattung war nach und nach zu Bruch gegangen, und die Stadtverwaltung, in der die Kunstfeinde die Überzahl hatten, dachte nicht daran, sie zu ersetzen. Wie in dem Schwank, den die Personen des »Sommernachtstraums« im Walde aufführen, mußte sich im Theater von Vetusta die Phantasie die fehlenden Versatzstücke und Soffitten dazudenken. Nur die Dekorationen zum Königssaal, die mit ihren Gold- und Silberintarsiaturen weise im Hintergrund aufgebaut wurden, und die zum heiteren, blauen Himmel waren vorhanden. Da jedoch in den meisten unserer modernen Dramen ein »geschmackvoll möblierter Salon« ohne Intarsiaturen und dergleichen verlangt wird, entschieden sich die Regisseure in solchen Fällen meist für den blauen Himmel. Mitunter verweigerten die Vorhänge und Soffitten den Dienst oder sausten zu früh herunter, und einmal fand sich der brave, mit den Armen an einen Baum gefesselte Diego Marsilla plötzlich im Boudoir von Doña Isabel de Segura, womit das Stück jeden Anschein von Glaubwürdigkeit verlor.

Die Waldsoffitte war in sich zusammengesunken.

Die Vetustenser waren an diese, wie Ronzal sagte, Anachronismen schon gewöhnt und sahen über alles hinweg, insbesondere die »Personen von Stand« in den Rang- und Parkettlogen. Sie kamen ja nicht ins Theater, um die Vorstellung zu sehen, sondern um sich gegenseitig zu mustern und aus der Distanz über einander herzuziehen. In Vetusta mögen die Damen die Parkettsessel nicht; sie sind für sie nicht standesgemäß. Nur Neureiche und dann und wann zur Zeit des Jahrmarkts eine Dame vom Lande steigen so weit herab. Auch die elegante junge Herrenwelt läßt sich kaum im Saale blicken. Sie nehmen ihre Plätze in den Logen und in den Rängen ein, wo alle ohne sonderliche Zurückhaltung rauchen, lachen, lärmen, die Vorstellung unterbrechen, weil das zum guten Ton gehört, und treulich das nachahmen, was sich in manchen Madrider Theatern abspielt. Die desillusionierten Mamas dösen auf den hinteren Plätzen der Logen. Die sich von ihnen noch sehen lassen können – oder es zumindest glauben –, teilen sich mit den jungen Damen in die ernste Beschäftigung, ihre Kleider zur Schau zu tragen, während sie zugleich mit Augen und Zunge an den andern keinen guten Faden lassen. Im allgemeinen ist nach Ansicht der Vetustenser Dame die dramatische Kunst ein Vorwand, jeden zweiten Tag drei Stunden lang die Garderobe ihrer Nachbarinnen und Freundinnen einer kritischen Musterung zu unterziehen. Sie hören, sehen und verstehen nicht, was auf der Bühne vorgeht. Einzig, wenn die Schauspieler viel Radau machen, möglichst mit Feuerwaffen, oder bei einer dieser Wiedererkennungsszenen mit dem nachfolgenden Geflenn – nur dann wendet die Dame aus Vetusta den Kopf, um zu sehen, ob dort unten nicht wirklich ein Unglück passiert ist. Viel aufmerksamer und empfänglicher ist auch der Rest des gebildeten Publikums aus dieser feinsinnigen Provinzhauptstadt nicht. Worin fast alle einer Meinung sind, ist, daß die Zarzuela höher zu schätzen sei als der »Vers« und die Statistik erweist, daß alle Truppen mit »Versen« in Vetusta verkrachen und sich auflösen. Die Schauspieler bleiben zur Hälfte in Vetusta, und man erkennt sie daran, daß sie der Winter in – meist sehr gutsitzender – Sommerkleidung überrascht. Ein paar lassen sich nieder und werden ortsansässige Chorsänger für alle Opern und Zarzuelas, die es zu singen gibt, andere bringen eine Benefizvorstellung zustande, in der sie die ersten Rollen übernehmen, und führen, von ein paar jugendlichen Theaterenthusiasten der Stadt unterstützt, irgendein anspruchsvolles Stück auf, verdienen sich zehn oder zwölf Duros und ziehen in die nächste Provinz weiter, um abermals Pleite zu machen. Mitunter landen diese Künstler des »Verses«, je nach der Regierung, die gerade die Geschicke der Nation lenkt, auch hinter schwedischen Gardinen. Schuld daran ist meist der Impresario, der nicht bezahlt und mit dem Hunger der Schauspieler auch noch Schindluder treibt. Hält man sich dieses schlimme Los der Schauspielertruppen in Vetusta vor Augen, könnte man meinen, die Bürgerschaft habe nichts für die Bühne übrig, und so ist es im allgemeinen auch. Aber es gibt auch ganze Schichten, die der Handlungsgehilfen, der Schriftsetzer zum Beispiel, die in Liebhabertheatern die »schwere Kunst Thalias« pflegen, und das mit »ausgezeichneten Ergebnissen«, nach den Worten der »Kreuzfahne« und anderer Lokalblätter.

Als Ana Ozores in der Loge der Vegallanas Platz nahm, und zwar auf dem besten, den die Marquesa nie einnehmen wollte, gab es in den Parterre- und Rang-Logen Bewegung und Geflüster. Der Ruf der Schönheit, in dem sie stand, auch weil man sie nur ab und zu einmal im Theater sah, erklärte zum Teil die allgemeine Neugier. Doch sprach man außerdem seit ein paar Wochen viel von der Präsidentin, erörterte den Wechsel ihres Beichtigers, der offenbar mit Señor Quintanars Bestreben, seine Frau überallhin mitzuschleppen, zusammenfiel. Man besprach, ob sie der Generalvikar auf seine Seite bringen, ob er sich Don Víctor über seine Gattin willfährig machen werde, wie er es bei Carraspique getan hatte. Ein paar ganz verwegene und besonders Argwöhnische, die sich besser unterrichtet glaubten, flüsterten ihren intimen Freunden ins Ohr, daß da auch noch jemand sei, der es sich angelegen sein lasse, dem Einfluß des Generalvikars entgegenzuwirken. Visitación und Paco, die als einzige wirklich Bescheid wußten, wahrten kluge Zurückhaltung.

Obdulia war es, die sich den Anschein gab, als wisse sie viele Dinge, die gar nicht vorhanden waren.

»Die Präsidentin! Pah! Sie wird auch nicht anders als alle sein. Wir andern sind nicht schlechter als sie. Aber ihr kaltes Temperament, der geringe gesellschaftliche Verkehr, ihr Stolz als musterhafte Frau – das alles macht sie unzugänglich, und deshalb wagt niemand, schlecht über sie zu reden. Aber viele sind genauso anständig wie sie.«

Die Andeutungen der Fandiño wurden fast überall mit Unglauben aufgenommen. Doch unter dem Vorwand, ihre spitze Zunge zu verdammen, liefen ihre vagen, niederträchtigen Verleumdungen von Mund zu Mund. Obdulia überlegte nicht lange, was sie sagte. Stets sprach sie unbedacht, mechanisch daher und war dabei mit ihren Gedanken ganz woanders. Sie bereitete der Verleumdung den Boden, ohne es zu ahnen. Und außerdem beging die Präsidentin schlimmstenfalls das Verbrechen – aber Obdulia glaubte nicht, daß es bis dahin kam –, mit dem Strom zu schwimmen. In Madrid und im Ausland, überlegte die Fandiño, ist das ganz alltäglich. In Vetusta dagegen tut man, als seien einem gewisse Freiheiten der Mode ein Ärgernis. Es sind dieselben, die sich diese Freiheiten heimlich und verstohlen, unter Zittern und Zagen ohne jede Eleganz nehmen, eben auf die plumpe Art, wie man hier alles tut. Aber was kann man von Frauen erwarten, die nicht baden und einen Schwamm nur benutzen, um Säuglinge zu waschen! Wenn Obdulia mit einem Fremden sprach, machte sie ihrer Verachtung Luft, indem sie die eingewurzelte Scheinheiligkeit und Unsauberkeit der Frauen Vetustas schilderte.

»Glauben Sie mir«, beteuerte sie, »ihr Körper kennt keinen Schwamm, sie machen nur Katzenwäsche und betrügen ihre Ehemänner wie zu Olims Zeiten. Welche Unsauberkeit und Unwissenheit!«

Ana, seit vielen Jahren an die zudringlichen, neugierigen und kalten Blicke der Leute gewöhnt, schenkte der Wirkung, die ihr Erscheinen in der Kirche, im Theater oder auf der Promenade hervorrief, fast nie Beachtung. Am Abend dieses Allerheiligentags jedoch empfand sie den spontanen Tribut der Bewunderung wie Weihrauchduft, und sie sah darin nicht wie sonst dumme Neugier, Neid oder Argwohn. Seit Don Alvaro auf dem Platz erschienen war, hatte sich ihre Stimmung gewandelt, war sie von dem kalten, schwarzen Überdruß in eine Region von

Licht und Wärme hinübergewechselt. Diese jähen Stimmungsumschwünge schrieb sie abergläubischerweise einem höheren Willen zu, der den Gang der Ereignisse lenkte und sie wie ein erfahrener Dramenschreiber anbahnte, ganz wie es zum Schicksal der Personen paßte. Bei anderen mochte das nicht ganz zutreffen, aber bei ihr war es offensichtlich. Sie war überzeugt, daß Gott ihr dann und wann Fingerzeige gab, scheinbare Zufälle herbeiführte, damit sie Gelegenheiten nutzte, Lehren und Ratschläge annahm. Das war vielleicht das Tiefste in Anas religiösem Glauben. Sie war überzeugt, daß Gottes Auge unmittelbar, spürbar auf ihrem Leben, ihrem Schicksal, ihren Schmerzen und Freuden ruhte. Ohne diesen Glauben hätte sie die Widerwärtigkeiten eines tristen, faden, abwegigen, nutzlosen Daseins nicht aushalten können. Diese acht Jahre an der Seite eines Mannes, den sie für einen auf die simpelste Weise der Welt gutherzigen Alltagsmenschen, für verschroben und innerlich leer hielt, diese acht Jahre ihrer Jugend ohne Liebe, ohne das Feuer irgendeiner Leidenschaft, ohne andere Lockungen als kurzlebige Versuchungen – dies alles hätte sie nach ihrer festen Überzeugung nicht ertragen können ohne den Glauben, daß Gott ihr dies alles geschickt habe, um die Festigkeit ihrer Seele auf die Probe zu stellen und die Vorliebe, mit der er auf sie herabsah, auf etwas zu begründen. Sie wähnte sich in diesen Augenblicken egozentrischer Gläubigkeit vom unsichtbaren Auge der Vorsehung bewundert. Er, der alles und auch sie sah, war zufrieden, und die Präsidentin brauchte in ihrer Dünkelhaftigkeit diese Überzeugung, um sich nicht von anderen Gefühlen leiten zu lassen.

Als sie im Beichtstuhl des Generalvikars eine »Bruderseele« entdeckte, einen »übervetustensischen« Geist, imstande, sie auf dem Blumen- und Sternenpfad in die hellen Bereiche der Tugend zu führen, glaubte Ana ebenfalls, diesen Fund Gott zu verdanken, und gedachte, sich an ihn wie an einen Fingerzeig des Himmels zu halten.

Als sie nun dieses plötzliche, innere Aufbegehren angesichts eines stolzen Reiters spürte, der mit den Kurbetten seines Pferdes die trostlose Stille eines öden Tages aufstörte, zögerte die Präsidentin nicht, an das zu glauben, was ihr innerliche Stimmen von Freiheit, Liebe, Freude, reiner, großer, schöner Seelen würdiger Wollust sagten. Noch nie hatte das Gefühl des Aufbegehrens so lange angehalten. Seit diesem Nachmittag hatte sie immer nur an das eine gedacht: daß es unsinnig war, das Leben wie eine Tote zu verbringen, daß die Liebe ein Vorrecht der Jugend, Vetusta ein einziger Sumpf von Plattheiten und ihr Gatte so etwas wie ein verehrungswürdiger Vormund sei, dem sie nur die Ehre des Körpers schulde, nicht aber die verborgensten Tiefen ihrer Seele, dieses Untergründige, von dessen Vorhandensein er nicht einmal etwas ahnte. Es war dies, was Don Víctor, von Don Robustiano Somoza unterstützt, die Nerven nannte und was in Wahrheit die Grundlage ihres Seins, ihr Allereigenstes war. Ich werde lieben, dachte sie, alles werde ich lieben, weinen werde ich vor Liebe, träumen, wie und von wem ich will. Mein Körper wird nicht sündigen, aber die Seele soll untertauchen in dieser Wonne.

Diese Gedanken, die wie ein Wirbelsturm durch Anas Kopf kreiselten, ohne daß sie sie hätte zurückhalten können, gerade, als sei es die Stimme eines anderen, die in ihr widerhallte, erfüllten sie mit einem Entsetzen, das sie entzückte. Wenn etwas in ihr die Täuschung fürchtete, die Sophistik in diesem geschwätzigen Schwarm aufrührerischer Gedanken sah, die vermeintliche Rechte forderten, dann versuchte es Ana zu ersticken, und wie um sich selbst zu betrügen, faßte ihr Wille den feigen, egoistischen Entschluß, »sich treiben zu lassen«.

So kam sie ins Theater. Sie hatte den Bitten Don Alvaros und Don Víctors nachgegeben, ohne selbst recht zu wissen, wieso, denn sie befürchtete, dies käme einer Verabredung und einem Versprechen gleich. Dennoch ging sie. Als sie allein vor dem Spiegel ihres Frisiertisches saß, bildete sie sich ein, die andere Ana fordere Rechenschaft von ihr. Sie formulierte ihre Gedanken im Kopf und sprach zu sich:

Gut, ich gehe also. Aber wenn ich es tue, verpflichte ich mich, versteht sich bei meiner Ehre, diesem Manne keinerlei Rechte über mich einzuräumen. Ich weiß nicht, was dort geschehen wird, auch weiß ich nicht, wie weit dieser Atem der Freiheit reichen wird. Daß ich aber ins Theater gehe, ist ein Beweis, daß es dort zu keinerlei Abmachungen kommen wird, die den Anstand verletzen. Meine Ehre wird dort nicht den geringsten Schaden nehmen.

Nach diesem Entschluß machte sie mit aller Sorgfalt Toilette und dachte an keine der Ehrenfragen, Gefahren und Verwicklungen mehr, wie sie Don Víctor auf der Bühne so gern in Versen von Calderón und Moreto sah.

Die Loge der Vegallanas lag im ersten Rang neben der Proszeniumsloge. Die Proszeniumsloge gegenüber, von der Bühne aus auf der linken Seite, gehörte Mesía und anderen Stutzern aus dem Kasino: ein paar Bankiers, einem hohen Adligen und zwei Amerikanern, von denen Don Frutos Redondo zweifellos der Vorrang gebührte. Don Frutos verpaßte keine Vorstellung. Ihm gefiel der Vers und sonst nichts, wie er sagte. Und er erklärte sich selbst durch die Autorität seiner Millionen zu einem erstrangigen Sachverständigen in Fragen von Schauspielen und Tragödien. »Da komm ich nicht mit«, erklärte Don Frutos, der diesen burschikosen und unverständlichen Ausdruck in den Leitartikeln einer seriösen Zeitschrift aufgelesen hatte. »Da komm ich nicht mit«, sagte er und meinte irgendein Schauspiel, das keine Moral hatte oder eine, die er nicht begriff. Und wenn er nicht »mitkam«, verdammte er den Autor und verstieg sich sogar zu der Behauptung, er ziehe den Zuschauern das Geld aus der Tasche, indem er sie um ihre kostbare Zeit betrog. Don Frutos wollte aus allem Nutzen ziehen, wofür ein Ausspruch wie dieser Beweis genug sein mag:

»Daß sich Manrique in Leonor verliebt und der Graf desgleichen und daß sie sich um sie streiten, bis das Mädchen und der Hallodri von einem Dichter, von der Zigeunerin ganz abgesehen, hinüber sind – was sagt mir das? Was lernen wir daraus? Was gewinne ich dabei? Nichts.«

Dennoch war die Loge Don Alvaros – denn so wurde sie von allen genannt – die »distinguierteste«, die die Blicke der Mamas und ihrer Töchter am meisten anzog, aber auch die der jungen Herren Vetustas, die nicht nach der Ehre trachten konnten, in diesen aristokratischen, eleganten Kreis aufgenommen zu werden, zu dem die »Männer von Welt« gehörten – in Vetusta war die Welt nicht eben groß – und dessen Anführer der Chef der liberalen Partei war. Die Mehrzahl der hier Vereinten hatte eine Zeitlang in Madrid gelebt, dessen Sitten, Bräuche und Manieren sie nachahmten. So sprachen sie wie die Mitglieder eines Madrider Klubs laut in ihrer Loge miteinander, unterhielten sich zuweilen mit den Schauspielern, sagten den Choristinnen und Balletteusen Galanterien oder Unanständigkeiten und machten sich über die großen romantischen Ideale lustig, die in schäbigem Kostüm, doch voller Poesie über die Szene gingen. Alle waren sie in bezug auf die häusliche Moral Skeptiker. Sie glaubten nicht an die Tugend irgendeiner Frau – ausgenommen Don Frutos, der sich seinen Glauben bewahrt hatte –, verachteten die

Liebe und weihten sich mit ganzer Seele – oder vielmehr mit ganzem Körper – der Liebelei. Sie meinten, ein Mann von Welt könne nicht ohne Geliebte sein, und alle hielten sich ein mehr oder weniger leichtfertiges Frauenzimmer. Abgetakelte Tänzerinnen, verlebte Sängerinnen, Matronen aus dem ernsten Fach, viel zu sentimental für ihre längst verflossene Jugend, wurden von diesen nicht eben wählerischen Verführern verfolgt, beschenkt und sogar erobert, obwohl die meisten ohne den Rückhalt ihrer Börse nicht imstande waren, ein Abenteuer zu versuchen.

Der einzige ernstzunehmende Herzensbrecher der ganzen Gesellschaft war Don Alvaro, und alle neideten ihm sein Glück und seine elegante Erscheinung ebensosehr, wie sie sie bewunderten. Besonders Pepe Ronzal alias Trabuco und ehemals »der Student«, Inhaber der Proszeniumsloge auf der anderen Seite, die neben der Loge der Vegallanas lag. Trabuco war der Mittelpunkt der sogenannten »anderen Loge« und hatte es darauf angelegt, mit der Gesellschaft um Mesía in Eleganz, *sans façon* und weltmännischem Gebaren zu wetteifern. In seiner Loge aber fand sich eine gemischte Gesellschaft zusammen, von der viele alles verdarben. Sie waren keine Skeptiker, sondern Zyniker, keine mehr oder weniger echten Frauenverführer, sondern Käufer menschlichen Fleischs. Die Abonnenten der »anderen Loge« waren Ronzal, Foja, Páez (der außerdem noch eine Loge für seine Tochter hielt), Bedoya, ein wegen seiner ausschweifenden Lebensweise, die ihn viel Geld kostete, wegen seines Spürsinns, mit dem er auf den Dörfern Jungfrauen ausfindig machte, und wegen seiner guten Beziehungen zu allen Kuppelmüttern der Stadt berühmter Notar, ein unverstandener Bildhauer, der seine Plastiken nicht loswurde und sich im Fälschen antiker Statuen versuchte, der Richter erster Instanz, der sich selbst in zwei Wesenshälften trennte, nämlich 1. den unbestechlichen, unzugänglichen Richter, ein Rauhbein ohne einen Funken guter Erziehung, und 2. den Mann der Gesellschaft, der Ehefrauen von schlechtem Ruf nachstellte und alle tröstete, die Enttäuschungen unglücklicher Liebe beweinten. Dazu noch drei oder vier Jubelgreise der konservativen Partei, Stadträte, die alles ins Politische zogen. Waren dies diejenigen, die die Loge bezahlten, so machten sich in ihr sämtliche Kasinomitglieder breit, die mit irgendeinem von ihnen befreundet waren. Ronzal hatte sich mehrmals dagegen verwahrt. »Herrschaften, das ist ja der reinste Taubenschlag!« hatte er oft gesagt, jedoch ohne Erfolg. Hier fanden sich Joaquinito Orgaz ein und sämtliche jungen Laffen aus Madrid, die durch Vetusta kamen, selbst die, die in der Stadt geboren und aufgewachsen waren und nur eine dünne Tünche hauptstädtischer Lebensart aufzuweisen hatten. Und da die Loge des »anderen« geachtet wurde und nur Personen von Stand und Rang sie zu betreten wagten, raste Pepe Ronzal im stillen. Aus seiner Loge wurden sogar Fünfcéntimomünzen auf die Bühne geworfen, um das ungenierte Gebaren derer von gegenüber noch zu überbieten. Ein paar Unverschämte rauchten dort vor den Augen des Publikums und ließen Papierkugeln auf ehrwürdige Kahlköpfe im Orchester fallen. Dann und wann rief man sie vom Olymp oder den Sperrsitzen aus zur Ordnung, aber sie verachteten die Menge und warfen ihr herausfordernde Blicke zu.

Wenn ein in Madrid mit viel Beifall aufgenommenes Stück in Vetusta zum erstenmal aufgeführt wurde, diskutierte man in Ronzals Loge mit großem Stimmaufwand, und für gewöhnlich überwog das Urteil eines ungetrübten Lokalpatriotismus, was dort in den Fragen der Kunst die natürlichste Sache der Welt schien. Aus Vetusta war kein berühmter Dramatiker hervorgegangen, und deshalb blickte man scheel auf die von außerhalb. Daß Madrid sich überall aufdrängen wollte, duldete man in Ronzals Loge nicht. Einmal verstieg man sich so weit, zu erklären, daß man von dem Stück nichts halte, weil es in Madrid großen Beifall erhalten hatte: In Vetusta lasse man sich von niemandem etwas vorschreiben. Man übernahm einfach kein fertiges Urteil. Für die Oper, ja, für die Oper schwärmten diese Herren Notare und Stadträte. Sie ließen es sich schweres Geld kosten, ein Quartett zu hören, daß ihnen wie Sphärenmusik vorkam und sich anhörte, als würden beim Teppicheinrollen Stühle und Tische über den Boden geschleift.

»Erinnern Sie sich noch an die Pallavacini? Welche Engelsstimme!« sagte Foja, der in allen Dingen skeptisch war, aber zum Fanatiker wurde, wenn es um die Quartette der gängigen Opern ging.

»Oh! So etwas wie den Bariton Batistini habe ich noch nie gehört!« entgegnete der Notar, der die Baritonstimme wegen ihrer »Männlichkeit« höher als die des Tenors oder Basses schätzte.

»Nun, noch männlicher ist doch wohl der Baß«, sagte Foja.

»Glauben Sie das nicht! Was meinen Sie, Ronzal?«

»Je nachdem. Wenn der Baß ein Sänger ist. Aber bleiben Sie mir mit Musik vom Leibe! Wissen Sie, was ich sage? Daß die Musik der Lärm ist, der mich am wenigsten belästigt. Hahaha!«

Obwohl die Loge des Marqués an die Ronzals stieß, wagten es die Abonnenten der letzteren nur selten, ein Gespräch mit den Vegallanas oder ihren Gästen anzuknüpfen. Abgesehen davon, daß die Zwischenwand eine Unterhaltung erschwerte, wagten es die meisten in Wirklichkeit nicht, sich über einen Standesunterschied hinwegzusetzen, über den in der Theorie viele spotteten.

Wir sind alle gleich, erklärten viele Bourgeois Vetustas, der Adel hat nichts mehr zu sagen. Jetzt vermag Geld, Begabung, Mut alles, aber ungeachtet solchen Geweses sah man es den meisten selbst in ihrer gespielten Geringschätzung an, daß sie von unten her die Vorurteile teilten, die der Adel von oben her aufrechterhielt.

Die in der Loge Don Alvaros hingegen grüßten die Vegallanas, lächelten der Marquesa zu, richteten ihre Operngläser auf Edelmira und machten dem Marqués und Paco, die auch zu ihnen in die Loge kamen, Zeichen.

Auch das neidete ihm Ronzal, der Vegallanas Parteifreund war, aber wenig Verkehr mit der Marquesa pflegte.

»Er ist mir zu unbedarft«, sagte die Marquesa, wenn man Trabuco erwähnte, und sie suchte sich ihn vom Leibe zu halten, indem sie ihn mit zeremonieller Kälte behandelte.

Ronzal rächte sich mit der Behauptung, daß die Marquesa eine Republikanerin sei, für »La Flaca« in Barcelona schreibe, und daß da in ihrer Jugend irgend so eine Sache gewesen sei. Mit diesen Verleumdungen machte er seinem Herzen Luft, und wenn man ihn nach dem Grund seines Grolls fragte, erwiderte er: »Señores, ich bin der Sache, für die ich kämpfe, verpflichtet, und sehe mit Trauer, mit großer, mit tiefer Trauer, daß diese Dame, die Marquesa, Doña Rufina mit einem Wort, die konservativ-dynastische Partei Vetustas in Meßkredit bringt.«

Nachdem Ana die Bewunderung des Publikums ausgekostet hatte, blickte sie zur Loge Mesías. Dort saß er, glänzend, angetan mit seiner schneeweißen, glatten Hemdbrust, um die ihn Trabuco am heißesten beneidete. In diesem Augenblick riß Don Juan Tenorio seinem ehrwürdigen Vater die Maske vom Antlitz. Ana mußte auf die Bühne schauen, denn die unerhörte Freveltat Don Juans hatte beim Publikum auf dem Olymp eine großartige Wirkung erzielt, und es klatschte begeistert Beifall. Perales, der Nachahmer Calvos, dankte mit bescheidener Geste, einigermaßen überrascht, daß man ihm auf offener Szene Beifall spendete, was nicht üblich war.

»Sehen Sie das Volk!« sagte einer der Ratsherren der »anderen Loge« zu Foja, dem liberalen Exbürgermeister, gewandt.

»Was ist mit dem Volk?«

»Lauter Rohlinge! Beklatschen die Heimtücke, einem Maskierten die Larve abzureißen.«

»Der sich als der eigene Vater herausstellt«, fügte Ronzal hinzu. »Ein erschwerender Umstand.«

»Der seinen Instinkten überlassene Mensch ist naturgemäß unmoralisch, und da das Volk keine Erziehung hat . . .«

Der Richter nickte zustimmend, ohne die Augen vom Theaterglas zu nehmen, durch das er Obdulia anvisierte, die in einem schwarz-roten Kleid auf drei Kissen in einer Loge neben der Mesías saß.

Ana begann in dem Augenblick auf das Drama zu achten, als Perales mit lässiger, eleganter Verachtung sagte:

»Das sind so hingesagte Worte,
auf die ich nie etwas gegeben . . .«

Der Schauspieler war groß, blond (an diesem Abend), geschmeidig, elegant und locker, zeigte ein wohlgeformtes Bein, und das perlenbesetzte Phantasiekostüm mit Anspruch auf Historizität, das seine schlanke Gestalt eng umschloß, stand ihm gut. Don Víctor war von Perales entzückt. Er hatte Calvo nie gesehen, und dessen Nachahmer schien ihm ein ausgezeichneter Interpret der Mantel- und Degenstücke. Er hatte ihn mit musikalischem Pathos die zehnzeiligen Stanzen aus »Das Leben ein Traum« aufsagen hören, hatte ihn in »Trotz wider Trotz« bewundert, wo er schwungvoll unter heftigen Bewegungen von Armen und Beinen die zarten Worte deklamierte, die so beginnen:

Damit Ihr seht, es ist ein Irrtum,
daß jemand auf der Welt soll glauben,
wenn einer liebt, muß er auch schmeicheln,
vernehmet denn, was Liebe ist . . .

Don Víctor hielt ihn für einen ausgezeichneten Schauspieler. Er gab keine Ruhe, bis man ihn ihm vorstellte. Und er hätte ihn mit zu sich nach Hause genommen, wenn seine Frau anders gewesen wäre. Überhaupt beneidete Don Víctor jeden, unter dessen scharlachrotem Mantel der Griff eines Degens hervorschaute, und wenn es auch nur abends auf der Bühne war. Er bemerkte, daß Anita wohlgefällig die Bewegungen und die Gestalt Don Juans betrachtete, und der gute Quintanar beugte sich zu ihr und flüsterte ihr mit vor Ergriffenheit bebender Stimme ins Ohr:

»Er ist ein hübscher Kerl, nicht wahr, Kindchen? Und welch kunstvolle Bewegungen! Man behauptet, das sei falsch, wir Männer gingen nicht so. Aber wir sollten so gehen! Und sicherlich sind wir Spanier im *Siglo der Oro,* da wir die Herren der Welt waren, so geschritten und haben die Hände auf solche Art bewegt.« Das sagte er bereits etwas lauter, damit es die übrigen Anwesenden ebenfalls hörten. »Es wäre nur gut, wenn wir uns jetzt, wo wir auch Kuba, den Rest unserer einstigen Größe, bald noch verlieren werden, würdevoller bewegten und gemessen einherschreiten wollten.«

Die Präsidentin hörte nicht, was ihr Gatte sagte. Das Drama begann sie wirklich zu fesseln. Als der Vorhang fiel, wartete sie voll Spannung, wie die Wette zwischen Don Juan und Mejía ausgehen werde.

In der ersten Pause rührte sich Mesía nicht von seinem Stuhl. Von Zeit zu Zeit blickte er die Präsidentin an, aber mit äußerster Diskretion und Zurückhaltung, die sie bemerkte und ihm dankte. Zwei- oder dreimal lächelten sie sich zu, und erst beim letztenmal, als sie solches wagten, schnappte Pepe Ronzal, der wie immer den heimlichen Blicken seines verhaßten und bewunderten Vorbilds folgte, etwas von diesem Einverständnis auf.

Trabuco nahm sich vor, seine Aufmerksamkeit zu verdoppeln, alles zu beobachten und wie das Grab zu schweigen. Aber das war allerhand! Und der Neid fraß an ihm.

Der zweite Akt begann, und Don Alvaro gewahrte, daß er an diesem Abend einen mächtigen Rivalen hatte: das Stück. Anita ging der künstlerische Wert von Zorrillas unternehmungslustigem, verrücktem, tapferem und leichtfertigem Don Juan auf. Er schlug sie genauso in ihren Bann wie die Kammerjungfer von Doña Ana de Pantoja und die Kupplerin, die die Liebe der Schwester Inés feilbot wie eine Ware ... Die dunkle, schmale Gasse, die Ecke, Doña Anas Fenstergitter, Ciuttis Sorgen, Don Juans Pläne, Mejías Dünkelhaftigkeit, die Falschheit des Frauenverführers, der kein einziges Mal einen Beweis seiner Tapferkeit zu geben braucht, die teuflischen Vorbereitungen zu dem großen Abenteuer – dem Überfall auf das Kloster – erreichten die Seele der Präsidentin mit all ihrer dramatischen Kraft und Frische, die viele nicht zu schätzen wissen, weil sie entweder das Stück schon kennenlernen, bevor sie genügend Urteilskraft besitzen, es zu würdigen, und es nun auf sie keinen Eindruck mehr macht, oder weil sie einfach keinen Geschmack haben. Ana war entzückt über die Poesie, die durch diese Gassen aus Leinwand ging, die ihre Phantasie in feste Gebäude einer anderen Zeit verwandelte, und sie staunte nicht minder über die Blasiertheit, mit der Sperrsitze und Logen dies alles ansahen und anhörten. An diesem Abend erschien ihr der begeisterte Olymp viel intelligenter und gebildeter als Vetustas Oberschicht.

Ana fühlte sich in Don Juans Epoche versetzt, die sie sich vorstellte, wie verschwommene Historikerromantik gern möchte, daß sie gewesen sei. Und sie sank in den Egoismus ihres Selbstmitleids zurück und beklagte, nicht vier oder fünf Jahrhunderte früher geboren zu sein. Vielleicht war damals das Leben in Vetusta unterhaltsamer, dachte sie. Sicherlich gab es in jenen Zeiten von schönen adligen Damen bewohnte Klöster, kühne Liebhaber, Troubadourständchen in den Gassen und unter den Fenstern. Die trostlosen, schmutzigen, engen Plätze und Straßen mochten zwar denselben häßlichen Anblick wie heute geboten haben, doch waren sie erfüllt von der Poesie der Zeit, und die von der Nässe geschwärzten Häuserfronten, die gußeisernen Gitter vor den Fenstern, die düsteren Hausflure, die finsteren Straßenwinkel in den mondlosen Nächten, der Fanatismus der Einwohner, die nachbarlichen Zänkereien – alles mußte dramatisch, den Versen eines Zorrilla würdig gewesen sein und nicht wie jetzt nackte Häßlichkeit, Schmutz, Langeweile. Jenes geträumte Mittelalter – sie versetzte Don Juan durch Perales Schuld ins Mittelalter – mit dem Publikum zu vergleichen, das in diesem Augenblick um sie herum saß, brachte ein trauriges Erwachen. Schwarze und braune Radmäntel, absurde scheußliche Zylinder – alles trist, schwarz in schwarz, plump, ausdruckslos, kalt. Selbst Don Alvaro schien ihr in diesem Augenblick in die allgemeine Langeweile einbezogen. Wieviel mehr hätte sie ihn im Stehkragenmantel, in der Kappe, dem Wams und der Trikothose des Perales bewundert! Von diesem Moment an kleidete sie ihren Verehrer in die Tracht des Mimen und gab diesem, sowie er die Bühne betrat, Aussehn und Züge Mesías, ohne ihm jedoch seine besondere Art des Schreitens, die geschmeidige, melodiöse Stimme und sonstige künstlerische Eigenschaften zu nehmen.

Der dritte Akt war eine Offenbarung leidenschaftlicher Poesie für Doña Ana. Als sie Doña Inés in ihrer Klosterzelle sah, überrieselte es die Präsidentin. Die Novizin sah ihr ähnlich. Ana erkannte es zur gleichen Zeit wie das Publikum. Es gab ein Gemurmel, das Bewunderung ausdrückte, und viele Zuschauer drehten sich verstohlen zu der Loge der Vegallanas um. Die González war Schauspielerin aus Liebe. Sie hatte sich in Perales verliebt, der sie entführte. Nachdem sie heimlich geheiratet hatten, zogen sie durch sämtliche Provinzen, und die verliebte junge Frau, die eine Tochter wohlhabender Eltern war, entschloß sich zur Unterstützung des ehelichen Budgets die Bretter zu betreten. Sie imitierte, wen ihr Perales zu imitieren befohlen hatte, besaß aber bei einigen Gelegenheiten den Mut, ursprünglich zu sein, und spielte ausgezeichnete Rollen als jugendliche Liebhaberin. Sie war hübsch, und in dem weißen Gewand der Novizin, den Kopf unter der strengen, steifen Haube, mit ihren geröteten Wangen, den glänzenden Augen, den flammendroten Lippen, der priesterlichen Haltung der Hände und der Bescheidenheit und strahlenden Keuschheit ihrer ganzen Gestalt erregte sie tiefe Anteilnahme. Sie sagte Doña Inés' Verse mit kristallklarer, bebender Stimme auf, ließ sich in den Augenblicken verliebter Blindheit von echter Leidenschaft hinreißen – hatte sie doch ihren eigenen Mann vor sich – und erreichte so einen poetischen Realismus, den weder Perales noch die Mehrheit der Zuschauer in seinem ganzen Wert zu schätzen wußten.

Wohl aber Doña Ana! Die Augen auf die Tochter des Komturs geheftet, alles außerhalb der Bühne vergessend, sog sie begierig die ganze Poesie dieser keuschen Zelle ein, durch deren Mauern die Liebe einsickerte. »Das ist göttlich«, sagte sie und wandte sich zu ihrem Mann um, während sie sich mit der Zunge über die trockenen Lippen fuhr. Don Juans in dem Gebetbuch verborgener Brief, den Doña Inés zuerst mit zitternder Stimme, danach mit abergläubischem Entsetzen las, wärend Brígida ihre Kerze nahe ans Papier brachte, die fast übernatürliche Nähe des Verführers, der Schrecken, den seine vermeintlichen Zaubereien in der Novizin hervorrufen – alles, was da unten vorging und was sie kommen sah, wirkte auf Ana wie poetische Magie, und es kostete sie Mühe, die Tränen zurückzuhalten, die ihr in die Augen schossen.

O ja, so war die Liebe: ein Zaubertrank, ein Dunstkreis aus Feuer, eine mystische Tollheit. Ihr zu entfliehen war unmöglich, und kein Glück konnte größer sein, als sie mit allen ihren Giften zu genießen. Ana verglich sich mit der Tochter des Komturs. Das Gemäuer der Ozores war ihr Kloster, ihr Gatte die strenge Ordensregel aus Überdruß und Kälte, in der sie seit acht Jahren als Nonne lebte, und Don Juan ... Don Juan war dieser Mesía, der ebenfalls durch die Mauern drang, wie durch ein Wunder erschien und die Luft mit seiner Gegenwart erfüllte.

Zwischen dem dritten und vierten Akt kam Don Alvaro in die Loge des Marqués.

Als ihm Ana die Hand reichte, fürchtete sie, er könne so verwegen sein, sie leicht zu drücken. Aber nichts dergleichen geschah. Er ergriff sie nach der Mode, wie sie sich damals in Madrid durchzusetzen begann, mit demselben energischen Schwung wie immer, aber er drückte sie nicht. Er setzte sich jedoch neben sie, und schon nach kurzer Zeit sprachen sie abgesondert von der allgemeinen Unterhaltung miteinander.

Don Víctor war auf den Wandelgang hinausgegangen, um zu rauchen und mit den Siebengescheiten Vetustas zu diskutieren, die die Romantik verächtlich abtaten und Dumas und Sardou zitierten, wobei sie nachsprachen, was sie in der Hauptstadt gehört hatten.

Ana ließ Don Alvaro keine Zeit, erst einen Anknüpfungspunkt für ein Gespräch zu suchen, sondern ergoß über die dürre Einbildungskraft des Stutzers gleich die ganze Poesie, die sie aus dem vortrefflichen, frischen Poem Zorrillas mit seiner Überfülle an Schönheit und Farbe in sich eingesogen hatte.

Die arme Präsidentin fand beredte Worte. Sie bildete sich ein, daß Don Alvaro sie verstehe, daß er nicht war wie die biederen Vetustenser, die nur mitleidig lächelten, wenn sie so viele »hübsche, wohlklingende, aber gehaltlose« Verse hörten, wie Don Frutos in der Loge der Marquesa erklärte.

Mesía war von Anas Begeisterung befremdet, und sie berührte ihn sogar peinlich. Vom »Don Juan Tenorio« zu sprechen, als handle es sich um eine Uraufführung! Wo der »Don Juan« Zorrillas höchstens noch Stoff für Parodien abgab! Es erwies sich als unmöglich, über etwas Vernünftiges zu sprechen, und der Don Juan Vetustas versuchte, auf seine Freundin einzugehen, den heimlichen Sentimentalen zu spielen, wie man sie in den Theaterstücken und Romanen Feuillets findet: mit viel Esprit, der ein goldenes Herz verbirgt, das sich aus Angst vor der rauhen Wirklichkeit versteckt. Das war der Gipfel der »Distinktion«, wie sie Don Alvaro verstand, und so versuchte er, sich Ana an diesem Abend zu präsentieren, die man offensichtlich »auf die hochtrabende Tour« verliebt machen mußte.

Ana, die sich von den grauen Augen des Verführers unentwegt anstarren ließ und den Blick ohne ein Wimpernzucken sanft und leidenschaftlich erwiderte, konnte in ihrer schwärmerischen Erregung die Manieriertheit und die falsche, abgeschaute Empfindsamkeit ihres Gesprächspartners nicht wahrnehmen. Sie hörte ihm kaum zu, sprach selbst unaufhörlich und meinte, was er sagte, stimme mit ihren eigenen Gedanken überein. Diese Selbsttäuschung der seherischen Begeisterung war es, die Don Alvaro an diesem Abend Vorteil brachte. Nicht minder kam ihm seine männliche, vornehme Schönheit zustatten, unterstützt vom Ausdruck seiner in diesem Augenblick erregten Leidenschaftlichkeit. Überdies wies das Antlitz des schönen Mannes außer seiner Regelmäßigkeit einen vergeistigten, schwermütigen Zug auf, der aber nur äußerlich war, ein Zusammenspiel von Linien und Schatten, ein bißchen auch die Spuren eines in Ausschweifung und Liebe vergeudeten Lebens. Als der vierte Akt begann, legte Ana einen Finger auf die Lippen, lächelte Don Alvaro zu und sagte:

»Genug geschwatzt! Lassen Sie mich zuhören!«

»Ich weiß nur nicht ... ob ich mich nicht verabschieden muß.«

»Nein, nein! Weshalb?« erwiderte sie und bereute im selben Augenblick, es gesagt zu haben.

»Ich weiß nicht, ob ich störe, ob Platz ist.«

»Es ist Platz, denn Quintanar sitzt in Ihrer Loge. Sehen Sie nur!«

Es stimmte. Quintanar disputierte drüben mit Don Frutos, der sich nicht davon abbringen ließ, daß es dem »Don Juan Tenorio« an Substanz mangelte.

Don Alvaro blieb neben der Präsidentin sitzen.

Sie ließ ihn ihren schlanken, zarten Hals sehen, weiß und verführerisch mit dem leicht gekräuselten schwarzen Flaum und dem verlockenden Ansatz der Haarrolle, die sich anmutig über den Nacken aufwärts zog. Don Alvaro schwankte, ob er es in dieser Situation wagen dürfe, sich etwas näher zu ihr zu beugen als sonst. Er spürte an den Knien die Berührung mit Anas Kleid. Weiter unten ahnte er ihren Fuß und streifte ihn mitunter für einen kurzen Augenblick. Sie war an diesem Abend nahe daran, »weich zu werden« – ein symbolischer Ausdruck aus Mesías Sprachschatz –, und trotzdem wagte er es nicht. Er rückte nicht näher an sie heran, und das, obwohl ihn diesmal kein Pferd störte. Aber die gute Dame hatte sich so ins Hochgeistige verstiegen! Und da er, um sich ihr angenehm zu machen, ebenfalls den Romantiker, den Vergeistigten, den Mystiker gespielt hatte ... wie, zum Teufel, sollte er da jetzt einen direkten Angriff riskieren? Die Karre war völlig verfahren. Und das dümmste war, daß er für eine ganze Weile kaum Aussichten hatte, die Präsidentin aus den Wolken zurückzuholen. Wegen dieser Überlegungen, die ihn beschämten, ihm schließlich lächerlich vorkamen, widerstand Don Alvaro dem ungestümen Verlangen, der Präsidentin auf den Fuß zu treten oder ihr Bein mit seinem Knie zu berühren.

Genau das tat Paquito bei seiner Cousine Edelmira. Die stämmige Jungfrau vom Dorfe glühte wie eine Kohle, und während Don Juan vor Doña Inés auf den Knien lag und sie fragte, ob es sich an diesem abgelegenen Gestade nicht wirklich besser atme, rang sie nach Luft und schluckte, da sie die Füße ihres Cousins spürte und ihn nahe an ihrem Ohr freche, witzige Worte flüstern hörte. Edelmira hatte, obwohl bei bester Gesundheit, leichte blaue Schatten um die Augen. Sie fächelte sich ohne Unterlaß und stopfte sich den Fächer in den Mund, wenn sie bei einem Höhepunkt des Dramas über die Einfälle des jungen Marqués am liebsten laut herausgelacht hätte. Er gab aber auch Dinge von sich!

Der vierte Akt bot Ana keine Parallelen zu den Geschehnissen ihres eigenen Lebens. Bis zum vierten Akt war sie noch nicht gekommen. Stellte er die Zukunft dar? Würde sie erliegen wie Doña Inés und toll vor Liebe in den Armen Don Juans enden? Das glaubte sie nicht. Sie meinte, stark genug zu sein, ihren Körper nie hinzugeben, diesen armseligen Körper, der ohne jeden Zweifel Eigentum Don Víctors war. Doch wie dem auch war, welch poetischer vierter Akt! Der Guadalquivir da unten! In der Ferne Sevilla! Don Juans Landhaus, das Boot unter dem Balkon! Die Liebeserklärung im Mondschein! Ja, das war Romantik! Die Romantik blieb ewig! Doña Inés sagte:

»Ich erfleh es, Don Juan,
von deiner edlen Sinnesart ...«

Diese Verse, die prosaische Dummheit lächerlich und trivial zu machen versucht hat, klangen Anas Ohren an diesem Abend wie die erhabenen Worte einer unschuldigen, reinen Liebe, die sich im Glauben an den geliebten Menschen hingibt, wie es bei jeder großen Liebe natürlich ist. Da konnte Ana nicht anders, sie weinte, weinte aus grenzenlosem Mitleid mit dieser Inés. Das war schon keine erotische Szene mehr, die sie da unten sah, sondern es lag etwas Religiöses in ihr. Die Seele erhob sich zu den höchsten Gedanken, zum reinsten Empfinden der allumfassenden Barmherzigkeit. Sie wußte nicht, was es war. Jedenfalls spürte sie, wie ihr vor soviel Rührung schwach wurde.

Niemand bemerkte die Tränen der Präsidentin. Don Alvaro gewahrte lediglich, daß ihre Brust sich schneller bewegte und beim Atmen höher hob. Die Weltmann täuschte sich. Er glaubte, die durch dieses heftige Atmen verratene Erregung rühre von seiner Nähe her, und hätte sich um ein Haar vergessen. Er tastete gerade in dem Augenblick nach Anas Fuß, da sie mit ihren Gedanken bei Gott angelangt war, bei der reinen, universalen Liebe, die Schöpfer und Geschöpf umfaßt. Zu seinem Glück fand Mesía in dem Geraschel der Unterröcke Anas Füße nicht, weil sie sie auf Edelmiras Stuhl gestützt hatte.

Der Wortwechsel zwischen Don Juan und dem Komtur brachte Ana in die Wirklichkeit des Dramas zurück, und sie wandte ihre Aufmerksamkeit dem Starrsinn des guten Ulloa zu. Da sie es sich in ihrer überreizten Phantasie in den Kopf gesetzt hatte, die Geschehnisse in Vetusta mit denen in Sevilla zu vergleichen, empfand sie abergläubische Furcht, als sie sah, welch übles Ende die Abenteuer des andalusischen Lüstlings nahmen. Der Pistolenschuß, mit dem Don Juan seine Rechnung mit dem Komtur beglich, ließ sie erzittern. Es war eine schreckliche Vorahnung. Plötzlich sah Ana wie im Licht eines Blitzstrahls Don Víctor, ganz in schwarzem Samt gekleidet, mit Wams und Stehkragenmantel blutüberströmt auf dem Rücken liegen, und Don Alvaro stand mit einer Pistole in der Hand vor dem Leichnam.

Nachdem der Vorhang gefallen war, erklärte die Marquesa, mehr Don Juan Tenorio ertrage sie nicht.

»Ich gehe, Kinder. Friedhöfe und Skelette sehe ich nicht gern. Dafür hat man noch Zeit genug. Adieu. Ihr könnt ja bleiben, wenn ihr wollt. Mein Gott! Halb zwölf! Vor zwei ist das nicht zu Ende.«

Ana, der ihr Gatte den Inhalt des zweiten Teils erzählte, zog es vor, den Eindruck des ersten mitzunehmen, der sie so bezaubert hatte, und ging mit der Marquesa und Mesía hinaus.

Don Víctor, Paco und Edelmira blieben.

»Ich bringe die Kleine mit, und Sie, Frau Marquesa, setzen dafür meine Frau zu Hause ab«, sagte Quintanar.

Mesía verabschiedete sich, nachdem er den beiden Damen in die Equipage geholfen hatte. Jetzt drückte er Anas Hand leicht, und sie zog sie erschrocken zurück.

Don Alvaro kehrte in die Loge des Marqués zurück, um Don Víctor ins Gespräch zu ziehen. Es war ein abgekartetes Spiel. Jemand mußte Quintanar ablenken, damit Paco mit Edelmira ungestört blieb. Mesía, der so viele Male ähnliche Dienste des jungen Marqués in Anspruch genommen hatte, kam, seine Pflicht zu erfüllen.

Überdies nutzte er jede Gelegenheit, die sich ihm bot, um seine Freundschaft mit dem sympathischen Aragonesen zu vertiefen, dem er eines Tages doch noch Hörner aufsetzen würde, oder er brachte überhaupt nichts mehr fertig.

Quintanar empfing Mesía mit tausend Freuden und legte ihm seine Gedanken über die dramatische Literatur dar. Wie immer schloß er mit seiner Theorie über die Ehre, wie man sie im *Siglo de Oro* verstand, als die Sonne im spanischen Reich nicht unterging.

»Sehen Sie«, sagte Don Víctor, dem Mesía nun schon mit Interesse zuhörte, »sehen Sie, ich bin im allgemeinen ein friedfertiger Mensch. Niemand würde denken, daß ich, ein ehemaliger Gerichtspräsident, der seinen Abschied beinahe nur genommen hat, um keine Todesurteile mehr zu unterschreiben, niemand würde also denken, wiederhole ich, daß ich diesen empfindlichen Ehrenstandpunkt unserer Vorfahren habe, den die Neunmalklugen da unten unglaubwürdig nennen. Nun gut, ich bin sicher, mir sagt es mein Herz, daß ich, wenn meine Frau – eine völlig absurde Annahme – ihre Pflicht gegen mich vergäße – ich habe das schon oft zu Tomás Crespo gesagt –, an ihr blutige Vergeltung üben würde.«

Ungeheuer! dachte Don Alvaro.

»Und was ihren Mitschuldigen betrifft ... ich handhabe nämlich Degen und Pistole wie ein Meister. Als es noch meine Liebhaberei war, in Privatvorstellungen zu spielen – das heißt, als mein Alter und meine soziale Stellung mir erlaubten aufzutreten, denn die Neigung besteht fort –, sah ich ein, daß es lächerlich wirkt, sich auf der Bühne ungeschickt zu schlagen, und nahm einen Fechtmeister. Der Zufall wollte es, daß ich gleich von Anfang an große Begabung für die blanke Waffe zeigte. Ich bin friedfertig, das stimmt, niemand hat mir bis jetzt Veranlassung gegeben, ihm nur einen Kratzer beizubringen. Aber stellen Sie sich vor, an dem Tage, da . . . Nun, dasselbe und noch viel mehr könnte ich von der Pistole sagen. Ich treffe, wohin ich will. Na schön, wie ich also sagte, dem Mitschuldigen würde ich den Degen in den Leib rennen. Jawohl, ich ziehe den Degen vor. Die Pistole gehört ins moderne Drama. Sie ist prosaisch. Ich würde ihn also mit der blanken Waffe töten. Aber zurück zu meinem Thema! Wovon bin ich ausgegangen? Erinnern Sie sich?«

Don Alvaro erinnerte sich nicht, aber das vom Umbringen des Mitschuldigen mit der blanken Waffe hatte ihn ein wenig aus der Ruhe gebracht.

Als Mesía, schon gegen drei, nachdem er zuvor noch im Kasino gewesen war, Schlaf suchte, indem er sich als Hauptdarsteller an der Seite der Präsidentin wollüstige Liebesszenen ausmalte, die er nur allzubald in die Wirklichkeit umzusetzen sich vornahm, sah er plötzlich, schon halb im Schlaf, Don Víctors alltägliche, gutmütige Gestalt vor sich. Aber er sah ihn in den ersten wirren Träumen in Talar und Barett, einen Degen in der Hand. Es war Perales' Don-Juan-Degen mit gewaltigen Bügeln.

Anita konnte sich nicht entsinnen, in dieser Nacht von Don Alvaro geträumt zu haben. Sie schlief fest. Als sie gegen zehn erwachte, sah sie Petra, die blonde, durchtriebene Zofe, die diskret lächelte, an ihrem Bett.

»Ich habe lange geschlafen. Warum hast du mich nicht früher geweckt?«

»Die gnädige Frau hatte eine unruhige Nacht.«

»Eine unruhige Nacht? Ich?«

»Ja, Sie sprachen laut, riefen im Traum.«

»Ich?«

»Ja, irgendein schwerer Traum.«

»Und du hast mich bis hinten gehört?«

»Ja, gnädige Frau, ich hatte mich noch nicht schlafen gelegt. Ich wartete auf den gnädigen Herrn. Anselmo ist so eine Trantüte. Der schläft ein . . . Der gnädige Herr kam um zwei.«

»Und ich habe laut gesprochen?«

»Kurz, nachdem der gnädige Herr nach Hause gekommen ist.

Er hat nichts gehört. Er wollte nicht hineingehn, um die gnädige Frau nicht zu wecken. Ich kam noch einmal, um zu sehen, ob Sie schliefen oder noch etwas wollten, und glaubte, Sie hätten einen schweren Traum, wagte aber nicht, Sie zu wecken.«

Ana fühlte sich matt. Sie hatte einen schlechten Geschmack im Mund und fürchtete die Vorboten der Migräne.

»Ein schwerer Traum! Aber ich erinnere mich nicht, schlecht geträumt zu haben.«

»Nein, nein, ein schlechter Traum scheint es nicht gewesen zu sein, denn die gnädige Frau lächelte und warf sich dauernd hin und her.«

»Und was habe ich gesagt?«

»Oh, was Sie gesagt haben! Man verstand es nicht recht. Einzelne Worte. Namen.«

»Was für Namen?« fiel ihr Ana mit hochrotem Gesicht ins Wort.

»Was für Namen?« wiederholte sie.

»Die gnädige Frau riefen nach dem Herrn.«

»Nach dem Herrn?«

»Ja. Sie sagten: Víctor, Víctor!«

Ana begriff, daß Petra log. Sie nannte ihren Mann fast immer Quintanar.

Überdies verstärkte das unverhohlene Lächeln der Zofe ihren Argwohn. Sie schwieg und suchte ihre Verwirrung zu verbergen.

Da trat Petra noch näher an das Bett heran, senkte die Stimme und sagte, wieder ernst:

»Das hier ist für die gnädige Frau abgegeben worden.«

»Ein Brief? Von wem?« fragte Ana mit bebender Stimme und riß Petra das Papier aus den Händen.

Wenn sich dieser Verrückte so weit vergessen haben sollte? Es wäre Wahnsinn!

Als Petra den erschrockenen Ausdruck im Gesicht ihrer Herrin gewahrte, fügte sie hinzu:

»Er muß vom Herrn Generalvikar kommen, denn Teresina, Doña Paulas Zofe, hat ihn gebracht.«

Ana nickte, während sie las.

Petra ging geräuschlos wie eine Katze hinaus. Sie lächelte in Gedanken.

Der Brief des Generalvikars, auf leicht parfümiertem Papier geschrieben und mit einem violetten Kreuz über dem Datum, lautete:

Geehrte gnädige Frau und liebe Freundin!

Heute nachmittag stehe ich von fünf bis halb sechs in meiner Kapelle zu Ihrer Verfügung. Sie werden nicht zu warten brauchen, weil außer Ihnen niemand beichtet. Sie wissen, daß ich heute eigentlich nicht die Beichte höre, aber ich hielt es für besser, Sie für heute nachmittag zu bitten aus Gründen, die Ihnen erklären wird

Ihr sehr ergebener Freund
Fermín de Pas.

Er hatte nicht als Beichtvater unterzeichnet.

Seltsam! Ana hatte seit dem vergangenen Nachmittag nicht mehr an den Generalvikar gedacht. Seit Don Alvaros Erscheinen zu Pferde war ihr die ernste, würdevolle Gestalt des geachteten, geschätzten und bewunderten Seelsorgers kein einziges Mal in den Sinn gekommen. Jetzt erschien er mit einemmal und jagte ihr einen Schreck ein, als hätte er sie bei der Sünde der Treulosigkeit ertappt. Zum erstenmal empfand Ana Scham über ihr unbesonnenes Betragen. Was die Gegenwart Don Víctors in ihr nicht erweckt hatte, erweckte das Bild Don Fermíns. Jetzt hielt sie sich für untreu in Gedanken – doch wie seltsam! –, untreu einem Mann gegenüber, dem sie keine Treue schuldete und nicht schulden konnte!

Es stimmt, dachte sie. Wir waren so verblieben, daß ich morgen früh zur Beichte gehen sollte, und ich habe es vergessen. Jetzt verlegt er die Beichte vor. Ich soll schon heute nachmittag kommen. Unmöglich! Ich bin nicht vorbereitet. Mit diesen Anwandlungen, mit diesem Aufruhr in der Seele! Unmöglich!

Sie kleidete sich hastig an, holte Schreibpapier, das denselben Duft hatte wie das des Generalvikars, bloß stärker, und schrieb mit zitternder, verwirrter Hand, als begehe sie einen Treuebruch, Don Fermín einen liebenswürdigen Brief. Sie belog ihn. Sie schrieb, sie fühle sich nicht wohl, habe ihre Migräne gehabt und bitte ihn, sie zu dispensieren. Sie werde wieder von sich hören lassen.

Den lügnerischen Brief übergab sie Petra mit dem Befehl, ihn augenblicklich an seinen Bestimmungsort zu bringen, ohne daß der gnädige Herr etwas davon merke.

Don Víctor hatte schon zu verschiedenen Malen sein Nichteinverständnis, wie er es nannte, mit diesem häufigen Zur-Beichte-Laufen bekundet. Da er fürchtete, man könnte ihn nicht für energisch genug halten, schlug er jedesmal gewaltigen Lärm, wenn er einmal in Zorn geriet.

Um den Krach, der zwar ohne Folgen blieb, aber dennoch lästig war, zu vermeiden, versuchte Ana, ihre häufigen Abstecher in die Kathedrale vor ihrem Gatten zu verheimlichen.

Der Gute konnte ja nicht ahnen, daß sie zu seinem Besten waren!

Petra war zur Vertrauten und Komplicin dieser harmlosen Heimlichkeiten geworden. Aber die Zofe, die so tat, als glaube sie die Gründe, die ihre Herrin zur Verschleierung ihrer Frömmigkeit angab, vermutete Ruchlosigkeiten dahinter.

Sie begab sich mit dem Brief zum Hause des Generalvikars und dachte dabei unterwegs: Was ich befürchtet habe, gleich zwei: einen Teufel und einen Heiligen. Wie im Himmel also auch auf Erden.

Ana war den ganzen Tag unruhig und unzufrieden mit sich selbst. Sie bereute nicht, ihre Ehre in Gefahr gebracht zu haben, indem sie der verliebten Kühnheit Don Alvaros neue Flügel – wenn auch aus zartem geistigen Flor – verliehen hatte. Es bedrückte sie nicht, den armen Don Víctor zu hintergehen, denn sie behielt ihm ihren Körper, sein legitimes Besitztum vor, aber zu denken, daß sie sich den ganzen letzten Abend kein einziges Mal des Generalvikars erinnert hatte, wo sie doch solch erhabene Gedanken und Gefühle bewegten!

Und obendrein belog sie ihn noch, erzählte sie ihm, daß sie krank sei, um eine Begegnung zu vermeiden. Sie hatte Angst vor ihm! Selbst der freundliche, fast liebevolle Ton des Briefes war falsch. Das war ihrer nicht würdig! Für Don Víctor mußte sie den Körper bewahren, doch mußte sie dem Generalvikar nicht ihre Seele vorbehalten?

Als an diesem Tag – es war Allerseelen – die Dunkelheit hereinbrach, meldete Petra der Präsidentin, die im Park zwischen Frígilis' Eukalyptusbäumen spazierenging, den Besuch des Herrn Generalvikars.

»Zünde die Lampe im Kabinett an und führe ihn einstweilen in den Garten!« sagte Ana überrascht und ein wenig erschrocken.

Der Generalvikar trat durch den Patio in den »Park«. Ana erwartete ihn im Pavillon. Der Abend sei schön, wie im September. Nicht mehr lange, und es sei mit dem schönen Wetter vorbei. Dann fiele der Himmel, eine einzige Wasserflut, auf Vetusta nieder.

All dies sagte man sich zu Anfang. Ana wurde verlegen, als der Generalvikar eine Frage nach ihrer Migräne wagte.

Sie hatte ihre Lüge ganz vergessen! So gut es ging, erklärte sie ihre Anwesenheit im Park trotz der Migräne.

Der Generalvikar fand seinen Argwohn bestätigt. Seine holde Freundin hatte ihn belogen.

Der Geistliche war blaß. Seine Stimme zitterte ein wenig, und er wippte unaufhörlich mit dem Schaukelstuhl, in dem sie ihn Platz zu nehmen gebeten hatte.

Sie sprachen weiter von gleichgültigen Dingen, und Ana wartete ängstlich, daß Don Fermín mit dem eigentlichen Grund seines ungewöhnlichen Besuches herausrückte.

In Wirklichkeit ließ sich der Grund nicht erklären. Es war eine Anwandlung von schlechter Laune gewesen, eine Unbeherrschtheit, die er beinahe schon bedauerte und deren Grund er dieser Dame unter keinen Umständen erklären konnte.

Stumpfnase, jener Geistliche, der Doña Paula als Spitzel diente, hatte die üble Angewohnheit, verkleidet ins Theater zu gehen. Diese Vorliebe hegte er noch aus den Zeiten, da er im Seminar spionierte. Damals hatte ihn der Rektor auf den Olymp geschickt, um die Seminaristen zu verpetzen, die er dort sah. Jetzt ging Stumpfnase auf eigene Rechnung schnüffeln. Er war am Abend zuvor im Theater gewesen und hatte die Präsidentin gesehen. Am Morgen darauf wußte es Doña Paula, und beim Mittagessen fand sie im Laufe des Gesprächs Gelegenheit, die Nachricht wie beiläufig ihrem Sohn mitzuteilen.

»Ich glaube nicht, daß diese Dame gestern im Theater gewesen ist.«

»Ich weiß es von jemandem, der sie gesehen hat.«

Der Generalvikar fühlte sich verletzt und in seiner Eigenliebe gekränkt, als er sich durch die Schuld seiner Freundin lächerlich gemacht sah.

In Vetusta betrachteten nämlich die Frommen und die ganze »religiöse Welt« das Theater während der großen Fasten und an ein paar anderen Tagen im Jahr, zu denen Allerheiligen zählte, als verbotene Zerstreuung. Viele abonnierte Damen hatten ihre Logen am Abend zuvor nicht betreten und auch keinem anderen Zutritt gestattet, um so ihren Protest deutlicher zu zeigen. Die Páez war nicht hingegangen, und Doña Petronila – Konstantin der Große –, die nie hinging, aber für vier Nichten ein Logenabonnement unterhielt, hatte ihnen ebenfalls verboten, sich die Vorstellung anzusehen.

Und Ana, die als Lieblingsbeichtkind des Generalvikars galt, war an einem verbotenen Abend im Theater erschienen, hatte sich über alles hinweggesetzt und damit ihre Nichtachtung frommer Skrupel vor aller Öffentlichkeit dargetan, denn gerade sie besuchte solche Stätten nicht oft. Und dann ausgerechnet an diesem Abend!

Der Generalvikar war verstimmt aus dem Haus gegangen.

Für den Augenblick lag ihm nichts daran, ob sie ins Theater ging oder nicht. Die Zeit würde kommen, wo sich das änderte. Aber die Leute würden reden. Don Custodio, der Archidiakon – alle seine Feinde würden spotten und von der geringen Macht sprechen, die der Generalvikar über seine Beichtkinder habe. Er fürchtete die Lächerlichkeit. Schuld war er selbst, weil er zu lange zögerte, die Schrauben der Frömmigkeit bei Doña Ana anzuziehen.

Er kam in die Sakristei und fand den Erzpriester, den ehrwürdigen Ripamilán, beim Diskutieren, als handle es sich um einen Gang mit dem Degen, so wild fuchtelte er mit den Armen. Sein Widersacher war Señor Mourelo, der Archidiakon, der lächelnd und viel ruhiger bei seiner Behauptung blieb, daß die Präsidentin entweder nicht wirklich fromm sei oder am Abend von Allerheiligen nicht ins Theater hätte gehen dürfen.

Ripamilán schrie:

»Die gesellschaftlichen Verpflichtungen gehen über alles, Señor!«

Der Dekan nahm an dieser Äußerung Anstoß.

»Oh, oh«, sagte er. »Das nun doch nicht, Herr Erzpriester! Die religiösen Pflichten, die religiösen, nun ja, die religiösen . . .«

Und er entnahm mit unsicherer Hand seiner Perlmuttdose eine Prise Schnupftabak. So pflegte er komplizierte Sätze zu beenden.

»Die gesellschaftlichen Verpflichtungen sind tatsächlich sehr achtenswert«, warf der Verwandte des Ministers ein, der die Behauptung ganz im Sinne der königlichen Vormachtansprüche und folglich der Zustimmung eines Neffen des Reichssiegelbewahrers würdig fand.

»Die gesellschaftlichen Verpflichtungen«, entgegnete Gloucester ruhig und katzenfreundlich, aber mit Nachdruck, »die gesellschaftlichen Verpflichtungen sind, mit Ihrer Erlaubnis, sehr achtenswert, doch es ist Gottes Wille, wie Sie in Ihrer unendlichen Güte zugeben werden, daß sie immer im Einklang mit den religiösen Pflichten stehen.«

»Das ist absurd!« rief Ripamilán und tat einen Sprung.

»Absurd?!« sagte der Dekan und klappte die Perlmuttdose zu.

»Ja, absurd!« bestätigte der königstreue Domherr.

»Señores, die Pflichten können einander nicht widersprechen. Die gesellschaftlichen Pflichten können, da sie eine solche Pflicht sind, der religiösen nicht entgegenstehen. Das sagt auch der ehrwürdige Taparelli.«

»Tapa was?« fragte der Dekan. »Gehen Sie mir weg mit deutschen Autoren! Dieser Mourelo ist immer ein Ketzer gewesen.«

»Meine Herren, wir sind vom Thema abgekommen!« schrie Ripamilán. »Es geht darum . . .«

»Keineswegs«, widersprach Gloucester, der in Gegenwart Don Fermíns seine These von der lauen Frömmigkeit der Präsidentin nicht aufrechterhalten wollte.

Er lenkte den Disput geschickt auf philosophisches Gebiet und von da auf theologisches, was eine Wirkung hatte, als gösse man Wasser ins Feuer. All diese hochwürdigen Herren hatten vor der heiligen Wissenschaft einen heillosen Respekt, der sich darin äußerte, daß sie nie über »hohe Dinge« sprechen wollten.

Dem Generalvikar genügte, was er beim Betreten der Sakristei gehört hatte, um zu verstehen, daß man die Sache mit dem Theater erörtert hatte. Seine Laune verschlechterte sich noch mehr. Ganz Vetusta wußte es also. Sein geistlicher Einfluß hatte an Kredit verloren, und die das alles verschuldet hatte, besaß die Grausamkeit, ihm eine Aussprache abzuschlagen. Er hatte sie ihr gewährt, um ihr zu sagen, daß sie nicht mehr frühmorgens beichten solle, sondern am Nachmittag, weil sie dann bei den Betschwestern kein so außergewöhnliches Aufsehen erregten. Sie müssen zusammen mit den anderen beichten, hatte er sagen wollen, und dazu noch an ein paar anderen Tagen, wo man nicht weiß, daß ich die Beichte höre. Ich gebe Ihnen Bescheid, und dann können wir ausführlicher miteinander sprechen. All das hatte er ihr an diesem Nachmittag sagen wollen, und sie ließ ihm antworten, daß sie Migräne habe!

Bei den Páez' hatte man ihn ebenfalls auf diesen skandalösen Theaterbesuch hin angesprochen. Es seien verschiedene Damen dort gewesen, die versprochen hätten, nicht hinzugehen, und auch

Ana Ozores sei dagewesen, obwohl sie sonst nie ins Theater ginge.

Schnaubend war der Generalvikar von den Páez' weggegangen. Das spöttische Lächeln Olvidos, die schon eifersüchtig wurde, hatte ihn wütend gemacht.

Ohne zu bedenken, was er tat, war er geradewegs zur Plaza Nueva gegangen und hatte an der Tür der Präsidentin geklopft. Deshalb war er hier.

Wer sollte solch einen Grund für einen Besuch angeben?

Als er sah, daß Ana gelogen hatte, daß sie wohlauf war und nur einen Vorwand gesucht hatte, um nicht zu der Aussprache zu kommen, schlug die schlechte Laune Don Fermíns in Zorn um, und er benötigte all seine gewohnte Willenskraft, um sich zu beherrschen und weiter zu lächeln.

Was hatte er für Rechte über diese Frau? Gar keine. Wie sollte er sie bändigen, wenn sie aufbegehren wollte? Er sah keine Möglichkeit. Mit der Angst vor der Religion? Unsinn. Mit der Religion würde er dieser Dame nie Angst einjagen. Mit Überredung, Interesse, Liebe? Er konnte sich nicht rühmen, sie überredet, interessiert und schon gar nicht auf die vergeistigte Art, die ihm vorschwebte, Liebe in ihr erweckt zu haben.

Es blieb kein anderer Ausweg als die Diplomatie. Demütige dich, und du wirst dich erheben, war sein Wahlspruch, der nichts mit der Verheißung des Evangeliums gemein hatte.

Da es so aussah, als sollte das unverbindliche Gerede ins Uferlose weitergehen, machte der Generalvikar, der sich nicht entfernen wollte, ohne etwas unternommen zu haben, den nichtssagenden Worten mit einer langen Pause und einem tiefen, traurigen Blick zum bestirnten Himmelsgewölbe ein Ende. Er saß am Eingang des Pavillons.

Die Nacht war schon angebrochen, aber hier war es nicht kalt, oder sie spürten die Kälte wenigstens nicht. Als Petra melden gekommen war, daß das Licht im Kabinett angezündet sei, hatte Ana geantwortet:

»Gut. Wir kommen gleich.«

Der Generalvikar hatte eingewandt, daß es nicht schlecht wäre, ein bißchen an der frischen Luft zu sitzen, wenn Ana sich wieder wohl fühle.

Das Schweigen Don Fermíns und sein Blick zu den Sternen zeigten der Dame, daß es sich um etwas Schwerwiegendes handeln mußte.

Und so war es. Der Generalvikar sagte:

»Ich habe Ihnen noch nicht erklärt, weshalb ich Sie bat, heute nachmittag in die Kathedrale zu kommen. Ich wollte Ihnen sagen, und deshalb bin ich auch hier, abgesehen davon, daß ich gern wissen wollte, wie es Ihnen geht, ich wollte Ihnen also sagen, daß ich es nicht länger für angebracht halte, daß Sie des Morgens zur Beichte kommen.«

Ana fragte mit den Augen nach dem Grund.

»Es sprechen verschiedene Gründe dafür. Don Víctor, der es, wie Sie mir sagten, nicht gern sieht, daß Sie allzuoft in die Kirche gehen, und schon gar nicht, daß Sie deswegen zeitig aufstehen, wird sich, wenn Sie am Nachmittag kommen, nicht so sehr beunruhigen, und es vielleicht viele Male überhaupt nicht erfahren. Darin liegt keine Täuschung. Wenn er fragt, sagt man ihm die Wahrheit, aber wenn er schweigt, sagt man nichts. Da es sich um etwas Unschuldiges handelt, ist keine Täuschung und nicht die Spur von Verstellung dabei.«

»Das stimmt.«

»Ein weiterer Grund: Morgens höre ich nur selten die Beichte, und diese Ihnen zuliebe gemachte Ausnahme gibt meinen zahllosen Feinden Anlaß zu allerlei Gerede.«

»Sie haben Feinde?«

»Oh, meine Freundin! Zählen Sie die Sterne, wenn Sie können« – und er deutete zum Himmel –, »die Zahl meiner Feinde ist unendlich wie die der Sterne.«

Der Generalvikar lächelte wie ein Märtyrer auf dem Flammenstoß.

Doña Ana spürte schreckliche Gewissensbisse, daß sie diesen heiligen Mann, der wegen seiner Tugenden verfolgt wurde und sich nicht einmal beklagte, belogen und vergessen hatte. Dieses Lächeln und der Vergleich mit den Sternen schnitten Ana ins Herz. Er hat Feinde! dachte sie, und es wandelte sie das heftige Verlangen an, ihn gegen alle zu verteidigen.

»Außerdem«, fuhr Don Fermín fort, »gibt es Damen, die sich für sehr fromm halten, und Caballeros, die glauben, die Religion gepachtet zu haben. Die verbringen ihre Zeit damit, zu beobachten, wer in den Kapellen der Kathedrale aus und ein geht, wer oft beichtet, wer saumselig ist, wie lange die Beichten dauern ... und auch dieses Gerede machen sich meine Feinde zunutze.«

Die Präsidentin errötete, ohne genau zu wissen, weshalb.

»So daß es also, meine liebe Freundin«, fuhr de Pas fort, der es nicht für zweckmäßig hielt, bei dem letzten Punkte zu verweilen, »so daß es also besser sein wird, wenn Sie zur gewöhnlichen Zeit mit den andern zusammen kommen. Und manchmal, wenn Sie mir viel zu sagen haben, lassen Sie es mich rechtzeitig wissen, und ich nenne Ihnen eine Stunde an den Tagen, wo ich nicht dran bin. Das wird dann niemand erfahren, denn sie werden ja nicht so niederträchtig sein, uns nachzuschleichen.«

Der Präsidentin erschien das mit den Ausnahmetagen riskanter als alles andere, aber sie wollte Don Fermín nicht widersprechen.

»Señor, ich will alles tun, was Sie sagen, und werde kommen, wann Sie es wünschen. Ich setze absolutes Vertrauen in Sie. Einzig Ihnen auf der Welt habe ich mein Herz geöffnet, Sie wissen alles, was ich denke und fühle. Von Ihnen erhoffe ich Licht in der Finsternis, die mich so oft umgibt.«

Als Ana soweit gekommen war, merkte sie, daß ihre Sprache hochtönend war, daß sie gar nicht zu ihr paßte, und hielt inne. Diese Worte klangen geschraubt, aber sie wußte ihre Besorgnisse nicht anders auszudrücken, wollte sie nicht allzu deutlich werden.

Der Generalvikar, der nicht auf die Redeweise achtete, empfand ein wenig Trost, als er seine Freundin so sprechen hörte.

Er belebte sich und sprach von dem, was in ihm fraß.

»Nun, meine Tochter, so will ich denn diese mir eingeräumte Macht gebrauchen oder vielleicht mißbrauchen und mir erlauben, Sie ein wenig auszuschelten.«

Ein erneutes Lächeln und einer der seltenen eindringlichen Blicke, die er sich gestattete.

Ana empfand kindliche Furcht, die sie sehr verschönte, wie de Pas bemerkte. »Sie sind gestern im Theater gewesen.«

Die Präsidentin riß die Augen weit auf, als frage sie unbedacht: Ja, und?

»Sie wissen bereits, daß ich im allgemeinen nichts auf die Vorurteile gebe, die viele kleine Geister für Religion halten. Ihnen ist es nicht nur erlaubt, zu den Vorstellungen zu gehen, sondern es ist Ihnen sogar zuträglich. Sie brauchen Zerstreuung. Ihr Herr Gemahl verlangt genau das Richtige. Aber gerade gestern, an einem verbotenen Tag.«

»Ich habe nicht daran gedacht. Ich glaubte auch nicht, daß ... In Wahrheit fand ich nichts dabei.«

»Das ist natürlich, Anita, das ist nur zu natürlich. Aber darum geht es nicht. Für Sie war das Theater gestern dasselbe unschuldige Vergnügen wie an sonst einem Tag im Jahr. Aber es ist nun einmal so, daß das fromme Vetusta, das letzten Endes unser Vetusta ist und – ob es nun gewisse Vorstellungen übertreibt oder nicht – unserem Standpunkt am nächsten kommt, daß dieser achtenswerte Teil der Bevölkerung im Verstoß gegen gewisse fromme Bräuche ein Ärgernis sieht.«

Ana zuckte die Schultern. Das verstand sie nicht. Ein Ärgernis! Wo sie sich im Theater von einem erhabenen Gedanken zum anderen erhoben, ein künstlerisch-religiöses Entzücken empfunden hatte, das sie erbaute!

Der Generalvikar erkannte mit einem einzigen Blick, daß seine Patientin – war er doch ein Arzt der Seele – sich weigerte, die Medizin zu nehmen. Und er dachte in Erinnerung an das Gleichnis von dem Berghang: Sie sträubt sich gegen zu große Steigung. Machen wir's ihr leichter!

»Meine Tochter, das Übel liegt nicht darin, daß Sie irgendwelchen Schaden genommen hätten. Ihre Tugend läuft durch das Geschehene nicht die geringste Gefahr, aber mein kleiner Stolz als Arzt? Ein Kranker, der sich mir widersetzt? Das hört sich vielleicht nach nichts an. Aber man hat darüber geredet und gesagt, daß die Beichttöchter des Generalvikars seine Strenge nicht sehr fürchten müssen, wenn sie in den ‚Don Juan Tenorio' gehen, statt für die Verstorbenen zu beten.«

»Man hat darüber gesprochen?«

»Und ob! Im Vinzenzverein, bei Doña Petronila, die Sie in Schutz nahm, und selbst in der Kathedrale. Señor Mourelo äußerte Zweifel an der Frömmigkeit von Doña Ana Ozores de Quintanar.«

»Das heißt also, ich bin unbesonnen gewesen und habe Sie lächerlich gemacht?«

»Um Gottes willen, meine Tochter! Diese Phantasie, Anita, diese Phantasie! Wann werden wir ihrer wohl Herr werden? Lächerlich! Unbesonnen! Mich können nur Handlungen lächerlich machen, für die ich verantwortlich bin. Anders verstehe ich die Lächerlichkeit nicht. Sie sind nicht unbesonnen gewesen, sondern unschuldig. Sie haben nicht an die müßigen Zungen gedacht. Das alles hat nichts zu sagen, und Sie können sich denken, was ich auf solch leeres Geschwätz gebe. Alles war nur ein Scherz. Um zu einem wichtigeren Punkt zu kommen, der das berührt, was uns interessiert: die Heilung Ihres Geistes, soweit sie vom Moralischen abhängt. Sie kennen meine Ansicht, daß ein guter Arzt – nicht gerade Señor Somoza, der ein vortrefflicher Mann, aber ein recht mittelmäßiger Arzt ist – mir viel dabei helfen könnte.«

Schweigen. Der Generalvikar wandte den Blick von den Sternen ab, rückte seinen Schaukelstuhl ein bißchen näher an die Präsidentin heran und fuhr fort:

»Anita, obwohl ich mich im Beichtstuhl erkühne, zu Ihnen wie ein Seelenarzt und nicht nur wie ein Priester zu sprechen – die ernsten Gründe dafür kennen Sie ja –, obwohl ich dort ein annähernd genaues Bild davon gewonnen habe, wie es um Sie steht, glaube ich dennoch« – seine Stimme bebte, er fürchtete, zuviel zu wagen –, »glaube ich, daß bei unseren Aussprachen mehr herauskäme, wenn wir hin und wieder auch außerhalb der Kirche über unsere Angelegenheiten redeten.«

Anita, die im Dunkeln saß, spürte, wie sie rot wurde, und sie sah zum erstenmal, seit sie mit ihm zu tun hatte, im Generalvikar einen Mann, einen schönen, starken Mann, der bei gewissen übelgesonnenen Leuten im Rufe stand, den Frauen nicht abhold und auch nicht eben schüchtern zu sein. In der Stille, die auf die Worte des Generalvikars folgte, hörte man das heftige Atmen seiner Freundin. Don Fermín fuhr ruhig fort:

»In der Kirche ist etwas, was einem Zurückhaltung auferlegt und es einem verbietet, auf viele interessante Punkte näher einzugehen. Immer sind wir in Eile, und ich kann mich nicht von meiner Eigenschaft als Richter lösen, ohne an diesem Ort gegen meine Pflicht zu verstoßen. Sie selbst sprechen dort nicht mit der Unbefangenheit und Ausführlichkeit, die unerläßlich sind, damit ich alles verstehe, was Sie sagen wollen. Außerdem gehört es dort nicht zur Sache, über das zu sprechen, was keine Sünde oder zumindest der Weg zu ihr ist. Über die guten Eigenschaften beispielsweise zu sprechen ist fast eine Profanation. Darum geht es dort nicht. Und dennoch ist es für unseren Zweck ebenso unerläßlich. Sie sind belesen und wissen genau, daß viele Geistliche, die über Sitten und Charakter der Frau ihrer Zeit geschrieben haben, die Schatten zu dick aufgetragen, das Bild zu schwarz gemalt haben, weil sie von der Frau im Beichtstuhl sprechen, die ihre Verirrungen erzählt und sie lieber übertreibt als verschweigt und die, wie es dort nur natürlich ist, nicht von ihren Tugenden, ihren guten Seiten spricht. Dafür mögen als Beispiel, um in Spanien zu bleiben, der berühmte Erzpriester von Hita, Tirso de Molina und viele andere dienen.«

Ana hörte mit leicht offenem Munde zu. Dieser Mann bezauberte sie mit seiner sanft dahinfließenden Rede. Sie dachte nicht mehr an die plumpen Verleumdungen seiner Feinde. Sie hatte vergessen, daß er ein Mann war, und hätte sich ihm ohne Furcht auf die Knie gesetzt, was, wie sie gehört hatte, die Damen bei den Herren in der New Yorker Straßenbahn taten.

»Also gut«, fuhr Don Fermín fort, »wir brauchen die ganze Wahrheit, nicht nur die häßliche, sondern auch die schöne. Weshalb das Gesunde heilen wollen? Warum ein heiles Glied abschneiden? Viele Dinge, von denen Sie, wie ich bemerkt habe, in der Kapelle nicht zu sprechen wagen, würden Sie mir, dessen bin ich sicher, beispielsweise hier ohne Bedenken darlegen, und diese freundschaftlichen, vertraulichen Mitteilungen sind es, die ich vermisse. Überdies tut es Ihnen not, nicht nur getadelt und gerügt, sondern auch ermutigt zu werden, indem man das viele Gute aufrichtig und großherzig lobt, das in gewissen Vorstellungen und Handlungen liegt, die Sie für völlig schlecht halten. Und im Beichtstuhl darf man keinen Mißbrauch mit dieser notwendigen Untersuchung machen, die genaugenommen mit dem Beichtgericht nichts zu tun hat. Und nun genug der Argumente! Sie haben mich genau verstanden, aber da es mir gerade einfällt, soll noch ein allerletztes folgen. Wenn wir über unsere Fragen außerhalb der Kathedrale sprechen, brauchen Sie nicht so oft zu beichten, und niemand wird wissen, ob Sie das Sakrament zu oft nehmen oder nicht. Außerdem können wir dann die Abrechnung der größeren und kleineren Sünden an den Beichttagen schneller erledigen.«

Der Generalvikar war selbst starr ob seiner Kühnheit. Dieser Plan, den er nicht vorbereitet hatte, der nur ein verschwommener Gedanke gewesen war, unzählige Male als zu gewagt verworfen, war ein dreister Vorstoß der Leidenschaft gewesen, der die Präsidentin vielleicht erschreckt hatte und sie die Absicht ihres Beichtigers ahnen ließ. Nach dieser Verwegenheit wartete der Generalvikar zitternd auf Anas Antwort.

Treuherzig, entzückt über das Vorhaben und von den dargelegten Gründen überzeugt, sprudelte die Präsidentin, wie sie es hin und wieder tat, ihre Zustimmung hervor und gab den von ihrem Freund vorgebrachten Gründen mit der Wärme ihrer poetischen Gedanken neuen Nachdruck.

O ja, da sei besser, vorausgesetzt, man führe in der Kirche das begonnene gute Werk fort, um Gott zu geben, was Gottes sei. Ana nahm diese mildtätige Freundschaft an, die sich ihr darbot, um ihre vertraulichen Geständnisse zu hören, Ratschläge zu erteilen, sie in der Finsternis ihrer Seele zu trösten, die sie so oft quälte.

Der Generalvikar hörte jetzt versonnen, in Schweigen gehüllt, zu. Er lehnte den in den Schatten getauchten Kopf an eine Eisenstange des Pavillongerüsts, an dem sich Jasmin und Geißblatt emporrankten. Anas Gesprächigkeit klang ihm wie Musik in den Ohren, die zutraulichen Worte aus dem Herzen dieser Frau, die sich beim Sprechen über ihre Kümmernisse in der Hoffnung auf Trost ereiferte, fielen wie ein Regen duftenden Wassers in sein Gemüt.

Man hörte nichts außer Anas sanfter Stimme und dann und wann das Rascheln der Blätter, die von den Bäumen fielen oder von dem kaum spürbaren Windhauch über den Kies der Wege geschleift wurden.

Beide, der Generalvikar und die Präsidentin, hatten die Zeit vergessen.

»Ja«, sagte sie, »Sie haben hundertmal recht, ich brauche ein Wort der Freundschaft und des guten Rates an den vielen Tagen, da mich dieser Überdruß befällt, der all meine guten Gedanken austreibt und nur Trauer und Verzweiflung zurückläßt.«

»O nein, das nicht, Anita! Verzweiflung! Was für ein Wort!«

»Sie können sich nicht vorstellen, wie mir gestern nachmittag zumute war.«

»Sehr mißgestimmt, nicht wahr? Die Glocken ...?«

Der Generalvikar lächelte.

»Lachen Sie nicht! Es mögen die Nerven sein, wie Quintanar sagt, oder was auch sonst, aber ich war erfüllt von einem tödlichen Überdruß, der eine große Sünde sein müßte, wenn ich etwas dagegen tun könnte.«

»So darf man das nicht sagen!« fiel ihr der Generalvikar ins Wort und legte die größte Zartheit, deren er fähig war, in die Stimme. »Dieser Überdruß wäre keine Sünde, auch wenn man etwas dagegen tun könnte. Aber Gott sei Dank, man will und kann ihn ja heilen, und darum geht es, meine liebe Freundin.«

Anita, die sich an ihren Geständnissen berauschte, wenn sie wußte, daß ihr Vertrauter sie verstand, entschloß sich, dem Generalvikar auch »das übrige« zu sagen, das, was nach dem Weltschmerz dieses Nachmittags gekommen war. Sie verhehlte nichts, als was sie für puren Zufall hielt, doch von Don Alvaro und dem weißen Pferd sagte sie nichts.

»Zu anderen Malen«, erklärte sie, »löst sich diese innerliche Dürre in Tränen auf, im Verlangen nach Aufopferung und Vorsätzen von Entsagung. Sie wissen es ja. Aber gestern nahm die Erregung einen anderen Verlauf. Ich weiß nicht, ich kann es nicht richtig erklären. Buchstäblich genommen, ist es Sünde, ist es Aufbegehren, ist es etwas Schreckliches, aber so, wie ich es fühle, nicht.«

Nun vernahm der Generalvikar, was in jenen Stunden der Empörung in der Seele seiner Freundin vorgegangen war. Obwohl sie nicht genau erklärte, was sie gefühlt und gedacht, verstand er sie vollkommen.

Mehr Mühe kostete es ihn zu erraten, wie Ana durch den »Don Juan Tenorio« dazu gekommen war, an Gott zu denken, eine zarte, tiefe Frömmigkeit zu spüren.

Ana erklärte, sie sei vielleicht nicht ganz richtig im Kopfe, aber es sei nichts Neues bei ihr, es sei ihr bei Theaterstücken, die nichts Religiöses hatten, schon oft passiert, daß sie ganz allmählich den Einfluß einer trostbringenden Frömmigkeit gespürt habe, Tränen der Liebe zu Gott, eine unendliche Hoffnung, grenzenloses Mitleid und offenkundigen Glauben. Eines Tages, nachdem sie einem armen Kinde eine Peseta geschenkt, damit es sich auch so einen Luftballon kaufe wie die anderen Kinder, habe sie ihr Gesicht verbergen müssen, damit man sie nicht weinen sah. Diese Tränen, die zunächst bitter gewesen, seien danach durch die Vorstellungen, die allmählich in ihrem Kopf aufkeimten, süßer geworden, und Gott sei eine machtvolle Stimme in ihrer Seele gewesen, eine Hand, die sanft über die Wunden in ihrem Inneren strich. Nun, am letzten Abend sei etwas Ähnliches geschehen, als sie die arme Novizin, Schwester Inés, Don Juan in die Arme sinken sah. Der Herr Generalvikar könne daraus entnehmen, daß es keine eben sehr religiöse Situation gewesen sei. Nun gut, es sei mit ihr, von einem Augenblick zum anderen, als sie Mitleid mit dieser unschuldigen Verliebten spürte, auf einmal dahin gekommen, daß sie an Gott gedacht, daß sie Gott geliebt und ihn ganz nahe gefühlt habe, genau wie an dem Tag, als sie einem armen Kind einen bunten Luftballon schenkte. Was bedeute das? Sie wisse nur zu gut, daß es keine wahre Frömmigkeit sei, daß sie mit Anwandlungen dieser Art nichts bei Gott gewinne. Aber ob es nicht auch etwas mehr als bloß die Nerven seien? Ob es gefährliche Anzeichen eines abenteuerlichen, überspannten, von Kindheit an verbildeten Geistes seien?

Von allem etwas. Der Generalvikar bemühte sich, die Exaltation, die von seiner Freundin auf ihn übergegriffen hatte, zu unterdrücken. Er wollte mit aller Ruhe und Überlegung sprechen. Es sei etwas von allem dabei. Er sehe einen reichen Schatz an Gefühlen, den man für die Tugend nutzbar machen könne, aber er sehe auch eine Gefahr. Am letzten Abend sei sie sehr groß gewesen – er sagte dies, ohne ein Wort von Don Alvaros Anwesenheit in Anitas Loge zu wissen –, und man müsse die Wiederholung solcher Vorkommnisse verhindern.

Die Präsidentin habe von einer unbezähmbaren Unrast gesprochen, von der Sehnsucht, mehr und stärker zu empfinden, für etwas mehr zu leben und nicht nur wie die andern zu vegetieren. Sie habe auch von einer universalen Liebe gesprochen, die nicht lächerlich sei, sosehr auch die, die sie nicht verständen, darüber spotten mochten. Sie habe sich selbst zu der Erklärung aufgerafft, daß sie eine Heuchlerin sei, wenn sie behauptete, daß ihr, um ihre Sehnsüchte zu stillen, die sanfte, kalte, prosaische, zerstreute Liebe Quintanars genüge, der ganz im Theater, in seinen Sammlungen, seinem Freund Frígilis und der Jägerei aufgehe.

»All das«, schloß der Generalvikar nach seiner Zusammenfassung, »streifte vom rein Religiösen schon ans Sündhafte.«

»Ja, wenn man es so sagt, wie ich es ausgedrückt habe, schon, aber nicht, wie ich es fühle. Oh, ich bin sicher, daß so, wie ich es fühle, nichts von all dem Gesagten Sünde ist – wenn man es nur fühlt. Gefahr liegt darin, das will ich nicht bestreiten, aber Sünde nicht! Und dann, wenn man es in Worte kleidet, ist es sogar lächerlich, klingt es nach dummer, platter Romantik, ich weiß. Aber das ist es nicht!«

»Ich verstehe es schon, wie Sie es meinen, nicht wie Sie es sagen, meine Freundin. Sie müssen mir glauben. Ich verstehe es, wie es ist. Aber dessenungeachtet liegt Gefahr darin, die an Sünde grenzt, weil es Gefahr ist. Lassen Sie mich reden, Anita, und Sie werden sehen, wie wir uns verstehen. Die Gefahr grenzt, wie ich sagte, an Sünde, aber ich muß hinzufügen, daß eindeutig Sünde daraus würde, wenn Sie nicht all die Energie Ihrer glühenden Seele auf einen ihrer würdigen Gegenstand richten, auf einen Gegenstand, würdig einer ehrbaren Frau, Ana. Wenn wir zulassen, daß diese Anwandlungen wiederkehren, ohne für sie eine tugendhafte Aufgabe, eine heilsame Übung bereitzuhalten, dann nehmen sie den kürzesten Weg, den der Sünde, glauben Sie mir, Anita. Es ist fromm und gut, daß sich Ihre Gedanken Gott zuwenden, wenn Sie einem Kind einen bunten Luftballon schenken, daß Sie fühlen, was Sie die Gegenwart Gottes nennen. Wenn in dem, was Sie sagen, eine Spur Pantheismus sein sollte, ist es nicht weiter gefährlich, weil Sie es sind, und ich würde es in jedem Fall auf mich nehmen, dieses Übel mit der Wurzel auszurotten. Aber darum geht es jetzt nicht. Es ist weder fromm noch gut, liebe Freundin, wenn Sie beim Anblick eines Wüstlings in der Zelle einer Nonne . . . oder der Nonne im Hause des Wüstlings und in seinen Armen . . . wenn Sie Ihre Gedanken anläßlich der Umarmung dieses frevelnden Paares auf Gott richten. Das ist von Übel, das heißt, die natürlichen Wege der Frömmigkeit, die gesunde Moral mit eigensüchtigem Stolz mißachten, danach zu trachten, durch Abgründe, Morast und alle mögliche Fäulnis dorthin zu gelangen, wohin die Gerechten auf ganz anderen Wegen finden. Verzeihen Sie mir, wenn ich mit solcher Strenge spreche. In diesem Augenblick ist sie unerläßlich.«

Der Generalvikar machte eine Pause, um zu beobachten, ob Ana Mühe beim Erklimmen der Steigung hatte, die er ihr in den Weg legte.

Ana schwieg und sann, in sich gekehrt, ernst, in ihre Gedanken versunken, über die Worte des Beichtigers nach. Sie war sich dessen nicht bewußt, aber ihr gefiel dieses energische Auftreten, sie hatte Freude am Widerspruch, schätzte die starken, fast harten Worte des Generalvikars höher als Schmeicheleien und Lobessprüche.

Der Beichtiger schlug mildere Saiten an und fuhr fort:

»Es ist notwendig und dringlich, sehr dringlich, diese guten Neigungen, diese fromme Veranlagung auszunützen. So will ich sie für jetzt nennen, denn es ist hier nicht die passende Gelegenheit, Ihnen die Abstufungen, Wege und Abwege der Gnade zu erklären. Eine äußerst heikle, gefährliche Materie! Ich sagte, man müsse sich diese Hinneigung zur Frömmigkeit und Kontemplation, die schon sehr alt in Ihnen ist, denn Sie haben sie aus der Kindheit mitgebracht, zum Wohle der Tugend . . . und mittels heiliger Dinge nutzbar machen. Hier haben Sie den

Grund, warum viele Beschäftigungen Ihre Seele mit frommer Energie erfüllen und Ihre Triebe mit, wie Sie sagen, universeller Liebe befriedigen. Nun, dies alles, meine Tochter, Befriedigung und Pflichterfüllung in dem scheinbar prosaischen und selbst inhaltslosen Leben – wie es Doña Obdulia nennen würde – kann von einer frommen Frau erreicht werden, von einer ... Kirchgängerin, um einmal dieses häßliche, anstößige Wort zu gebrauchen. Ja, liebe Freundin« – der Generalvikar lachte, als er das sagte –, »was Sie brauchen, um diesen grenzenlosen Durst nach Liebe zu stillen, ist, eine Kirchgängerin zu werden. Und jetzt bin ich es, der Sie bittet, mich zu verstehen, mich nicht beim Buchstaben zu nehmen und den Geist wegzulassen. Man muß wahrhaft fromm sein, das heißt, sich nicht damit begnügen, sich religiös und eine Christin zu nennen, dabei aber wie eine Heidin zu leben, indem man an diese vulgäre Auffassung glaubt, daß es auf das Wesentliche ankomme, daß die Einzelheiten des Kults und des Dogmas nur etwas für beschränkte, kleinliche Geister seien. Nein, meine Tochter, alles ist wesentlich! Auf die Form kommt es auch an. Und es scheint nur natürlich, daß Gott zu einer Frau, die ihn lieben will, sagt: Mein Kind, um dich meiner zu erinnern, darfst du nicht den Einfall Zorrillas brauchen, die Liebe einer Nonne und eines Wüstlings zu schildern. Komm in meinen Tempel, dort werden die Sinne von der Seele Anregung zum Beten, zur Andacht und für die Glaubenstaten Hoffnung und Nächstenliebe finden, die die Quintessenz meiner Religion sind.«

Als Anita diese familiäre, fast scherzhafte Sprache des Generalvikars bei solch großen, erhabenen Dingen vernahm, kamen ihr Tränen und Lachen zugleich, und sie weinte unter Lachen.

Die Nacht brach schnell herein. Der Kathedralenturm, der die beiden im Pavillon durch den Nebel, der um ihn herum aufzusteigen begann, von weitem beobachtete, ließ drei Glockenschläge wie eine Mahnung hören. Ihm schien, sie hätten nun genug geredet. Aber sie hörten dieses Zeichen des wachestehenden Turmes nicht.

Petra war es, die in der Dämmerung des Patio vor sich hinbrummte:

»Dreiviertel acht! Und sie zeigen keinerlei Neigung aufzuhören!«

Die Zofe brannte vor Neugier und riskierte auf Zehenspitzen ein paar Schritte zum Pavillon hin, wobei sie sich bemühte, nicht auf die dürren Blätter zu treten, um kein Geräusch zu machen. Aber sie hatte Angst, gesehen zu werden, und zog sich wieder in den Patio zurück, von wo aus sie nur leise Stimmen, keine einzelnen Worte hören konnte. Sie gewahrte, daß Anselmo die Vestibültür öffnete und der Herr hinaufging. Petra lief ihm entgegen. Wenn er sie nach der gnädigen Frau fragen sollte, war sie entschlossen zu lügen, zu sagen, sie sei wegen irgendeiner häuslichen Verrichtung in den zweiten Stock oder auf den Dachboden gestiegen. Sie war darauf eingerichtet, den Besuch des Generalvikars zu verschweigen, ohne daß es ihr jemand befohlen hätte. Sie glaubte, es sei an der Zeit, den Wünschen ihrer Herrin und ihres Freundes Don Fermín zuvorkommen zu müssen. Hatte sie nicht Briefe überbringen sollen mit dem ausdrücklichen Vermerk, der gnädige Herr brauche nichts davon zu wissen? Nun, was brauchte er dann zu wissen, daß sie schon über eine Stunde im Dunkeln im Pavillon miteinander plauderten?

Quintanar fragte nicht nach seiner Frau. Das war bei ihm nichts Neues. Er vergaß sie oft, besonders, wenn ihn etwas beschäftigte. Er bat um Licht für sein Arbeitszimmer, setzte sich an den Tisch, schob Bücher und Papiere zur Seite und legte ein Paket auf die Schreibplatte, das er unter dem Arm trug. Es enthielt eine Maschine zum Patronenfüllen für die Jagdflinte. Er hatte soeben mit Frígilis gewettet, daß er soundsoviel Dutzend Patronen in einer Stunde füllen werde, und war entschlossen, den Beweis gleich anzutreten. Er dachte an nichts anderes. Das Licht kam. Mit vor lauter Zerstreutheit durchdringenden Augen blickte Quintanar Petra an. Die Zofe wurde verwirrt.

»Hör mal!«

»Gnädiger Herr?«

»Nichts. Hör mal!«

»Gnädiger Herr?«

»Geht diese Uhr?«

»Ja, gnädiger Herr, Sie haben sie gestern aufgezogen.«

»So daß es also jetzt zehn Minuten vor acht ist?«

»Ja, gnädiger Herr.«

Petra zitterte, war aber weiterhin entschlossen zu lügen, wenn er sie nach der gnädigen Frau fragen sollte.

»Gut. Du kannst gehn.«

Und Don Víctor begann in großer Eile Patronenhülsen zu füllen. Inzwischen hatte der Generalvikar umständlich erklärt, was er mit dem frommen Leben meinte.

Es sei nun an der Zeit, daß Ana versuche, den Weg zur Vollendung zu beschreiten. Die Vorbereitungen könnten als abgeschlossen betrachtet werden.

»Sie werden sehen«, sagte der Generalvikar, »wie einmal der Tag kommen wird, da Sie keinen Zorrilla oder sonst einen Dichter mehr brauchen, um vor Rührung zu weinen und sich von einem Augenblick zum andern, wie Sie sagen, zur heiligen Idee Gottes zu erheben. Die Kirche, meine Tochter, besitzt großen Spürsinn, um den Weg ins Innere der Menschen zu finden. Sie werden sehen, Sie werden sehen, wie Sie die Weisheit unserer Mutter Kirche in vielen Riten, in vielen Zeremonien und der Prachtentfaltung des Kults erkennen werden, die Ihnen jetzt vielleicht belanglos und nebensächlich erscheinen. Unsere Kirchenfeste! Welch wunderschöne Sache, meine liebe Tochter! Da wird zum Beispiel der Heilige Abend kommen, und Sie werden sich in Ihrer starken Phantasie die Szenen voll reiner Poesie bei der Geburt Jesu ausmalen. Was Ihnen bereits als Trivialität von Weihnachtsliedern erschienen ist, wird für Sie wieder zu großer Dichtung, zu einem Quell der Rührung werden, und Sie werden in Gedanken an das Christkindlein weinen. Und dann werden Sie mir sagen, ob diese Tränen süßer und erfrischender sind als die, die Ihnen gestern abend der gute Don Juan Tenorio entlockt hat.

»Man braucht nicht zu den Predigten jedes ersten besten zu gehen«, fuhr de Pas fort. »Mitunter enthält das Wort eines armen Dorfpfarrers in seiner rauhen Schlichtheit Schätze an Wahrheit, bewundernswerte, treffende Lehren, Züge einer einfachen, tiefschürfenden Philosophie, neue, der Bibel würdige Gleichnisse. Da dies aber nur selten der Fall ist, empfiehlt es sich, zu den Predigten angesehener Redner zu gehen. Hören Sie sich den Herrn Bischof an den Tagen an, da er glänzen will! Hören Sie sich die anderen guten Prediger an, die wir haben! Und wenn es nicht unzulässige Eitelkeit wäre, würde ich hinzufügen, hören Sie auch mich hin und wieder an, wenn es Gott gefällt, daß ich mich nicht ganz und gar unverständlich ausdrücke! Ja, denn ebenso, wie es Dinge gibt, die man von der Kanzel aus nicht sagen kann, die den Beichtstuhl oder die vertrauliche Aussprache fordern, gibt es andere, die die Kanzel verlangen, die unter vier Augen auszusprechen lächerlich wäre. Zum Beispiel einiges von dem, worauf ich Sie bezüglich dieser vagen, scheinbaren Visionen von Gott als Vorstellung aufmerksam machen muß.

Anflüge von Pantheismus, meine Tochter, ohne daß Sie es merken.«

Noch mehr sprach der Generalvikar, um den Plan eines frommen Lebens darzulegen, dem sich seine Freundin vom nächsten Tage an mit Leib und Seele verschreiben müsse, und behandelte zum Schluß besonders ausführlich die Frage der Lektüre.

»Es genügt, das Leben der heiligen Kirchenlehrerin und von Maria de Chantal, der heiligen Johanna Franziska, zu lesen, vorausgesetzt, man versteht, zwischen den Zeilen zu lesen, um sich allmählich zu vervollkommnen. Zu Beginn ist die Entmutigung, die der Vergleich zwischen dem eigenen Leben und dem der Heiligen mit sich bringt, eine große Gefahr. Wehe Ihnen, wenn Sie den Mut sinken lassen, weil Sie sehen, daß für Teresa viele Taten Sünde sind, die Ihnen allen Lobes wert erscheinen! Sie werden durch die Beschämung hindurch müssen, zu sehen, daß es leerer Wahn war, sich lange, bevor man es in Wahrheit ist, für gut zu halten, für die Stimme Gottes zu nehmen, was die Heilige die Stimme des Satans nennt.

Aber bei diesen Abschnitten dürfen Sie nicht verweilen! Man darf keine Vergleiche ziehen, sondern muß weiterlesen, und wenn man eine Zeitlang in der heilsamen Geisteszucht gelebt hat, das Buch nochmals vornehmen. Dann erst wird es Früchte tragen.

Wenn wir uns vornehmen, eine heilige Teresa zu werden, müssen wir alles fahrenlassen! Man sieht den unendlichen Abstand und schlägt den Weg nicht erst ein. Wohin man gelangt, das wird Gott hinterher sagen. Zunächst heißt es gehen, immer geradeaus gehen! Darauf kommt es an.

Und müssen wir uns deswegen erniedrigen, ein zerknirschtes Gesicht zeigen, die Augen niederschlagen, dem Gatten mit häuslichen Glaubensgerichten und indem man sich weigert spazierenzugehen und den Verkehr mit der Welt meidet, das Leben sauer machen? Gott behüte, Anita, Gott behüte! Mit dem häuslichen Frieden darf man nicht spielen! Und die Gesundheit, die Gesundheit des Körpers, was wird aus der? Hieß es nicht, wir wollten uns in Behandlung begeben? Sprachen wir nicht eben vom Geist und seiner Heilung? Nun, der Körper verlangt frische Luft, ehrbare Zerstreuungen. All dies muß in dem Maße fortgeführt werden, wie es erforderlich ist und die Umstände es vorschreiben.«

Ein frischer Luftzug ließ die Präsidentin erschauern und wirbelte dürre Blätter vor den Eingang des Pavillons. Der Generalvikar sprang auf und sagte erschrocken:

»Caramba! Es muß sehr spät sein! Wir haben hier geplaudert und geplaudert...«

Don Víctor würde nicht erbaut sein, sie um diese Zeit allein beim Sternenschein im Gartenpavillon anzutreffen. Aber de Pas hütete sich, diesen Gedanken auszusprechen. Er trat aus der Laube und sprach dabei laut, sehr laut sogar, als läge kein Grund vor, die Stimme zu dämpfen, aber ihm war nicht wohl in seiner Haut.

Ana trat hinter ihm ins Freie, in sich versunken, ohne daran zu denken, daß es auf der Welt Ehemänner, Tage, Nächte, Stunden oder unpassende Örtlichkeiten gab, um unter vier Augen mit einem jungen, hübschen, kräftigen Mann zu sprechen, auch wenn der Geistlicher war.

Der Generalvikar wandte sich, als habe er den Weg verfehlt, zur Tür, die in den Patio führte, obwohl es nur natürlich gewesen wäre, die Treppe zum Korridor hinaufzusteigen und durch Quintanars Räume zu gehen.

Im Patio stand Petra wie eine Schildwache auf derselben Stelle, wo sie den Generalvikar empfangen hatte.

»Ist der gnädige Herr nach Hause gekommen?« fragte die Präsidentin.

»Ja, gnädige Frau«, erwiderte die Zofe mit gedämpfter Stimme. »Er ist in seinem Arbeitszimmer.«

»Wollen Sie ihn sprechen?« fragte Ana, an den Generalvikar gewandt.

»Mit dem größten Vergnügen...«, erwiderte Don Fermín.

Sie verstellen sich vor mir, dachte Petra voller Zorn.

»Mit dem größten Vergnügen, wenn es nicht schon so spät wäre. Um acht hätte ich eigentlich im Palais sein müssen, und es wird gleich halb neun schlagen. Ich kann mich nicht länger aufhalten. Grüßen Sie ihn von mir!«

»Wie Sie wünschen.«

»Außerdem wird er in seine Arbeit vertieft sein. Ich möchte ihn nicht stören und gehe gleich hier hinaus. Gute Nacht, Señora, gute Nacht.«

Sie wollen mir Sand in die Augen streuen, dachte Petra wieder, während sie die Tür zum Hausflur öffnete.

Da trat der Generalvikar an die Präsidentin heran und sagte hastig, mit leiser Stimme:

»Ich habe vergessen, Ihnen zu sagen, daß der geeignetste Ort, sich zu sehen, bei Doña Petronila ist. Wir sprechen noch darüber.«

»Gut«, erwiderte die Präsidentin.

»Ich habe es bedacht, es ist am besten.«

»Ja, Sie haben recht.«

Ana stieg die Haupttreppe hinauf, und Don Fermín trat durch das Portal auf die Straße. In der Tür blieb er stehen, warf, während er sich in seinen Mantel hüllte, einen Blick auf Petra und sah, daß sie mit zu Boden geschlagenen Augen dastand, einen großen Schlüssel in der Hand, und darauf wartete, daß er hinausgehe, um dann abzuschließen. Sie sah wie ein Standbild der Verschwiegenheit aus. De Pas gab ihr einen freundlichen Klaps auf die Schulter und sagte lächelnd:

»Es wird schon kühl, mein Kind.«

Petra blickte ihn an und lächelte, so anmutig sie konnte, ohne dabei ihre bescheidene Haltung aufzugeben.

»Bist du zufrieden mit deiner Herrschaft?«

»Doña Ana ist ein Engel.«

»Das glaube ich. Adieu, meine Tochter, adieu. Geh jetzt hinauf, hier zieht es!«

»Gehen Sie nur, gehen Sie, und machen Sie sich meinetwegen keine Sorgen.«

»Mach schon zu, meine Tochter. Du kannst zuschließen.«

»Nein, Señor, wenn ich jetzt schon zumache, können Sie, bis Sie an der Ecke sind, nicht gut sehen.«

»Vielen Dank. Auf Wiedersehn.«

»Gute Nacht, Don Fermín.«

Petra sagte es ganz leise, trat von der Tür zurück und schloß sie behutsam, um kein Geräusch zu verursachen.

Don Fermín, dachte der Generalvikar. Wie kommt diese Person dazu, mich Don Fermín zu nennen? Was mag sie sich gedacht haben? Man muß sie sich auf alle Fälle warmhalten wie die andere.

Damit meinte er Teresina, sein Hausmädchen.

Petra stieg hinauf und trat ungerufen in Anas Ankleidezimmer.

»Was willst du?« fragte die Herrin, die sich in ihr Umschlagtuch gehüllt hatte, weil sie fror.

»Der gnädige Herr hat nicht nach der gnädigen Frau gefragt. Ich habe ihm nicht gesagt, daß Don Fermín hier war.«

»Wer?«

»Don Fermín.«

»Ah! Schön, schön. Weshalb? Was liegt daran?«

Petra biß sich auf die Lippen, ging hinaus und murmelte:

»So was von Hochmut! Glaubt sie denn, man hätte keine Augen? Da möchte man doch am liebsten ... Aber ich tue es ihm zuliebe.«

Ja, Petra tat es ihm, dem Generalvikar, zuliebe, dem sie um jeden Preis gefällig sein wollte. Die sinnliche Blonde hatte da ihre Pläne.

Eine halbe Stunde später erschien Don Víctor Quintanar mit Pulverflecken auf Stirn und Wangen bei seiner Gattin.

Er wußte nichts vom nächtlichen Besuch des Generalvikars, und da er nicht fragte, weshalb sollte man es ihm sagen?

Am Morgen darauf betrat Frígilis durch das hintere Tor, zu dem er einen eigenen Schlüssel besaß, noch vor Sonnenaufgang den Park der Ozores. Quintanars intimer Freund war der unumschränkte Herrscher in dem Revier der Bäume und Sträucher. Die Tage, da sie nicht zur Jagd gingen, verbrachte Señor Crespo in seiner »Domäne«, wie er den Park der Ozores nannte. Er beschnitt, pfropfte, pflanzte, versetzte je nach Jahreszeit und anderen Umständen. Aller Welt, den Besitzer des Waldes nicht ausgenommen, war es verboten, nur ein Blatt zu berühren. Hier befahl Frígilis und sonst niemand. Sowie er eingetreten war, wandte er sich zum Pavillon. Er wußte, daß er auf dem Marmortisch oder auf einer Bank, jedenfalls irgendwo da drin, ein paar Sämereien hatte liegen lassen, die für eine Blumenausstellung bestimmt waren. Er suchte und fand auf einem Schaukelstuhl zwischen dem auf dem Geflecht und dem Boden verstreuten und durcheinandergeworfenen Samen einen Handschuh aus violetter Seide.

Er stieß in aller Herrgottsfrühe einen lästerlichen Fluch aus und hob den Handschuh mit zwei Fingern vor die Augen.

»Wer, zum Teufel, ist hier drin gewesen?« fragte er die Morgenbrise.

Er steckte den Handschuh in die Tasche, las die Samenkörner auf, die der Wind nicht davongetragen hatte, und sortierte sie erneut mit großer Sorgfalt. Es handelte sich um eine einmalige Art einfarbiger Stiefmütterchen, eine eigene Züchtung.

Als er im Haus Geräusche vernahm, rief er laut:

»Anselmo! Petra! Servanda! Petra!«

Petra erschien im Morgenrock mit gelöstem Haar und nur notdürftig mit einem abgelegten Umschlagtuch ihrer Herrin verhüllt. Sie sah mit ihrer goldenen Mähne aus wie die Morgenröte, aber Frígilis hauchte die Morgenröte übellaunig an:

»Hör mal, du Früchtchen, was für ein verwünschter Bischof kommt hier spät abends rein, um meine Samen durcheinanderzuwerfen?«

»Was sagen Sie da? Ich weiß nicht, was Sie meinen«, erwiderte Petra vom Patio.

»Ich sage, daß ich gestern kurz vor Dunkelwerden aus dem Garten gegangen bin und hier ein paar in Papier gewickelte Sämereien liegengelassen habe, und jetzt finde ich die Körner, mit Erde vermengt, auf dem Boden und auf einem Sessel diesen Handschuh eines Domherrn. Wer ist da bei Nacht noch hier gewesen!«

»Bei Nacht! Sie träumen, Don Tomás!«

»Himmeldonnerwetter! Bei Nacht, sage ich.«

»Zeigen Sie mir den Handschuh mal!«

»Da!« sagte Frígilis und warf ihn ihr zu.

»Na, das ist gut! Hahaha! Ein schöner Domherr! Was verstehen Sie schon von der Mode, Don Tomás! Sagten Sie nicht, es sei der Handschuh eines Domherrn?«

»Wem soll er sonst gehören?«

»Der gnädigen Frau! Sehen Sie nicht, welch kleine Hand? Es sei denn, es gäbe auch weibliche Domherren!«

»Trägt man denn jetzt violette Handschuhe?«

»Natürlich. Zu Kleidern von bestimmter Farbe.«

Frígilis zuckte die Achseln.

»Aber meine Samen, meine Samen! Wer hat die denn runtergeworfen?«

»Die Katze, wer sonst? Das junge Kätzchen, das schwarze, das auch den Handschuh in den Pavillon geschleppt haben wird. Es ist die reinste Elster!«

In Quintanars Vogelhaus begann ein Distelfink zu singen.

»Die Katze ... die schwarze ...«, sagte Frígilis und drehte den Kopf hin und her. »Das glaubst du doch selber nicht!«

Ein verklärtes Lächeln erhellte plötzlich sein Gesicht. Er wandte sich an Petra und wies mit der linken Hand auf die Galerie:

»Es ist mein Männchen! Hörst du? Ich bin sicher, es ist mein Männchen! Und dein Herr, der behauptet hat, daß sein Kanarienvogel als erster singen werde ... Hörst du? Es ist mein Männchen, ich hab es ihm für zwei Wochen geborgt, damit er erlebt, wie es singt. Es ist mein Männchen!«

Frígilis vergaß Handschuh und Katze und lauschte verzückt dem hellen, frischen, fröhlichen Trillern seines heißgeliebten Distelfinken.

Petra verbarg den violetten Handschuh des Generalvikars in ihrem Ausschnitt.

Die grauen, finsteren, dichtgedrängten Wolkenfelder kamen vom Westen, stießen an den Kamm des Corfín, zerfetzten und stürzten, in Wasser aufgelöst, auf Vetusta nieder, manche in schrägem, wütendem Peitschen, wie eine biblische Strafe, andere phlegmatisch still, in dünnen, senkrechten Fäden. Sie zogen vorbei, und neue kamen, danach andere, scheinbar wieder die ersten, die um die Erde gezogen waren, um erneut am Corfín zu zerreißen. Die morastige Erde fiel vom Fleische wie die Knochen Hiobs. Der schwerfällige, bleiche Nebel ließ sich, einem Helmbusch aus grauen Federn gleich, von dem trägen Wind über die Sierra schleifen, und die ganze erstarrte, kahle Landschaft dehnte sich in der Ferne aus wie der reglose Leichnam eines Schiffbrüchigen, von dem das Wasser der Wellen abläuft, die ihn an Land gespült haben. Der Turm der Kathedrale tauchte in der Ferne zwischen dem tiefhängenden Gewölk wie der Mast eines Wracks auf. Die Trostlosigkeit der Fluren war entsagungsvoll und poetisch in ihrem schweigenden Schmerz. Aber die Trauer der schwärzlichen Stadt, wo die schmutzige Nässe über Dächer und rissige Mauern troff, wirkte schäbig, abstoßend, aufdringlich wie der Singsang eines Bettlers. Sie drückte die Menschen nieder, sie flößte keine Melancholie ein, sondern verzweifelte Langeweile. Frígilis zog es vor, sich auf freiem Feld durchnässen zu lassen, und schleifte Quintanar mit, weit weg von Vetusta, ans Meer, in die einsamen Auen und Marschen von Palomares und Roca Tajada, wo sie auf den bewaldeten Hügeln Schnepfen jagten und in den kahlen, melancholischen, traurigen Ebenen Rohrdommeln, Wolken von Staren, Krammetsvögel, Wildenten und dunkle Schwärme von Bekassinen. Für diese weiten Ausflüge setzte Don Víctor die Genehmigung seiner Gattin voraus. Man brach bei Tagesanbruch mit dem Personenzug auf, war eine Stunde später in Roca Tajada und kehrte um zehn Uhr abends schweigend und bis auf die Haut durchnäßt, mit Badersträußen beladen, nach Vetusta zurück. Don Víctor entbehrte in den Marschen von Palomares das Theater. Wenn der Zug wenigstens zwei Stunden früher zurückgegangen wäre! Frígilis vermißte nichts. Seine Hingabe an die Jagd, die frische Luft, die Felder in der traurigen, süßen Einsamkeit, war tief und uneingeschränkt. Quintanar teilte diese Neigung mit seiner Liebe zu den Possen auf der Bühne. Frígilis langweilte sich im Theater und holte sich den Schnupfen. Er verabscheute Zugluft und fühlte sich nur auf freiem Felde sicher, wo es keine Türen gibt.

Für Crespo stand seine Berufung unumstößlich fest: die Natur. Quintanar war alt geworden, ohne zu wissen, »was seine Bestimmung auf Erden sei«, wie er in der Sprache der Romantik sagte, von der er noch einige Reminiszenzen bewahrte. Der Geist des ehemaligen Gerichtspräsidenten, weich wie Wachs, nahm leicht alle Formen an und vertauschte sie ebenso leicht gegen andere, neue. Er hielt sich für einen energischen Mann, weil er zu Hause mitunter den Befehlston einer öffentlichen Bekanntmachung anschlug, aber, genau genommen, war er nichts weiter als ein Teig, aus dem andere kneteten, was sie wollten. So erklärte es sich, daß er, obwohl beherzt, niemals Gelegenheit gefunden hatte, seinen Mut im Kampf mit einem widerstrebenden Willen zu beweisen. Er blieb dabei, daß in seinem Hause nur geschah, was er wollte, und merkte nicht, daß er zum Schluß immer nur wollte, was die anderen beschlossen. Hätte Ana Ozores einen herrschsüchtigen Charakter gehabt, Don Víctor wäre in die traurige Stellung eines Pantoffelhelden abgesunken. Zum Glück überließ die Präsidentin ihren Gatten seinen Liebhabereien und begnügte sich damit, ihm jede Einflußnahme auf die eigenen Beschäftigungen und Neigungen zu verweigern. Jenes Programm der Abwechslung, der Fröhlichkeit und der lärmenden Geschäftigkeit, das Quintanar austrompetet hatte, wurde nur in den Teilen und zu der Zeit verwirklicht, die seiner Gattin genehm waren. Wenn sie lieber zu Hause blieb und zu ihren Träumereien zurückkehrte, gab Don Víctor, der versprochen und selbst geschworen hatte, nicht nachzugeben, Schritt für Schritt nach. Er bemühte sich um einen ehrenvollen Rückzug, tat, als gehe er einen Vergleich ein und glaubte seine Ehre als energischer Mann und Herr im Hause unversehrt, wenn er sich die Kühnheit herausnahm, ein bißchen vor sich hinzubrummeln, wenn ihn niemand hörte. Die Dienstboten nötigten ihm ihren Willen auf, ohne daß er es ahnte. Selbst bei Tische hatte man ihn untergekriegt. Als guter Aragonese Liebhaber kräftiger Speisen, eines schweren Weines, der klassischen Reichlichkeit, war er, ohne es gewahr zu werden, allmählich zurückgewichen, aß bereits viel weniger und nahm die mehr phantasievollen als nahrhaften Gerichte, die seiner Frau schmeckten, ohne Widerspruch hin. Es war nicht so, daß Ana sie ihm aufgedrängt hätte, aber die Mädchen in der Küche hielten es lieber mit der Herrin, weil sie da einen ernsten Willen sahen und im Herrn nur einen Prediger fanden, der sie mit langatmigen Vorträgen anödete, die sie nicht verstanden. Selbst in seiner Redeweise merkte man, daß es Quintanar an Charakterfestigkeit gebrach. Er redete wie die Zeitung oder das Buch, das er soeben gelesen, und manche Wendungen, Nuancen im Tonfall und andere Eigenheiten seines Redeflusses, die wie Merkmale einer eigenständigen Art zu sprechen aussahen, waren nichts weiter als Nachwirkungen früherer Liebhabereien und Beschäftigungen. So sprach er zuweilen wie bei der Urteilsverkündung beim Obersten Gericht, gebrauchte beim gemütlichen Plaudern die juristische Fachsprache, und das war das einzige, was in ihm vom ehemaligen Justizbeamten übriggeblieben war. Nicht wenig hatte der Widerspruch zwischen seinem Amte und seinen Neigungen dazu beigetragen, Quintanar um jede Ursprünglichkeit und Tatkraft zu bringen. Wenn er für einen Beruf geboren war, dann zum Wanderschauspieler oder vielmehr zum Darsteller auf Liebhaberbühnen. Wenn die Gesellschaft so eingerichtet gewesen wäre, daß man mit diesem Beruf, dem des Schauspielers aus Liebhaberei, seinen Lebensunterhalt hätte verdienen können, er wäre es bis zu seinem Tode geblieben und hätte ebensogut »gearbeitet« – dies sein Ausdruck – wie irgendein anderer dieser Ersten Liebhaber, die wie Hausierer von Provinzhauptstadt zu Provinzhauptstadt reisten.

Aber Don Víctor erkannte, daß der Schauspieler in Spanien nicht von seiner ehrlichen Arbeit leben kann, wenn er sich nicht so weit erniedrigt, dem Publikum die Kunst in den Truppen von Berufsschauspielern darzubieten. Außerdem sah er die Notwendigkeit ein, mit der Zeit »eine Familie zu gründen«, und schlug zähneknirschend die juristische Laufbahn ein. Das Glück und die guten Verbindungen seiner Familie wollten es, daß er schnell aufstieg, und er wurde erst Richter, dann Präsident am Oberlandesgericht von Granada in einem Alter, da er sich immer noch imstande fühlte, den Richter von Zalamea mit all dem

Feuer zu spielen, das die Rolle verlangt. Aber er trug den Stachel im Herzen. Er sah ein, daß das Amt des Richters sehr heikel war und seine Verantwortung sehr groß, aber er blieb »vor allen Dingen Künstler«. Er haßte die Prozesse, liebte die Bühne und konnte sie doch nicht auf würdige Art betreten. Das blieb sein ewiger Kummer. Wenn es ihm erlaubt gewesen wäre, als Schauspieler aufzutreten, hätte er vielleicht sein Leben lang nichts anderes getan. Da es ihm aber wegen des Dekorums und einer Menge anderer ernsthafter Rücksichtnahmen verboten blieb, suchte er auf anderem Wege Befriedigung des heimlichen Verlangens, etwas mehr zu sein als bloß ein Rad in der komplizierten Maschinerie der Rechtsprechung, und wurde Jäger, Botaniker, Erfinder, Kunsttischler, Philosoph – alles, was sein Freund Frígilis und die Winde des Zufalls und der Launen aus ihm machen wollten.

Frígilis hatte seinen geliebten Víctor nach so vielen Jahren enger Freundschaft so weit wie möglich nach seinem Ebenbilde geformt. Quintanar verließ die unbewußte Knechtschaft seines Heims, um sich unter die diktatorische, wenn auch aufgeklärte Herrschaft von Tomás Crespo zu begeben, seines Herzensfreundes, von dem er nicht zu sagen wußte, ob er ihn genau so gern hatte wie seine inniggeliebte Anita. Die Sympathie war aus einer gemeinsamen Leidenschaft erwachsen: der Jägerei. Aber vorher war die Jagd für den Aragonesen nur die Betätigung eines Urmenschen gewesen: Er jagte, ohne im Grunde zu wissen, was Rebhühner, Hasen und Kaninchen waren. Frígilis studierte bei der Jagd Tier- und Pflanzenwelt des Landes und meditierte außerdem als Philosoph über die Natur. Crespo sprach wenig, schon gar nicht im Freien. Er pflegte nicht zu diskutieren, sondern stellte seine Ansicht lakonisch auf, ohne sich darum zu kümmern, ob er seinen Zuhörer überzeugte oder nicht. So drang der Einfluß von Frígilis' Naturphilosophie als steter Tropfen in Quintanars Seele. Unmerklich setzten sich in seinem Hirn die Ideen dieses »guten Kerls« fest, von dem die Vetustenser sagten, es sei bei ihm eine Schraube locker und im Oberstübchen nicht alles in Ordnung.

Frígilis verachtete die Meinung seiner Landsleute und hatte Mitleid mit ihrer Armut im Geiste. »Die Menschheit ist schlecht«, erklärte er, »aber es ist nicht ihre Schuld. Der Meltau vernichtet die Weintrauben, der Rost verdirbt den Mais, die Kartoffeln haben ihre Pest, Rinder und Schweine die ihre. Der Meltau des

Vetustensers ist sein Neid, sein Rost die Unwissenheit. Was kann er dafür?« Frígilis entschuldigte all die Verirrungen seiner Mitbürger, verzieh ihnen alle ihre Sünden, mied die Ansteckung und versuchte, die paar, die er mochte, davon zu befreien. Er besuchte selten die Häuser und oft die Gärten. Seine großen Kenntnisse und praktischen Erfahrungen in der Baum- und Blumenzucht machten ihn zum unumschränkten Herren aller »Parks« und Gärten der Stadt. Er kannte jedes einzelne Blatt im Garten des Marqués de Corujedo, hatte in dem der Vegallanas Bäume gepflanzt und sah dann und wann nach dem englischen Garten Doña Petronilas. Aber er kannte Konstantin den Großen nicht einmal vom Sehen, hatte Doña Rufinas Kabinett nie betreten und verkehrte mit dem Marqués de Corujedo nur im Kasino. Er verständigte sich mit den Gärtnern. Wenn nach dem trügerischen Altweibersommer die winterlichen Regenfälle einsetzten, hielt es Frígilis in Vetusta nicht mehr aus, und er verbrachte nur so viele Tage in der Stadt, wie seine Blumen und Bäume es erforderten.

Völlig verschlafen stapfte Quintanar hinter ihm her, in seine Jägermontur gezwängt, über die Frígilis nicht wenig lachte, der im Freien und in der Stadt dieselbe Kleidung, dieselben hellen, dickbesohlten und genagelten Schuhe trug. Er stieg zu aufgeräumten, braungebrannten Bauern in ein Abteil dritter Klasse; Quintanar döste und schlug immer wieder mit dem Kopf gegen die harte Rücklehne. Frígilis nahm oder verteilte dicke selbstgedrehte Zigaretten und schwatzte, gesprächiger als in Vetusta, jovial und mitteilsam mit den Männern vom Lande über die diesjährige Ernte und alles mögliche. Wenn das Gespräch ausartete und auf die Prozesse kam, verzog er das Gesicht und hörte nicht mehr zu, um in die Betrachtung der jetzt so trostlosen Felder zu versinken, von denen er jede Handbreit kannte und die er zu jeder Jahreszeit liebte.

Ana beneidete ihren Gatten um das Glück, aus Vetusta verschwinden zu können, sich in der Einsamkeit der Berge und Marschen naßregnen zu lassen, weit weg von diesen Dächern mit ihrem schwärzlichen Rot, die aus dem Wasser, das vom Himmel auf sie niederfiel, eine schmutzige Brühe machten.

Ja, Ana war entschlossen, das Heil ihrer Seele, den sicheren Weg zur Tugend zu suchen. Aber wieviel leichter hätte sich ihr Geist diesen großen religiösen Gedanken in einer solch erhabenen Poesie würdigeren Szenerie erschlossen! Wie schwer fiel es in dieser trübsinnigen, bis auf ihre Knochen aus Stein und wurmstichigem Holz durchnäßten Encimada, die Schöpfung zu bewundern, um sich zur Idee des Schöpfers zu erheben, in diesen engen, mit Gras bewachsenen Gassen – einem Gras, das frisch und schön ist in der freien Natur, hier aber ein Symbol der Verwahrlosung –, in diesen Gassen, an denen unaufhörlich das Wasser aus den Dachtraufen mit seinem gleichförmigen, eintönigen, ewigen Klatschen beim Zerplatzen auf den spitzen Kieselsteinen leckte!

Die Präsidentin verstand nicht, wie Visitación fröhlich und lachend wie immer von Haus zu Haus laufen konnte, ohne Angst vor dem Wasser oder wenigstens dem Schmutz auf der Straße, ohne auch nur daran zu denken, daß es regnete, daß der Himmel ein Leichentuch statt eines blauen Mantels war, wie es sich gehört hätte. Für Visita blieb sich das Wetter stets gleich, sie verschwendete keinen Gedanken daran, und es diente ihr bei ihren Anstandsbesuchen nur als Gesprächsthema.

Visita sprang wie eine Bachstelze von Stein zu Stein, wich den Pfützen aus und ließ nebenbei einen nicht schlecht beschuhten Fuß, die nicht sehr sauberen Unterröcke und mitunter ein Stückchen von einer Wade sehen, die einen besseren Strumpf verdient hätte.

Auch Obdulia hielt das Wetter nicht im Hause fest, es lähmte sie auch nicht. Ebenfalls guter Dinge und lärmend, lief sie von Tür zu Tür, kümmerte sich nicht um die heftigsten Regengüsse und lachte lauthals, wenn ihr eine indiskrete Katze den Fußrist naß machte, den sie warm beschnupperte. Und die Kunst war sehenswert, mit der ihre Dessous, als besäßen sie den Instinkt eines Hermelins, all diese morastigen Gefahren unbefleckt durchschritten, Flocken durchbrochenen Schnees, raschelndes Laubwerk holländischen Flors – die große Versuchung Bermúdez', des vergeistigten Kunsthistorikers.

Ana gewahrte traurig und beinahe neidisch, daß sich die Vetustenser im allgemeinen leicht in dieses Leben im Wasser schickten, das einen großen Teil des Herbstes, die meiste Zeit des Winters und fast den ganzen Frühling währte. Jeder suchte sich seinen Winkel, und sie schienen nicht weniger zufrieden als Frígilis, der in das Flachland am Meer floh, um sich nach Herzenslust naßregnen zu lassen.

Die Marquesa de Vegallana erhob sich, wenn es stark regnete, noch später als sonst. In ihrem gegen die heftigsten Angriffe der

Kälte abgeschirmten Bett schwelgte sie in unerklärlichen Wonnen, las, dick eingehüllt, Romane über Reisen zum Pol, von Bärenjagden und andere, deren Schauplatz in Rußland oder wenigstens in Norddeutschland lag. Der Gegensatz zwischen der behaglichen Wärme, die sie genoß, und der großen Kälte, der die Helden ihrer Bücher ausgesetzt waren, war das größte Vergnügen, dessen Doña Rufina am Jahresende teilhaftig ward. Den Regen draußen an die Scheiben klatschen zu hören und dabei mit einem armen, im Eis verlorenen Kind Mitleid zu empfinden – welche Wonne für eine auf ihre Art zartbesaitete Seele wie die der Frau Marquesa!

»Ich bin nicht sentimental«, sagte sie zu Don Saturnino Bermúdez, der ihr mit geneigtem Kopf zuhörte, »ich bin nicht sentimental, das heißt, ich mag die Gefühlsduselei nicht, aber wenn ich gewisse Dinge lese, komme ich mir gütig vor, bin ich gerührt und weine, aber ich mache nichts davon her.«

»Es ist die Gabe der Tränen, von der die heilige Teresa spricht, Señora«, entgegnete der Kunsthistoriker und seufzte.

Der Marqués tat, was die Kater im Januar tun: er verschwand hin und wieder für eine Weile aus Vetusta. Er sagte, er gehe die Wahlen vorbereiten. Aber seine engsten Freunde hatten ihn, nachdem er gut gegessen, unter dem Siegel der Verschwiegenheit zur Stunde der Geständnisse sagen hören, daß es für ihn kein besseres Aphrodisiakum gebe als die Kälte. »Nicht einmal Seemuscheln haben bei mir die Wirkung wie Wasser und Schnee.« Und da seine Abenteuer alle auf dem Lande spielten, bot der gute Vegallana den Elementen Trotz und fuhr durch Morast, Eis und Schnee in seiner Reisekutsche von Dorf zu Dorf. So bereitete er die Wahlen vor und sicherte sich nach einem schalkhaften Ausspruch Don Cayetano Ripamiláns, der stets bereit war, Entgleisungen dieser Art zu verzeihen, Stimmen für eine ferne Zukunft.

Dem Freundeskreis der Marquesa hing der Himmel voller Geigen, sobald das Wetter regnerisch wurde. Die das beneidenswerte und geneidete Vorrecht besaßen, diesen parfümierten Backofen zu betreten, segneten die Regengüsse, die einen Vorwand abgaben, sich Abend für Abend in Doña Rufinas Kabinett einzufinden. Was hätte man sonst tun sollen? Wohin hätte man gehen können? Im Kamin brannten die jahrhundertealten Wälder von den Gütern des Marqués, die feudalen Steineichen verkohlten unter majestätischem Prasseln. Bei ihrer Wärme erzählte man sich nicht alte Märchen, wie Trifón Cármenes vermutete, sondern man klatschte über alle Welt, erfand neue Verleumdungen und manche Liebelei nahm hier ihren Anfang oder ihren Fortgang. Das Kabinett war nicht groß, es standen viele Möbel darin, und die Gäste kamen zwangsläufig in enge Tuchfühlung miteinander. Wer dachte da an den Regen?

Was das »fromme Element« Vetustas betraf – ein Ausdruck der »Kreuzfahne« –, so lief es, kaum, daß das Wetter regnerisch wurde, in die Novenen. Das fromme Element war, sowie das schlechte Wetter einsetzte, die ganze Stadt, und selbst die »Karfreitagsrunde«, ein paar Verworfene, die sich während der Karwoche im Gasthaus zum Fleischessen zusammenfanden, selbst sie gingen in die Kirche, wenn auch nur, um die Prediger zu bekritteln und nach den Mädchen zu sehen. Diese religiöse Inbrunst Vetustas begann mit der nicht sehr populären Novene der Seelen und der stark besuchten des Herzen Jesu und hörte nicht auf, bis die berühmteste von allen, die der Sieben Schmerzen Mariä und die nicht viel weniger beliebte der Mutter der schönen Liebe, begangen wurde, letztere bereits im blühenden Mai.

Aber neben den Novenen fanden die frommen Seelen noch viele andere Gelegenheiten, Gott und seine Heiligen zu preisen, zum Beispiel beim Osterfest und den Feierlichkeiten der großen Fasten, besonders bei den Gerichtspredigten, die das Oberlandesgericht jeden Freitag während dieser heiligen Zeit der Selbstbesinnung, wie Cármenes sagte, bezahlte.

Das schlechte Wetter verzögerte die Durchführung jenes Plans der moralischen Hygiene nicht wenig, den Don Fermín seiner lieben Freundin behutsam auferlegt hatte. Ana verabscheute Morast und Nässe. Die Kälte in den nassen, schmutzigen Straßen zerrte an ihren Nerven, und sie verließ das düstere Haus der Ozores nur selten. Vor Ende November hatte sie noch zweimal gebeichtet, sich aber nicht entschließen können, zu Doña Petronila zu gehen, und der Generalvikar wagte es nicht, sie an diese Verabredung zu erinnern. Konstantin der Große wußte schon durch ihren geliebten und bewunderten Señor de Pas, der sie jetzt noch öfter besuchte, daß ihr Doña Ana bei ihren frommen Werken und der Verwaltung der vielen barmherzigen Stiftungen helfen wollte, denen sie vorstand und die sie vorsorglich finanzierte.

»Wann wird dieser Engel an Schönheit endlich einmal kommen?« fragte Doña Petronila in ihrem mit abstrakten Übertreibungen überladenen Novenenstil.

Die Betschwestern, die beim Großen Konstantin als Palastquästoren dienten, die Damen vom »Konklave«, wie Ripamilán sie nannte, erwarteten mit mystischer Beklommenheit und boshafter Neugier die neue Gefährtin, die mit ihrer Jugend und Schönheit dem frommen und schwierigen Unterfangen, die Welt in Jesu für Jesus zu retten, einen solchen Prestigezuwachs bringen würde. Denn nichts Geringeres als das hatten sich diese frommen, wie Kürassiere streitbaren Damen vorgenommen.

Aber Ana empfand, ohne zu wissen, weshalb, ein unbestimmtes Widerstreben, wenn sie daran dachte, zu Doña Petronila zu gehen. Ihr schien es besser, den Generalvikar in der Kirche zu treffen. Dort fand sie die nötige religiöse Inbrunst, um ihre schlechten Gedanken, ihre gefährlichen Wünsche zu gestehen. Der Generalvikar begann ungeduldig zu werden: Die Präsidentin klomm den Hang nicht hinan, sie hielt an ihren gefährlichen pantheistischen Sehnsüchten fest, wie er es bezeichnete. Sie blieb dabei, daß diese Rührung, die sie bei profanen Schauspielen empfand, Frömmigkeit sei, und erklärte offen heraus, daß sie die Lektüre frommer Werke auf wahrscheinlich ketzerische Überlegungen brächte oder doch zumindest auf solche, die nicht eben geeignet schienen, zu jenem tiefen Glauben zu gelangen, den der Generalvikar als absolut unerläßliche Vorbereitung forderte, um festen Boden unter die Füße zu bekommen. Zu anderen Malen verfiele sie bei den frommen Büchern in eine melancholische Schläfrigkeit, fast in eine Art geistigen Marasmus, der an Stumpfsinn grenze. Hinsichtlich des Betens erklärte Ana, auswendig gelernte Gebete herzusagen, sei eine nutzlose, einschläfernde Übung, die sie nur nervös mache, sie sage sie hundertmal auf, um sich auf sie zu konzentrieren, doch würde ihr eher übel, als daß sie Inbrunst empfinde.

»Nein, lassen Sie das!« antwortete der Generalvikar. »Es gibt nichts Schlechteres, als auf diese Art zu beten. Zum Gebet kommen wir noch. Für den Augenblick genügen Ihre bisherigen Andachtsübungen.« Und obwohl er die gefährliche Phantasie Anas fürchtete, mußte er sie, um nicht an Boden zu verlieren, ihren plötzlichen Anwandlungen frommer Rührung überlassen, die sich unversehens einstellten, womöglich durch einen Vorfall hervorgerufen, der scheinbar keinerlei Beziehung zu religiösen Vorstellungen hatte. Aus Furcht vor den natürlichen Gefühlsergüssen dieses brennenden Geistes hatte er den behutsamen Plan der ersten Tage durch den anderen ersetzt, den er ihr im Gartenpavillon dargelegt und der mehr Ähnlichkeit mit der üblichen Zucht hatte, der er seine Beichtkinder unterwarf. Aber Don Fermín erkannte, daß er zu der behutsamen Methode zurückkehren und dem Instinkt seiner Freundin mehr Spielraum bei der schwierigen Aufgabe lassen müsse, den Reichtum des Gefühls und der Gedanken dem Guten nutzbar zu machen. Dieses System der langen Leine verzögerte den Sieg, erlaubte ihm aber, sich Ana von der angenehmeren Seite zu zeigen, indem er die Sprache dieser romantischen Verschwommenheit sprach, die sie für aufrichtige Religiosität hielt und die nach Don Fermíns Ansicht doch nichts weiter war als eine heimliche Götzendienerei. Nein, er ließ sich durch keine Pantheismen betören, und wenn sie sich noch so schön anhörten wie die seiner Freundin.

Von einem war er überzeugt: von der tiefen, heilsamen Wirkung, die auf solch eine Frau die Schönheiten des Kults an dem Tage ausüben mußten, da sie aufmerksam am Gottesdienst teilnahm und ihr Geist durch die nervöse Überreiztheit, von welcher der geschäftige Beichtvater bereits so viel erfahren hatte, dem mystischen Empfinden offenstand.

Sowie sie zu ihm wieder von der Langeweile, der Pein des Überdrusses, dem Stumpfsinn des unaufhörlich tropfenden Wassers sprach, sagte er: »In die Kirche, meine Tochter, in die Kirche! Nicht zum Beten, sondern einfach, um dort zu sitzen, dort zu träumen, Ihren Gedanken nachzuhängen, während Sie die Musik der Orgel und unserer ausgezeichneten Kapelle hören, den Weihrauch vom Hochaltar riechen, die Wärme der Kerzen spüren, sehen, was da alles glänzt und sich bewegt, die hohen Gewölbe betrachten, die schlanken Säulen und die zarten Glasmalereien mit ihrer mystischen Poesie.«

Dieses Gerede à la Chateaubriand ging Don Fermín wider den Strich. Immer hatte er geglaubt, die Religion ihrer äußeren Schönheit wegen zu preisen, heiße, sich gegen die Heiligkeit des Dogmas vergehen, aber er verstand es, aus der Not eine Tugend zu machen und sich den Umständen anzupassen. Außerdem schmeichelte ihm, ohne daß er es sich eingestehen wollte, die Hoffnung, seine Freundin oft in der Kathedrale, beim Vinzenzverein, beim Katechesewerk zu treffen, wo sie ihn mit seiner Begabung, seiner Gelehrsamkeit und seiner einfachen, natürlichen Eleganz glänzen sehen konnte.

Aber Anas Abneigung, die Straße zu betreten, wuchs von Tag zu Tag. Die Nässe flößte ihr Schauder ein, hielt sie bei Tag und Nacht am monumentalen Kamin des trübsinnigen Speisezimmers fest, wo sie sich, in sich zusammengekrochen, in ihr Schultertuch hüllte. Don Víctor hielt es nicht zu Hause. Wenn er nicht auf der Jagd war, kam er hin und und wieder heim, hielt sich aber nie lange auf, kaum, daß er in seinem Arbeitszimmer verweilte. Eine gewisse Furcht hatte ihn befallen. Einige der Maschinen, die er erfand oder vervollkommnete, hatten sich wider ihn empört und ihm unerwartete mechanische Schwierigkeiten in den Weg gelegt. Da standen sie, mit ruhmreichem Staub bedeckt, auf dem Tisch im Arbeitszimmer, Höllenmaschinen aus Stahl und Holz, und warteten, halb fertig, darauf, daß Don Víctor das »ernsthafte« Studium der Mathematik in Angriff nehme, der gesamten Mathematik, das er durch die Schuld der Schauspielertruppe Perales' aufgeschoben hatte. Solange mied Quintanar, ein wenig beschämt angesichts dieser höhnenden Spielzeuge, die ihm ins Gesicht lachten, sein Arbeitszimmer, sooft er konnte, und schrieb nicht einmal Briefe dort. Überdies lagen seine botanischen, mineralogischen und entomologischen Sammlungen in wüster Unordnung, und seine Scheu vor der mühseligen Arbeit, so viele Gräser und Insekten neu zu klassifizieren, hielt ihn ebenfalls von zu Hause fern. Er ging ins Kasino disputieren und Schach spielen, machte viele Besuche und suchte nach Möglichkeiten, sich nicht in seinen vier Wänden zu langweilen. Um so besser, dachte Ana wider Willen. Ihr Don Víctor, den sie anfangs geschätzt, geachtet und selbst, wie sie meinte, im erforderlichen Maß geliebt hatte, erschien ihr nun mit jedem Tag nichtssagender, und jedesmal, wenn sie ihn sah, begann Ana ihre Pläne eines frommen Lebens zu wälzen, die sich nach und nach in ihrem Kopf festsetzten, entschlossen, sowie sich das Wetter besserte, eine Kirchgängerin in dem Sinne zu werden, wie es der Generalvikar verlangt hatte. Solange sie an den abstrakten Gatten dachte, ging alles gut. Sie wußte, daß es ihre Pflicht war, ihn zu lieben, ihn zu umsorgen und ihm zu gehorchen. Aber dann stand Señor Quintanar vor ihr, die schwarze Krawattenschleife fast bis zum Ohr verschoben, lebhaft, unruhig, voller belangloser Gedanken, mit etwas Unwichtigem beschäftigt, und sie empfand, ohne etwas dagegen tun zu können, einen dumpfen, unvernünftigen, aber für den Augenblick unüberwindlichen Groll und schrieb dem ganzen Universum die Schuld an der Widersinnigkeit zu, für immer an einen solchen Mann gebunden zu sein. Don Víctor ging hinaus, ließ dabei die Türen hinter sich offen stehen, gab schrullige Befehle, die in seiner Abwesenheit erfüllt werden sollten, und wenn Ana, wieder allein am schweigenden Kamin mit seinen verräucherten Gipsfiguren sitzend, zu ihrer frommen Propädeutik, zu den Vorbereitungen auf ein tugendhaftes Leben zurückkehren wollte, fand sie das ganze sentimentale Gebäude ihrer Religiosität schal und bezeichnete ihre Ergebung als Heuchelei. Nein, ich kann nicht gut sein, dachte sie, ich bin nicht imstande, gut zu sein. Ich kann meinem Nächsten seine Schwächen nicht verzeihen, und wenn ich sie verzeihe, kann ich sie nicht ertragen. Dieser Mann und diese Stadt füllen mein Leben mit erbärmlicher Alltäglichkeit aus. Don Fermín mag sagen, was er will: Zum Fliegen braucht man Flügel und Luft.

Diese Gedanken führten sie manchmal so weit weg, daß Don Alvaros Bild wieder vor ihr erschien. Dann stand Ana auf, lief mit großen Schritten durch den Salon, den Kopf im Schultertuch verborgen, marschierte um den ovalen Tisch herum und trat schließlich an den Balkon, um die Stirn an die Fensterscheiben zu pressen. Sie ging durch das triste Empfangszimmer, durch Korridore und Gänge, gelangte in ihr Kabinett, drückte auch dort den Kopf an die Fensterscheiben und betrachtete mit geistesabwesenden, weit offenen starren Augen die kahlen Äste der Roßkastanien und die stolzen, mit langen, metallischen, zitternden und raschelnden mattgrünen Blättern bedeckten Eukalyptusbäume. Wenn es nicht sehr regnete, trieb sich Frígilis dort herum. Quintanar war nicht so oft im Hause wie Frígilis im Garten. Schließlich erblickte ihn Ana. Er war der einzige Freund ihrer trostlosen Jugend, der Zeit ihrer elenden Knechtschaft gewesen, und jetzt haßte sie ihn beinahe. Er hatte sie verkuppelt und beschäftigte sich jetzt ohne den kleinsten Gewissensbiß, ohne auch nur einen Gedanken an diese Schändlichkeit zu vergeuden, mit seinen Bäumen, die er erbarmungslos beschnitt und veredelte. Und zu denken, daß dieser Mann intelligent, liebenswert gewesen war! Jetzt war er nur noch ein Gartengerät. Wen stumpfte das Leben in Vetusta nicht ab!

Wenn Frígilis seine geliebte Ana hinter den Fensterscheiben erblickte, grüßte er sie mit einem Lächeln und beugte sich wieder zur Erde. Er zertrat eine Schnecke, schnitt einen wilden Trieb ab, machte einen wackligen Stützpfahl fest und schlurfte in seinen hellen Schuhen weiter über den nassen Sand der Wege.

Und Ana sah den runden, weichen, grauen Hut zwischen den Zweigen verschwinden, den karierten Rippensamtschal, der ewig um seinen Hals hing, den braunen Jagdrock und die weder weiten noch engen, weder neuen noch alten wollenen Hosen mit verwischten grün-roten Streifen auf schwarzem Grund.

Visita und der junge Marqués besuchten die Präsidentin oft. Paco bewunderte den heldenhaften Widerstand Anas. Er begriff nicht, daß sein Abgott, sein Don Alvaro, so lange brauchte, um einen Willen zu besiegen, eine Tugend zu Fall zu bringen, wenn der Wille schon besiegt war.

»Sie ist in dich verliebt, dessen bin ich sicher«, sagte Paco zu später Stunde im Kasino, als nur noch die passionierten Nachtschwärmer da waren.

Die beiden saßen an einem mit einer feinen weißen Serviette bedeckten runden Marmortischchen. Sie aßen, jeder eine halbe Flasche Bordeaux neben sich, zur Nacht und gelangten zu dem unausbleiblichen Augenblick der Mitteilsamkeit und vertraulichen Geständnisse. Mesía war melancholisch, er hatte Anwandlungen von Sehnsucht nach dem Unendlichen, die auch die Ungläubigen auf ihre Art mitunter befällt. Er neigte matt den feinen, stolzen Kopf mit den blaßblonden Haaren und sah ein wenig älter aus als sonst. Er schwieg, aß und trank. Paco sprach mit vollem Munde gar nicht unfein, sondern fast elegant, den Hut hatte er ins Genick geschoben. Seine Augen glänzten, die Wangen waren gerötet.

»Sie ist in dich verschossen, glaub mir! Aber du, du bist nicht wie sonst. Es sieht fast aus, als fürchtetest du dich. Nie willst du mit zu ihr nach Hause kommen und das, wo Don Víctor selten da ist, sondern stets mit diesem Spiritisten Frígilis durch die Wälder läuft.«

Paco glaubte, Frígilis sei Spiritist, eine in Vetusta allgemein verbreitete Ansicht.

»Bei ihr zu Hause kann man gar nichts erreichen. Sie ist eine seltsame, hysterische Frau. Man muß sie genau studieren. Laßt mich nur machen!«

Er wollte nicht zugeben, daß er sich für geschlagen hielt. Er glaubte felsenfest, daß Ana etwas mit dem Generalvikar hatte. Das Thema behagte ihm nicht. Jetzt fühlte er sich durch Pacos Unterstützung gedemütigt, um die er ihn selbst vor Monaten gebeten hatte. Ohne es zu wissen, tat ihm der junge Marqués jedesmal weh, wenn er von dieser Geschichte anfing, ihm

Angriffspläne und Wege vorschlug, um durch einen Handstreich in die Feste einzudringen. Wann hätte er, Mesía, je Hilfe dieser Art gebraucht? Wann hätte er jemandem zu wissen erlaubt, wie und wann er eine Frau besiegte? Umsonst sattelte er, sooft das Wetter es erlaubte, seinen schönen Schimmel reinsten spanischen Blutes. Immer wieder ritt er über die Plaza Nueva, und ein paarmal sah er in dem Eckhaus hinter den Fensterscheiben die Quintanar, die ihn liebenswürdig und ruhig grüßte. Aber das Pferd war kein Glücksbringer, wie er geglaubt hatte. Die Szene jenes Nachmittags wiederholte sich nicht. Nur selten hatte er gewagt, die Präsidentin zu besuchen, die ihn nicht empfing, wenn Don Víctor nicht zu Hause war. Don Víctor dagegen empfing ihn mit offenen Armen und drückte ihm herzlich die Hand, mit jedem Tag von diesem schönen Modebild, wie er sagte, mehr eingenommen. Welch forschen Ersten Liebhaber gäbe doch dieser würdevolle Don Alvaro in einem Sittenstück ab! Aber, weshalb lasse er sich, wenn er schon keine Berufung für die Bühne in sich spüre, nicht in die Cortes wählen? Mesía sei zu Höherem geboren als zum Kopf einer Maus. Es sei nicht viel, in einer zweitrangigen Provinzhauptstadt Oberhaupt einer Partei zu sein, die nie an die Macht käme. Weshalb gehe er nicht mit einer Bescheinigung über seine Wahl in der Tasche nach Madrid?

Wenn Quintanar diese schmeichelhaften Fragen an ihn richtete, senkte Don Alvaro den Kopf und blickte mit zerknirschter Miene die Präsidentin an, als wolle er sagen: Ihretwegen, wegen meiner Liebe zu Ihnen sitze ich in diesem elenden Nest.

»Sie haben das Zeug zu einem Minister.«

»Oh, Don Víctor, glauben Sie nicht, daß mir das schmeichelt. Minister! Wozu? Ich habe keine politischen Ambitionen. Wenn ich in den Reihen einer Partei kämpfe, dann, um meinem Lande zu dienen, aber die Politik ist mir zuwider, soviel Schwindel, soviel Lüge!«

»In den Vereinigten Staaten werden tatsächlich nur verkrachte Existenzen Politiker. In Spanien jedoch ist es etwas anderes. Ein Mann wie Sie! Sie würden wie ein Kork nach oben steigen, mein lieber Don Alvaro.«

Aber Don Alvaro seufzte nur und blickte wieder die Präsidentin an. Im übrigen betrachtete er sich weiterhin in erster Linie als Politiker. Die Sache mit Madrid ließ er für später. Für den Augenblick machte er von Vetusta aus Abgeordnete und blieb selbst hier. Sobald er aber die Gattin des Ministers weichgekriegt hatte, ging es aufwärts, unaufhaltsam aufwärts. Das waren seine Pläne. Außerdem war der Widerstand Anas, die er, wenn nicht in wenigen Wochen, so doch in ein paar Monaten, herumzukriegen geglaubt hatte, ein neuer Grund, den Umzug hinauszuschieben. Wie sollte er nach Madrid gehen, ohne diese Frau besiegt zu haben? Und diese Frau schien unbesiegbar.

Seit dem Abend von Allerheiligen – er schämte sich, es sich selbst einzugestehen – war er keinen Schritt weitergekommen. Acht Tage lang hatte er keinen einzigen Augenblick allein mit Ana reden können, und als ihm der Versuch endlich gelang, mußte er sich überzeugen, daß die Exaltation des bewußten Nachmittags vielleicht für immer vorbei war.

Visitación verlor bald den Verstand. Ihr Gatte, Señor Cuervo, und seine Kinder aßen die Erbsen hart, wuschen sich ohne Handtuch, weil sie, wie immer, die Schlüssel mitgenommen hatte und ewig nicht wiederkam. Wie sollte sie nach Hause gehen, wenn diese verwünschte Präsidentin nicht klein beigab und dem unwiderstehlichen Mann mit der Unerschütterlichkeit eines Felsens standhielt? Der arme Bankangestellte drehte seinen pomadisierten Schnurrbar und sagte im Diskant zu der Schar seiner Kinder, die nach der Suppe jammerten:

»Ruhe, Kinder! Mama wird böse, wenn wir ohne sie essen.«

Die Suppe wurde kalt, und schließlich erschien Visitación außer Atem, zerstreut und schlecht gelaunt. Sie kam von den Vegallanas, wo sie erreicht hatte, daß Ana und Alvaro einen Augenblick allein miteinander sprachen, durch einen Zufall, den sie arrangiert hatte. Wirklich eine schöne Unterredung! Er kaute beim Herauskommen auf seinem Schnurrbart herum und hatte, als sie ein Scherzwort an ihn richtete, zu ihr, Visita, nur gesagt: »Ach laß mich in Ruh!« Ein Zeichen, daß er keinen Schritt vorangekommen war. Visitación fühlte sich jetzt nachträglich beschämt. Sie dachte an die Zeit, wo sie sich nicht gleich hatte ergeben wollen, verglich Anas Widerstand mit dem ihren, und ihre Wangen röteten sich vor Zorn, Neid und einer falschen, bösen Scham. Etwas in ihrem Gewissen sagte ihr, daß sie da ein niederträchtiges Amt übernommen hatte. Aber sie war gerade die Richtige, sich Ratschläge eines Moralstückes und innere Rufe anzuhören! Kurz und gut, sie war zu der Überzeugung gelangt, daß sie imstande sein würde, Ana ihrem ehemaligen Liebhaber mit Gewalt in die Arme zu treiben. Auf jeden Fall stand es schlecht um die Sauberkeit von Fußböden und Möbeln, von

Wohnzimmer und Küche. Ihr Heim war keineswegs ein Schmuckkästchen, und eines Tages fand ihr Gatte kein Hemd im Schrank und mußte mit einer Bluse seiner Frau, die recht und schlecht einen Matrosenkragen vortäuschte, ins Geschäft gehen.

Aber alle Betriebsamkeit war vergebens. Weder Visita noch Paco, noch Mesía mit seinen Fensterpromenaden zu Pferde vermochten die Präsidentin zu bezwingen. Wenn man wenigstens noch gesehen hätte, daß diese Stärke der Gleichgültigkeit entsprang. Aber nein, man sah es ihr nach Ansicht der drei meilenweit an, daß sie interessiert war. Das erbitterte sie am meisten, besonders Visita. Don Alvaro sprach mit ihr nicht über diese verfahrene Geschichte, sosehr sie auch bohrte. Einzig Paco schüttete er sein Herz aus, und das selten. Aber Ana glaubte an eine Verschwörung, und das half ihr nicht wenig, fest zu bleiben. Sie ließ sich nur ab und zu einmal bei den Vegallanas sehen, trotz der lästigen, unerträglichen Proteste Quintanars, der immer wieder sagte:

»Was sollen die Herrschaften von dir denken, Anita, was werden der Marqués und die Marquesa sagen!«

Wenn Don Alvaro die Hoffnung aufgab, war der Generalvikar ebenfalls nicht zufrieden. Er sah den Tag des Sieges in weiter Ferne. Anas Trägheit stellte ihn jedesmal vor neue Schwierigkeiten, mit denen er nicht gerechnet hatte. Außerdem war seine Eigenliebe verletzt. Wenn er das eine oder andere Mal versucht hatte, in seiner Freundin Anteilnahme zu erwekken, indem er ihr entweder verschlüsselt oder durch großmütige Vertraulichkeit einiges aus dem eigenen Leben offenbarte, hatte sie nur zerstreut, wie in den Egoismus ihrer Kümmernisse und Sorgen versunken, zugehört. Mehr noch: Die Dame, die von großen Opfern, von der Hingabe an das Glück anderer sprach, weigerte sich, ihren Gewohnheiten Zwang anzutun und trotz Morast und Regen öfter einmal das Haus zu verlassen. Sie weigerte sich, zeitig aufzustehen, und berief sich dabei, als handle es sich um etwas Heiliges, auf die Erfordernisse ihrer Gesundheit, die Launen ihrer Nerven. »Das frühe Aufstehen bringt mich um, die Nässe macht aus mir eine Elektrisiermaschine.« Das war demütigend für die Religion und deprimierend für Don Fermín. Es war ein kalter Wasserguß, der seine Seele abkühlte und ihn um den Schlaf brachte.

Eines Nachmittags betrat de Pas den Beichtstuhl so schlecht gelaunt, daß Celedonio, der Meßdiener, ihn das Gitter mit einem heftigen Schlag zuwerfen sah. Don Fermín kam vom Glockenturm, wo er, wie er es dann und wann tat, mit seinem Fernrohr die Winkel der Gärten und Häuser abgesucht hatte. Er hatte die Präsidentin im Park spazierengehen und dabei ein Buch lesen sehen, wahrscheinlich »Das Leben der heiligen Johanna Franziska«, das er ihr geschenkt hatte. Nun gut: Nachdem Ana fünf Minuten gelesen hatte, hatte sie das Buch verächtlich auf eine Bank geworfen.

»Oh, es steht schlimm mit uns!« hatte der Geistliche auf dem Turm ausgerufen, unterdrückte seinen Zorn aber sogleich, als hätte Ana sein Grollen hören können. Danach waren zwei Männer im Park erschienen: Quintanar und Mesía. Don Alvaro hatte die Hand der Präsidentin ergriffen, die sie nicht so schnell zurückzog wie sie gesollt hätte. Dann war Don Víctor davongegangen, und der professionelle Frauenverführer war mit der Dame allmählich hinter einer Wegbiegung zwischen den Bäumen verschwunden. Der Generalvikar wäre am liebsten vom Turm gesprungen. Er hätte es auch getan, wenn er die Gewißheit gehabt hätte, unbeschädigt unten anzukommen. Bald darauf war Don Víctor wieder auf dem Plan erschienen, dieser Gimpel Don Víctor, mit einem flachen Hut und ohne Gehrock, in einer hellen Jägerjacke, begleitet von Tomás Crespo, dem mit dem Schal. Die beiden hatten sich auf die Suche nach den anderen begeben, und dann waren alle vier wieder vor dem Objektiv des Fernrohrs aufgetaucht, das in den feinen, weißen Händen des Domherrn zitterte. Don Víctor hob den Kopf, streckte den Arm aus, zeigte auf die Wolken und klopfte mit dem Fuß ungeduldig auf den Boden. Ana war abermals verschwunden, ins Haus. Die heilige Johanna Franziska hatte sie auf der Bank vergessen. Nach zwei Minuten war Ana mit Halstuch und Hut wieder zur Stelle, woraufhin die vier durch das Parktor hinausgingen, das Frígilis mit seinem Schlüssel öffnete.

Sie gingen ins Freie!

Als sich Don Fermín in die vier Bretterwände seines Beichtstuhls eingesperrt sah, kam er sich wie ein Verbrecher im Block vor.

An diesem Tag fanden seine Beichttöchter den Generalvikar zerstreut und ungeduldig. Sie hörten, wie er auf seinem Sitz hin und her rutschte, so daß das Holz des großen Kastens knarrte, und die Bußen waren unverhältnismäßig hoch.

Vergebens wartete er in der verrückten Hoffnung, die Präsidentin könne in der Kapelle erscheinen, zufällig, durch eine plötzliche Anwandlung, aus irgendeinem Grund. Freilich hatten sie nichts dergleichen verabredet. Es fehlten noch acht Tage bis zur nächsten Beichte. Weshalb sollte sie also kommen? Halt eben so, weil er mit ihr sprechen, ihr sagen wollte, daß es so nicht gehe, daß er kein Sack sei, den man nach Belieben an einer Wand abstelle, und die Frömmigkeit kein Spiel, daß man Erbauungsbücher nicht verächtlich auf Gartenbänke werfe und schon gar nicht mir nichts, dir nichts in Begleitung eines schönen, aber ungläubigen und ausschweifenden Mannes zwischen Frígilis' Bäumen verschwinde. Aber nein. Ana erschien nicht in der Kapelle. Gott weiß, wo sie stecken werden, dachte er. Was mag das für eine Expedition sein? Irgend so einer von Don Víctors verrückten Einfällen. Er hatte den Arm gehoben und auf die Wolken gedeutet. Das sah aus, als verbürge er sich für gutes Wetter. In der Tat, der Nachmittag war schön, man konnte versichern, daß es nicht regnen werde. Na und? War das ein hinlänglicher Grund, mit dem Feind durch die Felder zu gehen? Denn Mesía war der Feind, jawohl, Don Fermíns Argwohn regte sich aufs neue. Andererseits hatte sich die Präsidentin nie einer bestimmten Leidenschaft geziehen. Sie sprach ganz allgemein von Versuchungen und schwülen Träumen, gestand aber nicht ein, einen bestimmten Mann zu lieben. Und Ana, seine süße Freundin, log nie, und schon gar nicht beim Beichtgericht. Aber von wem träumte sie dann? Der Generalvikar dachte an die betörende Annahme, die er einmal gehegt hatte, und jetzt, jetzt drängte sich ihm diese andere auf, daß er in seinem Gitterkasten wie auf glühenden Kohlen saß. Nehmen wir einmal an, daß sie ... von diesem Caballero träumt. Wütend stürmte er aus der Kapelle und machte keinen Hehl aus seinem Zorn. Er traf Don Custodio im Chorumgang und erwiderte seinen Gruß nicht. Er betrat die Sakristei und drohte Palomo, ihn hinauszuwerfen, weil die Katze abermals die Gewandtruhen beschmutzt hatte. Dann ging er zum Palais hinüber, und der Bischof erhielt eine der heftigen Abreibungen, die ihm sein Generalvikar in fast respektlosem, barschem, unwirschem Ton zu verabreichen pflegte. Der gute Fortunato saß in der Klemme. Er hatte kein Geld, um die Rechnung eines Schneiders zu bezahlen, der für die Hausprälaten Seiner Hochwürden neue Soutanen angefertigt hatte. Und der Schneider verlangte mit den höflichsten Ausdrücken der Welt in einem unbeholfenen Schreiben voll dicker Buchstaben, das der Bischof in den Händen hielt, sein Geld. Meister Zwirn nannte den Prälaten Durchlauchtigster Herr, forderte aber das Seine.

Fortunato bat mit zitternder Stimme um ein Darlehen. Der Generalvikar ließ sich bitten und erbot sich erst, das Geld vorzuschießen, nachdem sich der gute Hirte, der die biblischen Gleichnisse wörtlich nahm, hundertmal hatte demütigen müssen.

Wieviel die neuen Soutanen gekommen seien? Und vor allem, weshalb bezahle er, Fortunato, sie aus seiner eigenen Tasche? Wenn er wisse, daß er keinen roten Heller habe, weshalb verteile er dann sein ganzes Einkommen, bevor er es eingenommen? Weshalb stelle er sich bloß?

Fortunato gab zu, daß er wie ein Unterleutnant dastehe, dessen Gage gepfändet sei. Er erklärte, dieses Leben in Schulden satt zu haben.

»Ich weiß gar nicht mehr, was ich deiner Mutter schon alles schulde, Fermín. Es muß ein schönes Stück Geld sein.«

»Ja, Señor, es ist ein schönes Stück Geld, aber das schlimme ist nicht, daß Sie uns ruinieren, sondern auch sich selbst, und daß es alle Welt weiß. Das schadet dem Ansehn der Kirche! Sich wegen der Armen in Schulden stürzen, ein Betrüger aus Nächstenliebe zu sein! Mann Gottes, wo soll das noch hinführen? Christus hat gesagt: Verteile deine Habe und folge mir nach. Aber er hat nicht gesagt: Verteile die Habe der anderen.«

»Du sprichst wie ein Weiser, mein Sohn, du sprichst wie ein Weiser, und wenn es nicht unziemlich wäre, bäte ich den Minister, mich unter Kuratel zu stellen. Mal sehen, ob ich mich dann besserte.«

Dann trat de Pas in seine Amtsräume, und an diesen Besuch dachte man dort noch lange. An allem fand er etwas auszusetzen. Er durchwühlte Akten, deckte Mißstände auf, wirbelte Staub auf, drohte Gehälter einzubehalten, verweigerte alles, was er konnte, ordnete zwei oder drei Strafen für Dorfpfarrer an und erklärte zum Schluß, schon in der Tür, daß er keinen Heller für eine Sammlung zugunsten der schiffbrüchigen Fischer von Palomares gebe.

»Señor«, sagte ein armer Fischer mit einem weißen Bart, eine katalanische Mütze in der Hand, »Señor, dieses Jahr müssen wir buchstäblich verhungern! Der Brassenfang wirft nicht einmal genug für das Maisbrot ab.«

Aber der Generalvikar ging hinaus, ohne überhaupt zu antworten. Er dachte an Ana und Mesía. Und während der halben Stunde, die er allein und ganz gegen seine sonstige Gewohnheit mit langen Schritten auf dem Espolón hin und her lief, wiederholte irgendeine fremde Stimme unentwegt in seinem Kopf: Brassen! Brassen!

Weshalb dachte er ausgerechnet an Brassen? Und er zuckte auch über diese fixe Idee die Schultern.

»Jetzt fehlt bloß noch, daß ich durchdrehe.«

Acht Tage vergingen, und zur festgesetzten Stunde kniete Anita vor dem Gitter des Beichtstuhls nieder.

Nach der Absolution trocknete sie eine Träne, die über ihre Wange lief, erhob sich und ging in die Vorkirche. Dort wartete sie auf den Generalvikar. Gemeinsam langten sie, schon kurz vor Einbruch der Dämmerung, bei Doña Petronila an.

Der Große Konstantin war allein. Sie ging mit ihren haselnußbraunen, von den Gläsern einer goldenen Brille stark vergrößerten Augen die Rechnungen der »Mutter der Schönen Liebe« durch. Doña Petronila war von sehr dunkler Hautfarbe. Vorquellende Lider unter buckliger Stirn, die buschigen Brauen grau, ebenso das rauhe Gestrüpp ihres Haares, das den Kopf einfaßte. Rundes, fleischiges Kinn, nichtssagende, korrekte Nase, großer Mund, blasse, dicke Lippen. Sie war groß, breitschultrig, und ihr langes, keusches Wittum schien über ihren Körper etwas wie eine Moosschicht von Unbeflecktheit gebreitet zu haben, das ihr das Aussehen einer uralten Jungfrau verlieh. Das Kleid war schwarz, ein Doloresgewand, darüber ein breiter Lackledergürtel, und auf dem an ihrem Handgelenk, dick wie das eines Ackerknechts, mit Spangen aus Glasperlen geschlossenen Ärmel steckte eine ins Auge fallende, aufdringliche Silberbrosche.

Doña Petronila saß vor einem Schreibschrank mit vergoldeten, in das schwarze Holz eingelegten chinesischen Figuren. Sie erhob sich, schloß die Präsidentin in die Arme und küßte dem Generalvikar die Hand. Nachdem sie ihre Freude über den unverhofften Besuch ausgedrückt hatte, bat sie, mit dem Zahlenwust erst noch zu Ende kommen zu dürfen. Dame und Geistlicher fanden sich allein in dem düsteren Salon aus dunkelgrünem Damast und grau-goldener Tapete. Ana setzte sich auf ein Sofa, der Generalvikar ihr zur Seite in einen Sessel. Die Läden der halbgeschlossenen Balkontüren ließen schmale Lichtstreifen des sterbenden Tages hereinfallen. Ana und de Pas sahen einander kaum. Aus dem Kabinett zur Rechten kam eine große, weiße Katze mit dickem Schwanz. Sie näherte sich Schritt für Schritt dem Sofa, hob träge den Kopf, blickte zur Präsidentin auf, ließ ein leises, zärtliches, gurrendes Klagen hören, und nachdem sie ihren Rücken vertraulich an des Generalvikars Soutane gerieben hatte, ging sie gemächlich und geräuschlos, als liefe sie auf Watte, wieder hinaus. Ana hatte ein Gefühl, als röche die schneeweiße Katze nach Weihrauch. Auf jeden Fall nahm sie sich wie ein Symbol der Frömmigkeit Doña Petronilas aus. Im ganzen Haus herrschte die Stille eines auswattierten Sarges. Die wohlige Atmosphäre war leicht mit etwas parfümiert, das nach Wachs, Storax und vielleicht auch Lavendel roch. Ana spürte eine angenehme, jedoch nicht ganz geheure Schläfrigkeit. Man fühlte sich hier behaglich, fürchtete aber so etwas wie eine Vergiftung.

Doña Petronila ließ auf sich warten. Eine Dienerin, ebenfalls in schwarzem Kleid, kam mit einem altertümlichen Bronzeleuchter herein und stellte ihn auf ein Tischchen, nachdem sie mit einer Stimme wie eine heisere Nonne »Guten Abend!« gesagt hatte, ohne die Augen von dem grau-grün karierten Plüschteppich zu heben.

Ana blieb mit ihrem Beichtiger wieder allein.

Der Generalvikar brach das minutenlange Schweigen und sagte mit einer Stimme, die dem Maunzen der weißen Katze ähnelte:

»Sie können sich nicht vorstellen, meine liebe Freundin, wie sehr ich Ihnen für diesen Entschluß danke.«

»Hätten Sie doch früher etwas gesagt!«

»Ich habe genug geredet, kleine Schelmin.«

»Aber nie so wie heute. Nie haben Sie mir gesagt, daß ich Sie damit kränkte und daß diese Damen bereits von meiner Weigerung, zu kommen, wußten. Es hat soviel geregnet! Sie wissen, daß mich die Nässe umbringt. Die naßgeregnete Straße jagt mir Entsetzen ein. Ich bin krank, ja, Señor, trotz dieser Farben. Mitunter ist mir, als sei mein Inneres ein Haufen Sand, der zerrinnt. Ich weiß nicht, wie ich mich erklären soll, ich spüre Risse in meinem Leben, ich spalte mich innerlich, werde kleiner, löse mich auf. Wenn Sie in mich hineinsehen könnten, täte ich Ihnen leid ... Aber trotz alledem: Hätten Sie früher so zu mir gesprochen wie heute, und wenn ich hätte schwimmen müssen, ich wäre gekommen. Ja, Don Fermín, ich mag alles mögliche sein, aber nicht undankbar. Ich weiß, was ich Ihnen verdanke und daß ich Ihnen das nie vergelten kann. Eine Stimme, eine Stimme in der einsamen Wüste, in der ich lebte. Sie können sich nicht vorstellen, was sie für mich bedeutete! Und Ihre Stimme kam gerade zur rechten Zeit! Ich hatte keine Mutter, Sie wissen ja, wie mein Leben verlief. Ich verstehe es nicht, gut zu sein. Sie haben recht, ich will die Tugend nicht, wenn sie nicht reine Poesie ist, und die Poesie der Tugend erscheint dem nicht Tugendhaften wie Prosa, ich weiß, ich weiß. Deshalb sollen Sie mich leiten! Ich will hierher kommen, es diesen Señoras gleichtun, die Aufgabe, die sie mir übertragen, auf mich nehmen. Ich will alles machen, was Sie befehlen, nicht aus Ergebenheit, sondern aus Selbstsucht, weil es auf der Hand liegt, daß ich mit mir nichts anzufangen weiß. Es ist mir lieber, wenn Sie mir befehlen. Ich will wieder ein kleines Mädchen sein, meine Erziehung von vorn beginnen... Außerdem muß ich Heilung suchen. Manchmal fürchte ich, verrückt zu werden. Ich habe es Ihnen ja schon gesagt. Es gibt Nächte, wo ich, schlaflos im Bett liegend, die traurigen Gedanken abwenden will, indem ich an Gott, an seine Anwesenheit denke. Was liegt an allem, wenn Er gegenwärtig ist? sage ich mir, aber es hilft nichts, weil, wie ich Ihnen ja schon gesagt habe, auf einmal in meinem Kopf Gedanken von früher hervorbrechen wie Schmerzen beim Berühren einer Wunde, rebellische Gedanken, gottlose Schlußfolgerungen, törichte, hartnäckige Vorurteile, von denen ich nicht weiß, wann sie sich in mir festgesetzt haben. Wahrscheinlich habe ich sie irgendwann zu Hause gehört, als mein Vater noch lebte. Und manchmal verfalle ich darauf, mich zu fragen, ob Gott etwa nichts weiter sei als meine Vorstellung, nichts weiter als dieser schmerzhafte Druck, den ich jedesmal im Kopf zu spüren glaube, wenn ich mich bemühe, mir selbst Gottes Gegenwart zu beweisen.«

»Anita, Anita! Schweigen Sie, schweigen Sie! Sie lassen sich hinreißen! Ja, Sie sind in Gefahr, in großer Gefahr, aber wir werden sie bannen, dessen bin ich sicher. Sie sind gut, der Herr ist mit Ihnen, und ich gäbe mein Leben, Sie von diesen falschen Vorstellungen zu befreien. Dies alles ist krankhaft, nervlich bedingte Schwermut, was weiß ich. Aber es kommt vom Körper, mit der Seele hat es nichts zu tun. Die Ansteckung jedoch ist eine Gefahr, Anita. Nicht meinetwegen, Ihretwegen müssen Sie ein Leben tätiger Frömmigkeit beginnen! Die Werke, die Werke, meine liebe Freundin! Dies ist ernst, wir bedürfen energischer

Mittel. Wenn gewisse Worte, gewisse Handlungen dieser guten Frauen Sie manchmal abstoßen, dann lassen Sie sich nicht von Ihrer Phantasie mitreißen, verdammen Sie sie nicht leichtfertig! Verzeihen Sie den andern ihre Schwächen! Überlegen Sie gut und geben Sie nichts auf den Schein! Und jetzt, um ein wenig von mir zu sprechen . . . Wenn Sie in meine Seele blicken könnten, Anita! Was mich angeht, so kann ich Ihnen den schönen Entschluß von heute nachmittag wirklich nie genug danken.«

»Ich war die ganze Zeit undankbar, ohne es zu wissen.«

»Aber jetzt beginnen Sie ein neues Leben, nicht wahr, meine Tochter?«

»Ja, mein Vater.«

Sie schwiegen und sahen sich an. Da ergriff Don Fermín unbedacht und unbeherrscht eine Hand der Präsidentin, die auf einem gehäkelten Kissen lag, nahm sie in beide Hände und drückte sie. Ana spürte, wie sie rot wurde, aber sie fand es absurd, sich zu beunruhigen. Beide hatten sich erhoben, als Doña Petronila eintrat, zu der de Pas sagte, ohne Anas Hand loszulassen:

»Señora, Sie kommen gerade im rechten Moment. Sie sollen Zeugin sein, daß das Schaf dem Hirten feierlich gelobt, sich nie von der Herde zu trennen, die es sich erwählt hat.«

Der Große Konstantin küßte Ana auf die Stirn.

Es war ein feierlicher, fester, aber kalter Kuß. Sie schien ihr das in Eis getauchte Siegel einer Bruderschaft aufzudrücken.

Sowie der März nahte, schrieb Don Robustiano Somoza die Krankheiten seiner Patienten dem »medizinischen Frühling« zu, von dem er keine genaue Vorstellung hatte. Da es aber seine Hauptaufgabe war, die Betrübten zu trösten, und diese klimatologische Erklärung sie im allgemeinen zufriedenstellte, dachte der wackere Medizinmann nicht daran, sich eine andere auszudenken. Der »medizinische Frühling« war es, der nach den Worten Don Robustianos die Präsidentin »aufs Bett geworfen hatte«. Sie legte sich eines Nachts gegen Ende März mit krampfartig zusammengepreßten Zähnen und einem Feuerwerk im Kopf schlafen. Als sie Tags darauf aus mit Fratzengesichtern bevölkerten Träumen erwachte, merkte sie, daß sie Fieber hatte.

Quintanar war in den Marschen von Palomares auf der Jagd. Vor zehn Uhr abends konnte er nicht zurück sein. Anselmo holte den Arzt und Petra ließ sich wie ein treuer Hund am Kopfende des Bettes nieder. Servanda, die Köchin, kam und ging wortlos mit Tassen voll Lindenblütentee, ohne aus ihrer Gleichgültigkeit einen Hehl zu machen. Sie war neu im Hause und kam aus dem Gebirge. Seit langem hatte Anita keine dieser liebevollen Regungen angewandelt, deren Gegenstand Don Víctor war, aber an diesem Tag weinte sie am Nachmittag, besonders, als es dunkel wurde, verbarg das Gesicht und dachte an ihren abwesenden Mann. Wie sehnte sie sich nach seiner Gegenwart! Er allein konnte ihr in der Einsamkeit des Krankseins, die an diesem Tag begann, Gesellschaft leisten. Umsonst eilten die Marquesa, Paco, Visitación, Ripamilán herbei, sobald sie Kunde von der Erkrankung erhielten. Sie empfing alle freundlich, lächelte ihnen zu, zählte aber die Minuten, die bis zehn Uhr abends fehlten. Ihr Quintanar! Das war ihr wirklicher Freund, Vater, Mutter, alles!

Die Marquesa blieb nur kurze Zeit neben ihrer kranken Freundin sitzen. Sie legte ihr die Hand auf die Stirn, erklärte, es sei nichts weiter, Somoza habe schon recht, der medizinische Frühling ... sagte etwas von Sarsaparillensaft und verabschiedete sich bald. Paco bewunderte im stillen die Schönheit Anas, deren in das weiche Weiß der Kissen eingesunkener Kopf ihm wie ein »Juwel im Etui« erschien. Visitación fiel auf, daß Ana jetzt mehr denn je der Madonna della Sedia ähnelte. Das Fieber verlieh den Augen der Präsidentin Licht und Feuer und ihren Wangen Röte. Ihr Lächeln glich dem einer Heiligen. Paco dachte unwillkürlich, daß sie »zum Anbeißen« sei. Er bot ihr eifrig seine Dienste an wie seine Mutter und ging. Auf dem Gang kniff er Petra, die mit einem Glas Zuckerwasser kam. Visita legte ihr Umschlagtuch auf das Bett ihrer Freundin und traf Anstalten, alles in die Hand zu nehmen, ohne sich um Petras unverschämt verzogenes Gesicht zu kümmern. Wer verlasse sich schon auf Dienstboten? Aber zum Glück sei sie ja nun da, um alles Nötige zu erledigen.

»Übrigens, das muß man schon sagen, dein herzallerliebster Quintanar hat auch so seine Dinge. Wer kommt schon auf den Gedanken, einen Jagdausflug zu machen und dich in so einem Zustand allein zu lassen?«

»Aber er wußte doch nichts.«

»Hast du nicht schon gestern abend geklagt?«

»Dieser Frígilis ist an allem schuld.«

»Wer mit Frígilis verkehrt, wird genau so verrückt wie er. War es nicht dieser Frígilis, der englischen Hähnen andere Kämme einpflanzte?

»Ja, das war er.«

»Und der sagt, daß unsere Vorfahren Affen waren? Ist selbst ein Affe, und ein schlechterzogener! Aber Kind, wo er sich nicht einmal wie eine Person von Anstand kleidet! Ich habe nie einen steifen Kragen bei ihm gesehen und auch keinen Zylinderhut.«

Um acht Uhr abends kam Somoza wieder. Trotz des medizinischen Frühlings zeigte er sich nicht beruhigt. Er sah die Zunge der Kranken an, fühlte den Puls, steckte ihr ein Fieberthermometer, das er aus der Tasche zog, in die Achselhöhle und las die Fiebergrade ab. Der Arzt wurde feuerrot. Er blickte Visita mit finsterem Stirnrunzeln an, verlegte sich aufs Raten und rief zornig:

»Es steht schlecht! Hier ist viel geredet worden! Man hat Sie aufgeregt, nicht wahr? Als sähe ich's mit eigenen Augen . . . viele Leute, sicherlich . . . viel gesprochen . . .«

Jetzt war es Visita, der die Röte ins Gesicht stieg. Somoza hatte es erraten. Er verstand nichts von Medizin, kannte aber seine Pappenheimer, schrieb dann ein Rezept aus, tadelte auch Don Víctor wegen seines unangebrachten Fernbleibens, erklärte, Narrheit stecke an und Frígilis verstände vom Darwinismus soviel wie er vom Fliegenfangen. Er tätschelte der Präsidentin zweimal das Gesicht, eine Berührung, die ihn wonnevoll durchrieselte, und stürmte türenwerfend hinaus, nicht, ohne sich von weitem bis auf morgen in aller Frühe zu verabschieden.

Visitación, die eine gehörige Portion Konfekt verschlang, während sie am Fußende des Bettes saß, versicherte mit vollem Munde, Somoza sei eine völlige Null. Visita glaubte an die Hausmittel und schimpfte auf die Ärzte. Zweimal war sie von einer berühmten Hebamme ohne Matrikel oder sonstwas aus Kindesnöten erlöst worden. »Sag doch selbst, in dieser Welt ist alles Schwindel! Wie kann er behaupten, daß es dir schlechter geht, weil wir versucht haben, dich ein bißchen zu zerstreuen? Dieser Schafskopf! Was versteht der von einer nervösen Frau mit lebhafter Phantasie? Wenn ich nicht hier gewesen wäre, hättest du dich bestimmt den ganzen Tag in traurigen Gedanken verzehrt und immerzu nur an deinen abwesenden Quintanar gedacht: Weshalb er nicht da ist, wenn er so ein guter Gatte sein will, daß er schließlich kein Kind mehr ist, um sich nicht auch Gedanken zu machen, und was weiß ich. Was einem eben so durch den Kopf geht, wenn man krank und allein ist und allen Grund hat, sich über wen zu beklagen.«

Ana übte sich daran, Visita zu hören, ohne aufzunehmen, was sie sagte, indem sie an etwas anderes dachte, die einzige Möglichkeit, die Tortur dieses Redeschwalls zu ertragen. Um Viertel elf betrat Don Víctor, über und über mit erlegten Vögeln und Jagdgerät behängt, in Gamaschen, einen dicken Ledergurt umgeschnallt, den Alkoven. Hinter ihm erschien Don Tomás Crespo, Frígilis, mit zerbeultem, grauem Hut, kariertem Schal und hellen Schuhen mit dreifacher Sohle. Quintanar ließ seinen Regenmantel zu Boden fallen wie Manrique im ersten Akt des »Troubadours« seinen Umhang, und sowie er dies getan, stürzte er in die Arme seiner Frau und bedeckte ihre Stirn mit Küssen, ohne daran zu denken, daß Zeugen zugegen waren.

O ja! Das war Vater, Mutter, Bruder, der süße Trost der gewohnten Liebkosung, der geistige Schutz der häuslichen Liebe. Nein, sie war nicht allein in der Welt, ihr Quintanar gehörte ihr! Schweigend schwor sie ihm in einem langen, innigen Kuß, mit dem sie den des Gatten erwiderte, ewige Treue. Don Víctors Schnurrbart war wie ein nasser Besen. Er benetzte mit der Nässe, die er aus den Meeresniederungen mitbrachte, die Stirn seiner Gattin. Aber sie empfand keinen Widerwillen.

Auch Don Víctor meinte, daß »es nichts damit auf sich habe«, machte sich aber trotzdem im stillen Vorwürfe, nicht mit dem Halbfünfuhrzug zurückgekommen zu sein.

»Siehst du, Crespo, hätte ich nur auf die Stimme meines Herzens gehört. Ja, Señora«, fügte er, an Visita gewandt, hinzu, »er kann Ihnen bestätigen, daß ich mir aus irgendeinem Grund einbildete, früher nach Hause fahren zu müssen.«

»O ja! Dessen seien Sie sicher! Es gibt Vorahnungen!« rief Visita und schickte sich an, drei oder vier Fälle von Hellseherei, die ihr selbst begegnet waren, zum besten zu geben.

»Aber der hier war schuld«, sagte Quintanar.

Frígilis zuckte die Achseln und fühlte der Kranken den Puls, die seine Hand drückte und ihm alles verzieh. Die Wahrheit war, daß Don Víctor früher nach Hause hatte fahren wollen, um das Theater nicht zu verpassen. Aber das konnte er schließlich nicht gut sagen. Im stillen fand Frígilis einmal mehr Gelegenheit, das Vorhandensein übernatürlicher Stimmen zu leugnen. Er hatte den Hut abgenommen, und sein dichtes, kurzgeschnittenes Haar sah wie ein Dickicht aus, wie das Urbild des Felsgestrüpps. Er kniff die grauen Augen zu und runzelte die Brauen. Er stieß an die Möbel und roch nach Wald. Das Licht störte ihn. Er brachte den Nebel der Meeresniederungen mit und hatte etwas von einem Raubtier, das in die Falle geraten ist, von der Fledermaus, die sich, vom Licht angelockt, zu ihrem Unglück in eine menschliche Behausung verfliegt. Neben der nervösen, wehleidigen, fiebernden Ana nahm er sich wie ein Sinnbild der Gesundheit aus, das mit seinen Ausstrahlungen die Kranke »anstecken« will.

Als die Eheleute allein geblieben waren, nachdem sie nicht ohne Mühe durchgesetzt hatten, daß Visita darauf verzichtete, sich aufzuopfern und bei ihrer Freundin die Nacht über zu wachen, verlangte Ana wieder nach den Armen des Gatten und sagte mit einer Stimme, in der das Weinen zitterte:

»Geh noch nicht schlafen! Ich bin so schreckhaft. Bleib um Gottes willen bei mir, Quintanar! Ich brauche dich!«

»Ja, mein Kind, ja. Das wäre ja noch schöner!« Und er zog ihr fürsorglich, liebevoll die Atlasdecke, der er nicht einmal einen Blick schenkte, über die Schultern. Doch die Präsidentin bemerkte sogleich, daß ihr Mann besorgt war.

»Was hast du? Machst du dir Sorgen? Glaubst du, es gehe mir schlechter, als sie sagen, und willst es mich nicht merken lassen?«

»Nein, Kind, nein, um Gottes willen, das ist es nicht.«

»Doch, doch, ich kenne dich. Aber hab keine Angst. Ich versichere dir, es geht wieder vorbei. Ich kenne das. Du weißt doch, wie ich bin. Man meint, eine Krankheit kündige sich an, und danach ist es nichts. Ich bin jetzt freilich sehr nervös, mir ist, als sei ich von aller Welt verlassen und allein, mutterseelenallein. Ich brauche dich. Aber das geht vorüber, es sind nur die Nerven.«

»Ja, natürlich, mein Kind, die Nerven.«

Und ohne sich bezähmen zu können, stand er auf, sagte: »Ich bin bei dir, mein Leben«, und ging durch die Tapetentür hinaus.

»He!« rief er in den Gang. »Petra, Servanda, Anselmo, irgendwer! Hat Don Tomás das Rebhuhn mitgenommen?«

Anselmo untersuchte die erlegten Vögel, die in der Küche lagen, und rief zurück:

»Ja, Señor! Hier sind keine Rebhühner.«

»Himmeldonnerwetter! Da hört sich doch alles auf! Immer dasselbe! Es gehört mir, ich habe es erlegt. Ich bin sicher, daß es mein Schuß war. So was von Eitelkeit! Anselmo, höre, was ich dir sage: Morgen, sowie es Tag wird, verstehst du?, findest du dich bei Don Tomás ein und verlangst mit größtem Nachdruck und Ernst in meinem Namen das Rebhuhn von ihm, egal wie es aussieht, verstehst du?, und sag ihm, es sei kein Scherz. Auch wenn es schon gerupft ist, ich verlange, daß man es mir zurückgibt! *Suum cuique.*«

Ana hörte das Geschrei und beeilte sich, ihrem Gatten diese harmlose Schwäche zu verzeihen. Alle Jäger sind so, dachte sie mit dem Wohlwollen des beginnenden Fiebers.

Don Víctor kam zurück, und das freundliche, milde Lächeln seiner Gattin gab ihm die Ruhe wieder.

Bis halb zwei fand seine Gattin keinen Schlaf, und erst dann konnte sich Don Víctor zum Zubettgehen rüsten.

Einmal in Hemdsärmeln vor dem Bett, ging es ihm durch den Kopf, daß die Erkrankung seiner inniggeliebten Ana eine ernsthafte Unannehmlichkeit bedeute. Er war keineswegs beunruhigt, Gott bewahre. Es bestand keine Gefahr. Hätte es sie gegeben, er hätte es an seinem Schreck, an dem Schmerz, der ihn quälen würde, erkannt. Er war nicht erschrocken, er empfand keinen Schmerz, also bestand keine Gefahr. Aber Unannehmlichkeiten gab es. Fürs erste hieß es, dem Theater für viele Tage Lebewohl zu sagen, und obgleich jetzt eine Truppe mit Singspielen gastierte, was eine »hybride Gattung« war, so gestand er dessenungeachtet ein, daß er anfing, an der zarten, einfachen Schönheit der ernsten Zarzuela Gefallen zu finden, und er hatte an den vergangenen Abenden in »Marina« ein gewisses »Lokalkolorit« entdeckt und im »Blauen Domino« »Zeitatmosphäre«, ganz zu schweigen von den durchkreuzten Liebschaften im »Schwur«, was eine wirklich hübsche Sache war. Ja, und die Reise mit dem Provinzgouverneur zur Einweihung der westlichen Industriebahn? Und die Dominopartien mit dem Chefingenieur im Kasino? Und die ausgedehnten Spaziergänge, die er für seine Verdauung brauchte? Der Gedanke, viele Tage lang nicht aus dem Hause zu gehen, entsetzte ihn. Schlecht gelaunt, legte er sich zu Bett. Löschte das Licht. In der Dunkelheit kamen ihm Gewissensbisse. Er war ein Egoist, dachte nicht an seine arme Frau, sondern nur an seine Bequemlichkeit, an seine Launen. Und wie zur Sühne und um sich selbst zu täuschen, seufzte er tief und sagte laut:

»Meine arme, liebe Kleine!«

Und schlief zufrieden ein.

Er erwachte, wie immer den Kopf voller Pläne. Plötzlich fiel ihm aber Ana ein, das Fieber, und seine Seele füllte sich mit verzagter Betrübnis. Gott mochte wissen, was das war! Die Medizin, die bitteren Tropfen, die er haßte, die Angst, sich in der Dosis zu irren, die Furcht, die ihm die grünlichen Arzneien einflößten, weil er glaubte, sie könnten giftig sein – Gift war für Don Víctor trotz seiner physikalisch-chemischen Studien immer grün oder gelb –, die Irrtümer und Ungeschicklichkeiten der Dienstboten, die öden, stillen Stunden am Fußende des Krankenbetts, die natürlichen Besorgnisse, die Abhängigkeit von den Worten Samozas, das Sprechenmüssen mit den Leuten, die alle dasselbe wissen wollten, nämlich wie es um die Kranke stand – all diese Unannehmlichkeiten häuften sich in der Vorstellung Don Víctors, der mehrere Male wild fluchte und sich voll Selbstmitleid aus dem Bett wälzte. Er begab sich in den Alkoven seiner Frau und vergaß mit einem Schlag alles: Ana ging es schlecht, sie hatte deliriert. Man hatte ihn nicht wecken wollen, aber nach der Aussage Petras, die am Bett gewacht, hatte die gnädige Frau eine schreckliche Nacht verbracht.

Um acht kam Somoza.

»Was ist? Was hat sie? Ist es was Schlimmes?«

Diese Fragen stellte Don Víctor zitternd, mit gefalteten, zusammengepreßten Händen vor der Kranken, die, obwohl benommen, zuhörte.

Der Arzt gab keine Antwort. Er schrieb ein Rezept aus und ging ins Kabinett.

»Was ist? Was ist?« wiederholte Don Víctor flüsternd und mit bebender Stimme. »Was ist?«

Don Robustiano sah ihn verächtlich, haßerfüllt und ungehalten an.

Was ist, was ist! Das fragt sich leicht! Don Robustiano wußte nicht, was es war, aber den Anzeichen nach mußte es etwas Gefährliches sein.

Das dachte er, laut aber sagte er:

»Ja, man muß behutsam vorgehen, sehr vorsichtig sein und sie nicht den Dienstmädchen und schon gar nicht Visitación überlassen, die sie mit ihrem Geschwätz ganz verrückt macht. So sieht es aus.«

»Aber ist es etwas Schlimmes, ist es etwas Schlimmes?«

»Hm, ja und nein. Nein, es ist nichts Schlimmes. Die Wissenschaft kann nicht sagen, es stehe schlecht, noch kann sie es verneinen. Aber davon verstehen Sie nichts, mein Lieber! Ist es eine

Hepatitis? Kann sein. Vielleicht liegt eine Gastroenteritis vor, vielleicht, aber es gibt Symptome, die täuschen.«

»So daß es also nicht die Nerven sind und auch nicht der medizinische Frühling?«

»Mein Lieber, die Nerven sind immer mit im Spiel. Und der Frühling, das Blut, die neuen Säfte – das alles hat natürlich Einfluß. Aber Sie können das nicht verstehen.«

»Nein, Señor, das kann ich nicht. Ich habe in meinen Mußestunden medizinische Bücher gelesen, ich kenne Jaccoud, aber bei dieser Lektüre hätte ich am liebsten . . . ja also, mir wurde übel, und ich bildete mir ein, das Blut kreisen zu hören, und stellte mir das so ähnlich wie das Reservoir am Lozoya vor, mit Kanälen und Schleusen im Herzen.«

»Schön, schön, mir brauchen Sie diesen Unsinn nicht zu erzählen. Bis zum Nachmittag. Wenn's was Neues gibt, sofort benachrichtigen! Ach, und nicht zu dick zudecken und Visitación nicht zu ihr lassen! Sie macht sie ganz verrückt. Die Wissenschaft verbietet auf das entschiedenste, daß diese Schirmherrin aller Hebammen ihren Fuß hier hereinsetzt.«

Vier Tage später schickte Don Robustiano an seiner Statt einen jungen Arzt, seinen Protegé. Er glaubte, es sei soweit, sich fernhalten zu müssen. Man weiß ja bereits, daß er außerstande war, geliebten Menschen in einem gewissen Zustand weiter beizustehen.

Der Vertreter war ein intelligenter, sehr gelehrter junger Mann. Er erklärte, die Krankheit sei nicht schwer, wohl aber langwierig und der Genesungsprozeß mühselig. Er gebrauchte nicht gern die ungenauen volkstümlichen Krankheitsbezeichnungen, verwendete vielmehr die Fachausdrücke, wenn man ihm zu sehr zusetzte, nicht aus lächerlicher Pedanterie, sondern um die Laien nicht über Dinge zu unterrichten, die sie nicht zu wissen brauchten und, genaugenommen, auch nicht verstehen konnten. Jedenfalls glaubte Ana zu sterben, und als man ihr zu versichern begann, daß es ihr allmählich besser gehe, litt sie mehr als in der Zeit der größten Gefahr. Als sie erfuhr, daß sie sechs Tage in ihrer Apathie gelegen hatte, mit Erregungszuständen und Delirien, wunderte sie sich, daß ihr dieses lange Martyrium so kurz erschienen war.

Die Schwäche machte sie noch mehr als hinfällig, überreizt und empfindlich. Alles sah sie in einem blassen Gelb. Zwischen den Dingen und ihr schwammen noch zahlreiche Pünktchen und kleine Kreise in der Luft, wie Blasen die einen, wie Staub und hauchzartes Spinnweb die andern. Wenn ihre Arme auf dem Bettbezug lagen und sie die mageren, von blauen Streifen auf mattweißem Grund durchzogenen Hände betrachtete, kam ihr plötzlich der Gedanke, daß diese Finger nicht ihr gehörten, daß es nicht von ihrem Willen abhänge, sie zu bewegen, und der Entschluß, die Hände unter die Decke zu legen, kostete sie große Überwindung. Die größte Angst stand sie durch, als sie die erste Nahrung zu sich nahm: eine fade, geschmacklose Bouillon, die Don Víctor durch Blasen abkühlte. Er blies gläubig und beharrlich und zeigte ihr durch diese Art des Blasens seinen Eifer und seine Liebe. Die ideale Brühe brachten die Dienstmädchen Vetustas nach Quintanars Worten nie zustande. Darüber ließ er sich aus, während Ana Todesschweiß ausbrach, mit dem die letzte Kraft und selbst der Lebensmut durch die Haut zu sickern schien.

Sie sah den Arzt besorgt um ihren Leib, doch machte er sich keine Gedanken um die unaussprechlichen Schmerzen, die tiefer saßen. Tag für Tag mußte er den Leib abtasten und Fragen bezüglich der primitivsten Funktionen des animalischen Lebens stellen. Don Víctor, der sich nicht auf sein Gedächtnis verließ, führte, stets die Uhr in der Hand, in einem Heft Buch, wo er mit schnörkligen Abkürzungen und in barockem Schwulststil alles festhielt, was dem Arzt über diese Einzelheiten zu wissen wichtig war.

Solange die Angst vor dem Ernst der Erkrankung anhielt, dachte der liebende Gatte an nichts weiter als an die Kranke und tat brav seine Pflicht. Wenn er mitunter lästig, achtlos oder ungeschickt war, war er es unbewußt. Danach begann er dessen überdrüssig zu werden, das gewohnte Leben zu vermissen, und er übertrieb, wenn er die Zahl der Stunden nannte, die er wachend verbrachte. Um sein Kreuz leichter zu tragen, nahm er sich vor, Neigung zu seinem Krankenwärteramt zu fassen, und es gelang ihm: Er fand mit der Zeit das Zubereiten von Latwergen und das Einpinseln seiner Frau mit Jod ebenso unterhaltsam wie das Anfertigen laubgesägter Spitzbogengänge. Dazu kam das Seihen und Kaltblasen von Bouillons und das Befragen der Uhr, um Minuten und selbst Sekunden zu zählen – eine Verrichtung, auf die er schließlich eine Genauigkeit verwandte, die Petra und Servanda um die Geduld brachte. Begierig erwartete er den Besuch des Arztes, zunächst, um sich zwanzigmal bestätigen zu lassen, daß es Ana besser, viel besser gehe, dann aber auch, weil ihm das unbeschwerte Gespräch mit dem Arzt, das auf den ärztlichen Teil des Besuches folgte und sich nicht mehr um Krankheiten drehte, Freude machte. Somozas Vertreter war nicht gesprächig, aber es machte ihm Spaß, Quintanar zuzuhören, und dieser faßte schließlich herzliche Zuneigung zu Benítez, wie der Arzt hieß. Er diskutierte gern mit Benítez, um ihm auf den Zahn zu fühlen, wie er sagte. Eins der Probleme, die den Herrn des Hauses am meisten beschäftigten, war die Vielheit der bewohnten Welten. Er glaubte daran, daß es auf allen Himmelskörpern Bewohner gebe, die Großmut Gottes verlange diese Annahme. Er zitierte Flammarion und die Briefe von Feijoó nebst der Meinung eines englischen Bischofs, dessen Name er vergessen hatte. Dieser Mr. Sowieso, denn für ihn waren alle Engländer Mister.

Sobald der Arzt erklärt hatte, es werde nun, wenn auch langsam, so doch wahrscheinlich stetig bergan gehen, frohlockte Quintanar und gestattete niemandem mehr, an diesem ununterbrochenen Marsch in Richtung auf die Gesundheit zu zweifeln. Sein harmloser, aber ausgeprägter Egoismus war es müde, immer an andere zu denken und die eigene Person zu vergessen. Er hatte die Dienstbarkeit satt, und wenn sich Ana beklagte, verzog der Gatte das Gesicht und verstieg sich sogar so weit, mit süßsaurer Stimme etwas von Geduld und Fassung zu sagen.

»Seien wir doch keine Kinder, Ana! Es geht dir besser. Was du hast, ist eine Folge der Schwäche. Denk nicht daran! Das ist Einbildung. Die Einbildung fordert mehr Opfer als manche Krankheit.« Und er gab unweigerlich die Parabel von der Cholera und der Einbildung zum besten.

Der Gedanke an einen Rückfall oder auch nur an eine Stagnation erschien ihm subversiv, als ein Anschlag auf seine Ruhe. Er war ja schließlich nicht aus Stein. Er hielt das nicht durch.

Er hatte kein Mitleid mehr mit der Kranken. Das waren jetzt nur noch die Nerven, und er begann ausschließlich an sich selbst zu denken. Dauernd ging er in Anas Alkoven aus und ein, setzte sich fast nie, und selbst das Notieren der Arzneien und sonstiger intimer Einzelheiten ödete ihn schließlich an. Der Arzt mußte sich mit Petra ins Benehmen setzen. Quintanar ersann Ausreden und selbst Lügen, um draußen, in seinem Arbeitszimmer oder im Park sein zu können. Wie groß waren doch die Kunst und die Natur! Genaugenommen war alles eins und Gott der Schöpfer von allem! Und Don Víctor sog mit Wohlbehagen die frische Aprilluft ein und genoß sie in vollen Zügen. Er brachte seine Apparaturen wieder in Ordnung, träumte von neuen Erfindungen und neidete Frígilis die Akklimatisierung des Eucalyptus globulus in Vetusta.

Der Präsidentin fiel die Abwesenheit ihres Gatten auf. Stundenlang ließ er sie allein. Wenn die Trübsal sie in Meere von Trauer tauchte, die uferlos schienen, wenn sie sich wie von aller Welt abgesondert fühlte, rettungslos verlassen, rief sie nicht mehr nach Quintanar, obwohl er das einzige lebende Wesen war, dessen sie sich in solchen Augenblicken entsann. Sie ließ ihn lieber da draußen in Ruhe, denn wenn er kam, schadete er ihr bloß mit seiner geschwätzigen, absurden Mißachtung ihres Nervenleidens.

Eines bleigrauen, besonders tristen Nachmittags, besonders trist, weil es Frühling war, aber wie Winter anmutete, saß die Präsidentin aufrecht zwischen Kissenwällen allein in ihrem Bett. Im Hintergrund des Alkovens, bei ihren Umhängen und dem Paar Hosen, das Don Víctor dort liegengelassen hatte, dunkelte es schon. Sie hatte das Vertrauen zu dem Arzt verloren und glaubte an irgendein unheilbares, von den Doktoren Vetustas nicht erkanntes Leiden, als sie plötzlich wie ein heftiger Schmerz im Gehirn der Gedanke durchfuhr: Ich bin allein auf der Welt! Und die Welt war bleifarben, gelblich oder schwarz, je nach der Stunde, je nach dem Tag. Die Welt war ein trübsinniges, gedämpftes, fernes Geräusch mit eintönigen Kinderliedern, ein Räderrasseln, von dem die Scheiben zitterten und das sich in der Ferne verlor wie das Branden grollender Wellen. Die Welt war ein Kontertanz der Sonne, die rasend um die Erde kreiste. Das waren die Tage. Nichts. Die Menschen traten in ihren Alkoven auf und ab wie auf der Bühne eines Theaters, sie sprachen mit gespielter Teilnahme und dachten dabei an die Dinge von draußen. Ihre Wirklichkeit war eine andere, dies die Maske. Niemand liebte irgendeinen. So sah die Welt aus, und sie war allein. Sie ließ die Decke los, fiel ins Bett zurück und legte sich auf den Rücken, während der Kissenwall einsank. Sie weinte mit geschlossenen Augen. Unter den Tränen kehrte das Leben zurück. Sie hörte eine Uhr im Haus schlagen. Es war Zeit, eine der Arzneien zu nehmen. An diesem Nachmittag war Quintanar an der Reihe, sie ihr zu reichen, aber er erschien nicht. Ana wartete. Sie wollte nicht klingeln und beugte sich über den Nachttisch. Auf einem Buch mit grünem Einband stand ein Glas. Sie nahm es und trank. Dann las sie zerstreut auf dem Rücken des dickleibigen Bandes: »Werke der heiligen Teresa, Bd. I«.

Sie erschauerte, empfand unbestimmte Furcht. Plötzlich kam ihr jener Nachmittag ins Gedächtnis, da sie als Kind in der Gartenlaube von Loreto Sankt Augustin gelesen hatte, und sie glaubte übernatürliche Stimmen zu hören, die aus ihrem Gehirn hervorbrachen. Jetzt hatte sie nicht den naiven Glauben von damals. Es war Zufall, purer Zufall, daß das mystische Buch gerade in dem Augenblick zur Hand lag, als sie dies niederdrükkende Gefühl des Verlassenseins befiel und fromme Gedanken in ihr weckte. Aber das hatte nichts zu sagen, Fingerzeig des Himmels oder nicht, sie nahm den Hinweis an, nutzte das Zusammentreffen, verstand den tiefen Sinn des Zufalls. Klagte sie nicht über ihre Einsamkeit? Nun, hier waren diese Goldbuchstaben: »Werke der heiligen Teresa, Bd. I«. Welche Überzeugungskraft in einem Buchtitel! Du bist allein? Nun bitte, und Gott?

Der Gedanke an Gott fiel wie eine glühende Kohle in ihr Herz. Alles darin brannte vor Frömmigkeit. Ana kniete, ganz in Weiß, unter dem unwiderstehlichen Drang offenbaren, lebendigen, greifbaren, innigsten Glaubens auf dem Bett nieder und rief, von den Tränen geblendet, die gefalteten, zitternden Hände auf dem Kopf, mit der Stimme eines kranken, liebebedürftigen Kindes:

»Mein Gott! Mein Vater! Herr im Himmel! Allmächtiger! Du mein Gott!«

Sie spürte, wie ein Schauer über ihren Rücken lief und ein Schwindelgefühl in Wogen zum Gehirn emporstieg. Sie suchte an dem kalten Stuck Halt und fiel ohnmächtig auf die rote Damastdecke.

Die Kranke erlitt einen Rückfall, und die Ängste, Bedrängnisse und schlaflosen Nächte kamen wieder. Ana quälten schreckliche Träume. Im Morgengrauen, wenn das zaghafte, bleiche Licht über den Fußboden kroch, nachdem es, durch die Ritzen in den Balkonläden zu breiten Streifen gewalzt, ins Zimmer gefallen war, erwachte sie, von den Visionen gepeinigt, wie ein Schiffbrüchiger, der sich ans Ufer schleppt. Sie glaubte die Berührung der abscheulichen, zynischen, pestilenzbehafteten Traumbilder noch zu spüren, die stinkenden Ausdünstungen ihrer Fäulnis zu riechen, die kalte, fast schleimige Atmosphäre der unterirdischen Gelasse zu atmen, in denen das Delirium sie gefangenhielt. Zerlumpte Unholde drohten, sie mit ihren schwärenden Wunden zu streifen, nötigten sie, unter schallendem Gelächter einmal, hundertmal durch ein enges Loch im Boden zu kriechen, wo ihr Körper nur unter Qualen hindurchging. Dann glaubte sie zu sterben. Eines Nachts erkannte die Präsidentin in diesen unterirdischen Verliesen die Katakomben wieder, wie sie Chateaubriand und Wiseman romantisch beschrieben. Aber statt Jungfrauen in weißen Tunikas irrten ekelhafte, knochendürre Larven in goldenen Meßgewändern, Pluvialen und Priestermänteln, die sich beim Berühren wie Fledermausflügel anfühlten, durch die feuchten, engen, ausgetretenen Gänge. Ana lief und lief, ohne von der Stelle zu kommen, sie suchte das schmale Loch zu erreichen, entschlossen, sich eher die Haut abzuschinden als den Geruch und die Berührung der eklen Masken länger zu ertragen. Doch als sie den Ausgang erreichte, wollten einige einen Kuß, andere Geld von ihr haben. Sie verbarg das Gesicht und verteilte Silber- und Kupfermünzen, während sie unter kreischendem Lachen gesungene Totengebete hörte und ihr die Weihwedel das schmutzige Wasser aus den Pfützen ins Gesicht spritzten.

Als sie erwachte, war sie in kalten Schweiß gebadet. Sie ekelte sich vor ihrem eigenen Körper und bildete sich ein, ihr Bett röche wie das stinkende Wasser der Weihwedel in ihren Angstträumen.

Lag sie im Sterben? Waren diese widerlichen Träume Ausstrahlungen des Grabes, ein Vorgeschmack der Erde? Und diese unterirdischen Höhlen mit ihren Larven eine Nachbildung der Hölle? Die Hölle! Nie hatte sie in Ruhe über sie nachgedacht. Sie war für sie wie für die meisten Gläubigen einer der unbesehenen Glaubenssätze. Sie glaubte an die Hölle wie an alles, woran die Kirche zu glauben befahl, denn immer, wenn ihre Gedanken sich empörten, hatte sie sie durch einen Akt vermeintlichen Glaubens zum Schweigen gebracht. Sie sagte sich: »Ich glaube blind« und nahm dabei die Worte und den Entschluß zu glauben für den Glauben selbst. Aber in diesem Falle war es etwas anderes: Die Hölle war kein in den anderen mit inbegriffenes Dogma mehr. Sie hatte ihren Geruch, ihren Geschmack gespürt, und sie begriff, daß sie früher genaugenommen nicht an die Hölle geglaubt hatte. Ja, es gab sie wirklich, oder es schien so. Warum nicht? Wie eitel erschien jetzt der Präsidentin die oberflächliche Philosophie des aufbegehrenden Optimismus, des abstrakten, biederen Spiritualismus ohne Sinn für die traurige Realität der Welt. Es gab eine Hölle! So war es – die Fäulnis der Materie für die angefaulten Geister! Und sie hatte gesündigt, ja, sie hatte gesündigt. Welcher Unterschied zwischen dem Maßstab, den sie jetzt an ihre Sünden legte, und dem der Leute, mit dem sie sich bis jetzt von gewissen »Läßlichkeiten« freigesprochen hatte, die jetzt wie Blei auf ihr lasteten! Und sie entsann sich mancher Maximen und religiöser Aphorismen, die sie vom Generalvikar gehört hatte, ohne den fürchterlichen Ernst, den düsteren, tiefen Sinn zu erfassen, den sie auf den feinen, zarten Lippen des schönen Domherrn mit seinen weichen Zischlauten nicht zu haben schienen.

Die Sonne war schon ein ganzes Stück am Himmel emporgestiegen. Der Morgen wärmte mit den milden Liebkosungen eines Aprils in Vetusta. Im Hause glaubte man, die Präsidentin liege in Apathie oder schlafe und ließ die Balkontüren geschlossen. Niemand kam die Ruhe der Kranken stören.

Froh, daß man sie allein ließ, daß man sie schlafend oder nicht bei Besinnung wähnte, ging sie in ihrem Gewissen die Sünden durch, derer sie sich anklagen wollte.

Dann zogen all die Tage durch die Erinnerung, die dem nachlassenden wilden Sturm gefolgt waren, als Anas Geist aus dem Zustand einer Schlange im Winterschlaf erwachte. Sie entsann sich des Kirchweihfestes zu San Blas, draußen auf der Straße zur Alten Fabrik, dieses Sonnentags, der einem Fest des Himmels glich. Sie sehnte sich nach den Tagen, die schöner waren als der April und Mai. Da flogen die traurigen Gedanken davon wie Wintervögel. Ana sah sich beim Spaziergang zu San Blas, inmitten der Leute, freundlich begrüßt, und an ihrer Seite ging Don Alvaro, verliebt, traurig vor soviel Liebe, resigniert, ohne Hoffnung um sie bemüht, sanft und zärtlich.

Sie würde nie die Seine werden! Dieser glühende Sommer konnte nicht kommen. Sie würde ihm auch nicht gestatten, sich deutlich auszusprechen, auf seinem Werben zu beharren, aber ihn an ihrer Seite zu haben, zu spüren, wie er sie liebte, anbetete, das ja! Es war süß, wohltuend, ein stilles, tiefes Ergötzen. Sie sah ihn an, Flammen im Blick, die sie löschte, sowie sie aus den Augen hervorbrachen, lächelte ihm wie eine Göttin zu, die das dargebrachte Opfer gnädig annimmt, aber wie eine sanfte, mütterliche Göttin, voll Milde und Gnade und nicht voll feuriger Liebe.

Seit jenem Nachmittag hatte Don Alvaro seine Hoffnung teilweise wiedergewonnen. Er glaubte abermals an den Einfluß der körperlichen Nähe und nahm sich vor, so oft wie irgend möglich an Anas Seite zu sein. Es war eine Gemeinheit, aber er nutzte Don Víctors blinde Freundschaft aus. Im Kasino setzte er sich neben ihn, brachte die Geduld auf, ihm beim Domino- oder Schachspiel zuzusehen, hakte sich nach Beendigung der Partie bei ihm ein, und da es meistens regnete, gingen sie in dem großen Salon, dem düsteren, traurigen Tanzsaal, auf und ab. Hier hallten die Schritte der fünf oder sechs Zweigespanne wider, die ihn der Länge nach mit großen Schritten durchmaßen, eine Art Protest gegen das schlechte Wetter. Es gab Kasinoveteranen, die in diesem Salon eine Strecke wie die Entfernung zum Mond zurückgelegt hatten. Dort gingen die beiden Freunde auf und ab, und Mesía nistete sich allmählich in der Seele des pensionierten Gerichtspräsidenten ein, bis er auch deren geheimste Winkel in Besitz genommen hatte.

Schließlich glaubte Don Víctor, Mesía habe nichts anderes auf der Welt mehr im Sinn als seine, Quintanars, Anliegen. Er kam gar nicht auf den Gedanken, daß er ihn damit langweilen könnte, verankerte ihn ganze Nachmittage an seinem Arm, ging dabei mit ihm auf den bebenden Dielen hin und her und blieb bei jeder interessanten Stelle seiner Erzählung und jedem Zweifelsfall, den es mit dem Freund zu erörtern galt, stehen. Don Alvaro ertrug diese Tortur im Gedanken an die Rache. Lange hatte sich sein Anstand, oder was es sonst war, gegen diesen heimtückischen Weg gewehrt, aber er konnte nicht mehr anders. Und dann, zum Teufel, es gab in der Geschichte seiner Abenteuer ärgere Schurkereien.

Don Víctor blieb stehen, ließ den Arm seines Vertrauten los, hob den Kopf, um ihn von Angesicht zu Angesicht anzuschauen und sagte beispielsweise:

»Sehen Sie, hier, wo uns niemand hört, ja also, im Vertrauen auf Ihre Verschwiegenheit ... Auch Frígilis hat seine Fehler. Ich bin ihm mehr zugetan als einem Bruder, das schon, aber er gängelt mich ein wenig, glauben Sie's mir! Nein, nein, bestreiten Sie's nicht, es ist zwecklos, ich kenne ihn besser: Er gängelt mich, hält sich für sehr überlegen. Ich will ihm nicht absprechen, daß er mir in gewissen Dingen etwas voraus hat. Er versteht mehr von Bäumen, kennt die Jagdreviere besser, ist beharrlicher als ich in der Arbeit. Aber besser schießen als ich? Da hört alles auf!

Und die mechanische Begabung? Er hat ungeschickte Finger und ist langsam von Verstand.« Und Don Víctor fügte, abermals stehenbleibend und fast am Ohr Don Alvaros, hinzu: »Ich will das Wort aussprechen: Ein Gewohnheitsmensch.«

Quintanar war bei dem Kapitel der Beschwerden und der kleinen Neidereien unerschöpflich, wenn es um seinen Busenfreund, seinen Frígilis, ging. Er fühlte sich von ihm bevormundet und machte seinem feigen, kleinen, im Grunde gutmütigen Zorn bei solchen Geständnissen Luft. Mesía war so etwas wie ein in der Ferne auftauchender Rivale Frígilis'. Don Víctor fand eine gewisse boshafte Befriedigung in dieser beginnenden Untreue.

Don Alvaro schwieg und hörte zu. Nur wenn Don Víctor von seiner Treffsicherheit im Schießen sprach, fühlte er sich ein bißchen unbehaglich. Er begriff nicht, wie man von einem derart unbedeutenden Menschen wie Tomás Crespo, den er für schwachsinnig von Geburt hielt, so viel Aufhebens machen konnte.

Die Dämmerung brach herein. Es regnete weiter. Die Klubdiener zündeten im Saal zwei oder drei Gaslichter an, und daran sowie an seiner Erschöpfung, die zu reichlichen Schweißausbrüchen führte, erkannte Quintanar, daß er viel gesprochen hatte. Da bekam er Gewissensbisse und empfand Mitleid mit Mesía, dankte ihm in der Seele für sein Schweigen und seine Aufmerksamkeit und lud ihn oft nach Hause zu einem Glas deutschen Biers ein.

Die Frage lautete immer:

»Kommen Sie noch mit?«

Mesía folgte Don Víctor schweigend.

Eine eigentümliche Eingebung sagte dem ehemaligen Gerichtspräsidenten, daß er dem Freunde seine Aufmerksamkeit gut lohne, wenn er ihn mit nach Hause nahm. Warum kam Don Alvaro so gerne mit? Wenn man Quintanar danach gefragt hätte, hätte er keine Antwort gewußt. Er hatte es bemerkt, ohne diese Beobachtung weiter zu beachten: Mesía kam gern mit in das Haus auf der Plaza Nueva.

Don Víctor führte ihn in sein Arbeitszimmer, in sein Museum, wie er sagte. Dort erklärte er ihm den Mechanismus der komplizierten Konstruktionen aus Latten und Metallfedern. Bei der Besichtigung der Gräser und Insektensammlungen aber streikte Don Alvaro: Es ging ihm auf die Nerven, so rasch hintereinander die Aufmerksamkeit auf so viele unnütze Dinge zu richten. Das einzige »Viehzeug«, das Don Alvaro sympathisch war, war ein von Frígilis und seinem Freund präparierter Pfau. Er pflegte ihm über die Brust zu streichen, indes Quintanar seine gelehrten Erläuterungen gab.

»Na, schön«, sagte Don Víctor, »gehen wir also in mein Kabinett hinüber, wenn Sie sich schon nichts aus meinen Sammlungen machen! Anselmo, das Bier ins Kabinett!«

Das Kabinett war ein zweites Museum: Dort befanden sich die Waffen und Jagdausrüstungen. Ein vollständiger Satz alter Waffen, dazu zwei moderne, glänzende und reich ziselierte Gewehre, Pistolen und Donnerbüchsen aller Zeiten und Größen füllten die Wände und Zimmerecken. In Truhen und Schränken verwahrte Don Víctor mit der Liebe eines Sammlers die Kostüme, in denen er in besseren Zeiten bei Liebhaberaufführungen aufgetreten war. Wenn er beim Erzählen von seinem verwelkten Lorbeer in Eifer geriet, öffnete er Truhen, riß Schränke auf, und Seide, Tressen, Federn, Glasperlen, verknäulte, grellbunte Bänder flogen auf den Teppich, und in diesem Meer von Erinnerungen an Flitterkram verlor Quintanar den Kopf. In einer Blechschachtel verwahrte er zwischen Heu wie einen Goldschmuck auf Samt einen Gegenstand, den Mesía auf den ersten Blick für eine Schlange hielt. Tatsächlich lag das Ding zusammengeringelt darin und sah schwarzgrün aus. Aber kein Grund zu Befürchtungen. Don Víctor zähmte keine gefährlichen Tiere. Es war die Kette, die er als Segismundo im ersten Akt von »Das Leben ein Traum« hinter sich hergezogen hatte.

»Sehen Sie, mein Freund, Ihnen kann ich's ja sagen. Es ist keine Unbescheidenheit. Ich erkenne, wie sollte ich nicht, Perales' Überlegenheit im altspanischen Theater an. Sein Segismundo ist eine Offenbarung, ich gebe es zu, er bringt den philosophischen Gehalt des Stückes besser zur Geltung als ich, aber die Art, wie er die Kette nachschleift, gefällt mir nicht. Er sah aus wie ein Hund mit einem Klotz am Bein. Ich handhabte sie mit viel größerer Glaubwürdigkeit und Natürlichkeit. Glauben Sie mir, ich schleifte die Kette nach, als hätte ich zeit meines Lebens nichts anderes getan. Es war so überzeugend, daß man mir eines Abends in Calatayud als Sinnbild meiner Fähigkeit all diesen Eisenkram auf die Szene warf. Die Bühne wäre fast zusammengebrochen. Ich bewahre diese Kette als die schönste Erinnerung an mein kurzes Künstlerleben auf.«

Mesía wartete auf das Erscheinen Anas und animierte deshalb den Freund zu immer neuen Erzählungen. Häufig jedoch kam die Präsidentin nicht ins Kabinett ihres Mannes, und der Liebhaber mußte sich mit dem Glas Bier und dem Theater Lopes und Calderóns zufriedengeben.

Aber er war im Hause eingeführt. Nach und nach wagte er es, einfach vorbeizukommen, und Ana gewöhnte sich unmerklich an seine Gegenwart. Mit der Zeit wurde Mesía für das Haus, was Frígilis für den Garten war.

Dieses heimtückische, gemeine Vorgehen hätte Ana eigentlich erzürnen müssen. Sie mußte aber gestehen, daß sie Don Alvaro weder verachtete noch verabscheute, obwohl seine Absichten hinterhältig und erbärmlich waren: Er wollte Don Víctors Vertrauen mißbrauchen. Wenn er das aber nicht wollte? Wenn er sich damit begnügte, in ihrer Nähe zu sein? Man würde ja sehen. Wenn er sich vergaß, war sie sicher, standhaft zu bleiben, und sie fühlte sich sogar stark genug, ihm ins Gesicht zu sagen, was sie von seiner Gemeinheit hielt, und ihn aus dem Hause zu werfen.

Tage vergingen, und Ana wurde von Mal zu Mal ruhiger. Nein, er vergaß sich nicht. Er tat nichts als sie anzuhimmeln und im stillen zu lieben. Kein einziges gefährliches Wort, nicht eine gewagte Geste. Ein vollendeter Ehrenmann! Eine Liebe, die die Ehre achtete, eine Leidenschaft, die sich davon nährte, das geliebte Wesen zu sehen und die es umgebende Luft zu atmen. Das Entzücken, das sie dabei empfand – auch das mußte sie sich eingestehen –, war das innigste, das sie in ihrem Leben ausgekostet hatte. Was nicht viel besagen wollte, denn ihr war so wenig Freude zuteil geworden!

Wenn sie in der Gewißheit, es bestehe keine Gefahr, Don Alvaro neben sich spürte, fühlte sie sich wohl und überließ sich wie in einem Opiumrausch einem seligen Dämmerzustand. Sie verglich ihre Situation mit dem Dahintreiben auf einer sachten, trägen, düsteren Strömung zur Mittagsstunde. Aber es blieb die Gewißheit, sich aus der Strömung zu befreien, wenn die Gefahr näher kam. Eine einzige Anstrengung genügte, zwei Schläge mit den Armen, und man war draußen, am Ufer ... In ihrem Innern wußte Ana, daß das nicht gut war, denn sie konnte sich nicht für Don Alvaros Besonnenheit verbürgen. Aber war sie ihrer selbst nicht sicher? Warum sollte sie ihm dann verbieten, sie zu besuchen, sie anzusehen? Außerdem bestimmte im Hause ihr Mann, nicht sie. Suchte sie Mesías Nähe? Nein. Verlangte sie von Quintanar, daß er ihn mitbrachte? Nein. Somit tat sie genug. Anders zu handeln hätte bedeutet, ihren Gatten grundlos zu beunruhigen, unbegründeten Argwohn zu erregen, Don Víctor vielleicht für immer den Seelenfrieden zu rauben ... Das beste war, zu schweigen, auf der Hut zu sein ... und die wohlige Flamme der Leidenschaft in aller Heimlichkeit zu genießen. Denn obwohl es nur eine ganz geringe Wärme war, war es doch das heißeste Feuer, an dem sie zeit ihres Lebens gesessen hatte.

Und zum Generalvikar kein Wort davon. Wozu? Es lag keine Sünde darin. Gelegenheit dazu gab es wohl, aber sie suchte sie nicht. Überdies hielt es Ana, da sie ihre Tugend bewahrte, für klüger, dem Beichtiger keine Namen zu nennen. Wuchs die Gefahr, würde sie reden.

Um diese Zeit war es, als der Generalvikar durch sein Fernrohr vom Glockenturm der Kathedrale aus die Vorbereitungen zu einem Ausflug ins Grüne beobachtete, bei dem Mesía, Frígilis und Quintanar die Präsidentin begleiteten. Es war nicht der einzige. Oft, wenn Don Víctor einen Sonnenstrahl erspähte, setzte er es sich in den Kopf, das gute Wetter auszunutzen und sich in Gesellschaft der Menschen, die er in Vetusta am meisten liebte, nämlich seiner teuren Gattin, Frígilis' und Don Alvaros, in den Dorfschenken auf der Straße nach Kastilien oder in denen von Vistalegre einen vergnügten Tag zu machen. Der arme Ripamilán war auch eingeladen, doch er erklärte, wenn sie ihn nicht in der Kutsche hinbrächten ... Der Geist sei willig, aber die Knochen hätten keinen Geist.

Dort oben aß man dann und nahm mit dem vorlieb, was die erstaunten Dorfkneiper boten: gebratene Würste, die Blut ausschwitzten, geröstetes Brot, Setzeier, irgendwas. Das Brot war hart, desto besser! Der Wein war schlecht, schmeckte nach Faß, desto besser! So hatte es Quintanar gern, und darin stimmte er mit seiner Gattin überein, die ebenfalls eine Freundin solch abenteuerlicher Imbisse war. Ana gewahrte, daß sich in ihr hier oben, in dieser halb pastoralen, halb schelmenromanhaften Umgebung unter Eseltreibern, Dorfmägden und Burgherren à la Don Quijote das Gefühl für die bildende Kunst und der Beobachtungssinn regten. Don Víctor meinte, daß man im Freien und schon gar beim Vespern nur Unsinn treiben dürfe, und folglich war es seiner Ansicht nach unerläßlich, daß jemand Mummenschanz trieb, indem er sich wenigstens einen anderen Hut aufsetzte.

In solchen Fällen suchte er sich jemanden, der die altertümliche Bauernmütze der Gegend trug, lieh sie sich aus und präsentierte sich mit dem Lappen aus schwarzem Rippensamt der ehrwürdigen Versammlung, die ihm zu Gefallen lachte.

Fast immer nahm man den Imbiß im Freien ein und betrachtete das bräunliche Häusergewimmel Vetustas, das sich unten ausbreitete. Die Kathedrale wirkte von hier oben klein, schlank, wie ein Spielzeug. Dahinter der Rauch aus den Fabriken im Arbeiterviertel auf dem Campo del Sol, noch weiter die jetzt grünen Maisfelder, die Wiesen, die Kastanien- und Eichenwälder, die Hügel mit ihrem dunklen Grün und schließlich der Dunst, der mit den Gipfeln der fernen Berge ineinanderfloß. Man philosophierte, während man, womöglich mit den Fingern, schlecht geröstete Brat- oder Schlackwürste, harten Käse oder Eierkuchen mit Schinken aß. Man sprach bedächtig langsam, dachte dabei an tiefere Dinge, die Augen in die Ferne gerichtet, hinter der man die Erinnerung, das Unbekannte, die Unbestimmtheit des Traumes sah. Man sprach über die Welt, die Gesellschaft, die Zeit, den Tod, das Jenseits, über den Himmel und Gott. Man beschwor die Kindheit herauf, weit zurückliegende Zeiten, an die man gemeinsame Erinnerungen hatte. Und eine wie aus den Nebeldünsten, die vom Corfín niedersanken, entsprungene Gefühlsseligkeit breitete sich über die bukolische Tafelrunde und ihre Philosophie nach Tisch aus.

Wind erhob sich. Er brannte ein bißchen und hatte seine Gefahren, tat aber der Haut wohl. Der erste Stern leuchtete auf. Die Mondsichel, die Don Víctor an den goldenen Brieföffner erinnerte, den er in Granada geschenkt bekommen hatte, nahm Farbe an, das heißt, sie begann zu leuchten. Dann wechselte das schon schläfrige Gespräch auf die Astronomie über und verweilte bei dem Begriff der Unendlichkeit. Am Ende verspürte man ein unbestimmtes Verlangen nach Musik. Da fiel Don Víctor ein, daß an diesem Abend »Der Blitz« oder »Die Magyaren« gespielt wurde.

Er brach das Lager ab, und Schritt für Schritt kehrten sie in das verschlafene Vetusta zurück. Frígilis bot der Präsidentin seinen Arm, den sie unfehlbar suchte. Mesía, fest in seinem Vorsatz, klug zu bleiben, solange es nötig war, schickte sich darein und gesellte sich zu Don Víctor, der es sich mitunter erlaubte, auf seine Art leise vor sich hinzusummen, wiewohl er lieber Verse rezitierte, und nie vergaß er mit Góngora zu sagen:

»In die Hütte er sie führt,
da die Sonne niedergleitet,
und der Rauch aus seiner Hütte
sie als Nordstern treulich leitet.«

Die Kröten quakten auf den Wiesen, der Wind wisperte in den kahlen Zweigen, die, sich niederbeugend, fröhlich aneinanderschlugen, schon schwer von neuen Blätterknospen. Ana, vertrauensvoll auf den Arm ihres besten Freundes gestützt, witterte in der Luft die untrüglichen Zeichen des Frühlings. Darüber sprach sie mit Frígilis. Zufrieden, ruhig, milde ließ Frígilis mit leiser Stimme, wie um den ersten Schlaf der Felder nicht zu stören, seine Worte gleich sinkendem Tau in Anas Seele fallen, und dann begriff sie die stille Anbetung, den poetischen, ganz unromantischen Kult, den Frígilis der Natur weihte, ohne sie freilich so zu nennen. Nichts von »großen Synthesen«, zerfließenden Bildern, pantheistischer Philosophie. Einzelheiten, Beschreibung von Vögeln, Pflanzen, Wolken, Sternen. Die Erfahrung eines natürlichen Lebens, erfüllt von den Lehren einer reichen Beobachtung. Frígilis' Liebe zur Natur war mehr die eines Gatten als die eines Liebhabers und noch mehr als alles andere die einer Mutter. Wenn er mit Ana am Arm nach Vetusta zurückging, wurde er beredt, sprach lange und ohne Scheu, wenn auch stets langsam.

Hinter ihnen ging der andere, sie spürte es. Hin und wieder richtete Don Alvaro das Wort an Ana, und sie antwortete freundlich wie zum Lohn für seine Zurückhaltung und sein Martyrium. Denn so lange Quintanar zu ertragen war zweifellos ein Martyrium.

Don Alvaro schwitzte vor Unbehagen. Don Víctor hängte sich an seinen Arm, hob die Augen zum Himmel und vertrieb sich die Zeit damit, Ähnlichkeiten zwischen den Nachtwolken und den Dingen der Erde herauszufinden.

»Sehen Sie, sehen Sie, dieser Kumulus dort sieht doch genau wie Ripamilán aus. Stellen Sie sich ihn mit dem Schaufelhut in der Hand vor!«

»Der schwarze Zirrus gleicht doch aufs Haar der Zopfschleife eines Toreros.«

Als Don Alvaro bei dem alten Palast der Ozores anlangte und Don Víctor, der einen Schlüssel bei sich hatte, den Vortritt ließ, hob er die geballte Faust über den Kopf des unerträglichen Freundes. Zwar ließ er den Schlag nicht niedersausen, aber eines Tages würde er es tun!

Oh, dachte er, so wie es jetzt steht, bin ich im Recht. Auge um Auge!

So lebte Ana, ohne große Gewissensbisse, wenn auch nicht mit sich selbst zufrieden. Weder gestattete sie Don Alvaro, sich ihr zu nähern, Hoffnungen zu hegen, die sie genährt hätte, noch wies sie ihn mit der entschiedenen Verachtung zurück, die die Tugend – was man so Tugend nennt – erforderte. Diese halbgewalkte Moral erschien ihr damals der schwachen menschlichen Natur am angemessensten. Weshalb soll ich mich für stärker halten, als ich bin? dachte sie.

Sie besuchte auch wieder häufig die Vegallanas und wurde dort freundlich empfangen. Visita überschüttete sie mit Küssen, sprach von der Mode, schickte ihr Schnittmuster, erinnerte sie an Besuche, die sie erwidern mußte und bei denen sie sie begleitete, weil sich Don Víctor weigerte, seine Zeit mit solchen Förmlichkeiten zu vertrödeln.

»Allmächtiger!« rief er. »Ich tauge zu so was nicht. Ich kann es nicht ausstehn, über das Wetter, die Faulheit der Dienstboten, die Lebensmittelteuerung zu sprechen. Man verlange von mir, was man will, nur keine Anstandsbesuche!«

Ich bin Künstler, dachte er bei sich, dieser Kram ist nichts für mich.

Die Präsidentin nahm diese Zerstreuungen nicht mit übermäßiger Begeisterung auf. Aber sie zog sie doch ihrem unfruchtbaren Alleinsein vor, in dem sie fromme Gedanken suchte und nur Schwermut, tiefen Abscheu und das grollende Aufbegehren des mit Füßen getretenen Fleisches fand, das bei jeder Gelegenheit aufschrie. Es war schon besser, wie alle anderen zu leben, sich treiben zu lassen, den Geist mit den trivialen, faden Belustigungen zu befassen, die wenigstens die Stunden ausfüllten.

In dieser Verfassung war sie, als ihr der Generalvikar im Beichtstuhl sagte, daß sie sich verliere, daß er sie die Geschichte der heiligen Johanna Franziska verächtlich auf eine Rasenbank habe werfen sehen ... An diesem Nachmittag war de Pas beredter denn je. Sie begriff, daß sie undankbar war, nicht nur gegen Gott, sondern auch gegen seinen Apostel, diesen Apostel, der ganz Feuer, leuchtende Vernunft war ... Die Stimme des Geistlichen vibrierte, sein Atem sengte, und Ana glaubte, ersticktes Schluchzen zu hören. Man müsse ihm folgen oder ihn verlassen, er sei nicht der nachsichtige Kaplan, der den großen Herren als geistlicher Lakai diene, er sei der Seelsorger, der Vater, wenn man ihn schon nicht als Bruder anhören wolle. Man müsse ihm folgen oder von ihm lassen.

Danach hatte er davon gesprochen, was er selbst empfand, von seinen Illusionen über sie. »Ja, Ana« – er hatte sie Ana genannt, sie wußte es genau –, »ich hatte davon geträumt, was sich bei unserem ersten Gespräch anzukündigen schien, von einem gleichgestimmten Geist, einem jüngeren Bruder von anderem Geschlecht, um gegensätzliche Eigenschaften in harmonischer Verbindung zu vereinen. Ich hatte davon geträumt, daß Vetusta für mich nicht länger ein kaltes Gefängnis sei und auch keine Brutstätte des Neides, sondern der Ort, an dem ein edler, zarter, reiner Geist wohnt und mich, indem er mich suchte, um den heiligen Weg des Seelenheils zu beschreiten, unbewußt auf denselben Pfad führte. Ich hatte gehofft, Sie würden sein, was jene Geschichte, die Sie mir unter Tränen erzählten, verhieß. Aber nein, Sie vertrauen mir nicht, ich fühle mich Ihrer geistigen Führung nicht würdig, vielleicht suchen Sie, um Ihr Verlangen nach idealer Liebe zu befriedigen, bereits in der Welt jemanden, der sie versteht und Ihr Vertrauter sein kann.«

»Nein, nein«, sagte sie weinend. Aber er hatte, von Mal zu Mal trauriger, mit zunehmender Glut in Worten und Atem, weiter von seinem Kummer gesprochen. Zum Schluß hatten sie sich wieder versöhnt, einander ein neues Leben, einen wirklichen Neubeginn, eine gründliche Änderung der Gewohnheiten versprochen, und sie hatte exaltiert zu ihm gesagt: »Wollen Sie, daß ich Sie gleich heute zu Doña Petronila begleite?«

»Ja, das ist am besten«, hatte er erwidert.

So waren sie zusammen hingegangen, ohne daß einer von beiden darüber nachgedacht hätte, was sie taten.

An diesem Nachmittag hatte für die Präsidentin ein Leben tätiger Frömmigkeit begonnen. Aber nicht lange hielt die Wirkung dieses Impulses an, der nicht aus geläuterter Frömmigkeit, sondern aus Dankbarkeit entsprang, aus dem Wunsch, diesem Manne, der sich so für ihre Rettung abmühte und der so beredt und tüchtig war, gefällig zu sein. Wenn Ana manchmal ihre Aufmerksamkeit nicht zu den unsichtbaren Dingen, zu frommer Betrachtung erheben konnte, bemühte sie sich, die mystische Reise mit dem Gedanken an den Generalvikar vorzubereiten. Oh, welch großer Mann! Und wie er in den Geist eindrang, wie schön er von Dingen redete, die unaussprechlich schienen, von dem Untergründigen der Vorsätze, den Zartheiten des Gefühls! Und wieviel sie ihm verdankte! Weshalb das große Interesse, wenn sie Sünderin es gar nicht verdiente? Tränen stiegen Ana in die Augen. Sie weinte vor Dankbarkeit und Bewunderung. Und wenn sie nicht über heilige, fromme Dinge nachsinnen konnte, warf sie ihr Umschlagtuch über und lief zum Vinzenzverein, zur Herz-Jesu-Gesellschaft, zum Katechesewerk oder in die Messe – wie es gerade paßte. Aber der Glaube war lau. Auf diesem Weg gelangte man nicht dorthin, wohin sie gewollt hatte. Außerdem kannte sie sich. Sie wußte: Wenn sie sich Gott hingab, dann gab sie sich ihm ganz hin. Solange ihre Frömmigkeit alltäglich, renommistisch, zerstreut war, würde sie selbst nicht viel auf sie geben, und jede beliebige verwerfliche, aber starke Leidenschaft warf sie über den Haufen.

Doch entschlossen, die Extreme zu meiden, »wie alle Welt« zu sein, blieb sie dabei, es anderen »frommen Damen« gleichzutun, und trat, wenn auch widerwillig, in sämtliche Bruderschaften ein, wurde Tochter und Schwester, ganz wie man es verlangte, aller frommen Vereinigungen.

Sie teilte ihre Zeit zwischen der Welt und der Kirche, kein bißchen anders als Doña Petronila, Olvida Páez, Obdulia und bis zu einem gewissen Grade auch die Marquesa. Man sah sie bei den Vegallanas und den Paulinerinnen, im Vivero und beim Katechesewerk, im Theater und bei der Predigt. Fast tagtäglich hatten der Generalvikar und Don Alvaro in ihrem jeweiligen Kreis Gelegenheit, mit ihr zu sprechen, mitunter sogar der eine wie der andere in der Gesellschaft und alle beide auch im Gotteshaus. Es gab Stätten, wo Ana nicht wußte, ob sie nun in ihrer Eigenschaft als fromme Christin da war oder als Dame der Gesellschaft.

Dennoch waren weder de Pas noch Mesía zufrieden. Beide hofften zu siegen, aber für keinen rückte die Stunde des Triumphes näher.

»Diese Frau«, erklärte Mesía, »ist schlimmer als Troja.«

Das Heilmittel hat sich ungünstiger ausgewirkt als die Krankheit, dachte Don Fermín.

Ana fand in den Einzelheiten des frommen Lebens tausend Anlässe zur Mißbilligung; doch sie verschloß lieber die Augen davor. Sie ließ nicht zu, daß der Widerspruchsgeist die schwachen Stellen suchte, die Plumpheiten und Erbärmlichkeiten dieser äußerlichen, rechthaberischen Frömmigkeit. Sie wollte nicht kritteln, sie wollte nicht sehen.

Aber sie verglich sich selbst dem Leichnam des Cid, der noch weiter Mauren besiegt. Nicht sie war es, es war ihr Körper, den sie von Kirche zu Kirche schleppten.

Und abermals untergrub die tiefe, dumpfe Unruhe ihre Seele. Sie erwartete eine neue Zeit innerer Kämpfe, der Langeweile und Rebellion.

Eines Abends, nachdem sie einer einschläfernden Predigt beigewohnt, trat sie, fast beschämt, daß sie zwei Stunden lang wie ein Stein in der Kirche gesessen hatte, in ihr Ankleidezimmer. Sie hatte ohne Erbauung und ohne Unwillen, ja selbst ohne Bedauern eintönige, trübsinnige Plattheiten gehört und Zeremonien gesehen, die ihrer Seele nichts sagten.

Oh, nein, sagte sie sich, während sie sich auszog. So kann es mit mir nicht weitergehen.

Danach hatte sie den Kopf geschüttelt, die Arme zur Decke ausgestreckt und mit lauter Stimme, um ihrem Protest größere Feierlichkeit zu verleihen, hinzugefügt:

»Errettung oder Untergang, aber nicht dieses stumpfsinnige Leben der Selbstzerstörung! Alles andere, nur nicht sein wie *alle diese!*«

Wenige Tage später wurde sie krank.

Als diese Geschichte ihrer Lauheiten und feigen, bequemen Kompromisse mit der Welt dank der Gesundheit, die mit dem Blut wieder durch ihren Körper strömte, wie auf einer Bühne in plastischen Gestalten durch Anas Erinnerung zog, empfand die schwache Rekonvaleszentin Gewissensbisse, und sie gefiel sich darin, sie für heftig und stechend zu halten. Oh, welcher Unterschied zwischen der moralischen Apathie, in der sie noch vor wenigen Wochen dahindämmerte, und ihrem jetzigen geschärften Gewissen, matt im Bett liegend, zu schwach, mit der Hand die Decke wegzuschieben, aber im Willen stark genug, das Bleigewicht der Sünde aufzuheben, das mit seiner Schwere auf ihr lastete.

Jawohl, das war ihr fester Entschluß!

Von nun an wollte sie gut sein, Gott und nur Gott allein gehören. Der Generalvikar würde schon sehen. Und er, Don Fermín, würde ihr Lehrer sein. Aber außerdem würde sie noch einen zweiten haben, die heilige Kirchenlehrerin, die göttliche Teresa de Jesús . . . die dort, neben ihrem Kopfkissen lag und sie liebevoll erwartete, um ihr die Schätze ihres Geistes zu offenbaren.

Ana setzte sich über die Anordnung des Arztes hinweg und versuchte in den ersten Tagen dieser zweiten Genesungszeit, in dem geliebten Buch zu lesen: Sie griff nach ihm wie ein Kind nach einer Näscherei.

Aber es ging nicht. Die Buchstaben hüpften, zerplatzten, spielten Versteck, kreisten, wechselten die Farbe. Es schwindelte ihr im Kopf. Nun, sie würde warten. Sie legte das Buch auf den Nachttisch zurück und vertrieb sich die Zeit mit der Vorstellung, daß die Tage vergingen, daß sie ihre Körperkräfte wiedererlangte.

Die Ungeduld vermochte mehr als die Anordnungen des Arztes, und bevor sie noch das Bett verließ, als man ihr, da sie schon etwas mehr bei Kräften war, abermals gestattete, sich zwischen Kissen aufzusetzen, unternahm Ana einen neuen Versuch, und jetzt fand sie die Buchstaben unbeweglich, ruhig, fest. Das weiße Papier war kein Abgrund ohne Boden, sondern eine glatte, beständige Fläche. Sie las, las, sooft sie konnte. Sowie man sie allein ließ, und sie war viel allein, sogen sich die Augen an den mystischen Seiten der Heiligen aus Avila fest, und wenn es nicht Tränen der Ergriffenheit waren, störte nichts mehr die Zwiesprache zweier Seelen über drei Jahrhunderte hinweg.

Don Pompeyo Guimarán, zurückgetretener Präsident der Freien Bruderschaft, ein gebürtiger Vetustenser, stammte aus portugiesischer Familie. Und Don Saturnino Bermúdez, der Kunsthistoriker und Ethnograph, der alle seine Freunde in Kelten, Iberer und Keltiberer einteilte, ohne mehr zu tun als ihren Gesichtswinkel anzuschauen oder bestenfalls ihren Schädel zu betasten, versicherte, daß Don Pompeyo viel von einem Lusitanier habe, nicht gerade in der Kopfform, sondern im Abdomen. Don Pompeyo sagte dazu weder ja noch nein. Feststand, daß er ein wenig Bauch hatte, nicht viel, eine Folge des Alters und der sitzenden Lebensweise, daß er sich sehr straff hielt, denn er glaubte, wer aufrechten Geistes sei, müsse es auch in der Körperhaltung zeigen, doch in puncto der Merkmale von Rasse und Nationalität erklärte er sich neutral. Er wollte damit sagen, daß ihm diese Frage gleichgültig war, zumal er Portugiesen, Kastilier und Estremadurer allesamt für

Hispanier ansah. Jedesmal, wenn man ihm davon sprach, hielt er eine hitzige Verteidigungsrede auf die iberische Einheit, die mit der Kunst, der Industrie, dem Handel beginnen müsse, um zum Schluß die Politik einzubeziehen. Außerdem, was bedeuteten Don Pompeyo die Zufälle der Geburt? Sein Geist wandelte immer in höheren Regionen. Er war in dieser Welt vor allen Dingen »Altruist«, welch schönes Wort er, man muß es zugeben, nicht gekannt hatte, bis ihn aus Anlaß eines philosophischen Disputs, bei dem er den kürzeren zog, seine ein wenig angeknackste Eigenliebe Comtes Werke zu lesen veranlaßte. Dort fand er, daß sich die Menschen in Egoisten und Altruisten schieden, und er erklärte sich auf Grund seiner rechtlichen Denkart zum Altruisten auf Lebenszeit. Tatsächlich verbrachte er von da an sein ganzes Leben damit, seine Nase in Dinge zu stecken, die ihn nichts angingen. Er besaß einige Liegenschaften, nicht viel, das meiste stammte aus ehemaligem Staatsbesitz, und von seiner Rente lebte er mit Frau und vier heiratsfähigen Töchtern.

Seine Mahlzeiten bestanden aus Suppe, *Cocido* und Hauptgericht. Alle fünf Jahre ließ er sich einen Gehrock machen, alle drei kaufte er einen neuen Zylinderhut und beschwerte sich dabei über die Anforderungen der Mode, denn der alte war stets noch sehr gut erhalten. Dies nannte er seine *aurea mediocritas.* Er hätte Beamter werden können. »Bei wem aber?« fragte er. »Wo es hier nie eine richtige Regierung gibt!« Ehrenämter nahm er an, sooft ihm welche angetragen wurden, denn er stand seinen Mitbürgern zur Verfügung, insbesondere, wenn es darum ging, jedem das Seine zu geben. Trotz solcher Bescheidenheit und Sparsamkeit im Geldausgeben schrieben die Übelgesinnten seinen übertriebenen Liberalismus, seine Ungläubigkeit und Verachtung von Religion und Klerus der Herkunft seiner Ländereien zu. »Freilich«, sagten die Betschwestern in den Kränzchen des Vinzenzvereins und die Ultramontanen in der Redaktion der »Kreuzfahne«, »freilich, wo er alles, was er hat, den gottlosen Raubzügen dieses liberalen Gesindels verdankt. Wie soll er den Klerus nicht hassen, da er die Güter der Kirche verzehrt?« Dagegen hätte Don Pompeyo, wenn er solchen Klatsch nicht verachtet hätte, einwenden können, daß Don Leandro Lobezno, der Betbruder und engelsmilde Vorsitzende der Katholischen Jugend, Millionär war dank der Staatsgüter, die ein Erbonkel von ihm aufgekauft hatte. Aber nein, Don

Pompeyo erwiderte nichts. Er haßte den Fanatismus, verzieh aber den Fanatikern.

War er nicht ein Philosoph? Gott wußte, daß er's war. Dieses »Gott wußte« war eine Redewendung, die ihm wider Willen entschlüpfte, wie er versicherte, denn der Wahrheit zu Ehren sei gesagt, daß Don Pompeyo Guimarán nicht an Gott glaubte. Weshalb es verschweigen? Es war allgemein bekannt. Don Pompeyo war der Atheist Vetustas. »Der einzige!« erklärte er die wenigen Male, da er einem Freunde das Herz öffnen durfte. Und wenn er »Der einzige!« sagte, so trug er zwar tiefen Schmerz über die Verblendung zur Schau, in der ihm zufolge seine Mitbürger lebten, aber ein guter Beobachter konnte bemerken, daß in diesem Satz mehr Stolz und Befriedigung lag als wahrhafter Kummer über den Mangel an Aufklärung. Allerorten gab er ein Beispiel von Atheismus, aber niemand folgte ihm.

In Vetusta gedieh diese Pflanze nicht. Er war das einzige Exemplar; robust, unverwüstlich, das schon, aber das einzige. Und Don Pompeyo bekam Gewissensbisse, wenn er sich bei dem Wunsch ertappte, die »vernünftige, rettende Lehre«, denn dafür hielt er sie, möge sich nie ausbreiten. Alle nannten ihn den »Atheisten«, aber die Erfahrung hatte auch die fanatischsten überzeugt, daß er harmlos war. »Er ist wie der in eine Jungfrau verliebte Löwe«, drückte Gloucester es elegant aus. »Eine Bestie ohne Zähne.« Selbst die verbohrtesten Betschwestern gingen an dem Gottesleugner vorbei, ohne ihm eine Verwünschung zuzuzischen. Er war wie ein alter, blinder, gezähmter Bär, der an einem Nasenring von Straße zu Straße tappte und die Kinder belustigte. Er roch schlecht, aber ansonsten hatte er nichts Besonderes an sich. Dennoch hatte man verschiedene Male daran gedacht, ihm ernstlich was am Zeuge zu flicken, damit er in sich ginge oder die Stadt verließe. Das hing vom größeren oder geringeren apostolischen Eifer der Bischöfe ab. Es hatte einen gegeben – später brachte er's bis zum Kardinal –, der ernstlich daran dachte, Don Pompeyo zu exkommunizieren. Der erfuhr diese Neuigkeit im Kasino. Damals ging er noch hin. Ein verklärtes Lächeln erschien auf seinem Gesicht, das Wasser lief ihm im Munde zusammen: die angedrohte Exkommunikation kitzelte ihn angenehm. Was konnte er mehr ersehnen! Augenblicklich dachte er daran, eine den Umständen angemessene moralische Haltung anzunehmen. Kein großes Gewese, kein

Protest – er begnügte sich zu sagen: »Der Herr Bischof hat kein Recht, jemanden aus der Kirche auszuschließen, der nicht zur Kommunion geht. Aber meinetwegen soll die Exkommunizierung kommen! Mir ist es schnuppe.«

Seine Frau und seine vier Töchter dachten allerdings anders. Umsonst versuchte er vor ihnen geheimzuhalten, daß der Bannstrahl ihr ruhiges Heim bedrohte. Don Pompeyos Haus wurde zu einem Tränensee. Es gab Ohnmachtsanfälle. Doña Gertrudis wurde bettlägerig. Der unglückliche Guimarán hatte ein schrecklich schlechtes Gewissen. Außerdem spürte er eine unerwartete Schwäche in den Knien und im Geist. Nicht, daß er sich bekehrt hätte, das niemals! Aber seine Gertrudis, seine Mädchen! Und er weinte, der Unselige. Dann wandte er sich in die Richtung, wo das Bischofspalais stand, schüttelte die Fäuste und rief unter Seufzen und Schluchzen: »Sie haben mich in der Hand, sie haben mich in der Hand, diese Kinder der Verirrung und Blindheit! Ich Unglückseliger! Aber mehr Mitleid verdienen sie, die das Licht des Mittags und der Sonne der Gerechtigkeit nicht sehen!« Doch selbst in solch bitteren Augenblicken beschimpfte er den Bischof und die übrige hohe Geistlichkeit nicht. Er mußte klein beigeben und dulden, was bloß zu denken ihm am Anfang empört hätte: daß seine Töchter sich »rührten«, daß seine Freunde ihre Beziehungen spielen ließen, damit der Bischof seinen Bannstrahl wieder in die Tasche steckte ... Man erreichte es, nicht ohne Mühe und ohne daß Don Pompeyo seine Irrtümer widerrufen mußte. Man ließ über Guimaráns Atheismus Gras wachsen. Er schwieg eine Zeitlang, kehrte aber bald zu seiner Pflicht zurück, unermüdlich in der Propaganda, von der er auf dem Grunde seines Herzens wünschte, sie möge unfruchtbar bleiben, um des Vergnügens willen, das einzige Exemplar der für ihn kostbaren Spezies Atheist zu sein. Seine wichtigsten Schlachten schlug er im Kasino, wo er die Hälfte seines Lebens zubrachte. (Später kehrte er ihm aus gewichtigen Gründen den Rücken.)

Die Vetustenser hatten im allgemeinen nicht viel für Theologie übrig. Weder im Guten noch im Bösen fanden sie Vergnügen daran, von jenseitigen Dingen zu sprechen. Die »Fortschrittlichen« begnügten sich, den Klerus anzugreifen, Skandalhistörchen zu erzählen, in denen Pfarrer und ihre Haushälterinnen die Hauptrolle spielten. An dieser anregenden Unterhaltung beteiligten sich auch mit Vergnügen ein paar stockorthodoxe Konservative. Wenn sie glaubten, zu weit gegangen zu sein, und fürchteten, jemand könne an ihrer innigen Religiosität zweifeln, fügten sie nach den anstößigen Tratschgeschichten hinzu: »Das sind die Ausnahmen, versteht sich.«

»Keine Regel ohne Ausnahme«, äußerte Don Frutos, der Amerikaner.

»Die Ausnahme bestätigt die Regel«, ergänzte der Abgeordnete Ronzal.

Ja, es fand sich sogar einer, der erklärte: »Man muß auch zwischen der Religion und ihren Dienern unterscheiden. Sie sind Menschen wie wir.«

Die Fortschrittler machten Einwendungen, verfochten die Untrennbarkeit von Religion und Priestern, und dann mußte sich selbst Don Pompeyo bis zu einem gewissen Grad auf die Seite der Funktionäre stellen und erklären: »Meine Herren, bringen wir die Dinge nicht durcheinander! Das Übel liegt in der Wurzel. Der Klerus ist weder gut noch schlecht, er ist so, wie er sein muß.«

Wenn sie solches vernahmen, erhoben sich alle wider ihn, die einen, weil er den Klerus in Schutz nahm, und die anderen, weil er das Dogma angriff. Zu Recht sagte er, daß er ganz allein, daß er der *Einzige* sei.

Aus diesen Diskussionen, die er Tag für Tag suchte und provozierte, ging, wie er erklärte, sein Geist voll Bitterkeit hervor – und es stimmte nicht, sein schlechtes Gewissen sagte es ihm –, voll Bitterkeit, weil in Vetusta niemand dachte. Man lebte in den Tag hinein, nichts weiter. Viel Intrigen, viel Kirchturmpolitik, viel schlecht verstandene materielle Interessen, aber nichts von Philosophie, nichts davon, die Gedanken in die Sphären des Ideellen zu erheben. Es gab den einen oder anderen Gelehrten, verschiedene Kirchenrechtler, ein paar Juristen, aber nicht einen Denker. Es gab keinen Denker außer ihm.

»Meine Herren!« schrie er nach dem Kaffee im Nebenraum des Tresillozimmers. »Meine Herren, wenn man hier von den schwerwiegenden Fragen der Unsterblichkeit der Seele spricht, die ich natürlich verneine, von der Vorsehung, die ich ebenfalls verneine, dann nehmen Sie die Sache entweder nur als Scherz, von der leichten Seite, wie Sie sagen, oder Sie beschäftigen sich mit der utilitaristischen, ichbezogenen Seite des Problems: Ob Ronzal unsterblich sein wird, oder ob Don Frutos die Auslöschung des künftigen Lebens ohne Erinnerung an das jetzige vorzieht ... Meine Herren, was hat es zu bedeuten, was Don Frutos möchte und was Ronzal lieber ist? Darum geht es nicht. Die Frage ist, ob es einen Gott gibt oder nicht. Angenommen, es gibt ihn, dann soll er ein wenig an die unselige Menschheit denken, und wenn ...«

»Pst! Ruhe!« riefen die aus dem Tresillozimmer, und Don Pompeyo senkte die Stimme, und die Runde rückte voller Respekt von den Tresillospielern weg. Alle gehorchten, überzeugt, daß das Spiel eine viel ernstere, praktischere, respektablere Angelegenheit sei als Don Pompeyos Theologie.

»Sehen Sie«, sagte Ronzal, der immer noch kein großes Kirchenlicht war, »ich glaube alles, was die Kirche glaubt und bekennt, aber die Wahrheit zu sagen, daß das Jenseits eine ewige Betrachtung des Göttlichen sein soll ... Junge, Junge, das ist ein bißchen viel verlangt.«

»Na, und?« wandte der Amerikaner Don Frutos, ebenfalls mit leiser Stimme, ein, einen neuen Verweis der Tresillospieler fürchtend. »Na, und? Ich bin's zufrieden, das ewige Leben mit den Händen im Schoß zu verbringen. Habe hier auf dieser Welt genug gearbeitet. Schlimmer wäre, was dieser *Alancardan* sagt, oder wie er heißt, daß nämlich ...« Der arme Don Frutos wußte nicht, wie er es erklären sollte. Es liefe darauf hinaus, daß wir nach dem Tode auf einen anderen Stern kämen und von dort wieder auf einen anderen, um uns erneut abzuschinden und für das bißchen Essen zu schuften. Der Gedanke, auf der Venus oder auf dem Mars weiter hinter dem Rücken des Gesetzes mit Negern zu handeln, erschien Redondo absurd und nicht sehr verlockend. Dann lieber das Nichts, wie der Atheist erklärte. Er schloß, indem er sich den reichlichen Schweiß von der Stirn trocknete, den diese so ungewohnte geistige Anstrengung hervorgetrieben hatte.

Mit der Frage der Unsterblichkeit schlug Don Pompeyo eine Bresche in die Glaubensfeste seiner Tischgenossen, aber stets schlossen sie sie zum Schluß wieder mit den herkömmlichen Vorbehalten. »So oder so, Gott über alles ... Die Kirche hat gelehrte Männer ...« Im Grunde langweilte sie Don Pompeyo schon mit seiner Theologie. Man ging ihm aus dem Wege. Die Tresillospieler beschwerten sich beim Vorstand. Er mußte Tisch und Saal wechseln, wenn er weiter Atheismus predigen wollte.

So sieht die freie Meinungsäußerung in Vetusta aus! dachte Don Pompeyo in einer Mischung von Trauer und Stolz.

Beim Billardtisch wollte man von rationaler Theologie ebenfalls nichts wissen. Don Pompeyo, mit jedem Tag vereinsamter, setzte sich schweigsam, so wie sich der Prophet Jeremias vielleicht auf einem Platz Jerusalems aufgestellt hatte, mit gespreizten Beinen vor den kleinen Karambolagetisch und sah lange diesen Träumern zu, die die Stunden des ohnehin kurzen Daseins damit verbrachten, zu beobachten, ob drei Elfenbeinkugeln aneinanderstießen oder nicht. Mitunter bekam Don Pompeyo den Griff eines Queue in den Bauch.

»Verzeihen Sie, Señor Guimarán!«

»Es ist Ihnen verziehen, junger Mann«, erwiderte der Denker, kratzte sich mit tragischer, tiefer Ironie am Kinn und lächelte, wobei er den Kopf schüttelte und damit zu verstehen gab, daß die Welt verloren sei.

Von soviel Oberflächlichkeit angeödet, stieg er in die »Lasterhöhle« hinauf, um nach den Anhängern des Glücksspiels zu sehen. Hier ertönte der Name Gottes alle Augenblicke, aber in Wendungen, die nicht das geringste mit Philosophie zu tun hatten.

»Sie haben recht, Don Pompeyo!« rief ein Leichtfuß, der eben die letzte Peseta verspielt hatte. »Sie haben recht, es gibt keine Vorsehung.«

»Junger Mann, reden Sie keinen Unsinn und bringen Sie die Dinge nicht durcheinander!«

Wütend verließ er das Kasino. Man konnte dort nicht hingehn!

Als die Septemberrevolution ausbrach, schöpfte Guimarán Hoffnung, daß das Freidenkertum einen Aufschwung nehmen werde. Aber nichts! Man sprach nur schlecht von der Geistlichkeit, das war alles. Man gründete eine Philosophische Gesellschaft, aber sie erwies sich als spiritistisch. Ihr Chef war ein Student aus Madrid, der sich damit vergnügte, ein paar Schustern und Schneidern den Sinn zu verwirren. Die Kirche machte ihren Schnitt dabei, denn die unseligen Handwerker begannen Gesichte zu haben und schrien laut nach der Beichte, ihre Irrtümer aus ganzer Seele bereuend. Allein darauf hatte sich die »religiöse Revolution« in Vetusta beschränkt, wenn man die paar Männer nicht in Rechnung stellte, die am Karfreitag Fleisch aßen.

Don Pompeyo glaubte nicht an Gott, aber er glaubte an die Gerechtigkeit. Wenn er an sie dachte, nahm sie für ihn einen gewissen Nimbus der Göttlichkeit an, und ohne es selbst zu gewahren, war er ein Anbeter dieses abstrakten Wortes. Für die »Gerechtigkeit« hätte er sich in Stücke hauen lassen.

Die Gerechtigkeit nötigte ihn anzuerkennen, daß der derzeitige Bischof von Vetusta, Don Fortunato Camoirán, eine achtenswerte Persönlichkeit, ein tugendhafter, würdiger Mann war; zwar von Anfang bis Ende im Irrglauben befangen, aber würdevoll. Er hatte ein Ideal? Nun, Don Pompeyo achtete es.

Don Pompeyo las nicht, er meditierte. Nach den Werken Comtes – durch die er nicht ganz durchkam – las er kein Buch mehr. Aber er meditierte.

Ein paarmal diskutierte er mit Frígilis, in dem er »das Zeug zu einem Freidenker« bemerkte, bloß leider hatte er keine Erziehung. Er mochte ihn nicht. »Das ist ja ein Pantheist!« sagte er abfällig. »Der betet die Natur, die Tiere und die Bäume an, diese besonders. Außerdem ist er kein Philosoph. Er will nicht an die großen Dinge denken, befaßt sich nur mit Nebensächlichkeiten. Sitzt auf dem hohen Roß, weil er nach zehntausend lächerlichen Versuchen den Eukalyptusbaum in Vetusta akklimatisiert hat. Na, und? Welches metaphysische Problem löst der Eucalyptus globulus? Ansonsten gebe ich zu, daß er ein Ehrenmann ist und mancherlei weiß.«

Guimarán mußte bei ihren Streitgesprächen ein paarmal vor Frígilis kapitulieren. Frígilis war ein glühender Verfechter der Entwicklungslehre. Er fand es widersinnig und albern, sich der tierischen Abstammung zu schämen. Obwohl diese Theorie Don Pompeyo bestach, weil sie einen kräftigen, köstlichen Geruch nach Ketzerei und Gottlosigkeit zurückließ, brachte er's nicht über sich, sich als Nachkömmling von hundert Orang-Utans zu fühlen. Er schmunzelte, konnte sich aber nicht entschließen, ja oder nein zu sagen.

»Mein letztes Wort ist der Zweifel . . . Da bin ich überfordert.« Auf jeden Fall aber blieb sein Atheismus unversehrt. Um Gott mit der Beharrlichkeit und dem Nachdruck zu leugnen, mit dem er ihn leugnete, brauchte man nicht viel zu lesen und auch keine Experimente zu machen oder Alchimist zu werden. »Meine Vernunft sagt mir, daß es keinen Gott gibt. Es gibt nur die Gerechtigkeit.« Während Don Pompeyo diese Dinge behauptete, sah Frígilis ihn wohlwollend lächelnd an, und mit leisem Spott, in dem auch ein wenig Mitleid lag, sagte er:

»So sicher sind Sie, Señor Guimarán, daß es keinen Gott gibt?«

»Ja, Señor, meine Grundsätze sind fest! Fest, verstehen Sie? Ich brauche keine Schwarten zu lesen und in den Eingeweiden von Christenmenschen und Tieren herumzuwühlen, um zu meiner kategorischen Schlußfolgerung zu gelangen. Wenn Ihre ganze Wissenschaft nach soviel Retorten und Protoplasmen und all dem andern Kram als Ergebnis nichts weiter zeitigt als diesen Zweifel, dann stecken Sie sich ihre Wissenschaft der Bücher sonstwohin, ich brauche sie nicht!«

Der biedere Guimarán machte auf dem Absatz kehrt und stürmte wütend davon, die Seele voll Groll und kurzlebigem Neid, während Frígilis weiter lächelte und den Kopf wiegte.

Fragte man ihn, was er vom »Atheisten« halte, so antwortete er:

»Von wem, von Don Pompeyo? Ein braver Mann. Er weiß nichts, hat aber ein sehr gutes Herz.«

Guimarán schwor einen heiligen Eid, keinen Fuß mehr ins Kasino zu setzen.

»Was man mir dort angetan hat, kann man keinem Christenmenschen antun.«

Seine Rede war durchsetzt mit rein orthodoxen Wendungen und Sprachgewohnheiten, aber er distanzierte sich augenblicklich von diesen »Ausrutschern«.

Was man ihm angetan hatte, war folgendes: Man hatte den fünfundzwanzigsten Jahrestag der Inthronisation Papst Pius' IX. gefeiert und zu diesem Zweck den Galawandbehang herausgehängt und die Gaslaternen hervorgeholt, mit denen zu großen Festlichkeiten beleuchtet wurde.

Don Pompeyo wandte sich in einem offiziellen Schreiben an den Vorstand und zitierte die Satzungsartikel, die seiner Ansicht nach »solche Freudenkundgebungen seitens einer Körperschaft untersagten, die in ihrer Eigenschaft als Erholungsstätte keine bestimmte positive Religion haben könne und dürfe«.

Er schrie in dem Salon herum, während die Klubdiener die Wandbehänge an den Balkons anbrachten. Er fuchtelte aufgeregt mit den Armen, berief sich auf die religiöse Toleranz, die Freiheit der Religionsausübung und selbst auf die Sitzung des Pelotaspielverbands.

»Menschenskind«, sagte Ronzal, und es juckte ihn in den Fingern, ihm eine herunterzuhauen, »was kümmert Sie's, ob das Kasino heraushängt und illuminiert? Was hat Ihnen Seine Heiligkeit Pius IX. getan?«

»Was mir Seine Heiligkeit getan hat? Das will ich Ihnen sagen, ja, Señor, das will ich Ihnen sagen. Pius IX. war mir sogar sympathisch, ich erkannte in ihm einen Mann guten Willens. Aber die Infallibilität hat zwischen uns eine eisige Mauer errichtet, einen Abgrund aufgerissen, der unüberbrückbar ist. Ein unfehlbarer Mensch! Begreifen Sie das, Ronzal?«

»Ja, Señor, vollkommen. Es ist die einleuchtendste Sache der Welt.«

»Na, dann erklären Sie mir's mal!«

»Verstehn wir uns richtig, Señor Guimarán, wenn Sie mich hier examinieren wollen, dann lassen Sie sich gesagt sein, daß ich mir das nicht bieten lasse!«

»Darum geht es hier nicht, sondern darum, daß Sie mir die Infalli . . .«

»Die *Infallität?«*

»Ja, Señor, die Infallibilität beweisen . . . die In-fal-li-bi-li . . .«

»Hören Sie, Señor Don Pompeyo, mich schrecken graue Haare nicht ab, und wenn Sie spotten, mache ich eine Frage meiner persönlichen Ehre daraus.«

»Wieso persönlich? Sind Sie auch unfehlbar?«

»Señor Guimarán!«

»Kurz und gut, mein Herr . . .«

»Je kürzer, desto besser.«

»Ich erkläre meinen Austritt.«

»Wenn doch der Tag schon da wäre!«

Ronzal blieb den Beweis der Infallibilität schuldig, aber Don Pompeyo erklärte seinen Austritt aus dem Klub.

Er verlor diese Zuflucht seiner Mußestunden, deren es viele waren, und irrte wie eine Seele im Fegefeuer von Café zu Café, bis er nach einigen Jahren im »Restaurant und Café des Friedens« Don Santos Barinaga traf, wo der unversöhnliche Feind des Generalvikars Abend für Abend sein böses Ende vorbereitete, indem er unter der Bezeichnung Kognak Fusel trank.

Sie schlossen Freundschaft, die innig wurde. Don Santos war immer ein guter Katholik gewesen, mehr noch, er lebte von der Kirche, denn er handelte mit Gegenständen des Kults. Aber nachdem das schlecht getarnte Monopol des Konkurrenzunternehmens »Rotes Kreuz« allmählich »seinen Ruin herbeiführte«, sah er die Zitadelle seines Glaubens und seine Beine mit jedem Tag wankender werden. Er begann wie viele andere damit, die Tugendhaftigkeit des Priesterstandes anzuzweifeln, und dann gesellte sich bei ihm – man weiß nicht, ob das anderen Ketzern auch so erging – zu der Verachtung der Gottgeweihten eine übermäßige Vorliebe für den Alkohol in verschiedenster Gestalt.

Es kostete Guimarán nicht viel Mühe, aus Don Santos einen Proselyten zu machen. Mit jedem Tag und jedem Glas nahm dessen Gottlosigkeit zu, und schließlich glaubte er, Jesus Christus sei nichts weiter als ein Sternbild, ein Unsinn, den Don Pompeyo in einer alten, auf dem Jahrmarkt gekauften Schwarte gelesen hatte. Guimarán besaß die kalte Gottlosigkeit des Philosophen, Barinaga den eifernden Groll des Sektierers, den Zorn des Abtrünnigen.

Wenn es dem braven Krämer scheinen wollte, er gehe mit seinem Leugnen zu weit, stand er, um seine Furcht zu verbergen, mit dem Glas in der Hand auf und sagte feierlich:

»Schlimmstenfalls, wenn ich mich im Irrtum befinde und Gott lästere, so falle alle Verantwortung auf diesen Gauner, auf diesen Heuchler, diesen verwünschten Don Fermín.«

Das »Café des Friedens« war ein großes, kaltes Lokal. Das gelbliche, spärliche Gas schien die von Küchendünsten und Tabaksqualm dicke Atmosphäre noch rauchiger zu machen. In der Stunde, da die beiden Freunde beisammensaßen, war der Raum leer. Die Kellner in schwarzer Jacke und weißer Schürze dösten in den Ecken. Eine braune Katze pendelte zwischen der Theke und Don Santos' Tisch hin und her, blieb vor ihm stehen und sah ihn lange an.

Guimarán registrierte die Fortschritte im Unglauben bei diesem leidenschaftlichen Geist mit großer Befriedigung. Don Santos war noch nicht bis zum Atheismus gediehen, doch dies war ja »ein Grad philosophischer Vollkommenheit, der dem ehemaligen Händler mit Kelchen und Hostientellern zu hoch war«. Don Pompeyo begnügte sich, ihm die Wurzeln und Schosse jeder positiven Religion auszureißen. Es behagte ihm nicht, daß Don Santos dem Kognak und Schnaps mit jedem Tag mehr verfiel, aber wenn Don Santos nicht trank, war mit ihm nichts anzufangen, dann begriff er kein Wort von theologischen Beweisen. Man mußte ihn trinken lassen.

Um halb elf in der Nacht gingen sie zusammen weg. Don Pompeyo reichte Don Santos den Arm und begleitete ihn ein gutes Stück. Wenn er ihn in der Nähe des Cafés verließ, kehrte Don Santos allein zurück. An der Ecke eines Gäßchens verabschiedeten sie sich mit einem langen Händedruck, und Guimarán begab sich heiter und zufrieden in sein stilles Heim zurück, wo ihn eine liebende Gattin und vier Töchter erwarteten, die ihn vergötterten.

Don Santos blieb in der Schlacht mit den Schimären des Alkohols allein, Nebel im Hirn und vor den Augen. Seine Beine schwankten, die Scham vor sich selbst kämpfte um einen geraden Gang, eine anständige Haltung, aber umsonst. Im Zickzack riß es den Körper des Kranken hin und her. Jeder Schritt war ein Sieg. Der Kopf hielt sich mit Mühe auf den Schultern, und aus dem Kehlkopf des Betrunkenen stiegen wie Taubengurren erstickte Schreie des Protests, eines eintönigen, unartikulierten Protests, der auf seine Art Ausdruck einer fixen Idee war, vielmehr eines Hasses, der in dieses Gehirn mit dem Hammer des Wahns eingeschlagen war. Allen Flecken an den Häuserwänden, allen Schatten der Straßenlaternen erzählte er brabbelnd die Geschichte seines Ruins, und auf dem ganzen Weg gab es keinen Stein, der die skandalöse Geschichte vom Vermögen des Generalvikars nicht gekannt hätte.

Wenn Barinaga von Don Pompeyo die Apostasie, den Abfall vom Glauben annahm, so steckte er Guimarán seinerseits mit seinem Haß auf den Generalvikar und Doña Paula an. Dieser unwürdige Handel war gewißlich ein Ärgernis! Die beiden Alten wurden zu Posaunen der ehrenrührigen Gerüchte über den Generalvikar. Don Santos störte mit seinem Randalieren viele Nächte die Nachbarschaft auf. Das Eingreifen des Nachtwächters genügte nicht, zu guter Letzt bearbeitete er die Tür des »Roten Kreuzes« mit Faustschlägen, Stockhieben und selbst Fußtritten. Der Inhaber des Ladens beschwerte sich bei den Behörden, der Skandal zog immer weitere Kreise. Die Feinde des Generalvikars schürten den Zwist. Überall schrie man: »Was soll das heißen? Will man Don Santos, nachdem man ihn ruiniert hat, auch noch einsperren? Werden es die Behörden wagen, Repressalien zu ergreifen?«

Im Kapitel flüsterte Gloucester, der machiavellistische Archidiakon, den Domherren etwas von »kollektivem Verruf« ins Ohr und davon, was die Kirche, insbesondere die Kathedrale bei diesem Spektakel – so Gloucester – verlöre. Der Benefiziat Don Custodio unterstützte Señor Mourelo.

»Und wenn das das Schlimmste wäre!« sagte der Archidiakon.

Danach begann das zweite Kapitel der Afterrede.

Das Schlimmste war, daß man, ob zu Recht oder Unrecht, doch nicht, ohne daß der Schein Anlaß zu solchem Klatsch gebe, dem Generalvikar nachsage, er wolle niemand geringeres als die Präsidentin verführen und sei schon auf dem besten Wege dazu.

»Nein, das nicht!« rief der Vorsänger. »Sie ist doch die reinste Heilige geworden. Nach der Krankheit, seitdem es mit ihr auf des Messers Schneide gestanden hat, ist ihr Lebenswandel beispielhaft. Wenn sie vorher eine tugendhafte Dame war, wie es viele gibt, so ist sie jetzt eine vollkommene Christin. Sie ist ein bißchen dünner und blasser, aber wunderhübsch ... ich meine, es ist erbaulich, sie anzusehn, sie ist eine Heilige, jawohl.«

»Ich halte mich an Tatsachen, Señor. Die Leute trauen solcher Heiligkeit nicht. Sie glauben an Tatsachen.«

Und Gloucester zählte die Tatsachen auf: das häufige Beichten von Anita Ozores, die langen Besuche des Generalvikars bei ihr zu Hause, der Präsidentin Besuche bei Doña Petronila.

»Na, und? Was hat es mit diesen Besuchen auf sich? Sie wollen doch nicht etwa glauben, daß Doña Petronila sich zu so etwas hergibt?«

»Señor, ich glaube gar nichts, lasse mich aber auch nicht dumm machen. Ich nenne Tatsachen und sage, was die Leute reden. Der Skandal wächst.«

Es stimmte. So raffiniert fingen es Gloucester, Don Custodio und andere Herren des Kapitels nebst einigen Angestellten der Kirchenkurie und bei den Laien Foja und Don Alvaro an, letzterer unter der Hand, wobei er sich auf den Ämterschacher und den Nepotismus beschränkte, den man dem Generalvikar nachsagte. Auch im Kasino sprach man von nichts anderem. Alle beteuerten bereits, Don Santos angetroffen zu haben, wie er gegen die Tür des »Roten Kreuzes« trat und den Generalvikar mit lautem Geschrei herausforderte. Es bildeten sich Parteien: manche forderten das Eingreifen der Behörden, andere verfochten Barinagas »Recht zu trampeln«.

Stumpfnase lief hin und her, schnüffelte überall herum und erschien zwei- oder dreimal täglich im Hause des Generalvikars, um seiner Chefin, Doña Paula, die ihn gut bezahlte, über den Klatsch zu unterrichten.

Don Fermíns Mutter lebte in ständiger Besorgnis, aber sie steckte nicht auf. Wenn er sich schon ins Unglück ritt, war sie ja noch da, um ihn zu retten. Die Hauptsache war, ständig um den Bischof zu sein, zu verhindern, daß das Gerede, die Verleumdung, oder was es nun war, Seiner Bischöflichen Gnaden zu Ohren kam. Doña Paula verbrachte einen großen Teil des Tages und des Abends im Palais. Ursula, ihre Nachfolgerin, des Bischofs Beschließerin, hatte Befehl, keine verdächtige Person ins Gemach ihres Herrn vorzulassen. Die Hausgeistlichen, Kreaturen Doña Paulas und ihr ergeben, gehorchten derselben Weisung. Auch der Generalvikar hielt Augen und Ohren offen, obwohl ihm solche Beschäftigung zuwider war. Der Selbsterhaltungstrieb nötigte ihn, die Pläne seiner Mutter zu unterstützen.

Doña Paula und Don Fermín sprachen wenig miteinander. Sie wehrten sich durch stillschweigende Übereinkunft. Beide gebrauchten dasselbe System, ohne es einander mitzuteilen. Die Mutter war erbittert. Ihr Sohn hinterging sie, stürzte sie ins Verderben. Für sie war Doña Ana Ozores, die vermaledeite Präsidentin, die *Konkubine* – dieses Wort gebrauchte sie im stillen –, die Konkubine ihres Fermo. An dieser Stelle würde der Strick reißen, hier schöpfte das Schiff Wasser. Wenn man soviel von den Mißständen in der Kirchenkurie, vom »Roten Kreuz« und Don Santos sprach, dann, weil diese andere Geschichte, die viel skandalösere mit den Weiberröcken, alles andere nach sich zog. So dachte sie. Das andere war lange her, niemand gab mehr etwas auf dieses Gerede, weil es alt und abgedroschen war, aber durch diesen neuen Skandal, durch dieses üble, scheinheilige, abgefeimte Frauenzimmer lebte alles wieder auf, gewann alles an Bedeutung. Wenn Fortunato etwas erfuhr, etwas davon glaubte, waren sie geliefert. Dem Inhaber des »Roten Kreuzes« wurde verboten, die Schläge zu hören, mit denen der Trunkenbold Don Santos Nacht für Nacht gegen die Tür donnerte. Auf den Gedanken, von den Behörden Hilfe zu verlangen, kam man nicht mehr zurück. Man bestach den Nachtwächter und gab ihm Auftrag, vor allem den Lärm zu unterbinden. Umsonst. Viele Nachbarn warteten schon voll tückischer Neugier auf die Stunde des Krakeels und traten auf den Balkon, um die Szene mitzuerleben. Aber Doña Paula mußte außerdem noch die Schritte ihres Sohnes überwachen.

Stumpfnase hatte die Präsidentin und Don Fermín bei Dunkelwerden zusammen Doña Petronilas Haus betreten sehen. Und Doña Paula wußte es bereits. Aber Don Custodio hatte sie ebenfalls gesehen, es Gloucester gesagt und danach sie beide der ganzen Stadt.

Inzwischen gab es im »Café des Friedens« bereits Publikum, das Don Pompeyo und Don Santos bei ihren Lästerreden gegen die positiven Religionen und speziell gegen den Herrn Generalvikar, wie Señor Guimarán de Pas immer nannte, zuhörte. Unter dem »niederen Volk« kursierte die Geschichte mit den Altären, dem Ruin Don Santos', den auf der Bank hinterlegten Millionen des Generalvikars. Daraufhin sprachen ein paar Arbeiter aus der Alten Fabrik davon, die Geistlichkeit massenweise aufzuknüpfen. Sie nannten das eine Radikalkur. Die karlistischen Arbeiter schwankten. Der Generalvikar hatte Freunde unter ihnen, aber wenn sie ihn als Priester achteten, so fürchteten sie ihn als Reichen, und sie argwöhnten etwas. Worüber das Volk nicht sprach, war die Angelegenheit mit den »Weiberröcken«. Seinerzeit, während der Revolution, hatte man davon gesprochen, ob Don Fermín in den unteren Vierteln Abenteuer hatte oder nicht; aber niemand dachte mehr an solche Gerüchte. Die Arbeiter, die damals ihre Stimme zu revolutionärer Propaganda erhoben hatten, waren alt geworden, gestorben, hatten sich zerstreut oder waren von »der Idee« enttäuscht. Die junge Generation war nur zuweilen priesterfeindlich. Sie liebte die Schenke, nicht den Klub. Man sprach bloß noch von sozialer Revolution und erklärte bereits, die Geistlichen seien nicht besser und nicht schlechter als die übrigen *Bourgeois.* Der Fanatismus war schlimm, schlimmer war das Kapital. Es gab in den unteren Vierteln keine aktive Propaganda gegen die Soutanen. Der Generalvikar wurde mehr verachtet als gehaßt. Aber der Skandal mit Don Santos, dem Herrgottshändler, wie man ihn nannte, ein paar Züge von Selbstherrlichkeit in der Kurie, das Heidengeld, das eine Trauung kostete – als hätte es früher nicht dasselbe gekostet – und die Bankaktien entzündeten den Haß von neuem, und jetzt sprach man davon, den Generalvikar und die übrigen Pfaffen aufzuknüpfen.

Wer an dieser infamen Propaganda nach Gloucester, der sie für sein ausschließliches Werk hielt, am meisten Freude hatte, war Don Alvaro Mesía. Er haßte den Generalvikar jetzt tödlich. Don Fermín war der erste Mann – nach dazu einer in Röcken! –, der ihm den Wind aus den Segeln nahm, der erste Rivale, der ihm eine Beute streitig machte und sie ihm wegschnappen wollte. Vielleicht hatte er sie ihm schon weggeschnappt. Vielleicht hatte die sachte, nagende Arbeit im Beichtstuhl mehr vermocht als sein ausgeklügeltes System, die monatelange Belagerung, an deren Ende nach den Regeln der »Kunst« die Übergabe auch der stärksten Festung stand. Ich ziehe den Belagerungsring, dachte er, aber wer sagt mir, daß er nicht durch eine Mine eingedrungen ist? Der Dandy Vetustas schwitzte vor Ärger, wenn er daran dachte, wie er unter Don Víctor Quintanar gelitten, der ihm seiner Berechnung nach in wenigen Monaten enger Freundschaft sämtliche Stücke Calderóns, Lopes, Tirsos, Rojas', Moretos und Alarcóns vordeklamiert hatte. Und wofür das alles? Damit der Teufel Ana aufs Bett warf, ihr Angst vor dem Tode machte und sie aus einer liebenswürdigen, gefühlvollen und nachgiebigen Dame, was sie zuvor gewesen, in eine widerspenstige, frömmelnde, mystische Betschwester verwandelte, diesmal aber wirklich mystisch. Und wer hatte sie soweit gebracht? Der Generalvikar! Wer wollte es bezweifeln? Als Mesía die Szene für die Liebeserklärung vorzubereiten begann, worauf dann unmittelbar der »direkte Angriff« folgen sollte, als der nahe Frühling wirksame Hilfe versprach, mußte er erleben, daß die gnädige Frau Fieber hatte. »Die gnädige Frau empfängt nicht.« Und er bekam sie volle vierzehn Tage nicht zu Gesicht. Man erlaubte ihm, ins Kabinett zu kommen, sich nach ihrem Befinden zu erkundigen, aber nicht, den Alkoven zu betreten. Er machte ihr täglich seine Visite, aber man ließ ihn nicht zu ihr. Und der Generalvikar, Hölle und Tod!, passierte – er hatte es mit eigenen Augen gesehen – ungehindert und blieb allein mit ihr. Der Kampf war ungleich. Während der ersten Genesungszeit, die wenige Tage währte, gestattete man auch ihm, zwei- oder dreimal in den Alkoven zu treten, aber nie konnte er allein mit Ana sprechen. Das Traurigste jedoch war hinterher gekommen, als der Rückfall, der so gefährlich war, allmählich der Genesung den Weg freigab. Ana empfing ihn in ihrem Kabinett. Aber wie! Dünn und totenbleich. Wunderschön, das schon, wunderschön, aber auf romantische Art. Von solchen Frauen ließ er die Finger. Sie war ganz Gott hingegeben! Man sah es! Sie aß kaum! Konnte keinen Arm heben, ohne zu ermüden. Don Alvaro überschlug rasend vor Ungeduld, wie lange diese »Natur« brauchen würde, die nötige Kraft wiederzuerlangen, um den Stachel der Sinne wieder zu spüren, die Señor Mesías Zuversicht und Hoffnung waren. Es würde lange dauern. Solange konnte er nichts unternehmen, was ihn weiterbrachte. Und der Generalvikar konnte inzwischen sein Schäfchen scheren, dieses geschwächte Gehirn mit himmlischen Visionen vollstopfen! Ana gehörte ihm. Nie blickte sie ihn, Mesía, an, und die wenigen Worte, mit denen sie auf seine liebevoll anteilnehmenden Fragen antwortete, waren höflich, freundlich, aber kalt, wie nach der Schablone. Mitunter wandelte ihn der Verdacht an, ob der Generalvikar sie ihr vielleicht diktierte. Eines Abends speiste die Präsidentin im Beisein ihres Gatten, Mesías und Don Fermíns. Jeder Bissen kostete sie Überwindung. Der Generalvikar meinte, sie solle sich nicht zum Essen zwingen. Da verteidigte Mesía mit großer Wärme den Zwang zur Ernährung.

»Mit Erlaubnis des Herrn Kanonikus, ich glaube, das wichtigste ist hier, wieder auf die Beine zu kommen, und das bald, damit sich die Anämie nicht des Organismus bemächtigt.«

»Oh, mein Freund!« entgegnete der Generalvikar mit größter Freundlichkeit. »Die Anämie, das wissen Sie besser als ich, kann trotz der Nahrung kommen. Außerdem ist essen nicht dasselbe wie sich ernähren.«

»Nun, ich würde mit Verlaub des Herrn Kanonikus rohes Fleisch empfehlen, viel rohes Fleisch auf englische Art.«

Oh, er hatte es eilig! Er hätte Blut aus seinem Arm gegeben, um es durch diese seiner Meinung nach erschöpften Adern strömen zu sehen. Leben, Kraft um jeden Preis für diese Frau! Sogar von Bluttransfusion sprach Don Alvaro eines Tages. Die Wissenschaft habe auf diesem Gebiet große Fortschritte gemacht. Somoza nickte zustimmend und sagte:

»O ja, große! Jaja, die Wissenschaft! Große Fortschritte. Transfusion. Freilich!« Er hatte gewaltige Angst vor Don Alvaros medizinischen Kenntnissen. Dieser Mensch, der nach Paris fuhr, diese weißen Hüte trug und Claude Bernard und Pasteur zitierte, mußte mehr von moderner Medizin verstehen als er; denn er, Somoza, las keine Bücher, man weiß es bereits, er hatte keine Zeit.

Die Präsidentin erholte sich. Das Blut kehrte zurück, wenn auch nur langsam. Die Muskeln kräftigten sich, nicht aber schwanden ihre Kälte und Zurückhaltung. Don Víctor blieb immer derselbe für seinen Don Alvaro, sie führten die vertraulichen Aussprachen beim Bier weiter, Ana ließ sich jedoch nie mehr blicken. Wenn Don Alvaro eine Frage nach ihr riskierte, stellte sich Don Víctor taub oder wechselte das Thema; beharrte der andere darauf, seufzte Quintanar, zuckte die Schultern und sagte:

»Lassen Sie sie! Sie wird beten.«

»Beten? Soviel Beten kann ihr Tod sein.«

»Nein, ja, sie betet nicht, vielmehr stille Gebete. Was weiß ich! Grillen! Man muß sie in Ruhe lassen.«

Und er seufzte abermals. Ja, man mußte sie in Ruhe lassen. Aber im stillen Kämmerlein raufte Don Alvaro seine feinen blonden Haare. Wer hätte das gedacht! Er nannte sich Tölpel, Schafskopf, Narr, als ob das nicht alles dasselbe gewesen wäre, und sagte zu sich selbst: Ich habe mich wie ein Kadett benommen! Meine Schüchternheit ist mir zum Verderben geworden. Ich hätte den »direkten Angriff« eines Nachts unternehmen müssen, als ich sie im Dunkeln traf, oder an jenem Nachmittag im Speisezimmer.

Aber er hatte es nicht getan. Und jetzt war es zu spät. Eines Tages trieb Ana die Dinge auf die Spitze und zog die Hand zurück, nach der er die seine ausgestreckt hatte. Mit dem flinken Geschick der Frauen suchte sie einen Vorwand und gab ihm die Hand nicht. Von da an berührte er ihre zarten Finger nicht wieder. Und mehr noch – er sah Ana kaum.

Oh, das mußte ihm, Don Alvaro Mesía, passieren! Und die Lächerlichkeit? Was würden Visita, Obdulia, Ronzal und all die anderen sagen?

Sie würden verkünden, daß ihn ein Pfaffe ausgestochen hatte! Das schrie nach Blut! Ja, aber hier war das was anderes. Wenn sich Don Alvaro den Generalvikar im Gehrock vorstellte, wie er sich zu einem Duell einfand, zu dem er ihn herausgefordert hatte, lief es ihm kalt den Rücken hinunter. Er dachte an die Kraftprobe, bei der der Generalvikar ihn in Anas Gegenwart besiegt hatte. Der Mut, den er angesichts einer Soutane in der unbedachten Annahme spürte, daß die professionelle Sanftmut den Geistlichen verpflichtete, Backenstreiche ruhig einzustekken, dieser Mut schwand, wenn er an Don Fermíns Fäuste dachte. Es gab keinen Ausweg. Es blieb nichts weiter übrig, als ihn zu erledigen, indem man mit Foja, Gloucester und allen anderen Feinden des Kirchentyrannen gemeinsame Sache machte.

Wenn er nachmittags auf dem Espolón spazierenging, wo Geistliche und Herren vom Gericht wieder unter sich waren, weil der weltliche Lärm sich in den Schatten der belaubten Bäume am Paseo Grande verzogen hatte, begegnete Don Alvaro für gewöhnlich dem Generalvikar. Sie grüßten einander mit tiefen Verbeugungen, aber der Laie fühlte sich gedemütigt, und eine leichte Röte stieg ihm in die Wangen. Er meinte, alle Anwesenden müßten die beiden mustern, Vergleiche anstellen und den Sieger, den Geistlichen, stärker, gewandter, strahlender finden. Don Fermín war derselbe wie immer: hochmütig in seiner Demut, die mehr Höflichkeit als christliche Tugend ausdrückte, lächelnd und schlank, anmutig das Schreiten, das durch das rhythmische Rascheln des weiten Priestermantels betont wurde, so ging er dahin und bot dem Gerede mit unerschütterlichem Gleichmut Trotz. Auf dem Espolón pflegten sich die drei schönen Männer des Kapitels zusammenzufinden: der Vorsänger, groß und stattlich, der Verwandte des Ministers, zarter, schlanker, aber hochgewachsen auch er, und Don Fermín, der eleganteste, der nicht viel kleiner war als der Vorsänger. Alle drei zusammen trugen sie viele Ellen schwarzen, glänzenden, makellosen Tuchs. Sie wirkten wie feste, mit schwarzen Trauertüchern verhängte Säulen der Kirche. Und trotz der dunklen Gewänder und der ernsten Haltung ahnte Don Alvaro in der Gruppe eine Verlockung für die Damen Vetustas. Dort gingen die Leuchten der Kirche, die Urbilder von Anmut, Begabung, Kraft. Er stellte sich drei hübsche, gutgewachsene Nonnen vor, die obendrein Verstand und Anmut hatten. Er malte sich aus, wie sie über den Espolón promenierten, und war sicher, daß die Männer ihnen nachschauen würden. Nun, genau dasselbe mußte im umgekehrten Falle geschehen. Und der Klubvorsitzende glaubte tatsächlich in der Art, wie die immer noch auf dem Espolón promenierenden Damen die drei schönen Männer des Kapitels, diese Davidstürme, grüßten, geheime Wünsche, unbewußte Erklärungen raffinierter, verbildeter Sinnlichkeit zu sehen.

Mit jedem Tag wuchs in Don Alvaro das Mißtrauen gegen den Beichtstuhl, mit jedem Tag wähnte er den Einfluß des Geistlichen auf die Frau, die ihm ihre Sünden erzählte, größer. Und wenn er die Damen ansah, die da kamen und gingen, elegant, luxuriös die einen, andere in Trauer oder bescheiden gekleidet, aber alle von dem Wunsch beseelt, zu gefallen, stellte sich Mesía geheime, unsichtbare Fäden vor, die von Rock zu Rock liefen, von der Soutane zur Baskine, vom Pfarrer zur Frau. Mit einem Wort, Don Alvaro war eifersüchtig, neidisch und wütend. Sein heimlicher Materialismus war radikaler denn je.

Und bloß, weil die fortschrittlichen Parteien nie eine Macht darstellen oder nur für kurze Zeit, erklärte er sich nicht zum Demagogen und Feind der Staatsreligion.

Er ging so weit, bei der Vorstandssitzung des Klubs den Vorschlag einzubringen, in Zukunft kein religiöses Fest mehr durch Behängen und Illuminieren der Balkons zu feiern. Ronzal widersprach, aber der Vorsitzende setzte sich durch, und die Abschaffung des Brauches wurde durch Abstimmung beschlossen. Endlich hatte Don Pompeyo doch noch gesiegt.

Don Alvaro wünschte, daß der Atheist ins Kasino zurückkehrte. Die Widersacher des Generalvikars brauchten diese Verstärkung. Foja und Joaquinito Orgaz, die die Partei der Verleumder anführten, schlugen Don Alvaro vor, eine Abordnung zu Don Pompeyo zu schicken, um ihn für das Kasino wiederzugewinnen, »aus dem er sich nie hätte zurückziehen dürfen«. Man würde die »Wiedereinführung« Guimaráns durch ein festliches Souper feiern. Paco, der junge Marqués, der sich als guter Aristokrat verpflichtet glaubte, »wenigstens formhalber« religiös zu sein, widersetzte sich am Anfang den Plänen Fojas und Orgaz'. Dann aber erwog er, daß sein Freund, sein Abgott Mesía, den andern da haben wollte, damit er ihm helfe, den Generalvikar in Verruf zu bringen, und da er ferner bedachte, daß sie sich bei dem abendlichen Festschmaus wirklich gut amüsieren würden, entschied er, daß er mitmachen müsse. So schlug er sich zu den Feinden des Generalvikars und schloß sich der Abordnung an, die Don Pompeyo aufsuchte.

Es waren dies: Foja, der ehemalige Bürgermeister, Paco Vegallana und Joaquín Orgaz.

Señor Guimarán empfing sie in seinem Arbeitszimmer, das mit Zeitungen und billigen Gipsbüsten vollgestopft war, die recht und schlecht Voltaire, Rousseau, Dante, Franklin und Torquato Tasso darstellten, so die Reihenfolge, in der sie auf dem Sims der mit alten Büchern vollgestellten Regale standen.

Daheim trug Don Pompeyo einen wie ein Damebrett blauweiß gewürfelten Hausrock. Er empfing die Abgesandten mit der Liebenswürdigkeit, die ihn auszeichnete, und verbarg dabei kaum seine Überraschung.

Weshalb mochten die Herren kommen? Wollten sie sich einen Spaß mit ihm erlauben? Auf jeden Fall schwamm seine Seele in Entzücken, als er den Sohn des Marqués de Vegallana bei ihnen sah, auch wenn er es sich nicht eingestehen wollte.

Als er aus Fojas Mund erfuhr, worum es ging, mußte er aufstehn, um seine Bewegung zu verbergen. Er spürte, wie die Westenschnalle auf dem Rücken platzte.

»Señores«, brachte er schließlich mit bebender Stimme hervor, »wenn mich ein feierlicher Schwur nicht zwänge, in der Verbannung zu bleiben, die ich mir vor so vielen Jahren freiwillig auferlegte, oder besser gesagt, in die mich der Fanatismus und die Ungerechtigkeit trieben, wenn das nicht wäre, kehrte ich mit tausend Freuden in den Schoß dieser Gesellschaft zurück, zu deren Gründern ich mich mit sechs oder sieben Freunden zähle. Und wie sollte ich nicht, Señores, wo ich dort in anregenden und unterhaltsamen Gesprächen mit dem gebildetsten Element der Stadt meine schönsten Tage verlebt habe? Dort pflegte die Toleranz eine Heimstatt zu haben. Und die Personen, die Persönlichkeiten, in denen gewisse, letzten Endes achtbare Ansichten am festesten verwurzelt waren, weil sie offen bekannt wurden und bis zu einem gewissen Grad aus ihrer Herkunft zu erklären waren, diese Persönlichkeiten, zu denen ich den Herrn Vater dieses vortrefflichen jungen Mannes, meinen guten Freund und Mitschüler, Seine Exzellenz den Herrn Marqués de Vegallana, zähle, respektierten meine Ansichten wie ich die ihren. Was Sie jetzt tun, dafür kann ich Ihnen nie genug danken. Aber das Wichtigste ist ja erreicht: Die Freiheit des Denkens herrscht wieder im Kasino. Mein Streben ist verwirklicht. Und jetzt, meine Herren, muß ich, was mich betrifft, erklären, daß ich ein feierliches Gelöbnis, einen Schwur nicht brechen kann. Ich kann nicht mit Ihnen gehen, so gern ich möchte.«

Die Abordnung drang weiter in ihn. Sie sahen es Don Pompeyo an der Nasenspitze an, daß sie ihn breitschlagen würden.

Foja brachte ein starkes Argument vor.

»Sie erklären, Señor Don Pompeyo, daß Sie gern mitgehen, wieder ins Kasino heimkehren möchten.«

»Mit tausend Freuden! Das war das Wort: heimkehren!«

»Daß einzig der Schwur Sie zurückhält.«

»Jawohl, der feierliche Schwur, zeit meines Lebens keinen Fuß mehr dorthin zu setzen.«

»Aber was reden Sie denn da für einen Humbug von einem feierlichen Schwur! Sie verzeihen, daß ich mich so ausdrücke. Wer schwört, setzt Gott zum Zeugen. Aber Sie glauben doch nicht an Gott, folglich können Sie gar nicht schwören.«

»Genau«, sagte Joaquinito Orgaz, und er sprang auf, um einen flamencohaften Luftsprung zu tun.

Joaquín glaubte, daß sich im Hause eines überzeugten Atheisten, eines Verrückten mit anderen Worten, gutes Benehmen erübrige.

Don Pompeyo starrte Orgaz ob dieser Unverschämtheit entgeistert an, während er Fojas Beweisführung überdachte.

Er fand keine Erwiderung.

Schließlich sagte er:

»Es stimmt, schwören kann ich nicht, aber im übertragenen Sinn. Außerdem kann ich mein Ehrenwort geben.«

»Aber lieber Freund, bei dieser Gelegenheit haben Sie nun mal nicht Ihr Ehrenwort gegeben. Sie haben *geschworen,* keinen Fuß mehr dorthin zu setzen. Ganz Vetusta erinnert sich Ihrer Worte.«

Don Pompeyo schwoll der Kamm, als er erfuhr, daß sich ganz Vetusta seiner Worte erinnerte.

Aber er blieb, wenn auch von Mal zu Mal weniger entschieden, bei seiner Weigerung.

Foja zwinkerte dem jungen Marqués zu, woraufhin dieser seine Attacke ritt, so daß Guimarán nicht länger widerstehen konnte und kapitulierte.

Der Sohn Vegallanas, des ersten Aristokraten, kam ihn bitten, ins Kasino zurückzukehren. Oh, das war zuviel! Sein fester Entschluß kam ins Wanken.

»Schließlich und endlich«, sagte er, »durch die einfache Tatsache, daß der Rechtszustand, auf den ich mich berief, wiederhergestellt ist, könnte ich ja diesen Boden ohne Schaden für mein Ansehn wieder betreten.«

»Freilich können Sie das. Nichts steht dem mehr im Wege. Ziehen Sie sich Ihren Gehrock an, das Souper wartet.«

»Was für ein Souper?«

»Ja, Señor, die siegreiche Partei, die Ihre Anwesenheit wünscht, hat beschlossen, Ihnen ein Bankett zu geben, und wir werden, etwa ein Dutzend Freunde, gemeinsam zu Abend essen.«

Don Pompeyo wußte nicht, ob er annehmen durfte. Sie redeten ihm seine Bescheidenheit aus, und er lief kopflos davon, um den Gehrock anzulegen und den Zylinder aufzusetzen. Er war geblendet und schwamm wie in einem Bad, einem Bad aus rosarotem Wasser.

Die Anwesenheit des jungen Marqués war der Hauptgrund dieser Freude. Oh, schließlich war die Aristokratie etwas mehr als ein bloßes Wort, ein historisches Element, eine positive

Größe. Es konnte einen Adel und doch keinen Gott geben, wer mochte das anzweifeln?

Eine Stunde später setzten sich im Speisesaal des Kasinos, der einen kahlen Raum im zweiten Stock nicht weit vom Spielzimmer einnahm, die Gäste zu Tisch. Den Vorsitz führte Don Pompeyo Guimarán. Der Hauptperson gegenüber nahm Don Alvaro Mesía Platz und danach in fröhlichem Durcheinander, ohne auf die Rangordnung der Sitze zu achten, Paco Vegallana, Vater und Sohn Orgaz, Foja, Don Frutos Redondo, der an jedem Souper teilnahm, gleichgültig, von welcher der religiösen oder der politischen Parteien es veranstaltet wurde, außerdem Hauptmann Bedoya, Oberst Fulgosio, der als Republikaner des Landes verwiesen und wegen seiner leichten Reizbarkeit und der guten Klinge, die er schlug, berühmt war, ein gewisser Juanito Reseco, der für Madrider Zeitungen schrieb und von Zeit zu Zeit in seine Heimatstadt Vetusta kam, um sich wichtig zu machen, dazu ein Bankier und verschiedene junge Leute aus Mesiás Loge, eingefleischte Nachtbummler des Klubs.

Don Pompeyo aß selten im Gasthaus, und da seine Beziehungen zu den Mächtigen der Erde nicht eben intim waren, bekam er nicht oft einen gutgedeckten Tisch zu sehen. So erschien ihm der dürftige Aufwand des Provinzrestaurants eines Belsazar würdig. Die Damastdecke glänzte, die Teller, von mattem Weiß mit Goldrand, waren schwer und dick, die Servietten in den großen Bechern wirkten wie Feldzelte, dazu zierte den Tisch eine abgestufte Reihe von Weingläsern. In Porzellanmuscheln prangten rote Paprikaschoten, scharlachrote Zungenscheiben, feuchtglänzende Oliven, zierliche Pfeffergürkchen und andere Beigerichte. In aristokratischer Behäbigkeit bewahrten Bordeauxflaschen ihre duftende Flüssigkeit wie ein Geheimnis. Lichtreflexe brachen sich im Wein, in den leeren Gläsern und den blinkenden Alpakabestecken. Der Tafelaufsatz in der Mitte des Tisches wurde von zwei zylindrischen Blumenvasen mit chinesischen Malereien als Ehrenwachen flankiert, aus deren Öffnung plumpe Imitationen undefinierbarer Pflanzen ragten. Sie erinnerten Don Pompeyo an die rotblonde Fransenmähne irgendeiner englischen Kunstreiterin aus dem Zirkus. Zigarrenkisten aus duftendem Holz und aus Blech standen dort. Die kitschigen, platzraubenden Menagen waren mit Essig, Öl und mehr Gewürzen beladen als ein Schiff aus dem Orient. All das trug dazu bei, den braven Atheisten zu blenden, der schmunzelnd und fasziniert das helle, fröhliche, verheißungsvolle Bild der noch blitzblanken, wohlgeordneten, unberührten Tafel betrachtete.

Das Mahl begann ohne viel Lärm. Jeder versuchte nur, ein paar Witze zu erzählen. Joaquinito spottete über die Bedienung und erzählte von Fornos, von La Taurina und dem »Hafen«, wo man nach »bester Flamencositte« speiste.

Alle aßen viel, ausgenommen Don Pompeyo, dem die Bewegung die Kehle zuschnürte. Vom zweiten Gang an begann ihn eine Sorge zu quälen. Ich werde nicht darum herumkommen, einen Trinkspruch auszubringen, dachte er. Ich muß eine kleine Rede improvisieren. Von da an schmeckte ihm kein Bissen mehr. Die Unterhaltung rauschte an seinem Ohr vorbei. Er lächelte nach links und nach rechts, gab einsilbige Antworten, wobei er nur an seinen Trinkspruch dachte. Seine Ohren glühten, dann und wann verspürte er Übelkeit und ein Zittern in den Beinen. Kurz und gut, er durchlebte eine böse Stunde. Er erwartete, daß die Dinge etwa den folgenden Verlauf nehmen würden: Zuerst würde Don Alvaro eine Lobrede auf die Standhaftigkeit halten, mit der er, Don Pompeyo, die heilige Idee der Gedankenfreiheit verfochten hatte. Im Namen des Vorstandes würde er das Versprechen abgeben, daß das Kasino nie mehr einer bestimmten Religion vorbehalten sein werde, wie auch der Staat keine haben dürfe. Danach würden Foja, der junge Marqués und andere im selben Sinne das Wort ergreifen, und schließlich würde er, Guimarán, sich erheben müssen, um »das Resümee zu ziehen«. Und während er mechanisch aß und trank, bereitete er seine Ansprache vor, ohne über die Vorrede hinauszukommen, die er sich originell, ohne Affekthascherei, schlicht, doch ohne falsche Bescheidenheit vorstellte. Diese jungen Leute, dachte er, hätten mir gestern Bescheid geben sollen, da hätte ich Zeit gehabt.

Gegen die Erwartung des Atheisten nahm die Unterhaltung, sowie der Champagner kam, einen Verlauf, der keine Rückkehr zu ernsten Dingen erlaubte, die er dieser Festlichkeit für angemessen erachtete. Man sprach von Frauen. Fast alle trauerten dem Alter der Illusionen nach, nicht der Illusionen wegen, sondern wegen der geheimen Kraft, aus der sie, wie sie meinten, entsprangen. Nur Paco gestand offen und vornehm, er fühle sich besser denn je, ungeachtet, daß er ebensoviel gelebt hätte wie jeder andere.

Einer von Mesías Logengenossen, ein alter Lebejüngling von fünfzig Jahren, Señor Palma, der Bankier, beklagte, daß die Jugend nicht ewig währe, und legte, stehend, mit Tränen in den Augen, ein bereits leeres Glas in der Hand, sein philosophisches System eines herzzerreißenden Pessimismus dar, wie Hauptmann Bedoya äußerte. Es gab Zwischenrufe, und von nun an nahm die Unterhaltung einen höheren Flug. Guimarán ließ sich herbei, zuzuhören. Man sprach bereits vom Jenseits und der Moral, die nach Ansicht der Mehrheit relativ war.

Blaß, aufgelöst, behauptete Foja mit bebender Stimme, daß es überhaupt keine Moral gebe, und stand ebenfalls auf. Der Mensch sei ein Gewohnheitstier, und jeder sehe, wo er bleibe.

»*Homo homini lupus*«, bemerkte Bedoya, der Hauptmann.

Oberst Fulgosio sah ihn respektvoll an und stimmte dem Satz zu, ohne ihn zu verstehen.

»Das ist der Existenzkampf«, sagte Joaquinito Orgaz todernst.

»Es gibt nichts außer der Materie«, fügte Foja hinzu, der nur in der Trunkenheit seine philosophischen Ansichten preisgab.

»Kraft und Stoff«, sagte Vater Orgaz, der das von seinem Sohn gehört hatte.

»Stoff ... und Moneten«, berichtigte Juanito Reseco mit schneidender, schriller Stimme, in der eine Ironie lag, die Vater Orgaz nicht begreifen konnte.

»So ist es!« rief der Redner Palma und fuhr mit einem Trinkspruch auf die Vollkommenheit der Natur fort, die er in seinem armseligen Körper eines unheilbar Blutarmen vergeblich suchte.

Man kehrte zur Liebe und den Frauen zurück, und zugleich mit dem Kaffee und den Likören, den Schleusenöffnern des Herzens, begannen die Geständnisse. Zwischen Zigarrenasche, Brotkrümeln, Wein- und Soßenflecken zog man Namen und Ehre vieler Damen durch den Schmutz. Hier konnte man alles sagen, man war ja unter sich. Mesía sprach wenig. Das war seine Art bei solchen Gelegenheiten. Er fürchtete diese Mitteilsamkeit, bei der man den ersten besten zum Freund erwählt und Geheimnisse ausplaudert, die man nachher vergebens zurücknehmen möchte. Indes die übrigen vulgäre, ruhmlose Abenteuer zum besten gaben, rauchte er, in Gedanken versunken, den Ellenbogen auf den Tisch und das Kinn in die Hand gestützt, eine gute Zigarre, und sog liebevoll und mit genüßlerischer Ruhe an dem Glimmstengel. Die belebten, feuchten Augen, in denen sich das Licht und die Reflexe des Weines spiegelten, hingen an der Decke. Die übrigen Gestalten dieses Festschmauses wirkten ordinär. Ihre Trunkenheit hatte keine Würde, ihre ungezwungene Haltung keine Anmut. Mesía sah schön aus. Seine Schlankheit und die Eleganz des Beaus fielen stärker als sonst ins Auge. Seinem korrekten Gesicht drückten die Dünste der Schlemmerei keine groben Farben auf, sondern eine gewisse, halb melancholische, halb laszive Vergeistigung.

Durch seine Erinnerung und seine Phantasie zogen Liebesnächte, nicht alle strahlend, nicht alle poetisch, dafür aber unzählige. Und er verspürte den unwiderstehlichen Drang zu sprechen, seine Heldentaten zu erzählen. Dieses Gelüst war neu für ihn, er hatte es nicht gespürt, bevor die Präsidentin ihn mit ihrer Standhaftigkeit demütigte.

Zwei- oder dreimal warf er ein paar Worte in das Tohuwabohu, um sein in Liebesdingen so erfahrenes Urteil abzugeben. Dann wandten sich ihm alle zu und schwiegen, um ihn zu vernehmen. Da sprach er, ohne etwas dagegen tun zu können, um ein heimliches Bedürfnis nach Rechtfertigung durch seine Vergangenheit zu befriedigen. Es sprach der Meister. Er nahm den Ellenbogen vom Tisch und legte die Arme mit verschränkten Händen darauf. Zwischen den Fingern hielt er die Zigarre mit der mehrere Zentimeter langen Aschenspitze. Er neigte mit einem gewissen bacchischen Mystizismus ein wenig den Kopf und begann, die Augen zum Lichte des Kronleuchters erhoben, mit sanfter, lässiger, leiser Rede seine Beichte, die seine Freunde in Friedhofsstille anhörten. Die weiter entfernt saßen, standen auf, um besser zu hören, stützten sich auf den Tisch oder die Schultern der zunächst Sitzenden. Das Bild erinnerte auf peinliche Weise an Leonardo da Vincis »Abendmahl«.

Die gesammelte Aufmerksamkeit der Zuhörer, die Spannung, die aus ihren Blicken und den halb offenstehenden Mündern sprach, verleitete den Don Juan Vetustas, schmeichelte ihm, und er sprach, wie er an der Brust eines Freundes gesprochen hätte. Joaquín Orgaz und der junge Marqués lauschten dem Meister mit der Inbrunst von Sektierern. Sein Wort war die Weisheit.

Einmal waren die Abenteuer romantisch, gefährlich, erforderten sie Wagemut und Glück. Die meisten bewiesen die Schwäche der Frau, mochte sie sein, wer sie wollte. Andere Erlebnisse demonstrierten die Notwendigkeit, sich über Skrupel hinwegzusetzen, viele den Erfolg der Beharrlichkeit, der List und des schnellen Handelns.

Von Zeit zu Zeit wurde die Stille von dröhnendem Gelächter unterbrochen. Dann erheiterte ein komisches Abenteuer die Versammlung.

Mesía ließ sein Inneres sehen, mehr, um sich selbst zu hören, sich selbst zu bestätigen, daß er immer noch der alte war, als um seinen Zuhörern zu gefallen.

Die Listen der Liebe, führte er aus, seien fast immer üble Schliche. Ein Träumer, wer anders dächte! Einmal habe sich ihm, Mesía, eine Frau aus purer Verliebtheit wie toll in die Arme geworfen. Doch solche Abenteuer seien selten. Überdies wären die Siege noch rarer, wenn nicht dann und wann die Frau die Begehrlichkeit so heftig packte. Aus reiner Liebe gäben sich die wenigsten hin. Die Gelegenheit vermöge mehr als die Verführung. Man müsse die Verführung in Gelegenheit ummünzen.

Don Alvaro erzählte schließlich, wie er einmal die Tochter eines Meisters aus der Alten Fabrik herumgekriegt hatte, eines sehr ehrenhaften Mannes, der wie ein Argus über der Ehre seines Hauses wachte. Angelina hatte Vater, Mutter, Großmutter, Geschwister. Sie war rein wie ein Hermelin. Mesía hatte damit begonnen, die Eltern einzuwickeln. Er machte sich überall so an die Leute heran, wie es die Lebensgewohnheiten in dem entsprechenden Haus erforderten. Er spielte mit den Kindern Versteck, fertigte ihnen Papierschwalben an, spielte mit der Großmutter Domino, half der Mutter beim Garnwickeln, hörte sich geduldig und mit geheuchelter Aufmerksamkeit das Humanitätsgeschwafel des Vaters an. Er bezauberte alle. Schließlich wurde er zum unentbehrlichen Gesellschafter, zum Tränentrockner und Ratgeber, zur schönsten Zier des Hauses. Er füllte es mit seiner bestrickenden Gegenwart aus, war zart und liebevoll, sanft wie ein zweiter Vater, sorgte sich um das Wohlergehen der Familie wie um sein eigenes, stiftete sogar Frieden zwischen Herrschaft und Dienstboten. So nistete er sich ganz allmählich in aller Herzen ein. Die Liebschaft mit Angelina – oder wer es sonst war, denn solcher Abenteuer hatte er viele – begann in aller Stille. Nach und nach machte er sich bei jeder sich bietenden Gelegenheit an sein Opfer heran, drängte sich an die Kleine, erfüllte sie mit Verlangen nach ihm, nach seiner stolzen, männlichen und gewinnenden Schönheit. Danach sprach er wie im Scherz von Liebe, im Ton beschützender Väterlichkeit, der sich wie die Harmlosigkeit selbst ausnahm. Und eines Tages oder eines Nachts, nach einem Imbiß im Freien oder dem Nachtmahl am Weihnachtsabend, während die übrige Familie sorglos und ausgelassen lachte, erreichte Angelinas Leidenschaft den Siedepunkt, die Gelegenheit bewirkte den Rest, die Schande zog in das Haus ein, und der gute Freund, der Liebling aller, verschwand, um nie mehr wiederzukehren.

»Andere Male wieder, Amigos, mußte ich zu roher Gewalt greifen. Auf einen Sieg zu verzichten, den man nur mit Fäusten und Schweißtropfen, unter Schrammen und Fußtritten erringen kann, hieße, ein Platoniker, ein Vornehmtuer zu sein. Der wirkliche Don Juan unseres Jahrhunderts und vielleicht aller Jahrhunderte, siegt, wie er kann. Er ist romantisch, ritterlich, ehrpingelig, wenn es am Platze ist, und grob, gewalttätig, unverschämt, plump, wo es nottut.«

Nie würde Don Alvaro einen Liebeskampf vergessen, der drei Nächte währte und für die Besiegte rühmlicher ausging als für den Sieger. Den Schauplatz gab eine Getreidekammer ab, ein Häuschen auf vier Steinpfosten wie die Pfahlbauten und die Hütten einiger wilder Stämme. In dieser Getreidekammer schlief Ramona, ein Bauernmädchen, und neben ihrem blau-rot angemalten Holzbett, das bei jeder Bewegung des Strohsacks knarrte, lag in einem haltlosen Haufen bis zum Dach die Maisernte des Gehöfts.

Dort entspann sich der Kampf. Und als erlebte er es in diesem Augenblick aufs neue, beschrieb Don Alvaro die Dunkelheit der Nacht, die schwierige Kletterei, das Gebell des Hundes, das Kreischen des Fensters auf dem Vorbau beim Sprengen des Riegels. Danach das Ächzen der wackligen Bettstatt, das Rascheln des Strohsacks mit den knisternden Maisblättern und die stumme, aber energische und brutale Gegenwehr des Mädchens, das sich mit Fäusten, Füßen und Zähnen verteidigte und in ihm, wie Don Alvaro sagte, eine wilde, unbekannte, unbezähmbare Begehrlichkeit weckte.

»Es gab Augenblicke, wo ich wie Caesar in Munda um mein Leben kämpfte. Ramona, meine Herren, war brünett, ihr Fleisch wie Kanonenstahl, glatt und fest, und ihre Arme, die ich mir in Liebesverzückung um meinen Leib geschlungen wünschte, bewiesen ihre Kraft und setzten mir schwer zu. Mein Verlangen wurde mächtiger, denn es hatte einen Anreiz, schärfer als Pfeffer: Ich erkannte, daß Ramona an dem Kampf eine wilde Freude hatte. Das Bett krachte zusammen, wir rollten über den Boden bis zu dem Maisberg. Da kam der Mond hervor. Seine Strahlen fielen durch das Fenster, das ich offen gelassen hatte, und da sah ich mein stämmiges Bauernmädchen, ein Bein in den goldenen Körnern und das Knie des anderen auf meine Brust gestemmt. Sie stellte mich vor die Wahl zwischen Leben und Tod, indem sie einen Scheffel über mir schwang. Ich floh, floh durch das Fenster zum Vorbau, sprang, so gut es ging, vom Getreidehäuschen auf die Gasse und mußte mich, ganz entkräftet, auf einen abermaligen Kampf mit dem Hund einlassen. Aber in der nächsten Nacht kam ich wieder. Der Hund bellte schon nicht mehr so sehr. Das Fenster war nicht zu. Der Riegel war entzwei. Ramona schlief nicht, sie wartete auf mich. Sowie sie mich hörte, landete sie eine gewaltige Maulschelle in meinem Gesicht. Das beeindruckte mich nicht. Wieder begannen wir zu ringen. Dieselben Zwischenfälle: Wir rollten über den Boden, versanken im Mais. Ich schluckte viele Körner. Und diese Nacht siegte ich auch noch nicht. Nach einem Waffenstillstand zog ich mit der Verheißung künftiger Siege ab. In der dritten Nacht kämpfte sie ebenfalls. Ich hatte mich getäuscht. Der Preis kostete mich eine neue Schlacht, und ich konnte ihn danach nur unter zahllosen Unbequemlichkeiten einheimsen, die auf das Konto des lockeren Maishaufens gingen. Ramona, schon besiegt, klagte gleichermaßen. Wir sanken, alles um uns vergessend, immer tiefer ein, und wenn es bei einer guten Geschichte nicht verboten wäre, daß das Komische tragisch endet, hätten Alvaro und Ramona in diesem unruhigen Haufen ihr Grab gefunden, von einer unserer anspruchslosesten Getreidesorten erstickt.«

Beifall und Gelächter übertönten die Stimme des Erzählers. Und da wollte Don Alvaro, aufgeräumt und angeregt, seine Zuhörerschaft durch die so ganz anderen romantischen Abenteuer, in denen er als ein Ritter der Tafelrunde erschien, noch mehr beeindrucken.

Bei all dem vergaß Don Pompeyo seine Vorrede, wider Willen von den erotischen Abenteuern des »frivolen« Klubvorsitzenden gefesselt. Paco Vegallana hatte, ohne daß dieser etwas merkte, dem Atheisten mehr zu trinken gegeben, als zu verantworten war. Guimarán war nicht betrunken, aber ihm war übel, und er fand zu seinem Leidwesen ein gewisses Vergnügen an den skandalösen Anekdötchen, die ihn bei anderer Gelegenheit empört hätten.

Schließlich setzte Mesía, ermüdet und ein wenig von Reue gepackt, daß er soviel erzählt hatte, seinen Geständnissen ein

Ende, wandte sich an Don Pompeyo und bat ihn, das Wort zu nehmen.

»Don Pompeyo«, sagte er und stand schwankend auf, was bewies, daß ihn, wenn nicht der Wein, so seine Erinnerungen trunken gemacht hatten, »Don Pompeyo, da dies die Stunde der großen Eröffnungen ist, müssen auch Sie uns erzählen, wie es auf dem Grunde Ihrer Seele aussieht.«

»Señores«, fiel ihm der Atheist ins Wort, »der Grund meiner Seele liegt offen zutage, damit ihn jedermann sehen kann!«

»Bravo, bravo!« rief die Versammlung.

Dabei wurden ein paar Gläser umgeworfen und zerbrochen.

»Ich schlage vor«, schrie Juanito Reseco, der auf einen Stuhl gestiegen war, »ich schlage vor, daß wir ihm angesichts dieses Geistesblitzes gestatten, uns auf Gegenseitigkeit alle du zu nennen.«

»Angenommen!«

»Also gut«, fuhr Juanito fort. »Ja, mein Pompeyo, mein pompöser Pompeyo, jetzt muß ich dir einen Verdruß bereiten. Du denkst, in Vetusta gebe es außer dir keinen Atheisten.«

»Junger Herr!«

»Nun, ich bin auch einer. Nur daß du ein fortschrittlicher Atheist, ein fanatischer Atheist bist, ein auf den Kopf gestellter Theologe. Du starrst dein ganzes Leben auf den Himmel, aber mit dem Kopf nach unten. Und obwohl es da einen scheinbaren Widerspruch zwischen uns gibt, paßt doch alles zusammen, beziehungsweise die Antinomie, wie die hochtrabenden Philosophen sagen, löst sich auf, wenn man bedenkt, daß es nicht jedermann gegeben ist, auf zwei Beinen zu stehen.«

»Junger Herr, dieses philosophische Kauderwelsch verstehe ich nicht. Bevor Sie geboren wurden, war ich es schon müde, Atheist zu sein, und wenn es Ihre Absicht sein sollte, meine grauen Haare und meine Beständigkeit zu beschimpfen . . .«

»Ich sage, daß du ein auf den Kopf gestellter Theologe bist. So wisse denn, daß unter zivilisierten Leuten längst niemand mehr von Gott spricht, weder im Guten noch im Schlechten. Die Frage, ob es einen Gott gibt oder nicht, wird nicht gelöst, sie erledigt sich von selbst. Du kannst das nicht verstehen. Aber vernimm, was für dich von Wichtigkeit ist: Du, ein Fanatiker des Leugnens, wirst im Schoße der Kirche sterben, den du nie hättest verlassen dürfen. *Amen dico vobis.*«

Juanito fiel unter den Tisch.

Alle waren über seine Rede ungehalten, ausgenommen Mesía, der eine Hand gegen ihn ausstreckte und rief:

»Verzeiht ihm! Er hat zuviel getrunken.«

»Dieser Juanito«, sagte der Oberst zu Don Frutos, dem Amerikaner, »dieser Juanito scheint mir ein mächtiger Besserwisser.«

»Er ist ein Hungerleider, hochmütiger als Don Rodrigo am Galgen.« Abermals sprach man über Religion. Don Frutos verkündete sein Glaubensbekenntnis, indem er hier ein Wort einwarf und da eins, dabei Inseln und Kontinente aus Rotwein auf das Tischtuch malte und mit den Augen flehte, diesem Gerede ein Ende zu machen.

Don Frutos blieb dabei, daß ihm sein Gefühl sage, seine Seele sei unsterblich. Es gebe eine Welt, eine andere, bessere Welt, wohin die Seelen derjenigen eingingen, die keine Wegelagerer gewesen seien. Außerdem sei Gott barmherzig und werde schon ein Auge zudrücken. Selbstverständlich wollte Don Frutos in diese bessere Welt mit der Erinnerung an das vergangene Jammerleben eingehen.

»Weshalb mag sich Don Frutos wohl erinnern wollen, was er hienieden für ein Seelenverkäufer gewesen ist?« fragte Foja am Ohr von Orgaz' Sohn.

»Señores!« rief Joaquín. »Wenn es im andern Leben keinen Gesang, vielmehr keinen lustigen Gesang gibt, dann pfeif ich auf das ganze Jenseits!«

Er hielt sich an einer Säule fest und war mit einem Satz auf dem Tisch, wo er mit klassischer Vollkommenheit einen Flamencotanz begann. Es fehlte nicht an Aufmunterung, und man klatschte in die Hände, während der frischgebackene Doktor mit der heiseren, melanchoischen Stimme eines kecken Madrider Jungen sang:

»Herrlich ist sie anzusehn,
straff und grade, heijuche!
Unserm wackern Frascuelo
seine Wade, heijuche!«

Don Pompeyo überlief es kalt. Welche Entwürdigung! Er meditierte und sah zwei Orgaz junior auf dem Tisch.

»Sie haben mich mit ihren Ketzereien besoffen gemacht, ich meine mit ihren Lästerreden«, sagte er zum jungen Marqués, der meistens schwieg und dabei überlegte, daß dies alles ohne Frauen doch recht fade sei.

»Und jetzt ein Glas auf die Gesundheit Don Pompeyos!« schrie Joaquín. Dabei stimmte er einen gottlosen, gemeinen Gassenhauer an, der auf ein gewisses Heiligenbild anspielte.

»Schluß jetzt, mein Herr!« rief der gute Guimarán empört, als er den verletzenden Vers hörte. »Meine Gesundheit bedarf solcher Unanständigkeiten nicht. Mit Ihren unziemlichen Gotteslästerungen arbeiten Sie nur dem Klerus in die Hände. Denn lassen Sie sich gesagt sein, Sie unerfahrener, altkluger junger Mann, über die Welt sind viele positive Religionen hinweggegangen. Heute hat man dies, morgen das geglaubt. Worüber sich aber die kultivierten Völker weder heute noch im Altertum hinweggesetzt haben, ist die gute Erziehung und die Achtung, die wir uns gegenseitig schulden.«

»Sehr schön, ausgezeichnet!« riefen alle, einschließlich Joaquín.

»Ich habe es satt, für einen Bilderstürmer gehalten zu werden. Ja, ich bin ein Bilderstürmer, aber ein Bilderstürmer des Lasters, ein Apostel der Tugend und ein Häretiker gegen die Finsternis, die Geist und Herz der Menschen umfangen hält.«

»Bravo! Bravo!«

»Und wenn sich jemand eingebildet haben sollte, ich könnte mich mit dem Skandal verbrüdern, mit der Unverschämtheit verbinden, der Orgie beigesellen, so verwahre ich mich dagegen, denn ich bin zu einem ganz anderen Zweck hierher zurückgekehrt. Ich halte den Augenblick für gekommen, etwas mehr Ernst in diese Runde zu bringen.«

»Sehr richtig!« fiel ihm Foja ins Wort. »Señor Guimarán hat gesprochen wie ein Buch, und das, wo er keine liest. Aber das tut nichts zur Sache, er hat gesprochen wie das Buch seines Gewissens, wie er sagt. Wir haben uns hier versammelt, Señores, um die Rückkehr Señor Guimaráns an den heimischen Herd, nennen wir's mal so, des Kasinos zu feiern. Aber, meine Herren Abgeordneten, weshalb ist Señor Guimarán ins Kasino zuzurückgekehrt? *Tatiste question,* wie Trabuco sagt, den nicht unter uns zu sehen ich bedaure.« (Beifall, Gelächter.) »Nein, er ist zurückgekommen, weil wir uns von der widerlichen Bevormundung durch den Fanatismus emanzipiert haben, und er ist zurückgekehrt, um eine Gesellschaft zu gründen, an deren Eröffnungssitzung ihr teilnehmt, ohne es vielleicht zu wissen. Diese Gesellschaft, der von Anfang an nicht der Makel eines Mäßigkeitsvereins anhaften soll, setzt es sich zum Ziel, die Pharisäer zu verfolgen, den Heuchlern die Maske vom Gesicht zu reißen und vom sozialen Körper Vetustas die geistlichen Blutegel abzureißen, die sein Blut aussaugen.« (Donnernder Applaus. Paco hielt sich zurück und dachte wie zuvor: Es fehlen Mädchen.) »Meine Herren, Krieg dem usurpatorischen, invasorischen, inquisitorischen Klerus! Krieg dem Teil der Geistlichkeit, der mit heiligen Dingen Handel treibt, der sich unterirdischer Gänge bedient, um mit seinen Polypenarmen in die Kassen des ‚Roten Kreuzes' zu langen!«

»Aha, da drückt ihn der Schuh!«

»Krieg diesem Klerus, der rechtschaffene Kaufleute, Familienväter, zur Auszehrung durch den Hunger verurteilt, diesem Klerus, der die Familien zerstört und die Jungfrauen des Herrn in Kloaken voller Unrat begräbt, die man beschönigend Zellen nennt, und der meint, sie Jesus zu weihen, wenn er sie dem Tode weiht.« (Frenetischer Beifall.) »Laßt uns schwören, alle den Skandal in die Welt zu posaunen, damit der Untergang des gemeinsamen Feindes Tatsache wird. Denn, meine Herren, niemand achtet wie ich die Geistlichkeit der Kirchengemeinden, diese ehrbaren, armen, bescheidenen Pfarrer, aber der hohe Klerus ... nieder! Und vor allen Dingen, nieder mit dem Herrn Generalvikar, dem ...«

»Nieder! Nieder!« antworteten ein paar: Joaquín, der Oberst, der nüchtern war, aber den Generalvikar zum Teufel wünschte, und zwei oder drei weitere betrunkene Tischgenossen.

Als sie sich von der Tafel erhoben, graute der Morgen. Man hatte noch viel mehr gesprochen, sich die Geschichte des Generalvikars erzählt, so wie sie die Skandalchronik berichtete. Sie kamen, einschließlich der Besonnensten, überein, die von Foja vorgeschlagene Gesellschaft allen Ernstes zu gründen. Man vereinbarte, einmal im Monat zusammenzukommen und mit großem Lärm die Trommel gegen den Generalvikar zu rühren. Als man in kleinen Grüppchen ging, flüsterte man sich gegenseitig zu:

»Das hat alles Mesía eingefädelt. Don Fermín ist sein Nebenbuhler, und er will ihn vernichten.«

»Aber wer wird denn nun dem Kater die Krallen stutzen?«

»Welchem Kater?«

»Oder der Katze.«

»Der Generalvikar.«

»Alvaro.«

»Oder beide.«

»Oder keiner.«

»Schließlich setze ich den König weder ein noch ab«, bemerkte Foja.

»Aber halte zu meinem Herrn!« fiel der Chor ein.

Mesía, Paco Vegallana und Joaquín begleiteten Don Pompeyo nach Hause. Es war ein heiterer, milder, rosiger Junimorgen. Die Sonne kündete ihre Strahlen in den lebhaften Farben der Wolken im Osten an. Die Schritte der Nachtbummler dröhnten in den Straßen der Encimada, als gingen sie über einen Resonanzboden. Obwohl es nicht kalt war, hatten alle den Kragen ihres Gehrocks oder Mantels hochgeschlagen. Don Pompeyo ging schweigend dahin. Er schloß die Haustür mit seinem Schlüssel auf, trat geräuschlos ein und lag bald darauf in seinem Bett, wo er die Augen schloß, um die anklagende Helligkeit nicht zu sehen, die durch die Ritzen der geschlossenen Balkonläden fiel. Sich erst bei Tagesanbruch zu Bett zu legen bedeutete eine Umwälzung, die Guimarán schwindeln machte. Er zweifelte bereits, ob die Gesetze der Welt immer noch die gleichen seien. Als er die Augen schloß, bemerkte er, daß sein sonst unbewegliches Bett sich ebenfalls empörte und auf und nieder stieg. Bald darauf wähnte er sich auf hoher See, eingepfercht in eine Kajüte, ein Opfer der Seekrankheit im Toben des Sturmes.

Er stand um zwölf auf und wollte mit seiner Frau und den Töchtern nicht über das Souper, das verdammte Souper, sprechen. Doch obwohl er sich schwor, an keinem zweiten mehr teilzunehmen, wurde er wenige Stunden später im Kasino, wo man ihn mit Sympathiebeweisen und Freudenbekundungen empfing, rückfällig und versprach feierlich, sich zu dem monatlichen Schmaus einzufinden, wo man Rechenschaft über die Tätigkeit der »Namenlosen Gesellschaft« geben würde, die man *inter pocula* gegründet hatte.

Doña Paula erfuhr durch Stumpfnase, dem es ein Kellner aus dem Kasinorestaurant gesagt hatte, was bei dem Gründungssouper alles geredet worden war und was diese Herrschaften sich zum Ziel gesetzt hatten. Als Don Fermín von seiner Mutter hörte, daß man »Nieder mit dem Generalvikar!« geschrien hatte, zuckte er die Achseln, stand auf und ging aus dem Haus.

Dieser Junge hat nicht alle beisammen, dachte sie. Ich weiß nicht, was mit ihm ist. Er scheint immer ganz woanders zu sein. Oh, diese verwünschte Präsidentin. Das Weibsstück hat ihn mir verhext!

Im nächsten Monat fand die zweite Sitzung der »Namenlosen« statt; man trank und legte Rechenschaft über die propagandistische Tätigkeit ab. Foja teilte mit, daß er sich insgeheim mit dem Archidiakon, mit Don Custodio und anderen Feinden des Generalvikars aus dem Kapitel ins Benehmen gesetzt habe. Man erfuhr viele neue skandalöse Einzelheiten. Das kirchliche und weltliche Element tat sich gegen den Hauptfeind zusammen und betrieb den Sturz des Ungeheuers. Bald würde man soweit sein, dem Bischof die Beweise der verschiedenartigsten Amtsvergehen vorzulegen, deren man Don Fermín de Pas zieh. Der schlimmste Vorwurf von allen, bei dem der Bischof bestimmt in die Luft ging, bezog sich auf den unziemlichen Mißbrauch des Beichtstuhls. Man erzählte sich Schauderhaftes. Nun, es kam schließlich gelegen.

Don Alvaro schlug vor, die monatlichen Abendessen bis zum Herbst auszusetzen, und bat um strengste Geheimhaltung. Außerdem müßte er es sich zu seinem Bedauern fortan versagen, an diesen Versammlungen teilzunehmen. In Gedanken werde er bei ihnen sein, aber er selbst, Don Alvaro, müsse aus zwingenden Gründen, die er die Anwesenden zu respektieren bitte, auf die Teilnahme an den gemütlichen Tafeleien verzichten.

Zwei Wochen später, Mitte Juli, betrat der Klubvorsitzende eines Nachmittags das Haus der Ozores. Er kam sich verabschieden. Don Víctor empfing ihn in seinem Arbeitszimmer. Der Hausherr war wie stets, wenn der Sommer kam, auch wenn keine große Hitze herrschte, in Hemdsärmeln. Für ihn waren der Sommer und dieser legere Anzug untrennbar miteinander verbunden. Als Quintanar Don Alvaro erblickte, seufzte er, streckte ihm, nachdem er ein schwarzes Buch auf den Tisch gelegt hatte, beide Hände entgegen und rief:

»Oh, mein lieber Mesía! Sie Treuloser! Wie lange haben Sie sich nicht hier sehen lassen.«

»Ich komme, mich zu verabschieden. Ich will eine Rundreise durch die Provinzen machen, danach soll es in die Bäder von Sobrón gehen und gegen Mitte August auf der Rückreise nach Palomares, um der Gewohnheit treu zu bleiben.«

»So daß Sie also bis September . . .«

»Ja, wir werden uns bis Ende September nicht mehr sehen.«

Don Alvaro sprach laut, als sollte es das ganze Haus hören.

Don Víctor beklagte seine Abreise. Er seufzte. Eine neue Mißhelligkeit, ein neuer Anlaß zur Betrübnis.

Don Alvaro fiel auf, daß sein Freund nicht so redselig war wie sonst, daß er nicht soviel herumlief und gestikulierte.

»Sind Sie krank gewesen?«

»Woher denn! Kein Gedanke! Sehe ich etwa leidend aus? Sagen Sie mir ganz offen: Sehe ich leidend aus? Blaß? Vielleicht blaß?«

»Nein, nein, nichts dergleichen, aber mir will scheinen, Sie sind nicht so heiter wie sonst.«

Don Víctor seufzte abermals. Nach einer Weile fragte er verdrießlich:

»Haben Sie das da gelesen?«

»Was denn?«

»Kempis, die ‚Nachfolge Christi'.«

»Was! Sie? Sie auch?«

»Es ist ein Buch, das einem die Laune verdirbt. Man muß dabei an Dinge denken, die einem nie in den Sinn gekommen sind. Gleichviel, das Leben ist auf jeden Fall reichlich trist. Sehen Sie, alles ist vergänglich. Sie fahren fort, die Vegallanas fahren fort. Visita ebenfalls, Ripamilán ist schon weg. Innerhalb von vierzehn Tagen wird Vetusta verwaist sein. Aus der Kolonie bleibt nicht eine Menschenseele. Aus der Encimada geht alles, was etwas gilt, in die Sommerfrische. Zurück bleiben die Armen, die Tagelöhner. Und wir. Wir verreisen dieses Jahr nicht. Und wie trostlos ist ein ganzer Sommer in Vetusta! Der Rasen auf dem Paseo Grande sieht aus wie Espartogras. Man findet keine lebende Seele mehr dort, auf den Straßen sind nur noch Hunde und Polizisten. Sehen Sie, mir ist der Winter mit all seinen Stürmen und dem ewigen Regen lieber, was weiß ich, mich belebt die Kälte. Kurzum, glücklich Sie alle, die Sie wegfahren.«

Don Víctor seufzte abermals.

»Ich will meine Frau rufen. Sie werden ihr Adieu sagen wollen, nicht wahr? Es ist verständlich.«

»Nein. Wenn Sie beschäftigt ist ... Bemühen Sie sie nicht.«

»Das wäre ja noch schöner. Beschäftigt. Sie ist immer beschäftigt und doch nicht beschäftigt, was weiß ich. Grillen.«

Er ging hinaus. Don Alvaro nahm den Kempis vom Tisch. Es war ein neues Exemplar, aber die ersten hundert Seiten waren zerlesen und voller Randnotizen. So etwas hatte er nie in die Hand genommen. Er blickte auf das Buch wie auf eine Höllenmaschine, legte es dann ängstlich und mit einer gewissen Behutsamkeit auf den Tisch zurück.

Ana trat in das Arbeitszimmer. Sie trug ein dunkles Kleid. Immer noch war sie blaß, doch hatte sie wieder etwas zugenommen. Mesia bekam Herzklopfen, und es schnürte ihm die Kehle zu, worüber er nicht wenig erschrak.

Diese Frau weckte in ihm jetzt einen dumpfen Zorn, vermischt mit einem heftigen, schmerzlichen Verlangen. Er betrachtete sie wie der Entdecker einer Insel oder eines Erdteils, den der Sturm, vielleicht für immer, weit von der Küste abtrieb, ehe er den Fuß darauf setzen konnte. Was wußte er, ob diese Frau je die Seine würde? Sein Stolz verzichtete nicht auf sie. Andere Stimmen aber rieten ihm, der Präsidentin für immer zu entsagen. Man würde ja sehen. Aber es war schmerzlich, alle Hoffnung, jeden Eroberungsplan abermals, und Gott mochte wissen, auf wie lange, zu verschieben.

Er forschte auf Anas Gesicht nach einer Spur von Bewegung, als er ihr sagte, daß er verreise und noch nicht wisse, wann er wiederkomme. Aber Ana vernahm die Nachricht wie zerstreut. Kein einziger Muskel auf ihrem Gesicht bewegte sich.

»Wir«, sagte sie, »bleiben diesen Sommer in Vetusta. Ich darf nicht baden, und der Arzt hat mir gesagt, daß mir die Seeluft im Augenblick eher schaden als nützen könne.«

»Vetusta ist im Sommer trostlos.«

»Ach, nein, ich finde nicht.«

Don Víctor ließ sie allein.

Don Alvaro heftete seine Augen dreist auf Anas Gesicht, und sie hob die ihren groß, sanft, ruhig und sah den Verführer, die Verlockung vieler Jahre, furchtlos an. Er fühlte, daß er die Sicherheit verlor, daß er drauf und dran war, eine Ungeheuerlichkeit zu sagen oder zu tun. Er konnte sich nicht zurückhalten und trat nahe vor sie hin.

»Sie wollen schon gehen?«

Was geschähe, wenn ich mich ihr jetzt zu Füßen werfe? fragte sich Don Alvaro.

Ohne zu wissen, was er tat, streckte er die behandschuhte Hand aus und sagte zitternd:

»Wenn Sie es wünschen, Anita ... eine kleine Reise durch das Land.«

»Dann wünsche ich Ihnen viel Vergnügen, Alvaro«, entgegnete sie ohne den geringsten Anflug von Ironie. Er aber bildete sich ein, sie verhöhne seine lächerliche Schüchternheit, seine dumme Angst, und er spürte ein ungestümes Verlangen, sie zu erwürgen. Die Hand der Präsidentin legte sich kalt, trocken, ohne ein Zittern in die Mesías.

Der schöne Mann stolperte hinaus, stieß dabei an den ausgestopften Pfau, danach gegen die Tür. Auf dem Flur verabschiedete er sich von seinem Freund Quintanar.

Die Präsidentin zog ein Kruzifix aus dem Busen und preßte ihre Lippen an das warme, gelbliche Elfenbein, während die Augen, in denen Tränen standen, den blauen Himmel zwischen den dunklen Wolken suchten.

Ana las hinter dem Rücken Don Víctors im Bett die vierzig Kapitel des »Lebens der heiligen Teresa«.

Anas lange Genesungszeit war voller Ängste, Schrecken und Nervenkrisen gewesen. Don Víctor, den das schlechte Gewissen beim Rückfall seiner Frau zu dem Schwur veranlaßt hatte, nie mehr von ihrer Seite zu weichen, bis sie wieder gesund sei, brach seinen Schwur, sobald er sie außer Gefahr glaubte. Eines Tages riskierte er einen Abstecher ins Kasino. Danach ging er die Zeitungen durchblättern. Später spielte er eine Partie Schach. Schließlich blieb er ohne jede Entschuldigung den ganzen Nachmittag weg. Die Decke fiel ihm auf den Kopf. Die warme Jahreszeit begann, denn Don Víctor richtete sich in Fragen der Temperatur nach dem Kalender, und man weiß bereits, daß er nicht in seiner Stube arbeiten konnte, wenn der Schweiß ihn belästigte. Er brauchte frische Luft, viel Spaziergänge, viel freie Natur.

Die Marquesa, Visitación, Obdulia, Doña Petronila und andere Freundinnen, die der Präsidentin Gesellschaft geleistet hatten, solange das schlechte Wetter anhielt, besuchten sie jetzt nur noch alle zwei oder drei Tage, und die Besuche waren kurz. Die Sonne schien warm, es waren blaue Tage ohne eine Wolke am Himmel. Man mußte das gute Wetter ausnutzen. Es war die Zeit des Jahres, in der sich Vetusta ein wenig belebte. Da gab es Theatervorstellungen, belebte Promenaden mit Platzkonzerten und Fremden, auch eine Gesteinsausstellung. Selbst Petra bat die gnädige Frau eines Nachmittags um Ausgang, um sich eine Kohlebogenlampe anzusehen, die man konstruiert hatte.

Ana verbrachte Stunden über Stunden in der Einsamkeit des großen Hauses. An ihr Bett drangen die fernen, gedämpften Geräusche der Straße wie Sinnestäuschungen. Unten in der Küche wirtschaftete Servanda, zuweilen auch Petra. Anselmo pfiff auf dem Patio und streichelte einen Angorakater, seinen einzigen Freund.

Die Präsidentin empfand die Einsamkeit in solcher Gesellschaft doppelt. Diese gleichgültigen, stummen, respektvollen, lieblosen Dienstboten ließen sie die mitfühlende Menschlichkeit vermissen. Petra war ihr zuwider. Sie fürchtete sie, ohne zu wissen, weshalb. Um sich ein wenig zu beruhigen, wenn sie die nervösen Beklemmungen befielen, fragte sie die Zofe:

»Macht sich Don Tomás im Garten zu schaffen?«

Wenn Frígilis im Park war, fühlte sie einen Schutz in der Nähe und beruhigte sich. Crespo kam jeden Nachmittag einmal herauf, um nach ihr zu sehen. Aber er setzte sich fast nie. Er blieb fünf Minuten im Kabinett, spazierte zwischen Balkon und Tür hin und her und verabschiedete sich dann mit einem freundlichen Brummen.

Ana, die dieses Verlassensein in den Augenblicken der Schwäche, in denen die überreizten Nerven sie mit Trauer und Trostlosigkeit quälten, so sehr peinigte, empfand wiederum, wenn sie heiter war, insbesondere, wenn sie ein paar Stunden geschlafen oder mit Appetit gegessen hatte, in dieser Einsamkeit ein inniges, fast wohliges Behagen. Der Balkon des Kabinetts ging auf den Park. Wenn sie sich im Bett aufrichtete, sah sie hinter den Scheiben ein paar Baumkronen, die in ihrem jungen, raschelnden, glänzenden, frischen Laub leuchteten. Vogelgezwitscher und die Strahlen einer hellen, starken und heiteren Sonne erzählten ihr von dem Leben draußen, von der Natur, die mit Hoffnung auf Gesundheit und Freude für alle wiederauferstand.

Sie würde ebenfalls zu neuem Leben erwachen, wiederauferstehen, doch in welch anderer Welt! Sie richtete sich auf ein Leben voller Entsagung ein, aber ohne Zeiten dumpfen, grollenden Aufbegehrens und böser Gedanken, auf ein Leben der guten Werke, der Liebe zu allen Geschöpfen und folglich auch zu ihrem Mann, der Liebe zu Gott. Inzwischen aber, solange sie sich nicht aus diesem Kerker ihrer Schmerzen wegrühren konnte, schwebte ihre Seele in den Wolken und folgte von weitem dem erhabenen und trotz solcher Erhabenheit schlichten Geist der heiligen Verliebten in Christo.

Ana lebte jetzt von einer Leidenschaft. Sie hatte ein Idol und war glücklich unter Nervenanfällen, Stichen des kranken

Fleisches, dem Elend des menschlichen Lehms, aus dem sie zu ihrem Unglück gemacht war. Manchmal schwindelte ihr beim Lesen. Dann sah sie die Buchstaben nicht, mußte die Augen schließen, den Kopf auf die Kissen legen und sich »hinübersinken« lassen. Aber sie kam wieder zu sich und kehrte, auf die Gefahr eines neuen Anfalls hin, zu ihrer Lektüre zurück. Wieder verschlang sie diese Seiten, über die zu anderen Zeiten ihr zerstreuter Geist, sich zu Unrecht für religiös haltend, voll Überdruß hingeglitten war, ohne zu sehen, was da stand, des festen Glaubens, daß die Visionen einer Mystikerin aus dem sechzehnten Jahrhundert ihre verzagte, zarte, traurige Seele nicht erbauen könnten.

Die Schwäche hatte ihre Geisteskräfte geschärft und angeregt. Ana drang mit dem Verstand und dem Gefühl in die verborgensten Winkel der mystischen Seele ein, die aus diesem rauhen, schmutzigweißen Papier mit den unscharfen, gedrängten Lettern sprach. Sie begriff einfach nicht, daß nicht die ganze Welt bekehrt war, daß nicht die ganze Menschheit unaufhörlich das Loblied der Heiligen von Avila sang. Oh, wie recht hatte doch dieser gesegnete, sanfte, traurige und zarte Fray Luis de León: Die Hand der heiligen Teresa ward beim Schreiben vom heiligen Geist geführt, und deshalb entzündete sie das Herz derer, die sich an ihr ergötzten.

Ja, Anas Herz brannte lichterloh. Keine anderen Abgötter mehr auf dieser Erde. Gott lieben, Gott durch Vermittlung der Heiligen lieben, der angebeteten Heldin so vieler Heldentaten des Geistes, so vieler Siege über das Fleisch.

Die Heilige hatte frommen Zuspruch in der »Dritten Fibel« von Fray Francisco de Osuna gefunden, und Ana schickte Petra in die Buchhandlungen, das Buch zu suchen. Die »Dritte Fibel« war nicht aufzutreiben, der Generalvikar besaß sie ebenfalls nicht.

Aber mehr Glück hatte Ana hinsichtlich ihres Beichtigers. Zwanzig Jahre lang hatte die heilige Teresa einen gesucht und nie den richtigen gefunden. Da dachte Ana an ihren Generalvikar und weinte gerührt. Welch großer Mann, und was sie ihm alles verdankte! Wer, wenn nicht er, hatte die Frömmigkeit in ihre Seele gesät?

Sowie sie das Bett verlassen konnte, war es eine ihrer ersten Sorgen, Don Fermín einen Brief zu schreiben, von dem sie viele Nächte geträumt hatte – eine der Kapricen einer Genesenden.

Sie schrieb ihm, ohne daß Quintanar, der ihr »alle Arten Kopfzerbrechen« verboten hatte, etwas erfuhr.

De Pas besuchte die Präsidentin oft und war von den Fortschritten, die die Frömmigkeit in diesem Gemüt machte, hingerissen. Aber sie wollte ihm schreiben. Mündlich wagte sie gewisse innere, tiefe Dinge nicht auszusprechen. Außerdem konnte sie es nicht. Vor allem aber erschien ihr das rednerische Pathos, das unerläßlich war, denn große Gedanken bedurften großer Worte, im Gespräch, so von Mensch zu Mensch, manieriert und hohl.

Petra brachte den sechs Seiten langen Brief in die Wohnung des Generalvikars. Teresina empfing sie lächelnd, blasser und dünner als vor Monaten, aber ausgeglichener. Der Generalvikar schloß sich in sein Arbeitszimmer ein und las. Als ihn seine Mutter zum Essen rief, erschien Don Fermín mit glänzenden Augen und glühenden Wangen.

Doña Paula blickte von ihrem Sohn auf Teresina und zuckte die Achseln, als weder Teresina, die mit Tellern und Schüsseln hin und her lief, noch ihr Sohn, der zerstreut auf das Tischtuch sah, dabei mechanisch und sehr wenig aß, den Blick bemerkte. Teresina hielt ganz zum Señorito. Die Herrin erfuhr kein Wort von den Briefen, die sie Don Fermín übergab. Gebracht wurden sie von Petra, die mit einem besonderen Zeichen an die Tür klopfte, Teresa ging dann hinunter, schweigend küßten sie sich wie die Señoritas auf beide Wangen, wisperten, lachten geräuschlos, kniffen sich wohl auch einmal. Petra erkannte eine gewisse Überlegenheit der anderen an, sie redete ihr nach dem Munde, pries deren schwarzes Haar, die Augen einer Schmerzensmutter, die Haut und andere neidenswerte Vorzüge ihrer Freundin. Teresina stellte Petra künftige Vorteile in Aussicht, und sie verabschiedeten sich unter abermaligen Küssen.

»Wer war da?« erkundigte sich Doña Paula.

»Ein Armer. Jemand aus der Stadt.« Nie bekam sie die Wahrheit zu hören. Doña Paula mißtraute dem Mädchen in keiner Weise. Als sie einmal in Teresinas Abwesenheit deren Kiste inspizierte, fand sie verschiedene Schmuckstücke, die gut und gern ihre zweitausend Realen wert waren. Halb befriedigt und halb neiderfüllt hatte sie gelächelt. Zweitausend Realen mag das wert sein, dachte sie. Das war zuviel, es war ein Skandal. Wenn es das Dekorum erlaubt hätte, wenn es nicht peinlich gewesen wäre, hätte sie darauf gedrungen, daß sie das den Leuten ohne leere

Ausflüchte zurückerstattete, wie es sich gehörte. Doch die Entdeckung befriedigte sie. Schließlich war das ihr Werk, aber die zweitausend Realen taten ihr weh: sie gehörten eigentlich ihr.

Am Tage, nachdem er den Brief erhalten hatte, ging der Generalvikar sehr früh aus dem Haus, begab sich zum Paseo Grande, suchte sich in den Anlagen, die ihn umgaben, einen abgelegenen Ort und las die Seiten noch einmal, auf denen ihm Ana ihr in mystische Beredsamkeit zerflossenes Herz schickte. Schon wußte er einige der bedeutsamsten und für ihn schmeichelhaftesten Abschnitte fast auswendig, und da die Freude sein Herz überschwemmte, fühlte er sich vergnügt wie ein Junge an diesem rosigen Morgen Ende Mai, der bewölkt war und frisch, bevor die Sonne das weißliche Zelt, das im Osten die Ferne überzog, mit rosa Tönen streifte.

Der Generalvikar stand auf, schaute sich über die Buchsbaumhecke, die sein Versteck umgab, nach allen Seiten um, und als er sich allein sah, kam ihm der Einfall, dem nichtssagenden Geschwätz der Vögel, die über seinem Kopf von Zweig zu Zweig hüpften, seine schönere und melodischere Stimme beizumengen und jene Worte, die ihm die Präsidentin schrieb, laut vorzulesen.

»Ich habe nun die Gabe der Tränen«, las der Generalvikar also mit lauter Stimme, als erzähle er es den Stieglitzen und Spatzen, den Rotkehlchen und anderen Bewohnern des Geästs, *»ich weine jetzt, mein Freund, und über etwas mehr als über meine Kümmernisse, ich weine vor Liebe. Meine Seele ist erfüllt von der Gegenwart des Herrn, den Sie und die geliebte Heilige mich erkennen lehrten. Fürchten Sie nicht, daß die Trägheit mich wieder im Hause festhalten wird und ich mein Heil vergesse. Ich weiß, daß Lauheit der Tod ist, ich habe genau gelesen, was unsere liebe Mutter und Lehrerin sagt, wenn sie von ihren Sünden spricht: ‚Ich habe nicht auf die läßlichen geachtet, und das war mein Verderben.' Ich habe mich nicht einmal um die Todsünden gekümmert, und obwohl Sie mich vor der Gefahr warnten, blieb ich lange Zeit verblendet. Aber Gott schickte mir zur rechten Zeit die Krankheit. Ich sah in den Angstträumen des Fiebers die Hölle und sah sie wie unsere Heilige aus einem engen Loch, wo mein gepeinigter Körper unbeschreibliche Qualen litt. Mir streiften obendrein Spukgestalten zum Hohn als Geistliche mit Ornaten und Priestermänteln gekleidet, mit ekelerregenden Wunden über die starre, gesträubte Haut. Nun, davon werde ich Ihnen noch erzählen. Doch nicht nur aus dem Entset-*

zen entsprang meine Frömmigkeit, mit der es jetzt, glaube ich, Ernst ist, sondern auch aus Liebe zu Gott und aus einem unbezähmbaren Verlangen, meinem unsterblichen Vorbild Millionen und aber Millionen Meilen weit zu folgen. Und um alles zu gestehen, so wissen Sie denn, daß dieser feste Wille, gut zu werden, zu einem großen, einem sehr großen Teil dem Verlangen entsprang, nicht undankbar zu sein. Die heilige Teresa lebte viele Jahre, ohne jemanden zu finden, der sie hätte leiten können, wie sie es wünschte. Ich, soviel schwächer, erhielt von Gott schneller einen Beschützer, den ich Vater nennen möchte, der es aber lieber hört, wenn ich ihn bloß Bruder nenne. Ja, mein Bruder, mein lieber Bruder, mit Freuden nenne ich Sie so, hier, jetzt, des Geheimnisses sicher, ohne profane Ohren, die die Worte mit der verdorbenen Unreinheit aufnehmen würden, die in ihnen liegen mag. Tausendmal glücklich ich, die ich bei der ersten Gelegenheit, da mich der Gedanke anwandelte, gut zu werden, jemanden fand, der mir dabei helfen wird. Und wie lange brauchte ich, Sie ganz zu verstehen! Aber mein Bruder, mein lieber älterer Bruder verzeiht mir, nicht wahr? Und wenn Sie Beweise brauchen, wenn Sie verlangen, daß ich Bußen auf mich nehme, sprechen Sie, befehlen Sie! Sie werden sehen, wie ich gehorche. Aber es nimmt mich auch nicht wunder, daß ich ein vergeistigtes Leben mit Freuden und Vergnügungen der Sinne in Einklang zu bringen suchte. Damit ist jetzt Schluß. Sie werden mir sagen, welchen Weg wir gehen müssen. Ich folge Ihnen blind. Auch von dem liebevollen Vertrauen, von dem Sie neulich sprachen, als ich aus den Fieberdelirien erwachte, bin ich entzückt, auch da soll alles sein, wie mein Bruder sagte. Selbst darin wollen wir unserer Teresa de Jesús folgen, die, wie Sie wissen, mit guten Worten und selbst mit heiteren Scherzen einen ihr befreundeten Geistlichen von der Sünde abbrachte. Ich erinnere mich noch genau, was sie sagt: Dieser Beichtiger empfand große Zuneigung für sie, doch war er verworfen, weil er die Schuld eines frevlerischen Liebesverhältnisses auf sich lud. Eine Frau hatte ihn mit bösen Künsten behext, mit einem Götzenbildchen, das sie ihm um den Hals hängte, und das Übel ging erst vorbei, als es der Heiligen gelang, ihm das Zauberding, das Götzenbild, welches das Unterpfand seiner ruchlosen Liebe war, abzunehmen. Sie wissen, daß sie es in den Fluß warf, der Geistliche von seiner Sünde abließ und danach frei von dem großen Frevel starb. So helfen Freundschaften im Leben, das ohne sie wie eine Wüste ist, und wer dabei Arges denken könnte, ist ein Verruchter, der keine Freundschaft kennt, denn er ist nicht imstande zu begreifen, wie man so etwas Kostbares verdient, das soviel zur Rettung der Schwachen beiträgt. Hier ist der Schwache nicht der Beichtiger, sondern die Beichttochter. Sie haben keine Zauberfigürchen um den Hals hängen, und wir haben keine Götzenbilder in den Fluß zu werfen. Ich bin die Sünderin, obwohl mir kein Mann solches antut wie die Frau dem behexten Geistlichen. Ich habe nur meinen Mann geliebt, und wie diese Liebe aussieht, das wissen Sie. Es ist keine Leidenschaft, die Gott nähme, was sein ist, sondern sanfte Zuneigung und zarte Aufmerksamkeit, wie man sie ihm schuldet. Darin habe ich mich sehr gebessert. Fray Luis de León hat mich mit seiner ‚Vollkommenen Ehefrau' gelehrt, daß man in jedem Stand andere Pflichten hat. In dem meinen hätte mein Mann mehr verdient, als ich ihm gab, aber durch den klugen Dichter und Sie gewarnt, verwende ich bereits mehr Bemühungen darauf, meinen Quintanar zu umsorgen und ihn zu lieben, wie ich eben kann. Und gewiß muß ich einen Plan, den ich hege, ins Werk setzen, nämlich, ihn ganz allmählich zu bekehren und ihn dazu zu bringen, fromme Bücher statt dieser Komödienschmöker zu lesen. Etwas werde ich schon erreichen, denn er ist fügsam, und Sie werden mir helfen. Auch darin werde ich unserer Lehrerin nacheifern, die es sich angelegen sein ließ, ihren guten Vater, der schon sehr fromm war, zu noch größerer Frömmigkeit anzuhalten . . .«

Diese letzten Absätze las der Generalvikar schon nicht mehr laut. Er hatte sich wieder gesetzt und las still für sich. Obwohl er ein wenig eifersüchtig auf die heilige Teresa war, in die er seine Freundin verliebt sah, war er doch zufrieden, und die Freude strahlte aus seinem ganzen Gesicht. Ja, das hieß Leben. Alles andere war Vegetieren. Ana war schließlich doch das, was er sich erträumt, was ihm eine geheime Stimme an dem Tag gesagt hatte, da sie zum erstenmal an seinen Beichtstuhl getreten war. Der Generalvikar verhehlte sich weiterhin die fleischlichen Verästelungen, die diese ideale Leidenschaft, welche sich die beiden »Geschwister« bereits gestanden, womöglich aufwies. Er wollte nicht daran denken, konnte keine Gewissensängste und andere Gefahren brauchen. Er wollte nur das Glück genießen, das in seine Seele drang.

Als er das von dem »lieben älteren Bruder« las, tat sein Herz ein paar Sprünge, die eine unsagbare Wonne, eine schmerzliche Freude auslösten. Es war die stärkste Gemütsbewegung seines Lebens. Nun gut, das genügte, das war die Tatsache, die Realität. Weshalb ihr einen Namen geben? Worauf es ankam, war die Sache, nicht die Bezeichnung. Und dann, mochte die Geschichte ausgehn, wie sie wollte, er war sicher, daß sein Gefühl für Ana nichts mit der vulgären Befriedigung von Gelüsten zu tun hatte, die ihn nicht quälten. Als er mit seinen Gedanken hier angelangt war, vernahm der Generalvikar hinter seinem Rücken, auf der anderen Seite der Hecke eine Kinderstimme, die mit schülerhaftem Geleier aufsagte: *»Veritas in re est re ipsa, veritas in intellectu . . .«*. Es war ein Student im ersten Philosophiesemester, der die erste Lektion seines Lehrbuchs durchging. Der Generalvikar entfernte sich unbemerkt und dachte dabei an die Jahre, wo er ebenfalls gelernt hatte, daß »die Wahrheit in der Sache die Sache selbst ist«. Jetzt kümmerte ihn die Sache selbst und die Wahrheit und überhaupt alles recht wenig. Er wollte nichts weiter, als die Seele in diese unbenannte Leidenschaft versenken, die ihn die ganze Welt vergessen ließ, seinen Ehrgeiz als Kirchenmann, die schmutzigen Geschäfte seiner Mutter, deren Vollzieher er war, die Verleumdungen, die Ränke der Feinde, die schimpflichen Erinnerungen, alles, außer diesem Band zweier Seelen, diese innige Freundschaft mit Ana Ozores. Wie viele Jahre hatten sie nebeneinander gelebt, ohne sich zu kennen, dachte der Generalvikar. Er wollte sich nichts von Vorsehung erzählen. Weg mit der Theologie, weg mit all den schweren Gedanken, die aus seiner Knabenzeit und ersten Jugend eine öde Wüste gemacht hatten, durch die nur Spukgestalten, Einbildungen eines Verrückten, apokalyptische Figuren gegeistert waren! Genug für immer von all dem! Weder das noch was darauf gefolgt war: die Blindheit der Sinne, die Roheit niedriger Leidenschaften, insgeheim bis zum Überdruß gesättigt. Das war schimpflich, hauptsächlich wegen der Heimlichkeit, der Verstellung, des Dunkels, in das es gehüllt war. Jetzt das gegenwärtige Glück genießen, ohne Furcht, ohne Skrupel und Geistesqualen, das Glück, das er eines Morgens im Mai, schon gegen Juni zu, genoß, voll Freude am Leben, voll Verlangen, Tau zu trinken, an den Rosen zu riechen, die in den Laubengängen Girlanden bildeten, die schwellenden Knospen aufzubrechen und in die versteckten, in ihrer Blumenblätterwiege geborgenen Staubfäden zu beißen. Der Generalvikar brach, voller Angst, gesehen zu werden, eine Rosenknospe ab. Er empfand die Freude eines Kindes bei der kühlen Berührung des Taus, der diese Knospe vom Zweig eines Rosenstrauchs bedeckte. Da sie nach nichts roch als nach Jugend und Frische, stillten die Sinne sein Verlangen nicht, diese Gier zu beißen, mit dem Geschmack zu genießen, unter dieser Atlashülle Geheimnisse der Natur zu entschleiern.

Der Generalvikar verlor sich auf Pfaden, die, von Bäumen überdacht, nach Vetusta hinunterführten, sang dabei vor sich hin und warf die Knospe in die Luft. Sie fiel in seine Hand zurück, und bei jedem Flug verlor sie ein Blatt. Als nur noch die gekräuselten, formlosen Innenblätter an der Knospe saßen, steckte sie Don Fermín in den Mund und biß mit einer seltsamen Begierde, mit einer verfeinerten Wollust hinein, deren er sich nicht bewußt wurde.

Er kam zur Kathedrale. Trat in den Chor. Palomo kehrte. Don Fermín sprach ihn freundlich an. Er hatte vieles gutzumachen. Wieviele unnötige Anranzer hatte der arme Hundevogt einstecken müssen! Jetzt schmeichelte er ihm, lobte seinen Eifer, seine Liebe zur Kathedrale. Palomo, erstaunt und dankbar, floß vor Höflichkeiten und schönen Worten über. De Pas trat zum Chorpult, blätterte in den großen Gebetbüchern, summte sogar leise ein wenig vor sich hin, indem er die mit großen, rechteckigen, einen Zentimeter langen Noten daneben aufgezeichnete Melodie ablas. Alles war gut. Die Orgelpfeifen auf der Empore blitzten in senkrechten und waagerechten Strahlen. Es sah aus wie zwei Sonnen, die einander anschauten. Dicht unter dem Gewölbe, auf dem das platereske Laubwerk der Orgel zitterte, spielten vergoldete Engel Geige. Hinter dem Chor ließen die Fenster und Rosetten oben in den Seitenschiffen das Licht einfallen und zerlegten es in Rot, Blau, Grün und Gelb.

Auf der einen Seite lächelte Sankt Christophorus mit einem blutroten, vom Schatten einer Bleifassung zweigeteilten Mund von einer Viertelelle das Jesuskind mit der Weltkugel an, das einen grünen Erdball auf seiner gelben Hand in die Höhe hielt. Gegenüber erblickte der Generalvikar die Krippe zu Bethlehem, ebenfalls von dunklen Schatten gegittert. Jesus lächelte in seiner Wiege aus orangefarbenem Heu den Esel und den Ochsen an. Don Fermín betrachtete das alles, als sähe er's zum erstenmal in seinem Leben. In der Kirche war es angenehm kühl, und er fand den mit dem Duft des Wachses vermischten Geruch der Feuchtigkeit angenehm, mysteriös-symbolisch. An diesem Morgen erfüllte er seine Pflicht im Chor eifrig wie keiner, und er bedauerte, nicht Hebdomadar zu sein, um sein Licht leuchten zu lassen. Als ihn Gloucester so heiter und gesprächig sah, liebenswürdig zu Freunden und heimlichen Feinden, sagte er sich: Er heuchelt! Nun, im Heucheln macht mir dieser Pfründenwucherer nichts vor! Und er zerriß sich vor Liebenswürdigkeit, Höflichkeit und schmeichlerischen Scherzen.

»Haben Sie gesehen«, fragte beim Verlassen der Kathedrale Don Custodio, »wie aufgekratzt der Generalvikar ist?«

Und Gloucester erwiderte am Ohr des Benefiziats:

»Er hat einfach alle Scham verloren. Er geht mit dem Kopf durch die Wand.«

»Es muß etwas Schwerwiegendes passiert sein.«

»An welches Vergehen denken Sie?«

»An Ehebruch.«

»Pf, ich glaube, daß sie da noch nicht abgebrüht genug sind. Dennoch, an ihm wird's nicht liegen, und das Vergehen ist dasselbe.«

Gloucester ging es wider den Strich, sich den Generalvikar als Besieger der Präsidentin vorzustellen. Es war einfach Neid. Aber man tat gut daran, es anzunehmen und das Vergehen mit auf das Konto der vielen anderen zu setzen, die man dem Feind andichtete.

Um elf fiel Don Fermín ein, daß heute Unterrichtstag des heiligen Mädchenkatechesewerks war. Er war der Vorsteher dieser mildtätigen Unterweisungseinrichtung, die ihre Sitzungen im Querschiff der Kirche Santa María la Blanca abhielt. Er befand sich gerade in der rechten Laune dafür. Voll Freude betrat er das anmutige, heitere Gotteshaus mit seinem züngelnden Schmuckwerk aus weißem, porösem Stein. Mitten im Raum erhob sich ein versetzbares Podest aus Fichtenholz, darauf auf der einen Seite drei Bankreihen ohne Lehne, ihnen gegenüber ein Tisch mit einer alten Damastdecke voller Wachsflecke, vor diesem ein roter Plüschsessel und mehrere ebenfalls plüschbezogene Hocker. Der Sessel war für den Generalvikar, die Hocker für die Katecheten, und auf die Bänke setzten sich die Mädchen zwischen sieben und vierzehn Jahren, denen die Christenlehre, dazu noch etwas Liturgie, biblische Geschichte und ein paar Kirchenlieder beigebracht wurden.

Als de Pas die Kirche betrat, erhob sich in den Bänken auf

der Plattform ein Gesumm, ähnlich dem Rauschen eines Windstoßes, der über die Kronen der Bäume fährt.

Der beliebte Vorsteher nahm Weihwasser, bekreuzigte sich und erstieg, strahlend vor himmlischer Heiterkeit, die Stufen des Podests. Er rieb sich die Hände und legte den Arm um ein Mädchen von acht Jahren, das vor dem Tisch stand. Während er zum Deckengewölbe blickte und sich auf die Unterlippe biß, drückte er den blonden Kopf an sich und knetete, ohne dem Kind weh zu tun, eins der rosigen Ohren zwischen den Fingern.

»Welcher Vogel hat mir wohl ins Ohr gezwitschert, daß Doña Rufinita nicht artig sein will, in der Kirche Unfug treibt und beim Singen den Chor durcheinanderbringt?«

Allgemeines Gelächter. Die Kinder lachten aus vollem Herzen, die Kirche hallte wider und warf das Echo von dem weißen Gewölbe zurück, auf das das Licht durch die breiten Fenster aus gewöhnlichem Glas fiel.

Der Generalvikar setzte sich nicht in den Präsidentschaftssessel. Er zog es vor, auf dem Podest hin und her zu gehen, den Körper vorbeugend und sich von Zeit zu Zeit den Bänken nähernd, um eine Wange mit sanftem Klaps zu tatschen oder einem der Mädchen ein Geheimnis ins Ohr zu flüstern, das die Neugier aller anderen erregte und stets einen der Scherze nach sich zog, wie sie sich Don Fermín zurechtlegte, so daß sie auf eine moralische oder religiöse Belehrung hinausliefen. In der ersten Reihe rutschten, immer quirlig, die Mädchen zwischen acht und zehn Jahren auf dem harten Brett herum, noch geschlechtslos die meisten, fast maskulin in Bewegungen, Linien und Umrissen, manche mit frühreifen Rundungen, die ihre Kinderkleidchen unverhohlen sehen ließen, ein bißchen verschämt, ohne klares Bewußtsein ihrer frühzeitigen Entwicklung. Als der Generalvikar diese Frauenknospen betrachtete, mußte er an die unaufgeblühte Rose denken, die er soeben zerkaut hatte und von der noch ein schrumpliger Rest an seiner Lippe klebte.

In den folgenden Reihen befanden sich die Zöglinge von zwölf und dreizehn Lenzen, hochnäsig und schnippisch, und hinter ihnen die jungen Damen, schon bald fünfzehn, manche von ihnen die Krone Vetustenser Schönheit, fast alle bereits eingeweiht in die legendären Geheimnisse kalbernder Liebe.

Der Generalvikar, ganz in seinem Element unter diesen Rosen, die ihm gehörten und nicht der Stadtverwaltung wie die auf dem Paseo Grande, weidete sich an den Augen derer, aus deren

Blicken schon ein gewisses Mißtrauen durchschimmerte. Ein noch subtileres Vergnügen fand er darin, den Kleinen über die Haare zu streichen.

Der Gesangsstunde folgte die Aufsagestunde, in der die Stimmen einiger Mädchen besser als ihr Körper die geheimnisvollen physiologischen Wandlungen enthüllte, die in ihnen vorgingen. Eine Fünfzehnjährige, offiziell erst vierzehn, trat vor und schnurrte neben dem Tisch eine durch die Euphemismen jesuitischer Redekunst gemilderte Philippika gegen die modernen Materialisten herunter, die die Unsterblichkeit der Seele leugnen. Sie war blond, von einem jaspisartigen Weiß und fehlerfreien Zügen, mit Ausnahme des Kinns, das sich spitz nach oben bog. Sie hatte den Oberkörper einer Frau, und unter dem engen Rock zeichneten sich kräftige, füllige Schenkel mit harmonischen Formen ab, von denen eine seltsame Verlockung ausging. Ihre Augen waren hellblau. Der scharfe, unangenehme, in seiner Eintönigkeit priesterlich anmutende Klang der Stimme drückte den fast unbewußten Fanatismus einer Seele aus, die für das Kloster präpariert wird. Die schöne Blonde mit den Armen einer griechischen Skulptur verstand nicht genau, was sie sagte, aber sie erahnte den Sinn ihrer Rede und gab ihr den Ton von Intoleranz und Hochmut, der ihr entsprach. Sie schien selbst ein Bildnis des Hochmuts und der Unduldsamkeit: eine bezaubernd schöne Statue. Ihre Gefährtinnen, die Katecheten, das spärliche, im Kirchenschiff verstreute Publikum hörten sie mit Staunen, mehr auf die Schönheit ihres Körpers und den beeindruckenden Tonfall ihrer metallischen Stimme achtend als auf das, was sie sagte. Es war der blinde Gehorsam der Frau, der da sprach, das Sinnbild sentimentalen Glaubenseifers, die Einführung des »ewig Weiblichen« in den ewigen Götzendienst. Offenen Mundes, ohne zu lächeln, verschlang der Generalvikar diese stolze Amazone der Religion, die die Natur kunstvoll von außen modelliert und die er im Innern, in der Seele formen würde, mit den Blicken. Ja, dieser hinreißende Glaubenseifer war sein Werk. Diese Blonde war die Perle seiner Sammlung gottesfürchtiger Frauen. Aber noch war sie in der Werkstatt. Wenn dieses graue Kleid, das die wohlgeformten, etwas langen Füße noch nicht bedeckte, bis zum Boden reichen würde, käme dieses Wunder an Gelehrsamkeit ans Licht, die Leute würden es bestaunen und die Kirche es für sich behalten.

Als Don Fermín Santa Mariá la Blanca verließ, hatte er den Mund voll zähflüssigen Speichels. Diese Empfindungen, die ihn so unversehens überkamen, erinnerten ihn an weit zurückliegende Jahre. Das gefiel ihm nicht, es zeugte von wenig Charakterfestigkeit. Verflixte Kröten! dachte er. Wie dem auch sei, was ihm da geschah, bewies, daß er noch jung war, daß es nicht Unvermögen war, weshalb er sich schwor, platonisch oder zumindest indifferent in seinem Verhältnis zu der treuen und lieben Freundin zu bleiben. Seine Gedanken kehrten zur Präsidentin zurück, und das vage, brennende Sehnen, mit dem er die Kirche verlassen hatte, schlug in das heftige und bestimmte Verlangen um, Doña Ana zu sehen und sich mit den schönsten Worten, die er fand, für ihren Brief zu bedanken.

Er besaß genügend Willenskraft, sein Verlangen zu bezähmen und den Besuch bis zum Nachmittag aufzuschieben. Seine Mutter erzählte ihm wie jeden Tag, was man über ihn klatschte, und er zuckte die Achseln. Er vernahm Doña Paulas harte, frostige Stimme, die ihm, um ihn zu erschrecken, den Kataklysmus seines Glücks voraussagte, als spräche sie von den geologischen Umwälzungen zu Noahs Zeiten. Ihm war, als sei das ein anderer Generalvikar, über den die Öffentlichkeit Beschwerde führte. Ehrgeiz, Ämterschacher, Hochmut, Filzigkeit, Ärgernis! Was hatte er mit alldem zu schaffen? Jetzt war dieser Don Fermín ein anderer, der seine Mitbrüder verachtete und sich nicht einmal die Mühe nahm, ihnen übelzuwollen. Er lebte für seine Leidenschaft, die ihn adelte und läuterte. Wenn es ihm zu dumm wurde, würde es einen Riesenstunk geben.

Eine an Seele und Körper hinreißend schöne Frau, die ihn in einer Stunde des Bekennens neue Welten hatte sehen lassen, nannte ihn jetzt ihren »lieben älteren Bruder«, vertraute sich ihm an, um von ihm die Pfade und Stege des leidenschaftlichen, poetischen Mystizismus geführt zu werden. Zum Glück hatte er zu allem Geschick: er würde mystisch sein können, soweit es nottat, sich in den Wolken verlieren, ohne die Erde zu vergessen. Er entsann sich, daß er vor Jahren daran gedacht hatte, Romane zu schreiben, eine wirklich christliche »Sibila« und eine moderne »Fabiola«. Er hatte es seinlassen, nicht weil er seine Schöpfergaben für zu gering hielt, sondern weil er seine Einbildungskraft nicht verzetteln wollte. Es war besser, die Romane zu leben.

Solche Gedanken gingen ihm durch den Kopf, wobei er mit

einem Messer auf einer Brotrinde herumklopfte, während seine Mutter von Gloucesters Ränken und den Machenschaften der »Verschwörer« aus dem Kasino erzählte.

Sobald er konnte, verdrückte sich der Generalvikar, indem er versprach, zum Bischof zu gehen und ihm auf den Zahn zu fühlen. Er schlug den Weg über die Plaza Nueva ein. Das Haus an der Ecke schien ihm von einem Strahlenkranz umgeben.

Ana und Don Víctor empfingen ihn im Speisezimmer. Er gehörte schon zu den vertrauten Freunden des Hauses. Während der beiden Krankheiten der Präsidentin hatte der Generalvikar Don Víctor manchen Dienst erwiesen, und dieser hatte sich dankbar gezeigt, obwohl ihm der Generalvikar nicht sehr sympathisch war. Aber schon begann Quintanar, der stets für das Primat der weltlichen Macht gewesen war, etwas von »Einfluß der Geistlichkeit« oder gar von ihrer »Herrschaft« in seinem Haus zu argwöhnen. Die Geistlichkeit drang überall ein! Und Don Fermín war ein Weilchen Jesuit gewesen. Ein Jesuit! *Caveant consules!* Obwohl ihn die Höflichkeit, das oberste Gesetz, nicht weniger als die Dankbarkeit zu liebenswürdigster Behandlung des Gastes verpflichtete, war Don Víctor zu dem Domherrn kühl, aber so, daß dieser es nicht einmal gewahrte. Er merkte, daß er den Hausherrn störte, jedoch nichts weiter.

Ana, noch immer schwach, hatte ihrem Beichtvater herzlich die Hand gedrückt, und der hatte die Berührung so lange wie möglich ausgedehnt. Gegen sechs ließ sie Don Víctor allein. Man erwartete ihn in der Statthalterschaft zu einer Viehzüchterversammlung. Es ging um die Anschaffung von Zuchtstieren aus dem Ausland. Aber Don Víctor betrieb hauptsächlich seine Wahl zum zweiten Vizepräsidenten und forderte für Frígilis das Erste Sekretariat. Frígilis hatte geschworen, es abzulehnen, aber das hatte nichts zu sagen. Auf alle Fälle bedeutete die Wahl eine Ehrung für sie, auch wenn sie Don Tomás, dieser alte Sarazene, ablehnte. Quintanar rechnete mit dem Gouverneur. Er ging.

Die Präsidentin lächelte Don Fermín an und sagte:

»Sie werden sagen, ich sei verrückt. Weshalb Ihnen schreiben, wenn wir Tag für Tag miteinander sprechen können? Ich konnte nicht anders. Ich bin so glücklich! Und verdanke mein Glück zu einem so großen Teil Ihnen. Ich wollte diesen Drang unterdrücken und brachte es nicht über mich. Manchmal rüge ich mich selber, weil ich glaube, ich stehle Gott viele Gedanken, um sie dem Menschen zu widmen, dessen er sich zu meiner Rettung bediente.« Der Generalvikar fühlte die Ergriffenheit wie einen Würgegriff am Hals. Die Präsidentin sprach genauso, wie er sie viele Male in den Geschichten hatte sprechen lassen, die er sich vor dem Einschlafen selbst erzählte.

Er zögerte nicht zu berichten, was in ihm vorging, seit er den Brief gelesen hatte. Ohne eine Freundschaft wie die ihre sei die Welt eine unbewohnbare Ödnis. In Vetusta das gewöhnliche Leben der anderen zu leben bedeute für die ins Unendliche verliebten Seelen dasselbe wie Selbstmord durch Vergiftung. Öffne man jedoch das Fenster mit dem Blick zum Himmel, brauche man nichts mehr zu fürchten.

Die Präsidentin sprach von der heiligen Teresa mit der Inbrunst einer Götzendienerin. Der Generalvikar billigte diese Bewunderung, aber mit weniger Wärme, als wenn sie von ihnen beiden sprach, von ihrer Freundschaft und der geläuterten Frömmigkeit, die er jetzt bei Anita fand. Don Fermín war eifersüchtig auf die Heilige von Avila.

Überdies fand er bei seiner Freundin einen zu großen Hang zu mystischen Spekulationen. Er fürchtete, sie könne in Ekstase geraten, was bei ihr immer zu nervösen Komplikationen führte, und er mußte vermeiden, daß man ihm womöglich die Schuld an einer abermaligen möglichen Erkrankung zuschrieb, wenn Ana diesen gefährlichen Weg weiter verfolgte. Er riet zur tätigen Frömmigkeit. In ihrem Stand und in der Zeit, in der sie lebten, müsse die reine Betrachtung den guten Werken viel Raum lassen. Wenn Ana jetzt eine gewisse Scheu empfinde, abermals mit der Welt in Berührung zu kommen, so läge das an der Konvaleszenz, die sie genaugenommen noch nicht hinter sich habe. Wenn aber die Kraft gänzlich wiedergekehrt sei, würde sie die Tätigkeit, das Herumlaufen, die Arbeit am frommen Werk, zu der man sie aufforderte, nicht mehr schrecken.

Von diesem Tage an wirkte der Generalvikar mit allen Kräften auf diesen Geist ein, den er damals ganz beherrschte, um ihn aus der Kontemplation zu reißen und dem tätigen Leben zuzuführen. Wenn sie sich zu hoch versteigt, vergißt sie mich, dachte er. Schließlich war er ein vergängliches Wesen. Die heilige Teresa hatte gesagt, und Ana erwähnte es alle Augenblicke, daß »ihr alles Vergängliche gering erscheine«, und da Don Fermín nun einmal vergänglich war, erschreckte ihn der Gedanke, daß Ana ihn deswegen geringschätzen könnte.

Die Angst wäre nicht unbegründet gewesen, wenn die Dinge so weitergelaufen wären wic in den ersten Monaten. Obwohl Ana ihrem Beichtvater so zugetan war, vergaß sie ihn, wie alle Dinge dieser Welt, viele Stunden lang völlig.

In ihren Alkoven oder in ihr Ankleidezimmer eingeschlossen, das schon etwas von einer Betkapelle hatte, verloren in die Einsamkeiten der Seele, die Augen fast immer geschlossen, genoß sie die schmiegsame Wollust, sich die zu Staub zerfallende Welt in die göttliche Wesenheit getaucht vorzustellen. Sie sah Gott mit solcher Offenkundigkeit, daß sie das ungestüme Verlangen empfand, aufzuspringen, auf den Balkon zu laufen und der Welt zu predigen, ihr die Wahrheit kundzutun, die sie mit Händen griff.

In solchen Momenten steckte dann wohl Don Víctor seinen Kopf mit der Mütze, an der die vergoldete Troddel baumelte, durch die Tapetentür, die er behutsam öffnete. Anita hörte ihn nicht, und er zog sich erschrocken, mit einem Gefühl, wie es ihn, so glaubte er, beim Betreten eines Sterbezimmers beschleichen müßte, voll abergläubischer Scheu auf Zehenspitzen zurück. Vor zwei Dingen hatte er einen heiligen Respekt: vor dem Magnetismus und der Entrückung. Nichts da von Elektrizität oder Mystizismus! Einmal hatte er einem Spaßvogel, der ihn im physikalischen Kabinett der Universität am Gehrock gefaßt hatte, um ihn in einen elektrischen Stromkreis einzubeziehen, eine gelangt. Der Magnetismus, an den er glaubte – wiewohl diese Wissenschaft seiner Ansicht nach noch in den Kinderschuhen steckte –, erschreckte ihn ebenfalls. Was nun gar den Anblick Seiner Göttlichen Majestät oder nur deren Vorstellung anging, so schien ihm das eine Erregung, die seine Kräfte überstieg. »Ich brauche so etwas nicht, um an die Vorsehung zu glauben. Mir genügt ein tüchtiger Donnerschlag, um einzusehen, daß es in der Höhe einen Obersten Richter gibt. Wen ein Blitz nicht überzeugt, den überzeugt gar nichts.«

Aber er respektierte die überspannte Religiosität seiner Gattin, seit er sah, daß sie aus dem Herzen kam.

Wenn er heimkehrte, pochte er behutsam mit dem Türklopfer an, stieg vorsichtig die Treppe hinauf, damit seine Schuhe nicht knarrten, und fragte Petra leise, mit einer gewissen bekümmerten Heimlichkeit:

»Und wo ist die gnädige Frau?«

Gerade als hätte er sich erkundigt: Wie geht es der Kranken? So schlich er durch das ganze Haus, als läge jemand im Sterben. Ohne sich über den Grund klarzuwerden, stellte sich Don Víctor den Mystizismus seiner Frau wie einen stechenden Kopfschmerz vor. Die Hauptsache war, keinen Lärm zu machen. Wenn Anselmos Kater unten im Hof miaute, geriet Don Víctor in Wut, begann aber nicht zu schreien, sondern zischte mit gedämpfter, kehliger Stimme:

»Dieses verdammte Katzenvieh! Entweder ist es jetzt ruhig, oder man soll's ersäufen!«

Er trat in sein Arbeitszimmer, wandte sich seinen Maschinen und Sammlungen zu. Manchmal mußte er sägen, hämmern oder hobeln. Wie sollte das ohne Lärm abgehen? Besonders der Hammer hallte durchs ganze Haus. Quintanar umwickelte ihn mit schwarzem Flanell wie einen Katafalk und nagelte so. Die gedämpften Hammerschläge hatten einen dumpfen, unheilverkündenden Widerhall, der Don Víctor mit Schwermut erfüllte. Die Kanarienvögel, Stieglitze und Drosseln seines Vogelhauses, die zuviel Lärm machten, wurden unter Verschluß gehalten, damit ihre profanen Gesänge nicht in das Bet-Boudoir der Präsidentin drangen.

So gewöhnte sich Don Víctor daran, leise zu sprechen, und selbst wenn er mit Frígilis im Garten spazierenging, waren seine Worte ein leises Gewisper.

»Aber, Mann Gottes, du sprichst ja wie mit einem Schalldämpfer«, sagte Crespo übellaunig.

Quintanar fragte ihn wegen Anas »Zustand« um Rat.

»Was hältst du davon?«

»Laß sie! Sie wird ihre Gründe haben.«

»Ich glaube, Tomás, hier so *inter nos,* daß uns Anita zu einer Heiligen wird, wenn Gott nichts dagegen tut. Mich erschreckt sie manchmal. Du müßtest ihre Augen sehen, wenn sie nicht ganz da ist! Es wäre ja eine Ehre für die Familie, zweifellos, aber es bringt seine Unannehmlichkeiten mit sich. Vor allem: Ich tauge für so was nicht. Das Übernatürliche macht mir angst. Ob sie Gesichte hat?«

Frígilis nahm sich die Freiheit heraus, auf das, was er für Spinnereien seines Freundes hielt, keine Antwort zu geben.

Auch er dachte an Anita. Er sah sie oft vom Garten aus in ihrem Kabinett sitzen oder knien, manchmal stand sie auch auf dem Balkon und blickte zum Himmel. Sie beachtete ihn fast nie. Es war nicht wie früher, wo sie ihm stets einen Gruß zugerufen hatte. Dieses seltsame Gebaren Anitas war auch eine Krankheit, eine schwere sogar, er konnte sie nur nicht klassifizieren. Es war, als wenn ein Baum plötzlich Blüten über Blüten trieb, dafür all seine Säfte verbrauchte, jedoch dünn und schmächtig blieb, aber mit jedem Tag prächtiger in Blüte stand. Danach verdorrten die Wurzeln, der Stamm, die Äste und Zweige, und die mit jedem Mal schöneren Blüten fielen mit dem dürren Holz auf den Boden, um dort zu vermodern und zu verfaulen. So war es um Anitas Krankheit bestellt. Was die Ansteckung betraf, die stattgefunden haben mußte, so schrieb er sie dem Generalvikar zu. Er entsann sich des violetten Handschuhs. Lange hatte er ihn vergessen gehabt, aber eines Tages war er auf den Gedanken gekommen, die Präsidentin zu fragen, ob Damen Handschuhe aus violetter Seide trügen, und sie hatte nur gelacht. Folglich gehörte er einem Domherrn. Ripamilán trug fast nie welche. So blieb niemand weiter übrig als der Generalvikar. Er war als einziger geschickt genug, ihr solche Dinge in den Kopf zu setzen. Der Handschuh gehörte zweifellos dem Generalvikar. Und Petra hatte ihre Finger im Spiel. Sie verbarg etwas. Aber was? Das war die Frage. Es konnte nichts Böses sein. Ana war tugendhaft. Aber die Tugend war relativ wie alles. Und dann: Anita war aus Fleisch und Blut. Frígilis fürchtete nicht die Gegenwart, sondern die Zukunft, das, was noch geschehen konnte. Er sah keine Verfehlung, vielmehr eine Gefahr. Er hatte einiges von dem gehört, was man in Vetusta munkelte, obgleich in seinem Beisein die bösen Zungen nicht wagten, die Ehre der Quintanars in Zweifel zu ziehen. Man betrachtete ihn als Bruder Don Víctors. Auf alle Fälle würde er die Augen offenhalten. Und er fuhr fort, über Don Víctors Bäume und seine »vielleicht gefährdete« Ehre zu wachen.

Auch Petra sah nicht klar. Das Benehmen ihrer Herrin kam ihr wie das einer Geistesgestörten vor. Was bezweckte diese Heiligkeit? Wem streute sie Sand in die Augen? Oh, wenn sie sich nicht die Gewogenheit des Generalvikars hätte erhalten wollen, keinen Tag länger würde sie dieser Heuchlerin dienen, die sie als Geheimkurier verwendete, ihr nicht das schäbigste Trinkgeld gab, kein Wort von ihren Heimlichkeiten anvertraute und ihr nie ein freundliches Gesicht zeigte, es sei denn das einer dümmlichen Frömmlerin, mit dem sie alle an der Nase herumführte.

Petra schloß sich in ihr Zimmer ein. An einem Nagel am

Kopfende der hölzernen Bettstatt hatte sie eine schmierige alte Reisetasche hängen. Darin verwahrte sie unter Verschluß ihre Ersparnisse und ein paar Schriftstücke, die sie bloßstellen konnten. Dort holte sie den violetten Handschuh des Generalvikars heraus, von dem sie zu niemandem gesprochen hatte. Es war ein Beweisstück, sie wußte nicht wofür, aber sie ahnte, daß ihr dieses Pfand irgendwann einmal von großem Wert sein würde.

Was bewies dieser Handschuh hinsichtlich der Frömmigkeit ihrer Herrin? Daß sie eine Heuchlerin war. Wenn es nicht wegen des Generalvikars gewesen wäre!

Die Vegallanas und ihre Freunde waren erschrocken. Der Marqués glaubte an Anitas Frömmigkeit, während die Marquesa die Achseln zuckte. Sie fürchtete für den Verstand der Kleinen. Visitación war außer sich und wütend. Ihre Pläne vereitelt! Ana widerstand! Sie war aus anderem Stoff als sie! Obdulia Fandiño neidete ihrer Freundin, der Präsidentin, nicht deren Frömmigkeit, sondern daß sie soviel »Staub aufwirbelte«, daß man in der ganzen Stadt soviel von ihr sprach. Nie hatte sie, die kleine Witwe, mit ihrem anstößigsten Kleid solches Aufsehen erregt wie Ana mit ihrem Gehabe und ihrer Frömmelei. Wie rückständig doch dieses elende Nest war!

Inzwischen erlangte Ana den Appetit wieder.

Der Generalvikar hatte ihr, solange die Schwäche anhielt, verboten, aufzustehen, um ihr Morgengebet auf Knien zu verrichten. Sowie sie jedoch diese wohltuende Stärke in den Muskeln spürte, genoß sie es, die Glieder zu strecken, die sich, von zirkulierendem Leben erfüllt, mit einem blaßrosa Ton überzogen. Ohne aus dem Bett zu steigen, betete sie auf den wohligen Laken, die runden Knie in die behagliche Weichheit eingesunken. Sie betete, und manchmal brachte sie in der Verzückung ihrer religiösen Inbrunst ihr Gesicht nahe an den Christus, der sich über das Kopfende ihres Bettes neigte, und küßte unter Strömen von Tränen die Wunden des Bildnisses. Als sie sich noch kräftiger fühlte, floh sie die Wohligkeit der Matratze, sprang auf den Boden und betete auf dem Tigerfell. Sie wollte es sogar noch härter haben, schob das Fell weg und kniete auf dem Mokett nieder, der den Fußboden auskleidete. Sie dachte an ein Büßerhemd, wünschte es sich brennend, aber der Generalvikar hatte ihr solch köstliche Qualen verboten.

Das erste Ziel, auf das Ana ihre glühende Nächstenliebe richten wollte, war die Bekehrung ihres Mannes. Die heilige Teresa hatte sich um die Frömmigkeit ihres Vaters bemüht. Ana nahm sich vor, ihren Eifer darauf zu verwenden, die Seele ihres Don Víctor, der ihr schließlich so etwas wie ein Vater war, für Gott zu gewinnen.

Milde, Sanftmut, Überredung, Liebkosungen waren die erlaubten Mittel, die sie mit meisterlicher Kunst anwandte. Quintanar brauchte lange, bis er merkte, daß seine geliebte Anita ihn zur wahren Frömmigkeit bekehren wollte. Zu Beginn fiel ihm nur auf, daß seine Frau gesprächiger wurde und zärtlich zu ihm war, wie früher nur nach den Nervenanfällen und bei Trennungen oder Krankheiten. Suchte sie das Gespräch, um die Zeit herumzubringen? Wunderbar, er liebte das Gespräch. Und er verfocht die Gegenthese, um die Auseinandersetzung in Gang zu halten. Aber jetzt ging es schon nicht mehr nur darum, ob Christus alle auf die Gestirne verteilten »Menschheiten« auf einmal erlöst hatte oder ob er von Stern zu Stern wanderte, um auf jedem einzelnen den Kreuzestod zu erleiden, sondern darum, daß Don Víctor nur in großen Abständen beichtete, daß er viele Messen versäumte und daß die Bücher, an denen er seinen Geist weidete, eitel und die Theaterstücke nichtige und gefährliche Lügen seien.

»Du hast nie Heiligenleben gelesen, nicht wahr?«

»Doch, Kind, doch, auch kirchliche Schauspiele.«

»Das meine ich nicht, Quintanar. Ich spreche von der ‚Goldenen Legende‘ und dem ‚Christlichen Jahr‘ von Croisset zum Beispiel.«

»Weißt du, mein Kind, mir sind Bücher zum Meditieren lieber.«

»Dann nimm den Kempis, die ‚Nachfolge Christi‘! Lies und meditiere!«

Und sie drückte ihm das Buch in die Hand.

Der Kempis brachte zusammen mit Anita, der Hitze, die ihn zu belästigen begann, und dem Verbot der Badereise den ehrenwerten Richter um seine Laune. Vor dem Einschlafen las er nun nicht mehr Calderón, sondern das Buch Hiob und den verwünschten Kempis. Dinge sagte dieser Kerl von einem Mönch, oder was er sonst war! Freilich, recht hatte er schon, natürlich. Recht betrachtet, war die Welt ein Haufen Dreck. Er, Quintanar, konnte nicht klagen, es hatte in seinem Leben keine schlimmen Enttäuschungen und großen Fehlschläge gegeben, abgesehen von dem einen, beträchtlichen, daß er nicht hatte

Schauspieler werden können. Aber allgemein gesehen, war die Welt verloren. Und dann, daß man alt wurde, was ihm wie allen anderen nicht erspart blieb, war ein schweres Ungemach. An den Tod mochte er nicht denken, das machte ihn krank, und so etwas konnte Gottes Wille nicht sein. Der Tod! Quintanar hatte so eine verschwommene, unsinnige Hoffnung, daß der Tod ... Die Medizin machte so große Fortschritte! Außerdem konnte man ohne große Schmerzen sterben, sosehr Frígilis das auch bestritt. Kurzum, er wollte nicht an den Tod denken. Aber ganz allmählich verdüsterte ihm dieser Kempis die Seele, und Don Víctor kam dahin, die Dinge der Welt als vergänglich zu verachten. Eines Nachmittags sah er in seinem »Park« Frígilis zu, wie er, ganz versunken in sein Tun, Kamelien pflanzte.

Dieser Frígilis ist mir ein schöner Philosoph! dachte Don Víctor, musterte ihn von der Höhe seines entliehenen Pessimismus, verachtete und bemitleidete ihn. Kamelien pflanzen! Verbot der heilige Alfonso Liguori nicht ganz allgemein, Bäume zu pflanzen und Häuser zu bauen, die am Ende der tausend Jahre doch zusammenstürzten? Weshalb also Kamelien pflanzen, wenn doch alles nur ein Hauch, ein Nichts ist?

Am kitzligsten blieb die Frage, ob man erlöst wurde oder nicht. Das war ernst. Ihm sagte sein Herz, daß er erlöst werden würde. Aber die heiligen Autoren stellten die Frage als so schwierig hin, daß ihn bereits gewisse Zweifel plagten. Wenn er nun sein ganzes Leben lang nicht gut genug gewesen war! Das mußte überlegt werden. Aber, Gott im Himmel, er wollte sich den Kopf nicht heiß machen. Wenn schon bei der Versetzung in den Ruhestand, welche er mit einer Krankheit begründete, die er nicht hatte, die Beschaffung der Papiere und Befürwortungen so viele Scherereien gemacht hatte – und die Pensionierung war nur eine zeitliche Angelegenheit –, wie sollte dann die Rettung der Seele, die Versetzung in den ewigen Ruhestand, wie jemand einmal gesagt hatte, keine Anstrengungen, Eingaben und sicherlich auch Befürwortungen erfordern? Er mußte sich seiner Gattin anvertrauen und sich von ihr bei einem so schwierigen Geschäft beraten lassen.

Die Präsidentin merkte bald, daß Don Víctor sich ihr anvertraute. Wenngleich sie gern eine innigere Frömmigkeit gesehen hätte, mußte sie sich mit dem Schmerz der Zerknirschung zufriedengeben, den ihr Mann deutlich erkennen ließ. Und sie trug keine Bedenken, ihn noch ein wenig mehr zu erschrecken, indem sie ihn an die Höllenqualen erinnerte, obwohl sie nicht gern Zuflucht zu Mitteln des Schreckens nahm. Quintanar entwickelte großen Eifer, um darzulegen, daß das fragliche Feuer nicht wörtlich, sondern symbolisch gemeint war.

»Es ist meiner Ansicht nach falsch«, wiederholte er, »zu glauben, daß dieses Feuer wirklich, stofflich ist. Es ist ein Symbol, das Symbol der Gewissensbisse.«

Der Gedanke, man werde ihn in dem verzweifelten Fall, daß er die ewige Seligkeit nicht gewönne, wie er ernstlich wünschte, nur auf symbolischen Flammen rösten, beruhigte ihn ein wenig.

Als Don Víctor kommunizierte, quälte ihn der Gedanke, daß er eine gewichtige Sünde nicht gebeichtet hatte: Er hegte seine Zweifel hinsichtlich der päpstlichen Unfehlbarkeit. Der Kanonikus Döllinger, von dem er nichts weiter wußte, als daß es ihn gab und er sich von der Kirche getrennt hatte, bestach ihn mit seiner Unbeugsamkeit, die ihn an den Starrsinn seiner Heimat Aragón erinnerte, des wundervollsten und dickköpfigsten Landes der Welt.

Die Tage glitten für die Präsidentin sacht dahin.

Der Generalvikar, ihr Lehrer, und Don Víctor, ihr Schüler, waren die Gefährten ihres scheinbar faden, eintönigen, aber innerlich von starken Emotionen erfüllten Lebens. Weiterhin fand sie im stillen Gebet unaussprechliche Wonnen. Gott war als Vater der Geschöpfe, als Lenker des gewaltigen Weltgebäudes nicht weniger liebenswert als in der reinen Betrachtung seiner Idee. Außerdem, dachte Ana, wäre es Hochmut, jetzt den unmittelbaren Anblick der Göttlichkeit zu erstreben. Dafür bin ich noch nicht weit genug. Ich werde schon noch dahin gelangen, wenn es der Herr so beschlossen hat. Jetzt muß ich tun, was der Generalvikar sagt, die Kraft, die in meinen Körper zurückkehrt, für eine tätige Frömmigkeit ausnützen, was er die Hygiene des Geistes nennt. Der Müßiggang brächte mich zur Sünde zurück, wie er es selbst bei der heiligen Teresa getan hat. Wenn schon für sie solch schwere Gefahr darin lag, wie wäre es dann erst bei mir!

Ana blieb bei den wenigen Besuchen, die Don Alvaro ihr zu machen den Mut aufbrachte, gleichmütig, ruhig, solange er da war, ruhig auch, nachdem er gegangen war. Sie bemühte sich, ihre Gedanken von ihm abzuwenden, in dem Bewußtsein, daß diese Erinnerung eine Wunde im Geist war, die beim Berühren schmerzte. So brachte sie den Mut auf, sich ihm gegenüber kühl zu zeigen, jede Vertraulichkeit im Keim zu ersticken. Als sie aber sah, wie er beim Hinausgehn anstieß, »blind vor Liebe und Qual«, glaubte sie, ein grenzenloses Mitleid überschwemme ihre Seele, und sie erzitterte vor Furcht. Ihre Brust hob sich in einem Seufzer, und das schwache Fleisch spürte den gelblichen Christus aus Elfenbein, den der Generalvikar seiner Freundin geschenkt hatte, damit sie ihn auf der Brust trage.

Ana küßte das Kruzifix und wandte die Augen zum Himmel.

»Jesus, Jesus, du kannst keinen Rivalen haben, es wäre schändlich, ekelhaft.«

Sie entsann sich des Zornes Jesu, als er Teresa erschien, die ihn vergessen hatte.

Aber am Tag nach Don Alvaros Abschiedsbesuch erwachte Ana mit dem Gedanken an ihn. Er war nicht mehr in Vetusta. Desto besser. Die schreckliche Versuchung kehrte ihr den Rükken, sie floh besiegt. Desto besser. Es war eine besondere Gnade Gottes.

Am Nachmittag ging sie zu der Stunde, da Don Alvaro am Tag zuvor Abschied genommen hatte, in den Park hinunter.

Vierundzwanzig Stunden schon. Zu anderen Malen hatte sie ihn tagelang nicht gesehen und seine Abwesenheit durchaus erträglich gefunden. Aber diese vierundzwanzig Stunden waren anders, sie zählten nach Minuten. Nun gut, so würde es hinfort immer sein. Vierundzwanzig Stunden, ohne ihn zu sehen, danach neue vierundzwanzig Stunden und so das ganze Leben lang.

Es war sehr heiß. Nicht einmal unter dem dichten Blätterdach der Roßkastanien, die jetzt voller Blätter und weißer Kerzen standen, fand Ana einen kühlen Luftzug. Ihre Gedanken wollten sich zum Himmel erheben, aber die Hitze von einigen dreißig Grad, was für Vetusta viel ist, machte es ihr unmöglich.

Und damit es ihr nicht etwa einfiele, sich an diesem Nachmittag noch einmal emporschwingen zu wollen, erschien Visitación Olías de Cuervo, der der Sommer ausgezeichnet bekam, im Park, aufgeputzt mit einem phantastischen Perkalkleid. Fröhlich, luftig, kam sie wie ein Wirbelwind daher, man hätte am liebsten die Augen geschlossen, wenn man sie so heranquirlen sah. Auf der Straße hatte ein Dienstmann sie umarmen wollen. Das Abenteuer hatte sie bei all seiner Lächerlichkeit verjüngt, Funken in ihren Augen entzündet, und nun wollte sie selbst auch jemand umarmen! So schloß sie die Präsidentin in ihre Arme, überschüttete sie mit Küssen ... Und nachdem sie ihr das Erlebnis mit dem Dienstmann haarklein erzählt hatte, rief sie plötzlich:

»Ach, übrigens, hat dir Víctor die Geschichte mit Alvaro nicht erzählt?«

Visita hielt ihre Freundin am Handgelenk und fühlte ihr auf ihre Weise den Puls.

Mit ihren winzigen Augen sah sie Ana starr an und wiederholte:

»Weißt du das von Alvaro nicht?«

Der Puls ging schneller. Sie fühlte es mit großer Befriedigung. Geh du mir bloß mit deinem frommen Getue! dachte sie. Mir machst du nichts vor.

»Was ist mit ihm? Daß er abgereist ist? Das weiß ich schon.«

»Nein, das ist es nicht.«

»Was? Ist er nicht abgefahren?«

Abermals beschleunigte sich ihr Puls nach Visitas Feststellung.

»Doch, Kind, doch, er ist abgereist. Aber du wirst gleich sehen, wie. Du weißt doch, daß er was mit der Frau dieses derzeitigen oder ehemaligen Ministers hatte, ich erinnere mich nicht genau, na, du weißt schon, wer gemeint ist. Der da nach Palomares an die See fährt.«

»Jaja. Und?«

»Also schön. Als Mesía heute morgen, halb Vetusta hat es gesehen, zum Zug nach Madrid ging, du weißt schon, stand er auf dem Bahnsteig plötzlich dieser Ministersgattin gegenüber, die bestimmt sehr hübsch ist. Stell dir vor! Kurz und gut, sie fuhr gerade nach Palomares, wo sie so etwas wie ein Sommerhaus gekauft hat. Na schön, und nun denk dir, statt den Zug nach Madrid zu nehmen, nimmt unser Alvarito den Gegenzug, gibt seinem Diener Anweisung loszurennen, um das Gepäck herauszuholen, und steigt in den Sonderwagen der Frau Minister, einen Salonwagen mit Bett und allen Schikanen. Und der Ehemann war nicht mit drin, versteht sich, nur sie, zwei Bedienstete und die Babys, wie Obdulia sagt. Stell dir vor! Ganz Vetusta, das heute morgen zufällig auf dem Bahnhof war, hat das Kreuz geschlagen. Echt Alvaro. Aber sie? Wie findest du sie? Darauf will ich hinaus. Wie skandalös sich diese feinen Damen aus Madrid aufführen! Und dabei steht sie noch im Ruf der Tugendhaftigkeit, diese Frau Kultus- und Kulturminister, oder wie zum Teufel diese Sorte Minister heißt!«

Ana wußte genau, wie »die Sorte« Minister hieß, wollte es

aber nicht sagen. Sie spürte, wie sie durch eine Todeskälte, die ihr ins Gesicht stieg, erbleichte. Sie drehte sich um, nahm sich zusammen, so gut sie konnte, und lehnte sich an einen Baum. Sie tat, als zeichne sie die Rinde des Stammes nach, wechselte das Thema und erkundigte sich nach einem Kind Visitas, das krank war.

Aber Visita war kein heuriger Hase, wie sie und die Marquesa sagten. Mit anderen Worten, sie ließ sich von niemandem hinters Licht führen. Sie erkannte Anas Verwirrung und jubelte.

Ana war eifersüchtig, folglich liebte sie. Wo Rauch ist, da ist auch Feuer.

Bald darauf verabschiedete sich Visita. Sie hatte ihre Neuigkeit angebracht und wußte, was sie wissen wollte. Da galt es, keine Zeit zu verlieren. Sie mußte woanders ein gutes Werk der gleichen Art verrichten. Sie zog ab wie eine verebbende Sturmflut. Der Besen aus gestärkten Unterröcken und steifem Perkal ließ auf dem Sand eine Spur gewundener paralleler Streifen zurück.

Ana hatte Angst. Die Versuchung, die alte Versuchung durch Don Alvaro hatte sie wie etwas Neues berührt. Einen Augenblick meinte sie, der Schmerz, den sie empfand, als sie die Geschichte mit der Frau Minister erfuhr, säße tiefer als alle ihre anderen Schmerzen. Es war ein Schmerz, der sie betäubte, der von innen laut um Linderung schrie. Zum erstenmal nach ihrer Erkrankung spürte sie das Aufbegehren in der Seele.

Nein, sie wollte nicht wieder von vorn beginnen. Sie gehörte Jesus, sie hatte es geschworen. Aber der Feind war stark, viel stärker, als sie geglaubt hatte. Sonst hatte sie die Gefahr herausgefordert. Jetzt zitterte sie vor ihr. Früher war die Versuchung reizvoll durch den Widerstreit, durch die dramatische Schönheit des Kampfes, die Freude am Sieg. Jetzt war sie nur noch schrecklich. Hinter der Versuchung stand nicht mehr bloß das verbotene, unbekannte, auf seine Art die Einbildungskraft verführende Vergnügen. Dahinter stand jetzt noch die Strafe, Gottes Zorn, die Hölle. Alles hatte sich geändert. Ihre religiöse Berufung, ihr ernsthafter Bund mit Jesus verpflichtete sie viel stärker als die dünnen Fäden der nur vage, ohne einen Gedanken an die göttliche Strafe vom Gewissen eingegangenen Verpflichtung. Früher hatte sie nicht gesündigt aus Anstand, aus Dankbarkeit, weil sie eben nicht wollte. Jetzt war Sündigen etwas mehr als bloß verwerflicher Ehebruch, jetzt wär es Hohn, Blasphemie, die Verspottung Jesu... und es war die Hölle. Wenn sie in die Fallstricke der Versuchung geriet – wer sollte sie trösten, wenn die zu späten Gewissensbisse kamen? Wie sollte sie an Teresa denken, die nie gefallen war? Nein, sie würde die Heilige nicht anrufen, lieber starb sie verzweifelt und allein. Aber danach? Die Hölle, diese fürchterliche Wahrheit, erhaben in ihrer Qual ohne Ende.

»Du wirst siegen, Gott, mein Herr, du wirst siegen!« rief sie laut und sprach dabei zu den rosigen Wölkchen, die wie die Wellen einer ruhigen See am Himmel standen.

In dieser Nacht weinte die Präsidentin Tränen, die aus dem tiefsten Grunde ihres Innern kamen. Sie kniete auf dem Tigerfell, den Kopf in das Bett gewühlt, die Arme ausgestreckt und die Hände vor dem Kopf gefaltet.

Vom nächsten Tag an gewahrte der Generalvikar mit großer Freude, daß Anas Frömmigkeit von der Richtung abkam, von der er sie weghaben wollte: Weniger Betrachtung und mehr Andachtsübungen, fromme Werke und Kirchgänge, die die Phantasie beschäftigten.

Mit Enthusiasmus widmete sich Ana der tätigen Frömmigkeit, den Werken der Nächstenliebe, der Lehre, den Praktiken der verwickelten, byzantinischen Religionsausübung, wie sie in Vetusta den Ton angab. Sie fand jetzt diese Überspitzungen, denn als solche waren sie ihr früher erschienen, entschuldbar, genau wie Liebesleute einander die tausend Albernheiten nachsehen, die sie sich unter vier Augen sagen.

Gab es nicht in der menschlichen Liebe ein infantiles, lächerliches Vokabular, ohne Sinn für die Nichteingeweihten? Sie konnte es nicht aus eigener Erfahrung behaupten, aber sie hatte es gelesen, und ihr Herz bestätigte es ihr. Nun gut, dann konnte die Liebe zu Gott auf ihre Weise auch etwas Kindisches, Törichtes haben, das den kalten, gleichgültigen Seelen lächerlich vorkam. Sie begriff jetzt sogar die überschwenglichen Litaneien Doña Petronilas, alias Konstantin der Große.

Selbst dem Generalvikar gegenüber schlug Ana einen gewissen neckischen Ton an. Sie gab sich vertraulich, viele Wörter erhielten einen neuen, verschlüsselten Sinn, und sie brachte das in einem Stil vor, den man als frommen Humor bezeichnen könnte. Außerdem erlaubte sich Ana, sich für das rein zeitliche Wohl ihres Seelsorgers zu interessieren. Bei jedem Krankheitssymptom zeigte sie sich besorgt, duldete nicht, daß er sich einer Erkältung aussetzte. »Schön stünden wir da«, sagte sie, »wenn Sie mir stürben. Das ist alles nur Egoismus, Señor, weder Sie noch Gott werden es mir danken.«

An diesen Worten und dem Lächeln, das sie begleitete, hatte der Generalvikar acht Tage zu kauen. Unaussprechliche Glückseligkeit! Ja, unaussprechliche. Er konnte sich nicht erklären, was das war. Nie hätte er gedacht, daß man in der Welt, in dieser erbärmlichen Welt so beseligt sein könnte. Mit sechsunddreißig Jahren, als er schon glaubte, ihn könne niemand mehr belehren, kam eine einfältige, junge, unerfahrene Frau daher und zeigte ihm ein neues Universum, wo man sich durch nichts als ein kleines Lächeln, ein Wort, das so, wie sie es sagte, einer Melodie glich, plötzlich im Himmel sah, Wonnen genoß wie im Paradies, ohne mehr zu wollen, ohne an etwas anderes zu denken. Nichts als Freude und Glückseligkeit!

Es kam ihm nicht in den Sinn, über seine Lage nachzudenken. War das Sünde? War das eine Liebe, wie sie dem Priester verboten ist? Weder im Guten noch im Schlechten dachte Don Fermín an solche Fragen.

»Nie erzählen Sie mir etwas von sich!« sagte Ana in vorwurfsvollem Ton eines Morgens im August zu ihm und strich ihm dabei mit einer großen, duftenden Alexandriarose über Mund und Augen. Sie befanden sich allein im Park. Stillschweigend waren sie übereingekommen, daß solch freundschaftliche Zutraulichkeiten unschuldig waren. Anita war so sicher, daß das Fleischliche an dieser Freundschaft keinerlei Anteil hatte, daß sie es war, die als erste gewisse Grenzen überschritt, zuerst jeden neuen Schritt auf dem schlüpfrigen Boden der Vertraulichkeit zwischen Mann und Frau tat.

Der Generalvikar, Tautropfen von der Blüte im Gesicht und das Herz voller Jubel, erwiderte:

»Ihnen von mir erzählen? Wozu? Ich muß mich auf Grund meines Amtes in der streitenden Kirche die Hälfte meines Lebens mit der Verleumdung, dem Haß, dem Neid herumschlagen. Man verfolgt mich, stellt mir Fallen, und es gibt sogar geheime Gesellschaften, die es sich zum Ziel gesetzt haben, mich aus meiner Machtstellung, wie sie es nennen, zu vertreiben. Das alles ist erbärmlich, Ana, ich verachte es. Ich kann Ihnen versichern, daß ich nur an die andere Hälfte meiner selbst denke, die ich hierher bringe, die in dem süßen Frieden des Glaubens lebt, in Gesellschaft edler, frommer Seelen, wie die einer gewissen Dame, die Sie kennen und die Sie nicht in ihrem ganzen Wert zu schätzen wissen.«

Und der Generalvikar lächelte wie ein Engel, während er mit Behagen den Duft der Alexandriarose einsog, die Ana dem Geistlichen ohne Widerstand überlassen hatte.

Sie wurde ernst, verlangte Erklärungen. Man stelle ihm nach, verunglimpfe ihn, er habe Feinde und sage seiner Freundin kein Wort. Das war gut! Sie hatte vor langer Zeit etwas läuten hören, aber nur unbestimmtes Zeug. Man bezichtigte den Generalvikar, nach dem, was sie verstand, so schändlicher Laster, so niederträchtiger Vergehen, daß die Plumpheit der Verleumdung sie nicht nur unwahrscheinlich, sondern fast wirkungslos machte.

Die Präsidentin hatte auf diese Gerüchte, die ihr von Zeit zu Zeit zu Ohren kamen, nichts gegeben und sie sogar vergessen. Da sich aber der Generalvikar selbst darüber beklagte und andeutete, daß ihn diese Nachstellung schmerzte, mußte man mehr erfahren, nach wirksamen Gegenmitteln suchen, dem verfolgten, verleumdeten Gerechten beistehn, der nicht nur ein Gerechter, sondern auch ihr Beichtvater, der ältere Seelenbruder war, das Leuchtfeuer des mystischen Lichts, der Führer auf dem Weg zum Himmel.

Diesen Augustmorgen bezeichnete der Generalvikar als einen der glücklichsten in seinem Leben. Ana nötigte ihn zu sprechen, ihr alles zu erzählen. Er improvisierte zungenfertig mit lebhafter, starker, gewandter Phantasie aus dem Stegreif einen der Romane, die er geschrieben hätte, wenn ihm nicht ernstere Beschäftigungen die Zeit geraubt hätten. Sie setzten sich ins Speisezimmer. Zu Beginn erklärte Don Fermín lächelnd, er wolle ebenfalls beichten, bei ihr. Glaube Ana etwa, er sei vollkommen? Daß es unter der Soutane keine Leidenschaften gebe? Weit gefehlt!

Aus diesen vertraulichen Eröffnungen zog Ana den Schluß, daß der Generalvikar eine große Seele war, die sich weiter nichts vorzuwerfen hatte als eine gewisse unbestimmte Melancholie in der Jugend und einen edlen, »erhabenen« Ehrgeiz im Mannesalter. Aber dieser Ehrgeiz war verschwunden angesichts eines anderen, größeren und reineren, dem, gute Seelen zu retten, die ihre beispielsweise. Als Ana dies vernahm, schloß sie die Augen, um die Tränen zurückzuhalten, und sie schwor sich im stillen, alles für das Glück dieses Mannes zu tun, dem sie so viel verdankte, der sich ihr gegenüber so großherzig zeigte, der lieber in ihrer Nähe blieb, um sie auf den Pfad der Tugend zu führen, als Bischof, Kardinal, Papst zu werden. Und man verleumdete ihn! Er hatte Feinde! Und es hatte eine Zeit gegeben, wo man ihn hatte der Lächerlichkeit aussetzen wollen, weil sie, Ana, weiter an den Eitelkeiten der Welt hing, obwohl sie Beichttochter Don Fermíns war. Oh, sie würden in Zukunft schon sehen!

Was gab es Besseres als diese vergeistigte Leidenschaft, als dieses Bemühen um ein gutes Werk, die Entsagung, der sich hinzugeben sie sich vornahm, um die von Mal zu Mal gefährlichere Versuchung zu bekämpfen, wenn sie an Mesía dachte, der als Geliebter der Frau Minister in Palomares weilte?

De Pas wußte nicht, wie das noch enden sollte.

Ana bewunderte ihn, sorgte sich um ihn, man konnte fast sagen, sie vergötterte ihn, und zwar in einem Maße, daß die Gefahr mit jedem Tag wuchs. Obwohl seine Leidenschaft nichts mit vulgärer Sinnlichkeit zu tun hatte. Dessen war er sicher. Obwohl sie keine Liebe im profanen Sinn war und weder einen Namen hatte noch einen brauchte, wußte man nicht, was daraus noch werden konnte. Und der Generalvikar war überzeugt, daß bei der geringsten Unvorsichtigkeit des stets zu fürchtenden Fleisches die Präsidentin empört zurückweichen würde und er das fast übernatürliche Ansehen verlor, das ihn umgab. Nahm man einmal an, daß das alles auf eine frevlerische und ehebrecherische Liebschaft hinauslief, ganz besonders frevlerisch, weil sie so einen Anfang hatte, dann adieu, Zauber! Er wußte ja, wie das war. Eine rohe Tollheit von ein paar Monaten. Darauf ein Nachgeschmack von schlechtem Gewissen, vermischt mit Abscheu vor sich selbst. Man fand sich verächtlich, gemein, unerträglich. Und hinterher Zorn, Stolz, niedriger Ehrgeiz und Orkane in der Kirchenkurie. Nein, die Präsidentin mußte etwas anderes sein. Es galt, alles daranzusetzen, daß dies nicht in eine fleischliche Liebe ausartete, die man befriedigt. Auch mußte dann die Präsidentin alles vorher Gewesene Täuschung nennen, des war er gewiß.

Und nach einer Pause dachte der Generalvikar: Im schlimmsten Fall werden wir ja sehen.

Don Víctor ließ den Kopf mit jedem Tag tiefer hängen. Auf der einen Seite dieser Schmerz der Zerknirschung, die Angst, das ewige Heil nicht zu gewinnen, obwohl er so gut war und niemandem etwas Böses getan hatte. Auf der anderen diese Hitze, dieses fortwährende Schwitzen, die schlaflosen Nächte, das verlassene Vetusta, das vergilbte Gras auf dem Paseo Grande, keine Theateraufführungen . . . Und obendrein brachte niemand Verständnis für ihn auf. Frígilis war ein Gipsklotz: Wenn es um übersinnliche Dinge ging, konnte man nicht auf ihn zählen. Er litt weder unter dem Sommer noch unter dem Winter: An ihm prallte alles ab. Seiner Frau und dem Generalvikar machte der Sommer in Vetusta, die trostlosen Straßen und Promenaden, nichts aus! Don Víctor ging ins Kasino: keine lebende Seele, nur irgendein Behördenangestellter ohne Urlaub, der mit einem Kellner aus dem Haus Billard spielte. Im Lesezimmer blätterte Trifón Cármenes alte Illustrierte durch. Am Tresillotisch saß kein Mensch. Blieb ihm nur das Domino, das ihm wegen des Klapperns der Steine und weil es ins Uferlose führte, zuwider war. Sein Gegner im Schachspiel war irgendwo an der See. Natürlich! Alle Welt badete jetzt! Obwohl Don Víctor in anderen Jahren, auch wenn er einen Monat am Meer verbrachte, höchstens zwei- oder dreimal ins Wasser ging, vermißte er jetzt die Kühle der Wellen. Im Kasino las er die Zeitungen von der Küste: Abendkonzerte im Freien, Landpartien, Regatten – von all dem wurde berichtet. Theater, Zirkus, Boote, große englische Dampfer! Und das Meer, das endlose Meer. Das hieß Erholung! Don Víctor seufzte und kehrte nach Hause zurück.

»Die gnädige Frau ist ausgegangen.« Dafür war der Kempis da.

Da lag er, aufgeschlagen auf dem Nachtschränkchen. Quintanar konnte nicht widerstehen. Er nahm das Buch, nachdem er das Alpakajackett ausgezogen hatte, und las. Wieder die Angst, die Trübsal, die Niedergeschlagenheit. Die Welt war in der Tat eine Mühsal, wie hier zu lesen stand, besonders im Hochsommer. Vetusta war eine sterbende Stadt. Das Grün der im Winter kahlen Bäume, willkommen im Frühling, rief jetzt Langeweile hervor. Fast wünschte man sich die Äste unbelaubt. Das ergab schönere Konturen. Vor Trübsinn und Langeweile wäre Don Víctor imstande gewesen, Maler zu werden.

Und Ana kam vergnügt von draußen herein. Nur gut, dachte er, wenn sich wenigstens einer wohl fühlt. Er war kein Egoist.

Aber welchen Reiz gewann seine Frau dem verödeten Vetusta ab? Lag da nicht außerdem der Kempis, der bewies, wie zwei und drei fünf ist, daß es auf der Welt niemals einen Anlaß zum Fröhlichsein gibt? Freilich, es stimmte schon, seine Anita war aus höheren Gründen glücklich. Er konnte solch einen Grad der Frömmigkeit nicht erreichen. Er fürchtete Gott, anerkannte seine Größe, natürlich! Er hatte die Sterne, das Meer, kurzum alles geschaffen! Aber nachdem er einmal diese Allmacht anerkannt hatte, langweilte sich Don Víctor weiterhin in der menschenleeren Stadt ohne Theater, ohne Korso, ohne Meer und Regatten. Oh, wenn es ihm nicht um seine Vögel zu tun gewesen wäre!

Ana, die mit jedem Tag geschäftiger wurde, bemühte sich inzwischen – und oft gelang es ihr auch – zu vergessen, was sie die Versuchung nannte, die von Mal zu Mal schrecklicher wurde. Und je mehr sie sie fürchtete, desto stärker wurde sie. Aber sie floh sie, klammerte sich an die Frömmigkeit und besuchte mit apostolischem Eifer und glühender Nächstenliebe die elenden Behausungen der in finsteren Löchern und Höhlen zusammengepferchten Armen. Sie brachte den Trost der Religion für die Seele und das Almosen für den Leib. Meistens wurde sie von Doña Petronila Rianzares begleitet oder von einer anderen Dame ihres Konklave. Aber sie ging auch allein. Von allen Beschäftigungen, die ihr das fromme Leben auferlegte, sagte ihr diese am meisten zu.

Der Sommer entführte einen großen Teil dieser frommen Streitmacht vom Herzen Jesu, vom Marienverein, dem Katechesewerk, den Paulinerinnen und den übrigen Instiutionen dieser Art. Viele Damen fuhren an die See oder aufs Land. Aber der Kern blieb: Es war dies die ansehnliche Gruppe illustrer Betschwestern um Konstantin den Großen, um Doña Petronila. Während der heißen Monate nahmen die milden Gaben beträchtlich ab, dafür wurde in den Bruderschaften viel geredet; man bereitete die Herbst- und Winterfeste vor. Außerdem wurde noch etwas über die Abwesenden geklatscht. Ohne sich jemals an diesen Winkelkonzilen zu beteiligen, sah die Präsidentin sie ihnen als leichte Sünde nach, da sie, Ana, beladen mit viel schwereren, kein Recht zum Richten hatte.

Don Fermín und Ana sahen sich tagtäglich. Einmal im Hause der Ozores, dann beim Katechesewerk, in der Kathedrale, beim Vinzenzverein und noch häufiger in der Wohnung Doña Petronilas. Die Rianzares war ständig beschäftigt. Sie zog sich mit Erlaubnis ihrer Freunde zurück, um ihre Rechnungen oder was sonst zu ordnen, und ließ sie in dem düsteren Salon allein.

Vetusta gehörte ihnen. Der Sommer schien die vereinsamte Stadt in ihren Besitz zu geben. Ohne Furcht, daß man sie sehen könnte, sprachen sie im Säulengang der Kathedrale lange miteinander, wenn sie sich verabschiedeten. Es war, als hätte sich die Stille der Kirche auf die ganze Stadt ausgedehnt. Anita fand das Leben in Vetusta erträglicher als im Winter. In diesem besonderen Punkt verstand sie sich mit ihrem Manne nicht.

Don Fermín hätte sich gewünscht, daß der Sommer nie zu Ende gehe und die Abwesenden blieben, wo sie waren. Seine Mutter war nach Matalerejo gefahren, um Renten einzutreiben, die Ernte vorzubereiten und die Zinsen des vielen Geldes zu kassieren, das unter die Gebirgler verstreut war. Teresina war Herrin im Haus. Den ganzen Tag vergnügt, geschäftig, emsig, erfüllte sie das Heim des Generalvikars mit frommen Liedern, denen sie ungewollt einen profanen Sinn, etwas von einem Gassenhauer beigab. Dieser fröhliche Tonfall wirkte noch reizvoller durch den Gegensatz zu dem Schmerzensmuttergesicht des jungen Mädchens. Teresina hatte etwas Farbe bekommen, und die von leichten Schatten umringten Augen waren noch tiefer und schöner denn je in der weichen, geheimnisvollen Dunkelheit der Pupillen. Herr und Dienerin waren zufrieden. Die Freiheit war wie ein Geschenk des Himmels. Jeder tat, was er wollte. Doña Paula war nicht da, man brauchte niemandem Rechenschaft zu geben. Und es fehlte an nichts. Der Señorito hatte alles zu seiner Zeit und an seinem Ort wie immer. Er konnte ohne seine Mutter auskommen.

Der Generalvikar kam und ging ohne Furcht vor hinterhältigen Verhören. Es machte nichts, wenn er spät heimkam. Die Welt war ein einziges Lächeln. Ach, könnte doch der Sommer ewig dauern! Selbst seine Feinde trieben es mit den Verleumdungen nicht mehr so arg. Der Klatsch war fast verstummt. Viele der Verleumder hatten die Stadt verlassen. Den Daheimgebliebenen fehlte das Publikum. Don Santos Barinaga ging nicht aus dem Haus, er war krank. Allein Foja, der aus Sparsamkeitsgründen nicht in die Sommerfrische fuhr, suchte im Kasino unter vier oder fünf gelangweilten Besuchern, die auf eine halbe Stunde zum Kaffeetrinken kamen, das heilige Feuer der üblen Nachrede wachzuhalten. Alles in allem kam es auf eine Einstellung der Feindseligkeiten heraus. Sie sollte ihm willkommen sein. Don Fermín nahm den Kampf an, wenn man ihn ihm anbot, aber er zog den Frieden vor. Ganz besonders jetzt, wo er mehr und Besseres zu tun hatte, als zu hassen und diesen verachtens- und bemitleidenswerten Finsterlingen nachzustellen. Dieser für Don Víctor so trostlose August war für den Generalvikar die glücklichste Zeit seines Lebens.

Wenn er in aller Frühe von seinem Arbeitszimmer aus Teresina, die draußen saubermachte, ihr »Großer Gott, Allmächtiger« wie eine Malagueña trällern hörte, fühlte er sich versucht, ebenfalls zu singen. Doch er sang nicht, sondern stand auf und ging auf den Gang hinaus.

»Teresina, die Schokolade!« rief er vergnügt und rieb sich die Hände.

Dann ging er ins Eßzimmer hinüber.

Bald darauf brachte die Zofe das Frühstück in einer glänzenden Porzellantasse mit Goldleisten. Sie schloß die Tür hinter sich und trat an den Tisch. Sie stellte das Gedeck ab, breitete die Serviette vor dem Señorito aus und blieb abwartend neben ihm stehen.

Don Fermín tunkte lächelnd einen Biskuit in die Schokolade, während Teresina den Körper zurückbog und ihr Gesicht Don Fermín näher brachte. Sie öffnete den Mund mit den feinen, roten Lippen, streckte in komischer Gebärde die feuchte, tiefrote Zunge weiter als nötig heraus, und Don Fermín legte den Biskuit darauf. Teresina biß mit Perlenzähnen zu, und der Señorito aß die andere Hälfte.

Und so alle Morgen.

Strahlend, selbstgefällig, wie neugeboren kam der Herr Archidiakon Don Restituto Mourelo aus den Bädern von Termasaltas zurück, bereit, einen neuen Feldzug zu beginnen, den letzten und entscheidenden, wie er hoffte, »gegen den Despotismus des simonischen, unzüchtigen und raffgierigen Feindes der Kirche, der sich dem Herrn Bischof ins Herz geschlichen hat und die Diözese unterjocht.« Mit dieser Umschreibung zielte der diplomatische Gloucester auf den Herrn Generalvikar.

Die erste leise Verstimmung dieses Sommers war für de Pas die Nachricht, die man ihm eines Morgens im Chor zuflüsterte: »Gloucester ist wieder da.«

Er fürchtete ihn nicht, weder ihn noch sonstwen, aber er hatte es satt, zu kämpfen und zu hassen.

Mourelo fand sich mit vielen Klatschmäulern aus der Sommerfrische und denen vom »Standort« zusammen, die nicht minder begierig waren, das Feuer gegen den gemeinsamen Feind zu eröffnen. Alle brannten im heiligen Eifer der üblen Nachrede. Die vom Lande und aus den Fischerdörfern kamen, waren ausgehungert nach Geschichten und Klatsch. Die Einsamkeit des Landlebens hatte ihren Appetit auf Verleumdungen angeregt. Wen wollte man in den Bergen und Tälern der Provinz schon aufs Korn nehmen? Nichts ging doch über die Zentren der Zivilisation, wo man in aller Behaglichkeit über seinen Nächsten herziehen konnte. In den Dörfern sprach man schlecht vom Arzt, vom Apotheker, dem Pfarrer und dem Bürgermeister. Aber wie sollten sie, die Vetustenser, die Herren aus der Provinzhauptstadt, mit so magerem Gesprächsstoff fürlieb nehmen? *»Civis Romanus sum!«* sagte Mourelo. Ich brauche einen meiner würdigen Gegenstand zum Verlästern, sollte das heißen. Wir erledigen mit der Zunge nur große Fische, nicht den Arzt von Termasaltas zum Beispiel.

Foja wieder und die anderen, die dageblieben waren, sehnten ebenfalls die Rückkehr der Abwesenden herbei, um ihnen die Neuigkeiten zu erzählen und sie mit ihnen gemeinsam zu erörtern. Das Leben Vetustas begann sich im Domkapitel, in den Bruderschaften, im Kasino, auf Straßen und Promenaden wieder zu regen, sobald die Urlauber zurückkehrten.

In diesem Jahr war der Generalvikar das Opfer aller Schmähungen. Man sprach von niemandem als von ihm.

Don Santos Barinaga, der Geschäftskonkurrent des »Roten Kreuzes«, das Opfer des empörenden, ungesetzlichen Monopols Doña Paulas und ihres Sohnes – der arme Don Santos lag rettungslos im Sterben, wie Don Robustiano Somoza, der Arzt der Aristokratie, versicherte, dessen Gesinnung über jeden Zweifel erhaben war.

»Und woran, meinen Sie, stirbt er?« fragte Foja vor der Kathedrale beim Hinausgehn aus der Zwölf-Uhr-Messe ein kleines Grüppchen.

»An der Trunksucht wird er zugrunde gehen«, erwiderte Ripamilán.

»Nein, Señor, er stirbt vor Hunger!«

»Er stirbt am Schnaps!«

»Vor Hunger!«

Don Robustiano gesellte sich zu dem Grüppchen, und nun »sprach die Wissenschaft«.

»Ich klage niemanden an«, sagte er, »die Wissenschaft klagt niemanden an. Ihre Aufgabe ist eine andere. Ich bestreite nicht, daß der chronische Alkoholismus an Barinagas Erkrankung Anteil hat, aber seine Auswirkungen hätten zweifellos durch eine gute Ernährung gemildert werden können. Außerdem hat der arme Don Santos jetzt nicht einmal mehr das Geld, um sich zu betrinken, er kann aus purer Not nicht weitertrinken. Und obwohl Sie das nicht begreifen werden, erklärt die Wissenschaft, daß der Alkoholentzug den Tod dieses Mannes, der krank ist durch Alkoholmißbrauch, beschleunigt.«

»Wie das?« fragte der Erzpriester.

»Los, erklären Sie uns das!« sagte Foja.

Don Robustiano lächelte. Er wiegte mitleidig den Kopf und ließ sich herbei, die Sache zu erläutern. Auch wenn den Herren die Haare zu Berge stünden: Don Santos brauche, obwohl er an Alkoholvergiftung starb, mehr Alkohol, um noch ein paar Monate weiterzuleben.

»Wie ist das möglich, Don Robustiano?«

»Sie werden gleich sehen, Señor Foja. Kennen Sie Todd?«

»Wen?«

»Todd.«

»Nein, Señor.«

»Na, dann reden Sie nicht. Wissen Sie, was die hypothermische Wirkung des Alkohols ist? Auch nicht? Dann schweigen Sie! Wissen Sie, wodurch die diaphoretische Wirkung eben dieses Alkohols abgeschwächt wird? Auch nicht? Also seien Sie still! Wollen Sie die durch Campbell und Chevrière erforschte hämostatische Wirkung des Alkohols leugnen? Wenn es sich um innerlichen Gebrauch handelt, versteht sich. Nicht die leiseste Ahnung haben Sie.«

»Deshalb frage ich ja. Aber hören Sie mal, mein Bester, soviel Sie auch wissen, und der Herr Todd mag sagen, was er will, keine Wissenschaft hat das Recht, Don Santos Barinaga zu verleumden. Der arme Kerl hat genug daran zu beißen, daß er vor Hunger und Ärger stirbt, ohne daß Sie sich, bloß weil Sie, Gott mag wissen wo und wie flüchtig, ein Artikelchen über den Schnaps gelesen haben, deshalb berechtigt glauben dürften, meinen guten Freund zu beleidigen und ihn mit wissenschaftlichen Ausdrücken einen Säufer zu heißen.«

»Gemach!« schrie Ripamilán. »In diesem Punkt bin ich mit der Wissenschaft und ihrem legitimen Vertreter, Señor Somoza, einer Meinung. Ich weiß nicht, ob in der Medizin ein Keil den andern treibt und ob man bei der Trunksucht den Teufel mit Beelzebub austreiben kann, aber Don Santos ist ein Faß auf Beinen und hat mehr Weingeist im Leib als Blut in den Adern. Er ist ein in Alkohol getränkter Docht. Zünden Sie ein Streichholz an, und Sie werden sehen . . .«

»Um mit diesem schwächlichen Fortschrittler fertig zu werden, brauche ich die Hilfe der Kirche nicht, Señor Ripamilán. Dafür genügt mir die Wissenschaft, die schließlich und endlich meine Religion ist.«

Der Arzt wandte sich wieder an Foja und sagte:

»Hören Sie, Sie Dekurio im Ruhestand, kennen Sie die Auswirkung des Alkohols auf die Phlegmasien der Trinker? Schwindeln Sie nicht erst, Sie kennen Sie doch nicht.«

»Gehen Sie zum Teufel, Sie Fray Gerundio der Krankenhäuser! Ein Aufschneider sind Sie! Kommt uns jetzt auf diese Tour und spielt uns den Gelehrten vor. Daß ich nicht lache!«

Der Arzt und der Geldverleiher waren drauf und dran, handgemein zu werden. Die Frage, woran Don Santos starb, blieb ungeklärt, aber eine halbe Stunde später lief das Gerücht durch Vetusta, daß sich Foja und Somoza durch Schuld des Generalvikars geohrfeigt und gefordert hatten und man nicht wüßte, ob nicht auch Ripamilán einen Nasenstüber abbekommen hatte.

Für ein paar Tage stellte ein anderes Ereignis von höchster Wichtigkeit, wie Foja und Gloucester mit ihrem jeweiligen Anhang sagten, den kranken Barinaga, der tatsächlich im Elend dahinsiechte, in den Schatten: Die Tochter Carraspiques, Schwester Teresa, lag in dem »Dreckloch« der Salesianerinnen im Sterben, in einer Zelle, die nach Somozas Worten ein Spülklosett, um nicht zu sagen das genaue Gegenteil davon war.

Und tatsächlich: Das Mädchen, in der Welt Rosa Carraspique, im Kloster Schwester Teresa genannt, starb nach Somozas Befund an einer Tuberkulose, an einer Auszehrung laut Erklärung des Arztes der Nonnen, der in Sachen Schwindsucht Dualist war. Woran aber kein Feind des Generalvikars zweifelte, war, daß die Schuld an diesem Tod Don Fermín trug, einerlei, was mit der Lunge der Kleinen nun gewesen war.

Doña Paula und Don Alvaro trafen am gleichen Tag in Vetusta ein, just demselben, an dem Trifón Cármenes zufolge, der gegen Don Cayetanos Rat weiterhin Romantiker blieb, »wieder ein Engel gen Himmel geflogen war.«

Ein liberales Tageblatt der Stadt, der »Alarm«, veröffentlichte hintereinander die beiden folgenden Notizen, die Don Fermín völlig die Laune verhagelten:

WILLKOMMEN! Von seiner Sommerreise zurückgekehrt, ist gestern der bekannte Führer der liberal-dynastischen Partei Vetustas, der hochwohlgeborene Señor Don Alvaro Mesía, wieder hier eingetroffen. Die zahlreichen Freunde, die sich beeilten, unserem angesehenen Gesinnungsgenossen ihren Besuch abzustatten, versichern, daß er entschlossen ist, den Propagandafeldzug sowohl in politischer wie in moralischer, kanonischer und religiöser Hinsicht fortzusetzen. Er darf mit unserer bescheidenen Unterstützung zur Überwindung der traditionellen Hindernisse rechnen, die ein theokratischer Despotismus bei uns dem wahren Fortschritt entgegenstellt.

SIE RUHE IN FRIEDEN! In ihrer Zelle im Salesianerinnenkloster ist Señorita Doña Rosa Carraspique y Somoza gestorben, die Tochter des bekannten ultramontanen Kapitalisten Don Francisco de Asís, als Nonne bei Ablegung der Ordensgelübde Schwester Teresa genannt. Es gäbe viel zu sagen, wenn wir uns zum Sprachrohr aller Vermutungen machen würden, zu denen dieses unerwartete Unglück Anlaß gegeben hat. Wir sagen nur, daß nach Ansicht glaubwürdiger Sachverständiger das Fehlen jeglicher hygienischer Bedingungen in dem elenden Gemäuer, das die Salesianerinnen bewohnen, an dem beklagenswerten Verlust nicht unbeteiligt ist. Doch überdies drängt sich uns die Frage auf, ob es sehr hygienisch ist, wenn gewisse Wühlmäuse sich in den Schoß der Familie einschleichen, um ganz allmählich mit ihrem giftigen und pseudoreligiösen Einfluß den Frieden des Hauses und die Ruhe der Gewissen zu untergraben? Wenn nicht alle liberalen Elemente unserer gebildeten Stadt ihre Anstrengungen vereinen, um den mächtigen hierokratischen Tyrannen zu bekämpfen, der uns unterdrückt, werden wir bald alle zu Opfern des schändlichsten und unverschämtesten Fanatismus werden. R. I. P.

Ohne Wissen des Generalvikars griff Ripamilán erbost zur Feder und veröffentlichte in der »Kreuzfahne« einen geharnischten Artikel ohne Unterschrift, in dem er seinen Freund, die Salesianerinnen und die von dem fortschrittlichen Blatt nach Ansicht des Domherrn malträtierte Grammatik in Schutz nahm. *Abgesehen davon,* erklärte Ripamilán unter anderem, *daß wir nicht wissen, ob Señor Carraspique die Nonne ist oder seine*

Tochter, hat der Herr Federfuchser vielleicht die Güte, uns zu erklären ...

Dieses »Herr Federfuchser« verriet den Erzpriester. Das war sein humoristischer Stil. Alle kannten ihn.

In Vetusta erregten Beleidigungen und üble Nachrede in Gußlettern großes Aufsehen. Umsonst veröffentlichte Cármenes Oden und Elegien. Niemand las sie. Aber die unbedeutendste Lokalnachricht, die irgendeinem Mitbürger etwas am Zeuge flickte, wurde gelesen und tagelang besprochen. Bei einem Geplänkel mit Eigenberichten und Lesereinsendungen aber gab es für die eingefleischten Abonnenten keine bessere Unterhaltung.

Aus all diesen Gründen wurde der Skandal nur größer, und man sprach lange Zeit von nichts anderem als dem »zerstörerischen Einfluß« des Generalvikars und dem Tod Schwester Teresas.

»Dieses Unglück hat er auf dem Gewissen.«

»Er ist ein geistlicher Vampir, der das Blut unserer Töchter aussaugt.«

»Es ist eine Art Blutzoll, den wir dem Fanatismus zahlen.«

»Ja, so etwas wie das Opfer der hundert Jungfrauen.«

Der Generalvikar hätte diesen himmelschreienden Unsinn, dieses ungereimte Zeug gern mit einem Schulterzucken abgetan, aber es ärgerte ihn wider Willen. Anfangs glaubte er, seine edle, erhabene Leidenschaft würde ihn hundert Klafter über diese Niederträchtigkeiten erheben, aber die Wogen der falschen öffentlichen Empörung trafen mit ihren Spritzern seine Seele, stiegen so hoch wie seine namenlose Ohnmacht, und der Zorn verwischte in seinem Hirn oft die reinsten Gedanken, die süßesten und lieblichsten Eindrücke. Er geriet außer sich vor Wut, und daß er diese Anfälle nicht unterdrücken konnte, brachte ihn noch mehr auf. Außerdem war das Unglück geschehen. Wenn auch die Anklage dieser Narren hirnverbrannt war, war sie deswegen nicht weniger wirkungsvoll und gefährlich. Der Generalvikar merkte, daß seine Macht wankte, daß die gemeinsame Anstrengung so vieler Elenden ihm den Boden untergrub. In vielen Häusern begann er eine gewisse Zurückhaltung zu bemerken. Ein paar Frauen von Liberalen hörten auf, bei ihm zu beichten, und selbst Fortunato, der Bischof, den de Pas völlig unter seiner Fuchtel hatte, wagte es, ihn mit kalten Augen voller Fragen anzusehen.

Die Zeit des Promenierens auf dem Espolón kam wieder,

und wenn Don Fermín seine hochfahrende Demut, seinen wohlgebauten Körper eines geistlichen Beaus dort spazierenführte, gewahrte er, daß dies kein Triumphzug, kein Ruhmesweg mehr war. In den Grüßen, den Blicken, dem Gewisper, das er wie eine Kielspur hinter sich zurückließ, selbst in der Art, wie ihm die Passanten den Weg freigaben, bemerkte er Unwillen, Argwohn, eine dumpfe, allgemeine Feindseligkeit, etwas wie Angst, die kurz vor einem Ausbruch ihres eigentümlichen, frechen Mutes steht.

Zu Hause lief Doña Paula finster, schweigsam, mißtrauisch herum, bereitete sich auf einen Sturm vor, holte die Segel, das heißt ihr Geld, ein, machte flüssig, was sie konnte, forderte Schulden ein, fieberhaft bemüht, die Bestände des »Roten Kreuzes« loszuschlagen. Das sehe ja nicht anders aus, als solle da eine Liquidation in die Wege geleitet werden? Was habe sie vor? Doña Paula gab keine Erklärungen. Sie wußte, woran sie war: Ihr Sohn, ihr Fermo, war verloren. Dieses durchtriebene Weibsstück, die Präsidentin, diese Frömmlerin im Stande der Todsünde, machte ihn blind und toll. Gott mochte wissen, was sich im Hause der Ozores abspielte! Welch ein Skandal! Alles ging zum Teufel! Man mußte vorsorgen. Oh, man konnte sie aus Vetusta jagen, aber sie zog nicht ab, ohne die halbe Stadt zwischen den Zähnen mitzuschleifen. Deshalb biß sie mit solcher Wut um sich, die ihren Sohn erschreckte.

Fermo, der Señorito, dachte, wenn er allein in seiner Studierstube eines kirchlichen Faust saß: Ich bin allein, ganz allein, nicht einmal meine Mutter tröstet mich! Was soll ich tun? Mich mit ganzer Seele dieser edlen, starken Leidenschaft hingeben? Ana, und sonst nichts auf der Welt! Sie ist auch allein, sie braucht mich. Wir, beide vereint, genügen, um alle diese Narren und Böswilligen zu besiegen.

Blaß, fast gelb, erregt und nervös kam de Pas zu seiner Seelenfreundin, die jedesmal schöner war, frisch und blühend wieder, von vollen, runden und harmonischen Formen. Die Lieblichkeit umgab Ana wie eine Aureole. Die Gesundheit war, durch eine vergeistigte Inbrunst geläutert, in diesen Körper einer stolzen Trasteverinerin, in dieses Madonnenmodell zurückgekehrt.

Don Víctor Quintanar hatte den engen freundschaftlichen Verkehr mit Don Alvaro wieder aufgenommen, sobald dieser aus Palomares zurückgekehrt war, und bald darauf merkte der

Generalvikar, daß sich der Bekehrte auflehnte. Wiewohl sich Don Víctor weiterhin tief fromm wähnte, traf er doch verdächtige Unterscheidungen zwischen Religion und Klerus, zwischen Katholizismus und Ultramontanismus. »Ich bin ein so guter Katholik wie irgendwer!« Das war seine Redewendung, wenn er irgendeine Ketzerei oder etwas dergleichen sagte. Aber er ging so weit, den Text des Alten und Neuen Testaments auf seine Weise auszulegen und verstieg sich sogar vor Geistlichen und Damen zu der Behauptung, daß jeder tugendhafte Mann ein Priester, ein hundertjähriger Wald das geeignetste Gotteshaus für die reine Religion, daß Jesus Christus ein Liberaler gewesen sei und anderen Unsinn. Aber das war nicht das Schlimmste. Die Präsidentin und Don Fermín bemerkten bei Quintanar jedesmal, wenn er sie beisammen sah, eine gewisse Kälte, und der Generalvikar mußte einige versteckte Seitenhiebe bewußt überhören.

Don Alvaro kam in langen Abständen in den Palast der Ozores, und auch dann nur zu kurzen Anstandsbesuchen. »Weshalb?« fragte ihn Don Víctor. Mit halben Worten gab ihm sein Freund zu verstehen, daß ihn die Präsidentin nicht gern sehe, und er wolle nicht stören. Außerdem war er nicht der einzige, der sich zurückzog. Selbst Paco, der junge Marqués, der sonst dauernd aus und ein ging, ließ sich kaum mehr blicken. Auch Visitación kam nur noch von Zeit zu Zeit, die Marquesa fast nie mehr, und allmählich blieben alle Freunde und Freundinnen weg. Der Generalvikar, immer nur der Generalvikar. Der gute Herr breitete einen leeren Raum um die Präsidentin. Sie war zufrieden, schien niemanden zu vermissen, aber er, Don Víctor, war nicht der gleichen Ansicht. Er brauchte Umgang, Gespräche, anregende Gesellschaft.

Er ging weiterhin alle zwei Monate zur Beichte und zur Kommunion. Dennoch lag der Kempis verstaubt zwischen profanen Büchern. Quintanar behielt die Furcht vor der Hölle, aber er »wollte nicht völlig auf alle Annehmlichkeiten verzichten, die ihm sein kurzes Erdenwallen bot«. Und vor allem sträubte er sich dagegen, daß der Glaubensfanatismus sich seines Hauses bemächtigte. Die Ratschläge, mit denen ihn Mesía im Kasino aufhetzte, zog Quintanar durchaus in Erwägung und traf stets Anstalten, sie in die Tat umzusetzen, konnte sich aber nie aufraffen. Seine Wagemut ging nicht weiter, als daß er dann und wann dem Feind, dem Generalvikar, eine saure Miene zeigte.

Der aber tat, als verstehe er diese mimischen Andeutungen nicht. So kam man keinen Schritt weiter.

Don Víctor gelangte zu der Einsicht, ohne es allerdings vor irgendwem zuzugeben, daß er nicht so energisch war, wie er geglaubt hatte. Nein, er besaß nicht die Kraft, sich dem Jesuitentum entgegenzustellen, das in sein Haus eingefallen war. Oh, er hatte nicht ohne Grund gezögert, ehe er zuließ, daß sich de Pas der Seele seiner Frau bemächtigte! Ja, schließlich war er eben Jesuit gewesen. Zu guter Letzt verglich Quintanar die Macht des Generalvikars im alten Palast der Ozores mit der, die die Jesuiten in Paraguay gehabt hatten. Ja, mein Haus ist ein zweites Paraguay! dachte er. Und von Tag zu Tag fand er sich unfähiger, dem »verderblichen Einfluß« Widerstand zu leisten. Er wußte sich nicht anders zu helfen, als daß er ein böses Gesicht zog und möglichst wenig zu Hause blieb.

Damit erreichte er nichts weiter, als daß die Präsidentin und der Generalvikar übereinkamen, sich öfter außerhalb und seltener bei ihr zu Hause zu treffen. Es sei besser, bei Doña Petronila miteinander zu sprechen. Weshalb den armen Don Víctor belästigen? Da ihn nun einmal schlechte Freundschaften abermals vom guten Weg abbrächten und ihm die Seele mit böswilligen Einflüsterungen, mit häßlichen, schändlichen Mutmaßungen vergifteten, sei es gescheiter, ihn in Ruhe zu lassen, den unschuldigen, aber ihm nicht erfreulichen Anblick zweier verwandter Seelen, die, durch starke Bande vereint, in poetischer Frömmigkeit und Vergeistigung lebten, seinen Augen zu entziehen.

Bei Doña Petronila, in dem Salon mit den diskret halb offenstehenden Balkontüren und dem grauen Plüschteppich, verbrachten die beiden Seelenfreunde viele Stunden im Gespräch über geistliche Fragen, wie der Große Konstantin sagte, ohne weitere Zeugen als die von Mal zu Mal fettere weiße Katze, die geräuschlos aus und ein ging, den Rücken am Kleid der Präsidentin oder dem Mantel des Generalvikars rieb und mit jedem Tag zutraulicher wurde.

Anita gewahrte bei Don Fermín eine auffällige Blässe, große violette Ringe um die Augen, eine Müdigkeit in Stimme und Haltung, die sie besorgt machte.

Sie flehte ihn an, auf sich zu achten, bat ihn darum mit der Stimme einer liebevollen Mutter, die ihren Herzenssohn bestürmt, eine Arznei zu nehmen. Er erwiderte lächelnd – und aus seinen Augen schoß dabei Feuer –, daß ihm nichts fehle, daß es bloß Einbildung sei, daß man an seinen elenden Leib nicht zu denken brauche.

An manchen Tagen gab es in ihren Gesprächen peinliche Pausen. Das Schweigen dehnte sich aus und störte sie wie ein ungelegener Schwätzer.

Jeder von ihnen bewahrte ein Geheimnis. Als sie glaubten, einander bis in den letzten Winkel der Seele zu kennen, dachte jeder, wie schlecht er daran tue zu verschweigen, was er verschwieg.

Der Generalvikar litt jedesmal, wenn Ana von seiner schwindenden Gesundheit sprach. Wenn sie wüßte!

Entschlossen, seine Freundschaft mit diesem »schönen Engel« nicht auf üble Art in einem grobsinnlichem Abenteuer voll Gewissensbissen und widerwärtigen Erinnerungen enden zu lassen, überzeugt, daß diese Frau in ihren frommen Bund die ganze Aufrichtigkeit einer reinen Seele legte und daß sie zu erniedrigen – gesetzt den Fall, man könnte es – sie ihres größten Zaubers zu berauben hieße, kämpfte der Generalvikar, der nur noch in dieser verfeinerten, ihm zufolge namenlosen Leidenschaft lebte, mit schrecklichen Versuchungen, und er konnte die plötzlichen, wütenden Rebellionen des Fleisches nur noch durch schmähliche Zugeständnisse unterdrücken, die ihm wie eine Art Untreue vorkamen. Umsonst dachte er: Was kann es meiner Doña Ana ausmachen, wenn sich mein Körper auslebt, sobald ich sie verlasse? Sie verlangt ja nichts von meinem Körper. Die Seele gehört ihr ganz, und die Seele bleibt unbeteiligt, wenn ich fern von ihr Gelüste stille, die sie selbst unbewußt erregt. Umsonst beruhigte er sich mit solchen Überlegungen. Jedesmal peinigten ihn stechende Gewissensbisse, wenn ihn Ana besorgt, liebevoll und lächelnd mit gefalteten Händen bat, auf sich aufzupassen, nicht die ganze Zeit bei der Arbeit und mit Bußübungen zuzubringen.

»Stellen Sie sich einmal vor, daß Sie sterben: Ja, was soll dann aus mir werden?«

Es ist entsetzlich, dachte der Generalvikar, in ihren Augen als ein Heiliger dazustehen und doch nur ein armer Leib aus Lehm zu sein, der lebt, wie Lehm eben leben muß. Die andern zu betrügen schmerzt mich nicht. Aber sie! Und es gibt keinen anderen Ausweg. Er wollte sich mit der Überlegung trösten, daß all dies ihretwegen geschah, daß er ihretwegen erneut und mit Macht die Leidenschaften der Jugend spürte, die er für tot gehalten hatte, und sich ihretwegen, um ihre Reinheit zu respektieren, in den Schmutzlachen von früher besudelte. Aber diese Vorstellung tröstete ihn nicht, brachte sein schlechtes Gewissen nicht zum Schweigen.

Ein paar Wochen ging Teresina niedergeschlagen einher. Sie fürchtete, die Macht über den Señorito verloren zu haben. Dann lebte der Generalvikar frei von drückenden Sorgen und ruhig im Gewissen an Anas Seite. Doch immer stellte sich die Qual der Versuchung wieder ein. Ihre Attacken wurden stärker, vor allem gefährlicher als die der Gewissensskrupel. Anas Keuschheit, ihre Unschuld einer tugendhaften Frau, ihre aufrichtige Frömmigkeit, das Vertrauen, mit dem sie an diese geistige Freundschaft ohne Sünde glaubte, steigerte die Leidenschaft Don Fermíns und vergrößerte die Gefahr. Denn sie, die nichts Böses befürchtete, machte sich keinerlei Gedanken und sah nicht, daß sie mit ihrer Innigkeit, ihrer liebevollen Besorgtheit, mit ihrer süßen Vertraulichkeit Öl ins Feuer goß. Und de Pas kehrte, um größeres Unheil zu verhüten, zu seinen Vorbeugungsmaßnahmen zurück, die Teresinas Glück ausmachten und die sie voll Stolz für einen persönlichen Sieg hielt.

Auch Ana hatte ihr Geheimnis. Ihre Frömmigkeit war aufrichtig, ihr Wunsch, das Heil zu gewinnen, fest, ihr Vorsatz, von Wohnung zu Wohnung aufzusteigen, wie die Heilige aus Avila sagte, ernst. Aber die Versuchung verstärkte sich von Tag zu Tag in erschreckender Weise. Je entsetzlicher ihr die Sünde, an Don Alvaro zu denken, erschien, desto mehr Vergnügen fand sie darin. Sie zweifelte schon nicht mehr daran, daß dieser Mann für sie die Verdammnis bedeutete, ebenso sicher aber wußte sie, daß alles Irdische, Fleischliche, Schwache und Vergängliche an ihr sterblich in ihn verliebt war. Jetzt hätte sie es nicht mehr wie früher gewagt, ihn gerade anzuschauen, stundenlang mit ihm beisammenzusein, um ihm zu beweisen, daß seine Gegenwart sie kalt lasse. Nein, sie mußte vor ihm fliehen, vor seinem Schatten, der Erinnerung an ihn. Er war der böse Geist, der mächtige Feind Jesu. Es blieb kein anderer Ausweg, als vor ihm zu fliehen. Das war Demut, alles Frühere verrückter Hochmut. Der Gnade Gottes, allein der Gnade Gottes verdankte sie es, daß sie noch rein geblieben war. Sich selbst überlassen, wäre sie erlegen, das gestand sich Ana ein. Wenn der Herr seine Hand nur einen Augenblick zurückzöge, könnte Don Alvaro die seine ausstrecken und seine Beute ergreifen. Aus all diesen Gründen wollte sie ihn nicht erst sehen. Aber sie dachte dennoch unwillkürlich an ihn. Sie verscheuchte diese Gedanken, jedoch sie kamen immer wieder. Anita wagte es nicht, dies dem Generalvikar zu beichten.

Den Zauber ihrer rein geistigen Beziehungen zu zerstören, hätte für sie einen schweren Verlust bedeutet. Deshalb nahm sie wieder zu allerlei Spitzfindigkeiten Zuflucht, um diese Schwäche in der Beichte zu verschweigen. Sie *wollte* ja nicht. Solange sie ihren Gedanken befahl, brachte sie sie von den sündhaften Vorstellungen ab. Sie mied Don Alvaro, sündigte nicht willentlich. Gab es denn eine unfreiwillige Sünde? Darüber sprach sie eines Tages mit dem Generalvikar, ohne ihm zu verraten, daß die Konsultation sie selbst betraf. Don Fermín erwiderte, die Frage sei verwickelt und berief sich auf mancherlei Autoren. Ana merkte sich, daß Pascal mit seinen »Provinciales« unter ihnen war. Sie besaß das Buch, las es ... und glaubte den Verstand zu verlieren. Oh, das Gutsein war obendrein eine Frage der Begabung! So viele Unterscheidungen, so viele Klügeleien machten sie ganz benommen. Aber sie verbarg die Qual der Versuchung weiterhin. Eine mächtige Waffe, sie zu bekämpfen, war die brennende Nächstenliebe, mit der die Präsidentin sich der Verteidigung und Tröstung des Generalvikars widmete, wenn seine Feinde die Stürme der Schmähungen entfesselten, die Ana für durch und durch erlogen hielt.

Inzwischen arbeiteten sich Foja, Mourelo, Don Custodio, Guimarán, der »Alarm« und hinter den Kulissen Don Alvaro und Visitación Olías de Cuervo ab, um den Berg, der auf ihnen lastete, die Macht des Generalvikars, abzuwälzen.

Wenn der Tod Schwester Teresas ein Schlag war, der den Generalvikar auf dem hohen Sitz, auf dem er in der Vorstellung seiner Feinde thronte, ins Wanken brachte und den armen Don Santos Barinaga für ein paar Wochen in den Schatten stellte, so erstrahlte dieser nach einiger Zeit doch erneut in der Aureole eines armen Opfers, und das wankelmütige Mitleid des hämischen Publikums wandte sich ihm beflissen, mit der Fürsorge einer Stiefmutter, die die Komödie von der zweiten Mutter spielt, wieder zu. Im großen und ganzen machte den Vetustensern Leben und Sterben von Don Santos wenig aus. Niemand hatte einen Finger gerührt, um seinem Elend abzuhelfen. Man schimpfte ihn sogar weiterhin Trunkenbold. Dafür aber empörten sich alle über den Generalvikar, alle verwünschten den Urheber solchen Unglücks und waren sehr zufrieden, weil sie glaubten, oder zumindest so taten, daß derart der Nächstenliebe Genüge getan war.

»Oh, in diesem Jahrhundert, in diesem von den Feinden jedes Fortschritts verunglimpften Jahrhundert«, schrie Foja im Kasino, »in diesem materialistischen, korrumpierten Jahrhundert kann man nicht mehr ungestraft die philanthropischen Gefühle des Volkes beleidigen, ohne daß sich eine einhellige Stimme erhebt, um im Namen der geschändeten Menschlichkeit zu protestieren. Der arme Don Santos Barinaga, das Opfer des skandalösen Monopols, das das ‚Rote Kreuz' innehat, verhungert in den leeren Geschäftsräumen, wo seinerzeit die heiligen Gefäße glänzten, die Hostienteller und Kelche, Lampen und Leuchter und hundert andere Gegenstände des Kults. Er stirbt in diesem Winkel, und er stirbt an Entkräftung, meine Herren, und zwar durch Schuld dieses Ämterschacherers, den wir alle kennen. Er stirbt, ja, er wird sterben. Aber derjenige, der sich mit allerlei Kniffen über unser Handelsgesetzbuch und die Gesetze der Kirche hinwegsetzt und Handel treibt, obwohl er Geistlicher ist, der unseren armen Mitbürger, Señor Barinaga, verhungern läßt – der wird sich seines Werkes nicht lange freuen, denn die öffentliche Empörung wächst, wächst wie die Flut . . . und wird den Tyrannen schließlich verschlingen!«

Aber trotz dieser und anderer Reden im selben Stil kam es Foja nicht in den Sinn, Don Santos ein Huhn zu schicken, damit man ihm eine Brühe kochte.

Und wie er handelten alle theoretischen Verteidiger des ruinierten Geschäftsmanns. Da sagten sie, daß er verhungere, und doch brachte ihm keiner bei seinen Besuchen ein Stück Brot mit. Es besuchten ihn auch nur wenige. Foja schaute bloß herein und ging augenblicklich wieder weg. Sowie er sich von dem Elend und der Krankheit des armen Alten überzeugt hatte, reichte es ihm. Er rannte hinaus und spie Gift und Galle gegen den Generalvikar. So glaubte er der guten Sache des Fortschritts und der »solidarischen Menschlichkeit« zu dienen.

Der festbegründete Ruf eines Ketzers, den sich der gute Don Santos in letzter Zeit erworben hatte, hielt viele fromme Seelen fern, die ihm gern geholfen hätten.

Allein die Paulinerinnen waren so kühn, sich dem Bett des Alten zu nähern, um ihm die materielle Hilfe der Gesellschaft und die geistige der Kirche anzubieten.

Es war umsonst.

»Zum Glück«, sagte Don Pompeyo Guimarán, als er den Vorfall erzählte, »zum Glück war ich zugegen, um etwas Unwürdiges zu verhindern.«

Don Santos hatte seinem Freund Don Pompeyo Vollmacht gegeben, in seinem Namen »jede Annäherung des Glaubensfanatismus« zurückzuweisen.

Guimarán war sehr erfreut über diesen delikaten, wichtigen Auftrag, der von ihm große Tatkraft und unerschütterliche Überzeugungen verlangte.

Tatsächlich hatten sich in der kahlen, kalten Dachkammer, wo das Opfer des chronischen Alkoholismus lag, die Abgesandten des Vinzenzvereins eingefunden, nämlich Doña Petronila alias Konstantin der Große, und der Benefiziat Don Custodio. Barinagas Tochter, die bläßliche, dürre Betschwester, empfing sie flennend unten in dem leeren Laden. Die drei sprachen leise miteinander. Man stieg auf Zehenspitzen hinauf, entschlossen, einen Angriff auf den Feind zu versuchen.

»Don Pompeyo ist also oben?« fragte Don Custodio auf der Treppe.

»Ja, er weicht in den letzten Tagen nicht aus dem Haus. Mein Vater vertreibt mich von seiner Seite und ruft nach diesem faselnden Ketzer.«

Don Pompeyo Guimarán hörte die Stimme Don Custodios. Das war doch ein Pfaffe! Er bezog Verteidigungsstellung und bemühte sich um eine eines überzeugten und besonnenen Freidenkers würdige Haltung. Er verschränkte die Arme auf dem Rücken, und die alten, wurmstichigen Dielenbretter aus Kastanienholz ächzten unter ihm. In einem anstoßenden Alkoven ohne Tür, den ein schmutziger, roter Perkalvorhang vom Zimmer abtrennte, hörte man das häufige Stöhnen und mühsame Atmen des Kranken.

»Wer ist da?« fragte Don Santos mit schwacher Stimme, ohne mehr Energie als die eines ohnmächtigen Zorns.

»Ich glaube, die sind's. Aber fürchten Sie nichts. Ich bin ja da. Nur ruhig, nur ruhig! Aufregung schadet Ihnen. Ich bin Manns genug.«

Der Feind trat ein. Obwohl er in friedlicher Absicht kam und Don Pompeyo sich vorgenommen hatte, besonnen zu bleiben, streckte der Atheist, sowie Doña Petronila den Mund aufmachte, einen Arm aus und schnitt ihr sofort das Wort ab:

»Entschuldigen Sie, Señora, und auch dieser ehrenwerte katholische Priester möge entschuldigen. Sie sind hier falsch. Hier werden keine Almosen mit Bedingungen angenommen.«

»Wieso mit Bedingungen?« fragte Don Custodio höflich.

»Ereifern Sie sich nicht, mein Freund. Ihr Amt auf Erden ist ein anderes, will mir scheinen. Sehen Sie, ich spreche auch ganz ruhig.«

»Hören Sie, ich glaube, ich habe nichts gesagt.«

»Sie haben gesagt: ,Wieso mit Bedingungen?' Und ich lasse mir von niemandem so einfach über den Mund fahren. Ich hasse den Klerus nicht in Bausch und Bogen, verlange aber von jedem gebildeten Menschen ein gutes Benehmen.«

»Caballero, wir sind nicht zum Disputieren hergekommen, sondern um Nächstenliebe zu üben.«

»Nächstenliebe mit Bedingungen!«

»Was für Bedingungen denn? Reden Sie kein Blech!« schrie Doña Petronila, die nicht einsah, weshalb man soviel Umstände mit einem verrückten Gottlosen machen sollte. »Sie haben«, fuhr sie fort, »in diesem Haus überhaupt nichts zu sagen. Diese Señorita ist die Tochter von Don Santos, und mit ihr und mit ihm wollen wir uns ins Benehmen setzen. Wir kommen, um aus eigenem Antrieb die Hilfe anzubieten, die unsere Gesellschaft gewährt.«

»Unter der Bedingung eines unwürdigen Widerrufs, ich weiß. Don Santos hat mir alle Vollmachten seiner religiösen Selbstbestimmung übertragen, und in seinem Namen fordere ich Sie in aller Höflichkeit auf zu verschwinden.«

Don Pompeyo wies zur Tür und verharrte eine Weile in seiner Entschlossenheit.

Er mußte aber den ausgestreckten Arm wieder sinken lassen, denn Doña Petronila erwiderte, sie sei nicht gewillt, von einem Eindringling Befehle entgegenzunehmen.

»Señora, Eindringlinge sind Sie! Man hat Sie nicht gerufen. Man will nichts von Ihnen wissen. Hier wird nur die milde Gabe angenommen, die keinen Beichtzettel verlangt.«

»Wir haben auch keinen verlangt.«

»Kommen Sie mir nicht mit Seminaristenschlichen, Herr Pfarrer. Die moderne Philosophie hat bewiesen, daß die Scholastik ein Gewebe von Kindereien ist, und ich weiß schon, weshalb Sie kommen. Sie wollen die festverwurzelten Überzeugungen meines Freundes für ein Linsengericht kaufen. Eine Tasse Brühe für das Bekenntnis zu einem Dogma. Eine Peseta für eine Apostasie. Das ist schändlich!«

»Aber Caballeros!«

»Machen wir ein Ende, Herr Pfarrer! Don Santos ist entschlossen, ohne Beichte und Abendmahl zu sterben. Er erkennt die Religion seiner Vorfahren nicht an. Das sind seine unwiderruflichen Bedingungen. Nun gut, sind Sie bereit, ihn um diesen Preis zu pflegen, ihm zu helfen, ihm die Nahrung und die Arzneien zu geben, die er braucht?«

»Aber, mein lieber Herr!«

»Aha! Ihr lieber Herr. Ich sagte es ja! Sehen Sie, daß mich die Scholastik nicht dumm macht?«

»All das und noch viel mehr«, sagte der Große Konstantin, »wollen wir mit dem Betroffenen erörtern.«

»Daraus wird nichts.«

»Daraus wird wohl was.«

»Señora, ungeachtet Ihres Geschlechts bin ich entschlossen, Sie beide die Treppe hinunterzuwerfen, wenn Sie auf Ihrem frechen Anschlag bestehen.« Und Don Pompeyo baute sich vor dem Perkalvorhang auf, um Doña Petronila den Weg zu vertreten.

»Wer ist denn da? Wer ist denn da?« rief Barinaga heiser und keuchend von drinnen.

»Die vom Vinzenzverein«, antwortete Guimarán.

»Blitz und Donner! Hinaus aus meinem Haus! Haben Sie keinen Besen zur Hand, Don Pompeyo? Zum Teufel mit ihnen! Und schleicht nicht auch ein Pfaffe mit hier herum?«

»Ja, Señor, es ist einer da.«

»Es ist doch nicht etwa der Generalvikar, der Lump, der Heuchler, der mich ausgeplündert hat? Und jetzt kommen sie wahrscheinlich, um mich zu verhöhnen. Oh, wenn ich aufstehe. Aber was machen Sie denn, daß Sie sie nicht krumm und lahm prügeln? Hinaus aus meinem Haus! Polizei! Gibt es kein Recht mehr? Gibt es für die Armen kein Recht mehr?«

»Beruhigen Sie sich, es ist nicht der Generalvikar.«

»Doch, er ist es, er ist es. Ich weiß es. Sehen Sie nicht, daß es der Chef dieses Packs, der Präsident der Paulinerinnen ist? Kommen Sie rein, kommen Sie rein, Sie Erzgauner, und Sie werden sehen, mit welcher Ihrer würdigen Waffe ich Ihnen den Schädel einschlage.«

»Ruhe, Ruhe, mein Freund, ich bin Manns genug, diese Herrschaften auf gute Art loszuwerden.«

»Nein, nein, wenn es der Generalvikar ist, dann lassen Sie ihn reinkommen, ich will ihn selbst umbringen! Wer weint da?«

»Ihre Tochter.«

»Ach, du abgefeimte Heuchlerin, wenn ich aufstehe, du Weibsstück, das seinen Vater verhungern läßt, ihm Rosenkranzkugeln und Haare in die Suppe wirft, das nie einmal Staub wischt, das zur Frühmesse geht und erst zu Mittag wiederkommt! Elende, wenn ich aufstehe!«

»Vater, um Gottes willen, bei unserer heiligen Jungfrau von der Schönen Liebe, beruhigen Sie sich! Doña Petronila ist da, ein geistlicher Herr ist da.«

»Es wird dein Don Custodio sein, der dich mir gestohlen hat, der Weiberheld des Kapitels. Ach, du Buhlerin, wenn ich euch beide erwische!«

»Jesus, Jesus! Bloß fort von hier!« schrie Doña Petronila und suchte die Treppe.

Aber sie konnten nicht so schnell enteilen, den Don Santos' Tochter brach ohnmächtig zusammen. Sie trugen sie in den Laden hinunter, um sie vor den wütenden Schreien und Beschimpfungen des Vaters in Sicherheit zu bringen. Das Feld behauptete Don Pompeyo, der seine Wanderung wieder aufnahm und sich danach in die Küche begab, um nach Don Santos' armseligen Eintopf zu sehen.

Von nirgends sonst als von ihm kamen hier die Liebesgaben. Gewiß, er konnte seinen Freund nicht verschwenderisch bedenken, denn die eigene, so zahlreiche Familie hatte kaum das Nötigste, aber an Fürsorge und Pflege sollte es dem Kranken nicht fehlen.

Nach kurzer Zeit kam er zurück, eine blasse, dampfende Flüssigkeit blasend.

Er flößte sie Don Santos ein, indem er ihm den zitternden Kopf stützte und ihm nicht erlaubte, die Tasse in seine schwache, ebenfalls zitternde Hand zu nehmen.

So blieb das Feld frei für Don Pompeyo, der einzig daran dachte, den »Sieg seiner Ideen« zu sichern, zu welchem Zweck es sich als nötig erwies, soviel Zeit wie möglich an der Seite des Kranken zu wachen, um zu verhindern, daß Don Santos' Tochter dem »klerikalen Element« heimlich Zutritt gewährte.

Guimarán stand in aller Frühe auf, um zu Barinaga zu laufen. Dort blieb er dann fast immer bis zur Stunde des Abendessens, und er erledigte diese »leibliche Notwendigkeit« in Windeseile, wobei er das Dienstmädchen, seine Frau und die Töchter antrieb.

»Los, los, nicht soviel Geschwätz, die Suppe! Ich werde erwartet.«

Er aß, raffte die Brotreste zusammen, die auf dem Tisch liegengeblieben waren, ein bißchen Zucker und andere Überbleibsel, stopfte sie in die Tasche und rannte fort.

An manchen Abenden stürmte er in seine Wohnung und schrie:

»Los, los! Die Hausschuhe und die Anisflasche, heute halte ich bei Don Santos Nachtwache.«

Don Pompeyos Gattin seufzte, händigte ihm Pantoffeln und Schnapsflasche aus, und der Herr des Hauses entschwand.

Foja, die beiden Orgaz, Gloucester – »als Privatmann, nicht als Priester« –, Don Alvaro Mesía, die freigeistigen Klubmitglieder, die in der Karwoche feierlich Fleisch aßen, ein paar von denen, die an den geheimen Abendessen im Kasino teilnahmen, die Redakteure des »Alarm« und viele andere Feinde des Generalvikars besuchten mitunter Don Santos. Alle bedauerten dieses Elend unter Ausrufen schlecht unterdrückter Wut. Ja, der Mann, der Señor Barinaga so weit heruntergebracht hatte, war ein Nichtswürdiger, er verdiente die öffentliche Ächtung. Aber fast niemand wagte, eine kleine Gabe hinzulegen »um das empfindliche Ehrgefühl des Kranken nicht zu verletzen«. Viele erboten sich, erforderlichenfalls bei ihm zu wachen.

Don Pompeyo empfing die Besucher, als sei er der Herr des Hauses. Celestina mußte es dulden, weil es ihr Vater verlangte.

»Er ist mein einziger Sohn, du Mißratene, mein einziger Vater, mein einziger Freund. Du bist's, die hier überflüssig ist, du Miststück! Du Scheinheilige!« schrie der betrunkene Sterbende aus seinem Alkoven.

Die Krankheit verschlimmerte sich durch die strengen Fröste, mit denen in diesem Jahr der November zu Ende ging.

Am ersten Dezember entschloß sich Celestina im Einvernehmen mit Don Custodio, einen letzten Angriff zu wagen, um ihren Vater zu bewegen, die Sterbesakramente zu nehmen.

Als Don Pompeyo Guimarán am Morgen, so gegen acht, sich die Finger blasend, ankam, hielt ihn die Betschwester in dem kalten, öden Laden voller Mäuse auf.

Das junge Mädchen versuchte es auf alle Arten: Sie bat,

flehte, warf sich mit gefalteten Händen auf die Knie, weinte. Danach forderte sie, drohte, schimpfte – alles vergebens.

»Sprechen Sie mit Ihrem Herrn Vater«, war Guimaráns einzige Antwort. »Ich erfülle nur seinen Willen.«

Verzweifelt trat Celestina an das Bett ihres Vaters, weinte abermals, auf Knien, den Kopf in den dünnen Strohsack vergraben, während Don Santos mit schwacher, ruhiger Stimme, der eine seltsame Erhabenheit innewohnte, gemischt aus Schmerz, Irrsinn, Gemeinheit und Elend, wiederholte:

»Geh mir aus den Augen, Heuchlerin! So wahr es einen Gott im Himmel gibt, verabscheue ich dich und deine Pfaffenbrut. Hinaus, alle! Niemand betrete mir meinen Laden, denn sie lassen mir sonst keinen Kelch, keinen einzigen Hostienteller drin.«

»Vater, Vater, um Gottes Barmherzigkeit willen, nehmen Sie die heiligen Sakramente!«

»Sie haben mir alles gestohlen, auch die Lampen, und du hilfst ihnen dabei, bist ihre Komplicin. Ins Gefängnis!«

»Herr Vater, haben Sie Erbarmen mit Ihrer Tochter! Die Sakramente, nehmen Sie sie, nehmen Sie sie!«

»Nein, ich will nicht. Reden wir doch vernünftig. Einen Posten Sakramente. Wozu? Sie verschimmeln mir hier im Laden, wenn ich sie nehme. Der Generalvikar verbietet ihnen, bei mir zu kaufen. Was sollen die armen Teufel, die kleinen Dorfpfarrer, machen? Die Unglücklichen! Sie fürchten ihn, sie fürchten ihn. Der Elende! Die Unglücklichen!«

Don Santos richtete sich auf, so gut er konnte, ließ den Kopf auf die Brust sinken und weinte still.

Von Zeit zu Zeit wiederholte er:

»Die Unglücklichen!«

Celestina lief schluchzend aus dem Alkoven.

Ihr Vater war nicht bei Sinnen. Er konnte nicht mehr beichten, wenn er das klare Bewußtsein nicht wiedergewann, und das vermochte nur ein Wunder Gottes.

»Er kann nicht, er will nicht und soll nicht!« rief Don Pompeyo mit verschränkten Armen, unbeugsam, entschlossen, sich nicht von fremdem Schmerz rühren zu lassen.

Zu Mariä Empfängnis erklärte der Arzt Somoza frühmorgens, daß Don Santos bei Einbruch der Nacht sterben werde.

Der Kranke redete oft irre. Es bedurfte einer starken Erregung, um ihn zu ein paar klaren Worten zu bewegen. Der Eintritt Don Robustianos, vielmehr der Wissenschaft, lenkte seine

Aufmerksamkeit wieder auf die Außenwelt. Zu Mittag meldete ihm Celestina, daß ihn Señor Carraspique sehen wolle. Die unerwartete Ehre machte den Kranken hellwach. Carraspique kam in Begleitung eines Geistlichen, des Gemeindepfarrers, und setzte sich, ohne Don Pompeyo, der mit gekreuzten Armen an der Tür zum Alkoven stand, zu begrüßen, ans Kopfende des Bettes. Der Geistliche war ein alter Mann mit sympathischem Gesicht und angenehmer Stimme mit deutlichem ländlichem Akzent. Carraspique, bei dem sich Barinaga früher einmal Geld geliehen hatte, besaß eine gewisse Macht über den Kranken. Sie sprachen seit vielen Jahren nicht miteinander, achteten sich aber trotz der verschiedenen Ansichten und der Abkühlung, die die Zeit mit sich gebracht hatte. In aller Höflichkeit und mit einer gewählten Sprache, die ihm sonst nicht eigen war, schlug Barinaga die Bitten des bekannten Karlisten und ehrlichen Katholiken Francisco Carraspique ab.

»Geben Sie sich keine Mühe, die Kirche hat mich ruiniert. Ich will nichts mehr mit der Kirche zu schaffen haben. Ich glaube an Gott und an Jesus Christus, der ein großer Mensch war. Aber ich will nicht beichten, Señor Carraspique. Ich bedaure, Ihnen diesen Verdruß zu bereiten. Im übrigen bin ich sicher, daß ich wieder gesund werde oder daß zumindest ... mit Branntwein ... Glauben Sie mir, ich sterbe aus Mangel an alkoholischen Getränken und fester Nahrung.«

Don Santos hob ein wenig den Kopf und erkannte den Gemeindepfarrer.

»Don Antero, Sie auch hier! Ich freue mich. So können Sie als geistlicher Notar, wenn man so sagen darf, öffentlich beglaubigen, was ich sage. Und das ist mein ganzes Vermächtnis: Ich, Santos Barinaga, sterbe aus Mangel an ausreichend alkoholischen Getränken. Ich sterbe an dem, was der Herr Doktor ... Koll ... Koll ... Kollas nennt. Moment!«

Er hielt inne, der Husten erstickte ihn. Dann riß er sich zusammen, zog die zerfetzte Decke ans Kinn und fuhr fort:

»Item: Ich sterbe aus Mangel an ... Tabak ... Ferner ... sterbe ich ... aus Mangel an ... gesunder Nahrung ... Und daran sind der Herr Generalvikar und mein Fräulein Tochter schuld.«

»Na, na, Don Santos«, wagte der Pfarrer einzuwerfen, »tun Sie der armen Celestina nicht unrecht. Sprechen wir von was anderem. Sie sterben ja nicht, kein Gedanke daran. Sie werden bald wieder gesund. Heute nachmittag bringe ich Ihnen in aller Form, was Sie brauchen. Zuvor aber müssen wir ein Weilchen unter vier Augen miteinander reden. Und danach, danach empfangen Sie das Brot der Seele.«

»Das Brot des Leibes!« schrie der Sterbende mit äußerster Kraft und in höchstem Zorn. »Das Brot des Leibes ist's, was ich brauche! Wenn Gott mich so retten will, verhungere ich! Ja, das Brot des Leibes! Denn ich verhungere, verhungere!«

Es waren seine letzten vernünftigen Worte. Bald darauf begann das Delirium. Celestina kniete vor dem Bett und weinte. Don Antero, der Pfarrer, wanderte mit verschränkten Armen im Zimmer auf und ab. Er bewunderte, was er den Tod des Gerechten nannte.

Carraspique war ins Palais gelaufen. Der Bischof betete vor einem Madonnenbild, und als er vernahm, daß Don Santos sich weigere, den Herrn zu empfangen und zu beichten, hob er die gefalteten Hände und rief mit sanft-majestätischer, tränenerfüllter Stimme:

»Heilige Mutter Gottes, erleuchte diesen Unglückseligen!«

Ganz blaß war der gute Fortunato. Seine dicke Unterlippe zuckte, als er seine innigen Bittgebete stammelte.

Der Generalvikar lief, die Arme auf dem Rücken, mit langen Schritten in der roten, damastbezogenen Kammer auf und ab.

Carraspique, der wegen des kürzlichen Todes seiner Tochter Trauer trug, blickte Don Fermín mit in Tränen schwimmenden Augen an.

Don Fermín leidet, dachte der arme Don Francisco und freute sich unwillkürlich, wenn ihm auch dabei das Gewissen schlug. Er genoß das Vergnügen der Rache, einer unvernünftigen, ungerechten Rache, aber er gönnte Don Fermín seinen Kummer, wenn er an seine tote Tochter dachte.

Ja, Don Fermín hatte Kummer. Die Torheit des Krämers von gegenüber bedeutete eine Komplikation.

De Pas war nicht mehr derselbe, der in jener Mondnacht romantische Gewissensbisse empfand, als er Don Santos seine Erniedrigung und sein Elend durch die Gosse schleifen sah. Jetzt war er nur noch Egoist, lebte bloß noch für seine Leidenschaft. Alles, was ihn aus der namenlosen Benommenheit riß, die er in Anas Gegenwart genoß, haßte er. Was eine Lösung des schrecklichen, von Tag zu Tag schrecklicheren Zwiespalts zwischen den gezügelten Sinnen und der reinen Ewigkeit seiner

Leidenschaft herbeiführen konnte, liebte er. Sonst existierte nichts auf der Welt. Und jetzt starb dieser Don Santos auf solch anstößige Art. Man würde ihn in diesem nicht umfriedeten Dreckloch hinter dem Kirchhof begraben müssen, das für die »Zivilbegräbnisse« diente. Und an all dem würde er die Schuld haben. Ganz Vetusta würde sie ihm aufladen! Schon begann das Gesumm der Empörung. Stumpfnase kam alle Augenblicke, um ihm zu melden, daß sich die Straße vor Don Santos' Haus und der Laden mit Menschen fülle, mit Feinden des Generalvikars, daß man ihn in den Zusammenrottungen Mörder nenne – denn de Pas nötigte seinen Spitzel, ihm die unverblümte Wahrheit zu sagen –, Mörder und Gauner. Als der Generalvikar in seinen Überlegungen bis hierher gekommen war, stampfte er, ohne sich beherrschen zu können, mit dem Fuß auf. Carraspique zuckte zusammen. Der Bischof kam mit gefalteten Händen aus seiner Kapelle und trat zum Generalvikar.

»Bei Gottes Barmherzigkeit, Fermo, bitte, laß mich!«

»Was?«

»Laß mich selbst hingehen, diesen Mann sehen. Ich will ihn selbst sehen. Mir wird er gehorchen. Ich werde ihn überzeugen. Man hole eine Kutsche, wenn du nicht willst, daß man mich sieht, meinetwegen einen Ochsenkarren oder ein Fuhrwerk. Was du willst. Ich will zu ihm, ja, ich will zu ihm.«

»Torheiten, Señor, Torheiten!« ranzte der Generalvikar und schüttelte den Kopf.

»Aber Fermo, es ist eine Seele, die zugrunde geht!«

»Sie bleiben hier! Der Bischof zu einem verstockten Ketzer, das ist absurd!«

»Eben deshalb, Fermo.«

»Ja, ‚Die Elenden', immer dieselbe Komödie. Die Szene mit dem Konventsabgeordneten, nicht wahr? Don Santos ist ein unverschämter Säufer, der sich nichts daraus machen würde, vor dem Bischof auszuspucken, und Don Pompeyo würde mit Eurer Bischöflichen Gnaden diskutieren, ob es einen Gott gibt oder nicht. Schlagen Sie sich den Gedanken aus dem Kopf! Es wäre absurd!«

Ein paar Augenblicke herrschte Schweigen. Carraspique, der einzige Zeuge dieser Szene, zitterte und bewunderte voll Entsetzen die Macht des Generalvikars und dessen Energie.

Es stimmt, er hat Seine Hochwürden unter der Fuchtel, dachte Don Francisco. Danach fuhr der Generalvikar fort:

»Außerdem wäre es zwecklos hinzugehen. Señor Carraspique sagte es doch. Barinaga hat das Bewußtsein verloren, nicht wahr? Nun ist es zu spät. Man kann nichts mehr ausrichten. Es ist so gut, als wäre er schon tot.«

Carraspique, beseelt von seinem frommen Eifer, Don Santos zu retten, ermannte sich, wenn auch unter Zittern und Zagen, zu dem Einwurf:

»Trotzdem, vielleicht ... Man erlebt oft ...«

»Was?« fragte der Generalvikar mit scharfem Ton. »Was erlebt man oft?« wiederholte er, weil der andere schwieg.

»Das Delirium kann vorbeigehen und der Kranke wieder zu klarem Bewußtsein kommen.«

»Glauben Sie das nicht! Außerdem ist ja der Pfarrer dort, dafür ist Don Antero dort. Seine Hochwürden kann unmöglich ... Er wird nicht gehen.«

Und er ging nicht.

Wer aber kam und ging, das war Stumpfnase, Campillo, der heimlich mit Don Fermín sprach und auf die Straße zurückkehrte, um Gerüchte aufzufangen und den Feind zu belauern. Der sammelte sich drohend in der schmalen, abschüssigen Gasse, in der Don Santos wohnte, dem Generalvikar fast genau gegenüber. Es war die Domherrenstraße, eine der häßlichsten und aristokratischsten der Oberstadt.

Bei Dunkelwerden konnte man sich an diesem Tage nur mit Mühe einen Weg durch die Menschenmenge vor dem tristen, kahlen Laden Barinagas bahnen. Seine Freunde, die sich in wenigen Stunden wie durch ein Wunder vermehrt hatten, blockierten den Bürgersteig und stauten sich in flüsternden, sich vermengenden und auflösenden Gruppen bis zum Fahrdamm.

Foja war da, die beiden Orgaz und ein paar andere von der Kasinorunde, die an den monatlichen Soupers teilnahmen, wo gegen den Generalvikar konspiriert wurde. Der ehemalige Bürgermeister war überall zugleich, er lief in Don Santos' Haus, kam wieder heraus, brachte von oben Nachrichten mit, seine Freunde umringten ihn.

»Er liegt in den letzten Zügen.«

»Ist aber bei vollem Bewußtsein?«

»Das will ich meinen, wie Sie und ich.«

Es war eine Lüge. Barinaga starb redend, wußte aber nicht, was er sagte. Seine Sätze waren zusammenhanglos. Er vermischte seinen Haß auf den Generalvikar mit Klagen über seine

Tochter. Mitunter jammerte er wie König Lear, dann wieder fluchte er wie ein Fuhrknecht.

»Und sagen Sie, Señor Foja, ist ein Geistlicher oben? Es heißt, der Generalvikar sei selbst gekommen.«

»Der Generalvikar? Das fehlte gerade noch! Das hieße, ihn zum Schluß auch noch zu verhöhnen. Nein, der kommt nicht. Wer oben ist, das ist Don Antero, der Gemeindepfarrer. Der Arme ist ein einfältiger Tropf, ein bemitleidenswerter Glaubenseiferer, und er meint, seine Pflicht zu tun, aber alles umsonst. Don Santos war ein Mann mit festverwurzelten Überzeugungen.«

»Wieso war? Ist er denn schon tot?« fragte jemand, der in diesem Augenblick hinzukam.

»Nein, Señor, er ist noch nicht tot. Ich sagte das nur, weil er schon mehr drüben als hüben ist.«

»Und Don Pompeyo ist sehr energisch aufgetreten, wie es heißt.«

»Ja.«

»Aber wenn man gesund ist, hat man leicht reden.«

»Und da es ihn nicht betrifft.«

»Heute abend wird er sterben.«

»Der Arzt ist noch nicht wiedergekommen.«

»Somoza hat versichert, daß er heute abend sterben wird.«

»Deshalb hat er sich auch noch nicht wieder blicken lassen. Weil er sich geirrt hat.«

»Der Pfarrer sagt, es wird bis morgen dauern.«

»Und er stirbt vor Hunger.«

»Man sagt, er habe es selber behauptet.«

»Ja, Señor, es waren seine letzten vernünftigen Worte«, sagte Foja und widersprach sich damit selbst.

»Es heißt, er habe gesagt: ‚Das Brot des Leibes brauche ich, nicht das der Seele. Wenn Gott mich so retten will, verhungere ich!‘«

Orgaz' Sohn entschlüpfte ein Lachen, das er im Kragen seines Radmantels zu ersticken suchte.

»Ja, lachen Sie nur, junger Mann, der Fall ist ja auch zu lustig.«

»Ich lache doch nicht über den Sterbenden. Ich lache über den Einfall.«

»Eine weise Lehre sollten Sie es nennen. Er ist verhungert, das ist eine Tatsache. Man gibt ihm eine geweihte Hostie, die ich achte und verehre, aber man gibt ihm kein Stück Brot.« So sprach ein wegen seines Liberalismus verfolgter, immer hungriger Schullehrer.

»Ich bin so ein guter Katholik wie irgendwer«, sagte ein Meister aus der Alten Fabrik mit einem langen, grauen, krausen Ziegenbart, ein christlicher Sozialist, wie er es verstand. »Ich bin so ein guter Katholik wie irgendwer, aber ich glaube, man müßte heute den Generalvikar herbeischleifen und ihn an dieser Laterne hier aufhängen, damit er den Trauerzug herauskommen sieht.«

»Die Wahrheit, Señores, ist«, bemerkte Foja, »daß es auf das Schuldkonto des Herrn Generalvikars kommt, wenn Don Santos wie ein Heide nicht im Schoße der Kirche stirbt.«

»Freilich.«

»Das liegt auf der Hand.«

»Wer möchte es bezweifeln?«

»Und sagen Sie, Señor Foja, man wird ihn nicht in geweihter Erde begraben, was?«

»Natürlich nicht. Das kanonische Recht ist unverändert, will sagen, die Synode hat sich eindeutig ausgesprochen.« Er wurde rot, weil er nicht wußte, ob das kanonische Recht unverändert war und ob sich die Synode mit dem Fall befaßt hatte.

»So daß man ihn also wie einen Hund verscharren wird.«

»Das ist das wenigste«, sagte der Meister aus der Fabrik. »Alle Erde ist durch die Arbeit des Menschen geweiht.«

»Und dann, wenn jemand tot ist . . .«

»Langsam, Señores, langsam«, unterbrach sie Foja, der die Waffe nicht ungenutzt lassen wollte, die man ihm gegen den Generalvikar in die Hand gab. »Diese Dinge kann man nicht philosophisch entscheiden. Philosophisch gesehen, ist es einem natürlich gleich, wo man vergraben wird. Aber die Familie, die Gesellschaft, die Ehre? Sie alle wissen, daß die Stelle auf unserem *städtischen«* – er betonte das Wort – »Friedhof, die für die nichtkatholischen, sagen wir mal so, Leichen bestimmt ist . . .«

Orgaz' Sohn lächelte.

»Ich weiß schon, junger Mann, ich weiß schon, daß mir ein Lapsus unterlaufen ist. Aber nehmen Sie doch nicht alles so wörtlich.«

Die Gruppe der ernsten Fortschrittler und Sozialisten blickte den impertinenten jungen Arzt verachtungsvoll an.

Und der christliche Sozialist sagte:

»Der Buchstabe tötet, Caballero, und ich habe es tausendmal gesagt: Wenn wir in Spanien etwas zuviel haben, dann sind es Redner.«

»Aber Sie reden doch selbst nicht schlecht und auch nicht eben wenig. Denken Sie doch an den selig entschlafenen Arbeiterklub, Señor Parcerisa.«

Dabei klopfte Orgaz' Sohn dem Mann aus der Fabrik auf die Schulter.

Parcerisa lächelte geschmeichelt.

Das Gespräch verlor sich auf Abwege. Man diskutierte, ob der Stadtrat dem Bischof mit ausreichendem Nachdruck die Friedhofsverwaltung streitig machte oder nicht.

Inzwischen gingen im Haus Freunde und Bekannte, Geistliche und Laien aus und ein, die den Kranken oder seine Tochter besuchten. Don Pompeyo hatte Celestina in ihr Zimmer bringen lassen. Dort empfing die fromme Jungfer ihre Gesinnungsgenossinnen und die Geistlichen, die sie trösten kamen. Ins Krankenzimmer ließ Guimarán nur Freigeister ein, oder, wenn sie nicht so radikal in ihrer Überzeugung waren wie er, denn dies war schwierig, zumindest Anhänger der These, daß »ein Todgeweihter den Geist in der Konfession aufgeben dürfen soll, die ihm genehm, oder auch ohne jegliche Religion, wenn es ihm angebracht erscheint«.

»Ein glorreicher Tod!« flüsterte Don Pompeyo jedem Feind des Generalvikars ins Ohr, der in letzter Stunde sein Mitleid mit Barinagas Elend bezeigen kam. Fürwahr, ein glorreicher Tod, dachte er. Welche Energie! Welche Unbeugsamkeit! Nicht einmal der Tod von Sokrates ... Denn Sokrates drängte niemand zum Beichten.

Jeder, der die Treppe hinauf- oder hinunterstieg, warf in dem verödeten Laden im Vorbeigehn einen Blick auf die leeren Regale und das verstaubte Schaufenster, das von außen mit alten, morschen Brettern vernagelt war.

Die letzten Bestände, die dort jahrelang unter einer dicken Staubschicht herumgestanden hatten, hatte Don Santos für ein paar Kupfermünzen an einen Dorfkrämer losgeschlagen. Vom Erlös dieser erbärmlichen Liquidation hatte der arme Barinaga die letzten Monate seines Lebens gefristet und sich betrunken. Jetzt zernagten die Mäuse die Bretter der Regale, und die Auszehrung zerfraß die Eingeweide des Ladeninhabers.

Er starb gegen Morgen.

Die Nebel des Corfín schliefen noch auf den Dächern und in den Straßen von Vetusta. Der Morgen war mild und feucht. Das aschgraue Licht drang wie ein klebriger, schmutziger Staub durch alle Ritzen. Don Pompeyo hatte die Nacht ganz allein an der Seite des Sterbenden verbracht, wenn man einen Schoßhund nicht mitzählte, der langsam an Altersschwäche dahinsiechte, ohne je das Haus zu verlassen. Guimarán öffnete weit die Balkontür. Ein feuchter Windstoß blähte den Perkalvorhang, und das traurige Licht des bleifarbenen Tages fiel auf die Blässe des noch warmen Leichnams.

Um acht brachte man Celestina aus dem Sterbehaus, und die sterbliche Hülle, die schon in dem einfachen, engen Fichtensarg lag, wurde gegen zehn auf dem Verkaufstisch des leeren Ladens aufgebahrt. Kein Geistlicher und keine Betschwester ließ sich mehr blicken.

»Desto besser«, sagte Don Pompeyo, der überall zugleich war.

»Wir brauchen keine Schwarzröcke!« rief Foja, der ebenfalls eine große Geschäftigkeit entfaltete.

»Das muß eine Manifestation werden«, sagte der ehemalige Bürgermeister zu vielen seiner Gesinnungsgenossen und anderen Feinden des Generalvikars, die sich im Laden vor dem Toten versammelt hatten. »Das muß eine Manifestation werden. Andere erlaubt uns die Regierung ja nicht. Nutzen wir also diese Gelegenheit. Außerdem ist das eine Ungerechtigkeit. Dieser arme Alte ist verhungert, ermordet von den ruchlosen Geschäftemachern des ‚Roten Kreuzes'. Und zu größerer Schmach und Verhöhnung verweigert man ihm jetzt ein ehrenvolles, christliches Begräbnis. Man wird ihn auf der Schutthalde hinter der neuen Umfriedung beerdigen müssen, in dem Dreckloch, das diese Schufte für die Zivilbestattungen bestimmt haben.«

»Verhungert und wie ein Hund begraben!« rief der wegen seiner Ansichten verfolgte Schullehrer.

»Man muß mit größter Lautstärke protestieren!«

»Jawohl, jawohl!«

»Das ist eine schwere Unbill!«

»Wir müssen eine Manifestation veranstalten!«

Es sprachen auch viele Mitverschworene, denen man es an der Nasenspitze ansah, daß sie zum Palastklüngel gehörten. Das waren die Freunde des Archidiakons, des unversöhnlichen Mourelo, der aus dem Hintergrund zettelte.

»Hören Sie, Señor Sousa, Sie schreiben doch für den ‚Alarm'.

Die Nummer muß heute ein bißchen später erscheinen, damit noch etwas eingerückt werden kann.«

»Ja, Señor, ich eile auf der Stelle in die Druckerei und verfasse gleich dort mit allem Nachdruck, den das Pressegesetz, das verwünschte Pressegesetz, erlaubt, einen Bericht, um die Liberalen, die Freunde der Gerechtigkeit aufzurufen. Seien Sie unbesorgt, Señor Foja.«

»Überschreiben Sie den Bericht: ‚Zivilbestattung'.«

»Ja, Señor, so werde ich's machen.«

»Mit großen Buchstaben.«

»Faustgroß, Sie werden sehen.«

»Das kann der ganzen liberalen Einwohnerschaft als Anzeige dienen.«

»Ob die aus der Fabrik kommen?«

»Das will ich meinen!« rief Parcerisa. »Ich gehe sofort hin, um den Leuten einzuheizen. Das kann uns die Regierung ja nicht verbieten.«

»Da man nicht rebelliert.«

Die Beerdigung fand gegen Abend statt. So konnten auch die aus der Fabrik daran teilnehmen.

Es regnete. Schräg und dünn fielen träge Wasserfäden.

Die Straße füllte sich mit Regenschirmen.

Der Generalvikar, der hinter der Glastür seiner Studierstube auf der Lauer stand, erblickte einen schwarzen, langen, schmalen Kasten, der sich beim Herauskommen aus dem Laden nach vorn neigte und wie zögernd anhielt. Es war Don Santos, der zum letzten Mal sein Haus verließ. Er schien zu schwanken, ob er dem Wasser, das vom Himmel fiel, Trotz bieten oder in seine Wohnung zurückkehren solle. Schließlich verschwand der Sarg unter dem Gewoge aus dunkler Seide und Perkal. Auf dem Balkon über der Tür erschien zwischen den Gitterstäben der Kopf eines schwarzen, verwahrlosten Pudels. Der Generalvikar blickte entsetzt auf ihn. Der Schoßhund machte einen langen Hals, versuchte auf die Straße zu schauen, und seine Ohren stellten sich auf. Er bellte den Sarg, die Regenschirme an und verschwand wieder. Er war in dem Zimmer vergessen worden, das Don Pompeyo abgeschlossen hatte.

Guimarán, im schwarzen Gehrock, führte das Trauergeleit an. Vor dem Sarg schritten in Reihen zahlreiche Arbeiter, ein paar kleine Ladenbesitzer, verschiedene Schuhmacher und Schneider und beteten.

Guimarán hatte vorgeschlagen, nicht zu beten.

War der große Barinaga, der Märtyrer seiner Überzeugungen, nicht außerhalb jeder christlichen Konfession gestorben? Folglich war es ein Widerspruch . . .

»Lassen Sie, lassen Sie«, hatte Foja verdrießlich bemerkt. »Wir wollen nicht unduldsam sein und die Dinge nicht auf die Spitze treiben. Die Wirkung ist größer, wenn gebetet wird.«

»Das ist keine antikatholische Manifestation«, bemerkte der Lehrer.

»Sondern eine antiklerikale«, warf ein anderer bewährter Liberaler ein.

»Der Schuß zielt auf den Generalvikar«, erklärte ein Milchbart von Gloucesters Geheimpolizei.

So kam man schließlich überein, daß gebetet werde, und man betete. *»Requiescat in pace«,* sagte Pracerisa, der vorbetete, mit feierlicher Stimme nach jedem Gebet.

Und die in den Reihen, die brennende Wachsfackeln trugen, antworteten: *»Requiescat in pace!«*

Weder das Latein noch das Wachs behagte Don Pompeyo, aber er mußte sich drein schicken.

Das alles war ein Widerspruch, aber Vetusta war für eine wirkliche Zivilbestattung noch nicht reif.

Die Nacht brach herein. Der Friedhof war weit. Man mußte den Schritt beschleunigen.

Der Regen begann senkrecht zu fallen, aber in größeren Tropfen. Die Regenschirme erdröhnten unter dem traurigen Getrommel, und das Wasser troff von sämtlichen Stäben. Die Balkontüren, dichtbesetzt mit Köpfen Neugieriger, öffneten und schlossen sich.

Man betrachtete das Schauspiel im allgemeinen mit spöttischer Neugier, der sich Verachtung beimischte. Aber eben deswegen fand man das Vergehen des Generalvikars desto schlimmer. Dieser arme Don Santos war durch die Schuld des Generalvikars gestorben wie ein Hund. Er war von der Religion abgefallen durch die Schuld des Generalvikars, war verhungert und ohne die Sakramente gestorben durch die Schuld des Generalvikars.

Und jetzt nutzten die Revolutionäre, die alles zu ihrem Vorteil ausschlachteten, die Gelegenheit für eine ihrer Demonstrationen.

»Und durch Schuld des Generalvikars.«

»Man darf den Bogen nicht überspannen.«

»Dieser Mann bringt uns alle ins Verderben.«

So die Kommentare auf den Balkons. Und nachdem man die Türen wieder geschlossen hatte, ging das Gerede drinnen weiter. De Pas büßte an diesem Abend viele Freunde ein.

Ohne daß man wußte, wie, wurde es für Vetusta zu einem Gemeinplatz, zu einer offenkundigen Wahrheit, daß »Barinaga durch die Schuld des Generalvikars wie ein Hund gestorben war«.

Die Freunde, die Don Fermín verblieben, sahen ein, daß man, zumindest in diesen Tagen, gegen diese ungerechte, aber allgemein verbreitete Behauptung nicht ankämpfen konnte.

Der Leichenzug ließ die Hauptstraße der Kolonie, die in eine kilometerlange Schlammlache verwandelt war, hinter sich und begann den Hang hinaufzusteigen, der beim Friedhof endete. Der Regen peitschte das Trauergeleit wieder schräg von der Seite, und der Wind trieb das Wasser unter die Schirme. Es goß in Strömen. Eine schwarze Wolke von der Form eines riesenhaften Vogels bedeckte die ganze Stadt und schüttete den wütenden Guß über den Trauerzug.

Man stieg den Hang schnellen Schrittes hinan. Der Perkalin, mit dem der schäbige Sarg überzogen war, hatte sich an zwei oder drei Stellen gelöst. Man sah das weiße Fleisch des Holzes, von dem das Wasser troff. Die Sargträger stießen und schüttelten den Toten. Die Müdigkeit und ein gewisser unbewußter Aberglaube hatten mit der Achtung aufgeräumt, die einem Toten gebührte. Sämtliche Wachsfackeln waren ausgegangen. Statt des Wachses troff Wasser an ihnen herab. In den Reihen wurde laut gesprochen.

»Schneller, schneller!« hieß es bei jedem Schritt.

Ein paar machten Witze, die auf das Unwetter anspielten. Die Leidtragenden benahmen sich würdevoller, aber alle waren sich einig, daß man den Schritt beschleunigen müsse.

Dieses Toben der Elemente erweckte viele stille Befürchtungen.

Don Pompeyos Füße waren voller Morast, und es war bekannt, daß er Nässe nicht vertrug. Sie machte ihn nervös, und damit sank auch sein Mut.

Es gibt keinen Gott, natürlich nicht, dachte er bei sich, aber wenn es einen gäbe, könnte man glauben, daß er uns mit diesem verteufelten Wolkenbruch züchtigen will.

Man erreichte die Höhe, die Kuppe des Hügels. Die Friedhofsmauer trat wie ein schwarzer Streifen am Horizont aus der bleifarbenen Helligkeit des Himmels. Man konnte nichts deutlich sehen. Die Zypressen hinter der Umfriedung schwankten hin und her. Sie nahmen sich wie Spukgestalten aus, die einander ins Ohr flüsterten und etwas gegen die Verwegenen ausheckten, die da herangezogen kamen, den Frieden des Gottesackers zu stören.

Vor dem Tor hielt der Zug an. Es gab Schwierigkeiten beim Eintritt. Man hatte ein paar Formalitäten vergessen, und die Böswilligkeit des Totengräbers, vielleicht auch des Kaplans, machte bürokratische Einwendungen.

»Wo ist Foja?« schrie Don Pompeyo, der sich nicht mehr mutig genug fühlte, dem klerikalen Obskurantismus eine zweite Schlacht zu liefern.

Foja war nicht da. Niemand hatte ihn in dem Trauerzug gesehen.

Don Pompeyo rutschte das Herz in die Hosen. Ich bin allein, dachte er, dieser Drückeberger hat mich sitzenlassen.

Er faßte sich ein Herz und setzte sich, von der allgemeinen Entrüstung unterstützt, durch. Das Trauergeleit zog in den Friedhof ein, aber nicht durch das Hauptportal, sondern durch eine Art Bresche in der Mauer des verwahrlosten, schmalen Gevierts voller Brennesseln und Unkraut, wo diejenigen begraben wurden, die außerhalb der katholischen Kirche starben. Es waren wenige. Der derzeitige Totengräber entsann sich nur an drei oder vier solche Begräbnisse.

Die Trauergäste wurden ohne große Umstände verabschiedet. Peitschend verabschiedete sie auch der Wind mit Geißelhieben eiskalten Wassers.

Don Pompeyo verließ den Friedhof als letzter. Er hielt es für seine Pflicht.

Die Nacht war hereingebrochen. Allein, mutterseelenallein blieb er auf der Höhe des Hanges stehen. Zwanzig Schritt hinter seinem Rücken ragte die Friedhofsmauer empor. Dahinter blieb der unglückliche Freund verlassen zurück, bald von der Welt vergessen. Er lag unter der Erde, von den übrigen dahingegangenen Vetustensern durch eine Mauer geschieden, die eine Schmach war. Verloren wie das Gerippe eines Kleppers, zwischen Brennesseln, Unkraut und Morast . . . Durch das Loch in der Mauer drangen Hunde und Katzen in den Zivilfriedhof ein. Jeder Entweihung lag er offen. Dort ruhte also Don Santos, der gute Barinaga, der Hostienteller und Monstranzen verkauft hatte, an die er früher einmal geglaubt hatte. Und all das war sein, Don Pompeyos Werk! Er hatte im »Café des Friedens« begonnen, des armen Geschäftsmanns Glaubenszitadelle zu schleifen!

Ein Schauer schüttelte Guimaráns Körper. Er knöpfte seinen Rock zu. Ohne Umhang zu kommen, war eine weitere Unbesonnenheit gewesen.

Da merkte er, daß er keine Tropfen mehr spürte. Es regnete nicht mehr. Über Vetusta glänzten zwischen großen Schattenflecken ein paar bleiche Lichter: die Sterne, und in den Schatten der Stadt blinkten in gleichmäßigen Abständen rötliche Punkte auf: die Straßenlaternen.

Abermals erschauerte Guimarán. Er spürte die Feuchtigkeit an den Füßen wieder und beschleunigte den Schritt. Mehr noch: Er bildete sich ein, verfolgt zu werden, daß mitunter jemand sacht seine Rockschöße berührte und das Haar am Hinterkopf. Da er allein war, hielt er es nicht für anstößig, hügelab einen leichten Trab anzuschlagen, den Regenschirm unter den Arm geklemmt.

Nein, es gibt keinen Gott, dachte er, aber wenn es einen gäbe, säßen wir jetzt schön in der Tinte.

Und weiter unten: Daß man einen mit Bestimmtheit unweigerlich auf diesem Misthaufen begraben wird, das ist auch keine eben angenehme Aussicht.

Und er rannte, wobei ihn von Zeit zu Zeit ein Schauer überlief.

In dieser Nacht fieberte Don Pompeyo.

Er hatte es ja gleich gesagt: Die Nässe!

Er delirierte.

Träumte, daß er aus Steinen gefügt sei und im Bauch eine Öffnung habe, durch die Katzen und Hunde, auch das eine und andere geschwänzte Teufelchen, aus und ein schlüpften.

T*ecum principium in die virtutis tuae in splendorum sanctorum, ex utero ante luciferum genui te.*

Dies las die Präsidentin, ohne es recht zu verstehen. Die Übersetzung in der Agende sagte: Du wirst besitzen das Königtum und das Reich am Tage deiner Macht und inmitten des

Glanzes, in dem deine Heiligen erstrahlen: Ich habe dich hervorgebracht aus meinem Leib noch vor der Geburt des Morgensterns.

Und weiter unten las Ana, die Augen auf ihr Andachtsbuch geheftet: *Dominus dixit ad me: Filius meus es tu, ego hodie genui te, Alleluia.*

Ja, ja, halleluja, halleluja! rief ihr Herz ihr zu, und als hätte die Orgel verstanden, was das Herz der Präsidentin wollte, ließ sie ein paar heitere, ausgelassene Notenteufelchen entschlüpfen, die sofort den dunklen Bereich der Kathedrale erfüllten, zum Gewölbe emporstiegen und sich balgten, um auf die Straße hinaus zu entwischen und zum Himmel aufzufliegen, die Erde mit mutwilligen Melodien durchtränkend. Die Orgel sagte auf ihre Weise:

María Dolores, behüt dich Gott,
morgen geht's fort
mit dem Blumenboot
nach Havanna, zum Port.

Und plötzlich wechselte die Melodie und schrie:

Noch nie, das glaubt mir, liebe Leute,
ging's beim Pfarrer zu wie heute . . .

Dann brach sie, jeden Ernst vermissen lassend, ab, um zu singen:

Hoch Manolillo
und nieder Manolé!
Heut hat's geklappt,
brauchst nicht zum Kommiß.
Ob man nicht nächstens dich schnappt,
weiß niemand gewiß.
Hoch Manolillo,
Manolillo, Manolé!

Und all das, weil vor eintausendachthundert und soundsovielsiebzig Jahren im Stall von Bethlehem das Jesuskind geboren wurde. Was kümmerte das die Orgel? Und trotzdem schien sie vor Freude außer Rand und Band, schien sie den Kopf zu verlieren, und aus ihren konischen Röhren, aus ihren Trompeten und Pfeifen sprudelten Schwärme von Noten, gleich Lichtlein, die die Seelen erhellten.

Das Gotteshaus war dunkel. Hie und da hing an einem Pfeiler eine Petroleumlampe mit Hohlspiegel und unterbrach die Finsternis, die wenige Schritte weiter wieder vorherrschte. Es gab nicht mehr Licht als das der spärlichen Lampen in den Schiffen, im Chorumgang und der Hauptapsis und das der Kerzen auf dem Altar und im Chor, die fern in der Höhe wie Sternchen leuchteten. Aber die heitere Musik, die von den Pfeilern in die Kapellen und vom Fußboden zum Gewölbe geworfen wurde, schien die Kathedrale mit den Strahlen des Tagesanbruchs zu erhellen. Dabei war es erst Mitternacht. Die Christmette begann.

In diesem Augenblick gab es keine Schranken zwischen dem Gotteshaus und der Welt. Die Natur drang durch die offenen Kirchenfenster ein. In der Orgelmusik waren Erinnerungen an den Sommer, die fröhlichen Kirchweihfeste auf dem Lande, die Lieder der Seeleute am Meeresufer, und es war da ein Duft von Thymian und Geißblatt, der Geruch des Strandes und das herbe Aroma der Heide, doch alle überlagerte ein mystischer Hauch von unaussprechlicher Poesie, der Tränen entlockte. Die Weihnachtsmesse erregte die Nerven der Präsidentin. Sie lehnte den Kopf an den churrigueresken Bauch des steinernen Hauptaltars der dunklen Kapelle, in der sie sich befand. Sie dachte kaum mehr, sie fühlte nur noch.

Das vergoldete Bronzegitter, das die Hauptapsis vom Kreuzschiff trennte, war an beiden Enden unterbrochen, um Platz für die ganz aus Filigran bestehenden eisernen Kanzeln zu lassen. Zwei vergoldete Adler mit ausgebreiteten Schwingen dienten als Pulte für die Epistel und das Evangelium. Ana sah auf der Kanzel links vom Altar die krumme, aber hochmütige Gestalt Gloucesters auftauchen. Die reiche Casula aus golddurchwirktem Stoff sandte, von dem Licht der Altarleuchter zu beiden Seiten des Domherrn getroffen, Strahlen aus. Sowie die Orgel leiser wurde, begann der Archidiakon wie jemand, der einen Scherz mit einer ernsten Note unterbrechen will, den Brief des Paulus an Titus zu verlesen, das zweite Kapitel. Gloucester behagte es, wenn sich die allgemeine Aufmerksamkeit auf ihn richtete, und er las langsam, die Endungen *-us, -i* und *-is* stark betonend: So, wie er sich beim Lesen aufspielte, mußte man annehmen, Paulus' Epistel sei ein Werk Gloucesters, ein eigenes kleines Elaborat. Kaum hatte der dünkelhafte Diakon zu Ende gelesen, legte die Orgel wieder los. Jetzt spielte sie wie die Dudelsackpfeifer vom Lande, indem sie die plumpe, unkorrekte Art nachahmte, mit der der beamtete Stadtpfeifer das

Trinklied aus »La Traviata« und das Miserere aus dem »Troubadour« interpretierte. Als Ripamilán schon sein hurtiges Köpfchen über die Brüstung der anderen Kanzel reckte, um das Evangelium zu singen, spielte der Organist zur Überleitung das Hasenfußlied:

Jetzt hast du alles im Überfluß,
Hasenfuß,
Hasenfuß,
Hasenfuß.

Die Karlisten und Liberalen, die das Querschiff füllten, begrüßten den witzigen Einfall, es gab Geflüster, unterdrücktes Lachen, und darin erblickte die Präsidentin ein Zeichen allgemeinen Friedens.

Ripamilán konnte nicht umhin zu lächeln, während er, nicht ohne Mühe, das Buch, aus dem er das Evangelium des Lukas verlesen sollte, auf die Schwingen des eisernen Adlers legte.

Der Archidiakon wartete mit vor dem Bauch gekreuzten Armen auf der Kanzeltreppe. Neben ihm standen wie Schildwachen zwei Meßdiener mit den Altarleuchtern. Der eine war Celedonio.

»Secuentia sancti Evangelii secundum Lucaaam!« sang Ripamilán. Er war todmüde und machte sich den Gregorianischen Chorgesang zunutze, um auf der letzten Note zu gähnen.

»Es begab sich aber zu der Zeit«, fuhr er fort, »daß ein Gebot von dem Kaiser Augustus ausging, daß alle Welt geschätzt würde.« Der Kaiser schien viel von Statistiken zu halten. »Und diese Schätzung war die allererste und geschah zu der Zeit, da Cyrenius Landpfleger in Syrien war.« Ripamilán döste über der Erinnerung an Cyrenius ein. Als er aber zur Schätzung Josephs kam, belebte sich der Erzpriester, da er sich das heilige Ehepaar auf dem Wege nach Bethlehem vorstellte. »Und als sie daselbst waren, kam die Zeit, daß sie gebären sollte. Und sie gebar ihren ersten Sohn und wickelte ihn in Windeln und legte ihn in eine Krippe, denn sie hatten sonst keinen Raum in der Herberge.« Ripamilán las jetzt langsam, um zu sehen, ob die Zuhörer folgen konnten. Als er zu den Hirten kam, die ihre Herden bewachten, entsann sich Don Cayetano seiner großen Vorliebe für die Ekloge und ward wirklich gerührt.

Noch gerührter war die Präsidentin, die in ihrem Buch die schlichte, ergreifende Erzählung verfolgte. Das Christkind!

Jetzt begriff sie diese sanfte, poetische Religion, die mit einer Krippe begann und mit einem Kreuz endigte, in ihrer ganzen Größe. Und dieser Ripamilán da oben, dieses Alterchen, das von der Geburt erzählte, als habe er ihr soeben beigewohnt! Auch Ripamilán war schön auf seine Art.

Das »Publikum« indessen begann ungeduldig zu werden, es ließ sich allmählich gehen. In manchen Ecken hörte man Gelächter, das irgendein Spaßvogel hervorrief.

Die Leute drängten sich im Querschiff zusammen, man drückte einander gegen das Gitter vor dem Hochaltar und die Schranken in der Mitte unter den Kanzeln, während sich in der übrigen Kathedrale die wenigen, die ihrer Bewegungsfreiheit dem warmen Menschendunst in dieser dichtgedrängten Menge den Vorzug gaben, nach Belieben breitmachen konnten. Da die Religion für alle gleich ist, vermengten sich alle Klassen, Lebensalter und Stände. Obdulia Fandiño hörte die Messe stehend, hatte dabei ihr Gebetbuch auf den Rücken Pedros, des Kochs der Vegallanas gelegt, während sie im Nacken den Atem Pepe Ronzals spürte, der es nicht verhindern konnte und vielleicht auch nicht verhindern wollte, daß die von hinten stießen. Für die Fandiño war das die Religion: Sich ohne Unterschied der Klassen und Geschlechter zu drängen und zu drücken bei den großen Festlichkeiten, mit denen die Kirche wichtiger Ereignisse gedachte, von denen sie, Obdulia, nur eine sehr verschwommene Vorstellung hatte. Visitación war ebenfalls dort, näher an der Kapelle, den Kopf durchs Gitter gesteckt. Nicht weit von ihr entat Paco Vegallana, als stemme er sich der anonymen Kraft entgegen, die ihn wie eine Brandung auf seine Cousine Edelmira warf. Rot wie eine Kirsche, die Augen auf einen heiligen Joseph in ihrem Gebetbuch gerichtet, mit der Seele aber bei den Bewegungen ihres Vetters, versuchte sie von der Schranke im Zentrum wegzukommen, an der diese Menschenwoge sie plattzudrücken drohte. Es wurde viel gehustet, und nicht jeder Husten war harmlos. Alle diese jungen Herren und Damen hätten in dieser einschläfernden Stille, in dieser beklemmenden Dunkelheit mit größtem Vergnügen bis zum Morgen ausgeharrt. Obdulia dachte, obwohl sie das natürlich nur im vertrauten Kreis zugab, daß das Flirten, das, was Joaquín Orgaz »Äugeln« nannte, wenn auch immer vergnüglich, in der Kirche noch viel vergnüglicher war, weil es dort etwas Apartes hatte. Und die Witwe schwärmte fürs Aparte.

Welche Unmoral verrät doch diese Ansammlung schlechter Christen, dachte gerade Don Pompeyo Guimarán, der, nicht ganz von einem Fieber genesen, eingewilligt hatte, mit Don Alvaro, Orgaz, Foja und den anderen Nachtschwärmern im Kasino zu soupieren und anschließend mit ihnen in die Weihnachtsmesse gekommen war.

Ja, ihm schlug in seiner Betrunkenheit das Gewissen, aber nun war er einmal da. Mit einem süßen Likör hatten sie angefangen, ihn betrunken zu machen, einem Likör, der ihm jetzt Übelkeit verursachte und seinen Magen in so etwas wie eine Parfümerie verwandelt hatte. Bäh! Wie abscheulich! Danach hatten sie ihn genötigt, mehr zu essen, als guttat, und schließlich von allem zu trinken. Und als er sich zum Heimweg rüstete, falls einer der Herren die Güte hätte, ihn zu begleiten, hatten sie ihn – o Gipfel der schlechten, ehrverletzenden Späße! – geradewegs in die Kathedrale gelotst, wohin er viele Jahre lang keinen Fuß mehr gesetzt hatte. Er protestierte, wollte gehen, aber sie ließen ihn nicht, und sein Haus allein zu suchen, das wollte er doch nicht riskieren. Auf der Straße war es kalt.

»Señores«, sagte er leise zu Don Alvaro und Orgaz, »nehmen Sie zur Kenntnis, daß ich protestiere und mich nur der höheren Gewalt füge, der Gewalt Ihrer Trunkenheit, wenn ich an solchem Orte bleibe.«

»Schon gut, mein Lieber, schon gut.«

»Es sei festgestellt, daß dies kein Widerruf ist.«

»Nein. Wieso soll das ein Widerruf sein?«

»Und auch keine Profanation. Ich achte alle Religionen, wenn ich mich auch zu keiner bekenne. Was werden die Leute sagen, wenn man erfährt, daß ich in Gesellschaft notorischer Säufer hierher gekommen bin? Ich gestehe Palomo das Recht zu, mich mit der Peitsche oder mit Fußtritten aus der Kirche zu jagen.«

»Ja, ja, mein Lieber, schon gut«, lallte Foja. »Mit einem Wort, Don Pompeyo gibt zu, daß er hier so etwas ist wie ein Hund in der Messe.«

»Ein treffender Vergleich. So ist es. Ich habe hier genausowenig zu suchen wie ein Hund. Und außerdem ist das widerwärtig. Hören Sie sich bloß diesen Organisten an, der vermutlich genauso betrunken ist wie Sie: Er macht aus dem Tempel des Herrn, nennen wir's mal so, einen Schwof, eine Orgie. Wie steht's nun, Señores: Ist Christus geboren oder der Gott Pan auferstanden?«

»Pun, pin, pan, ich bin der General, bum, bum!« trällerte Joaquín Orgaz leise und trommelte dazu mit den Fingern auf Guimaráns Kopf. Gleich darauf aber verzog sich der junge Arzt aus der dunklen Kapelle, wo sich dies abspielte, und begab sich auf die Suche nach einer Nadel in einem Heuhaufen, wie er erklärte, das heißt auf die Suche nach Obdulia in der Menschenmenge. Und er fand sie, eingeklemmt zwischen dem grimmigen Ronzal und Pacos Koch. Joaquín machte kehrt und begab sich an die Seite Don Pompeyos zurück.

Die Kapelle, in der die Präsidentin der Messe beiwohnte, war nur durch ein hohes Gitter von derjenigen getrennt, in der sich die Nachtschwärmer aus dem Kasino verborgen hatten. Ana vernahm Orgaz' Stimme, der dem Atheisten seine Absicht, die Kirche zu verlassen, ausredete. Doch man konnte von einer Kapelle zur anderen keine Personen erkennen, man sah nur dunkle Umrisse.

Als die »Runde« vorbeikam, war es etwas anderes. Die Fakkeln der Meßdiener ließen Ana in einer flackernden, gelblichen Helligkeit gleichzeitig die stolze Gestalt des Generalvikars und die schlanke, anmutige Don Alvaros erkennen, der mit halbgeschlossenen Augen und halb entschlummert, gesenkten Kopfes an das Gitter gelehnt, das die beiden Kapellen trennte, dem Gottesdienst mit der Andacht eines rechtschaffenen Christen zu lauschen schien.

Der Generalvikar konnte die Präsidentin und Don Alvaro ebenfalls so nahe beieinander sehen, wenn auch durch ein Gitter getrennt. Das Barett zitterte in seinen Händen, und er mußte sich zusammennehmen, um den Umzug fortzusetzen, der ihm in diesem Augenblick lächerlich vorkam.

Mesía sah weder den Generalvikar noch die Präsidentin, noch sonstwen. Er war im Stehen halb eingeschlafen, denn er war betrunken, benahm sich aber in der Trunkenheit nie anstößig. Niemand ahnte seinen Zustand.

Ana sah Don Alvaro auch noch, nachdem sich die Runde mit ihren schläfrigen Lichtern entfernt hatte. Sie sah ihn weiterhin vor sich und stellte ihn sich rot gekleidet vor, in einem enganliegenden, eleganten Anzug. Sie wußte nicht, ob das das Kostüm des Mephistopheles aus der Oper oder die Tracht des eleganten Jägers war, auf jeden Fall aber war der Feind sehr schön. Und er war ganz nahe, hinter dem Gitter da. Drei Schritte, und sie konnte ihn berühren. Die Orgel verabschiedete sich von den Gläubigen mit den tollsten Stücken des Repertoirs, darunter einer Melodie, die Ana zum erstenmal an der Seite Mesías bei der Kirchweih zu San Blas in diesem Jahr gehört hatte. Sie schloß die Augen, die sich mit Tränen gefüllt hatten. Von welcher Seite packte die Versuchung sie jetzt! Sie wurde sentimental, rührselig, rief Erinnerungen wach, die Macht der Erinnerung, die immer etwas Geheiligtes, Süßes, Inniges ist. Was war bei diesem Kirchweihfest geschehen? Nichts. Und trotzdem, wenn sie jetzt durch die Schuld des Organisten an diesen Nachmittag zurückdachte, sah Ana Don Alvaro an ihrer Seite, halbtot vor Liebe, stumm vor bewundernder Achtung, sich selbst aber froh im tiefsten Grunde ihrer Seele. O ja, in einer Tiefe ihrer Seele oder des Körpers oder der Hölle, worin die sanften Predigten von Mystizismus und Brüderlichkeit nicht gelangten, deren sie sich weiterhin in Gesellschaft dieses Herrn Kanonikus erfreute, der eben mit auf dem Bauch gefalteten Händen und umgeben von Chorknaben hier vorbeigekommen war.

Als Ana mit einer Bewegung des Kopfes diese unangebrachten und sündigen Bilder abzuschütteln versuchte, leerte sich das Gotteshaus bereits allmählich. Sie fror und verspürte beinahe Angst da im Schatten des Beichtstuhls, an den sie sich lehnte. Sie erhob sich und verließ die Kathedrale, die langsam in Schlaf sank. Die Orgel war verstummt wie ein Betrunkener, der seinen Rausch ausschläft, nachdem er alle Welt mit seinem Randalieren aufgeschreckt hat. Die Lichter wurden gelöscht.

In der Vorhalle stieß Ana auf den Generalvikar.

Don Fermín war blaß. Sie sah es im Schein eines Streichholzes, das in der Nähe angezündet wurde. Als es wieder dunkel war, trat de Pas zur Präsidentin und fragte sie mit sanfter Stimme, in der Unzufriedenheit mitschwang:

»Haben Sie sich in der Messe gut unterhalten?«

»Mich in der Messe unterhalten?«

»Ich meine, ob Ihnen gefallen hat, was man spielte, was man sang.«

Ana merkte, daß ihr Beichtvater nicht wußte, was er sagte.

In diesem Augenblick traten sie aus der Vorhalle. Auf der Straße standen noch ein paar Grüppchen von Nachzüglern. Man mußte sich trennen.

»Gute Nacht!« sagte der Generalvikar kurz angebunden, fast zornig.

Ohne ein weiteres Wort schlug er den Mantel enger um sich und nahm mit langen Schritten den Weg nach Hause.

Ana spürte das Verlangen, ihm zu folgen. Sie wußte nicht warum, aber sie hatte ihn erzürnt. Was hatte sie denn getan? An den Feind gedacht, und in verabscheuungswürdigen Erinnerungen geschwelgt. Wie aber konnte Don Fermín von all dem Kenntnis haben? Und er war so fortgelaufen! Tiefes Mitleid und eine Dankbarkeit, die wie Liebe war, überfluteten in diesem Augenblick Anas Gemüt. Ach, warum konnte sie jetzt nicht mit diesem Manne gehen, ihn zurückrufen, ihn trösten, ihm beweisen, daß sie dieselbe war wie immer, daß sie sich nicht von ihm abwandte wie so viele andere Frauen. Ja, sie wandten sich ab von ihm, dem Heiligen, dem Märtyrer der Frömmigkeit. Früher stritten sie sich um ihn, jetzt wandten sie sich von ihm ab. Und weshalb das alles? Gemeiner Verleumdungen wegen. Sie aber glaubte an ihn, sie wäre ihm blind bis ans Ende der Welt gefolgt. Sie wußte, daß er und die heilige Teresa sie vor der Hölle gerettet hatten. Aber man konnte ihm nicht gut nachlaufen, um ihn zu trösten und ihm das alles zu sagen. Was hätte, von allen anderen abgesehen, Petra, die Zofe, gedacht, die da, schweigend, lächelnd, neben ihr stand, jeden Tag unsympathischer und unterwürfiger ... und unausstehlicher!

Petra hatte sich, während der Generalvikar und Ana miteinander sprachen, diskret zwei Schritte entfernt. Als sie den Generalvikar davonstürmen und sich so schwungvoll in seinen Mantel hüllen sah, dachte die Zofe: Sie haben sich in der Wolle.

Und lächelte.

Die Präsidentin schlug den Weg zur Plaza Nueva ein. Sie ging wie im Halbschlaf, war wie berauscht von Schläfrigkeit, Musik und Phantasien. Unversehens stand sie vor dem Portal ihres Hauses, während ihre Gedanken bei dem Jesuskind in seiner Krippe im Stall von Bethlehem waren. Sie stellte sich die Szene vor, wie sie ein Krippenspiel darstellte, das sie am frühen Abend desselben Tages gesehen hatte.

Als sie sich allein in ihrem Ankleidezimmer befand, begann sie vor dem Spiegel ihre Frisur zu lösen. Das lose Haar fiel ihr über den Rücken.

Es stimmte, sie ähnelte der Madonna, der Madonna della Sedia, aber es fehlte ihr das Kind. Mit verschränkten Armen betrachtete sie sich ein paar Sekunden.

Das Jesuskind! Welch süßes Gefühl erweckte dieses Bild in

ihr! Wieso aber bereitete ihr dann die Heraufbeschwörung dieses Bildes Pein? Das Verlangen nach Mutterliebe erwachte in dieser Stunde des Grübelns mit zarter, sehnsuchtsvoller Unbestimmtheit.

Ana fühlte in ihrem Ankleidezimmer eine Einsamkeit, die sie erschreckte und vor Kälte erschauern ließ. Ein Kind, ein Kind hätte all diesen Seelenqualen, all diesen Kämpfen ihres müßigen Geistes, der außerhalb des natürlichen Mittelpunkts des Lebens, außerhalb ihres Heims Nahrung für sein Liebessehnen, einen Gegenstand für ihr Verlangen nach Aufopferung suchte, ein Ende gemacht.

Ohne zu wissen, was sie tat, verließ Ana ihre Gemächer, schritt, wie es ihre Gewohnheit war, im Dunkeln durch den Empfangssalon, ließ einen Gang, das Eßzimmer, die Galerie hinter sich und gelangte geräuschlos vor die Tür von Quintanars Alkoven. Die Tür war nicht richtig zu, und Ana sah durch eine Spalte Licht. Ihr Gatte schlief nicht. Man hörte gemurmelte Worte.

Mit wem sprach dieser Mann? Ana näherte ihr Gesicht dem Lichtstrahl und erblickte Don Víctor, der in seinem Bett saß. Bauch und Beine bedeckte das Bettzeug, der Oberkörper blieb draußen und war in eine rote Flanelljacke gehüllt. Eines achtbaren Aberglaubens wegen trug Don Víctor keine Schlafmütze. Er, der nicht imstande war, Ana das leichteste Vergehen zuzutrauen, mied die Nachtmütze eines literarischen Vorurteils wegen. Er erklärte, die Nachtmütze sei eine Spitze, die die Blitze der ehelichen Untreue anzöge. In dieser Nacht aber war ihm kalt gewesen, und mangels einer Baumwoll- oder Zwirnmütze, hatte er sich die aufgesetzt, die er tagsüber trug, jene grüne mit der langen Goldtroddel. Ana sah und hörte, daß Quintanar in diesem grotesken Aufzug beim Licht eines an der Wand befestigten, biegsamen Leuchters laut las.

Aber er tat mehr: er deklamierte. Und mit einer gewissen Furcht, ihr Gatte könne den Verstand verloren haben, sah die Präsidentin, daß Don Víctor leidenschaftlich erregt einen Arm hob, dessen Hand zitternd den Griff eines langen Degens mit mächtigen gebogenen Bügeln umklammerte. Don Víctor las mit Emphase und fuchtelte dabei mit dem glänzenden Stahl, als schlüge er den vertrauten Geist der Degen- und Mantelstücke zum Ritter.

Nahm man einmal die Situation, in der sich Quintanar

wähnte, als gegeben, so war es ein edles und glaubhaftes Tun, mit der blanken Klinge durch die Luft zu fahren. Es ging darum, in schönen Versen aus dem siebzehnten Jahrhundert eine Dame zu verteidigen, die einer ihrer Brüder überraschen und töten wollte, und Don Víctor schwor in Fünfzeilern, daß er sich eher in Stücke hacken lassen als – Kavalier, der er war – eine solche Grausamkeit dulden wolle.

Da jedoch die Präsidentin die Vorgeschichte nicht kannte, wurde ihr ganz schwach in den Knien bei dem Gedanken, daß dieser Mann mit Mütze und Flanelljacke, der um ein Uhr nachts in seinem Bett Schwertstreiche austeilte, ihr Gatte war, der einzige Mensch auf dieser Welt, der ein Recht auf ihre Zärtlichkeiten, ihre Liebe hatte, der einzige, der ihr die Wonnen verschaffen konnte, die sie in der Mutterschaft vermutete und die sie jetzt wegen der Krippe von Bethlehem und anderer ähnlicher Erinnerungen so sehr vermißte.

Die Präsidentin hatte sich zum Zimmer ihres Gatten begeben, um mit ihm zu plaudern, falls er noch munter war, ihm, auf seinem Bett sitzend, von der Christmette zu erzählen. Die Unglückliche wollte die Gedanken verscheuchen, die sie fast wahnsinnig machten, diese widersprüchlichen Empfindungen der exaltierten Frömmigkeit und des aufbegehrenden, dumpfen Fleisches. Sie verlangte nach sanften Worten, herzlicher Vertrautheit, ehelicher Wärme. Noch etwas mehr wollte sie, wiewohl sie eine unbestimmte Scham empfand, es zu wollen, sie wollte etwas, worauf sie ein Recht hatte, und fand ihren Mann, halb aufgerichtet wie einen Krampus, der aus der Schachtel springt, Verse deklamierend.

Eine Woge des Unwillens stieg der Präsidentin ins Gesicht und überzog es mit flammendem Rot. Anita machte einen Schritt zurück, entschlossen, das Theater ihres Mannes nicht zu betreten, aber ihr Rock schleifte über den Boden, und Don Víctor rief erschrocken:

»Wer ist da?«

Ana antwortete nicht.

»Wer ist da?« wiederholte Don Víctor aufgeregt, der sich mit diesen großsprecherischen Versen selbst ein wenig Angst gemacht hatte.

Etwas ruhiger sagte er nach einer Weile:

»Petra? Petra? Bist du's, Petra?«

Ein Verdacht schoß Ana durch den Kopf. Eine ihr selbst absurd erscheinende Eifersucht befiel sie fast wie eine Abart der Versuchung, die sie verfolgte.

Wenn dieser Mann der Liebhaber ihrer Zofe wäre?

»Anselmo! Anselmo!« fügte Don Víctor in demselben sanften, familiären Ton hinzu.

Ana zog sich auf Zehenspitzen zurück, beschämt über viele Dinge: wegen ihres Argwohns, wegen ihres unbestimmten Verlangens, das sie jetzt bereits lächerlich fand, wegen ihres Mannes, wegen sich selbst.

Während sie, ohne anzustoßen, durch den Salon tappte, dachte Ana: Wenn jetzt durch ein Wunder, durch ein Wunder der Liebe, Don Alvaro in dieser Dunkelheit erschiene, mich packte, mich um die Taille faßte und zu mir sagte: Du bist meine Liebe... was würde ich Unglückliche, ich Elende, ich Stück schwachen Fleisches anderes tun, als zu erliegen, in seinen Armen den Kopf zu verlieren. Ja, erliegen! schrie alles in ihr. Ihr schwindelte, sie tastete sich zu dem Damastsofa, und halbnackt auf ihm ausgestreckt, weinte sie, weinte – sie wußte nicht wie lange.

Ein Glockenschlag der Eßzimmeruhr weckte sie aus ihrer fiebrigen Schläfrigkeit, sie erschauerte vor Kälte, und abermals tastend, gelangte Ana, das Haar auf dem Rücken, den Morgenrock nicht zugebunden und über der Brust offen, in ihr Ankleidezimmer. Die Öllampe, deren Licht vom Spiegel reflektiert wurde, war am Verlöschen, sie ging aus, und Ana sah sich vor dem dunklen Hintergrund des Alkovens in dem klaren Glas wie ein schönes, schwebendes Phantasiegebilde. Sie lächelte ihrem Spiegelbild mit einer Bitterkeit zu, die ihr teuflisch erschien. Sie hatte Angst vor sich selbst, flüchtete sich in den Alkoven und ließ alle Kleidungsstücke, derer sie sich zum Schlafen entledigte, auf das Tigerfell fallen. In einer Ecke des Zimmers hatte Petra die Lederpeitsche vergessen, mit der sie den Staub aus einigen Möbelstücken klopfte, die einer solchen Geißelung bedurften. Während ihr gleichzeitig der Gedanke durch den Kopf schoß, sie sei betrunken – sie hätte nicht sagen können wovon –, sprang Ana nackt in die Ecke, packte die Peitsche mit den schwarzgesäumten Lederriemen und schlug unbarmherzig auf ihre nutzlose Schönheit los, einmal, zweimal, zehnmal... Und da dies ebenfalls lächerlich war, warf sie die alberne Geißel von sich, sprang mit einem bacchantischen Satz ins Bett und biß, in ihrem Zorn, von der wollüstigen Kühle der etwas feuchten Laken noch mehr gereizt, wie rasend in das Kissen. Sie versuchte, an nichts zu denken, um vor sich selbst zu fliehen, und war auch eine halbe Stunde später eingeschlafen.

Am selben Morgen spazierte Ana gegen acht allein am Hause des Generalvikars vorbei. Wozu war sie dorthin gegangen? Dies war nicht der Weg zur Kathedrale. Eine unbestimmte Hoffnung, Don Fermín zu treffen, ihn auf dem Balkon zu sehen, eine Hoffnung auf etwas, was sie nicht genau präzisieren konnte, hatte sie den Weg durch die Domherrenstraße nehmen lassen. Sie traf de Pas nicht. Da begab sie sich in die Kathedrale und setzte sich auf das Podium, das mitten im Kirchenschiff vom Chor zu der Kapelle des Hochaltars lief. Den Kopf an die vergoldete, wie ein Eiszapfen kalte Schranke gelehnt, hörte die Präsidentin von weitem der Messe zu, dabei Gebete sprechend, die kein Ende nahmen, und mit offenen Augen träumend, bis der Chor verstummte. Sie sah ihren Freund, ihren de Pas, dem sie liebevoll und mit einer Sanftmut zulächelte, die ihm wie Feuer durch und durch ging, den Chor betreten. Der Generalvikar lächelte nicht zurück, aber sein Blick war eindringlich. Er war nur kurz, aber vielsagend: er klagte an, bedauerte, forschte, verzieh, dankte. Und Don Fermín ging vorbei. Er trat in den Chor und setzte sich in seine Ecke. Dann kam der Generalvikar heraus, verneigte sich vor dem Altar, wandte sich zur Sakristei, und gleich darauf sah die Präsidentin ihn ohne Rochett, Mozetta und Pluviale, im Mantel und mit dem Hut in der Hand wieder herauskommen. Abermals sahen sie sich an. Jetzt lächelten beide. Fünf Minuten später stand Ana auf. Ohne daß sie es sich, auch nicht durch Zeichen, hätten zu sagen brauchen, eilten beide zu einem Treffpunkt. Bald darauf begegneten sie sich im Salon von Doña Petronila Rianzares, wo sie viele Damen und drei Geistliche vorfanden. Dort hatte sich die Creme dessen versammelt, was der »Alarm« das »bigotte Element« der Stadt nannte. Diese Damen, von respekteinflößendem Aussehn die meisten, ein paar aber auch hübsch und jung, feierten mit verklärter Freude den Geburtstag »unseres Herrn Jesus Christus«, als sei Mariens Sohn ausschließlich für sie und einige andere vornehme Leute auf die Welt gekommen. Die Geburt des Herrn erschien ihnen als eine Art Familienfest. In einem uralten, schlechtgeschnittenen Schultertuch aus schwarzem Atlas empfing Doña Petronila ihre »frommen Schäflein«, als sei sie das Geburtstagskind. Der Generalvikar wurde mit Jubel begrüßt. Wie nett! Wie aufmerksam! In einer Stunde mußte er in der Kathedrale auf die Kanzel steigen und predigen, und dennoch fand er sich ein, um zuvor seiner Freundin Doña Petronila frohe Weihnachten zu wünschen!

Der Verruf Don Fermíns war nicht bis zum Zirkel Doña Petronilas gedrungen. Hier zweifelte niemand an der Tugend des Generalvikars, niemand bestritt sie. Wenn einer der Anwesenden außerhalb dieses ehrwürdigen Salons es wagte, diesen Heiligen zu verleumden, so wußte man es nicht, wollte es nicht wissen, aber im Hause Konstantins des Großen würde sich niemand unterstehen, die Heiligkeit des Vetustenser Chrysostomos in Abrede zu stellen.

Ana und Don Fermín konnten ein paar Minuten unter vier Augen miteinander sprechen, und zwar in Doña Petronilas Kabinett. Doña Petronila stöberte sie auf, blieb aber in der Tür stehen, lächelte, winkte ihnen mit der Hand zu und sagte:

»Nichts, nichts, ich wollte nur ein paar Papiere holen. Ich komme später wieder.«

Ana wollte sie zurückrufen. Sie hatten keine Geheimnisse. Weshalb zog sich die Dame zurück? Sie wollte etwas sagen, aber eine Handbewegung des Generalvikars hielt sie davon ab.

»Lassen Sie sie«, sagte de Pas in dem bestimmten Ton, der der Präsidentin immer so gut in den Ohren klang. Das wollte sie gerade: daß der Generalvikar befahl, über sie und ihr Handeln bestimmte.

Ana wandte sich de Pas zu, der beim Balkon stand und ihr wie kurz zuvor in der Kathedrale zulächelte. Dieses Lächeln bat um Verzeihung und erteilte zugleich den Segen.

Don Fermín war blaß, seine Stimme zitterte. Er war dünner als im Sommer. Das beschäftigte Anita.

»Ich bin so müde!« sagte er und seufzte traurig.

Ana setzte sich neben ihn, als er sich in einen Sessel fallen ließ. »Ich bin so allein.«

»Wieso allein? Ich verstehe nicht.«

»Meine Mutter vergöttert mich, ich weiß es, aber sie ist anders als ich. Sie sucht mein Wohl auf einem Wege zu erreichen, den ich nicht mehr gehen will. Sie wissen das alles, Ana.«

»Ja, aber warum sind Sie allein? Und die anderen?«

»Die anderen ... sind nicht meine Mutter. Sie stehen mir nicht nahe. Was haben Sie, Ana? Wird Ihnen schlecht? Ich will klingeln.«

»Nein, nein, auf keinen Fall! Ein Fieberschauer, ein Zittern. Es ist schon vorbei. Nichts Schlimmes.«

»Bekommen Sie einen Anfall?«

»Nein, der Anfall kündigt sich mit anderen Vorzeichen an. Lassen Sie, lassen Sie! Es ist die Kälte, die Nässe. Es hat nichts auf sich.«

Sie schwiegen.

De Pas sah, daß Ana die Tränen zurückhielt, die ihr in die Augen stiegen.

»Was geht hier vor? Ich muß alles wissen, ich habe ein Recht ... ich glaube, ein Recht zu haben.«

Ana fiel vor ihrem »älteren Bruder« auf die Knie und stieß schluchzend hervor:

»Ja, alles, alles sollen Sie wissen. Aber nicht hier, in der Kirche. Morgen ganz früh.«

»Nein, heute nachmittag!«

Der Generalvikar stand auf. Ohne daß sie es gesehen hätte, denn sie verbarg ihr Gesicht zwischen den Händen, hob er die Arme und führte die geballten Fäuste an die Augen. Er ging zweimal im Kabinett auf und ab, kehrte dann mit langen Schritten zur Präsidentin zurück, die immer noch schluchzend auf den Knien lag und das Weinen unterdrückte.

»Jetzt, Ana, jetzt ist es besser, gleich hier, wir haben noch Zeit.«

»Nein, hier nicht. Es ist Zeit, Sie kommen noch zu spät.«

»Aber was hat das zu bedeuten? Was haben Sie? Haben Sie Mitleid, Señora, um Gottes willen, Ana. Sehen Sie nicht, daß ich wie ein Schilfrohr zittere? Was geht hier vor? Was habe ich zu fürchten? Dieser Mann war gestern betrunken. Er zog mit anderen an meinem Haus vorbei, um drei Uhr morgens. Orgaz rief ihm laut zu: ‚Alvaro, hier wohnt dein Rivale!' So sagte er: Dein Rivale! So weit geht die üble Nachrede bereits!«

Ana blickte den Generalvikar entsetzt an. Sie schien seine Worte nicht zu begreifen.

»Ja, Señora, unsere Freundschaft ist ihnen ein Dorn im Auge. Sie wollen uns auseinanderbringen und könnten es auf diese Weise erreichen. Sie brauchen bloß mit Schmutz zu werfen.«

Es war das erste Mal, daß der Generalvikar so sprach. Nie hatten sie in ihren Gesprächen diese Gefahr, dieses böse Gerede erwähnt. Er dachte daran, aber es paßte nicht in seine Pläne, zur Präsidentin zu sagen: Ich bin ein Mann, du bist eine Frau, die Welt urteilt böswillig. Jetzt aber hatte er, ohne sich beherrschen zu können, »Rivale« gesagt, mit Nachdruck, obwohl diese Worte die Präsidentin vielleicht erschreckten.

Ja, dachte er, ja, ich bin auch ein Mann, ich könnte ein Rivale sein, weshalb nicht? Er kannte sich selbst nicht, lief im Kabinett auf und ab wie ein Tiger im Käfig. Er wußte, daß er in diesem Moment alles heraussagen würde, was ihm die erhitzte Leidenschaft, die verletzte Eigenliebe eingab. Hinterher würde es ihm leid tun, gesprochen zu haben. Aber einerlei, jetzt wollte er sich Luft machen. Ach, er war nicht mehr der Fermín von früher!

Ana stand auf, wartete, bis der Generalvikar in seiner Wanderung ans andere Ende des Kabinetts gelangt war, und sagte:

»Sie haben mich nicht verstanden. Ich bin's, die allein ist. Sie sind der Undankbare. Ihre Mutter mag Sie mehr lieben als ich, aber sie verdankt Ihnen nicht so viel wie ich. Ich habe Gott geschworen, nötigenfalls für Sie zu sterben. Alle Welt verleumdet und verfolgt Sie, und ich verachte alle Welt und werfe mich Ihnen zu Füßen, um Ihnen meine tiefsten Geheimnisse zu erzählen. Ich wußte nicht, welches Opfer ich Ihnen darbringen könnte. Jetzt weiß ich es, Sie haben es mir entdeckt. Man redet über meine Ehre. Die Elenden! Ich ahnte nicht, daß man darüber reden könnte. Aber gut, sollen sie reden! Ich will mich nicht von dem Märtyrer trennen, den sie mit Verleumdungen wie mit Steinwürfen verfolgen. Ich will, daß die Steine, die Sie verletzen, auch mich treffen. Bis zu meinem Tod will ich Ihnen zu Füßen liegen. Jetzt weiß ich, wozu ich auf der Welt bin! Um dem Märtyrer zu Füßen zu liegen, den man mit Verleumdungen tötet!«

»Leise! Leise, Anita! Doña Petronila kommt zurück.«

Der Generalvikar, der jetzt rot war und dessen Wangen brannten, trat zur Präsidentin, drückte ihre Hände und sagte heiser, mit von der Leidenschaft zugeschnürter Kehle:

»Ana, Ana! Ganz bestimmt heute nachmittag. Und jetzt in die Kathedrale! Beim Altar der Empfängnis Mariä, gegenüber der Kanzel!«

»Bis heute nachmittag! Aber gehen Sie ohne Sorge! Fast alles, was ich zu sagen hatte, ist gesagt.«

»Aber dieser Mann!«

»Von diesem Mann gibt es nichts zu sagen.«

Doña Petronilas Stimme war zu hören gewesen, als der Generalvikar Ana auf ihr Kommen aufmerksam machte. Die Stimme der Señora de Rianzares sagte in der Ferne:

»Er ist hinten, der Herr Generalvikar, allein in meinem Kabinett. Er wird seine Predigt rekapitulieren.«

Sie trat herein, als Ana sich gerade ein wenig abwandte, um vor ihrem Freund die Verwirrung zu verbergen, die er auf ihrem Gesicht gelesen hätte, wenn Doña Petronila nicht seine Aufmerksamkeit auf sich gezogen hätte. Sie rief nämlich:

»Los, los, man erwartet Sie! Ich glaube, die Messe hat angefangen.«

Der Generalvikar verschwand durch die Tür zum Alkoven, durch die die Herrin des Hauses eingetreten war.

Der Große Konstantin sah die Präsidentin an, nahm ihren Kopf zwischen beide Hände und küßte sie schallend auf die Stirn. Danach sagte sie:

»Aber wie wunderhübsch heute unsere Rose von Jericho ist!«

»In die Kathedrale! In die Kathedrale!« riefen die im Salon.

Ana und Doña Petronila trafen in dem Augenblick in der Kirche ein, als de Pas majestätischen Schrittes die Kanzel bestieg, wo Ripamilán bei Tagesbeginn das Evangelium des Lukas psalmodiert hatte.

Sie suchten sich einen Platz unter dem Altar der Empfängnis Mariä.

»Von hier aus sieht man ausgezeichnet«, sagte Doña Petronila. »Schauen Sie ihn nur an, ist er heute nicht wunderschön, dieser Heidenapostel! Welch ein Chorhemd! Wie duftig! Im Namen des Vaters, des Sohnes und des heiligen Geistes.«

Aber wenn er nun darauf besteht?«

»Er ist willensschwach. Wenn wir hart bleiben, gibt er nach.«

»Und wenn er nicht nachgibt, wenn er seinen Dickkopf aufsetzt?«

»Aber weshalb denn?«

»Weil ... so ist er eben. Ich weiß nicht, wer ihm diesen Floh ins Ohr gesetzt hat, aber er sagt, ich gebe ihn der Lächerlichkeit preis, wenn ich nicht mitgehe. Er spielt dabei auf uns an, spricht von einem, der daran schuld sei, sagt, er sei nicht Herr im Hause, sondern es werde von außerhalb regiert. Und dann, daß die Marquesa schon ein bißchen kühl zu uns sei wegen der vielen Brüskierungen. Was weiß ich!«

»Na gut, wenn er immer noch hartnäckig bleibt, dann müssen wir eben zu diesem ominösen Ball gehen. Man darf ihn nicht erzürnen. Er ist nun mal Ihr Mann. Und steckt der andere viel mit ihm beisammen? Immer noch so dicke Freunde?«

»Nach Hause bringt er ihn selbstverständlich nicht mit.«

»Und ist es ein Galaball?«

»Ich glaube schon.«

»Pf, woher! Gesellschaftsanzug ist nur für die Männer Vorschrift. Die Damen gehen, wie sie Lust haben, manche ganz hochgeschlossen.«

»Wir gehen also ... hochgeschlossen, wie?«

»Ja, natürlich.«

»Wie hoch verlangt die Kathedrale? Bis zum Hals? Nun, dann komme ich bis zum Hals geschlossen in dem Kleid, das ich zum Ball tragen werde, in die Kapelle.«

»Wie ist das möglich?«

»Weil ... Das sind Frauensachen, Herr Naseweis. Das Mieder läßt sich vom Rock trennen, und da ich im dunklen Kleid zu gehen gedenke, kann ich das Mieder zum Beichten anziehn, und man wird nur den Hals sehn, wenn ich die Mantilla abnehme. Wir werden zufrieden sein.«

»Das hoffe ich.«

Don Fermín war zufrieden mit dem Kleid, wenn auch nicht mit der Tatsache, daß *wir* zum Ball gingen. Das Kleid war, wie er undeutlich wahrnehmen konnte, als er die Augen nahe an das Beichtstuhlgitter brachte, ziemlich hochgeschlossen, es ließ nur ein kleines Dreieck der Brust frei, auf dem kaum das Brillantkreuz Platz hatte, das Ana in der Kirche ebenfalls trug, damit man den Gesamteindruck sehen konnte.

Und die Präsidentin ging zum Kasinoball, denn wie sie erwartet hatte, bestand Don Víctor darauf, daß sie mitkam.

Ob dieses für ihn tatsächlich außergewöhnlich energischen Auftretens dachte der ehemalige Gerichtspräsident, während sie im Kasino die Treppe hinaufstiegen, daß er, Don Víctor, sich wie ein regelrechter Diktator gebärdet habe. Ihm fehlte es an einer Schaubühne, aber nicht an Charakter. Seine Frau, die ungeachtet aller Beichtväter der Welt widerwillig, aber wunderschön und fast zufrieden an seinem Arm die Treppe hinaufstieg, konnte es bestätigen. Wir waren nicht mehr in Paraguay! Ihm sollten die Jesuiten bloß kommen!

Es war Rosenmontag. Am Sonntag zuvor hatte es im Kasino hitzige Debatten gegeben, ob der Klub in diesem Jahr seine Räume öffnen solle oder nicht. Es war althergebrachter Brauch, daß dieser »aristokratische Kreis« – wie ihn der »Alarm« nannte, dessen Redakteure nie eingeladen wurden, weil sie darauf bestanden, im »Jackett« zu erscheinen – am Rosenmontag einen Ball, doch nie einen Kostümball gab.

»Warum soll es in diesem Jahr nicht sein wie sonst?« fragte Ronzal, der sich soeben in Madrid einen Frack hatte machen lassen.

»Weil es in diesem Jahr durch die Schuld der Bußprediger beim Karneval recht gedrückt hergeht, deshalb«, erwiderte Foja, den Don Alvaro in den Vorstand lanciert hatte.

»Die Wahrheit ist«, sagte der Vorsitzende Mesía, »daß wir einen Reinfall riskieren. Der größte Teil der jungen Damen *comme il faut* ist mit Leib und Seele den Jesuiten ergeben, und ich glaube, daß viele von ihnen Bußgürtel unter dem Hemd tragen.«

»Wie schauderhaft!« rief Foja. »Soviel, mein Lieber, vermag der Generalvikar denn doch nicht. Er hat es nicht einmal erreicht, daß seine Beichttöchter Bußgürtel und ähnliche Erfindungen des Teufels tragen.«

»Weil er es gar nicht verlangt hat«, entgegnete Ronzal.

Don Alvaro bemerkte, daß Quintanar rot wurde. Fojas Anspielung hatte ihn peinlich berührt. Ja, er hatte bei der Erwähnung des Generalvikars auf seine Frau angespielt. Der Hieb zielte auf ihn, Quintanar.

»Feststeht«, fuhr der ehemalige Bürgermeister fort, »daß wir einen Reinfall riskieren, wie der Herr Vorsitzende sehr richtig sagte. Die Creme des Konservativismus, die in so etwas Leben bringt, wird nicht kommen. Ich kenne sie gut. Jetzt spielen sie zum Zeitvertreib die Heiligen. Jetzt sind sie Mystikerinnen. Und nicht wider den Stachel gelöckt, hahaha!«

»Ich habe da einen Gedanken«, warf Mesía ein. »Wir wollen das Terrain sondieren. Machen wir's doch so, daß die Mitglieder, die Beziehungen zu den vornehmen Familien haben, einmal vorfühlen, ob die Mädchen kommen oder nicht. Wenn die mitmachen, kommen die anderen, die große Herde, bestimmt, allen Jesuiten und Barfüßermönchen der Welt zum Trotz.«

»Großartig! Großartig!«

»Also ans Werk, ans Werk!«

Jeder erbot sich mitzubringen, wen er konnte.

Don Víctor, den ein weiterer Seitenhieb Fojas sehr gekratzt hatte, konnte nicht umhin, zu sagen:

»Ich verbürge mich dafür, Señores, meine Frau mitzubringen. Sie tanzt zwar nicht, macht aber Figur.«

»Oh, eine große Errungenschaft!« rief einer aus der Runde. »Wenn Doña Ana kommt, wäre das ein großes Beispiel, denn sie, die so lange zurückgezogen lebt ... Ja, es wäre ein großes Beispiel.«

»So ist es. Man verbreite, daß die Präsidentin kommt, und wir haben das Haus voll mit der besten Gesellschaft.«

»Señor Quintanar«, sagte der frühere Bürgermeister, »wir erklären Sie zum verdienten Mitglied des Klubs, wenn es Ihnen gelingt, Ihre Gattin mitzubringen.«

»Sie wird kommen, Señor! In meinem Haus, Señor Foja, ist ein Wink von mir ein sanktioniertes Dekret.«

Don Víctor ging nach Hause und verwünschte die Stunde, da es ihm eingefallen war, an der Sitzung teilzunehmen.

Weshalb hatte er sich zu etwas erboten, was er nicht einhalten können würde?

Trotzdem: Wort blieb Wort.

Schon lange las Quintanar nicht mehr im Kempis, dachte auch nicht mehr voll Schrecken an die Hölle. Von seiner zeitweiligen Frömmigkeit war nur die Überzeugung übriggeblieben, daß zur Erringung des ewigen Seelenheils neben dem Glauben und der Gewohnheit, sich beim Aufstehn, beim Verlassen des Hauses, beim Schlafengehen usw. zu bekreuzigen, auch gute Werke vonnöten waren. Begeisterter denn je war er zu Calderón und Lope zurückgekehrt. Er schloß sich in sein Arbeitszimmer oder seinen Alkoven ein und rezitierte lange Passagen aus den herrlichen Theaterstücken, fast immer den Degen in der Hand. So hatte ihn seine Frau, ohne daß er es jemals erfuhr, am Weihnachtsabend überrascht. Allerdings hatte der gute Señor ausgiebig zu Abend gegessen und danach den Einfall gehabt, die Geburt Jesu auf seine Weise zu feiern.

Aber wenn sich auch seine eigene Religiosität verflüchtigt hatte, so achtete Don Víctor doch die Frömmigkeit der anderen.

Trotzdem, sagte er zu sich selbst, indem er sich Mut zum Angriff machte, trotzdem, meine Frau will ja keine Heilige mehr werden. Ich respektiere ihre Frömmigkeit wie früher, aber sie flößt mir keine Furcht mehr ein. Sie ist eine fromme Frau wie viele andere, läuft geschäftig herum, ist kaum mehr zu Hause. Novenen, Messen, Bruderschaften, Besuche des Allerheiligsten ..., aber dieses ewige Sicheinsperren, mit dem sie mich erschreckte, als hätten wir einen Blitzableiter am Hause, damit ist es vorbei. Also los, ich wag's und sage es ihr.

Nach dem Essen sprach er mit ihr, und zur großen Überraschung des energischen Ehemanns, der »nicht wollte, daß sein Haus zu einem zweiten Paraguay werde« – eine Anspielung, die Ana nicht verstand –, widersetzte sich seine Gattin nicht so sehr, wie er erwartet hatte. Sie gab bald nach. Er aber schrieb es seiner eigenen Energie zu. Sie sieht ein, dachte er, daß ich nicht zurückweichen werde, und fügt sich.

Als Ana mit dem Generalvikar bei Doña Petronila beratschlagte, hatte sie ihre Zustimmung schon gegeben. Sie gedachte aber, ihr Wort zurückzunehmen, falls der Domherr sein *non possumus* sprach.

Alles arrangierte sich, nur Anas Gewissen nicht, das weiter unruhig blieb. Weshalb hatte sie nach schwachem Widerstand ja gesagt? Weshalb ging sie auf den Ball? Natürlich um ihrem Gatten zu gehorchen. Aber weshalb war sie sicher, daß sie ihm vor ein paar Monaten nicht gehorcht hätte?

Sie wußte es nicht, wollte es nicht wissen. Sie wollte sich nicht länger selbst quälen.

Was hatten sie und der Ball miteinander zu schaffen? Was kümmerte es sie, die *Schwester* Don Fermíns, des Heiligen, des Märtyrers, ob die faden Mädchen Vetustas in dem langen, schmalen Kasinosaal tanzten oder nicht?

Dies dachte sie, während sie sich von ihrer Zofe frisieren ließ und mit den Händen das Diamantkreuz auf dem weißen Grund des Dreiecks aus bloßem Fleisch festhielt, das das hochgeschlossene Mieder des dunklen Kleides frei ließ.

Ronzal, der zum Empfangskomitee für die Damen gehörte, beeilte sich, sobald das Ehepaar Quintanar im Vestibül erschien, Ana seinen Arm anzubieten. Welchen? Den rechten, zweifellos den rechten, dachte er. Aber wie groß war seine Pein, als er gewahrte, daß Paco Vegallana Olvido Páez, die zur selben Zeit hereinkam, nicht den rechten, sondern den linken Arm bot. Auf alle Fälle trat er triumphierend mit seiner für eine Minute entliehenen Balldame in den Saal ... Dennoch blieb ihm genügend Zeit, an Anas Triumph teilzuhaben. Die Gespräche brachen ab. Alle Blicke wandten sich der Tochter der Italienerin zu. Es gab ein Gemurmel des Staunens.

»Die Präsidentin!«

»Die Präsidentin!«

»Wer hätte das gedacht!«

»Armer Generalvikar!«

»Und wie hübsch!«

»Aber wie schlicht!«

Dieser Ausruf stammte von Obdulia.

»Wie schlicht, aber wie schön!«

»Die Madonna della Sedia!«

»Die Venus von Nilo, wie Trabuco sagt.«

Dies bemerkte Joaquín Orgaz.

Der Kreis des Adels tat sich auf, um die »verlorene Tochter der Gesellschaft« in seinem Schoß aufzunehmen, wie der Baron de la Barcaza treffend bemerkte, der *in illo tempore,* ungeachtet der Frau Baronin und mehrerer Töchter, bis über beide Ohren in Anita verliebt gewesen war.

Die Marquesa de Vegallana, immer noch in elektrisierendem Blau, erhob sich von ihrem Stuhl aus karmesinrotem Atlas mit Nußbaumlehne und umarmte ihre liebe Anita.

»Gott sei Dank, mein Kind, ich dachte schon, das wäre die Brüskierung Nummer hunderteins.«

Die Marquesa hatte ebenfalls große Bemühungen darauf verwandt, daß Ana an dem Ball teilnehme und dem Souper, »das die Elite *en petit comité«* haben werde. Alle diese Gallizismen hatte Mesía eingeführt.

»Nein, wie himmlisch, Ana, wie himmlisch!« sagte mit näselnder Stimme die älteste Tochter des Barons, Rudesinda, eine »gotische Schönheit« nach einem Ausspruch Don Saturnino Bermúdez'. In der Tat, sie glich einem gotischen Türmchen, wiewohl die Marquesa fand, sie sehe wegen gewisser geschwungener Linien, vor allem an Busen und Hals, mehr wie ein Schachpferdchen aus.

Im übrigen nannten die Plebejer sie und ihre beiden Schwestern die »drei Ungrazien« und den Baron de la Barcaza, ihren Herrn Papa, den »Baron von der Schwebenden Schuld«, womit auf seine zahlreichen Gläubiger angespielt wurde.

Diese Familie mit den zu geringen Einkünften pflegte einen großen Teil des Jahres in Madrid zu verleben, und die Mädchen – sechsundzwanzig Jahre die jüngste – taten, als wollten sie sich ihre Geringschätzung nicht anmerken lassen, wenn sie sich öffentlich vor den Vetustensern zeigten. Sie suchten Zuflucht im aristokratischen Kreis, wo durch ein besonderes Privileg auch Obdulia und Visitación, entfernt mit Adligen verwandt, Zutritt hatten. Die jungen Damen des Mittelstandes – und man bedenke, daß in Vetusta der Zivilgouverneur mit Familie schon zur Aristokratie zählte – rächten sich wegen dieser schlecht verhohlenen Geringschätzung, indem sie bei den Töchtern des Barons und anderen jungen Mädchen der Aristokratie die Knochen auf der Brust zählten. Ein Zufall wollte es, daß fast alle jungen Mädchen von Adel in Vetusta mager waren.

Ana setzte sich neben die Marquesa de Vegallana, die einzige Person, die ihr in dem ganzen Kreis sympathisch war. Da kündigte die Kapelle einen Rigaudon an.

Und die Erwartung wurde nicht enttäuscht. Nach zwei Minuten begannen die Geigen und Bratschen, die Klarinetten und Flöten, in ihrer mühseligen harmonischen Trächtigkeit von einem Erard-Flügel begleitet, die Luft mit ihren Akkorden zu füllen, wie sich Trifón Cármenes – der sich erkühnt hatte, die zweite Tochter des Barons um »die Ehre dieses Tanzes« zu bitten – am nächsten Tag in der »Kreuzfahne« zu sagen vorgenommen hatte. Fabiolita, so hieß sie, zog ein schiefes Maul, aber ein Wink ihres Herrn Papa nötigte sie, Trifón »die Ehre zu gewähren«, wiewohl sie sich vornahm, ihm keine Antwort zu geben, falls er es wagen sollte, mehr als einsilbige Bemerkungen zu machen. Der Baron von der Schwebenden Schuld glaubte an die Macht der Tagespresse, seine Tochter hingegen nicht. Diesem Paar gegenüber stellte sich der strahlende Ronzal, der schneidige Trabuco auf, Kommissionsabgeordneter und Mitglied des Klubvorstands. Die Hemdbrust, mit der Ronzal einherstolzierte, hätte nicht blendender sein können. Er war stolz auf diese Hemdbrust, auf seinen Madrider Frack, auf die Schuhe mit dem flachen Absatz, die allerletzte Mode, das *Schickste*, wie man in Vetusta bereits zu sagen begann. Nicht ganz so zufrieden war er mit seinen Kenntnissen und Fähigkeiten in der Kunst Terpsichores. (Ein weiterer Satz, den Trifón anzubringen sich vorgenommen hatte.) Als Partnerin hatte Trabuco Olvido Páez neben sich, die ihm keinen Blick gönnte. Aber darauf achtete er nicht, er dachte vielmehr, daß es an der Zeit sei, loszumarschieren, wie er, schon ein bißchen zu spät, feststellte. Sein Visavis war Trifón, und Trifón hatte sich bereits in Bewegung gesetzt. Trabuco schwitzte, bevor er einen Grund dazu hatte. Alle Augenblicke fuhr er sich mit den Fingern der rechten Hand zwischen Hemdkragen und dem entlang, was er sein Genick nannte, wenn er für irgend etwas »seinen Kopf verwettete«.

Diese Bewegung erschien ihm sehr elegant und brachte vor allem Erleichterung. Während die Páez mit ihrer melancholischen und gelangweilten Miene zu verstehen gab, daß ihr Reich nicht von dieser Welt sei und Ronzal zu weit gegangen war, indem er sich erkühnte, sie zum Tanz aufzufordern, nahm der Abgeordnete alle seine fünf Sinne zusammen, um nichts falsch zu machen, keiner der Señoritas auf die Schleppe oder die Füße zu treten und die Drehungen, Wendungen und Verbeugungen Trifóns knechtisch nachzuahmen. Cármenes war ein miserabler Dichter, aber den Rigaudon konnte er aus dem Effeff. Ronzal beneidete ihn glühend. Die Páez und die Baronesse lächelten sich diskret zu, wenn sie aneinander vorbeitanzten, als wollte sie sagen: »Was will man machen!« oder auch: »Zwei schöne Lackaffen, die wir da erwischt haben!« Aber Ronzal merkte nichts. Er dachte an seine Hemdbrust, an den Kragen, an die Schleppen. Zur Rechten Trabucos tanzte Joaquín Orgaz, der unaufhörlich mit seiner Partnerin, einer steinreichen und tranigen Amerikanerin, schwatzte. Da der Saal schmal war und die Sitten in Vetusta etwas salopp, setzten sich die Paare während des Tanzes auf die Stühle, die dicht hinter ihnen standen. Ronzal, der sich nicht setzen konnte, weil kein Platz frei war, dachte, daß dies eine Unsitte sei, womit er recht hatte. Die Páez und die Baronesse hielten sich kaum auf den Beinen. Sie ließen sich auf ihre Stühle fallen, als sei jede Figur des Rigaudons eine Weltreise.

Nach dem Rigaudon kam ein Walzer. Ronzal zog sich zurück, um eine Zigarette zu rauchen. Er tanzte keinen Walzer, er hatte ihn nie begriffen. In allen Türen des Saales drängten sich Besucher, die keinen Frack hatten. Ein Frack deutete in Vetusta auf eine gewisse »Position« hin. Viele junge Herrlein glaubten, ein derartiges Kleidungsstück erfordere das Vermögen eines Grafen von Montecristo.

Und da es ein Galaball war, mußte die Blüte der Jugend draußen bleiben. Manche taten, als verachteten sie das lächerliche Vergnügen, sich »wegen nichts« da drin zu drehen wie ein Brummkreisel. Andere mimten Lässigkeit, Skepsis, irgendwas, was ihnen zufolge mit dem Frack unvereinbar war. Ein paar Offenherzigere gaben ihren schmalen Beutel zu, verwünschten die gesellschaftliche Etikette . . . und hielten sich für die »letzte Stunde« bereit; denn dann tanzte man zu Ronzals Leidwesen in Gehrock, Jackett und selbst in Jägerjoppen.

Saturnino Bermúdez, der Frack, Chapeau claque und alles Notwendige besaß, kam etwas zu spät. Er blieb in der Tür stehen ... und zitterte. Er konnte nichts dagegen tun. An Festtagen einen Saal zu betreten war für ihn eine ebensogroße Aufregung, wie sich ins Wasser zu werfen. Und ein Beobachter hätte tatsächlich meinen können, dieser Mann glaube auf der Schwelle zum Saal am Ufer des Ozeans zu stehen. Mit höflichem Lächeln antwortete Saturno auf die Neckereien der Neidischen ohne Frack, die zu ihm sagten:

»Los, Mann, los, stürzen Sie sich hinein! Nur Mut!«

»Ja, ja, gleich, noch nicht, ich geh ja schon.«

Er zog die Handschuhe straff, rückte die Krawattenschleife zurecht, vergewisserte sich, daß das Taschentuch an seinem Ort war, fuhr mit den Fingern über den Hemdkragen und durch die wie bei einem Rekruten geschorenen Haare, um sich darauf ins Vergnügen zu stürzen wie ein Schwimmer mit einem Kopfsprung in die Wellen. Er betrat den Saal, grüßte nach rechts und links, und obwohl er sich den Anschein gab, als wolle er sich nur unterrichten, wer alles da sei, gestand er seinem Bruder Innerlich, daß er bloß eine Sofaecke oder einen Stuhl als Hafen bei seiner waghalsigen Seefahrt durch die Meere der »großen Welt« suchte. Aber allmählich gewöhnte er sich ans Wasser, das heißt an den Saal, schon fühlte er sich ruhig, tanzte und sagte Galanterien in so langen und komplizierten Sätzen, daß sie ihm niemand dankte.

Am Anfang war Ana schläfrig. Es war zwölf. Sie dachte nicht mehr an das, was sich vor ihren Augen abspielte. Sie wollte nicht nachdenken. Beim Betreten des Kasinos hatte sie sich gefragt, ob Don Alvaro wohl zu ihr treten und sie begrüßen werde. Und sie hatte Angst gehabt und sich versucht gefühlt, eine Unpäßlichkeit vorzuschützen, um nach Hause zurückzukehren. Aber diese Anwandlung ging vorbei. Alvaro hatte sich noch nicht sehen lassen. Die Marquesa redete wie ein Wasserfall. Ana antwortete auf alles mit einem Lächeln. Plötzlich tauchte Visitación auf. Sie trug ein Kleid aus Organdy mit Stoffblumen oben und unten. Das Dekolleté war sehr gewagt.

»Kind, du kommst ja in einem skandalösen Aufzug«, sagte die Marquesa zu ihr, während sie sie beim Küssen in die Backe biß, um das Lachen zu unterdrücken.

Visitación blickte, so gut sie konnte, dorthin, wohin Doña Rufina geschaut hatte, und erwiderte ohne Verlegenheit:

»So? Ich finde nicht. Aber verwunderlich wär's nicht, denn ich habe nicht einmal Zeit gehabt, in den Spiegel zu schauen. Diese Kinder, die reinste Teufelsbrut! Ihr Vater, dieser Waschlappen, der mit ihnen nicht zu Rande kommt, konnte sie mir nicht vom Halse schaffen. Aber was sehen meine Augen? Ana? Du hier? Was heißt das, du schwarze Seele? Wer hat uns denn Dispens gegeben?«

Bei diesen Worten stand Visitación schon mit ausgebreiteten Armen vor der Präsidentin, und die Knie der beiden Damen berührten sich.

Eine halbe Stunde später berichtete Visita, halb hinter einer Balkonportiere verborgen, der Präsidentin, die, ihrer Freundin zugewandt, aufmerksam lauschte, eine Geschichte.

Der Ball belebte sich. Ronzal erschien der Páez schon nicht mehr als ein ungehobelter Patron, sondern als ein *Mann.* Die jungen Baronessen wurden umgänglich, die Töchter des Mittelstandes vergaßen die Knochen, die man bei denen von Adel sah, die Fröhlichkeit ringsum hatte sie angesteckt, und sie gaben sich dem Tanz mit unbändigem Eifer hin.

Um zwei Uhr morgens erhob sich Ana zum erstenmal von ihrem Stuhl und willigte ein, während einer Tanzpause einen Rundgang durch den Saal zu machen. Schweigend, nachdenklich, zufrieden mit dem, was sie soeben vollbracht hatte, ging Visita neben ihr her. Sie hatte der Präsidentin Don Alvaros Geschichte von Anfang des vergangenen Sommers bis zum heutigen Tag erzählt. Visitas Augen sprühten Feuer, ihre Wangen brannten. Sie kostete den Triumph ihrer Zungenfertigkeit aus. Ana konnte den tiefen, starken Eindruck, den die Worte ihrer Freundin auf sie gemacht hatten, nur schlecht verhehlen. Don Alvaro hatte die Tugend der »Ministerin« besiegt, war den ganzen Sommer über in Palomares ihr Liebhaber gewesen . . . und hatte ihr dann eine Nase gedreht, war ihr nicht nach Madrid gefolgt. Das war das Resümee der Geschichte. Den Schluß aber hatte sie sich fast Wort für Wort gemerkt.

»Als mir Alvaro das alles erzählte«, hatte Visita gesagt, »fragte ich ihn, denn du weißt ja, daß wir auf sehr vertrautem Fuße miteinander stehen, also gut, ich fragte ihn: ‚Aber Junge, weshalb zum Teufel hast du diese Frau laufen lassen, wo sie so schön, einflußreich . . . und willig ist, wie du sagst? Warum bist du nicht mit ihr nach Madrid gefahren?'

Und Alvaro antwortete mir ganz traurig, du weißt ja, was

er für ein Gesicht macht, wenn er so spricht, er antwortete mir also: ‚Pah, für Liebeleien genügt der Sommer. Der Winter ist der wahren Liebe reserviert. Überdies vermochte die Ministerin, wie du sie nennst, trotz all ihrer Reize nicht, was ich wollte ... mich vergessen lassen ... was dich nichts angeht.‘ Und nachdem er geseufzt – du kennst ja sein Seufzen! –, fuhr er fort: ‚Vetusta verlassen? O nein, das nicht.‘ Und, Kleine, Ehrenwort, ihn überlief dabei ein Zittern wie ein Schauer. ‚Siehst du‘, sagte er dann und versuchte zu lächeln, ‚man hat mir einen Bezirk angeboten, wollte ihn mir zuschanzen, eine wunderbare *sine cura*, ein saftiger Happen, aber, pf! Ich liege an einer Kette und küsse sie, statt hineinzubeißen.‘ Damit drückte er mir die Hand, Kleine, und ging weg, ich glaube, damit ich seine Tränen nicht sah.«

Das war das Wesentlichste aus Visitas Eröffnungen. Ana grüßte nach rechts und links, sprach mit vielen Bekannten, dachte dabei aber nur an Don Alvaros Geständnis. Aller Wahrscheinlichkeit nach entsprang es der Wirkung, die ihre, Anas, Anwesenheit an diesem Abend im Kasino hervorgerufen hatte. Während sie jetzt auf und ab ging, drang das Gemurmel der gedämpften Komplimente, der betroffenen Bewunderung, der aufrichtigen, diskreten Galanterien an ihr Ohr. Wieso sollte Don Alvaro nicht so verliebt sein, wie Visitas Geschichte andeutete?

»Du, hör mal«, wandte sich Visitación plötzlich an die Präsidentin, »wer mag die Kette sein?«

»Welche Kette?« fragte Ana mit bebender Stimme.

»Na, die Mesía festhält, die Frau, die ihn wirklich verliebt gemacht hat. Oh, so ein Biest! Das wird sie bestimmt noch teuer bezahlen. Doch wer mag es sein?«

»Was weiß ich!«

»Würdest du dich traun, ihn zu fragen?«

»Gott behüte!«

»Sie muß verheiratet sein.«

»Um Gottes willen!«

»Hör zu, ich werde es einrichten, daß ihr heute nacht beim Souper nebeneinander sitzt, mal schaun, ob er sich ein Herz faßt und dir's sagt. Frag ihn doch danach!«

»Visitación! Du bist ja verrückt!«

»Hahaha! Da ist er schon, da ist er schon. Erzähl's mir nachher!«

Die Olías de Cuervo ließ Anas Arm los und verschwand zwischen den dichten Menschengruppen.

Die Präsidentin stand vor Don Alvaro, der am Arm Quintanars, seines unzertrennlichen Freundes, daherkam.

Frack, Schleife, Hemdbrust, Weste, Hosen Mesías glichen nicht den entsprechenden Kleidungsstücken der übrigen Männer. Ana stellte das unwillkürlich fest. Es war das erste, was sie sah. All die anderen Caballeros, die noch da waren, Don Víctor eingeschlossen, erschienen ihr wie Diener in Galalivree. Alle waren sie Kellner, Mesía der einzige Herr. Don Alvaro sah immer gut aus, im Frack am besten. Überall machte er gute Figur, überragte er alle mit seiner stolzen Gestalt. Hier, auf dem Ball, unter dem Kristallkronleuchter, den er fast mit dem Kopf berührte, wirkte er noch eleganter, noch stattlicher, noch strahlender als anderswo. Der Trubel des Balls gab den richtigen Rahmen für diese Gestalt ab, die sie, die arme Ana, so oft in ihren Träumen gesehen hatte.

All das schoß der Präsidentin durch den Kopf, während sich Mesía, blaß vor Erregung, anmutig verbeugte und schüchtern eine Hand ausstreckte.

Bevor Ana es wollte, spürte sie ihre Finger in der Hand des verführerischen Feindes. Unter dem dünnen Handschuhleder war die Empfindung noch zarter, noch prickelnder. Die Berührung durchfuhr sie etwas unterhalb der Brust wie ein kalter, vibrierender Strom. Ihre Ohren summten, der Ball wurde für sie plötzlich zu einem ganz neuen, unbekannten Fest von unwiderstehlicher Schönheit, von teuflischer Verlockung. Sie fürchtete, die Sinne würden ihr schwinden, und ohne zu wissen wie, fand sie sich am Arm Mesías. Unter einem Wirbel bunter Kleider und schwarzer Anzüge, drang das verschnupfte Holz der Geigen und das Kreischen des Blechs, das ihr wie eine wollüstige Musik erschien, wie aus weiter Ferne an ihr Ohr, und sie merkte, daß man sie aus dem Saale führte. Die Marquesa schrie, Obdulia lachte lauthals, die näselnde Stimme der einen jungen Baronesse war zu hören, und der Lärm des einsetzenden Walzers blieb zurück.

»Wo führen Sie mich hin?«

»Zum Souper, mein Kind«, flüsterte ihr Quintanar ins Ohr.

»Um Gottes willen, Anita, laß es dir nicht etwa einfallen, dich zu weigern. Es wäre eine Brüskierung!«

Die Marquesa de Vegallana und ihr Kreis, dazu der des Barons de la Barcaza nebst Pepe Ronzal, speisten im Lesezimmer. Das ganze war der Einfall Trabucos. »Man lade ihn ein«, hatte

Mesía gesagt, »und die befriedigte Eitelkeit wird ihn zu wahren Wundern inspirieren!« In der Tat beschlagnahmte Ronzal unter Mißbrauch seines Amts im Vorstand das Beste aus Küche und Keller, nahm das Lesezimmer im Handstreich, räumte Zeitungen von den Tischen, breitete Tischtücher darüber, verschloß die Tür, ordnete an, daß die Bedienung durch eine Tapetentür beim Bücherschrank aus und ein ging, und so konnte dort die Creme des Vetustenser Adels mit ihren Tischgenossen und vertrauten Freunden soupieren. Obdulia nahm es vom ersten Augenblick auf sich, Trabucos Eifer und Betriebsamkeit zu belohnen, so daß er vor Wonne zerfloß. Alle Damen beglückwünschten ihn für die Tatkraft, mit der er das Zimmer reserviert hatte, und für die geschmackvolle Tafel. Seine Wildkateraugen sprühten Funken, blieben aber unbeweglich. Obdulia setzte sich neben ihn. Diese Nacht sah einen glücklichen Ronzal!

Ana fand sich zwischen der Marquesa und Don Alvaro placiert. Ihr gegenüber tat Don Víctor, ein bißchen angeheitert, als wolle er Visitación betören, rezitierte Verse seiner vergötterten Dichter und wiederholte bis zur Eintönigkeit:

»Was habe denn verbrochen ich,
daß du nichts tust, als mich zu hassen?
Ja, wollte Gott, ich könnt' es lassen,
zu lieben dich viel mehr als mich.«

»Bei Gott und allen elftausend ... Seien Sie still, Quintanar!« sagte die Marquesa.

Aber der fuhr unbeirrt fort, für seine Visitación zu deklamieren:

»Zum Schluß, Señora, bin ich allein,
ohne mich, ohne Gott, ohne Euch;
ohne Euch, weil Ihr nicht mein.«

Visitación hielt ihm mit der Hand den Mund zu.

»Sie alter Schwerenöter!« rief sie.

Die von der Schwebenden Schuld lächelten einander zu, als wollten sie sagen: Das ist ja eine feine Gesellschaft.

Unterdes sagte der Marqués zum Baron:

»Da wir ganz unter uns sind ...«

»Ja, natürlich, natürlich!«

Und der Baron de la Barcaza suchte sich einen Stuhl neben einer etwas rundlichen Dame von Adel, die allein saß.

Paco hatte abermals seine Cousine Edelmira in Vetusta und machte ihr »nach allen Regeln der Kunst« den Hof, obwohl es seiner Mutter nicht behagte, weil sie es häßlich fand, einer Cousine den Kopf zu verdrehen.

Joaquín Orgaz hatte versprochen, zum Nachtisch ein paar Flamencolieder zu singen.

Das Souper war kurz, aber gut, kräftige Speisen, guter Champagner, mit einem Wort, wie der Marqués sagte, zuerst Fülle und Pfeffer, danach Phantasie und Alkohol.

Alle, die Baronessen eingeschlossen, lachten über die Plebejer, die draußen weitertanzten und sich mit dem Gefrorenen begnügen mußten, das auf den Billardtischen serviert wurde.

Ab und an wurde von draußen an die Tür gepocht.

»Wer ist da?« schrie Ronzal mit seiner gepriesenen Energie.

»Mein Mantel, kaffeebraun, mein Mantel ist da drin.«

»Hahaha!« antworteten die von drinnen.

»Das ist es, was sie kränkt«, sagte Joaquín Orgaz zu einer der jungen Baronessen, die lächelnd zur Decke blickte.

Ja, das sei kränkend, verstoße aber nicht gegen die Regeln des guten Vetustenser Tons, erklärte der Marqués dem Baron, der schon wie eine Tomate glühte und der Molligen immer näher rückte.

Die Marquesa war schläfrig, aber trotz alledem gefiel ihr der Spaß.

»So müßte es immer sein«, sagte sie zu Saturnino, der entschlossen war, sich zu betrinken, um nicht aus dem Rahmen zu fallen. »Dieses Nest wird immer öder, nicht wahr, kleiner Schelm?«

»Mehr als öde!« Saturno goß ein Glas Champagner hinunter. Der kleine Schelm war ihm eingegangen.

Die Marquesa hatte, vielleicht in der Umnebelung der Schläfrigkeit den schnurrigen Einfall, Bermúdez fest anzusehen und ihm Augen zu machen, die, wie sie wußte, *in illo tempore* jedermann aus der Fassung gebracht hatten.

»Warum heiraten sie nicht?« fragte Doña Rufina scheinbar ernst und melancholisch.

Bermúdez hielt dem Blick der erlauchten Dame stand und vergaß für einen Moment die fünfzig Jahre der Marquesa. Er seufzte, und unverzüglich stieg ihm der Champagner in die Nase, er mußte husten, wurde, halb erstickt, fast blauschwarz, und die Marquesa mußte ihm den Rücken klopfen.

Als Saturnino wieder zu sich kam, hatte die Marquesa die

Augen geschlossen und öffnete sie nur von Zeit zu Zeit, um einen Blick auf die Präsidentin und Mesía zu werfen.

Das angegraute Idyll, von dem Bermúdez einen Augenblick lang geträumt hatte, war zerronnen, und das, wo er schon an Ninon de Lenclos gedacht hatte, um vor den Augen der Welt eventuelle Beziehungen mit Doña Rufina zu rechtfertigen.

Inzwischen erzählte Don Alvaro Ana, wiewohl in einer ganz anderen Form, dieselbe Geschichte, die sie schon von Visita kannte.

Die Präsidentin hatte der Versuchung nicht widerstehen können, ihn zu fragen, ob er sich diesen Sommer gut amüsiert habe.

Mesía hing bei dieser Frage der Himmel voller Geigen.

Er verstand es, sich interessant zu machen, was ihn bei Ana, die mit jedem Tag in ihm mehr teuflische Reize entdeckte, auch wenn sie ihn gar nicht sah, wenig Mühe kostete.

Der Lärm, das Licht, das Getümmel, das Essen, der Wein, der Kaffee – das ganze Milieu trug dazu bei, den Willen abzustumpfen, Schlaffheit und sinnliche Instinkte zu wecken. Ana fand zu ihrem Leidwesen ein inniges Behagen in all diesen trivialen Vergnügungen, in der Verführung eines Ballsoupers, das für die übrigen schon ein längst gewohnter Genuß war.

»Wie rot Anita ist!« sagte Paco leise zu Visitación.

»Natürlich. Auf der einen Seite heizt ihr Don Alvaros Nähe ein ...«

»Und auf der anderen?«

»Auf der anderen ... die Albernheiten ihres Gatten, mit denen er mich anödet.«

In der Tat, Don Víctor war mit seinen Versen, so gut sie auch sein mochten, unerträglich.

Sowie Alvaro die Präsidentin im Saale erblickte, hatte er, was er sein »Vorgefühl« nannte. Dieses Gesicht, diese plötzliche Blässe sagten ihm, daß diese Nacht ihm gehöre, daß der Augenblick gekommen war, etwas zu wagen.

Er hatte es nie aufgegeben, diese Feste zu erobern.

Kein Gedanke! Aber da er einsah, daß er keinen Schritt vorankommen könne, solange in Anas Herzen herrschte, was er den erotischen Mystizismus nannte, hatte er sich zurückgezogen und das Lager bis zu einer besseren Gelegenheit abgebrochen. Außerdem erwartete er, daß seine Abwesenheit, die gespielte Gleichgültigkeit und die Geschichte seiner Liebschaft mit der »Ministerin« ihm den Boden vorbereiten würden.

Immer vorausgesetzt, schloß er seine Überlegungen, daß sich die Festung nicht dem Kirchenhäuptling ergeben hat. Wenn der Generalvikar dort Herr ist, habe ich nichts zu erhoffen. Außerdem zählte der Sieg dann nicht mehr viel.

Ohne daß er die Gelegenheit gesucht hätte, bot sie sich ihm diese Nacht: Man hatte der Präsidentin den Platz neben ihm gegeben. Vorwärts! befahl seine innere Stimme. Das erste, was er feststellen mußte, war, wie es mit dem anderen stand, ob der Generalvikar dort etwas zu bestellen hatte.

Er mußte in seiner Erzählung die Wahrheit verändern, denn zur Präsidentin konnte man nicht offen von einer Liebschaft mit einer verheirateten Frau sprechen – so rückständig war diese Dame –, aber er deutete, so gut es ging, an, daß er die Leidenschaft einer von vielen begehrten Frau verschmäht hatte, weil, ja weil für den Sohn seiner Mutter die Liebschaften nicht einmal mehr einen Zeitvertreib bedeuteten, seit die Liebe wie eine Strafe über ihn gekommen sei.

Als Mesía dies und andere Dinge dieser Art im Stil eines Kitschromans erzählte, verriet das Gesicht der Dame dem Herzensbrecher Vetustas, daß der Generalvikar nicht Herr über Anitas Herz war. Da wir es aber in der menschlichen Anatomie mit weit mehr Organen als nur dem Herzen zu tun haben, gab sich Mesía nicht zufrieden, sondern dachte: Angenommen, Ana sei in mich verliebt, so muß ich auch noch wissen, ob das schwache Fleisch sich nicht einen Ersatz für mich gesucht hat.

Nein, Don Alvaro machte sich keine Illusionen. Zu dieser nüchternen, grobschlächtigen Bescheidenheit nötigte ihn seine Weltanschauung, die ihm von Tag zu Tag unerschütterlicher erschien.

Ana spürte, daß ein Fuß Don Alvaros den ihren streifte und von Zeit zu Zeit behutsam auf ihn trat. Sie wußte nicht mehr, wann dieser Kontakt begonnen hatte, aber als sie ihre Aufmerksamkeit darauf richtete, verspürte sie eine Angst, ähnlich der vor dem heftigsten Nervenanfall, jedoch mit einem so intensiven, körperlichen Wonnegefühl vermischt, wie sie es in ihrem Leben noch nie empfunden hatte. Die Angst, das Entsetzen waren dieselben wie in jener Nacht, da sie Mesía in der Calle de la Traslacerca am Parkgitter hatte vorbeigehen sehen, aber die Wonne war neu, absolut neu und so stark, daß sie sie wie mit Eisenketten an das fesselte, was sie schon als das Verbrechen, den Fall, die Verdammnis ansah.

Don Alvaro sprach verblümt von Liebe, mit einer gutmütigen, vertraulichen Schwermut, einer süßen, sanften, einschmeichelnden Leidenschaft. Wie beiläufig erwähnte er tausend Vorfälle, deren Ana sich ebenfalls entsann. Sie sagte nichts, hörte aber zu. Auch die Füße setzten ihre Zwiesprache fort, eine zweifellos poetische Zwiesprache trotz des Kalbsleders, denn die Intensität der Empfindungen verstärkte die Geringfügigkeit der Berührung.

Als Ana die Kraft aufbrachte, ihren ganzen Körper von der wonnevollen leichten Berührung mit Don Alvaro zu lösen, stellte sich augenblicklich eine neue, größere Gefahr ein: Man hörte in der Ferne die Musik aus dem Saal.

»Tanzen wir, tanzen wir!« riefen Paco, Edelmira, Obdulia und Ronzal.

Für Trabuco war dieser, wie er sagte, heimliche Tanz unter den oberen Zehntausend, fern vom Pöbel der Mittelschicht, das Paradies.

Man machte die Tür halb auf, um die Musik besser zu hören, schob den Tisch in eine Ecke, die Paare drängten sich aneinander, ohne sich von der Stelle rühren zu können, und man begann den improvisierten Tanz.

Don Víctor schrie:

»Ana, los, tanzen! Alvaro, nehmen Sie sie!«

Der gute Quintanar wollte seine Diktatorenpose nicht aufgeben.

Don Alvaro bot der Präsidentin, die Mut suchte, sich zu weigern und ihn nicht fand, den Arm.

Ana hatte die Polka fast verlernt, Mesía trug sie, wie bei einer Entführung, fast durch die Luft. Er spürte, daß dieser feste, brennende Körper mit den süßen Rundungen in seinen Armen zitterte.

Ana schwieg. Sie sah nichts, hörte nichts, empfand nur eine Wonne, die wie Feuer brannte. Sie ließ sich dahintragen wie ein lebloser Körper, wie in eine Katastrophe. Sie meinte, in ihr sei etwas zerbrochen, die Tugend, der Glauben, die Scham. Ich bin verloren, dachte sie verschwommen.

Der Klubvorsitzende indessen dachte: Sie ist mein! Dieser Generalvikar muß ein Feigling sein! Sie ist mein. Das ist die erste Umarmung, die diese bedauernswerte Frau erfährt! O ja, es war eine Umarmung, eine heimliche, heuchlerische, hinterlistige zwar, aber doch eine Umarmung für Anita!

»Wie langweilig Alvaro und Ana tanzen«, sagte Obdulia zu Ronzal, ihrem Partner.

In diesem Augenblick merkte Mesía, daß Anas Kopf auf seine weiße, glatte Hemdbrust sank, um die ihn Trabuco so beneidete. Der Herzensbrecher blieb stehen, beugte das Gesicht hinab, schaute die Präsidentin an und sah, daß sie ohnmächtig geworden war. Zwei Tränen hingen an ihren bleichen Wangen, zwei weitere waren auf den gestärkten Stoff der Hemdbrust gefallen. Allgemeine Bestürzung. Man hörte auf zu tanzen. Don Víctor war ganz aus dem Häuschen, flehte seine Gattin an, wieder zu sich zu kommen, man lief nach Wasser und Essenzen. Somoza eilte herbei, fühlte der Dame den Puls, verlangte einen Wagen. Und man kam überein, daß Visita und Quintanar die Dame warm eingepackt in der Equipage der Marquesa nach Hause bringen sollten.

Und so geschah es. Als Ana, tausendmal um Entschuldigung bittend, daß sie das Fest gestört hatte, wieder zu sich kam, hüllte sie Don Víctor, der schon keine Angst mehr um sie hatte, verdrossen in Pelze ein, verabschiedete sich von der liebenswürdigen Gesellschaft und brachte mit Visitación seine Frau zu Bett.

Der Rauch, die Hitze, die Polka nach dem Essen, das viele Licht! Was wußte man! Schließlich hatte es nichts zu sagen. Das Fest konnte weitergehen. Und es ging weiter. Die im Saal hatten die Sache mitbekommen. »Die Präsidentin hat einen Anfall gehabt. Man hat sie mit Gewalt zum Tanzen gezwungen.« Aber bald vergaß man den Zwischenfall, um sich über das Benehmen dieser Damen und Herren aufzuhalten, die sich im Lesezimmer einschlossen, um dort zu soupieren und zu tanzen, als wäre das Kasino nicht für alle da.

Als sich um sechs Uhr morgens Paco in der Kasinotür mit einem Händedruck von Mesía verabschiedete, rief der junge Marqués:

»Bravo! Endlich! Na?«

Mesía zögerte mit der Antwort. Er knöpfte seinen taillierten aschgrauen Überzieher bis oben zu, schlang sich ein weißes Seidentuch um den Hals und sagte schließlich:

»Pf, wir werden ja sehen.«

Er kam nach Hause in seinen Gasthof und rief den Nachtwächter, der sich mit dem Kommen Zeit ließ. Aber statt wie sonst mit ihm zu schimpfen, klopfte ihm Mesía zweimal auf den Rücken und gab ihm eine Silberpeseta Trinkgeld.

»Wie vergnügt der Señorito ist! Sie kommen vom Ball, was?«

»Ja, Señor Roque, vom Ball.«

Und während er beim Schlafengehen ein Flanellunterjäckchen an einen Haken hängte, murmelte Don Alvaro halblaut vor sich hin, als spräche er zum Bett, nach dessen Decke er die Hand ausstreckte:

»Schade, daß ich schon ein bißchen alt für den Feldzug bin.«

Am nächsten Morgen berichtete Gloucester erbarmungslos im Beisein des Generalvikars in der Kathedrale alles, was auf dem Ball geschehen war. Die Aristokratie habe sich im Lesezimmer zum Soupieren und Tanzen eingeschlossen, und niemand anderes als Doña Ana Ozores sei in den Armen von Señor Don Alvaro Mesía ohnmächtig geworden.

Der Generalvikar, der die ganze Nacht nicht geschlafen hatte und mit fiebriger Ungeduld auf Nachrichten von Ana wartete, machte eine Kehrtwendung wie ein Rekrut. Es war das erste Mal, daß ihn Gloucesters Dolch, die Zunge, ins Herz traf. Bleich, mit zitterndem Kinn, das er erst zur Ruhe brachte, als er sich auf die Unterlippe biß, blickte Don Fermín seinen Feind bestürzt und mit einem Ausdruck des Schmerzes an, der die bucklige Seele des Archidiakons mit Freude erfüllte. Dieser Blick wollte sagen: Ja, jetzt hast du gesiegt, jetzt ist das Gift in mein Inneres gedrungen. De Pas dachte daran, daß die Elenden, so erbärmlich, schwach und dumm sie auch anmuteten, in ihrer Bosheit eine schreckliche Größe hatten. Dieser Lurch, dieses verkommene Sück Soutane verstand solche Dolchstöße auszuteilen! Danach fiel Don Fermín seine Mutter ein. Sie hatte ihn nie verraten, sie gehörte ihm, sie war vom selben Fleisch. Ana, die andere, blieb eine Unbekannte, ein Fremdkörper, der sich in seinem Herzen festgesetzt hatte.

Ohne groß auf Haltung zu achten und seinen Schmerz, diesen tiefsten, beißendsten, trostlosesten Schmerz, dessen er sich in seinem Leben entsann, nur schlecht verhehlend, verließ de Pas die Sakristei, schritt wankend durch die Kirchenschiffe, und als er gewahrte, daß ihn ein paar Gläubige beobachteten, ließ er sich in einer Kapelle vor dem Altar auf die Knie fallen. Dort verharrte er und überlegte, was zu tun sei. Zur Präsidentin gehen? Absurd! Noch dazu so früh. Aber das Alleinsein entsetzte ihn, er hatte Angst vor draußen, er brauchte eine Zuflucht, alles war ihm feind. Seine Mutter, seine heißgeliebte Mutter! Er verließ die Kirche, lief, trat in sein Haus. Doña Paula kehrte das Eßzimmer. Ein schwarzes Perkaltuch umwand den Kopf über dem Silber des dichten, harten Haars wie ein Turban.

»Kommst du vom Chor?«

»Ja, Señora.«

Doña Paula kehrte weiter.

Don Fermín lief um den Tisch und seine Mutter herum. Hier war der einzig mögliche Trost, hier der Schoß, in dem man weinen konnte, hier fand er Mitleid, die einzige Möglichkeit, sein Leid mitzuteilen. Aber das Verlangen, seinen Schmerz mitzuteilen, schnürte ihm die Kehle mit tödlicher Beklemmung zu. Es war eine Grausamkeit seiner Mutter, die Qualen des Sohnes nicht zu erraten. Doña Paula sah ihn an wie alle andern, wie die Leute, denen er auf der Straße begegnet war, ohne zu merken, daß er vor Verzweiflung starb. Und er konnte nicht reden!

»Was hast du, was suchst du hier? Ich mache dir deine neuen Sachen ganz staubig.«

Don Fermín verließ das Eßzimmer. Er trat in seine Studierstube. Teresina machte das Bett des Señorito. Sie hörte ihn nicht hereinkommen, da sie sang und der Strohsack, den sie aufschüttelte, raschelte. Wie auf der Flucht verließ der Señorito auch sein Studierzimmer. Er ging aus dem Haus und begab sich zu Doña Petronila Rianzares. »Die Señora ist in der Messe.« Er wartete, wobei er im Salon auf und ab lief, die Hände einmal auf dem Rücken, dann wieder auf dem Bauch gefaltet. Die blankgeputzte, rundliche Katze kam herein und begrüßte ihren Freund mit einem leisen Klagelaut. Dann wand sie sich um seine Beine, indem sie den Körper geschmeidig bog. Es sah aus, als wüßte die Katze schon etwas von dem Verrat. Das Sofa, auf dem Ana sonst saß, rief den Generalvikar mit der Stimme der Erinnerungen. An dem einen Ende der Sitzfläche war eine etwas schwache Feder, der Bezugstoff schlug Falten. Dort saß sie immer. De Pas setzte sich in den Sessel neben dem faltenschlagenden Bezug, schloß die Augen, und Lebensmüdigkeit lähmte wie ein tiefes Schlafbedürfnis seinen Geist. Er wollte die Zeit anhalten. Schon wünschte er, daß Doña Petronila nicht so bald zurückkäme. Das Tätigwerden schreckte ihn, er hatte Angst vor irgendeinem Entschluß, alles mußte dann noch schlimmer werden. Der Tod saß schon in seiner Seele. Die fernen Erinnerungen regten sich in seinem Gehirn, als rüsteten sie sich zum

Totentanz des Deliriums der Agonie. Er verspürte den Duft einer großen Rose, die Ana ihrem guten Freund, ihrem älteren Bruder, an die Lippen drückte. Die Musik der Worte vermischte sich mit dem Geruch der Blume zu einer mystischen Komposition. O weh, ja, das alles war Liebe, und es hatte ihn schön gepackt. Er war *verliebt.* Die Liebe war nicht lauter Sinnenlust, sie war auch die Qual der Enttäuschung, die plötzliche Einsamkeit, der süße und bittere Schmerz, alles in einem, imstande, die schwerste Schuld zu sühnen. Pflicht, Priestertum, Gelübde, Keuschheit – alles das klang ihm jetzt hohl, wie Worte aus einem Theaterstück. Man hatte ihn betrogen, seine Seele mit Füßen getreten, das war gewiß. Ana gehörte ihm, das war das oberste Gesetz der Gerechtigkeit. Sie, sie selbst hatte es geschworen. Plötzlich sprang der Generalvikar auf. Die Zeit flog. Er hatte es eben wie eine Ohrfeige gespürt. Die anderen konnten inzwischen mit der Zeit und gegen ihn Ränke schmieden. Vielleicht steckten sie zur selben Stunde schon die Köpfe zusammen. Dieses niederträchtige Weib! Und sie war zu ihm in die Kapelle gekommen, um ihm das Diamantkreuz zu zeigen, damit er das Kleid sah, in dem sie ihn bald darauf entehren, jawohl, entehren wollte. Er war ihr Herr, ihr Gatte, ihr geistlicher Gatte. Don Víctor war nur ein Idiot, nicht imstande, auf die eigene Ehre und die anderer aufzupassen . . . Dies war die Frau!

Er trat auf den Gang und rief:

»Ist Doña Petronila zurück?«

»Sie läutet soeben«, wurde ihm geantwortet.

Die Rianzares trat ein. Don Fermín schnitt ihr bei der Begrüßung das Wort im Munde ab.

»Auf der Stelle muß sie herbeigerufen werden«, sagte er.

»Wer? Ana?«

»Ja, auf der Stelle.«

Don Fermín nahm seine Wanderung wieder auf. Er wollte keine Unterhaltung. Die Rianzares, diesem Mann sklavisch ergeben, schwieg und trat in das Kabinett.

Eine halbe Stunde verging. Die Türglocke klingelte. Ana sah den Großen Konstantin, der ihr aufmachte.

»Was ist los?«

»Don Fermín . . . oben im Salon!«

»Ah, ich freue mich.«

Die Präsidentin trat ein, und Doña Petronila begab sich in

die Küche, ans andere Ende des Hauses. »Wenn jemand klingelt, ich bin nicht zu Hause«, sagte sie zu dem Mädchen. Dann ging sie in die Hauskapelle neben ihrem Alkoven.

De Pas fand die Präsidentin schöner denn je. In ihren Augen brannte ein geheimnisvolles Feuer, auf ihren Wangen die Röte der Verzückung. Der Glorienschein einer ihm unbekannten Seligkeit schien diese Frau zu umgeben, die in dem engen Raum einer heißgeliebten Gestalt alles umschloß, was im Leben Wert hatte, die ganze endlose Welt der einzigen Leidenschaft.

»Was bedeutet das?« fragte, plötzlich heiser, Don Fermín und pflanzte sich wie festgewurzelt mitten im Zimmer auf.

»Es war mein Wunsch, daß wir uns unverzüglich sehen. Ich bin von Sinnen. Heute nacht glaubte ich zu sterben. Gestern, heute, ich weiß nicht, wann. Ich bin von Sinnen.«

Die Stimme versagte ihr.

De Pas empfand ein Mitleid, das ihm schmählich erschien.

»Ich weiß alles. Ich brauche keine Geschichten.«

»Was heißt, alles?«

»Das von gestern, das von heute. Der Ball, das Souper. Was bedeutet das, Ana, was bedeutet das?«

»Ach, der Ball! Das Souper! Sie haben mich betrunken gemacht. Aber das ist es nicht. Ich habe Angst, hier, Don Fermín, hier im Kopf. Haben Sie Mitleid mit mir! Jemand muß Mitleid mit mir haben. Ich habe keine Mutter, ich bin allein.«

Das stimmte. Sie hatte nicht wie er eine Mutter. Sie war noch einsamer. Da empfand Don Fermíns Liebe das unaussprechliche Mitleid, das nur die Liebe empfinden kann. Er trat zur Präsidentin und nahm ihre Hände.

»Erzählen Sie, erzählen Sie! Was war los? Mir hat man gesagt... Erzählen Sie!« sagte die zitternde, besorgte Stimme des Generalvikars.

Ana berichtete unter Schluchzen, was sie von ihren Nöten, von ihren Ängsten und Qualen in jenen fiebrigen Stunden berichten konnte. Nachdem sie sich in ihrem Bett gefunden, seien unter den wirren Erinnerungen an den Ball tausend entsetzliche Bilder über sie hergefallen. Sie habe geglaubt, plötzlich wieder in die schwarzen Schächte des Deliriums zu fallen, in die sie sich während der grausigen Nächte ihrer Krankheit versunken wähnte. Danach habe sie der Gedanke an das Schlechte, das sie getan, entsetzt. Und als sie sah, wie der Generalvikar erbleichte, unterbrach sie sich und fügte, wie um sich zu berichtigen, hinzu:

»Das Schlechte, will sagen, daß ich nicht gut genug war.« Die Krankheit sei eine Lehre gewesen, eine vergessene Lehre, und heute morgen, da sie im Bett dieselbe Schwäche gefühlt habe, dasselbe Ziehen in den Eingeweiden, dasselbe Sichauflösen des Lebens im Delirium, habe ihr Gewissen wie beim Schein eines Feuerstrahls schaurige Abgründe der Schande, der Strafe, das Spiegelbild der eigenen Jämmerlichkeit, den Widerschein des trostlosen Morasts gesehen, den man in der Seele trage, und danach den Wahnsinn, den unleugbaren Wahnsinn, ein schreckliches, plötzliches, hartnäckiges, schmerzhaftes Zweifeln an allem. Gott, Gott selbst sei für sie nur noch eine fixe Idee gewesen, eine Zwangsvorstellung, etwas, was sich in ihrem Hirn hin und her bewegte und an ihm nagte, gleich dem Käfer, der in den Wänden klopfe und Totenuhr heiße.

Und Anas im Schreck starre Augen sahen auf dem Teppich ein wirres Bild der furchtbaren Erinnerung.

De Pas schwieg. Auch er hatte einen Augenblick lang die kalte Empfindung des Entsetzens. Der Wahnsinn huschte wie ein Schwindelgefühl durch seine Vorstellung.

Wenn sie ihm wahnsinnig wurde! Eine Purpurwoge überschwemmte das Gesicht des Geistlichen. Zuerst hatte er in Nichts zerfließen sehen, was er unter dieser Schönheit liebte: Anas Seele. Danach dachte er an die unversehrte äußere Schönheit und die Aussicht, seine Liebe ohne Furcht vor Zeugen stillen zu können, allein, er allein mit einem vergötterten Körper.

»Mich retten, ich will mich retten!« rief Ana plötzlich, in die Wirklichkeit zurückfindend. »Ich will zu unserem Sommer, unserem stillen, ruhigen, ja letzten Endes ruhigen Sommer zurückkehren, zu unseren endlosen Gesprächen über Gott, den Himmel, über die in jenseitige Gedanken verliebten Seelen. Ich will, daß mein Bruder mich rettet, daß Teresa mich erleuchtet, daß der Spiegel ihres Lebens sich nicht vor meinen Augen verdunkelt, daß Gott meine Seele liebkost. Fermín, das ist eine Beichte. Der Ort tut nichts zur Sache, einerlei, wo ... Ja, eine Beichte.«

»Das gerade will ich, Ana: Alles wissen. Ich leide auch, ich glaubte auch zu sterben, hier in dem Zimmer. Dort drüben saß ich, wo wir sonst vom Himmel redeten ... und von uns. Ana, ich bin ebenfalls nur ein Mensch aus Fleisch und Blut, ich brauche ebenfalls eine vertraute Seele, aber eine treue, keine verräterische. Ja, ich glaubte zu sterben.«

»Durch meine Schuld, nicht wahr? Sterben, weil ich treulos bin, weil ich vielleicht gelogen, mich befleckt habe?«

Ja, ja . . . Sie müssen alles sagen, sofort.«

»Nein, nein.«

»Doch!«

»Nein, das meine ich nicht. Natürlich will ich alles sagen. Aber was ist alles? Nichts. Ich bin ja nicht freiwillig hingegangen. Man hat mich mit Gewalt hingeschleppt. Nein, das auch nicht. Ich weiß nicht, wie es kam und weshalb ich nachgab. Und dort . . . war eine sehr schlechte Frau . . .«

»Nein, wir wollen nicht die anderen beschuldigen. Die Tatsachen, ich will die Tatsachen hören. Ich will sie nennen, ich kenne sie.«

»Was denn?«

»Dieser Mann, Ana, Mesía. Was ist mit diesem Mann gewesen?«

Ana nahm alle Kraft zusammen, konzentrierte sich auf die Wirklichkeit, auf das, was sie gefragt wurde, kämpfte mit dem Beichtiger, um ihm ihre tiefsten Gedanken zu verbergen. Schließlich war dies hier kein Beichtstuhl. Überdies war es Barmherzigkeit zu lügen, zum mindesten das Schlimmste zu verschweigen.

»Ich liebe ihn nicht«, war das erste, was sie sagen konnte, nachdem sie sich wieder in der Gewalt hatte. Schon dachte sie nur noch daran, ihr Geheimnis zu wahren.

»Aber gestern abend, heute früh, ich weiß nicht, zu welcher Stunde, was war da?«

»Ich habe mit ihm getanzt. Es war Quintanar, Quintanar hat es befohlen.«

»Keine Entschuldigungen, Ana! Das heißt nicht beichten.«

Ana blickte sich um. Sie befand sich nicht in der Kapelle. Gott sei Dank. Diese Sophistik war bei ihr ganz naiv. Sie war überzeugt, daß eine »höhere Pflicht« ihr zu lügen befahl. Dem Generalvikar sagen, daß sie in Mesía verliebt war? Eher dem eigenen Mann!

»Ich tanzte mit ihm, weil es mein Mann so wollte. Man nötigte mich zu trinken. Ich fühlte mich schlecht. Mir schwindelte. Dann fiel ich in Ohnmacht, und man brachte mich nach Hause.«

»Die Ohnmacht überkam Sie . . . in den Armen dieses Mannes?«

»In den Armen! Fermín!«

»Gut, gut! So hat man's mir erzählt. Hören wir weiter! Es soll also heißen, während Sie mit ihm tanzten.«

»Ich erinnere mich nicht. Vielleicht.«

»Schändliche!«

»Fermín! Um Gottes willen, Fermín!«

Ana wich einen Schritt zurück.

»Ruhe! Schreien Sie nicht! Tun Sie nicht so entsetzt! Ich fresse niemanden auf. Weshalb diese Furcht? Jage ich Ihnen Entsetzen ein? Weshalb? Was vermag ich? Wer bin ich? Was habe ich zu sagen? Meine Macht ist geistlicher Art, und Sie haben heute nacht nicht an Gott geglaubt.«

»An meinen Gott! Erbarmen, Fermín!«

»Ja, Sie haben es gesagt. Und das ist der Weg. Ohne Gott bin ich nichts. Ohne Gott können Sie gehen, wohin Sie wollen, Ana. Zwischen uns ist es aus. Ich bin der Lächerlichkeit preisgegeben. Ganz Vetusta lacht über mich. Mesía verachtet mich, er wird vor mir ausspucken, sobald er mich sieht. Der Seelsorger ist ein armer Teufel. Oh, aber nur, weil ich Geistlicher bin. Der Elende! Er beleidigt mich, weil mir die Hände gebunden sind!«

Der Generalvikar schüttelte sich in der Soutane wie in Ketten und versetzte der Seitenlehne des Sofas einen herkulischen Fausthieb.

Danach versuchte er seinen klaren Verstand zurückzugewinnen und fuhr sich mit den Händen über die Stirn. Er griff nach seinem Mantel, suchte den Schaufelhut, schwieg verbissen, tappte zur Tür und ging hinaus, ohne den Kopf zu wenden.

Er glaubte, Ana werde ihm folgen, ihn zurückrufen, weinen. Bald aber merkte er, daß er allein war. Er erreichte die Haustür, blieb stehen, lauschte. Nichts. Man rief ihn nicht zurück. Von der Straße aus blickte er zu den Balkons hinauf. Keine Tür ging auf. Man sah ihm nicht einmal nach! Diese Frau blieb dort. Alles war wahr. Sie betrog ihn. Sie war eine Frau. Aber wessen! Seine. Die Frau seiner Seele! Ja, seiner Seele! Deshalb hatte er sie geliebt. Aber das verstanden die Frauen nicht. Selbst die reinste wollte etwas anderes. Und tausend schauderhafte Dinge zogen durch sein Gedächtnis. Die unzähligen Fleischessünden während der vielen Jahre im Beichtstuhl. Sein Gewissen erinnerte ihn an Teresina. An Teresina, die blaß und lächelnd in seinem Kopfe sagte: »Und du?« Ich bin ein Mann, antwortete er sich und beschleunigte den Schritt. Ich habe sie um meiner Seele willen geliebt. »Und ihren Körper hast du ebenfalls geliebt«, sagte die Teresina in seinem Kopf. »Den Körper ebenfalls, entsinne dich.« Ja, aber ich habe gewartet, bis zu meinem

Tod würde ich warten, ehe ich sie verlöre. Denn ich liebe sie. Sie ist meine Frau, meine inniggeliebte Frau. Und jetzt blieb sie dort zurück, fern schon, verloren für immer.

Regungslos hatte Ana den Generalvikar hinausgehen sehen. Sie fand nicht den Mut, ihn zurückzuhalten, nicht die Kraft, ihn anzurufen. Ein Gedanke ertönte in ihrem Kopf: Dieser Herr Kanonikus war in sie verliebt! Jawohl, verliebt wie ein Mann, nicht mit der mystischen, platonischen, seraphischen Liebe, die ihr vorgeschwebt hatte. Er war eifersüchtig, verging vor Eifersucht. Der Generalvikar war kein älterer Seelenbruder, er war ein Mann, der unter der Soutane Leidenschaften, Liebe, Eifersucht, Zorn verbarg. Ein Domherr liebte sie! Ana erschauerte wie bei der Berührung von etwas Schleimigem, Kaltem. Dieser Hohn auf die Liebe ließ sie mit einer Bitterkeit lächeln, die aus dem Innersten bis zu den Lippen drang.

Ihr Vater, Don Carlos, der Freidenker, stand auf einmal vor ihr, wie er in Hemdsärmeln an einem Tisch dort oben in Loreto mit einem Pfarrer und verschiedenen atheistischen oder fortschrittlichen Kumpanen disputierte. Ana erinnerte sich, als hätte sie sie soeben erst gehört, an Aussprüche ihres Vaters und dieser Herren. »Der Klerus korrumpiert die Gewissen. Der Geistliche ist ein Mann wie alle anderen, das Zölibat eine Maske.« All das, was sie gehört hatte, ohne es zu verstehen, kehrte jetzt mit einem klaren, präzisen Sinn wie so viele andere Lehren der Erfahrung in ihr Gedächtnis zurück. Man wollte sie verführen! Dieses Haus, diese Stille, diese Doña Petronila. Ana empfand Abscheu, Scham und hastete zur Tür. Sie lief hinaus, ohne sich zu verabschieden. Gelangte nach Hause. Don Víctor betäubte die Welt mit Hammerschlägen. Er bastelte ein Brückenmodell, das er auf der Ausstellung zu San Mateo zeigen wollte. Nun umwickelte er den Hammer nicht mehr mit Flanell, nein, Eisen traf auf Eisen, der Lärm war entsetzlich. Hier war er Herr im Hause. Beweis: Seine Frau war mit zum Ball gegangen. Mit dem Paraguay war es vorbei, Schluß mit dem Mystizismus. Eine weise, von den Vorfahren ererbte Frömmigkeit, und damit genug, mehr als genug. Ansonsten Betriebsamkeit, Technik und Kunst, viel Theater, viel Jagd und viel Gehämmer. Es lebe das Leben! So dachte Don Víctor, den schottischen Hausrock übergezogen und fest drauflosklopfend, in seiner neuen Werkstatt, einem schmalen Gelaß im Erdgeschoß mit Ausgang zum Patio. Die Sonne fiel auf Quintanars Füße und schlug aus den Glasperlen und

Goldborten der halb türkischen Babuschen Funken. Der Zimmermann pfiff, die Drossel, die beste Singdrossel in der Provinz, die Quintanar von Zimmer zu Zimmer mitschleppte, pfiff ebenfalls in ihrem an einem Draht hängenden Käfig. Ana betrachtete schweigend ihren Mann. Er war ihr Vater! Sie liebte ihn wie ihren Vater. Er ähnelte Don Carlos sogar etwas. Die Februarsonne, wie Verheißung des Frühlings, der kühle Raum, der zu Tätigkeit, zu Bewegung einlud, die Hammerschläge, das Pfeifen, die leichten Wölkchen, die über das blaue Viereck wegzogen, dem das vorspringende Dach als Rahmen diente – all das gab neue Kraft. Dies war ihr Heim, hier war sie Königin, dieser Frieden gehörte ihr! Als er den Hammer weglegte, um nach der Säge zu greifen, sah Don Víctor seine Frau.

Sie lächelten sich schweigend zu. Die Sonne verjüngte Quintanar. Außerdem war er ein großer Zimmermann. Seine Erfindungen mochten mehr oder weniger phantastisch sein, seine Mechanik idealistisch, aber er machte aus einem Brett, was er wollte. Und wie sauber er arbeitete!

Ana lobte die Kunstfertigkeit ihres Mannes.

Er belebte sich, wurde rot vor Freude und versprach ihr für nächste Woche ein Nähkästchen. »Alles selbst gemacht.«

Die Präsidentin vergaß für einen Augenblick die Ernüchterung dieses Vormittags. Als sie ihr wieder ins Gedächtnis kam, gewann sie die Überzeugung, daß Don Fermín kein Bösewicht, sondern ein Unglücklicher war, aber auf jeden Fall schien es ihr widersinnig, sich zu verlieben, wenn man geistlichen Standes war. Auf alle möglichen Kombinationen romantischer Liebe war Anas Phantasie oft genug verfallen, nur auf diese nicht. Man verstand die ruchlose Liebe eines Priesters in der Oper, aber die eines Präbendars mit violettem Halskragen! Außerdem verwahrte sich auch die Ehrbarkeit mit ihrem instinktiven Widerwillen gegen so etwas. De Pas jedoch war bemitleidenswert. Wer keine Nachsicht verdiente, das war Doña Petronila. Falls sie, Ana, noch einmal mit dem Generalvikar sprechen sollte, was durchaus wahrscheinlich war, weil ja schließlich Erklärungen gegeben werden mußten, dann bestimmt nicht in der Wohnung dieser Alten. Was hatte diese Dame vorgehabt? Was mochte sie von ihr, Ana, denken?

Als Don Víctor, Stücke aus Operetten singend, in bester Laune nach Hause kam, schlug er seiner Frau plötzlich vor, der Bitte der Marquesa zu entsprechen, die sie nach dem Mittagessen zum Kaffee eingeladen hatte, um danach einen Spaziergang zu machen und sich den Maskenzug anzusehen.

»Um Gottes willen, Quintanar! Nun aber Schluß mit den Vergnügungen! Ich habe genug vom Karneval. Ich will keine Festivitäten mehr. Ich bin müde. Der Ball gestern hat mir geschadet. Ich will nicht mehr. Habe ich dir gestern nicht gehorcht? Laß es genug sein, um Gottes willen, laß es genug sein!«

»Gut, Kind, gut. Ich bestehe ja nicht darauf.«

Und Don Víctor schwieg, aber ein Teil seiner guten Laune war hin. Er wagte nicht, von der Energie Gebrauch zu machen, mit der ihn Gott begabt hatte. Man durfte den Bogen auch nicht überspannen.

Er jedoch ging natürlich zum Kaffee und zum Spaziergang.

Ana blieb allein. Durch die offene Balkontür ihres Ankleidezimmers hörte man die ferne Musik auf dem Paseo Grande, wo der Karneval gefeiert wurde. Diese wirre, in Fetzen herübergewehte Musik erfüllte ihre Seele mit Trauer. Sie dachte an Mesía, den Versucher, und an den verliebten, eifersüchtigen, wehrlosen Generalvikar. Jetzt war ihr Mitleid grenzenlos. Schließlich war er es gewesen, der ihre Seele dem Licht der Religion und der Tugend geöffnet hatte. Ana dachte an ihren Glauben, der geborsten und rissig war, als hätte ihn ein Erdbeben erschüttert. Der Generalvikar und der Glauben waren in ihrer Vorstellung zu eng miteinander verquickt, als daß die Enttäuschung nicht der Gläubigkeit geschadet hätte. Außerdem hatte sie stets mehr geliebt als geglaubt. Don Fermín hatte sein Streben darauf gerichtet, in ihr die Furcht vor Gott und der Kirche zu festigen, aber von den Dogmen hatte er wenig gesprochen. Ana spürte, daß die Phantasie auf ihre Frömmigkeit einen größeren Einfluß hatte, als es der Festigkeit dieses Gebäudes zuträglich war. Die Tage des vermeintlichen Mystizismus, der Kontemplation lagen fern. Damals war sie krank. Die Lektüre der heiligen Teresa, die Schwäche, die Trauer hatten ihre Seele mit Visionen reiner Schwärmerei entflammt. Mit der Genesung jedoch hatte die tätige, von Grübeleien unbeschwerte Frömmigkeit gesiegt. Der Generalvikar hatte die Heilige verdunkelt, man hatte mehr von dieser süßen Geschwisterschaft in der Tugend als von Gott selbst gesprochen. Jetzt verstand sie vieles. Don Fermín wollte sie für sich. All das war eine Vorbereitung gewesen. Worauf?

Oh, Mesía war edelmütiger, er kämpfte ohne Visier, er bot die Brust dar, kündigte den Streich an. Er hatte seine Freundschaft mit Quintanar nicht mißbraucht, war nicht zudringlich gewesen. Aber die beiden liebten sie! Anas Traurigkeit fand in dem Gedanken einen süßen, ja innigen Trost. Sie konnten keinem von beiden gehören. Dem Generalvikar konnte und wollte sie es nicht. Sie schuldete ihm ewige Dankbarkeit, aber etwas anderes wäre ein abstoßender Widersinn. Einfach ekelhaft. Das wäre ja noch schöner, wenn sie nahe der Dreißig eine weltliche Liebschaft anfangen wollte, noch dazu mit einem Geistlichen! Scham und Zorn trieben Ana die Röte ins Gesicht. Aber dieser Mann erwartete nun . . . Niemals!

So wie diesen Nachmittag verbrachte die Präsidentin viele Tage. Dieselben Gedanken zogen in tausend verschiedenen Kombinationen durch ihr erhitztes Gehirn.

Als sie in ihren Wünschen Mesías Nähe spürte, floh sie beschämt vor ihr, beschämt auch, weil die Erinnerung an den Ball, insbesondere an die Berührung mit Mesía, keine heftigen Gewissensbisse hervorrief. Sie blieben aus. Sie sah alles wie einen Traum an, glaubte sich nicht verantwortlich, nicht eindeutig verantwortlich für das, was in dieser Nacht geschehen war. Man hatte sie mit Worten, Licht, Eitelkeit, Lärm . . . mit Champagner betrunken gemacht. Jetzt aber wäre sie eine Verworfene, wollte sie Don Alvaro gestatten, auf seinen Werbungen zu bestehen. Sie wollte nicht der Spitzfindigkeit der Versuchung erliegen, die ihr in die Ohren schrie: Schließlich ist Don Alvaro kein Geistlicher! Wenn du vor ihm fliehst, läufst du Gefahr, dem anderen in die Arme zu fallen. Lüge! schrie die Ehrbarkeit. Weder dem einen noch dem anderen werde ich gehören. Don Fermín liebe ich mit der Seele, ungeachtet seiner Liebe, die er vielleicht ebensowenig bezwingen kann wie ich den Einfluß Mesías auf meine Sinne. Aber daß ich den Generalvikar nicht auf sündhafte Weise liebe, des bin ich sicher. Ja, ganz sicher. Ich muß den Generalvikar fliehen, noch mehr aber Don Alvaro. Seine Leidenschaft ist ebenfalls verboten, wenn auch nicht abstoßend und sakrilegisch wie die des anderen. Ich werde beide meiden!

Es gab keine andere Zuflucht als ihr Heim. Don Víctor mit seinem Frígilis und dem ganzen Krimskrams in seinem Raritätenmuseum, Don Víctor mit seinem altspanischen Theater.

Aber das Haus hatte ebenfalls seine Poesie. Ana gab sich Mühe, sie zu entdecken. Wenn sie Kinder hätte, hätte sie so viel zu tun! Aber sie hatte keine. Und ein Waisenkind annehmen, das war nichts. Auf jeden Fall begann Ana eifrig im Hause zu wirtschaften, Don Víctor geschäftig zu umsorgen. Nach acht Tagen sah sie ein, daß das eine schlimmere Heuchelei war als alles andere. Die Hausarbeiten waren in kurzer Zeit erledigt. Weshalb sich selbst Befriedigung über eine unzulängliche, bedeutungslose Tätigkeit vormachen, die den Geist keine halbe Stunde beschäftigte? Don Víctor dankte ihr diesen häuslichen Eifer aus ganzem Herzen, was aber ihn persönlich anging, so hätte er es vorgezogen, wenn die Dinge weitergelaufen wären wie bisher. Niemand nähte ihm einen Knopf zu seiner Zufriedenheit an, nur er selbst. Das Saubermachen in seinem Arbeitszimmer war für ihn, Don Víctor, eine Tortur. Sein Bett sorgfältig zu bauen war zwecklos, weil er es auf jeden Fall wieder einriß. Als Ana den Haushalt wieder im alten Trott laufen ließ, dankte es ihr Don Víctor ebenfalls von ganzem Herzen und atmete befreit auf. Diese Einmischungen seiner lieben Frau verdienten ewige Dankbarkeit, waren ihm aber lästig.

Don Alvaro ließ sich Zeit. Dieses Mal war er sicher. Aber er wollte keinen Angriff *brusquer,* wie er auf französisch dachte. Die Theorie von der schwachen Viertelstunde war eine unvollkommene Theorie. Etwas war schon dran, aber in gewissen Fällen findet nur ein guter Uhrmacher die Viertelstunden einer Frau heraus. Er gedachte die Fasten vorbeizulassen. Schließlich handelte es sich um eine fromme Frau, die bestimmt fastete und nur erlaubte Speisen aß. Ein schlechtes Geschäft. Das Osterfest bot die beste Gelegenheit. Nachdem unser Herr Jesus Christus auferstanden ist, sieht die Welt gleich viel fröhlicher aus, und ihre Freuden sind erlaubter. Der schon fortgeschrittene Frühling trägt auch dazu bei. Die Feste, zu denen seine Frau mitzubringen er Don Víctor veranlassen würde, stachelten sein Begehren an. O ja, zu Ostern sprechen wir uns wieder!

Außerdem wollte er sich für den Feldzug rüsten. Er war etwas von Kräften. Der Sommer in Palomares hatte ihn schwer mitgenommen. Die Frau Minister hatte ihn zu sehr beansprucht. Diese Maßlosigkeiten der besiegten Frauen standen im direkten Verhältnis zum Quadrat der Entfernung. Will sagen, je weiter eine Frau von der Untugend entfernt ist, desto maßloser ist sie, wenn sie endlich fällt. Die Präsidentin würde, wenn sie fiel, schrecklich maßlos sein.

Und Mesía bereitete sich darauf vor. Er las Bücher über Körperpflege, machte Freiübungen, ritt viel aus. Er weigerte sich, Paco Vegallana bei dessen leichtfertigen und augenscheinlich käuflichen Liebesabenteuerchen zu begleiten. »Wenn der Teufel das Fleisch satt hat ...«, sagte Paco zu ihm. Don Alvaro lächelte und ging zeitig zu Bett. Er stand früh auf. Bei Tagesanbruch war der Paseo Grande schon lauter Duft, Frische und Gezwitscher. Der März begann mit Junihitze. Schon am frühen Morgen wärmte und stach die Sonne. Solchen Scheinfrühling gab es in Vetusta häufig, er war aber nur ein Scherz der Natur. Danach kehrte der Winter wie in seinen besten Tagen mit Frösten, Rauhreif und Regen, endlosem Regen zurück. Don Alvaro aber nutzte dieses Zwischenspiel von Licht und Wärme aus, das zwar nur kurz war, ihn deswegen aber nicht minder erfreute. Er gehörte nicht zu denen, die das Glück nach der Dauer maßen. Mehr noch, er glaubte nicht an das Glück, einen seiner Ansicht nach metaphysischen Begriff. Er glaubte an den Genuß, den man nicht nach der Zeit maß.

Eines Morgens erblickte Don Alvaro auf dem Paseo Grande, der um diese Stunden verlassen lag, weil wenige dem vorzeitigen Frühling trauten, in der Ferne die Konturen eines Geistlichen. Er war groß, seine Bewegungen herrenhaft. Es war der Generalvikar. Sie waren allein auf der Promenade, mußten einander begegnen, sie gingen auf derselben Seite direkt aufeinander zu. Wortlos grüßten sie sich. Don Alvaro hatte einen Anflug von Angst. Wenn dieser in die Präsidentin verliebte und von ihr abgeblitzte Mann, dachte er, plötzlich bei meinem Anblick den Verstand verliert, weil er mich für seinen Nebenbuhler hält, und hier, wo wir allein sind, mit bloßen Fäusten über mich herfällt! Mesía entsann sich der Szene mit der Schaukel im Garten der Vegallanas.

Der Generalvikar seinerseits dachte, als er Don Alvaro sah: Wenn ich mich nun auf diesen Menschen stürzte und ihn zu Boden schlüge, was mir bestimmt gelänge, denn ich bin stärker als er! Er fürchtete sich vor sich selbst, hatte er doch gelesen, daß bei nervösen Menschen Bilder und Vorstellungen dieser Art die entsprechenden Handlungen hervorrufen. Ein Mörder aus einer der Erzählungen von Edgar Allan Poe fiel ihm ein. Don Fermíns Blick war unverschämt, herausfordernd. Er grüßte, als wollte er mit den Augen sagen: Nimm! Das ist eine Ohrfeige! Aber Gruß und Blick Mesías bedeuteten ihm: Gehen Sie mit Gott! Ich verstehe kein Wort von dem, was Sie mir sagen wollen.

Und sie setzten, jeder in seiner Richtung, ihren Weg fort. Am nächsten Morgen fand sich keiner von beiden auf dem Paseo Grande ein. Sie verfolgten bei ihren Spaziergängen ein genau entgegengesetztes Ziel: Der Generalvikar wollte überschüssige Kräfte loswerden, Mesía dagegen verlorene Kraft zurückgewinnen, von der er hoffte, sie binnen kurzem nötig zu haben. Jeder von ihnen lustwandelte hinfort an abgelegenen Orten, denn sie fürchteten eine neuerliche Begegnung.

Bald aber hatten die Spaziergänge wieder ein Ende.

Wie zu erwarten war, kehrte der Winter mit all seiner Strenge zurück und lachte lauthals über die Toren, die sich schon mitten im Frühling wähnten. Die Vögel versteckten sich in ihren Nestern und Schlupfwinkeln. Die in Blüte stehenden Bäume mußten den Ingrimm des Unwetters über sich ergehen lassen wie geputzte junge Mädchen, die in leichten, bunten Kleidern, mit hübschen, zarten Rüschen und Bändern aus Seide und Tüll bei einer Landpartie von einem Platzregen überrascht werden. Die weißen und rosaroten Blüten der Obstbäume zerstörte der Hagel.

Dies geschah um die Mitte der Fastenzeit. Vetusta gab sich mit verdoppelter Inbrunst seinen Andachtsübungen hin. Die Jesuitenmissionare waren ebenfalls wie Hagelschlag über die Stadt hinweggezogen. Die Blumen der Liebe und Fröhlichkeit, die der Karneval ausgesät hatte, wurden durch die Bußpredigten Pater Marotos und Pater Gobernas zerstört. Ersterer war ein abgedankter Artillerist, der mit Kanonenschlägen predigte und den Teufel an die Wand malte, letzterer ein französischer Pater mit honigsüßer Stimme, der das Spanische kehlig und nasal sprach, von *Gomogga* redete und die Zerstörung Ninives und Babylons als Beweis für die Nichtigkeit allen Menschenwerkes anführte. Vetusta war eingeschüchtert. Der Regen im Verein mit den Jesuiten machte die Stadt trübe und kleinmütig. Der Anblick der grauen Natur voller Pfützen und Schlammlachen forderte mehr als der Gedanke an die Kürze des Daseins dazu heraus, den geringen Wert des Diesseits anzuerkennen. Alles schien sich in einem Nichts aufzulösen. Nach Vetusta und seiner Umgebung zu urteilen, war das Universum mehr als nur ein kurzer Traum, es war ein langer Alpdruck voll schmutziger, morastiger Bilder. Pater Goberna, der seinen Reden Lokalkolorit zu geben verstand, sagte in Vetusta nicht, daß wir nur eine Handvoll Staub seien, sondern eine Handvoll Schlamm. Staub in Vetusta? Gott gebe ihn!

Das schlechte Wetter brachte Ana Ozores um ihre ruhige, träge Ergebung. Mit dem lästigen Dauerregen kamen alte, plötzliche Anwandlungen wieder, das Aufbegehren der Begierde, die innere Unrast. Und jetzt hatte sie keinen Generalvikar, der ihr half.

Mit jedem Tag fühlte sie sich einsamer, verlassener, und sie begann sich Gedanken zu machen, ob sie dem Generalvikar nicht unrecht getan hatte, indem sie so schlecht von ihm dachte und ihn mit jenem Argwohn, den er wie einen vergifteten Pfeil im Herzen trug, verzweifelt entfliehen ließ. Wieso hatte sie diese Enttäuschung, diese Entweihung einer reinen, selbstlosen, geistigen Freundschaft nicht tiefer getroffen? Vielleicht, weil geliebt zu werden, sei es von wem auch immer, ihr angenehm sein mußte, wiewohl sie diese Liebe eigentlich hätte verschmähen und selbst verdammen sollen. Vielleicht, weil sie wußte, daß sie es in der Hand hatte, dieser Entfremdung ein Ende zu setzen. Konnte sie nicht eines vielleicht nahen Tages, an dem sie geistlichen Trost brauchte, zum Beichtstuhl laufen und den Beichtvater, Don Fermín, überzeugen, daß sie nicht war, was er vermutete? Vielleicht sollte sie es bald tun. Warum de Pas in dem Glauben lassen, wenn nichts daran war? Ja, sie mußte ihm die Wahrheit sagen. Don Alvaro hatte bei Ana Ozores nichts weiter erreicht, das stand fest.

Doch bevor sie den Generalvikar aufsuchte, wollte Ana von sich aus ihren Geist stärken. Sie spürte ihren Glauben wanken, die trivialen Sophistereien Don Carlos', des Freidenkers, peinigten sie. Sie begann an der Tugend des Priesters zu zweifeln und endete bei dem Zweifel an der Kirche und vielen Dogmen.

Endlich lief sie in die Kirche. Sie sprang über Pfützen, achtete nicht der Regengüsse, ging von Pfarrkirche zu Pfarrkirche, von Novene zu Novene und verbrachte viele Stunden im kalten Schiff eines Gotteshauses zu der Stunde, da die Gläubigen es zu verlassen pflegten. Sie setzte sich auf eine Bank und meditierte. Vom Gewölbe hallte der Husten eines alten Mannes wider, der in irgendeiner versteckten Kapelle betete. Die Schritte eines respektlosen Ministranten dröhnten auf der Predella eines Altars, und wie eine Verstärkung der Stille gelangte das leise Summen der Geräusche Vetustas an ihr Ohr. Ana erflehte von der Einsamkeit und wohligen Stille der Kirche etwas wie eine Eingebung oder einen Hauch von Frömmigkeit, der, wie sie meinte, sich von diesem heiligen Mauerwerk und den Altären lösen müsse, die beim weißen Licht des Tages ihre wie von der Reibung der Gebete und des Kerzenrauchs abgenützten Gips- und lackierten Holzheiligen zur Schau stellten. Die Bilder erinnerten bei Tageslicht an die Dekorationen eines Theaters im hellen Sonnenschein und an die Schauspieler auf offener Straße ohne den Glanz der Gaslichter.

Sie begann zu merken, daß die einsame Kirche ihre Frömmigkeit nicht anregte. Die kalten Mauern, diese Art Ruhepause der Heiligen zwischen den Gottesdiensten erinnerten sie durch seltsame Analogien an die Müdigkeit der Könige, der auf Jahrmärkten gezeigten Ungeheuer, die Müdigkeit der Schauspieler, Politiker und sonstigen Wesen, deren Bestimmung es ist, sich öffentlich der Bewunderung der gaffenden Menge darzubieten. Die Kirche ohne Gottesdienst, die ausruhende Kirche, erschien ihr schließlich ebenfalls als so etwas wie ein Theater bei Tage. All das nötigte sie, die einsame Kirche zu verlassen, um zu den Stunden des Gottesdienstes zurückzukehren. Sie erkannte, daß an der neuen Frömmigkeit, die sie suchte, die Sinne einen bedeutenden Anteil haben mußten. Deshalb suchte sie den Geruch des Weihrauchs, den Glanz des Altars und der Meßgewänder, den Herzschlag des gemeinsamen Gebets, das Gemurmel des *ora pro nobis,* die mysteriöse Kraft der kollektiven Andacht, die wohlüberlegte Sparsamkeit des Zeremoniells, die Feierlichkeit des amtierenden Priesters, den geheimnisvoll zerfließenden Kirchengesang, der nur vom Chor herunterklang und doch aus den Wolken niederzuschweben schien, die Melodien der Orgel, die in einem einzigen Augenblick an all die süßen, heißen Gefühle der früheren Frömmigkeit, des unbefleckten Glaubens erinnerten, eine Mischung aus mütterlichem Einwiegen und mystischer Hoffnung.

Der Novene der Schmerzen Mariä kam dieses Jahr in Vetusta eine ausnehmende Bedeutung zu, wenn man der »Kreuzfahne« Glauben schenken durfte. Zumindest wurde San Isidro, wo sie begangen wurde, ausgeschmückt wie nie zuvor. Solch eine Saat prunkvoller, falscher Frömmigkeit hatten die Patres Goberna und Maroto ausgestreut. Man konnte zwar nicht wie bei der Novene der Empfängnis die Kirche mit Blau und Silber verhängen, auch kein Papptempelchen vor dem Aufsatz des Hochaltars aufstellen, das eine gotische Fachwerkkapelle vorstellte, doch alles, was mit den Sieben Schmerzen der Jungfrau vereinbar war, wurde getan: Der Prunk war majestätisch, beklemmend, düster. Überall Schwarz und Gold. Eine Kapelle der Kathedrale wurde mit allem Drum und Dran in den Chor von San Isidro geschleppt, verstärkt durch ein paar Bühnendekorationen der letzten in Vetusta verkrachten Operettentruppe.

Die Predigten wurden einem anderen Jesuiten, dem Pater Martínez, übertragen, der von sehr weit herkam und ein gepfeffertes Honorar verlangte. Am Sammeltisch, der hinter dem Hauptportal dem Hochaltar gegenüber stand, baten die hübschesten und zudringlichsten Damen aus den allerfeinsten Familien um milde Gaben und boten fromme Bücher, Medaillen und Skapuliere feil.

Der Regen, die Langeweile, Frömmigkeit, Gewohnheit führten dem Gotteshaus ihr jeweiliges Kontingent zu. Jeden Nachmittag war die Kirche zum Brechen voll. Nicht ein Vetustenser hätte noch Platz gefunden.

Beim Altarraum auf den Knien liegend und den Geist sammelnd, um ihn in glühende Frömmigkeit zu versenken, hörte Ana Ozores das klagende Säuseln von der Kanzel wie das ferne Rauschen eines vom Ächzen des Windes begleiteten Regengusses. Sie hörte nicht den Jesuiten, sie hörte nur die stumme Beredsamkeit jenes vor aller Augen sich abspielenden, durch Jahrhunderte in Tausenden von Städten wiederholten Vorgangs: der kollektiven Frömmigkeit, der gemeinsamen Andacht, diese fast wunderbare Erhebung eines ganzen, durch Armut und Unwissenheit verkümmerten Volkes in die Regionen des Idealen, zur Anbetung des Absoluten durch eine wunderbare Entrükkung. Daran dachte die Präsidentin auf ihre Art und wollte sich von dieser Woge der Frömmigkeit mitreißen lassen, sie wollte ein Molekül dieses Gischts, ein Teilchen dieses Staubes sein, den eine unbekannte Kraft durch die Ödnis des Lebens auf ein unklar verstandenes Ideal zutrieb.

Pater Martínez schwieg. Die Orgel setzte ein und sagte auf andere Weise und viel besser dasselbe, was der Luxusprediger gesagt hatte. Die Orgel schien die Leiden Mariä mehr von Herzen nachzufühlen. Ana dachte an Maria, an Rossini, an das erste Mal, als sie mit achtzehn Jahren in dieser Kirche das Stabat Mater gehört hatte.

Und da gibt es Ruchlose, die mit all dem Schluß machen wollen! dachte Ana. Nein, ich gehöre nicht zu ihnen! Ich halte dir, heilige Jungfrau, die Treue, immer, liege dir zu Füßen. Bei den

Betrübten sein – das ist die ewige Religion. Sein Leben lang weinen über die Leiden der Welt, unter Tränen lieben ... Sie dachte an den Generalvikar. Wie undankbar, wie grausam war sie diesem Manne gegenüber! Wie traurig und einsam hatte sie ihn ziehen lassen! Vetusta beleidigte, verhöhnte, verachtete ihn, nachdem es ihm einen Thron der Bewunderung errichtet hatte. Und sie, die sie ihm ihre Ehre, ihren Glauben, das Kostbarste verdankte, verließ und vergaß ihn ebenfalls. Wegen Vorurteilen der Eitelkeit, aus häßlichem, törichtem Argwohn. Ja, weil der Teufel von ihr Besitz ergriffen hatte, die Liebe der Sinne, weil sie Don Alvaro verfallen war, wenn nicht in Wirklichkeit, so doch im Verlangen. Das war die Wahrheit. Weil *sie* sündig war, mußte es dann auch der »Seelenbruder«, der geliebte Beichtiger, sein? Was hatte sie für Beweise? War nicht alles nur leere Einbildung? Hatte ihre Eitelkeit nicht Gespenster gesehen? Wann hatte de Pas Äußerungen getan, die Zweifel an seiner Reinheit hätten aufkommen lassen können? Waren sie beide nicht unzählige Male allein gewesen, ganz nahe beieinander? Hatten sie sich nicht berührt? Hatte sie nicht, vielleicht unklugerweise, unschuldige Liebkosungen gewagt, flüchtige Zärtlichkeiten, die das Feuer zum Auflodern brachten, falls es verborgen in ihm glomm? Und nun ist er allein! dachte Ana. Die Zeitungen ziehen über ihn her. Selbst die Gottlosen lobten die Bußprediger, um den Einfluß des Generalvikars einzudämmen. Wie das elende Pack stelle auch ich mich hin und schreie: Kreuziget ihn! Kreuziget ihn!

In diesem Augenblick verstummte der Gesang der Gläubigen. Es folgte eine feierliche Stille, danach Husten und Scharren von Sohlen und Holzschuhen auf den glatten Fliesen des Steinfußbodens. Eine beherrschte Ungeduld. In der Nähe der Tür tönte das Klingeln der Münzen, die Visitación und die Marquesa auf den Sammelteller fallen ließen, um die Aufmerksamkeit der zerstreuten Nächstenliebe auf sich zu lenken. Die Windfangtüren knarrten. Ein leises Getuschel lag in der Luft. Auf dem Chor gaben Violinen und Flöten mit ersticktem Wimmern und Seufzen Lebenszeichen. Man hörte das Rascheln der Notenblätter. Eine Geige brummte. Wieder Stille. Das Stabat Mater begann.

Die feierliche Musik Rossinis erregte Anas Phantasie. Ein Entschluß der überreizten Nerven keimte in ihrem Gehirn mit der Kraft einer Zwangsvorstellung wie eine Halluzination des

Willens. Sie sah das Bild ihres Entschlusses wie leibhaftig vor sich. Ja, sie, Ana, zu Füßen des Generalvikars wie Maria zu Füßen des Kreuzes. Der Generalvikar war gleichfalls durch die Verleumdung, die Torheit, den Neid und die Verachtung gekreuzigt, und das mörderische Volk kehrte ihm den Rücken und ließ ihn allein. Sie aber, sie – tat dasselbe! O nein, zum Kalvarienberg, zum Kalvarienberg! An den Fuß des Kreuzes dessen, der nicht ihr Sohn, sondern ihr Vater war, ihr Bruder, ihr Bruder und geistlicher Vater.

Die Jungfrau sagte ja dazu. Dieser Entschluß war einer Christin würdig. Überall, wo es ein Kreuz mit einem Toten gebe, könne man zu seinen Füßen weinen, ohne zu fragen, wer da oben hing. Besser noch am Fuße eines Kreuzes mit einem Märtyrer. Selbst mit einem Missetäter hätte Ana in diesem Augenblick Mitleid empfunden. Um wieviel größer mußte da ihr Mitleid mit dem Generalvikar sein, der in ihren Augen kein Verbrecher war!

Die Art des Opfers, der Tag, die Gelegenheit – alles war vorgezeichnet. Sie gelobte sich, nicht umzukehren. Sie brauchte Verzückung, um leben zu können. Wenn später die Ermüdung, das Erschlaffen dieser gespannten Saiten den Kleinmut, die nüchternen weltlichen Bedenklichkeiten, die Angst vor dem Gerede der Leute in ihr Herz trug, wollte sie nichts darauf geben, ihrem Vorsatz ohne Schwanken treu bleiben, ohne weiteres Überlegen ihren Weg gehen, ihren Entschluß ausführen. Ruhig, ihrer selbst sicher, wandte sie die Gedanken wieder der Schmerzensmutter zu und warf sich wie eine Selbstmörderin in die Wogen der traurigen Musik. Ja, sie wollte in sich den Zweifel, die Qual, die Kälte, den Einfluß der törichten Welt töten, zurückkehren ins Feuer der Leidenschaft, die ihr Leben war.

Seit dem Tage der Beisetzung Don Santos Barinagas hatte Don Pompeyo keine gute Stunde mehr. Er kränkelte. Die Fieberschauer, die ihn auf dem Friedhof geschüttelt hatten und die sich bei der Krankheit, die er sich auf dem Heimweg im Regen zugezogen hatte, verstärkt wiederholten, befielen ihn von Zeit zu Zeit immer wieder. Ohne Unterlaß peinigte Guimarán die Niedergeschlagenheit. Die Sonne der Gerechtigkeit, die er anbetete, und die Gemeinheit ringsum entmutigte den braven Gottesleugner so sehr, daß er am unausbleiblichen Fortschritt der

Menschheit zu zweifeln begann. Und die Freundschaft? Mit der war es ebenfalls vorbei! Paquito Vegallana, Alvaro Mesía, Joaquinito Orgaz, der ehrenwerte oder scheinbar ehrenwerte Señor Foja, die sich seine guten Freunde nannten, hatten ihn schmählich im Stich gelassen und ihn an der Nase herumgeführt. Sie waren nichts als ein paar Wüstlinge, die bei ihren Freßgelagen von der Religion abrückten, um ihn zu verführen und die Angst vor der Hölle loszuwerden. Don Pompeyo brach seine Beziehungen zu all diesen »leichtfertigen Leuten« brüsk ab und setzte keinen Fuß mehr ins Kasino. Diesen Entschluß faßte er am Weihnachtstag, als er erfuhr, daß in Vetusta erzählt wurde, er, Don Pompeyo Guimarán, der Mann, der alle Religionen aufs höchste achtete, ohne an eine zu glauben, habe die Kathedrale entweiht, indem er betrunken der Christmette beiwohnte. Man verstieg sich sogar zu der Behauptung, er habe unter dem Mantel eine Flasche Anis mitgenommen. Er, Don Pompeyo! Er ging nicht mehr ins Kasino. Diese Schufte, die ihn betrunken gemacht hatten, oder doch beinahe, und ihn danach nötigten, in das Gotteshaus einzudringen, waren ohne weiteres imstande, sich gleich hinterher die Lügengeschichte aus den Fingern zu saugen, mit der sie ihn verderben wollten. Welche Glaubwürdigkeit sollte hinfort ein Atheist haben, der sich einen Rausch antrank, um die Feste der Christenheit mitzufeiern, und der am Gottesdienst teilnahm, um Gott zu lästern und durch die ehrwürdigen Schiffe der Basilika zu torkeln?

Nein, er wollte keine weiteren Glaubenskämpfe. Für derartige Unternehmungen war er schon ein bißchen zu alt. Schweigen war besser. Mit jedermann in Frieden leben. Beim Gedanken an Barinagas Tod befiel ihn ein Zittern. Sterben wie ein Hund! Und das ich, wo ich Frau und vier Töchter habe!

Er wurde menschenscheu. Stets ging er allein aus, bei Dunkelheit, um bald darauf nach Hause zurückzukehren.

Eines Nachts erregte ein Summen wie aus einem Bienenstock, das aus der Richtung der Kathedrale kam, seine Aufmerksamkeit. Er hörte Feuerwerkskörper knallen. Was bedeutet das? Der Kathedralenturm war auf venezianische Art mit Laternen und Lampions illuminiert. An seinem Fuß drängte sich in dem kurzen, schmalen, von einem plumpen, festen Eisengitter umzäunten Vorhof mit dem glitschigen Steinpflaster eine wirre Menschenmenge wie ein Haufen schwarzer Raupen. Aus diesem menschlichen Sauerteig blubberten, Blasen gleich, Schreie, Gelächter und ein dumpfes Sausen wie das Rauschen einer fernen Meeresflut.

Don Pompeyo, dessen Zähne im Schüttelfrost aufeinanderschlugen, blieb am äußersten Ende der Calle de la Rúa stehen, um diese zu Füßen des Turmes zusammengedrängte Menge zu beobachten. Er wußte schon, was hier vorging. Die Katholischen feierten irgendeinen religiösen Gedenktag. Aber wie!

Er wandte die Augen ab von dieser »gärenden Fäulnis«, richtete sie in die Höhe und blickte zum Turm, der mit dem roten Licht an der Spitze zum Himmel wies. Nichts hat hier etwas mit Christentum zu tun, außer diesem Haufen Steine, dachte er.

Er floh betrübt, verzagt an der Menschheit. Zu Hause ließ er sich Lindenblütentee brühen und legte sich nieder. Als er seine Frau und seine Töchter um sein Bett stehen sah, verspürte Guimarán eine leise nervöse Rührung und tröstliche Zärtlichkeit.

Am Morgen darauf riß er das ganze Haus durch wildes Gebimmel aus dem Schlaf. Er fühle sich schlecht. Man rufe Somoza. Der Arzt erklärte, es sei nichts weiter. Acht Tage später stellte er Señora Guimarán vor das schwierige Problem, das man dort »die Vorbereitung des Kranken« nannte. Worauf? Auf einen guten Tod.

Von den vier Töchtern Don Pompeyos fielen bei dieser Eröffnung zwei nebst der Mutter in Ohnmacht.

Die beiden anderen, widerstandsfähigeren, berieten. Wer sollte den Stier bei den Hörnern packen? Wer dem Herrn Papa vorschlagen, die Sakramente zu empfangen?

Schließlich tat es die älteste, Agapita. Sie übernahm es, dem Vater vorzuschlagen, die Sakramente zu empfangen.

»Papa, du bist so gut. Willst du mir, vor allem aber Mama, die dich so liebt . . . und so fromm ist, Kummer machen?«

»Sprich nicht weiter, Agapita«, sagte der Kranke mit sanfter, schwacher, zärtlicher Stimme. »Ich weiß schon, was du willst. Ich soll beichten. Schon gut, mein Kind. Seit Tagen habe ich auf diesen Moment gewartet. Señor Somoza ist so engelsgut, daß er mich nicht erschrecken wollte. Aber ich wußte, daß es diesmal schlimm steht. Ich habe viel an euch gedacht und auch daran, daß ich euch den Gefallen tun muß. Um eins nur bitte ich euch: daß der Herr Generalvikar kommt. Ich will, daß mir Señor de Pas die Beichte abnimmt. Er muß mich hören und mir vergeben.«

Agapita weinte auf der hageren Brust ihres Vaters. Vom Salon aus hatten Somoza und Guimaráns jüngste Tochter, Perpetua, das Zwiegespräch mit angehört. Eine halbe Stunde später wußte ganz Vetusta von dem Wunder. Der Atheist verlangte nach dem Generalvikar, damit er ihm die Sterbesakramente verabreiche!

Don Fermín lag zu Bett. Seine Mutter hockte wie ein Hund am Fußende und knurrte jedesmal, wenn sie eine Störung witterte. Der Generalvikar klagte über Neuralgien. Das geringste Geräusch hallte wie Gepolter in seinem Kopf.

Teresina hielt die Botschaft von Guimaráns Töchtern für bedeutsam genug und betrat, entgegen dem strikten Verbot Doña Paulas, das Krankenzimmer. »Die Señora und die Señoritas Guimarán haben hergeschickt . . .«

»Guimarán! Du bist verrückt!« sagte Doña Paula leise.

»Doch, Señora, Guimarán. Don Pompeyo liegt im Sterben und verlangt, daß ihm der Señorito die Beichte abnimmt.«

Mutter und Sohn durchfuhr es. Doña Paula sprang in die Höhe, während sich Don Fermín im Bett aufsetzte.

Man ließ das Dienstmädchen Guimaráns herein. Es sollte seinen Auftrag wiederholen.

Das Mädchen weinte und schilderte unter Geseufze den Schmerz der Familie und welch ein Trost es für sie sei, daß der Herr nach den heiligen Sakramenten verlange.

Der Generalvikar und Doña Paula berieten sich mit den Augen. Sie verstanden sich.

»Wird's dir schaden?«

»Nein, ich gehe auf der Stelle.«

»Bestell zu Hause, der Señorito sei sehr krank, aber die Pflicht gehe vor und er werde gleich kommen.«

Sohn und Mutter blieben allein.

»Ob das ein dummer Scherz dieses Halunken ist?«

»Nein, Señora. Er ist ein armer Teufel. Es mußte so mit ihm enden. Aber ich wußte nicht, daß er krank ist.«

De Pas sprach, während er sich mit Hilfe seiner Mutter anzog, die ihm aus einer Truhe warme Wäsche hervorkramte.

»Fermo, wenn du aber wirklich krank wirst . . . ich meine ernstlich?«

»Nein, nein, lassen Sie! Dies duldet keinen Aufschub. Ich muß dort sein, bevor man hier etwas erfährt. Verstehen Sie das nicht?«

»Ja, natürlich. Du hast recht.«

Sie schwiegen.

Der Generalvikar stützte sich gegen die Wand und auf die Schulter seiner Mutter, um sich auf den Beinen zu halten.

In seinem Studierzimmer setzte er sich einen Augenblick.

»Schicken wir nach einem Wagen?«

»Ja, natürlich. Es hätte längst geschehen müssen. Holt Benito, unten an der Ecke.«

Teresa trat ein.

»Ein Brief für den Señorito.«

Doña Paula nahm ihn entgegen. Sie kannte die Handschrift auf dem Umschlag nicht, wohl aber Fermín. Es war Anas Schrift, entstellt, das Werk einer zitternden Hand.

»Von wem ist er?« fragte die Mutter, als sie sah, daß Fermín blaß wurde.

»Weiß nicht. Ich lese ihn nachher. Jetzt erst einmal schnell zu Guimarán!«

Er stand auf, steckte den Brief in eine Innentasche und wandte sich festen Schrittes zur Tür.

Obwohl Doña Paula etwas Unbestimmtes ahnte, wagte sie diesmal nicht, weiter in ihn zu dringen. Ihr tat dieser Sohn leid, der krank, bekümmert, vielleicht verzweifelt, ihretwegen loszog, die Geschichte seiner Größe und damit ihrer Geschäfte weiterzuführen. Er ging, das verlorene Ansehen wiederherzustellen, indem er eins der aufsehenerregendsten, wirksamsten und einträglichsten Wunder suchte, ein Wunder der Bekehrung. Er war ein Held! Wie hatte er während dieser Fastenzeit gelitten! Sie, Doña Paula, hatte schließlich herausbekommen, daß sich ihr Sohn und die Präsidentin nicht mehr trafen. Offenbar hatten sie sich überworfen. Zunächst frohlockte der Egoismus der Mutter, und sie freute sich über den vermuteten Bruch. Sie wußte, daß ihr Sohn sich niemals dazu erniedrigen würde, um Versöhnung zu betteln, daß er eher verzweifelt drüben in dem Bett sterben würde, auf das es ihn schließlich geworfen hatte, nachdem er die unterdrückte Wut Tag und Nacht durch ganz Vetusta und seine Umgebung spazierengetragen hatte. Aber die stumme Verzweiflung ihres Fermo, kompliziert durch eine mysteriöse Krankheit mit schlimmen Anzeichen, die im Wahnsinn enden konnte, erschreckte die Mutter, die den Sohn auf ihre Art vergötterte. Und es gab Nächte, da ihr, während sie an Fermos Schmerzenslager wachte, tausend Unsinnigkeiten durch den Kopf gingen. Sie dachte daran, selbst diese Verworfene aufzusuchen, die an all dem schuld war, sie zu erwürgen oder an den verfluchten Haaren hierher, vor dieses Bett, zu schleifen, damit sie wachte wie sie, weinte wie sie, ihren Sohn um jeden Preis rettete, auf Kosten ihres Rufs, ihres Seelenheils, um ihn zu retten oder mit ihm zu sterben.

Von diesen absurden Gedanken, die der gesunde Menschenverstand hinterher verwarf, blieb in Doña Paula ein dumpfer, unterdrückter Zorn zurück, das unklare Bestreben, ein seltsames Vorhaben auszuführen, ein Ränkespiel, um die Präsidentin einzufangen, sie zu jedem Dienst für Fermo zu zwingen, den er von ihr verlangte, und sie danach zu töten oder ihr die Zunge herauszureißen.

In den ersten Tagen nach der Trennung von Ana fragte de Pas Teresina häufig mit gespielter Gleichgültigkeit, aber ohne daß seine Mutter es hörte: »Ist irgend etwas bestellt, ein Brief für mich abgegeben worden?« Später fragte auch Doña Paula, ebenfalls unter vier Augen, das Mädchen mit kehliger, gepreßter Stimme: »Ist irgendeine Bestellung, ein Billet, für den Señorito gekommen?«

Nein, es war nichts gekommen. Die großen Fasten waren so vergangen. Die Karwoche hatte begonnen ... und ging zu Ende. Nichts.

Er muß von ihr sein, dachte Doña Paula, als sie den Brief sah, den Teresina brachte. Sie empfand Zorn und Freude in einem.

Der Generalvikar hörte Orkane in seinen Ohren brausen. Er fürchtete hinzuschlagen. Aber er war entschlossen zu gehen. Desgleichen schwor er sich, den Brief nicht vor seiner Mutter zu lesen, und wenn sie ihn kniefällig darum bat. Dieser Brief gehörte ihm, ihm ganz allein. Der Wagen fuhr vor. Ein altes, klappriges Vehikel, mit einem weißen und einem schwarzen Pferd bespannt, beide verdreckt und halb verhungert.

Doña Paula, die ihren Sohn bis zur Haustür begleitete, sagte mit besonderer Betonung zum Kutscher:

»Zu Don Pompeyo Guimarán, du weißt schon!«

»Ja, ja.«

Der Wagen bog um die Ecke. Don Fermín ließ eine Scheibe herunter und rief:

»Langsam, im Schritt!«

Er betrachtete Anas Brief.

Mit zitternden Fingern öffnete er ihn, las die Buchstaben aus rosa Tinte, die herumsprangen und sich ineinander verschlangen.

Er erriet die Schriftzüge mehr, die sich vor seinen schwachen Augen verflüchtigten, als daß er sie entzifferte.

Fermín! Ich muß Sie sehen. Ich will Sie um Verzeihung bitten und Ihnen schwören, daß ich Ihres liebenden Schutzes würdig bin. Es hat Gott gefallen, mich abermals zu erleuchten. Die Jungfrau, des bin ich sicher, die Jungfrau will, daß ich zu Ihnen komme und Sie rufe. Erst hatte ich gedacht, selbst zu Ihnen zu kommen. Aber ich fürchte, das wäre unüberlegt. Dennoch komme ich, allem zum Trotze, wenn Sie wirklich krank sind und nicht ausgehen können. Wo könnte ich Sie sprechen? Ich bin überzeugt, daß Sie aus Barmherzigkeit wenigstens meinen Brief nicht unbeantwortet lassen werden. Und wenn Sie es tun, komme ich zu Ihnen. Ihre beste Freundin und treue Dienerin Ana.

De Pas spürte keine Schmerzen mehr, er dachte überhaupt nicht mehr an sie. Er blickte zum Himmel. Es begann zu dunkeln. Eine fiebrige Hand faßte nach der blauen Bluse des Kutschers, der sich umdrehte. »Was gibt's, Señorito?«

»Zur Plaza Nueva!«

»Ja, ich weiß schon. Aber jetzt?«

»Ja, sofort, und im Galopp!«

Der Wagen fuhr im Schritt weiter.

Wenn Don Víctor zu Hause ist, was Gott verhüte, dachte de Pas, genügte es, wenn Ana mich anblickt, mich sieht. Wenn er nicht da ist, desto besser. Dann will ich reden.

Don Víctor war nicht da.

Der Generalvikar blieb von sieben Uhr bis nach halb neun im Stammhaus der Ozores. Als er herauskam, schlief der Kutscher auf dem Bock. Er hatte in der Gewißheit, dieses Nickerchen gut bezahlt zu bekommen, die Wagenlaternen angezündet. Um drei Viertel neun betrat Don Fermín das Haus Don Pompeyos. Der Salon war voll von Geistlichen und frommen Laien. Alle vier Töchter Guimaráns kamen dem Generalvikar zum Empfang entgegen, dessen Gesicht in einer übernatürlich anmutenden Blässe leuchtete. Man hätte sagen können, daß ihn ein Strahlenkranz umgab.

Dreimal hatte man zum Generalvikar geschickt, er solle sofort kommen. Don Pompeyo wolle beichten, aber bei de Pas und nur bei de Pas. Er erklärte, allein dem Generalvikar seine Sünden bekennen und seine Irrtümer eingestehen zu wollen. Eine innere Stimme verlange mit unbezwingbarer Macht, den Generalvikar und nur den Generalvikar zu rufen.

Doña Paula antwortete, ihr Sohn sei um sieben in einer Droschke losgefahren, sofort, nachdem er Bescheid erhalten habe, geradenwegs zu Don Pompeyo. Aber da er dort nicht anlangte, wiederholten sich die Nachfragen. Doña Paula war außer sich. Wo war ihr Sohn geblieben? Was war das für eine neuerliche Tollheit?

Schließlich schickten die Damen Guimarán, da der Generalvikar nicht erschien, nach dem Archidiakon, nach Don Custodio, dem Gemeindepfarrer und anderen Geistlichen, die dem Kranken mehr oder weniger zusetzten. Alles umsonst. Er wollte den Generalvikar. Gloucester verging an diesem Sterbelager vor Neid und war grün vor Zorn, wenn er auch sein ständiges Lächeln beibehielt.

»Aber bedenken Sie doch, Señor Don Pompeyo, daß wir alle Priester des Gekreuzigten sind. Wenn Ihre Bekehrung aufrichtig ist . . .«

»Das ist sie, Señor. Ich habe nie jemanden getäuscht. Ich will mich mit der Kirche aussöhnen, in ihrem Schoß sterben, wenn es Gottes Wille ist, daß ich sterbe.«

»O nein, davon kann doch keine Rede sein.«

»Ich glaube doch. Aber wie dem auch sei, ich will zu meinen Vorfahren zurückkehren, aber es muß mit Hilfe von Señor Don Fermín geschehen. Ich habe gewichtige Gründe, darauf zu bestehen. So verlangt es mein Gewissen.«

»Oh, sehr achtenswert, sehr achtenswert. Aber wenn dieser Herr Generalvikar nicht erscheint?«

»Falls er nicht erscheint, beichte ich, sobald die Gefahr größer wird, bei irgendeinem von Ihnen. Solange will ich auf ihn warten.«

Der Gemeindepfarrer richtete nicht mehr aus als der Archidiakon, von Don Custodio gar nicht zu reden. Alle diese geistlichen Herren gaben hier nach Gloucesters Worten »eine lächerliche Figur ab«. Tatsächlich wurden sie abwechselnd blaß und rot.

»Das ist bestimmt ein Komplott!« flüsterte Mourelo Don Custodio ins Ohr.

Nachdem er so lange auf sich hatte warten lassen, traf der Generalvikar endlich ein.

Guimaráns Töchter führten ihn im Triumph zu ihrem Vater.

De Pas sah wie ein vom Himmel niedergestiegener Heiliger aus. Die Heiterkeit eines zufriedenen Erzengels strahlte von seinem männlich schönen Gesicht. Während Guimarán die behandschuhte Hand des Generalvikars drückte, vermochte dieser nicht in die Wirklichkeit zurückzufinden und genoß noch immer die wonnevolle Versöhnungsszene, in der er soeben die Hauptrolle gespielt hatte. Ana gehörte wieder ihm, war erneut ganz die Seine! Weinend, auf Knien hatte sie es ihm gesagt. Ganz Vetusta sollte bei feierlicher Gelegenheit erfahren, daß die Präsidentin eine Dienerin ihres Beichtvaters war, die blind an ihn glaubte! Bei der Erinnerung an ihre Begegnung fühlte Don Fermín seine Knie zittern. Er bat um einen Stuhl, setzte sich neben den Kranken und sah zum erstenmal, was er vor sich hatte: ein bleiches, eingefallenes Gesicht, nur Knochen und Haut, die wie helles Pergament anmutete. Guimaráns Augen glänzten feucht, sie standen weit offen und blickten in Abgründe von Gedanken.

Der Kranke und der Beichtiger blieben allein.

De Pas dachte an seine Mutter, an die Jesuiten, an Barinaga, Gloucester, Mesía, Foja, den Bischof und faßte, wenn auch widerwillig, den Entschluß, jeden nur möglichen Vorteil aus dieser Bekehrung zu schlagen, die ihm da in den Schoß fiel. An einem einzigen Tag welche Glückseligkeit! Ana und sein Einfluß, die er beide verloren hatte, waren gleichzeitig zurückgewonnen! Ana demütiger denn je, der Einfluß unter fast übernatürlichen Vorzeichen. Ja, er war dessen sicher, er kannte seine Vetustenser: Ein Begräbnis hatte in ihnen Mißachtung gegen ihren Tyrannen geweckt, ein zweites würde sie ihm zu Füßen auf die Knie zwingen, fanatisiert die einen, erschrocken zumindest die übrigen. Während er mit Don Pompeyo über die Religion, über ihre Milde, über die Notwendigkeit einer Kirche sprach, die sich auf positive Offenbarungen gründet, schmiedete der Generalvikar einen Plan, um aus seinem Sieg Nutzen zu ziehen. Wenn sich ihm dieser Halbverrückte da schon in die Hände gab, sollte es nicht umsonst sein. Die anderen Narren, die da meinten, Guimarán sei aus purer Ruchlosigkeit und Weisheit Atheist, würden diese Eroberung sehr hoch bewerten, als einen Gewinn von unschätzbarem Wert für die Kirche.

Der Atheist! Obwohl ihn jedermann für harmlos hielt, glaubte doch die Mehrzahl an seine eingeborene Verruchtheit und eine geheimnisvolle teuflische Überlegenheit. Und dieser Teufel, dieser Missetäter, warf sich dem geistlichen Herrn Vetustas zu Füßen. Welch theatralischer Effekt! Nein, er würde nicht dumm sein. Seine Mutter hatte recht, man mußte daraus Kapital schlagen. Und außerdem war das nur die Vorbereitung auf einen weiteren, noch bedeutenderen Triumph. Hatte man nicht gesagt, daß sich selbst die Präsidentin von ihm abgewandt hatte? Don Fermín erstickte fast vor Freude und Stolz. Es schnürte ihm die Kehle zu, indes Don Pompeyo hustete und, immer wieder schleimigen Auswurf ausspeiend, mit schwacher Stimme sagte:

»Sie können es glauben, Herr Generalvikar. Es ist ein Wunder gewesen, jawohl, ein Wunder. Ich habe Engelschöre gesehen und an das Christkind gedacht, wie es in seine Krippe gebettet lag, im Stall zu Bethlehem, und dabei eine fast väterliche Zärtlichkeit empfunden ... Das ist erhaben, Don Fermín, erhaben. Gott in einer Krippe und ich blind! Was habe ich da geleugnet! Aber Sie haben recht. Ich habe mein Leben lang an Gott gedacht, von Ihm gesprochen, nur verkehrtherum. Alles habe ich verkehrt verstanden.«

Und er setzte seine unzusammenhängenden Betrachtungen, von Hustenanfällen und Schluchzen unterbrochen, fort.

Danach gebot ihm der Generalvikar zu schweigen und ihn anzuhören.

Don Fermín sprach viel und gut. Um Gottes Verzeihung zu erlangen, sei es erforderlich, daß Don Pompeyo vor seiner Genesung, denn zweifellos würde er wieder gesund werden, ein erbauliches Beispiel von Frömmigkeit gebe. Seine Bekehrung müsse feierlich vonstatten gehen, als Warnung für alle Verworfenen und heilsame Lehre für die Lauen im Glauben.

»Sie können der Kirche, der Sie so viel Schaden zugefügt haben, eine große Wohltat erweisen.«

»Befehlen Sie, Don Fermín, ich bin der Sklave Ihres Willens. Ich will Gottes Verzeihung und die Ihre, die Ihre, weil ich Sie so beleidigt habe, indem ich mich zum Sprachrohr von Verleumdungen machte. Und glauben Sie mir, ich wollte Ihnen nicht übel. Aber da es meine Absicht war, den Glaubensfanatismus zu bekämpfen, den Klerus im allgemeinen, und Barinaga außerdem nicht anders beizukommen war ... O Barinaga! Unseliger Don Santos! Er wird in der Hölle braten, nicht wahr, Don Fermín? Der Unglückliche! Und durch meine Schuld!«

»Wer weiß, Gottes Ratschlüsse sind unerforschlich. Und außerdem kann man auf seine unermeßliche Güte bauen. Wer weiß! Die Hauptsache ist, daß wir jetzt ein beherzigenswertes Beispiel lauterster Frömmigkeit geben. Diese Lehre kann viele

Bekehrungen nach sich ziehen. Ach, Don Pompeyo, Sie ahnen nicht, was die Religion mit dem, was Sie getan haben und zu tun gedenken, gewinnen kann!«

Am folgenden Morgen machte sich das ganze fromme Vetusta auf die Beine, die heilige Wegzehrung zu begleiten, die Señor Guimarán am Nachmittag erhalten sollte. Es war Palmsonntag. Auf den Straßen der Stadt atmete man nur Religion.

»Die Aktien des Generalvikar steigen!« zischte Foja wütend Gloucester ins Ohr, den er in der Vorhalle der Kathedrale traf, als dieser aus der Messe kam.

»Das ist ein Komplott!«

»Ein Idiot ist dieser Don Pompeyo.«

»Nein, es ist ein Komplott.«

In Wahrheit stiegen die Aktien des Generalvikar viel höher, als sich seine Feinde träumen ließen.

Wie man sich nicht ohne weiteres erklären konnte, weshalb er in so kurzer Zeit in Verruf geraten war, konnte jetzt niemand herausfinden, warum die öffentliche Meinung in wenigen Stunden zugunsten des Generalvikars umgeschlagen war, und zwar in einem Maße, daß schon niemand mehr seine Untugenden und Sünden vor den Leuten zu erwähnen wagte. Man sprach von nichts anderem als der wunderbaren Bekehrung.

Vergebens schrie Mourelo überall herum:

»Aber er war's doch gar nicht, es war eine plötzliche Anwandlung des Atheisten! So machen's doch alle Freigeister, wenn ihre Stunde schlägt.«

Niemand beachtete den Verleumder. Freilich lag ein Wunder vor, aber der Generalvikar hatte es bewirkt. Niemand zweifelte mehr daran. Er war ein großer Mann, man mußte es anerkennen.

Doña Paula – vermittels Stumpfnase und anderer Gehilfen –, Doña Petronila, ihr Konklave, Ripamilán, der Bischof persönlich, der den Generalvikar gleich nach der Weihung der Palmzweige in der Kathedrale umarmte – sie alle und viele andere machten eine ungeheure Propaganda für Don Fermíns jüngsten, noch frischen Ruhm, für seinen offenkundigen Triumph über die Heerscharen des Satans.

Foja, Mourelo, Don Custodio unterließen es auf Anraten Mesías, der mit dem ehemaligen Bürgermeister sprach, sich dem machtvollen Strom der Don Fermín im höchsten Grade günstigen öffentlichen Meinung entgegenzustemmen.

Es sei ratsam zu warten. Dieser Taumel werde vorübergehen, und ganz Vetusta werde den wundertätigen Don Fermín de Pas wieder so sehen, wie er wirklich ist, »in all seiner schrecklichen Nacktheit«.

Nachdem Don Pompeyo mit der ganzen den Umständen angemessenen Feierlichkeit den Leib des Herrn empfangen hatte, wobei der Hausgeistliche, Don Fermín und Somoza, der Arzt, ihm zur Seite standen, verstreute sich ganz Vetusta, das sich im Haus und vor den Türen des Bekehrten angesammelt hatte, und pries die Frömmigkeit, mit der der Gottlose starb. Alle gestanden sie Don Fermín jetzt außerordentliche Geistesgaben und eine ungewöhnliche Klugheit zu und posaunten den apostolischen Eifer des Generalvikars aus, seinen Takt, seinen frommen Einfluß, hinter dem Magie oder ein Wunder stecken müsse.

Als die religiöse Zeremonie beendet war, fand eine ärztliche Beratung statt. Somoza hatte sich wie gewöhnlich geirrt. Don Pompeyo war todkrank, aber es konnte noch viele Tage dauern. Er war kräftig, man brauchte ihn nur reden zu hören.

Somoza verfocht seine Diagnose mit heroischem Einsatz. Freilich könne Señor Guimarán ein paar Tage länger durchhalten, als er vorausgesagt habe, doch die Wissenschaft könne nicht umhin zu erklären, daß der Tod unmittelbar bevorstehe. Der Kranke könne noch durchhalten, ja, tausendmal ja. Aber weshalb? Zweifellos dank dem moralischen Einfluß der Sakramente. Nicht daß er, Don Robustiano Somoza, ein Mann der Wissenschaft vor allen Dingen, an die materielle Wirksamkeit der Religion glaube. Aber ohne in einen Glaubensfanatismus zu verfallen, der, wie gesagt, mit allen seinen Überzeugungen eines Mannes der Wissenschaft im Widerstreit liege, könne er auf Grund der Erfahrung einräumen und tue es auch, daß das Psychische das Physische beeinflusse und umgekehrt und daß die plötzliche Bekehrung Don Pompeyos eine Abweichung im natürlichen Verlauf seiner Krankheit bewirkt haben könne, was alles mit der medizinischen Wissenschaft an und für sich nichts zu tun habe.

Tatsächlich lebte Don Pompeyo noch bis zum Mittwoch der Karwoche.

Trifón Cármenes faßte noch am gleichen Tage, als sich Guimaráns Bekehrung herumsprach, den hirnverbrannten Gedanken, diesem hochwichtigen Ereignis eine literarische Beilage in der »Kreuzfahne« zu widmen. Aber er mußte sich gedulden, bis der Kranke außer Gefahr war oder den Geist aufgegeben hatte. Letzteres war das Wahrscheinlichere und paßte auch am besten in die Pläne Cármenes', der vom Palmsonntag an eine endlose poetische Komposition fast vollendet parat hielt, in welcher der gottselige Tod des glücklich dem Glauben Christi wiedergegebenen Atheisten besungen wurde. Die elegische Ode oder einfach Elegie – was es nun war, wußte Trifón selbst nicht – begann also:

»Was verkünden mir die Trauerklagen?«

Der Poet lief vom Sterbehaus, wie er es im stillen schon nannte, zur Redaktion und von der Redaktion zum Sterbehaus.

»Wie steht es?« fragte er ganz leise von der Tür aus.

Das Dienstmädchen antwortete:

»Unverändert.«

Trifón rannte fort, schloß sich mit seiner Elegie ein und schrieb weiter:

»Tödlicher Zweifel, schreckliche Pein,
auf der Schwelle die Parze steht nur und starrt,
weicht nicht zurück, geht nicht hinein,
wie ein Schatten des Grauens schweigt sie und harrt.«

Ein paar Stunden verstrichen. Abermals erschien Trifón im Hause des Sterbenden und erkundigte sich mit süßlicher Flötenstimme:

»Wie geht es Don Pompeyo?«

»Etwas schlechter«, bekam er zur Antwort.

Mit fliegenden Rockschößen kehrte er außer Atem in die Redaktion zurück. Er mußte sich ranhalten, womöglich starb dieser Señor, bevor das Gedicht seinen letzten Schliff hatte. Und er schrieb mit »fieberndem Puls«:

»Aber ach, vergeblich es war, vom Himmel so hehr
erfüllet der Spruch sich, unabwendlich . . .«

Trifón wußte nicht, was »hehr« bedeutete, vielmehr, er wußte es nicht genau, aber es klang ihm gut.

Als Guimaráns Dienstmädchen ihm den Bescheid gab, der gnädige Herr habe die Nacht etwas besser verbracht, verzog Cármenes unwillkürlich das Gesicht und fühlte sich enttäuscht, genauso, wie wenn er sich wieder einmal überzeugen mußte, daß eine Zeitschrift in Madrid die Verse, die er ihr eingeschickt, nicht veröffentlicht hatte. Er wünschte niemandem etwas Böses, aber soviel stand fest: Don Pompeyo würde ihm einen Bärendienst erweisen, wenn er nicht baldmöglichst starb, nachdem die Elegie einmal so weit gediehen war.

Er starb am Mittwoch der Karwoche. Der Generalvikar und Trifón atmeten auf. Auch Somoza. Alle drei hätten sich schauderhaft blamiert, wenn es anders gekommen wäre. Was Cármenes betrifft, so schloß er seine Verse wie folgt:

»Beweint ihn nicht! Die tönenden Ruhmeshymnen
aus Bronze sind. Zurückgekehrt in den heilgen Schoß
der Kirche ist er...«

Dem armen Trifón schoben sich die Verse übereinander.

Guimaráns Begräbnis wurde ein feierlicher Akt wie wenige. Die Zivil- und Militärbehörden, eine vom Dekan angeführte Abordnung des Domkapitels, das Gericht, die Universität und alles, was sich für einen guten oder auch schlechten Katholiken hielt, »begleitete die sterbliche Hülle des Dahingeschiedenen zu ihrer letzten Ruhestätte«. Die Witwe und die Waisen empfingen durch diese öffentliche Sympathiekundgebung großen Trost. Der Generalvikar schritt dem Trauergeleit der Angehörigen voraus. Zwar war er mit dem Verstorbenen nicht verwandt, hatte ihn aber aus den Klauen des Teufels gerissen. Gloucester zufolge, der im Kapitelsaal blieb und giftete, war dies »viel eher eine heidnische Apotheose des frommen, seligen, triumphierenden Generalvikars als das Begräbnis eines Christen«. Tatsächlich machte man sich im Volk mit Fingern auf ihn aufmerksam. »Der da ist es, der da ist es«, wisperte die Menge und wies auf den Apostel, den Generalvikar. Die Wunderdinge, die Doña Paula durch Flüsterpropaganda unter den leicht zu beeinflussenden, ungebildeten Massen verbreiten ließ, nahmen kein Ende. Selbst der Herr Bischof hatte in seiner letzten Predigt vor den Betschwestern aus dem Volk auf den Triumph dieses Lieblingssohns der Kirche angespielt.

»Es wird uns nichts anderes übrigbleiben, als den Kopf einzuziehen und das Unwetter vorüberzulassen«, sagte Foja.

In höchstem Maße aufgebracht waren die Freidenker, die in einem Gasthaus alle Karfreitage Fleisch aßen.

»Dieser Don Pompeyo hat uns alle bloßgestellt!«

»Ein schöner Freidenker!«

»Eine Memme!«

»Er starb im Wahnsinn!«

»Sie haben ihn behext!«

»Was heißt behext! Morphium haben sie ihm gegeben.«

»Der Klerus, das sind die Wunder des Klerus.«

»Mit Opium haben sie ihn bekehrt.«

»Die Schwäche bewirkt solche Wunder von ganz allein.«

»Vor allem war er ein Hohlkopf.«

Am Karfreitag kam eine Nachricht, die in den Annalen Vetustas Epoche machen sollte, in den Annalen, die ein Gymnasialprofessor schrieb, der auch als Verfasser einiger Kommentare über die aragonesische Jota in Erscheinung getreten war.

Bei den Vegallanas schlug die Nachricht wie eine Bombe ein. Die Marquesa war, ganz in Schwarz, mit Visitación aus Santa Maria, wo sie gesammelt hatte, nach Hause gekommen. Auch Obdulia Fandiño fand sich ein. Sie hatte dasselbe in San Pedro getan, als die Offiziere der Garnison die »Sehenswürdigkeiten« besichtigten. Und all diese im Kabinett der Marquesa versammelten Damen vernahmen, starr vor Staunen, was der Große Konstantin, Doña Petronila Rianzares, feierlich verkündete:

»Ja, Frau Marquesa, schlagen Sie keine Kreuze! Anita ist fest entschlossen, der Stadt und der ganzen Welt dieses große Beispiel zu geben.«

»Aber Quintanar, er wird es nicht erlauben.«

»Er hat schon eingewilligt. Zähneknirschend natürlich. Ana hat ihm begreiflich gemacht, daß es sich um ein heiliges Gelübde handelt. Ihr die Erfüllung dieses Versprechens zu verbieten, wäre ein Akt von Despotismus, den sie nie verzeihen würde.«

»Und der arme Pantoffelheld hat seine Einwilligung gegeben?« sagte Visita, rot vor Unmut. Was für Waschlappen von Ehemännern! fügte sie in Gedanken an den eigenen hinzu.

Die Marquesa hörte nicht auf, sich zu bekreuzigen. Das sei keine Frömmigkeit, das sei Irrsinn, schlichtweg Irrsinn. Eine vernünftige, aufgeklärte Frömmigkeit von gutem Ton äußere sich anders: Man gehe Körperschaften und Privatpersonen an den Kirchenportalen um Spenden für das Hospital an, schenke der Kirchengemeinde bestickte Fahnen, aber sich als Vogelscheuche anziehen und unliebsames Aufsehen erregen!

»Um Gottes willen, Marquesa! Wenn Sie jemand hört, könnte er Sie für eine Demagogin halten, für einen Blaustrumpf.«

»Aber was habe ich denn gesagt?«

»Eine Nazarenerin mit einer Vogelscheuche vergleichen!«

Die Marquesa zuckte die Schultern und bekreuzigte sich abermals. Obdulias Mund war trocken. Ihre Augen funkelten. Sie verspürte ungeheure Neugier und eine unbestimmte Regung von Neid.

Ana war im Begriff, unliebsames Aufsehen zu erregen? Gewiß, so lautete die Redensart. Aber was hatte sie, die Fandiño, denn stets anderes gewünscht, als unliebsames Aufsehen zu erregen, sich von ganz Vetusta anstarren und begaffen zu lassen?

»Und das Kleid? Was wird sie für ein Kleid tragen? Wissen Sie was darüber?«

»Freilich«, entgegnete Doña Petronila voll Stolz, über alles unterrichtet zu sein. »Ana wird eine langfallende, violette Samttunika mit dunkelbraunem Saum tragen.«

»Dunkelbraun?« wandte Obdulia ein. »Das beißt sich doch. Gold wäre besser.«

»Was verstehen Sie denn von diesen Dingen? Ich habe die Arbeit der Modistin persönlich beaufsichtigt. Ana versteht ebenfalls nichts davon und hat mir die Sorge für all diese Einzelheiten übertragen.«

»Ist die Tunika glockig?«

»Ein bißchen.«

»Und Schleppe?«

»Nein, unten gerade.«

»Und die Schuhe? Sandalen?«

»Schuhe! Was für Schuhe? Sie wird barfuß gehen.«

»Barfuß?« riefen die drei Damen.

»Natürlich, Kinder. Darin liegt ja der Witz. Ana hat sich erboten, barfuß zu gehen.«

»Aber wenn es regnet?«

»Und die Steine?«

»Sie wird sich die Haut aufreißen.«

»Diese Frau ist ja nicht bei Troste!«

»Wo hat sie denn schon jemals so eine Verrücktheit gesehen?«

»Um Gottes willen, Marquesa, lästern Sie nicht! Ein Gelübde wie dieses, ein so christliches Beispiel von solch erbaulicher Demut eine Verrücktheit?«

»Aber wie ist sie bloß auf diesen Gedanken gekommen?«

»Wahrscheinlich hat sie das in Zaragoza oder in einer der vielen anderen Städte gesehen, wo sie gewesen ist. Und auch wenn sie es nirgends gesehen hat, wäre es doch immer verdienstlich, sich dem Hohn der Ungläubigen, dem heimlichen Spott der Pharisäer beiderlei Geschlechts auszusetzen. Genau das ist es, was der Herr für uns arme Sünder getan hat.«

»Barfuß!« wiederholte Obdulia kopfschüttelnd. Der Neid wuchs in ihrer Brust. Oh, die Sache ist zweifellos apart, dachte sie. Das sticht vom Alltäglichen ab. Es ist eine Extravaganz von allerfeinstem gutem Ton.

In diesem Augenblick traten der Marqués und Don Víctor untergehakt ein.

Vegallana tröstete den armen Quintanar, der aus seiner Betrübnis und Niedergeschlagenheit keinen Hehl machte.

Doña Petronila verabschiedete sich, bevor ihr der bekümmerte Gerichtspräsident a. D. den Teil der Schuld vorhalten konnte, der sie bei diesem in seinen Augen unseligen Abenteuer traf.

»Was ist eigentlich los, Quintanar?« fragte die Marquesa.

»Señora, meine liebe Doña Rufina, das ist, wie der Dichter sagt: Sie konnten mich nicht bezwingen und haben mich doch besiegt!«

»Lassen Sie jetzt um Gottes willen Ihre Verse! Wer hat Ana diesen Unsinn in den Kopf gesetzt?«

»Wer soll es schon gewesen sein? Die heilige Teresa, nein, ich meine, Paraguay.«

»Para . . .?«

»Nein, das ist es nicht. Ich weiß nicht, was ich rede. Will sagen . . . Herrschaften, meine Frau ist verrückt. Ja, ich glaube, sie hat den Verstand verloren. Tausendmal habe ich es schon gesagt. Während ich sie gebändigt zu haben glaubte, während ich glaubte, der Mystizismus und der Generalvikar sei abgeflossenes Wasser, das keine Mühle mehr in Bewegung setzt, während ich nicht an meiner unumschränkten Gewalt in meinem Hause zweifelte, kommt mir meine Frau, bums!, aus heiterem Himmel mit der Zumutung dieser Prozession. So sieht's aus.«

»Aber in Vetusta hat doch kein Mensch jemals so etwas gemacht.«

»O doch«, warf der Marqués ein. »Jahr für Jahr geht Giftmorchel, vielmehr Don Belisario Zumarri, der gefürchteste Schullehrer, als Nazarener gekleidet und mit einem Kreuz auf dem Rükken zu Christi Grablegung.«

»Aber Marqués, Sie können doch meine Frau nicht mit Giftmorchel vergleichen.«

»Nein, das will ich damit auch nicht.«

»Aber meine Herrschaften, meine Herrschaften«, wiederholte Doña Rufina, »wann hätte Ana je gesehen, daß eine Dame der Gesellschaft im Habit, oder was es nun sei, einer Nazarenerin hinter der Urne zur Grablegung ginge?«

»O doch, gesehen hat sie's schon. In Zaragoza haben wir zum Beispiel so etwas erlebt. Aber ich weiß nicht, ob das wirklich Damen der Gesellschaft waren.«

»Und außerdem sind sie sicherlich nicht barfuß gegangen«, sagte Obdulia.

»Was, barfuß? Meine Frau will barfuß gehen? Gottes Zorn! Das nicht, auf keinen Fall! Himmeldonnerwetter!«

Es kostete sie große Mühe, Don Víctors cholerischen Unwillen in Schranken zu halten. Als er, etwas beruhigt, nach Hause zurückkehrte, sah er sich vor die Wahl zwischen einer neuerlichen Auseinandersetzung mit seiner Frau oder einem bedeutungsvollen Schweigen gestellt, und er zog es vor, sich für letzteres zu entscheiden und in sein Arbeitszimmer einzuschließen.

Sich selbst konnte er nichts vormachen. Er sah ein, daß Anas Entschluß unwiderruflich war.

Der Karfreitag brach bleigrau an. In aller Frühe, kaum daß es Tag war, erschien der Generalvikar auf dem Balkon, um nach den Wolken zu sehen. Ob es regnen würde? Ein paar Jahre seines Lebens hätte er gegeben, damit die Sonne dieses aschgraue Zelt wegfegte und hervorkam, um diesen Tag seines Triumphes zu erhellen. Zwei Tage des Triumphs! Am Mittwoch die Beerdigung des bekehrten Ungläubigen, am Freitag die Grablegung Christi, und beide Male er, Don Fermín, in voller Glorie triumphierend, Vetusta entzückt, bezwungen, die Feinde im Staub, zersprengt und vernichtet!

Auch Ana blickte früh am Morgen zum Himmel und dachte wider Willen: Wenn es doch regnete. Sie wünschte es und empfand Gewissensbisse ob dieses Wunsches. Ihr eigenes Vorhaben erschreckte sie. Ich bin verrückt, dachte sie, fasse in Augenblikken der Exaltation überspannte Entschlüsse und muß sie dann ausführen, wenn der niedergeschlagene, fast erschlaffte Geist keine Kraft zum Wollen mehr hat. Sie dachte daran, daß sie dem Generalvikar dieses Opfer, diesen feierlichen, öffentlichen Beweis ihrer Verbundenheit mit ihm, dem Verfolgten und Verleumdeten, auf Knien angeboten hatte. Dieser aberwitzige Plan der Selbsterniedrigung war ihr in der Novene der Schmerzen

Mariä gekommen, während sie Rossinis Stabat Mater hörte, sich mit überhitzter Phantasie die Szene auf dem Kalvarienberg ausmalte und Maria zu Füßen ihres Sohnes sah. Wie durch Eingebung war ihr eingefallen, daß sie in Zaragoza eine Frau, als Nazarenerin gekleidet, barfuß hinter dem gläsernen Sarg hatte schreiten sehen, der das auf dem Rücken liegende Bild des Herrn umschloß, und ohne länger zu überlegen, hatte sie den Entschluß gefaßt, hatte sie sich selbst geschworen, so hinter dem toten Jesus herzuschreiten, vor den Augen des ganzen Volkes, durch sämtliche Straßen Vetustas, an der Seite des Generalvikars, der ebenfalls, verleumdet und von allen – sogar von ihr selbst – verachtet, den Kreuzestod erlitt ... Nun war nichts mehr zu ändern. Nach einem nicht sehr entschiedenen Widerstand hatte Don Fermín zugestimmt und den geistlichen Treuebeweis Anas angenommen. Doña Petronila, in der Ana jetzt nicht mehr eine widerliche Kuppelmutter für ruchlose Liebschaften sah, hatte sich erboten, das Kleid und die sonstigen Einzelheiten des »Opfers« vorzubereiten. Und nun, da der Tag gekommen war, die Stunde nahte, begann sie zu zweifeln, zu bangen, zu wünschen, daß sich die Schleusen des Himmels öffneten und die Welt überschwemmten, damit sie dieser peinlichen Prozession enthoben würde.

Ana dachte dabei auch an ihren Quintanar. All das geschah um seinetwillen, gewiß. Sie mußte sich an die Frömmigkeit klammern, um ihre Ehre zu bewahren, aber gab es denn keine anderen Möglichkeiten, fromm zu sein? War dieses Versprechen nicht eine Anwandlung von Irrsinn gewesen? Machte sich ein Ehemann nicht unsterblich lächerlich, der seine Frau barfuß, im violetten Kittel durch den Morast sämtlicher Gassen der Encimada waten sah?

Ana suchte das Feuer der Begeisterung, die ungestüme Selbstverleugnung, die ihr vor acht Tagen beim Orgelspiel in der Kirche dieses Vorhaben eingegeben hatten, aber sie kehrten nicht zurück. Nicht einmal der Glaube stellte sich ein. Die Angst vor den Augen Vetustas, vor den hämischen Gaffern, beherrschte sie völlig. Der Glaube war völlig in den Hintergrund getreten. Sie dachte nicht an Gott, nicht an Christus, nicht an Maria. Sie glaubte auch nicht einmal mehr daran, daß ihr Opfer das Ansehen des Generalvikars wirklich wiederherstellen könne. Sie dachte nur noch an den Skandal dieser Schaustellung. Ja, es war ein Skandal. Die Dame des Hauses, die ehrbare

Gattin protestierte in Ana gegen das bevorstehende Schauspiel. Nein, sie war nicht einmal sicher, daß ihre Selbstverleugnung auch nur gut war. Vielleicht war es eine Schamlosigkeit. Ana schwitzte vor Verlegenheit. Auf was hatte sie sich da eingelassen!

Es regnete nicht. Das graue Zelt des Himmels hing den ganzen Tag über der Stadt. Eine Stunde vor Dunkelwerden verließ die Grablegungsprozession die Kirche San Isidro.

»Sie kommt, sie kommt!« flüsterten die Herren aus dem Klub, die sich auf den Balkons drängten, einander die Ellenbogen in die Seiten stießen, sich gegenseitig auf die Füße traten und hin und her schoben, alle Halsmuskeln gespannt, um das seltsame Schauspiel besser sehen, die schöne Dame, die Perle Vetustas, nach Herzenslust betrachten zu können, wie sie da barfuß, von Geistlichen und Meßknaben umgeben, als Nazarenerin gekleidet, kein bißchen anders als Señor Giftmorchel, der sadistische Schulmeister, daherging.

Wie eine Woge der Bewunderung zog es vor dem Trauergefolge her. Bevor die Prozession in eine Straße einbog, wußte man dort schon in den dichtgedrängten Reihen auf den Bürgersteigen, in den Menschenmassen, die aus Fenstern und von Balkons herabschauten, daß die Präsidentin kam, »wunderschön und bleich wie die heilige Jungfrau, zu deren Füßen sie schritt«. Man sprach von nichts anderem, dachte an nichts anderes. Dem Christus unter Glas auf seinem Lager, seiner von sieben Schwertern durchbohrten Mutter in Schwarz, die hinter ihm kam, schenkte das gläubige Volk keinerlei Beachtung. Man wartete auf die Präsidentin, verschlang sie mit den Augen.

Auf den Balkons des Königlichen Oberlandesgerichts, einem weiteren churrigueresken Bauwerk aus dunklem Stein gegenüber dem Kasino, standen hinter rotgoldenen Behängen die Gattin des Zivilgouverneurs, des Militärgouverneurs, des Gerichtsvorsitzenden, die Marquesa, Visitación, Obdulia, die Baronin mit den Baronessen und viele andere Damen aus den Kreisen, die der bescheidene und neidische Mittelstand Aristokratie nannte. Obdulia war blaß vor Erregung. Sie verging vor Neid. Die ganze Stadt hing an den Schritten, den Bewegungen, dem Kleid Anas, an ihrer Gesichtsfarbe, ihrem Mienenspiel! Und sie kam barfuß! Eine unzählige Menge bewunderte und bemitleidete ihre schneeweißen, bloßen Füße. Das war für die Fandiño das höchste Ideal der Koketterie. Nie hatten ihre entblößten Schultern, ihre weißen Arme, die schwarzen, bestickten, enganliegenden Spitzenärmeln als Untergrund dienten, nie hatte ihr Rücken mit den verwirrenden Linien, ihre hohe, feste, üppige und verführerische Brust auch nur im entferntesten so die Aufmerksamkeit und Bewunderung einer ganzen Stadt auf sich gezogen, so sehr sie es auch im Theater, auf Bällen, Spaziergängen und auch auf Prozessionen darauf anlegte.

Wann wird sie kommen? fragte sich die Witwe und fuhr sich, von bewunderndem Neid erfüllt, mit der Zunge über die Lippen. Sie hatte seltsame Anwandlungen einer bestialischen, unsinnigen, wegen ihrer Absurdität unerklärlichen Lüsternheit. Obdulia verspürte in diesem Augenblick etwas wie ... das unbestimmte Verlangen, ein ... ja, ein Mann zu sein.

Ein Mann, und zwar ein ganzer Mann, war der Schullehrer Giftmorchel, Don Belisario, der sich nach eingewurzeltem Brauch an diesem feierlichen Tag als Nazarener verkleidete und doch die übrigen Tage des Jahres für die ABC-Schützen der schlimmste Wüterich war. Sämtliche Schuljungen, die ihn aus Herzensgrunde haßten, rotteten sich auf Straßen, Plätzen und Balkons zusammen, um den Herrn Lehrer vorbeikommen zu sehen, mit seinem Pappkreuz auf der Schulter und der echten Dornenkrone, die ihn wirklich stach, wie man an den Bewegungen der Brauen und dem schmerzhaften Ausdruck der Falten auf der Stirn erkannte. Die Jungen wünschten sich innig, daß ihm die Dornen den Schädel durchbohrten. Die Grablegung Christi war Rache für das ganze Schuljahr. Giftmorchel, der seinen Lebensinhalt darin sah, alle Generationen zu quälen, die durch seine Hände gingen, ergötzte sich daran, die seine in seiner eigenen Person zu geißeln. Jedoch nicht nur das Gelüst, sich zu martern wie jeden beliebigen Schulbuben, hatte ihn auf den verrückten Gedanken gebracht, sich eine Dornenkrone aufzusetzen und den Lämmern seiner pädagogischen Herde dieses schadenfrohe Vergnügen zu bereiten, sondern die verdammte Eitelkeit war der Grund für diese jährliche Schaustellung. Zu wissen, daß er, Giftmorchel, Don Belisario, einmal im Jahr Gegenstand der allgemeinen Neugier war, erfüllte seine Seele mit Wonne. Niemand hatte gewagt, seinem Beispiel zu folgen. Er war der einzige Nazarener der Stadt und erfreute sich dieses Privilegs unangefochten seit vielen Jahren.

Die Konkurrenz von Doña Ana Ozores erfüllte ihn dagegen bis obenhin mit Stolz. Ohne große Umstände gesellte er sich, sowie er sie aus San Isidro herauskommen sah, zu ihr, grüßte mit der größten Höflichkeit und verstand es, mit seinem Kreuz auf dem Rücken und allem Drum und Dran darzutun, daß er vor allen Dingen, selbst auf dem Weg zum Kalvarienberg, ein vollendeter Kavalier war. Wenn Pfützen kamen, war er es, der hindurchwatete, um den bloßen Perlmuttfüßen dieser hohen Dame, seiner Begleiterin, den Schmutz zu ersparen. Ana schritt wie blind dahin. Sie hörte und verstand nichts, aber die groteske Gegenwart dieses unverhofften Begleiters trieb ihr die Röte ins Gesicht, und sie verspürte ein irrsinniges Verlangen, loszurennen. Man hatte sie hinters Licht geführt, ihr nichts von dieser Spottgestalt gesagt, die sie an ihrer Seite haben würde. Ja, wenn sie noch den aufrichtig frommen Sinn von früher gehabt hätte – diese neue Demütigung, dieser Hohn, dieser Gipfel der Lächerlichkeit wären ihr eine Wonne gewesen, denn sie vergrößerten das Opfer, erhöhten die Kraft der Selbstverleugnung.

Auch Giftmorchel bewunderte die bloßen Füße der Präsidentin. Was ihn anging, so trug er, ohne Rücksicht auf historische Treue, spiegelblanke Lackschuhe. Nur zu gut wußte Giftmorchel, daß es zu Augustus' Zeiten noch keine Lackschuhe gegeben hatte, und wenn es schon welche gab, hätte sie Jesus bestimmt nicht zum Kalvarienberg angezogen. Aber er, Don Belisario, war nur ein schlichter Gläubiger, ein frommer Christ, der das ganze Jahr über keine Gelegenheit zu glänzen hatte. Man mußte ihm die Eitelkeit nachsehen, seine spiegelblanken Schuhe, die er nur an solch feierlichem Tag anzog, bei dieser Gelegenheit zur Schau zu tragen.

»Sie kommen, sie kommen!« riefen die Herren im Kasino und die Damen im Gericht, als sich die Prozession näherte. Jetzt war es kein falsches Gerücht mehr.

Die Bemerkungen auf den Balkons verstummten.

Visitación, die Gattin des Bankangestellten, beobachtete, statt wie alle auf die enge Gasse zu schauen, wo bereits die dunklen, schlaffen Kirchenfahnen, die Kreuze und Altarleuchter auftauchten, die Miene Don Alvaro Mesías, der anscheinend allein auf dem letzten, dem Eckbalkon der Kasinofront stand. Bleich, ganz in Schwarz, den eng anliegenden Gehrock bis zum Hals zugeknöpft, biß Don Alvaro ab und an auf seiner Havanna herum, die er im Munde hatte, lächelte hin und wieder und wandte sich von Zeit zu Zeit zurück, um einem für Visita unsichtbaren Gesprächspartner etwas zu sagen.

Es war Don Víctor Quintanar. Die beiden Freunde hatten sich auf Bitten des pensionierten Gerichtspräsidenten im Klubsekretariat eingeschlossen. Quintanar wollte, ohne selbst gesehen zu werden, mit anschaun, was er den »Weg seiner Würde zum Kalvarienberg« nannte. Hinter Mesía, der gute Deckung bot, stand Quintanar und zitterte, er wußte selbst nicht, weshalb.

»Sehen Sie«, sagte er, »wenn ich hier eine Orsinibombe hätte, ich würfe sie ohne Bedenken auf den Herrn Generalvikar, wenn er triumphierend hier unten vorbeizieht. Dieser Seelenverkäufer!«

»Ruhe, Don Víctor, Ruhe! Das ist der Anfang vom Ende. Ich bin sicher, daß Ana zur Stunde vor Scham halbtot ist. Man hat sie fanatisiert. Was will man machen? Aber jetzt werden ihr die Augen aufgehn. Das Übermaß des Übels wird die Heilung bringen. Dieser Mann hat den Bogen überspannen wollen. Natürlich ist das für ihn ein großer Triumph, aber Ana muß schließlich einsehen, daß sie nur zu einem Werkzeug für den Ehrgeiz dieses Mannes geworden ist.«

»So ist es! Ein Werkzeug, ein schändliches Werkzeug! Er schleppt sie hier entlang wie ein römischer Triumphator eine Sklavin hinter seinem Ruhmeswagen.« Der Vergleich hinkte ein wenig. Er stellte sich Don Fermín de Pas mitten im Prozessionszug, auf einem Wagen aus Pappe stehend, vor, wie er eines Abends im Königlichen Theater zu Madrid den Bariton im »Polivto« hatte auf die Bühne kommen sehen.

Don Alvaro heuchelte seine gute Laune nicht. Er war erregt, fühlte sich aber nicht besiegt. Er hielt sich an seine Erfahrungen. Dieser Pfaffe hatte bei der Präsidentin nichts erreicht, das stand fest. Mesía lächelte über seine Gedanken und Pläne. Natürlich ging es ihm auf die Nerven, dieses Schauspiel, bei dem der Rivale so offenkundig triumphierte, nach altrömischer Art, wie Don Víctor meinte, erreicht aber hatte er bei ihr nichts.

Von seinem Versteck aus sah Quintanar zwischen den schwarzen Gitterstäben des Balkons ein vergoldetes Kreuz auftauchen, die Spitze einer alten, ehrwürdigen Kirchenfahne. Er stellte sich, immer noch von der Straße aus unsichtbar, auf einen Stuhl, und erkannte Celedonio mit einem silbernen Kreuz in den Händen.

Mesía nahm, den Freund hinter seinem Rücken verbergend, die Hälfte des Balkons ein. Arrogant stand er da und erwiderte herausfordernd die Blicke der Geistlichen, die unten vorbeigingen.

Die Trommeln dröhnten dumpf und traurig, bestrebt, einen seit neunzehn Jahrhunderten toten Schmerz wieder zum Leben zu erwecken. Für Don Víctor klang das jedoch tatsächlich wie ein Trauermarsch. Ihm war zumute, als führe man seine Frau zum Hochgericht.

Die Trommelwirbel lösten sich aus einem gleichförmigen, monotonen Schweigen.

In der engen Gasse mit den dunklen Häusern brach die Dämmerung früher herein. Die langen Reihen der brennenden Fakkeln verloren sich in der Ferne. Die gelblichen Lichter ihrer Dochte zogen sich wie ein da und dort zerrissener Rosenkranz aus vergoldeten Kugeln dahin. In den Schaufensterreihen der geschlossenen Läden und den Fenstern mancher Balkontüren spiegelten sich die beweglichen Flammen. In phantastischen Zuckungen flackerten sie auf und zogen sich wieder zusammen wie leuchtende Schatten in einem wirren Hexensabbat. Die schweigende Menge, die lautlosen Schritte, die ausdruckslosen Gesichter der angehenden Priester in den weißen Meßhemden, die mit den Wachsfackeln die trostlose Gasse erhellten, verliehen dem Ganzen einen traumhaften Schein. Sie schienen keine lebenden Wesen, diese Seminaristen in Weiß und Schwarz, bleich, mit violetten Ringen um die Augen die einen, andere dunkel, mit struppigem Haar, fast alle die Brauen finster gerunzelt, ganz von der Zwangsvorstellung der Langeweile besessen, Maschinen zur Herstellung religiöser Gefühle, Rekruten einer Zwangsaushebung des Hungers und der Faulenzerei. Sie trugen Christus zu Grabe wie irgendeinen Bürger der Stadt, ohne an IHN zu denken, bloß, um den Pflichten ihres Standes nachzukommen. Danach folgten in dem Zug Geistliche im Priestermantel, Militärs, Schuster und Schneider, als feine Herren gekleidet, ein paar Karlisten, fünf oder sechs Stadträte, auch sie in Gala. Da ging Zapico, nach außen hin Inhaber des »Roten Kreuzes«, Doña Paulas Strohmann. Der Christus auf seinem Batistbett schwitzte Lacktropfen. Er schien an Auszehrung gestorben zu sein. Trotz ihrer künstlerischen Erbärmlichkeit flößte die auf dem Rücken liegende Figur durch ihre symbolische Größe religiöse Ehrfurcht ein. Sie versinnbildlichte über so viele Jahrhunderte hinweg ein erhabenes Leid. Dahinter kam die Mutter. Groß, hager, in Schwarz, bleich wie der Sohn, mit dem Gesicht einer Toten gleich IHM. Durch den starr auf die Pflastersteine gerichteten Idiotenblick hatte das Unvermögen des

Künstlers diesem Gesicht unwissentlich den stummen Ausdruck fassungslosen Schmerzes gegeben, der vor Leid überfließt. Maria trug sieben Schwerter in der Brust, aber sie verriet mit keinem Anzeichen, daß sie sie spürte. Sie fühlte nur den Tod, den sie vor sich hatte. Sie taumelte auf dem Traggestell. Auch das wirkte natürlich. Von ihrer Höhe beherrschte sie die Menge, sah sie aber nicht. Die Mutter Jesu blickte nicht auf die Vetustenser.

Don Alvaro Mesía empfand Furcht, als die Schmerzensreiche dicht unter seinen Füßen vorbeizog. Er trat einen Schritt zurück statt niederzuknien. Die Diskrepanz zwischen diesem von unendlichem Schmerz erfüllten Bild und Don Alvaros Gedanken, die nichts als Lästerung und Sinnlichkeit waren, erschreckte ihn selbst.

Er dachte gerade daran, daß Ana nach dieser Tollheit, die sie dem Beichtvater de Pas zuliebe beging, noch viel größere des Liebhabers Mesías wegen begehen würde.

Da unten ging die Präsidentin, zur Rechten von Giftmorchel, einen Schritt voraus, zu Füßen der Jungfrau in Trauer, hinter dem Sarg des toten Jesus. Auch Ana schien aus angemaltem Holz zu sein. Ihre Blässe war wie ein Firnisüberzug. Ihre Augen sahen nicht. Bei jedem Schritt glaubte sie, besinnungslos umzufallen. In den Füßen, die auf die Steine und in den Morast traten, fühlte sie einen heißen Schmerz. Sie gab acht, daß sie nicht unter der violetten Tunika hervorschauten. Hin und wieder aber sah man sie doch. Diese bloßen Füße bedeuteten für sie die Nacktheit des ganzen Körpers und der Seele. Sie war eine Verrückte, die auf eine seltsame Prostitution verfallen war. Sie wußte nicht weshalb, aber sie glaubte, daß nach diesem Gang zum Pranger ihr Haus entehrt sei. Da ging die Närrin, die Literatin, George Sand, die Mystikerin, die Eitle und Verrückte, die schamlose Verrückte. Kein einziger frommer Gedanke kam ihr auf dem ganzen Weg zu Hilfe. Das Nachdenken brachte ihr nur Pein auf diesem Golgatha ihrer Züchtigkeit. Sogar Stellen aus der »Vollkommenen Ehefrau« des Fray Luis de León fielen ihr ein, die – wie sie glaubte – verdammten, was sie tat. Die Eitelkeit hat mich verblendet, dachte sie, nicht die Frömmigkeit. Und weiter: Ich bin auch nur eine Schauspielerin, genau wie mein Mann. Wenn sie einmal einen Blick auf die Jungfrau wagte, ward ihre Seele zu Eis. Die Mutter Jesu sah sie nicht an, beachtete sie nicht. Sie dachte an ihren echten Schmerz.

Sie, Maria, ging da, weil sie ihren toten Sohn vor sich hatte. Aber sie, Ana, weshalb ging sie mit?

Um den Ruhm des Generalvikars zu verkünden, wie dieser meinte. Don Fermín führte diesen Begräbniszug nicht an wie den vom Mittwoch, aber er feierte in ihm einen neuen Triumph. Er schritt in Anas Nähe, fast ihr zur Seite, rechts neben ihr zusammen mit anderen Domherren in Rochett, Mozetta und Pluviale. Die verloschene Altarkerze hielt er wie ein Zepter in der Hand. Er war der Herr von all dem. Er hatte ungeachtet der Verleumdungen seiner Feinde den großen Atheisten Vetustas bekehrt, so daß er im Schoße der Kirche starb. Er führte, mit unsichtbaren Ketten gefesselt, die wegen ihrer Schönheit und Seelengröße meistbewunderte Dame Vetustas als Gefangene neben sich her. Die Präsidentin erbaute das ganze Volk mit ihrer Demut, mit der Hinopferung des schwachen Fleisches, der weltlichen Vorurteile, und dies geschah durch ihn. Ihm allein verdankte man es. Hatte es nicht geheißen, die Jesuiten hätten ihn in den Schatten gestellt? Daß die Missionare bei ihren Beichttöchtern mehr vermochten als er? Nun, hier hatte man den Beweis des Gegenteils. Und auf die Einflüsterungen des Stolzes folgte das bange Herzklopfen der Liebeshoffnung. Wie würden fortan seine Beziehungen zu Ana aussehen? Don Fermín erschauerte. Fürs erste größte Vorsicht. Vielleicht habe ich sie an dem Tag, da ich meiner Eifersucht die Zügel schießen ließ, erschreckt, und sie hat deshalb so lange gezögert, mich wieder aufzusuchen. Zurückhaltung also! Danach wird man ja sehen. De Pas spürte, daß das wenige, was noch in seiner Seele von einem Geistlichen übriggeblieben war, dahinschwand. Er verglich sich selbst mit einer leeren, von den Wellen an den Strand geworfenen Muschel. Er war nur noch die Schale eines Priesters.

Als die Prozession beim Kasino vor Mesías Balkon vorbeizog, blickte Ana zu Boden. Sie sah niemanden. Don Fermín jedoch hob die Augen und spürte den Zusammenprall seines Blickes mit dem Don Alvaros. Der trat abermals zurück wie beim Vorbeiziehn der Jungfrau, und seine Blässe ging in Fahlheit über. Der Blick des Generalvikars war in seiner scheinbaren Demut und Sanftheit hochmütig, herausfordernd, sarkastisch. Er sagte: *Vae victis!* Der Blick Mesías erkannte den Sieg nicht an. Er gestand dem Gegner nur einen vorübergehenden Vorteil zu, war zurückhaltend, leicht ironisch und sagte nicht: Du hast gesiegt,

Galiläer, sondern: Man soll den Tag nicht vor dem Abend loben. De Pas begriff voll Zorn, daß der auf dem Balkon sich nicht geschlagen gab.

»Sie ist wunderhübsch!« riefen inzwischen die Damen auf dem Balkon des Gerichtsgebäudes.

»Wunderhübsch!«

»Aber dazu gehört Mut!«

»Sie ist eine Heilige, meine Liebe.«

»Ich glaube, sie ist halbtot«, sagte Obdulia. »Wie blaß! Und so steif! Als wäre sie aus Gips.«

»Ich glaube, sie schämt sich zu Tode«, flüsterte Visita der Marquesa ins Ohr.

Doña Rufina seufzte mitleidig und bemerkte:

»Das mit dem Barfußgehen war eine Schnapsidee. Sie wird acht Tage mit zerschundenen Füßen im Bett liegen.«

Die Baronin von der Schwebenden Schuld, die sich endgültig in Vetusta niedergelassen hatte, erkühnte sich schulterzuckend zu der Bemerkung:

»Man kann sagen, was man will, aber diese Übertreibungen schicken sich nicht für wohlanständige Leute.«

Der Marqués verteidigte den Gedanken gelehrt.

»Das ist die Frömmigkeit einer Trasteverinerin.«

Wie in dem Gerichtsgebäude wurden auch auf den anderen Balkons längs des Weges, nachdem die Prozession vorbeigezogen war und man die Schönheit und den Mut der Präsidentin bestaunt und bewundert hatte, die Köpfe zusammengesteckt, und man fand vielerlei höchst Anstößiges in dieser »unerhörten Kühnheit«.

Foja wünschte im Kasino, aber so, daß Mesía und Don Víctor es nicht hören konnten, den Generalvikar und die Präsidentin zu allen Teufeln. All das sei unwürdig. Es diene nur dazu, dem Generalvikar neuen Auftrieb zu geben. Was die Präsidentin getan, müßten die kleinen Dorfpfarrer ausbaden. Außerdem gehöre eine verheiratete Frau ins Haus.

»Nicht zu vergessen«, warf Joaquín Orgaz ein, »daß dies der Überspitzung und Entartung Tür und Tor öffnet. Im nächsten Jahr werden wir Obdulia Fandiño mit bloßen Füßen ... und Beinen erleben.« Man lachte über den Witz.

Aber man merkte es Orgaz auch an, daß er das sagte, weil bei seinem Liebeswerben nichts herausgekommen war, oder doch nicht genug.

Die breite Masse des frommen Volkes bewunderte die Demut dieser Dame ohne Wenn und Aber. Das hieß, Christus wirklich nacheifern. Ja, sie war eine Heilige!

Was Don Víctor betraf, so fragte er Mesía, als der Generalvikar und Ana unter seinem Balkon vorbeizogen:

»Sind sie schon da?«

»Ja, da kommen sie.«

Und der Gatte machte einen langen Hals, reckte den Kopf und sah alles.

»Dieser Kerl! Dieser Schuft! Er hat sie fanatisiert!«

Es überlief ihn kalt. In diesem Augenblick setzte der Musikzug, der die Prozession begleitete, wieder mit seinem Trauermarsch ein.

Dem armen Quintanar rollten zwei Tränen über die Wangen. Bei dieser Musik war ihm zumute, als sei er Witwer und das da unten das Begräbnis seiner Frau.

»Kopf hoch, Don Víctor!« sagte Mesía, wandte sich ihm zu und verließ den Balkon. »Sie sind schon weit.«

»Nein, nein, ich will sie nicht noch einmal sehen. Es regt mich zu sehr auf.«

»Kopf hoch, alles geht vorbei.«

Und Mesía legte dem Alten die Hand auf die Schulter.

Der erhob sich dankbar und gerührt. Er umarmte seinen Freund und rief mit feierlicher Stimme:

»Ich schwöre es bei meinem Namen als Ehrenmann: Lieber als das hier sähe ich sie in den Armen eines Geliebten!

Ja, tausendmal lieber!« fügte er hinzu. »Man suche ihr einen Liebhaber, man verführe sie mir. Besser, als sie in den Armen des Fanatismus zu sehen!«

Der Trauermarsch tönte in der Ferne. Er untermalte die großsprecherischen Worte Quintanars.

»Was würde aus dem Menschen in diesen Stürmen des Lebens, wenn die Freundschaft dem armen Schiffbrüchigen nicht eine Planke böte, auf die er sich retten kann!«

»Ja, mein Freund, lieber soll sie verführt als fanatisiert werden!«

»Sie können auf meine feste Freundschaft zählen, Don Víctor. In solcher Bedrängnis findet man Zuflucht bei Männern.«

»Ich weiß, Mesía, ich weiß. Machen Sie die Balkontür zu! Mir ist, als schlüge diese verwünschte Pauke in meinem Schädel.«

Zehn! Hast du gehört? Die Eßzimmeruhr hat zehn geschlagen. Wollen wir hinaufgehn?«

»Warte noch ein Weilchen, bis die Turmuhr der Kathedrale die Stunde schlägt.«

»Der Kathedrale? Ja, hört man die denn hier, mein Kind? Hört man denn hier die Turmuhr? Bedenke, es ist eine halbe Meile . . .«

»Aber natürlich hört man sie in diesen stillen Nächten. Habt ihr das nie bemerkt? Warte noch fünf Minuten, und du hörst die Glockenschläge – traurig, durch die Entfernung gedämpft.«

»Ja, die Nacht ist wirklich schön.«

»Wie eine Augustnacht.«

»Wenn ich den Himmel betrachte
von zahllosen Lichtern umkränzt
und senke den Blick zur Erde . . .
Verzeih, mein Kind, ich kehre unwillkürlich zu meinen Versen zurück.«

»Was ist dabei, Quintanar? Das ist sehr schön. ‚Die Sternennacht', ja, sie entlockt einem sanfte Tränen. Als ich klein war und gerade Verse zu lesen begann, war dies mein Lieblingsautor.«

Die Erinnerung an Fray Luis de León zog wie eine leichte Wolke durch Anas Gedanken, und sie fühlte eine leise, bittere Melancholie.

Sie schüttelte den Kopf, stand auf und sagte:

»Gib mir deinen Arm, Quintanar. Wir wollen einen Rundgang durchs Birnenspalier machen, bis sich der würdige Herr Kathedralenturm entschließt, die Stunde zu schlagen.«

»Mit tausend Freuden, *mia sposa cara.*«

Das Paar verschwand unter dem nicht sehr hohen Gewölbe eines Laubengangs aus französischen Spalierbirnen. Der Mond drang hier und da durch das junge Laub und besprenkelte den dunklen Weg mit Lichtflecken.

»Der Mai verabschiedet sich mit einer herrlichen Nacht«, sagte Ana und stützte sich fest auf den Arm ihres Mannes.

»Tatsächlich, heute geht der Mai zu Ende. Morgen ist Juni. Im Juni muß man angeln. Hättest du Lust zu angeln? Der Río Soto, du weißt schon, der hier in der Nähe vorbeifließt . . .«

»Ja, ich weiß, wo Obdulia und Visita ein paar Sommer lang gebadet haben, bevor sie an die See fuhren.«

»Ja, genau. Nun, der Río Soto führt ausgezeichnete Forellen, wie mir der Marqués sagte. Soll ich Frígilis schreiben, daß er uns zwei Angelruten mit dem nötigen Zubehör schickt?«

»Ja, großartig! Wir werden angeln!«

Erfreut drückte Don Víctor den Arm seiner Frau, der in dem seinen hing, nahm sie bei der Hand wie ein Operntenor und sang:

»Lasciami, lasciami,
oh lasciami partir . . .«

Er schwieg und blieb stehen. Ein Mondstrahl fiel auf seine Nase. Er blickte seine Gattin an, die ihm ihr Gesicht zuwandte.

»Gefallen dir ‚Die Hugenotten'? Du erinnerst dich doch? Wie miserabel sie der Tenor damals in Valladolid gesungen hat! Aber hör mal, mir kommt da ein Gedanke, ein schöner Gedanke. Stell dir vor, daß hier auf dem Vivero, beim Teich, stell dir vor, daß in dieser klaren Nacht, in dieser Stille Gayarre oder Masini sänge, und wir beiden stehen hier, in diesem Laubengang und hören zu. So müßte man Opern aufführen. Was fehlt uns hier? Musik, nur Musik. Das schöne Panorama, der leise Lufthauch, die Bäume, der Mond, und jetzt noch ein gutes Quartett. Es wäre das Paradies! Ach, die Verse, die Verse sagen mitunter nicht soviel wie ein Notenblatt. Ich bin für das Lied, für die Dichtung, die von der Lyra oder der Phorminx begleitet wird . . . Weißt du, was eine Phorminx ist?«

Ana lächelte und erklärte ihrem guten Gatten das griechische Instrument.

»Kind, du bist ja eine Gelehrte.«

Ein Schatten huschte über Anas Stirn.

Die Kathedralenuhr schlug, eine halbe Meile vom Vivero entfernt, mit gemessenen, hallenden Glockenschlägen zehn, die Luft mit Schwermut erfüllend.

»Man hört sie tatsächlich«, sagte Quintanar.

Und nach einer Pause fügte er hinzu:

»Wollen wir zu Abend essen?«

»Ja!« rief Ana.

Sie ließ Don Víctors Arm fahren, rannte los, den Rock der Matinee, die sie trug, leicht anhebend, und verschwand in der Dunkelheit des Laubenganges. Quintanar folgte ihr und rief:

»So warte doch, warte, verrücktes Ding!«

Als er ins Helle gelangte, sah er seine geliebte Gattin auf der marmornen Freitreppe stehen, die eine Hand auf die vergoldete Haustür gelegt, den rechten Arm mit einer Blume zwischen den Fingern zum Mond ausgestreckt.

»Nun, wie findst du's, Quintanar? Wie sehe ich so im Mondschein aus?«

»Großartig! Ein großartiges Standbild! Ein origineller Einfall. Aurora bittet Diana, den Lauf der Nacht zu beschleunigen.«

Ana klatschte in die Hände und trat über die Schwelle. Don Víctor folgte ihr, indem er laut zu sich selbst sagte:

»Meine Kleine! Sie ist wie verwandelt. Dieser Benítez hat sie mir gerettet. Wie verwandelt ist sie. Meine heißgeliebte Kleine!«

Sie aßen vom Geschirr des Marqués zu Abend. Die beiden hatten einen gesunden Appetit. Ana sprach zuweilen mit vollem Mund, beugte sich zu Quintanar hinüber, der lächelte, kräftig kauend ein Messer schwang und zustimmend nickte.

»Dieses Haus ist selbst bei Nacht heiter«, sagte sie und fügte hinzu:

»Komm, schäl mir bitte diesen Apfel.«

»Schäl mir den Apfel, schäl mir den Apfel ... Wo hab ich diese Worte schon einmal gehört? Ach ja ...«

»Was hast du denn?«

Und sie verschluckte sich vor Lachen.

»Es ist aus einer Zarzuela, aus der Zarzuela eines Akademikers. Paß auf! Es geht um die Marquise de Pompadour. Ein gewisser Herr Beltrand sucht sie. In einer Mühle findet er ein Bauernmädchen. Und wie das nur natürlich ist, setzen sie sich zusammen zu Tisch und essen ausgerechnet Äpfel.«

»So wie du und ich.«

»Genau. Nun gut, das Bauernmädchen nimmt, wie das ebenfalls nur natürlich ist, ein Messer.«

»Um Beltrand umzubringen.«

»Nein, um den Apfel zu schälen.«

»Aber das ist doch unglaubwürdig.«

»Dasselbe meinen Beltrand und das Orchester. Dem Orchester sträuben sich mit tremolierenden Geigen und quiekenden Klarinetten vor Schreck die Haare. Und Beltrand singt, nicht weniger erschrocken:

‚Himmel! Sie schält den Apfel!
Es ist die Marquise
de Pompadour,
de Pompadour!'«

Ana prustete los. Sie lachte aus ganzem Herzen über den Unsinn des Akademikers und den Einfall ihres Gatten. Quintanar ist tatsächlich wie ausgewechselt, dachte sie.

Petra trug den Tee auf.

»Ist Anselmo schon aus Vetusta zurück?« fragte Don Víctor.

»Ja, Señor, seit einer Stunde.«

»Hat er die Patronen mitgebracht?«

»Ja. Señor.«

»Und das Kanarienfutter?«

»Auch.«

»Dann sag ihm, daß er morgen ganz früh mit einer Bestellung für Señor Crespo wieder in die Stadt gehen muß. Oder laß, ich werde ihn selbst instruieren. Ich schreibe ein paar Zeilen, meinst du nicht, Ana? Dieser Anselmo ist so ein Strohkopf.«

Quintanar verließ das Eßzimmer.

Petra nahm das Tischtuch ab und sagte dabei:

»Wenn die gnädige Frau einen Wunsch hat ... Ich will morgen auch bei Tagesanbruch nach Vetusta gehen, ich muß zur Büglerin. Wenn ich irgendeine Bestellung mitnehmen soll für die Frau Marquesa ...«

»Ja, ich gebe dir zwei Briefe mit. Ich lasse sie heute abend auf dem Tisch im Kabinett liegen, und du holst sie dir dort morgen, aber leise, damit du uns nicht weckst.«

»Seien Sie unbesorgt.«

Eine Stunde später lag Don Víctor in einem geräumigen, stuckverzierten Alkoven mit zwei Betten. Im anstoßenden Kabinett schrieb Ana mit rascher Feder, die beim Hingleiten über das Glanzpapier sacht zu zischen schien.

»Schreib nicht so viel, es könnte dir schaden. Du weißt doch, was Benítez sagt.«

»Ja, ich weiß. Sei still und schlaf.«

Zuerst schrieb Ana ihrem Arzt. Zur Zeit behandelte sie Somozas früherer Stellvertreter. Benítez, der scharf beobachtende und schweigsame junge Mann der wenigen Worte und vielen Studien, hatte seiner Patientin Ana zu schreiben erlaubt, falls dies sie in den Stunden, da das Landleben ihr keine bessere Beschäftigung bot, zerstreue. »Schreiben Sie beispielsweise hin und wieder mir und berichten Sie mir, was für mich von Wichtigkeit ist. Wenn Ihnen aber die verflixten Angstvorstellungen zu schaffen machen, dann geben Sie mir keine Einzelheiten, beschränken Sie sich auf Allgemeines.«

Und Ana schrieb:

Gute Nachrichten. Nichts als gute Nachrichten. Die Zwangsvorstellungen sind weg. Ich sehe kein Ameisengekribbel in der Luft mehr, keine blubbernden Blasen, nichts dergleichen. Ich spreche mit Quintanar über meine Angst vor der Geistesgestörtheit wie über die Manie eines Fremden. So fest bin ich von meiner Gesundheit überzeugt. Ihnen, mein Freund, verdanke ich sie. Wenn Sie mir das Philosophieren *nicht verboten hätten, ich legte Ihnen hier dar, weshalb ich überzeugt bin, daß ich die unsägliche Glückseligkeit dieses heiteren Wohlbefindens allein der Lebensweise verdanke, die Sie mir vorgeschrieben haben. Aber Schluß mit den hochtönenden Worten! Ich weiß, wie sehr Sie Phrasen verabscheuen. Kurzum, ich lebe nach der Uhr, um Ihren Lieblingsausdruck zu gebrauchen. Das vorgeschriebene Regime wird mit kultischer Gewissenhaftigkeit eingehalten. Lieber zuviel Vorsicht als zuwenig. Alles, nur nicht in den alten Trott zurückfallen. Ich halte meinen Tagesplan ein und versage mir den Luxus, mich ins* Psychologisieren *zu verlieren, da Sie es mir ja ebenfalls verboten haben. Alle Tage schreibe ich ein bißchen, aber nicht viel. Sie sehen, ich gehorche Ihnen. Leben Sie wohl. Schieben Sie Ihren Besuch nicht zu lange auf. Quintanar läßt Sie grüßen, schnarchend. Er schnarcht wirklich. Früher hätte ich das als ein persönliches Unglück angesehen, das mir das Schicksal* ex professo *geschickt hat, um mich auf die Probe zu stellen. Ein Ehemann, der schnarcht! Entsetzlich! Genug davon. Ich sehe, wie Sie das Gesicht verziehen. Verzeihung. Richten Sie Frigilis aus, er soll mit Ihnen oder früher kommen. Mein Mann kann sagen, was er will, wenn Crespo nicht herkommt, meine Angelrute vorbereitet und die Forellen zum Anbeißen überredet, fangen wir gar nichts. Adieu bis zum nächstenmal. Die treue Dienerin Ihres Regimes mit hochachtungsvollen Grüßen.*

Anita Ozores de Quintanar.

Nachdem sie diesen Brief unterschrieben und zugeklebt hatte, setzte Ana einen anderen fort, den sie am Vormittag begonnen hatte.

Jetzt lief die Feder nicht so schnell. Sie verhielt bei jedem Schnörkel. Aus einer Laune heraus bemühte sich die Präsidentin, die Handschrift des Briefes nachzuahmen, den sie beantwortete und der vor ihr auf dem Tisch lag.

... Bitte, beschweren Sie sich nicht, daß ich allzu kurz in meinen Erklärungen bin. Ich habe Ihnen doch schon gesagt, mein Freund, daß mir Benítez – und ich glaube mit gutem Grund – verboten hat, viel zu grübeln und meinen Gedanken in allen Einzelheiten nachzugehen. Ich tue schon genug, wenn ich Ihnen überhaupt schreibe, denn man hat es mir verboten. Aber damit kein Mißverständnis aufkommt: Das Verbot bezieht sich nicht auf Sie, ich darf ganz allgemein nicht viel schreiben, sei es an wen auch immer, insbesondere über ernste Dinge.

Wann wir nach Vetusta zurückkommen? Ich weiß es nicht, Fermín, ich weiß es nicht.

Daß es mir viel besser geht, ist richtig. Aber wer zu bestimmen hat, bestimmt. Benítez ist sehr energisch. Er spricht wenig, aber was er sagt, hat Hand und Fuß. Er hat versprochen, mich zu heilen, wenn ich ihm gehorche, will sich aber zurückziehn, falls ich ihn täusche oder seine Anordnungen in den Wind schlage. Ich bin entschlossen zu gehorchen. Sie haben es mir immer gesagt: Die Gesundheit geht vor.

Ob das Lauheit im Glauben ist? Nein, Fermín, tausendmal nein. Ich werde Sie überzeugen, wenn ich zurückkomme.

Daß ich wenig bete, stimmt. Aber vielleicht ist es für meinen Gesundheitszustand immer noch zuviel. Wenn ich Quintanar oder Benítez verriete, wie mich das Hersagen der Gebete anstrengt! Weshalb ich in meinen Briefen stets nur von Don Víctor und dem Arzt spreche? Ja, von wem soll ich sonst sprechen? Ich sehe hier nur meinen Mann, und Benítez hat mir eben erst das Leben, vielleicht den Verstand erhalten. Ich weiß, Sie mögen es nicht, wenn ich von meinen Befürchtungen spreche, den Verstand zu verlieren, aber ich hegte sie nun einmal und erzähle Ihnen davon, damit Sie mit mir zusammen dem Arzt, von dem ich so viel spreche, für die Erhaltung meines Verstandes danken. Wie hätte mein älterer Seelenbruder *mich ohne Seele oder mit einer vom Wahnsinn umnachteten Seele lieben sollen?*

Weshalb es mit diesem und jenem zu Ende ist? Nein, nichts ist zu Ende. Zu seiner Zeit wird alles wiederkommen. Ausgenommen die Besuche bei Doña Petronila. Fragen Sie mich nicht, weshalb, aber ich bin entschlossen, das Haus dieser Dame nicht mehr zu betreten. Soviel für heute. Ich kann nicht ausführlicher sein. Es ist mir verboten. Eben habe ich zur Nacht gegessen. Ihre treue Freundin und dankbare Beichttochter

Ana Ozores.

PS. Man merkt es mir an, daß ich guter Dinge bin? Auch das ist wahr. Das macht die Gesundheit. Wenn ich es böse auslegte und Arges dächte, könnte ich nach dem Ton, in dem Sie das sagen, glauben, meine gute Stimmung ärgere Sie. Verzeihung wegen der Fehler.

Ana überlas den Brief, strich ein paar Worte durch, überlegte und schrieb sie wieder darüber.

Und während sie mit der Zunge über die Gummierung des Umschlages fuhr und dabei den Kopf nach rechts und links drehte, zuckte sie die Schultern und sagte halblaut:

»Er hat keinen Grund, beleidigt zu sein.«

Sie legte sich in das weiße, frische Bett, das neben dem Quintanars stand.

Quintanar stand früher auf als Ana und ging in den Garten, wo er auf sie wartete. Um acht nahmen sie gemeinsam die Schokolade im Gewächshaus ein, das er mit einem gewissen hochtrabenden Stolz *la serre* nannte.

Wenn das uns gehörte! dachte Quintanar mitunter und betrachtete die exotischen Gewächse auf den vollgestellten Wandbrettern und in den mehr oder weniger echten etruskischen und japanischen Vasen.

Die Präsidentin machte sich keine Gedanken über die Besitzverhältnisse auf dem Vivero. Sie genoß die Natur, die Gesundheit und den relativen Luxus, den die Vegallanas in ihrem berühmten Landgut angehäuft hatten. Sie dachte an nichts anderes, als es sich wohl sein zu lassen. Sie lebte dort wie in einem Bad, an dessen Wirksamkeit sie glaubte.

Don Víctor verließ den Garten, ging über Wiesen, durch Apfelgärten und Maisfelder, suchte zwischen den umliegenden Katen den Zugang zum Río Soto und an seinem Ufer den geeignetsten Platz, um sein Feldlager aufzuschlagen und zu fischen, sobald Anselmo mit dem notwendigen Gerät zurückkam.

Ana begab sich während der Mittagshitze, die bereits beträchtlich war, in ihr Kabinett hinauf, und nachdem sie, auf dem weißen Bett ausgestreckt, ein wenig gelesen hatte, setzte sie sich an den Palisanderschreibtisch und blätterte in ihrem Tagebuch. So machte sie es immer: Bevor sie zu schreiben begann, überflog sie ein paar willkürlich herausgegriffene Seiten.

Sie las die erste, die sie beinahe auswendig konnte. Sie las sie mit der Liebe eines Künstlers. Da stand in nervöser, flüchtiger, nur für sie lesbare Handschrift:

Vivero, 1. Mai

Es regnet. Es ist fünf Uhr nachmittags. Den ganzen Tag über hat es geregnet. In illo tempore *hätte ich mich allein schon deswegen unglücklich gefühlt. Ich hätte an die Nichtigkeit aller menschlichen Dinge gedacht, an die große universale Langeweile. Jetzt aber finde ich es natürlich und sogar sehr vergnüglich, daß es regnet. Was ist das Wasser, das auf diese Hügel, Wiesen und Wälder niederfällt? Die Toilette der Natur. Morgen glänzt die Sonne auf all diesem nassen Grün. Außerdem ist hier auf dem Lande der Regen wie Musik. Während Quintanar sein Nachmittagsschläfchen hält (eine neue Gewohnheit) und schnarcht (eine altehrwürdige Unsitte), mache ich das Fenster auf und höre*

das Rauschen des Regens
auf dem Laube
und das Flügelschlagen
einer Taube.

Sie plustern sich unter den kleinen Wetterdächern ihres viereckigen Taubenschlags auf und kriechen durch die engen Fluglöcher aus und ein. Es gibt Paare, die sich aus Gewohnheit, aus Pflicht *zusammentun, aber sie langweilen sich, als säße jedes in einer Einöde. Plötzlich kriegt das Männchen – ich nehme an, daß es das Männchen ist – Gewissensbisse, mimt eine Leidenschaft, die zu empfinden es weit entfernt ist, küßt das Weibchen, schlägt das Rad, singt sein Ruckediguh und sträubt das Gefieder. Sie antwortet überrascht, ohne ihre Trägheit abzuschütteln, mit lauen Liebkosungen. Bald darauf fallen beide ermüdet, schläfrig in ihre Unbeteiligtheit zurück. Ruhig, ohne Groll und Selbstbetrug, ohne sich über die gegenseitige Unlust zu beklagen, finden sie größere Freuden als im hitzigen Liebesspiel, wenn sie sich regungslos, aufgeplustert naßregnen lassen. Vernünftige Tauben! Quintanar schnarcht. Ich schreibe. Halt! Das war ein Mißton. Es lag etwas wie Ironie darin, und Ironie hat immer etwas Galliges. Bitteres regt den Appetit an, aber es ist besser, welchen zu haben, ohne solcher Mittel zu bedürfen.*

Es regnet immer noch. Einerlei. Diese ganze Sintflut könnte mir heute keine Gebärde der Ungeduld entlocken. Das Fenster ist geschlossen. Die Wasserstreifen, die über die Scheiben laufen, verwischen die Landschaft. Víctor ist mit Frígilis weggegangen. Der zweite Besuch des guten Crespo, des einzigen gro-

ßen Mannes, den ich kenne. Unter einem Regenschirm von Pinón de Pepa, dem Hausverwalter des Marqués, laufen sie wie unter einem Zelt durch den Eichenwald, den mein Mann immer als hundertjährig bezeichnet. Sie wollen irgendein chemisches Experiment ausprobieren, eine Erfindung von Frígilis, wie er behauptet. Gott mache sie glücklich und halte ihnen die Füße trocken!

Heute fühle ich mich zur Vergangenheit, zu den Erinnerungen hingezogen. Ich fürchte sie nicht. Wenig mehr als fünf Wochen sind vergangen, und schon scheint das alles weit zurückzuliegen.

Was für drei Tage! Ich fühlte mich auf eine seltsame Art geschändet. Ganz Vetusta hatte meine bloßen Füße in einer Prozession gesehen. Drei Tage saß ich mit schmerzenden Füßen – und dieser Schmerz trieb mir die Schamröte ins Gesicht! – regungslos in einem Sessel! Ich schickte nach Somoza, der sich entschuldigen ließ. Dafür kam, schweigend, reserviert, sein Vertreter Benítez, aber ich merkte, daß er mich aufmerksam musterte, wenn ich ihn nicht ansah. Er mußte glauben, ich habe den Verstand verloren.. Er bestreitet das, sagt, daß sich das alles aus der religiösen Schwärmerei erkläre und dem empfindlichen Moralgefühl, mit dem ich mich dem Wohle dessen aufopfern wollte, den ich durch meine Gedanken und meine Geringschätzung beleidigt wähnte. Wenn sich Benítez einmal zum Reden entschließt, ist er auch wie ein Beichtvater. Ich habe ihm Geheimnisse meines Innenlebens anvertraut wie jemandem, der Krankheitssymptome schildert. Während ich ihm diese Dinge erzählte, merkte ich, daß er mich trotz seiner unbewegten Miene genau studierte. Die Krankheit stieg von den Füßen in den Kopf. Ich bekam Fieber, mußte das Bett hüten und empfand diese Angst, diese panische Angst vor dem Wahnsinn. Darüber möchte ich nicht einmal mit mir selbst sprechen. Genug für heute. Ich gehe zum Klavier, um »Die keusche Göttin« zu üben, mit einem Finger.

Ana überschlug ein paar Seiten, ohne sie zu lesen. Auf ihnen hatte sie die Tage beschrieben, die auf die in den Annalen Vetustas berühmt gewordene Prozession folgten. Ja, sie hatte sich entehrt gefühlt. Diese öffentliche Schaustellung der Frömmigkeit erschien ihr wie eine Art babylonischer Selbstaufopferung, wie die Hingabe im Tempel Bels in der mysteriösen Nacht. Außerdem empfand sie Scham. Das war genauso etwas gewesen wie ihre literarischen Ambitionen: etwas Lächerliches. Sie wagte sich nicht auf die Straße. Bei allen Passanten argwöhnte sie Spott. Ein Gemurmel folgte ihr, in den schwatzenden Grüppchen wurde, wie sie meinte, ihre Verrücktheit erörtert. Sie hatte sich lächerlich gemacht, eine Torheit begangen. Diese Zwangsvorstellung quälte sie. Wenn sie ihr entfliehen wollte, wurde sie durch den Schmerz in ihren Füßen immer wieder daran erinnert.

Wenn sie in der Religion und im Schutz des Generalvikars Trost suchen wollte, wurde das Übel schlimmer, denn sie fühlte, daß der starke, rein orthodoxe Glaube in ihrer Seele zerbrökkelte. Was die heilige Teresa betraf, so konnte sie zu guter Letzt überhaupt nicht mehr in ihr lesen. Lieber den jetzigen Zustand als die Qual der rücksichtslosen Selbstzergliederung, der sie, Ana, sich unwillkürlich hingab, wenn sie sich den Gedanken und Aussprüchen der Heiligen Auge in Auge gegenübersah. Und der Generalvikar? Das tiefe Mitleid, das sie abermals diesem Manne zu Füßen geworfen hatte, existierte nicht mehr. Die Triumphe waren Don Fermín vielleicht in den Kopf gestiegen. Jedenfalls hatte Ana kein Mitleid mehr mit ihm. Sie sah ihn triumphieren, den Sieg womöglich mißbrauchend und seine Feinde demütigend. Jetzt sah sie klar oder wenigstens nicht mehr so verschwommen wie ehedem. Sie war möglicherweise ein Werkzeug in den Händen des »älteren Bruders« gewesen. Gewiß, de Pas hatte nie wieder durch pathetische Gefühlsausbrüche, die ihn bloßgestellt hätten, Eifersucht, Liebe oder dergleichen verraten. Ana beobachtete ihn mit argwöhnischen Blikken, deretwegen ihr das Gewissen schlug, konnte jedoch keinerlei Anzeichen von weltlicher Liebe entdecken. Sah sie nicht genau genug hin? Verstellte er sich zu gut? Oder war einfach nichts da? Jedenfalls kam die frühere Frömmigkeit nicht wieder, der Glaube zerfiel, und Ana spürte, wie die alten Theorien, die sie seinerzeit unbewußt von ihrem Vater gehört hatte, sich in ihr breitmachten.

Ein verschwommener, poetischer, naiver und romantischer Pantheismus, vielmehr ein ländlicher Deismus à la Rousseau, sentimental und optimistisch zugleich, wenn auch schwermütig und dunkel – dies alles fand Ana in ihrem Innern durcheinandergemengt und wollte sich nicht davon abbringen lassen, daß dies immer noch rein christliche Religion sei. Sie wollte nicht vom Glauben abfallen, nicht einmal philosophieren. Auch dies fand sie lächerlich, aber die Gedanken, Einwände und Vorbehalte drängten, ohne daß sie es wollte, scharenweise in ihr Hirn und Herz. Dies war eine neue Qual. Denn ungeachtet dessen beichtete sie weiterhin häufig bei Don Fermín. Sie hielt ihm jetzt eine gewohnheitsmäßige Treue. Sie fürchtete das schlechte Gewissen, wenn sie versäumte, was sie für ihre Pflicht diesem Mann gegenüber hielt. Vor allem fürchtete sie, daß eine Reaktion des Mitleids, der Reue und der eingebildeten Frömmigkeit eintreten könnte, wenn sie die geistlichen Beziehungen mit ihm abbrach, und dann ließ sie sich womöglich zu einer zweiten Torheit wie der am Karfreitag hinreißen. So viele gegensätzliche Gedanken und Empfindungen, das zurückgezogene Leben und das Bewußtsein, daß in ihr etwas litt und aufbegehrte und aus ihr hervorzubrechen drohte, waren die Mitursachen für die Nervenkrise, die Benítez behandelte so gut er es vermochte.

Wenn dieser auch etwas von Diät, Bewegung und Bädern sagte, das meiste versprach er sich von einer Änderung der Lebensweise, von frischer Luft, Fröhlichkeit, Vermeiden jeder Aufregung. Aufs Land, aufs Land! hieß der rettende Ruf, und Ana wie Quintanar (der auch einen gehörigen Schreck bekommen hatte), wiederholten ihn von morgens bis abends.

Aber wo war das Land? Sie besaßen in der Provinz Vetusta keinen Sommersitz. Don Víctors Ländereien lagen in Aragón.

In einer Anwandlung von Mut, einem Mut, der viel heroischer war, als ihr Gatte ahnen konnte, schlug Ana eines Tages vor:

»Quintanar, wie fändest du den Gedanken, ein paar Monate, bis zum Wintersanfang . . .«

»Was?«

»Auf deinen Besitz, nach La Almunia de Don Godino zu gehen?«

»Um Gottes willen, Kind! Ich bin zu alt, meine armen Knochen auf einer so langen Reise durcheinanderschütteln zu lassen. La Almunia! Früher mit tausend Freuden, aber jetzt! Ich liebe meine Heimat, versteht sich, ich bin im Herzen Aragonese und halte es mit dem Dichter, der da sagte, daß derjenige glücklich zu preisen sei, der nur die Flüsse seines Heimatlands gesehen. Aber nun bin ich vor allem Vetustenser, und ein anderer Dichter, der Prinz von Esquilache, hat gesagt:

> Denn des Glücklichen Vaterland liegt in der Welt
> nicht, wo er geboren – wo es ihm gefällt.

La Almunia de Don Godino! Wo kämen wir da hin! Und dann: Uns von Frígilis trennen, von Don Alvaro, dem Marqués, der Marquesa, von Benítez. Unmöglich!«

Man kam nicht mehr darauf zurück. Ana freute sich im Grunde ihres Herzens, wie sehr dieser Aragonese an Vetusta hing.

Diese Freude verhehlte sie sich selbst. Sie glaubte, in diesem Punkt ihre Pflicht getan zu haben.

Ja, aber wo sollten sie diese Monate auf dem Lande verbringen, die Benítez als unerläßliche Bedingung für Anas Genesung forderte?

Eines Tages sprach man bei den Vegallanas davon. Außer Quintanar, dem Marqués und der Marquesa waren noch Paco und Don Alvaro zugegen.

»Der Arzt verlangt«, sagte der ehemalige Gerichtspräsident, »daß das Dorf, wohin wir uns begeben sollen, eine Reihe schwer vereinbarer Eigenschaften besitze.«

»Lassen Sie hören«, sagte der Marqués.

»Es muß in der Nähe Vetustas liegen, damit uns Benítez häufig aufsuchen und Ana notfalls schnell in die Stadt bringen kann. Dann muß es über ausreichende Bequemlichkeit verfügen, eine schöne Lage mit freundlicher Umgebung besitzen, mit einem fließenden Wasser in der Nähe, grünen Wiesen, Kuhmilch ... Was weiß ich!«

In diesem Augenblick hatte Don Alvaro eine Eingebung. Er beugte sich zu Paco und flüsterte:

»Der Vivero!«

Paco war erstaunt. Nur das Genie hatte solche Offenbarungen.

Ohne daran zu denken, daß er mephistophelische Pläne begünstigte, sagte er leise:

»Papa, ich kenne nur einen Landsitz, der Benítez' Forderungen vereinigt, und der steht zu unserer Verfügung.«

Da riefen der Marqués und die Marquesa, froh, endlich das Passende gefunden zu haben, wie aus einem Munde:

»Der Vivero!«

»Bravo, bravo, heureka!« wiederholte der Marqués. »Paco hat recht, Sie gehen in unser Haus auf dem Vivero.«

Und die Marquesa: »Eine glänzende Idee! Wie nett! Da können wir uns noch oft sehen, bevor wir an die See fahren.«

Don Víctor protestierte.

»Der Vivero? Auf keinen Fall! Und Sie?«

»Wir ziehen dieses Jahr nicht hin.«

»Oder viel später.«

»Und wenn wir kämen, hätten wir alle Platz.«

»Wir haben dort schon unserer zwanzig übernachtet, und keiner hat den anderen gestört«, bemerkte Mesía.

»Natürlich, das Haus ist groß wie ein Kloster.«

»Also abgemacht!«

So wurde gegen Don Víctors Widerrede verfügt, daß er und seine Frau mitsamt den Dienstboten, die von Benítez geforderten Monate auf dem Vivero verbringen sollten, wo sie ganz ihre eigenen Herren wären. Nichts da, nichts da, der Marqués ließ keine Einwände gelten.

Sei man denn schließlich nicht verwandt?

Das allerdings, mußte Quintanar voll Stolz zugeben.

Als Ana die Neuigkeit erfuhr, erkannte sie sofort, daß dies das genaue Gegenteil einer Sommerfrische in La Almunia de Don Godino war. Aber sie wollte nicht an die Gefahren denken, die ein Aufenthalt auf dem Landsitz des Marqués mit sich bringen konnte. Sie haßte jetzt alles Grübeln. Dennoch empfand sie den ganzen Tag lang, ohne nach den Gründen zu forschen, die Freude eines Kindes, dessen Herzenswunsch in Erfüllung gegangen ist, und noch inniger war ihr Vergnügen, als sie am Morgen darauf mit dem Gedanken erwachte, daß sie auf den Sommersitz des Marqués gehen werde, um ein Landleben zu führen, zu laufen, auszuruhen, zuzunehmen, sich das Leben schön zu machen. Dort war Sonne, ein Bach, Grün, Gesundheit. Und gleich einer musikalischen Begleitung zu dieser verlockenden Aussicht verspürte Ana eine unbestimmte Hoffnung wie einen Dufthauch. Eine Hoffnung worauf? Darüber wollte sie sich keine Gedanken machen. Aber ihr war zumute, als freue sich die ganze Welt, als gebe ihr der Einfall mit dem Vivero neue Kräfte wie ein handfestes Vergnügen, eines von denen, die man genießt, solange die Illusionen währen. Dieser Benítez verjüngte sie geradezu.

Nach den Tagebuchblättern, die sich auf diese hier kurz wiedergegebenen Dinge bezogen, fand Ana die Seite, auf der sie ihre Eindrücke beim Einzug in den Landsitz an einem heiteren, heißen, wolkenlosen Apriltag, der wie ein Tag im Juni anmutete, festgehalten hatte.

Bei dieser Seite verweilte sie. Sie las sie mit Vergnügen, weniger des schwärmerischen Stils als der festgehaltenen Erinnerungen wegen:

Romero und Clavel bogen plötzlich zur Seite ab. Der Landauer folgte geräuschlos. Er schüttelte uns ein bißchen. Wir ließen die Landstraße nach Santianes hinter uns, und die Räder holperten über den neuen Schotter des schmalen Fahrwegs zum Vivero. Das große Tor der alten Umfriedungsmauer öffnete sich, die Pferde schlugen auf dem Pflaster des alten Herrensitzes Funken und weckten mit dem Lärm Widerhall in der Stille des verlassenen Schlößchens. Wenn es nach mir gegangen wäre, hätten wir uns in diesem riesigen Gebäude mit den beiden Türmen aus grauem Stein und den Säulengängen eingerichtet, aber der Wagen fuhr im Trab weiter. Die Eitelkeit des Marqués will es, daß man durch diese Einfahrt vor dem alten Herrenhaus in den »bewohnbaren« Landsitz gelangt. Die Räder verstummten wieder. Romero und Clavel stampften geräuschlos mit den feurigen Hufen den feinen, weichen, weißen Sand der breiten, von einer Marmoreinfassung mit Töpfen und Schalen voll exotischer Gewächse gesäumten Allee.

Das Neue Haus lächelte uns entgegen, und vor dem eleganten Dach über der Auffahrt hielten wir. Einen Augenblick herrschte absolute Stille. Paco und die Marquesa, die mitgekommen waren, um uns den Landsitz zu übergeben, aßen mit uns und kehrten bei Sonnenuntergang nach Vetusta zurück.

Nun sind wir allein. Ich durchstöbere das ganze Haus. Im Erdgeschoß Salon, Billardzimmer, Bibliothek, ein Nähzimmer über dem Garten, das Eßzimmer mit Zugang zum Gewächshaus über die weiße Marmortreppe. Welche Heiterkeit! Überall Glas, Blumen, Blattpflanzen mit gigantischen Blättern in kräftigen, seltenen Farben. Am meisten gefällt mir die Kaprice des Marqués im ersten Stock. Ein überglaster Gang läuft um das ganze Gebäude. Ich bin zweimal ringsherum gegangen, als hätte ich den Landsitz noch nie gesehen. Wie wird es hier werden, wo mir alles neuer, schöner, eleganter, poetischer erscheint? Quintanar ist hingerissen, und ich glaube, auch ein bißchen neidisch.

Ein herrliches Leben! Der Frühling ist in meine Seele eingezogen. Ich stehe zeitig auf. Das Bad kräftigt mich und erheitert meinen Sinn. In der Wanne ausgestreckt, lasse ich mich von dem lauen Wasser enervieren, und die Phantasie verweilt wie im Halbdämmer bei ruhigen, sanften Bildern. Danach zittere ich in meinem Badetuch und finde genüßlich zur Körperwärme zurück, froh über das Leben, das ich durch meine Adern strömen fühle. Mein Kopf ist frei. Mich quälen nicht mehr abwegige Gedanken. Benítez kann zufrieden sein. Auf diese Weise werde ich die Gesundheit schneller zurückerlangen. Leben heißt: das innige Vergnügen des Vegetierens unter der Sonne zu genießen.

Dennoch gibt es Stunden, da mir die Schwingungen der Dinge eine verborgene Musik von Gedanken und Gefühlen offenbaren. Was ist diese Hoffnung auf ein ungewisses Glück? Manchmal erscheint mir der ganze Landsitz wie die Szene einer Komödie oder eines Romans. Obdulia, Visita, Edelmira, Paco. Joaquinito, Alvaro – so viele Vetustenser haben hier gesprochen, gesungen, gespielt, getanzt und vor allem gelacht. Ich wittere etwas von vergangenen Freuden oder spüre bereits etwas von künftiger Fröhlichkeit. Ja, Quintanar hat recht, das ist das Paradies. Was fehlt uns hier? Laut Quintanar nur Musik. Nun, dem ist abzuhelfen. Ich laufe in den Salon und spiele »La donna è mobile« *mit dem Zeigefinger, meinem einzigen musikalischen Finger. Wie extravagant, um mit Obdulia zu reden!*

Quintanar ist glücklich. Und so gut. Wie er um mich besorgt ist! Er ist wie verwandelt und denkt mehr an mich als an seine Basteleien. Ganze Tage lang sägt er überhaupt nicht. Keine Seele, die im Innersten nicht ihre Poesie hätte. Seine Fröhlichkeit ist zwar etwas zu laut, aber echt. Ich könnte hier ohne ihn nicht leben. Ich stelle mir vor, er sei nicht da und habe Angst, fühle die Einsamkeit. Folglich stört er mich nicht, folglich ist mir seine Gesellschaft angenehm.

Sogar Petra gefällt mir hier auf dem Lande. Sie kleidet sich wie die Bauernmädchen der Gegend, singt mit ihnen vor dem Herrenhaus, tanzt ihre Tänze mit, spielt die Tromba mit Meisterschaft. Gestern, als der Tag zur Neige ging, spielte sie beim Alten Tor die monotonen Volkslieder des Landstrichs mit ihrer süßen Trauer.

Ich habe ein paar Bücher von meinem Vater mit hierhergebracht. Seit vielen Jahren habe ich sie nicht mehr aufgeschlagen. Quintanar hatte sie auf die obersten Bretter seiner Regale gestellt.

Was für Eindrücke! Zwischen den Blättern einer »Mythologie mit Bildern« fand ich Grashalme aus Loreto, ganz zerkrümelt. Dazu beschriebene Zettel, auf denen ich mein Kindergekritzel erkannte ... und einen von meiner Hand gezeichneten Seemann, der, wie die Unterschrift besagte, Germán war.

Wahrscheinlich würde Benitez diese Lesewut verurteilen und mir die Lektüre verbieten. Was für neue Dinge ich in diesen Büchern finde, die ich in Loreto kaum verstand! Die Götter, die Helden, das Leben im Freien, die Kunst als Religion, ein Himmel voll menschlicher Leidenschaften, das Glück des Diesseits! Kein Gedanke an tieferes Leid, an die ungewisse Zukunft! Kurzum, ein junges, gesundes Volk. Ich möchte zeichnen können, um diesen Bildern aus der Mythologie, die mich bestürmen, Gestalt zu geben.

Nachdem Ana diese und noch ein paar andere Seiten gelesen hatte, schrieb sie die Eindrücke der letzten Tage nieder. Don Víctor unterbrach sie, um ihr mitzuteilen, daß er sein Zelt bereits an der lieblichsten und kühlsten Stelle des Flußufers aufgeschlagen habe, in der Nähe eines Schattenflecks auf dem Wasser, wo es unfehlbar Forellen geben mußte.

Von diesem Nachmittag an angelten sie. Sie fingen nicht viel. Ana las, auf ihrem Klappstuhl aus weißem Segeltuch mit blauen Fransen sitzend, und hielt dabei mit der linken Hand die Angelrute fest, damit die Strömung sie nicht fortzog.

Es gab Tage, an denen Anita mit Bacchus reiste, Indien durchstreifte oder mit dem Wunderschiff segelte, von dessen blühendem Mast Trauben und gewundene Ranken hingen, um dann plötzlich, von der Stimme ihres Mannes angerufen, an das prosaische Ufer des Soto zurückzukehren.

»Aber Kind, sie fressen dir ja den Köder ab!« schrie Quintanar.

Gleichviel, Ana war glücklich und Quintanar desgleichen.

Die Zeit flog dahin. Im Juni wurde es heiß. Vetusta im Sommer ist ein Andalusien im Frühling. Ana streifte tagtäglich in der *Morgenfrühe*, begleitet von Don Víctor, dem Hausverwalter Pepe und Petra, durch den Garten und schüttelte die mit Kirschen schwer behangenen Äste. Sie füllten große, mit Feigenblättern ausgelegte Körbe mit den feuchten, glänzenden Früchten. Es durchrieselte die Präsidentin angenehm, wenn sie mit ihrer zarten, weißen Hand über die Kirschen auf dem Grün der breiten, haarigen Blätter fuhr. Die Körbe gingen nach Vetusta zum Marqués, bisweilen auch zu seinen Freunden. Eines Morgens kam Ana dazu, wie Petra und Pepe ein Körbchen aus weißem und buntem Stroh mit den rotesten Früchten füllte. Ana trat hinzu, um zu helfen. Plötzlich fragte sie:

»Für wen ist das?«

»Für Don Alvaro«, antwortete Petra.

»Ja, ich bringe es ihm selbst in den Gasthof«, fügte Pepe hinzu und lächelte schon in Gedanken an das Trinkgeld, das ihm in der Ferne winkte.

Ana fühlte, daß ihre Hand auf den Kirschen zitterte, und die Berührung erschien ihr auf einmal noch angenehmer.

Und als niemand sie sah, küßte sie verstohlen wie ein verliebter Backfisch das weiße Stroh des Körbchens. Auch die Kirschen küßte sie und biß sogar in eine hinein, die sie, kaum von der Spur zweier Zähne gezeichnet, wieder zurücklegte.

Erschrocken über diese Frechheit, dachte sie den ganzen Tag an dieses Abenteuer, doch ohne Scham.

Auch das war eine Folge ihrer Gesundheit!

Am Vorabend von Sankt Peter erhielt der Generalvikar eine Einladung vom Marqués de Vegallana für den nächsten Tag auf den Vivero. Man bitte ihn, sobald ihn seine Pflichten in der Kathedrale freiließen, mit den Besitzern des Landhauses und seinen derzeitigen Bewohnern, dem Ehepaar Quintanar, nebst vielen anderen guten Freunden den Tag draußen zu verbringen. Der Vivero gehöre zu der Landgemeinde San Pedro de Santianes. In diesem Jahr richte der Hausverwalter Pepe das Kirchweihfest aus und gedenke das Geld mit vollen Händen zum Fenster hinauszuwerfen, um »den Herrn Marqués nicht zu blamieren«.

Im Postskriptum zu ihrem letzten Brief hatte Ana ihrem Beichtvater geschrieben: *Der Marqués hat mir gesagt, daß er Sie zur Kirchweih von San Pedro einladen will. Ich nehme an, Sie werden nicht absagen. Es wäre eine schwere Kränkung.*

Nein, ich werde nicht absagen, dachte Don Fermín und wälzte sich im Bett herum. Brächte ich doch den Mut auf, nein zu sagen, ihnen die kalte Schulter zu zeigen und alles zu vergessen! Aber ich bin es müde, dauernd mit dieser verwünschten Besessenheit zu kämpfen, die mich zum Schluß immer kleinkriegt. Ja, zu guter Letzt gehe ich doch hin. So ist es gescheiter, mir die Pein des Widerstreites zu ersparen und mich gleich für besiegt zu erklären.

Lange konnte er in der Nacht nicht schlafen. Aber das war jetzt schon ein altes Leiden. Seit ihn Anita »wieder betrog«, fand Don Fermín keine ruhige Stunde mehr.

Da ihn der Marqués nicht aufgefordert hatte, die Fahrt in seinem Wagen zu machen, was vielleicht eine gewisse vorbedachte Reserviertheit andeutete, die de Pas nicht zu merken vorgab, mußte der Herr Kanonikus eine Droschke mieten. Er gab Befehl, ihn Punkt zehn hinter dem Espolón zu erwarten, und begab sich in die Kathedrale, doch hielt es ihn dort nicht. Um halb zehn war er schon auf der Straße nach Santianes, vielmehr zum Vivero. Aufgeregt, blaß und in mehr als schlechter Laune ging er mit großen Schritten auf und ab.

Weshalb fahre ich dorthin? dachte er. Sicherlich ist auch der andere dort. Verwünschter Vivero!

Die Droschke ließ auf sich warten. De Pas trat vor Ungeduld von einem Fuß auf den anderen. Schließlich kam die wacklige, ungepflegte Kutsche im Schneckentempo angerollt.

»Zum Vivero, ein bißchen fix!« rief Don Fermín und ließ sich bleischwer auf den harten, aufquietschenden Sitz fallen.

Der Kutscher grinste, knallte mit der Peitsche, der ausgemergelte Gaul setzte sich auf der Landstraße für zwei, drei Minuten in Trab, und als sei dies ein Verstoß gegen die gute Sitte, fiel er ohne Protest von irgendeiner Seite in seinen trägen Schritt zurück.

Der Generalvikar dachte daran, daß er vor wenigen Wochen in ebenso einer Droschke gesessen und vor Freude geweint hatte, die Seele voll Hoffnungen und Plänen, die in den Sinnen und tief im Innern ein Prickeln hervorriefen. Jetzt sagte ihm eine Vorahnung, daß all dies vorbei war, daß ihm Ana nicht mehr gehörte, daß er sie verloren hatte und die Fahrt zum Vivero lächerlich war. Denn wenn Mesía dort war, was mit Sicherheit anzunehmen war, lagen alle Vorteile auf seiten des Elegants. Der Generalvikar trug einen Priesterrock aus feinem Alpaka mit sehr kleinen Knöpfen, der kurze Umhang in Form von Fledermausflügeln geschnitten. Sein Anzug hatte etwas vom Kostüm des Mephistopheles im »Faust« bei dem Ständchen vor Gretchens Tür. Er war lange mit sich zu Rate gegangen, was er anziehen sollte. Von Mal zu Mal war ihm die Soutane lästiger und der Priesterrock peinlicher. Der Schaufelhut war ihm verhaßt.

Ging er zu kurz, wirkte er extravagant, lächerlich, wie Don Custodio. Zu weit geschlossen war altmodisch, zu weit offen eines Generalvikars unwürdig. Sollte er im Gehrock erscheinen? Nein, der Priester im Gehrock verwandelt sich zwangsläufig in einen Landpfarrer oder einen liberalen Geistlichen. Der Generalvikar griff selten zu diesem Kleidungsstück. Ja, wenn es ihm erlaubt gewesen wäre, seinen Jagdanzug anzulegen, sein knappes Wams, die an den Schenkeln spannenden derben Hosen, die Reitstiefel, seinen Schlapphut! Seine Eitelkeit sagte ihm, daß er in diesem Falle den Vergleich mit dem hochnäsigen Stutzer, den er haßte, nicht zu fürchten brauchte. Ja, den er haßte! Don Fermín machte sich selbst nichts mehr vor. Er gab seiner Leidenschaft keinen Namen, ließ ihr aber freien Lauf und war weit davon entfernt, Gewissensbisse zu verspüren. Er war Geistlicher, und das war beim jetzigen Stand der Dinge einfach lächerlich. Er hatte gemerkt, daß Ana Abscheu empfand, sobald ihr der Domherr zu verstehen gab, daß er außerdem auch ein Mann war. Und ob er ein Mann war! Weiß Gott, das war er, und kein solcher Jammerlappen wie der andere, den er zwischen den Händen zerbrechen und wie einen Ball in die Luft werfen konnte.

Er wollte nicht länger an seinen Kummer und seinen Zorn denken. Wie benommen starrte er auf die Landschaft. Die Telegraphenmasten glitten in regelmäßigen Abständen vorbei. Er mußte die Fensterscheiben schließen, weil ihm der Staub den Atem benahm. Die Sonne stach und belästigte ihn, doch der Wagen hatte keine Vorhänge. Die Fahrt nahm kein Ende. Endlos zog sich die halbe Meile hin. Der Marqués hat sich wie ein Flegel benommen, dachte er. Nicht einmal einen Platz in seinem Wagen hat er mir angeboten! Schuld bin ich freilich selber, warum habe ich die Einladung angenommen! Aber was will man machen?

Er vernahm den Hufschlag von Pferden hinter der Droschke, beugte sich zum Fenster, um nach den Reitern zu sehen, und erkannte Don Alvaro und Paco, die auf zwei schönen Schimmeln reinsten spanischen Bluts vorbeipreschten.

Die beiden sahen ihn nicht. Die Freude am Dahinjagen berauschte sie, und sie achteten nicht auf die erbärmliche Droschke, die im Schritt weiterzuckelte. Zu jedem edlen Wetteifer unfähig, stolperte der elende Mietgaul in langsamster Gangart weiter, überzeugt, daß die Glückseligkeit nicht am Ende irgendeiner Landstraße dieser Welt liege. Um schlecht gefüttert zu werden, kam man immer noch zurecht. Darin bestand seine ganze Philosophie. Der Kutscher mußte ein Schüler der Mähre sein.

Als der Generalvikar auf dem Landsitz anlangte, war von den geladenen Gästen niemand zugegen, auch nicht die Vegallanas und die Quintanars.

Petra erschien in der Tracht eines Bauernmädchens mit herausfordernder Koketterie, den Kopf voller goldener Löckchen, den Umhang aus Rippsamt hinten am scharlachroten, eng an dem schlanken Körper anliegenden Seidenmieder befestigt. Der grüne, weite Flanellrock lag über einem zweiten, roten, der an den in Stoffstiefelchen steckenden Füßen hervorschimmerte. Sie war schön und wußte es. Lächelnd trat sie auf den Generalvikar zu und sagte:

»Die Herrschaften sind in San Pedro.«

»Ich dachte mir's schon, meine Tochter, aber ich bin halb verdurstet und . . .«

Das Pseudobauernmädchen trug dem Generalvikar in der Gartenlaube einen Erfrischungstrank auf, den sie kunstvoll gemischt hatte.

»Gott vergelt's dir, Petrica.«

Und sie begannen eine Unterhaltung.

Sie sprachen über das Leben, das die Herrschaft dort führte.

Petra sagte, die gnädige Frau sei wie umgewandelt. So heiter und ausgelassen! Keine Rede mehr davon, sich stundenlang in die Kapelle einzuschließen, jahrhundertelang zu beten und ganze Ewigkeiten in ihrer heiligen Teresa zu lesen! Ja, sie sei wie umgewandelt.

»Ist der junge Herr Vegallana schon da?« fragte de Pas plötzlich.

»Ja, Señor, vor einer Viertelstunde ist er eingetroffen. Er kam mit dem Señorito Alvaro zu Pferde angeritten. Sie haben eine Erfrischung genommen wie Sie und sind dann in die Kirche gelaufen. Ich glaube, sie hatten noch keine Messe gehört und wollten noch zum Festgottesdienst zurechtkommen.«

In diesem Augenblick ertönten im Osten laute Detonationen von Raketen und Knallkörpern.

Petra beobachtete aus den Augenwinkeln die Ungeduld des Generalvikars, der sie jetzt fragte:

»Die Kirche ist, glaube ich, nicht weit, wenn man hier durch den Wald geht, nicht wahr?«

»Ja, aber es gibt drei Wege, die sich kreuzen, und man kann

unten am Fluß herauskommen statt ... Wenn Sie hinwollen, kann ich Sie begleiten. Ich habe jetzt im Haus nichts weiter zu tun.«

»Wenn du so liebenswürdig sein willst.«

Petra ging voraus. Durch ein Pförtchen gelangten sie in den Garten und von dort in den Wald aus dicken, knorrigen Eichen. Der Wald bedeckte die Lehnen eines Hügels und die Höhe, wo er am dichtesten war. Sie klommen einen Hang hinauf, und Don Fermín sah das schillernde Unterzeug aus grellfarbigem Flanell, das Petra ohne Scheu zeigte, dazu ein Stück des weißen, reichbestickten Unterrocks und einen durchbrochenen Seidenstrumpf, eine raffinierte Koketterie, die der Kleidung ihre Schicklichkeit nahm und ihr ebendeswegen etwas lockend Pikantes verlieh.

»Was für eine Hitze, Don Fermín!« sagte die Blonde und wischte sich mit einem billigen Batisttaschentuch den Schweiß von der Stirn.

»Ja, meine Tochter, eine schreckliche Hitze«, entgegnete der Generalvikar und knöpfte sich, tüchtig schnaufend, den verwünschten Oberrock auf.

»Ihnen darf doch diese Anstrengung nichts ausmachen, wo Sie in Matalerejo wie eine Gemse über die Felspfade laufen, wie ich gehört habe.«

»Wer hat dir das gesagt?«

»Na, Teresina.«

»Ihr seid befreundet, was?«

»Ja.«

Schweigen. Die beiden hingen ihren Gedanken nach, doch schließlich knüpfte der Domherr das Gespräch wieder an.

»Du wirst's nicht glauben, aber ich bin, so wie du mich hier siehst, ein Bauer. Ich kann Kegel schieben, daß es nur so kracht.«

Petra blieb stehen und wandte sich zurück, um Don Fermín anzuschauen, der eine Bewegung machte, als rolle er die schwere Eichenkugel über die Kegelbahn.

Die Zofe lachte, setzte ihren Weg fort und sagte:

»Daß Sie stark sind, brauchen Sie nicht zu sagen, man sieht es Ihnen an.«

Abermals Schweigen.

Hinter dem Hügel explodierten, schon in größerer Nähe, neue Raketen, und gleich darauf tönten der Dudelsack und das zittrige Geklingel des Tamburins, von der Entfernung gedämpft, durch den Wald.

Der Dudelsack sprach Petra und dem Generalvikar zum Herzen. Sie stammten beide vom Dorfe. Wieder sahen sie einander an und lächelten sich zu.

»Sie sind schon auf dem Rückweg«, sagte Petra und blieb abermals stehen.

»Kommen wir zu spät?«

»Ja, Señor, der Zug wird den unteren Weg nehmen, und wenn wir bei der Kirche anlangen, werden sie schon wieder im Vivero sein.«

»So daß . . .«

»So daß es besser ist, wir drehen wieder um. Verzeihen Sie mir diesen Ausflug und die Strapaze, Don Fermín.«

»Nein, mein Kind, keine Ursache. Im Gegenteil, hier fühlt man sich wohl. Dieser Schatten . . . Aber ich bin ein wenig müde und will mich mit deiner Erlaubnis ein Weilchen dort ins frische Gras setzen. Was meinst du?«

Gesagt, getan.

Petra, die es nicht wagte, sich ebenfalls zu setzen, und doch auf ihrem Posten bleiben wollte, blickte verschämt zu Boden und wickelte einen Schürzenzipfel um den Finger.

»Müde? Pah!« sagte sie. »Ein Mann wie Sie!«

Dudelsack und Tamburin erfüllten das grüne Gewölbe mit ihren einmal fröhlichen, dann wieder melancholischen Weisen.

Der Generalvikar kaute auf langen, rauhen Grashalmen herum und grübelte mit einem bitteren Lächeln auf den Lippen. Ironie des Schicksals! Die Frucht, die sich anbot, die ihm in den Mund hing, verschmäht! Das Unmögliche aber begehrt, und je unmöglicher, desto heißer. Doch damit seine Lage auf dem Landgut nicht ganz so lächerlich war, schien es ihm angebracht, in die Tat umzusetzen, was er da überlegte. Außerdem versprach er sich Vorteile, wenn er die Zofe der Präsidentin auf seine Seite brachte, wenn er sie ganz für sich gewann.

»Petra!«

»Señor?« rief sie, scheinbar erschrocken.

»Willst du dich verbessern? Bist doch ein recht braves Mädchen. Schau, sei nicht dumm! Wenn du es nicht eilig hast, könntest du dich auch setzen. Aber wie dem auch sei, ich wollte dich einiges fragen, über . . .«

»Ganz wie Sie wünschen, Don Fermín. Hier kommt bestimmt niemand vorbei. Denn abgesehen davon, daß nur wenige Leute durch den Wald zur Kirche gehen, nehmen die paar, die es tun, den unteren Weg. Aber wenn Sie ganz unbehelligt reden wollen, ein bißchen weiter oben steht eine Hütte, die Holzfällerhütte genannt. Dort ist es kühl, und es gibt bequeme Sitzgelegenheiten.«

»Um so besser. Da können wir noch ungezwungener plaudern. Gehen wir.«

Er stand auf, und sie machten sich auf den Weg. Schweigend stiegen sie bergan. Der Wald wurde dichter.

Dudelsack und Tamburin klangen schon aus weiter Ferne. Man ahnte den Lärm beinahe nur noch.

Als sie die Holzfällerhütte erreichten, ließ sich Petra in einigem Abstand von Don Fermín auf das Heu fallen. Rot wie ihr Unterrock, sah sie ihn mit ernsten, sprechenden Augen an.

Der Generalvikar setzte sich in die Hütte.

Sie sprachen.

Aus gutem Grund hatte Don Fermín den Augenblick der Begegnung mit dem Umzug, wie Petra sagte, gefürchtet. Als er eine halbe Stunde später allein durch die Pforte vom Wald in den Garten trat, war das erste, was er sah, die Präsidentin, die, mit Heu überschüttet, im trockenen Brunnen steckte, und neben ihr stand Don Alvaro, der sich und sie gegen die Angriffe Obdulias, Visitas, Edelmiras, Pacos, Joaquíns und Don Víctors verteidigte, die mit vollen Händen Heu auf sie warfen, das sie von einer Heinze im nahen Obstgarten des Hausverwalters Pepe rissen.

Der Marqués rief vom Umgang im ersten Stock:

»He, ihr verrücktes Volk! Ich lasse gleich die Hunde los, ihr verderbt Pepes ganzes Heu. Was soll das Vieh fressen! Verrücktes Volk!«

Pepe, der im Sonntagsstaat mit einer schwarzen Krawatte, die er eines Festveranstalters für würdig befunden hatte, nicht weit vom Brunnen stand, ließ alles geschehen, kratzte sich am Kopf und schmunzelte vergnügt.

»Lassen Sie nur, gnädiger Herr, lassen Sie die jungen Herrschaften sich austollen, das Futter hol ich schon wieder zusammen. Es schadet ihm nichts.«

Den Kopf mit Heu überschüttet und die Augen halb geschlossen, konnte die Präsidentin den Generalvikar nicht sehen, bis man den Spaß beendete und sie mit Hilfe Don Alvaros und der Draußenstehenden aus dem Brunnen kletterte.

Sie schämte sich nicht, daß ihr Beichtvater sie in dieser Situation antraf. Liebenswürdig begrüßte sie ihn und lief mit Obdulia, Visita, Edelmira, gefolgt von Paco, Joaquín, Don Alvaro und Don Víctor, wieder durch den Garten.

Des Generalvikars bemächtigte sich der Marqués, der ihn in den Salon führte, wo die Marquesa, die Gattin des Zivilgouverneurs und die Baronin mit ihrer ältesten Tochter waren, die nicht mit »diesen verrückten Hühnern« durch die Gegend laufen wollten. Dazu noch der Baron, Ripamilán, Bermúdez, der ebenfalls nicht mit herumtollen wollte, Anitas Arzt Benítez und noch ein paar andere Vetustenser der besseren Gesellschaft.

»Sehen Sie, Herr Generalvikar«, sagte Vegallana, »die Gäste sind in zwei Gruppen zerfallen. Da Pepe der Veranstalter ist, hat er sämtliche Pfarrer der Gegend eingeladen, vierzehn, wenn ich mich nicht irre. Ich habe ihnen vorgeschlagen, hier mit uns zu essen, weil aber manche von ihnen ein bißchen rauhe Manieren haben, sah ich ein, daß sie lieber keine Damen und jungen Herren aus der Stadt dabeihaben wollten, und habe ihnen den Tisch im alten Palast decken lassen, wo ich ihnen Gesellschaft zu leisten gedenke. Nun gut, ich habe Ripamilán vorgeschlagen mitzukommen, aber er mag nicht. Wenn Sie so liebenswürdig sein wollen, mich zu begleiten, fühlten sich diese armen Pfarrer unendlich geehrt.«

Don Fermín konnte nicht umhin. Er mußte mit dem Marqués und den Pfarrern im alten Palast speisen.

Zur Kaffeestunde hielt es Don Fermín nicht länger aus, er stahl sich davon und kehrte ins Neue Haus zurück, wo der Lärm inzwischen zu einem Höllengetöse angeschwollen war. In dem Augenblick, da de Pas eintrat, sang Quintanar, eine Bauernmütze auf dem Kopf, gerade mit Ripamilán ein Duett. Sie standen am Klavier, auf dem Don Alvaro recht und schlecht klimperte, eine Zigarre im Mund, den Körper wiegend und die glänzenden Augen ab und an zukneifend, da der Zigarrenrauch in ihnen brannte.

Die Damen waren nicht mehr zugegen. Die Marquesa, die Gouverneurin und die Baronin gingen im Garten spazieren, das »junge Volk«, Obdulia, Visita, Ana, Edelmira und die Baronesse vergnügten sich im Wald.

Man hörte von der überglasten Galerie ihr Geschrei. Obdulia, Visita, Ana, Edelmira lockten mit diesem Gelächter und Gekreisch die Männer.

So wenigstens verstand es Joaquín, der Paco vorschlug, Quintanars und Don Cayetanos Konzert zu verlassen und ihnen nachzulaufen.

»Laß, nachher«, winkte Paco ab, der an Ripamiláns alten Liedern Gefallen fand und seiner Cousine bisweilen schon müde war.

Als sich Quintanar und der Erzpriester heiser gesungen hatten, wurde das Klavier zugeklappt, und Joaquíns Wünsche gingen in Erfüllung. Mit Paco, Mesía und Bermúdez verließ er das Haus. Man ging in den Wald. Das Lärmen der Damen war nicht mehr zu hören. Ob sie sich versteckt hatten?

»Los, suchen wir sie, jeder in eine andere Richtung!«

»Großartig, großartig!«

Sie liefen auseinander und hatten sich bald aus den Augen verloren.

Sobald sich Bermúdez allein befand, setzte er sich ins Gras. Eine Begegnung unter vier Augen mit einer dieser Señoras oder Señoritas in einem dichten, jahrhundertealten Eichenwald erschien ihm als eine Situation, die eine seine Fähigkeiten übersteigende Redegabe erforderte. Und trotzdem! Wie köstlich könnte ein intimes Tête-à-tête mit Obdulia oder Ana »auf diesem grünen Teppich« sein!

Der Generalvikar mußte bei Ripamilán, Don Víctor, dem Gouverneur, Benítez und anderen gesetzten Herren bleiben. Benítez war zwar noch jung, zog es aber vor, im Sitzen bei einer guten Zigarre zu verdauen. Don Víctor trat in einer Balkonnische zu dem Arzt, und de Pas konnte ihr Gespräch verfolgen.

»Oh, Sie können sich nicht vorstellen, was ich Ihnen verdanke!«

»Mir, Don Víctor?«

»Ja, Ihnen. Ana ist ganz verwandelt. Diese Fröhlichkeit, dieser Appetit! Vorbei ist es mit dem Grübeln, der übertriebenen Frömmigkeit, den Zwangsvorstellungen, den Nerven, den Verrücktheiten. Jedesmal, wenn ich an diese Prozession denke, sträuben sich mir ... Aber das ist vorbei. Sie schämt sich selbst des Geschehenen. Jetzt ist sie überzeugt, daß die Heiligkeit nicht in unser Jahrhundert paßt. Dies ist das Jahrhundert der Aufklärung, nicht der Heiligen. Meinen Sie nicht auch, Señor Benítez?«

»Ja, Señor«, sagte der Arzt lächelnd und zog an seiner Zigarre.

»Und Sie sind also der Meinung, daß meine Frau wieder ganz gesund ist?«

»Doña Ana war nicht krank, mein Freund. Das habe ich Ihnen hundertmal gesagt. Was sie hatte, ist allein durch die Änderung der Lebensweise schon kuriert. Ja, sie war nicht krank, deshalb kann man auch nicht mit Bestimmtheit sagen, daß sie wieder gesund ist. Im übrigen ist diese übersteigerte Fröhlichkeit, die Lebensbejahung nichts weiter als die Kehrseite derselben Medaille.«

»Wie? Sie erschrecken mich.«

»Dafür liegt kein Grund vor. So ist Doña Ana eben: zum Extremen neigend, lebhaft, exaltiert. Sie braucht Betätigung, etwas, was sie anregt. Sie braucht . . .«

Benítez kaute auf der Zigarre und sah Don Víctor, der die Augen weit aufriß, mit einem geheimnisvollen Ausdruck leicht spöttischen Mitleids an.

»Was braucht sie?«

»Halt eben . . . etwas, was ihre Gedanken intensiv beschäftigt, Betätigung . . . Sie neigt ihrem Temperament nach zu Übersteigerungen. Gestern war sie in den Himmel verliebt, jetzt ißt sie gut, geht in frischer Luft zwischen Bäumen und Blumen spazieren . . . und liebäugelt mit dem fröhlichen Leben, der Natur, der fixen Idee von der Gesundheit.«

»Das stimmt. Die Ärmste spricht immerzu nur von der Gesundheit.«

»Was heißt Ärmste? Wieso Ärmste?«

»Weshalb? Nun, wegen dieser Extreme, wegen der Reize, die sie braucht.«

»Und was hat das zu sagen? Ihr Temperament verlangt das eben.«

»Sie glauben also, daß sie gestern fromm, übertrieben fromm war, weil vielleicht jemand ihren Geist in einem gewissen Sinne beeinflußt hat?«

»Genau. Das ist sehr wahrscheinlich.«

Unbesonnen wie immer, redete Don Víctor ohne Furcht vor fremden Ohren.

Er sah den Generalvikar nicht, der so tat, als lese er eine Zeitung, hin und wieder seine Aufmerksamkeit Ripamilán zuwandte und sich dabei bemühte, kein Wort des Gesprächs auf dem Balkon zu verpassen.

»So daß also Anitas Veränderung einem anderen Einfluß zuzuschreiben ist? Ihre Leidenschaft für das Landleben, die Vergnügen und Zerstreuungen . . .«

»Ja, Señor. Es gibt einen alten Medizinerspruch: *Ubi irritatio ibi fluxus.*«

»So ist es! *Ubi irritatio,* genau, *ibi fluxus!* Einleuchtend! Aber wo ist hier der neue Einfluß? Den anderen sehe ich, den Klerus, das Jesuitentum! Wer aber verkörpert diesen neuen Einfluß, diese neue *irritatio,* wie wir sagen könnten?«

»Aber das liegt doch auf der Hand! Wir. Die neue Lebensweise, die Körperpflege, das Gut hier, Sie, ich, die gesunde Kost, die Milch, die Luft, das Heu, der Stalldunst, die Morgenbrise.«

»Genug, genug! Ich habe verstanden. Die Körperpflege, die Milch, der Geruch des Viehs! Großartig! Ana ist also gerettet?«

»Ja, Señor.«

»Weil dieses neue Extrem zu nichts Schlimmem führen kann?«

Benítez spuckte ein Stückchen von der Zigarre aus, das er abgebissen hatte, und erwiderte mit demselben Lächeln wie zuvor:

»So ist es.«

»Heilige Barbara!« rief Quintanar, schloß die Augen und sprang mit einem Satz auf.

Nach dem Blitz, der ihn geblendet hatte, ertönte ein Donnerschlag, von dem die Mauern erzitterten. Sämtliche Gespräche verstummten, alle fuhren in die Höhe. Ripamilán und Don Víctor waren blaß geworden. Obgleich sie mutige Männer waren, begannen sie zu zittern, wenn es donnerte.

Ripamilán, wiewohl seit ein paar Jahren etwas schwerhörig, hatte die Entladung der Wolken genau gehört, und schon war ihm flau im Magen. Er brachte aber nicht den Mut auf, ein Kissen zu verlangen, um es sich über den Kopf zu stülpen, wie er es zu Hause tat.

Alle Gäste, mit Ausnahme der beiden Angsthasen, traten an die Balkontüren, um in den Regen zu schauen. Das Wasser fiel in Sturzbächen nieder. Am Ende des Gartens hatten sich die Marquesa und die Damen in ihrer Begleitung unter die Kuppel des Aussichtsturms geflüchtet, der in einer Ecke des Grundstücks nahe der Umfriedungsmauer die Landschaft beherrschte.

»Und das junge Volk?« fragte Ripamilán erschrocken, indem er tat, als fürchte er um die anderen.

Mit dem »jungen Volk« meinte er die, die in den Wald gegangen waren.

»Wahrhaftig! Wo mögen sie sein? Man muß sie suchen gehn.

Es könnte ihnen was passieren!« rief Quintanar, dem seine Frau einfiel, voller Gewissensbisse, weil er nicht eher an sie gedacht hatte.

Auch der Generalvikar litt Höllenqualen, schwieg jedoch. Die andern im Wald, und der Himmel fiel in Strömen auf sie nieder. Wozu mochte Don Alvaro die Ritterlichkeit in diesem Augenblick nicht verpflichten!

»Man muß sie suchen gehen«, sagte der Gouverneur.

»Und ihnen Regenschirme bringen.«

»Dabei wird die Marquesa von dem Guß dort unten festgehalten und kann keine Verfügungen treffen.«

»Und der Marqués sitzt bei seinen Pfarrern im alten Palast und kann nicht herüber.«

Man beratschlagte lange.

»Die Schiffbrüchigen müssen gerettet werden«, sagte der Baron in einem Versuch zu scherzen.

Der Generalvikar, der hinausgegangen war, erschien mit zwei großen grünen Bauernregenschirmen wieder im Salon. Den einen hielt er Don Víctor hin und sagte:

»Gehen wir, Quintanar! Sie, der Sie Jäger sind, und ich, der ich es ebenfalls bin. Auf, in den Wald!«

Er maß ihn bei diesen Worten verächtlich mit den Augen auf und nannte ihn mit seinem stechenden Blick zugleich Idiot, Waschlappen und Schlimmeres.

»Bravo, bravo!« riefen diejenigen Herren, die gern fremdem Heldenmut Beifall zollten.

Auf einen erneuten Blitz folgte fast gleichzeitig ein furchtbarer, dröhnender Donnerschlag und ließ die Tapfersten erbleichen.

»Los, los! Gehen wir! Schnell!« rief der Generalvikar, dessen Blässe nicht vom Gewitter herrührte. Der Donner tönte ihm wie Hohngelächter seines Mißgeschicks in den Ohren, wie Sticheleien des Teufels, der ihn und seinen erbärmlichen Stand als Geistlicher verspottete.

»Aber Don Fermín«, wagte Don Víctor einzuwenden. »Eben, weil ich Jäger bin, kenne ich die Gefahr. Die Bäume ziehen den Blitz an. Dort oben stehen auch Lorbeerbäume, und der Lorbeer lenkt den Blitz in besonderem Maße auf sich. Wenn es Pinien wären, wär's nicht so schlimm. Aber Lorbeer!«

»Was wollen Sie damit sagen? Daß der Blitz die anderen treffen soll? Bedenken Sie nicht, daß Doña Ana bei ihnen ist?«

»Ja, natürlich, aber könnte nicht Pepe mit einem Diener gehen, mit Anselmo zum Beispiel? Sie werden sich den Rock und die Soutane naß machen.«

»In den Wald, Don Víctor, in den Wald!« schnaubte der Generalvikar.

Und seine gewaltige Stimme wurde von einem noch schrecklicheren Donnerschlag als die vorangegangenen übertönt.

»Señores«, sagte Ripamilán, der sich in einem Alkoven versteckt hatte, »machen Sie sich keine Sorgen, die jungen Leute sind bestimmt längst im Trockenen.«

»Wieso im Trockenen?«

»Ja, Fermín, ängstigen Sie sich nicht. Im Trockenen, in der Holzfällerhütte. Sie kennen sie nicht. Es ist eine Bauernhütte, die der Marqués oben, wo der Wald am dichtesten ist, aus Schilf und Rasenstücken hat erbauen lassen.«

Der Generalvikar wollte nichts mehr hören. Er stürmte mit einem Regenschirm unter dem Arm hinaus und ließ den zweiten vor Don Víctor fallen.

Der hob die Verteidigungswaffe auf und folgte »diesem Verrückten von einem Generalvikar«, ohne eine Erklärung dafür zu finden, wieso Don Fermín sich darauf versteifte, daß sie beide anstelle der Diener Ana suchen gingen.

Auch die anderen Herren im Salon begriffen das nicht, und sie lächelten mit diskreter, kaum sichtbarer Malice, als sie erklärten, das Benehmen des Generalvikars sei recht befremdlich.

Don Víctor habe recht gehabt, bemerkte der Baron. Weshalb hätten nicht die Diener gehen sollen?

»Außerdem«, sagte der Gouverneur, »soll dies wohl eine Lektion für uns alle sein, insbesondere für Sie, weil Ihre Tochter mit dabei ist.«

Bei dem Donner, der in diesem Augenblick ertönte, glaubte Ripamilán, hundert Blitze hätten in das Haus eingeschlagen.

Die Angst war allgemein.

»Hören Sie, hören Sie, meine Herren«, sagte der Erzpriester aus seinem Alkoven. »Man läutet zum Gebet. Mit Ihrer Erlaubnis will ich beten ... *In nomine patris* ...«

Wo wollen Sie denn hin?« rief die Marquesa aus dem Belvedere dem Generalvikar und Don Víctor nach, die, bereits bis auf die Haut durchnäßt, in zwanzig Schritt Abstand hintereinander auf den Wald zuliefen. Das Wasser troff ihnen aus allen Kleidungsstücken und von den Hutkrempen.

»In die Hölle! Was weiß ich, wo mich dieser Mensch hinschleppt!« knurrte Don Víctor, ohne seine Stimme sonderlich anzustrengen. Er war wütend, versuchte dauernd den Regenschirm aufzuspannen, der gegen die Zweige stieß und in den Dornen hängenblieb.

Die Marquesa schrie weiter und machte mit den Händen Zeichen, aber Don Víctor verstand sie nicht mehr, und Don Fermín hörte sie nicht einmal.

»Aber so warten Sie doch, Mann Gottes, warten Sie, wir wollen beratschlagen und uns einen Plan machen! Wo führen Sie mich denn hin?«

Offensichtlich hörte der Mann Gottes auch Don Víctor nicht, denn er stürmte weiter mit langen Schritten den Berg hinan, ohne sich einen Augenblick umzusehen.

Von Zweig zu Zweig, von Stamm zu Stamm zogen sich in allen Richtungen Spinnwebfäden, die Quintanar in den Mund und die Augen gerieten. Er spuckte und wischte sich die hauchdünnen Fäden voll Wut und Ekel ab.

»Das ist ja der reinste Webstuhl!« rief er und verhedderte sich in den Fäden, als wären es Stricke gewesen. Er versuchte ihnen auszuweichen, stieß dabei an, rutschte aus und fiel, gegen seine Gewohnheit laut fluchend, auf die Knie.

»Auch so ein Einfall von dem jungen Volk, im Wald herumzulaufen. Wo es hier nichts als Spinnweben und Dornen gibt! Don Fermín, so warten Sie doch bei allen elftausend ... Berittenen, ich komme hier nicht weiter und falle hin!«

Ein Donner antwortete ihm, und vor Schreck ging er in die Knie.

Er wagte nicht, noch einmal zu fluchen.

»Don Fermín, Don Fermín! Warten Sie im Namen der Menschlichkeit!«

De Pas blieb stehen, wandte sich um, sah von oben geringschätzig auf ihn herab, ließ sich aber seinen Zorn nicht anmerken und sagte das am wenigsten Boshafte, das ihm einfiel:

»Man sollte nicht glauben, daß Sie Jäger sind.«

»Ich bin Jäger im Trockenen, Gevatter, aber das hier ist die Sintflut und ein Bombardement. Ich schlucke dauernd Spinnweben. Vor allem: Ich mag nur Heldentaten, die irgendeinen Nutzen haben. *Nisi utile est id quod facimus, stulto est gloria,* wie Baglivio gesagt hat. Wo wollen wir eigentlich hin? Lassen Sie hören, wenn Sie es wissen!«

»Doña Ana suchen, die wahrscheinlich ... in großer Gefahr ist.«

»Ach was, Gefahr! Glauben Sie, die sind auf den Kopf gefallen? Bestimmt sind sie im Trockenen. Meinen Sie, die werden Spinnweben schlucken und durch die Gegend schwimmen wie wir? Sie kennen doch den Weg! Sie werden mir entgegenhalten, daß wir ihnen Schirme bringen müssen. Aber was nützen hier Regenschirme?«

Der Generalvikar wurde rot. In der Tat, die Regenschirme nützten im Wald gar nichts.

»Machen Sie, was Sie wollen«, sagte er. »Ich gehe weiter.«

»Das heißt, Sie wollen mir eine Lehre erteilen«, entgegnete Don Víktor pikiert und setzte ebenfalls den beschwerlichen Aufstieg fort.

»Nein, Señor.«

»Doch, Señor. Das heißt päpstlicher als der Papst sein. Mir will scheinen, daß mir meine Frau mehr bedeutet als jedem anderen. Und, verzeihen Sie diese Sprache, aber offen gesagt, das ist eine Donquijoterie.«

Quintanar war sich im klaren, daß dies eine Unverschämtheit bedeutete, aber er war wütend und wollte nichts zurücknehmen.

Don Fermíns erste Regung war, diesem Mann, der sich in dieser Situation wie ein Trottel benahm, den Regenschirm über den Schädel zu schlagen, aber er beherrschte sich aus einer Vielzahl von Erwägungen heraus und klomm weiter schweigend bergan.

Zwei Gedanken waren in seinem Gehirn wie mit feurigen Nägeln eingeschlagen: *Ubi irritatio ibi fluxus,* lautete der eine, und der andere: Sie werden in der Holzfällerhütte sein. Der Generalvikar glaubte nicht an eine Vorsehung, die Spiele des Zufalls und Verwicklungen wie auf dem Theater bemühte, um Lehren zu erteilen, aber abergläubischerweise verknüpfte er die Erinnerung an den Vormittag, an den Spaziergang und die Unterredung mit Petra, mit den gleichfalls idyllischen Szenen, in die er die Präsidentin verstrickt fürchtete.

Ubi irritatio ibi fluxus! dachte er. Es stimmt, ich bin blind gewesen. Frauen bleiben eben Frauen. Auch die reinste. Vom ersten Tage an war ich ein Narr ... Jetzt ist es zu spät. Ich habe sie ganz verloren, und dieser Schuft ...

Er begann bergan zu rennen.

Der Kerl ist ja verrückt, dachte Quintanar, der ihm keuchend, mit heraushängender Zunge folgte.

Der Generalvikar versuchte sich zu orientieren, sich zu erinnern, wo er vor wenigen Stunden von der Holzfällerhütte heruntergekommen war. Er verlief sich, verwechselte die Anhaltspunkte, rannte hin und her, Don Víctor ihm nach, indem er sich von den Spinnen wie von Löwen und von ihren Fäden wie von Ketten befreite.

»Das beste ist, man klettert hinauf, wo es am steilsten ist. Das Ding liegt ganz oben. Aber dort ist ein Plateau, wie will man's da finden!«

Der Generalvikar blieb stehen. Als hätte Don Víctor nichts gesagt, bemerkte er mit freundlichem Gesicht und sanfter Stimme:

»Wenn wir sie finden wollen, Señor Quintanar, müssen wir uns trennen. Seien Sie doch so freundlich, hier rechts hinaufzusteigen.«

Don Víctor weigerte sich, aber der Generalvikar beharrte darauf, und es gelang ihm durch versteckte Anspielungen auf die offensichtliche Angst seines Begleiters, dessen Eigenliebe abermals zu treffen. So bewog er ihn, nach rechts abzubiegen.

Sowie de Pas allein war, rannte er aus Leibeskräften bergan, lief gegen Bäume, Dorngesträuch, abgebrochene und herabhängende Äste. Wie blind stürmte er dahin. Sein Herz, das vor Eifersucht und Wut zersprang, sagte ihm, daß er Don Alvaro und die Präsidentin zumindest in verliebtem Tête-à-tête überraschen werde. Weshalb? War es nicht wahrscheinlich, daß Paco, Joaquín, Visita, Obdulia und die übrigen, die mit in den Wald gegangen waren, sich bei ihnen befanden? Nein, nein! rief seine Vorahnung. Und er überlegte folgendermaßen: Don Alvaro kennt sich in solchen Abenteuern aus, er wird die Gelegenheit genützt und schon Mittel und Wege gefunden haben, um mit ihr allein zu sein. Paco und Joaquín haben ihm bestimmt keine Hindernisse in den Weg gelegt, sie werden es selbst darauf angelegt haben, mit Edelmira beziehungsweise Obdulia allein zu bleiben. Visitación wird ihnen dabei geholfen haben. Bermúdez ist ein Idiot. Sie sind bestimmt allein. Und wieder begann er aus Leibeskräften zu laufen, schleppte den vollgesogenen Überrock, der viele Kilo wog, mühsam mit, die Soutane war stellenweise zerrissen und mit Morast und nassen Spinnweben bedeckt. Auch ihm waren Mund und Augen von diesen dünnen, verfitzten Fäden verklebt.

Er gelangte auf den höchsten Punkt, ins dichteste Unterholz. Der Donner dröhnte noch immer gewaltig, jedoch in größerer Ferne. Er hatte sich geirrt, auf dieser Seite stand die Hütte nicht. So drang er weiter nach rechts vor, mühsam die dornigen Zweige Hunderter widerspenstiger Sträucher zerteilend, die ihm den Weg versperrten. Schließlich erblickte er zwischen dem Geäst die Bauernhütte. Jemand bewegte sich darin. Er rannte wie verrückt, ohne zu wissen, was er tun würde, wenn er dort fand, was er vermutete, entschlossen, nötigenfalls blindlings zu töten.

»Teufel, haben Sie mich erschreckt!« rief Don Víctor, der dort auf einer roh gezimmerten Bank saß und dabei seinen Filzhut schüttelte, aus dem ein Sturzbach klaren Wassers troff.

»Sie sind nicht da?« fragte der Generalvikar, ohne an die Mutmaßungen zu denken, die sein Aussehen, sein Benehmen und seine zitternde Stimme erwecken konnten, was alles laut seine Eifersucht, seine Leidenschaft, die Empörung des beleidigten Ehemannes hinausschrie, die bei ihm absurd wirkte.

Aber Don Víctor war ebenfalls in Sorge. Er hatte einen Grund.

»Sehen Sie, was ich hier gefunden habe«, sagte er und holte mit zwei Fingern ein rotes Seidenstrumpfband mit silberner Schnalle aus der Tasche.

»Was ist denn das?« fragte de Pas, ohne seine Unruhe zu verbergen.

»Ein Strumpfband meiner Frau«, antwortete der Ehemann, keineswegs als Gatte beunruhigt, vielmehr überrascht ob des merkwürdigen Fundes.

»Ein Strumpfband Ihrer Frau!«

Der Generalvikar riß den Mund auf, sprachlos vor Staunen über die Dummheit dieses Mannes, der immer noch nichts argwöhnte.

»Vielmehr«, fuhr Quintanar fort, »ein Strumpfband, das meiner Frau einmal gehört hat, das ihr aber nicht mehr gehört. Ich weiß, daß sie sie nicht mehr tragen kann, seit sie hier zugenommen hat, und daß sie die Dinger ihrer Zofe Petra geschenkt hat. Es gehört also Petra. Sie muß hier gewesen sein. Das ist es, was mir Sorge macht. Wieso hat Petra hier ihr Strumpfband verloren? Deshalb bin ich in Sorge und hielt es für angebracht, Ihnen diese Erklärung zu geben. Schließlich gehört sie zu meinem Haushalt, sie steht in meinen Diensten, und mir liegt an ihrer Ehre. Ich bin sicher, dieses Strumpfband gehört Petra.«

Don Fermín war rot vor Scham. Er spürte es selbst. Die ganze Geschichte, die hätte tragisch sein können, war auf ein komisches, lächerliches Abenteuer hinausgelaufen, und die Reue über diese groteske Situation begann in seinem Gehirn mit Degenstichen heftigen Kopfwehs zu bohren. Zum Glück war Don Víctor, wie de Pas ebenfalls gewahrte, nicht in der Stimmung, auf die Verlegenheit anderer zu achten. Ihn beschäftigte seine eigene. Er war gleichfalls rot geworden. Der Generalvikar begriff, auf welchen Umwegen Don Víctor die Strumpfbänder seiner Frau kennenlernte.

Auch Quintanar empfand außer Scham noch Eifersucht.

De Pas konnte nicht wissen, wie weit die Schwäche Don Víctors gegangen war, der bei sich dachte: Sicherlich vermutet dieser Pfaffe, argwöhnisch wie alle Geistlichen, was nicht gewesen ist.

Feststand, daß Don Víctor schließlich bis zu einem gewissen Grad Petras Nachstellungen erlegen war.

Da er sich jedoch besann, was er seiner Gattin, was er sich selbst und seinen Jahren schuldete, dazu auch noch auf eine ganze Reihe anderer Pflichten, vor allem jedoch, weil es ihm durch die Tücke des Schicksals nie beschieden war, gewisse Unternehmungen zu ihrem natürlichen Ende zu führen, ist soviel gewiß, daß er auf »dem Wege der Verdammnis« umkehrte, seit eines Tages ein Verführungsversuch wegen gespielter Schamhaftigkeit der Zofe fehlgeschlagen war. Kurzum, er hatte die Reize des Kammermädchens nicht besessen, bei diesem ersten und letzten Schäferstündchen jedoch in Erfahrung gebracht, daß seine Frau Petra ein Paar Strumpfbänder geschenkt hatte, die der liebende Gatte zuvor ihr, Ana, verehrt hatte.

Weshalb war ihm vor dem Generalvikar bloß die Zunge durchgegangen?

Er fand keine Erklärung dafür. Die Eifersucht, wenn man es so nennen konnte, hatte ihn laut denken lassen. Im übrigen verachtete er die lüsterne Blonde aus Herzensgrunde und hatte es nur in einem Augenblick der Exaltation fertiggebracht...

Das Unwetter war abgezogen. Von den Bäumen troff noch das Regenwasser, doch am Himmel breitete sich das Blau immer weiter aus.

Nur, um etwas zu sagen, äußerte Don Víctor:

»Sie werden sehen, in der Nacht kommt es wieder. Da unten braut sich schon wieder ein neues Unwetter zusammen. Schauen Sie nur dort durch die Äste!«

»Dann wollen wir hinunter, bevor es wieder losgeht«, bemerkte de Pas, der sich fünf Klafter unter die Erde wünschte.

Die beiden fürchteten einander.

Schweigend stiegen sie bergab. Jeder dachte an Petras Strumpfband.

Bevor sie noch den Garten erreichten, stießen sie auf den Hausverwalter Pepe, der sie von weitem durch die Bäume anrief.

»Don Víctor, Don Víctor, he, Don Víctor! Hierher!«

»Was ist los? Ist ihnen was passiert? Ein Unglück?«

»I wo! Nein, Señor. Die jungen Herrschaften saßen ja schon vergnügt zu Hause, als Sie wahrscheinlich erst auf halbem Wege waren. Sie sind kaum naß geworden. Ich bin auf Befehl der Frau Marquesa losgefahren, um sie zu suchen, als die ersten Tropfen fielen. Ich habe den Wagen mit der Wachsplane genommen und bin zum Arreogäßchen gefahren, wo der junge Herr Paco herauskommen mußte, denn das ist der kürzeste Weg, und Chintos Haus ist auch dort in der Nähe, nur vier Schritte ab. Dort saßen sie denn auch alle und hatten kaum einen Tropfen abgekriegt. Im Wald ist man nämlich wie unter einem Dach, wenn es zu regnen anfängt. Jetzt sind sie also alle zu Hause und lachen sich halbtot, ausgenommen Señora Doña Anita, die Angst um Sie . . . und diesen Herrn Pfarrer hat.«

»Aber warum hat uns denn die Frau Marquesa nichts gesagt?«

»Sie meint, sie habe hinter Ihnen hergerufen, doch Sie hätten nicht darauf geachtet.«

Und Pepe wollte sich vor Lachen ausschütten.

»Kein schlechter Scherz, hehehe! So ein Pech, es jammert einen, Sie anzusehen. Vor allem der Herr Pfarrer da ist zugerichtet wie ein Schmerzensmann, man verzeihe den Vergleich, er ist wie aus dem Wasser gezogen. Jeje, wie eine gebadete Katze! Und die Soutane sieht aus wie durch den Dreck geschleift.«

Pepe hatte recht. De Pas und Don Víctor schauten sich an und fanden, daß sie wie Schiffbrüchige aussahen.

»Kommen Sie, kommen Sie, sonst dringt Ihnen die Nässe bis auf die Knochen, und Sie bekommen einen Romantismus.«

»Den haben wir schon, Pepe, den haben wir schon.«

»Señorita Ana hält schon warmes Zeug für Sie bereit, ich

glaube, für den Herrn Pfarrer wird sich auch was finden. Und wenn nicht: Ich besitze ein feines Hemd, das eine Prinzessin anziehen könnte.«

Statt den Garten durch die Pforte, durch die sie ihn verlassen hatten, zu betreten, ging der Generalvikar um die Mauer herum zu den Wagenremisen, wo er seine erbärmliche Mietskutsche herausholen ließ.

Don Víctor merkte nicht einmal, daß er sich von ihm trennte, so tief war er in Gedanken versunken.

Der Generalvikar stieß auf den Marqués, der ihn in diesem Zustand nicht wegfahren lassen wollte.

»Sie holen sich eine Lungenentzündung. Kleiden Sie sich wenigstens um! Es werden sich trockene Sachen finden.«

De Pas ließ sich nicht umstimmen.

»Empfehlen Sie mich der Frau Marquesa. Ich bin im Nu zu Hause.«

Und er verließ den Vivero, allerdings nicht in solcher Eile, wie er es sich gewünscht hätte, sondern in einem lahmen Trab, aus dem allmählich ein weniger als normaler Schritt wurde.

»Mann, so schlagen Sie doch auf das Tier ein!« rief Don Fermín dem Kutscher zu. »Sie sehen doch, daß ich bis auf die Haut naß bin und rasch nach Hause kommen möchte.«

In der Hoffnung auf ein Trinkgeld ließ der Kutscher zwei gewaltige Peitschenhiebe auf den Rücken des Kleppers niedersausen, der auf diese Weise den durch Stunden in der Brust des Generalvikars angestauten Zorn büßen mußte. Mit Wonne hätte der Domherr die beiden Hiebe Mesía ins Gesicht versetzt.

Als das jämmerliche, klapprige Vehikel die ersten Häuser der Vororte Vetustas erreichte, dunkelte es. Die Nacht drohte, wie Don Víctor vorhergesagt hatte, mit einem neuen Gewitter. Der Himmel überzog sich mit grauen Wolken, die sich allmählich schwarz färbten. Im Norden und Westen sah man es schon wetterleuchten, von Zeit zu Zeit rollte auch ein ferner Donner.

Don Fermín empfand tiefen Ekel und verachtete sich selbst. Welch ein Tag! dachte er. Welch ein Tag! Nicht einmal der Trost des Selbstmitleids blieb ihm. Er hatte das alles wohl verdient. Die Welt war, wie der Beichtstuhl zeigte, ein Haufen Dreck. Die edlen, großen Leidenschaften – Träume, leerer Wahn, eine Heuchelei der Unmoral. Er selbst war der beste Beweis. Da hatte er geglaubt, wie ein Engel verliebt zu sein, und geriet trotzdem immer wieder in grobsinnliche Abenteuer, befriedigte er wie ein Verworfener die niedrigsten Gelüste. Teresina gehörte schließlich noch zu seinem Haushalt, aber Petra diente bei Ana. Er entschuldigte sich nicht länger mit machiavellistischen Spitzfindigkeiten, mit der Notwendigkeit, die Zofe auf seine Seite zu bringen. Ein paar Goldmünzen hätten dasselbe erreicht. Und Don Víctor! Noch so ein Elender, und dumm dazu! Der verdiente alles Unglück, das über ihn kam, wie er selbst, Don Fermín, und Ana es ebenfalls verdienten, wie es die ganze Welt, dieser Schlammpfuhl, verdiente! Ja, die ganze Welt müßten diese Blitze in Brand setzen, sollte Gerechtigkeit walten.

Was ihn am meisten erzürnte, war, daß sein Gewissen ihn in die Verachtung aller Dinge mit einbezog. Alles war klein, ekelhaft, gemein, und er war wie alles andere.

Und was hatte der Arzt gesagt? *Ubi irritatio.* Das hieß, daß Ana in den Armen Don Alvaros landen würde, daß ihr Fall unabwendbar war! Der ganze Mystizismus, das ganze Gerede vom älteren Seelenbruder – wozu war es gut gewesen? Eine Farce, Heuchelei, unbewußte Heuchelei, wie seine eigene, wie die des ganzen Weltalls.

Dem Generalvikar schlugen die Zähne aufeinander. Die Kälte lenkte seine Gedanken auf die nassen Sachen, die ihn an seine Mutter erinnerten.

Auch das noch! Was wird sie sagen, wenn sie mich so hereinkommen sieht? Ich muß mir eine Lüge ausdenken. Pah, eine mehr oder weniger, was kommt's drauf an? Und die beiden haben dort freie Bahn. Wenn sie wollen, können sie ihre Schweinereien unter den Augen dieses Idioten von einem Ehemann treiben. Aber wer ist hier eigentlich der Gatte? Wer ist hier der Beleidigte? Ich! Ich, der ich die Beleidigung fühle, der ich sie kommen sehe, in der Luft wittere, nicht er, der sie nicht einmal merkt, obwohl er mit der Nase daraufstößt.

Er wollte aus dem Wagen springen, voll Wut zu Fuß in wildem Lauf zum Vivero zurückrennen, um sie zu überraschen, denn in seiner Vorstellung war schon Gewißheit, was im Wald vielleicht noch nicht geschehen war, jetzt aber im Haus bestimmt passierte, unter diesen Betrunkenen, die nichts sehen wollten, und diesen lasziven, tollen, kupplerischen Weibern.

Ein Donnerschlag, der über Vetusta erdröhnte, gab die Begleitmusik zur Wut des Domherrn ab.

»So ist's recht, so ist's recht!« knurrte er, während er die Droschkentür aufstieß und vor seinem Haus ausstieg. »Das ist nur mit Blitzen aus der Welt zu schaffen.«

Er trat in sein Haus, nachdem er den Kutscher entlohnt hatte.

Die Blitze, die er herbeigewünscht hatte, erwarteten ihn oben, bereit, auf sein Haupt niederzufahren.

Als er sich an diesem Abend zu Bett legte, dachte er daran, daß er zeit seines Lebens mit seiner Mutter keinen solchen Tanz gehabt und auch bei Doña Paula nie größere Talgpflaster an den Schläfen gesehen hatte.

Und der letzte Gedanke, der ihn, schon im Einschlafen, noch verfolgte und ihn mit seinem nagenden Bohren am meisten peinigte, war der an die Lächerlichkeit.

Was für groteske Abenteuer! Welch grausam komische Ironie dieser ganze Tag! Und schuld daran war die verhaßte, die widerliche Soutane!

Des Generalvikars letzte Gedanken waren Verwünschungen. Trotz allem aber schlief er, von der Müdigkeit übermannt, schnell ein.

Die Gäste auf dem Landsitz hatten das schlechte Wetter von der guten Seite genommen, und während im alten Palast die Dorfpfarrer, der Marqués und noch ein paar andere Herren aus Vetusta zuerst Tresillo und später Monte spielten, vergnügten sich im Neuen Haus all die Damen und Herren so gut es ging, und man tanzte, sang, klimperte auf dem Klavier und spielte im ganzen Haus Verstecken.

Don Víctor wurde im Triumph, einem spöttischen Triumph, empfangen. Einige, unter ihnen Visita und Paco, wollten ihm eine Krone aufsetzen, aber er zog es vor, in sein Zimmer zu verschwinden und sich von Kopf bis Fuß umzuziehen.

Seine Frau folgte ihm, um ihm zu helfen.

»Und Don Fermín?« fragte sie.

»Dein Don Fermín ist ein Hanswurst, mein Kind, du mußt schon entschuldigen«, entgegnete Quintanar übellaunig, während er die Socken wechselte.

Und er berichtete seiner Frau alles, was er erlebt hatte, ausgenommen den Fund des Strumpfbands.

Ana pflichtete ihm bei, daß de Pas die Galanterie lächerlich weit getrieben habe, ganz besonders lächerlich weit für einen Geistlichen.

»Wem liegt wohl meine Frau mehr am Herzen, ihm oder mir?«

wiederholte der Ehemann alle Augenblicke als gewichtigstes Argument gegen den Generalvikar.

Ja, dachte Ana, Don Alvaro hat recht, dieser Mann ist eifersüchtig, eifersüchtig als Verliebter, und was er sich heute geleistet hat, war eine Verrücktheit. Ich muß ihn meiden, Alvaro hat recht.

Mesía und Paco waren in den letzten Tagen mehrere Male zu Pferde auf den Landsitz gekommen. Mesía hatte die Präsidentin gesprächig, fröhlich, zutraulich gefunden. Zwar fiel kein Wort von Liebe, aber er brachte sie dahin, daß sie auf seine Ratschläge hörte, die, wie er versicherte, in erster Linie ihrer Gesundheit dienten.

»Der Mystizismus ist eine Überreizung der Nerven«, sagte er etwa.

Dieser Ansicht war auch Ana, die immer noch voll Schrekken an ihre Zwangsvorstellungen dachte.

»Außerdem ist der Generalvikar kein Mystiker. Das Beste, was man noch von ihm denken kann, ist, daß er alle hochgestellten Damen auf seine Seite bringen will, um mehr und mehr Einfluß zu gewinnen.«

Als Don Alvaro dies zu sagen wagte, waren ihre Tête-à-têtes schon recht vertraulich.

Von Liebe wurde nicht gesprochen. Obgleich es ihm schwerfiel, nahm Mesía auf die Präsidentin jede Rücksicht und rührte sie nicht an. Sie dankte es ihm und verschloß wie in alten Zeiten die Augen vor der Gefahr dieser Freundschaft. Und es gelang ihr besser als früher.

Als Quintanar vom unbesonnenen Verhalten des Generalvikars erzählte, empfand Ana einen Augenblick lang so etwas wie Haß. Wie? Ihr eigener Beichtvater kompromittierte sie? Hätte Víctor, wenn er nicht so arglos wäre, nicht Verdacht gegen Don Alvaro oder gar den Domherrn selber schöpfen können? Lag es nicht auf der Hand, daß das alles Eifersucht war? Das fehlte gerade noch! Wie schauderhaft! Wie ekelhaft! Eine Liebschaft mit einem Geistlichen!

Jetzt stand Don Alvaros Bild lächelnd, elegant, frisch und lebhaft vor ihrem Auge. Schließlich lag das innerhalb der Gesetze von Natur und Gesellschaft, zum wenigstens war es nicht so widerlich, nicht so lächerlich. Nein, lächerlich nicht. Aber ein Domherr!

Und sie fand, die Sünde, einen Don Alvaro zu lieben, war

wenig mehr als gar nichts, vor allem, wenn es ihr half, der Liebe eines Generalvikars zu entfliehen. Ja, was hatte sich dieser geistliche Herr denn eigentlich eingebildet?

Die Präsidentin dachte jetzt nicht mehr an das Gerede vom »älteren Seelenbruder«, auch nicht an das Öl, das sie ohne böse Absicht und ohne die leiseste Spur von Koketterie in das Feuer gegossen hatte, dessen sie sich jetzt schämte. Die neue sieghafte Leidenschaft flüsterte ihr eine Haarspalterei nach der anderen ein, damit sie das Benehmen des Generalvikars abstoßend, abscheulich, ruchlos fände, dasjenige Mesías hingegen edel und ritterlich.

Vormittags, im Brunnen mit dem Heu, davor schon im Kirchenvorhof, in den Gassen, als sie hinter der Pauke und dem Dudelsack hergezogen waren, im Wald, danach auf Pepes Wagen, wo sie nebeneinander saßen, später dann im Salon, überall und den ganzen Tag über hatte Mesía ihr zu verstehen gegeben, daß er sie anbete, aber er hatte es ihr aus Achtung, und weil er sie so sehr liebte, nicht gesagt.

Und wenn sie der beiden Verhalten miteinander verglich, fand sie das des Geistlichen verabscheuenswert.

Sie konnte es Don Alvaro nicht schnell genug mitteilen.

In vertraulichem Ton, der dem Dandy wie Engelsmusik in den Ohren klang, fragte sie, als sie ungestört mit ihm sprechen konnte:

»Wie finden Sie das Benehmen des Generalvikars?«

Wie sollte es Don Alvaro finden? Einfach unmöglich! Habe er, Don Alvaro, nicht immer schon gesagt, daß man dem Generalvikar nicht über den Weg trauen dürfe?

»Ja, Ana, er ist in Sie verliebt, wie toll verliebt, das habe ich schon lange gemerkt, weil . . .«

Und Alvaro lächelte auf eine Art, die alles sagte und im Innern der Präsidentin eine süße Musik erklingen ließ. Was wußte sie! Aber das war ein stärkeres Glücksgefühl als alle Wonnen des Mystizismus.

Während sie wiederum wie zwei »Seelengeschwister« miteinander redeten, begann die Nacht, der ferne Donner rollte, und über den Himmel zuckten die Blitze, die Don Fermín bei seiner Ankunft in Vetusta überrascht hatten. Ana und Mesía waren allein. Sie lehnten an der Brüstung der Galerie im ersten Stock, in einer Ecke des überglasten Ganges. Die meisten Gäste trafen unten im Salon Vorbereitungen zur Rückfahrt nach

Vetusta, andere zogen es vor, die Gastfreundschaft in Anspruch zu nehmen, die ihnen die Vegallanas für die Nacht auf dem Gut anboten. Alles lärmte und rannte unten durcheinander, wirre Befehle und Scherzworte schwirrten durch den Raum. Viele waren unentschlossen. Manche, die hatten bleiben wollen, bestanden plötzlich darauf, sich auf den Weg zu machen, andere, die sich schon anschickten, ihren Platz in einem der Wagen einzunehmen, kehrten ins Haus zurück, um »notfalls auf dem Fußboden zu schlafen«. Ripamilán nahm auf der Stelle das Nachtlager an, daß ihm die Marquesa anbot.

»Das Gewitter kommt zurück, und ich lasse mich nicht gern auf Scherze mit der Elektrizität ein. Für mich steht fest, daß eine fahrende Kutsche den Blitz anzieht. Ich bleibe.«

Die Baronessen zogen es vor, dem Unwetter zu trotzen. Der Baron wäre lieber geblieben, mußte aber mitfahren. Auch der Gouverneur kletterte in den Wagen. Seine Gattin hingegen blieb im Vivero. Bermúdez kehrte nach Vetusta zurück. Visitación, Obdulia, Edelmira, Paco und Mesía blieben ebenfalls.

Indes unten unter Herumgerenne und Geschrei solch schwierige Probleme gelöst wurden, liefen Edelmira, Obdulia, Visita, Paco und Joaquín wie verrückt durch den Gang im ersten Stock. Visitación war ein bißchen beschwipst. Obdulia versicherte, einen Nagel in der Schläfe zu haben. Sie hatte viel mehr getrunken, aber die Erregung hielt sie aus purer Überreiztheit aufrecht. Edelmira glühte wie eine Mohnblume. Sie lachte und vergnügte sich lärmend. Ihre Fröhlichkeit war ansteckend und sympathisch. Joaquín Orgaz, der an diesem Nachmittag bei Obdulia und ihrer stets ephemeren Liebe ein paar greifbare Vorteile erlangt hatte, war ebenfalls ausgelassen.

Während von unten das Durcheinander beim Abschied und den Vorbereitungen zur Heimfahrt herauftönte, hinten vom Gang der Radau das Fangespiels kam und oben am Himmel von Zeit zu Zeit der Donner grollte, hörte die Präsidentin, ohne die Wassertropfen auf dem Gesicht zu merken, zum erstenmal in ihrem Leben eine leidenschaftliche, doch respektvolle und zurückhaltende Liebeserklärung, voller Umschweife und Euphemismen, wie sie die Umstände und Anas Stand erforderlich machten, wodurch aber ihr Zauber nur noch wuchs und unwiderstehlich wurde für diese Frau, die nahe der Dreißig die Empfindungen einer Fünfzehnjährigen durchlebte.

Sie hatte nicht den Mut, auch nicht den Wunsch, Don Alvaro

Schweigen zu gebieten, ihn zur Mäßigung aufzufordern und daran zu erinnern, wen er vor sich habe. Lange genug hatte er es bedacht und sich gemäßigt, bei allem, was er für sie zu fühlen versicherte und bestimmt auch fühlte.

Nein, nein, er soll nicht schweigen, das ganze Leben soll er so weiterreden, wünschte sie aus ganzer Seele. Mit geröteten Wangen, Don Alvaros Geflüster dicht am Ohr, dachte Ana in diesem Augenblick weder daran, daß sie verheiratet, noch daß sie einmal »mystisch« gewesen war, und schon gar nicht kam ihr in den Sinn, daß es auf der Welt Ehemänner und Generalvikare gab.

Sie fühlte sich in einen Abgrund von Blumen fallen. Das war ein Sturz, aber ein Sturz in den Himmel.

Außer für die unmittelbare Gegenwart konnte sie nur noch für eins einen Gedanken aufbringen: für einen Vergleich der Wonnen, die sie jetzt genoß, mit denen, die sie in der religiösen Meditation gefunden hatte. Im letzteren lag ein schmerzhafter Kraftaufwand, eine abstrakte Kälte und, genaugenommen, etwas Krankhaftes, eine ungesunde Exaltation. Bei dem, was sie jetzt erlebte, blieb sie passiv, es war keine Anstrengung dabei, keine Kälte, nur Freude, das war nichts Abstraktes, sondern eine wirkliche, greifbare, unmittelbare Wonne, ein Glück ohne Vorbehalt, das zu nichts transzendierte als zu der Hoffnung, daß es ewig währen möge. Nein, dieser Weg führte nicht in den Wahnsinn.

Don Alvaro entwickelte große Beredsamkeit. Er bat um nichts, nicht einmal um eine Antwort. Mehr noch, er weinte, ohne wirklich zu weinen, versteht sich, »aus reiner Dankbarkeit, bloß, weil er angehört wurde«. Er habe so lange geschwiegen. Daß es tausend Vorurteile, Millionen von Hindernissen gebe, die sich seinem Glück entgegenstellten? Er wisse es, aber er flehe ja nur um Mitleid, um das Glück, reden zu dürfen, sich auszusprechen und nicht für einen vulgären, albernen Lüstling gehalten zu werden, als den ihn der dumme Plebs habe abstempeln wollen.

Ana hatte es immer gefallen, wenn man das gemeine Volk dumm nannte. Für sie bestand das Merkmal geistiger »Distinktion« in der Verachtung der breiten Massen, der Vetustenser. Möglicherweise hatte die Präsidentin dieses Schwäche von ihrem Papa ererbt, daß man nämlich, um sich von der »Masse der Gläubigen« abzuheben, zu der heute weit verbreiteten Theorie der stupiden Volksmassen, der »menschlichen Dummheit« seine Zuflucht nehmen müsse.

Zum Glück wußte Don Alvaro auf dieser Klaviatur vortrefflich zu spielen. Er war, falls es nottat, imstande, selbst die Mittagssonne zu verachten, wenn sie sich seinen Leidenschaften hindernd in den Weg stellte. Alles sei Vorurteil und Engherzigkeit. Aber habe er denn ein Recht, von ihr, Ana, zu verlangen, daß sie seine Denkart teile und die böswilligen, plumpen Vorstellungen des Plebs verachte? O nein, er wisse, der *Buchstabe* stehe gegen ihn. Wer sei er schließlich? Ein Mann, der zu einer Dame von Liebe spreche, die vor den Menschen einem anderen gehöre. Natürlich wisse er das. Er verlange nicht, daß Ana sich über so viele Traditionen, Gesetze, Sitten, Gemeinplätze und herkömmliche Meinungen, die ihn verurteilten, hinwegsetze. Freilich gebe es auf der Welt Frauen, tugendhaft wie nur eine, die schon wüßten, woran sie sich hinsichtlich des Buchstaben der Moralgesetze zu halten hätten, der Gesetze, die diese seine Liebe verdammten. Aber könne er Ana, die von Glaubenseiferern erzogen wurde, die ihre Jugend in einem Nest wie Vetusta verlebt, könne er sie bitten, sich wenigstens dahin zu verstehen, seine Leidenschaft mit einer kleinen Hoffnung zu ermutigen? O nein, zu gut wisse er, daß das nicht angehe. Ihm genüge es, wenn sie ihn bloß anhöre. Wie viele Jahre habe er gelitten! Aber das sei ja nun endlich vorbei. Der Schmerz sei grenzenlos gewesen, grenzenlos, doch das Glück dieses Augenblicks wiege alles auf. Sie, Ana, schweige, höre zu – nun, welch größeres Glück könne er ersehnen?

Beim Licht eines Blitzes sah die Präsidentin Don Alvaros Augen glänzen und in Tränen schwimmen.

Auch seine Wangen waren naß. Sie dachte nicht daran, daß das auch Regentropfen sein konnten.

Da stand er und weinte, dieser Mann, der schönste Mann, den sie je gesehen, der Gefährte ihrer Träume, der auch der Gefährte ihres Lebens hätte sein müssen!

Wieso aber redete er von Dankbarkeit? Weshalb unterbrach sie ihn nicht? Wenn er wüßte! Wenn er wüßte, daß ich kein Wort hervorbringen kann!

Ana empfand ein körperliches Wonnegefühl an der Stelle ihres Innern, wo weder der Magen noch das Herz saß, sondern irgendwo in der Mitte. Ja, das Gefühl war *rein körperlich,* aber seine Intensität machte es überwältigend, erhaben. Wenn man solche Wonnen genoß, mußte man ein Recht auf den Genuß haben.

Als Alvaro meinte, die Mine sei nun scharf genug geladen, flehte er sie an, ein Wort zu sagen – ob sie ihm seine Liebeserklärung verzeihe beispielsweise oder ob sie sie ihm verarge, ob er sich vor ihr lächerlich gemacht habe.

Ana wich vor der Berührung dieses Armes, der sie versengte, zurück. Sie brachte noch immer kein Wort heraus, fühlte nur, wie sie schwach wurde vor Glück, und stieß einen leisen, zärtlichen Klagelaut aus.

Sie entfernte sich von Don Alvaro, rief Visita, umarmte sie nervös und sagte, als sie endlich wieder sprechen konnte:

»Was spielt ihr denn da, ihr verrücktes Volk?«

»Jetzt gar nichts mehr. Vorhin haben wir Cachipote gespielt, aber Paco und Edelmira stehn dort drüben in der anderen Ecke und streiten sich, wer stärker ist, sie oder er. Komm mit, sieh dir mal an, was Edelmira für Arme hat.«

An der finstersten Stelle des Ganges drängten sich in einer Ecke die übrigen Teilnehmer an dem Spiel. Edelmira und Paco maßen, Rücken an Rücken, so, wie man mitunter, besonders auf dem Theater, die Muñeira tanzt, ihre Kräfte. Paco hielt nur mit Mühe dem heftigen Druck seiner Cousine stand, die schließlich doch den Sieg davontrug, und Paco, von den Umstehenden ausgepfiffen, schlug einen Kampf Brust an Brust vor, mit den Händen auf des Gegners Schultern. Das tat man denn auch, und diesmal siegte Paco.

Joaquín schlug Obdulia denselben Kampf vor, und Visita wagte eine Kraftprobe mit der Präsidentin. Joaquín und Ana gewannen. Don Alvaro, für den kein Gegner übrig war, mußte an die Szene mit der Schaukel denken, wo ihn der verwünschte de Pas ausgestochen hatte. Aber jetzt hatte er ihn unter den Füßen.

List geht über Kraft, dachte er.

Ana hatte an dergleichen Spielen nie teilgenommen. Sie und Don Alvaro hielten sich anfangs den Scherzen fern. Schließlich aber spürte auch Ana, daß jemand sie zwackte – nicht Don Alvaro –, und diesem wiederum setzten Obdulia und Visita zu. Unversehens fühlte Ana in dem allgemeinen Gewühl Don Alvaros Rücken an dem ihren, und obwohl sie vor der wonnevollen Berührung floh, sobald sie sie merkte, wiederholte sie sich, und Ana durchströmten seltsame, völlig neue Empfindungen, eine alarmierende Unruhe befiel sie, plötzliche Beklemmungen wandelten sie an. Wie einer fernen, süßen Musik entsann sie sich aller Einzelheiten von Mesías Liebeserklärung.

Schließlich zogen sich Paco und Joaquín, vom vielen Toben und der vergeblichen Erregung ermüdet, noch vor Edelmira, Obdulia und Visita zurück. Mit der Melancholie der Erschöpfung betrachteten sie ernst den Mond, der am Horizont auftauchte wie eine Laterne auf dem Schlachtfeld der Wolken, die zerfetzt am Himmel hingen.

Paco sang mit leidlicher Baritonstimme Stücke aus der »Favoritin« und der »Nachtwandlerin«, und Joaquín gab Malagueñas zum besten. In seiner Stimme lag eine Trauer, die nicht recht zu der Fröhlichkeit in seinen Augen passen wollte, die tief in die Obdulias blickten. Diese hatte sich vorgenommen, in dieser Nacht den Preis ihrer Gunst – wenn auch nicht den höchsten – dem Flamencosänger zuzuerkennen. Zum Glück fand sich Joaquín mit dem Trostpreis ab.

Don Víctor, der sich unten langweilte, hörte oben singen und ging hinauf. Er hatte es jetzt mit der Musik. Auf seine Art Opernarien singen und anderen zuhören, die es besser trafen als er, das war zu dieser Zeit seine höchste Wonne, und wenn das alles beim Mondenschein geschah, so gab es für ihn nichts Schöneres.

Man stand in einer Gruppe beisammen, atmete die frische Nachtluft ein, betrachtete den Mond, der am Himmel emporstieg, seltsam geformte Wolkenfetzen mitriß, sang gemeinsam oder einzeln und wechselte leise Worte, gerade, als achte man die Majestät der schlafenden Natur.

Don Víctor war der Verträumteste von allen. Er trat zu Mesía und knüpfte ein Gespräch mit ihm an, und da er seinen Freund aufmerksamer, herzlicher, aufgeschlossener denn je fand, zögerte er nicht, ihm seine Seele weit zu öffnen.

Als die andern vom Mond, von den Opern und Malagueñas schon genug hatten, setzte Don Víctor, der reichlich zu Mittag gegessen und bei der Vesper dem Becher tüchtig zugesprochen hatte, vor dem aufmerksam zuhörenden Mesía immer noch seine Herzensergüsse fort.

»Sehen Sie«, sagte der Alte, »ich weiß nicht, was an mir ist, aber ich habe, ohne mich für einen Don Juan zu halten, bei Frauen immer Glück gehabt. Nur selten hat es mir eine übelgenommen, wenn ich mir Kühnheiten erlaubte. Aber ich muß Ihnen alles gestehen: Die meisten meiner Abenteuer sind auf halbem Wege steckengeblieben, weiß ich, ob aus Schüchternheit, Kälte oder weshalb sonst. Ich besitze nicht die Gabe der Ausdauer.«

»Die ist aber unerläßlich.«

»Ich weiß, aber ich habe sie nicht. Meine Leidenschaften sind Strohfeuer. Mehr als zehn Frauen hatte ich schon halb herum, und von ganz wenigen, vielleicht von keiner, kann ich sagen, daß sie mein gewesen wären . . .«

Don Víctor erzählte ihm als seinem Freund, dessen Verschwiegenheit er versichert sei, von den Verfolgungen, denen er ausgesetzt gewesen war, von Petras lüsterner Herausforderung. Und er gestand, daß er am Ende, nachdem er lange, jahrelang wie ein Joseph widerstanden hätte, eines Tages den Kopf verloren und alles auf eine Karte gesetzt habe. Aber nichts – das übliche. Genug, daß sich das Mädchen widersetzte, wie es die gespielte Schamhaftigkeit verlangte, und schon erkaltete er, des Sieges schon sicher, ließ ab von seinem törichten Vorsatz, begnügte sich mit kleinen Gunstbeweisen und der genauen Kenntnis der Schönheit, die er nun nicht mehr besitzen sollte.

So kam er schließlich dazu, von dem Fund des Strumpfbands zu berichten, allerdings ohne zu erwähnen, daß es zuvor seiner Frau gehört hatte. In seinen Augen war es eine Schwäche, die sich für einen »Mann von Welt« nicht schickte, seiner Ehefrau Strumpfbänder zu schenken. Er bat Mesía um Rat wegen seines künftigen Verhaltens Petra gegenüber.

»Muß ich sie entlassen?«

»Sind Sie eifersüchtig?«

»Nein, Señor. Ich bin nicht wie der futterneidische Hofhund, wiewohl ich zugeben muß, daß es mich im ersten Moment ein wenig verdroß, als ich auf diesen Beweis ihrer Leichtfertigkeit stieß.«

»Sind Sie denn sicher, daß das Strumpfband Petra gehört?«

»Ja, absolut.«

Und Quintanar redete und redete, als wolle er endlos weiterreden.

Der Alkoven, in dem Ana und Don Víctor schliefen, hatte ein Fenster auf die Seite des Ganges, wo die beiden Freunde standen und sich unterhielten.

Plötzlich ging es auf, und die Präsidentin rief:

»Aber Víctor, willst du denn heute nicht schlafen gehen?«

Die beiden Freunde wandten sich um.

Quintanar hatte brennende Augen und glühende Wangen. Die vertraulichen Eröffnungen hatten ihn verjüngt.

»Wie spät ist es denn, mein Kind?«

»Mächtig spät. Du weißt, daß wir auf dem Lande zeitig zu Bett gehen. Der Marqués und die Marquesa haben sich schon zur Ruhe begeben. Eben hat die Marquesa Edelmira gerufen, die mit bei ihnen schläft.«

»Grillen von Mama«, brummte Paco übellaunig, der an dem einen Ende des Ganges erschien. »Edelmira hätte lieber bei Obdulia geschlafen, was ja verständlich ist, und jetzt muß sie bei Doña Rufina im Zimmer schlafen. Grillen! Albernheiten von Mama!«

»Obdulia schläft besser allein«, sagte Visitación, die aus dem Zimmer neben dem Anas kam.

»Was hat sie denn?«

»Ich glaube einen Schwips, einen kleinen Rausch von tausenderlei Dingen, vom Lärm, von der Müdigkeit, ja sogar vom Wein. Jedenfalls liegt sie jammernd im Bett und erklärt, daß sie allein schlafen will. Ich gehe zu ihr und schlage mein Lager neben ihr auf. Gute Nacht.«

Dann trat sie an Anas Fenster, legte ihr den Arm um die Schulter, flüsterte ihr etwas ins Ohr, überschüttete ihr Gesicht mit geräuschvollen Küssen und lief in ihr Zimmer, nachdem sie zuvor eine Gebärde spöttischer Anteilnahme zu Joaquín Orgaz hin gemacht hatte, der kopfhängerisch und verstimmt durch die Gänge irrte.

»Los, los, du siehst doch, alle ziehen sich schon zurück. Zu Bett, Víctor.«

Ana lächelte, schön und frisch in dem schlichten Kleid, das sie zur Nacht trug.

»Und Sie beide?« fragte Quintanar.

»Für uns ist kein Bett übriggeblieben«, erwiderte Paco, »weil die Frau Gouverneurin auf einmal Angst vor dem Donner bekam und über Nacht hiergeblieben ist.«

»Und nun?« fragte Ana lächelnd.

»Nun schlafen wir auf einem Sofa.«

»Na, dann also angenehme Ruhe.«

»So warte doch noch ein Weilchen, Dummerchen. Schau, was für eine schöne Nacht. Laß uns hier noch ein Weilchen plaudern.«

»Ich bin auch noch nicht schläfrig, Paco hat recht. Plaudern wir«, sagte Don Víctor, der in sein Zimmer getreten war, seine Pantoffeln angezogen und die Mütze mit der Goldtroddel aufgesetzt hatte.

»Jetzt noch plaudern? Nein, meine Herren, jetzt geht's ins Bett.«

Und Anita traf, unbewußt kokett, anmutig und herausfordernd, Anstalten, die Fenster und Läden zu schließen.

Mesía bat sie mit einer Geste, noch zu warten.

Und sie blieben in vertraulichem Geplauder, die Ereignisse des Tages, die Späße und Spiele erörternd, noch etwa eine Stunde beim Licht des Mondes beisammen, Ana und ihr Gatte drinnen, Paco, Joaquín und Alvaro auf dem Gang.

Don Víctor war selig. Seine Anita heiter und gesprächig, da draußen die jungen Freunde, in deren Gesellschaft auch er sich jung fühlte. Konnte es ein größeres Glück geben? Nicht der Schatten eines Verdachtes erschien in der Seele des vornehmen Gerichtspräsidenten im Ruhestand. Im ganzen Haus war es schon still, alles schlief, und nur an dieser Ecke des Umgangs, beim offenen Fenster, war noch das sanfte Wispern einer flüsternd geführten Unterhaltung zu vernehmen. Zuweilen sprachen zwei oder drei gleichzeitig, aber alle mit gedämpfter Stimme, die dem, was man sich sagte, größere Intimität und Wichtigkeit verlieh. Ana wich Mesías Blicken zuweilen aus. Er hatte einen Ellenbogen neben denen Anas, die sich ebenfalls über die Brüstung neigte, auf das Fensterbrett gestützt und rauchte. Immer öfter sagten sie einander mit den Augen, ohne daß sie etwas dagegen hätten tun können, von Mal zu Mal beredtere Verliebtheiten.

Ab und an warf Alvaro aus den Augenwinkeln einen neidischen und begehrlichen Blick ins Innere des Schlafzimmers. Ana fing den einen und anderen dieser schnellen Blicke auf und bedauerte den verliebten Galan, ohne seine indiskrete Neugier übelzunehmen.

Don Víctor zeigte keine Neigung, dem Reden ein Ende zu machen, so daß sich Ana genötigt glaubte zu sagen:

»So, nun aber Schluß. Bis morgen. Zu Bett, Víctor, zu Bett!«

Und sie machte Don Alvaro und den beiden jungen Herren das Fenster vor der Nase zu. Paco und Joaquín verschwanden in der Dunkelheit des Ganges. Quintanar stand schon in Hemdsärmeln hinten im Alkoven und kehrte dem Fenster den Rücken zu. Don Alvaro rührte sich nicht von der Stelle. Er sah, wie die Präsidentin hinter den Scheiben langsam die hölzernen Läden schloß. Sie stand dazwischen, in dem Lichtspalt, sah ihn ernst, verliebt an, und als dann nur noch ein schmaler Ritz blieb, blickte sie lächelnd und spöttisch. Sie öffnete die Läden noch einmal ein wenig, und er sah abermals ihr Gesicht.

»Gute Nacht, gute Nacht, schlafen Sie gut!« sagte Ana hinter den Fensterscheiben. Dann schlug sie die Läden zu und schob den Riegel vor.

Kirchweihfeste wie das zu Sankt Peter gab es während des Monats Juli viele in der Umgebung des Vivero. An fast allen nahmen die Vegallanas und ihre Freunde teil. Quintanar erwartete mit seiner Gattin die Gäste aus Vetusta auf dem Landsitz. Manchmal zu Fuß, manchmal im Wagen zog man hinaus auf die malerischen Dörfer, hörte dort die monotonen, doch stets anmutigen und schwermütigen Weisen der Volkstänze und kehrte bei Dunkelwerden zurück, unter Landarbeitern und ausgelassenen Bauernmädchen, Herrschaft und Pächter durcheinandergewürfelt, was Don Víctor rührte. Und er erklärte: »Da sehen Sie, daß man Gleichheit und Brüderlichkeit verwirklichen kann. Es gibt nichts Schöneres und Poetischeres.«

Mesía und Paco fehlten bei keinem dieser Ausflüge. Außerdem besuchten sie die Präsidentin noch alle drei oder vier Tage. Manchmal gingen Ana und Quintanar nach dem Mittagessen, so gegen vier Uhr nachmittags, auf die Straße nach Santianes hinaus, um ihre Freunde zu erwarten. Die Einsamkeit bedrückte Don Víctor allmählich ein wenig, und er war für diese Besuche von Herzen dankbar. Wenn Ana in der Ferne, am Ende des langen, schmalen Bandes der Straße die Umrisse der beiden Schimmel Mesías und Pacos ausmachte, empfand sie eine Freude, die ihr kindisch erschien, und sie wurde nervös vor innerer Unruhe, die in dem Maße wuchs, wie sich die dunklen Punkte näherten und sich die Gestalten von Pferden und Reitern deutlicher abzeichneten.

Weder Visitación noch Paco wagten es mehr, bei Don Alvaro eine Anspielung auf seine Eroberungsabsichten fallen zu lassen. Sie sahen an dem strahlenden Gesicht des Frauenhelden, daß er den Sieg erwartete, ihm vieleicht schon nahe war, und begriffen, daß das Ehrgefühl, die Scham besser gesagt, absolutes Schweigen verlangten. Don Alvaro dankte seinen Komplicen diese Rücksichtnahme und schwieg ebenfalls, zufrieden und ruhig.

Ende des Monats begann der allgemeine Aufbruch. Alle, die ein paar rote Heller hatten, und viele, die sie nicht hatten, verließen die Stadt und suchten die Kühle des Strandes.

Ganz närrisch vor Freude verließ Don Víctor mit seiner Frau und Petra den Vivero und nahm Quartier im besten Seebad der Provinz, in La Costa, einer blühenden Stadt, reicher als Vetusta, einem großen Küstenhandelsplatz von modischem Zuschnitt. In anderen Jahren verbrachte Quintanar den August in Palomares, wohin auch Visita, Obdulia und mitunter auch die Vegallanas und Mesía kamen.

»Zwei Jahre war ich nicht mehr in der Sommerfrische!« sagte Quintanar vergnügt wie ein kleiner Junge.

Die Präsidentin gab La Costa den Vorzug vor Palomares, weil der Generalvikar sie dringend gebeten hatte, nicht an die See zu fahren, und falls der Arzt darauf bestände, wenigstens nicht nach Palomares.

Ana wollte gegen diesen Wunsch des Beichtvaters keine Einwände erheben und fügte sich.

»Wir fahren nach La Costa«, schrieb sie in dem Antwortbrief an Don Fermín. Dieser hatte die allerschlechteste Meinung von der moralischen Wirkung aller Seebäder des Kantabrischen Meers und ganz besonders von Palomares. Der größte Teil seiner Beichtkinder kam aus diesem Fischerdorf mit allerlei kleinen Sünden auf dem Gewissen zurück, über die er bei anderen gelächelt hätte, die ihm aber bei der Präsidentin wider den Strich gegangen wären.

Don Fermín erkannte, daß sein Einfluß mehr und mehr zurückging, daß Anas Glauben lauer wurde und dafür in ihr das Mißtrauen wuchs. Und da ihn der Gedanke, seine Präsidentin völlig zu verlieren, ängstigte, seinen Stolz verletzte und seine Eifersucht anstachelte, machte er aus der Not eine Tugend, stellte sich blind und hielt seine wankende geistliche Macht »mit Stützpfeilern der Toleranz und Strebebogen der Geduld« aufrecht. Seinen Zorn ließ er am Bischof und der Diözese aus. Mit jedem Tag wurde seine Macht größer und seine Tyrannei schlimmer. Die Weltgeistlichkeit, für die Foja angeblich solche Hochachtung empfand, mußte dafür büßen, daß Don Alvaro ihn bei Ana ausgestochen hatte.

Auch Ana zog diesen Modus vivendi vor. Sie wollte nicht in den alten Fehler zurückfallen. Sie fürchtete, das Mitleid, die Gewissensbisse und die Zwangsvorstellungen könnten sich wieder einstellen und sie schließlich aufs Krankenlager werfen, wenn sie gänzlich mit dem Generalvikar brach.

Ich kenne mich doch, dachte sie, ich weiß, daß ich nach all dem eine gewisse Zuneigung für ihn hege. Ich hätte dauernd ein schlechtes Gewissen, wenn ich seine Freundschaft zurückwiese. So ist es besser. Da er sich nichts anmerken läßt und tut, als sähe er diese Veränderung nicht, da er sich auch nicht mehr wie zu Anfang beklagt, lassen wir am besten alles beim alten. Ich will endlich Frieden.

Don Alvaro hatte in dem vertraulichen Ton, den er nach seiner Liebeserklärung angenommen hatte, angedeutet, daß es nicht zweckmäßig sei, Don Fermín vor den Kopf zu stoßen, da er, Don Alvaro, ihn für fähig halte, auf die eine oder andere Art Schaden anzurichten. Obwohl Alvaro sich in diesem Punkt nicht allzu deutlich auszudrücken wagte, verstand Ana, was ihr Freund, ihr »neuer Bruder«, meinte und billigte seine Vorsicht.

Auf Grund dieser Umstände konnte es der Generalvikar wagen, seinen Wunsch anzudeuten, der früher in Form eines Dekrets ohne Angabe von Gründen erlassen worden wäre.

Ana fuhr nach La Costa. Mesía verbrachte zum Schein fünf Tage in Palomares, reiste dann nach San Sebastián weiter und erschien zu Mariä Schnee auf einem funkelnagelneuen Dampfer aus Bilbao in La Costa.

Don Víctor fand, für die Zeit einer Saison, großen Gefallen am Leben in der Pension. Er war in der komfortabelsten unten an der Mole abgestiegen, wo es am lebhaftesten und lautesten zuging. Im selben Haus stieg auch Mesía auf Bitten seines Freundes, des Gerichtspräsidenten a. D., ab.

Zwanzig Tage später kehrten die drei gemeinsam nach Vetusta zurück. Benítez beglückwünschte die Präsidentin zu ihrer merklich gebesserten Gesundheit. Nun sei wirklich nichts mehr zu befürchten.

Don Víctor war hingerissen. O ja, die See, es gehe nichts über die See und die Table d'hôte und das Bäderhaus und die Spaziergänge auf der Mole und die Konzerte im Freien und das Theater und den Zirkus! Quintanar war mit dem Leben zufrieden. Seine Frau war ein Juwel, die Schönste der Provinz, was sie schon immer gewesen, aber obendrein jetzt die Seine, ganz die Seine und von einer neuen, heiteren Unternehmungslust, genau wie die, mit der Gott ihn beschenkt hatte.

»Na, und ich, Señor Benítez? Wie steht's mit mir?«

»Großartig, ebenfalls großartig. Der reinste Springinsfeld.«

»Das will ich meinen.«

»Und dieser Tunichtgut? Dieser Tunichtgut, der schon langsam alt wird, wie finden Sie den?« Und er klopfte Mesía auf den Rücken. »Sieht er nicht wie ein junger Bursche aus?«

Dann wandte sich Quintanar an Frígilis, der etwas trübsinnig und angekränkelt dabeistand, und setzte hinzu:

»Du dagegen bist auf dem besten Weg hinüber. Und das, wo du dich so mit deiner Gesundheitspflege hast und wie ein Baum hundert Jahre werden willst. Nein, nein, auf hundert Jahre bringst du's nie, du Mummelgreis.«

Er umarmte auch seinen Frígilis und klopfte ihm auf den Rücken, damit er nicht eifersüchtig auf Mesía wurde. Quintanar war glücklich, und so sollten es auch alle sein, die ihm nahestanden, seine Frau, die Dienstboten, seine Freunde, selbst die Bekannten – die ganze Welt.

Wenn ihn Mesía im Scherz fragte: »Na, und der Kempis? Was sagt Kempis dazu?«, so antwortete Quintanar: »Wer? Kempis? Zum Teufel mit diesem Kempis! Am Hause werde ich allerlei ausbessern. Den Patio und die Gänge will ich weißen, daß Eßzimmer neu tapezieren und die Steine an der Fassade blankklopfen. Sie werden sehen, wie schön der gelbe Stein wird, nachdem wir ihn abgeklopft haben. Ich mag keine Dunkelheit, Schwärze und Trauer.«

Mesía hatte die Präsidentin überzeugt, daß Don Víctor genaugenommen immer mehr so etwas wie ein Vater wurde. Sie selbst hatte ja auch stets so etwas Ähnliches gedacht.

Dennoch, sie schuldete ihm seine Ehre, und trotz aller Intimität und des unumwundenen Liebesgeständnisses konnte Ana sagen, daß Don Alvaros Lippen sie noch nicht berührt hatten, obwohl er bestimmt davon träumte.

Mesía überstürzte nichts. Diese Verheiratete war nicht wie andere, man mußte sie erobern wie eine Jungfrau. Genaugenommen, war er ihre erste Liebe, und ein roher Überfall hätte sie wahrscheinlich erschreckt, ihr tausend Illusionen geraubt. Außerdem verjüngte ihn diese platonische Liebe, diese süße Intimität, bei der nur er mit den Lippen von Liebe sprach, beide aber mit den Augen, dem Lächeln und all dem anderen, das stumm und nicht unehrenhaft und plump war.

Ohnedies fühlte er sich im Sommer immer ein bißchen matt und schlapp. Er rechnete sich mit der Frivolität des Schürzenjägers aus, daß er später, gegen den Winter zu, sich stark wie eine Eiche fühlen würde und die Präsidentin sanft und fügsam wie eine Malve sein müßte. Überdies konnte eine Unüberlegtheit, wenn nicht alles verderben, so doch die Dinge verzögern, ihnen eine weniger reizvolle Wendung geben. Man würde ja sehen. Schließlich konnte es nicht mehr lange dauern.

Inzwischen war das Leben eine einzige Wonne. Der reife Don Juan, der, wie er sagte, *était déjà sur le retour,* fühlte sich durch Anas Jugend und ihre heftige, verträumte Leidenschaft wie umgewandelt. Don Alvaro entsann sich nicht, je eine Frau so begehrt und solche Wonne in einer platonischen Liebe gefunden zu haben, wie er alle nicht zum letzten Ende geführten Liebschaften nannte.

Die Präsidentin fiel, fiel und war glücklich. Sie spürte das Ziehen des Fallens in den Eingeweiden. Wenn sie aber an manchen Tagen beim Erwachen statt heiterer Gedanken neben etwas Bitterkeit auch Trauer verspürte, etwas wie leichte Gewissensbisse, so verscheuchte sie sie bald mit der neuen naturalistischen Metaphysik, die sie sich, ohne sich selbst darüber im klaren zu sein, in letzter Zeit zugelegt hatte, in dem unüberwindlichen Bestreben, alle Ereignisse ihres Lebens zu verallgemeinern.

Aber für solche Grübeleien blieb wenig Zeit. Anas ganzes Leben bestand aus Zerstreuungen, fröhlichen Tafeleien, Theaterbesuchen, Spaziergängen. Zwischen den Häusern Quintanar und Vegallana hatte sich ein enger Verkehr herausgebildet, an dem auch Obdulia, Visita, Alvaro, Joaquín und ein paar andere vertraute Freunde teilnahmen.

Man fuhr sehr oft zum Vivero, lief durch den Wald, über die Galerie, rings um das Haus, durch den Garten, ging am Flußufer spazieren. Alle waren wie Komplicen. Obdulia und Visita lasen der Präsidentin jeden Wunsch von den Augen ab, erstickten sie mit Küssen. Sie schworen, glücklich zu sein, da sie sie so umgänglich, so *vermenschlicht* fanden. Und nie eine schelmische Anspielung, keine einzige indiskrete Frage, keine unliebsame Überraschung. Niemand sprach von der Gefahr, die nur Quintanar nicht ahnte. Wenn sich ein Gewitter wie zu Sankt Peter über dem Vivero entlud, blieb die ganze Gesellschaft oft dort über Nacht. Häufig fand sich Ana, ohne die Gelegenheiten zu suchen, aber auch ohne sie zu meiden, in enger Berührung mit Alvaro, wurde in Wagen, Logen, beim Tanzen gegen ihn gepreßt.

Eines Tages im November, einem der wenigen schönen Tage des Altweibersommers, unternahm man den letzten Ausflug zum Vivero für dieses Jahr.

Die Fröhlichkeit war exaltiert, nervös. »Das junge Volk«, wie Ripamilán, trotz seiner Jahre mit von der Partie, die jungen Leute weiterhin nannte, die die schönsten Erinnerungen an ihre ausgelassenen Spiele mit dem Landsitz der Vegallanas verbanden, nahmen mit Bedauern von diesem Erdenwinkel ihres Frühlings und Sommers Abschied. Sie wollten den letzten Tropfen närrischer Fröhlichkeit in der Freiheit der Felder, den heimlichen und prickelnden Tête-à-têtes im Walde auskosten. Nie hatte Visita besseren guten Glaubens den Backfisch gespielt, nie Obdulia Joaquín mehr »Dummheiten« gestattet, wie sie das in ihrem an Euphemismen reichen Wortschatz nannte. Edelmira und Paco schlossen den vor acht Tagen gebrochenen Frieden wieder, und selbst die Alten sangen, tanzten ein Menuett und strolchten durch den Wald. Don Víctor trieb Possen und fiel in den Bach, als er an einer schmalen Stelle mit einem Sprung hinübersetzen wollte.

Ana und Alvaro entdeckten unbekannte Empfindungen auf der Haut und im Blut, als sie sich morgens beim Einsteigen in die Kutsche die Hand gaben. Am Abend zuvor hatte Alvaro erklärt, daß er sterben wolle. Er verlange nichts, aber er wolle sterben. Während der ganzen Fahrt von Vetusta zum Vivero sagte Ana nichts als: »Heute ist der letzte Tag.« Und das leise, am Ohr Alvaros.

Nach dem Essen legte sich den Freunden des Landsitzes der Gedanke schwer auf die Seele, daß der Nachmittag sehr kurz sein werde. Joaquín und Obdulia wußten, daß die ganze Welt das Vaterland war, aber so wie hier? Edelmira und Paco trauerten ebenfalls ihren Verstecken auf dem Gute nach, das sie bald verlassen sollten. Vor dem letzten närrischen Ausbruch der Fröhlichkeit, dem letzten Streifzug durch den Wald, gab es eine Viertelstunde der Schwermut, der Müdigkeit, vermischt mit Trauer. Der Nachmittag würde kurz sein und war der letzte. Visita setzte sich ans Klavier und spielte die Polka aus der »Salacia«, einem phantastischen, groß aufgemachten Ballett, das in diesen Tagen in Vetusta aufgeführt wurde. Salacia, die Tochter des Meeres, holte ihre Schwestern aus dem Ozean und aus unerfindlichen Gründen auch die Bacchantinnen zusammen, um mit ihnen am Meeresufer einen infernalischen Tanz zu tanzen.

Ana entsann sich des Eindrucks, den diese Polka auf ihre Sinne gemacht hatte. Die Bacchantinnen! Asien, die Thyrsusstäbe, Bacchus' Tigerfell. Ana kannte sich in diesen mythologischen Dingen gut aus und hatte bald die armselige Bühnenausstattung des Theaters von Vetusta, die mittelmäßigen und nicht durchweg gutgebauten Tänzerinnen vergessen, um sich in der Welt des Orients zu versetzen, wo ihre halb aufgeklärte Phantasie mysteriöse Wälder sah, den frenetischen Lauf der durch die schrille Musik und die Trankopfer der unaufhörlichen Orgie unter freiem Himmel entfesselten Bacchantinnen. Die Bacchantin! Eine Fanatikerin der Natur, trunken von den Spielen ihres heiteren, wilden Lebens. Das Vergnügen ohne Rast, das Vergnügen ohne Maß und Furcht. Der entfesselte Lauf durchs freie Gefilde, über Abgründe springend, voll Entzücken in das Unbekannte stürzend, in die ungewisse Gefahr von Schluchten und hinterhältigen, üppigen Blätterdächern.

Während Visita recht und schlecht auf dem Klavier die einfache Salaciapolka herunterklimperte, an der nur gut war, was der Komponist bei anderen entlehnt hatte, ließ die Präsidentin in ihrem Gehirn all die Phantasmen ihrer Bücher, ihrer Träume und ihrer erregten Leidenschaft tanzen.

Plötzlich fiel ihr Blick auf ein Gemälde im Salon. »Die letzte Blume« stand darunter. In einem herbstlichen Garten sog eine schöne Frau von etlichen dreißig Jahren den Duft einer Blume ein und preßte sie an ihr Gesicht. Die letzte . . .

»Los, los, in den Wald!« rief in diesem Augenblick Obdulia aus dem Garten. »In den Wald, in den Wald! Abschied von den Bäumen nehmen!«

Visitación hieb, den Rhythmus der Polka vergewaltigend, auf die Tasten und klappte das Klavier mit einem Ruck zu.

»In den Wald, in den Wald!« rief es von oben und unten.

Und man stürmte durch die Pforte, um sich von Eichen, Buchen, Hagedorn, von Brombeeren, Farnkraut und dem frischen, grünen Herbstgras zu verabschieden.

In dieser Nacht ging das Fest in Vetusta weiter. Es war der Abschied von der schönen Jahreszeit. Der Winter mußte bald einziehen, die Sintflut stand vor der Tür. Und man improvisierte ein Souper für die ganze Gesellschaft. Viele hatten gegen zwölf, nachdem sie getanzt und gesungen und getobt hatten, richtigen Hunger. Manche hatten zeitig gespeist. Andere kosteten nur von den Leckerbissen und tranken. Da die Nacht heiter und lau blieb, daß man meinte, Anfang September zu haben, wurde im neuen Wintergarten soupiert, der an diesem Tag eingeweiht wurde. Er war groß, hoch, komfortabel, nach einem Pariser Vorbild gebaut. Don Alvaro, der sich in diesen Dingen auskannte, erklärte, er ähnele im kleinen dem der Prinzessin Mathilde. Wie beneidete ihn Obdulia um diese Bemerkung! Und empfand Stolz. Ein Mann, der ihr Liebhaber gewesen, konnte von der *serre* der Prinzessin Mathilde reden.

Dort soupierte man. Im Gelben Salon, wo nach der Rückkehr vom Vivero mittels einiger frischer Reserven an Gästen getanzt worden war, brannten die Kerzen in den Kandelabern allein herunter und zerliefen in dem Luftzug, den eine offene Balkontür einließ. Die Diener hatten lediglich den Kristallkronleuchter gelöscht. Die Stühle standen unordentlich herum. Auf dem Teppich lagen ein paar Bücher, Papierfetzen, Schmutzbrocken vom Vivero, Blumenblätter und eine zertretene Begonie wie ein Stück alten Brokats. Der Salon schien müde zu sein.

Ein Windstoß blies das letzte Licht in dem einsamen Gemach aus. Die Kathedralenuhr schlug zwölf. Da ging die Tür zum Salon auf, und zwei dunkle Gestalten kamen herein. Der Teppich dämpfte sofort ihre Schritte. Der Salon wurde nur von dem schwachen Licht erhellt, das von der Straße hereinfiel und das vom Mondviertel und einer Straßenlaterne auf der anderen Seite kam, mit welcher der neue Magistrat dem Hause des Herrn Marqués seine untertänigste Huldigung erwies. Als die Tür aufging, hörte man das ferne Lärmen der Dienerschaft in der Küche, Gelächter und das Geklimper einer aus Scheu vor der Herrschaft nur behutsam angeschlagenen Gitarre. Dieser Lärm vermischte sich mit einem anderen, gedämpfteren, der aus dem Garten kam, durch die Scheiben des Wintergartens drang und den Salon wie das Stimmengewirr eines fernen, dichtbevölkerten Stadtteils erreichte.

Die beiden Gestalten waren Mesía und Quintanar, der, von seinen vertraulichen Herzensergüssen berauscht, seinem intimen Freund nicht von den Fersen wich und ihn mit Berichten von Abenteuern aus seiner Jugend in La Almunia de Don Godino verfolgte.

Don Alvaro ließ sich schläfrig und träumerisch auf das Sofa fallen. Er hörte Don Víctor nicht, er hörte die Stimme des brennenden, brutalen Verlangens, die in ihm schrie: Heute, jetzt, hier, hier auf der Stelle!

Inzwischen setzte Quintanar, dem die dunklen Schatten im Salon und das diskrete Licht von der Laterne gegenüber und dem Mondviertel gerade recht zum Beichten seiner erotischen Schelmenstreiche schienen, seine Erzählung fort, in die er von Zeit zu Zeit gleich einem Kehrreim Worte wie diese flocht:

»Aber welch Verhängnis! Glauben Sie, ich hätte sie zum Schluß besessen? Kein Gedanke, Señor! Sie werden's nicht glauben. Die alte Leier. Es fehlte mir die Ausdauer, die Entschlossenheit, das Feuer, und wieder war's nichts Halbes und nichts Ganzes. Ich weiß nicht, was das ist: Immer geschieht dasselbe. Im kritischen Moment fehlt mir der Mut, und ich möchte beinahe sagen, auch das Verlangen.«

Einmal hörte Mesía hin, als Don Víctor immer dasselbe Lied wiederholte. Er hörte das Gerede von den nicht zu Ende geführten Abenteuern, vom mangelnden Mut und dachte mit letzter Entschlossenheit, beinahe mit Zorn: Dieser Idiot beschämt mich, ohne es zu ahnen. Nun, wenn er es will, so sei es denn. Heute nacht hat das ein Ende. Und wenn möglich, gleich hier.

Bald darauf begaben sich die beiden Freunde – selbst Don Víctor war von seinen Geständnissen ermüdet – an die Tafel zurück, wo die süße Brüderlichkeit der guten Verdauung nach einem opulenten Souper herrschte. Anita war nicht da.

Unbemerkt oder zumindest ohne daß sich jemand Gedanken darüber gemacht hätte, ging Alvaro hinaus und ins Haus zurück. In der Küche herrschte weiter fröhliches Lärmen. Alles übrige lag in tiefer Stille. Er kehrte in den Salon zurück. Niemand war da. Das kann doch nicht sein, dachte er. Dann trat er in das Kabinett der Marquesa. Auch dort gewahrte er im Schattendunkel keine menschliche Gestalt. Nur Stühle und Sessel. Auf keinem von ihnen die Umrisse einer Frau. Das kann doch nicht sein, dachte er wieder. Mit dem festen Glauben an seine Vorahnungen, der seine ganze Religion ausmachte, suchte Alvaro weiter, wo es noch dunkler war, und gelangte an die angelehnte Balkontür. Er stieß sie auf.

»Ana!«

»O Gott!«

Zu Weihnachten kommen Sie zu uns und essen mit uns den Truthahn. Ich habe ihn, mit Nüssen gefüllt, aus León geschickt bekommen. Ein delikater Bissen. Außerdem habe ich einen

Wein aus meiner Heimat, einen Valdiñón, den man beißen kann.«

Mesía hielt Wort und speiste zu Weihnachten im alten Palast der Ozores. Der Salon war jetzt mit einem blau-goldenen Karomuster tapeziert. Der große churrigkhereske Kamin samt seinen wogenden Sirenen mit den üppigen Gipsbrüsten war erhalten geblieben. Don Víctor hatte sich damit begnügt, all diese Karniese, Voluten, Akanthusblätter und das sonstige Laubwerk mit einem, wie er sagte, »diskreten« grauen Weiß zu übertünchen.

Beim Nachtisch versank der Herr des Hauses in Gedanken. Er folgte mit den Blicken verstohlen der hin und her gehenden Petra, die bei Tisch aufwartete. Nach dem Kaffee merkte Don Alvaro, daß sein Freund ungeduldig wurde. Seit sie im Sommer in La Costa zusammen in derselben Pension gewohnt hatten, hatte sich Don Víctor an Don Alvaros Tischgesellschaft gewöhnt. Er fand ihn bei Tische gesprächiger und sympathischer als irgendwo sonst und lud ihn häufig zum Essen ein. Sonst jedoch stand Quintanar, nachdem er nach Herzenslust geschwatzt hatte, auf, machte einen Rundgang durch den Garten, kleidete sich, immerzu singend, um und ließ so Anita und seinen Freund eine lange halbe Stunde allein. Aber jetzt rührte er sich nicht vom Fleck. Ana und Alvaro fragten sich mit den Augen, was das nun wieder zu bedeuten habe.

Die Präsidentin bückte sich, um eine Serviette vom Boden aufzuheben, und Don Víctor machte Mesía ein Zeichen, das unmißverständlich besagte: Sie stört mich. Wenn sie hinausginge, könnten wir reden.

Mesía zuckte die Achseln.

Als Ana den Kopf wieder hob und Don Alvaro anlächelte, deutete dieser, von Quintanar unbemerkt, mit den Augen zur Tür.

Sofort stand Ana auf und ging hinaus.

»Gott sei Dank!« sagte ihr Mann und atmete hörbar auf. »Ich dachte schon, dieses Mädchen wollte heute überhaupt nicht weichen.«

Er dachte gar nicht daran, daß sonst er es war, der hinausging.

»Jetzt können wir sprechen.«

»Schießen Sie los!« erwiderte Don Alvaro ruhig, zog an seiner Havanna und hüllte, wie immer, wenn es ihm angebracht schien, sein Gesicht in eine Rauchwolke.

Was mag dem für eine Laus über die Leber gelaufen sein? dachte er mit einer unbestimmten Besorgnis, die er sich nicht erst zu erklären versuchte.

Don Víctor rückte seinen Stuhl an den Mesías heran und verfiel in den Ton der großen Eröffnungen.

»Im Augenblick«, sagte er, »lächelt mir die ganze Welt. Ich bin glücklich in meinem Heim und habe mich ganz aus dem öffentlichen Leben zurückgezogen. Ich fürchte nicht länger die Invasion der Kirche, ihren zerstörerischen Einfluß. Dafür macht mir jetzt diese Petra wieder Scherereien.«

Eine Bewegung des Erschreckens bei Mesía.

»Erklären Sie sich. Sind Sie wieder schwach geworden?«

»Ja und nein, will sagen, es hat Andeutungen und Erklärungen gegeben, Versprechungen, zu achten, was diese Erzspitzbübin gar nicht geachtet wissen möchte, kurzum, sie ist eingeschnappt, weil ich den Frieden meines Heims, die Reinheit meines Betts, meines Brautlagers sozusagen, der Befriedigung flüchtiger Freuden vorziehe. Verstehen Sie mich? Sie spielt die Empörte und tut, als müsse sie ihre Ehre verteidigen, eine Ehre, die, kurz gesagt, hier niemand ernstlich zu bedrohen wagt, und was sie in Wahrheit aufbringt, ist meine Kälte.«

»Aber was tut sie denn? Lassen Sie hören.«

»Sehen Sie, Alvaro, ich würde um nichts in der Welt meiner Anita, die jetzt das Muster einer Ehefrau ist, Verdruß bereiten. Sie war immer schon gut, aber früher hatte sie ihre Launen, Sie wissen ja.«

»Ja, ja, zur Sache!«

»Jetzt ist die Ärmste genau, wie sie mir gefällt. Was ich ihr sage, tut sie. Sogar diese ein wenig hinterwäldlerische Schwärmerei ist vorbei, diese etwas übertriebene Vorliebe für bukolische Vergnügen, diese ausschließliche Sorge um die Gesundheit, die Bewegung in frischer Luft. Alle Extreme sind von Übel, und Benítez hat mir gesagt, daß Ana erst wirklich gesund sei, wenn sie der Gesundheit ihres Körpers weniger Aufmerksamkeit zuwende, ohne auch nur in Gedanken in die übertriebene und verrückte Sorge um ihre Seele zurückzuverfallen. Das wäre das Schlimmere.«

»Aber . . . Sie sagen mir nicht . . .«

»Ich komme gleich darauf. Ana lebt jetzt in einem inneren Gleichgewicht, das die Gewähr für die Gesundheit ist, die wir so lange herbeigewünscht haben. Jetzt hat sie keine Nerven mehr, will sagen, sie erschreckt uns nicht mehr damit. Auch diese Anwandlungen von Heiligkeit sind vorbei, sie schleppt mir nicht mehr immerzu Soutanen ins Haus. Kurzum, sie ist wie umgewandelt, und ich möchte den Frieden, dessen ich mich jetzt erfreue, um keinen Preis verlieren. Nun gut, Petra kann, und ich glaube, sie will uns Ungelegenheiten machen.«

»So lassen Sie doch hören! Was tut sie denn?«

»Den Frieden dieses Hauses stören. Ich glaube, sie will uns unter Mißbrauch meines, wie ich zugebe, dummen, mehr als dummen Verhaltens nach ihrer Pfeife tanzen lassen. Begreifen Sie nicht, daß für Ana jegliche Eröffnung dieses . . . scheinheiligen Hürchens ein schrecklicher Schlag sein müßte?«

»Aber was geht denn vor, Señor? Reden Sie doch schon!« rief Alvaro ungeduldig und an dem Fall interessierter, als sein Freund ahnen konnte.

»Nicht so laut, Alvaro, nicht so laut! Was vorgeht? Viel. Petra weiß, daß ich meiner Frau um jeden Preis Ärger ersparen will, denn ich fürchte, eine Nervenkrise könnte alles wieder ins Rollen bringen, und dann ginge die ganze Geschichte von vorne los. Eine Enttäuschung, die Entdeckung meiner geringen Standhaftigkeit brächte sie sicherlich wieder zu ihren früheren Grübeleien zurück, zu ihrer Weltverachtung, sie würde Trost in der Religion suchen, und dann hätten wir den Herrn Generalvikar wieder auf dem Halse. Alles andere lieber als das! Ana darf auf keinen Fall erfahren, daß ich in Augenblicken der Verblendung von Geist und Sinnen imstande war, um die Gunst dieser Buhldirne zu werben, wie Don Saturnino solche Weibsbilder nennt.«

»Aber wieso soll Ana denn etwas davon erfahren? Wo es nach alldem gar nichts zu erfahren gibt?«

»Doch. Was gewesen ist, genügt, um der Armen einen Dolch in die Brust zu stoßen. Ich kenne sie doch. Und dann: Wenn Petra verrät, was gewesen ist, würde sich meine Frau das andere, das nicht gewesen ist, dazudenken.«

»Und Petra? So reden Sie doch schon. Hat sie etwas gesagt? Hat sie damit gedroht, etwas zu sagen?«

»Das ist ja die Frage. Sie führt freche Reden, ist aufsässig, tut nichts, läßt sich nichts sagen und legt es darauf an, sich mit uns auf gleichen Fuß zu stellen.«

»Das ist ja unerhört!«

»Und zu wem, glauben Sie, ist dieses unverschämte Frauenzimmer hochnäsiger, frecher und schnippischer? Zu mir? Das wäre doch das Natürliche. Aber nein, Señor, zu Ana! Denken Sie nur, zu Ana!«

Aus der Rauchwolke, in die er gehüllt war, antwortete Don Alvaro:

»Das ist einleuchtend. Sie will Sie in die Zwickmühle nehmen. Vielleicht Eifersucht.«

»Das meine ich auch. Sieh zu, wie sich deine Frau von einer, die du zu deiner Konkubine machen wolltest, Unverschämtheiten anhören muß, oder ich packe aus. Das will diese heimtükkische Dirne mit ihrem Benehmen sagen. Nun gut: einen Rat, eine Lösung. Was soll ich tun? Schweigend zusehen? Unmöglich. Außerdem kann Anita einmal die Geduld reißen, denn wenn sie bis jetzt schweigend zugesehen hat, dann, weil in ihr noch viel aus der Zeit steckt, wo sie fast eine Heilige war. Aber wenn es Ana zuviel wird, wenn sie Verdacht schöpft, wenn ... Wehe mir!«

»Ruhe, mein Lieber, Ruhe.«

»Was machen wir, Alvaro, was machen wir?«

»Das ist doch ganz einfach.«

»Einfach?«

»Ja, man muß Petra aus dem Hause werfen.«

Don Víctor sprang von seinem Stuhl auf.

»Das hieße den Knoten durchhaun!«

»Es gibt keine andere Lösung. Fort mit ihr.«

Don Víctor legte die Schwierigkeiten und Gefahren dieses Auswegs dar, aber Don Alvaro versprach, alles zu regeln. Er wisse mit solchem Volk umzugehen. Ein glücklicher Zufall wolle es, daß in dem Gasthof, wo er seit so vielen Jahren als Hahn im Korbe wohne, ein Serviermädchen für die Gäste gebraucht werde. Petra sei dafür wie geschaffen. Der Vorschlag werde ihr schmeicheln, und er selbst, Don Alvaro, werde ihn ihr unterbreiten und ihr für den unwahrscheinlichen Fall, daß sie Sperenzchen mache, derart einheizen, daß ... Schließlich legte Don Víctor alles in die Hände seines Freundes und begab sich, etwas beruhigter, ins Kasino.

»Sie bleiben noch, um den Boden vorzubereiten, wie?«

»Ja, ja, ich bringe alles ins Lot.«

Sowie Don Víctor die Tür zum Treppenhaus hinter sich zugeworfen hatte, erschien Ana erschrocken im Eßzimmer. Sie setzte zum Sprechen an, aber da kam Petra herein, um das

Kaffeegeschirr abzuräumen. So schwieg sie und tat, als lese sie in der »Kreuzfahne«. Das Mädchen ging hinaus, und Ana sagte:

»Was gibt's, Alvaro?«

»Nun hast du bald keinen Vorwand mehr, mir zu verbieten, des Nachts zu dir zu kommen.«

»Ich verstehe dich nicht.«

»Petra geht aus dem Haus. Aus ist's mit dem Nachspionieren.«

»Petra! Petra geht?«

»Ja. Er hat mich beauftragt, sie zu entlassen. Er sagt, sie sei unverschämt und behandle dich dumm.«

»Mein Gott! So hat er etwas gemerkt?«

»Ja, Dummerchen, aber erschrick nicht. Er bläst, wo es nicht brennt.«

Mesía legte der Präsidentin den Fall dar. Er hatte ihr alles, was war, gesagt und noch einiges mehr. Die Versuchungen des unseligen Don Víctor waren für die Präsidentin dank Alvaros Verleumdungen begangene Untaten. Aber sie schrieb die Unverschämtheiten des Mädchens nicht diesem Umstand zu. Sie fürchtete, Petra habe ihre, Anas, Liebschaft mit Mesía entdeckt, und das schnippische Benehmen, die ständige Herausforderung in Blick, Miene und Lächeln sei eine Drohung, Don Víctor das Geheimnis zu entdecken.

»Nun siehst du, daß es nicht war, was du befürchtetest, kleiner Angsthase. Es ist durchaus möglich, ja wahrscheinlich, daß das arme Ding gar nichts argwöhnt, daß ihre Frechheit nichts ist als eine Drohung gegen den Herrn.«

Ana errötete. All das widerte sie an. Dieser Ehemann, dem sie die besten Jahre ihres Lebens geopfert hatte, war nicht nur ein verschrobener Sonderling, ein gefühlskalter, substanzloser Mann, sondern er stellte auch noch nachts auf den Gängen den Dienstmädchen nach, drang in ihre Kammern ein und sah ihre Strumpfbänder. Wie ekelhaft! Es war keine Eifersucht. Wie sollte es Eifersucht sein? Es war Abscheu und eine Art nachträglicher Reue, solch einem Mann das Leben geopfert zu haben. Ja, das Leben, das die Jugend war.

Alvaro, dachte Ana weiter, hat schlecht daran getan, mir diese Erbärmlichkeiten zu enthüllen, Quintanar zu verraten, so würdelos dieser auch ist, und vor allem, mich mit den lächerlichen, widerlichen Abenteuern des Alten zu beschämen. Aber in dem Bestreben, ihren Mesía, ihren Herrn, den Mann, dem sie sich mit Körper und Seele *fürs ganze Leben,* wie sie meinte, hingegeben hatte, von jeder Schuld reinzuwaschen, fand sie bald Entschuldigungen, indem sie sich vorhielt, daß der arme Alvaro dies alles aus Liebe tat, um sämtliche Skrupel aus ihrem Denken zu vertreiben, alle Rücksichten, die sie an den Alten binden konnten, der aus den besten Jahren ihres Lebens eine traurige Einöde gemacht hatte.

Ebensowenig freute es Ana, ihren Alvaro in den Ärger mit den Dienstboten verwickelt zu sehen, und noch weniger, daß er in den Fall so genau eingeweiht war. Aber was blieb anderes übrig? Alvaro tat es für sie, um in Ruhe die Glückseligkeit zu genießen, die sie so viele Jahre des Martyriums gekostet hatte.

Diese und all die anderen kleinen Fehler, die sie seit kurzem der verwünschte kritische Geist an Mesía zu entdecken nötigte, trachtete Ana in ebenso viele leuchtende Sterne seiner Schönheit umzumünzen. Wenn sie manchmal der Gedanke befiel, Don Alvaro zu verlieren, erbebte sie entsetzt wie früher, als sie fürchtete, Jesus zu verlieren.

Die ersten Liebesworte, die Ana, schon besiegt, mit leidenschaftlicher, zärtlicher Stimme ihrem Überwinder ins Ohr zu flüstern wagte – nicht am Tage, da sie sich ergab, viel später –, waren eine Bitte, ihr ständige Treue zu schwören.

»Für immer, Alvaro, für immer, schwör's mir. Wenn es nicht für immer ist, wäre dies eine Schande, ein gemeines, niedriges Verbrechen.«

Mesía hatte Ewigkeiten von Liebe geschworen und schwor sie weiterhin Tag für Tag.

Der Gedanke an die Einsamkeit *nach dem hier* erschien der Präsidentin entsetzlicher als seinerzeit das Bild der Hölle.

Mit Liebe konnte man überall leben, irgendwie, ohne an mehr als an die Liebe zu denken, aber ohne sie würden die schwarzen Spukgestalten wiederkommen, die sich bisweilen im verborgensten Winkel ihres Kopfes rührten, als erschienen sie an einem fernen Horizont wie die ersten Schatten einer ewigen, leeren, geisterhaften Nacht. Ana fühlte, daß ein Ende der Liebe, dieser alles verzehrenden, starken, neuen Leidenschaft, die sie zum ersten Mal in ihrem Leben auskostete, für sie der Beginn des Wahnsinns sein mußte.

»Ja, Alvaro, wenn du mich verläßt, werde ich bestimmt wahnsinnig. Ich fürchte um meinen Verstand, wenn ich ohne dich bin, wenn ich nicht an dich denke. Bist du bei mir, denke ich nur daran, dich zu lieben.«

So sprach sie in den Armen ihres Geliebten, ganz dem Genuß hingegeben, ohne die Scheu, die zu Anfang groß, echt und für Mesía lästig gewesen war, die aber, als sie verschwand, keine Verstellung zurückließ. Ana überließ sich der Liebe, um mit dem ganzen Ungestüm ihres Temperaments und mit einer Art Raserei zu empfinden, die Mesía im stillen roherweise verdrängten Liebeshunger nannte.

Im ersten Monat bekam er es mit der Angst. Hatte er in den ersten Tagen die Furcht, die Unwissenheit und die – nach der Weltanschauung des Klubvorsitzenden bei einer verheirateten Frau von dreißig Jahren absurden – Skrupel verwünscht, so fand er das Maß seiner Wünsche bald so überreichlich gefüllt, daß ihn ein »anderer Aspekt« seiner Liebschaft zu beunruhigen begann.

»Sie sehen schlecht aus«, sagte Somoza.

»Vorsicht«, mahnte ihn Visita immer wieder.

Er merkte selbst, daß sein Gesicht das jugendfrische Aussehen verlor, das es in den Monaten des gesunden Lebens, der Leibesübungen und der Enthaltsamkeit wiedererlangt hatte, die er klugerweise vor dem entscheidenden Angriff auf die Festung der Präsidentin beobachtet hatte.

Ja, er spürte, daß in seinem Körper von Zeit zu Zeit etwas »Knack« machte. Da war der Wurm drin. Was er fürchtete, war nicht die Krankheit der Krankheit und das Alter des Alters wegen. Nein, er war ein guter Soldat der Liebe, ein Held des Genusses, er würde auf dem Schlachtfeld zu sterben wissen. Seine Unruhe rührte aus einer anderen Ursache. Sterben, gut. Aber herunterkommen, noch dazu vor den Augen Anas, das war entsetzlich. Es war lächerlich und gemein. Ja, er brach seinen Schwur, weil er alt wurde und von Kräften fiel. Mit Schaudern dachte er an vergangene Zeiten, in denen vorübergehender, durch Exzesse der Lust hervorgerufener Kräfteschwund ihn genötigt hatte, seine Flucht zu peinlichen Kniffen zu nehmen, die zwar gut waren, um sie hinterher zu später Stunde unter schallendem Gelächter im Kasino Paco, Joaquín und anderen Nachtschwärmern zu erzählen, wenn alles glücklich überstanden, die Kraft wiedergekehrt und die komischen Ausflüchte nicht mehr vonnöten waren, die aber dennoch unangenehm blieben. Diese vorgespiegelte Jugend, Männlichkeit und Ausdauer in der körperlichen Liebe erschienen Don Alvaro genau wie die Tricks der großsprecherischen Armut, die Quevedo in seinem »Erzgauner«

schildert. Er selbst war oft genug nach einer Zeit der Verschwendung ein Hochstapler der Liebe gewesen. Aber die Tricks von früher waren jetzt, sollte der Fall eintreten, daß er sie brauchte, nicht anwendbar. Ana, die arme Ana, hatte ein Recht auf ewige, unerschöpfliche Jugendkraft. Aber die traurigen Gedanken, Angstvorstellungen des Alterns, kamen nur dann und wann. Die meiste Zeit ließen diese Sorgen den Don Juan Vetustas unbehelligt seine Liebe genießen, die er für seines Lebens höchstes Glück hielt. Er gestand sich ein, daß er so verliebt wie nur möglich in jemanden war, der nicht Don Alvaro Mesía hieß. Kein Wesen auf der Welt schien ihm nach dem Klubvorsitzenden anbetungswürdiger als seine fügsame Ana, seine vor Liebe tolle Ana, wie er es immer erwartet hatte, auch in den Tagen der größten Entfremdung. Don Alvaro gestand sich selbst nicht ein, daß es eine Zeit gegeben hatte, wo er die Hoffnung verloren hatte, die Präsidentin zu besiegen. Jetzt hatte er auf der ganzen Linie gesiegt!

Besser denn je erkannte er das, als er den großen Kampf ausfechten mußte, um das Liebesnest für den Ehebruch in den Palast der Ozores zu verlegen. Ana widersetzte sich, weinte, flehte ... »Nein, das nicht, Alvaro, um Gottes willen nicht, das niemals!« Und sie widerstand viele Tage dem Bitten des Liebhabers, der darüber Klage führte, daß er seine Liebe so selten und dann nur eilig und ohne Bequemlichkeit genießen konnte. Fast immer sahen sie sich bei den Vegallanas. Dort mußten ihre Zärtlichkeiten hastig, verstohlen bleiben. Aber ein geruhsames Reich für Stunden wollüstiger Intimität war nicht zu haben, wenn nicht ein Ort gefunden wurde, wo man nicht dauernd Überraschungen ausgesetzt war und sich verstellen mußte. Ana weigerte sich, in einen Schlupfwinkel zu kommen, den Alvaro zu suchen versprach, und er gab auch selbst zu, daß ein derartig sicherer Winkel in einer »so rückständigen« Stadt wie Vetusta schwer zu finden sei. Außerdem mußte ein Ort, wie er ihn ausfindig machen konnte, auch abstoßend auf sie wirken. Und da die Einbildungskraft solchen Einfluß auf Ana hatte, mochte der Abscheu vor der Herberge schließlich zur Abneigung gegen den Ehebruch führen. Es blieb nichts weiter übrig, als den Palast der Ozores zur Zufluchtsstatt zu nehmen. Das war am sichersten, am ruhigsten, am bequemsten. Alvaro hatte Verständnis für Anas Skrupel, aber er nahm sich vor, sie zu überwinden, und er überwand sie. Dennoch, wenn auch die Bedenken rein moralischer Art, die »mystischen Skrupel«, wie Don Alvaro im stillen mit einem ebenso unpassenden wie zynischen Ausdruck sagte, von der Leidenschaft beiseite geschoben wurden, so boten doch die »konkreten Hindernisse«, die Bedenken der Angst, weitaus ernst zu nehmendere Schwierigkeiten. Don Alvaro kam der Gedanke, daß alles höchst schwierig, wenn nicht unmöglich sein mußte, wenn er nicht eins der Dienstmädchen, am besten die Zofe, auf seine Seite brachte. Aber er wagte es nicht, Anita diesen Vorschlag zu unterbreiten. Er fand sie immer mißtrauisch, sie zeigte Petra gegenüber eine schlecht verhohlene Antipathie, und außerdem sah er ein, daß die Präsidentin in dieser Art Abenteuer zu unerfahren war, um den Zynismus so weit zu treiben, sich der Hilfe von Domestiken zu bedienen, schon gar nicht, wenn sie wußte, daß ihnen der eigene Mann nachstellte.

Etwas anderes war es aber, das Mädchen zu erobern, ohne daß Ana etwas wußte. War Petra nicht ein leichtfertiges Ding? Bewies nicht das Abenteuer mit dem Strumpfband und andere, von denen er Kenntnis hatte, daß es sehr leicht war, das Mädchen für sich zu interessieren? Ja. Und gesagt, getan. In Anas und Don Víctors Abwesenheit begann Don Alvaro hinter Türen, auf Gängen, wo immer sich eine Gelegenheit bot, den Sturmangriff auf Petra, die sich viel schneller ergab, als er erwartet hatte. Aber die Sache hatte einen großen Haken. Die Kleine hatte es sich in den Kopf gesetzt, selbstlos zu sein oder so zu tun, den närrischen Spielen der Liebe den Vorzug vor klingender Münze zu geben, ihre Dienste mit äußerst diskreten halben Worten im Austausch gegen eine Liebe anzubieten, mit der Mesía nicht in der Lage war, verschwenderisch umzugehen. Arme Ana! Was wußte sie von all diesen Komplikationen!

Auch Don Alvaro wußte nicht so viel, wie er glaubte. So war ihm zum Beispiel nicht bekannt, daß sich Petra den Luxus leisten konnte, ihm gefällig zu sein, ohne an ihren Vorteil zu denken, ohne andere Bezahlung als die Liebe, die der Frauenheld Vetustas nicht mehr mit vollen Händen austeilen konnte. Petra war dem Geld keineswegs abhold, auch war ihr Ehrgeiz, ihr Los zu verbessern und selbst in eine andere Sphäre aufzusteigen, wie sie sich auszudrücken wußte, durchaus keine stille Leidenschaft in ihrer durch und durch von Habgier beherrschten Seele. Aber bei Mesía suchte sie etwas anderes. Sie liebte ihn als hübschen Mann, um auf ihre Art der Herrin eins auszuwischen, die sie haßte, weil sie scheinheilig, bildhübsch und stolz war. Sie liebte ihn aus Eitelkeit, und wenn sie ihm gefällig war, so befriedigte sie damit zugleich ihre nächst der Sinnlichkeit vielleicht brennendste Leidenschaft, den Rachedurst. Indem sie die Liebschaft Mesías und Anas begünstigte, rächte sie sich an dem »Idioten von Don Víctor«, der die Mädchen bloßstellte, ohne von Tuten und Blasen eine Ahnung zu haben. Sie rächte sich auch an der Präsidentin, die dank ihres, Petras, Zutuns fiel und fiel, in ein Loch ohne Boden stürzte, wobei diese Erzheuchlerin nicht einmal ahnte, daß sie sich in der Gewalt ihrer Zofe befand, die eines schönen Tages, da es in ihre Absichten passen würde, alles aufdecken konnte. Sie hatte ihre Herrin in der Hand, was wollte sie mehr! Nacht für Nacht verlebte diese Stunden, bei denen die Ehre und vielleicht auch das Leben Don Víctors an einem Faden hing, den sie, Petra, in der Hand hielt, und wenn sie wollte, wenn es ihr in den Sinn kam, brach alles mit einem Schlag zusammen. Als wäre dies alles für sie kein Vergnügen, keine wahre Seligkeit gewesen, sondern Last und Mühe, lohnte ihr der schönste Mann Vetustas ihre Dienste mit der Liebe eines feinen Herrn. Doch außerdem schwelgte die mit allen Wassern gewaschene Zofe noch in einer viel süßeren Rache. Und der Generalvikar? Er hatte sie übertölpeln wollen, er hatte sie besessen. Sie hatte sich ihm in dem Glauben hingegeben, sofort die Stellung antreten zu können, die sie in Vetusta am meisten begehrte, die Teresinas. Petra wußte, wie gut Doña Paula alle Mädchen versorgte, die in ihrem Haus eine Zeitlang Zofe gewesen waren. Teresina, auf die in Bälde eine Versorgung als »feine Dame« auf einer Gutsverwalterstelle des Herrn durch die Ehe mit einem hübschen Burschen wartete, hatte sie von all dem unterrichtet, was sie selbst nicht hatte herausbekommen, ja nicht einmal ahnen können. Sie hatte ihr die Augen geöffnet und den Mund wäßrig gemacht. Petra begriff, daß das Haus des Generalvikars der sicherste Weg zur Heirat und »gnädigen Frau« war. Die Gelegenheit war gekommen. Nach der Kirchweih zu Sankt Peter hatte sie geglaubt, es sei nur noch eine Frage von Wochen. Teresina würde bald gut verheiratet das Haus verlassen, und dann würde sie an ihre Stelle treten. Aber es kam nicht so. Der Generalvikar ließ Petra links liegen. Wenn er mit ihr sprach, dann nicht über Dinge, die sie unmittelbar interessierten, sondern – welche Schmach! – um sie als Spionin zu kaufen. Freilich versprach ihr der Generalvikar Teresinas Stelle mit all den Vorteilen, die ihre Freundin genoß und weiterhin genießen würde. Auf jeden Fall aber hatte er sie getäuscht, oder besser gesagt, sie hatte sich getäuscht. Aber das wollte sich die stolze Blondine nicht eingestehen. Nach ihrer Meinung war der Generalvikar seit langem Doña Anas Geliebter, und die Eitelkeit der Zofe legte die Szene im Wald beim Vivero als einen Sieg ihrer Schönheit aus, die den Domherrn in die Sünde der Untreue hatte verfallen lassen. Petra hatte geglaubt, Don Fermín liebe, nachdem er ihre Herrin geliebt, nunmehr sie. Derlei Launen hatte sie oft beobachtet. Als sie sich überzeugen mußte, daß Don Fermín, sosehr er sich auch verstellte, wie rasend in die Präsidentin verliebt und außer sich vor Eifersucht war, daß er meilenweit davon entfernt war, ihr Geliebter zu sein und er sie, Petra, nur als Werkzeug hatte benutzen wollen, standen der Zorn, der Neid, der Stolz, die Sinnlichkeit wie züngelnde Schlangen in ihr auf. Aber sie brachte sie fürs erste zum Schweigen, ließ sich nichts anmerken und stillte zunächst nur ihre Habgier. Deshalb ging sie auf die Vorschläge des Domherrn ein. Sie würde die Stelle bei Don Fermín an dem Tage antreten, da sie den morschen Palast der Ozores verlassen mußte. So lange jedoch würde sie dort gut bezahlt, besser bezahlt, als sie hatte glauben können, ihre Dienste leisten. Der Domherr würde alles erfahren, was im Hause vorging: Ob Doña Ana Besuche empfing, wer zu ihr kam, wenn Don Víctor nicht zu Hause war, oder noch blieb, wenn der Herr ausging.

Petra versprach, alles zu melden, was sie sah. Sie stellte sich sogar, als habe sie gewisse Versprechen anderer Art vergessen, die Don Fermín in der Hitze des unvorhergesehenen Schäferstündchens an jenem unseligen Vormittag auf dem Vivero, dessen er sich schämte, entschlüpft waren. Als Don Fermín Petra so geneigt fand, ihm für Geld zu dienen, bedauerte er es mehr und mehr, die Geschichte auf dem unsinnigen schimpflichen Weg einer lächerlichen Verführung angefangen zu haben. Dieses Abenteuer erinnerte ihn an seine früheren. Es trieb ihm jetzt die Röte ins Gesicht, denn es widersprach in gewisser Weise dem Gebäude aus Sophismen, mit dem er sich seine Leidenschaft für die Präsidentin erklärte. Die reine Liebe, die ich empfinde, entschuldigt alles. Aber verträgt sich diese Liebe mit Abenteuern wie dem im Wald? Natürlich nicht, sagte sein Gewissen. Deshalb stieß ihn Petra jetzt ab, aber ihm blieb nichts anderes übrig, als sich ihrer zu bedienen.

Petra fühlte sich glücklich in diesem Leben verwickelter Intrigen, deren Fäden sie allein in der Hand hielt. Jetzt diente sie treu Mesía. Der bezahlte mit Liebe, wenn er sich auch ein wenig saumselig im Bezahlen erwies, und sie half ihm, wo sie konnte, denn ihm helfen hieß, zwei eigene Wünsche erfüllen: die Herrin zu ducken, sie in der Hand zu haben, und den »Idioten von Herrn« und den niederträchtigen Domherrn blutig zu verhöhnen. Für später behielt sich die abgefeimte Zofe das Recht vor, Don Alvaro zu verraten und sich auf die Seite ihres Herrn zu schlagen oder dessen, der zahlte, der aus ihr eine feine Dame machen würde, des Domherrn. Wann würde das sein? Nun, man würde ja sehen. Wenn sich Don Alvaro nicht gut aufführte, konnte der Fall eintreten, die Gelegenheit dasein. Wenn sie es müde wurde oder Teresina ihre Stelle verließ und sie, Petra, es aus Angst, eine andere könne ihr zuvorkommen, es für angebracht hielte, rasch dorthin überzuwechseln, konnte sie ebenfalls die Lawine ins Rollen bringen. Inzwischen erhielt Don Fermín von Petra nur vage Nachrichten, gerade ausreichend, daß er die ganze Zeit wie auf Kohlen saß, einem Tobsüchtigen gleich, dessen Qualen noch gesteigert wurden, weil er seinen Grimm vor der Welt und besonders vor Doña Paula verbergen mußte.

Wenn also Don Alvaro mit Recht sagen konnte: Arme Ana, die nichts von all dem weiß!, so konnte Petra ebenfalls sagen: Armer Don Alvaro, der nicht ein Viertel von dem weiß, was für ihn von solcher Wichtigkeit ist!

Der Klubvorsitzende trug keine Bedenken, die Präsidentin zu betrügen. Es war seiner Ansicht nach nur recht und billig, die Bedenken dieser Erstehebrecherin – auch so ein zynischer Ausdruck des Verführers – zu respektieren, die sich nicht dazu verstehen konnte, Petra ins Vertrauen zu ziehen. Aber ebenso war es nur recht, daß er, ohne Doña Ana etwas zu sagen und gleichfalls Mißtrauen gegen die Zofe mimend, sich deren unter solchen Umständen unerläßlichen Hilfe bediente. Es ging darum, Nacht für Nacht über den Balkon in Anas Zimmer einzusteigen. Das war leicht gesagt, die Ausführung aber stieß auf ernste Schwierigkeiten. Wo hinaus ging der Balkon ihres Zimmer? Auf den Park. Wie konnte man in den Park gelangen? Durch das Tor. Wer aber hatte die Schlüssel dazu? Den einen hatte Frígilis. An den konnte man nicht heran. Und den andern? Don Víctor. Den konnte man ihm entwenden, aber Petra erklärte, dazu könne sie sich nicht verstehen, denn wenn Schlüssel im Spiel seien, würde es heikel und gefährlich. Das beste wäre, wenn der Señorito über die Mauer klettere. Don Alvaro habe doch so lange Beine. Auf diese Art wirke die Komödie auch glaubhafter. Sei Doña Ana überzeugt, daß Don Alvaro über die Mauer setze, so könne sie nicht so leicht Verdacht schöpfen, daß er im Hause Mitwisser habe. Einmal unter dem Balkon, sei es für so einen gewandten Mann ein leichtes, am Fenstergitter des Erdgeschosses hinaufzuklettern und die eiserne Brüstung zu erreichen.

All dies tat Don Alvaro ohne die direkte, unmittelbare Hilfe Petras, und Doña Ana fand daher alles sehr glaubwürdig, was ihr Liebhaber von den Listen erzählte, um in ihr Zimmer zu gelangen. Petras Hilfeleistung bestand in Aufpasserdiensten, sie hatte zu verhindern, daß Don Alvaro beim Kommen und Gehen überrascht werden konnte, und mußte so tun, als sei sie die ganze Nacht über nicht in der Lage gewesen, die Anwesenheit des Liebhabers zu bemerken. Außerdem oblag es ihr, ihn nötigenfalls zu warnen und die passenden Stunden auszutüfteln. In Petras Dienst war etwas von der Verantwortung eines Bahnhofvorstehers. Weil Don Víctor es ihm gestanden hatte, wußte Don Alvaro, daß der ehemalige Gerichtspräsident und Frígilis, sobald die Zeit herankam, viel früher auf die Jagd gingen, als Ana glaubte. Petra hatte den Auftrag, den Herrn zu wecken, denn Anselmo verschlief unfehlbar und versäumte seine Pflicht. Frígilis fand sich zur ausgemachten Stunde im Park ein, bellte, und Don Víctor kam hinunter. Zuletzt beschwerte sich Frígilis, daß sein Bellen nicht immer den Herrn oder die Zofe weckte, weshalb er lange warten müsse, und um Streitigkeiten und Verspätungen zu vermeiden, kam man überein, daß sich Crespo und Quintanar zu einer bestimmten Stunde im Park trafen, ohne daß jemand bellen mußte. Zur größeren Sicherheit kaufte sich Don Víctor einen Wecker, der wie ein Erdbeben rasselte, und mit Hilfe dieser, wie er sagte, automatischen Alarmvorrichtung fand er sich hinfort pünktlich zur Verabredung ein. Fast jeden Morgen kamen Crespo und Quintanar zur gleichen Zeit in den Park. Der Zug, der sie in die Marschen und Wälder von Palomares brachte, fuhr dieses Jahr ein bißchen später ab, so daß sie nicht vor Tagesanbruch aufzustehen brauchten.

Dies alles mußte Don Alvaro wissen, um nicht Frígilis oder gar Don Víctor selbst in die Arme zu laufen. Dieser informierte ihn selbst, ohne zu ahnen, was er damit anrichtete, über die Stunde seines Aufbruchs. Was Mesía sonst noch an Einzelheiten wissen mußte, erfuhr er von Petra. So hegte er also keine Befürchtungen. Das Überspringen der Mauer bot einige Schwierigkeiten. Doch eines Nachts legte der Don Juan von außen, in dem einsamen Traslacercagäßchen, gegen die Parkecke zu, in der Mauer ein paar gut getarnte Stufen an, indem er Steine entfernte und Mörtel wegkratzte. Desgleichen brachte er der Mauer heimlich künstliche Risse und Spalten bei, die ihm Halt boten und den Aufstieg erleichterten, so daß das Haupthindernis beseitigt war. Drinnen war dann alles ein Kinderspiel. Ein altes Faß, wie von ungefähr an die Mauer gestellt, und die Überreste eines Spaliers boten ausreichend Stützpunkte, damit Don Alvaro auf der Parkseite mit all der Eile hinauf- und hinabsteigen konnte, wie sie die Umstände vielleicht einmal erforderten. Diese getarnte Leiter verglich Don Alvaro mit den Vexierbildchen auf den Streichholzschachteln. »Wo ist die Schäferin?« »Wo ist die Leiter?« Hatte man sie einmal gefunden, sah man nichts anderes mehr. Wem man sie aber nicht zeigte, der merkte nichts.

Jetzt stand noch das Schwierigste bevor: die Präsidentin zu überreden, daß sie die Balkontür öffnete. Da man ihr nichts von den Sicherheitsgarantien sagen konnte, die Don Alvaro im Haus hatte, konnte man ihren Argumenten hinsichtlich eventueller Mutmaßungen der unsympathischen Petra wenig oder nichts entgegenhalten. Zum Schluß aber überwand Don Alvaro nach all den anderen auch dieses letzte Hindernis. Ana sah schließlich ein, daß es unmöglich und vielleicht sogar lächerlich war, einem Mann, dem sie sich ganz hingegeben hatte, den Einlaß in ihr Schlafzimmer zu verweigern. Die Reinheit des ehelichen, oder besser gesagt, des exehelichen Bettes bedeutete viel. Bedeutete aber die Reinheit der Gattin selbst nicht mehr? Solche spitzfindigen Überlegungen im Verein mit der Leidenschaft und Don Alvaros beharrlichem Bitten brachten diesem zu guter Letzt den Sieg. Zwar konnte er Ana, die bei jedem Geräusch zusammenfuhr, weil sie dahinter Petras Schnüffeln argwöhnte, nicht beschwichtigen, doch brachte er sie oft so weit, daß sie sich gänzlich vergaß, um den Liebestaumel zu genießen, in den er sie wie in eine mit Opium vergiftete Wolke hüllte.

So vergingen die Tage. Ana war erschrocken, daß sie so bald nach dem Fall imstande war, einen Mann in ihren Alkoven einzulassen, sie, die sich so viele Jahre zu wehren gewußt hatte.

Nachdem Petra an diesem Weihnachtsnachmittag das Kaffeegeschirr abgeräumt hatte, ging sie zum Generalvikar.

Sie wurde von Doña Paula empfangen. Jetzt verstanden sich

die beiden sehr gut. Die Mutter des Generalvikars wußte von der engen Freundschaft zwischen Teresina und der Zofe der Präsidentin. Von Teresina wußte sie ferner, daß nach dem Willen ihres Sohnes Petra deren Stelle antreten sollte, sobald Teresina das Haus verließ. Doña Paula, die dem Wunsch ihres Sohnes auf schickliche Art zuvorkommen wollte, beschloß, die Initiative zu ergreifen und Petra die Stelle selbst anzubieten, auf die die sinnliche Blondine so versessen war. Der Vorschlag wurde an diesem Nachmittag unterbreitet. Teresina konnte von einem Tag zum andern das Haus verlassen. Petra nahm ohne Zögern und vor Freude zitternd an. Ehe sie zu Hause war, kam es ihr nicht in den Sinn, daß ihr Glück das Unglück vieler anderer nach sich ziehen mußte und bis zu einem gewissen Grad ihren eigenen Schaden. Adieu, köstliche Liebe mit Don Alvaro, eine Liebe, die von dem schönen Herzensbrecher mit jedem Mal knapper zugemessen wurde, denn die Trinkgelder flossen reichlicher, während er mit Liebkosungen knauserte, die aber schließlich doch die Liebe eines *Señorito* blieb, auf die sie stolz war. Was tun? Es gab keinen Zweifel: Klug sein, die begehrte Frucht pflücken, die Pfründe beim Generalvikar antreten. Hierfür mußte sie alles andere ins Rollen bringen, den Faden zerreißen, den sie in der Hand hielt und an dem die Ehre, der Seelenfrieden und vielleicht das Leben mehrerer Menschen hing. Bei diesem Gedanken zuckte Petra die Schultern. Sie sah alle stürzen: die Präsidentin, den Generalvikar, Don Víctor, selbst Don Alvaro. Einerlei. Der Augenblick war da. Ließ sie sich diese Gelegenheit entgehen, kam vielleicht eine andere an die Stelle Teresinas, und dann adieu, künftige *Herrschaftlichkeit!* Es blieb nichts übrig, als die Stelle augenblicklich anzunehmen. Dann aber mußte sie dem Generalvikar alles sagen, denn war sie erst einmal aus dem Haus, konnte sie nicht länger spionieren und dem Manne nicht mehr von Nutzen sein, der sie bezahlte, um diesem Trottel von Don Víctor die Augen zu öffnen, der sich, was nur natürlich war, würde rächen und die Schuldigen bestrafen wollen. Und das war es, was der Domherr erstrebte, da er in seinem Priestermantel Don Alvaro nicht selbst zum Duell fordern konnte. Petra war in diesen Dingen bestens bewandert, denn sie las in den gesammelten Jahrgängen der »Neuigkeiten«, die Doña Anuncia in einer Bodenkammer zurückgelassen hatte, die Beiträge unter dem Strich und wußte, wer wen zum Duell forderte, wenn das Liebesverhältnis einer verheirateten Dame herauskam. Wer dann zum Duell forderte, war der Ehemann, nicht ein abgeblitzter Liebhaber, schon gar nicht, wenn er Geistlicher war. Kein Zweifel, der Generalvikar brauchte sie im alten Palast der Ozores, sobald der kritische Augenblick kam. Ging sie vorher weg, so daß sie ihm zu nichts mehr nütze war, warf er sie womöglich als unbrauchbar hinaus. So mußte alles bald, sofort getan werden. Und was wollte sie tun? Einen Verrat begehen. Das stand fest.

Aber wie?

Daran dachte sie, als sie – es dunkelte schon – in das Eßzimmer trat, um die Lampe vorzurichten. Sie fühlte sich um die Hüfte gefaßt, und jemand gab ihr einen Kuß auf den Nacken.

Es war Don Alvaro. Der Arme, er wußte nicht, was ihn erwartete!

Nach dem Gespräch mit Ana hatte Mesía sie hinausgeschickt und war allein im Speisezimmer geblieben, um »den Angriff auf Petra zu starten« und ihr unter Zärtlichkeiten, die ihm von Tag zu Tag schwerer fielen, einen Wechsel der Herrschaft schmackhaft zu machen.

»Ja, siehst du, mein Kind, es war falsch von dir, die gnädige Frau von oben herab und frech zu behandeln. Das ist an und für sich schon häßlich, und es hat sie erschreckt, weil sie glaubt, daß du etwas weißt und dein Geheimnis mißbrauchen willst. Don Víctor hat einen Schreck bekommen, weil er fürchtet, du könntest ihn verpfeifen, und ich habe den Schaden davon. Sicherlich wirst du einsehen, daß ich dafür zahlen muß, wenn sie ängstlich und argwöhnisch ist. Ich brauche dich hier nicht mehr, denn ich finde meinen Weg auch allein, und bei mir im Gasthof kannst du uns nützlich sein. Außerdem . . .«

Außerdem sah Don Alvaro ein, daß er Petras Gefälligkeiten nicht mehr mit Liebe bezahlen konnte, denn er mußte von Tag zu Tag sparsamer damit umgehen. Brachte er nun die Kleine in dem Gasthof unter, würden sie dort andere Gäste, die auf solche Bissen scharf waren, ablenken, und er konnte sich fortan mit Trinkgeldern aus der Affäre ziehen. Kurz und gut, Petra war ihm aus vielerlei Gründen im Hause der Ozores im Wege. Aber das konnte er ihr nicht in dieser Form sagen.

»Señorito«, sagte Petra, trotz ihres eben erst gefaßten Entschlusses schwer in ihrem Stolz getroffen, »Sie brauchen sich keine solche Mühe zu geben, um mich zu überzeugen, daß ich hier weggehen muß.«

»Nein, mein Kind, wenn du es in die falsche Kehle kriegst, bestehe ich nicht darauf . . .«

»Nein, Señor, Sie lassen mich ja nicht ausreden. Ich will von hier weggehn, aber in den Gasthof, das nicht. Ich habe meine Launen und bin gern gefällig, verstehen Sie? Aber ich lasse mich nicht hin und her stoßen.«

»Petrica, das ist es nicht. Ich will doch nur dein Bestes!«

Don Alvaro senkte die Stimme, und Petra hob sie.

Aber die durchtriebene Zofe, die sich beherrschen konnte, wenn es ihr Vorteil verlangte, nahm sich zusammen, wechselte Ton und Redeweise und entschuldigte sich. Sie verbarg ihren Zorn, sagte, es sei alles schon perfekt, sie werde selber um ihren Lohn bitten und ohne Groll zwar nicht in den Gasthof, aber in ein anderes Haus gehen. Sie habe da schon ein Angebot, könne aber noch nicht darüber sprechen. Ansonsten blieben sie gute Freunde, und wenn der Señorito, Don Alvaro, sie brauche, so stehe sie ihm zur Verfügung, eine Liebe sei der andern wert. Sie werde auch schweigen wie ein Grab. Denn sie habe alles nur aus Zuneigung für eine Person getan – weshalb solle sie es leugnen? – und aus Mitleid zu einer anderen, die mit einem kindischen, unbrauchbaren und verschrobenen Alten verheiratet sei, daß es einen jammern könne.

Petra führte Mesía abermals hinters Licht. Sie gestattete ihm sogar neuerliche Zärtlichkeiten der Dankbarkeit, bei denen er sich schwor, es seien die letzten, denn der Gedanke, mit seinen Kräften haushalten zu müssen, beherrschte ihn wie eine fixe Idee.

Don Víctor erfuhr an diesem Abend im Kasino, daß Petra am nächsten Tag um die Abrechnung bitten und das Haus verlassen werde. O Freude! Quintanar stieß die Luft aus wie ein Blasebalg und umarmte seinen Freund. Er verdanke ihm mehr als das Leben, nämlich den Frieden seines Heims.

Don Fermín arbeitete in seinem Studierzimmer, die Füße in ein altes Schultertuch seiner Mutter gewickelt. Er schrieb beim weißlichen, eintönigen Licht des bewölkten Morgens. Ein Geräusch ließ ihn aufhorchen. Er hob den Blick und sah Doña Paula bleich, bleicher als sonst, im Türrahmen stehen.

»Was gibt es, Mutter?«

»Diese Petra von den Quintanars ist da und möchte dich sprechen.«

»Mich sprechen! So früh! Wie spät ist es?«

»Neun. Sie sagt, es sei dringend. Sie sieht erschrocken aus, ihre Stimme zittert.«

Der Generalvikar wurde so blaß wie seine Mutter und stand wie ein Automat auf.

»Sie soll hereinkommen. Laß sie herein.«

Doña Paula machte kehrt und trat auf den Gang. Zuvor liebkoste sie ihren Sohn mit dem mitleidigen Blick einer Mutter.

»Komm herein«, sagte sie zu Petra, die ganz in Schwarz, den Kopf auf die Brust gesenkt, draußen wartete.

Doña Paula hätte dem Mädchen sein Geheimnis am liebsten mit den Augen entrissen. Was mochte es sein? Einen Moment zögerte sie. Sie war fast entschlossen zu fragen, aber sie beherrschte sich und sagte noch einmal:

»Tritt näher, mein Kind, komm herein.«

Mein Kind, dachte Petra. Die will mich im Haus haben. Meine Zukunft ist gesichert.

»Was gibt's?« rief der Generalvikar und trat auf das Mädchen zu, als könne er die Neuigkeiten nicht früh genug erfahren.

Petra sah, daß sie allein waren, und brach in Tränen aus.

Don Fermín machte eine Gebärde der Ungeduld, die Petra aber nicht sah, weil sie die Augen niedergeschlagen hatte. Der Domherr wollte sprechen, konnte aber nicht. Er spürte Eisenfäuste an seiner Kehle, und im Rückgrat und in den Beinen ein leises, kaltes, beharrliches Zittern.

»Rasch! Was ist los?« brachte er schließlich hervor.

Petra erklärte, unaufhörlich heulend, er müsse sie in der Beichte hören, sie wisse nicht, ob es ein gutes Werk oder eine Sünde sei, was sie vorhabe, denn sie wolle ihm, Don Fermín, dienen, aber auch ihrem Herrn und Gott, denn schließlich sei auch das Wohl des Nächsten Frömmigkeit. Sie fürchte aber ... Sie wisse nicht, ob sie dürfe.

»Rede! Rede! Ich sage dir, du sollst augenblicklich reden! Was ist, Petra, was ist?« Mit gespielter Ruhe stützte Don Fermín eine Hand auf den Tisch. Es gab eine Pause. »So rede doch um Gottes willen!«

»In der Beichte?«

»Rede, Petra, schnell!«

»Señor, ich habe Ihnen versprochen, alles zu sagen.«

»Ja, alles. Sprich!«

»Aber jetzt weiß ich nicht, ob ich darf.«

Don Fermín lief zur Tür, schloß von innen ab, drehte sich

schnell um, packte das Mädchen grob am Arm und schrie mit verzerrtem Gesicht:

»Laß jetzt dieses Getue, sprich! Oder ich hole die Worte mit Gewalt aus dir heraus.«

Petra sah ihn gerade an und heuchelte Demut und Angst. Sie wollte sehen, was der Herr Kanonikus für ein Gesicht machte, wenn er erfuhr, daß die feine Dame ihn an der Nase herumführte.

Petra erklärte nun ohne Umschweife, daß sie mit eigenen Augen gesehen habe, was sie nie für möglich gehalten hätte. Der beste Freund des gnädigen Herrn, dieser Don Alvaro, der tagsüber Don Víctor nicht von der Seite weiche, steige bei Nacht über den Balkon in das Schlafzimmer der gnädigen Frau ein und komme nicht vor dem Morgengrauen wieder heraus. Sie habe es eines Nachts gesehen und zu träumen geglaubt. In der Meinung, gewisse Vermutungen zerstreuen zu können, habe sie sich in der nächsten Nacht auf die Lauer gelegt. Aber ach, es sei wahr, es sei wahr. Dieser Schuft habe die gnädige Frau, eine Heilige, verführt. Don Fermíns Befürchtungen seien nicht umsonst gewesen.

Petra redete und redete, aber de Pas hörte schon eine Weile nicht mehr zu.

Sowie er begriffen hatte, worum es ging, hatte sich Don Fermín, ehe er noch die hämischen Worte aufnahm, mit denen die sinnliche Blondine den Sturm auf das Haus der Ozores durch den Don Juan Vetustas schilderte, auf dem Absatz herumgedreht, als wolle er ohnmächtig zusammenbrechen. Danach hatte er zwei unsichere Schritte auf die Balkontür zu getan und die Stirn an die Scheiben gelegt. Es sah aus, als blicke er auf die Straße, aber er hatte die Augen geschlossen.

Er hörte Petra, ohne ihr Geschwätz recht zu verstehen. Das Leiern der schrillen, weinerlichen Stimme störte ihn, nicht das, was sie sagte. Das nahm der Domherr längst nicht mehr auf. Er wollte ihr befehlen zu schweigen, aber er konnte nicht, er konnte nicht sprechen, sich nicht rühren.

Petra redete sich alles vom Herzen. Als sie endlich schwieg, hörte man nur noch die gedämpften Geräusche von der Straße: das Räderrollen einer Kutsche irgendwo in der Ferne, das Schreien eines Hausierers.

Dem Generalvikar war, als sei die eiskalte Scheibe, an die er seine Stirn preßte, ein Messer, das sich langsam in sein Gehirn bohrte. Er dachte daran, daß ihn seine Mutter, indem sie ihn in eine Soutane gesteckt hatte, so unglücklich und elend gemacht habe, daß er als einziger auf der ganzen Welt Mitleid verdiene. Auch die allgemeine, falsche und dumme Ansicht, die den Geistlichen mit einem Eunuchen vergleicht, drang mit der Feuchtigkeit der vereisten Fensterscheibe in sein Gehirn. Ja, er war wie ein verliebter Eunuch, ein Gegenstand des Spottes, widerlich schon durch die bloße Lächerlichkeit. Die Präsidentin, die seine Frau war, seine rechtsmäßige Gattin, nicht vor Gott, nicht vor den Menschen, vor ihnen beiden, ganz besonders vor ihm selbst, vor seiner Liebe, seinem eisernen Willen, all den Zärtlichkeiten seiner Seele, die Präsidentin, seine Seelenschwester, seine Frau, seine Gattin, seine sittsame Gattin – hatte ihn betrogen, hatte ihn entehrt wie die erste beste andere. Und er, der nach Blut dürstete, der danach gierte, dem Schurken den Hals zuzudrücken, ihn zwischen seinen Händen zu erwürgen, ihn unter sich zu treten, zu zerstampfen, Brei, Staub, Luft aus ihm zu machen – ihm waren durch einen schmachvollen Fetzen Stoff die Füße gebunden wie einem Sträfling, wie einer Ziege oder einem Gaul, die frei auf der Wiese weiden. Er, der jämmerliche Priester, das Spottbild eines Mannes, als geschlechtsloses Wesen verkleidet, er mußte schweigen, sich auf die Zunge beißen, seinen Händen, seiner Seele Gewalt antun, nur sich selbst, nicht dem anderen, dem Schurken, dem Feigling, der ihm ins Gesicht höhnen würde, weil ihm die Hände gebunden waren. Wer hielt ihn nieder? Die ganze Welt. Zwanzig Jahrhunderte Religion, Millionen blinder, dumpfer Geister, die den Wahnwitz nicht sahen, weil er sie nicht schmerzte, die Größe, Entsagung, Tugend nannten, was eine ungerechte, barbarische, dumme und vor allem grausame, ja, grausame Marter war. Hunderte von Päpsten, Dutzende von Konzilien, Tausende von Städten, Millionen von Steinen in den Kathedralen, von Kreuzen und Klöstern, die ganze Geschichte, die ganze Zivilisation, eine Welt von Blei lastete auf ihm, auf seinen Armen, seinen Beinen. Ana, die ihm ihre Seele geweiht, ihm die Treue einer übermenschlichen Liebe gelobt hatte, betrog ihn wie einen vertrottelten, lüsternen, groben Ehemann. Sie hatte von ihm gelassen, um sich einem erbärmlichen Gecken hinzugeben, einem Laffen, einer hohlen Gipsfigur! Und nicht einmal Mitleid konnte die Welt für ihn, Don Fermín, aufbringen, und seine Mutter, die ihn zu vergöttern glaubte, konnte ihm keinen Trost geben, den Trost ihrer Umarmung und ihrer Tränen. Wenn er im Sterben läge, säße seine Mutter zu seinen Füßen und raufte sich, verzweifelt weinend, die Haare. Aber dafür, was viel schlimmer als sterben war, schlimmer als die ewige Verdammnis – dafür hatte seine Mutter keine Tränen, keine Umarmungen, keine Verzweiflung, ja nicht einmal einen Blick. Er konnte nicht reden, sie konnte nichts ahnen, sie durfte es nicht. Es gab nichts als eine höchste Pflicht, die Verstellung, das Schweigen. Keine Klage, keine Bewegung! Er wollte davonstürmen, die Verräter suchen, sie töten. Nichts da. Schweigen, keine Hand regen, keinen Fuß aus dem Haus setzen. Nach einer Weile schon, aber nur, um in den Chor zu gehen, vielleicht die Messe zu lesen, den Herrn zu empfangen! Der Generalvikar spürte ein satanisches Gelächter in seinem Innern. Ja, der Teufel hatte in ihm gelacht, und dieses Lachen aus der Tiefe, dessen Wurzeln in seinem Leib, seiner Brust saßen, erstickte und vergiftete ihn.

Er stieß die Balkontür mit einem Faustschlag auf, und die kalte, feuchte Luft brachte ihm die ferne Vorstellung der Wirklichkeit zurück. Er hörte das diskrete Husten Petras, die hinter ihm stand, ihm auf den Nacken starrte und wartete.

Da schloß Don Fermín die Balkontür, drehte sich um und sah mit stumpfsinnigem Blick die Blondine an, die falsche Tränen trocknete. Brauchte er nicht ein Werkzeug, um zu kämpfen, um Rache zu nehmen? Hier war die einzige Möglichkeit, die er hatte.

Petra stand schweigend da, in der Erwartung, ihrem Herrn dienen zu können.

Es bereitete ihr ein inniges Vergnügen, den Domherrn leiden zu sehen, aber sie wollte mehr, sie wollte ihr Werk fortführen. Sie wartete auf den Befehl, all die glühenden Nadeln, die sie soeben dem wahnsinnigen Geistlichen ins Fleisch gestoßen hatte, ihrer Herrin, der hochmütigen feinen Dame, in die Seele zu bohren. Eine schwerfällige, heisere, matte Stimme, die nicht aus dem Zimmer zu kommen schien, fragte:

»Und du? Was gedenkst du jetzt zu tun?«

»Ich? Dieses Haus verlassen, Señor.« Er will nicht mit offenen Karten spielen, dachte Petra. Nun gut, dann soll er leiden. Der läuft mir noch nach, wohin ich es möchte. »Das Haus verlassen«, wiederholte sie. »Was soll ich denn machen? Ich will mit meinem Schweigen nicht zur Schande des gnädigen Herrn beitragen. Ändern kann ich es nicht, aber ich kann aus dem Hause gehen.«

»Und Don Víctors Ehre bedeutet dir wohl nichts? So dankst du ihm das Brot, das du so viele Jahre gegessen hast? So dankst du es ihm?«

»Was kann ich schon für ihn tun, Señor?«

»Wenn du fortgehst, nichts.«

»Sie werfen mich ja hinaus.«

»Sie?«

»Ja, sie. Gestern hat mich Don Alvaro, der eigentliche Herr im Hause – denn Don Víctor ist blind, er sieht alles mit seinen Augen –, gestern hat mich also Don Alvaro auf die Straße gesetzt. Heute muß ich gehen. Er hat mir eine Stelle im Gasthof angeboten, aber ich sitze lieber auf der Straße.«

»Du kommst hierher, Petra«, sagte die hohle Stimme im vergeblichen Bemühen, sanft zu sein.

Petra brach wieder in Tränen aus. Wie solle sie so eine Wohltat vergelten?

Diese Rührseligkeit erleichterte die Übereinkunft. Indem jeder einen Pflock zurücksteckte, kam man dem infamen Abkommen, der abscheulichen, gemeinen Intrige näher. Anfangs zierte man sich noch, berief sich auf heilige Interessen. Danach ließ man diese Floskeln. Zu guter Letzt bot der Generalvikar dem Mädchen an, ihre Zukunft zu sichern, ihren Ehrgeiz zu krönen, und sie wollte dafür Quintanar seine Schande so handgreiflich vor Augen führen, daß dieser Herr, wenn Mannesblut in seinen Adern floß, die Treulosen bestrafen mußte, wie sie es verdient hatten.

Am Ende dieser Unterredung sprachen sie wie zwei Komplicen eines schwierigen Verbrechens. Der Generalvikar drückte sich gewunden aus, aber nicht, wenn es darum ging, seinen Plan klarzulegen. Was wolle Petra tun, um dem beschränkten Quintanar seine Schande vor Augen zu führen? Enthüllungen? Das ginge nicht an. Anonyme Briefe? Das sei zu riskant. »Woher denn, Señor! Nichts von alledem! Sie werden schon sehen«, beteuerte Petra, die jede Verstellung fahren ließ, mit der Befriedigung einer Künstlerin.

Hier waren zwei von Leidenschaft besessene Missetäter unter sich, ohne einen Zeugen ihrer Verruchtheit. Jeder sah nur seine Rache, nicht die Missetat des anderen und auch nicht die Schändlichkeit des Paktes.

Als Petra das Haus des Generalvikars verließ, fühlte dieser einen neuen Menschen in sich, einen Menschen, der bereit war, aus Rachsucht zu töten, einen Verbrecher, einen von Leidenschaft Verblendeten, einen Mörder, ja, einen Mörder. Die andere war sein Werkzeug, der Mörder war er. Und es bedrückte ihn nicht. Nein, hundertmal den Tod, hundertmal den Tod für diese Ruchlosen! Was würde wohl Don Víctor tun? Welches alte Theaterstück würde er hervorkramen, um seinen Schimpf hinlänglich zu rächen? Würde er zuerst sie töten oder zuerst den anderen aufsuchen?

Am Tag darauf, dem 27. Dezember, mußten Don Víctor und Frígilis den Zug nach Roca-Tajada um acht Uhr fünfzig nehmen, um gegen halb zehn in den Marschen von Palomares zu sein. Es war ein bißchen spät für die Jagd auf Wildenten und Rohrdommeln, aber die Eisenbahngesellschaft konnte ja nicht gut für die Jäger einen Sonderzug einsetzen. Da man also nicht so früh wie in anderen Jahren aufzustehen brauchte, stellte Quintanar seinen Wecker so, daß er ihn Punkt acht mit einem gellenden Gerassel weckte. Im Handumdrehen war er angezogen und gewaschen, ging in den Park hinunter, wo er zwei, drei Minuten auf Frígilis zu warten pflegte, wenn er ihn nicht schon vorfand, und danach fuhr man zum Bahnhof, wo man ein paar Minuten vor der Abfahrt des Bummelzuges eintraf.

An diesem Morgen fuhr Quintanar aus einem tiefen, süßen Schlaf, wie er bei ihm selten war, in die Höhe, erschrockener als sonst und von dem schnellen, schrillen, unrhythmischen Läuten dieses metallischen Röchelns benommen. Mühsam kämpfte er die Müdigkeit nieder, gähnte viele Male, und als er sich entschloß, aus dem Bett zu springen, geschah es nicht ohne Widerspruch des müden Körpers gegen solch unangebracht frühes Aufstehn. Seine Verschlafenheit und Müdigkeit sagten ihm, daß es viel früher als sonst sein müsse, daß der Wecker unverschämt lüge und es bei weitem noch nicht die Stunde sein könne, die das Zifferblatt angebe. Doch kümmerte sich der Jäger nicht um solche Haarspaltereien und begab sich unter ständigem Gähnen und Strecken der Arme zur Waschschüssel, wo er den Kopf kurzentschlossen ins kalte Wasser steckte. Das war Don Víctors Antwort auf die Einflüsterungen des schwachen Fleisches, das in die wohligen Federn zurückwollte.

Als er seine Gedanken schon etwas besser beisammen hatte, stellte er unparteiisch fest, daß die Faulheit an diesem Morgen nicht aus bloßer Gewohnheit Klage führte. Es mußte in der Tat viel früher sein als die Uhr angab. Dennoch, er war sicher, daß der Wecker nicht vorging. Er hatte ihn am Abend zuvor eigenhändig aufgezogen und gestellt. Und trotzdem mußte es früher sein. Es konnte noch nicht acht sein, nicht einmal sieben, das sagte ihm die Müdigkeit, die sich trotz des kalten Wassers wieder einstellte, und noch überzeugender das spärliche Tageslicht. Die Sonne muß heute um sieben Uhr zwanzig aufgehen, vielleicht eine Minute früher oder später, dachte er. Schön, aber die Sonne ist ohne jeden Zweifel noch nicht heraufgekommen. Freilich machen der dichte Nebel und die schweren grauen Wolken, die den ganzen Himmel überziehen, den Morgen sehr dunkel, aber das hat nichts zu sagen, die Sonne ist noch nicht herauf, dafür ist es zu finster. Es kann also noch nicht einmal sieben sein. Seine Taschenuhr konnte er nicht befragen, denn als er sie am Tag zuvor hatte aufziehen wollen, war die Feder gebrochen.

Das beste wäre zu rufen, dachte er.

Er trat in Pantoffeln auf den Korridor.

»Petra, Petra!« rief er, bemüht, keinen Lärm zu machen.

»Petra, Petra! Ach, zum Teufel, wie soll sie antworten, wenn sie nicht mehr im Hause ist. Die verdammte Gewohnheit, der Mensch ist ein Gewohnheitstier.«

Don Víctor seufzte. Er freute sich von Herzen, diese Zeugin und das Beinahe-Opfer seiner Schwäche los zu sein. Trotzdem verspürte er jetzt, wenn er daran dachte, daß er vergebens »Petra!« rief, eine seltsame Melancholie. So ist das Menschenherz nun einmal.

»Servanda! Anselmo!«

Niemand antwortete.

Kein Zweifel, es ist sehr früh, dachte er wieder. Es ist noch nicht einmal für die Dienstboten Zeit zum Aufstehen. Aber warum geht bloß der Wecker vor? Zwei Uhren in zwei Tagen zum Teufel. Ein Unglück kommt selten allein.

Wieder befielen Don Víctor Zweifel. Konnten die Dienstboten nicht verschlafen haben? Konnte dieses spärliche Licht nicht von den dichten Wolken herrühren? Weshalb der Uhr mißtrauen, wenn sie niemand in den Fingern gehabt haben konnte? Wer sollte auch ein Interesse daran haben, sie vorzudrehen? Wer sollte sich solch einen dummen Spaß erlauben? Quintanar gelangte zu der gegenteiligen Überzeugung. Nun fand er, daß es durchaus acht sein könnte, zog sich eilig an, griff nach der Anisflasche, nahm einen Schluck, wie es dieser Todfeind der Schokolade immer tat, wenn er auf die Jagd ging, warf sich den mit kaltem Braten reich gefüllten Proviantsack über die Schulter und stieg über die Treppe im Gang auf Zehenspitzen in den Garten, um die Ruhe des Hauses nicht zu stören. Aber Anselmo und Servanda würde er sich vorknöpfen, wenn er nach Hause kam. So ein faules Pack! Jetzt hatte er zu nichts mehr Zeit. Frígilis mußte im Park schon ungeduldig auf ihn warten.

Aber bei Gott, wenn es tatsächlich acht ist, habe ich meine Lebtage keinen dunkleren Tag gesehen. Dabei ist der Nebel gar nicht besonders dick, woher! Und der Himmel ist auch nicht sehr verhangen. Ich begreife das nicht.

Unter solchen Überlegungen gelangte Quintanar in die Gartenlaube, ihren Treffpunkt. Seltsam! Frígilis war noch nicht da. Ob er im Park herumlief? Quintanar warf die Flinte über die Schulter und trat aus dem Pavillon.

In diesem Augenblick schlug die Kathedralenuhr dreimal, als gähnte sie.

Don Víctor blieb nachdenklich stehen, stemmte den Gewehrkolben in den feuchten Sand des Weges und rief:

»Man hat ihn vorgedreht! Aber wer? Ist es nun drei Viertel acht oder drei Viertel sieben? Diese Dunkelheit!«

Er wußte nicht, weshalb, aber er spürte eine seltsame Beklemmung. Offenbar hatte er auch schwache Nerven! Ohne daß er sich den Grund erklären konnte, beunruhigte und quälte ihn diese Ungewißheit. Aber wieso Ungewißheit? Er war vorhin blind gewesen. Dieses Licht konnte nicht das Licht von acht Uhr sein, es war drei Viertel sieben. Das war die Morgendämmerung, jetzt war er sicher. Aber wer hatte ihm dann den Wecker über eine Stunde vorgestellt? Wer und weshalb? Und vor allem: Weshalb nahm er diesen belanglosen Zwischenfall so tragisch?

Er hatte sich wieder in Bewegung gesetzt und ging auf das Haus zu, das man zwischen den entlaubten Ästen der an dieser Stelle dichtstehenden Bäume sah. Er hörte ein Geräusch wie von einer behutsam geöffneten Balkontür. Er tat noch zwei Schritte zwischen den Baumstämmen, die ihm die Sicht nahmen, und gewahrte schließlich, daß in seinem Haus eine Balkontür geschlossen wurde und ein Mann am Geländer hing und mit den Füßen die Gitterstäbe eines Fensters im Erdgeschoß suchte, um dort Halt zu finden und danach auf einen Erdhaufen zu springen.

Es war Anitas Balkon.

Der Mann hüllte sich in einen Mantel, sprang, den Sand der

Wege meidend, von Blumenbeet zu Blumenbeet, lief dann in langen Sätzen über den Rasen und erreichte die Mauer bei der Ecke, die auf das Traslacercagäßchen ging. Mit einem Sprung war er auf einem halb verfaulten Faß, das dort im Winkel stand, kletterte am morschen Spalier höher und saß bald, dank seiner langen Beine, rittlings auf der Mauerkrone.

Don Víctor war ihm von fern zwischen den Bäumen gefolgt. Gedankenlos, ganz instinktiv, wie bei der Jagd, hatte er den Gewehrhahn gespannt, aber den Flüchtenden nicht aufs Korn genommen. Erst wollte er wissen, wer es war. Er begnügte sich nicht mit Vermutungen.

Trotz des spärlichen Dämmerlichts konnte der Eigentümer des Parks, als der Mann rittlings auf der Mauer saß, nicht länger im Zweifel sein.

Es ist Alvaro! dachte Don Víctor und riß die Waffe ans Gesicht.

Mesía war ganz ruhig. Er blickte in das Gäßchen, beugte das Gesicht vor, und seine ganze Aufmerksamkeit richtete sich auf die Ritzen und Steine, die seinen Füßen beim Abstieg Halt bieten sollten.

Es ist Alvaro, dachte abermals Don Víctor, den Kopf seines Freundes vor dem Gewehrlauf.

Er stand zwischen den Bäumen. Auch wenn der andere in den Park schaute, würde er ihn nicht sehen. Er konnte warten, überlegen, er hatte Zeit, es war ein sicherer Schuß. Wenn der andere eine Bewegung machte, um sich hinabzulassen, dann. . .

Aber der ließ sich Zeit, Jahre, Jahrhunderte. So konnte das nicht weitergehen, mit dem Gewehrlauf, der Zentner wog, Welten von Blei, und dieser Kälte, die Körper und Seele verzehrte. Besser wäre es gewesen, am anderen Ende des Laufs zu sein, dort oben auf der Mauerkrone. Ja, er hätte den Platz getauscht, und das, wo der andere gleich sterben würde.

Es war Alvaro, und er hatte keine Minute mehr zu leben! Ob er in den Park oder auf die Straße fiel?

Er fiel nicht, sondern stieg, an die Kletterei gewöhnt, seelenruhig auf der Straßenseite hinunter. Don Víctor sah ihn verschwinden, ohne ihn aus dem Visier zu lassen und ohne eine Bewegung mit dem Finger zu wagen, der am Abzug lag. Mesía war schon in dem Gäßchen, und sein Freund zielte noch immer in die Luft.

»Der Elende! Ich hätte ihn töten müssen!« rief Don Víctor,

als es bereits zu spät war. Als schlüge ihm jetzt das Gewissen, rannte er zum Parktor, schloß es auf, stürmte auf die Gasse und lief bis zu der Mauerecke, wo sein Freund hinabgesprungen war. Niemand war zu sehen. Quintanar trat an die Mauer und sah in ihren Löchern und Ritzen die »Treppe seiner Schande«.

Ja, jetzt sah er es deutlich, jetzt sah er nichts anderes mehr. Und wie oft war er da vorbeigegangen, ohne zu ahnen, daß man über diese Mauer ins Schlafzimmer seiner Frau stieg! Er ging in den Park zurück, untersuchte die Mauer auf der anderen Seite. Das morsche Faß wie von ungefähr an die Mauer gerückt, darüber die Latten des zerbrochenen Spaliers als eine zweite Leiter! Tag für Tag hatte er es dutzendmal gesehen, ohne zu ahnen, was es war: Eine Leiter! Es erschien ihm wie das Sinnbild seines Lebens: Ganz deutlich zeigte es die Zeichen seiner Schande, die Schritte des Verrats. Die geheuchelte Freundschaft, das geduldige Anhören von Theaterstücken und Herzensergüssen, die Intrigen gegen den Herrn Generalvikar – das alles war eine zweite Leiter, und er hatte sie nie gesehen.

Und Ana? Ana! Die war da, im Hause, sie lag im Bett. Sie hatte er in der Hand, sie konnte er töten, sie mußte er töten. Da er schon dem andern das Leben geschenkt hatte, für Stunden, nur für ein paar Stunden, weshalb nicht mit ihr den Anfang machen? Ja, er war entschlossen, natürlich, er mußte sie töten. Aber zuvor, zuvor wollte er überlegen, mußte er die Folgen des Vergehens überschlagen, denn ein Vergehen war es schließlich. Sie waren zwei Verworfene, hatten den Gatten, den Freund betrogen. Aber er würde zum Mörder werden, dessen Tat zwar entschuldbar war, dennoch aber zum Mörder.

Er setzte sich auf eine Steinbank, stand aber sofort wieder auf: Die Kälte drang durch die Kleidung. Don Víctor spürte eine seltsame Trägheit des Körpers, die er seiner und der Umstände unwürdig fand. Er fror und war schläfrig. Daran dachte er unwillkürlich, während die Gedanken, die sich auf sein Unglück, seine Entehrung und Schmach bezogen, flüchtig waren, sich verwirrten und sich weigerten, eine vernünftige Reihenfolge anzunehmen.

Er trat in den Pavillon und setzte sich auf einen Schaukelstuhl. Von dort aus sah man den Balkon, von dem Don Alvaro gesprungen war.

Die Kathedralenuhr schlug sieben.

Die Glockenschläge brachten dem benommenen Kopf Quintanars die traurige Wirklichkeit zum Bewußtsein. Man hatte seine Uhr vorgestellt. Wer? Petra! Ohne jeden Zweifel Petra! Es war ein Racheakt gewesen. O ja, ein gelungener Racheakt! Jetzt fand er es absurd, daß er das spärliche Licht der Dämmerung für einen bewölkten Tag gehalten hatte. Und wenn Petra den Wecker nicht vorgestellt, oder er ihm nicht geglaubt hätte, vielleicht hätte er zeit seines Lebens nichts von seinem schrecklichen Unglück erfahren, diesem Unglück, das seinem Glück für immer ein Ende setzte. Die Mattheit, die von seinem Unglück, dem Kummer und der Müdigkeit des Körpers herrührte, lähmte Don Víctor. Er wollte nicht einmal mehr leben. Wie gut wäre es, wenn die Zeit stehenbliebe! dachte er. Aber nein, sie blieb nicht stehen, sie lief und zerrte ihn mit. Sie rief ihm zu: Rühre dich, tue etwas, tu deine Pflicht! Denk an deine großen Worte, töte, vernichte, schreie, verkünde deine Rache aller Welt, nimm Abschied für immer von der Ruhe, suche Kraft auf dem Grunde deiner Schläfrigkeit, entreiße dem Gähnen die Donnerworte der beleidigten Ehre, spiele deine Rolle, jetzt bist du dran, jetzt spielt nicht Perales, sondern du, jetzt ist es nicht Calderón, der Ehrenhändel erfindet, sondern das Leben, dein verwünschtes Geschick, die elende Welt, die dir so heiter erschien, nur zum Vergnügen und für Verse erschaffen. Geh, lauf, renne hinauf, töte die Dame, fordere dann den Galan zum Duell und töte ihn ebenfalls. Es gibt keinen anderen Weg. Und bei all dem konnte er keine Hand, keinen Fuß rühren, er war todmüde, verfluchte das Wachsein, das solchen Jammer, solches Unglück bereithielt!

Doch jetzt war seine Stunde gekommen. Dies war sein Degen- und Mantelstück. Es gab sie im Leben auch. Aber wie häßlich, wie entsetzlich waren sie! Wie konnten einen diese Verrätereien, dieses Töten und die Rachsucht in Versen auf dem Theater so ergötzen? Wie schlecht der Mensch doch war! Wie konnte man sich an diesem Jammer weiden, solange er andere traf, wo er so schmerzte, wenn man ihn selbst empfand? Und er, der Elende, Würdelose, der Feigling, philosophierte hier, während seine Ehre immer noch ungerächt war. Man mußte beginnen, die Zeit flog! Eine neue Qual! Der Ablauf der Vorstellung, die Schürzung des Knotens. Wo sollte er anfangen, was sagen, was tun, wie sie töten, wie ihn suchen?

Die Kathedralenuhr schlug halb acht.

Mit einem Satz sprang Quintanar auf.

Eine halbe Stunde, eine halbe Stunde in einer Minute vergangen! Und ich habe es nicht Viertel schlagen hören! Frígilis muß gleich kommen, und ich habe noch keinen Entschluß gefaßt.

Don Víctor war sich bewußt, daß sein Wille gelähmt war, daß er keine Entscheidung treffen konnte. Er verachtete sich, ja, aber tiefer als die Verachtung war der Trost, den er empfand, als er einsah, daß er nicht den Mut aufbrachte, jemanden so von einem Augenblick zum andern zu töten.

Entweder gehe ich jetzt hinauf und töte sie gleich, bevor Tomás da ist, oder ich töte sie heute nicht mehr.

Erneut ließ er sich in den Schaukelstuhl fallen, und da die Schlaffheit des Geistes, der schon nicht mehr gegen das Unvermögen des Willens ankämpfte, seine Gewissensnöte linderte, gewann das Gefühl einen Teil seiner Kraft zurück, und der Schmerz über die Untreue traf ihn zum erstenmal mit solcher Wucht, daß ihm die Tränen kamen.

Er weinte wie ein alter Mann und dachte daran, daß er einer war. Nie war ihm dieser Gedanke gekommen. Sein Temperament hatte ihn getäuscht, indem es ihm eine ewige Jugend vorspiegelte. Das Unglück bleichte, da es ihn so jäh verwundete, mit einem Schlag im Geist alle grauen Haare.

Er war ein armer alter Mann, den man betrog und verspottete. Er kam in das Alter, wo er bald eine Gefährtin brauchen würde wie einen Stab, und der Stab zerbrach ihm unter der Hand: Die Gefährtin hatte ihn verraten. Er würde allein bleiben, ganz allein. Die Frau und der Freund verließen ihn.

Er empfand keine Eifersucht. Er spürte in diesem Augenblick nicht die Schande der Entehrung. Er dachte nicht mehr an die Leute und die Lächerlichkeit, der er anheimfallen würde. Er dachte nur an die Untreue. Ihn schmerzte der Betrug seiner Ana, der er seine Ehre, sein Leben, alles gegeben hatte. Ach, jetzt sah er, daß seine Liebe tiefer war, als er selbst geglaubt hatte. Jetzt liebte er sie mehr denn je, aber er spürte deutlich, daß es nicht die Liebe des Liebhabers, des verliebten Gatten war, sondern die eines zärtlichen Freundes und eines Vaters, ja, eines liebevollen, nachsichtigen Vaters, der nach Aufmerksamkeiten und Freundlichkeiten verlangt.

Sie töten! Das war leicht gesagt. Sie töten! Die Schauspieler sind damit schnell bei der Hand, die Dichter ebenfalls, weil sie nicht wirklich töten. Aber ein rechtschaffener Mann, ein Christ, tötet nicht so mir nichts, dir nichts, ohne selbst vor Schmerz zu sterben, Menschen, mit denen er durch die Bande der Liebe und Gewohnheit verbunden ist. Seine Ana war wie seine Tochter, und er empfand seine Schande, wie sie ein Vater empfinden mußte. Er wollte strafen, sich rächen, aber töten wäre zuviel. Nein, er brachte den Mut dazu weder heute noch morgen, noch sonstwann auf. Weshalb sich selbst täuschen? Töten konnte, wer blind vor Haß war, aber er war nicht blind vor Haß, er war zu Tode betrübt, erstickte unter eiskalten Tränen. Er spürte die Wunde, erkannte Anas ganzen Undank, aber er haßte sie nicht, er wollte, er konnte sie nicht töten. Den anderen wohl. Alvaro mußte sterben, aber Auge in Auge, im Duell, nicht durch einen Schuß. Mit dem Degen würde er ihn töten, das war vornehmer, seiner würdiger. Frígilis mußte das alles in die Wege leiten. Aber wann? Jetzt? Sobald er kam? Nein, er brachte auch nicht den Mut auf, es ihm so plötzlich zu sagen. Hatte er erst mit einer Menschenseele über diese schmähliche Entdeckung gesprochen, konnte er nicht mehr zurück, seinen Entschluß nicht mehr ändern, die Rache nicht mehr aufschieben oder abwandeln. Sobald jemand davon wußte, galt es, schnell und gewalttätig zu handeln. Das verlangten die Ehrbegriffe der Welt. Schließlich war er ein betrogener Ehemann. Ana mußte er in ein Kloster stekken. Und er, er würde in seine Heimat zurückkehren, wenn Mesía ihn nicht tötete. Er würde sich in La Almunia de Don Godino verstecken.

Als er mit seinen Überlegungen so weit gekommen war, fiel dem unglücklichen Gatten ein, daß Ana ihm vor Monaten eine Reise nach La Almunia vorgeschlagen hatte. Hätte er damals eingewilligt, wäre vielleicht dieses Unglück nicht gekommen.

Und Petra? Zum Teufel mit ihr! Sie ist es, die mich so unglücklich gemacht hat, dachte er, die mich in diesen finsteren Schacht der Trauer stürzt, aus dem ich nicht mehr heraus kann, und wenn ich die ganze Welt töte, Mesía in Stücke schlage und die arme Ana lebendig begrabe.

Von der Kathedrale schlug es achtmal. Acht! dachte er. Jetzt müßte ich aufstehen, und dann hätte ich nichts erfahren!

Dieser Gedanke beschämte ihn. In seinem Kopf bohrte das häßliche Wort, mit dem das unflätige Pack die Ehemänner bezeichnet, die ihre Schande dulden, und wieder entbrannte der Zorn in seiner Brust und fegte fauchend den sanften Schmerz hinweg. Rache! Rache! sagte er sich. Oder ich bin ein elender Wicht, ein verachtenswerter Schwächling.

Er hörte Schritte auf dem Sand, hob den Kopf und erblickte Frígilis.

»Holla! Da ist wohl jemand zu früh aufgestanden?« sagte Crespo, der gern immer der erste war.

»Gehen wir«, sagte Don Víctor, hängte sich die Flinte über die Schulter und stand auf.

Frígilis' Anwesenheit hatte ihn aufgeschreckt. Er nahm alle Kraft zusammen, um einen schnellen Entschluß zu fassen. Schließlich entschied er sich dafür zu schweigen, sich nichts anmerken zu lassen und auf die Jagd zu gehen. Während er sich allein auf den Wiesen in den Meeresniederungen auf dem Anstand befand, wollte er diesen Tag über, der so lang sein würde, nachdenken. Und auf der Heimfahrt hatte er seinen Plan vielleicht schon entworfen und würde Tomás zu Rate ziehen, ihn beauftragen, den andern zum Duell zu fordern, falls er sich dafür entschied. Fürs erste aber schweigen, sich nichts anmerken lassen. So etwas konnte man nicht einfach herumerzählen. Die Entdeckung, die er Petra verdankte, durfte nicht ohne Sinn und Verstand verbreitet werden. Frígilis konnte er alles anvertrauen, aber zur rechten Zeit.

Sie verließen den Park. Quintanar schloß das Gittertor mit seinem Schlüssel ab. Crespo ging voraus. Don Víctor blickte zurück in den Garten, zu dem düsteren Haus, das schon nicht mehr dasselbe zu sein schien. Was sollte er tun? War er ein Feigling, wenn er die Rache aufschob? Nein. Die beiden ahnten ja nichts. Sie entkamen ihm nicht. Da brauchte er keine Angst zu haben. Jetzt galt es zu schweigen. Und nachzudenken. Was er auch unternahm, die ihm bevorstehenden folgenschweren Handlungen bedrückten ihn. Das Gefühl, daß von seinem stets wankelmütigen, leicht beeinflußbaren und schwachen Willen jetzt so wichtige Ereignisse, die Schicksale mehrerer Menschen, abhingen, stürzte ihn in eine Art schweigender, verzweifelter Panik. Nein, er mußte Frígilis einweihen, ihm alles sagen, alles in seine Hände legen. Frígilis war zwar ein Träumer, aber wenn es darauf ankam, bewies er gesünderen Menschenverstand als er. Was sollte er tun?

Fürs erste mit Tomás zum Bahnhof gehen. Und den Mund halten. Zum Reden war immer noch Zeit.

Der Morgen blieb aschgrau. Immer mehr bleifarbene Wolken stiegen wie aus einem Webstuhl von den Spitzen und Satteln des Corfín, sanken auf die Sierra, krochen über die Kuppen, wallten auf Vetusta herunter und erfüllten alles mit grauer, stummer, dumpfer Trauer.

»Es ist gar nicht kalt«, bemerkte Frígilis, als sie den Bahnhof erreichten. Er trug weiter keinen Wetterschutz als sein kariertes Halstuch. Er behauptete, sein Jagdrock ersetze eine Elefantenhaut. Da ginge keine Kugel und kein Katarrh durch.

Quintanar hingegen, den weiten Mantel fest um sich geschlungen, mußte sich zusammennehmen, um nicht mit den Zähnen zu klappern.

»Nein, es ist nicht allzu kalt«, antwortete er aus Furcht, sich zu verraten.

Zum Glück, dachte er, achtet dieser Schlafwandler nie darauf, ob die andern ein heiteres oder trauriges Gesicht machen. Ich muß blaß sein und verstört, aber dieser Egoist merkt nichts davon.

Sie stiegen in einen Wagen dritter Klasse. Auf seinem Stammplatz traf Frígilis alte Bekannte. Es waren zwei Viehhändler, die aus Kastilien kamen, in Vetusta übernachtet hatten und jetzt in ihr Dorf zurückfuhren. Als gäbe es auf der Welt kein Leid und keine Freunde, die darin erstickten, rieb sich Crespo fröhlich mit dem unverschämten Vergnügen, das ihm der Frost an den kältesten Tagen des Jahres bereitete, die Hände und schwatzte munter vom Viehpreis und den Vorteilen der Genossenschaften, gesprächig, wie man ihn in Vetusta nie erlebte. Man hätte meinen können, Frígilis' Seele weite sich in dem Maße, wie sich der Zug von den schmutzigroten, fast grauen Dächern der in Schlaf und Nebel versunkenen Stadt entfernte und seine eiserne Lunge frei zu atmen begann.

Dieser zu so unangebrachter Zeit vergnügte und geschwätzige Blinde ahnte nicht, daß sein Freund, sein bester Freund, versucht gewesen war, auf den Bahnsteig zu springen, als der Zug anfuhr, und später dann, sich durch das Fenster auf den Bahndamm zu stürzen und in vollem Lauf nach Vetusta zurückzurennen, in den alten Palast der Ozores zu stürmen und die Brust eines schändlichen Weibes mit Dolchstößen zu durchbohren.

Ja, dies alles hatte Don Víctor, der vor Scham und Zorn auf die gemeinen Ehebrecher und auf sich selbst fast barst, vorgehabt, sobald er merkte, daß sich der Zug bewegte und vom Ort des Verbrechens, seiner Schande und der notwendigen Rache entfernte.

Ich bin ein Feigling! schrie es in Quintanar, während der Zug davonratterte und Vetusta hinter ihnen zurückblieb, so daß man hinter den Hügeln und den kahlen Bäumen nur noch den Kathedralenturm sich wie einen schwarzen Wimpel von dem weißlichen Hintergrund des nebelumwallten und von einer schwachen Sonne matt beschienenen Corfín abheben sah.

Ich fliehe vor meiner Schande, statt die Schmach abzuwaschen, ich fliehe vor... Das hat keinen Namen, oder doch, es hat einen, und die Bezeichnung, die nach Quintanars Ansicht auf *das* zutraf, zerplatzte wie eine dynamitgeladene Rakete im Hirn des armen Alten.

Über zwölf Stunden würde er sein Haus nicht sehen. Für zwölf Stunden schob er seine Rache auf.

Sie fuhren durch einen Tunnel und ließen Vetusta und seine Landschaft endgültig hinter sich. Ein ganz anderes Panorama bot sich ihnen dar. Sie befanden sich jetzt hinter der Sierra. Rötliche Berge, eintönige Hügelketten zogen sich links von der Strecke wie ein gleichmäßiges Gewoge dahin und versperrten den Horizont. Auf dieser Seite war der Himmel finster, die Wolken hingen niedrig und fransten wie große Säcke voll schmutziger Wäsche auf die Hügel in der Ferne nieder. Zur Rechten sah man die vor Nässe schwarze Erde abgeernteter Maisfelder. Dazwischen von Zeit zu Zeit Gebüsch und Obstplantagen mit ihren kahlen, traurigen Apfelbäumen, deren zarte Zweige wie Finger einer Totenhand in die Luft griffen. Auf dieser Seite versprach der Himmel, sich aufzuheitern, der Nebel machte die hohen, dünnen Wolken, die zu zerreißen begannen, blaß. Gegen das Meer zu lag über dem Horizont ein milchiger, einförmiger Streifen von gleichbleibender Tönung. Über die Kastanienpflanzungen, die Eichenwälder, die kahlen Felder und traurigen Obstgärten strichen Krähenschwärme wie Schiffbrüchige des Nebels und stießen dabei manchmal ein schwermütiges Krächzen aus, das gedämpft, wie eine unterirdische Klage, zur Erde drang.

Während Frígilis davon sprach, daß es zweckmäßig sei, den Maisanbau aufzugeben und die Wiesen intensiv zu bewirtschaften, blickte Don Víctor, den Kopf an die harte Rückenlehne der dritten Klasse gelehnt, zum grauen Himmel und sah im Nebel dieser Luftwüste einen Krähenschwarm verschwinden. Schon sahen sie wie kleine Punkte aus, dann waren sie nur noch eine Einbildung des Auges, danach nichts mehr.

»Lugarejo! Zwei Minuten Aufenthalt!« rief eine heisere Stimme.

Don Víctor steckte den Kopf zum Fenster hinaus. Das Bahnhofsgebäude, eine erbärmliche, grellbraun angestrichene und in der Kälte wie tot daliegende Bude, befand sich fast in Reichweite seiner Hand. Hinter einem Fenster über der Tür gab eine blonde Frau um die Dreißig einem Kind die Brust.

Die Frau des Stationschefs, dachte Quintanar. Sie leben in dieser Einöde. Die Glücklichen!

Der Stationsvorsteher ging vorbei. Er sah wie ein Bettler aus und war jung, jünger als die Frau im Fenster.

Die lieben einander sicherlich. Sie wird ihn wenigstens nicht betrügen.

Nach dieser Betrachtung ließ sich Don Víctor wieder auf seinen Sitz fallen. Er schloß die Augen und bedeckte das Gesicht, soweit es ging, mit der Hand. Der Zug setzte sich wieder in Bewegung. Das Rattern und das einförmige Stoßen waren wie ein einschläferndes Lied. Gedankenlos maß Quintanar den Rhythmus der schwerfälligen Räder mit dem Takt eines Marsches, den seine Drossel, dieser Stolz des Hauses, pfiff. Danach verglich er den Takt des ratternden Zuges mit dem einer Polka, und bald darauf war er eingeschlafen.

Eine halbe Stunde später waren sie auf dem Bahnhof, wo sie aussteigen und von wo sie zu Fuß auf der Landstraße in die Marschen von Palomares weitergehen mußten.

Don Víctor fuhr dank eines Schlages, den ihm Frígilis auf die Schulter gab, erschrocken hoch.

Er hatte allen möglichen zusammenhanglosen Unsinn geträumt: Als Domherr hatte er in Chorkleidung Don Alvaro und Ana in der Pfarrkirche des Vivero getraut. Don Alvaro trug ebenfalls geistliche Tracht, dazu aber Schnurr- und Kinnbart. Danach hatten sie alle drei zusammen den »Barbier« gesungen, die Szene mit dem Klavier. Er, Don Víctor, war an die Rampe getreten, um mit zittriger Stimme zu singen:

Quando la mia Rosina . . .

Das Publikum im Parterre hatte gekrächzt: In sämtlichen Sesseln saßen Krähen, die den Schnabel weit aufrissen und den Hals mit schlangenhaften Wellenbewegungen hin und her drehten.

Ein Alptraum, dachte Quintanar. Noch halb schlafend, ging er die Straße hinunter nach Palomares. Sie erreichten Roca-

Tajada. Rechts stieg steil der Areo empor, vom Paß durchschnitten, einem engen Schlund, in dem gerade nur die schmale Straße und der Río Abroño Platz fanden, die sich in der Mitte der Schlucht kreuzten, wo die Straße den Fluß rechtwinklig auf einer Brücke aus weißem Stein überquerte.

Nachdem sie in Roca-Tajada in der Schenke des Trafikanten und Maurers Matiella, einem guten Freund von Frígilis, gefrühstückt hatten, verließen die beiden Jäger die Chaussee und gelangten durch sumpfige Wiesen mit hohem, dunkelgrünem Gras abermals ans Ufer des Abroño, der hier breiter war, von Schilf und Sandstreifen gesäumt und von den grünen Wellen gekräuselt, die vom nahen Meer in seinen Lauf hereinspülten.

Frígilis und Quintanar setzten in einem Boot über den Fluß und begannen einen Hügel hinanzusteigen, den ein Dorf aus weißen Häusern krönte, mit Apfelplantagen, Lorbeerhainen, weitausladenden Pinien und schlanken Pappeln dazwischen. Das Grün der Pinien, der Lorbeer- und Orangenbäume in den Gärten, dazu das hellere Grün der wie mit der Schere geschorenen Wiesen auf dem Hang, hob sich von dem milchigen Himmel und den weißen Mauern ab, die das diffuse, von den dünnen Wolken wie gesiebte Tageslicht in sich aufsogen, was dem Hügel ein freundliches Aussehen verlieh. Je weiter sie den Hügel hinanstiegen, der wie die erste Treppenstufe zum Berg war, desto fester wurde der Boden, desto heller und schütterer das Gras. Frígilis blieb stehen und betrachtete den Areo, der vor ihnen aufragte, den gewundenen Fluß, der unter ihnen lag und den bläulichen Streifen des Meeres mit den weißen Tupfen, den man in einer Ecke des Horizonts sah, scheinbar höher als der Fluß, wie eine dunkle Wand, die zu den Wolken aufstieg.

Quintanar setzte sich auf einen kahlen Felsblock in der Wiese. Vom Areo her sahen sie in großer Höhe über den Flußlauf einen Zug Krammetsvögel kommen. Als sie auf Schußweite heran waren, feuerte Frígilis seine beiden Läufe so unglücklich ab, daß er den dichten Schwarm nur auseinandersprengte, ohne etwas zu treffen.

»Schieß doch, du Esel!« schrie Crespo wütend.

Quintanar stand auf, zielte, drückte ab, und vier Krammetsvögel fielen zur Erde, von den Schrotkörnern getroffen, die eigentlich sein treuloser Freund, der niederträchtige Don Alvaro, hätte im Leibe haben müssen. Dieser Gedanke war Don Víctor plötzlich durch den Kopf geschossen.

Ja, das war der Alvaro zugedachte Schuß. Die unschuldigen Krammetsvögel fielen paarweise, und der Dieb seiner Ehre lebte. Seltsam! Als er im Park auf Mesía gezielt hatte, war ihm nicht eingefallen, daß die todbringende Patrone Schrot enthielt. Er glaubte, Kugeln geladen zu haben.

Unwillkürlich empfand der Schütze trotz seines Kummers die Freude befriedigter Eitelkeit. Frígilis hatte zwei Schüsse abgefeuert und nichts getroffen. Und er hatte mit einem einzigen vier Vögel heruntergeholt. Ja, vier. Dort lagen sie blutend auf der Wiese, und die roten Tropfen vermischten sich mit dem Reif auf dem Gras.

Eine halbe Stunde später nahm Frígilis Revanche, indem er eine prächtige Wildente erlegte. Nur zum Spaß holte Quintanar eine Krähe herunter, die er liegenließ.

Sie jagten bis zwölf und aßen dann ihren kalten Braten. Frígilis' Hunde langweilten sich. Diese Art Jagd, bei der sie nur eine Nebenrolle spielten, erschien ihnen als eine Schmach. Sie gähnten und gehorchten der Stimme ihres Herrn nur widerwillig.

Nachdem sie gegessen und einen ordentlichen Schluck getrunken hatten, kehrte Don Víctors Kummer mit verstärkter Heftigkeit wieder. Die ganze Tragweite seiner Entdeckung im Morgengrauen stand in aller Deutlichkeit vor ihm. Wie in einem Panorama sah er, was geschehen war und noch geschehen würde. Er verspürte das Verlangen zu reden und den Wunsch zu weinen. Warum schüttete er seinem Busenfreund, dem wahren, einzigen Freund, nicht sein Herz aus? Er tat es nicht. Noch war es nicht an der Zeit.

Um einen Eichelhäherschwarm zu verfolgen, der, immer wachsam, von Wiese zu Wiese flog, trennten sie sich. Man konnte diese verdammten Vögel nicht essen, aber Frígilis hatte ihnen den Krieg erklärt, denn sie hielten die Jäger mit einer Ironie und einem Sarkasmus zum besten, als seien sie mit Vernunft begabt. Sie warteten, spielten die Sorglosen, und wenn Frígilis, hinter einem Busch versteckt, abdrücken wollte, flogen die Biester kreischend davon wie aufgescheuchte Hexen. Deshalb stellte ihnen Frígilis zäh und verbissen nach.

Frígilis und Don Víctor trennten sich also. Flogen die Vögel nach der einen Seite, gerieten sie in Crespos Feuer, flogen sie in entgegengesetzte Richtung, sollte Quintanar schießen.

Der saß allein auf einer Anhöhe, die das Tal beherrschte. Die Sonne hatte den Nebel nicht zu zerteilen vermocht. Man ahnte sie hinter einem weißlichen Zelt wie einen Theatermond aus Ölpapier. In der Ferne schrien unheilverkündend die Wintervögel, die ein Weilchen später unter den Wolken außer Schußweite und ohne Angst vor den Jägern auftauchten.

Die Landschaft war melancholisch. Es war Winter und alles kahl. Und trotzdem, wie schön war die Natur! Wie sorglos gab sie sich der Ruhe hin. Die Menschen, die Menschen waren es, die Haß und Verrat ersannen. Die Gesetze der Konvention, die das Herz an das Unglück fesselten. Die Philosophie Frígilis', dieses ländlichen Denkers, der die Gesellschaft mit ihren falschen Anschauungen, ihren Vorurteilen, Übertreibungen und Gewaltsamkeiten verachtete, erschien Quintanar, dessen voller Bauch nach einem Mittagsschlaf verlangte, als die wahre Philosophie, die einzige, ewige Weisheit. Was war Vetusta, das da hinten, hinter Ketten von Bergen lag, verglichen mit der weiten Welt? Nichts, ein Punkt. Und was waren die Städte, all die Löcher, wo der Mensch, diese Ameise, sich sein Obdach baut, verglichen mit den Urwäldern, den Wüsten, den Kordilleren, den endlosen Meeren? Nichts. Und die Gesetze der Ehre, all die Vorurteile des gesellschaftlichen Lebens, was waren sie neben den großen, unveränderlichen Naturgesetzen, denen die Gestirne am Himmel, die Wogen im Meer, das Feuer unter der Erde, der in den Pflanzen kreisende Saft gehorchten?

Quintanar empfand für einen Augenblick den lebhaften Wunsch, Wurzeln zu schlagen, Zweige zu treiben, sich mit Moos zu bedecken wie eine der hundertjährigen Eichen, die die Gipfel des Areo krönten. Vegetieren war besser als leben.

Er hörte einen fernen Schuß, danach den Spektakel der Häher, die mit gellendem, kreischendem Gelächter davonflogen. Er sah sie über seinen Kopf hinwegstreichen, rührte sich aber nicht. Mochten sie sich zum Teufel scheren. Er dachte an Thomas a Kempis. Ja, Kempis, den er vergessen hatte, er hatte recht. Das Kreuz stand überall. Bestelle dein Haus nach deinem Wunsch und Willen, hatte der weise Asket gesagt, und siehe, du wirst, *volens, nolens,* leiden müssen. Immer findest du das Kreuz.

Und auch der andere Satz fiel ihm ein: Manchmal wird dir scheinen, Gott verlässet dich, zu anderen Malen wird dein Nächster dir zur Plage, und was noch schlimmer ist, du wirst dir selbst zur Last.

Ja, mein Nächster wird mir zur Plage, und ich bin mir selbst zur Last, verwunde mich selbst, bis die Seele blutet. Ich weiß nicht, was ich tun, ja nicht einmal, was ich denken soll. Anita betrügt mich, sie ist eine Verworfene. Und ich? Betrüge ich sie nicht auch? Mit welchem Recht verband ich die Kälte eines unaufmerksamen alten Mannes mit der Glut und den Träumen ihrer romantischen, überschwenglichen Jugend? Und weshalb führte ich mein Alter ins Treffen, um nicht als Ehesoldat zu dienen, und wollte mich danach als heimlicher Ehebrecher schlagen? Ist ein solches Verhalten etwa kein Ehebruch, einerlei, was die Gesetze sagen?

Dieses Philosophieren machte ihn zornig, aber er konnte nicht anders. Er wußte, daß diese Überlegungen ihn von seiner Rache abbrachten, daß er sich im Grunde seiner Seele schon nicht mehr rächen wollte. Er wollte strafen wie ein gerechter Richter und seine Ehre retten, weiter nichts. Und das erregte seinen Zorn. Dann kehrte das rührselige Selbstmitleid wieder, der Gedanke an das einsame Alter, und die Krähen oben am grauen Himmel stießen ihre Klagelaute aus, als zitiere jemand Stellen aus dem Kempis in einer unbekannten Sprache.

Ja, die Trauer war allgemein. Die ganze Welt war Fäulnis, der Mensch das verkommenste Wesen von allen.

Und immer wieder gelangte er zu dem Ergebnis, daß er nicht wußte, was er tun, nicht einmal, was er denken, und auch nicht, was er fühlen müsse.

Die Degen- und Mantelstücke sagten die Unwahrheit. Die Welt war nicht so, wie sie sie zeigten: Man durchbohrte seinen Mitmenschen nicht, ohne ihm mehr Zeit zu lassen, als eine Redondilla zu beten. Ehrbare Christenmenschen sind mit dem Töten nicht so schnell bei der Hand.

Abends im Zug, als sie aus Angst vor der Kälte in der dritten Klasse allein in einem Wagen zweiter nach Vetusta zurückfuhren, hörte Frígilis, der die Landschaft im traurigen Mondlicht betrachtete, hinter sich einen tiefen Seufzer, drehte sich um und sagte:

»Was ist denn heute mit dir los, mein Lieber? Den ganzen Tag schon läßt du den Kopf hängen.«

Die Deckenlampe, die die Abteile beleuchtete, zerteilte kaum die Finsternis in dem Wagen, der wie ein Sarg anmutete.

Frígilis konnte Don Víctors Gesicht nicht genau sehen, aber er hörte ihn plötzlich wie ein kleines Kind weinen und spürte den großen, weißen Kopf Quintanars auf seiner Schulter. Ja, der arme Alte ließ den Kopf voll Liebe und Vertrauen auf seine Schulter sinken.

»Tomás, ich brauche deinen Rat. Ich bin ja so unglücklich. Hör zu!«

Größte Umsicht! Überleg dir genau, was du tust!« »Kommst du nicht mit hinein?« »Nein, ich bin in Eile.« »Du läßt mich jetzt allein!« »Ich komme wieder, wenn du willst. Aber jetzt ist es besser, du legst dich erst einmal schlafen. Morgen bin ich ganz früh bei dir.«

»Warte, laß mich noch nicht allein! Vielleicht überlege ich es mir anders und entscheide mich für den entgegengesetzten Weg.«

»Aber fürs erste, Víctor, Besonnenheit, nichts anmerken lassen. Das heißt, wenn du nicht in dein Unglück rennen willst. Du weißt . . .«

»Ja, ja, Benítez glaubt, daß ein Schreck, eine heftige Erschütterung . . .«

»Genau! Es kann ihr Tod sein.«

»Sie ist krank!«

»Ja, kranker, als du denkst.«

»Sie ist krank! Und ein Schreck, ein heftiger Schreck kann sie töten!«

»Genau so ist es.«

»Und ich muß jetzt hinaufgehn und allen Groll in mich hineinfressen, allen Zorn hinunterschlucken, mich verstellen und mit ihr reden, damit sie nichts argwöhnt, keinen Schreck kriegt und nicht tot umfällt.«

»Ja, Víctor, ja. Das mußt du tun.«

»Aber gib zu, Tomás, das ist leichter gesagt als getan. Begreife doch, daß ich Angst vor diesem Türklopfer habe. Kannst du dir nicht vorstellen, daß ich vor ihm zurückschrecke, als sei er aus glühendem Eisen?«

Darauf schwieg Frígilis.

Sie kamen vom Bahnhof und standen in der Toreinfahrt von Quintanars Haus, die von der vergoldeten Laterne an der Decke nur schwach erhellt wurde.

Quintanar brachte nicht den Mut auf hineinzugehen. Er wollte nicht klopfen. Man würde ihm aufmachen, sie, Ana, würde ihm entgegenkommen, ihm wie stets scheu zulächeln, ihm vielleicht die Stirn vor die Lippen halten, damit er sie küßte. Und er würde lächeln müssen, sie küssen und schweigen. Tomás mußte doch einsehen, daß das zuviel verlangt war.

Außerdem hatten Crespos Enthüllungen über Anas Gesundheitszustand den armen Gerichtspräsidenten a. D. wie ein Keulenschlag getroffen. Die Fröhlichkeit, die Ausgelassenheit, die sie zum Frevel, zu der Gemeinheit eines Treuebruchs geführt hatten, waren eine Krankheit. Ana konnte eines Tages plötzlich sterben. Eine heftige Erschütterung, gleichviel, ob schmerzlicher oder freudiger Natur, besonders aber, wenn sie schmerzlich war, konnte sie aufs Sterbelager werfen. Dies hatte Frígilis auf den Bericht seines Freundes geantwortet. »Mesía können wir füsilieren, wenn es dich tröstet«, hatte er gesagt, »aber man muß abwarten, einen Skandal vermeiden und vor allem deiner Frau den Schreck und das Entsetzen ersparen, wenn du wie ein Ehemann auf der Bühne in ihr Schlafzimmer stürmst.« Ana, nach den göttlichen und menschlichen Gesetzen schuldig, war es in Frígilis' Augen nicht in solchem Maße, daß sie den Tod verdient hätte.

»Wer will sie denn töten? Ich doch nicht!« war ihm Don Víctor ins Wort gefallen, als er dies hörte.

Aber Frígilis hatte entgegnet:

»Natürlich willst du das, wenn du ihr sagst, daß du alles weißt. Was zu tun ist, muß reiflich überlegt werden. Ich sage nicht, daß du ihr verzeihen sollst, daß dies die einzige Lösung wäre. Aber gib zu, daß Verzeihen eben auch eine Lösung wäre.«

»Ihr verzeihen hieße, sich mit der Schande abfinden.«

»Das werden wir ja sehen. Bist du ein Christ?«

»Ja, von ganzem Herzen und mit jedem Tag mehr. Da ich für meine Seele keine andere Zufluchtsstätte als die Religion sehe . . .«

»Nun schön, wenn du ein Christ bist, werden wir ja sehen, ob du ihr verzeihen wirst oder nicht. Aber darum geht es jetzt noch nicht. Es geht darum, die Tür zur Verzeihung nicht zuzuschlagen, indem du zu deiner Frau ins Zimmer stürmst und schreist: ‚Tod der ungetreuen Gattin!' Das wäre der Todesstoß für sie. Und siehst du, bevor wir sie töten, müssen wir überlegen, ob wir ein Recht dazu haben.«

»Nein, ich habe es nicht. Ganz sicher nicht. Das sagt mir mein Gewissen.«

»Und trifft damit ins Schwarze. Ich habe ebenfalls kein Recht, dir zu einer Tragödie zu raten. Als ich dich mit ihr verheiratete, denn ich habe dich mit ihr verheiratet, Víctor, du wirst dich erinnern, glaubte ich, euch beide glücklich zu machen.«

»Und du schienst dich nicht getäuscht zu haben. Mich hattest du glücklich gemacht. Und sie? Zehn Jahre sah es so aus, als sei sie's auch.«

»Ja, es sah so aus. Aber wir wissen nicht, was in ihr vorging. Zehn Jahre war sie dir treu. Das Leben ist kurz. Es war nicht gar so wenig.«

»Schau, Frígilis, deine Philosophie taugt nicht dazu, einen Ehemann in meiner Lage zu trösten. Was du mir sagen kannst und noch viel mehr, weiß ich längst selber. Das heißt nicht, mich zu trösten.«

»Ich glaube auch gar nicht, daß dich in deiner Lage etwas anderes trösten kann als die Zeit und besonnenes Überlegen. Aber jetzt geht es nicht um dich, jetzt geht es um sie. Du bestehst darauf, Mesía einen Degen in den Leib zu rennen? Meinetwegen. Aber es gilt zu überlegen, wann und wie. Man muß die Ruhe bewahren. Nachdem du weißt, wie es um Ana steht – ein Geheimnis, das mir Benítez anvertraut hat und das ich wegen des Ernstes der Lage preisgebe –, nachdem du weißt, daß sie an so einer Enthüllung sterben kann . . .«

»Aber ist, was sie tut, nicht schlimmer als zu wissen, daß ich es weiß? Woher willst du wissen, ob sie mich nicht verabscheut und nicht mit dem anderen auf und davon geht?«

»Víctor, sei kein Esel! Der andere ist ein gerissener Hund. Er hat nichts weiter getan als zu warten, daß die reife Frucht herunterfällt. Sie liebt Mesía nicht. Sobald sie sieht, daß er ein Feigling ist und daß er sie eher sitzenläßt, als sich für sie zu schlagen, wird sie ihn verachten und verfluchen. Und die Gewissensbisse werden sie zu dir, den sie immer geliebt hat, zurückführen.«

»Den sie geliebt hat!«

»Ja, mehr als einen Vater. Was verlangst du für einen besseren Beweis als alles Vergangene? Weshalb wurde sie zur Mystikerin? Und die Arme war, glaube ich, auch von anderer Seite Angriffen ausgesetzt, von . . . Aber lassen wir das. Weshalb hat sie sich wohl so gewehrt, wie sie es zweifellos getan hat? Weil sie dich liebte, weil sie dich liebt, dich sehr liebt.«

»Und mich verrät!«

»Dich verrät, dich verrät! Reden wir nicht davon. Hast ja eben selbst gesagt, daß du von meiner Philosophie nichts wissen willst. Soviel steht jedenfalls fest: Wenn du oben eine Szene der beleidigten Ehre aufführst, gibt es gleich darauf noch eine Beerdigungsszene.«

»Junge, Junge, du hast eine Art, die Dinge zu sagen.«

»Es ist die Wahrheit. Ein komplettes Drama. Aber bitte, wenn du so aufgebracht bist, so blind vor Wut, wenn du nicht auf die Vernunft und auch nicht auf dein Gewissen hören willst, das deutlich genug spricht, so renn hinauf, schlag Krawall, zünde das Haus an. Ach, soviel ist gar nicht nötig. Es genügt, Ana mit deiner Nachricht zu erschrecken. Wenn du rasend bist, dich nicht bezähmen kannst, muß man es dir wohl nachsehen, was du auch tust. Sonst aber, Quintanar, findest du keine Vergebung vor Gott.«

Das letzte sagte Crespo mit feierlicher, ernster, bebender Stimme, vor der sein Freund zusammenfuhr.

Auf dieses Gespräch, das sie teils auf dem Wege vom Bahnhof nach Hause, teils in der Toreinfahrt führten, folgte das eingangs Gesagte: Quintanar trat zur Tür, um nach dem Klopfer zu greifen, und Frígilis ermahnte ihn:

»Und jetzt Besonnenheit!«

Frígilis war in Eile. Er wollte so rasch wie möglich von Don Víctor loskommen, um Don Alvaro aufzusuchen und ihm mitzuteilen, daß Quintanar von seinem Verrat wisse, damit er diese Nacht nicht in den Park eindrang und zum Stelldichein ging, falls er eins hatte, wie anzunehmen war. Crespo dachte daran, daß es Quintanar wie so vieles andere nicht in den Sinn gekommen war, daß sich in dieser Nacht die Vorgänge der vergangenen wiederholen könnten, da es sich dabei wahrscheinlich schon um eine alte Gewohnheit handelte. Don Alvaro, der nicht bemerkt hatte, daß er im Park beobachtet worden war, konnte wiederkommen, von Quintanar überrascht werden, und dann war eine Tragödie unvermeidlich. Überdies war Frígilis überzeugt, Don Alvaro werde sich aus dem Staube machen, sobald er erfuhr, daß Quintanar ihn zum Duell fordern werde. Crespo hatte guten Grund, den Don Juan für einen Feigling zu halten.

Aber dieser Don Víctor ließ ihn nicht gehen!

Nachdem er schließlich abermals versprochen hatte, sich zu verstellen, seinen Schmerz, seinen Zorn, was immer es war, zu verbergen – jedoch nur für diese eine Nacht! –, schlug der ehrenwerte Gerichtspräsident im Ruhestand den Türklopfer mit demselben energischen und kurzen Pochen an, von dem der Patio widergehallt hatte, als das Haus noch ehrbar und das Familienoberhaupt geachtet und vielleicht sogar geliebt war.

»Auf Wiedersehn, auf Wiedersehn, bis morgen früh!« sagte Frígilis und machte sich von der zitternden Hand frei, die seinen Arm festhielt.

So ein Egoist! dachte Don Víctor, als er allein war. Der einzige Mensch auf der Welt, der mich wirklich liebt, ist ein Egoist.

Die Tür wurde geöffnet. Quintanar zögerte einen Augenblick. Ihm war, als schlüge ihm aus dem Patio ein eiskalter Lufthauch entgegen.

Er trat ein, und als er sich umdrehte, um die Tür hinter sich zu schließen, sah er ein langes, schwarzes Gespenst ins Haus huschen. Es kam Schritt für Schritt durch die Toreinfahrt auf ihn zu und nahm den Hut ab. Es war ein Priesterhut.

»Mein lieber Señor Don Víctor!« sagte eine honigsüße, bebende Stimme.

»Was! Sie? Sie sind es, Herr Generalvikar?« Ein kalter Schauer lief dem Gerichtspräsidenten a. D. wie der Vorbote einer Ohnmacht über den Körper, während er, um einen unbefangenen Ton bemüht, hinzufügte: »Welchem Umstand verdanke ich zu solcher Stunde die Ehre? Was ist los? Ein Unglück?«

Ja, weiß denn dieser Mann von nichts? dachte de Pas, der aussah wie aus dem Grabe gestiegen.

Er blickte Don Víctor beim Licht der Treppenlampe an und fand dessen Gesicht verstört. Dem Gerichtspräsidenten seinerseits erschien der Generalvikar so bleich und hohläugig, daß ihn eine unbestimmte, abergläubische Furcht vor Unheil befiel. Bis dahin hatte der Generalvikar kein Wort weiter gesagt. Er hatte nur Don Víctor die Hand gedrückt, um ihn mit einer eleganten und zugleich energischen Handbewegung aufzufordern, die Treppe hinaufzusteigen.

»Aber was ist denn los?« wiederholte Don Víctor leise auf dem ersten Absatz.

»Waren Sie auf der Jagd?« fragte der andere mit schwacher Stimme zurück.

»Ja, Señor, mit Crespo. Was ist denn passiert? Es ist so lange her, und um diese Stunde . . .«

»In Ihr Arbeitszimmer, bitte, in Ihr Arbeitszimmer! Kein Grund zur Beunruhigung! Gehen wir in Ihr Arbeitszimmer.«

Anselmo leuchtete seinem Herrn und dem Generalvikar auf dem Gang.

Er fragt nicht nach Ana, dachte de Pas.

»Die gnädige Frau hat das Klopfen nicht gehört. Sie ist in ihrem Ankleidezimmer. Wünschen der gnädige Herr, daß ich ihr Bescheid sage?« fragte Anselmo.

»Wie? Nein, nein, laß! Das heißt, falls mich der Herr Generalvikar unter vier Augen sprechen will.« Bei diesen Worten wandte sich der Hausherr nach Don Fermín um.

»Ja, bitte. Gehen wir in Ihr Arbeitszimmer.«

Sie traten ein. Don Víctor zitterte jetzt sichtlich. Was würde ihm dieser Herr eröffnen? Was wollte er hier?

Anselmo zündete zwei Kerzen an und ging hinaus.

»Hör zu! Wenn die gnädige Frau nach mir fragt, ich käme gleich, ich sei beschäftigt. Sie soll in ihrem Zimmer auf mich warten. War's nicht so? Wollten Sie mich nicht allein sprechen?«

Der Generalvikar nickte, während er die Augen auf die Tür heftete, durch die Anselmo hinausging.

Nun hieß es reden. Was sollte er sagen? Eine arge Verlegenheit. Er mußte etwas sagen, und ihm fiel nicht das geringste ein. Nicht die mindeste Ahnung hatte er. Wie sollte Don Fermín reden, ohne vorher Fragen zu stellen? Was wußte Don Víctor? Danach mußte er sich mit seiner Erklärung richten.

Der Generalvikar stand da, als habe ihn Don Víctor in seinem Arbeitszimmer beim Einsacken der Silberleuchter ertappt, in denen die Kerzen brannten.

Quintanar klapperte mit den Zähnen. Seine Augen standen weit offen.

Nun, schießen Sie los! sagten diese glänzenden Pupillen.

Er mußte sprechen.

»Hätten Sie vielleicht einen Schluck Wasser hier?« sagte Don Fermín, der fast erstickte und die Zunge nicht vom Gaumen lösen konnte.

Don Víctor suchte Wasser und fand welches in einem Glas auf dem Nachttisch. Es war schal. Don Fermín hätte sich nicht gewundert, wenn es nach Essig geschmeckt hätte. Er war auf dem Kalvarienberg, war hierher gekommen, weil er nicht anders gekonnt hatte. Er wußte, daß er zur Stelle sein, etwas tun, seine Rache betreiben mußte, aber er wußte nicht, wie. Da stand er also gegen zehn Uhr nachts im Arbeitszimmer des Gatten der Frau, die ihn, de Pas, und den Ehemann betrog. Was suchte er da? Was wollte er sagen? Durch die überreizte Erinnerung des Generalvikars zogen alle Stationen seines Leidenswegs an diesem Tag. Während er das Glas Wasser austrank und sich die bleichen, schmalen Lippen wischte, spürte er, wie die Erregung dieses Tages wie eine bittere Medizin in seinem Kopf rumorte. Am Morgen war er mit Fieber erwacht, hatte erschrocken nach seiner Mutter gerufen, und da er ihr die Ursache seiner Erkrankung nicht nennen konnte, hatte er es vorgezogen, sich gesund zu stellen, aufzustehen und auszugehen. Straßen und Passanten flimmerten vor seinen Augen wie der gelbliche Schein ferner Altarkerzen. Schritte und Stimmen klangen gedämpft. Die festen Körper schienen alle hohl zu sein. Allem haftete die Zerbrechlichkeit des Traumes an. Er sah in der allgemeinen Teilnahmslosigkeit eine Grausamkeit, eine versteinerte Selbstsucht. Wieso sprachen die Vetustenser von tausend Dingen, die ihm nichts bedeuteten? Weshalb erriet niemand seinen Schmerz? Weshalb bedauerte ihn niemand und half ihm, die Verräter zu züchtigen und zu bestrafen? Er hatte die Straßen verlassen und ging über den Paseo de Verano, der trostlos war um diese Jahreszeit mit seinem nassen, von den Spuren des abfließenden Wassers gefurchten Sand, seinen kahlen, froststarren Bäumen. Mit langen Schritten, zornig aufstampfend, war er auf und ab gegangen, als wollte er die Soutane mit den Knien zerfetzen, diese Soutane, die sich um seine Beine wickelte, die ein blutiger Hohn des Schicksals war, eine Karnevalsmaskerade, die man ihm umgehängt hatte.

Ja, ich bin Anas wirklicher Gatte, dachte er, und nicht dieser Trottel, der noch keinen von beiden umgebracht hat – dabei war es schon Mittag – und der seit sieben alles wissen muß. Die Gesetze der Welt, welche Farce! Don Víctor hat das Recht, sich zu rächen und hegt nicht den Wunsch. Ich habe den Wunsch, ich muß töten, sie zerreißen und habe nicht das Recht. Ich bin ein Geistlicher, ein Domherr, ein Präbendar. Die Soutane ächzte unter den wütenden Schritten wie eine kreischende Kette, die nicht zerbricht.

In Gedanken versunken, war de Pas an Mesías Gasthof vorbeigegangen. Er wußte, daß Don Alvaro zu Haus im Bett lag. Ja, genau, wie er befürchtet hatte: Don Víctor hatte ihm nicht den Rückzug aus dem Park der Ozores verlegt. Nein, nichts war geschehen. Seelenruhig lag Don Alvaro im Bett und erholte sich vom Liebesgenuß. Er konnte hinaufgehen, in sein Zimmer eindringen, ihn dort im Bett, zwischen den Kissen, erwürgen. Das war es, was er tun mußte. Tat er es nicht, war er ein Feigling.

Er fürchtete seine Mutter, die Leute, die Polizei. Er fürchtete den Skandal, die Kunde, daß man ihn als Verbrecher entlarvt habe. Das Beharrungsvermögen des Alltags hielt ihn gefangen. Er war ein Feigling: Ein Mann von Mut würde hinaufgehn und töten. Und wenn die Leute, die beschränkten Vetustenser, seine Mutter, der Bischof, der Papst fragten: Warum?, würde er, wenn nötig von der Kanzel, die Antwort herunterschreien: Ihr Narren, was fragt ihr? Weil man mir meine Frau gestohlen hat, weil mich meine Frau betrogen hat, weil ich den Körper dieser Infamen respektiert habe, um ihre Seele zu retten, und sie, eine Hure wie alle Frauen, stiehlt mir die Seele, weil ich nicht auch ihren Körper genommen habe. Ich habe sie beide getötet, weil ich nicht an die Worte gedacht habe, die ich von ihrem Arzt hörte: *Ubi irritatio, ibi fluxus,* weil ich sie nicht so hart angefaßt habe wie die andern, weil ich nicht daran gedacht habe, daß ihr göttlicher Leib ein Menschenleib ist. Ich hegte Scheu vor ihrer Scham, und jetzt führt mich diese Schamhaftigkeit an der Nase herum. Ich hielt ihren Körper für heilig, und jetzt vergiftet mir die Fäulnis dieses Körpers die Seele. Ich habe getötet, weil ich mich täuschte, weil ihre Augen sich in die meinen senkten und mich zugleich mit ihren Lippen, die es ebenfalls lächelnd aussprachen, ihren älteren Seelenbruder nannten. Ich töte, weil ich muß, ich töte, weil ich kann, weil ich stark bin, weil ich ein Mann, ein wildes Tier bin!

Aber er tötete nicht. Er trat zur Pförtnerloge und fragte ... nach dem Bischof von Nauplia, der auf der Durchreise in Vetusta weilte.

»Er ist nicht zu Hause«, wurde ihm geantwortet.

Ohne zu merken, was er tat, faltete Don Fermín eine Visitenkarte zusammen und übergab sie dem Portier.

Dann kehrte er nach Hause zurück und schloß sich in sein Studierzimmer ein. Er gab Anweisung, daß er für niemanden zu sprechen sei, und marschierte in dem engen Zimmer wie in einem Käfig auf und ab.

Er setzte sich, schrieb zwei Bogen voll. Es war ein Brief an die Präsidentin. Er überlas das Geschriebene, zerriß es in hundert Stücke, und wieder wanderte er auf und ab, wieder setzte er sich zum Schreiben hin, und wieder zerriß er alles, wobei er sich alle Augenblicke die Fingernägel in den Kopf bohrte.

In den Briefen, die er zerriß, weinte, stöhnte, fluchte, flehte, tobte und säuselte er. Manchmal muteten diese engen, gewundenen Zeilen aus zarter Tinte wie eine Kloake des Unrats an, der in der Seele des Generalvikars war: Stolz, Zorn, getäuschte, unterdrückte und aufgestachelte Geilheit quollen wie Fäulnisprodukte in dickflüssigen Blasen an die Oberfläche. Da sprach die Leidenschaft mit dem heiseren, kehligen Blubbern abfließender Fäkalien. An anderen Stellen führte die phantastische Vergeistigung des Geistlichen Klage wie eine Turteltaube. Ohne Groll rief er ihr wie in einer Elegie die Tage sanfter, zarter, vertrauter Freundschaft ins Gedächtnis, ihr Lächeln, das ewige Treue im Geist zu verheißen schien, die glühenden Versprechungen, die süßen Eröffnungen. Er erinnerte sie an die Sommermorgen zwischen Blumen und Tau, mystischen Hoffnungen und anmutigem Geplauder, irdische Seligkeit, der ewigen vergleichbar. Aber zwischen den gurrenden Taubenklagen begann der Sturm wieder zu heulen und schüttelte das Geäst. Der Orkan brüllte erneut los, der Donner barst, und ein grausamer, verletzender Sarkasmus fuhr über das Papier wie der Blitz über den schwarzen Himmel. Und für wen lasse Ana vom ewigen Seelenheil, von der Gesellschaft der Heiligen und der Freundschaft eines treuen, vertrauten Herzens ab? Für einen Simili-Don-Juan, für einen Dorfelegant, für einen Modeparisien, einen dummen Narziß, einen gipsernen Egoisten, für eine Seele, die man ihrer Fadheit und Hohlheit wegen nicht einmal in der Hölle werde haben wollen! Aber er begreife die Ursache dieser Liebe schon. Es sei die unreine Sinnenlust. Sie habe sich in das schwammige Fleisch vergafft, ja nicht einmal in das, sondern in die Anzüge des Schneiders, die Geschicklichkeit der Büglerin, die Fertigkeit des Schuhmachers, die Brandmarke seines Pferdes, das dumme Getue um seinen Ruf als Herzensbrecher, in die Skandalgeschichten des Schürzenjägers, in die Laune, die Leerheit, den Staub, die Luft. Sie sei eine Heuchlerin, eine Buhlerin, rettungslos verdammt als schändlich, unwürdig, verlogen, falsch, als ...

Als er soweit gekommen war, zerfetzte der Generalvikar, wütend auf sich selbst, das Papier, voller Zorn, daß er nicht auf eine Art zu schreiben verstand, die verletzte, tötete, vernichtete, ohne daß die Worte selbst es taten. So etwas konnte man einer Frau nicht in einem Umschlag schicken, sosehr sie es auch verdiente. Nein, da war es noch anständiger, einen Dolch zu zücken und sie damit zu treffen, als mit diesen giftigen Buchstaben in einem parfümierten Briefumschlag.

Trotzdem begann er noch einmal, suchte sich zu mäßigen, und zum Schluß machte sich seine Empörung nach einer anderen Seite Luft. Und da stand er dann selbst als heuchlerischer Buhler da, der der ganzen Welt Sand in die Augen gestreut hatte. Ja, schrieb er, ich habe es mir selbst nicht eingestanden, aber ich wollte Dich für mich. Ich liebte Dich im tiefsten Grunde meines Herzens, ohne es zu wissen. Ich wollte Dich besitzen, Dir zeigen, daß die Liebe, unsere Liebe, über alles gehen müsse, daß alles andere Lüge sei, wir nötigenfalls fliehen müßten, daß ich die Maske, die schwarze Kutte, herunterreißen würde, um fern von hier zu sein, wer ich bin. Ja, Anita, ich bin ein Mann. Wußtest Du es nicht? Betrogst Du mich deshalb? Sieh, ich könnte Deinen Liebhaber mit einem Schlag zermalmen. Er hat schon Angst vor mir, wenn ich ihn nur ansehe. Wenn er mir an einsamen Ort Mann gegen Mann begegnete, er liefe vor mir davon. Ich bin Dein Gatte, du hast es mir auf hundert verschiedene Arten gesagt. Dein Don Víctor ist nichts. Sieh ihn Dir an. Er begehrt nicht einmal auf! Ich bin Dein Herr, Du hast es mir auf Deine Art geschworen. Ich herrschte in Deiner Seele. Du gehörst ganz mir, vor allem, weil ich Dich liebe, wie Dein erbärmlicher Vetustenser und Dein Aragonese Dich nie lieben können. Was wissen die, Anita, von den Dingen, die wir beide wissen? Ja, wir beide, du wußtest sie ebenfalls und hast sie vergessen, für einen Haufen schwammigen Fleisches, an dem schon sämtliche verworfene Frauen der Stadt ihre Geilheit ausgetobt haben.

Don Fermín zerriß diesen Brief in noch kleinere Fetzen als die anderen. Er traf mit den weiß-schwarzen Papierstückchen nicht in den Papierkorb, so daß der Fußboden wie beschneit aussah. Er stampfte über die Uberreste seiner künstlichen Empörung hinweg und hätte sich für seine Rache und seinen Zorn etwas Handfesteres gewünscht als Tinte und kaltes, stummes Papier. Abermals ging er aus dem Haus und wanderte durch die Laubengänge auf der Plaza Nueva, gegenüber dem Hause der Ozores.

Was mochte geschehen sein? Ob Don Víctor etwas entdeckt hatte? Nein, wenn etwas geschehen wäre, wüßte man es bereits. Don Víctor hätte sein Jagdgewehr auf Don Alvaro abgefeuert, oder man hätte ein Duell verabredet, doch das wäre längst bekannt geworden. Da sich noch nichts herumgesprochen hatte, war auch nichts geschehen.

Als es schon dunkelte, trat der Generalvikar zwei- oder dreimal in die dunkle Toreinfahrt des Eckhauses. Er wollte etwas erfahren, auf Geräusche lauschen, aber zu klopfen wagte er nicht. Was suchte er da? Wer rief ihn in dieses Haus, wo zu anderer Zeit sein Rat soviel gegolten hatte, wo man ihn so schätzte und sogar liebte? Niemand hatte ihne gerufen. Er durfte nicht hineingehen. Und er tat es nicht. Außerdem, dachte er im Weggehen weiter, weiß ich, was ich tue, wenn ich plötzlich vor ihr stehe? Wenn dieser würdelose Ehemann mit seinem Fischblut ihr verzeiht. Ich täte es nicht, und wenn ich sie in die Hände bekäme, nur in Reichweite, Gott weiß, was ich machte. Nein, ich darf nicht hineingehen, ich stürzte mich und sie alle ins Verderben.

Er ging nach Hause.

Doña Paula kam ins Studierzimmer. Sie sprachen von ihren Geschäften, den Vorkommnissen im Palais und vielem anderen. Aber es fiel kein Wort über das, was Mutter und Sohn auf der Seele lastete.

Darüber kann man nicht sprechen, dachte er.

Darüber kann man nicht sprechen, dachte sie, nicht einmal unter vier Augen.

Die Mutter wußte alles. Sie hatte Petra das Geheimnis abgekauft.

Außerdem hatte sie schon selbst durch ihre Geheimpolizei und durch eigene unmittelbare Beobachtung herausbekommen, daß ihr Sohn seine Macht über die Präsidentin verloren hatte. Wenn sie sie früher verwünscht hatte, weil sie glaubte, ihr Fermo liebe sie, so haßte sie sie jetzt, weil die Verachtung, der Hohn, der Betrug auch sie trafen. Ihren Sohn verschmähen, ihn wegen eines weibischen Lebemannes wie Don Alvaro verlassen! Der Mutterstolz bäumte sich zornig in Doña Paula auf. Ihr Sohn war der beste Junge der Welt. Es war eine Sünde, sich in ihn zu verlieben, weil er Geistlicher war. Aber eine noch größere Sünde war es, ihn zu betrügen, ihm diesen quälenden Schmerz zu bereiten. Und zu denken, daß es keine Möglichkeit gab, Rache zu nehmen! Nein, es gab keine. Am meisten fürchtete Doña Paula, daß der Generalvikar seine Eifersucht, seine Wut nicht länger bezähmen konnte und irgendeine aufsehenerregende Gewalttat beging.

Die Unmöglichkeit, ihn zu trösten, ihn zu beraten, brachte sie zur Verzweiflung.

Da fiel Doña Paula ein Mittel ein, die Schändlichen zu bestrafen, insbesondere den abgelebten Schönling. Dieses Mittel war, den Frevel unter die Leute zu bringen, den ominösen Ehebruch ruchbar werden zu lassen und diesen Don Quijote von Don Víctor aufzuhetzen, mit eingelegter Lanze auf Don Alvaro loszugehen und ihn zu töten.

Und nichts von all dem konnte man Fermo sagen.

Doña Paula kam und ging, sprach von allem und nichts, beobachtete die Miene ihres Sohnes, seine Blässe, die rauhe Stimme, das Zittern der Hände, seine Unrast.

Was hätte sie dafür gegeben, ihm die Möglichkeit zur Rache andeuten zu dürfen! Ja, dieser ihr heißgeliebter Sohn verdiente es, daß man ihm den schmerzenden Stachel aus der Seele riß! Er war so ein guter Sohn gewesen! Hatte mit solchem Geschick das Ansehn verteidigt und gemehrt, das man ihm streitig machte! Seit Doña Paula sah, daß er keinen Skandal heraufbeschwor, daß Don Fermín in seinen zwielichtigen Beziehungen zur Präsidentin Klugheit und Vorsicht bewies, verzieh sie ihm alles und belästigte ihn nicht länger mit ihren Ermahnungen. Nach dem Triumph über den durch Don Pompeyo Guimarán verkörperten Unglauben, nach jener gloriosen Bekehrung bewunderte die Mutter ihren Sohn mit neuer Glut und suchte ihm bei der Befriedigung seiner heimlichsten Wünsche zu helfen, wobei sie stets Rücksichten auf das, was sie den Anstand nannte, im Auge behielt.

Nein, man konnte von dem, was für sie beide von solcher Wichtigkeit war, nicht sprechen. Schließlich ließ Doña Paula ihren Sohn allein. Sie ging hinauf in ihr Zimmer und lauschte von dort auf die Schritte Don Fermíns, der unten weiter hin und her ging. Sie hörte ihn undeutlich.

Ja, Don Fermín, der die Tür seines Arbeitszimmers abgeschlossen hatte, sowie er allein war, quälte die Unrast. Er hatte Fieber. Unsinnige Pläne gingen ihm durch den Kopf, Verbrechen wie aus einer Tragödie, aber er verwarf sie sofort wieder. Ihm waren die Hände gebunden. Jeder der Gewaltakte, die ihm da in den Sinn kamen und die bei einem anderen vielleicht nicht einer gewissen Größe entbehrt hätten, erschienen ihm, auf sich bezogen, in erster Linie grotesk und lächerlich.

Die Soutane brannte auf seinem Körper. Die manische Vorstellung, er stecke in einer Maskerade, wurde schließlich zu einer unerträglichen fixen Idee. Schließlich lief er zu einem Schrank, holte seinen Jagdanzug heraus, den er ein paar Jahre oben in

Matalerejo getragen hatte, um auf den Felspfaden allerlei kleinem Raubzeug nachzustellen, und verwandelte sich in zwei Minuten aus einem Geistlichen in einen schlanken, handfesten Gebirgler, der in der braunen, eng an dem noch immer jugendlichen, kräftigen Körper von natürlicher, männlicher Eleganz anliegenden Tracht eine gute Figur machte. Er betrachtete sich im Spiegel. Ja, das war ein Mann. Die Präsidentin hatte ihn so gesehen.

Im Schrank verwahrte er auch einen Hirschfänger.

Er suchte ihn, fand ihn und hängte ihn sich an den schwarzen Ledergürtel.

Jetzt konnte er ausgehen. Es war schon Nacht. Die Straßen waren sicherlich fast menschenleer, und in diesem Aufzug würde ihn niemand erkennen. Er konnte Alvaro im Traslacercagäßchen auflauern, an der Ecke, wo ihn Petra eines Nachts hatte über die Mauern klettern sehen, wie sie berichtet hatte. Wenn Don Víctor nichts gemerkt hatte oder wenn Don Alvaro nicht wußte, daß ihm Don Víctor auf die Schliche gekommen war, fand er sich bestimmt, wie vielleicht jede Nacht, wieder ein, und er, Don Fermín, konnte ihn am Fuße der Mauer in dem finsteren Gäßchen abpassen und ihn dort zum Kampf stellen, ihn besiegen, niederschlagen, töten. Dafür hatte er das Messer mit.

Doña Paula bewegte sich oben. Die Dielen knarrten. Gerade als wären die Gedanken der Mutter durch die Decke in den Kopf des Sohnes gedrungen, dachte Don Fermín plötzlich:

Nein, das ist doch alles Unsinn. Ich kann diesen Schuft nicht mit einem Dolch töten. Diese Art Mut geht mir ab. Das sind Torheiten wie aus einem Roman. Weshalb Dinge denken, die ich nie tun werde? Es bleibt nichts anderes übrig als mir den Mut und die romantische, ritterliche Denkweise Don Víctors zunutze zu machen. Das Messer stecke ich weg. Mein Degen muß die Zunge sein.

Und Don Fermín legte den braunen Rock ab, nahm den breitkrempigen Hut vom Kopf, schnallte den schwarzen Gürtel ab, tat alle diese Sachen nebst dem Hirschfänger in den Schrank zurück und zog Soutane und Priestermantel wie eine Rüstung an. Ja, dies war sein Panzer, dies seine Waffe.

Ich suche ihn auf, dachte er, gleich jetzt. Wenn dieser Idiot in Palomares jagen war, muß er eben auf der Rückfahrt oder gerade auf dem Bahnhof sein. Um diese Zeit kommt der Zug.

Er verließ das Haus.

Wenn mir meine Mutter über den Weg läuft, sage ich ihr,

daß ich zu einem Kranken muß, der unbedingt bei mir beichten will.

Doña Paula kam tatsächlich heruntergelaufen, als sie ihren Sohn auf dem Gang hörte.

»Wo willst du hin?«

Er sagte seine Lüge her.

Sie tat, als glaube sie ihm und ließ ihn gehen, denn sie erkannte an seinem Gesicht, an seiner Stimme, an seiner ganzen Haltung, daß ihr Sohn nicht blindlings handeln und keinen Skandal machen werde.

Vielleicht ist ihm dasselbe eingefallen wie mir, dachte sie.

Don Fermín de Pas gelangte vor den alten Steinkasten der Ozores, sah Don Tomás Crespo über den Platz verschwinden, trat in die Toreinfahrt, entschloß sich, Don Víctor, der gerade die Tür aufmachte, zu begrüßen, und ging mit ihm hinauf. Er war willens, mit ihm zu sprechen, ihn auszuhorchen, zu beraten, ihm beizubiegen, daß er sich rächen müsse. Doch er fand keinen Anfang.

Als er das Glas schalen Wassers ausgetrunken hatte, wußte der Generalvikar noch immer nicht, wie er beginnen sollte.

Aber Quintanars Augen standen erschrocken fragend offen, und Don Fermín sagte:

»Mein lieber Freund, ich schwanke zwischen dem Verlangen, Ihre Ungeduld zu befriedigen, und der Furcht, keinen rechten Anfang für mein Anliegen zu finden, das heikel und – milde ausgedrückt – bedauerlicherweise auch recht unerfreulich ist.«

»Zur Sache, Herr Generalvikar!«

»Die Stunde meines Besuchs, der Umstand, daß ich seit einiger Zeit nur selten hier vorspreche, das alles wird dazu beitragen ...«

»Ja, Señor, das tut es. Aber weiter! Was ist los, Don Fermín? Bei den Nägeln Christi!«

»Von Christus werde ich zu Ihnen auch noch sprechen müssen und von seinen Nägeln, der Dornenkrone und dem Kreuz.«

»So reden Sie doch schon!«

»Bevor ich rede, Don Víctor, müssen Sie mir Ihre Gemütsverfassung schildern.«

»Was wollen Sie damit sagen?«

»Sie sind blaß, sichtlich beunruhigt, Sie müssen einen großen Ärger gehabt haben. Ich habe es schon beim Licht der Treppenlampe bemerkt.«

»Aber Sie sind ebenfalls . . .«

Quintanars Stimme bebte.

»Also, das möchte ich wissen. Wenn Sie den Grund meines Besuchs wenigstens teilweise kennen würden, könnte ich mir die Unannehmlichkeit ersparen, die höchst peinliche Vorgeschichte einer Frage zur Sprache zu bringen.«

»Aber worum geht es denn? Bei allen elftausend . . .«

»Señor Quintanar, Sie sind ein guter Christ, ich bin Priester. Wenn Sie mir etwas zu sagen haben, einen Rat brauchen . . . Ich bin hier, um mit Ihnen über etwas zu sprechen, was ich als Geistlicher weiß, aber das Gewissen der Person, die es mir anvertraut hat, macht diesen Schritt erforderlich.«

Don Víctor sprang mit einem Satz auf.

In diesem Augenblick war der Generalvikar zufrieden mit sich, denn er sah jetzt endlich klar. Nun kannte er seinen Weg.

»Eine Person, die Sie zu dieser Stunde in mein Haus schickt?«

»Don Víctor, bekennen Sie mir, ob Sie etwas von einem Vorfall wissen, der Sie aufs höchste berührt, und ob dieses Wissen der Grund für die Bestürzung in Ihren Zügen ist.«

»Ja, Señor, dieser Vorfall hat für mich große Bedeutung, das will ich meinen! Mehr als das Leben. Aber wenn Sie sich nicht deutlicher ausdrücken, weiß ich nicht, ob ich . . .«

»Jetzt kann ich mich deutlicher ausdrücken.«

»Sie sagten, eine Person . . .«

»Eine Person, die ein Verbrechen begünstigt hat, das Ihnen Schaden bringt, hat sich reuevoll im Beichtstuhl eingefunden, um ihre schändliche Mittäterschaft zu bekennen und mir zu sagen, daß ihr Gewissen sie angeklagt und sie aus tätiger Reue Ihnen zur Entdeckung dieser Niedertracht verholfen habe. Aber da sie auf Grund ihres törichten Vorgehens neue unglückliche Verwicklungen befürchtete, beeilte sie sich, mir alles zu sagen, um, wenn möglich, weitere Verbrechen zu verhindern. Denn eine Gewalttätigkeit, eine blutige Rache, wäre schließlich ein Verbrechen.«

Don Fermín brach ab, um mit seinem Schweigen den Schmerz Don Víctors zu respektieren. Der Gerichtspräsident a. D. hatte sich auf ein Sofa fallen lassen und preßte die Hände an den Kopf.

»Petra! War es Petra?« fragte Don Víctor in dem besonderen Tonfall eines Menschen, der die Antwort auf die Frage schon kennt.

»Die Unglückliche hat anfangs gar nicht begriffen, daß ihr Verhalten neues Unheil bewirken kann. Und deshalb bin ich hier, Don Víctor, um es zu verhindern, wenn noch Zeit ist. Im Namen des Gekreuzigten, Don Víctor: Was ist hier geschehen?«

»Nichts! Aber noch ist es Zeit!« erwiderte der betrogene Ehemann. Er stand hoch aufgerichtet da, mit geballten Fäusten, beschämt, als befände er sich im bloßen Hemd mitten auf dem Marktplatz. Ihn machte der Gedanke rasend, daß hier *nichts* geschehen war, kein Verbrechen, dessen Urheber nach den Gesetzen der Ehre und des Theaters er hätte sein müssen. »Nichts, aber es wird noch Blut fließen. Und Sie wissen davon? Dieses Frauenzimmer hat meine Schande herumerzählt? Das ist ebenfalls ein Racheakt, keine Reue. Es war ein Racheakt, aber darauf kommt es nicht an. Wohl aber, daß alle Welt es weiß! Ich Unglücklicher! Wehe mir!«

Wieder ließ sich der arme Alte auf das Sofa fallen, abermals empfand er das Schlafbedürfnis, das ihn am Morgen bereits so gelähmt hatte.

Alle Welt weiß es, hatte Don Víctor gesagt, und diese Worte brachten Don Fermín auf eine andere erfolgverheißende Lüge.

Zuvor aber sagte er:

»Don Víctor, ich kann verstehen, daß Sie in ihrem Schmerz weder Zeit noch Kraft zum Nachdenken gefunden haben, aber ich habe nicht behauptet, daß alle Welt es wisse. Ich bin nicht alle Welt, sondern ein Beichtiger.«

»Glauben Sie nicht, daß Petra etwas erzählt hat?«

»Petra nicht. Aber unglücklicherweise . . .«

»Übrigens, worauf es hier ankommt, ist meine Ehre und nicht, was alle Welt weiß oder nicht weiß. Auf jeden Fall wird sie bald von meiner Rache hören und dann alles haarklein erfahren.«

Und er begann im Zimmer auf und ab zu laufen.

De Pas erhob sich ebenfalls.

»Unglücklicherweise«, fuhr er fort, »hat sich der Klatsch seit geraumer Zeit gewisser Gerüchte, gewisser ins Auge fallender Umstände bemächtigt.«

Don Víctor schnaubte:

»Mein Gott! Was heißt das? Das auch noch? Die Leute reden? Ganz Vetusta spricht davon?«

Er bohrte sich die Nägel in den Kopf und raufte seine grauen Haare.

Während sich Quintanar den mimischen Ausbrüchen seines Schmerzes und seiner Beschämung hingab, sprach Don Fermín des langen und breiten über den Fall. Ja, leider tuschele man seit Monaten schon, seit dem Sommer, vielleicht noch länger, über die häufigen vertraulichen Besuche Don Alvaros im Palast der Ozores. Dies sei, nach dem Unglück selbst, das weitaus Schlimmste. Und zwar deshalb, weil er, der Generalvikar, der die übertriebenen Ehrbegriffe Don Víctors kenne, befürchten müsse, daß dieser, einem entschuldbaren, aber nicht zu billigendem Impuls folgend und taub gegen die Stimme der Religion, schreckliche Rache nehmen werde, insbesondere an Don Alvaro, dessen Schandtat nicht verwerflicher und strafwürdiger sein könne. Aber obwohl er, der Generalvikar, als ein Mann und ein Mensch von Erfahrung, den heftigen Zorn, der Don Víctor beherrschen müsse, erklärlich fände und sein Verlangen nach schneller und fürchterlicher Rache begreife, ja ihn bis zu einem gewissen Grad auch entschuldige, wenn er also als Mann so denke, als Priester einer Religion des Friedens und der Verzeihung müsse er, soweit es in seinen Kräften stehe, zur Sanftmut raten und ihm ein Verhalten ans Herz legen, wie es die Moral in so einem Fall empfehle.

Die Hände vors Gesicht geschlagen, schüttelte Don Víctor unter Zeichen des Protestes den Kopf.

Ja, wenn man die Dinge mit den Augen der Welt sehe, verlange dies nach Blut. Nicht nur, um den Wunsch nach Rache zu stillen, sondern um vor den Leuten das Dekorum zu wahren, wie die Welt das nenne, sei es nach den Gesetzen der Gesellschaft und nach den Forderungen der Sitte notwendig, daß Don Víctor Mesía aufsuche, ihn fordere, womöglich töte oder ihn auf frischer Tat ertappe, um ohne langes Fackeln kurzen Prozeß mit ihm zu machen. So hätten berühmte Männer gehandelt, denen die Bewunderung der Welt gelte und die man in Gedichten und Tragödien verherrliche. Dies alles wisse er, der Generalvikar, nur zu gut.

Und er legte die Gründe, die vom weltlichen Gesichtspunkt nach Blutvergießen verlangten, mit großer Wärme und Beredsamkeit dar, obwohl er eigentlich den gegenteiligen Standpunkt hätte verfechten müssen, den der Barmherzigkeit, des Vergebens und der Nächstenliebe. Als er sich plötzlich darauf besann, wurde er kurz und gab mit gleichgültiger Miene Gemeinplätze einer Dorfpredigt von sich. Don Víctor durchschaute seine Absicht nicht, doch die Heimtücke des Domherrn blieb nicht ohne Wirkung auf ihn. Ja, dachte der Gerichtspräsident im Ruhestand, während der Generalvikar erneut die Opfer aufzählte, die die Religion einem guten Christen, den seine Frau betrog, in bezug auf die Eigenliebe, den Ehrenstandpunkt und viele andere Dinge mehr abverlange, ja, dachte er, ich bin blind gewesen, habe mich würdelos benommen, ich hätte Mesía mit einer Ladung Schrot auf der Mauerkrone töten oder zumindest sofort zu ihm nach Hause laufen und ihn zwingen müssen, sich unverzüglich mit mir auf Leben und Tod zu schlagen. Die Leute wissen alles, ganz Vetusta hält mich für einen ... Don Víctor sprang in die Höhe, als er sich selbst im stillen das schimpfliche Wort sagen hörte.

In diesem Augenblick klangen die kalten, matten Phrasen, mit denen der Generalvikar zum Verzeihen und Vergessen riet, hohl, wie leeres Geschwätz. Was verstand dieser fromme Mann von einer solchen Schmach und den Forderungen der Gesellschaft?

Damit ihn der Geistliche endlich mit seinem abgeschmackten, lebensfremden, salbungsvollen Sermon in Ruhe ließ, tat Don Víctor, als gebe er nach, und erklärte, er werde nichts Unüberlegtes tun, er wolle sich alles durch den Kopf gehen lassen und versuchen, die Forderungen seiner Ehre mit denen der Religion in Einklang zu bringen.

Da wurde Don Fermín unruhig. Er glaubte an Boden verloren zu haben und schlug wieder auf die Pauke. Mit lebhaften Farben malte er die Verachtung aus, die die Leute einem Ehemann entgegenbrächten, der verzeiht und somit nach ihrer böswilligen Auslegung beide Augen zudrückt.

Als Don Víctor den Generalvikar so reden hörte, hielt er sich für den verachtenswertesten Menschen der Welt, wenn er nicht etwas Ungeheuerliches täte. O ja, sobald wie möglich, sobald es Tag würde, wollte er seine Schritte unternehmen, wollte er Don Alvaro seine Sekundanten schicken. Er mußte ihn töten.

Don Fermín beruhigte sich wieder, als er auf Quintanars Gesicht die zornige Erregung sah. Die Mine lag bereit. Die Kanone, aus der er, Don Fermín, seinen tödlichen Haß abfeuern wollte, war geladen.

Don Víctor schwieg. In einer Ecke an die Wand gelehnt, knurrte er vor sich hin.

Der Generalvikar verabschiedete sich. Er hatte hier nichts

mehr zu tun. Als er aber an der Tür war, drehte er sich plötzlich mit feierlicher Gebärde um und sagte:

»Ich erwarte von Ihnen als Ihr Seelsorger, im Namen Gottes erwarte ich von Ihnen, daß Sie, falls Sie heute nacht einem neuen Anschlag auf die Spur kommen, falls dieser ahnungslose Bube heute nacht wiederkommt ... Ich weiß, daß es viel verlangt ist, aber ein Mord findet nie Vergebung vor den Augen Gottes, auch wenn er sie in den Augen der Welt findet. Verhindern Sie, daß dieser Mensch in Ihr Haus eindringen kann, aber kein Blut, Don Víctor, kein Blut im Namen desjenigen, das der Gekreuzigte für uns alle vergossen hat.«

Stimmt, dachte Don Víctor, als er allein war. Und ich Esel bin nicht darauf gekommen. Der Kerl muß heute nacht wiederkommen. Und ich hätte beinahe, um sie nicht durch den Schreck zu töten, zugelassen, daß sie wiederum ... Daß ich daran nicht gedacht habe!

Die Tür ging auf, und die Präsidentin trat in einem weißen Frisiermantel herein.

Sie war blaß. Ihre Augen muteten größer an denn je. Sie blickten mit einer Starrheit, bei der es Don Víctor kalt überlief. Entsetzt wich er einen Schritt zurück wie beim Erscheinen eines Gespenstes. Er dachte jetzt nicht an den Treuebruch dieser Frau, sondern nur an die große Gefahr für Anas Leben bei einer starken Erschütterung. Sie erschien Don Víctor nicht wie seine Frau, sondern wie die Traviata in der Szene, wo sie singend stirbt. Der arme Alte empfand abergläubisches Mitleid. Er liebte dieses zarte Wesen, das plötzlich wie ein Gespenst lautlos vor ihm stand, mit der Liebe eines Vaters, der um das Leben seiner Tochter bangt, und fürchtete es gleichzeitig wie eine Erscheinung aus dem Jenseits. Wie leicht war es doch, die arme Kranke, die für ihr Vergehen vielleicht gar nicht verantwortlich war, mit einem Wort zu morden. O nein, was sie betraf, sie würde er nicht töten, weder mit dem Dolch noch mit einer Kugel oder mit donnernden Worten.

»Wer ist dagewesen?« fragte sie ruhig.

»Der Generalvikar«, antwortete Don Víctor, der annahm, seine Frau wisse sowieso schon Bescheid. Ana war bestürzt.

»Was wollte er denn ... um diese Zeit?« fragte sie, bemüht, sich ihre Befürchtungen nicht anmerken zu lassen.

»Ach, politisches Zeug. Wegen des Bischofs und des Gouverneurs, was Eiliges wegen der Wahl. Halt so politischer Kram.«

Die Präsidentin fragte nicht weiter. Sie zog sich zurück, ohne den Kuß auf die Stirn, mit dem sie sich sonst allabendlich verabschiedeten.

Quintanar atmete auf, als er wieder allein war. Das war noch einmal gut gegangen. Er hatte sich nicht verraten. Anita hatte keinen Verdacht schöpfen können. Sein Gewissen war ruhig, ein Zeichen, daß er fürs erste richtig gehandelt hatte.

Er klingelte nach dem Tee, den er nach Jagdausflügen zu sich zu nehmen pflegte. Dann befahl er den Dienstboten, schlafen zu gehen, und stieg um halb zwölf im Finstern mit dem Gewehr auf Zehenspitzen in den Park. Er hatte es mit Posten geladen.

O ja, der Generalvikar hatte ihn da, ohne es zu wollen, auf einen Gedanken gebracht. Es sollte kein Blut fließen? Oh, wenn er diese Nacht wiederkam, mußte Don Alvaro sterben! Und mochte die Welt in Flammen aufgehn! Mochte Ana erschrecken und hinschlagen, mochte man ihn ergreifen! Einerlei, wenn er wiederkam, sollte er sterben. Wie vor kurzem sein Gewissen ruhig gewesen war, weil er seinen Zorn vor Ana unterdrückt hatte, so fühlte er sich jetzt von dem Entschluß befriedigt, den Dieb seiner Ehre zu töten.

Die Nacht war finster und kalt. Don Víctor blieb nichts übrig als noch einmal in sein Zimmer hinaufzugehen und seinen Mantel zu holen. Er riskierte, Lärm zu machen oder den anderen zu verpassen, falls er inzwischen kam und auf den Balkon kletterte, aber nur im Rock konnte man es nicht aushalten. Er wäre zu einem Eiszapfen gefroren. Mit der größtmöglichen Eile holte er seinen Mantel und kehrte eingemummt auf seinen Wachposten im Pavillon zurück, von wo aus er die Silhouette der Mauer, die sich verschwommen vom schwarzen Himmel abhob, und den Balkon von Anas Zimmer sehen konnte.

Er hörte es zwölf, eins, zwei schlagen. Die dritte Stunde verpaßte er, er mußte eingenickt sein, obwohl er es sich selbst nicht eingestand. Um vier konnte er der Kälte und dem Schlaf nicht länger widerstehen. Fiebernd stieg er in sein Zimmer hinauf, tastete sich zum Bett, zog sich aus, wickelte sich in die Laken und fiel in einen dumpfen Schlaf voll glühender Phantome und schauriger Ungeheuer.

Am nächsten Tag fanden sich zur Kaffeezeit am Nachmittag Mesía, Ronzal, Hauptmann Bedoya und Oberst Fulgosio nicht wie sonst im Kasino ein.

Als Foja, der ehemalige Bürgermeister, dies bemerkte, sagte er geheimnisvoll:

»Señores, ich habe doch gleich gesagt, da stimmt was nicht.«

»Was soll denn nicht stimmen?« fragte Don Frutos Redondo, der Amerikaner. Sie befanden sich wie stets um diese Zeit im Nebenzimmer des Roten Salons.

Alle Anwesenden umringten Foja, der fortfuhr:

»Beachten Sie bitte, daß heute weder Ronzal noch der Hauptmann, noch der Oberst da ist. Da tut sich was! An jedem Gerücht ist was Wahres.«

»An welchem Gerücht denn?« fragte Vater Orgaz, der etwas läuten gehört hatte.

Joaquinito, der gern so tat, als wisse er über alles Bescheid, sagte:

»Es ist nichts, Señores, glauben Sie mir, es ist nichts.«

»Nein, mit Ihrer Erlaubnis, ich weiß, daß es große Neuigkeiten gibt. Ich weiß es aus bester Quelle. Quintanars Sekundanten müssen jetzt unterwegs zu Don Alvaro sein.«

»Sekundanten? Ja, wieso denn?« fragte Redondo.

»Na, spielen Sie bloß nicht den Ahnungslosen! Sie wissen ganz gut, wieso. In Wahrheit stank der Skandal schon zum Himmel.«

Joaquín Orgaz nahm Don Alvaro in Schutz.

Foja griff Mesía nicht an, sondern Quintanar, der eine solche Schamlosigkeit so lange schweigend mit angesehen hatte.

»Woher wollen Sie denn wissen, daß er es sich mit angesehen hat? Er hat nichts gewußt. Und wenn er jetzt den anderen fordert, dann sicherlich, weil er etwas entdeckt hat.«

»Oder weil er es satt hat, länger beide Augen zuzudrücken.«

»Vielleicht hat er ihn auch gar nicht gefordert.«

Den ganzen Nachmittag sprach man von ein und demselben. Bei Dunkelwerden kam Ronzal. Anfangs wagte niemand, eine Frage an ihn zu richten. Schließlich aber hielt es Foja nicht länger aus, klopfte Trabuco auf die Schulter und erkundigte sich:

»Sind Sie Sekundant?«

»Sekundant? Wobei?« entgegnete Ronzal mit gerunzelten Brauen und geheimnisvoller Miene wie ein besonnener Mann, der jeder Indiskretion eine eisige Mauer entgegenstellt.

»Sekundant bei dem Duell auf Leben und Tod zwischen Mesía und Quintanar.«

»Aber wer hat Ihnen denn das gesagt? Ehrenwort, wollte sagen, ich weiß von nichts. Ich bestreite, daß ... Sie sind ein Narr, ein alberner Schwätzer. Glauben Sie, daß man so schwerwiegende Dinge beim Kaffee bespricht?«

»Sehen Sie? Ich hab's ja gesagt!« schrie Foja triumphierend, ohne auf die Beleidigungen zu achten.

Ronzal stritt alles ab. Er schwieg verbissen, aber man sah es ihm an, daß es ihn große Überwindung kostete.

Er sah oft auf die Uhr, nahm dann Joaquín Orgaz beiseite und fragte ihn, aber so, daß alle es hören konnten:

»Wissen Sie, ob Don Pedro, der Pikador, noch Säbel hat zum . . .«

Das andere sagte er leise.

Orgaz wußte es nicht. Ronzal machte eine verdrossene Handbewegung, verließ das Kasino und sagte nur:

»Auf Wiedersehen, meine Herren!«

»Sehen Sie, ich hab's ja gesagt, es gibt ein Duell.«

Die zurückgebliebenen Herren richteten sich auf eine lange Sitzung ein. Die Kellner zündeten das Gaslicht an, und die Nachmittagssitzung ging in die Abendsitzung über. Ein paar gingen nach Hause essen und kamen wieder. Um acht sprach man im ganzen Kasino nur noch von dem Duell. Die Billardspieler ließen ihre Queues stehen und kamen in den Lügensalon, um Neuigkeiten zu erfahren. Selbst »die von oben«, die aus der »Lasterhöhle«, die Revolutionen vorübergehen ließen, ohne sie zur Kenntnis zu nehmen, schickten Emissäre herunter, um zu erfahren, was vorging.

In Vetusta gehörte ein Duell zu den außerordentlichsten Ereignissen. Dann und wann gaben sich auf dem Espolón oder sonstwo zwei junge Herren öffentlich ein paar Ohrfeigen, aber mehr passierte nicht. Nie hatten die Beleidigungen Folgen. In Vetusta hatte es auch nie einen Fechtboden gegeben. Vor Jahren hatte einmal ein verabschiedeter Major sich durch Fechtstunden seinen Lebensunterhalt verdienen wollen. Der junge Marqués, Vater und Sohn Orgaz, Ronzal und ein paar andere hatten eine Zeitlang mit Feuereifer aufeinander losgehackt, waren der Sache jedoch bald müde geworden, und der Major mußte sich fortan bei den Leuten durchschnorren.

Man erinnerte sich in der Stadt nur an zwei Duelle, bei denen man »zur Sache« gekommen war. Eins von Mesía vor vielen Jahren, als er noch sehr jung war. Frígilis war damals als Sekundant seines Gegners als einziger Vetustenser bei dem Kampf zugegen gewesen.

Nie hatte er sagen wollen, was sich damals zugetragen hatte. Fest stand jedoch, daß weder Mesía noch sein Gegner nach dem Duell auch nur einen Tag lang das Bett gehütet hatte.

Das andere Duell fand zwischen einem kaufmännischen Direktor und seinem Kassierer wegen des Kassenbestandes statt. Es ging darum, wer von beiden lange Finger gemacht hatte. Man sollte sich bis zum ersten Blut schlagen. Der Kassierer hatte einen Kratzer am Hals abbekommen, weil der Direktor waagerechte Säbelhiebe austeilte mit dem Vorsatz, seinen Gegner zu köpfen. Mehr Duelle, bei denen man »zur Sache« gekommen war, gab es in den Chroniken Vetustas nicht.

Um die Zeit bis zum Eintreffen neuer Nachrichten totzuschlagen, wurde in dieser Nacht viel über die Berechtigung dieses »barbarischen, aus dem Mittelalter ererbten Brauches« diskutiert.

Vater Orgaz, der einige Bildung besaß, wiewohl er von Beruf Notar war, behauptete, das Duell sei ein Überbleibsel der Ordalien.

Schon möglich, meinte Don Frutos, aber ihn brächten weder Ordalien noch sonst was dazu, sich zu schlagen. Wenn man ihn beleidige, wende er sich an den Richter, und wenn das nicht gehe, so regle er die Angelegenheit mit einer Tracht Prügel. »Ich denke gar nicht daran, mich von einem Degenhelden umbringen zu lassen, der nie für seinen Lebensunterhalt hat arbeiten müssen.«

»Dennoch«, sagte Vater Orgaz, »gibt es Umstände ... die Ehre, die Gesellschaft ... Sehen Sie, Fígaro verurteilt das Duell und gibt gleichzeitig zu, daß er sich gegebenenfalls schlagen würde.«

»Aber ich bin nicht irgendein hergelaufener Barbier, mein Lieber!« schrie Don Frutos. »Ich habe etwas zu verlieren.«

Man mußte Don Frutos erklären, wer Fígaro war. Aber selbst, nachdem er aufgeklärt war, brüllte Redondo, der von dem vielen Diskutieren und Schreien schwitzte, daß er einem, der ihn fordern wolle, sämtliche Knochen im Leibe zerbrechen werde.

»Ich für mein Teil«, sagte der ehemalige Bürgermeister, »halte mich an das Recht. Ein verbotener Kampf, die Gesetze sind eindeutig.«

»Nun, was mich angeht«, rief Vater Orgaz feierlich mit bebender Stimme und sprang auf, »was mich angeht, ich tue nichts von all dem. Wenn mich jemand fordert, und er ist ein gewandter Fechter, so zwinge ich ihn zu einem Duell unter folgenden Bedingungen: Zwei Schritt Entfernung« – er baut sich, zwei lange Schritte abmessend, vor Don Frutos auf, der ganz steif und ernst wird –, »eine geladene und eine ungeladene Pistole.« – Orgaz erbleicht bei dem Gedanken, daß es einmal soweit kommen könnte. – »Eins, zwei, drei« – er klatscht dreimal in die Hände –, »Bum! Und wem's Gott bestimmt hat, dem sei Petrus gnädig. So schlage ich mich. Die Frage ist nicht, geschickt mit der Waffe zu sein, sondern Mut zu beweisen.«

»Bravo, bravo, so ist es!« riefen viele aus der Runde, als hörten sie das zum ersten Mal.

Immer, wenn man von Duellen sprach, sagten Foja, Don Frutos, Orgaz und andere Herren dasselbe wie an diesem Tag.

Umsonst wartete man im Kasino auf neue Nachrichten. Den ganzen Abend ließen sich weder Ronzal noch Bedoya oder Fulgosio blicken, die, wie man wissen wollte, neben Frígilis die Sekundanten waren.

Es stimmte. So sehr Crespo auch allen an dem traurigen Handel Beteiligten die größte Verschwiegenheit auf die Seele gebunden hatte, so verbreitete sich in Vetusta doch bald auf unerklärliche Weise, vermutlich aber durch Ronzals Schuld, das Gerücht von dem Vorgefallenen. Petra und Ronzal hatten den Mund tatsächlich nicht gehalten. Petra hatte aus Rachsucht und Bosheit einer Freundin »das von ihrer ehemaligen Gnädigen« erzählt. Weshalb sie das Haus verlassen habe? Nun, aus diesem und jenem Grunde. Trabuco, den die Ehre, von Quintanar des Vertrauens für würdig befunden worden zu sein, eitel wie einen Pfau gemacht hatte, hatte der Versuchung, sein Geheimnis durchblicken zu lassen, nicht widerstehen können. Jedenfalls sprach man in ganz Vetusta von nichts anderem.

Der Gouverneur erklärte zu Hause, man solle ihm nicht davon anfangen, seine Amtspflicht stehe in offenem Widerspruch zu seiner Pflicht als Ehrenmann, er müsse Augen und Ohren verschließen und werde es tun.

Der Tag verging, der nächste auch, und man erfuhr nichts.

»Ob das mit dem Duell eine Ente war?« fragte Foja im Kasino.

Und da platzte Joaquín Orgaz heraus, der alles vom jungen Marqués wußte.

»Nein, es war kein Schwindel. Die Sache steigt. Duell auf Leben und Tod.«

Aber die Sekundanten hätten die Sache ungeschickt angefaßt,

trotz der Prahlereien des Obersten Fulgosio, der behauptete, den Ehrenkodex im kleinen Finger zu haben: Es seien keine Waffen aufzutreiben. Zuerst habe man von Säbeln gesprochen. Aber es hätten sich keine Duellsäbel gefunden. Es gebe in Vetusta keine solchen, oder wenn jemand welche besäße, wolle er sie nicht herausrücken. Dann habe man auf Pistolen ausweichen wollen, aber auch geeignete Pistolen seien nicht aufzutreiben gewesen. »Ich glaube«, fuhr Joaquinito fort, »und Paco ist derselben Ansicht, daß dies doch recht unwahrscheinlich ist und Frígilis die Sache auf die lange Bank schieben will, um Mesía vielleicht noch zu überreden, daß er aus Vetusta verschwindet.«

»Wie würdelos!« schrie Foja.

»Nun, auf die Art hat er es jedenfalls zuerst versucht. Noch in derselben Nacht, als Don Víctor anscheinend am Morgen seine Schande entdeckt hatte, so erzählt man sich's wenigstens, war Frígilis bei Mesía und hat ihn bestürmt, so bald wie möglich aus der Stadt zu verschwinden. Mesía hat Paco hinterher alles haarklein erzählt.«

»Schön, und was weiter?«

»Nichts. Mesía hat sich, wie es sich ja von selbst versteht, geweigert. Er erklärte, Quintanar und ganz Vetusta könnten seine Abreise als Feigheit auslegen. Aber Frígilis, der einen gewissen Einfluß auf Don Alvaro hat, hat ihm dann doch das Ehrenwort abgenommen, daß er am nächsten Tag den Zug nach Madrid nehmen werde. Anscheinend hat Quintanar Mesías Leben in der Hand gehabt. Er hätte ihn mit einem Schuß töten können und hat es dennoch nicht getan. Darauf und auf die Rechte des beleidigten Gatten hat sich Frígilis wohl berufen, um Mesía zur Flucht zu bewegen. ‚Das ist keine Feigheit', soll er gesagt haben. ‚Das ist nur Selbstjustiz. Sie haben wegen Ihres Verrats den Tod verdient, und ich wandle die Strafe in Verbannung um.' «

»Das hat Crespo gesagt?«

»Ja.«

»Sieh einer unseren Frígilis an.«

»Er steht auf recht vertrautem Fuß mit Alvaro, der große Stücke auf ihn hält.«

»Na schön, und was weiter?«

»Alvaro hat sein Wort gegeben. Aber als dann am Tag darauf, gestern vormittag, unser Don Juan gerade dabei war, seine Koffer zu packen, um sich davonzumachen, erschienen Frígilis und Ronzal bei ihm und überbrachten ihm die Forderung zum Duell.

Anscheinend hat Don Víctor Frígilis in aller Frühe zu sich gebeten und ihn zu Trabuco geschickt, damit sie dem Verführer gemeinsam die Forderung überbrächten. Frígilis sei nichts übriggeblieben als nachzugeben. Denn als Quintanar erfahren habe, daß sich der andere aus dem Staube machen wolle, habe er gedroht, ihm bis ans Ende der Welt zu folgen und ihn in den Zeitungen und vor den Leuten einen Feigling zu heißen. Er war außer sich.«

»Freilich, die Theaterstücke!«

»Jedenfalls mußte Frígilis Alvaro von seinem Fluchtversprechen entbinden und ihn auf die Suche nach Sekundanten schikken.«

»Und Mesía?«

»Klarer Fall. Er blies die Reise ab und sah sich nach Sekundanten um. Der eine sollte ich sein« – eine Lüge –, »aber nachher, da ich mit beiden gut befreundet bin . . . Kurz und gut, man bemühte sich um andere. Es waren aber keine zu finden. Nur Fulgosio, der bei solchen Händeln immer mitmacht, und Bedoya, der schließlich Soldat ist.«

Im großen und ganzen war Joaquinito gut informiert. Mesía hatte alles dem jungen Marqués erzählt, der ihn im Gasthof besucht hatte.

Eins hatte er ihm allerdings nicht gesagt: Daß er große Angst hatte. Sosehr es ihn freute, daß diese Beziehungen ein Ende fanden, die seiner Gesundheit den Rest gaben und ihn vor Ana in die peinlichste Lage bringen mußten, sosehr entsetzte ihn der Gedanke, Don Víctor mit einem Degen oder einer Pistole gegenüberzutreten.

Deshalb nahm er Frígilis' ersten Vorschlag auf der Stelle an.

Natürlich! Er müsse verschwinden. Mit welchem Recht solle er dem Manne nach dem Leben trachten, der ihm an jenem Morgen das Leben geschenkt und dem er die Ehre gestohlen habe? Er werde verschwinden. Am nächsten Tag säße er bestimmt im Zug.

Frígilis wußte, was er von Alvaros Mut zu halten hatte. Was konnte man anderes erwarten?

Genau wie damals, als er Zeuge des geheimnisvollen Duells gewesen war, von dem man im Klub munkelte. Don Alvaro war von einem Fremden wegen einer Frau zum Zweikampf gefordert worden. Alle Zeugen waren von der Garnison, ausgenommen Frígilis, der als einziger Vetustenser an dem Kampf teilnahm. Es war ein Duell auf Säbel und fand am Nachmittag, kurz vor Einbruch der Dunkelheit, in einem Gehölz auf dem Montico statt. Mesía und sein Gegner waren in Hemdsärmeln. Frígilis sah es vor sich, als sei es gestern gewesen. Den Säbel in der Hand, waren beide bleich und zitterten vor Kälte und Angst. Der bezogene Himmel drohte in Sturzbächen auf die Erde zu fallen. Die beiden Duellanten blickten zu den Wolken auf. Frígilis erriet, was sie wünschten. Der Zweikampf begann, und beim ersten Zusammenprall der Klingen erdröhnte ein Donnerschlag, und faustgroße Tropfen klatschten hernieder. Der Wolkenbruch war so gewaltig, daß die Sekundanten das Duell abbrachen. Es wurde dann nicht mehr fortgesetzt, denn schließlich wolle man nicht gegen die Elemente kämpfen. Mesía blieb unversehrt, und Crespo verbürgte sich ihm ausdrücklich, das Geheimnis um diesen lächerlichen Kampf und die Feigheit des Vetustenser Don Juan für immer zu wahren.

Dies alles vor Augen, behandelte Frígilis in der denkwürdigen Nacht, da er Mesía die Flucht nahelegte, diesen ziemlich von oben herab. Aber – und hierin hatte Joaquinito Orgaz recht – am Tag darauf mußte er Don Alvaro sein Wort zurückgeben. Er dürfe nicht mehr das Weite suchen, Quintanar bestehe auf dem Duell, er sei ein Aragonese und gebe bestimmt nicht nach.

»Ich weiß nicht, wer ihn umgestimmt hat«, sagte er zu Mesía. »Gestern abend schien er fast zu einer friedlichen Lösung entschlossen und hätte sich damit zufriedengegeben, wenn Sie aus Vetusta verschwunden wären. Als ich heute früh zu ihm kam, fand ich den hier anwesenden Señor Ronzal am Bett meines Freundes.«

Ronzal grüßte.

Mesía war blaß geworden, während er gerade dabei war, Wäsche in einen Reisekoffer zu packen.

»So daß also . . .«

»So daß Sie sich also nach Sekundanten umsehen müssen.«

Frígilis hatte sich geärgert, daß Don Víctor Ronzal gerufen hatte, ohne sich zuvor mit ihm zu beraten. Quintanar glaubte an die Tatkraft des Abgeordneten für Pernueces und wußte, daß er Don Alvaro nicht eben schätzte. Nach Ansicht des Gerichtspräsidenten a. D. war er ein guter Sekundant. Ein Irrtum, wie Frígilis meinte.

Das schlimmste war, daß sich Don Víctor auf keine Weise umstimmen ließ.

»Nicht einen Tag länger darf das aufgeschoben werden!« rief er. »Wenn meine Schande schon öffentlich bekannt ist, dann soll es auch meine Vergeltung werden, und sie soll schnell und furchtbar sein.«

»Aber du hast doch Fieber, bist krank.«

»Einerlei. Desto besser. Wenn Sie beide diesem Menschen meine Forderung nicht überbringen, stehe ich auf und suche mir andere Sekundanten.«

Man kam überein, das Duell mit Säbeln auszutragen. Aber es fanden sich keine geeigneten. Außerdem ergaben sich Schwierigkeiten wegen gewisser Einzelheiten. So verging ein Tag.

Am nächsten Morgen einigte man sich auf Pistolen.

Da machte Don Víctor seinen Plan. Er freute sich, daß der Zweikampf mit Pistolen ausgetragen werden sollte.

Aber auch Duellpistolen waren nicht aufzutreiben.

So verging ein zweiter Tag.

Am Tag darauf stand Don Víctor auf, nachdem er siebzig Stunden das Bett gehütet hatte, davon vierundzwanzig mit Fieber. Zuweilen war er ungeduldig, dann wieder drückte ihm der Kummer das Herz ab, doch ließ er sich vor Ana, die ihn fürsorglich pflegte, nie etwas anmerken.

Während der langen Stunden im Bett wandelte ihn in der auf das Fieber folgenden Schwäche Schwermut an, und er hing religionsphilosophischen Betrachtungen nach. Don Víctor spürte, daß sein Mut schwand – nicht aus Angst um sein eigenes Leben, das er bei Mesía nicht in allzu großer Gefahr glaubte, sondern aus Furcht vor Gewissensbissen. Als er erfuhr, daß man sich auf Pistolen schlagen wollte, beschloß er, seinen Gegner nicht zu töten. Er wollte ihn lahmschießen, auf die Beine zielen. Daß ihn der andere auf zwanzig Schritt treffen werde, war unwahrscheinlich, höchstens durch einen Zufall.

Ana ahnte nichts von alldem, denn Mesía hatte sein Frígilis gegebenes Wort gehalten und sich von ihr brieflich für eine dringende, kurze Wahlreise verabschiedet. So verließ Don Víctor in Frígilis' Begleitung um die Zeit, da sie sonst auf die Jagd gingen, das Haus durch das Parktor.

Im Traslacercagäßchen wartete Ronzal auf sie. Der Morgen war kalt, und der Rauhreif auf dem Gras sah wie Schnee aus.

Auf der Straße nach Santianes wartete eine Kutsche. Darin saß Benítez, Anas Arzt. Als Don Víctor ihn erblickte, erbleichte er. Das war das einzige Zeichen seiner Erregung.

Unterwegs sprachen sie fast kein Wort. Nach einer Weile gelangten sie an die Umfriedigungsmauer des Vivero. Sie stiegen aus, gingen um den Besitz des Marqués herum und traten in den Eichenwald, wo Don Víctor vor ein paar Monaten mit dem Generalvikar seine Frau gesucht hatte. Wie vieles erklärte sich jetzt, was ihm damals unverständlich geblieben war! Gleichviel. In Wahrheit allerdings war von der Wut, die in seinem Herzen nach dem nächtlichen Besuch Don Fermíns getobt hatte, nur noch verglimmende Asche übrig. Er haßte Don Alvaro nicht mehr, fand das Leben nicht länger unerträglich, wenn dieser Mann nicht starb. Philosophie und Religion hatten im Herzen Don Víctors gesiegt. Er war entschlossen, nicht zu töten.

Sie erreichten die höchste Stelle des Waldes. Dort war ein kleines Plateau mit einer Lichtung, groß genug, dreißig Schritte abzumessen. Die letzten Bedingungen des Duelles waren folgende: Fünfundzwanzig Schritt, und jeder durfte fünf vortreten. Angelegt wurde zwischen einem zweimaligen, kurz aufeinanderfolgenden Händeklatschen. Allerdings war Oberst Fulgosio noch nie bei einem Duell auf Pistolen dabeigewesen, wiewohl er behauptete, schon viele mitgemacht zu haben, und Ronzal und Bedoya hatten zeit ihres Lebens noch an keinem solchen Ehrenhandel teilgenommen. Lediglich Frígilis hatte dem ins Wasser gefallenen Duell Mesías beigewohnt. Die Bedingungen hatte der Oberst einem französischen Roman entnommen, den er sich von Bedoya ausgeliehen hatte. Das einzig Originelle an der Sache war, daß Fulgosio schwor, seine Soldatenehre lasse kein Scheinduell zu. Ein Zweikampf auf Pistolen auf solche Entfernung zwischen zwei Erstduellanten sei aber ein Hornberger Schießen.

Bedoya dachte daran, daß Don Víctor ein guter Schütze war, wagte aber keine Einwendungen bei dem Herrn von der Gegenpartei.

Als Don Víctor mit seinen Sekundanten das Plateau, den Schauplatz des Duells, erreichte, fand er den Platz leer. Eine Viertelstunde später erschien Don Alvaro mit seinen Zeugen nebst Señor Don Robustiano Somoza zwischen den kahlen Bäumen. Mesía war schön in seiner matten Blässe. Sein hochgeschlossener schwarzer Rock wirkte elegant und vornehm.

Don Víctor traten beim Anblick seines Gegners die Tränen in die Augen. In diesem Augenblick hätte er von Herzen gern wie Jesus am Kreuz Worte der Vergebung gerufen. Quintanar hatte keine Angst, aber ihm war vor Trauer ganz schwach. Bittere Ironie des Schicksals! Er, er sollte auf diesen hübschen Mann schießen, mit dem Ana glücklich geworden wäre, wenn sie sich zehn Jahre früher in ihn verliebt hätte! Und er, Quintanar, säße um diese Zeit ruhig im Oberlandesgericht oder in La Almunia de Don Godino! War es nicht sinnlos, was sie hier begannen! Aber nun war es zu spät. Zum Beweis dafür wurde er gerufen, und man reichte ihm die kalte Pistole.

Frígilis gab sich, wie sich das gehörte, gelassen, fürchtete aber, Mesía könne tatsächlich den Mut zum Abdrücken aufbringen und Víctor verwunden. Er drückte Quintanar die Hand, als er ihn an seinen Platz geleitete.

Zeugen und Ärzte traten aus Angst vor einer »verirrten Kugel« ein gutes Stück beiseite.

Unwillkürlich dachte Don Alvaro an Gott. Dieser Gedanke vermehrte seine Angst. Ihm fiel ein, daß ihn diese Frömmigkeit nur bei schweren Krankheiten anwandelte, wenn er einsam und verlassen in seinem Junggesellenbett lag.

Frígilis erschreckte der Mut dieses Mannes.

Mesía wußte selbst nicht, wie er hierher gekommen war.

Während er dies dachte und auf Don Víctor anlegte, ohne ihn zu sehen, ohne überhaupt etwas zu sehen, zu schwach, den Finger fest an den Abzug zu legen, hörte er Händeklatschen und gleich darauf einen Knall. Quintanars Kugel versengte die enganliegende Hose des Stutzers. Plötzlich spürte Mesía eine seltsame Kraft im Herzen. Der Selbsterhaltungstrieb erwachte in ihm. Er mußte sich verteidigen. Wenn der andere noch einmal schoß, würde er ihn töten, schließlich war er, Don Víctor, der große Jäger.

Mesía trat fünf Schritte vor und legte an. In diesem Augenblick fühlte er sich so tapfer wie irgendwer. Es war seine innere Stimme. Der Puls ging ruhig. Er glaubte, Don Víctors Kopf vor der Pistolenmündung zu haben. Behutsam drückte er auf den kalten Abzug, er glaubte, der Schuß sei von selbst losgegangen. Nein, nicht er hatte abgedrückt, es war die »innere Stimme« gewesen.

Jedenfalls lag Don Víctor, lang ausgestreckt, auf dem rauhreifüberzogenen Gras.

Mesías Kugel war ihm in die volle Blase gedrungen.

Das stellten kurz darauf die Ärzte im Neuen Haus des Vivero fest, wohin man den schlaffen Körper des ehrbaren Gerichtspräsidenten unter großen Anstrengungen gebracht hatte. Don Víctor lag im selben Bett, wo er vor ein paar Monaten mit dem sanften Schlummer eines Kindes geschlafen hatte.

Um das Bett herum standen die beiden Ärzte, Frígilis, mit Tränen in den Augen, der bestürzte Ronzal und Oberst Fulgosio, dem das Gewissen heftig schlug. Bedoya hatte Mesía begleitet, der ein paar Stunden darauf den Zug nach Madrid nahm, drei Tage später, als Frígilis gehofft hatte.

Pepe, der Hausverwalter der Vegallanas, wartete, erschrokken und traurig, im Nebenzimmer mit offenem Mund auf Befehle. Er sah Frígilis herauskommen, der sich allein glaubte und mit der Faust zum Himmel drohte.

»Wie steht es, Señor? Wie geht es dem armen Herrn?«

Frígilis sah Pepe an, als erkenne er ihn nicht, und sagte wie zu sich selbst:

»Die volle Blase, die Peritonitis des ... Ich weiß nicht, was. Das haben die beiden gesagt.«

»Die was, Señor?«

»Nichts! Er wird sterben.«

Und Frígilis trat in ein Zimmer, das im Dunkeln lag, um allein zu weinen.

Kurz darauf sah Pepe Oberst Fulgosio und hinter ihm den Doktor Somoza herauskommen.

»Und ihn nach Vetusta bringen?« fragte der Offizier.

»Ausgeschlossen! Nicht im Traum! Wozu auch? Er stirbt ganz bestimmt heute nachmittag.«

Somoza pflegte sich sonst zu irren, indem er den Tod seiner Patienten zu früh voraussagte.

Diesmal hatte er sich nach der anderen Richtung geirrt und Don Víctor mehr Zeit zu leben gegeben, als ihm Don Alvaros Kugel ließ.

Quintanar starb um elf Uhr vormittags.

Der Mai machte in diesem Jahr seinem Namen in Vetusta alle Ehre. Seltsam, die ewigen Wolken des Corfín hatten bereits all ihre Nässe im März und April abgeregnet. Die Vetustenser verließen ihre Häuser wie der Rabe Noahs Arche, und alle fanden es erklärlich, daß er nicht wiedergekommen war. Nach zwei Monaten strömenden Regens – welche Wonne, wieder blauen Himmel zu sehen, frische Luft zu atmen und über grüne Wiesen zu wandern, in denen Maßliebchen gleich Sonnenfunken standen!

Ganz Vetusta ging spazieren.

Frígilis jedoch konnte Ana nicht bewegen, einen Fuß auf die Straße zu setzen.

»Das ist doch Selbstmord, mein liebes Kind! Sie wissen, Benítez hat gesagt, Bewegung sei unerläßlich, und die Nerven könnten sich nicht beruhigen, solange Sie Sonne und frische Luft meiden. Kommen Sie, Anita, seien Sie vernünftig, haben Sie Mitleid mit sich selbst. Wir können ja ganz zeitig gehen, am frühen Morgen, wenn Sie wollen. Der Paseo Grande ist um diese Stunde so schön! Oder abends, wenn es dunkel wird. Um Gottes willen, mein Kind, Sie werden wieder krank werden!«

»Nein, ich gehe nicht hinaus!« Ana bewegte den Kopf wie eine Blinde. »Quälen Sie mich nicht, Don Tomás, um Gottes willen, quälen Sie mich nicht mit Ihrem Drängen. Ich werde schon wieder hinausgehn, zu einem späteren Zeitpunkt, wann, weiß ich noch nicht. Jetzt jagt mir der Gedanke an draußen Entsetzen ein. Nein, lassen Sie mich um Gottes willen in Ruhe!«

Acht Tage hatte Ana zwischen Leben und Tod geschwebt. Einen ganzen Monat hatte sie, noch immer in steter Lebensgefahr, das Bett gehütet, zwei weitere Monate dauerte die Rekonvaleszenz, während der sie Nervenanfälle mit seltsamen Symptomen hatte, die sie selbst jedesmal für eine neuerliche Erkrankung hielt.

Frígilis hatte der Präsidentin gesagt, Quintanar liege verletzt in Palomares. Die Flinte sei versehentlich losgegangen und ... Aber Ana hatte die Wahrheit erraten und erschrocken verlangt, unverzüglich nach Palomares gebracht zu werden.

Das ginge nicht, bis zum nächsten Tag fahre ja kein Zug mehr.

»Dann einen Wagen, einen Wagen! Man täuscht mich. Wenn es stimmt, was Sie sagen, wären Sie bei Víctor geblieben.«

Alle frommen Lügen waren zwecklos. Ana wollte sich allein auf den Weg machen, zu ihrem Víctor laufen. Man mußte ihr notgedrungen einen Teil der Wahrheit sagen. Sie wollte den Toten sehen, konnte aber kein Glied rühren. Ohnmächtig schlug sie hin. Zwei Tage glaubte Frígilis, sie mit dem Märchen von einem Jagdunfall getäuscht zu haben. Aber Ana ahnte die Wahrheit und glaubte nicht, was man ihr sagte. Mesías Verschwinden und Víctors Tod erklärten ihr alles.

Drei Tage nach der Katastrophe überbrachte Anselmo in Frígilis' Abwesenheit am Nachmittag seiner Herrin einen Brief, in dem ihr Don Alvaro von Madrid aus den Grund für seine Abreise und sein Schweigen erklärte.

Als Crespo bei Einbruch der Dunkelheit in Anas Alkoven trat, rief er umsonst nach ihr. Erschrocken ließ er Licht kommen und sah seine Freundin wie tot auf dem Rücken im Bett liegen und auf der Decke Mesías parfümierten Brief.

Wenig später, während Benítez die Präsidentin mit krampflösenden Mitteln wieder zum Leben brachte und neue Rezepte ausschrieb, um neuerlichen Anfällen vorzubeugen, las Frígilis in Anas Ankleidezimmer den Brief dessen, den er bei sich einen feigen Mörder nannte. Nachdem er das widerwärtige Schriftstück gelesen hatte, zerknüllte er es zwischen seinen Fäusten und sagte mit rauher Stimme:

»Dieser Idiot! Dieser Schuft! Dieser Rohling! Dieser Schwachkopf!«

Don Alvaro sprach in diesem Brief, der nach Kokotte roch, in romantischen, schiefen Phrasen von seinem Verbrechen, von Quintanars Tod, von der »Blindheit der Leidenschaft«. Er sei geflohen, weil ...

»Weil du Angst vor der Polizei und vor mir hattest, du Feigling!« knurrte Frígilis vor sich hin.

Er sei geflohen, weil die Gewissensbisse ihn von ihr getrieben hätten, aber die Liebe riefe ihn zurück. Solle er kommen? Oder sollten sie sich woanders treffen, in Madrid zum Beispiel? Alles klang kalt, falsch, hohl in diesem Brief eines Egoisten, der unfähig war, einen anderen Menschen wirklich zu lieben, und zu dumm, um in der Lage, in die ihn sein Schicksal und seine Leichtfertigkeit gebracht hatte, Würde zu wahren.

Ana, die den Brief nicht hatte zu Ende lesen können, da sie wie tot auf das Kissen zurückgefallen war, als sie in diesen schleimigen Zeilen die eindeutige Bestätigung ihrer Vermutungen fand, hatte sich damals noch keine Gedanken über den armseligen Geist machen können, der in dem schönen Körper wohnte, den sie zu lieben geglaubt hatte. Daran dachte die Präsidentin erst viel später.

Im Delirium der langen, schweren Krankheit, die Benítez verzweifelt bekämpfte, quälten Ana Gewissensbisse, vermischt mit den unsinnigsten Fieberphantasien.

Wieder einmal fürchtete sie zu sterben. Wieder einmal befiel sie das panische Entsetzen vor dem Wahnsinn, die fürchterliche Vorstellung, den Verstand zu verlieren und darum zu wissen.

Dieses Grauen, schlimmer als jede andere Pein, ließ sie den Schlaf suchen, die Anordnungen dieses zurückhaltenden, immer treuen, aufmerksamen, klugen Arztes befolgen.

Tagelang dachte sie nicht an ihren Ehebruch und an Quintanar.

Mit der wiedererlangten Kraft erschien jedoch auch das Gespenst ihres Verbrechens wieder. Wie augenscheinlich war ihre Untat! Sie war verdammt. Darüber gab es keinen Zweifel. Und der erbärmliche Feigling, der vor dem Verbrechen nicht zurückgescheut war, floh vor einem Toten!

Ana erklärte Benítez ihren inneren Zwiespalt, vermied es aber, von ihren Gewissensqualen zu sprechen.

Er verstand, was sie sagte, und auch, was sie verschwieg.

»Wollen Sie Selbstmord begehen?« fragte er Anita.

»Nein, das nicht.«

»Nun, dann müssen Sie an ihre Gesundheit denken. Ihr Körper braucht das genaue Gegenteil dessen, was Sie tun, Señora. Sie glauben, es sei Ihre Pflicht, sich mit Erinnerungen zu quälen. Was Sie benötigen? Vergessen, Frieden, innere Ruhe, Umgang mit Menschen, den Frühling, der schon da ist, und der uns helfen wird zu leben. Ich verspreche Ihnen, an dem Tag, da Sie ganz gesund und außer Gefahr sind, werde ich zu Ihnen sagen: Jetzt sind Sie kräftig genug, um sich mit Selbstquälereien abgeben zu können.«

Frígilis redete ihr im selben Sinne zu.

Sonst sprach niemand mit ihr. Anselmo war wortkarg, Servanda kam und ging wie ein stummer Gast, und die übrigen Vetustenser betraten nach Don Víctors Tod den Palast der Ozores nicht mehr.

Nein, sie kamen nicht mehr. Das adlige Vetusta war empört, entsetzt. Scheinheiliges Mitgefühl auf den Gesichtern, ließen sich die guten Vetustenser voreinander nicht das innige Vergnügen anmerken, das ihnen dieser »Riesenskandal wie aus einem Roman« bereitete, dieser Skandal, der Abwechslung in das ewiggleiche Einerlei der tristen Stadt brachte. Aber offen zeigten wenige ihre Freude über das Geschehene. Es war ein Skandal! Ein entdeckter Ehebruch! Ein Duell! Ein Ehemann, ein Oberlandesgerichtspräsident im Ruhestand, von einem Pistolenschuß in die Blase getötet! In Vetusta waren nicht einmal in den Tagen der Revolution Schüsse gefallen. Die Erlangung der unveräußerlichen Menschenrechte hatte niemanden einen Schuß Pulver gekostet. Diese Kugel Mesías, an der die Präsidentin schuld war, brach mit der friedlichen Tradition des wohlerzogenen, bedächtigen Sündigens in der Stille. Man wußte doch schließlich, daß viele angesehene Damen aus der Encimada oder der Kolonie ihre Ehemänner betrogen oder betrogen hatten oder im Begriffe waren, sie zu betrügen. Aber Schüsse! Der Neid, der sich bis dahin hinter Bewunderung versteckt hatte, brach nun mit all seiner gelbgesichtigen Gemeinheit hervor. Und es stellte sich heraus, daß nicht nur Visitación Olías de Cuervo, Obdulia Fandiño und die Baronin von der Schwebenden Schuld die Präsidentin im stillen um ihre Schönheit und den Ruf einer tugendhaften Frau beneidet hatten, sondern auch die Frau Gouverneurin, die Páez, die Damen Carraspique und Rianzares, die Dienstmädchen der Marquesa und der gesamte Adel, der ganze Mittelstand, ja selbst die Frauen aus dem Volk und – wer hätte das gedacht! – sogar die Frau Marquesa in eigener Person, diese so freisinnige Doña Rufina, die sich selbst von den »Leichtfertigkeiten« ihrer Jugend und späterer so großmütig freigesprochen hatte.

Sämtliche Frauen Vetustas zogen über Ana Ozores her, und sogar viele Männer, die sich in nichts von diesen Frauen unterschieden, beneideten sie und ließen kein gutes Haar an ihr. Gloucester sprach, von Don Custodio unterstützt, im Domkapitel von Skandal, Heuchelei, Sittenverwilderung, einem Sündenbabel, und im Kasino bewarfen Foja, Ronzal, Vater und Sohn Orgaz die verlorene Ehre der armen, in ihren vier Wänden eingesperrten Witwe aus vollen Händen mit Schmutz.

Wenige Stunden, nachdem sich die Katastrophe in der Stadt herumgesprochen hatte, war Obdulia Fandiño mit ihrem größten Hut, dem engsten Kleid und den raschelndsten Unterröcken aus dem Haus gegangen, um die frische Brise der üblen Nachrede einzusaugen, den Skandal zu schnuppern, den Nachgeschmack des Verbrechens zu genießen, das von Mund zu Mund ging wie ein Bonbon, an dem alle lutschten, ohne sich das Behagen an der klebrigen Süßigkeit anmerken zu lassen.

Sehen Sie? sagten die triumphierenden Blicke der Fandiño. Wir sind alle gleich.

Und ihr Mund sagte:

»Arme Ana! Rettungslos verloren! Wie soll sie jetzt den Leuten wieder unter die Augen treten? Sie war eben zu romantisch. Selbst eine Sache wie diese mußte bei ihr mit Kanonenschlägen enden, damit es auch ja alle Welt erfahre.«

»Erinnern Sie sich noch an die Karfreitagsprozession?« fragte der Baron.

»Ja, denken Sie nur! Wer hätte das gedacht?«

»Ich habe es gleich gesagt!« rief die Marquesa. »Mir hat diese Schamlosigkeit von Anfang an nicht gefallen wollen. Dieses Vorzeigen der bloßen Füße. *Malorum signum.*«

»Ja, *malorum signum*!« echote die Baronin wie beim liturgischen Wechselgesang.

»Und vor allem der Skandal«, fügte Doña Rufina indigniert nach einer Pause hinzu.

»Ja, der Skandal!« wiederholte der Chor.

»Diese Unvorsichtigkeit, dieses Ungeschick!«

»Ja, ja.«

»Armer Don Víctor!«

»Ja, der Arme, Gott hab ihn selig, aber verdient hatte er's.«

»Mehr als verdient.«

»Überlegen Sie bloß, diese enge Freundschaft!«

»War skandalös.«

»Das war . . .«

»Widerwärtig!«

Dies sagte der Marqués de Vegallana, der alle seine unehelichen Kinder auf dem Lande hatte.

Obdulia beteiligte sich an solchen Gesprächen wie an einer Siegesfeier ihres guten Rufs.

Sie hatte nie Skandale dieser Art heraufbeschworen. Ganz Vetusta wußte, wer Obdulia war, aber einen Skandal hatte es um sie noch nicht gegeben.

Jawohl, der Skandal war das Schlimmste. Dieses unselige Duell hatte alles kompliziert. Mesía hatte das Weite gesucht und lebte in Madrid. Man redete schon wieder von seiner neu angeknüpften Liebschaft mit der »Ministerin« aus Palomares. Auf diese Weise hatte Vetusta durch die Schuld Anas und ihre Ungeschicklichkeit zwei der bedeutendsten Persönlichkeiten verloren.

Und man strafte sie durch den Abbruch sämtlicher Beziehungen. Niemand besuchte sie. Nicht einmal der junge Marqués, der mit dem Gedanken gespielt hatte, Mesías Erbschaft anzutreten.

Die Formel für diesen Bruch, für diesen *Cordon sanitaire* lautete: Man muß sie isolieren. Keinerlei Verkehr mit der *Tochter der italienischen Tänzerin.*

Das Verdienst, dieses geflügelte Wort wieder ausgegraben zu haben, gebührte der Baronin de la Barcaza.

Hätte Ripamilán das Haus verlassen können, er hätte sich nicht um diesen grausamen Beschluß der Hautevolee geschert. Aber den armen Don Cayetano hatte es aufs Krankenlager geworfen, von dem er sich nicht mehr erheben konnte. So lebte er, immer zufrieden, noch zwei Jahre.

Er beschloß sein Erdenwallen mit Versen von Villegas, die er im Bett sang und aufsagte.

Die Präsidentin brauchte also die Tür ihres Hauses vor niemandem zu verschließen, wie sie es sich vorgenommen hatte. Nur hin und wieder begnügten sich die mitleidigsten Seelen damit, sich bei den Dienstboten und bei Benítez zu erkundigen, wie es der Kranken gehe, die sie stets nur »diese Unglückliche« nannten.

Ana war die Einsamkeit lieb. Sie hätte sie sich ausgebeten, wenn Vetusta ihren Wünschen nicht zuvorgekommen wäre. Als sie jedoch, schon auf dem Wege der Besserung, wieder an ihre Umwelt dachte, an die Zukunft, da spürte sie die Eiseskälte um sich herum und schmeckte die Bitterkeit der allgemeinen Feindseligkeit. Alle zogen sich von ihr zurück. Sie hatte es verdient, aber wie böse waren diese Vetustenser, die sie schon immer verachtet hatte, auch in Zeiten, da man sie noch umschmeichelte und verhätschelte.

Die Witwe Quintanars beschloß, Benítez' Ratschläge soweit wie möglich zu befolgen. Sie dachte möglichst wenig an ihre Gewissensbisse, die Einsamkeit, die trostlose Zukunft in eintönigem Dunkel.

Sobald ihr wiederauferstandener Körper kräftig genug war, beschäftigte sie sich mit Handarbeiten und redete sich mit eisernem Willen ein, sie finde Gefallen an Kreuz- und Steppstich.

Bücher, einerlei, was für welche, verabscheute sie. Jedes Nachdenken brachte sie auf ihr Unglück. Es kam darauf an, nicht zu grübeln. Manchmal gelang es ihr. Dann stellte sie sich vor, der beste Teil ihrer Seele schlafe, während in ihr gerade genug Bewußtsein wach blieb, um eine Frau zu sein wie Dutzende andere.

Jetzt konnte sie sich die langen Nachmittage erklären, die Anselmo, auf den Fersen hockend und seinen Kater streichelnd, im Patio verbrachte. Schweigen, leben, nichts als sich wohlfühlen und die Stunden verstreichen lassen, das war etwas, vielleicht das Beste. Auf diesem Weg sollte man dem Tod entgegengehen. Und Ana ging ihn ohne Furcht. Das Sterben schreckte sie nicht, sie wollte nur nicht in den Wahnvorstellungen dieser Geistesschwäche dahinschwinden.

Wenn Benítez sie in diesen Stunden stummer, trauriger Gelassenheit antraf, fragte ihn Ana mit dem Lächeln einer Sterbenden:

»Sind Sie zufrieden?«

Und der Arzt antwortete mit einem ebenso traurigen, kalten Lächeln:

»Schön, Ana, schön. Ich freue mich, daß Sie so folgsam sind.«

Aber wenn Benítez mit Crespo allein war, sagte er:

»Ana gefällt mir nicht.«

»Nun, ich finde sie mitunter recht ruhig.«

»Ja, eben deshalb. Das will mir nicht gefallen. Man muß ihr etwas Ablenkung verschaffen.«

Und Frígilis nahm sich vor, es zu tun.

Deshalb drängte er sie, mit ihm spazierenzugehen, sobald der trockene, freundliche, milde, wolkenlose Mai kam, ein Mai, wie selten in Vetusta.

Da er indessen nichts erreichte und Anita ihn mit gefalteten Händen anflehte, sie in ihrem Haus in Ruhe zu lassen, beschloß Crespo, seiner armen Freundin daheim ein bißchen Abwechslung zu verschaffen.

Wenn er sie doch dahin bringen könnte, sich für Bäume und Blumen zu erwärmen!

Ein Versuch kostete ja nichts.

Um ihm den Gefallen zu tun, sah ihn Ana aufmerksam an und hörte ihm lächelnd zu, ging auch mit in den Park hinunter, wenn die praktischen Unterweisungen an die Reihe kamen. Frígilis geriet allmählich in Hitze, und eines Nachmittags erzählte er ihr die Geschichte seines größten Erfolges, die Akklimatisierung des Eucalyptus globulus in Vetusta.

Während Anas Krankheit ließ sich Don Tomás Crespo, der Anselmos und Servandas Eifer nicht traute, ohne jemanden um Erlaubnis zu fragen im Palast der Ozores häuslich nieder. Er schaffte sein Bett aus dem Gasthof, in dem er seit vielen Jahren lebte, ins Untergeschoß des alten Palasts. Anas Schlaf- und Ankleidezimmer befanden sich genau über dem Raum, den sich Frígilis ausgesucht hatte. Dort richtete er sich unter denkbar geringem Aufwand ein, ohne jemanden zu belästigen, um über die Präsidentin zu wachen und bei der kleinsten Gefahr hinaufzueilen.

Er aß im Gasthof, schlief aber im Palast der Ozores.

Ana wußte nichts davon, bis sie sich, schon auf dem Wege der Besserung, eines Tages über ihre Einsamkeit beklagte. Sie gestand ihm, daß sie nachts mitunter Angst habe. Da gab der gute Frígilis schüchtern zu – und wurde dabei rot wie eine Tomate –, daß er sich schon seit anderthalb Monaten die Freiheit genommen habe, unter dem Zimmer der Präsidentin zu nächtigen. Anselmo und Servanda hätten Auftrag gehabt, der gnädigen Frau nichts davon zu sagen.

Nachdem Ana dies wußte, fühlte sie sich in ihren traurigen Nächten nicht mehr so allein. Sobald das Geheimnis einmal gelüftet war, hustete Frígilis unten absichtlich stark, damit Ana ihn höre, als wolle er sagen: Keine Angst, ich bin ja hier.

Da die bösen Zungen alles erfahren, erfuhr Vetusta auch diese Neuigkeit. Man erzählte sich, Frígilis habe sich als Kostgänger im Hause der Präsidentin, dem altadligen Palast der Ozores, eingenistet.

Manche sagten:

»Er wird es aus Nächstenliebe tun. Die Arme muß ziemlich mittellos sein und kann sich so vielleicht über Wasser halten.«

Und die Hautevolee rechnete an den Fingern nach, was Anita geblieben war. Es konnte nicht viel sein.

»Eigene Einkünfte hat sie nicht.«

»Die ihres Mannes gehören ihr nicht.«

»Um Witwenrente wird sie nicht nachgesucht haben.«

»Es wäre schamlos.«

»Das will ich meinen. Wo sie schuld am Tod des ehrwürdigen Richters ist.«

»Es wäre würdelos.«

»Ja, würdelos!«

»Es gehörte sich schon nicht, daß sie im Palast der Ozores wohnen bleibt.«

»So ist es. Denn wenn er ihn auch seiner Frau überschrieben hat, so hat doch *er* ihn von Anas Tanten gekauft, und zwar nicht durch gemeinsam erworbene Güter, sondern durch den Verkauf von Liegenschaften in La Almunia.«

»Wie dem auch sei, sie dürfte nicht in diesem Hause wohnen.«

»Wahrscheinlich lebt sie davon, daß sie diesen Frígilis, der bestimmt nicht schlecht zahlt, in ihrem Hause aushält.«

»Bestimmt, denn er ist ein halber Narr, der keine Skrupel kennt, aber ein guter Kerl.«

»Wie man's nimmt«, sagte der Marqués, der mit der Gicht, die ihm zuzusetzen begann, eine strenge Moral und einen grimmigen schwarzen Humor an den Tag legte.

Er dachte an seinen Ausspruch, der bei anderer Gelegenheit so große Wirkung erzielt hatte, und faßte seine Meinung mit den Worten zusammen:

»Jedenfalls ist es widerwärtig, mit der untreuen Witwe des besten Freundes unter einem Dach zu hausen.«

Niemand sah sich veranlaßt zu widersprechen.

All diese Bedenken, die die gesellige Runde der Vegallanas hegte, waren auch der Präsidentin schon gekommen. Sobald sie sich stark genug fühlte, um in den Garten hinunterzugehen, faßte sie sich ein Herz und erzählte Frígilis, was sie seit einiger Zeit quälte.

»Ich möchte hier ausziehen. Genaugenommen, gehört dieses Haus nicht mir. Es gehört Víctors Erben, seiner Schwester Doña Paquita, die Kinder hat und . . .«

Frígilis wurde wütend. Was solle das heißen? Er habe bereits alles geregelt. Er habe nach Zaragoza geschrieben, und Doña Paquita gebe sich mit dem Besitz in La Almunia zufrieden. Auf das Haus habe Ana einen rechtmäßigen und moralischen Anspruch.

Ana gab nach, da sie nicht mehr genug Energie besaß, einem starken Willen Widerpart zu bieten.

Mit größerer Hartnäckigkeit weigerte sie sich, die Schriftstücke zu unterzeichnen, die ihr Frígilis vorlegte, um die ihr zustehende Witwenrente zu beantragen.

»Das nicht, Don Tómas, lieber verhungern.«

Tatsächlich war Ana von Hunger und Armut bedroht, wenn sie ihre Rechte nicht geltend machte.

Ana erklärte, lieber wolle sie das Waisengeld beantragen, das ihr als Tochter eines Offiziers zukam.

»Schlagen Sie sich das aus dem Kopf! Das wäre so gut wie nichts. Und ich weiß auch nicht, ob es geht.«

Frígilis fälschte, nicht ohne dabei rot zu werden, Anas Unterschrift und präsentierte ihr nach ein paar Monaten das erste Witwengeld.

Die Not war so groß und das Lebensnotwendige auf keine andere Weise zu beschaffen, daß die Präsidentin nach anfänglicher Weigerung und vielen Tränen das traurige Witwengeld schließlich annahm und fortan selbst die Quittungen unterzeichnete.

Benítez und Frígilis sahen darin bedenkliche Anzeichen. Ihr Wille stirbt, dachte Crespo. Früher wäre Ana lieber betteln gegangen. Jetzt gibt sie nach, um Ruhe zu haben.

Wenn ich vermögend wäre! dachte er. Aber man ist ja selbst nur ein armer Schlucker.

Außerdem, setzte er hinzu, ist es natürlich nicht ehrenrührig, diese paar Groschen einzustecken, die ihr rechtmäßig zustehen.

So lebte Ana.

Nachdem die unmittelbare Gefahr vorbei war, besuchte Benítez die Witwe nicht mehr so oft.

Servanda und Anselmo waren ihrer Herrin treu ergeben, möglicherweise liebten sie sie sogar, aber sie waren unfähig, es ihr zu zeigen. Sie gehorchten und taten ihren Dienst wie Schatten. Der Kater war öfter um sie als die beiden.

Frígilis war der beständige Freund, der Gefährte ihrer Trübsal.

Er sprach wenig.

Sie aber tröstete der Gedanke, daß Frígilis in der Nähe war.

Schritt für Schritt kehrte die Gesundheit in den immer noch schönen Körper Anas zurück, und trotz Gewissensbissen spürte sie neue Liebe zum Leben, den Wunsch, sich zu betätigen. Es kam der Tag, wo es ihr nicht mehr genügte, an Frígilis' Seite still dahinzuleben, zuzusehen, wie er im Garten säte und pflanzte, und seine Apologien auf den Eukalyptusbaum zu hören.

Sie hatte sich geschworen, das Haus nicht zu verlassen, dennoch erschien es ihr eines Tages als ein zu enges Gefängnis.

Eines Morgens erwachte sie mit dem Gedanken, daß sie in diesem Jahr ihre religiösen Pflichten noch nicht erfüllt habe. Außerdem konnte sie jetzt wohl schon das triste Haus verlassen, um die Messe zu hören. Ja, hinfort wollte sie, ganz früh und tief verhüllt mit einem dichten Schleier, zur Messe in die Victoriakapelle gehen, die ganz in der Nähe war.

Auch zur Beichte wollte sie wieder gehen.

Ohne rechten Glauben, aber auch ohne ihn ganz verloren zu haben, bereits daran gewöhnt, nicht mehr über diese Dinge nachzudenken, kehrte Ana zur Religionsausübung zurück, schwor sich dabei allerdings im stillen, nie mehr diesem »falschen Mystizismus« anheimzufallen, aus dem ihre Schande entsprungen war.

Die Vision Gottes, die heilige Teresa, all das war unwiederbringlich dahin. Das Entsetzen vor der Hölle peinigte sie nicht mehr, wiewohl sie sich wegen ihrer Sünde verdammt glaubte, ebensowenig aber fand sie Trost in den flüchtigen Regungen der geistigen Liebe, die ihr zu anderen Zeiten das Vorhandensein des Übernatürlichen und Göttlichen vor Augen geführt hatten.

Nichts mehr davon! Den Schmerz und das Nachdenken meiden! Aber die mechanische Frömmigkeit, zu beten und die Messe zu hören wie alle anderen, fand sie schön, es erschien ihr als die mit dem Dämmerzustand ihrer Seele am besten vereinbare Frömmigkeit. Und außerdem gab ihr, ohne daß sie es sich eingestand, diese triviale Frömmigkeit, wie sie sie bei sich nannte, einen Vorwand, ihrem Gelöbnis, das Haus nicht zu verlassen, untreu zu werden.

Der Oktober kam, und eines Nachmittags, als der träge, warme Südwind wehte, verließ Ana den Palast der Ozores und betrat, den Schleier tief ins Gesicht gezogen und ganz in Schwarz, die einsame, stille Kathedrale. Der Chor war schon zu Ende.

Ein paar Domherren und Benefiziate saßen in ihren Beichtstühlen in den Seitenkapellen und zwischen den Säulen der Hauptapsis.

Wie lange war sie nicht mehr hier drin gewesen!

Ana hatte Tränen der Rührung in den Augen wie jemand, der in seine Heimat zurückkehrt. Aber wie traurig war, was das Gotteshaus ihr mit seinen Gewölben, Pfeilern, Schiffen, Kapellen sagte. Der einzigartige Geruch der Kathedrale, der keinem anderen glich, kühler Geruch von sinnlichem Reiz, erfüllte ihre Seele, drang in ihr Herz wie stumme Musik, die nicht den Weg über die Ohren nimmt.

Ach, wenn doch ihr Glaube wiederauferstünde! Wenn sie wie eine reuige Sünderin zu Füßen Jesu Christi weinen könnte!

Sie spürte, wie die Rührung ihr in die Kehle stieg und dort das Gefühl wonnesamen Würgens hervorrief. Tränen stiegen ihr in die Augen, und Ana trat, ohne länger zu überlegen, in die dunkle Kapelle, wo ihr der Generalvikar so oft vom Himmel und der Liebe der Seelen gesprochen hatte.

Was hatte sie dorthin gezogen? Sie wußte es nicht. Sie wollte bei irgendwem beichten und fand sich unversehens zwei Schritte vor dem Beichtstuhl des älteren Seelenbruders, den die Welt durch ihre Schuld verleumdet hatte. Auch sie selbst hatte ihn verleumdet, weil sie verblendet gewesen war, weil sie glaubte, die Liebe dieses Geistlichen sei wie die Don Alvaros, während es vielleicht reine Zuneigung gewesen war, und sie hatte sie wegen ihrer eigenen Unzüchtigkeit nicht verstanden.

War es nur ein Traum, zu dieser Freundschaft zurückzukehren? War der Impuls, der sie in die Kapelle getrieben hatte, eine Stimme vom Himmel oder nur eine Laune der Hysterie, dieses verwünschten Nervenleidens? Ana betete aus vollem Herzen zu Gott, den sie in diesem Augenblick deutlich zu sehen meinte, sie betete darum, daß der Generalvikar der ältere Seelenbruder sei, an den sie so lange geglaubt hatte, und nicht der geile Frauenverführer, als den ihn ihr der niederträchtige Mesía geschildert hatte.

Ana betete mit Inbrunst, wie in den Tagen ihrer überspannten Frömmigkeit. Sie hielt es für möglich, den Glauben und die Liebe zu Gott und zum Leben wiederzuerlangen, aus dem Nimbus dieses geistigen Traumzustandes herauszufinden, der schlimmer war als die Hölle. Sie glaubte, vor dem geheiligten Gehäuse, das so viele ihrer Träume und Schmerzen kannte, erlöst zu werden.

Das spärliche Licht aus dem Kirchenschiff und der geheimnisvolle, gelbliche Schimmer von der Ewigen Lampe in der Kapelle vermischten sich auf dem blutleeren Gesicht der immer traurigen und blassen Jesusfigur auf dem Altar, deren ganzes Leben sich in den gläsernen Augen konzentrierte, die eine unerschütterliche, ewige Idee widerspiegelten. Vier, fünf dunkle Gestalten zeichneten sich in der Kapelle ab. Vom Beichtstuhl her tönte das Gewisper einer Betschwester wie das Summen eines tanzenden Mückenschwarms im Sommer.

Der Generalvikar saß auf seinem Platz.

Als die Präsidentin die Kapelle betrat, erkannte er sie trotz der Mantilla. Zerstreut hatte er auf das Geschwätz der Beichtenden gehört und zum Eingangsgitter geschaut, als dort plötzlich die bekannte und geliebte Silhouette wie ein Traumbild erschien. Die Figur, die Umrisse der ganzen Gestalt, die Kniebeuge vor dem Altar, andere Merkmale, die nur er kannte und wiedererkannte, schrien ihm wie ein Donnerschlag im Gehirn zu: Es ist Ana!

Die Betschwester vor dem Gitter zählte murmelnd ihre Sünden weiter auf. Der Generalvikar hörte sie nicht. Er hörte nur die laute Stimme der Leidenschaft in sich.

Als die Beichtende verstummte, fand der Geistliche in die Wirklichkeit zurück, sprach wie eine Maschine zum Segenausteilen die Frau von ihren Sünden los und machte dann mit derselben Hand einer anderen ein Zeichen, an das leere Beichtstuhlgitter zu kommen.

Ana hatte den Entschluß gefaßt, ebenfalls zum Beichtstuhl zu treten, vor dem Gitter aus schräggekreuzten Stäben den Schleier zu heben und durch die Löcher im Holz die Verzeihung Gottes und des älteren Seelenbruders zu erflehen, und wenn keine Vergebung möglich war, die Buße ohne die Vergebung zu erbitten, um den verlorengegangenen, eingeschlafenen oder zerbrochenen Glauben zu flehen, und käme damit auch das Entsetzen vor der Hölle wieder. Sie wollte weinen, wo sie so oft geweint hatte, mitunter voll Bitterkeit, dann wieder unter Tränen vor Wonne lächelnd. Sie wollte den Generalvikar aus den Tagen wiederfinden, da sie ihn für einen Sendboten Gottes gehalten hatte. Sie suchte den Glauben, das Mitleid ... und danach die Strafe für ihre Sünden, falls sie noch größere Strafe verdienten als die Finsternis und den Dämmerzustand ihrer Seele.

Der Beichtstuhl ächzte von Zeit zu Zeit, als knackten seine Knochen.

Der Generalvikar erteilte wiederum die Absolution und winkte die nächste heran. Langsam leerte sich die Kapelle. Vier, fünf schwarze Gestalten gingen, sämtlich absolviert, nach und nach schweigend hinaus, und zum Schluß war nur noch die Präsidentin da, die auf den Altarstufen kniete, und der Generalvikar in seinem Beichtstuhl.

Es war schon spät. Die Kathedrale war menschenleer. Hier, im Gotteshaus, begann schon die Nacht.

Mit angehaltenem Atem, bereit hinzueilen, wartete die Präsidentin auf das Zeichen, das sie an das Beichtstuhlgitter rief.

Aber der Beichtstuhl schwieg. Die Hand erschien nicht, das Holz knarrte nicht mehr.

Der geschnitzte Jesus mit den halboffenen, bleichen Lippen und dem starren Glasblick schien von Entsetzen beherrscht, als erwarte er eine unmittelbar bevorstehende Tragödie.

Ana empfand vor dieser Stille eine seltsame Furcht.

Sekunden verstrichen. Endlos lange Minuten. Die Hand winkte nicht.

Die Präsidentin, die auf Knien lag, stand mit einem nervösen

Mut auf, der sich bei ihr in Augenblicken großer Entscheidungen einstellte, und wagte einen Schritt auf den Beichtstuhl zu.

Da knarrte der düstere Kasten mit Macht. Eine schwarze, lange Gestalt brach aus seinem Inneren hervor. Ana sah beim Licht der Ewigen Lampe ein blasses Gesicht, stechende, starre, bestürzte Augen wie die der Jesusfigur auf dem Altar.

Der Generalvikar streckte einen Arm aus, trat wie ein Mörder einen Schritt auf die Präsidentin zu, die entsetzt zurückwich, bis sie an die Altarstufen stieß. Ana wollte schreien, um Hilfe rufen, und konnte es nicht. Sie stolperte und setzte sich auf das Holz. Ihr Mund stand offen. Die Augen blickten entsetzt. Sie streckte die Hände gegen den Feind aus, denn das Grauen sagte ihr, daß er sie umbringen wolle.

Der Generalvikar blieb stehen und legte die Hände auf dem Bauch übereinander. Er konnte nicht sprechen und wollte es auch nicht. Er flog am ganzen Leib. Wieder streckte er die Arme gegen Ana aus, trat noch einen Schritt nach vorn, schlug sich dann die Fingernägel in den Hals, drehte sich auf dem Absatz herum, als wolle er ohnmächtig zu Boden schlagen, und verließ mit schwachen, zitternden Knien die Kapelle. Als er den Chorumgang erreichte, raffte er alle Kraft zusammen und gelangte in die Sakristei.

Ana fiel, vom Schreck überwältigt, vornüber auf den schwarzweiß gewürfelten Marmorfußboden. Sie hatte das Bewußtsein verloren.

Niemand war mehr in der Kathedrale. Die Schatten der Säulen und der Gewölbe flossen zusammen und tauchten das Gotteshaus in Dunkelheit.

Celedonio, der weibische Ministrant, in die Höhe geschossen und hager, in einer zu kurzen, schmierigen Soutane, ging von Kapelle zu Kapelle und schloß die Gitter. Die Schlüssel an dem Bund schlugen aneinander.

Er kam zur Kapelle des Generalvikars und schloß rasselnd das Gitter.

Danach war ihm, als habe er da drin etwas gehört. Er drückte das Gesicht an die Gitterstäbe und durchforschte mit dem Blick die Finsternis im Hintergrund der Kapelle. Er meinte, unter dem Ewigen Licht einen größeren Schatten als sonst zu sehen.

Da lauschte er mit verdoppelter Aufmerksamkeit und vernahm ein Geräusch wie von einem schwachen Klagelaut, einem Stöhnen.

Er schloß wieder auf, trat ein und erkannte die ohnmächtige Präsidentin.

Celedonio verspürte ein gemeines Verlangen, der höchsten Perversion seiner Lüsternheit entsprungen. Und um sich einen seltenen Genuß zu verschaffen oder um zu probieren, ob es einer war, neigte er das widerwärtige Gesicht über das der Präsidentin und küßte sie auf die Lippen.

Ana kehrte ins Leben zurück. Sie zerteilte die Nebel eines Deliriums, das ihr Übelkeit verursachte.

Sie hatte geglaubt, auf ihrem Mund den schleimigen, kalten Bauch einer Kröte zu spüren.

NACHWORT

> Die Wahrheit war, daß ihre Gedanken seit einiger Zeit unbewußt geheime Beziehungen zwischen den Dingen suchten, und sie empfand für alles eine melancholische Liebe, aus der schließlich eine heftige Migräne wurde.
>
> *Clarín, Die Präsidentin, S. 101*

Leidenschaftliche Romanleser kennen sich hier aus: das Schicksal der Ana Ozores erinnert sie an berühmte Leidensgestalten aus jener großen Literatur des 19. Jahrhunderts, die auf exemplarische Weise den Frauen gewidmet zu sein scheint. Anna Karenina, Emma Bovary, Effi Briest, ein Reigen trauriger Schwestern, in zarten Schleiern stehen sie im Regen, das Auge in Tränen – und Nässe scheint durchaus zum Klima Vetustas zu gehören. Die Heldin unseres Romans ist wie eine vergessene Schwester in diesem Reigen, von Melancholie und Migräne verschleiert. Spätestens hundert Jahre nach Erscheinen des Romans in Spanien ist Ana Ozores eine einprägsame Gestalt geworden: eine die Vorstellung prägende Gestalt wie Emma Bovary, deren Schicksal sie freilich nicht teilt. Ana Ozores überlebt den Ehebruch und die Folgen. Der Kuß aber, den ihr auf der letzten Seite des Romans der Kirchendiener Celedonio aufdrückt, ein Schandmal sozusagen im Namen des ganzen Ortes, ist schlimmer als das Ende durch den gifthaltigen Trank oder unter den Rädern einer Lokomotive. Das eigentliche Ende der Ana Ozores mag man sich dennoch mit Schrecken ausmalen. Ein Ende vielleicht mystischer Entrücktheit, das freilich den Höhenflug der von Ana verehrten heiligen Teresa nicht erreichen wird. Wie auch Anas Höhenflug in die »besten gesellschaftlichen Kreise« mit einem Absturz endet, der von Vetusta als bloßes Fazit einer gegebenen Herkunft quittiert wird. Als Tochter einer »leichtfertigen« italienischen Modistin ist sie die »Gefallene«, noch ehe die Falle zuschnappt, die der Ort mit solchem eher gesellschaftlichen als biologischen Determinismus aufgestellt hat. Dennoch, wir *bedauern* Ana Ozores nicht, wir nehmen Anteil. Die großen Romane des 19. Jahrhunderts erlauben uns heute diese Art emotionaler Solidarität; nachdem die Literaturwissenschaft an ihnen alle möglichen Schulen und Zeitströmungen exemplifiziert hat, sind sie zu eigenartigen Schulen des Lebens geworden. Was den Frauen geschieht, wir meinen es lesend ändern zu können, jenseits der fraglichen Überzeugung, daß unsere Gesellschaftsordnungen diese Art von Unterdrückung nicht mehr zulassen.

Anders in den Jahren 1884 und 1885, nach Erscheinen des ersten und zweiten Bandes. Offenbar gehört der Skandal zum Umfeld der großen Romane im 19. Jahrhundert. Noch ein Erbe dieser Gattung, Thomas Mann, macht 1901 mit den *Buddenbrooks* die gleiche Erfahrung wie der nicht viel ältere Clarín. Der gerade zweiunddreißigjährige Professor für Jurisprudenz und Naturrecht an der Universität Oviedo hatte den Versuch gemacht, seine Mitbürger zu täuschen, indem er ihr Provinzstädtchen von 80000 Einwohnern schlicht *Vetusta* nannte, d.h. die Alte, Gebrechliche. Eine Stadt immerhin von stolzer Vergangenheit, mit glanzvollen Fassaden, in der Kathedrale ruhen die Gebeine der Gotenkönige, auf die sich Adel und Bürgertum ungenau berufen. Aus Oviedo hatte Clarín ein »Haus mit Straßen« gemacht, wie später Pérez Galdós schreiben würde. Damit ist ein Grundton des Romans bezeichnet, der Sarkasmus, der böse schwarze Humor, der uns nur deshalb nicht so hemmungslos modern erscheint, weil er sich koboldhaft hinter den Fassaden der gutgebauten, an klassischer spanischer Prosa geschulten Sätzen Claríns verbirgt. Der Autor liebte die Verkleidungen, die mit seinem literarischen Namen beginnen. Der am 25. April 1852 in Zamora, an der Grenze nach Portugal, geborene Leopoldo Alas betritt die literarische Arena als polemischer Artikelschreiber an Madrider liberalen Zeitungen. Seine an Quevedo wie Larra geschulten Artikel unterschreibt er mit *Clarín,* womöglich nach der Figur des gleichnamigen Schelmen in Calderóns Theaterstück *Das Leben ist Traum.* Clarín, der »Hornist«, ist im Stück weniger der Hahn der Morgenröte, er bläst auf einer Zinke, und seine Bosheiten, sotto voce geführt, fallen ins Leere in jenem Spielraum, den die Macht ihren Opfern läßt, bevor sie mit ihnen Schluß macht. Auch Clarín hat bis zuletzt ein Gefühl von Ohnmacht, er zweifelt an seinem Werk, auch in den Jahren des Erfolgs. Als Dozent von der Madrider Universität abgelehnt, geht Clarín in die nordspanische Provinzstadt Oviedo, heiratet, gründet eine Familie, führt ein Schattendasein. Aber in der Misere schärft sich seine Beobachtungsgabe. Der Generalvikar, der Gerichtspräsident, der in der Herrenrunde im Casino auftrumpfende Provinz-Don Juan, diese so scharf geschnittenen Gestalten des Romans, womöglich sind sie Verdichtungen vieler Personen, die in der dreijährigen Arbeit am Roman zum Typus werden. Die aus Frankreich kommende neue Schule des Naturalismus verlangte Genauigkeit, auch im Sinne des neuen Mediums Fotografie. Zolas Romane fotografierten vor allem das soziale Milieu des Dritten Standes. Die Beschreibung proletarischen Elends ließ in Spanien vermuten, daß die neue Schule jede Art von Schamlosigkeit und Vulgarität begünstigen würde. In Oviedo aber gab es kaum ein Proletariat, das Clarín hätte beschreiben können. Die Wiedereinsetzung eines Monarchen hatte 1874 die erste spanische Republik beseitigt. Nicht nur in Oviedo hatte die Restauration alle Posten wiederbesetzt. Und an Widerstand war kaum zu denken: Überlebende einer Republik, die eine Republik von Träumern und Gelehrten gewesen war. Von nun an wurden auch die Moral und das gute Gewissen, wie der Domprediger Fermín de Pas in Claríns Roman lehrt, von der Mehrstelligkeit der Zahlen auf Wertpapieren und Bankkonten günstig beeinflußt. Der Autor dieser Chronik spanischen Provinzlebens nach 1875 kam sich nun selber vor wie ein im Exil lebender Republikaner aus den Kreisen, die er in Madrid gekannt hatte. In Oviedo, unter den Bildern des Königs Alfons XII., im Schatten der gewaltigen Statue, die im Universitätshof an den Inquisitor Valdés erinnert, ist Clarín der unauffällige Universitätsprofessor mit dem kleinen Pincenez, dem Klemmer, auf der Nase, das Haupthaar kurzgeschoren, der Bart gepflegt wie nach dem Vorbild des Madrider Literaturpapstes Menéndez Pelayo. Erinnert er nicht an seine Romanfigur Don Saturnino Bermúdez? Wie Fermín de Pas und Alvaro Mesía ist auch er – Clarín – Bermúdez – in die schönste Frau Vetustas verliebt, in die siebenundzwanzigjährige Ana Ozores. Clarín, der keinen schwachen Punkt an seinen Mitbewohnern übersieht, sieht sich selber in der Figur des Bermúdez als eine groteske Erscheinung. Während in Madrid die Kunst und das Leben zu dominieren scheinen und der von ihm so hoch verehrte Pérez Galdós Roman auf Roman veröffentlicht, ist in Oviedo das Dasein ohne Reiz. Claríns intellektuelle Melancholie korrespondiert mit der Langeweile einer Frau. Während Ana Ozores ihren Stimmungen unterliegt, muß Clarín sich in die Analyse retten, in jene Kritik an den Verhältnissen, die das Schreiben impliziert. Wir kennen diese Liebe zu der schönen Unbekannten, die das Modell der Ana Ozores sein mag, nicht, aber es ist eine unglückliche Liebe, die den kritischen Sinn schärft. Ana Ozores liebt zunächst in der Sublimierung ihrer Gefühle, die zwischen Alvaro Mesía, diesem Don Juan mit dem praktischen Materialismus eines Commis voyageur, und dem Kirchenmann Fermín de Pas, diesem Bergsteiger aus Passion, schwanken. Sie ist eine Frau, »die träumt«, wie Clarín in einem Brief an Pérez Galdós schrieb, die also »auf die natürliche Art denkt, die den Frauen gegeben ist«. Caríns unerfüllte Liebe zu einer schönen Unbekannten (bleiben wir einmal bei diesem fiktiven Psychogramm) entfernt sich radikal von der spanischen Tradition der Verklärung. Die Blindheit Don Quijotes, eine Stallmagd für eine Prinzessin auszugeben, ist auch im 19. Jahrhundert noch eine spanische Eigenschaft. Clarín kritisiert diese Unart seiner Kollegen, die Frau als ein Abstraktum zu behandeln. »Man schildert sie als Engel oder als Schlange, aber löst sie aus ihrer Umwelt, abstrahiert sie von ihrem Geruch, ihren Kleidern, ihren Träumereien, ihrer Wankelmütigkeit und ihren Launen.« Clarín, ein Flaneur in Oviedo, ein guter Familienvater mit drei Kindern, ein nicht unbeliebter Universitätsdozent und wohl alles andere als ein routinierter Frauenkenner à la Alvaro Mesía, ist in Spanien der erste literarische Anwalt des Feminismus – das Wort ohne den propagandistischen Nebensinn verstanden. Er nimmt sich vom Naturalismus die »klinische« Unbestechlichkeit des Blicks, die »wissenschaftliche« Analyse bei der Erkundung von Ursache und Wirkung. Lange vor Freud und den Folgen beschreibt Clarín die Gründe weiblicher Hysterie, wie in den Kapiteln III und XXVII. Mit dem Autor »analysieren« wir Anas Träume im Kapitel XIX, auch wenn wir dabei als heutige Leser routinierter vorgehen als Clarín. Wir sind im Bilde über die Ursachen von Melancholie und Migräne. Wir durchschauen Anas Abwehrmechanismen mit weniger Erstaunen als der Autor, der diese Frau schreibend entdeckt. Eine Szene, die in ihrem Symbolcharakter in späterer Literatur beinah unmöglich wäre, wenn nämlich Ana in die von ihrem Gatten gebaute Fuchsfalle gerät, hat hier nichts Konstruiertes, aber doch etwas von geheimer Schadenfreude, so als gäbe der Autor der Männerwelt, was sie haben will. Weder auf Víctor de Quintanar in seiner puerilen Jagdleidenschaft noch auf den ehernen Kirchenmann, noch auf den prahlenden Alvaro Mesía fällt ein Schatten der Mißgunst von seiten Claríns. Erst in ihrer Beziehung zu Ana verändern sich diese Figuren vor unserem Auge. Die Handlung gleicht zuweilen einer Theateraufführung, jede Figur spricht sich aus, ehe am Schluß die Schuldfrage geklärt werden kann.

Vor der Allwissenheit der Kirche erscheint die Allwissenheit des Autors in diesem Roman gering. Aber das Mißverhältnis ist wie

Spott über den Klerus. Es ist, als habe Clarín der Optik des Generalvikars begegnen wollen, indem er seine eigene Topographie des Ortes gibt. Denn nicht von ungefähr sehen wir zu Beginn des Romans, wie Don Fermín de Pas von der Höhe des Kirchturmes seinen Ort im Fernrohr zusammenrafft zu einem scheinbar makellosen Bild. Auch auf einem anderen Gebiet sind der Autor und der Kirchenmann Gegenspieler. Clarín kann seine Figuren nur bei einer imaginären Beichte belauschen, Don Fermín de Pas aber erfährt alles im Beichtstuhl, zum Schluß auch den Ehebruch Anas. Am Ende besiegt die Psychologie des Autors den Kirchenmann, wenn Don Fermín de Pas auf Anas Beichte wie ein verletzter Liebhaber reagiert und somit seine »innere Wahrheit« offenbart. Wie alle großen Romane des 19. Jahrhunderts stellt auch Caríns *Präsidentin* die gesellschaftliche Hierarchie in Frage – aber nicht mit einem neuen Programm in der Hand, sondern durch die Beschreibung verletzter Menschlichkeit. –

Der Untergang der ersten spanischen Republik ging dem Verlust der letzten spanischen Kolonien in Amerika um nur wenige Jahre voraus. 1898 hatte die spanische Weltmacht ausgespielt. Nicht nur die theaterbesessenen Bewohner Vetustas begnügen sich nun mit einem Scheincharakter von Wirklichkeit, oder wie es im Roman heißt: »Die Vetustenser genießen die Illusion, sich woanders zu wähnen, ohne ihre Stadt zu verlassen.« (S. 224) Das Leben als Traum: Für Ana Ozores verhindern Träume lange Zeit ihren Ausbruch, ihre »Hingabe« an den faden Materialisten Alvaro Mesía. Der dann »vollzogene Ehebruch« ist wie ein Ausbruch ins Freie, aber es ist ein Ausbruch in ein Land der toten Gefühle. Die Betrogene ist Ana, denn der Kavalier macht sich aus dem Staub, nachdem er im Duell den Ehemann getötet hat, der im Ansehen der Stadt einen so hohen Rang besaß.

Gegen die Stagnation der spanischen Verhältnisse hatten die Dichter und Denker des Landes eine Philosophie der sog. »inneren Formung« entdeckt. Groteskerweise wurde sie ihnen durch den in Deutschland unbekannt gebliebenen Philosophen und Kant-Schüler Krause gestiftet. Als »krausismo« geistert nun diese Lebensphilosophie des Privatdozenten aus München in den Köpfen der spanischen Intelligenz. Gemeint war eine Philosophie mit pädagogischem Ansatz, die in der eigenen Brust die Veränderung der Welt vorbereiten sollte. Die schizophrene Spaltung des modernen Ich in ein innerliches und ein äußerliches Wesen sollte aufgehoben werden. Anas Sehnsucht nach Liebe und Verständnis ist auch ein Echo dieser Philosophie. Der Naturrechtler Clarín, der ein Schüler des »krausismo« war, teilte diese Sehnsucht. Für Ana endet sie in einer immerwiederkehrenden Migräne, für Clarín im Zweifel an der eigenen Leistung. An der »inneren Formung« seiner Figuren zeigt sich auch der wesentliche Unterschied zu Flauberts *Madame Bovary*, denn Ana geht es ja nicht darum, der Enge der Provinz und der häuslichen Langeweile um jeden Preis zu entfliehen.

Kein Geringerer als Mario Vargas Llosa nennt den Roman, den er beim Wiederlesen entdeckt hat, heute enthusiastisch den »besten spanischen Roman des 19. Jahrhunderts«. Seltsam, daß der Roman trotz des Skandals, den er nach seinem Erscheinen hervorrief, in Vergessenheit geriet – oder war es gerade wegen des Skandals? Denn Macht, Klerus und Zensur versuchten bis in die Jahre der Franco-Diktatur Claríns Meisterwerk zu unterdrücken. Daß die Bürger Oviedos dem Professor Alas die kalte Schulter zeigten, mag diesen wenig berührt haben. Die Kritik in Madrid aber fiel über das Buch her, nannte es ein Schlafmittel und voll obszöner Frechheit – was ein Widerspruch in sich ist; der Autor sei ein Zyniker, der nicht einmal sein Handwerk beherrsche, die Sprache stecke voller Gallizismen, der französierende Tonfall sei die Begleitmusik dieses von Flaubert bezogenen Wechselbalgs. Der alte Streit, was Spanien Frankreich schulde und umgekehrt, brach erneut aus. So waren Verlag und Autor gut beraten, eine anerkannte Autorität um ein Vorwort zu bitten für die zweite Auflage des Buches im Jahre 1901. Pérez Galdós, der Jahr für Jahr einen neuen Roman über die spanischen Verhältnisse vorlegte, hatte Clarín zum Schreiben ermuntert, er war ihm Freund und Vorbild. Galdós schlichtete den patriotischen Streit der Kritiker. Was jetzt aus Frankreich komme, der Naturalismus, sei doch nichts anderes als der ins Französische übersetzte Realismus der großen spanischen Autoren des 16. und 17. Jahrhunderts. Nun komme deren Genauigkeit der Beschreibung als eine scheinbar neue Schule nach Spanien zurück, aber etwas sei abhanden gekommen: der besondere spanische Humor. Und auch darin zeige sich Clarín als ein Meister.

In Oviedo läuteten die Glocken dennoch Sturm. Der Bischof ließ in einem Hirtenbrief wissen, der Roman sei unmoralisch, verstoße gegen die guten Sitten und die Gebote Gottes. Clarín aber läßt sich nicht aus der Stadt vertreiben. Die Unruhe seiner letzten Jahre, der Zweifel an seinem Werk untergraben seine Gesundheit. In Madrid duelliert er sich mit einem kubanischen Dichter – ein Beleidigungsduell unter Literaten? Im Streik der Hafenarbeiter von

Gijón bemüht er sich vergebens um Vermittlung. Sein übriges Werk bleibt schmal und unentdeckt. 1895 wird ein Theaterstück, *Teresa*, in Madrid aufgeführt und mit Schweigen übergangen. 1891 war ein zweiter Roman erschienen, *Su único hijo* (Ihr einziges Kind). Zwei Bände Erzählungen und die gesammelten Kritiken in fünf Bänden beschließen das Werk. Clarín stirbt am 13. Juni 1901, wenige Tage nach dem Umzug in eine neue Wohnung.

Die Auferstehung des Romans in unseren Tagen bringt uns, den Lesern, die Vision einer von den Vorurteilen des 19. Jahrhunderts befreiten Ana Ozores. Denn wie jeder große Roman hat auch Claríns *Präsidentin* eine zu entziffernde utopische Linie.

(1985) Fritz Rudolf Fries

ANMERKUNGEN

7 *Cocido, Olla podrida:* spanische Nationalgerichte

8 *Wamba:* im Anklang an den Namen eines westgotischen Königs, der 672–80 in Spanien herrschte

Akoluth: Kleriker, dem die 4. der niederen Weihen erteilt worden ist; das Amt des Akoluthen wird in der Regel von Ministranten übernommen

9 *Generalvikar:* seit Ausgang des Mittelalters allgemeiner Vertreter des Bischofs in der Verwaltung des Bistums. Ihm obliegen alle Leitungsrechte, soweit sie nicht dem Bischof vorbehalten sind oder eine Sondervollmacht erfordern

Haruspex: altrömischer Wahrsager und Zeichendeuter

10 *sich ... einen Wahlspruch zulegen:* auf den Zündholzschachteln waren Wahlsprüche, Silbenrätsel, Bildnisse berühmter Persönlichkeiten u. a. abgebildet

Carca: Spottname für Karlisten, seit 1833 die Anhänger des Kronprätendenten Prinz Carlos (1788–1855), seines Sohnes und Großneffen. Fernando VII. hatte, als er 1833 starb, seine Tochter Isabella testamentarisch zur Nachfolge bestimmt und damit seinen Bruder Carlos, der offiziell als Nachfolger galt, übergangen, worauf die Karlisten ihn als Carlos V. zum Gegenkönig ausriefen. Der Streit um das Erbfolgerecht mündete in den sieben Jahre währenden Ersten Karlistenkrieg (1833–40)

Laudes: tägliches liturgisches Morgengebet; das Einläuten zur Mittagszeit läßt vermuten, daß hier verallgemeinernd eine beliebige kanonische Gebetsstunde angekündigt wird

13 *Prälat:* Titel eines hochgestellten Geistlichen

19 *Mozetta:* Schulterumhang für Papst, Kardinal, Bischof und Abt (für Kanoniker nur mit päpstlichem Privileg), vorn geknöpft, mit kleiner Kapuze

21 *Septemberrevolution:* gemeint ist die mit einem Aufstand der Flotte am 18. 9. 1868 beginnende bürgerliche Revolution gegen Isabella II., die mit dem Sieg der Aufständischen am 28. September endete

Klarissinnen: 1212 von Franz und Klara von Assisi gegründeter weiblicher Bettelorden, dessen Regel Armut oder völlige Besitzlosigkeit vorschreibt

Plattereskstil: reicher Schmuckbaustil der spanischen Frührenaissance

22 *Salesianerinnen:* katholischer Schwesternorden zur Krankenpflege und Erziehung der weiblichen Jugend, der 1610 in Annecy von Franz von Sales und Jeanne Françoise de Chantal gegründet wurde

24 *Ekbatana:* um 700 v. Chr. gegründete Hauptstadt des alten Medien, das heutige Hamadan. Dort soll es einen Palast gegeben haben, der von sieben konzentrischen Mauern von jeweils unterschiedlicher Farbe umgeben war

Pizarro: Francisco Pizarro (1475–1541), spanischer Konquistador, der 1531–33 Peru eroberte

Amerigo Vespucci: italienischer Seefahrer (1451–1512), nach dessen Vorname Amerika benannt ist, das er nach mehrfacher Umsegelung großer Küstenstrecken Südamerikas erstmals als selbständigen Kontinent erkannte

25 *Reconquista:* Zeit der Wiedereroberung des von den Arabern besetzten spanischen Gebiets (8. Jh. bis 1492)

König Bermudo: Bermudo I., 788–91 König von Asturien und León

26 *Mudéjarstil:* spanischer Mischstil in der Architektur aus maurischen, gotischen, später auch Renaissanceelementen, Blütezeit im 14. Jh.

Fruela: Fruela I., 757–68 König von Asturien, gründete 762 Oviedo, das sich hinter dem Namen Vetusta verbirgt

Sunt lacrimae rerum!: Virgil, *Aeneis,* I, 462: ›sunt lacrimae rerum, et mentem mortalia tangunt‹ (›man zollt ihm Tränen auch hier: auch hier rührt sterblich Schicksal die Herzen‹)

28 *Präbendar, Benefiziat:* Inhaber einer kirchlichen Pfründe

Karmelitertracht: viele fromme Spanierinnen trugen eine weltlich abgewandelte Form der Ordenstracht

29 *Kasel:* liturgisches Obergewand bei der Messe

Pluviale: vorn offener Schultermantel, der bis zum Fuß reicht und getragen wird bei Vesper, feierlicher Andacht, Prozession und Segnung

32 *Rigaudon:* ein lebhafter provençalischer Tanz, der im ausgehenden 19. Jh. bereits als altmodisch galt. Dagegen waren selbst in Spanien zu jener Zeit Walzer und Polka populär, wenn auch in einigen Kreisen als unschicklich oder gar anstößig verpönt

34 *um den neuen Menschen zu suchen ...:* vgl. Johannes 3:3 und Epheser 4:24

el Tostado: Alfonso de Madrigal (1400–1454), ›El Tostado‹, Bischof von Avila, bekannt für seine große Belesenheit und Verfasser zahlreicher gelehrter Schriften

Lovelace: Gestalt aus Samuel Richardsons Roman *Clarissa* (1747–48), Typ des durch Liebenswürdigkeit und Frivolität den Frauen gefährlichen Mannes

43 *»Sticht mir da doch in die Nase ...«:* es handelt sich vermutlich um ein Zitat aus Mozarts *Don Giovanni.* In Akt I, Szene 2 ruft Giovanni bei Doña Elviras Auftritt aus: »Zitto! mi pare sentir odor di femmina!«
à la Don Basilio: der Gesangslehrer von Rosina in Giacomo Rossinis Oper *Der Barbier von Sevilla* (1816)
Garcilaso: Garcilaso de la Vega (1503–1536) gilt als einer der größten spanischen Lyriker; er übernahm und vervollkommnete die italienische Versform
Martial: Marcus Valerius Martialis (um 40 bis 102), römischer Epigrammdichter, geboren in Bilbilis, dem heutigen Calatayud, Don Cayetanos Heimatstadt
Meléndez Valdés: Juan Meléndez Valdés (1754–1817), einer der bedeutendsten spanischen Dichter des 18. Jh., Verfasser von Oden und anakreontischen Liedern im Geist der alten Salamantiner Dichterschule

44 *laudatores temporis acti:* Horaz, *Ars poetica,* 173 ›Lobpreiser der vergangenen Zeit‹

45 *Tresillo:* spanisches Kartenspiel, dem englischen Whist verwandt, auch als Hombrespiel bekannt

46 *»Sah, wie auf dem Thymienzweige ...«:* die beiden ersten Zeilen des *Cantilena VII* von Esteban Manuel de Villegas (1589–1669), dem spanischen Dichter und Übersetzer von Horaz
lasciva est nobis pagina ...: Martial, *Epigrammata,* Buch I, Epigr. 5, Vers 8 ›Leichtfertig ist was wir schreiben, doch rechtschaffen das Leben‹

47 *Archidiakon:* Erzdiakon, Vorsteher des ministrierenden Klerus und Vertreter des Bischofs; ist dem Erzpriester unmittelbar unterstellt

48 *»Die Söhne Edouards«:* das Drama *Los hijos de Eduardo* (1835) von Manuel Bréton de los Herreros geht auf die französische Vorlage *Les enfants d'Edouard* (1833) von Casimir Delavigne zurück, die wiederum auf Shakespeares *Richard III.* basiert

49 *Tratoconvento:* Kupplerin aus dem berühmten *Libro de buen amor (Buch von der wahren Liebe),* verfaßt um 1343 von Juan Ruiz, Erzpriester von Hita

50 *Johannes Chrysostomos:* (griech. »Goldmund«) um 345 bis 407, Kirchenlehrer, Patriarch von Konstantinopel, bedeutendster Prediger der griechischen Kirche

51 *Rodrigo Calderón:* Günstling des Herzogs von Lerma; beim Sturz seines Gönners wurde er 1621 enthauptet

58 *Berruguete:* Alfonso Berruguete (1480–1561) berühmter spanischer Maler und Bildhauer
Palma Artelo und Grijalte sind fiktive Gestalten, deren Namen jedoch auf Balsamedo und Giralte zurückzugehen scheinen, zwei wenig bekannte Bildhauer, die an der Kathedrale von Oviedo mitgewirkt haben

59 *Veremundo:* Latinisierung von ›Bermudo‹ vgl. Anm. S. 25

61 *churrigueresk:* nach dem spanischen Baumeister José Churriguera (1650–1723) benannter, besonders schwülstiger Barockstil

64 *Bibelot:* (franz.) Nippsache

72 *Ecco ridente il ciel:* Serenade aus Rossinis *Barbier von Sevilla,* 1. Szene, 1. Akt, Lindoro zu Rosina:
»Ecco ridente il cielo / Spunta la bella Aurora / E tu non sorgi ancora / E puoi dormir cosi?« (›Seht, schon lacht der Himmel / Die schöne Aurora erscheint / Und du zeigst dich noch nicht / Kannst so noch schlafen?‹)

König Amadeus: Amadeus von Aosta, 1871–73 König von Spanien

75 *Pylades:* in der griechischen Sage der unzertrennliche Gefährte von Orest

79 *Strafe ohne Rache: El castigo sin venganza* von Felix Lope de Vega Carpio (1562–1635)

Arzt seiner Ehre: El médico de su honra von Pedro Calderón de la Barca (1600–1681)

80 *Redondilla:* spezifisch spanische Gedichtform in vierzeiligen Strophen zu je acht Silben mit Doppelreim

Quintilla: fünfzeilige Strophe, der Redondilla verwandt

82 *Poussin:* Nicolas Poussin (1593–1665), französischer Maler idealer Landschaften

86 *Saint-Simonist:* Claude-Henri de Saint Simon (1760–1825), französischer Sozialkritiker, forderte eine kollektivistische Eigentumsordnung, planwirtschaftliche Maßnahmen und die Abschaffung des Erbrechts. Seine reformistischen Theorien wurden von den sog. Saint-Simonisten weiterentwickelt

Ramajana: eines der beiden Nationalepen der Inder

94 *»allseitige und harmonische Erziehung«:* Begriff aus der Humanitätslehre der »krausistas«, der spanischen Anhänger des deutschen Philosophen Karl Christian Friedrich Krause (1781–1832)

Theokrit, Bion, Moschos: bukolische Dichter der Antike

98 *»Tolle, lege!«* Sankt Augustin, *Bekenntnisse,* Buch VIII, Kap. XII »nimm und lies!«

99 *Baktrien:* Region in Persien, vermutliche Heimat des Propheten Zarathustra (630–553 v. Chr.)

100 *»Der Geist des Christentums«: Génie du Christianisme, ou beautés de la religion chrétienne* (1802, 1806 ins Spanische übertragen) von François René de Chateaubriand (1768–1848)

»Die Märtyrer«: Les Martyrs, ou le triomphe de la religion chrétienne (1809, 1816 ins Spanische übertragen) von F. R. Chateaubriand

ein Band des »Spanischen Parnaß«: Band V des *Parnoso español* (1768–79), einer neunbändigen Anthologie der spanischen Lyrik, hg. von Juan José López de Sedano

Fray Luis de León: spanischer mystischer Dichter (1537–91)

101 *San Juan de la Cruz:* spanischer Dichter (1542–91), Verfasser des *Cantico espiritual*

108 *Novene:* neuntägige Andacht nach dem Vorbild der Pfingstvorbereitung der Apostel zur Einstimmung auf ein Fest, oder um Hilfe bei einem besonderen Anliegen zu erbitten

115 *Schottische Schule:* die im 18. Jh. durch Thomas Reid begründete philosophische Gegenbewegung des »gesunden Menschenverstands« (common sence) gegen die Assoziationspsychologie Priestleys und den Skeptizismus Humes

117 *Phidias, Praxiteles:* berühmte Bildhauer der Antike

Zurbarán: Francisco Zurbarán (1598–1662), spanischer Maler

Murillo: Bartolomé Esteban Murillo (1618–82), spanischer Maler

118 *Vespucci:* s. Anm. S. 24

»Neueste Nachrichten«: Las Novedades. Eine der wichtigsten spanischen Tageszeitungen der damaligen Zeit mit liberaler Tendenz

119 *»Werther«:* Goethes 1774 erschienener Briefroman *Die Leiden des jungen Werthers* war in Spanien in zahlreichen Übersetzungen zugänglich und im frühen 19. Jh. sehr populär

124 *Lamartine:* Alphonse de Lamartine (1780–1868), französischer romantischer Dichter, Verfasser der *Harmonies poétiques et religieuses* (1830). In Spanien war er bis 1850 nahezu unbekannt

125 *George Sand:* Pseudonym der französischen Schriftstellerin Lucile-Aurore Dupin (1804–1876), die in Leben und Werk für die Emanzipation der Frau eintrat

Sansculotten: in der Französischen Revolution von 1789 Spottname für die Revolutionäre, die im Gegensatz zu den Aristokraten keine Kniehosen *(culottes)*, sondern lange Hosen *(pantalons)* trugen; später gleichbedeutend mit Republikaner

127 *skandalöse Dramen:* Ripamilán denkt an *Don Juan Tenorio* (1844) von José Zorrilla y Moral (1817–93) und an *El trovador* (1836) von Antonio García Gutiérrez (1813–84). Im weiteren Verlauf des Romans besucht Ana eine Aufführung des erstgenannten Stückes

128 *Moratín:* Leandro Fernández de Moratín (1760–1828), spanischer Dramatiker des Klassizismus; *El sí de las ninãs* (1805) zählt zu seinen populärsten Komödien

Carlos Latorre: bekannter spanischer Schauspieler (1799–1851)

130 *Sancho Ortiz und Don Gutierrez Alfonso:* Protagonisten von *La Estrella de Sevilla*, das Lope de Vega zugeschrieben wird, und *El médico de su honra* von Calderón

131 *Manriques und Don Juans:* Ripamilán meint die beiden Protagonisten der zwei romantischen Dramen, auf die er kurz zuvor angespielt hat; vgl. Anm. S. 127

heilige Teresa: Santa Teresa de Jesús, spanische Nonne und Mystikerin (1515–82)

132 *Matanzas:* Hafenstadt im Norden Kubas, damals noch spanischer Kolonialbesitz
»Etelvina«: Etelvina o Historia de la baronese de Castle Acer, 1843 in Barcelona als Übersetzung aus dem Englischen anonym erschienen
134 *La Almunia de Don Godino:* Don Víctors Heimatort in Aragon
aurea mediocritas: Horaz, *Oden,* II, 10, 5 ›die goldene Mitte‹
135 *... wegen der Tanten ...:* als Gerichtspräsident durfte er sein Amt nicht in derselben Provinz ausüben, in der seine Verwandten lebten
139 *Toga praetexta, toga virilis:* die Toga ist das altrömische Obergewand der Männer; die Toga praetexta mit purpurnen Streifen wurde außer von Priestern und Beamten von den freigeborenen Knaben bis zur Anlegung der Toga virilis, der weißen Männertoga, getragen
140 *Monte:* Kartenspiel, das wegen der hohen Einsätze verboten war
141 *Sagunt:* Stadt in der spanischen Provinz Valencia; wurde 219 von Hannibal angegriffen und nach acht Monaten erobert; Anlaß zum Beginn des zweiten Punischen Krieges
Covadonga: Dorf in der Provinz Oviedo; dort schlug Pelayo (erster asturischer König, gestorben um 737) ein Maurenheer. Die Schlacht gilt als Beginn der Reconquista
achtzehnhundertacht: am 2. Mai 1808 erhob sich Madrid gegen Napoleon; das war das Zeichen zum nationalen Befreiungskampf
142 *der »Unparteiische«: El Imparcial.* Liberale Tageszeitung, deren erste Nummer 1867 in Madrid erschien
143 *Alcubilla:* Marcelo Martínez Alcubilla (1821–1900), Verfasser eines »Lexikons der spanischen Verwaltung«, kurz der »Alcubilla« genannt
Als Franzosen und Deutsche handgemein wurden: gemeint ist der deutsch-französische Krieg 1870/71
Kapitulation von Metz: am 27. Oktober 1870
145 *»Correspondencia«:* Unabhängige Tageszeitung, gegründet 1858 in Madrid
Garrick: nach dem englischen Schauspieler David Garrick (1716–1779) benannter Mantel mit mehreren übereinanderliegenden Schulterkragen
146 *Farnesio:* Alejandro Farnesio (1545–92), Großkapitän Philipps II. und Gouverneur der Niederlande
Spinola: Ambrosio de Spinola (1571–1630), italienischer General, der sich in spanischen Diensten in den Niederlanden und der Lombardei auszeichnete
151 *Flórez Estrada:* Alvaro Flórez Estrada (1769–1853), einflußreicher politischer Ökonom, dessen *Tratado de economía política (*1828) in Spanien weite Verbreitung fand
Zamacois, Luján, Romea (der Neffe): Ricardo Zamacois (1850–88), Juan José Luján (1831–89) und Julián Romea y Parra (1848–1903)
152 *Glocke von Huesca:* Ramiro II., König von León, Galicien, Asturien und Kastilien (um 923–950) ließ in einem Verlies des königlichen

Schlosses von Huesca fünfzehn aufsässige Edelleute enthaupten und ihre Köpfe »als eine Glocke, die im ganzen Land zu hören sei« am Gewölbe aufhängen

153 *et nihil humani ...:* Terenz, *Heauton timorumenos,* I,I,25 ›Homo sum; humani nihil a me alienum puto‹ (›Ich bin Mensch; nichts Menschliches ist mir fremd‹)

154 *das Lizentiat beider Rechte:* des zivilen und des kanonischen

155 *Restauration:* gemeint ist die Wiedereinführung der Monarchie im Jahre 1874, als Alfons XII. spanischer König wurde

156 *San Francisco de Paula:* Feiertag, der am 2. April begangen wurde

Pigault-Lebrun: eigentlich Charles Antoine Guillaume Pigault de l'Espinoy (1753–1835), französischer Schriftsteller, Verfasser leichter Romane

Paul de Kock: französischer Erfolgsschriftsteller (1793–1871), Verfasser von Romanen aus der Welt des Kleinbürgertums

160 *Cid:* Beiname des spanischen Nationalhelden Ruy Díaz de Vivar (gest. 1099); Zentralgestalt der spanischen Heldendichtung »El Cid«

Zuaven: franz. Kolonialtruppe (urspr. Algerier) in türkischer Uniform, bekannt für ihre Tapferkeit. Gegenstand eines 1859 entstandenen einaktigen Singspiels von Cristóbal Oudrid mit dem Titel *El zuavo*

161 *»Plaston«:* gemeint ist Plastron, eine breitgelegte Seidenkrawatte, die als Hemdbrust getragen wurde

162 *dank der glorreichen ...:* die Revolution von 1868

166 *Calepino:* Ambrosio Calepino (1435–1511). Italiener, Verfasser eines lateinisch-italienischen Wörterbuchs; von da im Spanischen allgemein für jedes lateinische Wörterbuch

167 *Wörterbuch der Regierung:* gemeint ist das *Diccionario de autoridades,* ein sechsbändiges Wörterbuch, herausgegeben 1726 und 1739 von der Real Academia Española nach dem Vorbild der französischen Akademie

168 *die ... große Belagerung Wiens: El gran cerco de Viena.* Titel eines grotesken Dramas von Don Eleuterio Crispín de Andorra, einer Gestalt aus *La comedia nueva* (1792) von Leandro Fernández de Moratín

pauperum tabernas, regumque turres: Horaz, *Oden I, IV,* 13–14 ›Palida Mors aequo pulsat pede pauperum tabernas, regumque turres.‹ (›Der bleiche Tod pocht mit seinem Fuß ohne Unterschied an die Hütten der Armen und den Palast des Königs.‹)

170 *Dufour:* Pierre Dufour, Pseudonym des französischen Schriftstellers Paul Lacroix (1806–1884), unter welchem er mit zwei anderen Autoren eine sechsbändige *Geschichte der Prostitution bei allen Völkern der Welt* verfaßte

»Kameliendame«: La dame aux camélias. Roman (1848) und Drama (1852) von Alexandre Dumas dem Jüngeren (1824–95)

177 *Wo das selbst in der Bibel stand:* Sprüche 31:10
Positivismus: die von August Comte (1798–1857) begründete, von naturwissenschaftlichem Denken geprägte Philosophie, die nur das Gegebene (Positive), durch Erfahrung Beweisbare, anerkennt und in ihrer allgemeinen Tendenz antimetaphysisch ist
Marguerite Gauthier: die Heldin der *Kameliendame*
180 *sein Mentor, seine Nymphe Egeria:* Mentor war der Freund von Odysseus, Erzieher und Ratgeber von Telemachos. Egeria war eine weissagende Quellgöttin, Gattin und Ratgeberin des zweiten römischen Königs Numa Pompilio
Pythia: die Prophetin des Delphischen Orakels
181 *Real:* Königliches Schauspielhaus in Madrid
182 *distingue tempora:* ›distingue tempora et concordabis iura‹ (›Halte die Zeiten auseinander und du wirst die Gesetze in Einklang bringen.‹) Juristisches Axiom
post hoc, ergo propter hoc: ›nach dem, also deswegen‹. Formel für die Zwangsläufigkeit, mit der ein Ereignis ein anderes auslöst
183 *Régence:* Regentschaftszeit des Herzogs Philipp von Orleans während der Minderjährigkeit Ludwigs XV. (1715–23); der Régencestil bildet den Übergang vom barocken Louis-quatorze-Stil zum Louis-quinze-Stil des Rokoko
Espartero: Baldomero Espartero (1792–1879), spanischer General und Staatsmann, 1841–43 Regent und Vormund Isabellas II.
186 *in extremis:* ›in den letzten Augenblicken des Lebens‹
peccata minuta: ›kleine Sünden‹
187 *Tuberkulose, die Modekrankheit:* König Alfons XII. war an Tuberkulose gestorben, ebenso aber auch die Romanheldinnen Marguerite Gauthier‹, die ›Kameliendame‹, und Mimi aus Henri Murgers *Scènes de la vie bohème* (1851), der Vorlage zum Libretto von Puccinis Oper *La bohème*
189 *Truqueurs:* (franz.) Schwindler, Fälscher
190 *»Mohikaner«: Die Mohikaner von Paris* (1854–58), Roman von Alexandre Dumas dem Älteren (1802–1870)
191 *Cuarto:* kleine spanische Kupfermünze
Aduano: Würfelspiel
195 *flatus vocis:* ›Hauch der Stimme‹. Obwohl dieser Begriff zurückgehend auf den philosophischen Universalienstreit zwischen Nominalisten und Realisten gemeinhin als ›leeres Gerede‹ übersetzt wird, ist hier die wörtliche Bedeutung gemeint
197 *Pontifex maximus:* oberster Priester, Papst
la donna è mobile: Verdi, *Rigoletto* (1851), Akt III, Szene 2 ›O wie so trügerisch sind Weiberherzen‹
203 *Madonna della Sedia:* Raffaels berühmtes Gemälde einer sitzenden Madonna mit ihrem Kind, im Palazzo Pitti, Florenz
215 *der neue Mensch:* s. Anm. S. 34

218 *Ratschen:* hölzerne Klappern, mit denen die Kinder während der Karmesse an das Erdbeben nach Christi Tod erinnerten

219 *Sieg von 1836:* gemeint ist der Aufstand im August 1836 unter General Espartero, der die fortschrittlichen Liberalen an die Macht brachte

226 *›Die lachende Maske‹, ›Im Namen des Königs‹: L'homme qui rit* (1869), im selben Jahr unter dem Titel *De orden del rey* von Carlos de Ochoa ins Spanische übertragen

Köhlerglaube: blinder Kirchenglaube (nach einer Schrift Martin Luthers)

Büchner: Ludwig Büchner (1824–1899), Arzt und Philosoph, in seinem Buch *Kraft und Stoff* (1854) Vertreter des Vulgärmaterialismus

Flammarion: Camille Flammarion (1842–1925), französischer Astronom, Verfasser zahlreicher pupulärwissenschaftlicher Schriften, darunter *Gott und Natur* (1866)

Moleschott: Jakob Moleschott (1822–93), holländischer Physiologe und Philosoph, Vulgärmaterialist

Virchow: Rudolf Virchow (1821–1902), deutscher Pathologe

Lucrez: Carus Titus Lucretius (um 98 bis 55 v. Chr.) verfaßte das Lehrgedicht *De rerum natura (Das Wesen des Weltalls),* in dem er den Menschen die Angst vor den Göttern nehmen wollte

230 *natura naturans:* die schaffende Natur im Sinne der Philosophie von Bruno Giordano und Spinoza im Gegensatz zu »natura naturata«, der von Gott geschaffenen Natur; hier in ironischer Anspielung

Calvo: Rafael Calvo (1824–88), berühmter spanischer Schauspieler

Das Leben ein Traum: La vida es sueño, philosophisches Drama von Calderón

232 *Ungestümer Hippogryph . . .:* die berühmten ersten Verse von *La vida es sueño:* ›Hipogrifo violento / que corriste parejas con el viento.‹

234 *am Flusse des »Troubadours«:* der Ebro durchfließt Zaragoza, wo der größte Teil des romantischen Dramas *El trovador* (vgl. Anm. S. 127) spielt

Genil, Darro: der Genil fließt wie der Ebro durch Zaragoza und Granada; der Darro ist ein Nebenfluß des Genil

Generalife . . . Albaicín: der Generalife ist ein herrlicher maurischer Palast in der Nähe der Alhambra. Das Albaicín ist ein Zigeunerviertel in Granada

243 *wie der Cid:* die Legende erzählt, daß der Cid, nachdem er im Kampf gegen die Mauren gefallen war, von seinen Gefolgsleuten im Sattel festgebunden und angepfählt wurde, so daß er den Mauren wie ein Geist entgegenritt und sie in panischem Schrecken flohen

245 *beinah unter Umgehung des Gesetzes:* s. Anm. S. 135

247 *Jovellanos:* Gaspar Melchor de Jovellanos (1744–1815), spanischer Schriftsteller und Politiker, bedeutender Vertreter der spanischen Aufklärung

Tirso de Molina: spanischer Dramatiker und Novellist (1571–1648)

248 *Segismundo:* Gestalt aus Calderóns Drama *Das Leben ein Traum;* Typ des hemmungslosen Menschen

251 *Santa-Rita-Kleid:* vgl. Anm. S. 28

da wir von der Regierung kein Geld bekamen: die Spanische Konstitution von 1845 überließ dem Staat die Verantwortung über die Finanzen der Kirche. Waren die Liberalen an der Regierung, so wurde das Kirchenbudget oft auf ein Minimum reduziert

Schottische Schule: vgl. Anm. S. 115

Stoa ... Akademie: Stoa hieß die Säulenhalle an der Nordseite des Marktplatzes von Athen, wo sich die Schüler des Zenon von Citium (die Stoiker) zu versammeln pflegten. Die Akademie war ein Garten in der Nähe von Athen, wo Platon lehrte

253 *Fierabras:* sarrazenischer Riese, der die Reliquien Christi in Rom stahl und in Spanien von Olivier besiegt und bekehrt wurde

254 *Candelas:* Luis Candelas, berüchtigter Räuber des 19. Jh.

255 *Sbirren:* die militärisch organisierten Polizei- und Gerichtsdiener im italienischen Kirchenstaat

258 *auf eigenem Grund und Boden entdeckter Schatz:* vgl. Matthäus 13:44

260/1 *das vierte Konzil zu Konstantinopel:* in den Jahren 869/70

261 *Prima salus est rectae fidei regulam custodire:* ›Das höchste Heil ist es, des wahren Glaubens Regeln zu hüten‹

zweite Lyoner Synode: im Jahre 1274

approbante concilio: mit Billigung des Konzils

quam ex cathedra loquitur: wenn er von seinem Amtsstuhl aus spricht

per assistentiam divinam: durch göttlichen Beistand

Dupanloup: Felix Antoine Philipp Dupanloup (1802–78), Bischof von Orleans, bekämpfte 1870 auf dem Vatikanischen Konzil das Unfehlbarkeitsdogma

266 *calamo currente:* mit dahineilender Feder

eine poetische Erzählung des gottlosen Renan: Hier hat sich ein Anachronismus eingeschlichen. Es handelt sich um *Une idylle monacale au VIII*[e] *siècle: Christine de Stommeln,* zuerst erschienen unter dem Titel *La bienheureuse Christine de Stommeln, béguine* (1879), also einige Jahre nach der Romanhandlung, von Ernest Renan (1823–92), einem französischen Theologen, Historiker und Philosophen, der in seinem Hauptwerk *Das Leben Jesu* die Göttlichkeit Jesu ablehnt

Abälard: Peter Abälard (1079–1142), scholastischer Theologe und Philosoph, der ein Liebesverhältnis mit Heloise, der Nichte eines Kanonikus, hatte

267 *König von Babylon:* Nebukadnezar, den Gott für seinen Stolz bestrafte: ›und er ward verstoßen von den Leuten hinweg, und er aß Gras wie Ochsen, und sein Leib lag unter dem Tau des Himmels, und er ward naß, bis sein Haar wuchs so groß wie Adlersfedern und seine Nägel wie Vogelklauen wurden.‹ Daniel, 4:30

274 *die Erstlingsfrüchte:* Abgabe, gewöhnlich das Einkommen des ersten Jahres umfassend, die der neue Inhaber einer kirchlichen Pfründe an einen ihm übergeordneten Kirchenvertreter zu leisten hatte

Sturz Salomonis: die Zerstörung (nach seinem Tod) all dessen, was er dank der ihm von Gott verliehenen Weisheit geschaffen hatte; die Strafe für seine übermäßige Begierde nach Frauen

279 *vir bonus:* eine Maxime von Cato, der 184 v. Chr. das Amt des römischen Zensors bekleidete und für seine moralische Strenge bekannt war. Er beschrieb den Redner als ›vir bonus dicendi peritus‹ (›der gute Mann, der kundig zu reden versteht‹). Quintilian machte diesen Ausspruch zum Ausgangspunkt der *Institutio oratoria,* seiner *Schule der Beredsamkeit*

280 *Cristinos:* Anhänger Maria Cristinas, der Witwe Ferdinands VII. und Mutter der Königin Isabella II.

281 *Carlos VII.:* Don Carlos, Herzog von Madrid (1848–1909), Großneffe von Carlos V., war nach dem Verzicht seines Vaters, Don Juan, und seines Onkels, Carlos VI., der vierte Thronprätendent der Karlisten (vgl. Anm. S. 10). Nachdem Isabella II. während der Septemberrevolution 1868 nach Frankreich geflohen war und die Thronfolge zunächst dem Italiener Amadeus von Aosta zufiel, kam es unter Carlos VII. zum zweiten Karlistenkrieg (1872–76)

282 *Erard-Flügel:* die Klaviere des Instrumentenbauers Sebastien Erard (1752–1831) waren bekannt für die aufwendige und kostbare Verarbeitung; sie hatten einen charakteristischen hellen und fröhlichen Klang

284 *Panurgs Hammel:* in Rabelais' Roman *Gargantua und Pantagruel* gerät Panurge über einen Schafhändler in Zorn und wirft eines seiner Tiere ins Meer. Alle anderen Schafe stürzen sich hinterher. Der Begriff ist in Spanien sprichwörtlich geworden für Leute, die ihrem Führer blind folgen

Torquemada: Tomás de Torquemada (1420–98), durch seinen Fanatismus berüchtigter Großinquisitor

293 *Tute:* Tresillo, vgl. Anm. S. 45

Judith, Ester, Dalila, Rebekka: vier berühmte Frauen des Alten Testaments, denen es mit Schönheit und List gelang, sich willensschwache Männer zu unterwerfen

295 *sine labe concepta:* die unbefleckt (ohne Erbsünde) empfangen ist

296/7 *Bischof aus den ›Elenden‹:* der liebenswerte und großzügige Mgr Bienvenu Myriel, eine Gestalt aus dem Roman *Les Misérables* von Victor Hugo (1862)

299 *Arouet:* der eigentliche Familienname Voltaires
Strauß ... Göttingen: David Friedrich Strauß (1808–74), protestantischer Theologe und Philosoph. Er lehnte die Geschichtlichkeit des in den Evangelien Berichteten ab, fand darin mythische Überlieferungen und trat für einen neuen, von der christlichen Überlieferung gelösten Glauben ein. Sein Buch *Das Leben Jesu kritisch betrachtet (*1835/36) entfachte einen Sturm der Entrüstung
Die Universitäten von Tübingen und Göttingen waren die Zentren der deutschen protestantischen Theologie
300 *»der abgeirrte Genfer Philosoph«:* Jean-Jacques Rousseau (1712–78)
Knoblauch, Porree, Zwiebel: die Ägypter verehrten ihre lokalen Gottheiten in Gestalt von Gegenständen, Pflanzen und Tieren
Sankt Rochus' Hund: Gemälde und Skulpturen stellen den Heiligen meist mit einem Hund und zuweilen einen Laib Brot in der Hand haltend dar. Die Legende erzählt, daß St. Rochus, nachdem er unzählige Pestkranke geheilt hatte und selbst von der Krankheit befallen war, sich in die Einsamkeit eines Waldes zurückzog, wo ihm ein Hund jeden Morgen einen Laib Brot zu Füßen legte und ihm die kranken Beine leckte
Isis und Busiris: zwei altägyptische Götter in Menschengestalt. Isis war die Schwester und Gattin des Osiris; beider Heimatstadt soll Busilis gewesen sein. Den Namen der Stadt und den des Gottes mischt Ronzal zu Busiris, ohne zu wissen, daß dies wiederum der Name eines legendären ägyptischen Königs war, der seine Gäste ermorden ließ und selbst von Herkules getötet wurde (Ovid, *Metamorphosis, IX,* 6)
302 *Et verbum caro factum est:* ›Und das Wort ward Fleisch‹
303 *La Bruyère:* Jean de La Bruyère (1645–96), französischer Moralphilosoph, gab eine Übersetzung der *Charaktere* des griechischen Philosophen Theophrast heraus und fügte einen zweiten Teil *Charaktere oder Sitten dieses Jahrhunderts* hinzu, Charakter- und Sittenschilderungen vom Hofe Ludwigs XIV.
Balmes' »Kriterium«: El criterio (1845). Kurze Abhandlung und zugleich Hauptwerk von Jaime Luciano Balmes (1810–48), dem führenden spanischen Konservativen und Religionsphilosophen seiner Zeit
Konsistorien in Berlin: Beratende Versammlungen der führenden protestantischen Kirchenvertreter, die noch heute in Berlin und anderen deutschen Städten stattfinden
304 *Sechi:* Angelo Sechi (1818–78), italienischer Jesuit, bedeutender Astronom
Oppert: Julius Oppert (1825–1905), Assyrologe, gehört zu den Bahnbrechern der Assyrologie (Mitentzifferer der Keilschrift), suchte die Ergebnisse seiner Forschungen auch für die biblische Geschichte zu verwerten

305 *Bastiat:* Frédéric Bastiat (1801–50), französischer Nationalökonom, Befürworter des freien Handels und Gegner des Sozialismus

306 *privilegierte Diözese:* untersteht nicht dem Bischof, sondern direkt dem Heiligen Stuhl

307 *Kommt wir wollen alle ...:* Marienlied, das noch heute gesungen wird: ›Venid y vamos todos / con flores a María, / con flores a porfía, / que Madre nuestra es.‹

317 *Dispenskomission:* ›Agencia de Preces‹, eine staatliche Instanz (Teil des Regierungsministeriums), die über klerikale Eingaben entschied. Vom Klerus als eklatantes Beispiel der Einmischung staatlicher Bürokratie in religiöse Angelegenheiten abgelehnt

320 *»Evangelium für das Volk«:* nicht *El evangelio del pueblo,* sondern *El libro del pueblo* (1868) ist der Titel des Buches von Manuel Henao y Muñoz (1828–91). Es ist ein erzieherisches Werk in kurzen Kapiteln, dessen knappe moralisierende Sprache Páez' Titelverwirrung nahelegt

328 *Antonelli:* Giacomo Antonelli (1806–76), Kardinal-Staatssekretär Pius' IX., versuchte vergeblich als radikal-konservativer Staatsmann den Kirchenstaat zu reorganisieren und zu erhalten; er galt als machtgierig und skrupellos

330 *Celestina:* sprichwörtlich gewordene Kupplerin aus der »Tragikomödie von Calisto und Melibea« (1499), bekannter unter dem Titel *La Celestina,* von Fernando de Rojas

342 *Feuillet:* Octave Feuillet (1821–90), französischer Schriftsteller, Verfasser empfindsamer Romane

348 *non erat hic locus:* Horaz, *Ars poetica,* 19 ›Dies war nicht der rechte Ort‹

363 *Rege Carolo III.:* Karl III. regierte von 1759–88

386 *aus Liebe zu Gott:* vgl. Matthäus, 19:19

390 *Duro:* Münze von 5 Peseten
Arroba: Gewicht, etwa 11 kg

397 *»Faust«:* Oper von Charles Gounod, 1859 in Paris uraufgeführt
Al palido chiaror ...: Faust, Akt III ›Beim bleichen Schein, der von den Sternen kommt, laß mich noch einmal ins Gesicht dir schaun.‹

402 *Philipp II.:* König von Spanien 1556–98, erstrebte das Alleinbestehen des Katholizismus und die Weltvorherrschaft Spaniens; Inbegriff der Unterdrückung und des Obskurantismus

409 *mit Sylven durchsetzte Terzinen:* die Silva ist eine spanische Gedichtform bestehend aus 11- und 7silbigen Zeilen in unregelmäßiger Folge mit Kreuzreim

416/7 *die Töchter des Lot:* um die Nachkommenschaft zu sichern, machten die beiden Töchter des Lot den Vater betrunken und verbrachten die Nacht mit ihm; vgl. 1. Mose 19:31–38

417 *Hebdomar:* Geistlicher, der den Dienst der Woche versieht

418 *»Deus in adiutorem meum intende«:* Psalm 69:2 ›Gott, hilf mir, denn das Wasser geht mir bis an die Seele.‹

Alfonso Liguori: Alfonso Maria de Liguori (1696–1787), der heilige Alfons, Begründer des Redemptoristenordens; er wurde 1839 heiliggesprochen und 1871 zum Kirchenlehrer erhoben. Seine Hauptbedeutung liegt auf dem Gebiet der Moraltheologie

422 *»Holla, holla, ungestümer Hippogryph ...«:* s. Anm. S. 232

Don Juan Tenorio: romantisches Drama von José Zorilla y Moral, 1844 uraufgeführt (vgl. Anm. S. 127). Vermutlich des letzten Aktes wegen, der auf einem Friedhof spielt, wurde es Brauch, den ›Don Juan‹ an Allerheiligen aufzuführen

425 *Diego Marsilla ... Dona Isabel:* Figuren aus *Los amantes de Teruel* (1837) von Juan Eugenio Hartzenbusch

426 *Zarzuela:* volkstümliches spanisches Singspiel, komische Oper

429 *Moreto:* Augustín Moreto y Cabaña, spanischer Dramatiker (1618–69)

430 *»Daß sich Manrique in Leonor verliebt ...«:* es handelt sich um *El trovador* (1836) von Antonio García Gutiérrez; vgl. Anm. S. 127

433 *»Daß die Musik der Lärm ist, der mich am wenigsten belästigt«:* bekannter Ausspruch, der Napoleon zugeschrieben wird

434 *»Trotz wider Trotz«: El desdén con el desdén,* bekanntes Stück von Augustín Moreto. Die zitierten Verse stammen aus Akt II, Szene 2

435 *Siglo de oro:* »Goldenes Zeitalter«, Bezeichnung für die Hochblüte der spanischen Literatur von 1550–1650

Kuba: Kuba war nach der Loslösung der amerikanischen Kolonien zu Beginn des 19. Jahrhunderts die wichtigste der Spanien noch verbliebenen Kolonien, in der es aber während des 19. Jahrhunderts immer wieder zu Aufständen kam, bis es 1898 auch von Spanien frei wurde

438 *Sardou:* Victorien Sardou (1831–1908), erfolgreicher französischer Dramatiker; schrieb vor allem Gesellschaftsstücke

442 *als die Sonne im spanischen Reich nicht unterging:* Anspielung auf einen Ausspruch Karls V.: »In meinem Reicht geht die Sonne nicht unter«

449 *Taparelli:* Luigi Taparelli (1793–1862), italienischer Jesuit, dessen Ziel es war, die politische Ökonomie mit den Prinzipien der christlichen Philosophie und des Evangeliums zu verbinden. Verfasser zahlreicher Werke der Ökonomie, des Naturrechts und der Ästhetik

450 *Verheißung des Evangeliums:* Matthäus 18:4 ›Wer nun sich selbst erniedrigt wie dies Kind, der ist der Größte im Himmelreich‹; vgl. auch Lukas 18:14

455 *Erzpriester von Hita, Tirso de Molina:* 1343 beendete Juan Ruiz, der Erzpriester von Hita, seine berühmte fiktive Autobiographie *El libro de buen amor,* in der er u. a. seine amourösen Abenteuer schildert; vgl. Anm. S. 49

Der Dramatiker Tirso de Molina (1571–1648) beschäftigte sich in vielen seiner Stücke mit der weiblichen Psychologie. In *El burlador de Sevilla* schuf er die Figur des Don Juan

462 *den Weg zur Vollendung: El camino de perfección,* Titel eines Buches über das religiöse Leben von St. Teresa de Jesús; vgl. Anm. S. 131

463 *Maria de Chantal:* Jeanne Françoise de Chantal (1572–1641), Mitbegründerin des Ordens der Salesianerinnen (vgl. Anm. S. 22), wurde 1767 heiliggesprochen

468 *... wie die Knochen Hiobs:* s. Hiob 19:20

469 *mit Dedersträußen beladen:* in Akt I von *Das Leben ein Traum* beschreibt Segismundo einen Vogel als ›apenas es flor de pluma, / o ramillete con alas ...‹ (›fast ist er eine Blume aus Federn, / fast ein geflügeltes Blumenbukett‹)

470 *den Richter von Zalamea: El alcalde de Zalamea.* Sowohl Lope de Vega als auch Calderón schrieben ein Stück unter diesem Titel

477 *Chateaubriand:* s. Anm. S. 100

491 *Sarsaparillensaft:* die Sarsaparille ist eine südamerikanische Pflanze, aus deren Wurzel ein Hustensaft gewonnen wird

495 *Suum cuique:* ›Jedem das Seine‹. Cicero, *De officiis I, 5*

»Marina« ... »Der blaue Domino« ... »Der Schwur«: Marina, El dominó azul und *El juramento,* drei bekannte, 1850 entstandene Zarzuelas

497 *Jaccoud:* François Jaccoud (1830–1913), Schweizer Arzt und Autor medizinischer Abhandlungen, darunter *Traité de pathologie interne* (1872)

Lozoya: ein Nebenfluß des Jarama; er entspringt in der Sierra Guadarrama und versorgt durch Kanäle Madrid mit Wasser

499 *die Vielheit der bewohnten Welten: La pluralité des mondes habités* ist der Titel eines 1862 veröffentlichten Buchs von Camille Flammarion

Feijoó: Fray Benito Jeronimo Feijoó (1675–1764), ein galicischer Benediktinermönch, der sich in den *Cartas eruditas* (1742–60) mehrfach mit diesem Problem auseinandersetzt

502 *wie sie Chateaubriand und Wiseman romantisch beschrieben:* in *Les Martyrs,* Buch V von Chateaubriand (vgl. Anm. S. 100) und in Kardinal Wisemans Erzählung *Fabiola; or The Church of the Catacombs* (1854)

503 *Kirchweihfest zu San Blas:* am 3. Februar

509 *»Der Blitz« ... »Die Magyaren«: El Relámpago, Los Magyares,* zwei weitere Zarzuelas, 1857 uraufgeführt

510 *»In die Hütte er sie führt ...«:* aus der Ballade *Angélica y Medoro* von Luis de Góngora y Argate (1561–1627)

»große Synthesen«, zerfließende Bilder ... pantheistische Philosophie: Anspielung auf die idealistische Philosophie der »krausistas«, vgl. Anm. S. 100

516 *aus ehemaligem Staatsbesitz:* in der ersten Hälfte des 19. Jahrhunderts

erwirkten die liberalen Regierungsmächte die Säkularisierung großer Teile der kirchlichen Ländereien

520 *Alancardan:* Allan Kardec, Pseudonym des französischen Spiritualisten Hyppolite Léon Rivail (1803–68), der die Doktrin der ewigen Wiedergeburt aufstellte, bei der Leben von Intervallen »geistigen Daseins« unterbrochen wird

mit Negern zu handeln: der Sklavenhandel wurde gesetzlich zwar 1820 in den spanischen Kolonien verboten, praktisch aber während des ganzen 19. Jahrhunderts noch weiterbetrieben. Die Sklavenhaltung wurde in Kuba (wo Redondo zu Reichtum kam) 1880 abgeschafft

521 *Septemberrevolution:* s. Anm. S. 21

523 *fünfundzwanzigster Jahrestag der Inthronisation Papst Pius' IX.:* im Jahr 1871

die Sitzung des Pelotaspielverbandes: am 20. Juni 1789 traten die Abgeordneten der Nationversammlung in Versailles zusammen, um eine neue Konstitution zu beschließen

533 *Davidstürme:* Hohelied Salomos 4:4 ›Dein Hals ist wie der Turm Davids, mit Brustwehr gebaut; daran tausend Schilde hangen und allerlei Waffen der Starken.‹

Baskine: baskischer Frauenrock

539 *Homo homini lupus:* ›Der Mensch ist des Menschen Wolf‹. Plautus, *Asinaria,* Akt II, Szene 4, Vers 88: ›Lupus est homo homini, non homo.‹

542 *wie Caesar in Munda:* in Munda, dem heutigen Montilla, siegte Caesar 45 v. Chr. über die beiden Söhne des Pompeius

544 *Amen dico vobis:* ›wahrlich, wahrlich ich sage euch‹ Johannes 13:16

545 *»Verzeiht ihm. Er hat zuviel getrunken.«* Jesus sagte von Maria Magdalena: ›Ihr sind viele Sünden vergeben, denn sie hat viel geliebt.‹ Lukas 7:47; am Kreuz bat er für seine Peiniger: ›Vater vergib ihnen, denn sie wissen nicht, was sie tun!‹ Lukas 23:34

Frascuelo: Beiname des berühmten spanischen Toreros Salvador Sánchez Povedano (1842–89)

548 *inter pocula:* beim Bechern

550 *Kempis, die ›Nachfolge Christi‹:* Thomas von Kempen (1379–1471), Augustinerchorherr, Verfasser mystischer Schriften. Die *Nachfolge Christi* ist ein Leitfaden zur spirituellen Vervollkommnung nach dem Beispiel Christi

554 *Fray Luis de León:* Herausgeber der Werke St. Teresas im Jahre 1588, vgl. Anm. S. 100

die »Dritte Fibel« von Fray Francisco de Osuna: der 3. Teil der *Abecedario espiritual* (1527) des Franziskanermönchs und spanischen Mystikers, das St. Teresa beeinflußte

558 *»Die vollkommene Ehefrau«: La perfecta casada* (1583), eines der Hauptwerke von Fray Luis de León

559 *veritas ... intellectu:* ›Die Wahrheit in der Sache ist die Sache selbst, die Wahrheit im Geiste (ist das Verständnis der Sache, so wie sie in sich selbst ist).‹ J. Balmes, *Curso de filosofía elemental: Lógica,* Kap. 1; vgl. Anm. S. 303

561 *... und das Vergehen ist dasselbe:* Matthäus 5:28 ›Ich aber sage euch: Wer ein Weib ansieht, ihrer zu begehren, der hat schon mit ihr die Ehe gebrochen in seinem Herzen.‹

564 *»Sibila«: Sybil, or The Two Nations* (1845) von Benjamin Disraeli
»Fabiola«: der berühmte Roman von Kardinal Wiseman wurde in zehn Sprachen übersetzt; vgl. Anm. S. 502

565 *Caveant Consules:* ›Caveant consules ne quid respublica detrimenti capiat.‹ (›Die Konsuln mögen dafür Sorge tragen, daß die Republik keinen Schaden leide.‹) Mit dieser Formel erteilte der römische Senat in Gefahrensituationen den Konsuln alle Macht

571 *die ›Goldene Legende‹: Legenda aurea* oder *Legenda sanctorum* (etwa 1263–73) von Jacobus de Voragine, eine in zahlreiche Sprachen übersetzte Legendensammlung der Heiligen des Kirchenjahres
das ›Christliche Jahr‹ von Croiset: L'Année Chrétienne, ou exercise de piété pour tous les dimanches et les fêtes mobiles de l'année, 5 Bde (1712–20) von Jean Croiset, einem französischen Jesuiten. Es wurde 1753 erstmals ins Spanische übersetzt; eine erweiterte 12bändige spanische Fassung erschien 1878 und 1883.

573 *Kanonikus Döllinger:* Ignaz von Döllinger (1799–1890), bedeutender katholischer Theologe; er trat gegen das Dogma von der Unfehlbarkeit des Papstes auf und wurde aus der römisch-katholischen Kirche ausgeschlossen

585 *Civis Romanus sum:* Cicero, *In Verrem,* V, 57:147 ›Ich bin ein römischer Bürger‹; Ausspruch des Stolzes

586 *Todd:* Robert Bentley Todd (1809–60), englischer Arzt und Autor der *Cyclopaedia of Anatomy and Physiology* (1835–59)

587 *Dekurio:* Gemeinderatsmitglied der Städte im alten römischen Reich
Fray Gerundio: Titelgestalt eines satirischen Romans *(Geschichte des berühmten Predigers Fray Gerundio)* von José Francisco de Isla (1703–81), in dem er den verschrobenen Stil der Prediger seiner Zeit aufs Korn nahm, die den in der Literatur überlebten barokken Schwulststil auf der Kanzel noch weiter pflegten; der Name Fray Gerundio wurde sprichwörtlich für effekthascherische Modeprediger

592 *Paraguay:* im 17. und 18. Jahrhundert war Paraguay das bedeutendste Missionsgebiet der Jesuiten, wo sie den »Jesuitenstaat« gründeten, in dem über 100000 Indianer unter Aufsicht der Jesuiten arbeiten mußten. 1767 wurde der Orden vertrieben, womit der Jesuitenstaat zusammenbrach

595 *Pascal:* Blaise Pascal (1623–62), französischer Philosoph und Mathematiker, einer der Hauptvertreter des Jansenismus; für das Kloster

Port-Royal, in das er eintrat, schrieb er *Les Provinciales (Briefe aus der Provinz)* 1656/57

596 *»solidarische Menschlichkeit«:* Terminologie der »krausistas«

605 *»Zivilbegräbnisse«:* vielen spanischen Kirchhöfen war ein kleiner ungeweihter Friedhof angeschlossen, wo alle, die nicht der römisch-katholischen Kirche angehörten, begraben wurden. Da diese Friedhöfe nur selten benutzt oder besucht wurden, waren sie meist in beklagenswertem Zustand

Die Szene mit dem Konventsabgeordneten ...: gemeint ist das Gespräch des Bischofs von Digne mit dem Konventsabgeordneten G. in Victor Hugos Roman *Die Elenden* I. Teil, 1. Buch, 8. Kap.

615 *Tecum ... genui te:* Psalm 110:3. Ana ist zu Recht verwirrt. Es gibt unzählige Textabweichungen und -auslegungen dieses Psalms. Die autorisierte Version lautet: ›Nach deinem Sieg wird dir dein Volk willig opfern in heiligem Schmuck. Deine Kinder werden dir geboren wie der Tau aus der Morgenröte.‹

616 *Dominus dixit ad me ...:* Psalm 2:7 ›Der Herr sprach zu mir: Du bist mein Sohn, heute habe ich dich gezeuget.‹

617 *den Brief des Paulus an Titus ... das zweite Kapitel:* Paulus weist Titus an, junge Menschen beiden Geschlechts zur Sittlichkeit, Keuschheit und Güte zu erziehen und seine Lehren zu befolgen

631 *Rose von Jericho:* eine anspruchslose Pflanze, die in den Wüstengebieten Südwestasiens und Nordostafrikas wächst. Nach dem Fruchtstand trocknet sie aus, wird vom Wind entwurzelt und verweht, kann jedoch von geringsten Mengen Feuchtigkeit im Boden oder in der Luft wieder zum Blühen gebracht werden. Sie ist ein Symbol der Jungfrau Maria

Heidenapostel: Bezeichnung für den Apostel Paulus

636 *in illo tempore:* die ersten Worte des Weihnachtsevangeliums: ›Es begab sich aber zu der Zeit‹, Lukas 2

638 *das Vermögen eines Grafen von Montecristo:* der Graf von Montechristo, Titelheld des gleichnamigen Romans *Le Comte de Monte-Cristo* (1844) von Alexandre Dumas dem Älteren, entdeckt einen Schatz, den er dazu verwendet, seinen Freunden zu helfen und sich an seinen Feinden zu rächen

641 *sine cura:* Sinekure

643 *»Was habe denn verbrochen ich ... viel mehr als mich.«: Las paredes oyen* von Juan Ruiz de Alarcón (1580–1638), Akt I, Szene 6

»Zum Schluß, Señora ... weil ihr nicht mein.«: Strafe ohne Rache von Lope de Vega, Akt II, Verse 1916–20

645 *Ninon de Lenclos:* Anne Lenclos, genannt Ninon de Lenclos (1620–1705), eine durch Schönheit und Geist berühmte Pariser Kurtisane, deren Salon bis in ihr hohes Alter Treffpunkt vieler geistreicher Männer war

656 *Ausstellung zu San Mateo:* anläßlich der Feiertage von San Mateo,

dem größten jährlichen Fest in Vetusta/Oviedo, das im September gefeiert wurde

661 *Ein Mörder aus einer der Erzählungen von Edgar Allan Poe:* möglicherweise der Erzähler aus *The Tell-Tale Heart,* ein besessener, wahnsinniger Mörder

664 *Novene der Schmerzen Mariä:* sie beginnt am 5. Donnerstag der Fastenzeit

666 *Stabat Mater:* eine Hymne unbekannter Herkunft, in der die Leiden der Jungfrau Maria am Fuße des Kreuzes beschrieben werden. Neben zahlreichen anderen Komponisten hat auch Rossini sie 1832–39 vertont

680 *»des frommen, seligen, triumphierenden Generalvikars«:* Anspielung auf den Vers (über den römischen Imperator Trajanus) ›pio, felice, triunfador Trajano‹ aus dem Gedicht »A las ruinas de Italica« von Rodrigo Haro (1573–1647)

681 *Jota:* ein aragonesischer Volkstanz

der Stadt und der ganzen Welt: päpstliche Wendung: ›urbi et orbi‹

682 *Nazarenerin:* Teilnehmerin im langen Büßermantel an den Bittgängen zur Karwoche

683 *Sie konnten mich nicht bezwingen ...:* José Echegaray, *Haroldo el Normando,* Akt III, Szene 10 ›No podian vencerme! ... Y me vencieron!‹ Ein Anachronismus, denn das Stück entstand erst 1881, drei Jahre nachdem Don Víctor daraus zitiert

689 *Orsinibombe:* nach dem italienischen Verschwörer Felice Orsini (1819–58), der am 14. 1. 1858 in Paris eine Bombe auf den Wagen Napoleons III. warf, die in der Menge zahlreiche Tote und Verletzte forderte, während das Kaiserpaar unverletzt blieb

Poliuto: Oper (1839) von Gaetano Donizetti nach Corneilles Tragödie *Polyeucte*

692 *Rochett:* kurzes Chorhemd mit engen Ärmeln in der Tracht höherer katholischer Geistlicher

Vae victis: ›Wehe den Besiegten!‹ Ausruf des gallischen Königs Brennus nach dem Sieg über die Römer 390 v. Chr.

692/3 *Du hast gesiegt, Galiläer:* die letzten Worte des römischen Kaisers Julianus Apostata, der 363 im Kampf getötet wurde

695 *»Wenn ich den Himmel betrachte ...«:* die ersten Verse aus dem Gedicht »Noche serena« von Fray Luis de León

696 *»Lasciami, lasciami ...«: Les Huguenots* (1836), Oper von Giacomo Meyerbeer. Duett Raoul de Nangis' und Valentines, Akt III ›Stringe il periglio, il tempo, / Ai! rapido s'invola, / ah! lasciami partir!‹

Gayarre ... Masini: Julián Gayarre (1843–90), ein spanischer Sänger, und Angelo Masini (1845–1908), ein italienischer Sänger, beide von internationalem Rang

697 *Zarzuela ... Pompadour: Beltrán y la Pompadour* von Manuel Canete (1822–91)

701 *la serre:* (franz.) Wintergarten

703 *Hingabe im Tempel Bels:* ein religiöser babylonischer Kult verlangte, daß jede Frau sich einmal in ihrem Leben einem Fremden während einer rituellen Zeremonie hingeben mußte. Dies fand allerdings nicht, wie Ana irrtümlich glaubt, im Tempel Bels, sondern im Tempel der Aphrodite statt

705 *»Denn des Glücklichen Vaterland«: Jacob y Raquel,* Vers 431–2 von Francisco de Borja y Aragón, Prinz von Esquilache (1581–1658), Vizekönig von Peru und Verfasser zahlreicher Gedichte im Stil des »siglo de oro«

712 *»Faust«:* Vierter Akt der Oper *Faust* (1859) von Charles Gounod

721 *Ubi irritatio ibi fluxus:* medizinischer Leitsatz; im Volksmund: Wo Erregung, da ist Bewegung

Heilige Barbara: Schutzheilige gegen Donner und Blitz

724 *Nisi utile ... gloria:* ›Wenn das, was wir tun, nicht nützlich ist, ist der Ruhm eitel.‹ Ausspruch des berühmten italienischen Arztes Giorgio Baglivi (1669–1707)

738 *Muñeira:* galicischer Volkstanz

739 *»Favoritin« ... »Nachtwandlerin«: La Favorita* und *La Somnambula,* Opern von Gaetano Donizetti (1840) und Vincenzo Bellini (1831)

Malagueña: südspanischer Tanz

745 *Mariä Schnee:* katholischer Festtag am 5. August

748 *daß die ganze Welt das Vaterland war:* Anspielung auf eine klassische Sentenz, z. B. in Aulus Gellius *Noctes atticae:* III, 15; ›forti viro omnis locus est patria‹ (›die ganze Welt ist des tapferen Mannes Vaterland‹)

749 *er ähnele ... dem der Prinzessin Mathilde:* Mathilde Bonaparte (1820–1904), die Nichte Napoleons I., führte einen berühmten Salon

758 *Erzgauner:* gemeint ist der Schelmenroman *Historia de la vida del buscón* (1626) *(Leben des Don Pablos)* von Francisco de Quevedo y Villegas (1580–1645). Die erwähnte Schilderung findet sich im 12. und 13. Kapitel

766 *»Neuigkeiten«:* s. Anm. S. 118

785 *Quando la mia Rosina ...:* im zweiten Akt von Rossinis »Barbier von Sevilla« trifft der als Klavierlehrer getarnte Lindoro Rosina im Haus des greisen Bartolo, dessen Gesang er am Klavier begleitet

788 *Bestelle dein Haus nach deinem Wunsch ...: The Imitation of Christ,* Buch II, Kap. XII

812 *Figaro:* Pseudonym, unter dem der Schriftsteller Mariano José de Larra (1809–37) schrieb

816 *gegen die Elemente kämpfen:* Philipp II. soll nach der Niederlage der Spanischen Armada gesagt haben: ›Ich sandte meine Schiffe, um gegen Menschen zu kämpfen, nicht gegen Gottes Winde und Seine Wogen.‹

820 *wie der Rabe Noahs Arche:* der Rabe war der erste Vogel, den Noah, noch vor der Taube, aussandte; vgl. 1. Mose 8:7

826 *Villegas:* s. Anm. S. 46

828 *»Die ihres Mannes gehören ihr nicht.«:* nach spanischem Gesetz fiel der Witwe nur der Teil des Vermögens zu, den der Ehegatte nach der Heirat erworben hatte. Sie besaß keinen Anspruch auf seinen ererbten Besitz; dieser fiel den nächsten Blutsverwandten zu